BASTEI
LÜBBE

BIBLIOTHEK
DER
PHANTASTISCHEN
LITERATUR

Herausgegeben von Stefan Bauer

J. V. JONES

Das Buch der Worte

HERR UND NARR

Roman

Ins Deutsche übertragen
von Rainer Schumacher

BASTEI LÜBBE TASCHENBUCH
Band 28 310

1. Auflage: August 1998
2. Auflage: März 2000

Vollständige Paperbackausgabe

Bastei Lübbe Taschenbücher
ist ein Imprint der
Verlagsgruppe Lübbe

Deutsche Erstveröffentlichung
Titel der amrikanischen Originalausgabe: Master and Fool

Lektorat: Christine Basmaji / Stefan Bauer
Titelillustration: Darrell Sweet
Umschlaggestaltung: QuadroGrafik, Bensberg
Satz: QuadroPrintService, Bensberg
Druck und Verarbeitung:
Impremerie Hérissey, Évreux Frankreich

Printed in France

ISBN 3-404-28310-4

Für Richard

Danksagung

Beim Schreiben dieser Trilogie waren mir die Werke vieler Gelehrter eine große Hilfe. In besonderem Maße gilt dies für die Werke von Joseph Gies, Elizabeth David und Reay Tannahill.

Mein besonderer Dank gilt auch Betsy Mitchell, die mir als unbekannter Autorin eine Chance gegeben und anschließend die Arbeit an meinem Manuskript mit großer Sachkenntnis und Humor begleitet hat. Was die Gestaltung der Handlung und der Charaktere angeht, so muß ich mich bei Mark Arnold bedanken, der mich dazu angeregt hat, die Geschichte so dicht wie möglich zu gestalten. Besonders ein Charakter verdankt sein Leben Marks Vorschlägen, und auf seinen Rat hin habe ich ihn auch noch einmal zum Schluß auftreten lassen (leider ist es mir nicht gelungen, die plündernden Schweine einzubauen!). Auch Wayne D. Chang schulde ich meinen Dank, der mir in vielerlei Hinsicht zur Seite gestanden hat. Er hat mich nicht nur moralisch unterstützt, sondern mich auch mit mittelalterlichem Brot und Kochrezepten versorgt. Weiterhin möchte ich Nancy C. Hanger, Mari Okuda und dem ganzen Rest von Warner Books danken, die geholfen haben, diese Trilogie so gut wie möglich zu machen. Dies gilt auch für Darell K. Sweet und seine wunderschöne Coverillustration.

Schließlich möchte ich noch meinem Bruder Paul für seine Hilfe bei der Gestaltung meiner Website danken –

eine Hilfe, die weit über seine brüderlichen Pflichten hinausging. Letztlich wäre hier noch Richard zu nennen, der mir – neben vielen anderen Dingen – vorgeschlagen hat, den Namen Bogger in Bodger zu ändern.

Wenn Männer von Ehre ihre Ziele vergessen,
Wenn das Blut von Dreien an einem Tag gerufen wird,
Werden zwei Häuser sich in Ehe und Reichtum verbinden,
Und aus dem Bund wird Verfall entstehen.
Dann wird ein Mann kommen, ohne Vater und ohne Mutter,
Doch mit der Schwester als seiner Geliebten,
Und er wird die Hand des Verderbens aufhalten.

Steine werden bersten, der Tempel wird fallen,
Und das Reich des Bösen wird auf sein Wort hin enden,
Und nur der Narr kennt die Wahrheit.

Aus: Marods Buch der Worte

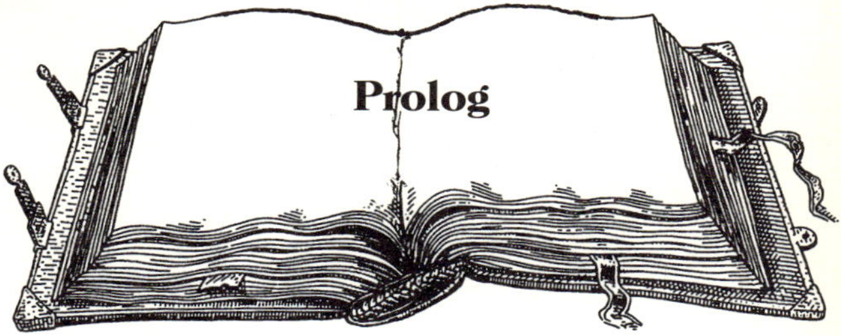

Prolog

Tropf. Tropf. Tropf. Die Wasseruhr neigte sich um ein weiteres Grad, und ein Becher voll Wasser rann langsam in die darunterliegende Schale. Nur noch eine einzige Umdrehung, und die Uhr würde die Stunde schlagen. Zur gleichen Stunde am gleichen Tag vor genau einem Monat hatte sie den Herzog geheiratet.

Melli ließ sich auf dem bequemsten Stuhl im bequemsten Zimmer des Hauses nieder. Im selben Augenblick, als sie die Beine anzog, fand ihr Daumen den Weg zum Mund. Die andere Hand legte sie auf den Bauch und schaukelte vor und zurück, vor und zurück … Sie war eine Witwe: eine Witwe, der man weder gestattet hatte, schwarz zu tragen, noch den Leichnam ihres Gatten zu bestatten, und die keine Erinnerung an eine Hochzeitsnacht besaß, die ihr über die Zeit der Trauer hinweghelfen konnte. Und somit war sie in den Augen von Bren überhaupt keine Witwe.

Oh, aber sie irrten sich. *Alle* irrten sie sich: von Lord Baralis bis zu ihrem Vater, von Traff zu Tawl, und von der Herzogin Katharina bis hin zum einfachsten Stallburschen. Jeder einzelne von ihnen irrte sich sogar gewaltig.

Melli schaukelte vor und zurück. Vor und zurück, vor und zurück, zurück, zurück, zurück.

Zurück zu ihrem Hochzeitstag. Zurück zur Kapelle. Zurück zu der einen einzigen Stunde, die sie und der Herzog als Mann und Frau miteinander verbracht hatten.

Der Duft von Weihrauch und Blumen hatte sie auf ihrem Weg vom Altar und durch das Seitenschiff hinausbegleitet. Die Hand des Herzogs war kalt gewesen, sein Griff stark. Dann waren die Türen der Kapelle aufgeschwungen, und irgendwo hatten Glocken geläutet. Einhundert Augenpaare waren auf die Frischvermählten gerichtet gewesen, doch Melli hatte nur Tawl gesehen. In einer Kapelle voller Menschen, die Freude heuchelten, fiel das ehrliche Gesicht des Ritters besonders auf. Er verbeugte sich vor dem Herzog und der Herzogin, und dabei verriet er sich. Unübersehbar zeichnete sich tiefes Bedauern in seinen feinen Zügen ab.

Melli schaute zu ihrem Gemahl. Er hatte nichts von alledem gesehen; der Herzog blickte nur geradeaus.

Sie wanderten durch den Palast; die Gänge waren gesäumt von blaugekleideten Wachen, und das Geräusch von Tawls Schritten war ständig hinter ihnen. Melli erschien das alles wie ein Traum. Alles war so schnell geschehen: die Werbung, der Antrag, die Hochzeit. *Zu* schnell. Sie war trunken von der Geschwindigkeit der Ereignisse, und ihre Bedeutung ließ sie schwindeln. Dies war mehr als eine Hochzeit – dies war eine Strategie zur Friedenserhaltung. Der Herzog liebte sie – daran zweifelte Melli nicht –, aber es war eine Liebe geboren aus Zweckmäßigkeit: Er brauchte eine Frau, die ihm einen Erben schenkte. Die Hochzeit war so etwas wie ein Vertrag, und die Hochzeitsnacht würde ihn besiegeln.

All das wußte Melli, doch während sie sich den Gemächern des Herzogs näherte, verlor es zunehmend an Bedeutung. Das schwere Samtkleid rieb an ihrer Brust, und sie spürte die Wirkung des Meßweins auf ihren Wangen, ihrer Zunge und tief in ihrem Bauch. Der Wein war ungewöhnlich stark gewesen; wahrscheinlich hatten ihn die Priester selbst gekeltert. Melli bewegte ihre Finger in der Hand des Herzogs, und er schaute zu ihr hinüber.

»Es dauert nicht mehr lange, meine Liebe«, flüsterte er.

Seine volle Stimme machte die dünnen Lippen mehr als wett. Inzwischen war seine Hand ein wenig feucht – ob von seinem oder von Mellis Schweiß war nicht länger wichtig. Ja, teilweise handelte es sich wirklich um eine Vernunftehe; aber nichtsdestotrotz war bei dieser Verbindung auch Liebe mit im Spiel, und heute nacht zählte nur die Leidenschaft.

Innerhalb weniger Minuten erreichten sie ihr Ziel. Der Herzog eilte immer schneller die Korridore entlang, so daß die letzten Meter beinahe zu einem Rennen wurden. Tawl hielt ohne Mühe mit ihm Schritt. Acht Männer warteten am Eingang der herzöglichen Gemächer, die Speere respektvoll vor der Brust gekreuzt und den Blick galant abgewandt. Die Doppeltür war bereits geöffnet, und der Herzog führte seine Braut hindurch. Auf der Schwelle drehte Melli sich noch einmal um. Tawl war verschwunden. Ihr Herz klopfte warnend, doch die beruhigende Gegenwart des Herzogs vertrieb ihr Unbehagen. Als sich die Tür hinter ihnen schloß, hatte Melli bereits vergessen, daß sie sich überhaupt gesorgt hatte. Plötzlich war nichts und niemand außerhalb dieser Räume noch von Bedeutung.

Sie befanden sich in einem kleinen Vorraum. Eine unscheinbare Treppe, an deren oberem Ende sich ebenfalls eine Doppeltür befand, führte hinauf zu den eigentlichen Privatgemächern. Als Melli den Fuß auf die erste Stufe setzte, spürte sie die Hand des Herzogs an ihrer Hüfte. Mit festem Griff drehte er sie herum.

»Ich will meine Braut auf der Schwelle küssen«, sagte er. Seine Stimme wirkte ungewohnt: die Stimme eines Fremden. Sie klang tief und kehlig, und sie hatte etwas an sich, das Melli nicht genau benennen konnte. Der Herzog preßte seine Lippen so hart auf die ihren, daß Melli die darunterliegenden Zähne spüren konnte. Schließlich folgte seine Zunge. Dünn, trocken und zäh wie altes Leder schmeckte sie nach der letzten Mahlzeit. Mellis Fuß schwebte noch einen Augenblick über der ersten Stufe, dann legte sie ihn ans Bein des Herzogs.

Ihre Zunge bahnte sich einen Weg aus dem Mund heraus, und ihr Rücken krümmte sich. Gleichzeitig hob sie die Arme, und ihre Lippen erwiderten den Druck ihres

Gemahls. Beinahe wahnsinnig vor neu entdecktem Verlangen lehnte sich Melli gegen den Herzog.

Er zog sich zurück. »Komm, Geliebte. Ich werde dich zu unserem Hochzeitsbett führen.«

Noch bevor die Worte seinen Mund verlassen hatten, stieß Melli sie mit ihrer Zunge wieder zurück. Das Etwas in ihr war zu stark, als daß sie es noch länger zurückhalten konnte. Auch nur einen Augenblick ohne den Körper des Herzogs zu sein erschien ihr schier unerträglich. Zunächst versuchte er, sich Melli zu widersetzen, indem er ihr sanft die Hand ins Kreuz legte und sie vorwärts schob; doch Melli kämpfte mit ihren neu entdeckten Mitteln dagegen an: Sie biß ihm ins Ohr und hauchte ihm ihren feuchten Atem in den Nacken.

»Verdammt sollst du sein, Melliandra«, murmelte der Herzog und zog sie zu sich heran. »Du kannst einen Mann in den Wahnsinn treiben.«

Diese Worte erregten Melli mehr als jeder Kuß. Sie warf den Kopf zurück und bot dem Herzog ihren Busen dar. Ein scharfes Einatmen ihres Gemahls, dann lag sie mit dem Rücken auf den Stufen. Eine einzelne Laterne warf von hinten ihr Licht auf den Herzog. Zunächst war Melli von seiner Kenntnis weiblicher Kleidung überrascht: Irgendwie erschien es ihr nicht richtig, daß ein Mann so sicher und geschickt mit Unterröcken und Schlüpfern umging. Aber nur einen Augenblick später war sie sogar froh darüber. Besser ein Mann, der wußte, was er tat, als einer jener ungeschickt herumfummelnden Jünglinge bei Hofe. Der Herzog verschwendete keine Zeit damit, ihr Mieder zu öffnen oder den Verschluß ihres Rocks zu lösen; er schob den Stoff einfach über Mellis Hüfte und machte sich an ihrem Schlüpfer zu schaffen.

Die steinernen Stufen drückten schmerzhaft gegen Mellis Rücken. Der heilige Wein strömte durch ihr Blut und riß Bruchstücke von Erinnerungen mit sich: Erinnerungen an Küsse und zärtliche Berührungen in der Vergangenheit. Jack, Edrad – Melli versteifte sich für einen Augenblick –

und Baralis. Ein langer, verkrüppelter Finger, der über ihren von Peitschenhieben verunstalteten Rücken glitt. Und trotzdem – oder vielleicht gerade deswegen – krümmte Melli ihren Rücken noch mehr.

Schmerz zerstreute ihre Gedanken. Ihre Beine hatten sich schon lange aus eigenem Antrieb gespreizt, und jetzt spürte sie ein schmerzhaftes Reißen zwischen ihnen. Sie wollte schreien, doch die Zunge des Herzogs stach wie der Stachel einer Biene in ihren Mund, und vor ihrem geistigen Auge erschien Baralis' Gesicht. Der Schmerz fiel in sich zusammen und schuf ein Vakuum, das gefüllt werden wollte. Mellis Hände waren nicht länger zu Fäusten geballt; aus ihren Fingern waren Klauen geworden. Der Mann über ihr war lediglich ein Schattenriß, der sich gegen das Licht abzeichnete. Nur ihr Verlangen war jetzt noch von Bedeutung, und alles andere – Wein, Schmerz und Erinnerungen – verstärkte dieses Gefühl noch.

Zu schnell war es über sie gekommen, und zu schnell war alles wieder vorbei. Es war zu wenig. Melli atmete flach und unregelmäßig. Sie wollte mehr.

Ein warmes, träges Etwas rann ihre Schenkel hinab. Melli blickte an die Decke: mit Messing verzierter Stein. Der Herzog, der inzwischen wieder er selbst geworden war, stand über ihr und riß sich ein Stück Stoff aus der Tunika.

»Hier«, sagte er und reichte Melli den Streifen bestickten Leinentuchs. »Mach dich sauber. Du hast überall Blut.« Sein Tonfall war kalt, beinahe mißbilligend.

Melli wandte sich von ihm ab und tat, wie ihr geheißen. Sie schämte sich, und sie war verwirrt, denn auf unangenehme Weise war sie von ihrem Gatten wieder auf die Erde zurückgeholt worden. Hatte sie irgendwie das Mißfallen des Herzogs erregt?

Es war nicht einfach, das Blut abzuwischen. Auf der Treppe war es dunkel, und die klebrige Substanz trocknete rasch. Melli mußte das Tuch mit ihrem Speichel anfeuchten, um überhaupt etwas ausrichten zu können. Während sie die letzten Flecken entfernte, sagte der Herzog:

»Ich wünschte, wir hätten bis zum Hochzeitsbett gewartet. Dies hier ist nicht der geeignete Ort, um dich in die Freuden der Liebe einzuführen.«

Melli stand auf. Ihre Beine zitterten, und sie war leicht benommen. Ein dumpfer Schmerz machte sich in ihrer Seite bemerkbar. »Hat es dir nicht gefallen?« fragte sie.

Der Herzog trat zu ihr und glättete ihr Kleid. Ohne sie anzuschauen, erwiderte er: »Es wäre schöner für dich gewesen, wenn du es etwas bequemer gehabt hättest.«

Melli nahm einen Hauch von Verlegenheit in der Stimme des Herzogs wahr. Sie streckte die Hand aus und sagte: »Na, dann komm. Laß es uns noch einmal versuchen.«

Der Herzog lächelte – zum ersten Mal seit der Hochzeitszeremonie. »Du hast mich verhext«, erklärte er.

Melli stieg die Stufen hinauf. »Als Hexe hat mich bisher noch niemand bezeichnet, nur als Dieb.«

»Stiehlst du die Herzen der Männer?«

»Nein. Ich stehle ihnen ihr Schicksal.« Noch während sie sprach, lief Melli ein Schauer über den Rücken. Die Worte waren ihr wie von selbst in den Sinn gekommen; sie gehörten einer anderen Frau: einer Frau aus dem tiefen Süden, der Gehilfin eines Fleischhändlers. *»In meiner Heimat nennt man Leute wie sie ›Diebe‹. Ihr Schicksal ist so stark, daß sie andere Menschen unter ihr Joch zwingen. Und was sie nicht erzwingen können, stehlen sie.«*

Melli legte die Hand auf die Tür. Der Herzog war unmittelbar hinter ihr. Sie drückte gegen einen der Messingflügel und betrat die Gemächer ihres Gemahls, die von nun an ihr Heim sein würden. Sie befanden sich im Arbeitszimmer des Herzogs. Melli erinnerte sich gut an diesen Raum. Zwei Tische waren mit Speisen gedeckt. Es gab kalten Rinderbraten und Rehrücken, Schinken und Süßigkeiten, und der Bäcker hatte auf eine große Torte das Wappen von Bren mit Zuckerguß gemalt.

Der Herzog trat an den nächstgelegenen der beiden Tische und schenkte sich und Melli je einen Becher Wein ein. In diesem Augenblick wurde Melli zum ersten Mal bewußt, daß er sein Schwert an der Hüfte trug. Hatte er es auch getragen, während sie Liebe gemacht hatten? Sicherlich nicht.

Er reichte ihr einen der beiden Becher. »Laß uns ein wenig essen, um wieder zu Kräften zu kommen«, sagte er und lächelte zärtlich.

Melli war augenblicklich an seiner Seite. Sie nahm den Becher und stellte ihn ab. Mit zitternden Händen griff sie nach dem Heft des Schwertes. Die Augen des Herzogs funkelten eine Warnung, aber Melli ignorierte sie und zog die blanke Klinge aus der Schlaufe. Die Waffe war schwer und lag gut in der Hand. »Das wirst du heute nicht mehr brauchen«, sagte sie und legte das Schwert auf den Tisch.

»Melli …«

Sie kam seinem Protest mit einem Kuß zuvor. »Laß uns später essen. Das Essen ist sowieso schon kalt, und es wird ihm wohl kaum schaden, wenn wir es noch ein wenig länger stehenlassen.« Was auf der Treppe begonnen worden war, mußte beendet werden – zumindest galt das für Melli. Der Herzog schien sich bereits ausreichend amüsiert zu haben. Sie nahm seine Hand. »Bring mich ins Schlafzimmer.«

Der Blick des Herzogs konnte es an Schärfe mit seinem Schwert aufnehmen. Unsanft packte er Mellis Arm. »Also schön«, sagte er. »Mir scheint, daß ich meine Dame nicht mehr länger warten lassen kann.« Er drehte Melli den Arm auf den Rücken und schob sie in Richtung Schlafzimmer.

Sie sah den Assassinen zuerst. Er stand neben der Tür und hatte das Messer vor die Brust gelegt. Melli schrie. Der Herzog stieß sie mit der einen Hand nach vorne, während er mit der anderen nach seinem Schwert griff. Es war nicht mehr da. Er zögerte nur den Bruchteil einer Sekunde, doch das reichte aus. Der Meuchelmörder sprang ihm an die Kehle. Seine Klinge war lang und seine Hand schnell. In einem einzigen kurzen Augenblick war alles vorbei.

Melli schrie und schrie, doch niemand kam. Noch bevor der Körper des Herzogs den Boden berührte, war seine

Tunika von Blut durchtränkt. Melli erkannte den Mörder: Es war Traff, Baralis' Söldner. Dann brach ihr Verstand in sich zusammen, und sie konnte sich an nichts mehr erinnern – außer an Tawl. Der Ritter kam, und obwohl er den Mord nicht ungeschehen machen konnte, so brachte er Melli doch in Sicherheit. Tawl würde immer für sie sorgen – um das zu wissen, brauchte sie nicht ihren Verstand; ihr Herz sagte ihr das.

Melli schaukelte vor und zurück. Vor, vor, vor.

Die Wasseruhr neigte sich um ein weiteres Grad. Jetzt waren es schon ein Monat und eine Minute. Einen Monat Witwe, einen Monat im Verborgenen und einen Monat, ohne daß Blut geflossen war.

An jenem Tag hatte nicht nur eine Hochzeit stattgefunden. Die Ehe *war* vollzogen worden, und Melli war der einzige Mensch in der bekannten Welt, der dies wußte. Aber das würde nicht mehr lange so bleiben. Melli preßte die Hände auf den Bauch. Auf den Stufen zu den herzöglichen Gemächern war zum letzten Mal Blut zwischen ihren Schenkeln geflossen: das Blut einer Jungfrau, nicht das der Regel. Seitdem hatte sich kein einziger Tropfen mehr gezeigt.

Ein Kind wuchs in ihr heran: das Kind des Herzogs, und wenn es ein Junge war, dann auch sein Erbe. Melli spreizte die Finger auf ihrem Bauch. Wie würde Bren die Nachricht aufnehmen? Die Antwort war einfach. Man würde ihren Anspruch anzweifeln und behaupten, der Herzog sei nicht der Vater, und es sei unehelich gezeugt worden. Man würde Lügen über sie verbreiten und sie verleumden – tatsächlich glaubten bereits jetzt viele in der Stadt, Melli sei an dem Mord beteiligt gewesen. Doch all das war nun belanglos geworden; jetzt galt es, das neue Leben zu schützen.

In acht Monaten würde Melli ein Kind gebären, und alles – ihr Leben, ihre Stärke und selbst ihre Seele – würde einzig und allein auf den Schutz dieses Kindes ausgerichtet sein. Sie hatte dem Herzog das Schwert genommen und ihm so sein Schicksal gestohlen. Das Kind unter ihrem Herzen war entweder die Strafe oder die Belohnung dafür.

Melli stand auf, legte die Hand auf die Wasseruhr und tippte gegen den Kegel, so daß das Wasser schneller als gewöhnlich heraustropfte. Vorzeitig schlug die Uhr die nächste Stunde: Melli wünschte, daß alle Stunden so rasch vergehen würden. Sie konnte die Geburt ihres Kindes kaum erwarten.

Wenn es ein Mädchen werden würde, dann würde sie ihren Anteil an Katharinas Erbe erhalten. Würde es jedoch ein Junge werden, dann bekäme er alles.

Kapitel Eins

»Ich bin es leid, Tag für Tag durch die Straßen zu ziehen und nach Arbeit zu suchen, Grift. Meine Hämorrhoiden tun höllisch weh.«

»Wieviel Hämorrhoiden hast du eigentlich, Bodger?«

»Als ich sie das letzte Mal gezählt habe, waren es vier, Grift?«

»Dann wirst du noch ein wenig mehr durch die Gegend laufen müssen, Bodger. *Fünf* Hämorrhoiden bringen Glück, nicht vier.«

»Wie sollen einem fünf Hämorrhoiden denn Glück bringen, Grift?«

»Ein Mann mit fünf Hämorrhoiden ist vor Impotenz gefeit, Bodger.«

»Impotenz!«

»Aye, Bodger. Impotenz: der Fluch eines jeden Mannes, der nur kurze Strecken geht.«

»Aber der Kaplan hat gesagt, nur eine Nacht in Vigilia* könne einen Mann von Impotenz heilen.«

»Nein, Bodger, der Kaplan hat niemals gesagt, daß eine Nacht in Vigilia die Impotenz eines Mannes heilen könnte. Er hat von einer Nacht in einer *Vagina* gesprochen. Das macht einen großen Unterschied, weißt du?« Grift nickte weise, und Bodger nickte zurück.

* Mönchisches Nachtgebet

Die beiden Soldaten wanderten durch die Straßen im Süden von Bren. Es war noch Vormittag, und vor wenigen Minuten hatte ein leichter Nieselregen eingesetzt.

»Ich nehme an, wir haben noch Glück gehabt, Grift. Daß man uns aus der Wache geworfen hat, ist immer noch besser, als wenn man uns ausgepeitscht und in den Kerker geschmissen hätte.«

»Aye, Bodger. Die Strafe für Trunkenheit im Dienst ist ziemlich hart. Wir sind noch mal mit einem blauen Auge davongekommen.« Grift blieb einen Augenblick stehen, um sich den Pferdemist von den Schuhen zu kratzen. »Natürlich wäre es nicht schlecht gewesen, wenn man uns noch einen vollen Monatssold ausgezahlt hätte, bevor wir auf die Straße gesetzt wurden. So wie es aussieht, können wir uns noch nicht einmal die nächste Mahlzeit leisten ... ganz zu schweigen von zwei Pferden, um wieder in die Königreiche zurückzukehren.«

»Du hast halt all unser Geld für Bier ausgegeben, Grift.«

»Ach, weißt du, Bodger: Bier ist eines der wesentlichen Dinge im Leben. Ohne Bier kann sich ein Mann genauso gut zusammenrollen und sterben.« Grift lächelte einnehmend. »Du wirst mir am Ende noch dankbar dafür sein, Bodger. Außerdem besteht immer noch die Möglichkeit, daß wir bald Arbeit finden. Die Hochzeit von Katharina und Kylock soll in zwei Wochen stattfinden – da wird sich doch etwas für zwei so fähige Kerle wie uns finden lassen.«

»Niemand wird uns Arbeit geben, Grift. Lord Baralis hat jetzt das Sagen in der Stadt, und er wird jedem das Fell über die Ohren ziehen, der es wagen sollte, uns zu helfen.« Bodger zog seinen Umhang enger um die Schultern. Er haßte den Regen. »Wie ich dir schon mehrmals gesagt habe, sehe ich nur eine Möglichkeit für uns: die Stadt verlassen, und dann ab über die Berge und uns der Armee von Highwall anschließen. Seitdem Kylock den Halcus-König ermordet hat, wird in Highwall jeder aufgenommen. Die Stadt zahlt ihren Soldaten fünf Kupfer die Woche. Außerdem bekommt man einen nigelnagelneuen Brustharnisch und soviel Ziegenfleisch, wie man essen kann.«

»Wenn wir uns Highwall anschließen, Bodger, dann sind wir auf Seiten der Verlierer.« Grift spie selbstbewußt aus. »Die Städte des Nordens können sich ja soviel und solange aufregen wie sie wollen, aber die Königreiche und Bren sind trotzdem stärker denn je zuvor. In den vergangenen drei Wochen ist es Kylock überdies gelungen, den größten Teil von Ost-Halcus zu erobern. Eigentlich gehört ihm schon das ganze Land. Niemand weiß, wann und wo er aufhören wird.«

»Ich habe gehört, daß er Halcus seiner Braut zum Hochzeitsgeschenk machen will, Grift.«

»Nun, nach dem, was er mit dem alten Hirayus gemacht hat, hat er es ja wohl auch so gut wie geschafft.«

Bodger schüttelte traurig den Kopf. »Das war wirklich schrecklich, Grift. Das Friedenszelt sollte eigentlich heiliger Boden sein.«

»Kylock ist nichts heilig, Bodger.«

Als Bodger den Kopf hob, um zustimmend zu nicken, entdeckte er eine vertraute Gestalt in der Menge. »Hey, Grift, ist das da vorne nicht unser junger Freund, Schnapper?« Bodger wartete nicht auf die Antwort. Er stürmte voran und rief so laut er konnte: »Schnapper! Schnapper! Hier rüber!«

Schnapper schaute sich um. Er befand sich auf einer wichtigen Mission, und man hatte ihn angehalten, nicht zu trödeln; doch Trödeln lag ihm im Blut, und der Klang seines eigenen Namens war Musik in seinen Ohren. Sofort erkannte er die beiden absolut nicht zusammenpassenden Gestalten von Bodger und Grift. Sie waren vollkommen durchnäßt, sahen hundeelend aus und wirkten – was Schnapper besonders beunruhigte – so nüchtern wie zwei Amtsdiener. Was war nur aus der Welt geworden?

Mit einem breiten Grinsen auf dem Gesicht rannte Bodger auf Schnapper zu. »Wie geht es dir, mein Freund? Es ist schön, dich zu sehen. Ich und Grift, wir haben uns unheimliche Sorgen gemacht nach jener Nacht, in der …«

»… nach jener Nacht, in der wir uns voneinander verabschiedet haben«, unterbrach Grift und warf Bodger einen warnenden Blick zu.

Vorsichtig löste sich Schnapper aus Bodgers spinnenartigem Griff. Er richtete seine Tunika und strich sich das Haar aus dem Gesicht. »Es ist mir stets eine Freude, meine Herren«, sagte er und verneigte sich.

»Versuchst du immer noch, über deinen Verlust hinwegzukommen?« fragte Bodger in einem seltsam bedeutungsschwangeren Flüsterton.

»Verlust? Was für ein Verlust war das noch gleich?«

»Deine geliebte, verstorbene Mutter natürlich. Du hast doch immer all deine freie Zeit in der Kapelle verbracht und für ihre Seele gebetet.«

Schnappers Haltung und Benehmen änderten sich schlagartig: Er ließ Kopf und Schultern hängen und schürzte die Lippen. »Ich trauere noch immer jeden Tag, den Gott werden läßt, Bodger«, murmelte er traurig. Der Anblick von Bodger und Grifts mitfühlendem Nicken weckte das schlechte Gewissen in Schnapper. Auch Mauersegler hätte es nicht gefallen, daß sein Schüler den Namen seiner Mutter für ein solches Rührstück mißbrauchte. Taschendiebe waren bekannt für ihre Sentimentalität, wenn es um ihre Mütter ging. So hatte Mauersegler beispielsweise sogar einen seiner berühmtesten Tricks nach seiner verstorbenen Mutter benannt: den ›Diddley-Greifer‹. Dabei handelte es sich um einen besonders hinterhältigen und genialen Trick, um einen Mann auch um jene Wertsachen zu erleichtern, die er in der Nähe seiner Familienplanung verborgen hatte. Offenbar war vor Mama Diddley nichts sicher gewesen. Bisher war Schnapper noch nicht in die schwindelerregenden Höhen des ›Diddley-Greifers‹ vorgestoßen, und er war auch nicht sicher, ob er das überhaupt wollte.

Schnapper fühlte sich ein wenig schuldig, weil er die beiden Soldaten mit seiner Geschichte fortwährend an der Nase herumführte. Doch der eigentliche Grund für sein schlechtes Gewissen war die Tatsache, daß die beiden ohne Aussicht auf Besserung ihrer Lage vollkommen mittellos durch die Straßen irrten – immerhin war Schnapper zumindest teilweise verantwortlich für diese mißliche Situation. Also beschloß er, ihnen ein Angebot zu machen. »Falls ihr auf der Suche nach einer Unterkunft und einer warmen Mahlzeit seid, und falls ihr nicht abgeneigt sein solltet, eine gewisse hochwohlgeborene Dame zu beschützen, dann kenne ich den richtigen Ort für euch.« Noch während er sprach, schüttelte Schnapper bedächtig den Kopf – ohne Zweifel würde er deswegen Ärger mit Tawl bekommen. Eines Tages würde ihn sein schlechtes Gewissen noch einmal umbringen.

»Und wo ist dieser Ort?« fragte Grift interessiert. Daß er sich nicht nach dem Namen der hochwohlgeborenen Dame erkundigte, war äußerst vielsagend.

Schnapper winkte die beiden Soldaten mit dem Finger zu sich heran und beschrieb ihnen so leise und unauffällig wie möglich den Weg zum Unterschlupf seiner Freunde. »Klopft dreimal an, und wenn jemand kommt, sagt demjenigen, Schnapper hätte euch geschickt, um die Schnecken abzuliefern.« Das war's. Jetzt würde Tawl die beiden wohl oder übel aufnehmen müssen – entweder das, oder er müßte ihnen die Kehlen durchschneiden. Rasch verdrängte Schnapper diesen beunruhigenden Gedanken wieder und sagte: »Ich muß mich jetzt langsam wieder auf den Weg machen. Ich habe eine Nachricht im Palast abzuliefern.«

Als er sich umdrehen wollte, packte Grift ihn am Arm. »Du bist ein Dummkopf, wenn du dich wieder im Palast blicken läßt, Schnapper«, sagte er. »Sollte Baralis dich in die Finger bekommen, dann kann nur noch Borc allein dich retten.«

Schnapper löste sich aus dem Griff des Soldaten, zog seinen Ärmel glatt und deutete eine Verbeugung an. »Danke für den Rat, Grift. Ich werde ihn im Gedächtnis behalten. Bis später.« Mit diesen Worten machte er auf dem Absatz kehrt und verschwand so schnell in der Menge, wie es nur ein Taschendieb konnte.

Er blickte nicht zurück. Es war bereits spät, und Maybor würde sicherlich schon sehnsüchtig auf seine Rückkehr warten. Schnapper zuckte die Schultern. Er konnte seine Verspätung immer noch auf den Regen schieben: Eine mit Abwässern überschwemmte Straße konnte einen Mann schon ganz schön aufhalten.

Es war wirklich eine Schande, daß er eine Mission zu erfüllen hatte; Regenschauer waren geradezu ideal für das Geschäft eines Taschendiebs. Ständig stießen die Leute aneinander, da sie ihre Kapuzen tief ins Gesicht gezogen und den Kopf gesenkt hatten – es war einfach perfekt. Während eines kräftigen Schauers konnte man sich so manches zusätzliche Goldstück verdienen. Schnapper überlegte, ob er noch ein paar Geschäfte tätigen sollte, nachdem er seinen Auftrag erfüllt hatte. Auf jeden Fall wäre es eine gute Idee, sich nicht allzubald wieder bei Tawl blicken zu lassen. Der Ritter würde vor Wut toben, wenn plötzlich Bodger und Grift vor der Tür standen – ganz zu schweigen davon, wie er reagieren würde, sollte er von Schnappers Auftrag erfahren.

Schnappers Hand glitt in die Tunika: Der Brief war immer noch da – trocken wie ein Erzbischof in der Wüste und ein weiterer Grund für ein schlechtes Gewissen. Das Problem war, daß Tawl nichts von dem Plan wußte. Schnapper und Maybor hatten ihn unter sich ausgeheckt, und Schnapper war vollkommen sicher, daß Tawl ihre Idee nicht im geringsten gefallen würde. Es war ein Glücksspiel, verbunden mit vielen Risiken – was übrigens der eigentliche Grund war, warum Schnapper in den Plan eingewilligt hatte, denn er konnte einem Risiko einfach nicht widerstehen – und am Ende würde nichts dabei herumkommen, außer einer persönlichen Befriedigung für Maybor. Doch Schnapper hatte Verständnis für das Verlangen nach solch einer Befriedigung – Mauersegler lebte dafür. Außerdem gefiel es ihm, wieder durch die Straßen zu ziehen. Den ganzen Tag über mit Melli, Tawl und Maybor in einem Haus eingepfercht zu sein entsprach nicht gerade seiner Vorstellung von Spaß. Geschäfte mußten getätigt werden; Taschen mußten geleert und Geld mußte in Umlauf gebracht werden, und *er* war genau der richtige Mann dafür.

Bevor er sich versah, fand sich Schnapper am Kanal wieder. Bren besaß kein Abwassersystem, das der Rede wert gewesen wäre; doch die Stadt wurde von einem Netz aus Abflußgräben und Tunneln durchzogen, die verhinderten, daß die Straßen während der unzähligen Stürme überflutet wurden, die das ganze Jahr über von den Bergen herabkamen. Schnappers Meinung nach war Brens Lage zwischen den Bergen und dem Großen See die eigentliche Ursache für die Probleme der Stadt. Alles Wasser, das von den Bergen herunterkam, besaß den natürlichen Drang, sich mit größeren Wasseransammlungen zu vereinen, und Bren hatte man genau an jenem Ort errichtet, der den Fluten den geringsten Widerstand auf ihrem Weg zum See bot. Deshalb hatte man ein kompliziertes Netzwerk von Drainagen gebaut, das das Wasser sowohl um die Stadt herum als auch unter ihr her führen sollte.

Der Herzogspalast – oder hieß es jetzt der *Herzoginnen*palast? – lag unmittelbar am Ufer des Großen Sees und war daher besonders üppig mit derartigen Tunneln ausgestattet worden. Schnapper beabsichtigte, einen dieser Tunnel zu benutzen, um unbemerkt an sein Ziel zu gelangen. Allerdings hatte er nicht mit dem Regen gerechnet. Er würde geradezu unglaublich naß werden und sich vielleicht sogar den Tod holen. Nur eins tröstete ihn: Alle Spinnen waren mit Sicherheit ertrunken. Schnapper haßte Spinnen.

Ein rascher Blick nach links, ein rascher Blick nach rechts, niemand da, also hoch mit dem Gitter. Mit einer Schnelligkeit und einem Geschick, das Mauersegler die Freudentränen in die Augen getrieben hätte, schwang sich Schnapper den Kanal hinab. Seine Füße landeten, *platsch*, in einem rasch dahinfließenden Strom kalten, übelriechenden Wassers, das immer noch anstieg. Rasch kletterte er ein Stück die Wand hinauf, legte das Gitter wieder vor und sprang erneut ins Wasser. Es reichte ihm bereits bis zu den Knien. Schnapper mußte so schnell wie möglich vorankommen; er durfte nicht zulassen, daß das Wasser seinen Hals erreichte. Nein, mein Herr: In *seine* Tunika würden keine toten Spinnen geschwemmt werden.

Der Geruch war ekelerregend. Aufgewühlt durch den Regen kam das Übelste der Stadt zum Vorschein. Schon lange getrockneter Pferdemist wurde wieder an die Oberfläche gespült; Blut von den Höfen der Abdecker mischte sich mit dem flüssigen Fett der Talgkerzenmacher, und ein ganzer Zoo von Kadavern schwamm durch die Kanäle. Offenbar landete sämtlicher Müll der Stadt hier unter dem Palast. Schnapper schaute sich ein letztes Mal sehnsüchtig um – ein Teil des Treibguts wäre durchaus eine nähere Untersuchung wert gewesen –, dann trat er in die Finsternis der Tunnel.

Das war vertrautes Gebiet. Niemand liebte die Dunkelheit so sehr wie ein Taschendieb. Schnappers Füße fanden ihren Weg wie von selbst, während seine Augen nach Lichtquellen in den Schatten Ausschau hielten. Immer höher und höher stieg er hinauf. Steinerne Treppen, überzogen mit feuchtem Schleim, hießen ihn willkommen, während jeder seiner Schritte von den moosbedeckten Wänden widerhallte.

Schließlich erreichte er den Eingang, den er gesucht hatte: den Eingang zum Adelsflügel des Palastes. Schnapper spähte durch einen Riß in der Wand in einen breiten Korridor, der zu beiden Seiten von alten Rüstungen gesäumt war. Der junge Taschendieb kannte ihn gut. Früh am Morgen wimmelte es hier von Dienern, die Kaminfeuer entzündeten oder Bäder einließen, doch zur Mittagszeit war der Gang völlig verlassen. Nur einmal pro Stunde kam hier eine Wache durch, und die meisten Adeligen waren um diese Zeit Borc weiß wo, nur nicht in ihren Gemächern. Schnapper atmete tief durch, wünschte sich selbst Glück, betätigte den Öffnungsmechanismus und betrat die heiligen Hallen des Palastes.

Mit einer seltsamen Mischung aus freudiger Erwartung und Furcht machte er sich auf den Weg zu Baralis' Gemächern. Er mußte einen Brief abliefern, auf eine Antwort warten, und vor allen Dingen mußte er dafür Sorge tragen, daß er selbst nicht zu Schaden kam.

»Konzentrier dich, Jack. *Konzentrier dich!*«

Stillfuchs' Stimme war unendlich fern, außerhalb der Zeit; doch die Macht einer menschlichen Stimme war solcherart, daß Jack ihr trotzdem gehorchte. Er mußte sich konzentrieren. Sein Bewußtsein stürzte in den Bauch hinab, während er all seine Gedanken auf das Glas richtete.

»Du sollst es nur erwärmen, Jack. Zerschmettere es nicht.«

Die Muskeln angespannt, die Nackenhaare gesträubt und die Augen trocken vor Verlangen nach einem Blinzeln, versuchte Jack, Stillfuchs' Anweisungen zu folgen. Er sandte *sich selbst* aus seinem Körper hinaus in Richtung Glas – er konnte es nicht anders beschreiben: Er sandte das hinaus, was ihn zu dem machte, was er war, das, was in seinem tiefsten Inneren schlummerte und was all seine Gedanken bestimmte. Es war schrecklich – diese furchtbare Verwundbarkeit, die man verspürte, wenn man seinen eigenen Körper verließ, verbunden mit der Leichtigkeit der Seele. Wie konnten manche Männer so etwas nur vollbringen? fragte sich Jack. Wie hatten Baralis, Stillfuchs und Borc weiß noch wer sich nur je an diesen Schock gewöhnt?

»Vorsichtig, Jack. Du schwankst.«

Ein Teil von Jack wollte ausrufen: »Dann laß mich halt schwanken!« Immerhin war es besser, noch halb im Körper zu sein, als sich vollkommen von ihm gelöst zu haben. Doch statt dessen konzentrierte er sich nur um so mehr. Er reiste durch die winzigen, durcheinanderwirbelnden Luftpartikel hindurch zur harten, glatten Oberfläche des Glases. Aber als er dort ankam, war sie überhaupt nicht mehr hart. Sie war zwar nach wie vor glatt, doch merkwürdig weich:

zähflüssig wie Honig oder ein frischer Weichkäse – und sie war formbar. Jack spürte den inneren Druck des Glases und erkannte, wie falsch und künstlich die gegenwärtige Form des Gefäßes war. Menschliche Hände hatten dem Material diese unnatürliche Gestalt verliehen, und es kämpfte heimlich und leise dagegen an. Vielleicht würde es Jahrhunderte dauern oder sogar Jahrtausende, bis es sich wieder in seine ursprüngliche Form zurückverwandelt hatte, aber schlußendlich würde es ihm gelingen. Nichts hatte ein derart langes Gedächtnis wie Glas.

Jack wußte das alles, ohne auch nur einen einzigen zusammenhängenden Gedanken in seinem Kopf zu formen. Er wußte es einfach; das war alles. Und etwas, das mehr an Instinkt denn an Verstand erinnerte, sagte ihm, daß das Glas die Erwärmung willkommen heißen würde. Es würde sich nicht gegen ihn zur Wehr setzen, denn die Wärme würde es seinem Ziel ein ganzes Stück näher bringen.

Seltsamerweise war es eben dieses Wissen, was Jack Kraft verlieh. Er war nicht länger der Mann mit der Peitsche; er war der Mann mit dem Schlüssel. Sanft, so unendlich sanft, verschmolz er mit den Elementen des Glases. Am Rande seines Bewußtseins schlich die Furcht entlang, doch er schenkte ihr keine Beachtung – die Verschmelzung mit dem Glas war das einzige, was jetzt noch für ihn zählte. Falls Stillfuchs im Augenblick mit ihm sprach, dann hörte Jack ihn zumindest nicht mehr.

Er wurde sich der Schwingungen des Glases bewußt: stark, regelmäßig, beinahe hypnotisch. Jack spürte, wie er ihren Rhythmus übernahm. Das fühlte sich richtig an, so richtig …

»Jack! Paß auf! Du verlierst dich!« Das waren keine einfachen Worte; das waren Worte voller Magie. Jack spürte die Kraft des anderen Mannes. Sie war einfach widerlich. Das Glas gehörte ihm, und er würde keinerlei Einmischung dulden. Und doch drängte sich plötzlich etwas zwischen ihn und das Glas: ein Gedankenfetzen, der zu Licht wurde. Jack kämpfte mit aller Macht dagegen an. Er war von den Schwingungen des Glases in den Schlaf gewiegt worden, und nun war er ein aufgeweckter Riese. Das Glas war nicht länger nur warm – es wurde heiß, und ein orange glühender Streifen zeigte sich an seinem Rand.

»Jack, ich befehle dir: *Weiche!*«

Jack spürte einen machtvollen Schnitt. Dann sah er einen grellen Lichtblitz, und die Verbindung mit dem Glas zerriß. Während er in seinen Körper zurückeilte, explodierte das Glas, und geschmolzene Splitter flogen durch die Luft. Im selben Augenblick, da Jack sich wieder mit seinem eigenen Fleisch und Blut vereinte, wurde er von den ersten Bruchstücken getroffen. Brennend und zischend prallten sie gegen seine Brust und seine Arme wie ein Peitschenhieb. Noch benommen vom Schock der Rückkehr in seinen Körper sprang Jack auf. Seine Tunika schwelte und verbrannte die darunterliegende Haut. Zu neu in seinem Körper, um Schmerz zu empfinden, fühlte Jack nur blankes Entsetzen. Er mußte weg von dem Glas. Klumpen wieder erhärteten Glases fielen zu Boden, als er sich die Tunika vom Leib riß.

Im selben Moment, da der Schmerz kam, wurde Jack von etwas Kaltem in den Rücken getroffen. Er wirbelte herum. Stillfuchs stand unmittelbar hinter ihm und hielt einen leeren, tropfenden Eimer in der Hand. Wasser. Der Kräutersammler hatte Jack mit Wasser übergossen. »Jack …«

»Laß mich in Ruhe, Stillfuchs!« schrie Jack und hob warnend die Arme. Er war müde und verwirrt, und er zitterte von Kopf bis Fuß. »Du hättest dich nicht einmischen sollen. Ich hatte es beinahe. Ich hatte alles unter Kontrolle.«

Stillfuchs hob wütend die Stimme. »Du armseliger Dummkopf. Du hattest gar nichts unter Kontrolle. Das Glas hat *dich* kontrolliert, nicht umgekehrt. Du hättest dich beinahe in ihm verloren.«

Stechender Schmerz heizte Jacks Wut an. »Ich sage dir, das Glas hat mir gehört!« Er schlug sich mit der Faust auf die Brust.

Der Kräutersammler schüttelte traurig den Kopf. Er ließ den Eimer zu Boden fallen, und als er sprach, betonte er jedes einzelne Wort übertrieben genau. »Noch so eine Fehleinschätzung, Jack, und ich schwöre, es wird deine letzte sein. Ich werde dich nicht noch ein zweites Mal retten. Ich bin niemandes Kindermädchen.«

Unvermittelt drehte er sich um und machte sich auf den Weg zur Tür. Ohne sich zu Jack umzudrehen, sagte er: »Auf dem Kaminsims steht ein Krug, der mit einem Tuch verstopft ist. Da drin ist Salbe. Kümmere dich um deine Verbrennungen.« Mit einem lauten Knall fiel die Tür hinter ihm ins Schloß.

Jack ließ sich auf einen Stuhl fallen. Die Wut, die noch vor einer Sekunde sein Blut in Wallung versetzt hatte, verflog mit dem nächsten Atemzug. Ohne sie fühlte er sich leer … und beschämt. Er beugte sich vor und rieb sich mit den Händen übers Gesicht. Wie hatte er nur so dumm sein können? Stillfuchs hatte recht: Er *hatte* die Kontrolle verloren, und er wäre beinahe in den Schwingungen des Glases untergegangen. Aber er hatte einfach nicht widerstehen können; das Glas hatte ihn gelockt wie eine Sirene. Jack durchforstete sein Gedächtnis, bis er ein paar Bäckerflüche gefunden hatte, die er haßerfüllt zischte. Wie sollte er nur jemals lernen, die Macht in seinem Inneren zu beherrschen?

Zehn Wochen hatte er mittlerweile bei Stillfuchs verbracht. Zehn Wochen war es her, seitdem der alternde Kräutersammler ihn in den Büschen an Annis' Weststraße aufgelesen und mit zu sich nach Hause genommen hatte. Zehn Wochen des Unterrichts, des Bemühens und des Versagens. Jeder Versuch, die Macht heraufzubeschwören, hatte in einer Katastrophe geendet. Stillfuchs war zunächst sehr geduldig gewesen. Er hatte Jack immer wieder beruhigt, ihn ermutigt und ihm Ratschläge zugeflüstert, doch inzwischen verlor selbst Stillfuchs die Geduld.

Jack rieb sich die Schläfen. Er machte kaum Fortschritte. Manchmal glaubte er, die Macht nur herbeirufen zu können, wenn eine *reale* Gefahr drohte: wenn er in eine lebensbedrohliche Situation geriet, die den Zorn in ihm entfachte. Stillfuchs' kleine Hütte jedoch lag in einem verschlafenen Nest nicht weit entfernt von Annis und nur einen Gebirgszug westlich von Bren, und hier gab es keine Bedrohung. Hier gefährdete nichts und niemand Jacks Sicherheit: Niemand jagte, bedrohte oder betrog ihn. Die wenigen Menschen, die ihm etwas bedeuteten, befanden sich nicht in Gefahr, und nach allem zu urteilen, was ihm Stillfuchs über den Krieg erzählt hatte, entspannte sich die Lage im Norden wieder. Da er für nichts und niemanden kämpfen mußte, fiel es Jack außerordentlich schwer, seinen Zorn auf ein Glas zu richten – oder auf was auch immer der Kräutersammler ihm vorsetzte. All diese Dinge waren für ihn ohne Bedeutung – nur um Wissen zu erwerben, würde er nicht kämpfen. Er brauchte eine emotionale Bindung: irgend etwas oder irgend jemanden, auf den er seinen Zorn richten konnte. Während des ersten Monats, den er bei Stillfuchs verbracht hatte, hatte er sogar nur eine Beschwörung zustande gebracht, wenn er sich auf Tarissa konzentriert hatte.

Tarissa. Der Schmerz in Jacks Armen und Brust flammte erneut auf, als ihr Name vor seinem geistigen Auge erschien. Er stand auf und trat den Stuhl nach hinten. Er wollte nicht an sie denken. Sie war Vergangenheit, schon lange verschwunden, so gut wie tot. Er weigerte sich, sie in seinen Gedanken am Leben zu erhalten. Sie hatte ihn belogen und betrogen, und egal wieviel Tränen sie auch vergießen und wie sehr sie ihn auch anflehen mochte, nichts würde je wieder so sein wie früher. Magra, Rovas, Tarissa: Die drei verdienten einander. Und er war so dumm und leichtgläubig gewesen, daß er ebenfalls nichts anderes verdient hatte.

Jack ging zum Kamin und nahm den Krug vom Sims, von dem Stillfuchs gesprochen hatte. In den vergangenen Monaten hatte Jack gelernt, daß er sowohl zu Tarissa als auch *zu sich selbst* hart sein mußte, denn nur so konnte er das immer wiederkehrende Gefühl der Trauer überwinden.

Er war ein Trottel, und sie war eine Betrügerin – mehr gab es dazu nicht zu sagen.

Jack zog das Tuch aus dem Krug und schnüffelte am Inhalt. Was auch immer es sein mochte, es roch fürchterlich. Behutsam steckte er einen Finger hinein. Es handelte sich um eine kühle, zähflüssige Masse in der Farbe getrockneten Blutes. Borc allein wußte, was das für ein Zeug war! Wann immer Stillfuchs etwas aus einem seiner Krüge benutzen wollte, pflegte er zunächst einen kleinen Tropfen davon auf seine Zunge zu geben, um zu überprüfen, ob das Mittel noch brauchbar war. Jack hatte jedoch nicht die Absicht, dieses Zeug zu schmecken. Sollte es ihn doch langsam umbringen, indem es sich in seine Wunden brannte, anstatt ihn hier auf der Stelle niederzustrecken.

Jack begann, die Salbe auf seinen Verbrennungen zu verteilen, zuerst auf den Armen, dann auf der Brust. Die Prozedur nahm wesentlich mehr Zeit in Anspruch, als er geglaubt hatte, denn seine Hände zitterten unkontrolliert, und sein zartes Gemüt war ihm auch nicht gerade eine Hilfe. Ja, sicher, es war nur ein leichtes Stechen, sagte er sich selbst, und seit er Burg Harvell verlassen hatte, hatte er noch ganz andere Dinge ertragen müssen als nur ein paar leichte Brandwunden von geschmolzenen Glassplittern. Es war die Vorstellung, *sich selbst* Schmerzen zuzufügen, die ihm Unbehagen bereitete. Der Schmerz der Verbrennungen war durchaus erträglich gewesen – bis er die Salbe darauf verteilt hatte. Jack hatte das Gefühl, als hätte er sich Salz in die Wunden gerieben. Tausend kleine Nadeln schienen sich durch seine Haut zu bohren, nur um sich anschließend wieder einen Weg an die Oberfläche zu bahnen. War das Stillfuchs' Rache?

»Jack! Nimm nicht …!« Der Kräutersammler stürmte in die Hütte. Als er Jack mit dem Krug in der Hand erblickte, hielt er mitten im Satz inne. Verlegen zuckte er mit den Schultern. »Macht nichts. Das wird dich schon nicht umbringen.«

»Was wird es dann tun?«

»Es war eigentlich dazu gedacht, dir eine Lektion zu erteilen.« Die Stimme des Kräutersammlers war zu einem Flüstern herabgesunken. »Allerdings glaube ich jetzt, daß ich mir auf diese Art nur *selbst* eine Lektion erteilt habe: Wenn man etwas aus purer Boshaftigkeit tut, dann ist das nicht sonderlich befriedigend.« Er hob den Blick. »Aber das ist jetzt ja auch egal. Die Salbe wird dir ein paar Tage lang Schmerzen bereiten, aber du wirst schon keine bleibenden Schäden davontragen.«

Jack war zu überrascht, um etwas darauf zu erwidern. Er warf Stillfuchs einen vorwurfsvollen Blick zu, obwohl er tief in seinem Inneren wußte, daß er es nicht anders verdient hatte. Er hatte sowohl sich als auch Stillfuchs in Gefahr gebracht, und als der Kräutersammler versucht hatte, ihm zu helfen, hatte er sich sogar gegen ihn zur Wehr gesetzt. Jack warf den Krug ins Feuer. »Sagen wir, wir sind quitt«, erklärte er.

Stillfuchs lächelte, und sofort vervielfältigten sich die Fältchen um seine Augen und auf seinen Wangen. Zum ersten Mal bemerkte Jack, wie alt und erschöpft sein Gastgeber aussah. »Hier«, sagte Jack und schob den Stuhl ans Feuer. »Setz dich. Ich mache dir 'was Kräuterpunsch warm.«

Der Kräutersammler winkte entschlossen ab. »Wenn ich jemanden gesucht hätte, der mir mein Alter versüßt, dann hätte ich mir jemand wesentlich Hübscheren als dich ins Haus geholt, Jack.«

Jack nickte zustimmend. »Es tut mir leid, Stillfuchs. Ich weiß nicht, was in mich gefahren ist. Wahrscheinlich bin ich es einfach nur leid, immer wieder zu versagen.«

Stillfuchs stellte einen zweiten Stuhl neben das Feuer und bedeutete Jack, sich zu setzen. Dann holte er eine Decke und legte sie über Jacks Schultern. Schließlich machte er es sich selbst bequem und sagte: »Ich will dich nicht anlügen, Jack. Deine Ausbildung verläuft nicht so gut, wie ich es mir erhofft habe. Ich glaube, daß zumindest teilweise dein Alter der Grund dafür ist. Man hätte schon viel früher mit deinem Training beginnen sollen, als dein Geist noch offen war und deine Gedanken nicht so …«, er suchte nach einem geeigneten Wort, »… starr.«

»Aber es ist erst ein Jahr her, daß ich die Macht zum ersten Mal in mir gespürt habe.« Ein Jahr – das schien beinahe unmöglich. Jacks Leben war nun schon so lange ein einziges Chaos, daß es ihm schwerfiel, sich daran zu erinnern, daß es einmal anders gewesen war. Er wußte noch nicht einmal mehr, was das Wort ›normal‹ bedeutete.

»Vielleicht bist du dir deiner Macht erst vor einem Jahr bewußt geworden, aber du trägst sie schon dein ganzes Leben lang in dir.« Stillfuchs beugte sich vor. »Zauberei trifft einen nicht wie ein Blitz. Sie ist tief in dir verwurzelt, eine Art Instinkt, den man nur schwer unterdrücken kann. Du bist damit geboren worden, Jack, und irgend jemand hätte sich schon vor Jahren bemühen sollen, deine Fähigkeiten auszuloten. Hätte das jemand getan, dann wärst du heute nicht hier: ein Flüchtling in einem fremden Land, der nichts als Zerstörung hinterläßt.«

Harte Worte, aber wahr. »Ist es denn wirklich zu spät? Kann ich denn gar nichts tun?«

Stillfuchs stieß einen lauten Seufzer aus. »Du mußt es einfach versuchen; dir bleibt keine andere Wahl. Die Macht wird sich immer wieder in dir aufbauen, und wenn du nicht lernst, sie zu kontrollieren oder zu unterdrücken, dann wird sie dich letztendlich zerstören.«

»Aber das Lernen ist auch mit so vielen Risiken verbunden. Das Glas …«

»Alles ist mit Risiken verbunden, Jack. Alles.« Noch nicht einmal ein Hauch seines üblichen humorvollen Tonfalls war in der Stimme des Kräutersammlers zu hören. »Geh auf den Markt, und es besteht das Risiko, das man dich über den Tisch zieht, ausraubt, oder gar umbringt. Heirate ein Mädchen, und es besteht das Risiko, daß sie im Kindbett stirbt. Glaub an einen Gott, und es besteht das Risiko, daß du auf der anderen Seite nur Dunkelheit findest.«

»Vertraue jemandem, und es besteht das Risiko, daß er dich hintergeht«, fügte Jack leise hinzu.

»Jack, in dir schlummert eine große Macht – so groß, daß ich mich vor ihr fürchte. Die wenigen Male, wo es dir gelungen ist, deine Kraft zu konzentrieren, haben mich sprachlos gemacht. Dir ist ein großes Geschenk mitgegeben worden, und es wäre wirklich eine Tragödie, solltest du niemals lernen, es zu beherrschen.«

Jack schob seinen Stuhl ein Stück zurück. Das Feuer hatte bereits die Haare auf seinen Armen angesengt. »Wenn ich mich vielleicht anstatt an unbelebten an belebten Objekten versuchen würde, dann …«

»Dabei sind die Gefahren noch viel größer«, unterbrach ihn Stillfuchs. »Tiere können und *werden* sich zur Wehr setzen. Bei solchen Beschwörungen ist Schnelligkeit von allergrößter Bedeutung. Du mußt zunächst lernen, wie man in etwas *eindringt*, bevor wir irgend etwas anderes versuchen.« Der Kräutersammler warf Jack einen prüfenden Blick zu und stand auf. »Jetzt glaube ich, ist es Zeit, daß du dich etwas ausruhst. Du hast einen ziemlichen Schock erlitten, und deine Verbrennungen sehen auch nicht gerade gut aus. Ein Schluck Lacus wird dir helfen.«

Jack war froh, daß Stillfuchs das Thema gewechselt hatte. Für heute hatte er genug von der Zauberei … Eigentlich hatte er sogar genug davon für den Rest seines Lebens. Inzwischen wünschte er sich noch nicht einmal mehr, normal zu sein: Das Wünschen hatte er schon vor langer Zeit aufgegeben.

Baralis rieb sich geistesabwesend die Finger. Sie schmerzten ihn noch immer, obwohl der Sommer bereits weit fortgeschritten war. Die Ursache dafür war die alles durchdringende Feuchtigkeit. Morgen würde Baralis dafür sorgen, daß Katharina ihm neue Gemächer zuweisen ließ; er war es leid, wie eine Stechmücke zu leben, die ständig über einem See schwebt.

Verschiedene Karten und Statistiken lagen ausgebreitet auf dem Schreibtisch. Einst Eigentum des Herzogs, gehörten sie nun Baralis, ebenso wie viele andere Dinge: eine ganze Bibliothek antiker Bücher, Zimmer voller Antiquitäten und geheimnisvoller Gerätschaften, Keller voller Geheimnisse und Stahlkammern voller Gold. Der herzögliche Palast war eine einzige große verschlossene Schatztruhe, und der Tod des Herzogs hatte Baralis den Schlüssel dazu gegeben.

Aber er hatte so wenig Zeit. Seit der Beerdigung hatte er kaum einen Augenblick für sich allein gehabt. Es gab einfach zuviel zu tun. Allein Katharina an der Leine zu führen beanspruchte ein Viertel eines jeden Tages. Sie war ein Kind – fordernd und mit einem Hang zu Wutanfällen verlangte sie ständige Aufmerksamkeit – und er, Baralis, war teils Vater, teils Kindermädchen und teils Freier. Sie pflegte, ihn mehrmals am Tage in ihre Gemächer zu rufen, und er wußte nie, was ihn dort erwartete: Tränen, Wut, Freude. Wenn es kein Problem gab, dann erfand sie eins, und sie war nie zufrieden, solange sie Baralis nicht auf irgendeine Art ihren Willen aufgezwungen hatte, und mochte ihr Erfolg auch noch so klein sein. Für Katharina war alles nur ein Spiel, und es gefiel Baralis, sie glauben zu lassen, er sei nichts weiter als eine Spielfigur.

Baralis stand auf und ging zum Feuer. *Er* war der Meister des Spiels, und *sein* Wille stand hinter allem, was Katharina tat. Die neue Herzogin war lediglich eine blutige Anfängerin in der hohen Kunst der Manipulation; doch sie lernte schnell, denn schließlich wurde sie von einem Experten unterrichtet.

Und was für ein Experte Baralis war, konnte man an den Ereignissen der vergangenen fünf Wochen ermessen. Zuerst hatte er dem Beschützer des Herzogs, Tawl, die Schuld für den Mord in die Schuhe geschoben. Dann hatte er Katharina davon überzeugt, Kylock trotz allem zu heiraten, und schließlich hatte er es zuwege gebracht, daß – ungeachtet des ruchlosen Königsmords, den Kylock begangen hatte – sowohl der Hof als auch das Volk von Bren die Hochzeit befürwortete.

Nun, genauer gesagt, war es eigentlich Katharina gewesen, die ihre Untertanen von der Notwendigkeit der Ehe überzeugt hatte. Drei Tage nachdem die Nachricht von König Hirayus' Ermordung die Stadt erreicht hatte, hatte Katharina auf Baralis' Anweisung hin den Hof versammelt. Sie hatte ohne Umschweife erklärt, daß sie nach wie vor beabsichtige, Kylock zu ehelichen, und sollte jemand Einwände dagegen haben, so solle er vortreten. Ein Mann hatte den Fehler begangen, dieser Aufforderung zu folgen: Lord Carhill, ein ehemaliger Berater des verstorbenen Herzogs, dessen einzige Tochter mit einem hochrangigen Lord in Highwall verheiratet war. Im selben Augenblick, da er vorgetreten war, um seinen Einspruch vorzubringen, hatte ihn die Wache des Herzogs festgenommen. Er war noch an Ort und Stelle und vor den Augen des versammelten Hofstaats hingerichtet worden. Anschließend hatte man seine Söhne verhaftet und geköpft, und am folgenden Tag waren seine Ländereien im Namen der Herzogin beschlagnahmt worden.

Ein hartes Vorgehen, doch ein einziger wohlkalkulierter Gnadenakt hatte der ganzen Angelegenheit die Schärfe genommen: Katharina hatte Lord Carhills Frau im Palast aufgenommen und öffentlich verkünden lassen, daß es der armen Witwe niemals an etwas mangeln solle. Diese kleine Vorstellung war für das Volk gedacht gewesen, nicht für den Hof. *Katharina mag ja vielleicht hart sein,* sagte man auf der Straße, *aber sie ist nicht ohne Mitgefühl.* Baralis schürzte verächtlich die Lippen. Der Pöbel ließ sich nur allzu leicht von einem solchen Theater beeindrucken.

Tatsächlich war die öffentliche Meinung sogar das geringste von Baralis' Problemen. Die Menschen sahen Katharina als tragische Gestalt: der Vater ermordet, die Last der neuen Verantwortung auf den Schultern und allein gelassen in einer Welt am Rande des Krieges. Natürlich schadete es auch nicht, daß sie jung und schön war, denn Schönheit beeindruckte das Volk.

Baralis schüttelte bedächtig den Kopf. Nein, mit Katharina und dem Volk von Bren hatte er keine Probleme. Es war Kylock, der ihm Kopfzerbrechen bereitete. Was würde der neue König als nächstes tun? Maybors ältester Balg, Kedrac, erledigte Ost-Halcus für ihn, doch würde er dann haltmachen? Oder würde er sich anschließend auf Annis stürzen? Und wenn dem so war, *wann* würde er angreifen? Baralis hoffte nur, daß Kylock damit zumindest bis nach der Hochzeit warten würde. Im Augenblick mochte Bren die Hochzeit ja befürworten; aber es war eine nervöse, mißtrauische Unterstützung, die nur allzu leicht von schlechten Neuigkeiten erschüttert werden konnte – und keine Neuigkeit wäre schlechter als die Nachricht von Kylocks überwältigender Gier.

Die Dinge standen auf Messers Schneide. Annis und Highwall würden nun mit Sicherheit gegen Bren marschieren. Die Frage war nur, würden sie damit bis nach der Hochzeit warten, oder würden sie bereits vorher angreifen? Jeden Tag erhielt Baralis Berichte aus den beiden Städten; an ihren Absichten bestand keinerlei Zweifel: Söldner, Waffen, Belagerungsmaschinen und Agenzien strömten sowohl nach Annis als auch nach Highwall, und jede einzelne Lieferung trug Tavalisks Unterschrift. Der fette, sich in alles einmischende Erzbischof hatte die beiden Städte mit soviel Gold ausgestattet, daß sie sich alles Kriegsgerät leisten konnten, das sie wollten. Offenbar war der Süden bereit, einen hohen Preis zu zahlen, um den Krieg von seinen wohlhabenden Ufern fernzuhalten.

Baralis seufzte. Mit diesen Dingen würde er sich zu gegebener Zeit beschäftigen.

Und dann war da noch sein zweites Problem: Maybor und seine eigenwillige Tochter. Wo waren sie? Was wußten oder vermuteten sie über das Attentat? Und was hatten sie als nächstes vor? Würden sie still und heimlich die Stadt verlassen und sich damit zufriedengeben, ihr Leben gerettet zu haben? Oder würden sie versuchen, Katharina ihr Erbe streitig zu machen? Wie er Maybor kannte, traf wahrscheinlich eher die zweite Vermutung zu: Der Herr der Ostlande war nicht gerade dafür bekannt, Niederlagen stillschweigend wegzustecken.

Ein Tumult in dem kleinen Empfangsraum, der zu seinen Gemächern gehörte, riß Baralis aus seinen Gedanken. Ein paar Minuten früher hatte er ein Klopfen gehört, doch er hatte sich nicht darum gekümmert – Crope hatte Anweisung, niemanden außer Katharina vorzulassen. Plötzlich ertönte ein schriller Schrei, und Baralis eilte in den Empfangsraum.

Crope stand mit ausgestreckten Armen in der Tür. Mit seinen riesigen Händen hatte er einen Jungen am Kragen gepackt und in die Höhe gehoben. Verzweifelt versuchte der Junge, sich loszureißen, doch Crope hielt ihn mit eisernem Griff fest.

»Du hast Big Tom getreten«, knurrte der Gigant vorwurfsvoll.

»O Mann, Crope! Das war doch bloß eine Ratte!« schrie der Junge. »Du kannst von Glück reden, daß die alte Dornenbeutel kein Auge auf deinen Freund geworfen hat. Sie hätte ihn bestimmt schon längst ausquetschen und abfüllen lassen.«

»Niemand quetscht Big Tom aus«, erwiderte Crope und hob den Jungen noch ein Stück höher.

»Wenn du mich nicht sofort losläßt, Crope, dann sorge ich persönlich dafür, daß die alte Dornenbeutel sich Big Toms schmierige Überreste noch heute in die Falten reibt.«

»Laß ihn runter, Crope«, befahl Baralis.

»Aber Meister …«

»*Runter mit ihm, Crope.*« Baralis' Tonfall unterband jeden weiteren Protest, und Crope gehorchte, wenn auch widerstrebend. »Jetzt laß uns allein«, sagte Baralis.

Crope warf Schnapper einen haßerfüllten Blick zu. Dann wankte er hinaus. Dabei murmelte er irgend etwas Unverständliches vor sich hin und streichelte über die rattenförmige Ausbuchtung in seiner Tunika.

Baralis wandte sich an den Jungen. »Nun, Schnapper, was führt dich zu mir? Bist du gekommen, um mir deinen

Freund, den Ritter, auszuliefern?« Er lächelte drohend. »Er wird wegen Mordes gesucht, wie du sicherlich weißt.«

Der Junge wirkte nun wesentlich verängstigter als noch vor wenigen Augenblicken, als er in Cropes Fängen gewesen war; doch er versuchte, es zu verbergen, indem er beiläufig die Tunika richtete und den Finger ins Licht hielt, um zu überprüfen, ob sich Dreck unter den Fingernägeln befand.

Baralis war außerordentlich erfreut über diesen überraschenden Besuch. Wenn man nur lange genug in seinem Netz wartete, kam die Beute stets von selbst. »Wie ich sehe, war deine Reise hierher recht feucht.« Baralis deutete auf Schnappers Hosenbeine, die bis zu den Knien durchnäßt waren. »Ich muß sagen, du hast dir genau den richtigen Tag dafür ausgesucht.«

Der Junge schaute entrüstet drein. »Und was ist mit Euch, Baralis? Habt Ihr in letzter Zeit ein paar nette Krabbeltiere gefangen?«

»Komm rein«, zischte Baralis wütend über sich selbst. Wer war er denn, daß er mit einem einfachen Straßenjungen Beleidigungen austauschte?

Schnapper warf einen raschen Blick in den Korridor. »Ich bin nicht sicher, ob ich das will.«

»Aha«, sagte Baralis im Ton ein Mathematikers, der endlich die Lösung einer komplizierten Aufgabe gefunden hatte. »Dann hast du also Angst.«

»Habe ich nicht! Laßt mich durch.« Der Junge stapfte durch die Tür.

Baralis lächelte.

Der Junge schaute sich prüfend um. Nachdem er sich vergewissert hatte, daß sie allein waren, holte er ein gefaltetes und versiegeltes Stück Papier aus seiner Tunika. Bevor er es Baralis übergab, sagte er: »Ich brauche umgehend eine Antwort.«

Baralis riß ihm den Brief aus der Hand. Das war Maybors Wappen: der Schwan und das zweischneidige Schwert. Das blutrote Sigel war ebenso schwer zu zerbrechen wie der Mann, zu dem es gehörte. Eilig überflog Baralis die krakelige, unkultivierte Handschrift. Schließlich wandte er sich wieder an den Jungen. »Warum will er sich mit mir treffen?«

Schnapper zuckte die Schultern. »Das dürft Ihr mich nicht fragen. Ich bin nur der Bote.«

Baralis atmete tief ein und dachte nach. Der Junge log – und noch dazu gar nicht mal schlecht. »Habe ich das richtig verstanden, daß ich dich begleiten soll?«

»Ja, und zwar sofort. Keine Henker, keine Waffen, keine Gelegenheit, die Wachen zu alarmieren.«

»Woher soll ich wissen, daß es keine Falle ist?«

Schnapper lächelte süßlich. »Wer hat jetzt Angst, Baralis?«

Baralis mußte das Verlangen unterdrücken, den Jungen zu schlagen. »Und was wäre, wenn ich mich weigere und doch nach der Wache rufe? Ich könnte dir all deine Geheimnisse entreißen lassen, noch bevor du einen einzigen Schrei ausstoßen kannst.« Noch während er sprach, bewegte sich Schnapper langsam, aber nicht gerade unauffällig in Richtung Tür.

»Nun, wißt Ihr, mein Freund«, sagte Schnapper und legte die Hand auf die Klinke, »dafür müßtet Ihr mich zuerst einmal fangen.«

Schnapper war noch jung, und daher konnte man seine Dummheit entschuldigen. »Glaubst du wirklich, ich würde dich aus der Tür lassen?«

Die Klinke wurde heruntergedrückt, doch Baralis' Hand war schneller. »Laß es, Junge. Ich komme mit dir.« Baralis war außer Atem. Einen kurzen Augenblick lang hatte er daran gedacht, seine Macht gegen den Jungen einzusetzen, doch dann hatte die Neugier über die Vorsicht gesiegt. Er *wollte* Maybor sehen. Er wollte hören, was der hohe Herr zu sagen hatte. Maybor war ein großes Risiko eingegangen, indem er den Jungen in den Palast geschickt hatte. Schließlich kannte Schnapper nicht nur Maybors Aufenthaltsort, sondern wahrscheinlich auch den seiner Tochter. Der fette

Lord mußte schon gute Gründe dafür haben, ein solches Wagnis einzugehen. Oh, natürlich wußte Baralis, daß er die Wahrheit jederzeit aus dem Jungen herausquetschen konnte, aber seine Liebe zur Intrige war geweckt worden. Hier galt es ein Spiel zu spielen, und welchen Sinn hatte schon Macht ohne Machtspiele?

»Bring mich zu ihm«, sagte er.

Maybor bestellte einen zweiten Krug Bier und lehnte sich in seinem Stuhl zurück. Er war zwar nicht eigentlich betrunken, aber er war angenehm angeheitert. Es war gut, wieder draußen zu sein. Ein netter Gasthof, ein prasselndes Feuer und eine üppige Schankmaid, mit der man flirten konnte; so gut hatte er sich schon lange nicht mehr amüsiert. Neun Wochen lang war er eingesperrt gewesen, und nun, da er seinem Gefängnis für eine Weile entkommen war, hatte er die feste Absicht, sich zu vergnügen.

Selbstverständlich konnte man sich auf vielerlei Art vergnügen, und das Beste stand Maybor noch bevor.

Das Bier wurde gebracht; es war gut gezapft und geschmückt mit einer Schaumkrone von genau der richtigen Größe. Die Schankmaid war bemüht, den Krug so vorsichtig wie möglich auf dem Tisch abzustellen. Ihr Mieder war nur bescheiden ausgeschnitten, doch als sie sich vornüberbeugte, wurde zusätzliches Fleisch enthüllt. Maybor mochte Frauen, die sich schüchtern gaben.

»Sag mal, meine Schöne«, wandte sich Maybor an das Mädchen. »Der Wirt hat nicht zufällig ein paar kräftige Kerle unter den Gästen, oder?« Ursprünglich hatte er beabsichtigt, sich direkt an den Wirt zu wenden, aber nun hatte er sich entschlossen, den geheimnisvollen Fremden gegenüber dem jungen, hübschen Mädchen zu spielen.

Das Mädchen kicherte dümmlich. »Aber ja, mein Herr, das hat er. Bei all dem Gesindel kann man nie vorsichtig genug sein.«

Maybor ließ seinen Finger über den feisten Arm des

Mädchens gleiten, und als er ihre Hand erreichte, legte er ein Goldstück hinein. »In Kürze wird ein Mann in Schwarz hier erscheinen, um sich mit mir zu treffen. Bitte den Wirt, eine Wache vor der Tür aufzustellen. Sollte der Mann außer von einem Jungen noch von irgend jemand anderem begleitet werden, dann würde ich es begrüßen, wenn man diesen jemand solange festhält, bis ich mich aus dem Staub gemacht habe.« Maybor gestattete dem Mädchen, einen Blick in seine Lederbörse zu werfen; sie war randvoll mit des Herzogs eigenem Gold. »Gibt es hier noch einen Hinterausgang?«

Gier ließ die Augen des Mädchens funkeln und brachte Farbe in ihr Gesicht. Sie sah noch hübscher aus als zuvor. »Aber natürlich, mein Herr. Es gibt mehr als eine Möglichkeit, um den *›Randvollen Eimer‹* zu verlassen.«

Maybor nickte zufrieden. »Ich vertraue darauf, daß du meine Wünsche weiterleitest.«

Das Mädchen zögerte einen Augenblick. »Selbstverständlich helfe ich so einem edlen Herrn, wie Ihr es seid, nur allzu gerne, aber ...«

»... aber du brauchst noch ein paar Münzen, um dafür zu sorgen, daß meine Wünsche Gehör finden.«

»Es fällt mir wirklich schwer, Euch darum zu bitten, Herr, aber Ihr wißt, wie Männer sind. Sie sind recht selten bereit, nur aufgrund des *Versprechens* auf Gold zu arbeiten.«

Maybor reichte ihr eine Handvoll Münzen. Er wußte genau, wie Männer waren. »Und wenn du das erledigt hast«, sagte er, »dann bring mir bitte eine Fußbank. Der Boden ist ja von Bier geradezu überflutet, und ich will meinen Schuhen Gelegenheit zum Trocknen geben.«

Während das Mädchen zum Wirt eilte, blickte Maybor zu der Kerze auf dem Kaminsims. Sie war schon wieder ein gutes Stück heruntergebrannt. Verdammt! Wo blieb der Junge nur? Was hielt ihn auf? Hatte Baralis vielleicht beschlossen, ihn im Palast festzuhalten und die Wahrheit aus ihm herauszufoltern? Maybor schenkte sich einen Becher Bier ein und hob ihn an die Lippen. Irgendwie bezweifelte er das. Er kannte seinen Erzfeind gut genug, um zu wissen, daß Baralis nicht nur aus Neugier erscheinen würde – er war dazu *gezwungen*.

Maybor trank einen kräftigen Schluck. Er war kein abergläubischer Mann, im Gegenteil: Er haßte alles, was auch nur im entferntesten nach Mystik oder Zauberei roch. Dennoch fühlte er, daß er und Baralis auf irgendeine Art und Weise miteinander verbunden waren: Ihre Schicksale waren ineinander verwoben. Sie nährten sich voneinander, und es war schon lange her, seit sie ihre letzte gemeinsame Mahlzeit eingenommen hatten.

Schnapper gefiel es ganz und gar nicht, Baralis zu eskortieren. Allein die Gegenwart des Mannes hatte einen deutlichen Effekt auf die Menschen in seiner Umgebung: Sie stieben auseinander wie Ratten im Fackellicht, wann immer er an ihnen vorüberging. Schnapper schüttelte grimmig den Kopf. Aus Baralis würde nie ein guter Taschendieb werden – und das, obwohl er die idealen Füße dafür hatte. Schnapper ging nun schon eine Viertelstunde neben dem Mann her, und bisher hatte er nicht einen einzigen Schritt seines schwarzgewandeten Begleiters gehört. Mauersegler wäre für solche Füße gestorben.

Der Regen hatte im selben Augenblick aufgehört, da Baralis durch das Palasttor gegangen war. Die Straßen waren feucht und erfüllt von Gerüchen, wie sie nach einem lang anhaltenden Regen typisch waren. Als Baralis und Schnapper um die erste Ecke bogen, änderte sich die Umgebung schlagartig: Elegante Steinhäuser wichen windschiefen Holzgebäuden, die sich haltsuchend gegeneinander lehnten. Auch das Warenangebot der Straßenhändler war hier anders. In der Nähe des Palastes wurden frische Neunaugen, Artischocken und Safran verkauft, während die Händler in den ärmeren Stadtvierteln Fleischpasteten, Erbsenpudding und Brot feilboten.

Als sie in die Straße einbogen, in der sich auch der

›*Randvolle Eimer*‹ befand, riskierte Schnapper einen Blick zur Seite. Baralis schaute nicht gerade glücklich drein. Tatsächlich erweckte er mit seinem blassen Gesicht und seinen finsteren Augen sogar einen ausgesprochen bösartigen Eindruck. Schnapper schniefte ernst. Hoffentlich wußte Maybor, worauf er sich da eingelassen hatte.

In Erwartung der Nacht war der ›*Randvolle Eimer*‹ bereits beleuchtet. Rauch und Kerzenlicht drangen unter den Fensterläden hindurch auf die Straße, und das kühn bemalte Gasthausschild schwang fröhlich knarrend hin und her. Ein Mann neben der Tür erregte Schnappers Aufmerksamkeit; seine rechte Hand hatte er in der Tunika verborgen, und nachdem er die beiden Neuankömmlinge kurz gemustert hatte, senkte er den Kopf. Eine Wache, ohne Zweifel hatte Maybor sie hier postiert. Na ja, der eitle Lord hätte seine Vorsichtsmaßnahmen zumindest etwas unauffälliger treffen können. Schnapper bezweifelte, daß Baralis der Zweck des Mannes entgangen war.

»Hier sind wir«, sagte Schnapper in der Hoffnung, Baralis' Aufmerksamkeit von der Wache abzulenken. »Maybor wartet drinnen auf Euch.«

Baralis nickte. »Ich weiß.«

Er ging hinein. Der Rauch billiger Talgkerzen brannte ihm in den Augen. All seine Sinne waren in Alarmbereitschaft; sein ganzes Wesen war auf die Entdeckung möglicher Gefahrenherde ausgerichtet. Noch bevor sich seine Augen an den Rauch gewöhnt hatten, konnte er Zauberei als Bedrohung ausschließen. *Er* war der einzige im Raum, der Macht jenseits des Fleisches besaß. Mit diesem Wissen kam Selbstvertrauen. Egal was nun auch geschehen mochte, er würde damit fertig werden.

Baralis schaute sich in dem Schankraum um. Dreißig Augenpaare waren auf ihn gerichtet. Der Boden war mit schalem Bier überschwemmt; der ganze Raum stank danach. Maybor saß in einem etwas tiefer gelegenen

Bereich vor dem Kaminfeuer, und Baralis konnte ihn zunächst nicht sehen. Doch als der fette Lord sich erhob und den Kanzler herbeiwinkte, hob sich seine massige Gestalt deutlich als Schatten vor dem im Hintergrund flackernden Feuer ab. Baralis schritt durch den Raum und betrat den abgegrenzten Bereich vor dem Kamin. Außer Maybor saßen dort noch zwei weitere Männer: zwei Greise, die ihre Stühle näher an den Tisch rückten, als Baralis in ihr Territorium eindrang. Im Gegensatz zum Rest des Schankraums, der mit Steinen gepflastert war, bestand der Boden vor dem Kamin lediglich aus festgestampfter Erde. Hier war es sogar noch feuchter als weiter oben, und daher hockten die beiden alten Männer im Schneidersitz auf ihren Stühlen.

»Aaah, Baralis«, sagte Maybor und breitete die Arme aus. »Es freut mich ja so, daß Ihr Euch freimachen konntet.«

»Kommt zur Sache, Maybor«, zischte Baralis.

»So charmant wie eh und je.« Maybor setzte sich wieder. Als Baralis keinerlei Anstalten machte, es ihm gleichzutun, sagte er: »Meinetwegen könnt Ihr ja bleiben, wo Ihr seid; aber dann laßt Ihr mir keine andere Wahl, als meine Neuigkeiten durch den ganzen Gasthof zu brüllen.«

»*Neuigkeiten!*« spottete Baralis. »Die armseligen Informationen eines flüchtigen Verbrechers sind für mich ohne Bedeutung.«

Maybor schien nicht im geringsten über diese Worte verärgert zu sein. Statt dessen trommelte er seelenruhig mit den Fingern auf die Tischplatte. »Wenn Ihr nicht gekommen seid, um meine Neuigkeiten zu hören, dann muß ich annehmen, daß Ihr Euch nur am Anblick meines schönen Gesichtes ergötzen wolltet.«

»So häßlich Euer Gesicht auch sein mag, Maybor, wahrscheinlich ist es noch der größte Eurer Reize.«

Maybor grinste von einem Ohr zum anderen. »Ich freue mich, daß Ihr so denkt. Ich hoffe nämlich meine feinen Gesichtszüge weiterzuvererben.«

Baralis spürte, wie ihm das Blut in den Kopf stieg. Eine

böse Vorahnung überkam ihn. Sein Magen zog sich zusammen und entspannte sich wieder, und für einen kurzen Augenblick verschwamm die Welt vor seinen Augen. Der ›*Randvolle Eimer*‹ verwandelte sich von einem Gasthof in eine Schlangengrube, und Maybor wurde von einem betrunkenen Trottel zu einem Dämon. »Was meint Ihr damit?«

»Ich meine damit, mein lieber Baralis, daß ich in weniger als sieben Monaten Großvater werde. Melliandra erwartet ein Kind und ...«

»*Nein!*«

»O ja. Das Kind stammt vom Herzog. Die Ehe *ist* vollzogen worden.«

»Ihr lügt.«

»Ihr zittert ja, Baralis, und ich dachte, Ihr würdet Euch freuen.«

Verärgert darüber, eine Schwäche gezeigt zu haben, atmete Baralis tief ein, bevor er sich Maybor näherte. »Eure Tochter ist eine Hure, die es mit jedem Mann getrieben hat, der Ihr über den Weg gelaufen ist. Erwartet ja nicht, daß ich oder die guten Leute von Bren Euch Glauben schenken.«

Maybor packte Baralis am Kragen. »Meine Tochter war Jungfrau, als sie den Herzog geheiratet hat.«

Erst jetzt bemerkte Baralis, daß sämtliche Gespräche im Gasthof versiegt waren –, und er bemerkte auch die beiden kräftigen Kerle, die sich hinter seinem Rücken am Rande des Kaminbereichs postiert hatten. Es war totenstill. Nur das Stapfen einer kränklichen Katze war noch zu hören, die durch das Bier in Richtung Feuer watete.

»An Eurer Stelle wäre ich nicht so sicher, daß Melliandra noch Jungfrau war, Maybor«, sagte Baralis langsam. »Als sie in meiner Obhut war, hat sie mir das eine oder andere beigebracht ...«

Baralis sah das Aufblitzen eines Messers. Im selben Augenblick, da die Klinge seine Wange ritzte, war die Beschwörung auf seinen Lippen. Er ließ sie auf seiner Zunge heranreifen, während er sich vom Tisch zurückzog. Die beiden Männer hinter ihm näherten sich ein paar

Schritte. Maybor blieb sitzen; er schien zufrieden damit zu sein, ein paar Tropfen Blut vergossen zu haben.

»Eines Tages werden Euch Eure Lügen noch einmal ins Grab bringen, Baralis«, sagte er. »Melliandras Sohn wird über Bren herrschen.«

Baralis antwortete nicht darauf. Er trat auf die erste Stufe der kleinen Treppe, die aus dem Kaminbereich hinausführte, und ließ den Zauber hinaus. Die Luft unter seinen Händen begann zu flimmern. Blaue Blitze schossen krachend aus seinen Fingern und auf den mit Bier überschwemmten Boden. Da Baralis dem eigentlichen Schankraum den Rücken zugekehrt hatte, sahen nur Maybor und die beiden alten Männer die Blitze. Das Bier begann zu brodeln, und Baralis wirbelte herum.

Einer der alten Männer schrie als erster. Dann schrien plötzlich alle, und einzelne Stimmen waren nicht mehr voneinander zu unterscheiden. Eine nach Hopfen riechende Hitzewelle traf Baralis in den Rücken. Die beiden Männer, die sich hinter ihm angeschlichen hatten, machten keinerlei Anstalten, ihn aufzuhalten. Baralis spürte eine wohlvertraute Schwäche in sich aufkeimen, die typische Nachwirkung eines jeden Zaubers. Menschen rannten an ihm vorbei in Richtung Kamin. Sie hatten den Kopf gesenkt, um seinen Blick zu meiden. Er mußte hier so schnell wie möglich raus und wieder zurück in den Palast. Nur eines mußte er vorher noch erledigen. Während er durch den Schankraum eilte, formte er einen zweiten Zauber.

Ein Bannzauber schwebte durch die Luft, fein wie ein Moskitonetz, doch stark genug, um dreißig Leute zu bedecken. Er legte sich wie Staub auf die Menschen, und sie sogen ihn in ihre Lungen wie den Duft einer wohlriechenden Pflanze. Die Luft selbst wurde zu einer Botschaft, die durch das Blut weitergeleitet wurde. Nachdem Baralis gegangen war, würden sich die Gäste nur noch verschwommen an ihn erinnern. Für sie würde er nur noch ein mysteriöser Mann in Schwarz sein, weiter nichts. Jeder Gast würde ihn anders beschreiben, und keine zwei Beschreibungen würden einander gleichen. Er durfte nicht riskieren, daß er mit diesem Vorfall in Verbindung gebracht wurde.

Als Baralis endlich die Tür erreichte, konnte er sich kaum noch auf den Beinen halten. Er stolperte hinaus. Seine Beine drohten jeden Augenblick unter ihm nachzugeben. Ein Mann mit einem mit Kohl bepackten Muli stand auf der Straße und beobachtete ihn.

»Bring mich in den Palast«, murmelte Baralis, »und ich mache dich zu einem reichen Mann.« Irgendwie gelang es ihm, sich noch eine weitere kleine Beschwörung abzuringen, um seinen Worten Nachdruck zu verleihen. Das hätte ihn beinahe umgebracht.

Das letzte, was Baralis sah, bevor er in Dunkelheit versank, waren zwei Körbe voller Kohl, die auf die Straße geworfen wurden.

Maybor war nicht sicher, was gerade geschehen war. In dem kleinen abgegrenzten Bereich um den Kamin herum war plötzlich die Hölle losgebrochen, doch er war davon unberührt geblieben. Die beiden alten Männer hingen bewußtlos über ihrem Tisch, und ihre Füße waren schwarz, als seien sie verbrannt. Inmitten der Bierlachen auf dem Boden lag eine tote Katze. Ihre Pfoten qualmten. Rings um Maybor herum liefen Menschen aufgeregt hin und her und murmelten irgend etwas von einem Mann in Schwarz. Es war Zeit, von hier zu verschwinden. Maybor schwang seine Füße von der Fußbank, stand auf und erkämpfte sich einen Weg zur Tür.

Kapitel Zwei

Allmählich haßte Jack Kräuter – besonders die stark riechenden.

Er wartete in dem abgedunkelten Lagerraum und wagte kaum zu atmen, während Stillfuchs sich auf der anderen Seite der Tür mit dem unerwarteten Besucher beschäftigte. Bündel getrockneter Minze und Rosmarin hingen so dicht über Jacks Kopf, daß sie sich immer wieder in seinen Haaren verfingen und ihn zum Niesen reizten. Er war nun schon eine ganze Weile hier drin, und sein rechtes Bein hatte sich verkrampft. Doch er durfte nicht riskieren, sich zu bewegen, und so biß er die Zähne zusammen und versuchte, an etwas anderes zu denken.

Frallit hatte immer gesagt, um einen Krampf zu lösen, solle man mit einem möglichst großen Stock auf das betreffende Glied einschlagen. Jack war einmal auf diese Art ›geheilt‹ worden, und anschließend hatte er beschlossen, in Frallits Gegenwart nie wieder etwas von einem Krampf zu erwähnen. Jack lächelte bei der Erinnerung. Was waren das damals doch für herrliche Zeiten gewesen.

Oder doch nicht? Das Lächeln verschwand aus Jacks Gesicht: Konnte er wirklich von sich behaupten, in Burg Harvell glücklich gewesen zu sein? Er hatte ein Dach über dem Kopf gehabt, genug zu essen und eine gewisse Sicherheit, was seine Zukunft betraf, aber war er *glücklich* gewesen? Die Menschen hatten hinter seinem Rücken geflüstert, ihn einen Bastard geschimpft und seine Mutter eine Hure. Da er lediglich ein einfacher Bäckerjunge gewesen war, hatte ihn jedermann schlecht behandelt, und Meister Frallit war auch nicht die fürsorgliche Vaterfigur gewesen, als die er heutzutage immer wieder in Jacks Erinnerung auftauchte – im Gegenteil: Der Meisterbäcker war nichts weiter als ein sadistischer, rachsüchtiger Schläger gewesen. Jacks Narben waren Beweis genug dafür.

Nein, Burg Harvell war nicht jener wunderbare, friedliche Ort, wo es weder Sorgen noch Leid gab. Es war voller Menschen, die Jack nicht die geringste Freiheit gelassen hatten. Sie hatten seinen Willen aus ihm herausgeprügelt und ihm die Kraft seines Körpers entzogen. Er hätte gar nicht erst zulassen dürfen, daß er die Vergangenheit rosarot sah. Was vergangen war, war vergangen und sonst gar nichts.

Seltsamerweise stimmten diese Gedanken Jack fröhlich; sie besaßen eine ganz eigene Macht. Warum war ihm das alles nicht schon früher aufgefallen?

Plötzlich hörte er aus der Küche ein Wort, das sofort alle anderen Gedanken auslöschte.

»Melliandra.«

Jack war sicher, daß es der Name seiner Freundin gewesen war – schließlich hatte er ihn oft genug in seinen Träumen gehört. Noch immer verharrte er vollkommen regungslos, doch all seine Sinne waren nun auf die kleine Holztür gerichtet, die ihn von Stillfuchs und seinem ungebetenen Gast trennte.

Im Augenblick sprach Stillfuchs: »Wer kann schon sagen, was Katharina mit …« Das Schaben eines eisernen Schürhakens schnitt den Satz vorzeitig ab.

Jack verfluchte alles Metallische.

»Ich zumindest möchte nicht in ihrer Haut stecken«, sagte der Fremde.

Meinte er damit Katharina oder Melli?

»Ist doch auch egal«, erwiderte Stillfuchs. »Wir haben unsere eigenen Probleme. Ich habe gehört, unsere Generäle würden sich heute auf den Weg nach Highwall machen …«

Jack hatte das Gefühl, daß Stillfuchs absichtlich das Thema gewechselt hatte.

Eine Woche nachdem er bei dem Kräutersammler eingezogen war, hatte Jack ihm seine Version der Ereignisse erzählt, die sich seit seiner Flucht aus Burg Harvell zugetragen hatten. Zwar hatte er das ein oder andere ausgelassen – niemand würde je von Tarissas Verrat erfahren –, er hatte aber über Melli gesprochen. Er hatte Stillfuchs berichtet, wer sie war, wie sie sich kennengelernt hatten, und wie sie in Halcus voneinander getrennt worden waren.

Und noch bevor Jack mit seinem Bericht zu Ende gekommen war, hatte Stillfuchs ihm erklärt: »Maybors Tochter wird den Herzog von Bren heiraten.«

Diese Worte hatten eine verwirrende Vielzahl von Gefühlen in Jack wachgerufen: Zuallererst war er erleichtert darüber, daß sie in Sicherheit war; dann fragte er sich, wie sie wohl mit dem Herzog zusammengekommen war, und schließlich fühlte er auch so etwas wie Enttäuschung, daß sie sich schlußendlich doch der Konvention gefügt hatte und beabsichtigte, einen Mann ihres Standes zu heiraten. Und wenn er ehrlich zu sich selbst war, dann war er auch ein wenig eifersüchtig. Es war *seine* Aufgabe gewesen, Melli zu beschützen, und er hatte immer davon geträumt, sie zu retten. Doch das war nun alles vorbei. Eine Herzogin in einem prächtigen Palast mußte höchstens vor aufdringlichen Schmeichlern beschützt werden.

Seitdem hatte Jack nichts mehr von ihr gehört.

Bis jetzt. Stillfuchs' ungebetener Gast hatte Neuigkeiten von Mellis Hochzeit gebracht, und den wenigen Gesprächsfetzen nach zu urteilen, die Jack mitbekommen hatte, standen die Dinge nicht allzu gut.

Jack wünschte sich aus tiefstem Herzen, daß der Fremde endlich verschwinden möge. Er mußte mit Stillfuchs reden und herausfinden, ob es Melli gutging. Die Salbe auf Jacks Wunden brannte schadenfroh. Der Lagerraum wurde immer kleiner, so daß Jack sich schließlich wie in einem Kerker fühlte. Staub drang in seine Lunge und drohte, ihn zu ersticken, und die Dunkelheit verstärkte seine Ängste. Der Gedanke, daß sich Melli in Gefahr befinden könnte, war wie ein Gift, das sich langsam durch sein Gehirn fraß. Je länger er wartete, desto verrückter wurden seine Gedanken. Hatte der Herzog beschlossen, sich seiner neuen Braut zu entledigen? Hatte Baralis Melli irgendwie in Mißkredit gebracht? Oder hatte Kylock Maybors Tochter in einem Anfall von Wut entführt?

Schließlich wurde die Küchentür zugeschlagen, und noch bevor das Geräusch verklungen war, stürmte Jack in die Küche. Das Licht war unangenehm grell. Stillfuchs lehnte am Kamin. Er wirkte ein wenig steif, als hätte er schon viel zu lange in dieser Haltung verharrt.

»Tut mir leid, daß du so lange im Lagerraum bleiben mußtest, Jack; aber Garfus wird man nur schwer wieder los.«

»Was hat er über Melli gesagt?« Jack erkannte seine eigene Stimme kaum wieder. Sie klang kalt und befehlend.

»Gib mir eine Minute, um mich wieder zu beruhigen; dann werde ich dir alles erzählen.«

»Ich will es *jetzt* hören!«

Stillfuchs verschaffte sich ein wenig Zeit, indem er zunächst das Feuer schürte und sich anschließend einen Stuhl an den Kamin holte. Schließlich sagte er: »Neun von Annis' besten Generälen sind auf dem Weg nach Highwall, um die Invasion zu koordinieren.«

Trotz seines Verlangens, etwas über Melli zu erfahren, konnte Jack nicht umhin zu fragen: »Invasion von was?«

Der Kräutersammler zuckte mit den Schultern. »Bren, natürlich.«

»Wieso ›natürlich‹? Warum fallen sie nicht in die Königreiche ein oder versuchen, Kylocks Truppen auf den Feldern von Halcus aufzureiben?«

»Weil Kylock schon bald der Herr von Bren sein wird.«

Jack lief ein Schauer über den Rücken. »Ich dachte, die

Hochzeit des Herzogs hätte Kylocks Plänen ein Ende gemacht.«

Stillfuchs versuchte, das Thema zu umgehen. »Ach, weißt du, wenn er erst einmal Katharina geheiratet hat, dann ist ihm die Stadt so gut wie sicher. Und Highwall wird sich bei der Frage von Krieg und Frieden bestimmt nicht mit Haarspaltereien aufhalten.«

Er log. Selbstgerechte Wut baute sich in Jack auf. Stillfuchs verbarg etwas vor ihm. Er versuchte, ihn zum Narren zu halten. »Was ist zwischen dem Herzog und Melli vorgefallen?«

Stillfuchs wirkte nervös. »Jack, ich habe meine Gründe, wenn ich dir etwas verschweige …«

»*Gründe!* Deine *Gründe* interessieren mich nicht. Ich will dir Wahrheit hören.«

»Du bist noch nicht bereit, nach Bren zu gehen. Deine Ausbildung hat gerade erst begonnen.« Stillfuchs trat einen Schritt vor.

Jack war bereits auf dem Weg zur Tür. »Du bist nicht mein Aufpasser, Stillfuchs. Ich bin selbst für mein Leben verantwortlich, und niemand entscheidet für mich, was ich hören darf und was nicht.« Jack zitterte. Wut erfüllte ihn, und er versuchte noch nicht einmal, sie unter Kontrolle zu bringen. »Und jetzt sag mir, was mit Melli geschehen ist, oder, Borc sei mein Zeuge, ich gehe durch diese Tür und finde es selbst heraus.«

Stillfuchs hob den Arm. »Jack, du verstehst nicht …«

Jacks Hand lag bereits auf der Klinke. »Nein. Du bist derjenige, der nicht versteht, Stillfuchs. Ich habe die Schnauze voll von Lügen. Sie haben alles zerstört, was ich hatte – sie machen mich krank. Und heute habe ich genau eine zuviel gehört.« Während er sprach, dachte Jack an Tarissa, Rovas und Magra: Sie waren allesamt Lügner. Selbst seine Mutter hatte ihn getäuscht. Wer war wohl schlimmer, fragte er sich: Menschen wie Rovas und Tarissa, die einem mitten ins Gesicht logen, oder Menschen wie seine Mutter und Stillfuchs, die die Wahrheit einfach für sich behielten?

Jack schlug mit der Faust auf die Türklinke. Er sah keinen Unterschied zwischen beiden.

»Jack! Geh nicht!« rief Stillfuchs und eilte auf ihn zu. »Ich werde dir alles erzählen!«

Jack öffnete die Tür. »Dafür ist es nun zu spät, Stillfuchs. Ich würde dir wahrscheinlich sowieso nicht glauben.« Er trat hinaus in den warmen Sommerregen und schlug die Tür hinter sich zu. Dann machte er sich auf den Weg zur Hauptstraße. Mit etwas Glück würde er Annis noch vor Einbruch der Dunkelheit erreichen.

Tavalisk war gerade aus seiner privaten Schatzkammer zurückgekehrt, wo er seine Rücklagen inventarisiert hatte. Solche Ausflüge waren äußerst beruhigend. Gold war noch immer das beste Ruhekissen. Man konnte sich jederzeit darauf zurückfallen lassen und durfte stets mit einer weichen Landung rechnen. Für den Erzbischof war sein Gold das, was einer Familie am nächsten kam: Es war immer da, um ihm Trost zu spenden; es stellte keine Fragen, und es belog ihn nicht, und es würde niemals sterben und ihn hilflos und allein zurücklassen.

Tavalisk hatte keine guten Erinnerungen an seine Familie. Seine Mutter mochte ihn ja vielleicht in die Welt gesetzt haben, aber sie hatte den Ort und die Umstände seiner Geburt außerordentlich schlecht gewählt.

Tavalisk war in einem Armenhospiz in Silbur geboren worden. Seine früheste Kindheitserinnerung war der Tod des Schweins seiner Mutter, das elendiglich an der Schweinepest zugrunde gegangen war. Noch immer sah er vor seinem geistigen Auge, wie das Tier inmitten seines eigenen Drecks lag. Es hatte den Tod *gewollt*. Tavalisk erinnerte sich daran, wie er im Wald nach Eicheln gesucht hatte, um sie dem Schwein zu füttern, doch die Kreatur hatte jegliche Nahrungsaufnahme verweigert. Das Schwein hatte einfach nur dagelegen, ohne die Bemühungen des kleinen Tavalisk überhaupt zur Kenntnis zu nehmen. Tavalisk hatte dieses Schwein geliebt, doch als es sich ohne Gegenwehr in sein

Schicksal ergeben hatte, hatte er sich gegen das Tier gewandt. Schließlich hatte er einen Stein geholt und die Kreatur damit zu Tode geprügelt. Selbst damals schon, als kleines Kind, hatte Tavalisk gewußt, daß man in dieser Welt nur mit einem gesunden Selbsterhaltungstrieb überleben konnte. Und dem Schwein hatte es ebenso sehr daran gemangelt wie Tavalisks Mutter.

Nachdem das Schwein gestorben war, blieb ihnen nichts anderes übrig, als das verseuchte Fleisch zu essen. Tavalisk und seine Mutter waren die Niedrigsten der Niedrigen und die Ärmsten der Armen. Sie besaßen nichts weiter als die Kleider, die sie am Leib trugen, einen Sack voller Steckrüben und zwei Zinnlöffel. Da sie kein Messer hatten, war Tavalisks Mutter gezwungen, den Kadaver zum Fleischmarkt zu schleppen, um ihn dort schlachten zu lassen. Mit Ausnahme des Kopfes nahm der Metzger das ganze Fleisch als Bezahlung für seine Dienste. Tavalisk konnte sich noch genau daran erinnern, wie der Metzger sich Schweineblut als Ersatz für Pomade in den Schnurrbart geschmiert hatte, während er Tavalisks Mutter eine zusätzliche Portion Fleisch angeboten hatte, wenn sie mit ihm ins Bett gehen würde. Tavalisk hatte seiner Mutter bis heute nicht verziehen, daß sie dieses Angebot abgelehnt hatte.

Solch maßlos übertriebenes Ehrgefühl hatte Tavalisk seine ganze frühe Kindheit über verfolgt. Seine Mutter nahm eine Arbeit als Putzfrau in einer Kirche an, und zwar aus keinem anderen Grund, als daß sie nicht von der Mildtätigkeit anderer Leute abhängig sein wollte. Schon bald erkannte der junge Tavalisk, daß Priester sogar Geldverleiher an Geiz übertrafen. Großzügige Nahrungsgeschenke wurden hinter Schloß und Riegel verwahrt; jede Nacht wurde die Flasche mit dem Meßwein mit einer Markierung versehen, und vor und nach den Gottesdiensten wurden die Hostien gezählt.

Aber die Zeremonien waren wirklich atemberaubend. Priester waren teils Zauberer, teils Schauspieler und teils Könige. Sie vollbrachten Wunder, gewährten Vergebung und schlugen Tausende in ihren Bann. Ihre Macht erstreckte sich sowohl auf diese Welt als auch auf die nächste. Tavalisk pflegte sie aus einem Versteck hinter dem Chorgestühl heraus zu beobachten. Von dort aus sah er die Kirche in ihrer ganzen Pracht: die mit Goldfäden durchwirkten, scharlachroten Wandbehänge, die schneeweißen Wachskerzen, die mit Juwelen besetzten Reliquien und die silbern gewandeten Meßdiener, die mit Engelsstimmen sangen. Es war eine Welt voller Zauber, und Tavalisk schwor sich, daß er eines Tages ein Teil dieser Welt sein würde.

Ein Jahr später starb seine Mutter, und Tavalisk wurde auf die Straße geworfen. Verständlicherweise nahm daraufhin seine Liebe zur Kirche rapide ab, und erst mehrere Jahre und einen halben Kontinent später vernahm er erneut ihren Ruf. Dann jedoch dauerte es nicht lange, bis Tavalisk erkannte, daß es in der sensiblen, politischen Hierarchie der Kirche mehr als einen Weg gab, um ganz nach oben zu kommen.

Mit einem nostalgischen Lächeln auf den Lippen trat der Erzbischof an seinen Schreibtisch, wo ein üppiges Mahl auf ihn wartete. Diese Erinnerungen waren ein ebenso guter Appetitanreger wie ein edler Weißwein, doch andererseits mußte man – wieder ähnlich wie bei Wein – darauf achten, ihnen nicht allzu sehr zu frönen. Schließlich hatte Tavalisk nicht die Absicht, eines Tages als sentimentaler, alter Trottel zu enden.

Er führte die Ente an die Lippen, und alle Gedanken an die Vergangenheit verschwanden, als das saftige Fleisch seinen Gaumen berührte, und nachdem er den ersten Bissen heruntergeschluckt hatte, stand er wieder mit beiden Beinen in der Gegenwart.

Genau diesen Augenblick wählte Gamil, um anzuklopfen.

»Herein, Gamil! Herein!« rief Tavalisk. Er war erfreut über das Erscheinen seines Privatsekretärs. Sie hatten einiges zu besprechen.

»Wie fühlt Ihr Euch heute, Euer Eminenz?« fragte Gamil und betrat den Raum.

»Ich habe mich nie besser gefühlt, Gamil. Die Ente ist knusprig, der Wein herb, und der Krieg rückt mit jeder Stunde näher.«

»Der Krieg ist es auch, der mich zu Euch führt, Euer Eminenz.«

»Aaah, wie ich sehe, verstehen wir allmählich einander.« Tavalisk war äußerst leutselig. »Welch glückliche Fügung des Schicksals. Berichte mir deine Neuigkeiten.« Er griff sich eine weitere Entenkeule vom Teller, tauchte sie in die Pfeffersauce und riß das Fleisch von den Knochen.

»Nun, Euer Eminenz, in drei Tagen werden sich neun Annis-Generäle mit ihren Gegenstücken aus Highwall treffen.«

»Sie wollen sich wohl zu einem kleinen Stelldichein in fremder Leute Territorium verabreden, was?«

»Ja, Euer Eminenz, sie beabsichtigen, Invasionspläne zu diskutieren.«

»Hmmm ...« Tavalisk spielte mit den Überresten der Ente. »Wann glaubst du, werden sie sich auf den Weg nach Bren machen?«

»Das ist schwer zu sagen, Euer Eminenz. Ich halte es allerdings für wahrscheinlich, daß sie bis nach der Hochzeit warten werden. Immerhin richtet sich ihr Groll gegen Kylock und nicht gegen Bren.«

»Das würde dann ja noch bis in den Spätsommer dauern. Aber wenn sie auch nur ein Fünkchen Verstand haben, greifen sie an, solange das Hochzeitsbett noch warm ist.«

»Ihre Truppen jedoch werden sie vermutlich schon vorher in Stellung bringen, Euer Eminenz. Highwall braucht gut zwei Wochen, um seine Fußsoldaten und die schweren Belagerungsmaschinen über die Pässe zu bringen. Sollten sie wirklich warten, bis die Hochzeit vollzogen ist, könnte sich diese Verzögerung als entscheidend erweisen.«

Tavalisk löste das Gabelbein von der Ente, und wie üblich zog er selbst an beiden Enden – auf diese Weise stellte er sicher, mit niemandem das Glück teilen zu müssen. Merkwürdigerweise brach dieser Knochen exakt in der Mitte auseinander. »Das darf natürlich nicht sein, Gamil. Schick einen Boten, der die Städte des Südens bei den Verhandlungen repräsentiert.«

»Aber, Euer Eminenz, Annis und Highwall werden nicht auf uns hören.«

»O doch, das werden sie, Gamil. Wer glaubst du wohl, finanziert ihren verdammten Krieg? Die Städte des Nordens mögen ja vielleicht stark befestigt und reich an Menschen sein, aber es mangelt ihnen unglücklicherweise an Bargeld. Annis zum Beispiel könnte noch nicht einmal eine kleine Bergwanderung finanzieren, geschweige denn eine ausgewachsene Belagerung.« Tavalisk warf die beiden Stücke des beleidigenden Gabelbeins ins Feuer; ihre gleichmäßige Gestalt jagte ihm Schauer über den Rücken. »Am Ende werden sie auf uns hören, weil sie keine andere Wahl haben, Gamil.«

»Welche Botschaft soll ich ihnen überbringen, Euer Eminenz?«

»Annis und Highwall sollen nichts – aber auch wirklich gar nichts – gegen Bren unternehmen, bevor die Hochzeit nicht vollzogen ist. Das schließt die Verlegung von Truppen an die Grenze mit ein.«

»Darf ich nach dem Grund für diese Anordnung fragen, Euer Eminenz?«

»Gamil, wenn man dich in einen Teich werfen würde, würdest du in gerader Linie Richtung Grund sinken.«

»Warum das, Euer Eminenz?«

»Weil du so schwerfällig bist wie ein Stück Blei!« Tavalisk schnaufte gutgelaunt. Er liebte es, seine geistige Überlegenheit zur Schau zu stellen. »Also wirklich, Gamil. Siehst du das denn nicht? Wenn Annis und Highwall irgend etwas unternehmen, bevor die Hochzeit unter Dach und Fach ist, besteht die Gefahr, daß die ganze Sache platzt. Die guten Bürger von Bren werden wohl kaum ihre Herzogin jubelnd vor den Altar geleiten, wenn ein so riesiges Heer an ihren

Grenzen steht, wie es die Menschheit seit Jahrhunderten nicht mehr gesehen hat.« Der Erzbischof schloß seine Erklärung mit einem mißbilligenden Kopfschütteln ab.

»Aber wären nicht all unsere Probleme gelöst, wenn die Hochzeit platzen würde, Euer Eminenz?«

»Unsere Probleme werden erst dann gelöst sein, wenn Tyren und seine Ritter schreiend nach Valdis zurückrennen und dieser Dämon Baralis kalt in seinem Grab liegt. Und ich möchte hinzufügen, daß nichts von alledem geschehen wird, wenn die Krise im Norden sich nicht weiter zuspitzt.«

»Aber ...«

»Sag dieses Wort noch ein einziges Mal, Gamil, und ich schwöre, ich werde dich auf der Stelle exkommunizieren!« Der Erzbischof schwenkte einen Entenknochen wie eine Waffe. »Denk doch mal nach, Mann. *Denk nach!* Nehmen wir einmal an, die Hochzeit würde platzen. Was würde dann geschehen?« Tavalisk wartete nicht auf die Antwort. »Dann würde Kylock noch immer über ein Drittel des Nordens herrschen, und mit Hilfe der Ritter würde er sich wahrscheinlich noch weitere Territorien einverleiben. Baralis würde immer noch im Hintergrund die Fäden ziehen, und Tyren – Borc möge seine gierige Seele verrotten lassen – würde vermutlich die Kontrolle über die Kirche im Norden erlangen. Die Hochzeit verändert nur den zeitlichen Rahmen. Die Eheschließung von Kylock und Katharina wird nur den Lauf der Dinge beschleunigen, nicht sie in Gang setzen; das ist schon vor langer Zeit geschehen.«

Gamil wirkte angemessen zerknirscht. »Jetzt verstehe ich, worauf Euer Eminenz hinauswill.«

»Das stand nie außer Frage«, erwiderte der Erzbischof und warf seinem Privatsekretär einen ausgesprochen kühlen Blick zu. »Und jetzt will ich, daß du einen außerordentlich überzeugenden Brief an den Herzog von Highwall verfaßt, Gamil. Sag ihm, der Süden stünde nach wie vor auf seiner Seite, und berichte ihm, daß weiteres Geld unterwegs sei ... und so weiter und so fort. Anschließend teilst du ihm mit, daß wir all unsere Mittel zurückziehen, sollte auch nur ein einziger seiner Soldaten einen Fuß in Richtung Osten setzen, bevor die Hochzeit vollzogen ist.«

»Wie Ihr wünscht, Euer Eminenz. Sonst noch etwas?«

»Nur eins noch, Gamil. Würde es dir etwas ausmachen, ins Marktviertel zu gehen und mir einen Fisch zu besorgen?«

»Was für eine Art Fisch, Euer Eminenz?«

»Einen in einem Glas, Gamil. Seit dem tragischen Unfall meiner Katze vermisse ich ein freundliches Lebewesen in meiner Umgebung, und ich glaube, im Augenblick wäre ein Fisch für mich genau das Richtige.«

»Wie Ihr wünscht.« Gamil verneigte sich und ging Richtung Tür. Gerade als er den Fuß über die Schwelle setzte, rief der Erzbischof ihm hinterher:

»Oh, Gamil! Sicherlich wünschst du, das Tier aus deiner eigenen Tasche zu bezahlen. Das Fest von Borcs erstem Wunder steht vor der Tür, und ich denke, ein Fisch eignet sich hervorragend als Geschenk. Was meinst du?« Tavalisk lächelte süßlich. »Aber keinen billigen, wenn ich bitten darf.«

Tawl saß auf der sonnenüberfluteten Fensterbank und schnitzte an einem Stück Holz. Das Kissen, das irgend jemand auf den nackten Stein gelegt hatte, lag auf dem Boden. Bequemlichkeit war etwas, an das Tawl sich einfach nicht gewöhnen konnte.

Jedesmal wenn ein Holzsplitter zu Boden fiel, oder wenn sich das Messer in einem Astloch verfing, blickte Tawl aus dem Fenster und hielt nach Schnapper Ausschau. Der Junge war nun schon vier Tage unterwegs, und Tawl war inzwischen krank vor Sorge. Oh, natürlich wußte er, *warum* der Junge verschwunden war: Nach den Ereignissen im *›Randvollen Eimer‹* hielt er es wohl für besser, eine Zeitlang unterzutauchen. Böse Streiche, begangen aus zweifelhaften Motiven waren Schnappers Markenzeichen, und Tawl konnte ihn dafür weder verfluchen noch verdammen. Er selbst hatte schon viel Schlimmeres getan.

Maybor war vorgestern am frühen Abend wieder in den Unterschlupf zurückgekehrt. Der Mann hatte einen erschütterten und leicht verwirrten Eindruck gemacht. Nach wiederholtem Fragen hatte er schließlich zugegeben, daß er sich mit Baralis getroffen hatte und daß Schnapper ihm dabei als Vermittler gedient hatte. Maybor hatte keinerlei Reue über seine Tat empfunden. Wieder und wieder hatte er lautstark darauf hingewiesen, daß es sein Recht als werdender Großvater sei, jedermann über den Zustand seiner Tochter zu informieren. Doch als Tawl ihn über die Einzelheiten des Treffens befragt hatte, war Maybor ungewöhnlich zurückhaltend gewesen; sein Blick war leer geworden, und er hatte irgend etwas vor sich hin gemurmelt von wegen, daß er sich nicht wie ein Häftling auf der Streckbank ausquetschen lassen wolle. Tawl vermutete, daß der hohe Herr sich einfach nicht erinnern *konnte*. Und das konnte nur eines bedeuten: Zauberei.

Tawl schüttelte den Kopf und warf noch einen letzten Blick auf die Straße; dann nahm er wieder seine Schnitzarbeit auf. Maybor hatte keine Ahnung, wieviel Glück er gehabt hatte. Er war wie eine Fliege gewesen, die geglaubt hatte, die Spinne sei weniger gefährlich, wenn man sie aus ihrem Netz lockte.

Vor zwei Tagen war Tawl in den ›*Randvollen Eimer*‹ gegangen, um selbst herausfinden, was dort vorgefallen war. Die Stammgäste waren nicht nur bis zum letzten Mann sturzbetrunken gewesen, sondern auch einheitlich verwirrt. Ein Mann hatte erklärt, eine geheimnisvolle schwarze Gestalt habe Blitze auf den Boden geschleudert, während ein anderer ihm vehement widersprochen und berichtet hatte, das Bier habe von selbst angefangen zu kochen. Doch in einer Sache waren sich alle einig gewesen: Jedermann hatte gehört, daß Melliandra behauptete, das Kind des Herzogs unter dem Herzen zu tragen.

Inzwischen hatte das Gerücht die Runde gemacht, und nun wußte die ganze Stadt, daß Melli schwanger war. Heute morgen war Lord Cravin zu Besuch gekommen und hatte

Tawl über die Reaktionen der Menschen berichtet: »Die meisten bezeichnen Melliandra als schamlose Lügnerin und Hure; aber mit etwas Zeit und Geduld wird es mir schon gelingen, genügend Leute zu finden, die ihren Anspruch unterstützen.«

Tawl verspürte das Bedürfnis, Maybor den Hals umzudrehen. Mit einer einzigen leichtsinnigen Tat hatte der Mann nicht nur sein eigenes Leben gefährdet, sondern auch das seiner Tochter. Nun, da ihre Schwangerschaft allgemein bekannt war, war Melli verwundbarer denn je zuvor. Baralis hatte inzwischen befohlen, die Stadt Haus für Haus zu durchkämmen, und an jeder Straßenecke hingen Plakate, die eine hohe Belohnung für Hinweise auf Mellis Aufenthaltsort versprachen. Das Netz zog sich rasch zu, und Maybors kleines Rendezvous hatte dafür gesorgt, daß Baralis bald einen Fang machen würde.

»Ich habe die Pasteten, Tawl«, erscholl eine Stimme vom unteren Ende der Treppe. »Soll ich sie jetzt der Dame bringen?«

»Sorg dafür, daß sie die beste bekommt, Bodger«, erwiderte Tawl. »Und probier die Milch, bevor sie was davon trinkt – sie muß kühl und frisch sein.«

»Das hat Grift schon erledigt, Tawl. Niemand kann besser sagen, ob die Milch sauer ist oder nicht. Er hat die Nase eines Milchmanns und die Hände einer Melkerin.«

Tawl stöhnte entnervt und sagte: »Bring sie ihr einfach, Bodger.«

»Das ist so gut wie erledigt, Tawl. Grift sagt immer ...« Die Worte verhallten gemeinsam mit den Schritten in der Ferne.

Vor vier Tagen waren die beiden ehemaligen Wachsoldaten plötzlich vor der Tür des Unterschlupfes aufgetaucht. Sie hatten recht verlegen dreingeschaut und Schnappers geheimen Spruch heruntergeleiert. Tawl war keine andere Wahl geblieben – wie Schnapper sicherlich geahnt hatte –, als sie einzulassen. Sie waren ein Risiko, denn sie kannten die genaue Lage des Verstecks. Natürlich hätte Tawl ihnen auch die Kehlen durchschneiden können, doch ihm war an diesem Tag nicht nach Mord zumute gewesen. Trotz allem konnte Tawl sich ein Lächeln nicht verkneifen. Die beiden waren wirklich ein einmaliges Paar.

Und Melli verdankte ihnen ihr Leben.

Tawl wünschte nur, daß der Herzog ihnen das gleiche schulden würde.

Tawl rammte das Messer in den Fensterrahmen. Warum versagte er nur immer und immer wieder? Warum scheiterte er jedesmal bei dem Versuch, das Leben derjenigen zu bewahren, die zu schützen er geschworen hatte? Wieder rammte er das Messer in den Fensterrahmen. Warum warf ihn jedesmal wieder etwas zurück, wenn er glaubte, endlich wieder eine Zukunft zu haben? Das Messer schwebte einen Augenblick in der Luft; dann ließ Tawl es in seinen Schoß fallen. Jetzt war nicht die Zeit für Selbstmitleid. Melli war hier, und er mußte für ihre Sicherheit sorgen. Als Champion des Herzogs hatte er gelobt, über den Herzog *und* seine Erben zu wachen. Der Herzog war zwar tot, doch seine Witwe und sein ungeborenes Kind lebten, und Tawl war durch seinen Eid dazu verpflichtet, sie unter Einsatz seines Lebens zu beschützen. Ganz Bren hatte gehört, wie er diesen Eid geschworen hatte.

Ein rascher Blick aus dem Fenster – noch immer keine Spur von Schnapper.

Sie mußten die Stadt verlassen. Baralis war ihnen auf den Fersen, und Schnapper und Maybor mit ihren geheimen Treffen und nächtlichen Streifzügen bettelten geradezu darum, geschnappt zu werden. Natürlich hielten sich beide für besonders schlau, doch Baralis war schlauer. Es war nur noch eine Frage der Zeit, bis man sie entdecken würde – es sei denn, es gelang ihnen, unbemerkt zu entkommen.

Tawl seufzte tief und begann erneut zu schnitzen. Seine Hände schienen etwas Bestimmtes formen zu wollen, aber sie hatten sein Gehirn noch nicht darüber informiert, um was es sich dabei handelte.

Das Verlassen der Stadt brachte zwei Probleme mit sich: Zum einen wurde jedes Tor, jede Straße und jedes noch so kleine Loch in der Mauer von genug Soldaten bewacht, um eine Festung einzunehmen. Baralis wußte, daß sie irgendwann die Flucht versuchen würden, und er ging keinerlei unnötige Risiken ein. Die Pässe wurden ebenfalls überwacht; die Mauern wurden von Armbrustschützen patrouilliert, und sogar der Große See war von einem Ring aus Soldaten umgeben. Es würde nicht leicht werden, einen Weg aus der Stadt hinaus zu finden, und selbst wenn: Melli war viel zu schwach, um die Strapazen einer solchen Flucht zu überstehen.

Die Schwangerschaft verlief nicht gut. Melli verlor an Gewicht. Inzwischen war sie so dünn, daß allein ihr Anblick Tawl das Herz zerriß. Nach dem Tod des Herzogs hatte sie zwei Wochen lang jede Nahrung verweigert. Sie war in einem Schockzustand gewesen, unfähig zu essen, zu reden oder auch nur zu weinen. Nach und nach war sie wieder zu sich gekommen. Sie hatte Brot zu ihrer Milch gegessen, sich Gesicht und Haare gewaschen, und manchmal hatte sie sogar über Schnappers dumme Sprüche gelächelt. Während er sich zurückerinnerte, erkannte Tawl, daß Melli zur selben Zeit wieder begonnen hatte, sich um sich selbst zu kümmern, als sich die ersten Anzeichen der Schwangerschaft gezeigt hatten. Doch selbst jetzt, da sie wieder einen gesunden Appetit hatte, fiel es ihr schwer, das Essen bei sich zu behalten. Sobald sie etwas hinuntergeschluckt hatte, dauerte es nicht lange, bis es – wie Schnapper sich ausdrückte – »den falschen Ausgang nahm«.

Alle verwöhnten Melli. Nichts war gut genug, und nichts war zuviel Aufwand. Jeden Tag wurden frische Pasteten gebacken. Maybor hatte seiner Tochter sogar ein Huhn gekauft, damit sie stets frische Eier hatte, und Schnapper brachte ihr Blumen und Obst. Doch trotz all der Aufmerksamkeit, die ihr zuteil wurde, besserte sich Mellis Zustand nicht.

Auch Tawl hatte geliebte Menschen verloren. Er wußte, was Trauer bedeutete. Täglich kämpfte er gegen das zermürbende *Was-wäre-gewesen-wenn* an. Melli hatte mit ansehen müssen, wie ein Meuchelmörder ihrem Mann die Kehle durchgeschnitten hatte, und niemand konnte ihr dabei helfen, diese Erfahrung zu verarbeiten. Was wäre gewesen, wenn sie als erste das Schlafgemach betreten hätte? Was wäre gewesen, wenn sie lauter geschrien hätte? Was wäre gewesen, wenn sie den Herzog gar nicht erst geheiratet hätte?

Nein. Tawl schüttelte den Kopf. Es war keineswegs verwunderlich, daß es Melli schlecht ging. Daß sie jenen verhängnisvollen Tag überhaupt überlebt hatte, grenzte schon an ein Wunder.

Tawl warf wieder einen routinemäßigen Blick auf die Straße. Kein Schnapper, keine Fremden, keine Soldaten.

Was sollte er wegen Melli unternehmen? Sollte er ihr ungeborenes Kind dem Risiko einer Flucht aussetzen? Oder sollte er das Kind an die erste Stelle setzen und hierbleiben? Falls sie aus der Stadt herauskamen, bedeutete das eine lange, harte Reise. Es galt, Berge zu überwinden und sich vor den Soldaten zu verstecken, und sie durften nur mit leichtem Gepäck reisen, sollte es zu einer Verfolgungsjagd kommen. Blieben sie jedoch in Bren, so riskierten sie die Gefangennahme; aber immerhin würde hier Mellis Schwangerschaft unkomplizierter verlaufen.

Tawl blickte auf seine Hände und erkannte zum ersten Mal, was er schnitzte: Es war eine Kinderpuppe.

Wem galt seine Treue zuerst? Dem Kind oder Melli?

Jacks Füße fühlten sich an, als wäre ein vollbeladener Karren über sie hinweggerollt, und auch dem Rest seines Körpers ging es nicht sonderlich gut – dies galt besonders für die Brandwunden, die die geschmolzenen Glassplitter hinterlassen hatten. Stillfuchs wußte offenbar sehr gut, wie man Salbe als Waffe einsetzen konnte. Seit nunmehr zwei Tagen wurden Jacks Arme und Brust von einem pochenden Schmerz gepeinigt, doch inzwischen stahlen ihnen die Füße die Schau.

Endlich hatte er Annis erreicht. Die Stadt lag vor ihm,

und ihre grauen Mauern schimmerten im Mondlicht. Die Straße zum Tor wurde von Häusern und Gasthöfen gesäumt, deren Fensterläden und Dachfirste in verschiedenen Blautönen gestrichen waren. Überall wimmelte es von Menschen. Sie trieben Vieh von der Weide in den Stall, brachten nicht verkaufte Waren vom Markt zurück oder kehrten in einen der hell erleuchteten Gasthöfe ein. Der Wind war kühl und roch nach Rauch von Kaminfeuern. Über den Gipfeln der Berge funkelten die Sterne, und irgendwo rauschte Wasser über Felsen.

Die Straße bestand aus Schotter, der bei jedem Schritt knirschte. Jack konnte die scharfen Kanten der Steine durch seine Schuhsohlen hindurch spüren. Er war nervös. Sicherlich starrten ihn alle an. Dabei sah er gar nicht anders aus. Seine Kleidung stammte von Stillfuchs, und sie unterschied sich nicht im geringsten von der der anderen. Zwar war sein Haar ungewöhnlich lang, doch er hatte es mit einem Stück Seil aus dem Bestand von Herrn und Frau Wadwell zusammengebunden. Nichts, was die Wadwells herstellten, würde sich jemals abnutzen, zerreißen oder brechen. Jack war in der Tat sogar sicher, daß das Seil dereinst mit ihm begraben werden würde.

Jack lächelte und hob den Blick. Ein junges Mädchen starrte ihn an. Sofort wandte er sich ab und ging davon. Sorgfältig achtete er darauf, so oft wie möglich im Schatten der Häuser zu gehen.

Es war nun zehn Wochen her, daß er Stillfuchs getroffen hatte, und der Brand der Garnison lag sogar schon über drei Monate zurück. Ob die Halcus trotzdem noch nach ihm suchten? Nun da ihr Land so gut wie erobert war, und da eine Invasion von Bren kurz bevorstand, hatten sie da noch genügend Zeit und Männer, um einen einzelnen Mann zu jagen?

All diese Gedanken lösten sich in nichts auf, als Jack die äußere Mauer von Annis erreichte. Das Tor wurde gerade für die Nacht geschlossen. Unter lautem Knirschen senkte sich das Fallgatter. Jack rannte los.

»Paß auf, Junge!« erscholl eine rauhe Warnung. »Sonst wirst du aufgespießt!«

Jack trat einen Schritt zurück. »Ich muß noch heute nacht in die Stadt.« Er versuchte, Stillfuchs' Sprechweise nachzuahmen – sein eigener Akzent hätte ihn mit Sicherheit verraten.

Ein zweiter Mann rief von einem der beiden Wachtürme herunter: »Laß ein paar Goldstücke rüberwachsen, und ich halte das Gatter noch eine Weile fest!«

»Ich habe aber kein Gold.«

»Dann habe ich auch nicht die Kraft, das Gatter festzuhalten.« Das Fallgatter senkte sich weiter. Jack dachte kurz darüber nach, einfach sein Glück zu versuchen und loszurennen; aber er entschied sich dagegen. Statt dessen murmelte er nur ein paar Flüche vor sich hin. Die Dornen des Gatters bohrten sich in die dafür vorgesehenen Löcher, und die Stadt war für die Nacht geschlossen.

»Versuch's morgen früh noch mal, Junge«, sagte der Torwächter freundlich. »Vielleicht bin ich bis dahin wieder zu Kräften gekommen.«

Jack lächelte zu dem Mann hinauf, während er ihn in Gedanken verfluchte. Wie sollte er nun in die Stadt gelangen?

Da er nichts anderes zu tun hatte, und da er auch nicht wußte, wohin er sich wenden sollte, wanderte Jack an den Mauern entlang. Sie bestanden aus glatt geschliffenem grauen Granit und waren mit Reliefs von Dämonen und Engeln verziert. Auch Sonne und Sterne schmückten die Mauern, und auf einem Bild wandelten Borc und der Teufel Hand in Hand.

»Annis ist eine Stadt von Gelehrten«, hatte Grift einst erzählt. »Sie sind nicht glücklich, wenn sie nicht jedermann verwirren und des Teufels Advokaten spielen können.« Jack erinnerte sich daran, daß Grifts erste Frau aus Annis stammte – das erklärte manches.

Die Temperatur fiel rasch ab, und der Wind aus den Bergen nahm an Stärke zu. Jack wußte, daß es am besten wäre, wenn er auf dem Absatz kehrtmachte und stehenden Fußes zu Stillfuchs' Hütte zurückkehren würde. Er trug nur eine dünne Wolltunika und ebenso dünne Hosen; das war keine Kleidung, wie sie in solch einer kalten Nacht erforderlich war. Außerdem schmerzten seine Glieder, und er hatte sich unzählige Blasen gelaufen. Zweifelsohne würde der Kräutersammler ihn wieder aufnehmen, seine Wunden versorgen und ihm zu essen geben, und nach dem Streit von heute morgen würde er ihm wahrscheinlich alles über Melli erzählen, was er wissen wollte.

Ja, dachte Jack, es wäre wirklich am besten, wenn er wieder zurückkehren würde. Nur daß sein Stolz das nicht zuließ. Er hatte Stillfuchs geschworen, daß er die Wahrheit auf eigene Faust herausfinden würde, und so wahr ihm Borc helfe, das würde er! Selbst wenn es ihn das Leben kosten sollte.

Annis stellte sich als größer heraus, als Jack gedacht hatte. Die Mauern ragten hoch über ihm auf und erstreckten sich so weit vor ihm, daß sie schließlich von ihren eigenen Schatten verschluckt und eins mit der Nacht wurden. Jack mußte ständig darauf achten, wo er hintrat; Wasserrohre und Abwassergräben führten von der Mauer weg. Nachdem sie erst einmal aus der Stadt heraus waren, mündeten diese sorgfältig konstruierten Leitungen und Kanäle in stinkende Lachen. Jack verzog jedesmal das Gesicht, wenn er gezwungen war, über einen solchen Tümpel hinwegzuspringen. Offenbar war selbst Gelehrten das Sprichwort ›aus den Augen, aus dem Sinn‹ nicht unbekannt.

In der Nähe schrie eine Eule. Darüber erschreckte sich Jack so sehr, daß er einen Schritt zurückwich und in den Tümpel trat, den er gerade erst überquert hatte. »*So eine Scheiße*«, zischte er und rieb seine Schuhsohlen an einem Fels. Eulen hatten in den Bergen nichts zu suchen!

Plötzlich trug der Wind ein leises Flüstern heran. Jack hielt sofort inne und rührte sich nicht. Ein zweites Flüstern folgte dem ersten: Ein Mann rief einen anderen. Jack versuchte, Einzelheiten in den Schatten auszumachen, doch eine Reihe von Büschen versperrte ihm die Sicht. Merkwürdigerweise wuchsen diese Büsche bis unmittelbar an die Mauer. Der Kopf eines Mannes erschien über den Büschen – dann noch einer und noch einer. Wo kamen die her? Soweit Jack es erkennen konnte, erstreckte sich das Buschwerk von der Mauer einen Hügel hinab und verschwand schließlich in der Dunkelheit.

Langsam setzte Jack seinen Fuß wieder auf den Boden. Borc sei Dank gab es hier weder Zweige noch trockenes Laub, die ihn hätten verraten können. Vorsichtig schlich er auf die Büsche zu. Weitere Köpfe erschienen, und alle bewegten sie sich in Richtung Mauer. Während Jack sich den mysteriösen Gestalten näherte, schlug sein Herz immer schneller, und sein Mund trocknete aus.

Unvermittelt legte sich eine Hand über Jacks Mund. Fett, feucht und breit schnitt sie ihm die Luftzufuhr ab. Jack wirbelte herum und benutzte dabei seinen Ellbogen wie eine Keule. Der Mann, dem die Hand gehörte, war groß und schwer; Fettpolster schwabbelten in der Dunkelheit. Noch bevor Jacks Ellbogen traf, stieß er einen mächtigen Schrei aus:

»Müller!«

Das Wort war ein Kriegsschrei. Der Mann hatte noch nicht den Boden berührt, als zwanzig Männer seinem Ruf folgten. Die Büsche teilten sich, und eine Armee aus fetten Kerlen, die allesamt im typischen Weiß der Bäcker gekleidet waren, stürmte mit Knüppeln und Messern bewaffnet heran. Jack wußte, wann er unterlegen war, und so hob er die Hände als Zeichen der Kapitulation.

Der Mann, den er zu Boden geschlagen hatte, erholte sich rasch. Die Fettmassen bebten, als er sich schwerfällig erhob. Seine Armee rückte weiter vor. Zwar rannten sie nicht mehr, doch ihre Waffen hatten sie nach wie vor zum Angriff erhoben. Wieder spürte Jack die Berührung der fetten Hand.

Die weißgekleideten Männer bildeten einen Halbkreis um ihn herum. »Er sieht wie keiner der Müller aus, die ich kenne«, sagte einer von ihnen.

»Aye, Hefer, aber du kennst ja die Müller – hinterhältig durch und durch.« Dieser Kommentar, der vom fettesten der Männer stammte, rief ein zustimmendes Murmeln hervor.

Der mit der fetten Hand sagte von hinten: »Sollen wir ihm Gelegenheit geben zu reden, oder sollen wir ihn einfach erschlagen?«

»Erschlagen!« schrie der Fetteste.

»Durchsucht ihn erst nach Gold«, warf Hefer ein.

Die Hand auf Jacks Mund roch nach Hefe. »Nun«, sagte der dazugehörige Mann, »ich denke, wir sollten ihn erst einmal verhören. Wenn wir seine Eier auf eine heiße Herdplatte legen, wird er uns schon verraten, was die Müller im Schilde führen.« Das Wort *Müller* sprach er mit unverhohlenem Haß aus.

Allmählich begriff Jack, wo er hier hineingeraten war. Er riß den Kopf zurück und biß dem fetten Mann in den Daumen. Nachdem es ihm gelungen war, sich solcherart für einen Augenblick des Knebels zu entledigen, rief er: »Ich bin kein Müller! Ich bin einer von euch! Ich bin ein Bäcker!«

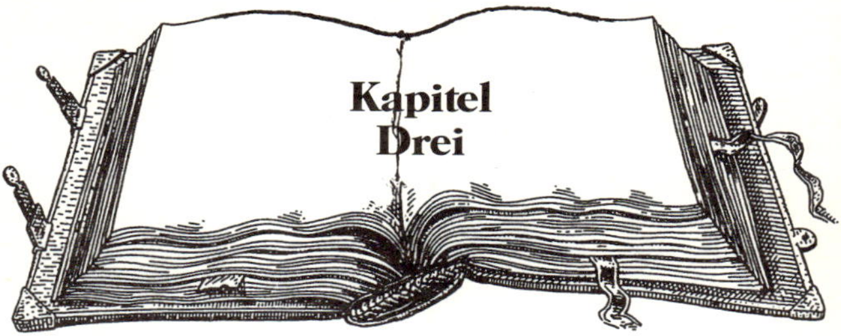

Kapitel Drei

In dieser Nacht schien es wesentlich dunkler in Bren zu sein als in jeder anderen Nacht, an die sich Schnapper erinnern konnte. Selbstverständlich hatte er keine Angst vor der Dunkelheit. Sie war einfach nur ein wenig … besorgniserregend; das war alles. Mauersegler hatte ihm einmal gesagt, *»es gibt Nächte, die einfach nicht zum Taschendiebstahl taugen«*, und dies war definitiv eine solche Nacht.

Schnapper schlängelte sich durch die Gassen im südlichen Teil der Stadt, etwa drei Meilen von Cravins Stadthaus entfernt. Den ganzen Tag über war er um den Unterschlupf seiner Freunde herumgeschlichen und hatte darauf gewartet, daß er den Mut aufbrachte, sich Tawl zu stellen. Er wußte, daß der Ritter ihm eine ordentliche Tracht Prügel verpassen würde, und noch dazu eine der schlimmsten Art – eine verbale. Er hatte es auch nicht anders verdient. Immerhin hatte Schnapper Bodger und Grift das geheime Paßwort verraten, und Maybor wäre beinahe durch seine Schuld umgebracht worden. Um dem Ganzen die Krone aufzusetzen, mußte er jetzt nur noch die Schwarzhelme der Herzogin schnurstracks zum Unterschlupf führen!

Voller Selbstverachtung spie Schnapper aus. Mauersegler hätte ihm schon für weniger all seine Privilegien entzogen und ihn auf die Straße geworfen.

Oh, natürlich wußte Schnapper, daß er früher oder später zurückkehren mußte. Auch hatte er in den vergangenen

Tagen genug ›eingenommen‹, daß man ihn willkommen heißen würde; aber allein der Gedanke, Mißbilligung – oder schlimmer noch, Verachtung – auf Tawls edlem Gesicht zu sehen, hielt seine Füße davon ab, die Richtung zu ihrem Versteck einzuschlagen. Dennoch behielt er den Unterschlupf ständig im Auge, um sicherzugehen, daß seine Freunde nicht in unmittelbarer Gefahr schwebten. Sollte in seiner Abwesenheit plötzlich die Garde auftauchen und Tawl und Melli verhaften, dann würde Schnapper das nicht überleben. Nachdenklich rieb er sich das Kinn. Na ja, überleben würde er es vielleicht ... aber auf jeden Fall würde er sich schämen.

Klatsch! Bumm! Patsch!

Zum ersten Mal registrierte Schnappers Gehirn, was seine Ohren bereits wußten: Irgend jemand folgte ihm – irgend jemand mit einem Hinkebein und einem Stock. Um seine Vermutung zu überprüfen, wechselte Schnapper die Straßenseite.

Klatsch! Bumm! Patsch!

Der Mann folgte ihm auf dem Fuß. Da Schnapper wie ein vollkommen mittelloser, abgerissener Straßenjunge aussah, glaubte er nicht, daß Hinkebein ihn ausrauben wollte. Also blieben nur zwei Möglichkeiten: Entweder war Hinkebein ein Exibitionist, oder er war einer von Baralis' Spionen. Aber wie auch immer: Schnapper wußte, daß es an der Zeit war, den Verfolger abzuschütteln.

Er verhielt sich so ruhig und gelassen, wie Mauersegler es ihn gelehrt hatte, und beschleunigte seinen Schritt. Hinkebein hielt das Tempo mit. Für einen Mann mit einem Krückstock ging er ungewöhnlich schnell. Schnapper hielt nach offenen Türen und dunklen Gassen Ausschau. Allmählich bekam er Angst.

Klatsch! Bumm! Patsch!

Hinkebein holte auf. Das Geräusch seiner schlurfenden Schritte jagte Schnapper einen Schauer über den Rücken. Außer ihnen war niemand auf der Straße. Geradeaus lagen die Passagen, wo tagsüber die Geflügelhändler ihre Waren feilboten. Hier kannte sich Schnapper aus: Geflügelhändler waren bekannt dafür, daß ihnen das Geld locker in der Tasche saß. Rechts von Schnapper befand sich das ›*Entengrab*‹, eine kleine dunkle Straße, von der die meisten Leute glaubten, sie sei eine Sackgasse. Schnapper wußte es besser. Ein enger Drainagetunnel führte unter der Mauer am Ende des ›*Entengrabs*‹ hindurch. Falls Schnapper in den vergangenen Wochen nicht übermäßig viel gewachsen war, würde er sich ohne weiteres durch diesen Tunnel hindurchquetschen können, und das alte Hinkebein hätte nicht die Spur einer Chance, ihm zu folgen.

Schnapper täuschte vor, nach links gehen zu wollen, wartete ein paar Augenblicke und bog schließlich unvermittelt nach rechts ab.

Klatsch! Bumm! Platsch!

Hinkebein war nicht so leicht an der Nase herumzuführen.

Das ›*Entengrab*‹ war ein finsterer Ort in einer ohnehin schon finsteren Nacht. Schweißtropfen perlten über Schnappers Schläfen. *Es ist hier halt warm*, versuchte er, sich einzureden, und wischte sich mit dem Ärmel übers Gesicht. Hinkebein war ein Schatten hinter ihm. Schnapper beschleunigte seinen Schritt. In solchen Gassen war es immer feucht – ob es nun regnete oder nicht –, und rasch hatten sich seine Schuhe voll Wasser gesogen. Die Mauer war nicht mehr weit entfernt, und die Öffnung des Drainagetunnels war bereits als schwarzer Fleck in der rechten, unteren Ecke zu erkennen. Schnapper änderte seinen Kurs entsprechend.

Klatsch! Bumm! Patsch!

Hinkebein folgte ihm.

Inzwischen rann der Schweiß in Strömen über Schnappers Gesicht. Das Geräusch der Schritte hinter ihm war nervenzermürbend. Als er nur noch wenige Fuß vom Eingang des Tunnels entfernt war, gab Schnapper auch den letzten Anschein von Würde auf und rannte los. Das laute Klopfen seines Herzens übertönte jedes andere Geräusch. Aus dem

Tunnel wehte ihm ein Lufthauch entgegen: Der Gestank bedeutete Freiheit.

Mit den Füßen zuerst oder mit dem Kopf? Schnapper blieb nur der Bruchteil einer Sekunde, um sich zu entscheiden. Er atmete tief ein und sprang kopfüber in den Tunnel.

Dunkelheit umfing ihn, und er schlitterte hinab in die feuchte Tiefe, die Geborgenheit verhieß. Hände, Kopf, Schultern, Leib, Beine ... Füße! Etwas griff nach seinen Füßen! Schnapper stand kurz davor, in Panik zu geraten, und er trat mit aller Kraft aus. Seine Hände tasteten an der Wand entlang; er suchte nach irgendwas, woran er sich festhalten konnte. Sein Tritt zeigte keinerlei Wirkung. Hinkebeins Hände fühlten sich wie Klauen an, und sie hielten Schnappers Füße nach wie vor mit festem Griff.

Dann glitt eine Hand zum Fußgelenk hinauf. Schnapper versuchte wegzukriechen, doch Hinkebein zog ihn zurück. Die Kraft des Mannes überraschte Schnapper. Aus irgendeinem Grund hatte er geglaubt, Hinkebein sei ein Schwächling. Schnapper suchte noch immer nach etwas, woran er sich festklammern konnte, während er Stück um Stück aus dem Drainagetunnel herausgezogen wurde. Bäuchlings wurde er durch den Schlamm geschleift. Sein Herz schlug so wild, daß er sicher war, daß es jeden Augenblick platzen würde. Schließlich packten die Hände des Fremden seine Knie, und nach einem kurzen, kräftigen Ruck fand sich Schnapper im Freien wieder.

Schnapper drehte sich um. Zum ersten Mal konnte er einen Blick auf Hinkebein werfen, und trotz der Dunkelheit erkannte er das Gesicht des Mannes.

Hinkebein packte Schnappers Handgelenk und lächelte. »Du bist Schnapper, wenn ich mich nicht irre«, sagte er. Seine Stimme war dünn wie ein Draht. Die Verfolgung schien ihn nicht im geringsten angestrengt zu haben; er atmete noch nicht einmal schneller. »Wahrscheinlich bin ich dir auch kein Unbekannter. Ich bin Skaythe, Blayzes Bruder.« Wieder lächelte Hinkebein und drehte Schnapper den Arm auf den Rücken. Als er erneut das Wort ergriff, spürte Schnapper seinen Atem auf der Wange. »Wir haben uns in der Nacht des Kampfes gesehen. Ich war Blayzes Sekundant.«

Schnapper versuchte, dem Atem des Mannes auszuweichen – er roch nach Süßigkeiten, die man zu lange in der Sonne liegengelassen hatte. Skaythe war die kleinere, drahtigere und weniger gutaussehende Ausgabe seines Bruders. Seine Zähne waren ebenso wie Blayzes leicht gekrümmt, und seine Augen waren ein wenig schmaler. Nur ihre Münder unterschieden sich deutlich. Während Blayze volle, wohlgeformte Lippen besessen hatte, stellten Skaythes Lippen lediglich einen dünnen, ausgefransten Strich dar. Auch besaß Skaythe nicht das Modebewußtsein seines Bruders; seine Kleidung war einfach, und er trug keinerlei Schmuck. Aber er war stark. Schnapper konnte sich nicht daran erinnern, jemals einen derart festen Griff gespürt zu haben.

»Und was wollt Ihr von mir?« fragte Schnapper. Er bemühte sich, seiner Stimme einen trotzigen Klang zu verleihen.

Ein schmerzhafter Ruck an seinem Arm war alles, was ihm das einbrachte. »Du weißt ganz genau, was ich will, Junge«, zischte Skaythe. »Ich will Tawl.«

Schnapper versuchte, sich loszureißen – ohne Erfolg.

»Und du wirst mich zu ihm bringen.«

Schnappers Blick blieb an etwas Funkelndem hängen. Es war die Spitze von Skaythes Stock; ein Stahldorn war in das Holz eingelassen. Schnappers Herz hörte auf zu schlagen, als der Dorn sich seinem Gesicht näherte.

»Wo-ist-er?«

Schnapper war nicht gerade glücklich, als sein Herz wieder zu arbeiten begann, denn es schlug ihm nun bis zum Hals. »Ich weiß nicht, wo Tawl ist. Ich habe ihn seit dem Mord nicht mehr gesehen.«

Skaythe zog den Dorn über Schnappers Kehle. Der Schnitt war kaum zu spüren. Nur ein warmes Rinnsal, das seinen Hals hinablief, verriet Schnapper, daß er verletzt worden war. Er erstarrte.

»Sag mir, wo Tawl ist, oder das nächste Mal werde ich nicht nur deine Haut aufschlitzen.«

Schnapper zweifelte keine Sekunde daran, daß Skaythe seine Drohung in die Tat umsetzen würde. »Tawl ist im Norden der Stadt. Er versteckt sich in der Straße der Abdecker.«

Der Dorn kam wieder näher. »Und warum bist du dann hier im Süden, Junge?«

Da er sich nicht vorwärts bewegen konnte, ließ sich Schnapper rückwärts gegen den Mann fallen. Skaythe war dadurch gezwungen, den Griff um seinen Stock zu verändern, und Schnapper nutzte die Gelegenheit: Er hob das Knie und trat mit der Ferse gegen das verkrüppelte Bein seines Gegners.

Skaythe stolperte zurück. Wieder trat Schnapper zu – diesmal gegen den Stock, so daß Skaythe sein Gleichgewicht nicht wiedererlangen konnte. Schnapper drehte sich nicht um, um zu sehen, ob sein Trick funktioniert hatte. Er sammelte all seine Kraft und sprang Richtung Tunnel. Skaythe folgte ihm; doch Schnapper hatte aus seinen Fehlern gelernt: Diesmal sprang er mit den Füßen zuerst in den Tunnel, und erneut wurde er von kühler Dunkelheit umfangen. Skaythe packte ihn an den Haaren; aber so sehr Schnapper auch an seinen Locken hing, er riß den Kopf zurück und verabschiedete sich von einem Teil seiner Haarpracht.

Dann rutschte er den Tunnel entlang in Sicherheit. Er hatte eine Handvoll Haare verloren, einen Becher voll Blut und ungefähr zehn Jahre seines Lebens. Es war an der Zeit, wieder heim zu Tawl zu gehen.

Jack hatte auf eine höchst außergewöhnliche Art und Weise Zugang zur Stadt Annis erhalten. Jetzt saß er an einem großen, gut beleuchteten und voll beladenen Eßtisch und genoß die mißtrauische Gesellschaft der Bäckergilde.

»Was tust du, wenn der Teig zu schnell aufgeht?« fragte Hefer, ein Bäcker mit einem mächtigen Schnurrbart und einem Gesicht so rot wie der Wein, den er gerade trank.

»Ich lege ihn in eine Schüssel mit Wasser und warte, bis er weit genug aufgegangen ist, daß er die Oberfläche durchbricht.« Widerwilliges Nicken folgte dieser Antwort. Jack hatte sich allmählich an dieses Verhör gewöhnt. Seit nunmehr anderthalb Stunden – seit er vor der Mauer aufgegriffen und durch ein geheimes Tor in den Ostteil der Stadt gebracht worden war – hatten ihn die Mitglieder der Bäckergilde befragt, um seinen Anspruch zu überprüfen. Es reichte nicht aus zu *behaupten*, ein Bäcker zu sein; Jack mußte es *beweisen*.

»Das könnte auch ein Müller wissen«, sagte der einzige schlanke Bäcker im Raum, ein hohlwangiger Kerl mit Namen Nivlet.

»Laßt den Jungen doch endlich in Ruhe«, sagte Eckles, der Bäcker, dessen fleischige Hand sich vor der Stadt als erste auf Jacks Mund gelegt hatte. »Es ist doch offensichtlich, daß er einer von uns ist.«

»Nein, Eckles«, widersprach Scuppit, ein kleiner Bäcker mit Unterarmen so dick wie Schinken. »Nivlet hat nicht ganz unrecht. Das ist in der Tat etwas, was ein Müller wissen könnte. Stellen wir dem Jungen lieber noch eine Frage – nur um sicherzugehen.«

»Aye«, murmelten die restlichen Bäcker. Insgesamt waren es ungefähr zwanzig, die sich im Augenblick über das üppige Mahl hermachten. In der ersten Stunde hatte Jack nur zugehört, während die Bäckermeister Gildenfragen diskutierten wie die steigende Brotsteuer, das Gewicht eines einfachen Brotlaibes und die diesjährigen Lehrlingskandidaten.

Müller waren ihre Feinde. Es war das Hauptanliegen der Bäckermeister, die Gilde der Müllermeister bloßzustellen, zu überlisten und zu übertreffen. Müller mischten billiges Getreide unter das gute, mahlten das Mehl entweder zu grob oder zu fein, und sie besaßen ein unanfechtbares Monopol auf die Preisgestaltung der Grundnahrungsmittel. Würde man einem Bäcker sagen, ein Müller habe seine Familie getötet und zum Abendessen verspeist, dann würde der Bäcker nur nicken und sagen: »Aye, und ihre Knochen hat er wahrscheinlich unters Mehl gemischt.« Müller waren bekannt dafür, alles zu zermahlen, was man zermahlen konnte, um es anschließend als Mehl zu verkaufen.

Jack war auf den monatlichen Erkundungstrupp der Bäckergilde gestoßen. Eckles, der nicht nur einer der Gildenführer war, sondern auch einer der wenigen, die Jack von Anfang an geglaubt hatten, hatte ihm erzählt, daß die Bäcker einmal im Monat die Lager der Müller überprüften, während diese ihre Gildenversammlung abhielten. In jeder Mühle wurden sorgfältig die Getreidesäcke gezählt, um das Ergebnis später mit den Mengen an Mehl vergleichen zu können, die auf den Markt gebracht wurden. Wurde zuviel Mehl zum Verkauf angeboten, bedeutete dies, daß Fremdstoffe unter das Getreide gemischt worden waren.

Jedem Bäckermeister wurde eine bestimmte Mühle zugeteilt, und wenn alle ihre Arbeit erledigt hatten, pflegten sie sich in den Büschen südlich der Stadt zu treffen, um durch das geheime Tor wieder zurückzukehren. Das Ausspionieren einer fremden Gilde wurde im gesamten Norden als besonders verabscheuungswürdiges Verbrechen betrachtet, das mit lebenslangem Ausschluß aus dem Handwerk geahndet wurde. Die Bäckergilde ging ein beachtliches Risiko ein.

Jack bewunderte ihre Kaltblütigkeit.

»Also gut«, sagte Hefer und schluckte ein großes Stück Brot herunter. »Dann wollen wir ihn mal etwas Schwierigeres fragen.« Der Bäcker steckte sich ein Stück Kuchen in den Mund, um seinen Denkprozeß anzuregen. »Gute Konsistenz, Scuppit«, bemerkte er zu dem Mann an seiner Seite.

Der Angesprochene verneigte sich elegant. »Ich habe einen halben Becher dicke Sahne unter den Teig gemischt.«

Hefer ließ sich den Kuchen auf der Zunge zergehen. »Ich habe noch nie etwas Besseres gegessen, mein Freund.« Er schluckte den Kuchen hinunter und wandte sich wieder Jack zu. »Also Junge, was für eine Art Buttermilch verwendet man für Graubrot? Frische oder saure?«

Inzwischen amüsierte sich Jack. Er mochte die Bäcker; sie waren ein gutmütiger Menschenschlag, der die Gemütlichkeit liebte und mit Leidenschaft bei der Arbeit war. »Saure«, antwortete er. »Man braucht das Natron in der sauren Buttermilch, damit das Brot nicht zu flach wird.«

Eckles blickte von seinem Teller auf. »Der Junge weiß, wovon er spricht, Hefer.«

»Das stimmt«, pflichtete ihm Scuppit bei.

»Trotzdem traue ich ihm immer noch nicht«, sagte Nivlet.

Hefer wedelte mit einem Brötchen in Jacks Richtung. »Also schön. Eine letzte Frage, Junge. Wenn du mehr Hefe in den Teig gibst, damit er rascher aufgeht, mußt du dann auch mehr Salz dazugeben?«

»Nein. Zuviel Salz beeinträchtigt den Gärungsprozeß der Hefe.« Jack lächelte die Bäcker an. »Außerdem wird dann die Kruste zu hart.«

Hefer stand auf, ging zu Jack und schlug ihm hart auf den Rücken. »Willkommen in der Gilde«, sagte er. Die anderen Bäcker folgten seinem Beispiel – sofern sie ihre Mahlzeit bereits beendet hatten –, und Jack wurde auf die Schulter geklopft, in die Seite geknufft, und einige küßten ihn sogar. Nach und nach traten alle vor, um ihn willkommen zu heißen, mit Ausnahme von Nivlet, der ihn nach wie vor mißtrauisch beäugte. Schließlich hatte der schlanke Bäcker genug gesehen und verließ schweigend den Raum.

»Iß, Junge, iß«, sagte Eckles. »Die Gilde der Meisterbäcker läßt niemals einen Gast verhungern.«

Jack bedurfte keiner Ermutigung. Seit dem Frühstück hatte er nichts mehr gegessen, und das Essen vor ihm sah appetitlicher aus als alles, was Stillfuchs ihm je vorgesetzt hatte. Teller mit gebratenem Schinken standen neben Pasteten so groß wie Butterfässer; riesige Käseräder waren in der Mitte ausgehöhlt und mit Früchten gefüllt worden, und knusprige Würstchen teilten sich die Schüsseln mit gerösteten Zwiebeln. Und überall war Brot: Fladenbrot, Brötchen, Grau- und Weißbrot ... Jack hatte noch nie eine derartige

Vielfalt gesehen. Der Anblick war einfach atemberaubend. Manche Brote hatten harte, andere weiche Krusten; einige waren mit Körnern bestreut, und wieder andere hatte man in außergewöhnliche Formen gebracht, um nicht nur den Gaumen, sondern auch das Auge zu erfreuen. Alles war frisch und wohlriechend – einfach perfekt.

Während er aß, bekam Jack wegen seines Verhaltens gegenüber Stillfuchs Gewissensbisse. Der Kräutersammler hatte ihn ausgesprochen freundlich behandelt: Er hatte ihn unterrichtet, ihn gefüttert und geheilt, und er hatte ihm nicht eine unangenehme Frage gestellt. Und er, Jack, hatte ihm diese Freundlichkeit vergolten, indem er einfach wütend aus der Tür gestürmt war. Jack schüttelte den Kopf. Morgen würde er zur Hütte des Kräutersammlers zurückkehren. Für seine Worte würde er sich nicht entschuldigen – denn er hatte nur ausgesprochen, was er wirklich fühlte –, aber er würde für seine Wut um Verzeihung bitten und für die Art, wie er die Hütte verlassen hatte. Das war das mindeste, was er Stillfuchs schuldete.

Nachdem er über sein weiteres Vorgehen entschieden hatte, schenkte sich Jack einen Becher Bier ein. Zehn Wochen lang hatte der Kräutersammler ihn gut behandelt, und es erschien irgendwie nicht richtig, daß ein einziger unangenehmer Zwischenfall ihrer Freundschaft ein Ende bereiten sollte. Jack trank einen kräftigen Schluck des starken Landbiers und genoß den bitteren Geschmack. Hatte Falk ihn nicht vor all diesen Monaten ermahnt, Menschen so zu nehmen, wie sie sind – mit all ihren Fehlern und Schwächen? Stillfuchs hatte Jack akzeptiert, ohne sich darum zu kümmern, daß er ein gesuchter Kriegsverbrecher und ein gefährlich instabiler Zauberer war. *Wenn ich selbst also so viele Fehler habe*, dachte Jack, *dann sollte ich sie wohl auch anderen zugestehen.* Sicher, Stillfuchs hatte etwas vor ihm verheimlicht, aber vielleicht hatte er nur Gutes dabei im Sinn gehabt.

Jack blickte in eine unbestimmte Ferne. Er sah nicht länger den Versammlungsraum der Bäckergilde; er sah Rovas'

Hütte und Tarissa neben dem Kamin. Eine Welt voller guter Absichten konnte nicht ungeschehen machen, was *sie* ihm angetan hatte. Und dann war da noch seine Mutter mit ihren Halbwahrheiten und ihrem Wunsch zu sterben. Und weitere zehn Jahre zuvor war da sein Vater: ein Mann, der ihn noch vor seiner Geburt verlassen hatte. Seine Eltern hatten ihn im Stich gelassen, und nichts, aber auch gar nichts, konnte deren Taten entschuldigen.

Hier, im Versammlungsraum der Gilde und umgeben von einem Haufen lärmender Bäcker, die sich krank aßen, begann Jack, sich zu fragen, ob hinter all dem Leid ein Sinn steckte. Hatten der Tod seiner Mutter, das Verschwinden seines Vaters und Tarissas Verrat etwas zu bedeuten?

Jacks Becher wurde von einer aufmerksamen, fleischigen Hand nachgefüllt. »Du bist wohl tief in Gedanken«, sagte Eckles.

Jack war verärgert über die Störung. Einen Augenblick lang hatte er geglaubt, eine Antwort auf seine Frage sei zum Greifen nah, doch Eckles' Worte hatten sie vertrieben.

»Du kommst jetzt besser mit mir, Junge. Nimm deinen Becher mit und soviel Essen, wie du tragen kannst.« Eckles machte sich auf den Weg zu einer Seitentür, und Jack folgte ihm. Er nahm nur seinen Becher mit; der Appetit war ihm mittlerweile vergangen. Der große, schwere Bäcker mit dem runden Gesicht führte ihn zu einem kleinen Wohnzimmer, wo ein fröhliches Feuer im Kamin brannte. »Setz dich. Setz dich«, forderte er Jack auf und deutete auf eine Bank.

Jack tat, wie ihm geheißen. »Gehst du wieder zurück zur Versammlung?« fragte er. Offenbar hatte die Bäckergilde etwas Geheimes zu besprechen.

»Ich? Nein.« Eckles schüttelte vehement den Kopf. »Ich habe das alles schon tausendmal gehört, und ich weiß, was dabei herauskommt.« Anstatt sich zu setzen, *landete* er förmlich neben Jack. »Sie diskutieren darüber, ob wir die alte Prophezeiung öffentlich machen sollen.«

Jack spürte, wie ihm das Blut in die Wangen stieg. »Was für eine Prophezeiung?«

Eckles musterte ihn eingehend. »Du bist ein Bäcker, Junge, soviel steht fest, und da du sowieso schon über unser bestgehütetes Geheimnis gestolpert bist, kann es wohl kaum schaden, wenn ich dir noch ein weiteres anvertraue.« Er schenkte Jack einen weiteren Becher Bier aus einem Schlauch ein, den er aus dem Versammlungsraum mitgebracht hatte. Jack hatte gar nicht bemerkt, daß er den Becher bereits geleert hatte. »Die Gilde der Bäckermeister hat schon existiert, als Annis nur ein Dorf gewesen ist. Schon damals haben wir den Teig für die Philosophen und weisen Männer geknetet, die zu uns in die Berge gekommen sind, um hier Ruhe für ihre Studien zu finden.« Eckles beugte sich vor. »Im Gegensatz zur allgemeinen Ansicht wurde Annis auf Brot gebaut, nicht auf Geisteskraft.«

Jack brachte ein Lächeln zustande: Bäcker waren ungewöhnlich stolz.

»Aber wie auch immer«, fuhr Eckles fort, »eines Tages, vor etwa einem Jahrhundert, backte ein Bäcker ein Brot für einen Mann, der sich als Propheten bezeichnete. Erst als er das Brot auslieferte, fand der Bäcker heraus, daß der Mann kein Geld besaß, um ihn zu bezahlen. Der Prophet war am Verhungern und flehte den Bäcker an, ihm das Brot zu überlassen. Nun war der Bäcker ein guter Mann, und er hatte Mitleid mit dem Propheten. Natürlich hat er ihm nicht das frisch gebackene Brot gegeben – er war ja schließlich Geschäftsmann und kein Trottel –, aber er hat ihm die übriggebliebenen Brote vom vorherigen Tag geschenkt. Der Prophet dankte ihm für seine Mühen, und von diesem Tage an sandte ihm der Bäcker all seine alten Brote.

Im darauffolgenden Winter erkrankte der Prophet an einer schweren Lungenentzündung – Denker haben einfach nicht die Konstitution von uns Bäckern –, und als er auf dem Sterbebett lag, ließ er den Bäcker zu sich kommen. Inzwischen war der Bäcker zum Gildenmeister erhoben worden, und dennoch eilte er zu dem Propheten, als wäre er nur ein einfacher Lehrling, den sein Meister gerufen hatte. Der Prophet ergriff die Hand des Bäckers und sagte:

›Ich habe nach dir geschickt, um meine Schulden zu begleichen. Wie du weißt, besitze ich kein Geld, aber ich habe Einblick in die Zukunft, und so will ich dich bezahlen.‹ Also hat der Prophet dem Bäcker seine Prophezeiung verkündet, deren Geheimnis seitdem von unserer Gilde gehütet wird. Sie wurde von Generation zu Generation weitervererbt, vom Vater auf den Sohn.« Eckles beendete seine Erzählung mit einer schwungvollen Geste, die eines Schauspielers würdig gewesen wäre.

Jacks Hände waren feucht vor Schweiß. Er fühlte sich schuldig, doch er wußte nicht warum. »Und wen oder was betrifft diese Prophezeiung?« fragte er.

»Einen Bäcker natürlich.«

Jack nickte. Er war nicht überrascht. »Und welchen Bäcker?«

»Denjenigen, der aus dem Westen kommen und dem Krieg ein Ende bereiten wird.«

»Welchem Krieg?«

Eckles schaute Jack in die Augen. »Dem, der sich gerade zwischen dem Norden und dem Süden zusammenbraut. *Dem Krieg.*« Er wischte sich mit der Hand über den Mund. »Ich kann dir zwar nicht den ganzen Vers verraten, Junge – jedenfalls nicht, bis die Gilde ihr Einverständnis dazu gibt –, aber die letzten beiden Zeilen lauten:

Wenn die Zeit sich umkehrt, dann legt die Wahrheit
Frieden in die Hand eines Bäckers und keiner Hoheit.

Jack senkte den Kopf. *Wenn die Zeit sich umkehrt.* Vor seinem geistigen Auge sah er das Bild von acht verbrannten Brotlaiben. Da Eckles' Blick nach wie vor auf ihm ruhte, bemühte sich Jack, nach außen hin so gelassen wie möglich zu erscheinen; er wollte nichts von seinen Gedanken preisgeben.

Unvermittelt stand er auf. Prophezeiungen, Lügen, Geheimnisse: Für heute hatte er genug davon. Das Thema mußte gewechselt werden – es war an der Zeit, über Wahrheiten zu reden, nicht über irgendwelche rätselhaften Weissagungen. »Was ist eigentlich in Bren los?« fragte Jack. »Wie geht es dem Herzog und seiner neuen Frau?«

Ein seltsamer Ausdruck erschien auf Eckles' Gesicht. »Junge, wo bist du bloß die letzten neun Wochen gewesen?«

Jack war augenblicklich auf der Hut. »Ich lebe in einer Hütte in den Bergen. Mein Meister und ich, wir sind recht abgeschnitten von der Welt. Er schickt mich nur in die Stadt, wenn wir neue Vorräte brauchen. Es ist schon Monate her, seit ich zum letzten Mal hier unten gewesen bin.« Jack blickte ins Feuer. Er, der er Betrug und Täuschung aus tiefstem Herzen verachtete, ausgerechnet er war nun selbst zum Lügner geworden.

»Dann weißt du ja noch gar nicht, daß der Herzog tot ist.« Eckles sprach mit einem mißtrauischen Unterton. »Und seine neue Frau hat sich versteckt, um Katharinas Zorn zu entgehen.«

»Was hat Melliandra denn von Katharina zu fürchten?« Es kümmerte Jack nicht mehr, was Eckles dachte: Er *mußte* die Wahrheit erfahren.

»Die halbe Stadt glaubt, sie habe den Mörder des Herzogs ins Schlafgemach gelassen. Katharina will sie dem Henker überantworten.«

»Ist sie immer noch in Bren?«

»Die meisten Leute glauben es jedenfalls. Außerdem würde es Lord Baralis erfahren, wenn sie versuchen würde, die Stadt zu verlassen.«

Baralis? Jack hörte das Rauschen des Blutes in seinen Adern. »Warum würde Baralis es erfahren?«

»*Lord* Baralis ist jetzt der Herr der Stadt.« Die Art und Weise, wie Eckles das Wort *Lord* betonte, war eine Sache für sich. »Erst heute habe ich gehört, daß Lady Melliandra ein Kind erwartet – offenbar verursacht ihr Vater allerhand Unruhe in der Stadt, indem er durch die Straßen rennt und jedermann verkündet, es sei das Kind des Herzogs. Ob das stimmt oder nicht, kann ich dir nicht sagen, aber du kannst sicher sein, daß das Lord Baralis nicht im geringsten gefällt.«

Jack hatte einen Kloß im Hals. Melli war in Gefahr. »Ist sie allein?«

»Man sagt, ihr Vater und der Champion des Herzogs seien bei ihr. Einige behaupten auch, der Champion sei ihr Liebhaber.« Eckles zuckte die Schultern. »Bald ist das alles sowieso egal.«

»Warum?«

»Weil in wenigen Wochen Bren dem Erdboden gleichgemacht sein wird.«

Der Raum schien zu schrumpfen, während sie sprachen. Jack ging aufgeregt auf und ab. Er mußte zu Melli – *sofort.* Er mußte nach Bren.

Eckles trank einen Schluck aus dem Bierschlauch. »Für jemanden, der abgeschieden in den Bergen lebt, regst du dich aber ganz schön über diese Neuigkeiten auf, mein Junge.« Er warf Jack einen wissenden Blick zu.

Obwohl seine Kehle sich dagegen wehrte, atmete Jack tief ein. Er schluckte und zwang seine Muskeln, sich zu entspannen. Er durfte Eckles keinen Grund geben, ihm zu mißtrauen. Das letzte, worauf er jetzt Lust verspürte, war Alkohol, und dennoch trank er einen kräftigen Schluck, um sich Zeit zum Nachdenken zu verschaffen.

Bereits heute nacht nach Bren aufzubrechen kam nicht in Frage; es war schon zu spät und zu dunkel, und Jacks Kleidung war viel zu dünn für eine Reise über die Berge. Außerdem mußte er vorher noch bei Stillfuchs vorbeischauen. Zwar konnte Jack sich denken, warum der Kräutersammler ihm diese Information vorenthalten hatte, aber er wollte es aus Stillfuchs' Mund hören. Es gab vieles, worüber sie reden mußten – auch und vor allem über eine Lüge, egal wie gut gemeint sie auch immer gewesen sein mochte.

»Ich brauche eine Unterkunft für die Nacht«, wandte sich Jack an Eckles, »aber ich werde schon vor Sonnenaufgang wieder aufbrechen.«

»In Annis geht die Sonne sehr spät auf«, erwiderte der Bäcker. Das war seine Art, um Jack zu sagen, daß er auch länger bleiben könne. »Du kannst hier neben dem Feuer schlafen. Ich werde die anderen nicht mit Einzelheiten belästigen; sie werden sowieso bald nach Hause gehen. Allerdings wäre es gut, wenn du aufbrechen würdest, bevor morgen früh die Magd kommt, um frischen Bodenstreu auszulegen.«

Schnapper hatte sich für den langen Weg zurück zu Cravins Stadthaus entschieden. Nach seinem Zusammenstoß mit Skaythe mißtraute er allem und jedem. Wenn ein Betrunkener in seine Richtung stolperte, eine Hure ihm etwas hinterherrief, oder auch nur wenn eine Straßenkatze ihn mißtrauisch beäugte, dann ging er wieder zurück, wechselte die Straßenseite oder änderte sogar seine Route. Ein Mann konnte gar nicht vorsichtig genug sein, wenn er in seinen Schlupfwinkel zurückkehrte. Mauersegler hatte einmal in einer einzigen Nacht Rorn *dreimal* umrundet. Er war in einem Krabbenfänger vom Nord- zum Südhafen gefahren und hatte mehrfach Pferde und Verkleidung gewechselt, um seine Verfolger abzuschütteln. Schnapper seufzte wehmütig. Solch außerordentliche Ausweichmanöver waren der Stoff für Legenden in der Welt der Diebe.

Inspiriert durch den Gedanken an Mauersegler, der sich mutig dem Salzwasser, fremden Straßen und Frauenkleidern gestellt hatte – seine dritte Verkleidung war die einer alten Melkerin gewesen, komplett mit Joch, Eimern und allem, was so dazugehört –, beschloß Schnapper, einen letzten Umweg zu gehen, bevor er sich auf den Weg zum Stadthaus machte.

Er bog in eine Straße ein, die von Gasthäusern und Bordellen gesäumt war. Die Tatsache, daß von überall her Kerzenlicht auf die Straße fiel, beruhigte Schnapper. Die Dunkelheit erschien ihm gar nicht mehr so sicher wie noch wenige Stunden zuvor.

Schnapper spie in die Hände und strich seine Haare zurück. Er wollte anständig aussehen, wenn er Tawl gegenübertrat. Während er seine Frisur richtete, entdeckte er über dem linken Ohr eine kahle Stelle von der Größe eines Kupferstücks. Beunruhigt blieb er stehen und durchforstete sein Bündel. Mauersegler hatte immer gesagt, daß das Haar eines Mannes niemals nachwachse, hatte er es erst einmal verloren. Nach einiger Zeit des Suchens schlossen sich Schnappers Finger um den hölzernen Griff seines Handspiegels.

Rasch schaute er sich um. Niemand war zu sehen. Schnapper ging zum nächstgelegenen Gebäude, stellte sich auf die Zehenspitzen und hob den Spiegel vors Gesicht, um das Licht auszunutzen, das zwischen den Fensterläden hindurchschien. Er wand sich hin und her, und schließlich fand er eine geeignete Position, um die kahle Stelle zu begutachten.

Seltsamerweise sah sie gar nicht so groß und kahl aus, wie sie sich anfühlte, im Gegenteil: Sie sah absolut erbärmlich aus.

Enttäuscht und erleichtert zugleich wollte sich Schnapper wieder auf den Weg machen. Doch gerade als er sich wieder auf die Ballen niederließ, blitzte etwas in seinem Spiegel auf. Für den Bruchteil einer Sekunde war das Innere des Gebäudes zu sehen.

Schnapper hielt die Luft an und stellte sich erneut auf die Zehenspitzen.

Ein Mann saß mit dem Rücken zum Fenster. Er hatte dunkles Haar und war von Kopf bis Fuß in Schwarz gehüllt. Die bleiche Haut in seinem Nacken war alles, was von ihm zu sehen war. Trotzdem erkannte ihn Schnapper. Vor vier Tagen war er diesem Nacken durch die halbe Stadt gefolgt: Es war Baralis.

Schnappers erster Instinkt war, einfach loszurennen. Dann hielt er es für besser, sich so leise wie möglich davonzuschleichen – er hatte schon genug Aufregung für eine Nacht gehabt –, und schließlich kam ihm der Gedanke, daß er ja auch bleiben und herausfinden könne, was der alte ›Insektensammler‹ im Schilde führte. Was hatte der Mann mitten in der Nacht in einem unscheinbaren Haus im Südteil der Stadt zu suchen? Zur Rechten lag eine Weinhandlung und zur Linken eine Bäckerei, doch Schnapper bezweifelte ernsthaft, daß Baralis plötzlich eine Leidenschaft für billigen Wein und Schweinepasteten entwickelt hatte.

Schnapper schwankte zwischen dem ersten und dritten Gedanken. Er wollte wirklich wieder nach Hause; im Augenblick wünschte er sich nichts sehnlicher als einen heißen Grog, ein warmes Abendessen und ein weiches Kissen für die Nacht. Aber was wäre, wenn Baralis im Inneren dieses Gebäude irgendwelche Ränke schmiedete, die Tawl und Lady Melliandra schaden könnten? Vielleicht würde Tawl ihm ja das Fiasko im *›Randvollen Eimer‹* verzeihen, wenn er etwas Nützliches herausfinden könnte. Schnapper lächelte; er hatte einen Entschluß gefaßt. Womöglich würde er nicht nur ein warmes Abendessen, sondern auch einen warmen Empfang bekommen.

Schnapper duckte sich unter das Fenster und ließ den Spiegel wieder in seinem Bündel verschwinden. Seine Gedanken waren schneller als seine Hände. Offenbar handelte es sich hier um irgendeine Art Geheimtreffen: Warum sonst sollte sich Baralis mit jemandem außerhalb der Sicherheit des Palastes verabreden? Und das wiederum bedeutete, daß Baralis entweder alleine hierhergekommen war oder daß er nur seinen rattenliebenden Diener als Schutz mitgebracht hatte. Schnapper schlüpfte in die Schatten. Er war sicher, nicht auf Wachen zu stoßen.

Da das Haus in der Mitte einer Reihe von insgesamt sechs Gebäuden lag, gab es keine Gasse in unmittelbarer Nähe, die in den Hinterhof führte. Schnapper mußte die ganze Reihe entlang gehen, bis er eine Möglichkeit fand, hinter die Häuser zu gelangen – einen schmalen Lieferantenzugang. Der junge Taschendieb schritt die Höfe entlang und zählte die Eingänge, um das richtige Haus nicht zu verpassen. Von hinten sahen sie alle gleich aus.

Der Weinhändler feierte offensichtlich irgend etwas, denn

Lachen, Husten und Gesang drang aus den nur teilweise geschlossenen Fenstern. Als er den Hinterhof des mittleren Gebäudes betrat, war Schnapper froh um den Lärm, denn Haufen von Altmetall und Holz erschwerten das Schleichen.

Ein plötzliches Geräusch veranlaßte Schnapper, mitten im Schritt innezuhalten. Nahe der Rückwand des Hauses bewegte sich eine schattenhafte Gestalt. Schnappers Herz hörte auf zu schlagen. Er wagte weder sich zu bewegen noch zu atmen. Wieder ertönte das Geräusch, diesmal gefolgt von einem zweiten: dem tiefen Schnaufen eines Tieres. Es war *ein Pferd*! Wütend darüber, daß er Angst vor einer alten Schindmähre gehabt hatte, riskierte es Schnapper, sich dem Haus zu nähern. Der Reiter hatte das Pferd mit einem kurzen Strick an einem Holzbalken angebunden. Schnapper mußte zugeben, daß es sich um ein außerordentlich beeindruckendes Tier handelte: Es war groß und ungewöhnlich muskulös, und sein Fell glänzte wie Seide. Das war nun wirklich keine alte Schindmähre; das war ein edles Vollblut aus dem tiefen Süden.

Nun sah Schnapper auch, warum das Pferd so kurz angebunden worden war: Sein Besitzer wollte nicht riskieren, daß sich die edle Kreatur an einem Metallsplitter oder an einem rostigen Nagel verletzte, der noch in irgendeinem Brett steckte. Das Pferd wieherte in Schnappers Richtung. Schnapper schüttelte den Kopf. Auf gar keinen Fall würde er sich dem Biest nähern. Pferde waren gefährlich – jedenfalls was ihn betraf – und Vollblüter ganz besonders.

Wieder wieherte das Pferd, diesmal lauter.

»Schschsch«, zischte Schnapper.

Doch das Pferd ließ sich nicht so einfach zum Schweigen bringen. Es stampfte mit den Vorderhufen und zog an dem Strick. Entsetzt sprang Schnapper vor und packte das Reithalfter des Tieres. Da er nicht wußte, wie man ein Pferd beruhigte, drohte er ihm mit allen möglichen Bestrafungen, allerdings mit leiser und sanfter Stimme. Das schien zu funktionieren. Das Pferd hörte auf, mit den Hufen zu scharren, und ließ sich an die Wand zurückdrängen.

Schnapper seufzte erleichtert auf. Als er die Hand vom Nasenriemen des Tieres nahm, bemerkte er etwas Schwarzes auf seinem Handteller. Er inspizierte den Fleck, indem er zuerst daran rieb und dann daran roch. Es war Ruß.

Schnapper lief ein Schauer über den Rücken, und er schaute sich den Nasenriemen genauer an. Selbst in dem trüben Licht, das zwischen den Fensterläden hindurchdrang, konnte er einen gelben Streifen auf dem Leder erkennen. Vor zwei Minuten war es noch vollkommen schwarz gewesen. Jemand hatte sich große Mühe gegeben, die echten Farben des Reithalfters zu verdecken. Schnapper beugte sich vor und strich über das Leder. Ein zweiter gelber Streifen kam unter dem Ruß zum Vorschein.

Schwarz und Gelb.

Die Farben von Valdis.

Plötzlich öffnete sich die Tür des Gebäudes, und der Hinterhof wurde von Licht erfüllt. Schnapper sprang in die Schatten hinter dem Pferd. Dabei stieß er mit dem Schienbein gegen etwas Scharfes, und er mußte die Zähne zusammenbeißen, um nicht laut aufzuschreien.

Eine Gestalt stand in der Tür und hielt das Licht davon ab, ungehindert in den Hof zu fluten. Schnapper nutzte den so entstandenen Schatten, um in die Ecke zwischen Hofmauer und Haus zu schlüpfen. Das Holzgestell, an dem das Pferd angebunden war, bot ihm zusätzliche Deckung.

Schnapper wagte nicht, sich das schmerzende Schienbein zu reiben; statt dessen tastete er nach seinem Hals. Die Wunde, die ihm Skaythe zugefügt hatte, war zwar bereits verkrustet, doch sie schmerzte noch immer, wenn man sie berührte. Schnapper schluckte. Er hätte seinem ersten Instinkt folgen und sofort zu Tawl nach Hause rennen sollen.

Die Gestalt trat aus der Tür und auf den Hof; dann folgte ein zweiter, größerer Mann.

»Die Wachen am Westtor werden Euch nicht sehen, wenn Ihr vorbeireitet«, sagte der zweite Mann zu dem ersten.

Schnapper rieb über das getrocknete Blut an seinem Hals. Das war Baralis' Stimme.

»Wie ein Haufen Zofen in der Hochzeitsnacht, so denkt auch Ihr einfach an alles, Freund Baralis.«

Die dunkle Gestalt, von der Schnapper inzwischen wußte, daß es sich um Baralis handelte, verbeugte sich vor dem Fremden. »Ich tue mein Bestes.«

Die beiden Männer traten ein paar Schritte in Schnappers Richtung. Jetzt konnte Schnapper den Fremden auch riechen: Er roch nach exotischen Duftölen und Pferdeschweiß. Sein dunkles Haar war pomadig, und wenn er sprach, blitzten seine weißen Zähne auf.

»Wißt Ihr, daß Kylock vor dem Südtor sein Lager aufgeschlagen hat?« fragte der Fremde und strich sich übers Haar. Obwohl er eine Ledertunika trug, bewegte er sich vollkommen lautlos.

»Es besteht keine Notwendigkeit, den König mit den Einzelheiten unseres kleinen Treffens zu langweilen«, sagte Baralis.

»Ihr sprecht mir aus dem Herzen«, erwiderte der Fremde nach einer sorgfältig bemessenen Pause. Wie sorgfältig die Pause bemessen war, konnte man an der Hand des Mannes erkennen. Der Fremde hatte fünfmal die Faust geballt, bevor er Baralis geantwortet hatte.

Die Farbe des Reithalfters verriet, daß der Fremde irgend etwas mit Valdis zu tun hatte, und obwohl Schnapper sich in solchen Dingen nicht auskannte, hatte er das Gefühl, daß der Mann mehr als nur ein einfacher Ritter war.

Der Fremde trat zu seinem Pferd. Schnapper preßte sich an die Wand, und das Pferd wieherte leise. Sofort hob der Mann die Hand, um das Tier zu beruhigen, doch er wurde abgelenkt, als Baralis wieder das Wort ergriff.

»Tatsächlich wäre es sogar am besten«, sagte Baralis, »wenn der König so wenig wie möglich über unsere – wie soll ich sagen? – über unsere *Übereinkunft* erfahren würde. Immerhin wird er schon bald genug mit seiner jungen Braut und seinem neuen Herzogtum zu tun haben. Es besteht nicht die geringste Notwendigkeit, ihn mit den belanglosen Einzelheiten der Macht zu belästigen.«

Schnapper zitterte. Baralis' Stimme hatte etwas an sich, daß ihm das Blut in den Adern gefrieren ließ.

»Ja«, stimmte der Fremde zu. »Die religiösen Aktivitäten in Helch und den anderen besetzten Gebieten sind für den König wohl kaum von Interesse.« Die Stimme des Fremden war genauso kalt und tödlich wie Baralis'; nur klang sie glatter und gleichgültiger. Tatsächlich war alles an dem Fremden irgendwie glatt: seine Ledertunika, sein pomadiges Haar, seine Bewegungen.

»Eins sollt Ihr wissen, mein Freund«, sagte Baralis. »Der König denkt in dieser Angelegenheit genauso wie ich. Solange uns die Ritter in der Schlacht beistehen, und solange in den besetzten Gebieten Ruhe und Ordnung herrscht, solange kümmern uns Eure Absichten nicht.«

Der Fremde lächelte. Seine Zähne waren klein und gleichmäßig. Wieder legte er eine Pause ein, bevor er antwortete. Diesmal ballte er dreimal die Faust. »Ich freue mich zu hören, daß die religiösen Gefühle des Königs den unseren entsprechen.« Ein Hauch von Spott lag in seiner Stimme, doch als er weitersprach, war nichts mehr davon zu bemerken. »Der Norden hat schon viel zu lange unter dem religiösen Joch von Silbur, Marls und Rorn gestanden. Wir dürfen uns nicht länger der Kirche des Südens unterwerfen.«

Der Fremde atmete tief ein, um fortzufahren, aber Baralis fiel ihm ins Wort.

»Tut, was Ihr tun müßt, Tyren. Sorgt dafür, daß Helch auf den Knien bleibt, bis Highwall niedergeworfen ist, und niemand wird Euch nach Euren Motiven fragen.«

Tyren. Schnapper hatte einen Kloß im Hals. Er versuchte zu atmen, doch er konnte nicht. Tyren war der Großmeister der Ritter. Er war Tawls Idol, sein Retter, sein Mentor. Und dieser Tyren stand nun hier und traf geheime Absprachen mit Baralis, um den nichtsahnenden Bürgern von Helch Borc-weiß-was für Grausamkeiten anzutun. Schnapper ließ sich nicht durch den Begriff ›religiöse Aktivitäten‹ täuschen. Er hatte in seinem Leben schon genug Leute kennengelernt, die um den heißen Brei herumredeten, um die Wahrheit hinter einem klug gewählten Wort zu erkennen. Tyren wollte die Einwohner von Helch zu seinem eigenen Glauben bekehren, und nach allem zu urteilen, was heute nacht hier gesagt worden war, waren weder er noch Baralis bei der Wahl ihrer Mittel sonderlich wählerisch.

Während er das Gespräch der beiden Männer weiter belauschte, wünschte Schnapper von ganzem Herzen, er wäre nie über dieses Treffen gestolpert. Für diese Art von Information würde ihm Tawl bestimmt nicht dankbar sein. Schnapper fragte sich sogar, ob er die Einzelheiten nicht lieber für sich behalten sollte. Tawl würde zusammenbrechen, sollte er die Wahrheit über Tyren erfahren. Der Großmeister der Ritter war der einzige Mensch, an den Tawl noch glaubte.

Schnapper spürte einen stechenden Schmerz an seinem Hals. Ohne es zu merken, hatte er den Schorf von der Wunde gekratzt. Nun hatte sie sich wieder geöffnet, und Blut tropfte auf seine Tunika. Er zwang sich zu atmen, schnell und flach. *Bleib ruhig*, ermahnte er sich selbst. *Bleib ruhig.*

Baralis und Tyren hatten die ganze Zeit über weitergeredet, und als Schnapper sich wieder auf das Gespräch konzentrierte, band Tyren gerade sein Pferd los.

Baralis sagte: »Ich will keine Gerüchte über Folterungen oder ähnliches aus Helch hören. Was immer Ihr auch tut, tut es unauffällig. Der Süden darf keinen Wind von unseren Plänen bekommen.«

»Macht Euch keine Sorgen, Baralis«, erwiderte Tyren. Sanft lösten seine langen Finger die Zügel. »Ich werde schon dafür sorgen, daß nichts durchsickert. Es gibt unzählige Methoden, einen Geschichtenerzähler in Mißkredit zu bringen, und mehr als ein Dutzend Arten, ihn ein für allemal verstummen zu lassen.«

Während er sprach, blickte Tyren auf den Balken, an dem er das Pferd angebunden hatte. Für einen kurzen Augenblick schaute er direkt in die Ecke, wo Hauswand und Hofmauer aufeinandertrafen. Weniger als sechs Schritte von ihm entfernt und nur durch ein Pferd und ein Holzgestell von ihm getrennt, verkrampfte sich Schnapper.

Tyren zögerte eine Sekunde. Er ließ den Zügel los und schirmte die Augen mit der Hand ab, um in der Dunkelheit besser sehen zu können.

Der Kloß kehrte wieder in Schnappers Hals zurück – diesmal war er so schwer wie Blei –, und Schweiß tropfte von seiner Nase.

Plötzlich riß das Pferd an seinen Zügeln und sprang von der Mauer weg. Tyren war gezwungen, ebenfalls zurückzuweichen, wollte er das Tier unter Kontrolle behalten.

»Wie es aussieht, Tyren«, sagte Baralis und nickte in Richtung Pferd, »ist Eure Stute begierig darauf, sich wieder auf den Weg zu machen. Ich glaube, für heute nacht haben wir alles besprochen, was es zu besprechen gab. Wir beide sehen die religiöse Zukunft des Nordens im selben Licht.«

Tyren überprüfte Sattel und Steigbügel, dann saß er auf. »Und was ist, wenn der König beabsichtigt, sein Reich noch weiter auszudehnen?« fragte er und machte es sich im Sattel bequem. »Ich hoffe doch, daß Valdis sich auch der religiösen Praktiken des Südens annehmen darf.«

Baralis lächelte. »Oh, ganz besonders der religiösen Praktiken des Südens.«

Als er diese Worte hörte, fiel Schnappers Magen in sich zusammen und hinterließ ein tiefes Loch in seiner Körpermitte. Er hatte das Gefühl, sich jeden Augenblick übergeben zu müssen.

Befriedigt nickte Tyren und ritt davon. Baralis schaute ihm hinterher. Keiner der beiden Männer verabschiedete sich von dem anderen. Erst als der Klang der Hufe verhallt war, atmete Baralis tief durch und gestattete sich erneut ein Lächeln.

»Tavalisk«, sagte er leise zu sich selbst, »auch wenn es mich beinahe zwanzig Jahre meines Lebens gekostet haben mag, ich *werde* meine Rache bekommen.«

Baralis wartete noch einen Augenblick, dann drehte er sich um und kehrte ins Haus zurück.

Sofort nachdem sich die Tür wieder geschlossen hatte, atmete Schnapper tief durch. Er dankte Borc und Mauerseglers verstorbener Mutter, daß sie ihn vor Unheil bewahrt hatten – ja, er dankte sogar dem Pferd. Als er sein schmerzendes Schienbein abtastete, entdeckte er einen großen, unglaublich weichen Blutklumpen. Die Wunde an seinem Hals blutete noch immer, und seine Tunika war von Schweiß durchnäßt. Obwohl er sich nichts sehnlicher wünschte, als Hals über Kopf aus dem Hof zu stürmen, wartete Schnapper doch, bis das Licht im Haus erloschen war. Und selbst dann verharrte er noch eine Zeitlang in seinem Versteck. Heute nacht würde er keine unnötigen Risiken mehr eingehen. Gejagt, bedroht, gefangen und beinahe umgebracht: Schnapper hatte heute genug Aufregung für den Rest seines Lebens gehabt – na ja, jedenfalls für den größten Teil.

Als er endlich den Hof verließ, war er steif vom langen Stehen, durchgefroren und müde. Er konnte sich nicht dazu durchringen, wieder Umwege zu gehen, um potentielle Verfolger abzuschütteln, und so nahm er den kürzesten und schnellsten Weg zurück zu Tawl.

Es war schon lange her, seit Kylock das Pulver zum letzten Mal so abgemessen hatte, wie Baralis es ihn gelehrt hatte. Er bedeckte nicht mehr länger nur die Kuhle in seinem Handteller, er nahm eine ganze Handvoll. Er streute das glitzernde Pulver in ein Glas und goß Rotwein darauf – der Wein gestaltete die Einnahme angenehmer –, und erst als die Droge seine Kehle hinuntergespült worden war, konnte Kylock wieder frei atmen.

Die schrecklichen Blitze würden nun für eine Weile aufhören, die jedesmal entstanden, wenn sein Schädel den Verstand zu zerquetschen drohte, und wenn seine Gedanken das Unterste zu oberst kehrten und das darunterliegende rohe Gehirn enthüllten. Dafür zumindest war die Droge gut.

Als Kylock das Glas zum zweiten Mal an die Lippen hob, trugen die Wachen den Körper des Mädchens aus dem Zelt. Es war ein ausgesprochen unangenehmer Angriff gewesen. Leidenschaft brachte nicht nur das Biest in ihm zum Vorschein.

»Hebt ihre Hände hoch«, befahl er den Männern. Diese Idioten trugen das Mädchen zu tief, so daß ihre Hand über den Teppich schleifte. Nun war er ebenso befleckt wie die Laken und das Kissen. Das ganze Zelt stank nach dem Mädchen. Alles würde vernichtet werden müssen. Kylock drängte sich an den Männern vorbei und trat hinaus in die Nacht.

Der Himmel war stets dunkel, wenn er unter ihm wanderte, und Kylock stellte erfreut fest, daß Brens schwarz-purpurne Silhouette sich in dieser Hinsicht nicht anders verhielt.

Sie hatten südlich der Stadt ihr Lager aufgeschlagen – so nah, daß sie die Mauern sehen, den Rauch aus den Kaminen riechen und das Knarren der Wagen in den Straßen hören konnten. Kylock ließ seinen Blick über die Bastionen von Bren schweifen. Ja. Diese Stadt war wie für ihn geschaffen. Sie war nicht so ein aufgeblasenes Dorf wie Harvell oder eine Ansammlung schäbiger Hütten wie Helch. Nein. Bren war eine junge, Ruhm verheißende Stadt, immer noch im Wachstum begriffen, eine Knospe kurz vor der Blüte, ein schreckliches Kind. Bren versank nicht in seinem eigenen Dreck: Der Wind aus den Bergen blies den Gestank hinweg, und der Regen wusch den Schmutz von den Straßen in den See.

Der See, die Berge, die Mauern: Man fand nichts Ebenbürtiges in der bekannten Welt. Die Stadt war wie dafür geschaffen, das Herz eines Imperiums zu sein. Die alten Herzöge hatten die Stadt für ihn vorbereitet: Sie hatten mächtige Mauern und uneinnehmbare Bastionen errichtet und die Stadt mit einem Ring aus Gräben umgeben. Nun da sie ihre Arbeit getan hatten, war es nur angemessen, daß sie verschwunden waren. Bren würde nie wieder einen Herzog sehen.

Kylock trank den letzten Schluck aus seinem Glas. Die Droge verlieh dem Wein zusätzliche Süße. Der Geruch von verbranntem Fleisch stieg ihm in die Nase; offenbar hatten die Wachen das Mädchen ins Feuer geworfen. Verbrennen war die zuverlässigste Methode, um eine Leiche unkenntlich zu machen. Außer den Wachen würde nie jemand erfahren, wer das Mädchen gewesen war, und welches Schicksal es ereilt hatte. Die tiefe Wunde in ihrer Brust würde durch die Flammen noch geweitet werden, und die gebrochenen Handgelenke würden zu einem Häuflein Asche vergehen. Kylock zuckte die Schultern. Sicherlich würde das Feuer auch den Ausdruck des Entsetzens aus ihrem hübschen Gesicht brennen. Man würde sie für eine einfache Lagerhure halten, die an irgendeiner Seuche zugrunde gegangen war und deren Leichnam man zum Wohle der Soldaten verbrannt hatte.

Kylock fühlte sich bereits viel besser. Die Droge verrichtete ihre Arbeit: Unter ihrem Einfluß wurde die Welt schwerer, dunkler und massiver. Sie dämpfte den Zorn in Kylock. Etwas äußerst Beunruhigendes geschah mit ihm. Mehr und mehr verlor er die Kontrolle über sich selbst: Immer wieder wurden sein Körper und seine Gedanken von Gewalt zerrissen – und wenn dies geschah, schmeckte er jedesmal Metall im Mund. Erst vor kurzem – als er mit dem Mädchen im Bett gelegen und ihre Handgelenke und ihren Hals an die Pfosten gebunden hatte –, da war sein Körper plötzlich von Krämpfen geschüttelt worden. Er hatte das Gefühl gehabt, als hätte eine Hand seine Eingeweide gequetscht und ihm auf diese Art die Galle in den Mund gepreßt. Sein Gehirn war immer größer geworden – oder sein Schädel kleiner –, und er hatte seine Gedanken nicht mehr festhalten können. Ein unerträglicher Druck hatte sich in ihm aufgebaut, und um ihn zu lindern, war ihm keine andere Wahl geblieben, als sich auf das Mädchen unter ihm zu stürzen.

Wie ein Tier fiel er über sie her. Zähne wurden zu Fängen und Finger zu Klauen. Die Finsternis drohte, ihn zu überwältigen, doch er bekämpfte die Monster, indem er das Mädchen bekämpfte. Falls sie schrie, so hörte er es nicht, und falls sie sich wehrte, so merkte er es nicht. Er spürte nur ihr Blut, das auf seine Wangen spritzte, und ihren letzten Atemzug, den sie ihm ins Gesicht hauchte. Als das Leben sie verließ, hatte Kylock wieder zurück ins Licht gefunden. Seine Eingeweide hatten sich wieder entspannt, und der Druck in seinem Kopf war verschwunden. Ein Rinnsal seines eigenen Blutes floß ihm aus der Nase, und er spie in einen Lappen, um den süßen Nachgeschmack aus dem Mund zu bekommen.

»Eine Botschaft aus Halcus ist soeben eingetroffen, Euer Majestät.«

Kylock wirbelte herum. Er hatte nicht gehört, wie der Soldat sich genähert hatte. Als der Mann ihm den Brief überreichte, bemerkte Kylock, daß der Blick des Soldaten an seiner Tunika haften blieb. Das Blut des Mädchens hob sich als dunkler Fleck von dem goldenen Stoff ab. »Blut, das im geheimen vergossen wird, ist ein unlösliches Band zwischen Männern. Geh jetzt, mein Freund, und sage niemandem, was du gesehen hast.«

Der Soldat sank auf die Knie. »Euer Majestät, auf Euren Befehl hin würde ich das Blut einer ganzen Armee vergießen.«

Kylock nickte sanft und bedeutete dem Mann aufzustehen. »Deine Treue wird nicht vergessen werden.«

Der Mann verneigte sich und ging.

Kylock lächelte. Jeden Tag entdeckte er neue Stärken an sich, wie sie nur Königen bestimmt waren. Seine Fähigkeit, die bedingungslose Treue seiner Untertanen zu inspirieren, war ein Geschenk der Götter. Für ihren Glauben taten Männer Dinge, die sie für Geld niemals tun würden. Und Kylocks Männer glaubten an ihren König: Er gewann Kriege, scheute keine Risiken, und er wurde von seinen Feinden gehaßt. Er versprach seinen Männern reiche Beute, und er sorgte auch dafür, daß sie sie bekamen: Frauen, Kinder, oder nach was auch immer ihnen der Sinn stand. Gold, Getreide, Beförderungen ... rücksichtslose Zerstörung, wenn sie wollten. Eine Stadt im Blutrausch niederzubrennen war oft die beste Belohnung nach einem anstrengenden Tag auf dem Schlachtfeld. Der Anblick eines brennenden Feindes steigerte die Verachtung für den Gegner.

Kylock brach das Sigel. Ja, er konnte auf die uneingeschränkte Loyalität seiner Soldaten bauen, und der Inhalt des Briefes war der Beweis dafür.

Heute nacht, kurz vor der Morgendämmerung, würde seine Mutter den Tod finden. Ihre Burg in den Nordlanden würde von einer versprengten Halcus-Bande angegriffen werden. Niemand würde überleben, um davon zu berichten. Kedrac, Maybors Ältester, hatte alles bis ins letzte Detail geplant, bis hin zur Schändung der Königinwitwe. Aber der wahrhaft geniale Teil war in Kylocks Gehirn herangereift. Wenn die Angreifer mit seiner Mutter fertig waren, würden sie ihren Leichnam auf das Banner von Annis betten. Später würde man daraus den Schluß ziehen, daß die Halcus in enger Verbindung zu der Gebirgsstadt standen. Daraufhin würde ein Aufschrei der Empörung durch die Königreiche gehen, und die öffentliche Unterstützung für Kylocks nächstes Vorhaben wäre so gut wie garantiert – was rein zufällig die Invasion von Annis war. Kein Land der Welt würde die Schändung und Ermordung seiner geliebten Königinwitwe ungesühnt lassen.

Natürlich würde die Invasion von Annis nur ein Ablenkungsmanöver sein. Kylock brauchte seine Armee andernorts, doch es gefiel ihm, seine Feinde glauben zu machen, seine Soldaten würden vor Annis um die Ehre ihres Landes kämpfen. Kylock ließ seinen Blick über die Silhouette von Brens Wehrmauern schweifen. Alle würden sie überrascht sein, wenn sein Plan sich endlich entfaltete. Natürlich würde Annis ihm früher oder später auch zufallen – ein paar Monate hier und da machten da keinen Unterschied.

Kylock las weiter. Kedrac war klug genug gewesen, seine Nachricht zu verschlüsseln. Er hatte nicht nur das Ableben der Königin arrangiert, er hatte auch den Zeitplan zur Eroberung des restlichen Halcus exakt eingehalten. Kylock war sehr zufrieden mit Kedracs Arbeit, denn so konnte er Katharina Halcus zum Hochzeitsgeschenk machen. Eine großartige Geste, doch ein unwürdiges Geschenk: Nichts war wertvoll genug für Katharina.

Er konnte es kaum erwarten, sie kennenzulernen. Als freier Mann würde er Katharina gegenübertreten. Der Tod seiner Mutter würde ihn von allen Bindungen befreien. Mit Leib und Seele würde er sich seiner Braut hingeben können, und wenn er sich vor ihr niederknien würde, dann würde sie ihn reinwaschen und ihn vom Makel des Mutterleibs erlösen.

Kylock richtete seine Aufmerksamkeit wieder auf das Lager. Sein Leibdiener kannte ihn gut genug, um in der Zwischenzeit ein Bad eingelassen zu haben. Kylock war schmutzig; er mußte sich waschen. Seine Hände und seine Kleider stanken bestialisch, und solange er noch nach der Hure roch, die er soeben getötet hatte, war es nicht angemessen, auch nur an Katharina zu *denken*.

Kapitel Vier

Jack träumte wieder von Tarissa. Seine Gedanken, die Tarissa tagsüber sorgfältig mieden, schienen sich nachts gegen ihn zu verbünden. Sie war immer da – in der einen Sekunde fröhlich lachend und verführerisch, und in der nächsten sank sie weinend auf die Knie und flehte Jack an, ihn begleiten zu dürfen.

Und immer, selbst in seinen Träumen, ging er weg und ließ sie zurück.

Doch heute nacht folgten ihm ihre Schritte.

Jacks Herz raste. Er drehte sich zu Tarissa um, aber sie war nirgends zu sehen. Wieder waren die Schritte zu hören, diesmal näher, und erneut wirbelte Jack herum. Wo war sie? Die Schritte waren bereits so nah, daß der Boden vibrierte.

»Er ist hier drin«, sagte eine Stimme.

Das war nicht Tarissas Stimme. Das war überhaupt keine vertraute Stimme. Das war noch nicht einmal ein Traum. Jack sprang auf. Er war im Gildenhaus der Bäcker, und das erste Licht eines neuen Morgens schien zwischen den Fensterläden hindurch herein.

Die Tür flog auf, und vier schwer bewaffnete Männer stürmten in den Raum. Nivlet, der einzige dünne Bäcker in der Gilde, stand hinter ihnen.

»Das ist er!« schrie er. »Das ist der Mann, den die Halcus suchen!«

Zwei der Männer traten vor. Jack hielt bereits sein Messer in der Hand. Sein Mund war trocken, und seine Sinne waren nach wie vor vom Schlaf getrübt. Während er den Stadtwachen entgegentrat, blickte er nach rechts und links, um die Einzelheiten des Raums in sich aufzunehmen. Er suchte nach einer Möglichkeit, seine Gegner abzulenken. Zu seiner Linken lag ein Holzstapel. Mit einem Satz war Jack hinter dem Stapel und trat die Holzscheite in Richtung der Soldaten. Die beiden Männer waren gezwungen zurückzuweichen. Jack sprang hinterher. Dabei beschrieb er mit dem Messer immer enger werdende Kreise in der Luft. Dann traf er den Arm eines Soldaten. Jack legte all sein Gewicht in den Stoß, und die Klinge drang durch Haut und Fleisch.

Etwas stieß ihn von hinten an. Jack wirbelte herum und sah sich dem dritten Soldaten gegenüber. Er besaß rotes Haar, einen mächtigen roten Schnurrbart, und er hielt das längste Messer in der Hand, das Jack je gesehen hatte.

»Komm schon, Junge, wenn du dich traust«, sagte der Mann. Ein Blick zur Seite verriet ihn. Er hoffte, Jack lange genug ablenken zu können, damit der zweite Soldat ihn von hinten aufschlitzen konnte.

Ohne Rothaar auch nur eine Sekunde aus den Augen zu lassen, verlagerte Jack sein Gewicht aufs linke Bein und trat mit dem rechten in die Richtung aus, in der er den zweiten Angreifer vermutete. Tatsächlich traf er sogar das Knie des Mannes, der daraufhin stöhnend zusammensackte. Jack stürmte genau auf Rothaars Klinge zu. Erst im letzten Augenblick wich er zur Seite aus. Rothaar hatte sich jedoch bereits in Bewegung gesetzt. Sein Schwung trug ihn an Jack vorbei, und er fiel über den zweiten Soldaten, der zusammengekrümmt auf dem Boden lag und sich das Knie hielt.

Jack wartete nicht darauf, was als nächstes geschah. Er hatte keine Zeit, um sich noch weiter um die beiden zu kümmern. Die Luft brannte in seiner Kehle, und seine Lungen standen kurz davor zu platzen. Er richtete seine Aufmerksamkeit wieder auf den ersten Soldaten mit dem verletzten Arm. Der vierte Mann stand noch immer auf der Schwelle und wartete auf eine günstige Gelegenheit, in den Kampf eingreifen zu können. Der Verletzte hatte sich von irgendwoher einen Speer organisiert. Damit ärgerte er Jack, indem er immer wieder nach dessen Brust und Bauch stieß. Die Feigheit des Mannes machte Jack wütend. Er trat außer Reichweite der Speerspitze und hob das Messer vors Gesicht. Auf der Klinge war noch immer das Blut vom Arm des Mannes zu sehen.

»Hmmm«, sagte Jack in der Hoffnung, den Mann dazu zu bewegen, einen Blick auf seine Wunde zu werfen. »An deiner Stelle würde ich so schnell wie möglich einen Arzt aufsuchen. Dein Blut scheint mir eine seltsame Farbe zu haben.«

Der Mann lächelte. »So leicht lasse ich mich nicht verarschen, Junge.« Wieder stieß er mit dem Speer zu.

Jack war gezwungen zurückzuweichen. Dann bemerkte er plötzlich, daß er nicht mehr weiter zurück konnte; er stand mit dem Rücken zur Wand. Dagegen mußte etwas unternommen werden. Jack erwiderte das Lächeln des Soldaten. »Ich glaube trotzdem, daß du einen Arzt aufsuchen solltest. Die Wunde über deinem Auge sieht wirklich fürchterlich aus.«

Verwirrung zeichnete sich auf dem Gesicht des Soldaten ab. Jack nutzte die Gelegenheit und warf sein Messer aus dem Handgelenk. Die Klinge flog genau auf das Auge des Mannes zu, und wieder wartete Jack nicht darauf, was als nächstes geschah. Er sprang von der Wand weg. Rothaar hatte sich inzwischen wieder erholt, doch der zweite Mann lag noch immer auf dem Boden. Blut tropfte von Rothaars Klinge. Der vierte Soldat war inzwischen neben ihn getreten, und gemeinsam versperrten sie Jack den Weg zur Tür.

Zwei Männer, bewaffnet und kampfbereit, standen ihm gegenüber. Jack wußte, daß nun die Zeit für Zauberei gekommen war. Er konzentrierte sich auf das Metall der Klingen. Er spürte die dichte, feste Masse, die sich ihm mit aller Kraft widersetzte. Langsam drang er in das kalte Metall ein, wobei er versuchte, sich genau an das zu halten, was man ihn gelehrt hatte. Dies war keine von Stillfuchs' Übungen, wo Gefahren nur vorgetäuscht und wo Verlauf und Ausgang sorgfältig überwacht wurden. Dies war die Realität.

Ihm blieben nur Bruchteile von Sekunden. Er hatte keine Zeit für Feinheiten, keine Zeit, sich von der Substanz einfangen zu lassen, in die er eindrang. Der Zeitdruck und die Gefahr nährten Jack. Sein Verstand beschwor ein Bild von Tarissa herauf: Rovas stand vor ihr, und sie legte ihm die Hand auf die Stirn. Jack fühlte, wie sich die Magie in ihm aufbaute. Scham begleitete sie, doch er hatte jetzt nicht die Zeit, sich darum zu kümmern. Die Kraft stieg aus seinem Magen auf, während seine Gedanken aus dem Kopf nach unten sanken. Beides vermischte sich in seinem Mund, und der beißende Geschmack von Metall glitt über seine Zunge.

Die Magie bewegte sich auf die Klingen zu. Jacks Geist formte sie auf ihrem Weg durch die Luft. Er gestaltete die Magie wie ein Bildhauer, und als sie auf ihr Ziel traf, war sie zur Perfektion herangereift. Gemeinsam mit seinen Gedanken drang sie in das Metall der Messer ein und begann ihre Arbeit. Jack zog sich wieder zurück. Die Messer wurden glühendheiß. Die beiden Männer schrien und ließen ihre Waffen zu Boden fallen.

Eine Welle der Schwäche brach über Jack herein. Entschlossen kämpfte er dagegen an und drängte sich an den beiden Männern vorbei zur Tür. Weder Rothaar noch sein Freund machten irgendwelche Anstalten, ihn aufzuhalten. Sie hielten ihre verbrannten Hände in die Luft und schauten sich verzweifelt nach etwas um, womit sie sich Kühlung verschaffen konnten.

Jack trat über die Schwelle und stand Nivlet gegenüber. Frallit hatte einst gesagt: *»Traue niemals einem dünnen Bäcker«*, und wie es schien, hatte er recht gehabt. Jack schlug Nivlet mitten ins Gesicht. Nivlet stürzte zu Boden, und Jack schritt über ihn hinweg. »Sorg dafür, daß die beiden Soldaten Wasser für ihre Verbrennungen bekommen.«

Er wartete nicht auf die Antwort. Statt dessen drehte er sich um und ging.

Seltsamerweise war Jack allerbester Laune, als er das Gildenhaus verließ. *Er hatte es geschafft!* Die Magie hatte seinen Befehlen gehorcht! Ein erhebendes Gefühl. Er fühlte sich stark und selbstbewußt genug, um es mit jedermann aufzunehmen. Während er durch den Festsaal ging, wischte er die Überreste des Abendessens von der Tafel. Brote, Hähnchenschenkel und Obst flogen durch die Luft. Jack warf den Kopf zurück und lachte lauthals auf. Endlich hatte er einmal etwas richtig gemacht.

Wieder erklangen Schritte – entweder Nivlet oder einer der verletzten Soldaten. Zeit, sich auf den Weg zu machen. Jacks Lächeln verschwand. Es sah so aus, als würde er nun doch nicht so viel von Annis zu sehen bekommen, wie er gehofft hatte; auch würde er die Stadt genauso verlassen müssen, wie er sie betreten hatte: durch die Hintertür. Jack steckte ein besonders bösartig aussehendes Brotmesser ein und stopfte Brot und Käse in seine Tunika. Dann trank er noch einen Becher Bier auf sein eigenes Wohl. Er verzog das Gesicht – das Bier war inzwischen schal geworden. Schließlich machte er auf dem Absatz kehrt und verschwand in der Morgendämmerung.

»Euer Gnaden, gestattet mir, Euch Seine königliche Majestät, König Kylock, vorzustellen, Souverän der Vier Königreiche.« Baralis trat zurück, damit Kylock Katharina begrüßen konnte.

Kylock sah phantastisch aus. Er war vollkommen in schwarze Seide gehüllt, und Kragen und Manschetten waren mit Gold bestickt – tatsächlich sah er mächtiger aus, als er in Wirklichkeit war. Groß und feingliedrig bewegte er sich mit ungezwungenem Stolz. Seine Gesichtszüge waren nicht so gut zu erkennen; merkwürdigerweise lag trotz des Sonnenlichts, das durch die großen Fenster in die Halle fiel, ein Schatten auf ihnen.

Er streckte seine elegante Hand aus, und Katharina hob die ihre als Erwiderung. Kylock hob ihre blassen Finger an die Lippen. Sein Atem war kühl, kühler noch als seine Lippen. Ein Schauer lief Katharina über den Rücken. Sie hatte nicht beabsichtigt, vor ihm zu knicksen – die Herrin von Bren knickste vor niemanden –, doch andererseits sah sie von oben betrachtet besonders gut aus; ein Einblick in ihr Dekolleté hatte schon so manchen Mann beeindruckt.

»Es ist mir eine Ehre, Euch in unserer schönen Stadt begrüßen zu dürfen, Euer Majestät.«

»Die Ehre ist ganz auf meiner Seite«, erwiderte Kylock.

Sie standen in der Großen Halle, umgeben von Höflingen. Girlanden aus Sommerrosen schmückten die Wände. Die Fenster bestanden aus Buntglas, so daß das Licht, das durch sie in die Halle fiel, die Staatsfarben von Bren annahm. Königsblau, Mitternachtsblau, Purpur und Scharlachrot: Farben, die Katharinas Vater ausgewählt hatte; Farben, in die man seinen Leichnam gehüllt hatte. Trotz der Wärme der Sonne schauderte Katharina.

Kylock hielt noch immer ihre Hand. »Sagt nur ein Wort, wenn Euch zu kalt ist, Mylady«, sagte er sanft, »und ich werde eine Stadt niederbrennen, um Euch zu wärmen.«

Katharina sog zischend die Luft ein, und sie war nicht die einzige. Die Höflinge, die Kylocks Worte gehört hatten, traten unruhig von einem Fuß auf den anderen.

Baralis griff ein, um die peinliche Stille zu überwinden. »Nach der langen Reise ist Euer Majestät sicherlich erschöpft. Wenn Ihr erlaubt, dann werde ich Euch jetzt in Eure Gemächer führen.«

Kylock schaute ihn nicht an. Er ließ Katharina keinen Augenblick aus den Augen. Nach wie vor hielt er ihre Hand in der seinen, und er drückte so fest zu, daß kein Tropfen Blut mehr ihre Fingerspitzen erreichte. »Ihr habt recht, mein Kanzler. Ich muß mich ausruhen. Heute habe ich meine zukünftige Gemahlin gesehen, und ihr Anblick hat mir den Atem geraubt.« Unvermittelt ließ er Katharinas Hand los.

Katharina hatte sich gewünscht, daß er sie loslassen möge; doch als er es tatsächlich tat, fühlte sie sich verloren. Kylock strahlte eine ungeheure Macht aus, und solange er ihre Hand gehalten hatte, war sie ein Teil davon gewesen. Um ihn noch einen Augenblick länger bei sich zu behalten, ergriff sie das Wort: »Mylord, ich hoffe, Ihr werdet mit Euren Gemächern zufrieden sein. Ich selbst habe die Einrichtung ausgewählt.«

Mit einer plötzlichen Bewegung trat Kylock auf sie zu. Katharina wurde kurz von Panik ergriffen und wich einen Schritt zurück – aus irgendeinem Grund hatte sie geglaubt, er wolle sie schlagen. Doch statt dessen verneigte er sich so tief, daß sie das weiße Fleisch seines Nackens sehen konnte. Seine Nasenflügel bebten, als würde er ihre Witterung aufnehmen. »Myladys Rücksichtnahme wird nur noch von Eurer Reinheit übertroffen.«

Katharina ballte die Fäuste, um nicht zu erröten. *Reinheit?* Warum hatte er ein derart seltsames Wort gewählt? Allmählich wurde ihr die Situation unangenehm. Sie verneigte sich ebenfalls und murmelte: »Ich hoffe, ich werde Euch nicht enttäuschen.«

Zum ersten Mal blickte sie Kylock in die Augen. Sie waren dunkel, aber die eigentliche Farbe konnte Katharina nicht erkennen. Kylock lächelte und entblößte eine Reihe ebenmäßiger Zähne, die ein wenig nach innen gebogen waren. »Mylady wird mich mit Sicherheit nicht enttäuschen.« Er entfernte sich so rasch, daß seine Gestalt erst wieder deutlich erkennbar war, als er stehenblieb.

An Baralis gewandt, sagte er: »Kanzler, führt mich zu meinen Gemächern.« Baralis trat neben den König und führte ihn aus der Großen Halle.

Katharina blickte den beiden hinterher. Irgend etwas Merkwürdiges war an den beiden … Sie glichen sich in Größe und Hautfarbe. Selbst ihre Bewegungen schienen sich zu ähneln. Beide gingen sie vollkommen lautlos. Katharina schüttelte langsam den Kopf; sie wollte diesen Gedanken nicht weiter verfolgen. Kylock und Baralis stammten aus demselben Land, vom selben Hof; kein Wunder, daß sie dasselbe Verhalten zeigten.

Katharina fühlte sich plötzlich müde und entließ ihren Hof mit einer beiläufigen Geste. Sie war vollkommen ausgelaugt und sich ihrer eigenen Verwundbarkeit nur allzu bewußt. Kylock war soviel *mehr*, als sie erwartet hatte, und seine Gegenwart hatte sie aus der Fassung gebracht. In acht Tagen würde sie seine Gemahlin sein. Katharina machte sich auf den Weg zu ihren Gemächern. Noch nie in ihrem Leben hatte sie sich so *lebendig* gefühlt wie in jenem Augenblick, als König Kylock ihre Hand gehalten hatte.

»Die Forelle ist fast fertig, Grift. Noch ein paar Minuten, und sie ist so gut durchgebraten, wie ein Fisch nur sein kann.«

»Ich selbst habe mir ja nie viel aus Fisch gemacht, Bodger … obwohl er verdammt gut für die Eier ist.«

»Für die Eier, Grift?«

»Aye, Bodger, für die Eier. Ein Mann wird nie Schwierigkeiten mit seinen Eiern haben, wenn er nur genug Fisch ißt.«

»Und warum, Grift?«

»Fisch verbessert die Federung, Bodger, wenn du weißt, was ich meine. Zwei Forellen pro Tag, und deine Eier sind so weich, daß du sie auf dem Boden aufspringen lassen kannst.«

Bodger runzelte zweifelnd die Stirn. »Das scheint mir aber nicht gerade von großem Nutzen zu sein, Grift.«

»Was gut ist und was nicht, das habe nicht ich zu entscheiden, Bodger. Ich bin nur hier, um dich mit Fakten zu versorgen.« Grift nickte weise, und Bodger nickte zurück.

»Meinst du, ich sollte Tawl eine Forelle bringen, Grift?«

»Nein, Bodger. Besser, wir lassen ihn heute in Ruhe – besonders weil heute das Fest von Borcs erstem Wunder ist. Es ist der heiligste Tag für die Ritter, und Tawl einen Fisch zu bringen würde nur Salz in die Wunde streuen.«

»Aye, Grift. Ich glaube, du hast recht. Ich habe ihn vorhin gesehen, und er hat einfach durch mich hindurch geschaut. Lady Melliandra hat versucht, ihn zu trösten, aber er hat sie weggeschickt.«

»Daraus kann man dem Mann keinen Vorwurf machen, Bodger. Jeder Mann, der jemals zum Ritter geschlagen worden ist, läßt heute sein Blut zu Borcs Ehren. Tawl wird der Verlust verdammt schwer zu schaffen machen.«

»Wie geht noch mal die Geschichte, Grift?«

»Nun, Borc war, wie du weißt, ein Schäfer am Fuß der Großen Grenze. Eines Tages, als er gerade wieder mal seine Schafe gehütet hat, kam ein Rudel Wölfe vorbei, die wahnsinnig vor Hunger waren. Sie haben Borc und seine Herde zu den Faldara-Fällen hinaufgejagt. Nun, Borc wußte nicht mehr, wohin er fliehen sollte, und so hat er Gott um Hilfe angefleht, und noch bevor die Worte seinen Mund verlassen hatten, waren die Fälle zu Eis erstarrt. Also hat Borc seine Schafe über die Fälle geführt, und als die Wölfe das Eis betraten, ist alles geschmolzen, und die Räuber sind in den Tod gerissen worden.«

Bodger seufzte ungeduldig. »Die Geschichte kennt doch jeder, Grift. Ich weiß nur nicht, was Valdis damit zu tun hat.«

»Ah, ja. Warum hast du das nicht gleich gesagt?« Grift trank einen kräftigen Schluck Bier und lehnte sich zurück. »Wie du ja sicherlich weißt, war Valdis Borcs erster Jünger. Und als Borc auf der Suche nach Wahrheit in den Süden gezogen ist, ist Valdis im Norden geblieben, um sein Wort zu verkünden. Auf jeden Fall hat Valdis zehn Jahre nach dem Wunder bei den Faldara-Fällen an ihrem Ufer zu einem wütenden, ungläubigen Mob gepredigt. Sie haben ihn angeschrien und gesagt, daß es nie ein Wunder gegeben habe und daß jeder, der versuche, die Fälle zu überqueren, mit Sicherheit umkommen würde.

Da Valdis wußte, daß er nur ein Mensch aus Fleisch und Blut war, der keine Wunder vollbringen konnte, tat er stattdessen etwas anderes: Er vollbrachte den ersten Glaubensakt. Er sprang in den Fluß und ließ sich von der Strömung über die Fälle tragen.

Natürlich haben alle geglaubt, er sei hinüber, daß er

irgendwo auf den Felsen aufgeschlagen und ertrunken sei. Also sind die Leute nach Hause zu Weib und Kind gegangen und haben Valdis vergessen. Aber Valdis hat irgendwie überlebt – wie genau, weiß niemand, aber man sagt, Gott habe ihn für seinen Glauben belohnt –, und er ist zurück ins Dorf gegangen. Die Dörfler waren so überwältigt von seinem Anblick, daß sie auf die Knie gefallen sind und sich Borc verschworen haben. Valdis hat jeden einzelnen von ihnen auf die Stirn geküßt. Dann ist er gegangen und hat den Menschen gesagt, es sei ihre Pflicht, in die Welt zu ziehen und Borcs Wort zu verbreiten.« Grift leerte seinen Becher, um damit zu zeigen, daß die Erzählung zu Ende war.

»Valdis war ein verdammt tapferer Mann, Grift«, sagte Bodger.

»Aye, Bodger, und die Ritterschaft, die er gegründet hat, sollte seine Ideale weiterverfolgen.«

»Der arme Tawl. Es muß ihn doch unheimlich bedrücken, daß die Ritter so tief gesunken sind.«

»Wenn du mich fragst, Bodger, dann sollte er sich eigentlich freuen, daß er nichts mehr mit ihnen zu tun hat.«

»Hättest du heute morgen sein Gesicht gesehen, Grift, dann wüßtest du, daß das der letzte Gedanke ist, der ihm in den Sinn kommen würde. Er hat schweigend auf der Fensterbank gehockt und nach Süden gestarrt.«

»Valdis liegt im Süden, Bodger.«

»Aye, Grift, genau wie Tawls Herz.«

Baralis schloß die Tür hinter sich. Er dachte einen Augenblick nach, dann schob er den Riegel vor. Kylock war nun im Palast, und irgendwie änderte seine Anwesenheit alles.

Der Junge war in vielerlei Hinsicht gewachsen, seit Baralis ihn zum letzten Mal gesehen hatte. Eigentlich war er überhaupt kein Junge mehr; er war ein Mann geworden. Ein König. Ein Führer. Oh, wie seine Gegenwart die Große Halle beherrscht hatte! Wie alle an seinen Lippen gehangen hatten, auf daß ihnen keines seiner Worte entgehe, und wie jedermann erleichtert aufgeseufzt hatte, als er hinausgegangen war. Es bestand gar kein Zweifel: Kylock war zum Kaiser geboren. Er war dafür *gezeugt* worden. Aber er war noch so jung, so unerfahren, so erfüllt von der Rücksichtslosigkeit der Jugend. Er mußte mit sanfter Hand geformt und geführt werden; seine Politik bedurfte des Feinschliffs.

Als Baralis den König heute morgen wiedergesehen hatte, hatte er einem vollkommen anderen Mann gegenübergestanden. Kylock würde sich nie wieder wissentlich manipulieren lassen. Er steckte voller Energie und war fest entschlossen, sein Leben selbst in die Hand zu nehmen. Baralis gestattete sich ein kaum merkliches Lächeln. Na ja, in Wirklichkeit war Kylock keineswegs der selbstsichere, starke Mann, als der er sich präsentierte. Dafür hatte die Droge mit Namen *Ivysh* gesorgt. *Ivysh* unterbrach den Fluß der Magie in seinem Körper, und solange er davon abhängig war, konnte Kylock nicht auf die Macht der Zauberei zurückgreifen. Daß der neue König die Droge nach wie vor nahm, stand außer Zweifel. Er stank förmlich danach: sein Haar, seine Kleider, sein Atem. Allerdings gelang es ihm ausgesprochen gut, die Nebenwirkungen zu verbergen.

Ivysh trieb einige Menschen in den Wahnsinn; andere wurden paranoid, und wieder andere wurden in einen Rausch der Gewalt versetzt. Die Männer in Hanatta nahmen die Droge, um näher bei Gott zu sein. Ihre Frauen nahmen sie, um die Grausamkeit ihrer Gatten zu vergessen, und den Kindern gab man mit *Ivysh* getränkte Lappen, an denen sie saugen konnten, wenn sie zuviel schrien. Baralis hatte *Ivysh* nur ein einziges Mal geschmeckt, im Mund der Nichte seines Lehrmeisters. Er hatte es nie wieder probiert: Selbstbeherrschung war etwas, das man nicht so einfach aufgab.

Die Tatsache, daß es Kylock trotz seiner Sucht gelang, den Anschein von geistiger Gesundheit zu erwecken, war mehr als nur bemerkenswert. Er nahm *Ivysh* bereits seit fünf Jahren! Baralis konnte noch nicht einmal vermuten, welche Langzeitwirkungen die Droge haben würde. Allerdings schien es Kylock recht gut zu gehen.

Baralis spürte einen Hauch von väterlichem Stolz. Rasch unterdrückte er dieses Gefühl: Jetzt war nicht die Zeit für Selbstbeweihräucherung. Er hatte viel zu tun. In den vergangenen Tagen hatte er viel zu viel vor sich hergeschoben, doch nach dem Vorfall mit Maybor hatte er Ruhe gebraucht.

Baralis setzte sich ans Feuer, und Crope eilte herbei, um ihm einen Becher Kräuterpunsch einzuschenken. »Bereite meine Tränke vor, Crope. Vor mir liegt eine lange Reise.« Die Beschwörungen, die er im *›Randvollen Eimer‹* durchgeführt hatte, hatten ihn sehr geschwächt, und erst jetzt fühlte er sich wieder stark genug, sich selbst zu entsagen. Langsam trank Baralis seinen Kräuterpunsch; er wollte den entscheidenden Augenblick so lange wie möglich hinausschieben. Er haßte es, seinen Körper zu verlassen. Wenn der Geist vom Fleisch getrennt wurde, wenn die Seele aus dem Körper gerissen wurde, der sie ernährte, und wenn das Herz das Blut durch eine leere Hülle pumpte, dann war Zeit von allergrößter Bedeutung, denn Wahnsinn lauerte in der leeren Finsternis.

Baralis begann mit den Vorbereitungen: das Pulver, das Blatt, das Blut. Dann atmete er die giftigen Dämpfe ein und ließ sich in Cropes wartende Arme fallen.

Die schreckliche Leichtigkeit war wie stets entsetzlich. Baralis verlieh seinen Gedanken Gewicht, damit sein Geist nicht zum Firmament hinaufstieg, von wo er niemals wieder zurückkehren würde. Sein Körper schrie protestierend, doch er war bereits zu weit entfernt, um den Verlust zu bestätigen. Höher und höher stieg er hinauf, durch die Wolken und in Schichten, wo es keine Luft mehr zum Atmen gab. Seltsam – die Kälte konnte er spüren. Hitze, Wind und Wasser ließen ihn unberührt, aber die Kälte gehorchte eigenen Gesetzen.

Bevor er sich versah, war er schon an seinem Ziel angelangt. Unter ihm lag der Tempel von Larn: ein steinernes Rechteck auf einer birnenförmigen Insel. Er reiste hinab durch Schieferfelsen und durch Holz, hinab in eine Kammer, die man für seinen Empfang vorbereitet hatte. Vier Männer, ein Tisch, vier Kerzen und eine Schüssel.

»Willkommen Baralis«, sagte der erste der vier.

Es dauerte einen Augenblick, bis Baralis zum Stillstand gekommen war. Hätte er geatmet, so wäre er jetzt atemlos. Diesmal beging er nicht den Fehler, seinem Geist eine Gestalt zu geben – er würde keine Energie verschwenden, nur um die Begegnung für die Priester angenehmer zu gestalten. »Ich bin hierhergekommen, weil ich Antworten suche.«

»Dann seid Ihr am richtigen Ort. Aber was bietet Ihr uns als Gegenleistung?«

»Jedenfalls nicht meine Seele, wenn es das ist, woran Ihr denkt.«

Kraft seines Willens erloschen die Kerzen. »Larn wird mich nicht der Verdammnis anheimführen.«

Der Älteste der vier erwiderte rasch: »Sagt, was Ihr von uns wollt, Baralis.«

Sie wußten ganz genau, warum er hergekommen war; dessen war er vollkommen sicher. Sie liebten es einfach nur, ihre Spielchen zu treiben. »Die Witwe des kürzlich auf so tragische Weise verstorbenen Herzogs trägt ein Kind unter dem Herzen. Ich muß wissen, ob es ein Junge oder ein Mädchen ist.«

Die vier schwiegen einen Augenblick und hielten Zwiesprache untereinander. Schließlich ergriff der Jüngste das Wort. »Wir haben schlechte Nachrichten für Euch, Baralis.«

»Ein Junge, also.« Eine deutlichere Antwort war von Larn nicht zu erwarten. Rasch wechselte Baralis das Thema; es war niemals klug, den Priestern Zeit zum Nachdenken zu geben. »Wann werden Annis und Highwall gegen Bren ziehen?«

Der Jüngste schüttelte den Kopf. »Na, na, na, Baralis. Eine Hand wäscht die andere. Erst ist es an Euch, uns einen Dienst zu erweisen.«

Baralis war darauf vorbereitet. Larn war berühmt dafür, aus allem seinen Profit zu ziehen. Baralis sprach langsam; er genoß jedes einzelne Wort. »Ich kenne den Jungen, den Ihr so sehr fürchtet.«

Einen Augenblick lang hielten die Priester den Atem an. Dann flüsterte der Älteste: »Weiter.«

»Ein Bäckerjunge aus Burg Harvell ist derjenige, der Euch zerstören kann. Sein Name ist Jack. Er war einst mein Schreiber.«

»Wo ist er jetzt?« zischte der Jüngste.

Baralis begann allmählich, sich zu amüsieren. Er wünschte, er hätte Schultern, um damit zucken zu können. »Irgendwo westlich von Bren – Helch, Annis, wer weiß?«

»Was macht Euch so sicher, daß er derjenige ist?«

»Aaah, mein Freund. Frage ich Euch etwa, wie die Seher zu ihren Geschichten kommen?« Baralis hatte nicht die Absicht, ihnen von Marods Prophezeiung zu erzählen – das sollten sie gefälligst selbst herausfinden. Marod erwähnte viele Dinge, die Larn nichts angingen.

»Und was ist mit dem Ritter, der den Jungen mit Namen Jack sucht?«

»Ich glaube, er ist immer noch in Bren. Es ist so gut wie unmöglich, daß es ihm gelingt, eine schwangere Frau und ihren greisen Vater aus der Stadt zu schmuggeln.« Baralis konnte sich eine kleine Stichelei nicht verkneifen. »Aber natürlich wißt Ihr das alles ... oder etwa nicht?«

»Wir können unsere Seher nicht zwingen, für uns weiszusagen.«

»Ja, wenn Ihr das könntet, dann würdet Ihr das wahrscheinlich auch tun.« Baralis änderte das Timbre seiner Gedanken. Er war es leid, Sticheleien auszutauschen; die Zeit lief ihm davon. »Sagt mir, was Ihr über Highwalls Pläne wißt.«

»Highwalls Pläne sind nicht länger seine eigenen. Seine Truppen werden die Stadt erst verlassen, wenn die Hochzeit vollzogen ist.«

»Warum sollten sie so lange warten?«

»Weil der, der die Musik bezahlt, bestimmt, was gespielt wird.«

Tavalisk. Rorns intriganter Erzbischof finanzierte die Kriegsmaschinerie der beiden Bergstädte. Aber welchen

Vorteil versprach er sich davon zu warten? Baralis spürte, wie er ins Wanken geriet. Sein Körper rief ihn wieder zurück.

»Wollt Ihr uns wirklich schon so früh verlassen?« spottete der Jüngste.

»Bevor Ihr geht, wollen wir Euch noch einen Vorschlag machen«, sagte der Älteste. »Findet den Ritter und den Jungen und vernichtet sie; dann werden wir Eure Hand in dem kommenden Krieg führen.«

Die Worte *Ich bin einverstanden* hallten über einen halben Kontinent, als Baralis dem Ruf des Fleisches nachgab.

Jacks Nackenhaare sträubten sich wie die eines Hundes. Es war feucht und kühl, und eine leichte Brise wehte durch die Wipfel, doch nichts konnte das Gefühl erklären, daß Jack gerade empfunden hatte. Es war, als wäre ein großer Schatten über ihn hinweggezogen.

Jack zog den Umhang enger um die Schultern. Rasch wurde es dunkler. Von Jacks Standpunkt aus war die Sonne bereits vor geraumer Zeit untergegangen, denn er befand sich auf dem Weg hinauf in die Berge, und die mächtigen Gipfel warfen ihren Schatten auf ihn. Unter ihm lag Annis. Er hatte sich entschlossen, nicht wieder zu Stillfuchs zurückzukehren. Das Risiko wäre zu groß gewesen: Sicherlich wimmelte es inzwischen in der Stadt von Leuten, die nach ihm Ausschau hielten. Auf der Straße, die zum Dorf des Kräutersammlers führte, zogen um diese Zeit noch Hunderte von Menschen entlang, von denen jeder ihn erkennen könnte. Jack hätte erst gar nicht in die Stadt gehen sollen; das war dumm gewesen. Schließlich hatte Stillfuchs ihn ja gewarnt, daß sein Steckbrief überall aushing.

Nein. Es war besser, nicht wieder zurückzukehren. Jack würde Stillfuchs nur unnötig in Gefahr bringen. Auch wenn der Mann ihm in bezug auf Melli die Wahrheit verschwiegen hatte, so hatte er es doch nicht verdient, als Verräter gebrandmarkt auf einem Schafott zu enden. Zwar wußte

Jack nicht, welche Strafe darauf stand, einem gesuchten Kriegsverbrecher Unterschlupf zu gewähren; aber er konnte sich vorstellen, daß es etwas mit Folter und Tod zu tun haben mußte.

Also wanderte Jack weiter den schmalen Gebirgspfad hinauf. Trotz des Wissens um die möglichen Gefahren hatte er Gewissensbisse, weil er sich nicht gebührend von Stillfuchs verabschiedet hatte. Nun mußte der Kräutersammler glauben, er hätte die Hütte im Zorn verlassen und geschworen, nie wieder zurückzukehren. Aber was war das Leben schon anderes als eine Serie von Mißverständnissen, Halbwahrheiten und Bedauern?

Jack preßte die Lippen zu einem dünnen Strich zusammen. Bei Kerzenlicht hätte man glauben können, er lächele. Manchmal, aber wirklich nur manchmal, bekam man die Gelegenheit, das ständig an der Seele nagende Gefühl der Reue zum Schweigen zu bringen.

Jack hatte sich monatelang mit Gedanken darüber gequält, was Melli in jenem Hühnerstall widerfahren sein mochte, bevor er die Wahrheit über sie herausgefunden hatte. Wenn er sie doch nur nicht verlassen hätte. Wenn er sich doch nur gegen Rovas gewehrt hätte. Wenn die Halcus nur *ihn* statt Melli geschnappt hätten ... Nun hatte er eine zweite Chance bekommen. Melli war in Gefahr, und diesmal würde Jack bei ihr sein, wenn sie ihn brauchte.

Stillfuchs hatte ihn über Mellis Notlage im unklaren gelassen, weil er wußte, daß Jack sich sofort auf den Weg zu ihr machen würde. Vielleicht kannte der Kräutersammler doch die wahren Gründe, warum Jack nicht wieder zurückgekehrt war. Schließlich war er kein dummer Mann.

Der Mond kam hinter den Wolken hervor, und das letzte Licht des Tages verblaßte. Heute morgen hatte Jack mit einer alten Frau gesprochen, die ihm erklärt hatte, es gäbe zwei Wege nach Bren. Die ›Herzogstraße‹ war breit und der Anstieg leicht; nur auf der Paßhöhe verengte sie sich etwas. Soldaten, Kuriere und Händler zogen auf ihr gen Osten, hatte die alte Frau gesagt. Aber wenn er nach einem ruhigeren Weg suche – nach einem Weg, den man nur im Sommer und im Frühherbst begehen könne, einem engen und gewundenen Weg, der überdies dreißig Meilen Umweg bedeute –, dann solle er den alten Ziegenpfad benutzen. Nur Spione und Ziegenhirten wanderten hier hinauf – jedenfalls hatte sie das behauptet. Jack hatte der alten Frau ein Stück Käse für ihre Mühen gegeben, und mit Lippen, so trocken wie Papier, hatte sie ihn auf die Wange geküßt.

Jack hatte den ganzen Tag über erst einen einzigen Ziegenhirten gesehen. Der Mann hatte ihm einen mißtrauischen Blick zugeworfen, und Jack hatte vermutet, daß er ihn für einen Spion hielt. Er hatte der Versuchung nicht widerstehen können, dem Hirten einen kleinen Streich zu spielen, und so hatte er recht auffällig und mit übertriebenem Ernst die Ziegen des Mannes gezählt, als seien sie feindliche Soldaten. Schließlich hatte sich ihm der Hirte verlegen genähert.

»Zählt Ihr für Annis oder für Bren?« fragte er.

»Weder noch«, erwiderte Jack, der rasch erkannt hatte, daß er die Situation zu seinem Vorteil nutzen konnte. »Ich zähle nur für Highwall.«

Der Ziegenhirte schien sich in seiner Vermutung bestätigt zu fühlen. Er nickte wissend und sog zischend die Luft ein. »Highwall«, murmelte er. »Aye.« Er schaute zu seinen Ziegen, blickte wieder auf Jack und dann auf einen fernen Punkt am Horizont. Schließlich atmete er tief ein und sagte: »Was wird es mich kosten, wenn Ihr ihre Zahl halbiert?«

Jack war auf diese Frage vorbereitet. Er deutete auf den groben Wollumhang des Mannes. »Habt Ihr noch einen zweiten, besseren, den Ihr für Festtage aufbewahrt?«

Der Hirte, der nach Ziegenmist und Ziegenkäse stank, kratzte sich am Kinn. »Ihr gebt Euch also mit meinem besten Umhang zufrieden, hmmm«, sagte er. Seine Stimme war eine seltsame Mischung aus Überraschung und Erleichterung.

»Nein. Ich will den, den Ihr gerade tragt.«

»Das alte Ding steht doch vor Dreck«, wandte der Hirte ein.

Jack mußte die Zähne zusammenbeißen, um nicht lauthals aufzulachen. Schließlich erwiderte er: »Er wird reichen.« Alles war besser, als sich auf der sonnenabgewandten Seite der Berge zu Tode zu frieren. Theoretisch mochte es ja vielleicht noch Sommer sein, doch in der Nacht spielte die Jahreszeit bereits jetzt keine Rolle mehr. So wie er im Augenblick bekleidet war, mit einer dünnen Tunika und mit einem ebenso dünnen Unterhemd, würde er auf gar keinen Fall überleben. Jack war versucht, den Mann auch noch um seine Stiefel zu bitten, und er hätte das auch getan, wenn die Füße des Hirten nicht wesentlich kleiner gewesen wären als seine eigenen.

Der Hirte reichte ihm den Umhang. »Und wieviel Ziegen habe ich jetzt?«

Jack hatte zwanzig gezählt. »Da Ihr nur eine Handvoll Euer eigen nennt, ist es wohl kaum der Mühe wert, Euch in meinem Bericht zu erwähnen.« Er nahm dem Mann den Umhang aus der Hand. Das schwere Kleidungsstück roch bei weitem nicht so streng, wie Jack befürchtet hatte.

Der Mann nickte zustimmend. »Meine Frau wird Euch dankbar dafür sein, daß Ihr mir das Ding abgenommen habt. Sie versucht schon seit Jahren, mich dazu zu überreden, ihn wegzuschmeißen.«

»Dann sagt Ihr, sie solle Highwall danken, nicht mir.« Jack verabschiedete sich.

Borc! Was war er froh, sich das Ding organisiert zu haben! Mit Aufgang des Mondes schien sich der Sommer vollends zu verabschieden. Dieselbe Brise, die ihm noch weiter unten im Tal sanft durch die Haare gestrichen war, war nun zu einem eiskalten Wind geworden. Jack wanderte gemächlich weiter. Alle paar Schritte blieb er stehen und schaute sich rechts und links um. Er mußte bald einen Schlafplatz finden.

Dank der Bäckergilde hatte er genug Proviant für ein paar Tage, und falls ihm die Vorräte doch einmal ausgehen sollten … nun, dann konnte er einen anderen nichtsahnenden Ziegenhirten vielleicht um ein paar Stücke Käse erleichtern. Jack lächelte, als er sich vorstellte, wie der

Mann ohne Umhang zu seiner Frau heimkehrte. Offenbar hatte er mehr von Rovas gelernt, als nur sich zu verteidigen. Auch etwas von der Hinterlist des alten Schmugglers schien auf Jack abgefärbt zu haben.

Ein Felshaufen erregte Jacks Aufmerksamkeit: Wahrscheinlich würde er heute nacht keinen besseren Schlafplatz mehr finden. Er verließ den Pfad und schritt auf die Felsen zu. Der Wind blies nach wie vor von den Bergen herunter, und inzwischen brachte er Regen mit. Einige Tropfen trafen auf Jacks Gesicht, dann ein paar mehr, und bevor er sich versah, befand er sich mitten in einem heftigen Schauer. Jack rannte zu den Felsen. Den Umhang hatte er eng um die Brust geschlungen.

Die Felsen bildeten einen Ring um eine kleine Mulde. Vor dem Wind boten sie Schutz, aber der Regen würde die Mulde schon bald mit Wasser füllen. Jack blickte in den Himmel. Der Mond war noch immer zwischen den rasch dahinziehenden Wolken zu sehen, was bedeutete, daß der Schauer wahrscheinlich nicht sehr lange andauern würde. Jack beschloß, es mit der Mulde zu versuchen. Links von den Felsen wuchsen einige Setzlinge. Jack hackte ein paar Äste ab und bedeckte damit den freien Raum zwischen den Felsen, um nicht auf der feuchten Erde liegen zu müssen. Dann machte er es sich in seinem Nest bequem und deckte sich mit weiteren Ästen zu. *Das ist wirklich nicht schlecht,* dachte er, während er sich in das duftende Laub kuschelte.

Sofort fühlte sich Jack schläfrig: Das waren zwei verdammt lange Tage gewesen. Die alte Frau hatte gesagt, auf dem alten Ziegenpfad würde man über eine Woche bis Bren brauchen. Nun, vielleicht würde es eine Weile dauern, und vielleicht würden es ihm seine Füße niemals verzeihen, aber er würde auf jeden Fall rechtzeitig an Mellis Seite sein. Mit diesem beruhigenden Gedanken im Kopf sank Jack in einen traumlosen Schlaf. Eine Zeitlang regnete es noch weiter, doch der Schauer ließ rasch wieder nach.

Kapitel Fünf

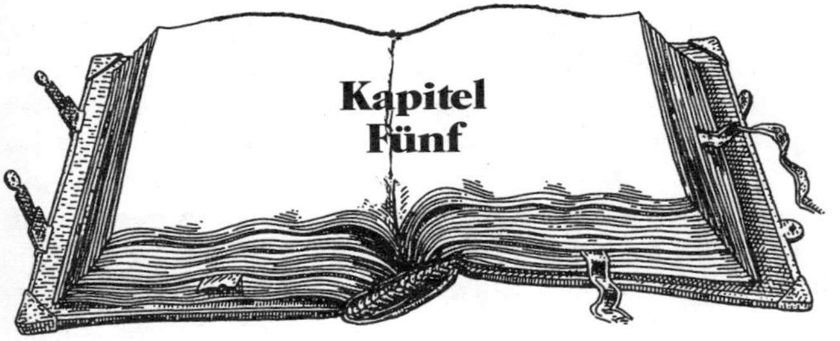

Melli zählte die Wochen zurück zu ihrer Hochzeit. Elf. War es wirklich schon so lange her? Wenn ja, dann bedeutete das, daß sie mittlerweile im dritten Monat schwanger war. Ihre Hände stahlen sich zu ihrem Bauch, um nach ersten Rundungen zu tasten. Nichts. Na ja, vielleicht eine leichte Wölbung an der Taille.

Erst heute morgen hatte Schnapper ihr von einem seiner Streifzüge neue Kleider von beunruhigenden Ausmaßen mitgebracht: Sie waren so weit wie eine Mönchssoutane – ganz zu schweigen von der Tatsache, daß sie allesamt rot waren. Nach dem, was ihr in Duvitt widerfahren war, hatte Melli eine starke Abneigung gegen die Farbe Rot entwickelt. Und nun da sie in Rot geheiratet hatte, verabscheute sie die Farbe nur um so mehr. Schnapper jedoch liebte Rot, und alles, was er ihr brachte – Börsen, Blumen, Haarschleifen –, war entweder scharlachrot, rubinrot oder purpurn. Melli brachte es einfach nicht übers Herz, ihm zu sagen, daß sie Blau bevorzugt hätte. Alle waren so freundlich zu ihr. Bodger und Grift fütterten sie mit Süßigkeiten wie zwei besorgte Tanten; Schnapper brachte ihr Geschenke wie ein übereifriger Verehrer, und Maybor schaute jede Stunde bei ihr herein wie ein Kindermädchen. Nur Tawl war anders. Er war der einzige, der Melli Raum zum Atmen ließ. Oh, er war immer da, draußen vor der Tür auf der Fensterbank, aber er drängte sich weder in ihre Gedanken, noch stahl er ihre Zeit.

Von Zeit zu Zeit hörte Melli seine Schritte vor der Tür, und sie wußte, daß er nach ihr horchte. Das Gefühl, das das Geräusch der Schritte in ihr auslöste, war mit keinem Wort zu beschreiben: Es vermittelte ihr Sicherheit – soviel war klar –, aber da war noch mehr. Sehr viel mehr. Tawl würde sein Leben für sie geben; das wußte Melli so sicher, wie sie ihren Namen kannte. Aber das war immer noch nicht alles. Tawl verbrachte seine Tage damit, vor Mellis Tür zu wachen, und nachts schlief er mit dem Rücken daran angelehnt. Loyalität ließ ihn bei ihr bleiben, doch es war *Liebe*, was ihn dazu veranlaßte, zur Tür zu schleichen und auf ihr Weinen zu lauschen.

Und es war diese unausgesprochene Liebe, die sie Tag für Tag weitermachen ließ.

Einmal, vor ungefähr zwei Wochen, hatte Tawl den Unterschlupf verlassen, ohne Melli etwas davon zu sagen. Melli war aus ihrem Zimmer gekommen, um ihn etwas zu fragen, und als sie ihn nicht vorgefunden hatte, hatte ihr Herz zu rasen angefangen. Tawl war *immer* da. Er hatte geschworen, ihr niemals von der Seite zu weichen, und einen schrecklichen Augenblick lang hatte Melli geglaubt, er hätte seinem Eid entsagt. Niemand hatte gewußt, wohin er gegangen war. Auch Schnapper war nirgends zu finden gewesen. Melli war in Panik geraten: Ohne Tawl war sie verwundbar, allein in einer Welt, in der sie jeder tot sehen wollte. Dann war er wieder zurückgekehrt. Bereits beim Eintreten hatte er alles in ihrem Gesicht gesehen.

Doch ritterlich wie immer, hatte er nur erklärt: »Ich werde dich nie wieder verlassen.«

Noch während er gesprochen hatte, war Melli ein Schauer über den Rücken gelaufen, und sie hatte tief in ihrem Herzen gewußt, daß er sich nicht an dieses Versprechen halten würde.

Seltsamerweise hatte diese Vorahnung Melli stärker gemacht. Sie hatte dazu beigetragen, daß sie wieder begonnen hatte, sich auf sich selbst zu konzentrieren. Sie war schon immer stark gewesen, doch aus irgendeinem Grund hatte sie nach der Ermordung des Herzogs aufgehört, auf sich selbst zu vertrauen. Tawl hatte sich um sie gekümmert, und sie hatte ihm nur allzu gerne die Verantwortung überlassen. Seit jenem Tag, als Tawl für kurze Zeit verschwunden war, hatte Melli nach und nach wieder selbst ihr Leben in die Hand genommen. Sie hatte vorausgeahnt, daß er eines Tages gehen würde, und sie wollte für diesen Augenblick gerüstet sein. Sie *mußte* stark sein – für ihr Baby.

Tawl liebte sie – das wußte Melli spätestens seit ihrem Hochzeitstag –, und in gewisser Hinsicht hatte sie diese Liebe ausgenutzt. In einer Zeit des Chaos hatte sie ihr Trost gespendet. Noch Wochen nach ihrer Hochzeitsnacht war Mellis Leben wie ein leerer, ferner Traum gewesen; Tawls ruhige Stärke hatte ihr damals die Kraft zum Überleben verliehen. Seine Schritte vor der Tür, seine unaufdringliche Fürsorge und vor allem das Wissen, daß er alles unter Kontrolle hatte, hatten ihrem Geist in den langen Stunden der Trauer Frieden gegeben.

Ein sanftes Klopfen ertönte an der Tür. »Melli, bist du wach?« Es war Tawl.

»Komm rein. Ich bin wach, ich habe alle Sinne bei mir, und mir ist kotzübel.«

Lächelnd trat Tawl herein. »Brauchst du die Schüssel?«

Die Schüssel war Mellis Fluch. Wo auch immer sie hinging, die Schüssel folgte ihr, stets bereit, ihre Aufgabe zu erfüllen. »Nein. Ich glaube, so schlecht ist mir doch nicht.«

Tawl trat zu ihr und ergriff ihre Hand. »Du weißt, daß heute die Hochzeit von Katharina und Kylock stattfindet.«

Melli nickte. »Ich weiß.« Sie wollte nicht daran denken. Die Hochzeit bedeutete ihr nichts.

»Allerdings hat das Ganze auch seine guten Seiten«, sagte Tawl. »Baralis war die letzten zehn Tage so sehr damit beschäftigt, alles zu organisieren, daß er keine Zeit mehr gehabt hat, nach uns zu suchen. Auf den Straßen war es vollkommen ruhig.«

»Zu ruhig für eine Stadt, deren Lieblingstochter in den heiligen Stand der Ehe eintritt.«

Tawl atmete tief durch. »Du weißt, daß wir besser verschwinden sollten. Letzte Nacht hat Schnapper ein Fluttor entdeckt, das unter der Mauer hindurchführt. Er sagt, auf der anderen Seite seien nur zwei Wachen. Ich könnte leicht mit ihnen fertig werden.«

»Nein. Ich bin noch nicht bereit zu gehen. Im Augenblick sind wir hier sicher – das hast du selbst gesagt.« Melli wandte ihm den Rücken zu. »Ich weiß nicht, ob ich bei einer Verfolgungsjagd mithalten kann. Ich kann nicht rennen. Ich kann ja noch nicht einmal aufrecht stehen, ohne daß mir schlecht wird. Die Gesundheit des Babys ist viel zu wichtig, als daß wir unnötige Risiken eingehen dürften. Grift sagt, daß es nach den ersten drei Monaten der Schwangerschaft leichter sein wird.«

»Und was ist mit den Risiken hier?« erwiderte Tawl, packte Mellis Schultern und drehte sie zu sich herum. »Wenn wir erst einmal aus der Stadt sind, werden sie die Suche nach uns aufgeben, und …«

»Ach wirklich?« unterbrach ihn Melli grob. »Nun da mein Vater vor einem ganzen Haufen Besoffener in einer Taverne verkündet hat, daß ich ein Kind erwarte, wie lange, glaubst du, wird es dauern, bis Baralis hinter uns her ist?«

»In Highwall und Annis hat Baralis keine Macht. Dorthin könnten wir gehen. Wenn wir zu lange warten, wird der ganze Norden ein einziges großes Schlachtfeld sein.«

»Dann geh du halt«, sagte Melli wütend. »Im Augenblick suchen sie sowieso nach dir und nicht nach mir. Die halbe Stadt glaubt immer noch, daß du den Herzog ermordet hast.« Sofort nachdem die Worte ihren Mund verlassen hatten, bedauerte sie sie auch schon. Sie senkte den Kopf. »Verzeih mir, Tawl. Ich weiß nicht, was ich rede. Die Schwangerschaft scheint mich um den Verstand zu bringen.« Sie wollte ihm noch mehr sagen; sie wollte ihn wissen lassen, daß das Wissen, daß er sie eines Tages verlassen würde, niemals fern war, und daß sie deshalb so hart zu ihm gesprochen hatte.

Tawl hob Mellis Kinn mit dem Zeigefinger hoch, so daß

er ihr in die Augen blicken konnte. »Melli«, sagte er, »ich würde alles tun, um deine Sicherheit zu garantieren, und wenn ich auch nur einen einzigen Augenblick lang glauben würde, daß meine Gegenwart dich gefährden könnte, dann wäre ich auf der Stelle verschwunden.«

Seine Stimme war voller Gefühl, doch etwas Dunkles, etwas Quälendes verbarg sich unter der Oberfläche. Melli erkannte, wie wenig sie eigentlich über Tawl wußte. Er sprach nie über sich selbst oder über seine Vergangenheit. Er hatte die Ritterschaft verlassen – das wußte Melli –, und vergangene Woche, am Fest von Borcs erstem Wunder, hatte sie gesehen, wie sehr ihm das zu schaffen machte. Tawl hatte an diesem Tag seine Seele verloren. Aber alles andere behielt er für sich: seine Familie, seine Abstammung, seine Träume für die Zukunft. Tag und Nacht wachte er vor Mellis Tür, und doch überschritt er niemals die Schwelle, um über sich selbst zu reden.

Melli trat einen Schritt vor, und Tawl hob den Arm, um sie an seine Brust zu drücken. Sie lehnte sich gegen ihn und spürte den mächtigen Schlag seines Herzens. Sie wollte ihn anflehen, keine Rücksicht auf sie und das Baby zu nehmen und von hier zu verschwinden; aber irgend etwas – vielleicht Stolz, vielleicht Instinkt – hielt die Gedanken davon ab, sich zu Worten zu formen.

Jack betrat Bren am späten Nachmittag. Er war zehn Tage lang stramm marschiert, um über den alten Ziegenpfad hierher zu gelangen. Borc sei Dank, hatte er Glück mit dem Wetter gehabt; ein wenig Regen, ein kräftiger Wind und Temperaturen, die nachts rapide abfielen, waren das einzige gewesen, mit dem er sich herumschlagen mußte. Im Gegensatz dazu war das Marschieren selbst die reinste Tortur gewesen: Inzwischen hatte Jack mehr Blasen an den Füßen vorzuweisen als eine ganze Armee plattfüßiger Soldaten. Jedenfalls war er fest davon überzeugt.

Vor drei Tagen war Jack der Proviant ausgegangen, und

nun hatte er Hunger bis unter die Arme. Während er die Stadt durch das Südwesttor betrat, überlegte er, wie er an etwas Eßbares kommen konnte. Allerdings würde er hier wohl keinen naiven Ziegenhirten treffen, soviel war sicher. Also würde er wohl oder übel jemanden ausrauben müssen, und nach drei Tagen ohne Nahrung war er nicht mehr sonderlich wählerisch, was das potentielle Opfer betraf – wahrscheinlich würde er sich sowieso auf den erstbesten Mann stürzen, der ihm mit einer warmen Pastete entgegenkam.

Die Ausmaße der Stadt verschlugen Jack den Atem. Die Häuser waren ausnahmslos aus Stein gebaut, die meisten zwei oder gar drei Stockwerke hoch. Die Straßen waren breit und gepflastert. Geschäfte, Gasthäuser und Markthallen standen dicht beieinander und wetteiferten mit ihren bunten Schildern um die Aufmerksamkeit der Passanten. Und über allem erhoben sich die Stadtmauern. Sie dominierten die Stadt und warfen ihre langen Schatten gen Osten. Jack hatte noch nie in seinem Leben etwas Vergleichbares gesehen. Verglichen damit wirkte Annis' Mauer wie ein Haufen grob behauener Steinquader.

Stillfuchs hatte gesagt, Annis und Highwall beabsichtigten, Bren zu belagern. Jack warf einen bewundernden Blick auf die mächtigen Bastionen: Er hätte die Armee nur allzu gerne gesehen, die den Versuch wagte, diese Mauern zu erstürmen.

Auf der Suche nach Nahrung wanderte Jack durch die Stadt. Es war wesentlich ruhiger hier, als er sich vorgestellt hatte. Natürlich war es schon recht spät am Tag, und die meisten Ladeninhaber hatten bereits ihre Waren eingeräumt und die Geschäfte geschlossen; dennoch schienen die wenigen Menschen auf den Straßen ungewöhnlich gedämpfter Stimmung zu sein. Weder randalierten Betrunkene auf den Gehwegen, noch jagten Kinder Schweinen hinterher; auch stand nirgends ein kleines Grüppchen alter Frauen, die die neuesten Gerüchte austauschten. Selbst die Bettler schwiegen.

Jack näherte sich einem ältlichen Kaufmann, der gerade damit beschäftigt war, seinen Muli mit den nicht verkauften Waren zu beladen. Seine Körbe waren zwar mit Äpfeln gefüllt und nicht mit Pasteten, aber Jack beschloß, trotzdem sein Glück zu versuchen. Der Mann hatte ein freundliches Gesicht. »Kann ich Euch vielleicht mit den Körben zur Hand gehen, mein Herr?« fragte er.

Der Kaufmann musterte ihn von oben bis unten. »Das kannst du gerne tun, junger Mann; aber mehr als ein paar von den Sauren kann ich dir für deine Mühen nicht geben.« Er deutete auf die Körbe, die noch aufgeladen werden mußten. »Deinem Akzent nach bist du wahrscheinlich wegen des Krieges hier. Von überall her kommen Leute in die Stadt in der Hoffnung, gegen Highwall ziehen zu können.«

Jack schüttelte den Kopf. »Nein. Ich bin nicht wegen des Krieges hier.« Er begann mit dem Aufladen der Körbe. Sie waren schwerer, als er gedacht hatte, und er fragte sich, wie der alte Mann es schaffte, jeden Abend diese Arbeit zu erledigen.

Der Kaufmann schien Jacks Gedanken erraten zu haben, denn er sagte: »An jedem anderen Abend hätte ich deine Hilfe nicht gebraucht, junger Mann. Aber heute sind die Geschäfte alles andere als gut gelaufen. Ich habe noch so viele Äpfel übrig, daß ich Angst um den Rücken meines armen Mulis habe.«

Jack dachte genau dasselbe. Der alte Mann mußte sich morgen ein anderes Lasttier besorgen, um seine Äpfel in den Laden zu bringen. Dieser Muli würde nicht mehr dazu in der Lage sein. »Verkauft Ihr denn normalerweise alles?«

»Aye, alles. Nur heute nicht.« Der Kaufmann spie nachdenklich aus. »So einen Tag wie heute habe ich in meinem ganzen Leben noch nicht erlebt. Es ist, als wäre die ganze Stadt in Trauer.«

Jack drehte sich der Magen um. »Warum? Was ist geschehen?«

Der Kaufmann schaute ihn an, als sei er verrückt. »Wo bist du denn bloß die letzten Monate gewesen, Junge?

Heute heiraten Katharina und König Kylock.« Er blickte hinauf in den blauen Himmel. »Und wenn ich mich nicht irre, dann müßte die Zeremonie ungefähr *jetzt* zu Ende gehen.«

Wie auf Kommando erklang plötzlich eine einzelne Glocke. Sie läutete exakt dreimal. Jacks Blut raste mit jedem Glockenschlag schneller durch seine Adern: Er hatte das Gefühl, als würde die Glocke nur für ihn allein läuten. Er stand einfach nur da, den Korb in der Hand, unfähig auch nur einen einzigen Muskel zu bewegen oder zu atmen, und lauschte auf den Klang von Kylocks Schicksal. Das Läuten war laut und klar, so daß die ganze Stadt vibrierte. Selbst die Mauern schienen im Takt der Glocke zu schwingen. Jack spürte das Läuten in seiner Brust wie eine Botschaft ... wie eine Warnung. Seit er an jenem Morgen in Stillfuchs' Hütte aufgewacht war und eine Vision des bevorstehenden Krieges gehabt hatte, wußte Jack, daß er und Kylock dazu bestimmt waren, einander zu bekämpfen.

Jack ließ den Korb los, und die Äpfel rollten über den Boden. Er war genau zur richtigen Zeit an genau den richtigen Ort gekommen. Bren hatte ihn schon so lange gerufen, und nun, da er endlich an seinem Ziel angelangt war, war es kein Zufall, daß Kylock, Baralis und Melli ebenfalls hier waren.

Als wolle die Stadt Jacks Vermutung bestätigen, begannen nun Hunderte von Glocken zu läuten. Die Kapellen und Kirchen von Bren zeigten das Ende der Hochzeitszeremonie an, und jede von ihnen versuchte, die andere dabei an Eifer zu übertreffen. Einige Glocken klangen tief, andere hoch, doch nicht zwei von ihnen spielten dieselbe Melodie.

Die Hochzeitszeremonie war eine Tortur für Kylock gewesen. Hunderte und Aberhunderte von Menschen hatten ihn berührt, ihm die Hände entgegengestreckt, oder ihn sogar auf die Wange geküßt. Sein ganzer Körper war von ihrem Speichel und Schweiß befleckt. Winzige Schuppen ihrer Haut klebten an seinen Ärmeln, und seine Lungen waren voll von ihrem Atem. Am liebsten hätte er sie alle verbrennen lassen, um sich für die Qualen zu rächen, die sie ihm zugefügt hatten.

Aber er tat es nicht. O nein, statt dessen spielte er ihr Spiel – das Spiel der höfischen Manieren, des Lächelns und der galanten Verbeugung. Er versprach denjenigen Pensionen und Beförderungen, die bei Hofe zählten, während er diejenigen kaum beachtete, die nicht von Bedeutung waren.

Nur ein einziger Gedanke ließ ihn all das überstehen: Heute nacht würde Katharina ihm gehören. Allein sie anzuschauen beruhigte ihn schon. Ihr Gesicht war so blaß und ruhig, ihre Augen so blau und klar: Sie war ein Engel – ein Engel, der nur für ihn allein geschaffen worden war. Die Fingerspitzen waren der einzige Teil seines Körpers, der noch rein war, denn Katharina hatte sie geküßt, bevor sie die Halle verlassen hatten.

Gemeinsam gingen sie in ihre Gemächer hinauf, Kerzenträger vor ihnen, und der versammelte Hofstaat blickte ihnen hinterher. Baralis wartete am oberen Ende der Treppe. Er warf Kylock einen warnenden Blick zu, dann verneigte er sich tief. Kylock schenkte ihm keine Beachtung. Er streckte den Arm aus, und seine Gemahlin legte ihre Hand darauf.

»Mylord Kanzler«, sagte Kylock, »Ihr habt Eure Pflicht hervorragend erfüllt. Für heute nacht ist Eure Anwesenheit nicht mehr vonnöten.« Er spürte, wie Katharina neben ihm schauderte; ihr Busen berührte kurz seinen Arm.

»Wie Ihr wünscht, Euer Majestät«, murmelte Baralis, während das Brautpaar an ihm vorbeiging.

Die mächtigen Doppeltüren zu den herzöglichen Gemächern waren weit geöffnet, und starker Rosenduft schlug ihnen entgegen. Kylock wandte sich an einen der Diener neben der Tür.

»Schaff die Blumen hier raus. *Sofort!*«

Der Diener sprang herbei, um den Wunsch seines Herrn augenblicklich zu erfüllen. Kylock trat in den Raum, Katharina an seiner Seite. Er nahm jede Einzelheit des Gemachs in sich auf. Gut. In einer Ecke stand eine Wanne mit heißem Wasser. »Stellt den Paravent vor die Wanne«, befahl er dem Diener, dessen Arme mit Rosen beladen waren. Der Mann reichte seine Last an einen anderen Diener weiter und verschob den Paravent gemäß Kylocks Befehl.

Als der Paravent an Ort und Stelle war, befahl Kylock den Dienern, sich zu entfernen. Er und Katharina standen reglos nebeneinander, während die Türen hinter ihnen geschlossen wurden. Dann wandte sich Kylock seiner Braut zu. Katharina strahlte förmlich im Licht des Feuers. Sie war nicht länger nur ein Engel: Sie war eine Göttin! Ihr goldenes Haar umrahmte ihr Gesicht wie ein Heiligenschein, und ihre Haut war so glatt wie die einer Marmorstatue. Sie war eine Ikone, und es war mehr als angemessen, daß er zu ihren Füßen niederkniete.

Katharina trat nervös von einem Fuß auf den anderen, als Kylock vor ihr auf die Knie sank, und ihre Hand flatterte hinauf zu ihrer Brust. Als sie zu ihm hinunterschaute, sah sie zu ihrem Erstaunen, daß er den Saum ihres Kleides hob. Sie konnte ein Schaudern nicht unterdrücken. Er war so ernst, so entschlossen – wie ein Besessener. Dann senkte er den Kopf und küßte Katharinas Brautschuhe. Sie konnte die kühle Berührung seiner Lippen selbst durch den Stoff hindurch spüren.

Ein Teil von ihr war von der Geste erregt – immerhin war es ein König, der hier vor ihr kniete –, doch ein anderer Teil von ihr wußte, daß etwas nicht stimmte; sie fühlte es tief in ihrem Inneren. Kylock war ein Fremder, ein unbekanntes Wesen, daß sich offenbar in den Kopf gesetzt hatte, sie anzubeten. Besorgt trat Katharina einen Schritt zurück.

Ihr Rückzug schien den Zauber zu brechen. Kylock hob den Kopf. Seine Augen brauchten einen Augenblick, um wieder klar sehen zu können. Speicheltropfen glitzerten auf seinen Lippen. »Geliebte«, sagte er so leise, daß Katharina ihn nur mit Mühe verstehen konnte, »ich kann kaum glauben, daß Ihr mir schon bald gehören werdet.«

»Wieso bald?« fragte Katharina. »Warum nehmt Ihr mich nicht sofort?« Sie begann, die Schnüre ihres Mieders zu lösen. Er sollte sie nackt sehen. Sie wollte nicht angebetet werden; sie wollte begehrt werden.

Kylock hob die Hand. »Nicht jetzt, Geliebte, und nicht auf diese Art.« Seine Stimme klang hart, und Katharina ließ die Schnüre los. Zufrieden fuhr Kylock fort: »Ich muß mich zunächst vorbereiten.« Er ging in Richtung Paravent.

Katharina verbarg ihre Enttäuschung. Sie hatte gehofft, Kylock könne ihr ebensowenig widerstehen wie Blayze. Schulterzuckend sagte sie: »Wie Ihr wünscht, Mylord. So wie Ihr Euch vorbereitet, so will auch ich mich vorbereiten.« Sie kehrte ihm den Rücken zu und ging zu ihrem Ankleidetisch. Als sie sich einen Becher Wein einschenkte, war Kylock bereits hinter dem Paravent verschwunden. Katharina seufzte erleichtert auf und leerte den Becher in einem Zug.

Offensichtlich würde sie ein wenig härter arbeiten müssen, um Kylocks Leidenschaft zu wecken. Er war nicht Blayze; soviel war sicher.

Katharina warf einen Blick in den Spiegel. Ihre eigene Schönheit beeindruckte sie immer wieder. Langsam zog sie sich die Haarnadeln aus der Frisur und genoß das Fallen jeder einzelnen goldenen Locke. Dann wandte sie sich ihrem Schminkkästchen zu. In Kylocks Gegenwart hatte sie bisher absichtlich keine Kosmetika verwendet, weil sie glaubte, er bevorzuge ungeschminkte Frauen. Doch jetzt schien es, als könne sie jede Hilfe gebrauchen, die sie bekommen konnte. Sie würde auf keinen Fall zulassen, daß Kylock sie als eine Art heilige Reliquie betrachtete. Sie war eine Frau mit den Bedürfnissen einer Frau, und wenn er aus der Wanne stieg, würde er sie als das sehen, was sie war.

Während des Festbanketts hatte sie weder etwas gegessen noch getrunken – es war ihr einfach unmöglich gewesen. Der Gedanke an die Hochzeitsnacht hatte ihr den Magen zugeschnürt. Es war schon viele Monate her, seit sie zum letzten Mal einen Mann gehabt hatte, und sie vermißte die erregenden Augenblicke der Leidenschaft. Kylock war dunkel und gutaussehend. Sein Mund besaß einen grausamen Ausdruck, und seine Augen lagen tief in den Höhlen, verborgen unter schweren Lidern. Katharina war fest davon überzeugt gewesen, daß er bei der Liebe aggressiv, wenn nicht sogar brutal sein würde. Doch jetzt, da sie endlich allein waren, stand ihm der Sinn nur nach einem Bad!

Katharina lächelte und schenkte sich einen weiteren Becher Wein ein. Sie würde schon dafür sorgen, daß ihre Füße das letzte sein würden, was er küssen wollte, sobald er wieder hinter dem Paravent hervorkam. Sie rieb sich Rouge auf Wangen und Lippen, so daß sie ihre Farbe von Blaßrosa zu Blutrot änderten. Dann griff sie nach ihrem Becher. Der Wein war unverdünnt. Er stieg ihr rasch zu Kopf und vermittelte ihr ein Gefühl der Lüsternheit. Schon seit Jahrhunderten sagte man den Frauen von Bren nach, sie seien so geil wie rollige Katzen, und es machte wenig Sinn, das ausgerechnet jetzt zu leugnen.

Gutgelaunt zog Katharina an den Schnüren ihres Mieders. Als sich der Stoff teilte, drehte sie sich zum Spiegel um und bewunderte die Festigkeit ihrer Brüste. Plötzlich kam ihr eine Idee, und sie rieb etwas Rouge auf ihre Brustwarzen. *O ja*, dachte sie und krümmte den Rücken, um ihr Werk zu betrachten. *Blayze hätte das geliebt!*

Was als nächstes? Katharina griff nach einem Krug mit Duftöl und tupfte einige Tropfen davon hinter die Ohren, an den Halsansatz und wohin immer es ihr gefiel. Nachdem sie ihre Toilette beendet hatte, lauschte sie, ob irgend etwas darauf hindeutete, daß ihr Gatte ebenfalls mit seinen Vorbereitungen fertig war. Zunächst hörte sie gar nichts; dann vernahm sie das Geräusch plätschernden Wassers … und noch etwas anderes. Allerdings wußte sie nicht, um was es sich dabei handelte. Sie entledigte sich ihres Unterrocks und ihrer Strümpfe und schlich zu dem Paravent. Ohne ihren Keuschheitsgürtel fühlte sie sich seltsam leicht, als sei sie gar nicht mehr sie selbst. Heute morgen hatte ihr Bailor den Schlüssel überreicht, und nun war sie schon einen ganzen Tag lang ohne Gürtel. Irgendwie vermißte ihn Katharina sogar: Das ständige Reiben und der Druck hatten ihr ein ganz eigenes Vergnügen bereitet.

Katharina blieb neben dem Paravent stehen und wischte sich eine widerspenstige Locke aus dem Gesicht. Dabei entdeckte sie, daß sie noch immer Rouge an den Fingerspitzen hatte. Da sie inzwischen vollkommen nackt war, wollte sie ihre Hände an einem Wandteppich abwischen. Im letzten Augenblick hielt sie inne und kicherte fröhlich. Anstatt das Rouge am Wandteppich abzuwischen, rieb sie es sich ins Schamhaar. Die blonden Locken wurden rosarot. Katharina biß sich auf die Lippen; am liebsten hätte sie bei dem Anblick lauthals aufgelacht.

Das leise, reibende Geräusch, das sie von der anderen Seite des Paravents hörte, setzte Katharinas Vergnügen ein Ende. Es machte sie nervös: Da war ein Mann in seiner Hochzeitsnacht, der anstatt die erste gemeinsame Stunde mit seiner willigen Braut zu verbringen, lieber in der Badewanne hockte und sich den Rücken schrubbte. Ein Schauer lief ihr über den Rücken: Das war nicht richtig … nicht normal.

Sie schlich an dem Paravent entlang und spähte schließlich langsam und vorsichtig um die Ecke.

Dampf stieg aus einer Wanne auf, die mit derart heißem Wasser gefüllt war, daß es die meisten Menschen verbrüht hätte, und darin saß Kylock mit dem Rücken zu Katharina. Eine Reihe roter Kratzspuren lief von seinem Hals bis zur Hüfte; auf einigen war noch immer Schorf zu sehen. Kylock hatte sich vornübergebeugt und war eifrig mit irgend etwas beschäftigt; aber Katharina konnte nicht sehen mit was. Also streckte sie ihren Kopf noch ein wenig mehr um die Ecke. Nun sah sie, was er tat. Er schrubbte seine Hände mit einer kleinen Holzbürste. Er bewegte die Bürste so schnell hin und her, daß sie nur verschwommen zu erkennen war.

Katharina beobachtete Kylock einen Augenblick lang und dachte: *Sicher wird er aufhören, bevor er sich das*

Fleisch von den Knochen reibt. Aber das tat er nicht. Er rieb und rieb mit blinder Entschlossenheit, als wäre es das einzige, was im Leben zählte.

Als Katharina den Blick weg von den Händen und auf seine Wangen richtete, bemerkte sie, daß seine Kiefer sich bewegten. Katharina konnte keine Worte hören, und dennoch arbeiteten unablässig die Muskeln in seinen Wangen, und sein Mund klappte auf und zu.

Katharina zog sich wieder zurück. Sie hatte genug gesehen. Der bloße Anblick von Kylock, der offenbar mit sich selbst redete und sich die Haut von den Händen schrubbte, hatte ihr endgültig die Laune verdorben. Irgend etwas stimmte nicht mit ihrem neuen Gemahl: Es schien beinahe, als sei er geistig nicht ganz gesund. Katharina schüttelte den Kopf. Nein. So etwas durfte sie noch nicht einmal denken. Immerhin war es erst zwei Tage her, seit Kylock vom Tod seiner Mutter erfahren hatte. Ganz Bren redete darüber.

Nach allem, was Katharina gehört hatte, war Kylocks Mutter einen schrecklichen Tod gestorben. Eine Gruppe von Halcus-Plünderern hatte sie vergewaltigt, in Stücke gehackt und ihre Leiche in ein Annis-Banner gewickelt. Kein Wunder, daß Kylock sich seltsam verhielt: Die Nachricht hatte ihn sicherlich sehr mitgenommen. In weniger als einem Jahr hatte er beide Eltern verloren, und Katharina wußte, wie schwer es war, mit einem solchen Verlust fertig zu werden. Nein. Ihr Gemahl war weder verrückt noch geistig behindert; er war einfach nur ein Mann, der nicht wußte, wie er mit seiner Trauer umgehen sollte.

Nachdem sie zu dieser Schlußfolgerung gekommen war, fühlte sich Katharina schon viel besser. Es war ihre Pflicht als Ehefrau, ihrem Gemahl über diese schwere Zeit hinweg zu helfen. Was genau sie zu tun hatte, wußte sie aus eigener Erfahrung. Wann immer Blayze wegen eines bevorstehenden Kampfes besorgt, oder wann immer er wütend auf seinen Bruder gewesen war, gab es nichts Besseres, um ihn von seinen Sorgen abzulenken als eine Nacht voller feuriger Leidenschaft.

Während sie nachdachte, schenkte sich Katharina einen dritten Becher Wein ein. Sie trank einen kräftigen Schluck, dann rief sie: »Kylock, mein Gemahl, Eure Gemahlin wird des Wartens müde!« Sie lauschte einen Augenblick, dann hörte sie das Platschen von Wasser hinter dem Paravent. Ihr Rufen hatte Kylock offensichtlich aus seiner Trance gerissen.

Katharina lächelte selbstzufrieden, als sie einen letzten Blick in den Spiegel warf: Die heutige Nacht würde zu einem Triumph werden. In ihrer Phantasie sah sie bereits Kylock, wie er nach Stunden des Liebemachens neben ihr zusammenbrach und in ihren Armen weinte.

Zuerst die Leidenschaft, dann die Trauer. Sie trat ans Bett und blies nacheinander die darum herumstehenden Kerzen aus, bis sie mit dem Licht zufrieden war. In der einen Hand hielt sie den Weinbecher, in der anderen den Krug mit dem Duftöl. Kichernd verteilte sie das Öl auf dem Bett. Nachdem alles zu ihrer Zufriedenheit hergerichtet war, trank sie den letzten Rest des Weins und schlüpfte voller Geilheit zwischen die Laken.

Ermutigende Geräusche ertönten hinter dem Paravent: Schritte und das Rascheln von Handtüchern und Kleidung.

Katharina legte die Kissen zurecht, um ihren Nacken und Rücken zu stützen. Sie probierte verschiedene Posen. Sie drückte ihre Brust heraus, spannte die Schultern und verteilte die Haare wie einen Fächer auf den Kissen. Nichts von alledem schien angemessen. Sie wollte Kylock erfreuen *und* überraschen, wenn er aus dem Bad kam. Der erhöhten Aktivität hinter dem Paravent nach zu urteilen, blieb ihr nicht mehr allzu viel Zeit für eine Entscheidung. Wenn sie doch nur einen klareren Kopf gehabt hätte; sie hatte bei weitem zuviel getrunken – jedenfalls viel mehr als einer Dame in ihrer Hochzeitsnacht geziemte. Aber andererseits hatte der Alkohol auch dafür gesorgt, daß sie all ihre Hemmungen verloren hatte.

Katharina saugte an ihrem Daumen, während sie sich einen Plan zurechtlegte: Sie würde *unter* den Laken für

Kylock posieren. Er würde lediglich ihr Gesicht sehen, daß bescheiden und keusch aus den Decken hervorlugte; doch darunter würde sie mit gespreizten Beinen auf ihn warten. Das war perfekt!

Lächelnd legte sich Katharina zurecht und wartete ungeduldig auf Kylock.

Kylock war nicht so sauber, wie er es sich für Katharina gewünscht hätte. Obwohl seine Mutter bereits seit einigen Tagen steif und kalt in ihrem Grab lag, war er ihren Gestank noch immer nicht losgeworden. Sie hielt ihn nach wie vor in ihren Klauen, egal in welcher Hölle sie nun auch immer schmoren mochte: der Gestank, der Makel, die Sünde. Königin Arinalda war eine Hure gewesen, und sie war den Tod einer Hure gestorben. Kylock würde nicht zulassen, daß sie ihn mit in den Abgrund riß. Heute nacht würde er endlich von ihr befreit werden – ihr Tod allein reichte dazu nicht aus. Er mußte tief in Katharinas Reinheit eintauchen, um die letzten Reste der Lust seiner Mutter zu vertilgen.

Er war ein Bastard – das war nicht zu ändern –, doch die Vereinigung mit Katharina würde ihm eine wirkliche Daseinsberechtigung verschaffen. Er würde in ihrem heiligen Leib neu geboren werden.

Kylock rieb sich den letzten Rest Feuchtigkeit aus den Haaren; er hatte es eilig, zu seiner Braut zu kommen. Auf seinen Befehl hin hatte man ein sauberes Gewand über den Stuhl in der Ecke gelegt. Er prüfte den Stoff mit den Fingern. Gut, es war Seide.

In weniger als einer Minute war er bereit, seiner Gemahlin gegenüberzutreten. Er war ungeduldig und erregt; sein Atem ging flach und schnell. Er trat hinter dem Paravent hervor und schaute sich im Raum um. Alles hatte sich verändert: Das Licht war schwächer geworden, intimer, und der süßliche Duft von Parfüm erfüllte die Luft. Katharina stand nicht länger. Sie war bereits im Bett und wartete auf ihn.

Sie lächelte, als Kylock sich ihr näherte. »Ihr habt mir heute Halcus zu Füßen gelegt, mein Gemahl, und ich habe mich noch nicht gebührend dafür bedankt.«

Kylock wollte das Lächeln erwidern, doch dann bemerkte er, daß auch Katharina sich verändert hatte: Ihre Lippen und Wangen waren rot bemalt. Hurenrot! Er spürte, wie ein winziger Muskel am Rand seiner Schläfe zu zucken begann. In all seinen Träumen von Wiedergeburt hatte Katharina niemals so ausgesehen. Er trat einen Schritt näher. Der Parfümgeruch wurde stärker, und darunter lag noch etwas anderes: der Geruch von Wein. Der ganze Raum stank wie ein Bordell. Langsam schüttelte Kylock den Kopf. Das war nicht richtig.

Katharina lächelte ihn an; das schamlose Lächeln eines gemeinen Flittchens. »Kommt, mein Gemahl«, sagte sie. »Eure Frau wartet darauf, Euch Vergnügen bereiten zu dürfen.«

Die Kerzen warfen ihr Licht auf Kylocks Rücken, so daß sein Schatten nach vorne auf Katharina fiel, während er sich dem Bett näherte.

Sie riß die Laken von ihrem Körper und flüsterte: »Ich bin bereit, Mylord. Nehmt mich.«

Kylock schaute auf seine Braut hinab. Sie lag mit gespreizten Beinen auf dem Bett und streckte ihm ihr Becken entgegen.

Die Welt verschwamm vor Kylocks Augen. Der Druckpunkt an seiner Schläfe hatte sich inzwischen bis in die Stirn ausgedehnt und war zu einem Band aus Schmerz geworden. Kylock hörte auf zu atmen, und sein Körper wurde so steif wie ein Brett. Ein schrecklicher Druck baute sich in seinem Schädel auf: Irgend etwas zerquetschte sein Gehirn.

Katharina erbleichte. »Mylord, was stimmt nicht?«

Galle stieg Kylocks Kehle hinauf. Er starrte auf Katharinas nackten Körper. Ihre Brustwarzen leuchteten grotesk grell; sie waren röter als selbst ihre Lippen.

Er atmete tief ein. »Nein«, murmelte er. »Nein.«

Und dann sah er ihr Geschlecht. Es war von der gleichen faulen Röte wie ihre Lippen und ihre Nippel. Sie hatte sich herausgeputzt wie eine billige Schlampe. Sie war keine keusche, unerfahrene Maid; sie war eine elende, zügellose Hure!

Genau wie seine Mutter.

Kylock verlor den Verstand. Das dünne Band, daß ihn in der Realität hielt, zerriß von einem Augenblick zum anderen. Katharina schrie auf. Er schlug sie mitten ins Gesicht, um sie zum Schweigen zu bringen. Katharinas Kopf flog in die Kissen. Alles stank nach ihr: der ekelhafte, süßliche Gestank der Fäulnis. Er mußte ihn loswerden. Katharina kratzte ihm mit den Fingernägeln über die Wange. Dunkler, schrecklicher Zorn stieg in Kylock hoch, und er packte Katharinas Hals. Blut tropfte ihr aus der Nase. Es war von der gleichen Farbe wie ihre Lippen, ihre Brustwarzen, *ihr Geschlecht.*

Kylock rammte ihren Kopf gegen das Kopfstück des Bettes. Irgend etwas krachte. Katharinas Körper versteifte sich einen Augenblick, dann sank sie zurück in die Laken. Kylock ließ sie los, und ihr Kopf fiel in einem unnatürlichen Winkel auf die Kissen. Das Betthaupt war blutverschmiert, und Blut bedeckte auch die Kissen.

Der Druck in Kylocks Kopf war mehr, als er ertragen konnte. Er spürte einen Übelkeit erregenden Schmerz in seinem Magen. Seine Braut lag reglos unter ihm. »*Nein!*« kreischte er. Und im selben Augenblick, als das Wort über seine Lippen kam, schmeckte er etwas Metallisches im Mund.

Baralis war in seinen Gemächern, als er es fühlte. Er rieb sich gerade Öl in die Hände, als eine Welle warmer Luft ihn mitten in der Bewegung innehalten ließ. *Zauberei!* Hier, im Palast. Baralis sprang auf. Jedes einzelne Haar an seinem Körper richtete sich warnend auf. All seine Sinne waren darauf ausgerichtet, die Quelle der Magie ausfindig zu machen. Der salzhaltige Schleier auf seinen Augen verdunstete augenblicklich, und er mußte mehrmals blinzeln, um sie wieder anzufeuchten. Seine Zunge war leicht geschwollen, und als er einatmete, schmeckte er den Nachgeschmack der Macht. Sie war ihm vertraut und unbekannt zugleich.

Sie war etwas Neues, etwas Gefährliches, und sie jagte Baralis Angst ein.

»Crope!« rief er. »Crope!«

Während er auf das Erscheinen seines Dieners wartete, lief Baralis nervös auf und ab wie ein Hund, der eine Fährte gewittert hatte. Die Welle hatte ihren Ursprung östlich von ihm – das bedeutete den Adelsflügel ... »Borc. Nein«, flüsterte er. Das bedeutete auch Katharinas Gemächer.

Crope kam herein. »Folg mir«, befahl Baralis und ging zur Tür. Ein kaltes, furchterregendes Gefühl breitete sich in seinem Magen aus. Er hatte keine Zeit zu verlieren; er mußte wissen, was geschehen war. Baralis eilte mit wehendem Gewand die Korridore entlang, Crope dicht auf den Fersen. Mit jedem Schritt wurde die Welle stärker. Sie führte Baralis direkt vor Katharinas Tür. Die beiden Soldaten, die den Eingang bewachten, kreuzten die Speere, als der Kanzler sich ihnen näherte.

Baralis hatte keine Zeit, sich mit ihnen auseinanderzusetzen. Er formte einen Bannzauber, halb Schlafmittel, halb Illusion. Sein Instinkt warnte ihn, sich nicht zu sehr zu verausgaben. Borc allein wußte, was er hinter der Tür vorfinden würde. Die Muskeln der beiden Soldaten erschlafften. Crope eilte herbei, packte die Männer und ließ sie sanft zu Boden gleiten. Baralis nickte ihm anerkennend zu. »Gut gemacht.« Der hünenhafte Diener trat an seine Seite, und gemeinsam standen sie vor der Tür.

Noch nie in seinem Leben hatte Baralis solche Angst verspürt; jede Faser seiner Seele schrie ihm zu, daß irgend etwas schrecklich falsch gelaufen war. Er atmete tief durch und öffnete die Tür.

Die Nachwirkungen der Magie strömten in Wellen über

seinen Körper hinweg. Das Licht war schwach, sehr schwach. Der Raum roch nach exotischen Duftölen. Die Luft war von Feuchtigkeit erfüllt. Das einzige, was sich bewegte, war eine Gestalt am Fuß des Bettes. Kylock kniete auf dem Boden, die Hände aufs Bett gelegt. Er schien irgend etwas zu streicheln. Baralis wollte nicht weitergehen; er wollte nicht wissen, was geschehen war, aber er wußte, daß ihm nichts anderes übrigblieb. Schließlich war er ein Gestalter des Schicksals, und mit Katastrophen fertig zu werden gehörte ebenso zu seiner Arbeit wie die Schöpfung.

Ein Schritt nach vorne reichte aus, um Katharinas nackten Körper zu enthüllen. Sie lag in einem unordentlichen Haufen aus Laken und Kissen. Ihr Kopf war unmöglich weit nach hinten gebogen, und auf beiden Seiten ihres Gesichtes waren die Kissen mit Blut besudelt. Kylock kniete über ihr und murmelte irgend etwas vor sich hin, während er zärtlich ihre Füße streichelte.

Das Kopfstück des Bettes war vollkommen zerstört. Nicht verbrannt, eher in Stücke gerissen. Sämtliches Glas und Metall im Raum war heiß; einige Gegenstände glühten sogar. Wasserdampf hing in der Luft wie ein Schleier.

Baralis erkannte die typischen Symptome einer wilden Beschwörung: heißes Metall, verdampftes Wasser, willkürliche Zerstörung. Trotz der unterdrückenden Wirkung des *Ivysh* war es Kylock gelungen, seine Kraft freizusetzen. Ein grober Akt, sicher. Unkonzentriert, natürlich – aber es war dennoch unverkennbar Zauberei. Baralis schauderte. Was für eine Art Mann besaß eine derartige Macht, daß er sogar die Fesseln des *Ivysh* überwinden konnte? So etwas hätte unmöglich sein sollen. Aber andererseits … Starke Emotionen konnten die merkwürdigsten Auswirkungen auf den Körper und den Verstand eines Menschen haben.

Baralis schüttelte den Kopf, um alle möglichen Implikationen dieses Ereignisses aus seinen Gedanken zu verbannen. Er konnte es sich nicht leisten, sich jetzt damit auseinanderzusetzen. Er mußte sich um dringendere Probleme kümmern. Mit einer Handbewegung bedeutete er Crope, die Tür zu schließen; dann ging er zum Bett.

Kylock schien Baralis nicht zu bemerken; unbeeindruckt fuhr er fort, die Füße seiner Frau zu streicheln.

Baralis berührte Katharinas Hals mit den Fingerspitzen. Sie wurde bereits kalt, und sie hatte keinen Puls mehr. Er schob die Hand hinter ihren Nacken; ihr Genick war gebrochen. Anschließend tastete er ihren Schädel ab, und auch hier stellte er eine Fraktur fest. Baralis nickte langsam und wischte die blutige Hand am Gewand ab.

Während er auf die verstorbene Herzogin von Bren hinunterblickte, entwickelte er einen Plan. Mehr und mehr nahm Katharinas Körper das typische Aussehen einer Leiche an. Eine Minute verging, vielleicht zwei, dann wandte sich Baralis an Crope und gab ihm seine Befehle.

Eine Stunde später war er bereit. Crope hatte ihm seine Tränke, Drogen, Kräuter und Requisiten gebracht. Eine simple Beschwörung hatte dafür gesorgt, daß niemand den riesigen Diener dabei bemerkt hatte. Nun war Crope damit beschäftigt, das beschädigte Kopfstück durch ein neues, ähnliches zu ersetzen, das er aus Baralis' Gemächern mitgebracht hatte.

Zunächst mußte man sich um Kylock kümmern. Baralis kniete sich neben ihn und löste die Hand seines Königs sanft von Katharinas Füßen. »Schschsch«, murmelte er, während er Kylock den Becher an die Lippen hielt. »Trinkt das, Euer Majestät. Trinkt das.« Kylock trank seine Medizin wie ein braves Kind. Es handelte sich um einen besonderen Schlaftrunk, wie ihn die Barbarenkrieger von jenseits des Großen Nordgebirges benutzten, um Schlachtfieber zu bekämpfen. In weniger als einer Stunde würde Kylock erfrischt und gestärkt an Leib und Seele wieder erwachen. Zumindest hoffte das Baralis – an die andere Möglichkeit wagte er gar nicht erst zu denken.

»Crope!« rief er. »Leg Kylock hinter den Paravent, damit

er sich ausruhen kann.« Die Droge wirkte rasch, und als Crope Kylocks Kopf vom Bett hob, hatte dieser bereits die Augen geschlossen.

Baralis wandte seine Aufmerksamkeit dem Raum zu. Die Fensterläden waren geöffnet worden, damit die Wasserdämpfe entweichen konnten. Crope hatte frische Laken gebracht und Wasser, um das Blut von Kylocks Händen und aus Katharinas Haaren zu waschen. Währenddessen überprüfte Baralis alle Glas- und Metallgegenstände. Die Kerzenleuchter neben dem Bett waren die einzigen Dinge, die entsorgt werden mußten: Ihr Metall war so heiß geworden, daß es geschmolzen war, und nun hatte es sich mit dem Kerzenwachs zu grotesken Formen vereint. Crope würde neue Leuchter und Kerzen holen müssen.

Zum Zeitpunkt der Beschwörung war der Weinkrug verschlossen gewesen, und so war noch genug Wein übriggeblieben. Baralis füllte Katharinas Becher bis kurz unter den Rand. Als nächstes wandte er sich dem Becher selbst zu. Hierbei handelte es sich um einen Gegenstand von außergewöhnlicher Schönheit: wunderbar bearbeitetes Ebenholz, hauchdünn geschliffen und mit einem angemessen schweren Fuß versehen. Er war in jeder Hinsicht perfekt.

»Crope«, sagte Baralis, »wenn du mit dem Kopfstück fertig bist, dann möchte ich, daß du dein schärfstes Messer nimmst und zwei Ringe in den Fuß des Bechers ritzt – zwei ineinander liegende Ringe.«

Crope war aufgeregt. »So wie die Ringe eines Ritters, Meister?«

Zum ersten Mal an diesem Abend lächelte Baralis. »Ja, genau wie die Ringe eines Ritters.« Er dachte einen Augenblick nach, dann fügte er hinzu: »Oh, und schnitz einen geraden Strich hinein, der mitten durch die beiden Ringe hindurchläuft.« Genau wie bei einem ganz bestimmten Ritter, der morgen früh wegen Mordes gesucht werden würde. »Wenn das getan ist, geh zurück in meine Gemächer, und hol ein paar Kerzenleuchter und Kerzen.«

Crope nickte begeistert. Nichts machte ihm mehr Freude, als seinem Meister von Nutzen sein zu können.

Jetzt war es Zeit, sich um sich selbst zu kümmern. Baralis holte eine kleine Phiole aus seinem Gewand hervor und leerte den Inhalt auf seine Zunge. Die viskose Flüssigkeit brannte in seiner Kehle. Sie würde ihm zwar keine zusätzliche Kraft verleihen, aber mit ihrer Hilfe würden seine Kräfte länger vorhalten. Nun war er bereit für die Beschwörung, die er sich vorgenommen hatte. Natürlich hatte die Droge auch ihren Preis: Irgendwann morgen würde er einfach kollabieren, und wahrscheinlich würde es länger als eine Woche dauern, bis er wieder bei Sinnen war. Aber das war nicht weiter wichtig. Heute nacht zählte nur, alles zu eliminieren, was darauf hindeuten konnte, was wirklich zwischen Kylock und Katharina vorgefallen war. Eine falsche Bewegung, ein übersehener Gegenstand, und *alles* würde verloren sein. Sein Plan hatte sich über drei Jahrzehnte hin entwickelt, und nichts, aber auch absolut gar nichts, würde sich nun noch seiner Herrschaft über den Norden in den Weg stellen.

Baralis atmete tief durch und stellte sich neben Katharina. Ihr Körper wies bereits Leichenflecken auf. »Dreh sie für mich um, Crope«, murmelte er, »und hol mir einen Stuhl, damit ich mich hinsetzen kann.« Crope tat, wie ihm geheißen, und eine Minute später saß Baralis neben dem Bett und blickte auf Katharinas gebrochenes Genick. Die Schädelfraktur war gar nichts: Sie war einfach zu flicken. Aber das Genick – Baralis schüttelte den Kopf – das Genick verlangte nach der Fertigkeit eines Chirurgen.

Ein gebrochener Knochen preßte gegen die Haut an Katharinas Halsansatz. Baralis legte die Hand darauf. Während seiner Zeit in der Steppe hatte er viele gebrochene Knochen gesehen. Die Nomaden wußten gut damit umzugehen. Sie fügten das zerstörte Gebein mit einer Mischung aus Tränken, Zauberei und Opfern wieder zusammen. Doch Baralis hatte niemals beobachtet, daß einer von ihnen ein gebrochenes Genick geheilt hätte. Diese Operation war zu schwierig; zuviel konnte schiefgehen: Nerven konnten eingeklemmt werden; Adern konnten zerstört werden, oder vielleicht wuchs der Knochen falsch zusammen, so daß eine dauerhafte Lähmung die Folge war. Baralis biß sich auf die Zunge und bereitete sich auf die Trance vor. Bei Katharina war das alles egal: Das Genick einer Leiche verlangte nur wenig Sorgfalt. Es reichte aus, es gesund *aussehen* zu lassen.

Crope reichte ihm Blatt und Schüssel, und dicke Blutstropfen fielen bereitwillig von seiner Zunge. Da er kein Opfertier hatte, um sich die Beschwörung zu erleichtern, mußte er sich einzig und allein auf seine eigenen Kräfte verlassen.

Er sandte sein Bewußtsein hinab, hinab in die Leiche. Baralis hatte schon oft mit frisch getöteten Tieren gearbeitet, aber kein noch so ausgedehntes Training konnte jemanden auf den Schock vorbereiten, der einen erwartete, wenn man in eine menschliche Leiche eindrang. Kalt, verdorben, aktiver Verfall: Eine Leiche war kein Ort, wo sich ein Zauberer lange aufhalten sollte.

Baralis' Finger nahmen die Arbeit auf. Sie erwärmten, formten, verschoben. Seine Hand drückte den Knochen zurück, während sein Geist den Rest vorbereitete. Nachdem alles erst einmal am richtigen Platz war, begann die eigentliche Arbeit: die Verbindung der Bruchstücke und die anschließende Wiederherstellung der sie umgebenden Muskelstränge. Baralis hatte keine Zeit für Feinheiten, und als er mit seiner Arbeit fertig war, war Katharinas Nacken steif. Die oberen vier Wirbel waren nun im Tod fester miteinander verbunden, als sie es im Leben je gewesen waren. Baralis verlagerte sein Bewußtsein zu Katharinas Schädel. Die Steifheit würde man dem Gift zuschreiben können.

Verglichen mit dem Genick war der Schädel eine leichte Aufgabe. Baralis verschwendete keine unnötige Zeit. Äußere Zeichen der Schädelfraktur wurden sowieso von Katharinas goldenen Locken verdeckt. Solange sich ihr Schädel glatt anfühlte, wenn die Ärzte über ihn strichen, war das mehr als genug.

Baralis arbeitete rasch. Er befand sich in der Nähe von

Katharinas Gehirn, und die letzten Lebenszeichen einzelner Nervenzellen machten ihn nervös. Als er seine Aufgabe endlich erfüllt hatte, war er über alle Maßen erschöpft. Er zog sich aus der Leiche zurück und wurde von der Wärme, dem Licht und der Frische des Lebens überwältigt. Für ihn bestätigte dies alles nur, daß nichts auf der Welt wichtiger war, als das eigene Überleben zu sichern. Im Tod gab es weder Ruhm noch Ehre.

Er sank auf seinen Stuhl zurück und betrachtete die Patientin. Ihr Hals war so glatt wie der eines Schwans, und wenn erst einmal das Blut aus ihren Haaren gewaschen worden war, würde jeder ihren Schädel für normal halten. Baralis blickte zu den Kerzen an der Wand und sah, daß sie zwei Kerben heruntergebrannt waren, während er gearbeitet hatte. In der Zwischenzeit war Crope hinausgegangen und wieder zurückgekehrt, und jetzt ersetzte er schweigend die beiden verformten Kerzenleuchter durch neue. Als er bemerkte, daß sein Meister wieder bei Bewußtsein war, reichte er ihm einen Becher warmen Kräuterpunschs. Baralis nahm ihn dankbar an. »Dreh die Herzogin auf den Rücken und weck Kylock für mich«, sagte er.

»Soll ich zuerst die Laken wechseln, Meister?«

»Nein. Das kommt zuletzt. Ich bin hier noch nicht fertig.« Baralis beobachtete, wie Crope hinter dem Paravent verschwand. Er war so müde, daß er nur noch schlafen wollte. Baralis legte die Hände ineinander und rieb sich die schmerzenden Finger. Hinter dem Paravent war deutlich zu hören, wie Crope versuchte, Kylock zu wecken. Baralis riß sich zusammen und stand auf. Seine Beine schmerzten vom langen Sitzen, und er mußte sich zwingen, bis zur Anrichte zu gehen. Dort stand auch Katharinas hölzerner Becher, auf dessen Fuß nun zwei Ringe zu sehen waren. Baralis goß ein wenig vergifteten Wein hinein. Dann trug er den Becher zum Bett und träufelte ein paar Tropfen Wein auf Katharinas perfekte Lippen und öffnete gewaltsam ihren Mund, so daß der Wein die Kehle hinunterrann. Schließlich stellte er den Becher auf dem Nachttisch ab.

Kylock erschien hinter dem Paravent. »Was habt Ihr getan?« verlangte er zu wissen.

Baralis gestattete sich einen erleichterten Seufzer: Der König war bei Verstand. »Ich habe dafür gesorgt, daß es so aussieht, als sei Eure Frau vergiftet worden. Alles ist wieder so, wie es gewesen ist, bevor ...« Baralis korrigierte sich. »Alles sieht wieder normal aus. Ich habe folgende Geschichte für Euch vorbereitet: Als Ihr eingeschlafen seid, hat Katharina noch ganz gesund ausgesehen, aber als Ihr aufwachtet, war sie tot. Sie hat Euch ihren Becher angeboten, und obwohl Ihr zunächst abgelehnt habt, habt Ihr ihr zu Gefallen schließlich doch einen winzigen Schluck getrunken. Morgen früh, unmittelbar bevor Ihr Alarm schlagt, nehmt Ihr das dort.« Baralis deutete auf die Phiole auf der Anrichte. »Es wird eine Vergiftung vortäuschen; aber es wird keinen größeren Schaden anrichten. Die Ringe von Valdis sind in den Fuß von Katharinas Becher eingraviert, doch Ihr werdet sie nicht entdecken – das soll jemand anderes tun. Ihr müßt nur den Entsetzten und Schockierten spielen, der in seinem gerechten Zorn die ganze Stadt auf der Suche nach dem Mörder auseinandernimmt.«

Kylock nickte kurz. »Und wer ist das?«

»Tawl, der Champion des Herzogs. Sobald der Becher entdeckt wird, werden alle Diener befragt werden. Wenn ich Euch jetzt verlasse, werde ich einen von ihnen *überzeugen* zuzugeben, daß er von einem ganz bestimmten goldhaarigen Ritter bestochen worden ist, diesen Wein hier zu servieren.« Baralis war kurz angebunden. »Habt Ihr das verstanden?«

»Ja.«

»Gut. Crope wird noch bei Euch bleiben, um die Laken auszutauschen und um Katharinas Leiche in die richtige Position zu legen. Außerdem muß noch das Blut aus ihren Haaren gewaschen werden und das Rouge von ihrem Körper. Wenn Ihr mit ihr fertig seid, wird sie dann noch in ihr Nachtgewand gekleidet ...«

Kylock fiel ihm ins Wort. »Was soll das heißen, ›wenn Ihr mit ihr fertig seid‹?«

»Gehe ich recht in der Annahme, daß die Ehe noch nicht vollzogen worden ist?«

»Stimmt.«

»Dann ist es rechtlich gesehen überhaupt keine Ehe. Wenn Ihr Eure Rechte in Bren wahren wollt, dann darf kein Zweifel daran bestehen, daß eine Vereinigung stattgefunden hat.«

Kylock schüttelte den Kopf. »Nein. Nein. *Nein!*«

»*Doch!*« widersprach Baralis. »Ich habe nicht all den Ärger auf mich genommen, damit jetzt alles den Bach runtergeht. Die Ärzte werden sie zuerst auf Samen untersuchen. Sie werden nach jedweder Möglichkeit Ausschau halten, die Ehe für null und nichtig zu erklären.« Baralis hob die Stimme. »Mir ist ganz egal, wie Ihr das fertigbringt, aber es muß getan werden.« Er trat zur Tür und drückte die Klinke herunter. »*Und jetzt macht Euch an die Arbeit!*« zischte er und ging hinaus.

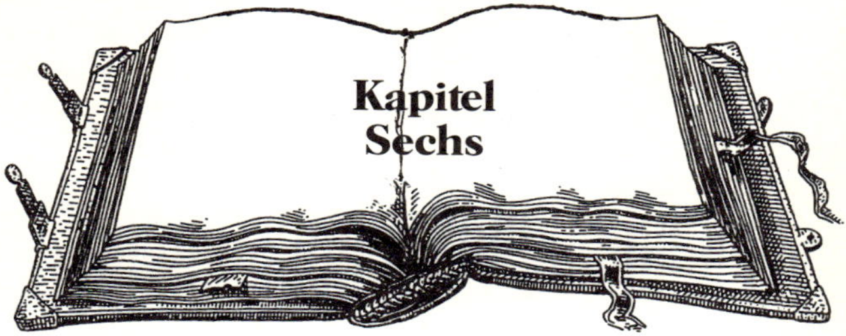

Kapitel Sechs

Tavalisk liebte seinen neuen Fisch. Das Tier besaß winzigkleine Fischzähnchen, und damit biß es in alles, was man in sein Glas hing. Im Augenblick war ›Reißzahn‹, wie der Erzbischof den Fisch genannt hatte, damit beschäftigt, eine träge, wenn auch nicht ganz wehrlose Wurst zu zerfleischen. Allein seine Größe gewährte dem Fleischprodukt einen gewissen Schutz, denn Reißzahn war nicht nur ungewöhnlich tödlich, sondern auch ungewöhnlich klein. Die Wurst war mehr als doppelt so groß wie er. Tavalisk wünschte nur, daß das Wasser ein wenig transparenter wäre, da er aufgrund der aufgewirbelten Pflanzenteile nicht alles verfolgen konnte.

Gerade als Reißzahn endlich die Wurst in Griff bekam, trat Gamil herein – ohne zu klopfen und ohne Ehrbezeugung. Statt dessen wedelte er aufregt mit einem Stück Papier. »Euer Eminenz! Welch Neuigkeiten!« Gamil fächelte sich mit dem Papier frische Luft zu. Er war außer Atem; sein Gesicht war rot angelaufen, und seine Haare konnten eine Bürste vertragen.

Wie ein Priester inmitten von Leprakranken beschloß Tavalisk, Abstand zu wahren. Er hob abwehrend die Hand und sagte: »Gamil, obwohl ich durchaus zu schätzen weiß, daß du bemüht bist, mich so schnell wie möglich mit den neuesten Informationen zu versorgen, so kann ich es dennoch nicht tolerieren, daß jemand wie du derart schwitzt.

Wer weiß schon, was für üble Substanzen gemeinsam mit dem Schweiß aus deinen Poren dringen.« Tavalisk warf seinem Privatsekretär einen mißbilligenden Blick zu. Gamil sah aus, als würde er jeden Augenblick platzen, sollte ihm nicht gestattet werden zu sprechen. »Also gut. Wenn du bleibst, wo du bist, werde ich dir erlauben, mir deine Neuigkeiten mitzuteilen.«

»Euer Eminenz, Katharina von Bren ist tot. Es heißt, sie wurde vergiftet.«

»Wann ist das passiert?«

»Vor vier oder vielleicht fünf Tagen. Die Nachricht ist erst vor wenigen Minuten von einer Brieftaube überbracht worden.«

Tavalisk vergaß seine eigene Warnung, trat zu seinem Privatsekretär und riß ihm das Stück Papier aus der Hand. Sollte es in der Tat von Gamils Schweiß befleckt sein, so dachte der Erzbischof zumindest nicht mehr daran. »Ist das alles?« fragte er, nachdem er die Notiz gelesen hatte.

»Ja, Euer Eminenz. Wenn in ein paar Wochen die Kuriere eintreffen, werden wir mehr wissen.«

Tavalisk zerknüllte das Papier. »Gift sagst du, hmmm.« Das war Baralis' Werk, und er, Tavalisk, hatte ihm auch noch die Mittel dazu gegeben. Fünf Jahre lang war Tavalisks Bibliothek in Baralis' Besitz gewesen. Der Erzbischof hatte Dutzende von Büchern in seiner Sammlung, die sich mit Giften beschäftigten, und zweifelsohne war die liebliche Katharina einem davon zum Opfer gefallen.

Sollte Baralis *wirklich* für Katharinas Tod verantwortlich sein, dann würde man mit Sicherheit jemand anderem die Schuld dafür in die Schuhe schieben. Baralis war kein Dummkopf: Er konnte seine Weste ebenso leicht reinwaschen, wie andere Männer das Unterhemd wechselten. Blieb nur die Frage, *wen* er beschuldigen würde. Jeder Einwohner von Annis oder Highwall würde sich als potentieller Mörder eignen. Auf diese Weise könnte Baralis Brens Haß auf seine nördlichen Nachbarn schüren. Tavalisk nickte bedächtig. Oder würde Baralis versuchen, eine unmittelbarere Gefahr zu neutralisieren, wie beispielsweise den Anspruch von Maybors Tochter, das Kind des Herzogs unter dem Herzen zu tragen? Der Erzbischof hatte gehört, Lord Maybor zöge durch die Stadt und behaupte, das ungeborene Kind seiner Tochter sei der rechtmäßige Thronerbe von Bren. Melliandra oder einem ihrer Anhänger den Mord in die Schuhe zu schieben, würde im Nu Zweifel an ihrem Anspruch aufkommen lassen. Das war's; Tavalisk war dessen sicher. Zum gegenwärtigen Zeitpunkt hatte Baralis mehr von Melliandra und ihrem Kind zu befürchten, als von den Armeen von Annis und Highwall zusammengenommen.

Ohne Zweifel würde Kylock Bren für sich beanspruchen; aber sollte auch nur im entferntesten die Möglichkeit bestehen, daß ein anderer Thronerbe existierte, würden ihn die guten Bürger von Bren mit eingeklemmtem Schwanz wieder zurück in die Königreiche jagen.

Tavalisk lächelte sein typisches, geheimnisvolles Lächeln. Baralis war verwundbar geworden, und es war an der Zeit, daß er, der Auserwählte, sich diese Verwundbarkeit zunutze machte. »Gamil«, sagte er und ging wieder zurück zum Fischglas, »Was wissen wir über Highwalls Truppenbewegungen?«

»Nun, Euer Eminenz, wir wissen, daß sie Euren Befehl erhalten haben, mit einer Offensive bis nach der Hochzeit zu warten, aber wir können nur vermuten, welche Auswirkungen Katharinas Tod auf Highwalls Pläne haben wird.«

Tavalisk ließ das zerknüllte Stück Papier in das Fischglas fallen. »*Vermuten*, Gamil! Ich bin niemand, der Politik *vermutet*. Ich *gestalte* sie.« Reißzahn näherte sich dem Papier wie ein Hai auf der Jagd. Die Überreste der Wurst schwammen inzwischen als Treibgut an der Wasseroberfläche. »Weißt du, Gamil, ich denke, es ist an der Zeit, daß ich zum Helden werde.«

»Zum Helden, Euer Eminenz?«

Reißzahns kleine Fischzähnchen zerfetzten das Papier in hundert winzige Stückchen. Tavalisk schaute dem kleinen

Tier äußerst befriedigt zu. Vielleicht sollte er all seine Geheimdokumente in das Glas werfen. »Ja, Gamil, ein Held. Oder genauer gesagt: Melliandras Held. Ich glaube sogar, daß wir alle – die vier Städte des Südens, Annis, Highwall und die Überreste von Halcus – uns des Anspruchs der Dame annehmen sollten. Siehst du das denn nicht? Es ist perfekt. Wir werden nicht länger aus Furcht kämpfen, sondern für ein *Ziel*! Wir werden dafür kämpfen, den rechtmäßigen Nachfolger des Herzogs auf den Thron von Bren zu setzen.«

Vor lauter Aufregung hatte Tavalisk versehentlich die Hand auf den Rand des Fischglases gelegt. Reißzahn, der unglücklicherweise nur das Urteilsvermögen eines Fischs besaß, sprang aus dem Wasser und biß den Erzbischof in den Daumen. »Aaah!« schrie Tavalisk und riß seine Hand zurück. Blut trat aus einer kleinen, gezackten Wunde. Der Erzbischof saugte an seinem Daumen, bis der Blutfluß gestoppt war: Er mochte den Geschmack seines eigenen Blutes.

Tavalisk warf einen haßerfüllten Blick auf Reißzahn, dann wandte er sich wieder an Gamil. »Ich will, daß du noch heute eine Botschaft an die betroffenen Parteien sendest. Von nun an müssen all unsere Verbündeten Melliandras Anspruch offiziell unterstützen.« Tavalisk lächelte; einen Teil seiner guten Laune hatte er inzwischen wiedererlangt. »Ich kann mir nichts vorstellen, was Baralis noch mehr ärgern könnte! Das wird ihm eine Menge Schwierigkeiten in Bren einbringen. Wenn er nicht aufpaßt, könnte sich die Stadt sogar in zwei Lager spalten. Erbstreitigkeiten sind bekannt dafür, Bürgerkriege zu verursachen.«

»Ebenso wie Religion, Euer Eminenz.«

»Weder will noch benötige ich zu diesem Zeitpunkt irgendwelche Kommentare deinerseits, Gamil. Wenn ich meine Politik formuliere, ist ein einfaches ›jawohl, Euer Eminenz‹ vollkommen ausreichend. Ist das klar?«

»Jawohl, Euer Eminenz.«

»Gut. Du wirst heute nicht nur Botschaften an Highwall

und Annis formulieren – deren Armeen wahrscheinlich bereits auf dem Weg nach Bren sind –, du wirst dich auch daranmachen, Maybor und seine Tochter aufzuspüren. Ich bin sicher, daß sie noch irgendwo in Bren sind: Sag den örtlichen Priestern, sie sollen die Augen nach ihnen aufhalten. Das Mädchen *muß* gefunden und an einen sicheren Ort gebracht werden.« Tavalisk schwieg einen Augenblick, um seinen Plan noch einmal zu überdenken. »Natürlich ist es ziemlich merkwürdig, daß Baralis so schnell etwas gegen Katharina unternommen hat. Das kann ich einfach nicht verstehen. Damit hat er seine eigene Position gefährdet.« Der Erzbischof zuckte mit den Schultern. »Na ja, jeder macht mal einen Fehler, und ein kluger Mann wie ich muß nur darauf warten und die Gelegenheit beim Schopf packen.«

»Jawohl, Euer Eminenz.«

Tavalisk warf seinem Privatsekretär erneut einen mißbilligenden Blick zu. Gamils Tonfall gefiel ihm ganz und gar nicht. »Du darfst dich jetzt entfernen. Sorg dafür, daß die Botschaften so schnell wie möglich überbracht werden.« Der Erzbischof wartete, bis Gamil an der Tür war, dann fügte er hinzu: »Ach ja, was den Fisch betrifft ...«

»Soll ich das Glas entfernen, Euer Eminenz?«

»Nein, Gamil. Ich habe inzwischen Gefallen an der bösartigen, kleinen Kreatur gefunden, aber das Wasser ist recht schmutzig. Ich wäre dir wirklich dankbar, wenn du es für mich säubern würdest.«

»Ihr müßt Bren noch heute verlassen«, sagte Maybor, der erfolglos versuchte, seine Stimme ruhig zu halten. »Jede Minute, die Ihr bleibt, ist eine weitere Minute, in der Melliandra in unnötiger Gefahr schwebt.«

»Melliandras Reputation ist von äußerster Wichtigkeit, Tawl«, sagte Cravin. Er sprach wesentlich ruhiger und berechnender als Maybor. »Sie trägt den einzigen lebenden Erben von Bren unter dem Herzen, und wenn man sie mit einem mutmaßlichen Mörder in Verbindung bringt, dann wäre das eine Katastrophe. Viele Lords in der Stadt sind bereit, ihren Anspruch zu unterstützen, aber keiner wird sich in die Öffentlichkeit wagen, solange Ihr an ihrer Seite seid. Ganz Bren glaubt, daß Ihr Katharina ermordet habt, und auch wenn das unwahr sein sollte, so stimmt Ihr mir doch sicherlich zu, daß die Beweise eindeutig gegen Euch sprechen.« Cravin trat einen Schritt auf Tawl zu und legte ihm eine elegant manikürte Hand auf den Arm. »Bleibt, und Ihr werdet Melliandra mit in den Abgrund reißen.«

Tawl entzog sich Cravins Berührung. Er kehrte beiden Männern den Rücken zu und ging zum Kamin.

Sie befanden sich im Untergeschoß des Unterschlupfs, in Cravins Stadthaus, und zum ersten Mal seit vielen Wochen stattete ihnen der Hausherr wieder einen Besuch ab. Lord Cravin war vor etwa einer Stunde eingetroffen, und seitdem hatte er die meiste Zeit mit Maybor unter vier Augen geredet. Vor etwa fünfzehn Minuten hatten sie dann Tawl heruntergerufen.

Noch bevor sie ihn zu sich gerufen hatten, hatte Tawl gewußt, was sie ihm sagen würden. Katharina war nunmehr fünf Tage tot, und am Morgen des zweiten Tages hatte man Tawl offiziell zu ihrem Mörder erklärt. Neben ihrem Bett war ein Becher mit seinem Zeichen gefunden worden, und darin hatte sich Gift befunden – dasselbe Gift, das man auch auf Katharinas Lippen entdeckt hatte. Es gab auch einen Diener, der unter der Folter gestanden hatte, Geld von einem Mann angenommen zu haben, der dem Champion des Herzogs zum Verwechseln ähnlich sah. Als Gegenleistung sollte er Katharinas Weinkrug gegen den mit dem Gift austauschen. Anschließend hatte man fünfzig Goldstücke in der Kammer des Dieners entdeckt.

Tawl ballte die Fäuste. Cravin hatte recht: Die Beweise sprachen *in der Tat* gegen ihn.

Irgend jemand hatte sich verdammt viel Mühe gegeben, es so aussehen zu lassen, als hätte er Katharina ermordet. Das war etwas anderes als die Ermordung des Herzogs, wo niemand wußte, was in Wirklichkeit geschehen war. Ja, man hatte Tawl auch dieses Verbrechens beschuldigt, aber trotz aller Mühe, die sich Baralis gegeben hatte, vermochte niemand mit Sicherheit zu sagen, daß er wirklich der Täter war. Es gab nur Verdächtigungen, weiter nichts. Aber das hier … Tawl schüttelte den Kopf. Diesmal hatte Baralis sich selbst übertroffen.

»Tawl, heute durchkämmen Kylocks Truppen den Südosten der Stadt. Morgen werden sie hier sein.« Maybor versuchte noch immer, seine Stimme zu dämpfen, damit Melli das Gespräch nicht zufällig überhörte. »Die Wahrscheinlichkeit ist sehr gering, daß sie uns diesmal wieder nicht finden werden.«

»Ja«, stimmte ihm Cravin zu. »Sie durchsuchen Haus für Haus, Raum für Raum. Morgen mittag werden sie diese Straße erreichen.« Er senkte die Stimme und versah sie mit einem drohenden Unterton. »Wir dürfen nicht riskieren, daß man Melliandra aufgreift.«

Jedenfalls nicht in einem Haus, das dir gehört, dachte Tawl, aber er sprach es nicht laut aus. Statt dessen sagte er: »Sie würden die Hausdurchsuchungen auch fortsetzen, wenn ich gehen würde.«

Cravin war auf diesen Einwand vorbereitet. »Da habt Ihr recht. Es reicht nicht, daß Ihr einfach aus der Stadt verschwindet; man muß Euch dabei *sehen*. Nur dann wird Kylock die Suchaktion einstellen.«

Tawl fühlte sich plötzlich unendlich müde. Er beugte sich vor und stützte sich am Kaminsims ab. Die Hitze des Feuers vermochte ihn nicht mehr zu wärmen. Ihm war kalt – kälter als je zuvor in seinem Leben. Allein der Gedanke, Melli zu verlassen, erschütterte ihn bis ins Mark. Sie war alles, was ihm in dieser Welt noch geblieben war. Selbst wenn er keinen Eid geschworen hätte, würde er dennoch hier an ihrer Seite sein. Sie zu beschützen war sein einziger Lebensinhalt, und jetzt schien so, als würde eben dieser Schutz nur noch eine weitere Gefahr für sie bedeuten.

Maybor trat neben ihn. Aus dem Augenwinkel heraus

beobachtete Tawl, wie Mellis Vater einen verstohlenen Blick mit Cravin austauschte. »Seht mal, Tawl«, sagte er. »Ich weiß, daß Ihr sehr viel für uns getan habt, und wir danken Euch dafür, aber jetzt ist für Euch die Zeit gekommen zu gehen. Wenn Ihr uns nicht heute nacht verlaßt, wird Melliandra Baralis in die Hände fallen.« Maybor schüttelte langsam den Kopf. »Und dann wird kein Eid der Welt sie retten können.«

»Ihr dürft Euren Eid nicht vergessen, Tawl«, warf Cravin ein. »Ihr habt einen Eid geschworen, die Gemahlin des Herzogs zu schützen, und was noch viel wichtiger ist: seinen Erben.« Tawl spürte den Atem des Mannes in seinem Nacken. »Das ungeborene Kind muß um jeden Preis geschützt werden.«

»Wir könnten alle heute nacht fliehen«, erklärte Tawl und wirbelte herum, um Cravin in die Augen zu blicken. »Ich könnte Melli nach Sonnenuntergang aus der Stadt bringen.«

Wieder war Cravin auf den Einwand vorbereitet. »Nein. Sie ist nicht transportfähig. Es geht ihr nicht gut, und das Risiko für das Baby ist einfach zu groß ...«

Maybor hob den Arm, um Cravin vom Weiterreden abzuhalten. »Geht einfach nur eine Zeitlang fort, Tawl«, sagte er sanft. »Zumindest bis sich die ganze Aufregung um Katharinas Tod gelegt hat. Später könnt Ihr ja wieder zurückkommen – sagen wir in einem Monat.«

»In weniger als zehn Tagen werden die Armeen von Annis und Highwall ihr Lager vor den Stadtmauern aufschlagen.« Tawl verlor allmählich die Beherrschung. »Krieg steht vor der Tür, und Bren wird das Schlachtfeld sein. Es ist Wahnsinn, Melli hierzubehalten.«

»Nein, Tawl«, widersprach Cravin. »Es ist Wahnsinn, wenn Ihr hierbleibt, obwohl Ihr wißt, daß Eure Anwesenheit, Melliandra in Gefahr bringt. Ich weiß, daß Ihr nicht länger ein Ritter seid, aber ich dachte bis jetzt immer, ich könnte mich wenigstens auf Euer Ehrgefühl verlassen.«

»*Mein Ehrgefühl!* Ihr wißt *nichts* über Ehre!« Tawl fegte die Kerzen vom Kaminsims. »Politik und Euer ach so wertvoller Hals sind alles, worum Ihr Euch schert!« Er zitterte von Kopf bis Fuß. Am liebsten hätte er Cravin an Ort und Stelle erschlagen. »Ihr solltet dankbar für Valdis' Ehrenkodex sein, Cravin«, murmelte Tawl, »denn wenn ich ihn nicht so gut gelernt hätte, dann wärt Ihr jetzt ein toter Mann.«

Maybor trat zwischen die beiden und sagte in einem beschwichtigenden Tonfall: »Tawl, ich weiß, daß Ihr ein ehrenhafter Mann seid, und ich verlasse mich darauf, daß Ihr das Richtige tun werdet. Vergeßt Lord Cravin und das Baby; denkt an Melliandra. Wir dürfen nicht zulassen, daß sie Baralis in die Hände fällt.«

Tawl seufzte. Seine Wut auf Cravin war so rasch verschwunden, wie sie gekommen war. Maybor hatte recht: Baralis durfte Melli auf keinen Fall in die Finger bekommen. Morgen würden Kylocks Truppen hier sein. Erst heute morgen war Schnapper vom Markt zurückgekehrt und hatte schreckliche Geschichten über die Hausdurchsuchungen mitgebracht. Häuser wurden niedergebrannt, und Menschen wurden gefoltert. Kylock tat einfach alles, um Tawl ausfindig zu machen. Inzwischen hielt die ganze Stadt nach ihm Ausschau.

Und dann war da noch Blayzes Bruder, Skaythe. Der Mann hatte Schnapper nicht weit von ihrem Unterschlupf in die Mangel genommen, und es würde nicht mehr lange dauern, bis er sie aufgespürt hatte. Laut Schnappers Bericht war Skaythe ein Mann, der von Rache besessen war. Tawl wußte, daß Blayzes Bruder ihn tot sehen wollte; also würde er vielleicht sogar noch eine weitere Gefahrenquelle ausschalten, wenn er die Stadt verließ. Entweder würde Skaythe seine Suche aufgeben, oder er würde Tawl aus der Stadt hinaus folgen.

»Wenn ich jetzt gehen würde, wie würdet Ihr Melliandra schützen?«

»Ich werde meine eigenen Männer damit beauftragen, das Viertel zu überwachen. Beim ersten Anzeichen von Gefahr werde ich dafür sorgen, daß sie an einen anderen Ort gebracht wird.« Cravin warf Tawl einen feindseligen Blick zu. »Wenn *Ihr* erst einmal weg seid, dann ist die

Gefahr schon merklich geringer. Man wird die Suchtrupps zurückrufen, und in der Stadt wird wieder Normalität einkehren. Dann wird es uns nicht sonderlich schwerfallen, für Melliandras Sicherheit zu sorgen. Immerhin ist sie schon drei Monate hier, ohne entdeckt worden zu sein.«

Obwohl Tawl haßte, es zugeben zu müssen, hatte Cravin nicht ganz unrecht. Melli *war* hier sicher – oder zumindest würde sie das sein, wenn die Hausdurchsuchungen morgen eingestellt werden würden. Nur der Gedanke war so schwer zu ertragen, daß Melli hier allein war – ohne ihn. Tawl ertappte sich dabei, daß er wünschte, er hätte niemals diesen Eid abgelegt. Er fühlte sich davon gefesselt. Melli und das Baby würden in seiner Abwesenheit sicherer sein, doch durch den Eid war er dazu verpflichtet, sie zu verlassen. Er wußte, daß das am Vernünftigsten war, aber sein Herz und seine Seele riefen ihm zu zu bleiben.

Vor neun Jahren hatte er eine kleine Hütte in den Sümpfen verlassen, um nach Valdis zu gehen. Drei Jahre später war er zurückgekehrt, nur um festzustellen, daß seine Schwestern in der Zwischenzeit gestorben waren. Dieser eine Fehler hatte sein ganzes Leben geprägt: Er bestimmte seine Handlungen und definierte, wer er war. Jeden Tag kämpfte er mit der Erinnerung, und jeden Tag mußte er aufs neue erkennen, daß er diesen Fehler nicht wiedergutmachen konnte. Er suchte ihn in seinen Träumen heim und verfolgte ihn bei Tag und bei Nacht. Tawl wußte, daß er nicht weiterleben könnte, sollte das gleiche mit Melli geschehen. Ein Mann konnte nur ein gewisses Maß an Schuld ertragen.

Doch schon morgen könnte Melli gefangengenommen oder getötet werden, und es wäre *seine* Anwesenheit, die Kylocks Lakaien vor ihre Tür geführt hätte. Die Hausdurchsuchungen mußten aufhören. Tawl würde Melli mit seinem Leben verteidigen, sollten die Soldaten in das Haus eindringen. Aber er hatte nur ein Leben, und wenn er gefallen war, war Melli auf sich selbst angewiesen.

»Ich werde jetzt gehen«, sagte er schließlich. Er mußte –

für Melli, für das Baby, für den Eid, den er dem Herzog geschworen hatte.

Maybor klopfte ihm auf die Schulter. »Es ist besser so, Tawl. Lord Cravin und ich werden auf Melli aufpassen.«

»Und Schnapper«, fügte Tawl hinzu. Er vertraute mehr auf Schnappers Fähigkeiten, wenn es um Mellis Schutz ging, als auf die der beiden selbstgefälligen Lords zusammen.

Maybor nickte. »So soll es sein.«

Tawl durchquerte den Raum. An der Tür blieb er stehen und drehte sich noch einmal zu Cravin um. »Wenn Melli auch nur ein Haar gekrümmt wird, Cravin, dann schwöre ich bei Borc, ich bringe Euch um.«

Er schloß die Tür hinter sich und eilte die Treppe hinauf. Oben wartete Schnapper auf ihn. Tawl ignorierte ihn zuerst und begann, seine Sachen zu packen. Sein Schwert und seine Messer nahmen den meisten Platz ein.

»Wie ist es mit Cravin und Maybor gelaufen?« fragte Schnapper, dem es nicht gefiel, übersehen zu werden.

Tawl drehte sich um. »Schnapper, ich gehe für eine Weile fort – mach dir keine Sorgen, ich werde nicht weit weg sein. Paß auf Melli auf, während ich weg bin.«

»Aber, Tawl ...«

»Keine Fragen. Tu einfach, was ich dir sage.« Tawl ergriff Schnappers Hand. »Ich verspreche dir, daß ich wieder zurückkehren werde.«

Schnapper nickte ungewöhnlich ernst. »Ich verstehe, Tawl.«

Und das tat er wahrscheinlich wirklich. Tawl warf sich sein Bündel über die Schulter. »Gib auf dich acht, Schnapper. Sag Melli, ich wäre in Gedanken immer bei ihr.«

»Willst du ihr nicht selbst auf Wiedersehen sagen?« Schnapper deutete auf Mellis Tür.

Tawl schüttelte den Kopf. Sie würde ihn nur anflehen zu bleiben, und wenn er ihre Stimme hören würde, dann würden ihn keine zehn Pferde mehr hier herausbringen. Nein, er würde ihr nicht auf Wiedersehen sagen; ihre Sicherheit war wichtiger als seine persönlichen Ängste. Melli war anders als seine Schwestern – älter, klüger, stärker –, sie würde auch ohne ihn zurechtkommen. Das mußte sie einfach.

Bevor er sich auf den Weg nach unten machte, schlich Tawl zu Mellis Tür. Nicht ein Geräusch war auf der anderen Seite zu hören. Er drehte sich wieder um, winkte Schnapper zum Abschied zu und verließ das Haus.

Jack befand sich im Südteil der Stadt. Von allen Vierteln, durch die er gewandert war, fühlte er sich in den südlichen am wohlsten. In den tiefen purpurnen Schatten des Zwielichts lag ein Labyrinth aus engen Straßen und finsteren Gassen. Gasthäuser, Bordelle und Bäckereien drängten sich um kleine Plätze. Der Geruch der Schlachthäuser und Gerbereien mischte sich mit dem Rauch aus den Öfen der Köhler, während die Färber eine besondere Herausforderung für die menschliche Lunge kreierten.

Von der schlechten Luft abgesehen, genoß Jack seinen Aufenthalt in der Stadt. Hier mußte er nicht sein Gesicht verbergen – in Bren kümmerte sich niemand um jemanden, der in Halcus als Kriegsverbrecher gesucht wurde –, und zum ersten Mal in seinem Leben fühlte er sich frei, zu tun und zu lassen, was er wollte. Kein Frallit, kein Rovas, kein Stillfuchs: Jack war sein eigener Herr, und je länger er durch die Straßen von Bren wanderte, desto mehr wußte er dieses Gefühl zu schätzen.

Auch gefiel es ihm, dunkle Gassen entlangzuschreiten und zu wissen, daß er mit jedem Räuber oder Halsabschneider fertig werden konnte, der sich ihm in den Weg stellen sollte. Dank Rovas wußte er, was er gegebenenfalls zu tun hatte. Er fürchtete sich nicht mehr vor einem Überraschungsangriff. Solange er eine Klinge und genügend Raum um sich hatte, solange konnte er jeder Herausforderung mit Gelassenheit begegnen.

Jack wünschte nur, er hätte ein ähnliches Vertrauen in seine Magie. Nach dem Vorfall im Gildenhaus der Bäcker in Annis wußte er, daß er jederzeit einen Zauber heraufbeschwören konnte, aber ein Teil von ihm fürchtete sich noch immer davor. Nach wie vor hatte er Angst, etwas falsch zu machen: einen schlechten Zeitpunkt für den Zauber zu wählen, sich zu sehr in dem Gegenstand zu verlieren, den er verändern wollte, oder – was das Schlimmste gewesen wäre – zuviel Energie freizusetzen. Jack wußte, daß er sehr, sehr mächtig war – die Ereignisse in der Garnison hatten das hinreichend bewiesen –, doch er hatte wenig Vertrauen in seine Fähigkeit, diese Macht zu kontrollieren. Wie ein Riese, der versuchte, Gänseblümchen zu pflücken, fühlte er sich zu schwerfällig und ungeschickt, um seine Arbeit mit dem notwendigen Feingefühl auszuführen.

Es gab nichts Greifbares, nichts Sichtbares: keine Klinge, der man ausweichen konnte, kein Blut, um die Wirkung eines Treffers zu beurteilen. Alles spielte sich nur im Kopf ab; der Angriff mußte im Geist geplant und geformt werden, und wenn man erst einmal jenen typischen metallischen Geschmack auf der Zunge hatte, war alles vorbei.

Die Gefahren waren natürlich ebenso real wie beim Schwertkampf, aber da man die Fertigkeit seines Gegners unmöglich einschätzen konnte, wirkten sie weniger bedrohlich. Wenn man eine Klinge an der Kehle spürte, wußte man instinktiv, daß man vorsichtig vorgehen mußte. Im Falle von Zauberei war das anders. Die Gefahren richteten sich sowohl gegen den Geist als auch gegen den Körper, und manchmal war es äußerst schwierig, die Grenze zwischen Sicherheit und Selbstzerstörung zu erkennen. Mehr als einmal wäre Jack beinahe den Verlockungen unbelebter Gegenstände erlegen. Es war so einfach, sich in ihnen zu verlieren. Der Rückzug war besonders hart. Es war, als hätte man sich an ein gemütliches, warmes Kaminfeuer gesetzt, und müsse sich nun wieder zwingen, hinaus in die Kälte zu gehen.

Eine kalte Bö wehte durch die Gasse, und Jack zog seinen Umhang enger um die Schultern. Kurz darauf erreichte er eine Kreuzung und bog nach links ab.

Obwohl der Rückzug schon schwierig genug war, so war er doch nicht das Problematischste bei einer Beschwörung. Jedenfalls nicht für Jack. Ihm fiel es besonders schwer, den Funken zu erschaffen: dasjenige, was dem Zauber Leben verlieh. Bisher hatte er immer Tarissas Bild benutzt, um seine Macht heraufzubeschwören. Offenbar waren gewalttätige Emotionen die einzige Möglichkeit, wie er seine Energie freisetzen konnte, und vielleicht war das auch der Grund, warum Stillfuchs' Lektionen bei ihm nicht gefruchtet hatten. Es fiel ihm nicht leicht, falsche Gefühle vorzutäuschen.

Stillfuchs hatte versucht, ihm andere Wege aufzuzeigen und ihm immer wieder und wieder erklärt, er solle seine Gedanken *»auf die Gestaltung der Absicht ausrichten«*. Jack hatte sich konzentriert, bis ihm die Augen aus den Höhlen gequollen waren und er Kopfschmerzen bekommen hatte – ohne Erfolg. Tatsächlich war er bis zu jenem Morgen im Gildenhaus der Bäcker noch nicht einmal sicher gewesen, was Stillfuchs mit ›Ausrichten der Gedanken‹ überhaupt gemeint hatte.

Am Ende der Straße wählte Jack willkürlich eine andere Richtung. Er wanderte die Mitte der Straße entlang, um nicht durch die Gosse gehen zu müssen.

Jack seufzte frustriert auf. Er mußte noch viel lernen. In seinem Herzen wußte er, daß es nicht richtig war, Tarissas Bild zu benutzen, um den Funken zu erzeugen. Er hätte Stillfuchs aufmerksamer zuhören und sich mehr Mühe geben sollen. Er brauchte Übung. Eines Tages, dachte Jack, würde er zurückkehren und beenden, was er angefangen hatte. Das schuldete er Stillfuchs *und* sich selbst.

Aber im Augenblick war das noch Zukunftsmusik. Jetzt galt es, Melli zu finden.

Fünf Tage war er bereits in der Stadt, und noch immer hatte er keine Spur von ihr entdeckt. Seltsamerweise war Jack deswegen nicht allzusehr besorgt. Er war sicher, daß sich früher oder später etwas ergeben würde.

In der Zwischenzeit mußte er sich nur täglich etwas zu

essen besorgen und einen Platz zum Übernachten finden. Keines von beidem hatte sich bisher als sonderlich schwierig erwiesen. Es war ihm sogar gelungen, ein neues Paar Schuhe aufzutreiben – dank eines ausgesprochen naiven Schusters. Nicht eine Minute lang war er hungrig geblieben, doch mehr als einmal war er versucht gewesen, den erstbesten Mann zu überfallen, der ihm mit einem Schlauch Bier unter dem Arm über den Weg gelaufen war: Bis jetzt hatten seine Fähigkeiten nicht ausgereicht, um sich etwas Ordentliches zu trinken zu organisieren. Alles in allem betrachtet, kam er jedoch gar nicht mal so schlecht zurecht, und er genoß es sogar, zur Abwechslung mal auf sich selbst angewiesen zu sein.

Was heute nacht betraf, nun, es war Zeit, einen windgeschützten Ort zu finden. Jack schaute sich um. Ohne es zu merken, war er bis zur Südmauer gewandert. Die mächtigen Wehrmauern erhoben sich weit über die Dächer, weniger als hundert Meter von ihm entfernt. Jack marschierte darauf zu. Dort konnte er ebensogut einen Schlafplatz finden wie woanders auch.

Kurz nachdem er seinen Kurs geändert hatte, hörte Jack hinter sich Schritte. Er drehte sich um und sah einen Mann die Straße hinunterlaufen. Ein Trupp Bewaffneter war ihm dicht auf den Fersen. Das goldene Haar des Mannes wehte im Wind, und seine Brust hob und senkte sich. Als er näherkam, konnte Jack sein Gesicht erkennen: Seine Augen strahlten vor Entschlossenheit, und sein Mund schien wie von einem Bildhauer gemeißelt. In der Hand hielt er ein wunderschönes, poliertes Schwert.

Der Mann rannte an Jack vorbei, ohne ihn zu beachten; er blickte stur geradeaus. Jack folgte dem Blick des Fremden und sah, daß er genau auf die Mauer zulief.

Irgend etwas an dem Mann, irgend etwas in seinem schönen, harten Gesicht berührte Jack tief in seinem Inneren. Das goldene Haar des Fremden weckte Erinnerungen an längst vergessene Träume.

Jack war sich kaum bewußt, was er tat, als er den Verfolgern in den Weg sprang. Er wollte dem Mann Zeit zur Flucht verschaffen. Er wußte nicht warum: Vielleicht war es das glänzende Schwert, vielleicht die schier verzweifelte Notlage des Fremden … auf jeden Fall fühlte Jack in seinem Herzen, daß der Mann seiner Hilfe bedurfte.

Ungeschickt ließ er sich in den Haufen Bewaffneter fallen. Er hatte das Überraschungsmoment auf seiner Seite. Die Männer waren gezwungen anzuhalten und sich der neuen Situation zu stellen. Jack mimte den Betrunkenen und schlug mit dem Gesicht zuerst auf dem Boden auf. Das Messer ließ er vorsichtshalber im Gürtel. Dann spürte er, wie eine Klinge auf seinen Rücken gerichtet wurde und eine weitere in seinen Nacken drückte. Zwei der Männer setzten Goldhaars Verfolgung fort.

Das bedeutete, vier waren wegen Jack stehengeblieben. Jack rülpste lautstark. Mit vieren konnte er fertig werden, sollte es notwendig sein.

»Du dämlicher, volltrunkener Schwachkopf!« brüllte einer der Männer und stieß Jack den Speer in die Hüfte. »Was hast du dir dabei gedacht, Kylocks Garde bei der Verfolgung eines Kriminellen aufzuhalten?«

»Tut – hicks – mir leid, Kumpel«, lallte Jack. »Dachte, ihr wärt 'ne Preßpatrouille … wißt schon, von wegen Krieg und so …« Er machte sich nicht die Mühe, seinen Akzent zu verbergen. Die Stadt war voller Soldaten aus den Königreichen, die sich auf den Kampf vorbereiteten.

Die beiden Männer, die die Verfolgung fortgesetzt hatten, kehrten wieder zurück. Beide waren außer Atem. »Er ist entkommen, Hauptmann«, berichtete einer von ihnen. »Eines der Fluttore war offen, und da ist er durch.«

»Warum seid ihr ihm nicht hinterher?« bellte der Hauptmann.

»Nachdem er durch war, hat er das Gitter runtergelassen und von außen verriegelt. Ich und Harold, wir haben's nicht mehr aufgekriegt. Wärt Ihr mit Eurem Speer bei uns gewesen, dann hätten wir's aufstemmen können.«

Wieder stieß der Hauptmann den Speer in Jacks Hüfte.

»Der besoffene Bastard hier hat mich aufgehalten.« Er zischte eine Reihe bösartiger Flüche und trat Jack nach jedem einzelnen Wort in den Hintern.

Jack schmeckte Blut im Mund: Wahrscheinlich hatte er sich auf die Zunge gebissen, als er gestürzt war. Er ertrug die Tritte und stöhnte nur ein wenig um der Schau willen. Nun, da der Mann entkommen war, galt es, seine eigene Haut zu retten.

»Kylock und Baralis werden nicht gerade erfreut darüber sein«, sagte ein anderer Mann. »Beinahe hätten wir Katharinas Mörder gehabt ...« Er schüttelte den Kopf.

»Jetzt hört mir mal alle gut zu«, sagte der Hauptmann. »Niemand wird etwas davon erwähnen, daß wir von einem besoffenen Trottel aufgehalten worden sind, verstanden? Ich werde nicht zulassen, daß man uns für einen Haufen armseliger Amateure hält. Wenn jemand fragt, dann sagt, Komplizen des Champions hätten uns unter Beschuß genommen.« Der Hauptmann blickte seinen Männern nacheinander in die Augen. »Ist das klar?«

»Aye«, antworteten die Männer wie aus einem Munde.

»Und was machen wir mit dem hier, Hauptmann?« fragte derjenige, dessen Klinge gegen Jacks Rücken drückte.

»Laß ihn laufen, Civral. Der wird schon keine Geschichten erzählen.« Er trat Jack ein weiteres Mal. »Habe ich nicht recht?«

Jack drehte den Kopf und erwiderte: »Aber nicht doch, mein Herr. Keine Geschichten. Nicht von mir. Niemals. Nein – hicks.« Er lächelte und fügte hinzu: »Ihr habt nicht zufällig 'was Bier dabei, oder?« Innerlich bereitete er sich auf einen weiteren Tritt vor, doch überraschenderweise kehrte der Hauptmann ihm den Rücken zu.

»Kommt, Jungs«, sagte er. »Wir müssen zurück zum Palast und ihnen sagen, daß sie die Suche abblasen können.« Er wandte sich an den Mann mit Namen Civral. »Geh zum Tor und sag dem alten Grüngill, daß er das Gebiet südlich der Mauer durchkämmen soll.«

Obwohl Jack nun wußte, daß man ihn davonkommen

lassen würde, wälzte er sich sicherheitshalber noch einmal im Dreck. Der Hauptmann warf ihm einen verächtlichen Blick zu. »Dreckiger Bettler«, zischte er und ging davon.

Jack wartete, bis die Männer hinter der nächsten Ecke verschwunden waren, bevor er wieder aufstand. Er war vollkommen verdreckt: Pferdemist, menschliche Fäkalien und Schlamm klebten an Umhang und Hose. Seine Hüfte blutete, doch die Blutung war nicht so schlimm, als daß sie nicht rasch gestoppt werden konnte. Jack klopfte sich den gröbsten Dreck von den Kleidern und beschloß, zur Mauer zu gehen. Aus irgendeinem Grund wollte er den Ort sehen, wo der Fremde seinen Verfolgern entkommen war. Er fand das Fluttor auf Anhieb. Das Gitter war auf der anderen Seite mit einem Stein beschwert worden, so daß es unmöglich zu bewegen war. Jack strich mit dem Finger über das Metall. Er wußte, daß es verrückt gewesen war, dem Fremden mit den blonden Haaren zu helfen, aber irgendwie hatte es sich *richtig* angefühlt.

Nach ein paar Minuten setzte er sich hin und lehnte sich gegen das Gitter. Er hatte sein Bett für die Nacht gefunden. Der Schlaf kam rasch, und in seinen Träumen tauchte immer wieder der Mann auf, dem er zur Flucht verholfen hatte.

Kapitel Sieben

Melli wußte, daß es besser wäre, wenn sie noch ein wenig länger im Bett bliebe, bis die Übelkeit verflogen war. Dennoch handelte sie wider besseren Wissens. Sie stellte die Füße auf den Boden und setzte sich auf. Sofort drehte sich ihr der Magen um, und sie tastete nach der Schüssel. Wie immer fand sie sie gerade noch rechtzeitig – auch wenn kein Tawl da war, der sie ihr im letzten Augenblick reichte.

Mellis ganzer Körper begann zu beben, und sie übergab sich in die Schüssel.

»Seid Ihr in Ordnung, Miss?« Schnappers Stimme erscholl auf der anderen Seite der Tür. Der Junge besaß die Ohren einer Fledermaus.

Melli spie aus, um ihren Mund zu reinigen: Sie hatte bereits seit einiger Zeit aufgegeben, sich wie eine Dame zu benehmen. Alle möglichen unangenehmen Dinge geschahen mit ihrem Körper, und da sie nur von Männern umgeben war, konnte ihr niemand sagen, wie sie sich verhalten sollte und was sie als nächstes zu erwarten hatte. Also blieb ihr nichts anderes übrig, als ihrer Schwangerschaft mit mißtrauischer Gelassenheit zu begegnen. Ständig hielt sie nach neuen Symptomen Ausschau, und wenn sie welche gefunden hatte, biß sie die Zähne zusammen und stellte sich ihnen wie ein Mann – ganz egal wie unangenehm sie waren. So weigerte sie sich beispielsweise beharrlich, wegen eines Ausschlags am Hals oder wegen einer Verdauungsstörung in Ohnmacht zu fallen. Maybors Tochter war aus härterem Holz geschnitzt.

»Soll ich Grift rufen?« fragte Schnapper.

Grift war einer alten Matrone so ähnlich wie ein Mann nur sein konnte. Er wußte einfach für alles ein Heilmittel, vom Zahnweh bis zu verlorenen Gliedmaßen. Was jedoch seinen Ratschlag in bezug auf Morgenübelkeit betraf, so hatte Melli nicht die Absicht, ihn zu befolgen. Auf gar keinen Fall würde sie jeden Abend drei unreife Aprikosen essen. »Nein, Schnapper«, antwortete Melli und ging zur Tür. »Du brauchst Grift nicht zu rufen.« Sie öffnete die Tür. »Statt dessen möchte ich mit dir reden.«

Schnapper spie in die Hände und strich sich übers Haar. »Mit mir, Miss?«

»Ja. Komm herein.« Melli kehrte zum Bett zurück und trat die Schüssel unter das Gestell.

Schnapper folgte ihr. Theatralisch richtete er seine Tunika und zog die Hose hoch. »Es ist eine große Ehre für mich, daß Ihr mich hereingebeten habt, Miss«, sagte er. Er schaute sich abschätzend um, und Melli vermutete, daß er den Wert der Einrichtungsgegenstände taxierte. »Hübsch habt Ihr's hier, Miss.«

Melli lächelte. »Danke, aber das alles gehört nicht mir, sondern Lord Cravin.«

»Aye, der ist genau der Typ Mann, der seinen Kram irgendwo versteckt.«

»Mir ist es ganz recht so. Ansonsten hätte ich kein Versteck.«

»Ich würde schon was für uns finden, Miss. Ihr braucht es nur zu sagen, und schon bin ich unterwegs.« Jugendliches Selbstvertrauen funkelte in Schnappers Augen.

»Ich glaube, das könntest du wirklich, Schnapper.« Melli deutete auf einen Stuhl und bat ihn, sich zu setzen. »Ich möchte, daß du mich von nun an Melli nennst.«

»Alles klar, Melli«, erwiderte er und betrachtete mißtrauisch den Stuhl. »Aber ich würde doch lieber stehenbleiben, wenn es dir nichts ausmacht. Ein guter Freund von mir mit

Namen Mauersegler hat immer gesagt, im Sitzen könne man nicht so gut hören.«

Melli war überrascht, sich selbst lachen zu hören. Nachdem sie gestern erfahren hatte, daß Tawl gegangen war, hatte sie geglaubt, alles wäre am Ende. Doch es gab nie ein Ende, nur einen neuen Anfang – auch wenn man ihn manchmal nicht sofort sah. Der Tod des Herzogs war ein neuer Anfang gewesen, ebenso wie Tawls Fortgang. Das Leben ging immer weiter, und das Lachen war nie weit entfernt.

Melli beugte sich vor und sagte: »Schnapper, ich möchte, daß du mir alles über Tawl erzählst, was du weißt. Über seine Familie, warum er die Ritterschaft verlassen hat, und was er getan hat, als du ihn kennengelernt hast. Ich muß es wissen.«

»Er wird wiederkommen, Melli. Er hat es mir versprochen.« Daß er fest davon überzeugt war, stand ihm ins Gesicht geschrieben. Er setzte großes Vertrauen in seinen Freund.

Melli spürte einen plötzlichen Druck im Hals. Seit Beginn ihrer Schwangerschaft war sie extremen Gemütsschwankungen ausgesetzt gewesen: In der einen Minute wollte sie lauthals lachen und in der nächsten weinen wie ein Baby. Jetzt wollte sie weinen; der Glaube des Jungen an Tawl erfüllte sie mit tiefer Traurigkeit. »Erzähl mir einfach, was du weißt.«

Schnapper zauberte ein Taschentuch aus seinem stets präsenten Bündel und reichte es Melli. »Na gut. Wo soll ich anfangen?«

Melli war zunächst überrascht, dann tief bewegt von Schnappers Aufmerksamkeit. Sie hatte geglaubt, sie hätte ihre Traurigkeit gut verborgen. »Wann und wo hast du ihn kennengelernt?«

Schnapper atmete tief durch. »Nun, das war in Rorn, an einem wunderschönen Tag vor vielen, vielen Monaten. Tawl war gerade von der verfluchten Insel Larn zurückgekehrt, und er hatte ein paar Briefe abzuliefern. Ich habe ihm angeboten, ihn zu den jeweiligen Adressen zu führen. Schon damals war es offensichtlich, daß er mich brauchte, und seitdem sind wir immer zusammen geblieben.«

»Was waren das für Briefe?«

Schnapper zuckte die Schultern. »Das weiß ich nicht. Ich weiß nur, daß er nach Larn gefahren ist, um mit den Sehern über einen Jungen zu reden. Er war auf einer Suche, weißt du. Er sollte einen Jungen finden, aber er hatte keine Ahnung, wo er ihn suchen sollte. Nun, Larn hat ihn wieder auf den richtigen Weg geführt, und gemeinsam haben wir dann nach dem Jungen gesucht, als ...« Unvermittelt beendete Schnapper seine Erzählung.

»... als was?«

Schnapper schwieg eine Minute und dachte nach. »... als der Mann, der Tawl auf die Suche geschickt hat, umgebracht worden ist.«

Melli glaubte eine gewisse Spannung in der Stimme des Jungen zu erkennen. »Umgebracht?«

Schnapper beschloß, daß eigentliche Ereignis weiträumig zu umgehen. »Aye. Irgendwie hat das Tawl aus der Bahn geworfen, weißt du? Selbst wenn er den Jungen gefunden hätte, hätte er nicht mehr gewußt, wohin er ihn hätte bringen sollen. Als Folge davon wollte er einfach nicht mehr mit der Suche weitermachen. Schließlich sind wir dann hier in Bren gelandet. Er hat in den Gruben gekämpft, während ich dafür gesorgt habe, daß ihm nichts passiert. Teamarbeit, weißt du?«

Melli nickte bedächtig. »Ist es Tawl sehr schwer gefallen, die Suche aufzugeben?«

»Schwerer als ich dir sagen kann. Er hat für die Suche nach dem Jungen *gelebt*. Er hatte geschworen, ihn zu finden. Was es für einen Mann von Ehre wie ihn bedeutet hat, die Suche aufzugeben ...« Schnapper schüttelte den Kopf. »Es ist eine Tragödie.«

»Gibt es irgendeine Möglichkeit, ihn zu überreden, die Suche wieder aufzunehmen?«

Die Wirkung, die diese einfache Frage auf Schnapper

hatte, war einfach erstaunlich. Er lief auf und ab, schüttelte ständig den Kopf und murmelte irgend etwas vor sich hin. Ein-, zweimal konnte Melli den Namen ›Mauersegler‹ verstehen. Nach ungefähr einer halben Minute drehte sich Schnapper wieder zu ihr um und zog einen versiegelten Brief aus seinem Bündel. Der Brief sah alt aus; das Papier war zerknittert, und hier und da hatten sich bereits gelbe Flecken gebildet. Wahrscheinlich war der lange Aufenthalt in Schnappers Bündel daran schuld.

»Das hier«, sagte Schnapper und wedelte mit dem Brief, »das hier könnte alles ändern.«

»Was ist das?«

»Ein Brief von einem Toten.«

Ein kalter Luftzug strich über Mellis Körper. Sie zog die Bettlaken hoch. »Von dem Mann, der Tawl auf die Suche nach dem Jungen geschickt hat?«

»Genau von dem. Sein Name war Bevlin. Ein netter Mann, obwohl er nicht kochen konnte. Er hat diesen Brief an den Alten Mann in Rorn geschickt und ihn gebeten, ihn im Falle seines Todes an Tawl weiterzuleiten.«

»Und warum hast du ihm den Brief nicht gegeben?«

»Das hat schon einmal jemand versucht, aber Tawl wollte ihn nicht annehmen. Er hat ihn einfach auf der Straße liegenlassen, wo ihn jeder mitnehmen konnte. Ich bin zufällig vorbeigekommen und habe ihn eingesteckt. Seitdem bewahre ich ihn für Tawl auf.«

Melli wußte, daß Tawl sie verlassen hatte, um ihre Sicherheit nicht durch seine Anwesenheit zu gefährden. Und sie wußte auch, wie hart das für ihn gewesen sein mußte. Er nahm seinen Eid nicht auf die leichte Schulter, doch es war mehr als nur der Eid, der ihn an ihrer Seite gehalten hatte: Er liebte Melli. Und Melli kannte Tawl nun lange genug, um zu wissen, daß er seine Liebe nicht leichtfertig verschenkte ... Wahrscheinlich tat er überhaupt nie etwas Leichtfertiges. So ein Mann war er nicht.

Melli würde nie erfahren, wer als erster den Kopf gehoben hatte: sie oder Schnapper. Auf jeden Fall trafen sich ihre

Blicke, und sie sah in Schnappers dunkelbraunen Augen denselben Gedanken, den auch sie gerade gehabt hatte.

»Ohne Euch, Miss, hätte Tawls Leben keinen Sinn mehr«, sagte Schnapper leise. Aus Respekt hatte er ihren Namen gegen die förmliche Anrede getauscht.

Melli stand auf und ging zu ihm hinüber. Übelkeit drohte, sie zu überwältigen, doch sie ballte die Fäuste und kämpfte dagegen an. Als das Gefühl vorüber war, legte sie die Hand auf Schnappers Schulter. Sie spürte seine Knochen durch den Stoff der Tunika hindurch: Er war noch sehr klein und sehr jung. Aufgrund seines Verhaltens war es nur allzu leicht zu vergessen, wie alt er in Wirklichkeit war. »Du kennst Tawl doch sehr gut, oder?«

»Ja.«

»Und dieser Brief ...«, Melli strich mit den Fingerspitzen über das Pergament. »Ist dieser Brief eingetroffen, kurz nachdem er dem Herzog die Treue geschworen hat?« Das war eigentlich gar keine Frage, denn Melli kannte bereits die Antwort. Als Schnapper bestätigend nickte, fuhr sie fort: »Und dieser Eid gegenüber dem Herzog hat ihn davon abgehalten, den Brief zu öffnen?«

»Ich glaube, damit hast du den Nagel auf den Kopf getroffen, Melli.«

Ohne es zu bemerken, hatte Melli ihr Gewicht immer mehr auf Schnapper verlagert. Jetzt trat sie wieder von ihm zurück und richtete sich zu ihrer vollen Größe auf. »Schnapper«, sagte sie mit lauter und klarer Stimme, »du mußt ihm diesen Brief sofort bringen. Finde ihn, und sag ihm ...« Melli dachte einen Augenblick nach. »Sag ihm, ich befehle ihm, ihn zu lesen.«

»Aber ...«

»Nein, Schnapper. Ich will nichts mehr hören. Ich weiß, daß er dich gebeten hat, auf mich aufzupassen, aber im Augenblick kannst du mir nur helfen, indem du Tawl findest und ihm den Brief übergibst. Er ist schon viel zu lange ungeöffnet.«

Schnappers Gesichtsausdruck war ein Musterbeispiel

kaum verhohlener Freude. Oh, natürlich protestierte er vehement, und er bemühte sich wirklich, Gründe dafür zu finden, warum er bleiben sollte; aber letztendlich wünschte er sich doch nichts sehnlicher, als Tawl zu finden. Sein Herz war sowieso schon längst bei seinem Freund.

Nach ein paar Minuten gestattete er sich, überredet zu werden – Melli nahm ihm das langwierige Theater nicht übel. »Nun, wenn du darauf bestehst, Melli«, sagte er, »dann sollte ich mich wohl lieber so schnell wie möglich auf den Weg machen.«

Melli lächelte, als Schnapper sich verneigte und aus dem Zimmer rannte. Nachdem sich die Tür hinter ihm geschlossen hatte, ließ sie sich wieder aufs Bett sinken. Tränen flossen ihre Wangen hinab, doch sie wischte sie weg und sagte sich, dies sei nur ein weiteres Symptom einer hyperaktiven Gebärmutter.

Jack bekam den Fremden mit dem goldfarbenen Haar nicht mehr aus dem Kopf. Er träumte nur noch von ihm. Kurz vor Sonnenaufgang hatte er geträumt, er hätte dem Mann nicht zur Flucht verholfen, sondern wäre an seiner Seite unter der Mauer hindurch aus der Stadt geflohen. Als er aufgewacht war, war Jack seltsam enttäuscht gewesen. Er war noch immer in Bren, und der Fremde war irgendwo in der Nacht verschwunden.

Inzwischen war der Morgen schon weit fortgeschritten; es war ein schöner Hochsommertag, warm und leicht windig, nur ein paar vereinzelte Wolken zogen über den Himmel.

In der Stadt wimmelte es von Soldaten. Jack hatte bemerkt, daß in den sechs Tagen, die er bereits in der Stadt war, immer mehr und mehr Soldaten nach Bren strömten. Die Gasthäuser und Bordelle waren voll von ihnen: Söldner, die herzögliche Garde, Schwarzhelme, die man vom Feld abberufen hatte, und sogar einige von Kylocks Männern, die das Blau und Gold der königlichen Garde trugen.

Jack achtete sorgfältig darauf, ihnen aus dem Weg zu gehen. Soldaten, die auf einen Kampf warteten, waren bekannt dafür, aus den nichtigsten Gründen Streit anzufangen.

Doch andererseits wollte er sich auch nicht allzu weit von ihnen entfernen. Genau wie ihn hatte es die Soldaten in den Süden der Stadt gezogen, und Jack hatte die feste Absicht zu bleiben, wo er war. Melli war irgendwo hier im Süden: Die Ereignisse der vergangenen Nacht hatten Jacks Vermutung nur bestätigt.

Kylocks Männer hatten den Fremden als den Mörder des Herzogs bezeichnet. Jack hatte Gerüchte über diesen Mann gehört; es hieß, er sei einst der Champion des Herzogs gewesen, ein gefallener Ritter, Mellis Beschützer und – wie viele behaupteten – ihr Liebhaber. Und das bedeutete, daß er sie gestern nacht verlassen haben mußte, denn er war definitiv alleine geflohen. Jack konnte noch nicht einmal vermuten, was wirklich wahr und was erfunden war, aber er hatte das Gesicht des Mannes mit eigenen Augen gesehen. Obwohl man sich leicht vorstellen konnte, daß der Fremde fähig war, einem Mann das Leben zu nehmen, so schien es doch äußerst unwahrscheinlich, daß er so etwas ohne triftigen Grund tun würde. Jack hatte in seine hellblauen Augen geschaut und die Natur des Mannes erkannt.

Nein. Selbst wenn der Champion des Herzogs *tatsächlich* Melli verlassen haben sollte, so bereute Jack dennoch nicht, ihm geholfen zu haben. Manchmal gab es kein Richtig oder Falsch; manchmal mußte es einfach so sein.

Während er sich einen Weg durch die Menge bahnte, betrachtete Jack das Gesicht von jedem, an dem er vorüberging. Er wußte eigentlich gar nicht, wonach er suchte. Nach irgendeiner Spur, sicher, vielleicht nach jemandem, der sich verdächtig verhielt, oder nach jemandem, der ihm bekannt vorkam. Die Straße war weniger als eine Meile von hier entfernt, über die der Fremde entkommen war, und Jack war fest davon überzeugt, daß Melli sich in der Nähe befinden mußte.

Er hatte fast den ganzen Morgen auf dem Marktplatz verbracht und einem Metzger mit seinen Rinderhälften geholfen, um sich ein gebratenes Hühnchen zu verdienen. Anschließend hatte er mit ein paar alten Frauen Gerüchte über den Tod des Herzogs ausgetauscht und dabei den Namen des Fremden erfahren: Tawl. Schließlich hatte ihm ein Mann, der am Straßenrand Spielzeugschiffchen schnitzte, viel über das Viertel verraten, in dem er sich gerade befand.

Offenbar war das Viertel stadtbekannt für seine hohe Kriminalitätsrate und seine Bordelle. Ferner hatte der Mann berichtet, zwei Straßen weiter befände sich ein kleiner Platz, wo einige hohe und mächtige Lords Stadthäuser unterhielten. »Dort treiben sie's dann diskret mit ihren Weibern«, hatte er gesagt und Jack verschmitzt zugezwinkert.

Da er nichts Besseres zu tun hatte, beschloß Jack, diesem Platz einen Besuch abzustatten. Das Hühnchen lag ihm schwer im Magen, und das riesige Gebiet, das er durchsuchen mußte, bereitete ihm Kopfzerbrechen. Jack ging nicht sonderlich schnell. Er erwartete nichts von diesem Ausflug; er wollte sich nur die Zeit vertreiben.

Als er den Platz endlich erreichte, stellte Jack enttäuscht fest, daß er sich in nichts von den anderen Plätzen unterschied, die er bisher gesehen hatte: dreckig und umgeben von unscheinbaren Häusern, die dringend einer Renovierung bedurften. Selbst die übliche, unangenehm blubbernde Fontäne stand in der Mitte. Ein paar Blumenhändlerinnen schöpften dort Wasser, um ihre Waren zu gießen.

Jack hatte sich bereits wieder umgedreht, als ihm einfiel, daß er selbst ebenfalls einen Schluck Wasser vertragen könnte. Vielleicht würde das ja seinem Magen helfen, das Hühnchen rascher zu verdauen.

Als er sich der Fontäne näherte, stoben die Blumenhändlerinnen auseinander wie ein Schwarm aufgescheuchter Enten. Jack konnte sich ein Lächeln nicht verkneifen. Daß Frauen vor ihm Angst hatten – daran hatte er sich noch nicht gewöhnt. Er war schon immer überdurchschnittlich groß gewesen, doch erst nach Rovas' Ausbildung hatte der Rest seines Körpers sich der Größe angepaßt. Inzwischen besaß er breite Schultern, und seine Muskeln stellten die Nähte der Tunika auf eine harte Probe. Seine kräftigen Arme und Beine verliehen ihm das Aussehen eines professionellen Kämpfers. Überdies hatte er sich sein langes, haselnußbraunes Haar zu einem Pferdeschwanz zusammengebunden. All das zusammengenommen wirkte er auf seine Umgebung wahrscheinlich wie ein Barbar. Jack gefiel sein Aussehen, und bis vergangene Nacht hatte er auch geglaubt, recht zäh und stark zu wirken; aber verglichen mit dem Fremden war er der reinste Schwächling.

Wieder lächelte Jack und beugte sich vor, um aus dem Auffangbecken der Fontäne zu trinken. Das Wasser war kalt und schmeckte nach Blei. Er beugte sich noch ein wenig weiter nach vorne und tauchte den ganzen Kopf unter.

Als er sich wieder aufrichtete, sah er, wie ein Mann ein Haus auf der gegenüberliegenden Seite des Platzes verließ. Selbst durch den Wasserschleier der Fontäne hindurch betrachtet, hatte der Mann etwas Vertrautes an sich. Als er sich umdrehte, konnte Jack einen Blick auf sein Profil werfen: große Nase, Bierbauch. Jack trat von der Fontäne zurück und rieb sich das Wasser aus den Augen. Der Mann ging in Richtung einer angrenzenden Straße. Ohne darüber nachzudenken, rannte Jack ihm hinterher.

Er kannte den Mann. Oft genug hatte er seinen schlechten, wenn auch gut gemeinten Ratschlägen gelauscht und ihn unzählige Male dabei beobachtet, wie er einen Becher Bier nach dem anderen in sich hineingeschüttet hatte. Als Jack noch ein Junge gewesen war, hatte ihn dieser Mann immer wieder durch den Palast gescheucht, um dies und das für ihn zu erledigen. Es war Grift. Burgwache und Experte für alles. Jack rannte auf ihn zu und rief seinen Namen.

Der Mann drehte sich um. Er schaute Jack an … und lief davon.

Jack rief ihm hinterher: »Grift! Ich bin's! Jack! Aus Burg Harvell!«

Grift verlangsamte seinen Schritt, und einen Augenblick später wirbelte er herum. Mit vor Anstrengung zusammengekniffenen Augen beobachtete er, wie Jack sich ihm näherte. Es folgte eine Minute eingehendster Musterung, dann sagte Grift: »Bei Borcs heiligen Eiern! Das bist du ja wirklich.« Er trat vor, umarmte Jack und drückte ihn an die Brust. Grift duftete einfach wunderbar – wie eine Brauerei. Wenige Sekunden später ließ er Jack wieder los und wich zurück. »Ohne dich beleidigen zu wollen, Junge«, sagte er, »aber es sieht nicht gerade gut aus, wenn sich Männer in der Öffentlichkeit umarmen. Das schadet unserem Ruf.«

Jacks Herz war voller Freude. »Du kannst von Glück reden, daß ich dich nicht geküßt habe, Grift. Du bist das Beste, was ich seit Monaten gesehen habe.«

»Aye, Junge. Mir geht's ähnlich.« Grift strahlte ihn an. »Aber wenn du nicht gesagt hättest, wer du bist, dann hätte ich dich nicht erkannt. Du bist ja so groß wie eine Scheune geworden, und du siehst so wild aus wie die alte Witwe Harpit, wenn sie auf Randale aus ist.«

Jack lachte. Einige Dinge änderten sich wohl nie. »Du siehst so gut aus wie eh und je, Grift. Dein Bierbauch ist noch immer das achte Weltwunder.«

Grift klopfte sich selbstgefällig auf den Bauch. »Aye, Junge. Nichts zieht die Weiber mehr an als ein Bauch so mächtig wie ein Kriegsholk*.«

Noch bevor Jacks Lachen verklungen war, hatte Grift ihn schon in die Schatten gezogen. Er blickte nach rechts und links, um sich zu vergewissern, daß niemand sie beobachtete, dann flüsterte er: »Bist du wegen des Krieges hier, Junge?«

»Nein, Grift. Ich bin hier, um Lady Melliandra zu finden. Ich muß einfach wissen, ob es ihr gut geht.«

Grift blickte ihm in die Augen. »Was kümmert sie dich? Alle Leute aus den Königreichen sind doch auf Kylocks Seite.«

* Kriegsholk = schweres, dickbäuchiges Kriegsschiff, das vor allem von der Hanse im 14.u. 15.Jh. verwendet wurde. (Anm. des Übers.)

»Kylock ist mir scheißegal. Mich interessiert Melli.«

Grift nickte bedächtig, als hätte er die Antwort erhalten, die er erwartet hatte. »Sieht so aus, als kämest du inzwischen ganz gut alleine zurecht.« Er deutete auf das Messer in Jacks Gürtel. »Kannst du damit umgehen?«

Jack zuckte die Schultern. »Könnte man so sagen.«

»Na gut, Junge. Du willst also Lady Melliandra finden. Nun, sie ist näher, als du vielleicht denkst.«

»Ist sie in dem Haus, aus dem du gerade gekommen bist?« Jack konnte seine Aufregung kaum verbergen.

»Aye. Komm, Junge. Laß uns zurückgehen, damit du sie sehen kannst. Es ging ihr letzte Nacht gar nicht gut; vielleicht heitert sie dein Anblick ja wieder ein wenig auf.« Noch während er sprach, machte sich Grift auf den Weg zurück zum Haus.

Jack mußte sich gewaltsam davon abhalten, nicht voranzulaufen. Endlich hatte er gefunden, weswegen er hergekommen war. Der Marsch schien vorüber zu sein, noch bevor er richtig begonnen hatte. Grift klopfte an die Tür; Begrüßungsworte wurden ausgetauscht und Riegel zurückgeschoben. Dann stand plötzlich Bodger auf der anderen Seite und hieß Jack mit Worten willkommen, die dieser kaum hörte.

Ohne daß ihm jemand etwas gesagt hatte, ging Jack in Richtung Treppe. Er spürte Hände auf seinem Rücken – ob aufmunternd oder zurückhaltend vermochte er nicht zu sagen. Grift warnte ihn, doch Jack reagierte nicht darauf. Er ging an einem Fenster mit einer breiten Fensterbank vorbei und stand schließlich vor einer geschlossenen Tür.

Einen Herzschlag später wurde die Tür geöffnet. Melli stand auf der Schwelle. Ihre Lippen bewegten sich, doch sie sagte kein Wort. Dann breitete sie die Arme aus, und bevor er sich versah, war Jack bei ihr, drückte sie an die Brust und küßte das zarte Fleisch ihres Nackens. Er dankte Borc mit jedem Atemzug, daß er ihm den Weg gewiesen hatte.

»Die verbündeten Armeen von Annis und Highwall werden die Stadt innerhalb der nächsten vier Tage erreichen.« Baralis stand, obwohl er es vorgezogen hätte zu sitzen. Er war noch immer schwach von der Beschwörung, mit der er Katharinas Genick gerichtet hatte, aber er wollte Kylock gegenüber diese Schwäche nicht eingestehen. Also stand er in Gegenwart des Königs und lehnte sich gegen den Kaminsims, wenn es ihm notwendig erschien.

»Ihr bestätigt nur die Berichte, die mich bereits erreicht haben«, erwiderte Kylock reserviert. »Morgen werde ich wissen, mit wieviel Mann wir es zu tun haben.«

»Ich glaube, daß es mehr als genug sein werden, um eine umfassende Belagerung durchführen zu können.« Kylocks Distanziertheit ärgerte Baralis. Vor weniger als einer Woche hätte Kylock beinahe alles ruiniert, und jetzt saß er hier und tat so, als ob nie etwas geschehen wäre.

Obwohl sie sich in Baralis' Gemächern befanden, verhielt sich Kylock, als sei er in seinen eigenen. Er lag träge auf einer mit Kissen gepolsterten Bank und hatte sich unaufgefordert ein Glas von Baralis' Wein eingeschenkt. »Mein Plan ist bereits angelaufen«, sagte er.

Baralis war in Gedanken schon viel weiter. »Ich habe Brens sämtliche Truppen in die Stadt zurückbeordert, aber die im Osten stationierten Verbände werden mehrere Wochen brauchen, um zurückzukehren. Wenn ich an Eurer Stelle wäre, dann würde ich einmal mit Lord Gresif reden – er kennt Brens Verteidigung wie seine Westentasche. Bringt ihn auf Eure Seite. Versprecht ihm, was immer er verlangt.«

Überraschenderweise nickte Kylock. »Ihr habt recht. Die ganzen Karten machen mich noch krank. Ich brauche jemanden, der sie mir in aller Kürze erklärt. Schickt ihn heute abend zu mir.«

»Wie Ihr wünscht.« Baralis gefiel es nicht, herumkommandiert zu werden. Aber zum gegenwärtigen Zeitpunkt, da eine Belagerung kurz bevorstand, hielt er es für besser, seine Zunge im Zaum zu halten. »Und die Tore? Bis auf eins sollten alle heute nacht geschlossen werden. Von nun an darf keinen Fremden mehr der Zutritt in die Stadt gewährt werden. In zwei Tagen sollte dann auch noch das letzte Tor gesperrt werden. Entsprechende Verlautbarungen müssen noch heute rausgehen.« Baralis dachte einen Augenblick nach. »Was die Vorräte betrifft, so dürften wir keine Probleme haben: Heute morgen ist das restliche Vieh und das Getreide eingetroffen. Wenn wir noch mehr brauchen, müssen wir es halt über den See heranschaffen.«

»Was ist mit dem Getreide auf den Feldern?«

»Die Ernte ist erst in ein paar Wochen.«

»Alles, was nicht innerhalb der nächsten drei Tage geerntet werden kann, muß verbrannt werden.«

Baralis atmete tief ein. »Wenn Ihr das tut, wird es zu Unruhen in der Stadt kommen.«

Kylock trank einen Schluck Wein. »Dann werden wir die Unruhestifter eben auch verbrennen.« Er stellte die Füße auf den Boden und setzte sich aufrecht hin. »Ihr wißt, daß wir es uns nicht leisten können, noch Getreide auf den Feldern zu haben, wenn Highwalls Armee eintrifft. Dann können wir sie ja auch gleich füttern. Ich werde nicht zulassen, daß Highwall unsere Felder aberntet und das Getreide für seine eigenen Zwecke benutzt.« Gegen Ende des Satzes war Kylocks Stimme eiskalt geworden.

Baralis betrachtete ihn einen Augenblick lang. Was er gesagt hatte, machte Sinn, aber die Art und Weise, *wie* er es gesagt hatte, beunruhigte Baralis. Welchen Tribut hatte die Hochzeitsnacht von Kylock gefordert? Wenn man ihn so anschaute, würde man nie vermuten, welch schreckliche Tat er begangen hatte. Er hatte sich mit äußerster Sorgfalt gekleidet; sein dunkles Haar war gut frisiert und sein Kinn glattrasiert. Wie immer trug er Kleidung in verschiedenen Schwarztönen. Selbstbewußt bis hin zur Gleichgültigkeit, gab es keinerlei Anzeichen von innerer Anspannung oder Qual.

Wenn man jedoch genauer hinsah – was Baralis tat –, dann bemerkte man von Zeit zu Zeit die ein oder andere seltsame Angewohnheit. Wenn Kylock beispielsweise aus seinem Glas trank, hielt er bisweilen inne, um den Rand abzuwischen. Außerdem war da noch seine sonderbare Abscheu, irgend etwas zu berühren, was vorher von einem Diener angefaßt worden war. Und dann waren da seine Fingerspitzen: Sie waren stets rot und wund. Ja, dachte Baralis, an der Oberfläche mochte Kylock ja vielleicht normal aussehen, aber darunter lag eine Truhe voller Geheimnisse. Ohne Zweifel war *Ivysh* der Schlüssel zu dieser Truhe. Wahnsinn, Paranoia, Halluzinationen: All das konnte auf das schneeweiße Pulver zurückgeführt werden.

Baralis konnte noch nicht einmal vermuten, warum Kylock seiner Frau das Genick gebrochen hatte, aber er hatte das starke Gefühl, daß *Ivysh* etwas mit diesem Wutausbruch zu tun gehabt hatte. Die Droge hatte Kylocks Dämonen heraufbeschworen, und er war unter ihrem Gewicht zusammengebrochen.

Warum Kylock Katharina ermordet hatte war nicht wichtig – die Tat war getan und angemessen vertuscht worden – wichtig war nur, daß es ihm irgendwie gelungen war, einen Zauber heraufzubeschwören. Trotz der gewaltigen Mengen an *Ivysh* in seinem Körper, die den Fluß der Magie hemmten, hatte Kylock magische Energie freigesetzt. Das hätte nicht möglich sein dürfen. Nichts war stärker als *Ivysh*. Dennoch hatte Kylock es getan. Er hatte die Droge überwunden und ihre schneeweißen Fesseln zerrissen.

Vielleicht war es auch nur eines jener ungewöhnlichen Ereignisse gewesen, wie sie starke Emotionen manchmal hervorriefen. Vielleicht hatte Kylock weniger von der Droge genommen, weil es seine Hochzeitsnacht gewesen war – selbst Baralis wußte nicht, welche Wirkung *Ivysh* auf die Potenz eines Mannes hatte.

Aber was auch immer die Ursache gewesen sein mochte, es durfte nicht noch einmal geschehen: Kylocks Dosis mußte erhöht werden. Baralis hatte bereits dafür gesorgt, daß sämtliche Speisen, die man Kylock vorsetzte, mit der Droge gewürzt waren. Wenn dann nach einigen

Wochen das ›Gewürz‹ abgesetzt werden würde, würde Kylock ein noch größeres Verlangen nach der Droge spüren und entsprechend mehr davon einnehmen.

»Ich werde heute ein Kontingent der königlichen Garde in die Stadt schicken«, unterbrach Kylock Baralis' Gedanken. »Sollte es jemand wagen, Melliandras Namen auszusprechen, werden sie ihn Ehrfurcht lehren. Ich werde nicht zulassen, daß irgend jemand sie oder ihr Kind unterstützt.« Er ballte die behandschuhte Hand zur Faust. »Ich werde ein Exempel statuieren, damit niemand es wagt, sich mir zu widersetzen.«

Während er sprach, nahmen Kylocks Augen einen leeren Ausdruck an, und er richtete den Blick immer tiefer nach innen. Baralis schauderte. Der neue König hatte eine Vorliebe für scharfe Klingen, verbranntes Fleisch und Blutvergießen. Baralis ertappte sich dabei, daß er die armen Kreaturen bemitleidete, die es wagen würden, gegen Kylock vorzugehen.

Einen Augenblick später klärte sich Kylocks Blick wieder. »Wenn die königliche Garde schon einmal draußen ist, kann sie sich auch noch um die Schmiede kümmern. Einige von ihnen ignorieren immer noch meine Befehle und schmieden Kerzenhalter und Gürtelschnallen anstatt Schwerter und Pfeilspitzen.«

»Schickt statt dessen die herzögliche Garde«, sagte Baralis. »Die Schmiede werden sich weniger feindselig verhalten, wenn sie ihren eigenen Landsleuten gegenüberstehen.«

Kylock runzelte die Stirn. »Immer der Diplomat, was, Baralis?«

»Irgend jemand muß das ja sein«, erwiderte der Kanzler.

Die beiden Männer schauten sich einen Augenblick lang in die Augen. Die Luft zwischen ihnen knisterte vor Spannung. Baralis wußte, daß es an ihm war, das Schweigen zu brechen.

»Außerdem«, sagte er, »möchte ich, daß die königliche Garde die Hausdurchsuchungen wieder aufnimmt. Das Gebiet im Süden ist bisher vollkommen ignoriert worden.«

Diese Worte lösten die Spannung sofort – genau wie Baralis es sich erhofft hatte.

Kylock stand auf. »Aber der Champion des Herzogs hat die Stadt verlassen. Sechs meiner Leute haben ihn gejagt und beobachtet, wie er wie eine Ratte unter der Mauer hindurch davongekrochen ist.«

»Nicht ganz wie eine Ratte«, wandte Baralis ein. »Er ist eher wie ein Aal hindurchgeschlüpft.«

»Glaubt Ihr etwa, er sei wieder in die Stadt zurückgekehrt?«

»Nein. Ich glaube, er ist geflohen, weil wir ihm zu nahe gekommen sind.« Baralis trat neben Kylock. »Denkt doch einmal nach, Majestät. Warum sollte er sich derart öffentlich aus dem Staub machen? Er hatte das Fluttor schon im vorhinein geöffnet. Warum hat er sich dann nicht schon sofort auf und davon gemacht?« Baralis lächelte, so gut es ihm möglich war. »Ich glaube, er wollte sicherstellen, daß wir beide wissen, daß er die Stadt verlassen hat.«

»Damit wir die Suche abblasen?«

»Genau. Und wir haben ihm auch prompt in die Hände gespielt. Ich sage, morgen durchkämmen wir das Gebiet, das wir ausgelassen haben. Wahrscheinlich finden wir keinen Mörder, aber vermutlich eine gewisse Dame.«

Kylock nickte. »So sei es. Die Hausdurchsuchungen werden noch vor dem Morgengrauen wieder aufgenommen.«

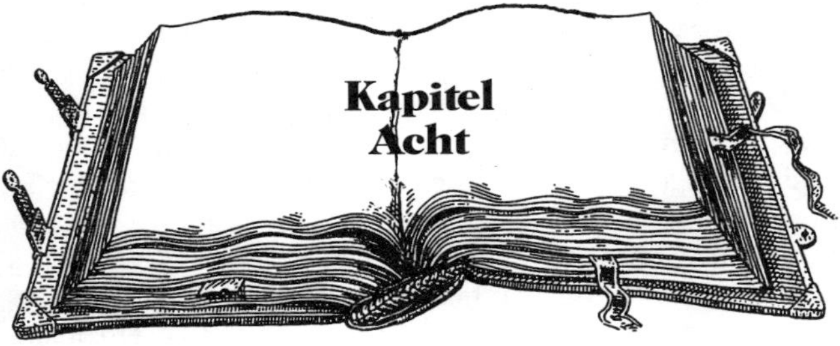

Kapitel Acht

Es gibt Nächte, in denen wünscht man, sie gingen nie vorbei. Für Jack war dies solch eine Nacht.

Es war bereits kurz vor Morgengrauen. Er und Melli hatten beobachtet, wie Kerze um Kerze heruntergebrannt und schließlich erloschen war.

Sie hatten miteinander geredet, gelacht, Brot, Wein und Schweigen geteilt, Händchen gehalten, sich auf die Schultern geklopft und Geschichten ausgetauscht. Es war eine Nacht der Überraschungen gewesen und des zärtlichen Verständnisses. Melli war wunderschön, strahlender noch als Jack sie in Erinnerung hatte, aber gleichzeitig wirkte sie auch zäher. Sie hatte mehr Rückgrat bekommen, und manchmal konnte man eine gewisse Bitterkeit aus ihrer Stimme heraushören, auch wenn sie scherzte. Doch sie war nicht nur bitterer geworden, sondern auch verwundbarer. Jack hatte bisher zweimal Tränen in ihren Augen gesehen: Einmal als sie von der Wiedervereinigung mit ihrem Vater in der Großen Halle von Bren berichtet hatte, und das zweite Mal als sie über den Mann mit Namen Tawl erzählt hatte. Für den Herzog hatte sie keine Träne vergossen.

Die Art, wie sie von Tawl sprach, verriet Jack, daß Melli in ihn verliebt war. Merkwürdigerweise bestritt sie das vehement und behauptete, es verhielte sich genau umgekehrt, nämlich daß *er* in *sie* verliebt sei. Jack ließ sich davon nicht täuschen. Wenn eine Frau derart begeistert über einen

Mann sprach, dann konnte man daraus nur einen einzigen Schluß ziehen. Melli war sich dessen nur noch nicht bewußt.

Als Jack ihr erzählte, daß er gesehen hatte, wie Tawl aus der Stadt entkommen war, hatte sie seine Hand so fest gedrückt, daß ihre Knöchel weiß hervorgetreten waren. »Wie hat er ausgesehen?« fragte sie.

Jack antwortete ihr, Tawl habe großartig ausgesehen, und das war nichts als die Wahrheit.

Dann kam Lord Maybor herein, und das Thema Tawl war damit erledigt. Jack spürte eine Spannung zwischen Vater und Tochter, und er vermutete, daß Tawls Weggang der Grund dafür war.

Lord Maybor war widerwillig höflich zu Jack. Erst als er erfuhr, daß Jack mit einer Klinge umzugehen wußte, änderte sich sein Verhalten ein wenig. Als er ein paar Minuten später wieder ging, murmelte er irgend etwas vor sich hin von wegen, es sei eine Schande, daß er als Lord schon auf Küchenhilfen zurückgreifen müsse, um seine Sicherheit zu gewährleisten. Melli wollte sich für ihren Vater entschuldigen, doch Jack fiel ihr ins Wort. »Ich bin schon lange keine Küchenhilfe mehr«, sagte er, »und ich fühle mich auch nicht beleidigt, wenn die Sprache auf meine Vergangenheit kommt. Ich schäme mich nicht dafür.«

Rasch besserte sich ihre Laune wieder. Wenige Minuten später klopften Bodger und Grift leise an, und als sie eintraten, brachten sie das reinste Festmahl mit. Es gab Wein, Bier, Käse und Schinken. Grift empfahl Eier für die Verdauung und Aal für die Seele, kalten Hammelbraten gegen Reisemüdigkeit und unreife Aprikosen gegen Übelkeit. Sie aßen, bis ihre Mägen zu platzen drohten, und tranken, bis der Raum vor ihren Augen verschwamm. Abwechselnd waren sie fröhlich, albern oder melancholisch, und immer war es Grift, der den Ton angab.

Später, nachdem Bodger den Geist aufgegeben hatte und Grift gezwungen war, ihn hinauszutragen, kehrte wieder Ruhe ein. Jack und Melli saßen beieinander und nickten immer wieder ein. Wenn sie nicht gerade friedlich vor sich hin schnarchten, tauschten sie Geheimnisse aus. Dann erzählte Jack seiner Freundin von Tarissa – allerdings nur den guten Teil der Geschichte –, und während er über Tarissa sprach, änderte sich seine Wahrnehmung der Geschehnisse. Allzu lange hatte er immer nur an ihre schlechten Seiten gedacht, und nun da er laut aussprach, was ihm an ihr *gefallen* hatte, zeitigte dies eine nachhaltige Wirkung auf ihn. Er sprach von Tarissas Mut, ihren Kampfkünsten und von ihren funkelnden haselnußbraunen Augen, und mit jedem einzelnen Wort erlebte er die schönen Tage von neuem, die er mit ihr verbracht hatte. Der Schmerz ließ allmählich nach, und selbst das wenige, was von ihm noch übrigblieb, wurde durch Verständnis gemildert. Tarissa hatte getan, was sie tun mußte. Sie hatte in bezug auf Mellis Schicksal gelogen, um Vanly nicht selbst umbringen zu müssen.

Melli lauschte Jacks Geschichte mit freundlichem Interesse. Nur was Tarissas Aussehen betraf, hakte sie immer wieder nach, bis Jack endlich eingestand, daß seine Geliebte nicht ganz so vollkommen war, wie er vorgab, da ihre Nase ein wenig krumm sei. »Genau wie deine«, erwiderte Melli. Ihre Eitelkeit war befriedigt – schließlich war *ihre* Nase ja perfekt.

Danach scherzten sie eine Weile miteinander und neckten sich gegenseitig. Einmal trat Melli Jack gegen das Schienbein und kniff ihn in den Oberarm, woraufhin er sie an den Ohren zog und ihre Nase verdrehte. Sie knufften und pufften sich ohne bösen Willen; sie suchten nur nach einer Entschuldigung, sich gegenseitig berühren zu können.

Schließlich saßen sie schweigend nebeneinander und warteten auf die Dämmerung. Keiner von beiden wollte der erste sein, der aufstand und hinausging.

Jack sank gerade in den Schlaf, als er ein lautes hämmerndes Geräusch am Haupteingang des Hauses vernahm. *Ignoriere es. Das ist nur ein Traum,* beruhigte er sich in Gedanken. Wieder ertönte das Hämmern, diesmal lauter, eindringlicher. Jack schlug die Augen auf. Melli hatte die ihren bereits geöffnet. Inzwischen ließ das Hämmern bereits den ganzen Raum vibrieren.

Melli blickte zu Jack. »Sie haben mich gefunden«, sagte sie.

Jack sprang auf. »Bleib hier.« Er überprüfte seine Klinge und lief hinaus. Die Treppe verschwamm vor seinen Augen, so schnell stürmte er sie hinunter. Unten fand er Bodger und Grift. Bodger hatte dunkle Ringe unter den Augen, und Hautfetzen hingen an seinen gesprungenen Lippen. Die beiden ehemaligen Burgwachen trugen einen schweren Holzbalken, mit dem sie versuchten, die Tür zu verbarrikadieren.

Erneut ertönte das Hämmern. »*Macht auf! Macht sofort auf!*« erscholl eine Stimme auf der anderen Seite der Tür. »*Im Namen des Königs, macht auf!*«

Jack nahm Bodger den Balken aus der Hand. »Geh, und such Maybor«, sagte er. »Weck ihn auf, und sag ihm, er soll so schnell wie möglich zu Melli gehen. Anschließend besorgst du Melli einen warmen Umhang.«

Bodger zögerte einen Augenblick.

»Geh!« schrie Jack. Bodger tat, wie ihm geheißen, und Jack wandte sich an Grift. »Also gut, dann wollen wir dieses Ding mal an seinen Platz bringen.«

»*Ich werde jetzt bis zehn zählen!*« rief die Stimme durch das Holz. »*Wenn ihr bis dahin nicht aufgemacht habt, brechen wir die Tür auf!*«

»Was glaubst du, wie viele es sind?« fragte Jack, während er und Grift das eine Ende des Balkens in Richtung Tür ausrichteten.

»*Eins!*«

Grift mußte die Stimme erheben, um das Zählen des Soldaten zu übertönen. »Wenn der Trupp genausogroß ist wie die, die Schnapper letzte Woche gesehen hat, dann sind es sechs. Sie haben Schwerter, Hellebarden und Fackeln, und sie würden uns das Dach über dem Kopf anzünden, ohne mit der Wimper zu zucken.«

»*Fünf!*«

Nachdem das eine Ende des Balkens an seinem Platz war, bemühte sich Jack das andere Ende zwischen zwei Brettern festzuklemmen. Hinter sich hörte er Schritte auf der Treppe. Der Soldat hatte beinahe zu Ende gezählt.

»*Acht!*«

Aber bei Borc, der Balken würde rechtzeitig in Position sein. Jack veränderte seinen Griff ein wenig. Er preßte das obere Ende des Balkens gegen die Tür, während Grift mit aller Kraft eine der Paneelen zur Seite drückte.

»*Zehn!*«

Jack rammte den Balken in den Spalt. Dabei verfehlte er Grifts Finger nur um Haaresbreite.

»*Das war's! Wir kommen rein!*«

Jack atmete hart und schnell. Seine Tunika war von Schweiß durchtränkt. Grift schaute ihn lächelnd an. »Das hast du gut gemacht, Junge.«

Einige Sekunden lang herrschte Stille auf der anderen Seite der Tür; dann ertönte ein mächtiges Donnern, als die Tür mit einem Rammbock bearbeitet wurde.

Der Balken hielt.

Am oberen Ende der Treppe erschienen Melli, Maybor und Bodger. Jack wandte sich an Maybor. »Gibt es noch einen anderen Weg hier raus?«

Bodger antwortete an Maybors Stelle. »In der Küche gibt es einen Hinterausgang, der auf eine kleine Gasse hinausführt.«

Krach! Wieder schlug der Rammbock gegen die Tür. Diesmal erschienen erste Risse im Holz.

»Gut«, sagte Jack. »Ihr werdet dieses Risiko eingehen müssen. Habt ihr Waffen?« Alle nickten mit Ausnahme von Melli. »Sehr schön. Und jetzt raus. Ich bleibe hier und sorge dafür, daß sie euch nicht verfolgen.«

»Aber Jack ...«

»Nein, Melli«, fiel ihr Maybor ins Wort. »Der Junge hat recht. Wir haben keine Chance, wenn sich die Soldaten an unsere Fersen heften.«

Krach! Erneut flogen Splitter.

»Wißt ihr, wohin ihr gehen könnt?« fragte Jack.

Maybor nickte. »Lord Cravin hat nicht weit von hier einen Lagerraum – unter einer Metzgerei, glaube ich.« Er teilte Jack die Adresse mit. »Wir werden dich dort treffen.«

Krach! Die Tür wurde nach innen gedrückt, und die Scharniere drohten, jeden Augenblick nachzugeben.

»Haut endlich ab!« schrie Jack. Das ständige Donnern des Rammbocks zehrte an seinen Nerven. »Ich bin in ein paar Minuten wieder bei euch.«

Grift legte ihm die Hand auf die Schulter. »Mach keine Dummheiten, Junge.«

Melli, Maybor und Bodger rannten die Treppe hinab und in die Küche. Melli hielt kurz an, und ihre Lippen formten ein lautloses ›*Paß auf dich auf*‹.

Jack war erleichtert, daß Melli gegangen war. So hatte sie immerhin noch die Gelegenheit zur Flucht.

Doch Jacks Freude war nur von kurzer Dauer. Ein weiterer mächtiger Stoß traf die Tür, und das erste Scharnier gab nach. Das Holz krachte, und die Paneelen lösten sich. Sofort folgte ein weiterer Schlag, und das zweite Scharnier bog sich durch.

Jack blickte zur Küche – die anderen waren erst weniger als eine Minute fort. Er mußte ihnen Zeit verschaffen.

Die Tür fiel in einer Wolke aus Staub und Splittern in den Raum. Jack zückte sein Messer. Zwei mit Hellebarden bewaffnete Männer kamen ihm über die Überreste der Tür hinweg entgegen. Sie trugen die Farben der königlichen Garde. Hinter den beiden Männern waren noch weitere Soldaten zu sehen; Jack konnte jedoch nicht erkennen wie viele. Er mußte dafür sorgen, daß sie ihm allesamt folgten; Melli brauchte Zeit.

Hellebarden stachen nach seinem Bauch. Jack konnte die beiden Männer nicht davon abhalten vorzurücken. In puncto Reichweite konnte es ein Messer nicht mit einer Hellebarde aufnehmen, und so war er gezwungen zurückzuweichen. Jacks Gedanken waren bei Melli. Er wollte ihr folgen und sich vergewissern, daß an der Hintertür keine Soldaten auf sie gelauert hatten. Sie konnte sich nicht verteidigen. Sie war schwanger!

Daß die Soldaten durch die Tür gedrungen waren, ärgerte Jack: Sie hielten ihn davon ab, an Mellis Seite zu eilen. Während er ihren Hieben und Stößen auswich, baute sich ein wohlvertrauter Druck in ihm auf. Der Gedanke, daß man Melli gefangennehmen, verletzen und mißbrauchen könnte, verstärkte den Druck noch. Stählerne Bänder schlossen sich immer enger um seinen Kopf, und sein Magen zog sich immer weiter zusammen. Er kämpfte nicht dagegen an. Statt dessen förderte er das Gefühl sogar, formte es und richtete es auf die Luft.

Inzwischen war der ganze Eingangsbereich voller Soldaten. Jack wich einen letzten Schritt zurück; dann stand er mit dem Rücken zur Wand.

Ein Messer gegen sieben Männer mit Hellebarden – er hatte nicht die geringste Chance.

Absichtlich dachte Jack weiterhin an Melli, an ihre Not, an ihre Sicherheit. Auf diese Weise kam der Zorn leichter, und Zorn war es, was er wollte: Nur so konnte er den Funken heraufbeschwören.

Die Soldaten rückten vorsichtig vor. Obwohl Jack in Gedanken woanders war, verteidigte er sich mit dem Messer und führte immer wieder gezielte Stöße gegen die Männer aus.

Sein Geist war auf die Luft unmittelbar vor ihm gerichtet. Er nahm ihre bewegliche Natur wahr; er spürte, wie sie tanzte.

Irgend jemand schwang die Hellebarde vor seinem Gesicht. Jack tauchte unter dem Hieb weg – da er mit dem Rücken an der Wand stand, blieb ihm nichts anderes übrig.

Er konzentrierte sich auf die Luft und preßte sie zusammen. Erst kämpfte sie gegen ihn an, dann versuchte sie, ihn zu verführen. Jack ignorierte sowohl das eine als auch das andere. Er spürte, wie die Stoßklinge einer Hellebarde in seinen Arm drang und wie das Beil seine Schulter streifte.

Verzweifelt, verängstigt und mit dem Rücken gegen die Wand, *zwang* Jack die Luft, sich zu einem Ball zu formen. Im selben Augenblick verkrampfte sich sein Magen. Er schmeckte Metall auf der Zunge, und der Druck in seinem Kopf wurde unerträglich. Vor seinem geistigen Auge sah er Melli, wie sie durch die Straßen rannte, Kylocks Männer dicht auf den Fersen.

Die Luft wurde zäh wie Öl. Die Soldaten wichen zurück. Es war unmöglich geworden zu atmen. Jack spürte die Zauberei in seinem Mund. Er hielt sie zurück, bis er es nicht mehr ertragen konnte; dann stieß er sie hinaus gegen die verdichtete Luft.

Eine gewaltige Druckwelle traf auf die Soldaten. Drei Männer flogen gegen die Wand. Ein anderer schlug gegen den Türrahmen, und ein weiterer wurde sogar hinausgeweht. Jack wurde durch den Gegendruck des Zaubers an die Wand gepreßt. Der Lärm war ohrenbetäubend. Jacks Ohren schmerzten. Er konnte noch immer nicht atmen. Das Übelkeit erregende Krachen berstender Knochen erfüllte die Luft, und falls jemand noch genügend Atem hatte, um zu schreien, so hörte ihn Jack zumindest nicht.

Das Chaos endete so rasch, wie es begonnen hatte. Die Luft schimmerte, dann kam sie wieder zur Ruhe. Stoffetzen, Haare, Staub und Menschenhaut sanken zu Boden. Jack atmete tief ein. Sein Körper fiel nach vorne, als sich der Druck der Beschwörung auflöste, und er mußte sich an einem in der Nähe stehenden Stützbalken festhalten, um nicht zu Boden zu stürzen.

Er war schwach und benommen. Sein Körper schien schwerer zu sein, als er ihn in Erinnerung hatte.

Vor seinen Augen lag das Ergebnis des Zaubers. Der Vorraum sah aus, als sei ein Tornado durch ihn hindurchgefegt. Holzstücke und Teppichfetzen lagen verstreut auf dem Boden. Einige der Männer stöhnten, rieben sich das Blut aus den Gesichtern oder tasteten vorsichtig ihre gebrochenen Gliedmaßen ab. Andere wiederum schwiegen; allein den Kopf zu heben kostete sie all ihre Kraft. Manche bewegten sich überhaupt nicht mehr.

Jack drehte sich um. Er hatte genug gesehen. Als er an sich hinunterblickte, bemerkte er, daß er noch immer das Messer in der Hand hielt. Rovas wäre stolz auf ihn gewesen. Jack brachte ein grimmiges Lächeln zustande. Jetzt sollte er sich wohl besser auf den Weg machen, um Melli einzuholen.

Wenn Schnapper zu lange außerhalb einer Stadt war, entwickelte er so etwas wie Heimweh. Das Stadtleben lag ihm im Blut. Er zehrte von den Aufregungen der Straße: die Spannung, ein geeignetes Ziel auszuwählen, die Faszination des Griffs in die Tasche und die Freude über einen geglückten Fischzug. Nichts war damit zu vergleichen. Städte waren voller Wunder: duftende Müllhaufen, die geradezu danach schrien, untersucht zu werden, Unmengen von Gold, das in Umlauf gebracht werden wollte, und verschlagene Typen, die keine Schlägerei ausließen. Überall handelten die Menschen, tauschten Waren aus und boten ihre Dienste feil. Ständig wurden irgendwo Geschäfte gemacht.

Da auch Schnapper durch und durch ein Geschäftsmann war, war es der Handel, den er am meisten vermißte. Hier draußen auf dem Land konnte man höchstens mit Feldmäusen und Bauern handeln! Da hätte man sich ja genausogut in einem Weizenfeld zusammenrollen und bis zur Ernte schlafen können.

Im Augenblick war ein Ausflug in die Felder allerdings nicht gerade eine gute Idee – es sei denn natürlich, man wollte gemeinsam mit den Ähren den Feuertod erleiden. Schnapper schüttelte langsam den Kopf und betrachtete die schwarze Rauchwolke am Horizont. Kylock ließ die Felder verbrennen.

Den ganzen Morgen über war Schnapper Soldatentrupps begegnet, die allesamt Fackeln und Holzfässer mit sich führten. Zwar kannte sich Schnapper in solchen Dingen nicht aus, aber er glaubte, daß sich in den Fässern irgend etwas befand, um die Feuer anzufachen. Wahrscheinlich Petroleum – entweder das oder Rattenöl.

Aber was auch immer es sein mochte, es leistete hervorragende Arbeit. Der Geruch von Verbranntem erfüllte die Luft, und Ascheflocken tanzten im Wind. Von Minute zu Minute kam die riesige Rauchwolke näher. Es wurde einfach alles verbrannt, was nicht sofort geerntet werden konnte.

Nun wäre Schnapper normalerweise bestrebt gewesen, ein derartiges Ereignis aus nächster Nähe zu beobachten, doch seltsamerweise fühlte er sich durch den Anblick der Brände ernüchtert; sie zeigten, daß der Krieg nun unmittelbar bevorstand. Natürlich hatte man schon seit Wochen davon gesprochen – eigentlich schon seit Monaten –, aber bis jetzt hatte Schnapper die Bedrohung irgendwie nicht als real empfunden. Die brennenden Felder repräsentierten die Wirklichkeit des Krieges: die sinnlose Zerstörung, die verschwendeten Ressourcen und all den anderen Wahnsinn.

Die Soldaten mit den Fackeln waren ausgesprochen gutgelaunt, geradezu fröhlich. Sie genossen es, etwas zu tun, anstatt einfach nur dazusitzen und auf den Feind zu warten. Die Bauern und die restliche Dorfbevölkerung waren verzweifelt. Einige von ihnen griffen die Soldaten mit Mistgabeln und Dreschflegeln an; andere ernteten so viel und so schnell sie konnten, und wieder andere saßen weinend am Straßenrand.

Schnapper war bemüht, sich so weit wie möglich von allem fernzuhalten. Er wählte ruhige Wege, die durch Felder hindurchführten, die bereits abgeerntet waren, und er ging nur an Weilern vorbei, deren Einwohner ihren Lebensunterhalt mit Vieh und nicht mit Getreide verdienten. Dennoch wanderte sein Blick immer wieder zu der schwarzen Wolke am Horizont, und seine kleinen Schultern zitterten bei dem Gedanken an das, was da kommen mochte.

Alles und jeder war in Bewegung. Die Hauptstraßen

waren voller Menschen, die Richtung Bren zogen. Hinter den Stadtmauern suchten sie Schutz vor Highwalls Soldaten. Ganze Familien mit Kind und Kegel wanderten neben Mönchen, die ihren Klosterwein auf Karren geladen hatten, und neben Müllern, die ihre Mühlsteine vor sich her rollten. Soldaten, Ritter und Söldner drängten sich durch die Menge. Von Zeit zu Zeit griffen sie sich junge Frauen, Vieh oder was auch immer sie gerade wollten. Alte Frauen kreischten, wenn man ihnen die Frühlingslämmer abnahm und der Rest ihres Haushalts dabei in den Dreck getreten wurde, und kleine Kinder weinten, wenn die Soldaten ihre Mütter wegschleppten.

Schnapper gefiel das alles ganz und gar nicht. Er hatte noch nie zuvor einen Krieg erlebt, und inzwischen war er zu der Überzeugung gekommen, daß er auch ganz gut ohne ihn zurechtkam.

Ja, dachte er verlegen, *natürlich kann man auch Geld dabei machen – und zwar säckeweise.* Es gab nicht nur den Schwarzmarkt; auch auf andere Art konnte man Profit aus dem Krieg schlagen. Und aus eben diesem Grund mußte Schnapper so schnell wie möglich wieder zurück in die Stadt: In den schönen Straßen von Bren warteten die Geschäfte, und wo war er? Mitten auf dem Land und ohne eine Möglichkeit, dem Ruf des Geldes zu folgen.

Er hätte die Stadt ganz bestimmt nicht verlassen, wäre er nicht von einer wunderschönen, hochwohlgeborenen Dame auf eine Mission geschickt worden. Na ja, eigentlich war das nicht die ganze Wahrheit – er sehnte sich wirklich danach, Tawl zu finden –, aber warum schlossen gute Taten und Profit einander aus? War es denn nicht möglich, etwas Gutes zu tun *und* etwas dabei zu verdienen?

Schnapper spie in die Hände, strich sein Haar zurück, krempelte die Hosenbeine auf und wandte sich von dem Rauch und den brennenden Feldern ab. Er durfte nicht länger herumtrödeln. Ständig an die verpaßten Gelegenheiten in der Stadt zu denken war reine Zeitverschwendung. Es war seine Aufgabe, Tawl zu finden und ihm Bevlins Brief zu übergeben; darauf mußte er sich konzentrieren, und nur darauf allein. Die Zeit war gekommen, daß er seinen Verstand einsetzte.

Seit Schnapper gestern die Stadt verlassen hatte, hatte er jedes Dorf aufgesucht, an dem er vorübergekommen war, um eine Spur von Tawl zu finden. Daß er dabei keinen Erfolg gehabt hatte, überraschte ihn nicht. Sicherlich hatte sich Tawl so unauffällig wie möglich verhalten; schließlich wollte er nicht von den Soldaten aufgegriffen werden. Aber andererseits würde er sich auch nicht zu weit von der Stadt beziehungsweise von Melliandra entfernen. Er würde sich nur ein möglichst diskretes Versteck suchen. Vielleicht eine Scheune, eine längst verlassene Hütte oder sogar einen Hühnerstall. Da jedermann in Richtung Bren unterwegs war, gab es Tausende von Möglichkeiten, sich zu verstecken.

Wenn er so an Tawl dachte, wie er einsam und allein durchs Land streifte, konnte Schnapper nicht anders, als sich zu freuen, daß er dem Ritter nichts von dem Gespräch zwischen Baralis und Tyren erzählt hatte. Im Augenblick hatte Tawl schon genug Probleme; er konnte keine weiteren gebrauchen. Oh, natürlich hatte Schnapper *vorgehabt*, Tawl von dem Treffen zu berichten; aber in der Nacht, in der er in den Unterschlupf zurückgekehrt war, war er zu müde gewesen, und am darauffolgenden Tag war das Fest von Borcs erstem Wunder gefeiert worden. Auf gar keinen Fall hätte Schnapper seinen Freund an diesem heiligsten aller Tage über Tyrens Verrat aufgeklärt. Tawl hatte den ganzen Tag am Fenster gesessen und nach Süden in Richtung Valdis gestarrt.

Schnapper seufzte. Er wußte, daß er Tawl irgendwann die Wahrheit sagen mußte, und je länger er damit wartete, desto schwieriger würde es werden.

Nun, eines war jedenfalls sicher: Er würde das Treffen zumindest nicht sofort erwähnen, wenn er den Ritter aufgespürt hatte. Bevlins Brief auszuliefern war das einzige, was im Augenblick zählte. Tawl mußte wieder motiviert werden, seine Suche aufzunehmen.

Nachdem er sich darüber klar geworden war, fühlte sich Schnapper schon wesentlich besser. Jetzt mußte er sich nur noch überlegen, wo sich Tawl versteckt haben konnte. Schnapper legte die Hand ans Kinn und konzentrierte sich so gut er konnte. Mauersegler hatte ihm einst gesagt: *»Eine Ratte mag ja vielleicht das sinkende Schiff verlassen, aber im Wrack baut sie ihr Nest. Menschen sind da nicht anders – wenn sie die Wahl haben, ziehen sie das Vertraute immer dem Unbekannten vor.«* Angenommen, Mauersegler hatte recht gehabt – und bis jetzt hatte Schnapper keinen Grund, die Weisheit des Mannes anzuzweifeln –, dann bedeutete das, Tawl war irgendwo hingegangen, wo er schon einmal gewesen war. Irgendwo in der Nähe.

Inzwischen hielt Schnapper sein Kinn so fest umklammert, daß kein Blut mehr in die Lippen strömte. Das mit dem Denken war weitaus schwieriger, als es aussah.

Dann fiel ihm plötzlich die Antwort ein – ein Geschenk der Götter. Die Jagdhütte des Herzogs! Natürlich. Warum war ihm das nicht schon früher eingefallen? Tawl war mit Sicherheit dorthin gegangen: Er kannte den Ort; er hatte Melli dort kennengelernt; sie war nicht weit von der Stadt entfernt, und nach dem Tod des Herzogs stand sie wahrscheinlich leer.

Schnapper war so erfreut über diesen unvermittelten Geistesblitz, daß er in die Luft sprang und die Hacken zusammenschlug. Eine Sekunde später riß er sich wieder zusammen: Freudige Erregung war ein Gefühl, dem man nicht allzu lange frönen sollte.

Nachdem er seine übliche Gelassenheit wiedererlangt hatte, machte sich Schnapper auf den Weg nach Norden. Er wußte nur, daß die Hütte nordwestlich der Stadt lag, ungefähr sechs Stunden zu Pferd entfernt. Alles andere würde er unterwegs herausfinden müssen. Schnapper zuckte die Schultern. Das war ihm noch nie sonderlich schwer gefallen. Und wer weiß? Wenn er Glück hatte, würde er vielleicht sogar eine Mitfahrgelegenheit auftreiben.

Der Tag neigte sich seinem Ende zu. Die letzten Strahlen der Sonne fielen von hinten auf die Wolken, so daß sie nach vorne hin schwarz erschienen, und von den Bergen wehte bereits der eisige Nachtwind herab. Es war kalt am Fuß der mächtigen Gipfel: kalt genug, um ein Feuer anzuzünden und den Winterumhang aus dem Schrank zu holen. Kalt genug, um Tawl bis auf die Knochen frieren zu lassen.

Er saß auf einem Rasen, der seit mindestens einem Monat nicht mehr gemäht worden war, und er suchte Schutz vor dem Wind in einem Gebäude, das mindestens ebenso lange verlassen war. Er war in der Jagdhütte des Herzogs in den Ausläufern der Großen Grenze und wartete.

Heute morgen war Tawl aufs Dach geklettert und hatte entdeckt, daß er von dort aus Bren im Südosten sehen konnte. Die Stadt war wirklich nicht weit weg. Er hatte den ganzen Tag auf dem Dach verbracht und versucht, Straßen oder markante Gebäude auszumachen, und als es immer dunkler geworden war – zu dunkel, um noch etwas erkennen zu können –, hatte er sich einfach *vorgestellt*, wo dort unten Melli sich aufhalten könnte. Schließlich hatten ihn der Wind und die Kälte vom Dach vertrieben. Seine Hände steckten voller Splitter von den Dachbalken, und all seine Glieder waren steif gefroren. Aber wenn er jetzt hinaufschaute, wußte Tawl, daß er bei Tagesanbruch trotzdem wieder hinaufklettern würde.

Melli war ständig in seinen Gedanken. Jeder Plan, den er schmiedete, jedes Bild, das er sich vorstellte, und jede Bewegung, die er machte, führten früher oder später zu ihr. Auch jetzt sah er ihr Gesicht in den Flammen des Feuers.

War es wirklich richtig gewesen, sie auf diese Art zu verlassen? Ohne Erklärung und ohne ein ›Auf Wiedersehen‹? Tawl fuhr sich mit den Fingern durch sein goldenes Haar. Hätte er nicht vielleicht doch bei ihr bleiben sollen?

Er drehte den aufgespießten Hasen. Den Tag auf dem Dach zu verbringen brachte auch so manchen Vorteil mit sich: Zum Beispiel, daß sich unten in der Zwischenzeit allerlei Getier versammelte. Man mußte nur einen Stein hinunterwerfen, und schon war das Abendessen gesichert. Das Fleisch duftete phantastisch, würzig und rauchig. Von Zeit zu Zeit tropfte Fett hinunter und verging zischend in den Flammen. Der Hase hätte auch für Melli gereicht – wäre sie hier gewesen …

Tawl stand auf und trat vom Feuer weg. Plötzlich war ihm der Geruch zuwider. Warum hatte er sie sich nicht einfach gepackt und aus der Stadt geschleppt? Auch wenn sie sich gewehrt hätte? Warum hatte er auf Maybor und diesen aalglatten, intriganten Lord Cravin gehört? Warum? Warum? *Warum?*

Tawl schlug mit der Faust gegen die Holzwand der Hütte. Der Schmerz gab ihm die Antwort: Weil Melli ohne ihn sicherer war, und das war mehr als genug; Mellis Sicherheit hatte Vorrang vor allem anderen.

Da er sowohl die Suche als auch die Ritterschaft verloren hatte, war Melli alles, was ihm noch geblieben war, und nun, da sie ihn nicht länger brauchte, fiel es ihm schwer, sie gehen zu lassen. Doch tief in seinem Herzen wußte er, daß ihm gar nichts anderes übriggeblieben war. Er wünschte nur, es würde nicht so schrecklich weh tun.

Er mußte endlich seine alten Ängste abschütteln. Nur weil seine Schwestern in seiner Abwesenheit zu Schaden gekommen waren, hieß das noch lange nicht, daß es Melli ebenso ergehen würde. Inzwischen waren beinahe zehn Jahre vergangen, und auch die Situation war eine andere. Melli war kein Kind, das sich nicht zu helfen wußte.

Aber es fiel ihm so schwer, seine Ängste zu vergessen. So verdammt schwer.

Ohne es zu merken, war Tawl wieder zum Feuer zurückgekehrt. Er hob sein Messer vom Boden auf und drehte die Klinge in der Hand. Manchmal wäre er lieber tot, als mit der Erinnerung an sein ständiges Versagen zu leben. Anna, Sara, das Baby, Bevlin, seine Suche, die Ritterschaft: In allem hatte er versagt. Und im Augenblick, einsam und allein in einer verlassenen Hütte am Fuß der Großen

Grenze, schien es, als würde er niemals die Gelegenheit bekommen, seine Fehler wieder gutzumachen.

Plötzlich hörte Tawl ein Rascheln. Er wirbelte herum. Das Geräusch war aus den Büschen gekommen. Er änderte den Griff um sein Messer und bereitete sich auf einen Angriff vor. Wieder raschelte es. Tawl wich zurück in den Schatten der Hütte. Eine Gestalt trat aus den Büschen: eine kleine Gestalt mit herabhängenden Schultern.

»Schnapper?« fragte Tawl leise.

»Aye, Tawl. Ich bin's.« Schnapper stellte sich dorthin, wo sich Mondlicht und Feuerschein trafen. »Ich bin gekommen, um dir etwas zu bringen.« Er begann, in seinem Bündel zu wühlen.

Tawl steckte das Messer wieder in den Gürtel. »Ist Melli in Sicherheit? Hat man die Hausdurchsuchungen abgeblasen?«

Schnapper setzte seine Suche fort. »Melli geht's gut. Nachdem du gegangen bist, hat man die Suche am darauffolgenden Morgen eingestellt.«

»Ich habe dir doch gesagt, du sollst bei ihr bleiben.«

»Aye. Und sie hat mir gesagt, ich soll zu dir gehen«, Schnapper zog etwas Flaches und Cremefarbenes aus seinem Bündel, »und dir das hier geben.« Er streckte Tawl den Gegenstand entgegen.

Tawl rührte sich nicht. Schnapper hielt einen versiegelten Brief in der Hand. Das Pergament glänzte im Mondlicht und bewegte sich in der sanften Brise. Tawl wußte, was das war. Man hatte ihm diesen Brief schon einmal angeboten. Er kannte das Sigel, die Faltung, das Papier. Und als er ihn zum letzten Mal gesehen hatte, hatte er im Dreck in einer dunklen Gasse gelegen.

Tawls Kehle war wie ausgetrocknet, und sein Herz schlug nur noch langsam. »Woher hast du das?« fragte er.

»Von dort, wo du ihn liegengelassen hast: aus der kleinen Straße bei dem Schlachthof.« Schnapper stieß den Brief in Tawls Richtung. »Nimm ihn. Melli will, daß du ihn liest.«

Tawl starrte auf den Brief. Bevlins Brief. Er hatte geglaubt, er würde ihn nie wiedersehen. Er hatte ihn nicht wiedersehen *wollen*. Und dennoch war er hier, dargeboten von einem Jungen, der Tawls einziger Freund war. »Schnapper«, sagte er leise, »wenn ich diesen Brief öffne, dann wird das alles verändern.«

»Ich weiß, und Melli weiß daß auch. Ich habe ihr von der Suche erzählt und von Bevlin ...«

»Bevlin?«

»Keine Sorge, Tawl. Ich habe ihr nur gesagt, was sie wissen muß.«

Tawl schaute Schnapper in die Augen. Er war wirklich ein bemerkenswerter Junge – und er war nicht nur ein Freund: Er war der beste Freund, den man sich vorstellen konnte.

Der Wind legte sich, und der Brief bewegte sich nicht mehr. Tawl und Schnapper standen einander gegenüber, der Brief zwischen ihnen.

»Nimm ihn, Tawl«, forderte Schnapper erneut mit sanfter Stimme. »Noch nie in meinem Leben hat sich etwas so richtig angefühlt wie das hier.«

Tawls Sicht verschwamm. Er spürte, wie etwas Feuchtes seine Wangen hinunterrann. »Diesen Brief zu öffnen bedeutet, die Vergangenheit zu öffnen.«

Auch in Schnappers Augen glänzten Tränen. Er schüttelte bedächtig den Kopf. »Tawl, deine Vergangenheit ist niemals geschlossen worden. Du erlebst sie jeden Tag aufs neue.«

Wie konnte jemand so jung und schon so weise sein? Tawl wischte sich die Tränen von den Wangen. »Du trägst ihn nun schon so viele Monate mit dir herum«, sagte er und streckte die Hand nach dem Brief aus. »Es wird Zeit, daß ich dich von dieser Last befreie.«

Das Pergament fühlte sich glatt an. Es war noch warm von Schnappers Berührung. Als Tawl den Kopf hob, war der Junge verschwunden.

Tawl setzte sich neben das Feuer. Der Mond war voll und hell wie eine Öllampe. Tawl senkte den Kopf und sprach ein einfaches Gebet; dann brach er das Sigel.

Lieber Tawl,

wenn Du das hier liest, dann bin ich tot. Seit einiger Zeit weiß ich bereits, daß mein Leben nicht mehr lange währen wird, und aus diesem Grund schreibe ich Dir diesen Brief. Es gibt einige Dinge, die ich Dir erklären muß, und ich bin nicht länger sicher, ob ich noch Gelegenheit haben werde, sie Dir persönlich zu erklären. Also schreibe ich, obwohl ich lieber gesprochen hätte, und hoffe, daß das geschriebene Wort die gleiche Zuneigung vermittelt wie es das gesprochene Wort getan hätte.

Zunächst einmal, Tawl, möchte ich Dir sagen, daß ich im Herzen immer bei Dir bin. Es wird mich bis ans Ende meiner Tage bedrücken, daß ich Dir eine schier unerfüllbare Aufgabe auferlegt und Dich dadurch um ein eigenes Leben betrogen habe. Hier und jetzt bitte ich Dich dafür um Verzeihung, denn ich bin ein alter Mann, und ich möchte nicht mit einer solchen Last ins Grab gehen. Du bist ein guter Mann, und so bin ich sicher, daß Du mir meinen Frieden gewähren wirst.

Nun müssen wir über deine Suche reden. Als ich Dich mit den Worten Marods auf den Weg geschickt habe, habe ich vieles noch nicht verstanden. Damals war mir die wahre Bedeutung von Marods Prophezeiung noch nicht klar gewesen. Auch wußte ich nicht, welche Rolle der Junge zu spielen hat, den zu suchen ich Dich ausgeschickt habe. Das einzige, was ich mit Sicherheit wußte, war, daß Krieg eine große Rolle dabei spielen würde.

Mit den Jahren habe ich mehr herausgefunden. Inzwischen glaube ich, daß Bren und die Königreiche die beiden Häuser sind, die sich in Ehe und Reichtum verbinden, und aus dieser Verbindung wird Krieg entstehen. Alle Vorzeichen deuten darauf hin, daß dies ein Krieg werden wird, wie ihn die Welt seit tausend Jahren nicht mehr gesehen hat. Wenn er nicht im Keim erstickt wird, dann wird er den ganzen Kontinent zerreißen.

Ich fürchte, daß Bren einen unnatürlichen Vorteil haben wird. Larn, die Insel der Seher, wird Brens Armeen mit

Informationen versorgen. Die beiden Orte sind miteinander verbunden; wie und durch wen, das weiß ich nicht. Der Tempel muß zerstört werden. Er wird sich mit Bren verbünden und der Stadt die Macht der Seher zur Verfügung stellen. Larn muß zerstört werden, wenn wieder Frieden in Bren einkehren soll.

Larn. Dieser Ort verfolgt mich in meinen Träumen, und ich fürchte, er wird mich eines Tages ins Grab bringen. Tawl, finde den Jungen. Er allein kann diesen verfluchten Ort zerstören.

Und nun noch ein Letztes. Larn ist nicht das einzige, was mich in meinen Träumen quält: Immer wieder sehe ich einen Mann mit einem Messer über mir stehen. Jede Nacht sehe ich dieses Bild, und jede Nacht wache ich auf, bevor das Messer niedersaust. Doch ich fürchte, daß ich eines Nachts erwachen werde und der Traum ist Wirklichkeit geworden. In meinen Träumen wird der Mann mit dem Messer von Fäden gehalten; er wird wie eine Puppe geführt. Seine Handlungen entspringen nicht seinem eigenen Willen.

Tawl, wer auch immer mich umbringen wird, er ist nicht verantwortlich für meinen Tod. Sag ihm, ich verzeihe ihm und er solle sich meinetwegen keine Vorwürfe machen. Ein alter Mann wie ich steht sowieso immer mit einem Bein im Grab.

Lebewohl, mein guter Freund. Möge Borc Dich auf Deiner Reise schützen.

Ich stehe für immer in Deiner Schuld.

Bevlin

Tawl legte den Brief in den Schoß und blickte hinauf in den sternenübersäten Nachthimmel. Merkwürdig, daß ihm bisher noch nicht aufgefallen war, wie friedlich es hier war. Die Schönheit der Berge, die Frische der Luft – all das war ihm entgangen.

Der Hase hatte schon lange das Stadium gut gebratenen

Fleisches hinter sich gelassen. Nun war er verbrannt. Tawl nahm ihn vom Spieß und legte ihn zum Auskühlen zur Seite. Irgendwie hatte er im Gefühl, daß der Braten trotz der verkohlten Oberfläche noch gut schmecken würde. Ohne den Brief loszulassen, griff Tawl nach seinem Bündel und holte die kleinere der beiden Flaschen heraus. Er entfernte den Korken und trank einen kräftigen Schluck von Maybors bestem Branntwein. Aber nur einen. Die goldene Flüssigkeit wärmte seinen Bauch. Tawl stand auf und ging ein paar Schritte, bis er die Außenwand der Hütte hinter sich gelassen hatte. Bevlins Brief war noch immer in seiner Hand.

Vor ihm lag ein großes, mondbeschienenes Tal. Die Bäume waren als dunkle Schatten auf den Wiesen zu erkennen, und in der Ferne floß Wasser wie ein dünner Faden aus reinem Silber. Es war perfekt. Ein Ort der Ruhe, ein Ort der Ehrfurcht und – wichtiger als alles andere – ein Ort der Vergebung. Eine sanfte Brise wehte über das Gras; die Sterne funkelten sanft, und die unendliche Dunkelheit des Himmels war Balsam für die Seele.

Tawl stand einfach nur da – er würde nie erfahren wie lange – und ließ der Natur und Bevlins Vergebung ihren Lauf. Als er schließlich wieder zum Feuer zurückkehrte, war der Hase kalt, und doch konnte er sich nicht erinnern, je in seinem Leben etwas Köstlicheres gegessen zu haben. Dann rollte er sich mit Bevlins Brief auf dem Herzen im warmen Schein des Feuers zusammen und schlief ein.

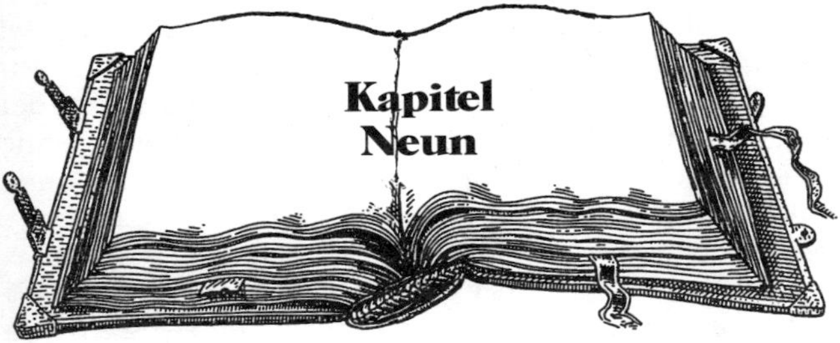

Kapitel Neun

»Nein, Bodger. Mach die Wunde zuerst mit etwas Wein sauber, also *bevor* du die Salbe drauf tust.« Grift lag auf einer Holzpritsche, umgeben von duftenden Gräsern, und fuhr fort, sich selbst zu verarzten. »Kreisende Bewegungen, Bodger. Du mußt eher tupfen statt wischen.« Und einige Sekunden später: »Paß auf meinen Blinddarm auf, Bodger. Wenn du den kaputtmachst, dann habe ich die Weiber die längste Zeit beglückt. Der Blinddarm ist der Schlüssel zum sexuellen Appetit des Mannes. Ohne ihn könnte sich ein Mann genausogut die Beine rasieren und sich eine Frau schimpfen.«

»Ich habe gehört, daß einige Männer das wirklich tun, Grift.« Bodger war ehrlich bemüht, nur zu tupfen, obwohl er Wischen nach wie vor für die bessere Lösung hielt. Grift verlor noch immer Blut – zwar nicht mehr soviel wie gestern, aber immer noch genug. Jedesmal wenn Bodger den Bauch seines Freundes abtupfte, wurde das Tuch ein wenig röter.

»Aye, Bodger, einige Männer kleiden sich in der Tat wie Frauen. Die Männer von Marls zum Beispiel. Offenbar sind ihre Frauen so häßlich, daß die Männer – *Aaargh!*« Grift schrie auf, als Bodger direkt die Wunde berührte. Während der gestrigen Flucht war Grift von einer Hellebarde in den Unterbauch getroffen worden. Bodger machte sich große Sorgen um ihn. Die Wunde mußte von jemandem versorgt werden, der sich in solchen Dingen auskannte. Von jemandem wie Tawl.

»Glaubst du, daß Tawl irgendwann wieder zurückkehrt, Grift?« fragte Bodger. Er war bemüht, so gelassen wie möglich zu klingen.

Grifts Stirn glänzte vor Schweiß, und sein Gesicht war schmerzverzerrt. Als er jedoch Bodgers Frage hörte, ließ der Schmerz einen Augenblick nach – Grift *lebte* dafür, zu allem und jedem einen Kommentar abzugeben. »So ohne weiteres kann man das nicht sagen, Bodger; aber selbst wenn er zurückkehren würde, würde er uns wahrscheinlich nicht finden. Wie auch? Wir sitzen hier in einem Weinkeller unter einer Metzgerei, und niemand weiß, daß wir hier sind ...« Grift schüttelte den Kopf. »Vermutlich würde er direkt an uns vorbeilaufen, ohne uns auch nur zu sehen.«

Bodger nickte bedächtig und betrachtete Grifts Wunde. Er hoffte von ganzem Herzen, daß sein Freund sich diesmal ausnahmsweise geirrt hatte.

»Jack, wenn du jetzt nicht endlich stillhältst, damit ich deine Wunde säubern kann, dann schwöre ich, werde ich dir die Schüssel da drüben an den Kopf werfen.« Melli stampfte mit dem Fuß auf, um ihren Worten Nachdruck zu verleihen. Warum waren Männer nur so verdammt stur?

Jack blickte auf die Schüssel. »Ich hoffe doch, sie ist nicht voll, oder etwa doch?«

Melli gelang es, ein Lächeln in ein entrüstetes Schnaufen zu verwandeln. Sie rannte durch den Raum, packte die Schüssel, schleuderte sie auf Jack und schrie: »Schau doch selbst nach!«

Sie hatte gut gezielt, doch Jack war schnell, und er wich der Schüssel mit einem eleganten Sprung zur Seite aus. Allerdings landete er weniger elegant in einer Reihe von Weinfässern, die daraufhin polternd über den Boden rollten.

Melli rannte zu ihm. »Hast du dir weh getan?« Sie starrte auf Jack hinunter, der flach auf dem Boden lag.

Er rieb sich den Kopf. »Wie ich sehe, ist sie ja wirklich leer.«

Diesmal verbarg Melli ihr Lächeln nicht. Sie fühlte sich ein wenig schuldig; sie war einfach nicht zur Krankenschwester geboren. »Ich habe die Schüssel schon seit ein paar Tagen nicht mehr gebraucht«, sagte sie und reichte Jack die Hand, um ihm aufzuhelfen. »Inzwischen habe ich die ersten drei Monate hinter mir.« Sie hievte ihn hoch. »Mir war nicht mehr übel seit …« *Seit dem Tag, an dem Tawl gegangen ist.* Die Worte wollten ihr einfach nicht über die Lippen. Rasch wandte sie sich von Jack ab. Sie hatte einen Kloß im Hals, und so sehr sie sich auch bemühte, sie wurde ihn nicht los.

Wo war Tawl? Hatte Schnapper ihn schon gefunden? Und falls Schnapper ihn wirklich gefunden hatte, würde sie Tawl jemals wiedersehen? Wenn der Brief wirklich so wichtig war, wie Schnapper behauptet hatte, dann würde Tawl vielleicht den Norden verlassen und nie wieder zurückkehren.

Melli schluckte. Sie war entschlossen, sich nicht selbst zu bemitleiden. Tawl würde nicht einfach so gehen, ohne ihr einen letzten Besuch abzustatten. Er war ein Mann von Ehre, und solche Männer sagten immer Lebewohl.

»Melli, was ist los?« Jack legte ihr die Hand auf die Schulter.

»Nichts.« Melli drehte sich wieder zu ihm um. Die Zärtlichkeit in seiner Stimme brachte den Kloß wieder in ihren Hals zurück. Jack war im vergangenen Jahr stark gealtert. Falten zeigten sich auf seiner Stirn, und in seinen Augen lag Wissen und Erfahrung; er war nicht mehr derselbe Junge, der Melli vor all diesen Monaten zu Hilfe gekommen war, als sie unweit von Burg Harvell von einem Dieb bedrängt worden war. Er war jetzt ein Mann. Plötzlich empfand Melli es nicht mehr als notwendig, ihre Gefühle hinter einer Fassade der Stärke zu verbergen. Sie atmete tief ein und sagte: »Jack, ich bin nur …«

Noch bevor sie den Satz beenden konnte, hatte Jack sie in den Arm genommen und drückte sie an seine Brust. Melli legte den Kopf an seine Schulter und schmiegte sich in den weichen Stoff seiner Tunika. Die vergangenen Tage waren der reinste Wahnsinn gewesen: Tawl hatte sie verlassen, ohne Lebewohl zu sagen; Jack war aus dem Nichts aufgetaucht, und dann war da noch die Flucht aus Cravins Stadthaus gewesen und der Kampf mit Kylocks Soldaten. Mellis Nerven waren immer dünner geworden, und all ihre Kräfte waren inzwischen aufgebraucht. Alles geschah so schnell; die Gefahren waren so real, und was bei alledem herauskommen würde, war nicht vorauszusehen.

Seit gestern morgen war Melli kaum zu Atem gekommen. Als die Bewaffneten an die Tür gehämmert hatten, waren sie und Maybor durch den Hinterausgang hinausgeschlüpft. Zwei Soldaten hatten dort auf sie gewartet. Melli hatte zugesehen, wie ihr Vater, Bodger und Grift mit den beiden Männern gekämpft hatten. Grift war schwer verwundet worden. Er hatte soviel Blut verloren, daß er kaum laufen konnte. Bodger hatte ihn zu der Metzgerei schleppen müssen. Als sie dort angekommen waren, hatte Jack sie eingeholt. Auch er hatte geblutet, aber seine Verletzungen waren weniger ernst gewesen als Grifts. Über die Ereignisse im Haus hatte er nicht gesprochen.

Jack hatte sich Maybors Umhang geliehen, um seine Wunden zu verbergen, und mit dem Metzger gesprochen. Nachdem ein paar von Maybors Goldmünzen den Besitzer gewechselt hatten, hatte der Mann Jack zu einer Falltür im Hof geführt, unter der sich Cravins Weinkeller verbarg. Die anderen Mitglieder der kleinen Gruppe hatte der Metzger nie zu sehen bekommen – dafür hatte Jack gesorgt.

Im Weinkeller roch es nach saurem Wein und Moder. Die Decken waren niedrig, an den Wänden lief das Wasser herab, und der Boden war von einem Moosteppich bedeckt. Insgesamt gab es vier größere Kammern, die durch Gänge miteinander verbunden waren. Die größte Kammer, in der sich Melli und Jack im Augenblick befanden, lag unmittelbar unter der Falltür. Sie war bei weitem die feuchteste der vier: durch die Tür drang Schmutz- und Regenwasser aus dem Hof herein, doch nur wenig Licht. Grift war in der kleinsten und trockensten Kammer untergebracht, und dort pflegte ihn Bodger gegenwärtig. Melli hatte die Nacht auf einer Holzpritsche in einer anderen Kammer verbracht, und Jack und Maybor hatten sich die vierte geteilt.

Die ganze Nacht waren sie ohne Licht, Bodenstreu, Essen und Medizin gewesen. Am frühen Morgen hatte sich Bodger bereit erklärt, hinauszugehen und Vorräte zu besorgen, und so waren sie in den Besitz von Laternen, einem gerösteten Fasan, drei Bündeln duftenden Sommergrases und einer seltsam aussehenden Salbe gekommen. »Das ist Medizin«, hatte Bodger erklärt, bevor ihn überhaupt jemand gefragt hatte.

Während Maybor damit beschäftigt war, die verschiedenen Weine zu kosten – die meisten waren seiner Meinung nach ›ruiniert von der Feuchtigkeit‹ –, versorgte Bodger seinen Kameraden in der kleinen Kammer, und Melli kümmerte sich um Jack in der großen.

Im Augenblick sah es allerdings eher so aus, als würde sich Jack um *sie* kümmern. Melli zog sich aus seiner Umarmung zurück. Obwohl sie eigentlich vollkommen in Ordnung war, bemitleidete sie sich selbst und fühlte sich so hilflos wie die berühmte Prinzessin im Turm – so ein Unsinn!

»Komm schon«, sagte sie brüsk. »Krempel die Hosenbeine hoch, damit ich etwas Salbe auf dein Bein tun kann.«

»Später«, erwiderte Jack und ging weg. »Ich will erst die Falltür sichern, und dann will ich zu Grift, um zu sehen, wie es ihm geht. Meine Verletzungen können warten. Das sind nur Fleischwunden.«

Melli widersprach nicht. Sie hätte sowieso nicht gewußt, was sie hätte tun sollen. Wahrscheinlich war die Medizin eh zum Einnehmen gedacht und nicht zum Auftragen auf die Haut. Sie setzte sich auf ein umgedrehtes Weinfaß und beobachtete, wie Jack eine Latte vor die Falltür schob.

»Morgen werde ich einen Hammer und ein paar Nägel

besorgen«, sagte er, »und die Latte befestigen. Dann hält sie wenigstens richtig.« Er sprang von den Kisten, auf denen er gestanden hatte, und fragte: »Hast du noch irgendwelche anderen Ausgänge entdeckt, als du dich vorhin umgeschaut hast?«

Melli schüttelte den Kopf. »Nein. Das da«, sie deutete auf die Falltür, »ist der einzige Eingang.«

»Von nun an werde ich hier schlafen.« Jack begann, die Kisten unter der Falltür wegzuschieben. »Wenn irgend jemand einbricht, brauchen wir soviel Vorwarnzeit wie nur möglich.«

Es lag Melli auf der Zunge zu sagen, daß sie gestern auch keine Vorwarnung gehabt hätten, aber sie hielt sich zurück. Sie wußte, daß Jack nicht gerne daran erinnert werden würde, was in Cravins Stadthaus geschehen war. Also nickte sie einfach nur, ergriff seine Hand, und gemeinsam gingen sie zu Grift.

Tawl erwachte spät. Die Sonne stand bereits hoch am Himmel. Es war Mittag. Trotz der späten Stunde brannte noch immer das Feuer. Tatsächlich brannte es nicht einfach nur; frisch geschlagene Äste waren aufgelegt worden, und ein Topf mit offenbar warmem Inhalt hing über den Flammen. Tawl blickte in die trüben Tiefen des Topfes und entdeckte eine seltsame Mischung aus getrockneten Äpfeln, Brotstücken, Honigkuchen, Cidre und Käse. Schnapper. Nur ein Junge von zwölf Jahren konnte sich ein derartiges Gericht ausdenken. Tawl grinste, stand auf und rief den Namen des Jungen.

Pflichtbewußt erschien Schnapper hinter einem Busch. »Das wird aber auch Zeit«, sagte er und kam heran, um Tawl zu begrüßen. »Ich dachte schon, du wachst überhaupt nicht mehr auf. Fünf Minuten länger, und ich hätte den Eintopf alleine aufgegessen.«

»Eintopf?« Tawls Grinsen wurde immer breiter. Er war so glücklich wie ein Kind. »So nennst du das also.«

»Eins will ich dir sagen: Das ist das letzte Mal, daß ich für dich koche. Ich habe noch nie eine derartige Undankbarkeit erlebt.« Schnapper setzte sich neben das Feuer und kümmerte sich um seinen Eintopf. »Ich zwinge dich bestimmt nicht zum Essen.«

Tawl setzte sich neben ihn. »Schon gut, schon gut. Ich probier's halt mal. Gib mir eine Schüssel voll – mit viel von dem eingeweichten Brot, bitte.«

Schnapper füllte zwei Schüsseln. Als er eine davon Tawl reichte, bemerkte dieser, daß er noch immer Bevlins Brief in der Hand hielt. Er hatte gar nicht mehr daran gedacht. Rasch ließ er ihn in der Tunika verschwinden und nahm die Schüssel entgegen.

»Wir kehren heute noch in die Stadt zurück«, verkündete Tawl.

»Das habe ich mir schon gedacht«, erwiderte Schnapper mit vollem Mund.

»Ich muß Melli noch ein letztes Mal sehen, bevor ich mich auf den Weg mache.« Tawl dachte über den Inhalt von Bevlins Brief nach – er würde ihn nie wieder lesen müssen, denn er kannte ihn auswendig. Der Brief hatte ihm Klarheit verschafft: Jetzt wußte er, was er zu tun hatte und warum. Vergangene Nacht hatte er ein seltenes, wunderbares Geschenk erhalten. Nein – *zwei* Geschenke.

Das erste war Bevlins Vergebung.

Das zweite war, daß er nun endlich Gelegenheit hatte, den Eid gegenüber dem Herzog *und* sein Versprechen an Bevlin zu erfüllen. Tawl hatte geschworen, Melli und ihr Kind zu beschützen. Als er den Eid vor dem Herzog und den Bürgern von Bren geleistet hatte, hatte er gedacht, es gäbe kein Zurück mehr für ihn. Valdis, die Suche und Bevlin waren für ihn fest verschlossene Türen gewesen. Aber als er vergangene Nacht den Brief gelesen hatte, war ihm bewußt geworden, daß sie vielleicht monatelang verschlossen gewesen waren, doch niemand hatte den Schlüssel herumgedreht. In Wirklichkeit hatte Tawl sich durch seinen Eid sogar noch enger an die Suche gebunden.

Mellis Kind war der rechtmäßige Herrscher von Bren. Tawl war verpflichtet, die Interessen des Thronerben zu wahren, und nur wenn es ihm gelang, den Jungen aus der Prophezeiung zu finden, würde Mellis ungeborenes Kind sein Erbe antreten können. Larn mußte zerstört werden; der Krieg mußte enden, bevor er richtig begonnen hatte, und Kylock und Baralis mußten aus dem Weg geräumt werden. So, und nur so, konnte Tawl seinen Eid erfüllen. Melli und ihr Kind waren erst sicher, wenn Bren Frieden gefunden hatte und das Baby offiziell als Alleinerbe des Herzogs anerkannt worden war.

Brens Thron war das Geburtsrecht des Babys, und nur der Junge, den Bevlin gesucht hatte, konnte dem Kind zu seinem Recht verhelfen.

Tawl atmete tief ein. Die Gebirgsluft war kühl und frisch. Alles war miteinander verbunden, doch erst Bevlins Brief hatte Tawl das erkennen lassen. Als Katharinas Mörder konnte er es sich nicht länger leisten, mit Melli in Verbindung gebracht zu werden, und dennoch würde er weiter für ihre Sache arbeiten, auch wenn er nicht mehr an ihrer Seite war. Allerdings würde er sich nun eher um ihre langfristige Sicherheit kümmern. Der Eid band ihn bis ans Ende seines Lebens, und somit war die Zukunft etwas, worüber sich nachzudenken lohnte.

Bis jetzt hatte Tawl immer nur ein paar Wochen oder höchstens ein paar Monate vorausgeplant; nun aber mußte er in anderen Maßstäben denken: in Jahren, vielleicht sogar in Jahrzehnten. Wenn Baralis und Kylock den kommenden Krieg gewannen, waren Melli und ihr Kind gezwungen, den Rest ihres Lebens auf der Flucht zu verbringen. Sie würden wie Tiere gejagt werden; sie würden niemandem vertrauen können, und ihre Tage und Nächte wären von ständiger Angst geprägt.

Tawl konnte und *würde* das nicht zulassen.

»Iß auf, Tawl. Der Eintopf wird kalt.«

Tawl blinzelte. »Tut mir leid, Schnapper. Ich war ...«, er schüttelte den Kopf, »... ich war in Gedanken ganz weit weg.«

»Ein Löffel von meinem Eintopf wird dich wieder auf die Erde zurückholen. Die Mischung aus geschmolzenem Käse und Cidre verleiht ihm seinen einzigartigen Geschmack, weißt du?«

Tawl klopfte Schnapper auf die Schulter. »Du bist wirklich ein selten guter Freund, Schnapper.«

»Ich tue nur für dich, was Mauersegler auch für mich getan hätte.« Schnapper vermied es, Tawl in die Augen zu schauen. Statt dessen entwickelte er ein plötzliches Interesse daran, die Asche zu einem Haufen zusammenzukratzen.

Tawl lächelte. Er wußte, daß es besser war, das Thema zu wechseln. »Also gut, dann laß uns mal aufessen, damit wir uns endlich auf den Weg in die Stadt machen können. Wenn wir uns beeilen, dann sind wir noch vor Sonnenuntergang dort.«

Sie wanderten den ganzen Tag. Nur einmal legten sie eine kurze Rast am Straßenrand ein. Das Wetter war schön, die Luft warm, doch die Sonne strahlte nicht ganz so hell, wie es einem solchen Tag entsprochen hätte, denn der Himmel war voller Rauch. Der größte Teil von Brens Ernte wurde systematisch zerstört. Die beiden Gefährten gingen an einem verbrannten Feld nach dem anderen vorbei.

Die Dörfer waren inzwischen vollkommen menschenleer. Alle waren sie in Richtung Stadt gezogen, und jeder hatte soviel von seinen Habseligkeiten mitgenommen, wie er vor den Söldnern verbergen konnte. Überall waren bereits Plünderer am Werk. Sie raubten verlassene Häuser aus und terrorisierten diejenigen, die entweder zu alt, zu stur oder zu krank waren, um sich auf den Weg nach Bren zu machen.

Einmal hatte Tawl Valdis' Banner in der Ferne gesehen. Die gelb-schwarze Flagge hatte eine Kolonne von Rittern angeführt. Tawl hatte keine Einzelheiten erkennen können, aber er hatte das Funkeln ihrer blankpolierten Rüstungen gesehen und dem Staub hinterhergeblickt, den ihre schweren Schlachtrösser aufgewirbelt hatten.

Die Ritter waren nicht die einzigen Soldaten auf dem Marsch. Als Tawl und Schnapper sich der Stadt näherten, waren immer mehr Kämpfer auf der Straße zu sehen: Brens Schwarzhelme, Soldaten im Blau und Gold der Königreiche, Söldner und Bauern mit Mistgabeln und Sensen.

Die Vorboten des Krieges waren inzwischen unübersehbar, und Tawl fühlte sich dadurch in seiner Entscheidung bestätigt. Es war seine Pflicht, dem allen ein Ende zu bereiten. Oh, natürlich war im Augenblick alle Welt fröhlich und selbstbewußt; die Menschen konnten es kaum erwarten, in die Schlacht zu ziehen. Doch das würde sich in den nächsten Wochen ändern. Das Kreischen der Belagerungsmaschinen und das Donnern der Geschosse würden ihnen den Schlaf rauben. Viele würden einen geliebten Menschen sterben sehen. Sie würden mit ansehen müssen, wie ihre Söhne verstümmelt wurden und wie ihre Väter verbluteten, weil kein Arzt in der Nähe war. Schließlich würden sich die Menschen in ihrer eigenen Stadt eingesperrt fühlen, und die Straßen und der See würden nach Leichen stinken. Und wenn die Belagerung lange genug anhielt, würden Hunger und Seuchen mehr Tote fordern als ein ganzes Jahr erbitterter Kämpfe.

Und diese eine große Stadt war erst der Anfang.

Baralis und Kylock würden nicht in Bren haltmachen. Sollte es ihnen gelingen, die Belagerung aufzuheben und Highwalls Armee zu zerschlagen, würden sie die Überlebenden über die Berge jagen. Sie würden zuerst Highwall und dann Annis erobern, und schließlich würden sie ihren Blick gen Süden wenden.

Sie *mußten* aufgehalten werden. Larn *mußte* zerstört und der Junge *mußte* gefunden werden.

Als Tawl und Schnapper sich der Stadtmauer näherten, trafen sie auf eine zornige Menschenmenge, die sich lautstark darüber beschwerte, daß das Tor für die Nacht geschlossen worden war, und die Torwächter konnten ihnen nicht garantieren, daß es morgen wieder geöffnet werden würde. Tawl ließ seinen Blick über Hunderte, vielleicht Tausende von Menschen schweifen, die auf Einlaß in die Stadt warteten: Zwei Drittel von ihnen waren Männer, die gegen den anrückenden Feind kämpfen wollten. Baralis würde sie ohne Zweifel hineinlassen.

Tawl und Schnapper umgingen den wütenden Mob und machten sich auf den Weg zu den Drainagetunneln. Ein paar Nachzügler und Bettler hatten die Tunnel als provisorische Unterkunft gewählt. Sie hatten sich Decken um die Schultern gelegt und schliefen auf ihren Bündeln. Die wenigen, die noch wach waren, senkten den Blick, als die beiden Fremden an ihnen vorübergingen. Tawl überließ Schnapper die Führung. Der Junge watete durch knietiefes Wasser, schlurfte über Simse, die eigentlich nur für Ratten breit genug waren und kroch durch Öffnungen, die jeder andere in der Dunkelheit übersehen hätte. Tawl fiel es schwer, mit ihm mitzuhalten. Schließlich sahen sie das blasse Licht des Mondes am Ende des Tunnels. Sie standen vor einem der Fluttore.

Irgend jemand hatte sich große Mühe gegeben, das Gitter zu sichern. Tawl und Schnapper machten sich sofort daran, es aus seiner Verankerung zu lösen. Eine halbe Stunde später hatten sie genug Steine herausgeschlagen, um das Gitter herausnehmen zu können.

Durchnäßt und erschöpft kletterte Tawl aus dem Graben. Er drehte sich um und reichte Schnapper die Hand, um ihm herauszuhelfen. Der Junge grinste, während er hochgehievt wurde. »Wir haben's wieder einmal geschafft, Tawl.«

»Niemand kennt die Schleichpfade so gut wie du, Schnapper.« Tawl schaute sich um. Die Straße, in der sie sich befanden, war vollkommen ruhig: Hier gab es weder Geschäfte noch Gasthäuser oder Bordelle, die die Menschen angelockt hätten. »Komm«, sagte er. »Laß uns zu Melli gehen.«

Je näher sie Cravins Stadthaus kamen, desto schneller

schlug Tawls Herz. Er wollte Melli soviel sagen, soviel erklären … doch mehr als alles andere wollte er sie in die Arme schließen und ihr seine Liebe gestehen. Sie bedeutete ihm alles, und bevor er die Stadt verließ, um seine Suche wieder aufzunehmen, würde er sie über seine Gefühle in Kenntnis setzen.

Sofort als sie auf den Platz einbogen, wo sich das Haus befand, sah Tawl, daß etwas nicht stimmte. Das Haus war dunkel. Er rannte über den Platz. Die Tür war eingetreten und der gesamte Eingangsbereich zerstört worden. Tawl nahm vier Stufen auf einmal. Mellis Kleider waren verschwunden, und irgend jemand hatte ihr Zimmer auseinandergenommen. Außer sich vor Angst und Sorge durchwühlte Tawl die Trümmer. Wo war sie? Was war mit ihr geschehen? Warum in Borcs Namen hatte er sie nur allein gelassen?

»Tawl.« Es war Schnapper, der in der Tür stand. »Ich glaube, sie sind entkommen.«

»Warum?« Tawl war wie ein Besessener, den es nach Antworten verlangte. Er mußte sich beherrschen, sie nicht aus Schnapper herauszuschütteln. »Wie kommst du darauf?«

Tawl versuchte, sich wieder zu beruhigen. Verzweifelt klammerte er sich an die Hoffnung, daß Melli in Sicherheit war – nur so konnte er es vermeiden, den Verstand zu verlieren. Er atmete tief ein und konzentrierte sich darauf, was er tun könne, um sie zu finden. »Wo könnten sie hingegangen sein?«

»Ich denke doch, daß Cravin noch andere Häuser in der Stadt hat.«

»Weißt du auch wo?«

Schnapper trat nervös von einem Fuß auf den anderen.

Tawl wußte, daß sein Freund es nicht mochte, wenn man ihn dabei ertappte, daß er irgend etwas nicht wußte. Um das verlegene Schweigen zu überbrücken, sagte Tawl rasch: »Wenn das so ist, werden wir wohl oder übel Cravin aufsuchen müssen.«

»Wahrscheinlich ist er im Augenblick am Hof«, sagte Schnapper. Er war offensichtlich erleichtert, etwas Nützliches zu der Diskussion beitragen zu können. »Du weißt schon – wegen des Kriegs und so. Dieser Lord Cravin ist bestimmt nicht der Typ, der sich so was entgehen läßt.«

Tawl nickte; Schnapper hatte recht. »Du kennst doch einen Weg in den Palast. Geh und finde ihn, und verlang von ihm zu wissen, was geschehen ist.« Tawls Gedanken eilten voran. Vermutlich befand sich Cravin im Augenblick in einer heiklen Lage: Baralis könnte herausgefunden haben, wem das Haus gehörte, in dem man Melli entdeckt hatte. »Wenn er nicht reden will, dann drohe damit, daß wir andernfalls in der ganzen Stadt rumerzählen, daß wir das Haus mit seiner Erlaubnis benutzt haben.« So wie die Dinge im Augenblick standen, wäre das so gut wie ein Todesurteil. »Hast du das verstanden?«

Schnapper war todernst. Er nickte. »Sonst noch was?«

»Laß dir die Adresse von jedem Gebäude geben, daß er in der Stadt besitzt; dann komm wieder hierher zurück. Ich werde auf dich warten.«

»Das könnte Stunden dauern, Tawl. Wenn man nicht genau weiß, wo man hin muß, dann ist es ziemlich tückisch, einfach so im Palast herumzulaufen.«

Tawl zögerte keine Sekunde. »Ich komme mit dir.«

»Nein. Du würdest mich nur aufhalten.« Schnappers Stimme klang überraschend entschlossen. »Außerdem stelle ich mir unter Unauffälligkeit nicht gerade vor, mit dem meistgesuchten Mann von Bren an der Seite durch die Straßen zu laufen – das soll keine Beleidigung sein.«

»Schon gut«, murmelte Tawl. Er streckte die Hand aus und strich Schnapper über die Wange. Es war ihm zuwider, den Jungen allein gehen zu lassen, doch es schien, als hätte er keine andere Wahl. Er suchte nach liebevollen Worten, um Schnapper zur Vorsicht anzuhalten; aber als ihm nichts Geeignetes einfiel, sagte er einfach nur: »Was immer du auch tust, Schnapper, paß auf dich auf.«

Schnapper schnaufte verächtlich. »Das ist ja, als würde

man einem Bären sagen, er solle Honig essen. Mach dir keine Sorgen um mich, Tawl. Ich bin zurück, ehe du dich versiehst.« Mit diesen Worten drehte er sich um, rannte die Treppe hinunter und verschwand in der Nacht.

Eine weit entfernte Glocke schlug zwei Stunden nach Mitternacht. Zwei lange, schlaflose Stunden für Jack. Er konnte nicht aufhören, sich Sorgen zu machen – um Grift, um Melli, um ihre Sicherheit hier unten im Weinkeller. Eine dünne Holzlatte, die Jack mit Mühe und Not an der Tür befestigt hatte, war alles, was potentielle Angreifer davon abhalten konnte, in den Keller einzudringen. Morgen würde er als erstes für einen sichereren Riegel sorgen. Anschließend würde er für Grift einen Arzt auftreiben. Jack konnte nicht einfach tatenlos zusehen, wie sein Freund langsam dahinsiechte. Grift brauchte Hilfe, und obwohl Jack wußte, daß es ein Risiko war hinauszugehen, stimmte er mit Melli darin überein, daß er es einfach eingehen *mußte*.

Jack veränderte seine Lage auf der Pritsche. Da ihn nur eine dünne Decke vom Holz trennte, war es sehr unwahrscheinlich, daß er einen erholsamen Schlaf haben würde. Ganz zu schweigen von den Ratten. Jack haßte Ratten. Seitdem Meister Frallit ihn am ersten Tag seiner Lehre in den Getreidespeicher geschickt hatte, verabscheute er die ekelhaften, fetten Kreaturen mit ihren dünnen Beinen und Schwänzen. Selbst heute noch, acht Jahre später, achtete Jack sorgfältig darauf, daß weder seine Hände noch seine Füße über den Rand der Pritsche herunterhingen – es könnte ja zufällig einer dieser widerlichen Nager vorbeikommen und sich entschließen, ein wenig Menschenfleisch zu knabbern.

Die Nacht war voller Geräusche. Die Ratten huschten umher, die Holzbalken knarrten, und in der Ferne war Donner zu hören, der erste Vorbote eines herannahenden Sturms.

Dann war ein weiteres Geräusch zu hören. Es kam von oben. Schritte. Jack sträubten sich die Nackenhaare. Er sprang von der Pritsche und tastete aufgeregt nach seinem

Messer. Stille. Er schritt zur Falltür. Es war so finster, daß er kaum den quadratischen Umriß der Tür ausmachen konnte. Wieder ertönten Schritte, diesmal genau über der Tür. Jack hatte Angst. Sein Herz schlug immer schneller, und er drückte das Messer an die Brust.

Plötzlich ertönte ein lautes Krachen. Holz splitterte, und Jacks provisorischer Riegel zerbarst in tausend Stücke. Die Falltür fiel nach innen, und ein Mann sprang in den Keller. Er rief etwas, doch das Geräusch des herabfallenden Holzes war so laut, daß man die Worte nicht verstehen konnte.

Jack griff an. Der Mann war nur ein Schatten. Jack spürte, wie sein Messer den Oberarm des Mannes ritzte. Dann traf ihn eine Faust in den Magen. Er taumelte zurück und stürzte in die Kisten, die er am Abend zuvor als Leiter verwendet hatte. Noch bevor er wieder zu Atem kommen konnte, war der Angreifer über ihm. Jack sah das Funkeln seiner Zähne. Mit der freien Hand packte der Mann Jacks Handgelenk. Sein Griff war hart wie Stahl; mit aller Macht drückte er die Knochen zusammen.

Jack konnte den Schmerz nicht länger ertragen. Er ließ das Messer fallen und rammte die Knie gegen die Brust des Mannes. Der Angreifer wankte zurück, doch er fiel nicht. Jack sog zischend die Luft ein. Jeder normale Mann wäre zu Boden gegangen.

Da er keine Waffe mehr hatte, wich Jack langsam zurück, um sich Zeit und Raum zu verschaffen. Er sprang zur Seite und streckte die Arme aus. Er mußte etwas finden, *irgend etwas*, daß er zwischen sich und die schattenhafte Gestalt bringen konnte, die ihn angegriffen hatte. Jacks Hand strich über ein Weinfaß – dank Maybor war es nur noch halbvoll. Jack hob es hoch und warf es in Richtung des Mannes. Er hörte es auf dem Steinboden zerschellen, aber es war zu dunkel, um zu sehen, wo genau es gelandet war.

Gerade als Jack nach einem zweiten Faß greifen wollte, fuhr etwas Scharfes über seine Stirn. Er verlor den Halt und fiel gegen die Wand. Warmes Blut lief seine Wange hinab. Dann spürte er eine Klinge an seiner Kehle.

»Stop!«

Licht erfüllte den Raum, als Melli hereinstürmte.

Jack blickte in das Gesicht des Angreifers. Blaue Augen, goldenes Haar: Es war der Mann, dem er zur Flucht verholfen hatte. Bevor einer von ihnen etwas sagen konnte, fiel ein Tropfen von Jacks Blut auf den nackten Arm des Mannes. Der Tropfen landete genau in der Wunde, die er dem Fremden vor wenigen Sekunden geschlagen hatte.

Jacks Blut vereinigte sich mit dem des goldhaarigen Mannes. Ein deutliches Zischen war zu hören, als hätte jemand Wasser auf eine Flamme geschüttet.

Die beiden Männer waren aneinander gebunden. Keiner von beiden rührte sich. Keiner atmete. Sie waren so steif wie Statuen.

Ein Blitz fuhr unmittelbar neben jener Stelle nieder, wo einst die Falltür gewesen war. Der darauffolgende Donner ließ das ganze Gebäude erzittern, und als das Haus wieder zur Ruhe gekommen war, hatte sich die Natur der Nacht verändert. Jack starrte noch immer in die blauen Augen des Fremden. Er kannte diesen Mann. Er hatte ihn in seinen Träumen gesehen.

Die Augen des Mannes wiesen jede Schattierung von Blau auf, die man sich nur vorstellen konnte. Sie waren voll unergründlicher Gefühle, und sie strahlten in unerschütterlichem Glauben. Blitzschnell ließ der Mann das Messer in seinem Gürtel verschwinden – so schnell, daß Jack der Bewegung kaum folgen konnte. Dann hob der Fremde seinen verwundeten Arm und preßte ihn auf die blutende Wunde auf Jacks Stirn.

Jacks ganzer Körper reagierte auf die Berührung. Sein Blut schien zu dem Fremden hinaufgesogen zu werden, und seine Ohren wurden von einem Rauschen erfüllt. Dann fiel ein Schleier von seinen Augen und Erinnerungen, und nur noch Klarheit blieb zurück. Jeder Traum, jeder Gedanke und jede Hoffnung, die er jemals gehabt hatte, kristallisierten sich in einem einzigen Augenblick, und etwas Neues wurde geboren.

Jacks Herz schlug im Takt mit dem des Fremden. Sie fielen in eine Welt, wo nur noch sie existierten. Der Weinkeller, die Falltür, Melli und ihre Laterne – all das waren nur noch Schatten. Der Raum zwischen ihnen war angefüllt mit Energie, und mit jedem Atemzug entlud sich die Spannung mit einem Knistern.

Noch immer starrte der Fremde ihn an. Sein Blick wankte nicht.

Jack spürte, wie sein Körper erneuert wurde. Haut, Fleisch, Sinne: Einfach alles veränderte sich. Stunden vergingen in Sekunden. In einem einzigen Augenzwinkern des Fremden durchlebte Jack sein ganzes Leben noch einmal von vorne. Er erinnerte sich an seine Mutter, wie sie vor ihrer Krankheit gewesen war: klug, schön, mit Ruß unter den Fingernägeln. Er erinnerte sich daran, wie Baralis in seinen Verstand eingedrungen war und beinahe das gefunden hätte, wonach er gesucht hatte. Er sah Kylock als Kind, wie er einen Sack mit kleinen Kätzchen gegen die Wand seines Studienzimmers schlug. Er reiste zurück in die verlassene Jagdhütte und entdeckte noch einmal das alte Buch auf dem Boden der Truhe, und als er es in die Hand nahm, fiel wieder der Brief des Königs heraus. Er erinnerte sich an Falks Worte, *»Sei nicht verbittert, Jack«*, und er hörte Tarissa sagen, *»Ich liebe dich«*.

Es hörte so schnell auf, wie es begonnen hatte, und Jack und der Fremde waren wieder zurück in der Gegenwart.

»Du bist der, nach dem ich gesucht habe«, sagte Tawl.

»Ja«, erwiderte Jack. »Ich weiß.«

Und als er diese Worte sprach, zerbrach der Glaskokon, der die beiden Männer umgab, und sandte Myriaden von scharfen Splittern hinaus in die Nacht.

Baralis wachte erschrocken auf. Sein Herz hatte zwei Schläge ausgesetzt. Die Dunkelheit verwirrte ihn, und so dauerten seine Träume noch über das Erwachen hinaus an. Zum ersten Mal seit Jahren erfuhr Baralis, was es bedeutete, *wirkliche Angst* zu verspüren. Irgend etwas war dort draußen. Etwas, das ihn zerstören konnte.

Baralis' Hand zitterte, als er nach Kerze und Feuerstein tastete. Der Funke wollte zunächst nicht kommen, und die Flamme, die schließlich entstand, war seltsam gedämpft. Die Luft hatte sich kaum merklich verändert. Sie war dünner geworden, und sie schmeckte bitter. Etwas Ähnliches wie Zauberei hing in der Luft, aber eben nur *etwas Ähnliches.*

Vielleicht hätte Baralis es nicht erkannt, wenn er nicht am Tag zuvor etwas Vergleichbares gespürt hätte. Aber das hatte er, und daher wußte er auch, wer die Natur der Nacht geändert hatte. Es war Jack gewesen, der Bäckerjunge.

Gestern morgen bei Sonnenaufgang war ein Zauber in einem Haus im Süden der Stadt heraufbeschworen worden. Baralis hatte es schon gewußt, bevor ihn die ersten Berichte erreicht hatten, und sofort hatte er die Magie zuordnen können. Sein früherer Schreiber hatte Melliandra zur Flucht verholfen. Die Beschwörung war beinahe eine exakte Kopie dessen gewesen, was vor etwa einem Jahr bei einer verlassenen Jagdhütte in den Wäldern von Harvell geschehen war. Beinahe, aber nicht ganz. Das Ergebnis war das gleiche gewesen – ein mächtiger Stoß verdichteter Luft –, doch die Technik war verschieden. Diesmal war der Zauber kontrollierter ausgeführt worden, willentlich geformt vom Anfang bis zum Ende. Der erste Zauber war das Werk eines gefährlichen Amateurs gewesen. Der zweite jedoch war das Werk von jemandem, den man gelehrt hatte, mit der Macht umzugehen. Sicher, auch dem zweiten Zauber hatte es noch an Feinheit gemangelt, aber er stellte trotzdem eine eindeutige Verbesserung dar.

Und nun, einen Tag später, war dies geschehen.

Baralis griff nach dem Beutel mit der schmerzstillenden Droge. Er ließ das Pulver auf seine Zunge rieseln und schluckte es trocken hinunter.

Eigentlich wußte er gar nicht, was *genau* geschehen war. Es war weder Zauberei noch eine Vision gewesen; es unterschied sich nur geringfügig von beidem, und doch war es ungleich gefährlicher.

Baralis ging alle Möglichkeiten in seinem Kopf durch. Was wußte er über Jack? Larn hatte ihm gesagt, der Ritter sei auf der Suche nach einem Jungen. *Er* wiederum wußte tief in seiner Seele, daß Jack dieser Junge war, sein früherer Schreiber. Die Ereignisse des gestrigen Tages hatten bewiesen, daß Jack wieder zu Melliandra gestoßen war … Baralis ballte die Fäuste – das war es! Melliandra war das Bindeglied. Zuerst hatte sie der Ritter beschützt und nun Jack.

Was wäre, wenn der Ritter sich wieder zurück in die Stadt geschlichen hätte? Und was wäre, wenn sich die beiden hier getroffen hätten? Heute nacht?

Baralis' Gedanken eilten weiter voran. Und falls sie sich wirklich getroffen hatten, dann war Marods Prophezeiung ihrer Erfüllung wieder einen Schritt näher gekommen. Das große Nordreich, *sein* Reich, daß er sich erträumt und auf das er jahrzehntelang hingearbeitet hatte, war in Gefahr. Allein die Tatsache, daß sich sowohl Jack als auch der Ritter mit Melliandra zusammengetan hatten, deren ungeborenes Kind den Thron von Bren beanspruchte, war Beweis genug dafür, daß die beiden Männer vom Schicksal dazu bestimmt waren, sich ihm entgegenzustellen.

Und Larn. Sie waren auch dazu ausersehen, sich gegen Larn zu erheben. Die Mächte der Insel wußten das bereits seit langem. Wahrscheinlich stammelten die Seher in just diesem Augenblick ihre Version des heutigen Ereignisses.

Baralis sank in die Kissen zurück und entspannte sich, während die schmerzstillende Droge ihre Arbeit verrichtete.

Larn würde ihm dabei helfen, die beiden aufzuspüren und zu vernichten – sie waren ebenso an ihrem Tod interessiert wie er. Aber es reichte nicht, nur zwei von ihnen zu töten: Auch Melliandra mußte vernichtet werden. Nur dann würde sein zukünftiges Reich sicher sein.

Nachdem er sich wieder etwas beruhigt hatte, fiel Baralis in einen leichten Schlaf. Morgen würde er nach Larn reisen.

Tawl trat vor und ergriff die Hand des Jungen, den er gesucht hatte. Nein, kein Junge mehr. Ein Mann. Groß, kräftig, mit sensiblen haselnußbraunen Augen und kastanienbraunem langem Haar, das ihm bis über die Schultern reichte.

Tawls Griff war ebenso fest wie sein Blick.

Er hatte das Gefühl, die Erde unter seinen Füßen habe sich verändert, und die Luft, die er atmete, war irgendwie dicker und süßer geworden. Gefühle stürmten auf ihn ein, doch sie lösten sich sofort wieder auf, ohne eine Spur zu hinterlassen. Hintereinander war er freudig erregt, verwirrt, verängstigt, zufrieden und dann erschöpft.

Er und der Junge hatten sich verändert. Sie fühlten es beide. Ihr Blut hatte sich vermischt, und der Bund, der daraus entstanden war, hatte alles verändert. Vor sechs Jahren hatte Bevlin gesagt: »Du wirst ihn erkennen, wenn du ihn siehst.« Er hatte recht gehabt. Als das Blut des Jungen das seine berührt hatte, war dies wie eine Botschaft von Gott gewesen. Sie hatten etwas Heiliges empfangen, eine Kommunion, und nun waren sie für immer miteinander verbunden.

Wenn Tawl daran dachte, daß er den Jungen vor wenigen Sekunden beinahe getötet hätte …

Schnapper war vor einer Stunde aus dem Palast zurückgekehrt. Er hatte mit Cravin gesprochen, doch erst als er den hohen Herrn bedroht hatte, hatte dieser die entsprechenden Informationen herausgerückt und bestätigt, daß Melli und ihre Begleiter den Suchtrupps entkommen waren. Cravin hatte auch eingestanden, daß er mehr als nur eine Liegenschaft in der Stadt besaß und daß er Maybor bei ihrem letzten Treffen deren Lage mitgeteilt hatte. Der erste dieser Orte war ein unbenutzter Stall in der Nähe der Ostmauer, und der zweite war ein Weinkeller unter einer Metzgerei. Tawl hatte Schnapper geschickt, den Stall zu überprüfen, und er selbst hatte sich zu dem Weinkeller aufgemacht.

Als er die Falltür verriegelt vorgefunden hatte, hatte er sie einfach mit einem Schlachtblock eingeschlagen, den er in der Nähe gefunden hatte. Als er dann in den Keller hinuntergesprungen war, hatte er sich in völliger Dunkelheit wiedergefunden. Dann war er von einem Fremden attackiert worden, und ihm war keine andere Wahl geblieben, als sich zu verteidigen. Die Stärke und Schnelligkeit seines Gegners hatte ihn überrascht, doch Tawl hatte noch keinen Mann getroffen, der es im Kampf Mann gegen Mann mit ihm aufnehmen konnte.

Als er schließlich zum Todesstoß angesetzt hatte, war Melli mit ihrer Laterne erschienen und hatte geschrien.

Tawl würde ihr sein ganzes Leben lang für diesen Schrei dankbar sein. Melli hatte nicht nur Schnapper mit Bevlins Brief zu ihm geschickt, sie hatte auch die größte Tragödie von allen verhindert. Ja, er und der Junge vor ihm waren miteinander verbunden, doch auch Melli war Teil dieser Verbindung.

Tawl ließ den Arm des Jungen los und drehte sich zu Melli um. Sie war kreideweiß. Die Laterne zitterte in ihrer Hand. »Ich wußte, daß du zurückkehren würdest«, sagte sie.

Die Gewißheit in ihrer Stimme war das Schönste, was Tawl je gehört hatte. Dieses tapfere und wunderbare Frau glaubte an ihn. Plötzlich war nur noch von Bedeutung, die Wärme ihres Körpers zu spüren. Mit einem Satz war Tawl bei Melli und umarmte sie. Alles war wie neu; die Welt war frisch und voller Freude, Licht und Hoffnung, und nur die Wahrheit zählte. »Ich liebe dich«, murmelte er in Mellis dunkles Haar. »Um dir das zu sagen, bin ich zurückgekehrt.«

Als sie erwiderte: »Ich liebe dich auch!«, war das mehr, als sein Herz ertragen konnte. Zuerst Bevlins Vergebung, dann tauchte der Mann, den er seit Jahren gesucht hatte, wie aus dem Nichts vor seiner Klinge auf, und nun das. Tawl drückte Melli an seine Brust, und er spreizte die Finger, um soviel von ihr zu berühren wie nur möglich. Sie war real, wunderschön, stark, und er konnte einfach nicht glauben, daß sie ihm gehörte.

Schließlich löste sich Melli aus der Umarmung. »Was ist hier eigentlich gerade geschehen?«

Tawl vermutete, daß sie die Antwort bereits kannte. »Ich habe denjenigen gefunden, den ich gesucht habe.« Tawl blickte zu Jack. Der junge Mann beobachtete die beiden Verliebten mit einem unergründlichen Gesichtsausdruck.

Melli nickte. »Ja, Jack«, sagte sie leise. »Gestern hat er mein Leben gerettet. Vor vielen Monaten hat er mich aus Baralis' Kerker befreit, und wieder einige Monate zuvor hat er einen Räuber verscheucht, der mich auf der Straße überfallen hat.« Während sie sprach, streckte Melli die Hand aus, und Jack ergriff sie.

Er hob sie an die Lippen. »Und du«, sagte er und schaute ihr in die dunkelblauen Augen, »hast mich meilenweit durch den Wald geschleppt, anstatt mich einfach sterben zu lassen.«

Tawl blickte von Jack zu Melli. Seine Hand folgte seinen Augen von Schulter zu Schulter. Er war froh, daß sich die beiden kannten – es schien irgendwie richtig und angemessen. Nun hatte sich der Kreis geschlossen. Tawl neidete ihnen ihre Freundschaft nicht einen einzigen Augenblick. Daß Jack sich um Melli gekümmert und sogar mehrmals ihr Leben gerettet hatte, bevor Tawl sie kennengelernt hatte, war ein unerwarteter Segen. Jack sorgte sich um Melli, und das bedeutete, daß Tawl in ihm einen noch größeren Verbündeten gefunden hatte als erhofft. Gemeinsam würden sie für Melli und ihr Kind streiten.

»Tawl«, sagte Melli, »Grift ist schwer verwundet.« Von ihnen dreien war sie am wenigsten überrascht, und so war sie bereits wieder zum Alltag zurückgekehrt.

Tawl schob eine Kiste unter die Falltür und schwang sich hinauf. Er packte sein Bündel, sprang wieder hinunter und sagte: »Bring mich zu ihm.«

Tawl versorgte Grift mehrere Stunden lang. Er reinigte seine Wunden mit Zaubernuß, verschloß die beschädigten Adern, nähte die Haut und flößte Grift Weidenrindentee ein, um Infektionen und Fieber entgegenzuwirken. Zu guter Letzt massierte er Grifts Muskeln mit Lanolin und verabreichte ihm einen Schluck Branntwein, damit er besser einschlafen konnte.

Als er schließlich mit allem fertig war, dämmerte es bereits. Jack und Melli waren die ganze Zeit über bei ihm geblieben, hatten die Eisen heiß gemacht, den Tee aufgebrüht und sich Unmengen von Grifts Weisheiten angehört. Irgendwann während der Nacht hatte auch Schnapper den Weg in den Weinkeller gefunden. Wie Melli, so war auch er nicht sonderlich überrascht, daß der Junge aus der Prophezeiung direkt vor ihrer Nase erschienen war. Er hatte nur weise genickt und erklärt: »Mauersegler sagt immer, daß das Unerwartete die einzig sichere Wette ist.«

Jetzt schlief er. Er hatte sich auf einer Pritsche im großen Keller zusammengerollt und schnarchte mit dem grenzenlosen Elan der Jugend.

Bodger war an Grifts Seite eingeschlafen, und Maybor, dessen Schlafzimmer am weitesten entfernt von allen lag, hatte die ganze Nacht durchgeschlafen. Jack und Melli waren jedoch noch immer wach. Tawl schaute sie an. Melli war erschöpft: Sie hatte dunkle Ringe unter den Augen, und ihre Hände zitterten, während sie die letzte Decke faltete. Auch Jack sah müde aus. Er saß mit gesenktem Kopf auf einem Weinfaß und wartete.

»Wir sollten jetzt wohl besser auch etwas schlafen«, sagte Tawl und legte Jack die Hand auf die Schulter. »Jetzt ist es zu spät zum Reden. Morgen werde ich dir alles erzählen.«

Jack hob den Kopf. Er brachte ein schwaches Lächeln zustande. »Ich fühle mich, als sei ich heute nacht im Himmel, in der Hölle und an allen Orten dazwischen gewesen.«

Tawl erwiderte das Lächeln. »Da bist du nicht der einzige«, sagte er.

Kapitel Zehn

Tavalisk aß Fisch. Wohlgemerkt nicht irgendeinen alten Fisch, nein; es handelte sich um eben jene Kreatur, die Gamil ihm als Haustier geschenkt hatte. Der Chefkoch des Erzbischofs hatte den kleinen Fisch komplett zubereitet: Eingeweide, Kopf, Flossen, alles Drum und Dran. Nun hielt Tavalisk das einst so aggressive Tier am Schwanz, saugte ihn in den Mund und schabte dabei mit den Zähnen die Schuppen ab.

Nachdem das erledigt war, schluckte er den Rest am Stück herunter und spie die Schuppen in ein Tuch. So! Das würde den kleinen Teufel lehren, die Hand zu beißen, die ihn fütterte.

Schritte ertönten hinter Tavalisk, gefolgt von einem entschuldigenden Husten.

»Komm herein, Gamil«, sagte der Erzbischof und seufzte. »Wie du sehen kannst, ist die Tür offen.« Heute war jede Tür im Palast geöffnet. Jede Tür, jedes Fenster und jede Bluse selbst der keuschesten Jungfrau. Es war Hochsommer in Rorn, und die Hitze war gnadenlos. Die Stadt war am Faulen, und selbst in den heiligen Hallen des Palastes war der Verwesungsgeruch überall.

Wie immer so kam Tavalisk auch diesmal nicht mit der Hitze zurecht. Seine Speckrollen wurden zu einer Brutstätte für die unterschiedlichsten Düfte, und die feine Seide unter seinen Achselhöhlen war unangenehm feucht. Es waren

Zeiten wie diese, da allein der *Gedanke* ihm Unbehagen bereitete, seine beachtliche Masse vom Stuhl zu erheben. In solchen Zeiten gefiel es dem Erzbischof, sich an seine ferne Vergangenheit zu erinnern.

Er war nicht immer so fett gewesen, im Gegenteil: In seiner Jugend war er geradezu schön gewesen – zu schön, hatten einige behauptet –, mit fein geschwungenen Lippen und einer weichen Haut, die niemals nach einer Rasierklinge verlangt hatte. Er war erst sieben Jahre alt gewesen, als man ihn nach dem Tod seiner Mutter auf die Straße geworfen hatte. Schon bald hatte er eine Möglichkeit entdeckt, wie sich ein hübsches Kind in einer Stadt voller Priester seinen Lebensunterhalt verdienen konnte. Jeden Tag war er zu einer der Bibliotheken gegangen und hatte sich auf die Stufen vor den großen Versammlungshallen gehockt, in denen sich die Gottesmänner und Gelehrten mit einflußreichen Persönlichkeiten aus der Stadt trafen. Sein auffallend weibliches Äußeres hatte die Aufmerksamkeit manch eines Gelehrten, Priesters oder Adeligen erregt.

Zunächst hatte es drei Kupferstücke gekostet, ihn mit nach Hause zu nehmen, dann zwei Silberstücke und schließlich ein Goldstück.

Die meisten Jungen hingen am alten Fischmarkt herum, dem traditionellen Handelsplatz für derart delikate Dienstleistungen. Nicht aber er. Nein. Tavalisk wußte, daß er etwas Besonderes war. Er wollte nichts mit eitlen Kaufleuten zu tun haben, oder mit einfachen Händlern, die nach ihren Waren stanken, und mit primitiven Bauern, die in die Stadt kamen, um Schweinefutter zu kaufen. Nein, er bot seine Dienste nur der Oberschicht von Silbur an. Sie rochen besser; sie wuschen sich regelmäßig; sie waren den anderen Klassen in jeder Hinsicht überlegen.

Mit Ausnahme des Sex natürlich: Der war immer das gleiche.

Während seiner Zeit auf der Straße lernte Tavalisk auch, wie wichtig das äußere Erscheinungsbild eines Menschen war. Um die Aufmerksamkeit jener Männer zu erregen, die er am meisten bewunderte, gestaltete er sein Äußeres vollkommen um. Er kleidete sich wie der Sohn eines Adeligen, der unverschuldet in Not geraten war, und änderte seine Sprache und sein Verhalten. Die hohen Herrschaften brachten ihm rasch Zuneigung entgegen, und so streifte er schon bald den Schmutz und die Sitten der Straße ab.

Meist setzte er sich bewaffnet mit Skizzenblock und Zeichenkohle vor eine der Bibliotheken und gab vor, in ästhetische Studien vertieft zu sein. Es dauerte nie lange, bis sich ihm ein Mann näherte. Dann folgte in der Regel ein kurzes Gespräch, begleitet von ein paar ›zufälligen‹ Berührungen – die Männer berührten stets *ihn*, nie umgekehrt –, und schließlich wurde das Angebot gemacht: ein gemeinsames Abendessen in der Wohnung des Mannes. Während des Essens verfielen die Männer meist in eine Art Rausch: Trunken von Wein, Lust und Tavalisks Schönheit wurden sie geradezu pathetisch. Sie warfen sich Tavalisk zu Füßen und bettelten um seine Gunst … Entweder das, oder sie löschten die Kerzen und zeigten ihm die Peitsche.

Im Laufe der Jahre lernte Tavalisk, die Peitsche zu verweigern. Er lernte, mit den Männern zu spielen und Obsessionen in ihnen zu wecken –, und dann lernte er, sie zu erpressen.

Selbst damals schon war er ein Hamsterer gewesen. Er sparte beinahe alles, was er verdiente. Nur für seine Kleidung zahlte er gutes Geld; alle anderen Kosten übernahmen seine ›Freunde‹. Als er neunzehn Jahre alt war, hatte er sich bereits eine beachtliche Summe zusammengespart. Mit dem Geld im Rücken konnte er sich Zeit zum Nachdenken leisten, und so erkannte er zwei Dinge: Erstens, daß seine Schönheit gemeinsam mit seiner Jugend dahinschwinden würde; und zweitens, daß er sich wieder einmal grundlegend verändern mußte, um seinen Lebensstandard in der Zukunft zu sichern. In seiner gegenwärtigen Rolle als männliche Hure war er viel zu vielen Leuten in Silbur bekannt.

Das Schicksal fügte es, daß Tavalisk zu eben dieser Zeit

einen Mann kennenlernte, der die Lösung zu all seinen Problemen bereithielt. Es handelte sich um einen alten, gebrechlichen Priester mit Namen Venesay. Dieser Mann war nicht nur angenehmerweise kurzsichtig, er war auch weithin als großer Schriftgelehrter und Reisender bekannt. Tavalisk schmeichelte sich bei ihm ein und fand rasch heraus, daß Venesay eher an einem Schüler interessiert war denn an einem Bettgenossen. Natürlich gefiel es dem alten Gelehrten, daß Tavalisk seinen knochigen Körper des Nachts wärmte, aber wonach er sich wirklich sehnte, war ein Sohn.

Von Natur aus ausgestattet mit der Verwandlungsfähigkeit eines Chamäleons, schlüpfte Tavalisk in die zweite große Rolle seines Lebens: gehorsamer Sohn, Schüler und geistlicher Gehilfe.

Gemeinsam bereisten sie die bekannte Welt. Venesay lehrte Tavalisk Lesen und Schreiben und unterwies ihn in Philosophie, Geschichte und Theologie. Es war eine angenehme Zeit für Tavalisk, denn Venesay war sehr reich. Gutes Essen in wohlhabenden Städten ließ Tavalisk auseinandergehen, und eifrige Diener, die stets ein weiches Kissen zur Hand hatten, verdarben ihn. Zu jener Zeit entwickelte er jenen unbändigen Appetit auf Luxus, der ihn bis heute kennzeichnete, und auch sein Interesse an der Religion wurde erneut geweckt.

Venesay war ein hochrangiger Priester, der überall gut angesehen war. Er genoß die Ehrerbietung Untergebener und den Respekt Gleichrangiger. Tavalisk wünschte sich, daß man auch ihm eine derartige Verehrung entgegenbringen würde.

Eines Tages verkündete Venesay, daß er beabsichtige, nach Norden über das Gebirge ins Land der Barbaren zu reisen. Jedermann versuchte, ihn davon abzuhalten – einschließlich Tavalisk –, doch er hielt an seinem Plan fest. Dort droben im Norden lebte ein großer Gelehrter, ein Mystiker, den Venesay besuchen wollte.

Die Reise dauerte sechs Wochen. Die Kälte war unerträglich. Es fror Tag und Nacht, und die ganze Zeit über wurden die Reisenden von einem scharfen Wind gepeinigt. Venesay war inzwischen zu alt, um zu reiten, und daher wurde er in einem Planwagen durch die Berge gefahren. Als sie endlich die Nordlande erreichten, waren Tavalisks Nerven so mitgenommen wie Venesays Knochen.

Der Mann, dessentwegen Venesay den weiten Weg auf sich genommen hatte, war teils Priester, teils Mönch und teils Zauberer. Rapascus war sein Name, und er war in der gesamten bekannten Welt für sein Wissen berühmt. Einst war er ein Priester gewesen, der sogar für das Bischofsamt bestimmt gewesen war, doch aufgrund seines Interesses für das Okkulte hatte man ihn exkommuniziert. Schließlich war er auch noch aus seiner Heimat verbannt worden, woraufhin er nach Norden gezogen war und sich am Fuße der Berge niedergelassen hatte. Er lebte wie ein Eremit; ohne Kontakt zu anderen Menschen arbeitete er sich zu Tode: Er las, übersetzte, interpretierte die heiligen Schriften neu, schrieb religiöse Gedichte und Kommentare und experimentierte mit Zauberei. Sein scharfer Verstand hörte nie auf zu arbeiten, und sein wildes Verlangen nach Antworten ließ ihn niemals zur Ruhe kommen.

Venesay führte lange Gespräche mit Rapascus über Gott, und Tavalisk führte sogar noch längere Gespräche mit ihm über Zauberei. Er entdeckte, daß die Welt wesentlich vielschichtiger war als das, was das Auge zu sehen vermochte, und daß es mehr Wege zur Macht gab als Erfolg allein. Als die Zeit für Venesay gekommen war zu gehen, beschloß Tavalisk ihn nicht zurück zu begleiten. Er wollte bei Rapascus bleiben und lernen.

Nachdem der alte Priester gegangen war, vertiefte Rapascus das Thema Magie. Anstatt über ihre Geschichte und Moral zu diskutieren, sprachen sie nun über ihren Gebrauch und ihre Wirkung. Nachdem Rapascus entdeckt hatte, daß Tavalisk ein – wenn auch geringes – angeborenes Talent für Zauberei besaß, lehrte er ihn ein paar simple Beschwörungen. Die Monate vergingen, und Tavalisk verlangte nach mehr. Doch Rapascus schüttelte den Kopf und sagte, wenn es Größe sei, wonach er strebe, dann solle er einen anderen Weg einschlagen als den dunklen Pfad der Zauberei – er habe einfach kein Talent dafür.

Tavalisk war verbittert. Da er die Korrespondenz des weisen Mannes las, wußte er, daß es jemanden gab, den Rapascus all sein Wissen lehrte. Einen Mann mit Namen Baralis. Jede Woche schickte Rapascus ein Notizbuch an den jungen Gelehrten in Silbur. Wann immer Händler an Rapascus' Haus vorüberzogen, brachten sie Briefe, die Baralis' Namen trugen. Sobald der alte Gelehrte schlief, las Tavalisk jeden einzelnen von ihnen.

Eines Nachts las er, daß Baralis beabsichtigte, Rapascus zu besuchen, um von ihm persönlich zu lernen und seine Ausbildung abzuschließen. Sofort keimte Eifersucht in Tavalisk: Er betrachtete Baralis als Rivalen, als Bedrohung. Warum sollte dieser Kerl, dieser junge Emporkömmling, den Rapascus noch nie gesehen hatte, an der Weisheit des alten Gelehrten teilhaben? Tavalisk durchsuchte Rapascus' Schreibtisch nach der Antwort. Schließlich fand er einen Brief, der an Baralis adressiert war. Er war fertig, aber noch nicht unterschrieben. Rapascus erklärte darin, daß ihm Baralis jederzeit willkommen sei, daß er viele Bücher und Geschenke für ihn habe und daß er sich auf den Besuch freue. In der letzten Zeile stand zu lesen: »Wenn du hier ankommst, werde ich wieder allein sein. Ich habe meinen jetzigen Schüler alles gelehrt, was zu verstehen er imstande ist.«

Tavalisk legte den Brief wieder dorthin zurück, wo er ihn gefunden hatte. Dann setzte er sich in Rapascus' bequemsten Sessel und überlegte, was er als nächstes tun sollte. Er war noch nicht bereit, verdrängt zu werden. Während er darüber nachdachte, strich Tavalisk geistesabwesend über eine Sammlung von Büchern, die auf dem Schreibtisch lagen. Seine Augen blieben an einem dünnen, in Leder gebundenen Band hängen. Die goldene Prägung auf dem Buchrücken verkündete: *Gifte. Ihre Herstellung und ihr Gebrauch.*

In dieser Nacht gab Tavalisk seine dritte Rolle als Schüler

des alten Gelehrten auf und nahm seine vierte an: Giftmischer und Herr seines eigenen Schicksals.

Rapascus benötigte fünf Wochen, um zu sterben. Tavalisk war äußerst vorsichtig, denn er war nur ein Anfänger. Er zog einen langsamen Krankheitsverlauf mit dem sicheren Tod als Konsequenz einem plötzlichen Abgang vor, der nur unnötig Verdacht erregt hätte. Rapascus hatte nicht die leiseste Ahnung, was mit ihm geschah – soviel zu seiner prophetischen Gabe. Am Ende war der alte Mann wirklich rührend: Er flehte Tavalisk an, dafür zu sorgen, daß seine Bücher, seine Schriften und all seine anderen Habseligkeiten an die große Bibliothek von Silbur geschickt wurden. So wollte er der Kirche die Hand zur Versöhnung reichen, die ihn ausgestoßen hatte.

Auch bestand er darauf, daß bestimmte Bücher und Schriftrollen an einen jungen Gelehrten namens Baralis gesandt werden sollten. »Er ist ein Mann von seltener Genialität«, erklärte Rapascus in einem seiner letzten lichten Momente. »Doch sein Gewissen muß noch geformt werden. Er muß den Wert von Güte und Gnade lernen.«

Am darauffolgenden Tag starb Rapascus.

Die Bücher wurden nie losgeschickt – nicht ein einziges.

In dieser Nacht ritt Tavalisk so schnell und so weit wie es einem fetten Mann möglich war. Auf der Suche nach einer Reisegruppe, die in nächster Zeit das Gebirge überqueren würde, ritt er ins nächstgelegene Dorf. Er hatte Glück: Eine Schaustellertruppe bereitete sich gerade auf den Weg in den Süden vor. Mit Hilfe von Rapascus' Gold gelang es Tavalisk, sie davon zu überzeugen, mit ihm zum Haus des Gelehrten zurückzukehren und ihren Aufbruch um einen Tag zu verschieben.

Am nächsten Morgen sichtete Tavalisk in aller Frühe Rapascus' Besitz. Der Platz in der Karawane war begrenzt, daher konnte er nur das Beste aus Rapascus' Sammlung mitnehmen. Er füllte einige Truhen mit seltenen Büchern und Schriftrollen und verfluchte jede Entscheidung, etwas zurücklassen zu müssen. Hätte er die Möglichkeit gehabt, dann hätte er alles mitgenommen. Schließlich kam er zu Rapascus' religiösen Arbeiten: zu seinen Gedichten, seinen Kommentaren und zu seinen Neuinterpretationen der antiken Texte. Sie waren besonders schwer, und Tavalisk wollte sie gerade beiseite schieben, als ihm ein Gedanke kam. Hastig blätterte er durch die Texte auf der Suche nach seltenen Juwelen. Er fand Genie und Glauben; große intellektuelle Leistungen waren nur wenige Absätze von demütigen Glaubensbekenntnissen entfernt. Der Mann war wirklich genial gewesen.

Tavalisk entleerte seine Truhen wieder, um Platz für Rapascus' theologische Werke zu schaffen. Nur die Bücher, die der alte Gelehrte für Baralis bestimmt hatte, wurden nicht aussortiert. Diese Bücher würde Tavalisk noch mit ins Grab nehmen.

Schließlich war er bereit zum Aufbruch. Die Wagen waren beladen, und die Schausteller waren begierig loszuziehen. Tavalisk schaute sich ein letztes Mal in Rapascus' Haus um. Auf dem Schreibtisch brannte noch immer eine kleine Öllampe. Auf dem Weg zur Tür nahm Tavalisk die Lampe und ließ sie auf den Haufen mit den ausgesonderten Büchern und Schriftstücken fallen. Als er die Tür hinter sich schloß, standen sie bereits lichterloh in Flammen, und als die Reisegesellschaft die Ausläufer des Gebirges erreichte, war das Haus des Gelehrten bis auf die Grundmauern niedergebrannt.

Gamil hustete und brachte so den Erzbischof wieder zurück in die Gegenwart. »Euer Eminenz scheint ein wenig abgelenkt zu sein«, sagte er. »Soll ich Euch etwas bringen, daß Euch beim Aufwachen hilft?«

Tavalisks Hand schoß vor und packte Gamils Arm. »Ich bin kein Krüppel, den man hegen und pflegen muß, Gamil«, knurrte er und ließ seinen Privatsekretär wieder los. »Und jetzt sag, was du zu sagen hast, und dann mach, daß du wegkommst.«

»Highwalls Armee wird noch heute vor den Toren von Bren erwartet, Euer Eminenz.«

Sofort vergaß Tavalisk die Vergangenheit. Jetzt zählte nur die Gegenwart. »Und Annis? Ist diese intellektuelle kleine Stadt ebenfalls angemessen vertreten?«

»Ja, Euer Eminenz, mit zwei Bataillonen. Der größte Teil ihrer Streitmacht ist jedoch zurückgeblieben. Seit Königin Arinalda tot auf einem Annis-Banner gefunden worden ist, lebt die Stadt in ständiger Angst vor einer Invasion seitens der Königreiche. Tatsächlich hat mich heute morgen auch die Nachricht erreicht, daß Kylocks Hauptarmee in Richtung Annis marschiert und nicht nach Bren.«

Tavalisk schnalzte mit der Zunge. »Kylock als Rächer seiner geliebten Mutter. Wie rührend.« Er schenkte sich ein Glas kühlen Weißweins ein. »Natürlich wird Bren sich mehr ins Zeug legen müssen, solange Kylocks Truppen woanders beschäftigt sind. Man sollte die Bedrohung, die von Highwalls Armee ausgeht, nicht auf die leichte Schulter nehmen.«

»Zumindest jetzt nicht mehr, da Euer Eminenz so großzügig zugunsten von Highwalls Sache gespendet hat.«

»*Gespendet!*« schrie Tavalisk. »Nein, nicht gespendet, Gamil. *Geliehen.* Krieg ist genauso eine Ware wie Getreide oder seltene Gewürze. Es ist meine Aufgabe, unser Geld gewinnbringend anzulegen, und ich denke doch, daß eine Kriegsanleihe an Highwall eine lohnende Investition ist.«

Nachdem er seinen Privatsekretär wieder einmal belehrt hatte, wechselte der Erzbischof das Thema. »Wenn Kylocks Truppen auf dem Weg nach Annis sind, wie hält er dann Halcus unter Kontrolle?«

»Er hat ein Viertel seiner Armee in Halcus zurückgelassen, Euer Eminenz. Und dann sind da auch noch die Ritter. Valdis herrscht jetzt in Helch. Tyren hat die Exekution aller Adeligen angeordnet, die es wagen, einer Messe beizuwohnen, die von den alten Priestern und Bischöfen zelebriert wird. Er achtet zwar darauf, dabei so unauffällig wie möglich vorzugehen, aber unsere Spione haben herausgefunden, daß er den Rittern befohlen hat, die Häuser der Anhänger des alten Ritus zu konfiszieren, ebenso wie ihre Frauen und ihren restlichen Besitz. Es gibt sogar Gerüchte über Folterungen und noch Schlimmeres.«

»Tyren interessiert sich sowohl für Gold als auch für Konvertiten, Gamil.«

»Das mag ja vielleicht stimmen, Euer Eminenz, aber gegenüber der Ritterschaft muß er vorgeben, *nur* an Konvertiten interessiert zu sein. Anderenfalls würden ihm die Ritter nicht folgen. Die Ritter würden niemals einen Menschen töten, um sich zu bereichern – das widerspricht ihrer tiefsten Überzeugung.«

»Papperlapapp. Überzeugungen kommen in der Ritterschaft erst an zweiter Stelle«, korrigierte der Erzbischof verärgert. »Bedingungsloser Gehorsam gegenüber dem Großmeister ist einer der Grundpfeiler von Valdis. Die Ritter werden alles tun, was Tyren von ihnen verlangt – einschließlich Mord und Folter. Sie haben ihm den Treueid geschworen. Oh, einige Ritter mögen ja vielleicht dumm sein und andere vielleicht Verbrecher; aber egal was für eine Einstellung sie auch haben mögen, es ist jener blinde Gehorsam, der sie zu einer Einheit macht und der es Tyren ermöglicht, seinen Willen immer und überall durchzusetzen. Selbstverständlich weiß Tyren das auch, und er nutzt es entsprechend aus.« Der Erzbischof bedachte seinen Privatsekretär mit einem scharfen Blick. »Tyren ist ein Mann, der Hingabe und Diskretion bei seinen Untergebenen schätzt.«

Gamil hustete nervös.

Normalerweise amüsierte es Tavalisk, seinen Privatsekretär in Verlegenheit zu bringen, doch heute war er zu besorgt, um sich an der aufsteigenden Röte in Gamils Gesicht zu erfreuen. Baralis' Entscheidung, Tyren die Kontrolle über Helch zu überlassen, beunruhigte den Erzbischof. Der Grund dafür war offensichtlich: Baralis hatte mit Bren und Annis genug zu tun, und es fehlte ihm an Männern, um mit drei Städten gleichzeitig fertig zu werden. Also übertrug er die Verantwortung über das unterworfene Helch einem anderen. Offenbar war Baralis nicht gerade wählerisch, was die Auswahl seiner Bettgenossen betraf.

Oder hatte er überhaupt eine Wahl in der Sache gehabt? »Gamil, gibt es irgendwelche Meldungen über Truppenbewegungen der Ritter in Richtung Norden, nach Bren?«

»Ja, Euer Eminenz. Ständig kommen Berichte herein, daß jede Woche eine Abteilung Ritter nach Bren ausrückt – und alle voll bewaffnet.«

Dann hatte Baralis den Rittern Helch also als Bezahlung für ihre Unterstützung bei der Belagerung gegeben. Nachdem er die Wahrheit hinter der seltsamen Verbindung entdeckt hatte, fühlte sich Tavalisk schon viel besser. Er haßte Dinge, die er nicht verstand; aber das Konzept ›eine Hand wäscht die andere‹ war ihm vertraut.

Nun blieb nur noch eine Frage ungeklärt: Warum marschierte Kylocks Hauptarmee nach Annis, obwohl sie in Bren dringender gebraucht wurde?

»Dann ist der alte Gelehrte, dieser Bevlin, also tot?«

Tawl senkte den Kopf. »Ja.« Er hatte beabsichtigt, nicht mehr zu sagen, doch Bevlins Brief hatte alles verändert. Er hatte ihn befreit – nicht von der Schuld, aber von der *Schande.* »Er ist durch meine Hand gestorben. Ich habe die Klinge gehalten, doch Larn hat mein Handeln bestimmt.«

Hinter sich hörte Tawl, wie Melli zischend die Luft einsog. Eine Minute lang herrschte Schweigen, vielleicht auch länger.

Jack schaute Tawl die ganze Zeit über unverwandt an. Schließlich sagte er: »Dann sind wir jetzt also auf uns allein gestellt.«

Wieder war Tawl von Jack überrascht. Obwohl sie bereits den ganzen Morgen miteinander redeten, vermochte Tawl den Jungen noch immer nicht einzuschätzen. In der einen Minute wirkte er erwachsen, ernst und ausgeglichen – so wie jetzt –, und in der nächsten war er wie ein Kind, daß mit großen Augen die Wunder der Welt entdeckt. Aber schließlich war er ja wirklich noch ein Junge – neunzehn Jahre, auf keinen Fall älter –, also was erwartete Tawl eigentlich?

Zumindest hatten sie sich inzwischen durch den Austausch von Geschichten und Erfahrungen besser kennengelernt. Tawl hatte Jack erzählt, wie er vor nunmehr sechs Jahren von Bevlin auf die Suche nach einem Jungen aus einer Prophezeiung geschickt worden war. Dann hatte er ihm Marods Vers rezitiert und ihm Bevlins Interpretation davon erläutert. Schließlich hatte er auch von Larn gesprochen und erklärt, warum die Insel vernichtet werden mußte.

Jack hatte ihn daraufhin zum ersten Mal an diesem Morgen überrascht, indem er erwidert hatte, Larn sei ihm nicht unbekannt. Der Junge hatte eine eigene Geschichte über die Insel zur Hand gehabt, die er von einem Mann mit Namen Stillfuchs gehört hatte und die von einem Mädchen handelte, das an jenem verfluchten Ort geboren worden war. Tawl war froh, daß Jack schon von Larn gehört hatte: Genau wie die Tatsache, daß sie beide Melli kannten, schloß dies den Kreis noch enger.

Jack war es besonders schwergefallen, über sich selbst zu sprechen. Nur widerwillig hatte er schließlich eingestanden, daß er über magische Kräfte verfügte. Dann hatte er berichtet, warum er aus Burg Harvell geflohen war, wie er Melli kennengelernt hatte und wie sie beide von Baralis gefangengenommen worden waren. Schließlich hatte er von ihrer gemeinsamen Flucht gesprochen und erklärt, wie sie im kalten Halcus-Winter voneinander getrennt worden waren. Die folgenden Monate hatte er übersprungen. Daß er von einer Halcus-Familie aufgenommen worden war, war das einzige gewesen, was er zu diesem Thema gesagt hatte. Der Gesichtsausdruck des Jungen hatte eindeutig gezeigt, daß er etwas verbarg; doch Tawl hatte ihn nicht nach Einzelheiten gefragt, denn er hatte sich an Bevlins Worte erinnert: *»In jedem von uns gibt es etwas, wonach man nicht fragen sollte.«*

Der alte Gelehrte war in vielerlei Hinsicht ein wahrlich weiser Mann gewesen.

Jack fuhr in seinem Bericht fort und erzählte, wie er in Annis von einem Zauberer aufgenommen worden war, der ihn im Gebrauch der Magie unterwiesen hatte. Als er dann gehört hatte, Melli sei in Bren und schwebe in Gefahr, hatte er sich sofort auf den Weg gemacht.

Schließlich sprach er mit einer Stimme, die nur wenig mehr als ein Flüstern war, über seine Gefühle zu Kylock. »Ich fühle, daß wir auf irgendeine Art miteinander verbunden sind«, sagte er. »Wann immer ich seinen Namen höre, spüre ich, wie mein Blut gerufen wird. Die ganze Zeit über habe ich schon gewußt, daß ich nach Bren gehen muß; gleichzeitig erscheint es mir auch irgendwie richtig, daß ich erst hier eingetroffen bin, als auch Kylock hier aufgetaucht ist.«

Tawl nickte. Das Bild wurde mit jedem Wort von Jack klarer. Ihre Leben waren wie die Fäden eines Spinnennetzes miteinander verbunden: Melli, Baralis, Larn, Bren und Kylock. Selbst Bodger und Grift. Sie waren Hunderte von Meilen voneinander getrennt gewesen, und doch waren sie sich mit jedem Atemzug nähergekommen.

Melli hatte die ganze Zeit über schweigend auf ihrer Pritsche gesessen, während die beiden Männer ihr Wissen und ihre Geschichten ausgetauscht hatten. Manchmal war auch Schnapper hier gewesen, meistens jedoch nicht. Bodger wachte in dem kleinen Keller über den schlafenden Grift, und Maybor war trotz der Proteste der anderen hinausgegangen.

Nun saßen sie nur noch zu dritt zusammen, und es war an der Zeit, über den morgigen Tag zu reden. Tawl spürte eine Berührung auf der Schulter; dann strich Mellis Hand über seine Wange.

»Du mußt gehen«, sagte sie und befreite Tawl damit von der Last, es selbst sagen zu müssen. »Highwalls Armee kann jeden Tag hier eintreffen, und wenn sie erst einmal da ist, wird es schwer sein, aus der Stadt herauszukommen.«

Sie versuchte, so gelassen wie möglich zu klingen – ohne Erfolg. »Außerdem wird Baralis bald keine Zeit mehr haben, nach mir zu suchen. Schließlich muß er sich um eine Belagerung kümmern.«

Tawl hätte ihr beinahe geglaubt, aber er kannte Baralis: Selbst tausend Ablenkungen würden ihn nicht davon abhalten, Melli zu jagen. »Wir werden morgen aufbrechen.« Während er sprach, ergriff er Mellis Hand. Er ließ keine Gelegenheit ungenutzt, sie zu berühren. »Die Zeit läuft uns davon. Vielleicht ist es sogar schon zu spät. Kylock wird von Tag zu Tag mächtiger; er hat bereits die Königreiche, Bren und Halcus in der Tasche. Annis könnte sein nächstes Opfer werden.« Tawl schüttelte den Kopf. »Wenn du und dein Baby jemals sicher sein wollt, dann müssen Baralis und Kylock aufgehalten werden.«

»Ich weiß«, erwiderte Melli. »Ich möchte, daß du gehst.« Sie zog ihre Hand zurück und legte sie auf den Bauch. »Ich trage den rechtmäßigen Erben von Bren unter dem Herzen. Es ist deine Pflicht, dafür zu sorgen, daß das Kind zu seinem Recht kommt.« Ihre Worte klangen formal, wie auswendig gelernt. Während Tawl und Jack miteinander geredet hatten, hatte sie offenbar diese kleine Vorstellung vorbereitet. Mellis Tapferkeit rührte Tawl. Selbst jetzt noch, da sie alles verlieren konnte, versuchte sie, ihm den Abschied leicht zu machen.

»Wie weit ist Larn?« fragte Jack.

»Ein paar Wochen von hier.« Es war viel weiter, doch Tawl wünschte sich so sehr, daß es wahr sei, daß es ihm gar nicht wie eine Lüge vorkam.

»Wir brauchen Pferde und Vorräte.«

»Die besorgen wir uns, wenn wir weit genug weg von der Stadt sind.« Tawl warf einen raschen Blick auf Melli, da er nicht wußte, wie sie ein solches Gespräch aufnehmen würde. Er hätte ihre Stärke nicht anzweifeln sollen, denn sie sagte geradeheraus:

»Schnapper hat bestimmt genug Bares bei sich, um einen Kriegsholk zu kaufen.«

»Er wird hier bei dir bleiben«, entgegnete Tawl.
Melli schüttelte den Kopf. »Nein. Der Junge ist ohne dich verloren. Er wird nur trübsinnig herumlaufen, bis du wieder da bist. Laß ihn mit dir gehen.« Wilde Entschlossenheit funkelte in ihren dunkelblauen Augen.
»Nun gut«, sagte Tawl. »Schnapper wird uns begleiten. Jetzt mußt du mir aber etwas versprechen.« Er wartete nicht auf Mellis Zustimmung. »Bodger kennt den geheimen Weg aus der Stadt. Wenn Highwalls Armee ihr Lager aufgeschlagen hat, wirst du Bodger mit einer Nachricht zu ihnen schicken. Er soll ihnen sagen, wer du bist und wessen Kind du erwartest, und er soll für dich um Asyl bitten. Wenn sie zustimmen, möchte ich, daß du die Stadt sofort verläßt und in ihr Lager gehst.« Tawl blickte Melli in die Augen. »Solange du mir das nicht versprichst, weiche ich nicht von deiner Seite.«
Melli nickte. »Besser der Feind als Baralis«, sagte sie und sprach damit aus, was Tawl dachte.
»Highwall ist nicht der Feind«, warf Jack ein. Tawl und Melli schauten zu ihm hinüber. »Sie wollen Bren nicht für sich selbst; sie wollen Kylock nur mit eingekniffenem Schwanz zurück in die Königreiche jagen. Wenn Melli mit ihrem Kind zu ihnen geht, werden sie sie mit offenen Armen empfangen. Sie wissen, daß sie die Stadt nicht beherrschen können, auch wenn sie sie erobern, denn so würden sie nur ein Imperium gegen ein anderes austauschen. Nur indem sie Mellis Kind auf den Thron setzen, können sie den Norden nach Kylocks Niederlage wieder stabilisieren. Bren braucht einen starken, unangefochtenen Herrscher, wenn wieder Frieden einkehren soll.«
Tawl und Melli schauten sich an. Jack hatte recht: Die verbündeten Städte des Nordens *brauchten* Melli. Hoffnung keimte in Tawl auf. Es würde Melli nicht schwerfallen, unter der Mauer hindurch und in Highwalls Lager zu schlüpfen. »Ich habe gar nicht gewußt, daß du ein Politiker bist, Jack.«
»Ich auch nicht.«
Alle drei lachten – zum ersten Mal an diesem Tag.

Ein lautes Klopfen ertönte an der Falltür. »Laßt mich rein!« rief Maybor. »Hier draußen ist es so feucht wie die Klärgruben bei einem Festbankett.«

Jack sprang auf und zog den Riegel zurück, den sie heute morgen angebracht hatten. Maybor ließ sich wie ein Racheengel auf dem Weg zur Hölle zu ihnen hinab.

»Highwalls Armee ist soeben auf den Hügeln gesichtet worden«, erklärte er. »Der Krieg hat begonnen.«

Der Regen hörte erst auf, als die Nacht kam. Den ganzen Tag über hatte es wie aus Eimern geschüttet, als wolle der Himmel die Bühne für den bevorstehenden Kampf reinigen.

Tavalisk stand in einem Erker hoch über dem Palast und blickte nach Süden auf das rasch wachsende Lager des Feindes. Eintausend Feuer flackerten in der Dunkelheit; jedes einzelne markierte einen winzigen Teil des Ganzen.

Zelte und Belagerungsmaschinen wurden auf der windabgewandten Seite der Hügel aufgebaut. Seit der Regen aufgehört hatte, konnte Baralis das Sägen und Hämmern der Arbeiter hören. Zwar war die Sicht auf die feindlichen Konstruktionen durch den Hügel verdeckt, doch Baralis konnte sich vorstellen, was sie dort drüben zusammenzimmerten: Rammböcke mit Dächern aus gehärtetem Leder, um die Soldaten vor siedendem Öl und Feuer zu schützen; Belagerungstürme auf mächtigen Rädern, die ebenso hoch waren wie Brens Mauern, und hölzerne Galerien mit eisernen Dächern, unter denen die Bergarbeiter die Eingänge ihrer Tunnel anlegen würden. Anderes Kriegsgerät wie Katapulte, Triböcke* und Sturmleitern hatten sie mit Sicherheit schon in ihrer Heimat zusammengebaut und am Stück über die Berge geschafft.

* Tribock = schwere Wurfmaschine, deren Besonderheit ein Verstellmechanismus auf der Vorderseite ist, mit der die Reichweite reguliert werden kann. Hauptsächlich im 14. u. 15.Jh. im Gebrauch. (Anm. des Übers.)

Baralis wußte all dies, und doch er hatte keine Angst. Der Herzog von Bren hatte sein gesamtes Leben damit verbracht, die Stadt und den Palast zu befestigen. Die Schießscharten und Wehrgänge waren mit Eisen anstatt mit Holz gesichert, und die äußere Mauer war inzwischen die breiteste im ganzen Norden. Zwei Pferde konnten bequem auf ihr nebeneinander hergehen, und ihre Basis war nach außen gewölbt, so daß fehlgeleitete Geschosse zum Feind zurückprallten. Die Türme an den Toren waren vollkommen neu errichtet worden: Ihre Fallgatter bestanden aus purem Eisen und versanken tief im Boden, so daß selbst die stärkste Ramme sie nicht zu durchbrechen vermochte. Auch hatte man sie höher gebaut als ihre Vorgänger. Ein Stein, der von den Zinnen der Türme heruntergeworfen wurde, besaß genug Energie, um das Dach einer jeden Belagerungsmaschine zu durchschlagen.

Der vor kurzem verstorbene Herzog hatte soviel Veränderungen vorgenommen, daß Baralis sie nicht mehr zu zählen vermochte.

Falls es Highwall im schlimmsten Fall doch irgendwie gelingen sollte, die äußere und auch die innere Mauer zu durchbrechen, dann war der Palast dennoch sicher. Der herzögliche Palast von Bren war die bestgesicherte Festung der bekannten Welt. Keine andere Befestigung konnte es mit seinen runden Wehrtürmen und seinem Netzwerk aus Gattern und Fallen aufnehmen. Auch seine Lage, weit oberhalb des Großen Sees, war einmalig. Nur von Süden her konnte man sich den Mauern nähern.

Ja, dachte Baralis und legte einen krummen Finger auf den Stein, *selbst wenn Bren fallen sollte, könnte nur Gott allein die Mauern des Palastes einreißen.*

Wahrscheinlich würde die Nahrungsfrage das größte Problem der Belagerung sein. In den vergangenen Wochen waren unzählige Menschen in die Stadt geströmt. Bauern und Grundbesitzer brachten ihr eigenes Getreide und Vieh mit, doch Söldner und Opportunisten reisten mit leichtem Gepäck. Im Augenblick war die Stadt gut mit Vorräten ausgestattet, aber in ein paar Wochen würde das anders aussehen. Da sie keine Möglichkeit hatten, Vorräte in die Stadt zu schaffen, würde die Bevölkerung beginnen, alles zu essen, was sie in die Finger bekommen konnte: Hunde, Pferde, Ratten.

Baralis zuckte mit den Schultern. Auch das stellte eigentlich kein Problem dar. Hunger machte Männer verzweifelt, und verzweifelte Männer gewannen Kriege.

Baralis drehte sich um. Der Anblick von Highwalls Lager jagte ihm keine Angst ein, aber ein gewisser Bäckerjunge aus Burg Harvell. Es war Zeit, nach Larn zu reisen. Heute nacht war eine Armee eingetroffen, aber gestern nacht war ein Widersacher geboren worden.

Rasch eilte er hinab. Baralis fand sich wie immer gut in der Dunkelheit zurecht. Dunkle Gänge waren seine Geliebten, und unbeleuchtete Treppen waren seine Freunde. Staubige Korridore und Galerien trieben ihn durch die Nacht, und bevor er sich versah, hatte der Palast selbst ihn zu seinen Gemächern geführt.

Crope wartete auf ihn, den Tiegel in der Hand, das Feuer geschürt. Er schob einen Stuhl vor den Kamin und brachte Seidenschuhe als Ersatz für feuchtes Lederwerk. Herr und Diener kannten sich nun schon seit fünfundzwanzig Jahren, und in Zeiten wie diesen waren Worte nicht mehr nötig.

Baralis ließ sich auf den Stuhl fallen. Er machte genau den gleichen Einschnitt an genau der gleichen Stelle wie schon so viele Male zuvor. Die Haut war an dieser Stelle schon verdickt, und dennoch floß sofort Blut.

Die Dämpfe des Tranks schleuderten Baralis in die Höhe, und die Kraft seines Willens trieb ihn voran.

Heute nacht war die Reise nicht so leicht wie sonst. Die Oberwelt wurde durch ungewohnte Strömungen in Unordnung gebracht. Verzerrungen rissen an dem wenigen, was noch von Baralis übrig war, und schoben ihn hinauf zu den Sternen. Den ganzen Weg über mußte er dagegen ankämpfen. Als er Larn endlich erreichte, war sein Geist so ausgelaugt wie der Körper, den er zurückgelassen hatte.

Die vier warteten – wie immer.

Baralis hatte heute weder die Zeit noch die Nerven, um Spielchen mit Larn zu treiben. »Ich glaube, daß der Ritter denjenigen gefunden hat, den er gesucht hat. Einen Jungen namens Jack, meinen früheren Schreiber. Er gebietet über ungeheure Macht, und wenn Marods Prophezeiung sich erfüllen soll, dann wird er schon bald zu Euch kommen, um Euch zu zerstören.« Trotz seiner Müdigkeit genoß Baralis diese Erklärung. Es machte ihm Freude, die offensichtliche Qual im Gesicht der Priester zu sehen.

Sie unterhielten sich lautlos miteinander, bis schließlich der Jüngste seine Gedanken zu Worten formte. »Seid Ihr sicher?«

»Ich bin kein Diener, den man nach Belieben ausfragen kann«, zischte Baralis.

»Was wollt Ihr von uns?« Das war der Älteste, der versuchte zu beruhigen.

Baralis, der nicht in der Stimmung war, sich beruhigen zu lassen, fuhr fort: »Ich will Eure Hilfe bei der Suche nach dem Jungen.« Er dachte einen Augenblick nach, dann fügte er hinzu: »Und ich will, daß Ihr Euer Versprechen in bezug auf den Krieg erfüllt. Ihr habt versprochen, Ihr würdet Brens Sache unterstützen. Nun, ich höre.«

»Wir werden unsere Seher auf den Jungen ansetzen«, sagte der Älteste mit tadelnder Stimme. »Und was den Krieg betrifft, Baralis, so ist Euer Erinnerungsvermögen leider ausgesprochen kurz. Als Ihr uns das letzte Mal aufgesucht habt, haben wir Euch da nicht gesagt, Highwall werde nicht angreifen, bevor die Hochzeit vollzogen ist?«

»Eine Prophezeiung macht noch keinen Handel.«

»Wir geben Euch die Informationen, sobald wir sie erhalten. Im Augenblick kann ich Euch nur sagen, daß Annis nicht unter Kylocks erstem Ansturm fallen wird und daß Highwall plant, eine Mine unter Eurer Nordostmauer anzulegen, nicht weit entfernt vom Palast. Morgen werden sie mit den Arbeiten beginnen.«

Endlich etwas Konkretes! Bei einer Belagerung war

nichts so gefährlich wie eine gut angelegte Mine. Nachdem sie einmal gegraben und angezündet worden war, konnte sie ganze Häuser in Trümmer legen. Baralis war sehr zufrieden. Niemand hätte je vermutet, daß Highwall den ersten Schlag Richtung Palast führen würde. »Sonst noch etwas?«

Der Älteste sprach in Gedanken, nicht in Worten, und doch gelang es ihm, den Eindruck eines verächtlichen Schnaufens zu vermitteln. »Ihr würdet unseren Sehern das Blut aussaugen, wenn Ihr könntet. Es gibt nichts mehr. Gebt Euch mit dem zufrieden, was Ihr habt.« Der Älteste wollte noch etwas hinzufügen, als er von einem anderen der vier abgelenkt wurde. Sie tauschten ihre Geheimnisse aus, dann fuhr der Älteste fort: »Heute hat einer unserer Seher von dem Mädchen gesprochen, Melliandra. Sie wird bald in Euren Händen sein.« Der Älteste senkte die Stimme. »Ist das genug für Euch, Baralis?«

»Reichlich.«

»Dann verlaßt uns jetzt. Ich werde Verbindung mit Euch aufnehmen, wenn wir mehr über den Jungen mit Namen Jack wissen.«

Baralis gefiel es nicht, wie ein ungehorsamer Junker entlassen zu werden, aber er ließ es auf sich beruhen. Er hatte soeben erfahren, daß das, was er sich am meisten wünschte, schon bald ihm gehören würde. Während er, ohne sich verabschiedet zu haben, zurück in seinen Körper eilte, riskierte er einen Blick in den Himmel: Die riesige Kuppel des Firmaments wirkte wie eine gigantische Krone.

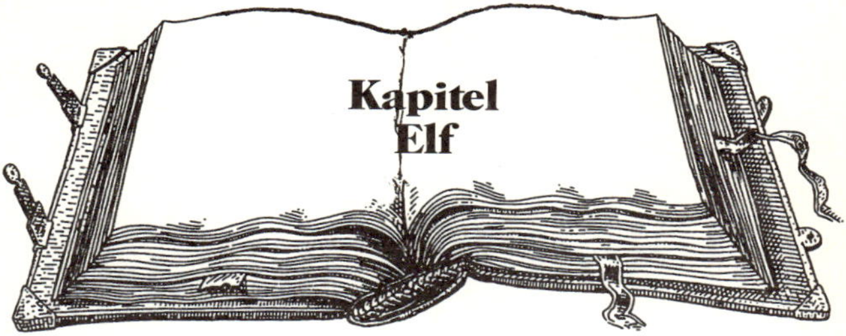

Kapitel Elf

»Nein, Schnapper. Behalt etwas davon für die Reise.« Melli schob das Bündel wieder zu Schnapper zurück. »Ich kann nicht alles nehmen.« Rasch wandte sie sich ab. Sie war froh über die Dunkelheit des Kellers. So konnte niemand die Tränen in ihren Augen sehen.

Alle waren so freundlich, so rücksichtsvoll. Jack und Tawl unterhielten sich mit gedämpften Stimmen, und von Zeit zu Zeit unterbrachen sie ihr Gespräch, um sich nach Mellis Wohlbefinden zu erkundigen. Sie hatte das Gefühl, auf einer Beerdigung zu sein, und irgendwie hegte sie den Verdacht, daß es sich dabei um ihr eigenes Begräbnis handelte.

Es war sehr früh am Morgen. Noch fiel kein Licht durch die Risse in der Falltür, aber beunruhigende Geräusche drangen durch das Holz. Kampfgeräusche. Die ersten Geschosse wurden gegen die Südmauer geschleudert. Die Einschläge klangen furchterregend, und von Zeit zu Zeit bebte der ganze Keller. Mellis Nerven waren zum Zerreißen gespannt. Sie wollte, daß Jack, Tawl und Schnapper endlich verschwanden, sofort, damit sie wieder Frieden finden konnte. Die Geräusche der Schlacht konnte sie ertragen, aber die schreckliche, von Schuld beladene Atmosphäre, die die drei ausstrahlten, war einfach zuviel für sie.

Im Schatten verborgen, wischte sich Melli über die Augen. Dann drehte sie sich um und sagte zu Tawl: »Ihr solltet jetzt wirklich gehen. Ihr habt es schon viel zu lange hinausgezögert. Die Sonne ist schon vor mehr als einer Stunde aufgegangen. Kommt. Packt eure Sachen zusammen.« Sie wußte, daß sie wütend klang, aber der Zorn in ihrer Stimme war das einzige, was sie vor dem Zusammenbruch bewahrte.

Tawl schaute sie zärtlich an.

Melli konnte es einfach nicht mehr ertragen. »Tawl, ich bin weder behindert, noch bin ich irgendeine heilige Reliquie. Bitte gönne mir endlich meinen Frieden und geh.« Trotz Gegenwehr traten Melli die Tränen in die Augen. Wieder drehte sie ihr Gesicht in die Schatten.

Tawl war sofort bei ihr, doch diesmal ergriff er nicht ihre Hand. Diesmal küßte er sie auf den Mund. Sein Kuß war nicht der Kuß eines Freundes; es war der Kuß eines Liebhabers – ihr allererster –, und es war Leidenschaft, nicht Sorge, die Mellis Mund öffnete. Tawl packte sie an den Schultern und drückte sie an die Brust; viel zu schnell zog er sich wieder zurück. Er nahm Mellis Kinn in seine großen, kräftigen Hände und sagte: »Schwöre mir, daß du hier sein wirst, wenn ich wieder zurückkomme.«

Sie schaute ihm in die Augen und schwieg.

»*Schwöre* es.«

Melli hatte ihn noch nie so gesehen. Sein ganzer Körper bebte, und sein Gesichtsausdruck war beängstigend. Melli erkannte, daß er die Worte aus ihrem Mund hören *mußte*.

»Ich schwöre es«, sagte sie, und während sie sprach, wußte Melli, daß sie es auch so meinte – sie würde bis zu seiner Rückkehr für ihre Sicherheit sorgen, egal was es sie auch kosten mochte.

Tawl entspannte sich sichtlich und ließ Melli los.

»Tawl, bist du bereit?« Das war Schnapper, der von hinten herangekommen war. »Es dämmert nun schon eine ganze Weile, und wir müssen aus der Stadt heraus sein, bevor es richtig hell wird.«

Tawl warf Melli einen letzten prüfenden Blick zu, dann wandte er sich von ihr ab. Er warf sein Bündel über die

Schulter und sagte: »Ich bin bereit, Schnapper. Was ist mit dir, Jack?«

Jack hatte nicht viel gesagt, seitdem sie zwei Stunden vor Highwalls frühmorgendlichem Angriff aufgestanden waren. Auch gestern hatte er nicht viel gesprochen, und vergangene Nacht, als sie ein Faß aufgemacht hatten, um ihren letzten gemeinsamen Abend zu feiern, hatte Jack am wenigsten von allen getrunken und war als erster ins Bett gegangen.

Melli trat an seine Seite. *In seinem Inneren herrscht bestimmt ein wildes Durcheinander,* dachte sie. Gestern hatte er erfahren, daß nur er allein das Imperium vernichten konnte, daß Kylock und Baralis errichten wollten. Melli konnte sich noch nicht einmal ansatzweise vorstellen, was es bedeutete, eine derartige Verantwortung zu tragen. Sie schalt sich selbst, weil sie in Selbstmitleid versank, während andere – ganz besonders der Mann vor ihr – soviel mehr zu ertragen hatten als sie. Sie mußte lediglich für ihre eigene Sicherheit sorgen und einem gesunden Baby das Leben schenken. Jack hingegen mußte einen Krieg beenden.

»Irgendwie schade, daß wir nur drei Tage zusammengewesen sind«, sagte sie und lächelte.

Jack nickte. »Besser als gar keinen.« Er blickte ihr in die Augen, und sie wußten beide, daß es nichts weiter zu sagen gab.

Schnapper hustete taktvoll. »Also dann, Melli«, sagte er und reichte ihr sein wesentlich leichter gewordenes Bündel. »Ich habe ein wenig für mich zurückbehalten; ganz wie du es gewollt hast.«

Melli lächelte. Als sie den Blick wieder von Schnapper abwandte, standen Tawl und Jack bereits unter der Falltür. Sie waren voll beladen. Zusammengerollte Decken hingen über ihren Schultern, und sie hatten ihre Bündel an der Hüfte festgeschnallt. Und Waffen, so viele Waffen: Messer waren in den Tuniken versteckt, und Schwerter hingen an den Gürteln. Tawl hatte sogar einen Kurzbogen auf dem Rücken.

Jack kletterte als erster hinaus, dann Schnapper und zuletzt Tawl. Bodger reichte ihnen das restliche Gepäck hinauf. Grift saß auf einer Pritsche an der Wand. Er war noch immer schwach, aber er machte gute Fortschritte. Heute morgen hatte Tawl viel von ihrer wertvollen Zeit damit verbracht, Melli zu zeigen, wie sie Grifts Wunden versorgen sollte.

Maybor tat es nicht im mindesten leid, daß sie gingen. Er glaubte zwar nicht an den Sinn oder gar an den Erfolg ihres Vorhabens, aber dennoch ermunterte er sie zum Aufbruch. Melli schaute ihren Vater einen Augenblick an. Sie liebte ihn, aber in diesem Fall irrte er sich.

Grift gab den drei Reisenden noch einen letzten unerbetenen Rat mit auf den Weg, dann verabschiedeten sie sich alle voneinander. Als sie Tawls Lebewohl hörte, verlor Melli die Fassung. Sie hastete über die Kisten hinauf zur Falltür. »Tawl!« rief sie und haßte sich selbst für ihre eigene Schwäche. »Tawl!«

Tawl hockte sich vor die Öffnung. Er griff nach Melli und hob sie mit einem mächtigen Ruck nach oben. »Schwöre mir, daß du zurückkehren wirst«, sagte sie.

»Ich schwöre dir, daß ich zu dir zurückkehren werde, solange noch ein Tropfen Blut durch meine Adern fließt.« Das war ein ebenso bindender Eid wie der, den Tawl gegenüber dem Herzog geleistet hatte.

Einen Augenblick lang schauten sie einander in die Augen, dann küßte Tawl Melli auf die Stirn und ließ sie schweigend wieder hinab in Maybors Arme. Das Letzte, was Melli von ihm sah, war das Funkeln seines Schwertes, als er über den Hof davonging.

»Meister, da will Euch jemand sehen.«

»Egal wer es ist, sag ihm, er soll verschwinden. Ich bin viel zu erschöpft, um jemanden zu empfangen.«

»Aber er ist ein Krüppel, Meister. Er hat einen Stab, der ihm beim Gehen hilft.«

Baralis wußte, daß Crope eine Schwäche für Krüppel

hatte; schließlich trug er ja auch ständig eine dreibeinige Ratte mit sich herum. »Also schön«, lenkte er ein. »Sag mir halt, wer es ist.«

»Er sagt, sein Name sei Skaythe, Meister. Er sagt er sei Blayzes Bruder.«

Baralis nippte an seinem Kräuterpunsch. Er saß in der Nähe des Feuers auf einem bequemen Stuhl mit hoher Lehne. Wie immer war er in feinste schwarze Seide gekleidet, denn egal wie schwach er auch sein mochte, er war stets darauf bedacht, Stärke auszustrahlen. Die Reise nach Larn hatte ihn all seiner körperlichen Kraft beraubt, doch sein Geist war so wach wie eh und je. Blayzes Bruder wollte ihn also sprechen. Baralis bedeutete Crope, den Mann einzulassen. Seine Neugier war geweckt worden.

Herein kam ein Mann, der alles andere war als behindert. Er besaß einen Gehstab – das stimmte –, und sein linkes Knie war steif, aber Blayzes Bruder bewegte sich ganz und gar nicht wie ein sabbernder Krüppel. Er wirkte selbstbewußt und strahlte Arroganz aus. Er schritt auf Baralis zu und streckte die Hand aus.

Baralis verweigerte ihm den Handschlag. Er hatte nicht die Absicht, einem Fremden seine Hände zu zeigen. Skaythe setzte sich ohne Aufforderung und lehnte seinen Stab an den Schreibtisch. Der Stab war lang und gerade, und etwa eine Handbreit unter der Spitze war er verdickt. Die Verdickung war gerippt – offenbar, um den Stab besser packen zu können –, und darüber befand sich ein Dorn aus poliertem Stahl. Dieser Gehstab war nichts anderes als eine schlecht getarnte Lanze.

Baralis musterte den Mann, dem der Stab gehörte. Er ähnelte Blayze, nur war er älter, schmaler, und er wirkte härter. »Sagt, was Ihr wollt, und dann verschwindet – und zwar so schnell wie möglich.«

»Wir haben dieselben Interessen, Lord Baralis.« Skaythe lächelte und entblößte eine Reihe scharfer, ungerader Zähne. Er hielt einen Augenblick inne, während er es sich auf dem Stuhl bequem machte. »Der Mann, der Katharina ermordet hat, hat auch meinen Bruder auf dem Gewissen. Ihr wollt ihn finden; ich will ihn finden. Warum arbeiten wir dann nicht zusammen, um das zu erreichen, was einer von uns allein niemals schaffen würde?«

Baralis gefiel es nicht, an sein Versagen erinnert zu werden, doch er spülte eine entsprechende Erwiderung mit einem Schluck sauren Weins hinunter. Er konnte diesen Mann gebrauchen. »Was wollt Ihr von mir?« fragte er.

»Geld, Informationen«, Skaythe zuckte mit den Schultern, »die Möglichkeit, auf Eure besonderen Fähigkeiten zurückgreifen zu können.«

Baralis beugte sich kaum merklich vor. Er atmete tief ein und ließ die Luft eine Zeitlang in seinen Lungen verweilen. Das Gespräch wurde mit jeder Sekunde interessanter. Skaythe war ein Zauberer. Das könnte sich in der Tat als äußerst nützlich erweisen. »Ihr wollt also den Ritter ausfindig machen«, sagte Baralis, sorgfältig darauf bedacht, das Thema Zauberei zu vermeiden.

»Niemand kennt Bren so gut wie ich. Wenn Ihr das nächste Mal einen *Hinweis* bekommt«, Skaythe betonte das Wort, um zu zeigen, daß er nur allzugut wußte, wie ein solcher ›Hinweis‹ beschafft wurde, »dann kommt Ihr vielleicht besser erst einmal zu mir. Ich stürme bestimmt nicht blindlings herein und lasse jedermann entkommen wie die königliche Garde.«

Baralis hob eine Augenbraue. Offensichtlich war Skaythe sehr von sich und seinen Fähigkeiten überzeugt. »Und was wäre, wenn ich Euch sagen würde, daß der Ritter Bren verlassen und sich auf den Weg nach Süden gemacht hat?«

»Dann werde auch ich nach Süden gehen.« Skaythe wirkte vollkommen gelassen. »Ich kenne den Süden gut genug, und ich reite schneller als jeder Mann, den Ihr gegen mich ins Rennen schickt. Niemand in Bren kann es mit dem Messer mit mir aufnehmen, und ich habe bisher noch kein Ziel verfehlt, daß ich erst einmal ins Visier genommen habe.«

Dieser Besuch stellte sich immer mehr als Glücksfall heraus. Skaythe war genau die Art Mann, die Baralis brauchte: motiviert, fähig, tödlich und am wichtigsten von allem, entbehrlich. Baralis beschloß, den Mann auf die Probe zu stellen. »Was würdet Ihr sagen, wenn ich Euch erzählen würde, daß ich auch noch einen anderen Mann tot sehen will? Einen, der in Gesellschaft des Ritters reist?«

»Ich würde sagen, daß kommt Euch noch ein wenig teurer als meine Unkosten.«

Baralis lächelte und entblößte so eine Reihe von Zähnen, die tödlicher wirkten, als es Skaythes Gebiß je sein würde. »Dann sind wir im Geschäft, mein Freund.«

Keinerlei Gefühlsregung zeigte sich in Skaythes Gesicht. »Wenn ich die Stadt verlassen soll, dann brauche ich zweihundert Goldstücke Minimum. Ich werde Pferde wechseln müssen, Leute bestechen, Informanten bezahlen ... ganz zu schweigen von den normalen Reisekosten.«

»Ganz zu schweigen davon«, bestätigte Baralis und nickte schwach.

»Selbstverständlich werde ich um so mehr brauchen, je weiter Ihr mich nach Süden schickt.«

Wieder nickte Baralis. »Selbstverständlich.«

Vom Stand der Sonne ausgehend, die eifrig bemüht war, mit ihren Strahlen eine dichte Wolkenbank zu durchdringen, war es kurz vor Mittag. Den ganzen Morgen über waren sie auf allen vieren durch den Schlamm gekrochen und nun krochen sie über verbrannte Felder. Jack lächelte verbissen. Der Schlamm war wesentlich weicher gewesen.

Sie hatten die Stadt bei Tagesanbruch verlassen. Da Highwalls Armee die Südwestmauer angriff, waren die drei Gefährten im Südosten aus der Stadt geschlichen. Bereits jetzt stapelten sich die Leichen vor den Mauern. Die Tore waren offenbar in der Nacht endgültig geschlossen worden, und die Menschen, die man nicht mehr hineingelassen hatte, waren allesamt abgeschlachtet worden.

Tawl hatte darauf bestanden, daß sie sich sofort auf den weichen, blutdurchtränkten Boden warfen, um nicht einem

Scharfschützen zum Opfer zu fallen. Schnapper war wie ein Egel durch den Schlamm geglitten: Mit gesenktem Kinn und erhobener Nase hatte er seine zusammengerollte Decke hinter sich hergezogen, als sei sie ein ungehorsames Kind. Tawls Bewegungen waren leise und geübt – offenbar hatte er so etwas schon öfter gemacht. Sein Gesicht war dunkel, und man konnte leicht in ihm lesen; es sagte: *Sprich mich nicht an; laß mich in Ruhe; ich habe meine eigenen Probleme.*

Nachdem er ihn vor kurzem mit Melli zusammen gesehen hatte, konnte Jack sich vorstellen, was für Probleme das waren. Tawl hatte sich heute morgen förmlich von Melli los*gerissen.* Ihr Abschied war mehr als nur schwer gewesen: Er war einer Katastrophe gleichgekommen. Der gehetzte Ausdruck in den hellblauen Augen des Ritters zeigte deutlich, daß obwohl sich sein Körper auf den verbrannten Feldern von Bren befand, seine Seele in der Stadt geblieben war – bei der Frau, die er liebte.

Jack ließ ihn in Ruhe, und schweigend krochen sie über die rauchenden Felder. Asche stahl sich gemeinsam mit der Luft in ihre Lungen, und die verbrannten Halme kratzten an ihren Wangen und Beinen. Alles war tot: Das Gras war verbrannt; Feldmäuse waren bis auf die Knochen verkohlt, und Abertausende von Insekten waren zu winzigen Klumpen zusammengeschrumpft – wie Schneeflocken, nur schwarz.

Gelegentlich passierten sie eine Straße. Noch immer wanderten Menschen über das Land: Arme, verwirrte Seelen, die nun, da die Tore der Stadt wegen der Belagerung geschlossen waren, nicht mehr wußten, wohin sie gehen sollten.

Auch sahen die drei Gefährten manchmal Highwalls Soldaten; sie trugen Fackeln in den Händen und waren eifrig damit beschäftigt, alles niederzubrennen, was von der Landschaft noch übriggeblieben war: Scheunen, Dörfer, Bauernhöfe. Jack sah keinen großen Unterschied darin, ob Kylocks Männer nun die Felder verbrannten oder Highwalls Leute die Gebäude. Die Asche, die sie hinterließen, war immer die gleiche.

Es gelang der Sonne, sich für einen kurzen Augenblick einen Weg durch die Wolken zu bahnen, und die Felder erstrahlten in hellem Licht. Jack drehte sich um und blickte zurück zur Stadt. Die mächtigen Mauern funkelten wie ziseliertes Silber. Es würde Highwall nicht leichtfallen, Bren zu bezwingen.

Jack war überrascht, wie nahe sie der Stadt noch immer waren, obwohl sie sie bereits vor sechs Stunden verlassen hatten. Oder gründete sich dieser Eindruck auf die hohen Mauern, die auch aus der Ferne noch riesig wirkten?

Jack zuckte die Schultern und kroch weiter. Nach einer Weile hob Tawl die Hand, um seinen Gefährten zu bedeuten anzuhalten. Noch mehr Highwall-Soldaten? fragte sich Jack. Tawl winkte sie zu sich heran, und Jack und Schnapper krochen an seine Seite. Alle drei lagen sie flach auf dem Boden.

»Das hier ist das letzte Feld«, zischte Tawl. »Vor uns liegt offenes Land. Nur Gras, weiter nichts. Es wird immer schwerer werden, sich vor den Blicken Fremder zu verbergen. Wahrscheinlich werden wir Söldnern oder Nachzüglern auf dem Weg nach Bren begegnen. Sollte uns jemand fragen, dann sind wir Händler aus Lanholt, die die Stadt verlassen haben, aber die aus Furcht vor Highwalls Armee nicht nach Westen gegangen sind. Überlaßt mir das Reden. Alles klar?«

»Was ist, wenn wir auf Soldaten stoßen?« fragte Schnapper.

»Wenn es nicht mehr als drei sind, dann bringen wir sie um. Sind es mehr, rennen wir, was das Zeug hält.« Tawl blickte zu Jack, und Jack nickte. »Also gut. Da vorne ist ein kleines Dickicht. Dort werden wir uns eine Weile verstecken und eine Pause einlegen. Ich zumindest will das verdammte Gras aus meiner Tunika heraushaben, und ein kräftiger Schluck könnte auch nicht schaden. Einverstanden?«

Zehn Minuten später saßen sie an einer kleinen Pfütze, die einst vielleicht ein Teich gewesen war, aßen Honigkuchen und nippten an Cravins bestem Branntwein. Tawl hatte Schnapper mit der Zusammenstellung der Vorräte beauftragt, und der Junge hatte offenbar eine gewisse Abneigung gegen den üblichen Reiseproviant. Es gab weder Bro, noch Trockenfleisch, sondern nur stark gesüßte Lebensmittel und vor allem jede Menge Käse.

Niemand sagte ein Wort. Schnapper hatte eine Pinzette aus seinem Bündel hervorgezaubert und zupfte sich nun mit der Finesse eines Hofgecken verbrannte Halme aus der Hose. Tawl hatte einfach seine Tunika ausgezogen und sie an einem Baum ausgeschlagen. Nur Jack hatte noch nicht damit begonnen, sich der lästigen Halme zu entledigen. Er war noch immer damit beschäftigt, seine Gedanken zu ordnen – eigentlich hatte er seit drei Tagen nichts anderes getan.

Es fiel ihm schwer, all das zu verarbeiten, was in letzter Zeit auf ihn eingedrungen war. Laut Tawl war er derjenige, den eine antike Prophezeiung dazu ausersehen hatte, dem Krieg und dem Leiden auf Larn ein Ende zu bereiten. Drei Wochen vorher, in Annis, hatte er von einer anderen Prophezeiung gehört, von der er vermutete, daß sie ihn betraf. Seitdem hatte er wohlweislich nicht mehr an den Vers der Bäckermeister gedacht, doch nun, nachdem er Tawl getroffen hatte, wurde es immer schwieriger, die Worte und ihre Bedeutung zu ignorieren. Jack hatte das Gefühl, als hätten sich uralte Mächte gegen ihn verschworen, und diese Mächte bestimmten sein Schicksal und zwangen ihn, sich selbst in einem anderen, in einem schrecklicheren Licht zu sehen.

Die vergangenen zwei Tage hatte er in einer Art Dämmerzustand zugebracht. Es war, als hätte ihm eine unsichtbare Kraft in den Magen geschlagen und würde nun zum Todesstoß ansetzen. Jacks ganzer Körper bebte von den Nachwirkungen des Schlages, so daß er nicht mehr klar denken konnte. Er versuchte, sich an den genauen Wortlaut von Tawls Prophezeiung zu erinnern, doch er wollte ihm nicht einfallen. Irgend etwas über zwei Häuser und einen Narren, der die Wahrheit kennt. Gerne hätte Jack den Ritter darum gebeten, den Vers noch einmal zu wiederholen, doch er wollte ihm gegenüber nicht zugeben, daß er etwas derart Wichtiges vergessen hatte.

Alles war so schnell geschehen – und soviel auf einmal. Jack warf einen Blick auf Tawl. Der Ritter lehnte an einem Baum und spannte eine neue Sehne auf seinen Bogen. Jack fiel es schwer zu glauben, daß dieser Mann fünf Jahre seines Lebens auf der Suche nach *ihm* verbracht hatte. So etwas war der Stoff für Legenden. Jack fühlte sich einer solchen Suche nicht würdig. Er war nur ein einfacher Bäckerjunge aus Burg Harvell, nicht der Retter der Welt oder ein kühner Held.

Larn muß zerstört werden, hatte Tawl gesagt, *und Kylock gestürzt.*

Wie in Borcs Namen sollte er das zustande bringen? Warum um alles in der Welt sollte er eine derartige Verantwortung übernehmen? Es mußte doch irgendwo jemanden geben, der für eine solche Aufgabe besser geeignet war als er. Highwall hatte eine Armee. Die Ritter hatten ihre Ordensbrüder. Kylock hatte Baralis, und Larn hatte seine Seher. Jack hatte niemanden.

Nun, das war nicht ganz richtig. Jack hatte Tawl und Schnapper, aber trotzdem wollte er die Verantwortung nicht übernehmen. Auch wenn man ihm ein ganzes Heer gegeben hätte, hätte er nicht der Auserwählte sein mögen.

Sowohl Tawl als auch Melli waren von Anfang an davon ausgegangen, daß Jack das tun würde, was man vom ihm erwartete, und sie hatten sich auch entsprechend verhalten. Niemand hatte ihn je gefragt, ob er nach Larn gehen wollte, und doch hatten alle so getan, als stünde dies außer Frage. Aber warum sollte er? Oh, natürlich hatte er von den Sehern gehört, und die Tatsache, daß sie ein Leben lang an Felsen gekettet waren, klang in der Tat nicht sonderlich angenehm, aber diese Tradition bestand nun schon seit Jahrhunderten – warum also kamen plötzlich alle auf die Idee, daß er, Jack, dem allen hier und jetzt ein Ende bereiten sollte? Er hatte keinerlei Verbindung zu der Insel. Die Seher von Larn gingen ihn nichts an. Jemand, der etwas mit der Insel zu tun hatte, sollte gegen sie vorgehen, jemand der einen Groll gegen die Priester hegte – jemand wie Tawl.

Jack wischte sich das Haar aus dem Gesicht. Er war müde und verwirrt. Das war alles so überwältigend. Es gab soviel, worüber er nachdenken mußte, soviel, was einer Erklärung bedurfte …

Was erwartete man von ihm, daß er tun solle, sobald sie ihr Ziel erreichten? Wie sollte es ihm überhaupt möglich sein, Larn zu zerstören? Er beherrschte zwar den ein oder anderen Trick mit Luft oder Metall, aber er konnte weder ein Erdbeben noch eine Flutwelle heraufbeschwören oder irgend etwas anderes, was eine komplette Insel verschwinden lassen könnte.

Und was würde geschehen, wenn er versagte? Was würde aus Melli werden? Jack wußte nicht viel über Prophezeiungen, doch Tawl bestand darauf, daß Mellis Kind nicht seinen rechtmäßigen Platz einnehmen könne, solange die Insel nicht zerstört war. Plötzlich verspürte Jack das Bedürfnis, zur Burg Harvell zurückzulaufen. Die Verantwortung war einfach zu groß für ihn. Es stand zuviel auf dem Spiel, und er hatte viel zu wenig Informationen, um sich ein Bild von der Lage machen zu können. In Wahrheit jedoch hatte er schlicht und ergreifend die Hosen voll. Tawl und Melli setzten ihr Vertrauen in ihn, und er war nicht sicher, ob er es verdiente.

Doch trotz all seiner Zweifel stellte Jack niemals in Frage, daß er der Junge aus der Prophezeiung war. Irgendwie hatte er das schon gewußt, bevor er Tawl kennengelernt hatte – natürlich hatte er damals noch nichts von der Prophezeiung selbst gewußt, aber er *hatte* gewußt, daß sein Schicksal mit Baralis, Kylock und mit dem Krieg verbunden war. Seit Monaten schon hatte er gespürt, daß er irgendeine Rolle in alledem zu spielen hatte, und dieses Gefühl hatte ihn nach Bren geführt. Es war kein Zufall gewesen, daß Tawl ihn ausgerechnet dort gefunden hatte.

Plötzlich bemerkte Jack, daß Tawl nicht mehr an dem Baum lehnte; er stand unmittelbar hinter ihm. Der Ritter legte die Hand auf Jacks Schulter.

»Du bist nicht allein«, sagte er.

Jack drehte sich um, um ihm in die Augen zu schauen. Eine bittere Antwort lag ihm auf der Zunge, doch als er in Tawls Gesicht blickte, erstarben die Worte auf seinen Lippen. Er war nicht der einzige Mensch, dem man keine Wahl gelassen hatte – der Mann vor ihm hatte auch nie Gelegenheit gehabt, sich frei zu entscheiden. Nicht in einer Million Jahren hätte Tawl sich dazu *entschieden*, Melli zu verlassen. Er hatte es getan, weil er es tun mußte.

Plötzlich hatten die Worte des Ritters mehr als nur eine Bedeutung: Sie bedeuteten vieles, und alles band Jack und Tawl noch enger aneinander. Er war *nicht* allein, und das war mehr als nur ein Trost: Das war wahrscheinlich sein einziger Vorteil.

»Komm schon, Jack«, sagte Tawl und reichte Jack die Hand, um ihm beim Aufstehen zu helfen. »Laß uns das Beste aus dem Tag machen.« Erfreut sah er, daß der Junge sein Lächeln erwiderte. Er beobachtete Jack nun schon geraume Zeit, und es war nicht schwer zu vermuten, worüber er nachdachte. Deshalb war Tawl auch zu ihm gegangen: um Jack soviel Rückhalt zu geben wie möglich. Natürlich mangelte es ihm wie immer an geschliffenen Worten; also hatte er Jack statt dessen die Hand gereicht und das einzige gesagt, was wirklich von Bedeutung war: *»Du bist nicht allein.«*

Tawl lebte lange genug, um den Wert dieser Worte zu kennen. Vor vielen Jahren hatte Tyren mit den gleichen Worten sein Leben verändert.

Zeit bedeutet wenig für die Gefangenen, die Gequälten und die Trauernden. Für solche Menschen sind Tag und Nacht nur Schatten in der großen Finsternis des Lebens.

Bis zum heutigen Tag wußte Tawl nicht, wieviel Zeit zwischen dem Augenblick vergangen war, da er vom Tod seiner Schwestern erfahren hatte, und seiner Ankunft in Valdis. Wochen und Monate werden zu einem ganzen Leben, wenn ein Mann seine Seele verloren hat. Und genau das hatte Tawl an jenem Tag in den Sümpfen verloren: sein

Herz, seine Familie, seine Seele – den Mittelpunkt seines Wesens. Seine Schwestern waren tot gewesen, und während er sich noch im Ruhm von Valdis gesonnt hatte, hatten sie bereits kalt in ihren Gräbern gelegen.

Tawl konnte seinem Vater keinen Vorwurf machen. Der Mann war ein versoffener, nutzloser Idiot, und Tawl hatte das gewußt, solange er denken konnte. Er hätte seine Schwestern nicht bei ihm zurücklassen dürfen. Er hätte sich nicht von ein paar schönen Worten und einem Beutel voller Gold hinters Licht führen lassen dürfen. Auch wenn sein Vater am Spieltisch gewonnen hatte, so hätte er doch wissen müssen, daß Gewinnen einen Spieler nicht heilt, sondern ihn in seiner Sucht bestätigt.

Tawl verfluchte sich selbst. Er hatte einfach nicht darüber nachgedacht. Im selben Augenblick, da sein Vater seinen Platz beansprucht hatte, war er weggerannt.

Auch heute noch konnte Tawl den Zorn fühlen, der ihn bei der Rückkehr seines Vaters gepackt hatte. Er konnte sich der Eifersucht erinnern, die in ihm gekeimt war, als er gesehen hatte, wie sehr seine Schwestern ihren Vater liebten. Auch die unendliche Wut, die ihn schließlich hinaus auf die Straße getrieben hatte, war ihm nach wie vor im Gedächtnis. Seltsamerweise hatte er sich damals eingeredet, nun sei er endlich frei; aber diese ›Freiheit‹ hatte einen bitteren Beigeschmack gehabt, und es hatte Monate gedauert, bis dieser Geschmack verschwunden war.

Drei Jahre später hatte Tawl den Preis für seine Voreiligkeit und seinen Zorn gezahlt. Am Tag, als er in die Sümpfe zurückgekehrt war, war sein Leben vorbei gewesen. An jenem Morgen war die Hoffnung in ihm gestorben, und seitdem war alles durch diesen Verlust befleckt gewesen. Valdis, sein soeben erst erworbener zweiter Ring, seine Träume von Ruhm und Ehre und seine Hoffnungen für die Zukunft: Von einer Sekunde auf die andere hatte all das seine Bedeutung verloren. Schuld an alledem war sein Stolz.

Tawl hatte seine Ringe durchschnitten, das Schwert weggeworfen und war so weit und so schnell davongeritten, wie er nur konnte. Er hatte kein konkretes Ziel gehabt, nur das brennende Verlangen, möglichst viele Meilen zwischen sich und die Sümpfe zu bringen. Das war die schlimmste Zeit seines Lebens gewesen. Nur indem er wie der Teufel geritten war, ohne auch nur ein einziges Mal zurückzublicken, hatte er seine Gedanken im Zaum halten können. Schließlich war sein Pferd unter ihm zusammengebrochen. Tawl hatte sich wieder aufgerappelt und das erschöpfte Tier verflucht. Dann war er einfach weitergerannt und hatte dadurch die arme Kreatur einem langsamen, qualvollen Tod überantwortet. Heute schämte er sich dafür, besonders wenn er daran zurückdachte, wohin ihn das Pferd gebracht hatte.

Als am nächsten Morgen die Sonne aufging, befand sich Tawl in vertrautem Gebiet. Er schritt durch ein Tal, nur wenige Meilen südlich von Valdis. Er war so lange ohne Ziel und ohne Zeitgefühl geritten, daß er ehrlich erstaunt darüber war. Dann fragte er sich, ob er die ganze Zeit über in diese Richtung geritten war. Als er auf seine Ringe hinunterblickte, die blutverklebt und von Eiter geschwollen waren, beschloß Tawl, zu Tyren zu gehen und ihm zu erklären, daß er nicht länger ein Ritter sein könne. Das war das mindeste, was er dem Mann schuldete.

Tyren war inzwischen der Großmeister des Ordens, doch trotz seiner hohen Position eilte er sofort herbei, als er von Tawls Rückkehr erfuhr. Er hielt einen Brief in der Hand, den er rasch in der Tunika verschwinden ließ, bevor er Tawl freudig umarmte.

Tawl schob Tyren von sich.

»Was ist los, mein Sohn?« fragte Tyren. Sein Blick wanderte zu Tawls Arm. »Was ist geschehen?«

In diesem Augenblick brach Tawl zusammen. Er fiel auf die Knie und weinte wie ein Baby. »Sie sind tot«, sagte er immer und immer wieder. »Sie sind tot.«

Tyren nahm ihn in die Arme. Von irgendwoher erschienen warme Decken und zwei kleine Flaschen Branntwein. »Ist deine Familie von uns gegangen?« fragte der Großmeister sanft und bot Tawl eine der beiden Flaschen an.

Tawl nickte. Er versuchte zu sprechen, doch kein Wort kam über seine Lippen. Es *gab* keine Worte, die hätten beschreiben können, was seiner Familie widerfahren war. Statt dessen sagte er: »Ich kann nicht länger ein Ritter sein.«

Tyren legte die Hand auf die Tunika. Durch den dünnen Stoff hindurch waren die Umrisse des Briefs deutlich zu sehen. »Mein Sohn«, sagte er mit ernster Stimme, »die Ritterschaft braucht dich. *Ich* brauche dich. Ich werde dich nicht gehen lassen.«

Tawl schüttelte vehement den Kopf. »Wie kann ein Mann ohne Seele ein Ritter sein?«

Dann sagte Tyren jenen einen Satz, der alles änderte: »Du bist nicht allein«, erklärte er. »Wir alle müssen mit unserer Verzweiflung leben. Wir verdienen uns den dritten Ring mit Blut und Opfern. Du mußt erst Schmerz und Leid kennenlernen, bevor du Größe erfahren kannst. Du bist nicht der erste Ritter, der seine Familie verloren hat. Jeder, der nach Valdis kommt, läßt seine Vergangenheit und die Seinen zurück.

Du mußt jetzt dem Tod deiner Schwestern einen Sinn geben – nur so kannst du deine Seele wiedererlangen. Wenn du jetzt gehst, dann verspreche ich dir, wirst du es für den Rest deines Lebens bereuen. Du wirst in Schande leben und sterben, und all deine Tage werden voller Qual sein. Bleib, und tu, was ich dir sage, und ich schwöre dir, du wirst errettet werden.«

Tyren sah wie ein Gott aus, während er sprach. Seine braunen Augen funkelten in göttlichem Licht. Tawl *glaubte* an ihn.

Ehrfürchtig senkte Tawl den Kopf und sagte: »Was wünscht Ihr, das ich tue, Mylord?«

Tyren zog den Brief aus der Tunika. Er wedelte damit in Richtung Tawl, doch ohne ihn zu öffnen. »Heute habe ich dies hier von einem alten Gelehrten mit Namen Bevlin erhalten. Er bittet mich, ihm einen Ritter zu schicken. Er muß einen Jungen finden, der die Macht besitzt, einen Weltkrieg zu beenden, noch bevor er begonnen hat ...«

Kapitel Zwölf

»Nein, Bodger, glaub mir. Isroer Feuer ist nicht das Schlimmste, was ein Soldat zu fürchten hat.«

»Aber Isroer Feuer verbrennt alles, was es berührt: Stein, Eisen, gehärtetes Leder. Es brennt ja sogar auf Wasser.«

»Aye, aber ein guter Freund kann es jederzeit löschen, wenn er auf dich pißt, Bodger. Nichts löscht Isroer Feuer schneller als ein kräftiger Strahl aus der Blase eines guten Freundes.« Grift schüttelte weise den Kopf. »Nein, Bodger, das Schlimmste, was man einem Soldat an den Kopf werfen kann, ist ein toter Hase.«

»Ein toter Hase!«

»Aye, Bodger. Es ist allgemein bekannt, daß nichts auf der Welt so fürchterlich riecht wie ein toter Hase. So etwas kann einem Mann ernsthaften Schaden zufügen, weißt du? Allein der Gedanke daran macht mich schon krank.«

»Aber warum ausgerechnet Hasen, Grift? Warum keine Stinktiere?«

»Ich dachte, ich hätte dir schon von dem merkwürdigen Paarungsverhalten der Hasen erzählt, Bodger.«

»Das hast du, Grift.«

»Dann denke ich, ist es an der Zeit, daß du mal einen kleinen Sprung nach vorne machst und eins und eins zusammenzählst, Bodger.«

Bodger runzelte verwirrt die Stirn. Dann trank er einen kräftigen Schluck Wein, und schließlich lächelte er triumphierend. »Aaah. Du brauchst nicht weiterzureden, Grift.«

Grift strahlte über das ganze Gesicht wie ein stolzer Lehrer. Er machte es sich auf seiner Pritsche bequem und sagte: »Kylock hat ziemliches Glück gehabt, daß er den Highwall-Tunnel gefunden hat.«

»Aye. Wer hätte gedacht, daß Highwall als erstes auf den Palast losgehen würde?«

»Aber nicht alles läuft so, wie Kylock es sich vorstellt. Nachdem gestern die Mauer durchbrochen worden war, haben ungefähr fünfhundert Schwarzhelme versucht, die Bresche wieder zu schließen. Nach allem, was ich gehört habe, muß es das reinste Blutbad gewesen sein.«

»Auch jetzt ist die Mauer noch nicht wieder vollkommen sicher, Grift. Ich habe es mit meinen eigenen Augen gesehen, jawohl. Sie haben eine provisorische Palisade errichtet und einen Graben um sie herum gezogen; aber ich glaube, daß ein einziger entschlossener Angriff genügt, um das Loch wieder zu öffnen.«

Grift nickte. »Morgen wird das nicht mehr unser Problem sein, Bodger. Hast du den Brief bei dir?«

»Aye, aber er ist versiegelt. Lady Melliandra hat ihn mir heute morgen gegeben. Sie hat gesagt, ich solle mich morgen bei Tagesanbruch auf den Weg ins feindliche Lager machen.«

»Du machst dir doch keine Sorgen, oder etwa doch, Bodger?«

»Nun, ich habe überlegt, ob ich nicht besser eine weiße Fahne oder so etwas Ähnliches mitnehmen sollte. Damit sie nicht gleich auf mich schießen, weißt du?«

Grift dachte einen Augenblick nach. »Ich glaube, das solltest du, Bodger. Nur zur Sicherheit. Natürlich werden sie dich mit offenen Armen empfangen, wenn sie erst einmal wissen, von wem der Brief stammt. Lord Maybor hat erzählt, er hätte das herzögliche Banner über einem von Highwalls Belagerungstürmen gesehen. Das bedeutet, daß Highwall schon für sich beansprucht, für den rechtmäßigen Erben des Herzogs zu kämpfen.«

»Lord Baralis hat sofort befohlen, das Banner herunterzuschießen, Grift.«

»Aye. Der Anblick hat ihm bestimmt nicht gefallen, Bodger.«

Bodger leerte seinen Becher Wein. Er ließ seinen Blick durch den Keller schweifen, um sicherzustellen, daß sie allein waren; dann sagte er: »Highwalls Männer sind nicht die einzigen, die sich Lady Melliandras Sache annehmen. Es gibt Leute in der Stadt, die lieber ihr Kind unterstützen als Kylock. Erst heute morgen habe ich gesehen, wie man zwei Männer vom Altwirtsplatz abgeführt hat. Die Männer hatten einen ziemlichen Menschenauflauf verursacht und erklärt, sie würden lieber einen herzöglichen Bastard auf dem Thron sehen als einen blutdürstigen ausländischen König.«

Grift schüttelte bedächtig den Kopf. »Kylock wird so ein Gerede auf gar keinen Fall hinnehmen, Bodger. Er wird jedem Mann die Zunge herausschneiden lassen, der es wagen sollte, seine Herrschaft in Frage zu stellen.«

Plötzlich erschien Maybor. Die beiden ehemaligen Wachsoldaten schwiegen, während der füllige Lord durch den Hauptkeller in Richtung Falltür schritt.

»Paß auf Melliandra auf, während ich weg bin«, sagte er zu Bodger. Der hohe Herr zog seinen Umhang enger um die Schultern und kletterte die neu errichtete Leiter hinauf und hinaus in die Nacht.

»Das war ja merkwürdig«, sagte Grift und stupste Bodger mit seinem leeren Becher an.

Sofort füllte Bodger den Becher mit Wein aus einem der drei Fässer auf, die die beiden Männer umgaben. Nach und nach arbeiteten sich Bodger und Grift durch sämtliche Fässer im Keller. Mehr als einmal waren sie zwar auf einen besonders sauren Jahrgang gestoßen, doch bisher hatten sie noch keinen Wein entdeckt, der nicht trinkbar gewesen wäre.

»Was ist merkwürdig, Grift?«

»Daß der alte Maybor in einer solchen Nacht einen derart dicken Umhang trägt.«

»Da hast du nicht ganz unrecht, Grift. Heute ist bestimmt die wärmste Nacht des Jahres.«

Sofort nachdem die Falltür hinter ihm ins Schloß gefallen war, zog Maybor den schweren Umhang aus und verstaute ihn in einer dunklen Ecke im Hof der Metzgerei. Der ganze Hof stank nach Blut, doch Maybor war nicht allzusehr darauf bedacht, den grauen, flohverseuchten Umhang vor Schaden zu bewahren. Seit Monaten schlief er nun schon auf dem elenden Ding, und inzwischen hatte es auch den letzten Schnitt verloren, den ihm einst ein Schneider gegeben haben mochte.

Obwohl es bereits dunkel wurde, war es doch noch hell genug, so daß Maybor die dunkle, purpurrote Farbe seiner Tunika bewundern konnte. Eine Farbe, die ohne Zweifel die Weiber beeindrucken würde. Maybor lächelte befriedigt und ging über den Hof hinaus auf die Straße.

Die Häuser bebten unter dem ständigen Beschuß von Highwalls Kriegsmaschinen, und der Himmel im Südwesten war unnatürlich hell. Die verbündeten Streitkräfte des Nordens waren es leid geworden, die Mauern zu attackieren, und so hatten sie ihre Katapulte umgestellt und schleuderten nun ihre Geschosse *über* die Mauern hinweg und hinein in die Stadt. Der Lärm war das Schlimmste: das schreckliche Grollen der Kriegsmaschinen, das einem den Magen umdrehte, das Hämmern von Stein auf Stein, das leise Surren der Langbögen und Armbrüste und das verzweifelte Schreien der Verwundeten.

Während er ostwärts durch die Stadt zog und dem Klang des Krieges lauschte, konnte Maybor den morgigen Tag kaum erwarten. Morgen würde Mellis Brief Lord Besik erreichen, den Oberkommandierenden von Highwalls Armee. Erst heute morgen hatte Besik angeordnet, die Farben des verstorbenen Herzogs zu hissen, um jedermann zu zeigen, daß er hinter Melliandra und ihrem Kind stand. Maybor glaubte ganz genau zu wissen, wer seine feisten

Finger dabei im Spiel gehabt hatte, aber das war egal: Nur daß er und seine Tochter im Lager des Feindes willkommen sein würden, war von Bedeutung. Ab morgen würde Maybor endlich eine aktive Rolle in diesem Krieg spielen können, anstatt sich wie in Feigling in einem Weinkeller zu verstecken.

In den vergangenen Tagen hatte Maybor wiederholt die Stadt und ihre Verteidigung untersucht – selbstverständlich war er dabei so unauffällig wie möglich vorgegangen –, und inzwischen hatte er die ein oder andere Idee entwickelt, wie Bren geschlagen werden könnte. Die Mauer war die größte Stärke der Stadt, und obwohl den Verbündeten in einem Abschnitt der Durchbruch gelungen war, hatte es sie doch eine ganze Woche harter Arbeit gekostet. Bren besaß jedoch auch eine Schwäche: den See. Der Große See war Brens Lebensader; jeder einzelne Brunnen in der Stadt wurde von seinem kalten, klaren Wasser gespeist. Das Überleben von Tausenden von Menschen hing von ihm ab. Würde man den See vergiften, wären eben diese Menschen innerhalb einer Woche auf den Knien.

Highwall sollte Taucher in den See schicken. Schnapper hatte Maybor erzählt, unter Wasser gäbe es Tore, die unmittelbar ins Herz des Palastes führten. Wenn es bereits ein ganzes Netzwerk von Tunneln unter dem Palast gab, dann mußte man nur noch einen Zugang dorthin graben; anschließend die Tunnel mit Holz und Stroh vollstopfen und schließlich alles anzünden. Die Grundmauern würden in kürzester Zeit zusammenbrechen.

Und was die Farben des Herzogs betraf ... Nun, Maybor würde dafür sorgen, daß sie auf jedem Zelt flatterten, jede Sturmleiter zierten und jede Armbrust. Viele in Bren zogen Melli und ihr Kind dem fremden König vor – sie brauchten nur ein wenig Aufmunterung; das war alles. Cravin war bereits eifrig dabei, für Melli zu werben. Allerdings mußte Maybor zähneknirschend zugeben, daß dies ein riskantes Unterfangen war. Bisher waren die wenigen Adeligen, die es gewagt hatten, Mellis Sache – wenn auch nur zaghaft –

öffentlich zu unterstützen, eines plötzlichen Todes gestorben. Selbstverständlich hieß es offiziell, sie seien vermißt, aber Maybor war inzwischen zu alt und zu erfahren, um offiziellen Verlautbarungen zu glauben.

Maybor wurde von zwei jungen Damen aus seinen Gedanken gerissen, die in einer Tür standen und ihm zuriefen:

»Hierher, mein Schöner! Wie wär's mit einem kleinen Gefecht zwischen den Laken?«

»Mein Tor kannst du jederzeit belagern, Süßer!«

Maybor, der rasch die Reize der beiden Frauen abgeschätzt hatte – oder besser: den Mangel daran –, verbeugte sich im Vorübergehen und sagte: »Nicht heute abend, meine Damen. Ein andermal vielleicht.«

Die Mädchen kicherten affektiert ob Maybors Höflichkeit und boten ihm einen Sonderpreis an, sollte er sich später doch noch anders entscheiden.

Maybor merkte sich die Straße. Sollte er nicht bald das Haus finden, nach dem er suchte, dann würde er vielleicht auf das Angebot der Damen zurückkommen müssen. Immerhin waren die Unscheinbarsten zumeist die Einfallsreichsten im Bett. Eines jedoch war absolut sicher: Heute nacht *würde* er eine Frau haben.

Maybor hatte schon so lange keine Frau mehr gehabt, daß er schon beinahe vergessen hatte, was er mit einer anfangen sollte. Eine derartige Abstinenz konnte einen Mann umbringen! Wenn er morgen ins Highwall-Lager überwechselte, würde er bis zum Ende der Belagerung wahrscheinlich keine Zeit mehr haben, bei einer Frau zu liegen, und deshalb war er heute abend auf die Straße gegangen: Er wollte seine letzte Gelegenheit nicht ungenutzt verstreichen lassen.

Nun hatte es das Schicksal gefügt, daß er heute nachmittag in einem Gasthof eingekehrt war, wo man ihm die Adresse des profitabelsten Bordells von ganz Bren gegeben hatte. Dieses Bordell rühmte sich eines Mädchens von solcher Schönheit, daß Männer von nah und fern kamen, um mit ihr zu schlafen. Nachdem er dies erfahren hatte, hatte Maybor beschlossen, daß er seine letzte Nacht in Bren mit eben diesem Mädchen verbringen würde. Die langen Tage des Zölibats würden in eine glorreiche – und wahrscheinlich sehr teure – Nacht münden.

Schließlich fand Maybor das Haus, nach dem er gesucht hatte. Die roten Fensterläden waren geöffnet, und Rauch, Lärm und Gerüche strömten hinaus in die Nacht, um Kunden anzulocken. Maybor überprüfte den Namen des Etablissements, der auf dem Schild über der Tür geschrieben stand, legte sicherheitshalber die Hand auf seine Börse und klopfte an.

Eine Frau öffnete die Tür. Sie musterte Maybor von oben bis unten, tätschelte ihr gepudertes Haar und sagte: »Seid willkommen, edler Herr. Klopft Euch den Staub des Kampfes von den Schuhen und tretet ein.« Sie packte seinen Arm und zog ihn über die Schwelle.

Instinktiv wollte Maybor den Rückzug antreten. Die Frau war weder jung noch hübsch, und sie stank wie eine tote Ratte. Doch gerade als er sich wieder auf den Weg hinaus machen wollte, rief die Frau:

»Moxie! Fanny! Kommt her, und kümmert Euch um den Herrn!« Zwei junge Mädchen eilten herbei, und die Frau ließ Maybor los. Die Mädchen nahmen den Gast in ihre Mitte, und die Frau drückte ihm einen Krug Bier in die Hand. »Unser Bestes«, sagte sie.

Obwohl nur wenige Kerzen auf den Tischen brannten, war die Luft voller Rauch. Das Licht war trüb, der Rauch dick, und der Schankraum war bis unters Dach gefüllt mit Gästen. Maybor trank einen Schluck von seinem Bier – seltsam: Es schmeckte genau wie das Bier daheim in den Königreichen.

»Seit Beginn des Krieges ist das Geschäft nicht mehr so gut gelaufen«, sagte die Frau. »Nichts macht einen Mann in der Nacht geiler, als wenn er den Tag auf den Bastionen verbracht hat.« Sie lächelte kokett und richtete ihre Frisur.

Maybor war ein wenig verwirrt; der Rauch und das starke

Bier zeigten bereits Wirkung ... allerdings sah die Rattenfrau noch immer häßlich aus.

»Wo ist eure Schönheit?« fragte er.

Die beiden Mädchen an seiner Seite schmiegten sich an ihn.

Das Lächeln der Rattenfrau verbreiterte sich. »Aaah. Nun, mein schöner Herr, Cherry ist im Augenblick beschäftigt. Sie wird später wieder frei sein. Warum amüsiert Ihr Euch inzwischen nicht ein wenig mit Fanny und Moxie?«

Fanny und Moxie küßten ihn auf die Wange. Die beiden Mädchen wirkten recht zufriedenstellend, doch Maybor hegte den starken Verdacht, daß sie bei Tageslicht betrachtet viel von ihren Reizen verlieren würden. »Ich werde sie eine Weile zu mir an den Tisch nehmen«, sagte er. »Aber schickt mir Cherry, sobald sie frei ist.«

Die Frau zögerte einen Augenblick. »Wie Ihr wünscht, mein Herr. Aber es wird Euch das Doppelte kosten, wenn Ihr Euch mit allen dreien amüsieren wollt.«

Maybor ließ sich von den Mädchen zu einer Bank an der Wand führen. Sie küßten und streichelten ihn ohne Unterlaß. »Geld spielt keine Rolle, Frau!« Maybor mußte brüllen, um den Lärm zu übertönen. »Bring mir einfach das Beste, was du zu bieten hast!«

Über mehrere Meilen Entfernung hinweg empfingen Madame Greals Fledermausohren jedes Gespräch über Geld, und soeben hatte sie zwei ihrer Lieblingsätze gehört: *»Geld spielt keine Rolle«* und *»Bring mir das Beste, was du zu bieten hast.«* Ihr kleines Herz pochte vor Aufregung. Offenbar war gerade jemand eingetroffen, der es sich leisten konnte, Unmengen von Geld auszugeben.

Natürlich hieß das nicht, daß sie das Geld nötig gehabt hätte. Seit sie ihre große Schönheit eingekauft hatte, liefen die Geschäfte immer besser. Aus der ganzen Stadt strömten die Männer herbei, um Cherrys Reize zu bewundern: hellblondes Haar, seidenweiche Haut und Augen so grün wie Smaragde – ganz zu schweigen von ihrem Hinterteil, das die Größe eines Bierfasses besaß! Das Mädchen hatte sich rasch zu einem Phänomen entwickelt: In den Gasthöfen sang man Lieder über sie; ihr Porträt zierte Geschosse, die auf den Feind geschleudert wurden, und vergangene Nacht hatte König Kylock höchstpersönlich nach ihr geschickt.

»Geliebte Schwester«, ertönte Madame Dornenbeutels hohe, nasale Stimme. »Ich glaube, wir haben da ein kleines Problem.«

»Was denn jetzt, liebste Schwester? Hat sich schon wieder jemand über den Rauch beschwert?« zischte Madame Greal. Ihre Schwester war einmalig, wenn es darum ging, aus einer Mücke einen Elefanten zu machen. Vergangene Nacht hatte sie sich doch tatsächlich über Kakerlaken im Bier aufgeregt!

»Nun, geliebte Schwester«, sagte Madame Dornenbeutel und senkte ihre Stimme zu einem Flüstern. »Ein recht edler Herr ist gekommen und verlangt, Cherry zu sehen. Seinem Aussehen nach zu urteilen, kann er es sich durchaus leisten, das Doppelte zu bezahlen.«

Madame Greal verstand das Problem. »Hast du ihm Fanny statt dessen gegeben?« Nach Cherry war Fanny das zweitbeste Mädchen in diesem Etablissement. Wäre sie nicht mit einer ungewöhnlich langen Nase und Hasenzähnen geschlagen gewesen, hätte man sie durchaus als Schönheit bezeichnen können.

»Ja, geliebte Schwester, aber er fragt immer noch nach Cherry.«

»Aber er kann sie nun mal nicht sehen«, erwiderte Madame Greal schnippisch. »Niemand kann sie sehen, bis es ihr nicht wieder besser geht.«

Heute morgen war Cherry aus dem herzöglichen Palast zurückgekehrt. Neben einem gebrochenen Arm hatte sie auch drei Brandflecken auf der rechten Schulter. Das Mädchen hatte geschworen, sie sei die Treppe hinuntergefallen und gegen einen Tisch mit brennenden Kerzen gestürzt. Madame Greal wußte es besser. Die Erfahrung hatte sie gelehrt, daß manche Männer es genossen, Frauen Schmerzen zuzufügen, und sie hatte das Gefühl, daß König Kylock ein ebensolcher Mann war.

Normalerweise ignorierte Madame Greal derartige Praktiken – besonders bei jemandem, der so großzügig war wie der König –, aber in diesem Fall war das etwas anderes: Für mindestens eine Woche würde sie ihren größten Besitz nicht nutzen können. Cherry konnte zwar mit einem gebrochenen Arm arbeiten – vielleicht würde das sogar ihren Nimbus vergrößern –, doch die Brandwunden mußten erst verheilen, bevor sie sich wieder in der Öffentlichkeit sehen lassen konnte. Die Situation war wirklich äußerst unangenehm ... besonders wenn ein reicher Kunde bereit war, das Doppelte für ihre Dienste zu zahlen.

»Zeig mir den edlen Herrn, liebste Schwester.«

Madame Dornenbeutels Finger richtete sich nach oben wie eine Wünschelrute, die auf Gold zeigt. »Er ist dort drüben«, sagte sie. »Der Mann in der purpurroten Tunika, der mit dem Rücken zu uns sitzt.«

Madame Greals Augen hatten den Finger ihrer Schwester bereits überholt. Sie hatte die rote Seide entdeckt und wollte gerade auf den Mann zugehen, als dieser sein Gesicht ins Licht drehte.

Madame Greal blieb wie angewurzelt stehen. Die Luft in ihren Lungen verwandelte sich in Staub. Aller Rauch der Welt reichte nicht aus, um die Identität des Mannes in Rot zu verbergen. Madame Greal sah sein Gesicht jede Nacht in ihren Träumen. Sie hob den Daumen an die Lippen und drückte sanft gegen das weiche Fleisch auf ihrem Oberkiefer. Fleisch, wo einst Zähne gewesen waren.

»Was ist los, geliebte Schwester? Du siehst aus, als hättest du einen Geist gesehen.«

Unter großen Anstrengungen gelang es Madame Greal, die Fassung wiederzuerlangen. Sie lächelte ihr seltsames Lächeln, indem sie die Lippen zu einem dünnen Strich zusammenpreßte. »Nein, liebste Schwester«, antwortete sie.

»Ich habe soeben etwas viel Profitableres gesehen als einen Geist.«

Madame Dornenbeutel erbebte wie eine keusche Jungfer. »Was, geliebte Schwester? Was?«

»Einen der meistgesuchten Männer in ganz Bren«, flüsterte Madame Greal mehr zu sich selbst als zu ihrer Schwester. Wer hätte geglaubt, daß Lord Maybor ausgerechnet hier landen würde? Ihr Lächeln wurde breiter. Hier bot sich nicht nur die Gelegenheit zum Profit, sondern auch zur Rache, und im Greal-Universum gab es nichts Befriedigenderes als diese beiden Dinge. Auch bot sich hier die Möglichkeit, sich bei Lord Baralis einzuschmeicheln. Oh, natürlich hatte Madame Greal nicht vergessen, daß sie etwas gegen den großen Lord in der Hand hatte – sie allein in ganz Bren wußte, daß er die Ermordung des Herzogs geplant hatte –, aber sie hatte bisher viel zu viel Angst gehabt, dieses Wissen zu verwenden. Leute, die sich mit Lord Baralis anlegten, hatten die unangenehme Angewohnheit, eines plötzlichen Todes zu sterben. Wenn er einen Herzog und wahrscheinlich auch eine Herzogin ermorden konnte, dann würde es ihm mit Sicherheit nicht schwerfallen, einen Erpresser aus dem Weg zu räumen. Es war wesentlich besser, Lord Baralis zunächst einmal kennenzulernen und seine Großzügigkeit auszuloten. Die Erpressung konnte warten. In Madame Greals Erfahrung wurden Geheimnisse wie das ihre mit der Zeit immer mächtiger, und mit dem Geld, das sie für die Auslieferung von Maybor und seiner Schlampe von Tochter bekommen würde, konnte sie es sich leisten zu warten.

»Du«, wandte sie sich an ihre Schwester, »du mußt dafür sorgen, daß der Mann bis zu meiner Rückkehr beschäftigt ist.«

»Aber …«

Madame Greal hob die Hand. »Kein Aber. Mir ist egal, wie du das anstellst. Laß meinetwegen die Mädchen nackt für ihn tanzen. Sorg einfach dafür, daß der alte Bastard nicht abhaut.«

Madame Dornenbeutel wirkte entsetzt; aber inzwischen hatte sie sich angewöhnt, ihrer älteren Schwester in allem zu gehorchen, und so nickte sie nur ergeben. »Du bleibst doch nicht zu lange weg, geliebte Schwester, oder?«

Madame Greal hatte bereits ihren Umhang angelegt. »Nein, liebste Schwester. Ich bin wieder zurück, bevor du dich versiehst.«

Baralis hatte soeben seine erste Nachricht an Skaythe gesandt. Der Mann hatte die Stadt vor fünf Tagen verlassen und war inzwischen auf dem Weg nach Süden in der Hoffnung, Tawl zu finden. Obwohl Baralis bereits seit einiger Zeit vermutet hatte, daß sich der Ritter nicht mehr im Stadtgebiet befand, war diese Vermutung doch erst heute morgen bestätigt worden. Dank Larn wußte er nun nicht nur, *wohin* der Ritter unterwegs war, sondern auch welchen Weg er nehmen würde: über die Halbinsel vorbei an Ness, Toolay und Rorn.

Die Priester hatten Baralis im Schlaf kontaktiert. Es war bezeichnend, daß sie bis zum Morgen gewartet hatten, bevor sie mit ihm in Verbindung getreten waren – sie hatten gehofft, im Traum einen Blick in seine Geheimnisse werfen zu können. Baralis lächelte in sich hinein. Es bedurfte schon mehr als der Seher von Larn, um das düstere Labyrinth seines Geistes auszuloten.

Offenbar wurden die Priester auf ihrer fernen Insel allmählich nervös. Sie hatten sich bemüht, so distanziert und gelassen wie immer zu wirken, doch Baralis hatte einen drängenden Unterton in ihren Gedankenstimmen bemerkt. Larn wollte den Jungen und den Ritter tot sehen, und sie würden jede erdenkliche Mühe auf sich nehmen, um dies zu erreichen. Außer mit Informationen über die Flüchtlinge hatten die Priester Baralis auch mit weiteren Neuigkeiten über den Krieg bestochen. Highwall erwartete die Ankunft von eintausend Söldnern. Die Männer waren voll ausgerüstet und bereits bezahlt; alles auf Kosten des ehrenwerten Erzbischofs von Rorn.

Baralis hatte keine Zeit verschwendet und die Information sofort an Kylock weitergeleitet. Immerhin war Krieg eine Spezialität des Königs.

Politik und Intrigen jedoch waren die *seinen.*

Lächelnd schenkte sich Baralis einen Becher Wein ein. Skaythe erwies sich immer mehr als nützliche Entdeckung. Baralis hätte eine ganze Armee anheuern können, doch Skaythe konnte man aufgrund seiner eingeschränkten magischen Fähigkeiten unterwegs kontaktieren. Zwar hatte er Mühe, eine Nachricht zu *senden,* aber eine zu *empfangen* fiel ihm leicht. Skaythe mußte sich nur konzentrieren und lauschen, ohne seine Ohren zu benutzen. Jeder Trottel konnte das.

Auch die letzte Nachricht hatte Skaythe empfangen, und nun änderte er seine Route entsprechend. Baralis hatte großes Vertrauen zu dem Mann. Vielleicht war er im Kampf nicht so geschickt wie sein Bruder, aber er war unendlich viel gerissener.

Ein lautes Klopfen an der Tür riß Baralis aus seinen Gedanken. Um diese Zeit kümmerte sich Crope üblicherweise um die Tiere, und infolgedessen war er im Augenblick nicht hier. Baralis stand auf. Noch bevor er den Raum durchquert hatte, ertönte das Klopfen erneut. Wer auch immer dort draußen sein mochte, er war äußerst ungeduldig.

Baralis riß die Tür auf. »Wer wagt es, mich um diese Zeit zu stören?«

Eine Frau stand draußen im Gang. Ihr Gesichtsausdruck war ernst, und ihr Körper war so reizvoll wie ein Stück Holz. »Jemand, der Euch zur größten Hure von Bren führen kann.«

»Und wer mag das wohl sein?« Baralis blickte den Gang hinunter. Wer hatte diese Verrückte in den Palast gelassen?

»Maybors Tochter natürlich.«

»Ihr wißt, wo Melliandra ist?« Vielleicht war die Frau doch nicht so verrückt. In ihren Augen funkelte Gier, nicht Wahnsinn. »Kommt bitte einen Augenblick herein.« Baralis winkte sie in seine Gemächer. »Darf ich Euch einen Becher Wein anbieten?«

»Nur einen winzigen Schluck, um meine Kehle anzufeuchten.«

Baralis schenkte ihr einen Becher ein. »Und mit wem habe ich das Vergnügen?«

»Madame G.« Die Frau achtete beim Sprechen darauf, ihre Lippen so wenig wie möglich zu bewegen.

»Nun, Madame G., vielleicht wollt Ihr mir jetzt mitteilen, wo sich die junge Mörderin befindet.« Baralis sprach mit einer honigsüßen Stimme, um die Fliege in die Falle zu locken. »Und anschließend können wir uns über die Belohnung unterhalten.«

»Wenn es Euch nichts ausmacht, würde ich lieber zuerst über die Belohnung sprechen. In meinem Beruf lernt man rasch, daß es besser ist, sich im voraus bezahlen zu lassen.«

»Weiter.«

»Nun.« Die Frau schaute sich auf der Suche nach Inspiration im Raum um. »Zunächst wäre da natürlich Gold.«

Baralis nickte. »Natürlich.«

»Sagen wir fünfhundert Goldstücke?«

»Und?«

Die Frau lächelte mit der Befriedigung eines Henkers, der die Schärfe seines Beils überprüft. »Wir wissen beide, wie wichtig es ist, daß Lady Melliandra gefunden wird. Wenn sie ins Lager des Feindes entkommt, dann könnte das einen Bürgerkrieg heraufbeschwören.« Madame G. schüttelte traurig den Kopf. »So mancher in Bren würde lieber ihr Kind auf dem Thron sehen als Kylock – nur daß es aufgrund der Art und Weise, wie Kylock gegen ihre Anhänger vorgeht, niemand wagt, es offen auszusprechen.«

»Sagt, was Ihr zu sagen habt.«

Die Veränderung in Baralis' Stimme blieb nicht unbemerkt. Die Frau verriet ihre Nervosität, indem sie einen kräftigen Schluck Wein trank. Dabei bemerkte Baralis zum ersten Mal, daß ihre Schneidezähne fehlten.

Nachdem sie sich wieder ein wenig Mut angetrunken

hatte, blickte ihm die Frau in die Augen. »Ich will eine Stellung hier im Palast. Wirtschafterin, Buchhalterin, Kellermeisterin …« Madame G. machte eine weit ausholende Bewegung mit ihrem Arm, um ihre Forderung zu unterstreichen, als plötzlich ein bösartiger Ausdruck auf ihrem Gesicht erschien. »Vielleicht könnte ich mich ja auch um die Hure kümmern.«

Egal wie sehr er sich auch bemühte, Baralis konnte sich ein Lächeln nicht verkneifen. Die Frau würde einen hervorragenden Gefängniswärter abgeben. »Ihr werdet jede Stellung bekommen, die ihr wünscht«, erklärte er. »Und jetzt sagt mir …«

»Ich muß Euch zunächst um das Gold bitten, bevor ich weiterrede«, unterbrach ihn Madame G.

Baralis ging zu seinem Schreibtisch. Er schrieb einen Schuldschein aus, unterschrieb ihn und versah ihn mit seinem persönlichen Sigel. Dann reichte er ihn der Frau.

Sorgfältig studierte sie die Worte. »Ich muß dennoch eine kleine Vorauszahlung verlangen.«

»Wenn Ihr mir nicht sofort sagt, wo Maybor und seine Tochter sind, dann werdet Ihr diesen Palast nicht mehr lebend verlassen.« Baralis baute sich unmittelbar vor der Frau auf. »Seid mit dem zufrieden, was Ihr habt, oder Ihr verliert alles.«

Mit zitternder Hand stopfte Madame G. den Schuldschein in ihr Kleid. »Nun, denn. Lord Maybor amüsiert sich augenblicklich im Etablissement meiner Schwester. Schickt einige Männer dorthin, damit sie ihm folgen. Er wird sie direkt zu Melliandra führen.«

Baralis' Hand war bereits an der Klingel. »Und wo ist dieses Etablissement?«

»Im Süden der Stadt. Ich werde die Männer begleiten, damit sie es schneller finden.«

»Gut«, erwiderte Baralis. Er hatte bereits jegliches Interesse an der Frau verloren – ihm war egal, ob sie die Jagd anführte. Die Seher von Larn irrten sich nie. Schon bald würde Melliandra ihm gehören.

Maybor hatte schon lange aufgegeben, sich die Namen all der Mädchen zu merken. Moxie und Fanny waren die ersten gewesen, doch danach waren nur noch leicht bekleidete Leiber gekommen.

Rauch so dicht, daß ein Köhler daran ersticken konnte, und Bier so stark, daß es einen Ochsen umgehauen hätte, hatten Maybor in eine Art Dämmerzustand versetzt. Das einzige, was er mit Sicherheit wußte, war, daß es Zeit war, nach Hause zu gehen. Doch die Frau, die nach toten Ratten stank, ließ das nicht zu. Jedesmal wenn er Richtung Tür wankte, stellte sie sich ihm in den Weg und schob ihm ein weiteres nacktes Mädchen in den Arm.

Der Schankraum war inzwischen fast vollkommen leer. Ein paar betrunkene Elendsgestalten lagen schnarchend auf dem Boden. Ein Mann weinte in sein Bier, und ein anderer sang ein Lied über seine Frau. Selbst der Rauch löste sich langsam auf.

Maybor stieß die Mädchen beiseite und stand auf. Es dauerte einen Augenblick, bis der Raum aufhörte, sich zu drehen; dann erschien die Rattenfrau in seinem Sichtfeld.

»Bitte geht noch nicht, edler Herr«, sagte sie und packte Maybors Arm. »Ihr habt Esmi noch nicht tanzen sehen.«

Maybor schlug ihr auf die Finger. »So wahr Borc mein Zeuge ist, Frau, ich werde jetzt gehen! Und du wirst mich nicht aufhalten.« Er schlurfte in Richtung Tür. Sie öffnete sich, noch bevor er dort angekommen war. Eine Frau steckte ihren Kopf herein – oder zumindest glaubte das Maybor, denn als sich sein Blick klärte, war sie wieder verschwunden.

Die Rattenfrau, die ihm hinterhergeeilt war, drehte sich plötzlich zu den Mädchen um. »Sagt dem edlen Herrn gute Nacht!« rief sie.

»Gute Nacht, Süßer!« riefen die Mädchen wie aus einem Munde.

Instinktiv wußte Maybor, daß es jetzt nicht angebracht war, eine Verbeugung zu riskieren, und so wedelte er nur mit dem Arm. Die Rattenfrau ließ ihn ungehindert hinaus.

Maybor atmete die frische Nachtluft ein und versuchte, sich an den Heimweg zu erinnern. Den Blick auf die Füße gerichtet, wankte er zum Ende der Straße. Dort angekommen, erschien ihm alles vertraut genug, daß er es wagte, nach links auf den Marktplatz abzubiegen. Alles war still. Highwall hatte den Beschuß für die Nacht eingestellt; die einzigen Geräusche waren das Tropfen von Wasser in den Fontänen und das Rascheln von Maybors Seidentunika.

Alles in allem betrachtet war dies eine höchst ungewöhnliche Nacht gewesen. Maybor hatte heute sogar etwas gelernt: Selbst nackte Mädchen wurden nach einer Weile todlangweilig. Trotzdem mußte sich ein Mann von Zeit zu Zeit haltlos betrinken, wollte er vermeiden, verrückt zu werden.

Während er durch die Stadt wanderte, wurde Maybor wieder ein wenig nüchtern. Eine leichte Brise blies ihm den Rauch aus den Lungen, und der Gestank der Kanäle wirkte belebender als das beste Riechsalz.

Mit der neu gewonnen Klarheit kam eine gewisse Vorsicht. Maybor glaubte, Schritte zu hören. Er blieb abrupt stehen und war sicher, daß die Schritte im gleichen Moment aufhörten. Irgend jemand folgte ihm. Wahrscheinlich ein Taschendieb oder ein Räuber, der durch seine feine Kleidung und seinen schwankenden Gang angelockt worden war. Maybor eilte weiter. Der Keller war nicht mehr weit entfernt.

Noch ein paar Abzweigungen, ein rascher Blick nach links und rechts, dann betrat Maybor den Hof des Metzgers.

Borc! War das finster hier! Maybor stolperte in die Mitte des Hofes und suchte auf dem Boden nach der Falltür. Nachdem er sie gefunden hatte, trat er gegen das Holz und zischte: »Ich bin's. Maybor. Laßt mich rein.« Schritte erklangen aus der Tiefe, und Maybor grunzte zufrieden. Die faulen Kerle waren also wach. Gerade als sich die Falltür öffnete, erinnerte sich Maybor an seinen Umhang, den er in einer Ecke des Hofes zurückgelassen hatte. »Ich bin in einer Minute wieder zurück«, murmelte er Bodger zu.

Maybor war nicht ganz sicher, wo genau er den Umhang hingelegt hatte. In der Dunkelheit sah alles gleich aus. Als er in Richtung der am weitesten entfernten Ecke abdrehte, durchbrach ein rauher Schrei die Stille der Nacht:

»Packt sie!«

Schwerter wurden gezogen, und plötzlich war der Hof voller schattenhafter Gestalten, die auf die Falltür zustürmten.

Maybor sah, wie zwei der Männer auf ihn zuliefen. Er zog sein Messer und wich in die tiefen Schatten an der Mauer zurück. Seine Hüfte stieß gegen irgend etwas. Es war ein Schlachtblock. Fluchend suchte sich Maybor einen Weg um das Hindernis herum.

Als er wieder den Blick hob, sah er, wie eine Gruppe Bewaffneter in den Keller hinabsprang. Irgend jemand schrie.

Die beiden Männer waren nur noch wenige Schritte entfernt, und Maybor stieß mit dem Messer zu. Einer von beiden wich zurück. Maybor packte den Schlachtblock und stieß ihn um. Mit lautem Krachen fiel das schwere Stück Holz gegen den zweiten Mann. Maybor ließ sich auf den Boden fallen. Er tastete sich durch den Dreck, bis seine Hand den weichen Stoff des Umhangs fühlte.

Der zweite Mann war unter dem schweren Schlachtblock begraben. Er rief nach seinem Kameraden, dieser solle ihn aus seiner mißlichen Lage befreien.

Mehrere Männer kletterten aus dem Keller. Einer von ihnen trug irgend jemanden. Irgend jemanden, der weder schrie noch sich zur Wehr setzte. Es war so dunkel, daß Maybor keine Einzelheiten erkennen konnte, aber er vermutete, daß es sich bei der Gestalt um seine Tochter handelte. Melliandra würde ihren Feinden mit Würde begegnen. Maybors Herz machte einen Sprung, als die Gestalt sich bewegte. Im Licht der Sterne war kurz ein Rock zu sehen gewesen. Das war wirklich Melli, und sie lebte! Zwei Soldaten standen neben ihr.

»Trevis! Brunner! Habt ihr den alten Bock?«

»Wir haben ihn in die Enge getrieben, Hauptmann.« Es folgte ein lautes Krachen, als der erste Mann den Block vom Fuß seines Kameraden wuchtete.

Maybor wußte, daß ihm nur Bruchteile von Sekunden blieben, um eine Entscheidung zu treffen. Melli war gefangen, und er bezweifelte, daß er sie befreien konnte. Es waren einfach viel zu viele Gegner, um allein mit ihnen fertig zu werden. Er mußte seinen Verstand benutzen – um Mellis willen.

Die beiden Soldaten kamen immer näher. Vorsichtig schwangen sie ihre Klingen hierhin und dorthin. Maybor stand tief in den Schatten, und er vermutete, daß keiner von beiden ihn sehen konnte.

Er wußte, daß es am Besten wäre, wenn er versuchen würde zu entkommen. Es würde Melli nicht helfen, wenn er sich fangen oder gar umbringen ließ. Falls er sich recht erinnerte, gab es auf halber Strecke zwischen seiner Position und der Küche des Metzgers einen Lieferanteneingang. Maybor packte seinen Umhang mit beiden Händen und schleuderte ihn wie ein Netz in die Mitte des Hofes. Im schwachen Licht der Sterne wirkte das flatternde Kleidungsstück wie ein Mann.

»Da ist er, Trevis!« rief der erste Mann. »Er versucht abzuhauen.« Die beiden Männer stürmten dem Umhang hinterher.

»Vater! *Nein!*« schrie Melli.

Ihr Schrei drehte Maybor den Magen um – sie mußte seinen Umhang erkannt haben. Er zögerte einen Augenblick, dann kroch er in entgegengesetzter Richtung von dem Tumult davon, immer an der Wand entlang und in Richtung Tür. Die Luft brannte in seinen Lungen, und er schnaufte bei jedem Atemzug. Er mußte sich nicht umdrehen, um zu wissen, daß sein Täuschungsmanöver aufgedeckt worden war. Schritte und Rufe ertönten hinter ihm.

Maybor erreichte die Tür. Seine Hand zitterte so stark, daß er kaum den Riegel zu öffnen vermochte.

»Er ist dort drüben an der Wand!« rief irgend jemand.

Maybor packte den Riegel mit beiden Händen und schob ihn zurück. Die Tür öffnete sich nach außen. Der fette Lord riskierte einen letzten Blick in den Hof.

Melli verursachte gerade einen mittleren Aufruhr. Sie trat und schrie und tat ihr Bestes, um die Soldaten davon abzuhalten, ihrem Vater zu folgen. Maybor glaubte, sein Herz müsse jeden Augenblick zerspringen. Melli war die tapferste Tochter, die sich ein Vater wünschen konnte.

Schritte ertönten hinter ihm, und er wußte, daß es an der Zeit war zu verschwinden. Er schlüpfte durch die Tür und zog sie hinter sich wieder zu. In der dahinterliegenden Gasse gab es nur wenig mehr Licht als im Hof, doch Maybor sah sofort, daß die linke Seite von einem Stapel Apfelkisten versperrt war. Er rannte los und warf sich mit all seinem Gewicht gegen die Kisten. Sie fielen hinter ihm zu Boden. Holz brach, und Äpfel rollten durch den Dreck. Er war durch. Im selben Augenblick flog die Tür auf und zwei Soldaten traten heraus – gerade rechtzeitig, um von einer Apfellawine erschlagen zu werden.

Maybor hatte nicht mehr die Kraft, um den Anblick zu genießen. Er drehte sich um und rannte durch die Gasse davon. Jeder einzelne Schritt war eine Qual. Er hatte das Gefühl, als hätte sich ein eisernes Band um seinen Brustkorb gelegt, und seine Tunika war schweißdurchtränkt. Nach und nach wurde er langsamer, während er im Labyrinth der Stadt verschwand.

Inzwischen war Maybor wieder vollkommen nüchtern, doch er konnte sich nicht über seine geglückte Flucht freuen. Vor seinem geistigen Auge sah er immer wieder Melli, wie sie gegen ihre Entführer kämpfte, und dieses Bild verfolgte ihn bis zum Morgengrauen.

Kapitel Dreizehn

»Wir müssen davon ausgehen, daß man uns folgt«, sagte Tawl, »und zwar jederzeit.«

»Du sprichst ein wahres Wort gelassen aus, mein Freund«, mischte sich Schnapper ein. »Mauersegler hat immer gesagt, man habe ihn schon so oft verfolgt, daß man ihm auch noch ins Grab hinterherrennen würde.«

Tawl lächelte und warf einen Blick auf Jack. Er war nicht sicher, wie Jack eine derartige Bemerkung aufnehmen würde. Es gab noch soviel, was er über den Jungen nicht wußte.

Jack schürte das Feuer. »Ich gehe schon die ganze letzte Woche davon aus, daß man uns verfolgt.«

»Hast du irgendwas gespürt?«

»Das hat nichts mit *Zauberei* zu tun, wenn es das ist, was du meinst, Tawl.« Jack betonte das Wort ›Zauberei‹ über Gebühr.

Tawl akzeptierte den Tadel. Er hatte ihn verdient, denn er hatte nicht deutlich genug gefragt. »Warum dann?«

»Weil Baralis so seine Mittel hat, um zu erfahren, was die Leute vorhaben. Beispielsweise kann er jemanden finden, wenn dieser jemand Magie benutzt.« Jack warf einen weiteren Scheit ins Feuer. »Und weil er mich schon mehr als einmal aufgespürt hat.«

Ein kalter Wind blies in die Flammen. Die Sonne verschwand hinter den Hügeln im Westen, und der Tag ging mit ihr. Die Pferde wieherten leise und wandten sich wieder dem Gras zu. Tawl war beunruhigt, und er vermutete, daß Jack dieses Gefühl teilte.

Sie hatten die Stadt vor nunmehr neun Tagen verlassen. Neun Tage, in denen sie von früh bis spät in die Nacht unterwegs waren; neun Tage voller langer Stunden, schmerzender Glieder und wenig Schlaf. Vor einer Woche hatten sie zwei Pferde von einem Bauern gekauft, der soviel Angst gehabt hatte, ausgeraubt oder verprügelt zu werden, daß er die Tiere förmlich verschenkt hatte. Die Pferde waren ein wenig dürr, aber sie waren zäh und harte Arbeit gewöhnt. Tawl hatte Jack den Braunen gegeben, der ein wenig kleiner als sein Artgenosse war; den Grauen hatte er für sich behalten, und Schnapper ritt nun – wenn auch unter Protest – hinter ihm.

Bisher hatten die Pferde sie nur aufgehalten. Schnapper haßte Pferde, und Jack hatte nie Reiten gelernt. Tawl vergaß immer wieder, daß Jack ein Bäckerlehrling war. Er sah nicht wie einer aus; er benahm sich nicht wie einer, und er führte sein Messer wie ein Meuchelmörder, nicht wie ein Küchenjunge. Aber er *war* jung, und es gab noch viel für ihn zu lernen: simple Dinge wie Reiten, seine Sachen so zu verpacken, daß sie trocken blieben, wie man sich nachts an den Sternen orientiert und wie man am Morgen ein Feuer löscht.

Nach und nach brachte ihm Tawl alles bei, was er wußte. Jack lernte rasch. Schon jetzt war er ein besserer Reiter als Schnapper, und morgen rechnete Tawl damit, daß sie endlich wieder schneller vorankommen würden. Sie könnten innerhalb weniger Tage Ness erreichen. Dort würden sie dann ihre Pferde gegen schnellere eintauschen und zwei Wochen später in Rorn sein.

Tawl lächelte. Er wußte, daß er zu optimistisch war – es konnte doppelt so lange dauern –, aber er konnte nicht anders. Melli war in Bren, und Tawl dachte an nichts anderes, als so schnell wie möglich nach Larn zu kommen, um anschließend wieder zurück an ihre Seite zu eilen. Jede Nacht träumte er davon.

»Tawl, heute nacht ziehen wir doch nicht weiter, oder? Ich bin so steif wie ein Stück Holz.« Schnapper machte eine weit ausholende Geste mit dem Arm. »Außerdem ist es hier recht hübsch und noch dazu ziemlich abgeschieden.«

Tawl schaute aufs Feuer. Inzwischen brannte es gut und hell. Seitdem Jack gelernt hatte, wie man ein ordentliches Lagerfeuer macht, ließ er keine Gelegenheit ungenutzt, seine neue Fähigkeit zu demonstrieren. Schnapper hatte recht. Sie sollten heute nacht wirklich nicht mehr weiterziehen. Sie hatten ein Feuer, einen guten Platz zum Schlafen, und da der Mond nur halb zu sehen war, hatten sie sowieso nicht genug Licht zum Reisen. Tawl hatte zwar geplant, noch ein paar Stunden weiterzureiten, doch Schnapper war erschöpft. »Na, schön«, sagte er. »Wir bleiben hier.«

Schnapper stand auf. »Ich gehe unsere Feldflaschen auffüllen. Hinter den Bäumen da drüben gibt es einen Bach.«

»Paß auf Wölfe auf«, sagte Tawl und lächelte. Schnapper war nicht daran interessiert, Wasser zu holen; vielmehr wollte er Frösche und Molche ärgern. Tawl blickte dem Jungen hinterher, bis dieser hinter den Bäumen verschwunden war, und merkte sich die Richtung.

»Bist du immer noch so beunruhigt?« fragte Jack.

Tawl verbarg seine Überraschung. »Ich halte Sicherheit nicht für selbstverständlich.«

Jack schwieg daraufhin eine Weile und rührte Linsen und Fleisch in den Topf, der über dem Feuer hing.

Sie befanden sich auf einer kleinen Lichtung. Die Bäume, die sie umgaben, standen in kleinen Gruppen beieinander wie alte Frauen. Es gab Eichen, Birken und Weißdornbüsche. Alles sah so aus, als sei es schon lange nicht mehr von Menschenhand bearbeitet worden.

Tawl machte es sich bequem. Er lehnte sich gegen den Stamm einer knorrigen, alten Eiche und schaute Jack beim Kochen zu. Schließlich sagte er: »Baralis hat dich also schon früher aufgespürt.«

Jack nickte. »Und Melli auch. Wir sind zusammen aus Burg Harvell weggelaufen. Er hat uns zweimal gefunden.«

»Warum ist Melli weggelaufen?«

»Ihr Vater wollte sie zwingen, Kylock zu heiraten.«

»Und dann ist sie einfach so abgehauen?«

»Ja. Sie hat die Burg mitten in der Nacht verlassen.«

Tawl war plötzlich sehr glücklich. Er konnte sich gut vorstellen, wie Melli sich in ihre Entrüstung hineinsteigerte und dann beschloß, etwas Tollkühnes zu tun. Er hatte noch nie eine mutigere Frau getroffen. »Wie war sie, als du sie kennengelernt hast?«

»Hochnäsig.« Jack nahm den Topf vom Feuer und stellte ihn in die Asche am Rand. Dann griff er nach seinem Bündel und setzte sich neben Tawl. »Ihre Hand blutete, und sie war gerade ausgeraubt worden, und trotzdem hat sie meine Hilfe nicht gewollt. Es hat über eine Stunde gedauert, bis sie mir ihren Namen gesagt hat.« Jack lächelte. »Aber sie war wunderschön.«

Tawl erwiderte das Lächeln. »Ja, sie *ist* wunderschön.«

»Und stark. Bis zum heutigen Tag weiß ich nicht, wie sie es geschafft hat, mich durch den Wald bis zur Oststraße zu schleppen. Sie hat sogar eine Schweinehirtin überredet, sich um mich zu kümmern. Sie hat ihr erzählt, ich hätte einen Jagdunfall gehabt.«

»Und die Schweinehirtin hat ihr geglaubt?«

»Melli hat eine Art an sich, die es den Leuten schwermacht, ihr zu widersprechen.«

»Heißt das, sie hat die Schweinehirtin eingeschüchtert?«

»Was glaubst *du*?«

Die beiden Männer lachten. Tawls Herz war von Freude erfüllt. Es gefiel ihm, hier zu sitzen, im blassen Licht des Mondes, und über Melli zu reden. Nur bei ihr zu sein hätte ihm noch besser gefallen.

»Du magst sie sehr, hab' ich recht?« fragte er, nachdem sie aufgehört hatten zu lachen.

Jack schaute ihn an. »Ja, das tue ich.«

Tawl spürte einen gewissen Widerwillen in Jacks Stimme. Indem er nichts darauf erwiderte, ermutigte er Jack weiterzureden.

»Aber ich bin nicht in sie verliebt – jedenfalls nicht so wie du.«

Auf seine eigene Art hatte Jack dem Ritter mitgeteilt, daß er in ihm keinen Rivalen hatte. Tawl legte Jack die Hand auf die Schulter. Die Welt war ein guter Ort. Hier gab es Ehre, Freundschaft und Liebe. »Und was ist mit dir Jack?« fragte der Ritter. »Von wem träumst du?«

Tawl lächelte. Er wußte, daß er den Jungen mit seiner Frage überrascht hatte. Jack trat ans Feuer. Er hatte Tawl den Rücken zugewandt, und als er sprach, klang seine Stimme weit entfernt. »Es gibt da ein Mädchen in Halcus. Ihre Familie hat mich aufgenommen. Sie ist schön, doch nicht so perfekt wie Melli, aber ...« Jack zuckte die Schultern. »Aber trotzdem ist sie schön.«

Tawl spürte, daß Jack in der gleichen Stimmung war wie er, und er lehnte sich wieder zurück gegen den Baum. Er warf einen Blick in die Richtung, wo Schnapper verschwunden war – alles schien ruhig zu sein –, dann sagte er: »Wie heißt sie?«

»Tarissa.«

Die Art, wie Jack den Namen aussprach, verriet Tawl eine ganze Menge. Sehnsucht lag in seiner Stimme ... und noch etwas anderes: eine gewisse Härte. Da er selbst nicht an derartige Gespräche gewöhnt war, beschloß Tawl instinktiv, vorsichtig vorzugehen. »Wie sieht sie aus?« Er glaubte, die falsche Frage gestellt zu haben, denn mehrere Minuten lang erhielt er keine Antwort.

Der Wind ließ nach, und der Mond verschwand hinter einer Wolkenbank. Das Feuer knisterte und warf Funken gemeinsam mit dem Rauch in die Höhe. Schließlich antwortete Jack: »Ihre Augen sind braun, und sie funkeln. Ihr Haar ist eine Mischung aus Haselnuß und Gold. Sie hat einen kleinen Höcker auf der Nase und kleine Grübchen, die sich vertiefen, wenn sie lacht.«

Tawl betrachtete Jack, während er sprach. Sein Haar war von der gleichen Farbe wie das der Frau, die er soeben beschrieben hatte.

Ein leises, surrendes Geräusch drang durch die Nacht.

Tawl spürte einen kalten Lufthauch auf seinem Gesicht.

Zack!

»Runter!« schrie er. Unmittelbar über ihm ragte ein Pfeil aus dem Baum. Der Schaft vibrierte noch.

Jack warf sich auf den Boden.

»Tritt das Feuer aus.«

Tawl blickte in die Richtung, aus der der Pfeil gekommen war. Der Schütze befand sich nördlich von ihnen. Hinter ihm warf Jack Erde ins Feuer, das kurz darauf verlöschte. »Kriech zu den Pferden und binde sie los.« Tawl sprach mit Jack, doch seine Gedanken waren bei Schnapper. »Bring sie runter zum Bach. Achte darauf, daß sie sich zwischen dir und dem Schützen befinden.« Tawl wollte ihn auch noch auffordern, das Messer zu ziehen, aber das Funkeln von Stahl verriet ihm, daß Jack ihm bereits zuvorgekommen war.

Tawl kroch zur Feuerstelle. Der Topf war umgekippt. Soviel zum Thema Abendessen. Er packte ihre Bündel und Decken, dann sprang er auf und rannte Richtung Bach.

Jetzt war es unmöglich für den Schützen, einen gezielten Schuß abzufeuern. Sein Ziel war in Bewegung, und nachdem das Feuer gelöscht war, hatte er auch kein Licht mehr. Auch würde er durch die Bäume hindurch keine klare Linie mehr finden. Merkwürdig, aber Tawl zweifelte nicht einen einzigen Augenblick daran, daß es sich nur um *einen* Schützen handelte. Wären es mehr gewesen, wären er und Jack jetzt nicht mehr am Leben.

Nein. Der Mann war allein, und Tawl hatte das bestimmte Gefühl, daß dieser Mann ihm soeben einen Gruß gesandt hatte. Der Schuß war viel zu gut gezielt gewesen. Eine Handbreit über seiner Stirn, direkt zwischen den Augen – ein klassischer Warnschuß. Irgend jemand wollte sie nicht nur wissen lassen, daß er dort draußen war, er wollte ihnen auch zeigen, daß er es nicht eilig hatte, sie zu töten. Er wollte ihnen zuerst Angst einjagen.

Vor sich erspähte Tawl das Glitzern des Bachs, und davor bewegten sich Schatten. Die Pferde. Er lief auf sie zu. Dann entdeckte er Jack und rief: »Ist Schnapper bei dir?«

Jack bekam keine Gelegenheit zu antworten.

Lautstark ließ sich Schnapper vernehmen: »Hey, Tawl, was ist hier eigentlich los? Kann ein Junge hier denn noch nicht einmal ein paar Minuten allein sein, ohne daß gleich das Chaos ausbricht?« Er trat zwischen den Bäumen hervor hinaus ins Mondlicht. Seine Tunika wies mehrere sich bewegende Beulen auf.

»Laß die Kröten hier, Schnapper«, sagte Tawl und unterdrückte sein Verlangen, den Jungen zu umarmen. »Wir werden heute nacht doch noch weiterziehen. Wir müssen soviel Meilen wie möglich zwischen uns und den Mann bringen, der diesen Pfeil abgefeuert hat.«

Skaythe lächelte selten. In Zeiten wie dieser, da er Grund zur Zufriedenheit hatte, gestattete er sich ein Zusammenpressen der Lippen und ein kaum merkliches Anheben der Mundwinkel; das war alles.

Von seiner Position auf der kleinen Anhöhe aus konnte er die sich langsam bewegenden Umrisse der beiden Pferde erkennen. Allerdings konnte er nicht sehen, ob sie geritten oder geführt wurden; aber das war auch egal. Heute nacht hatte er erreicht, was er gewollt hatte: Er hatte das rote Tuch geworfen.

Zu schade, daß Tawl keinen Blick auf den Pfeil geworfen hatte, denn dann hätte er vielleicht das Spiel erkannt.

Ein Pfeil hat etwas Heiliges an sich, dachte Skaythe. *Er eilt durch die Luft, nur angetrieben von der Kraft der Sehne. Jeder einzelne Teil des Pfeils sagt etwas über die Absichten des Schützen aus. Botschaften in einer Botschaft, wie ein Geheimkode in einem Brief.*

Skaythe war ein wenig enttäuscht, daß Tawl sich nicht die Zeit genommen hatte, den Pfeil im Baum zu lesen. Immerhin war er einst ein Ritter gewesen, und er hatte sicherlich auch die geheime Sprache des Bogenschießens erlernt.

Hätte Tawl doch die kleine Pfeilspitze betrachtet, die für erhöhte Zielgenauigkeit geformt worden war. Das war kein Jagdpfeil; dieser Pfeil war dazu gedacht, ein menschliches Ziel zu treffen, kein Tier. Doch in diesem Fall war er nicht abgefeuert worden, um zu töten, sondern um zu drohen. Was den Schaft betraf, so bestand er aus allerfeinstem Zedernholz. Ein Gelegenheitsschütze würde niemals in den Besitz eines solchen Schaftes gelangen, doch ein *ernsthafter* Schütze würde alles Erdenkliche unternehmen, um sich ein solches Geschoß zu besorgen. Der Schaft war ein Ding von außerordentlicher Schönheit: glatt genug, um damit die Wange einer Dame zu streicheln, und gerade genug, um über ihn hinweg zu zielen. Es war ein Schaft, der viel über den Schützen verriet, der ihn verwendete. Er erzählte von seinem Können und seiner Perfektion. Nur wahre Meister verwendeten Zedernholz.

Und dann war da die Befiederung, das persönlichste Merkmal eines Pfeils. Hier bot sich dem Schützen die Gelegenheit, seine wahren Farben zu zeigen. Die Federn waren das Banner des Pfeils, eine wehende Fahne, anhand der jedermann den Schützen erkennen konnte, nachdem das Geschoß sein Ziel erreicht hatte. Die Befiederung von Skaythes Pfeil war einmalig.

Rote Seide und menschliches Haar.

Rote Seide für das Tuch, das man in der Nacht von Blayzes Ermordung in die Grube geworfen hatte; und menschliches Haar von Blayzes Körper, das einen Tag vor seiner Beerdigung abrasiert worden war.

Der Pfeil war ein Tribut an Skaythes Bruder, ein Zeichen der Rache.

Skaythe war an Blayzes Seite gewesen, als dieser gestorben war. Er hatte den Kampf in der Grube gesehen; er hatte gesehen, wie der Ritter den Kopf seines Bruders immer wieder auf den Boden geschlagen hatte, bis der Schädel geplatzt war, und er hatte gesehen, wie man seinen Bruder hinausgetragen hatte. Und zum Schluß hatte er gesehen, wie Blayze sein Leben ausgehaucht hatte, ohne auch nur kurz wieder zu Bewußtsein gekommen zu sein.

Tawl hatte in jener Nacht nicht gegen einen Mann gekämpft; er hatte einen *ermordet*. Er hätte ohne weiteres bereits früher aufhören können: Blayze hatte im selben Augenblick das Bewußtsein verloren, da sein Kopf zum ersten Mal auf dem Boden aufgeschlagen war. Der Ritter hätte einfach aufhören und den Sieg für sich beanspruchen können. Aber nein, er hatte immer weiter und weitergemacht, und er hatte erst aufgehört, als sein Sekundant ihn von dem reglosen Körper weggezogen hatte. Blayze hätte lebend aus diesem Kampf herauskommen und später wieder in den Ring steigen können, um seine verlorene Ehre wiederzuerlangen und alte Rechnungen zu begleichen. Doch der Ritter hatte all dem ein Ende bereitet.

Skaythe band den Köcher auf seinen Rücken, stieg aufs Pferd und trieb die Stute hinab auf die Lichtung.

Nun würde er nie mehr Gelegenheit bekommen, Blayze im Kampf Mann gegen Mann zu schlagen.

Sie waren immer schon zuerst Rivalen gewesen und erst in zweiter Linie Brüder. Sie waren genau neun Monate auseinander geboren worden. Skaythe war der Ältere. Die Leute hatten immer gesagt, Blayze sei der Schönere der Familie und Skaythe der Klügere. Sie hatten schon miteinander gekämpft, bevor sie laufen konnten. Als Skaythe sein sechzehntes Lebensjahr erreichte, schien nichts unerreichbar für ihn zu sein. Er kämpfte wie ein Dämon. Niemand vermochte ihn zu schlagen; nur seinem Bruder wäre das einige Male beinahe geglückt.

Das war eine schöne Zeit gewesen. Ihre Rivalität trieb sie immer weiter an: Sie war der Sinn ihres Lebens, und sie machte sie zu unvergleichlichen Kämpfern. Sobald Skaythe eine neue Technik erlernt hatte, wandte er sie gegen Blayze an, und anschließend lehrte er sie seinen Bruder. Manchmal, aber nicht oft, meisterte Blayze eine neue Technik als erster. Oh, welch glorreiche Kämpfe wurden an einem solchen Tag ausgetragen. Für Skaythe gab es nichts Schöneres, als sich einer neuen Herausforderung zu stellen. Freude lag in jedem Stoß und in jeder Parade, und jeder Schlag war voller Bedeutung.

Die Leute schauten ihnen zu und schüttelten den Kopf. Noch nie hatte es zwei solche Brüder gegeben, pflegten sie zu sagen.

Dann, eines Tages, an Blayzes siebzehntem Geburtstag hatten sie ihren letzten Kampf gekämpft. Es war dunkel gewesen, und beide hatten sie getrunken. Skaythe hatte einen Schlauch geleert, und Blayze, dem es wie stets an Beherrschung gemangelt hatte, zwei. Der Kampf war schlampig und undiszipliniert. Er fand im Hinterhof des Geschäfts ihres Vaters statt. Eine Öllampe und zwei Kerzen waren die einzige Beleuchtung, die ihnen zur Verfügung stand.

Das Bier machte sie nicht nur langsam; es machte sie verbittert. Schon bald wurde der Kampf bösartig: lange unterdrückter Groll kam an die Oberfläche. Blayze war schon immer der Liebling aller gewesen. Er war den Eltern der Liebste, und sein schönes Gesicht war eine Garantie für Erfolg. Skaythe war der Arrogantere von beiden, ein griesgrämiger Schläger, der unfähig war, seine Launen zu beherrschen. In jener Nacht kamen die Beleidigungen schneller als die Schläge.

Skaythe besaß, verglichen mit seinem Bruder, noch einen einigermaßen klaren Kopf, und er nutzte die erstbeste Gelegenheit, die sich ihm bot. Mit einer weit ausholenden Bewegung schnitt er Blayzes Arm auf und preßte ihm anschließend das Messer auf die Brust. Ein freundschaftlicher Kampf wie dieser galt normalerweise als beendet, sobald das erste Blut geflossen war, und so kehrte Skaythe auch diesmal seinem Bruder den Rücken zu und ging. Dann bekam er plötzlich einen Schlag gegen den Kopf. Er verlor das Gleichgewicht und stürzte zu Boden. Skaythe drehte sich um und sah, wie sein Bruder mit einem Stein in der Hand über ihm stand. Der Stein schlug auf Skaythes

Bein. Sein Knie barst vor Schmerz. Die Nacht wurde hell, als er schrie; dann wurde der Druck der zersplitterten Knochen unerträglich, und alles versank in dunkler Agonie.

Skaythes Gesicht war wie versteinert, während er sich an diesen Kampf erinnerte. Er hielt die Zügel so fest umklammert, daß seine Knöchel weiß hervortraten.

Nach diesem Tag hatte er nie wieder gekämpft. Das Knie war mit der Zeit verheilt, doch ein Hinken war geblieben. Weder Skaythe noch Blayze hatten den Kampf je wieder erwähnt. Von da an hatte Skaythe alles darangesetzt, seinem Bruder zu helfen, ein Champion zu werden. Blayzes Siege waren seine Siege, und seine Niederlagen waren so selten, daß sich das Zählen nicht lohnte. Während sein Bruder auf allen Kampfplätzen Brens bekann war, war auch Skaythe nicht müßig; nur trainierte er jetzt mit dem Bogen anstatt mit dem Schwert, und den Morgenstern hatte er gegen die Lanze getauscht. Ein Schmied hatte ihm einen Dorn für seinen Gehstab gefertigt, und so hatte er aus seiner Schwäche eine Waffe gemacht. Inzwischen konnte er auch ohne Stab gehen, aber er leistete ihm viel zu gute Dienste, als daß er ihn hätte aufgegeben wollen.

Zehn Jahre waren seit dem Vorfall mit dem Stein vergangen. Blayze war schließlich der Champion des Herzogs geworden, und Skaythe war die ganze Zeit über an seiner Seite gewesen – bis zu jener verhängnisvollen Nacht.

Selbst jetzt noch fiel es Skaythe schwer zu glauben, daß Blayze tot war. Jede Nacht in diesen zehn langen Jahren hatte er davon geträumt, daß er und sein Bruder sich eines Tages wieder im Kampf gegenüberstehen und daß er ihn ein letztes Mal besiegen würde.

Nun würde es nie mehr zu diesem Kampf kommen.

Skaythe stieg vom Pferd. Er trat auf die Lichtung und ging zu dem Baum, in dem der Pfeil steckte. Er packte den Schaft und zog ihn aus dem Stamm. Das Holz zersplitterte in seinen Händen.

Der Ritter hatte sich für eine Menge zu verantworten.

Die Äpfel und Kisten waren verschwunden. Irgend jemand hatte sie weggeräumt.

Maybor stand in denselben Schatten, die ihm vor vier Nächten bei der Flucht geholfen hatten. Er befand sich in der kleinen Gasse hinter dem Haus des Metzgers und hatte gerade die Tür zum Hof geöffnet. Alles war still und dunkel. Nirgends war eine Bewegung zu sehen, und nicht einmal der blasseste Lichtschimmer drang aus den Tiefen des Kellers hinauf in den Hof.

Seit drei Stunden war er bereits hier. Er beobachtete, wartete und vergewisserte sich, daß niemand ihn beobachtete oder auf ihn wartete. Die Lichter im Haus waren vor zwei Stunden gelöscht worden. Dann war der Metzger herausgekommen und hatte sich an der Mauer erleichtert. Seitdem war nichts mehr geschehen. Keine Schritte, kein gedämpftes Husten, keine Rufe. Der Hof war menschenleer und der Keller wahrscheinlich ebenfalls.

Maybor kannte nur ein einziges Gebet. Es war sehr unbescheiden, und das Wörtchen *ich* kam häufig darin vor, und dennoch murmelte er es vor sich hin, während er zur Falltür kroch.

Die Tür war geschlossen. Maybor stieß mit dem Fuß gegen das Holz. Es war lose. Er hockte sich nieder, packte die Tür an einer Ecke und hob sie hoch. Sie war weder von innen verriegelt, noch hatte man einen Balken unter ihr angebracht, damit sie nicht eingetreten werden konnte. Maybor schaute hinunter. Es war stockfinster, und es roch nach saurem Wein. Offenbar hatten die Soldaten einige der Fässer zerschlagen.

Ohne sich umzuschauen, ließ sich Maybor in den Keller hinab. Er landete hart. Die Kisten, die sich normalerweise unter der Tür befanden, waren weggeräumt worden. Ratten huschten umher, und Maybors Schuhe sogen sich sofort mit Wein voll.

»Ist jemand hier?« rief er leise.

Nichts.

Maybor tastete sich durch die Dunkelheit, bis er eine

Kerze fand. Der Docht war feucht und ließ sich nicht entzünden. »Scheiße«, zischte Maybor.

Dann hörte er ein Geräusch, das nicht von einer Ratte stammen konnte: eine Art Kratzen. Irgend etwas kratzte rhythmisch über den Boden im Keller zu seiner Rechten. »Wer ist da?« verlangte Maybor zu wissen. Es gelang ihm, furchtlos zu klingen.

Wieder das Kratzen; diesmal gefolgt von einem kaum hörbaren Flüstern. »Lord Maybor, seid Ihr das?«

Maybor rannte in Richtung der Stimme. Er durchquerte den Hauptkeller, eilte durch einen kleineren Raum und schließlich unter einem niedrigen Torbogen hindurch in den Lagerraum. Grift lag auf dem Boden. Eine einsame Kerze brannte an seiner Seite. Der Verband um seinen Bauch war blutdurchtränkt, und seine Lippen waren trocken und gesprungen.

Das erste, was er sagte, war: »Ist Bodger bei Euch?«

Maybor schüttelte den Kopf. »Man hat ihn zusammen mit Melliandra weggeschleppt.«

Grift begann zu husten – zunächst leise, dann heftiger, so daß sein ganzer Körper erbebte.

Maybor zog eine kleine Flasche aus seiner Tunika. Sie enthielt nur noch wenige Tropfen Branntwein. Er kniete sich nieder und stützte Grifts Rücken, während dieser trank. Der Mann brauchte ärztliche Hilfe, und zwar dringend! Auch etwas zu essen und zu trinken würde ihm nicht schaden. Maybor fragte sich, wie es Grift wohl gelungen sein mochte, der Aufmerksamkeit der Soldaten zu entgehen.

»Hast du noch eine Kerze übrig?« fragte Maybor, nachdem Grift seinen Hustenanfall überwunden hatte. Grift deutete auf ein Regal. Maybor nahm eine Kerze und entzündete sie. »Ich bin gleich wieder da«, sagte er.

Er ging zu seinem eigenen, kleinen Raum. Das Zimmer war gründlichst durchsucht worden: Die Kleider waren verschwunden, das Bettzeug war zerrissen, und mehrere Fässer waren zerschlagen worden. Alles war mit Wein durchtränkt. Maybor beugte sich vor und hob die durchnäßten

Überreste des Strohsacks von seiner Pritsche. Sein Kästchen war verschwunden! Entsetzt kippte Maybor die Pritsche auf die Seite. Sein Gold war weg! Er konnte es einfach nicht glauben. Er sank auf alle viere und durchforstete jeden Winkel des Raums. Als er seine Suche beendet hatte, war er durch und durch naß.

Die Soldaten hatten sein Gold mitgenommen. Alle zweihundert Goldstücke! Er besaß nichts mehr. Maybor setzte sich in eine Pfütze sauren Weins und traf eine Entscheidung.

Dann stand er auf, nahm die Kerze und ging wieder zurück zu Grift. Der ehemalige Wachsoldat lag noch immer so da, wie Maybor ihn zurückgelassen hatte. »Kannst du laufen?« fragte er.

Anstatt zu antworten, versuchte Grift aufzustehen. Auf halber Strecke drohten seine Beine nachzugeben. Maybor eilte an seine Seite, um ihn zu stützen.

»Kennst du den Weg raus aus der Stadt?«

»Aye, aber es ist ziemlich weit. Ich glaube nicht, daß ich das schaffe.«

»Du schaffst es, und wenn ich dich den ganzen Weg hinter mir her schleifen muß.« Maybor hob ihn in die Höhe. »Komm, stütz dich auf mich.«

Grift wankte einen Schritt voran. »Aber man könnte uns fangen oder auf uns schießen.«

»Und wenn sie uns mit Leichenteilen bewerfen, das ist mir scheißegal«, erwiderte Maybor. »Wir werden die Stadt noch heute nacht verlassen.«

Schnappers Schenkel waren wund; sein Rücken schmerzte, und seine Füße waren inzwischen taub. Alle waren angespannt. Das leiseste Geräusch ließ sie innehalten, und bewegte sich irgendwo ein Schatten, flogen die Messer aus den Scheiden. Tawl ging voraus mit dem Kurzbogen in der Hand. Jack ritt sechs Schritte hinter ihm. Seine Augen wanderten ständig von einer Seite zur anderen, und er hatte die Hand auf den Griff seines Schwertes gelegt.

Es war unmöglich zu sagen, wieviel Stunden seit dem Schuß vergangen waren. Viele war das, was Schnapper noch am ehesten schätzen konnte. Doch es war noch immer dunkel, und wann immer die Sterne hinter den Wolken hervorkamen, sah Schnapper, daß sie ihre Position noch nicht verändert hatten. Die Zeit verstrich langsamer für die Schuldigen.

Schnapper schaute zu Tawl. Der Ritter blickte stur geradeaus, um den Weg nicht aus den Augen zu verlieren. Seit sie überstürzt das Lager abgebrochen hatten, hatte er kein Wort mehr gesprochen und seine Gefährten schweigend durch die Dunkelheit geführt. Einer plötzlichen Eingebung folgend, hustete Schnapper laut. Tawls Kopf wirbelte herum. »Schnapper, was ist los?« flüsterte er. »Bist du in Ordnung?«

Schnapper nickte. Er fühlte sich noch schuldiger als zuvor. Eigentlich hatte er nur Tawls Gesicht sehen wollen; das war alles. Er hatte gewußt, daß das Husten Tawls Aufmerksamkeit erregen würde, doch er hatte nicht mit der Sorge seines Freundes gerechnet. Er hatte geglaubt, Tawl würde ihn ermahnen, still zu sein. Schnapper ließ sich zurück in den Sattel sinken. Das war Tawls Problem: Er war einfach zu vertrauensselig.

»Tawl, laß uns die Plätze tauschen«, sagte Jack. »Ich werde die Pferde führen. Du mußt dich endlich mal ausruhen.«

Tawl führte die Pferde, seit sie die Lichtung verlassen hatten. Es gab keinen Mond, der den Pfad hätte beleuchten können, und die Pferde waren nervös; also ging Tawl voran, während Jack und Schnapper ritten.

»Ich glaube, wir könnten alle eine kleine Pause vertragen«, erklärte Tawl. »Wir haben noch nichts gegessen, und Schnapper scheint etwas zu trinken zu brauchen.«

Tawls Entscheidung überraschte Schnapper. Er hatte nicht mehr daran geglaubt, daß sie heute nacht noch Ruhe finden würden – nicht nach dem Schuß –, aber er hatte auch nicht die Absicht, den Beschluß in Frage zu stellen. Er verspürte das drängende Verlangen, ein paar Worte mit dem Ritter unter vier Augen zu wechseln.

Sie verließen den Weg und traten unter den Schutz eines kleinen Pinienhains. Spinnennetze hingen von den schlanken Bäumen herab und funkelten im Sternenlicht. Eine Eule schrie in der Ferne, und Nachtschwärmer flatterten von Ast zu Ast, bevor sie sich auf der Rinde niederließen. Schnapper stieg vom Pferd. Dabei nahm er seinen Wasserschlauch mit, und als niemand hinschaute, entleerte er ihn ins Gras.

»Tawl«, flüsterte er nur einen Augenblick später, »mein Schlauch hat offenbar ein Loch. Ich habe kein Wasser mehr.«

Tawl war auf einen Fels geklettert und blickte zurück in die Richtung, aus der sie gekommen waren. »Jack, hast du noch Wasser?«

»Nur ein paar Tropfen. Wir müssen uns unbedingt welches besorgen.«

»Vor etwa fünf Minuten habe ich einen Bach gehört. Ich glaube, er war östlich von uns.« Schnapper gab sein Bestes, um so unbekümmert wie möglich zu klingen.

»Ihr beide wartet hier«, sagte Tawl und sprang vom Felsen. »Ich bin wieder zurück, bis …«

»Nein«, unterbrach Schnapper rasch. »Geh nicht. Ich möchte, daß du dir mal meine Kehle ansiehst. Sie ist so rauh.«

Tawl blickte Schnapper vielsagend an.

»Ich gehe schon«, sagte Jack und schaute von Tawl zu Schnapper. Er stieg vom Pferd und machte sich auf den Weg zurück zum Pfad. »Laßt mir was von dem Käse übrig.«

Tawl wartete, bis Jack außer Sichtweite war, dann stellte er sich neben Schnapper. »Nun da wir allein sind, kannst du mir vielleicht sagen, was wirklich los ist? Ich habe gehört, wie du dein Wasser weggeschüttet hast.«

Selbst in der Dunkelheit strahlten die blauen Augen des Ritters. Er schien weder wütend noch amüsiert zu sein wie andere Männer in einer ähnlichen Situation. Er wirkte einfach nur besorgt. Plötzlich war Schnapper nicht mehr sicher, ob er das Richtige getan hatte. Daran war nur sein schlechtes Gewissen schuld. Es ließ ihn immer Dinge tun, die ... na ja, die einfach *seltsam* waren.

»Schnapper«, sagte Tawl sanft, »du kannst mir alles sagen. Egal was es ist.«

Die Güte in Tawls Stimme machte es für Schnapper nur um so schwerer. Wie sollte er diesem vertrauensseligen, fürsorglichen Mann nur erklären, daß jene Person, die er mehr als jeden anderen verehrte, bis ins Mark verdorben war?

Schnapper seufzte. Er mußte es einfach tun. Der Schuß hatte alles verändert. Im selben Augenblick, da Jack zwischen den Bäumen erschienen war und gerufen hatte, man hätte auf Tawl geschossen, war Schnapper bewußt geworden, daß er die Wahrheit nicht länger verschweigen durfte. Was wäre gewesen, wenn der Pfeil sein Ziel nicht verfehlt hätte? Was wäre gewesen, wenn Tawl dort gestorben wäre, weit weg von der Frau, die er liebte, und ohne die Wahrheit zu kennen? Schnapper mochte es nicht, über so etwas nachdenken zu müssen. Er mochte es nicht, an Tawls Tod zu denken. Tawl war sein Freund, sein Reisegefährte, sein *Partner*. Er vertraute Tawl, und Tawl vertraute ihm.

Nur daß Schnapper seit jener Nacht, da er über Baralis und Tyren gestolpert war, etwas vor seinem Freund verheimlichte. Die heutige Nacht hatte ihm bewiesen, wie unberechenbar das Leben war. Würde er noch länger warten, dann würde er vielleicht nie wieder Gelegenheit bekommen, den Ritter aufzuklären. Schnapper hob den Blick. Er atmete tief ein und sagte: »Kannst du dich noch an die Nacht erinnern, als mich Skaythe beinahe erwischt hat?« Tawl nickte, und Schnapper fuhr fort: »Nun, ich bin nicht direkt wieder zum Haus zurückgerannt, wie ich gesagt habe. Ich habe mich noch eine Zeitlang im Süden der Stadt herumgetrieben, um sicherzugehen, daß mir niemand folgt. Dabei bin ich sozusagen über Lord Baralis gestolpert.«

Tawl verspannte sich augenblicklich. »Hat er dir was angetan?«

Schnapper schüttelte den Kopf. Irgendwie entwickelte sich nichts so, wie er sich das vorgestellt hatte. »Nein, er hat mich nicht gesehen. Ich war in diesem Hof, weißt du, und da war ein Pferd mit einem schwarzen Reithalfter. Nur daß das Halfter nicht schwarz war, jedenfalls nicht ganz. Irgend jemand hatte es mit Ruß eingeschmiert, um die gelben Streifen zu verbergen.«

»Gelbe Streifen?« Tawls Stimme bebte.

»Ja, Schwarz und Gelb.« Schnapper wußte, daß er rasch fortfahren mußte, bevor Tawl Gelegenheit bekam, etwas zu erwidern. »Es war Tyrens Pferd, Tawl. Er und Baralis kamen hinaus auf den Hof. Sie hatten sich in dem Gebäude getroffen, und jetzt wollte Tyren wieder weg. Sie sprachen über Helch, wie man die Halcus *bekehrt* und wie man das Land am besten unterdrückt, bis Kylock mit Highwall fertig ist.« Schnapper konnte Tawl nicht in die Augen sehen. Statt dessen starrte er auf die Stiefel des Ritters. »Tyren ist ein böser Mann, Tawl. Er wird jeden töten, der Gerüchte über ihn verbreitet – ich habe gehört, wie er das gesagt hat. Er will alles unter seine Kontrolle bringen, was Kylock erobert – einschließlich des Südens. Er will die Kirche zerstören.«

Schnapper wollte weiterreden, doch ihm fiel nichts mehr ein. Er riskierte einen Blick auf das Gesicht des Ritters. Tawl starrte in eine unbestimmte Ferne. Ein Muskel zuckte in seiner Wange.

Ohne Schnapper anzuschauen, sagte er: »Es ist kein Geheimnis, daß Tyren die Kirche reformieren will. Seit Jahren ist das jedem Ritter bekannt. Tyren hat immer schon geglaubt, daß Silbur zuviel Einfluß im Norden hat. Er hat immer gesagt, die Priester seien weich geworden und hätten das wahre Wort Gottes vergessen.«

Schnapper gefiel Tawls Blick ganz und gar nicht. Er wirkte benommen, wie ein Schlafwandler oder wie ein Betrunkener. »Tawl, ich war dort. Ich habe Tyren sprechen hören, und ich hatte nicht den Eindruck, als sei er um das

Wohlbefinden der Halcus besorgt. Er hat eher …«, Schnapper suchte nach dem richtigen Wort, »… er hat eher *gierig* geklungen.«

Tawls Miene versteinerte sich. Er blickte Schnapper in die Augen. »Tyren würde sich nicht ohne guten Grund mit Baralis einlassen. Wir kennen seine wahren Motive nicht. Vielleicht versucht er, Baralis in eine Falle zu locken, ihn dazu zu verleiten, Helch der Ritterschaft zu überantworten – *was weiß ich.* Vielleicht hat er das alles nur gesagt, weil er wußte, daß Baralis genau das hören wollte.«

»Aber, Tawl …«

»Nein, Schnapper. Du irrst dich.« Tawl wollte Schnapper die Hand auf den Arm legen, doch der Junge wich ihm aus. »Ich kenne Tyren. Er hat mir in einer sehr schweren Zeit zur Seite gestanden; er hat mein Leben *und* meine Seele gerettet. Er ist nicht die Art Mann, die sich … die sich ohne triftigen Grund auf einen solchen Handel einläßt.«

Schnapper öffnete den Mund, um etwas Schnippisches darauf zu erwidern, doch Tawls Augen leuchteten, während er sprach, und seine Stirn lag in Falten. Er wirkte besorgt und verärgert. Irgend jemand hatte vor kurzem versucht, ihn zu erschießen, und dieser jemand würde es wahrscheinlich wieder versuchen. Schnapper fühlte sich plötzlich unendlich müde und so alt wie nie zuvor in seinem Leben. Tawl bedeutete ihm alles, *alles*, und doch stand er hier und verletzte seinen Freund, indem er ihm erzählte, der Mann, den er mehr als jeden anderen schätzte und respektierte, sei ein Verbrecher. Es war falsch gewesen, das Thema zur Sprache zu bringen. Heute war einfach nicht die Nacht dafür. Tawl war noch immer mitgenommen von dem Schuß, unglücklich über seine Trennung von Melli und nervös, was die bevorstehende Reise betraf. Er hatte genug um die Ohren, als daß er noch die Zeit gehabt hätte, sich mit einem alten Freund zu beschäftigen, der sich zum Schurken gewandelt hatte.

Tawl schaute auf Schnapper und wartete auf eine Antwort. Schnapper nickte bedächtig. »Wenn ich so darüber nachdenke, Tawl«, sagte er, »dann hast du wahrscheinlich recht. Tyren hätte Borc weiß was in dem Hof vorhaben können. Es war eine finstre Nacht. Ich habe kaum etwas sehen können, und die beiden Männer haben miteinander geflüstert. Außerdem habe ich sowieso nur die letzten Minuten des Treffens mitbekommen. Wer weiß, worüber sie sich vorher unterhalten haben.«

Tawl beobachtete Schnapper aufmerksam, während er sprach. Dann streckte er erneut die Hand aus. Diesmal wich Schnapper der Berührung nicht aus. Statt dessen ließ er es zu, daß Tawl ihn an die Brust drückte. Der Ritter roch nach guten, ehrlichen Dingen wie Schweiß, Blättern und Pferden. Im Gegensatz zu Tyren verbarg er seinen wahren Geruch nicht hinter einer Wand aus exotischen Duftölen. Schnapper umarmte den Ritter mit aller Kraft. Auch wenn er es nie, niemals zugeben würde: Er liebte seinen Freund über alles.

Eine Minute verging, dann löste sich Tawl sanft aus der Umarmung. »Komm«, sagte er. »Laß uns zu Jack gehen. Es gefällt mir nicht, daß er so allein da draußen ist.«

Traurig, müde, doch fest davon überzeugt, das Richtige getan zu haben, folgte Schnapper seinem Freund in Richtung Pfad.

Hoch droben im Palast, hoch über dem See steht eine Frau in einem runden Raum, einer Turmkammer, deren Tür von außen verriegelt ist.

Es gibt kein Fenster, nur eine Schießscharte in der Form eines Kreuzes. Wenn sich die Frau auf die Zehenspitzen stellt und an die Wand preßt, dann kann sie einen Blick auf den Sternenhimmel erhaschen. Doch der Stein fühlt sich kalt an ihrem Bauch an – kalt und hart und feucht. Und ihre Beine und Füße beginnen zu schmerzen, wenn sie zu lange an der Wand steht.

Sie schaut nicht oft hinaus.

Man gibt ihr keine Kerzen für die Nacht, also muß sie

sich ihren Weg zur Bank ertasten. Seltsam, aber ihr war bisher noch nie aufgefallen, wie warm Holz sein kann. Verglichen mit Stein ist es ein lebendiges, atmendes Ding. Das Holz der Bank ist ihr einziger Trost, und sie umarmt es, als sei es ein guter Freund.

Es gibt keine Decken, und so rollt sich die Frau zusammen. Das Holz kann sie nur dort wärmen, wo es die Haut berührt, und deshalb friert der größte Teil ihres Körpers. Sie schließt die Augen, um *ihre* Finsternis zu verbannen und sie durch ihre eigene Dunkelheit zu ersetzen. Nun wünscht sie sich nur noch, daß ihr Körper nicht mehr vor Angst, sondern vor Kälte zittern würde.

Obwohl sie weiß, daß das Morgen genauso wie das Heute sein wird, versucht sie einzuschlafen. Ihre Träume schrecken sie mehr als ihre Umgebung, und oft wacht sie mitten in der Nacht auf. Sie setzt sich wieder auf, zieht die Knie an und preßt die Lippen zusammen. Sie wird nicht weinen. Sie ist im vierten Monat schwanger, und sie will nicht, daß Weinen das erste ist, was ihr Baby hört.

Kapitel Vierzehn

Jack trieb Barley den Hügel hinauf. Es war ein steiler Anstieg, und das Pferd wählte seine Schritte mit Bedacht, wie ein junger Mann, der zum ersten Mal zum Tanz geht.

Die Luft veränderte sich auf dem Weg hinauf. Sie wurde kühler, heftiger, frischer, und sie schmeckte nach Salz. Barley nahm das letzte Stück mit wachsendem Selbstvertrauen, und Jack ließ die Zügel locker. Er setzte sich sogar wieder zurück in den Sattel.

Nichts hatte ihn auf den Anblick vorbereitet, der ihn auf dem Gipfel erwartete. Barley überwand auch noch die letzten Meter, bis der Boden wieder eben wurde, und Jack erblickte etwas, was er noch nie in seinem Leben gesehen hatte: das Meer.

Dunkel, glitzernd und unendlich groß erstreckte es sich bis zum Horizont. Über Jacks Kopf kreisten Seemöwen, die schrien und sich ins Wasser hinabstürzten – weiße Flecken in einem strahlendblauen Himmel. Die Luft roch seltsam und ungewohnt. Sie war so salzig, daß Jack es schmecken konnte, und so komplex, daß er niemals zu hoffen wagte, all ihre Bestandteile zu kennen. Jack verschlug es buchstäblich den Atem. Gefangen in einem Gewirr von Empfindungen hatte Jack das Gefühl, als sei er nach Hause gekommen.

Sie waren nun schon mehrere Wochen unterwegs; zunächst Richtung Südosten, dann direkt nach Süden. Sie hatten den Herry-See passiert und die großen Ebenen des Nordostens überquert. Als sie endlich die Berge erreicht hatten, waren sie ihren Ausläufern bis nach Ness gefolgt. Zwei Tage hatten sie in der geschäftigen Bauernstadt verbracht. Schnapper hatte genug Geld bei sich gehabt, um ihre Pferde gegen bessere auszutauschen, und Tawl war einen ganzen Tag lang verschwunden. Später, als er wieder zu ihnen gestoßen war, hatte er einen wunderbar gearbeiteten Langbogen auf dem Rücken getragen, und ein rothaariges Mädchen hatte ihm zum Abschied zugewinkt.

Tawl hatte sich geweigert, über seine Abwesenheit zu reden; doch später hatte Schnapper Jack erzählt, daß das rothaarige Mädchen einst versucht habe, Tawl zu verführen, und daß Tawl deswegen immer noch ein schlechtes Gewissen habe. Auf jeden Fall hatte sich Tawls Laune während seiner Abwesenheit sichtlich gebessert, und Schnapper hatte daraus geschlossen, daß er sich bei dem Mädchen entschuldigt haben mußte … entweder das, oder *er* hatte diesmal *sie* verführt.

Die folgende Woche waren sie den Bergen weiter Richtung Süden gefolgt, und heute waren sie zum ersten Mal auf die Küste gestoßen. Tawl hatte gesagt, morgen um diese Zeit seien sie bereits in Toolay.

Das Wetter war ihnen den ganzen Weg über wohlgesonnen gewesen. Der Spätsommer war in den Herbst übergegangen, und die Blätter der Bäume hatten ihre Farbe von Grün zu Gold gewechselt. Der Regen – wenn er denn fiel – war warm und leicht, und für gewöhnlich kam erst nach Einbruch der Dunkelheit ein schwacher Wind auf. Sie waren gut vorangekommen, bis Schnapper in den Arm geschossen worden war.

Für alle drei war es ein Schock gewesen. Auf eine gewisse Art hatten sie sich an die schattenhafte Gestalt gewöhnt, die ständig in ihrem Rücken war. In den vergangenen drei Wochen waren noch mehrere Pfeile auf sie abgefeuert worden. Sie waren stets hervorragend gezielt gewesen und immer knapp daneben. Jack hatte sich nach und nach wieder entspannt – selbst Tawl war nicht mehr so aufmerksam gewesen. Und dann, vor genau fünf Tagen, war ein Pfeil genau auf Schnappers Brust gezielt gewesen. Seitdem hatte keiner von ihnen mehr Schlaf gefunden. Schnappers Knochen war angekratzt worden, und sein Arm hing nun in einer Schlinge. Der Junge schien sich nicht sonderlich über den Vorfall aufzuregen; er hatte lediglich erklärt, Borc sei Dank hätte es nicht seinen Arbeitsarm getroffen.

Obwohl seitdem nichts mehr geschehen war, war Jack fest davon überzeugt, daß diese Ruhe nicht lange anhalten würde. Irgend jemand spielte ein Spiel mit ihnen, und wäre Schnapper nicht plötzlich herumgewirbelt, um einem flüchtenden Frosch nachzusetzen, hätte dieses Spiel tödlich geendet. Der Pfeil hätte ihn töten sollen. Er war genau an jener Stelle aufgetroffen, wo noch Bruchteile von Sekunden zuvor Schnappers Herz geschlagen hatte.

Tawl war Tag und Nacht auf der Hut. Sie alle waren auf der Hut. Das Problem war nur, daß der Schütze sich niemals zeigte. Er besaß einen Langbogen, und somit konnte er aus einer Distanz feuern, die es schwer machte, ihn zu entdecken. Außerdem hatte er eine ausgesprochene Vorliebe für die Dunkelheit. Seit Schnapper angeschossen worden war, hatten sie nachts kein Feuer mehr entzündet. Sie durften es nicht wagen. Im Licht der Flammen hätten sie perfekte Zielscheiben abgegeben.

Manchmal erhaschten sie einen kurzen Blick auf den mysteriösen Schützen. Während sie die großen Ebenen überquert hatten, hatten sie ihn zweimal gesehen. Er hatte ein Pferd, soviel war sicher, aber weitere Einzelheiten waren nicht zu erkennen gewesen. Zu dieser Zeit hatte Tawl nur einen Kurzbogen besessen, und bei solch einer Waffe lohnte es sich noch nicht einmal, einen Pfeil aufzulegen. Doch jetzt war das anders, denn jetzt besaß er einen wunderbaren Langbogen aus Eibenholz. Die Waffe war geschwungen wie die Hüfte einer üppig ausgestatteten Schankmaid, und sie versprach, daß der nächste Besuch des Schützen sein letzter sein würde.

»Hey, Jack! Was starrst du so verträumt hinaus aufs Meer. Komm rüber, und gönn dir ein paar Brombeeren.«

Jack drehte sich um. Tawl und Schnapper hatten den Gipfel bereits vor ihm erreicht und hatten sich inzwischen zum Essen niedergelassen. Jack war ein wenig desorientiert. Er war nicht sicher, wieviel Zeit zwischen seinem ersten Blick aufs Meer und Schnappers Ruf vergangen war. Wie lange hatte er hier wohl gesessen und auf die See hinausgestarrt?

Tawl stand auf und trat zu ihm. Er tätschelte Barleys Hals und reichte Jack die Hand, um ihm beim Absteigen zu helfen. »Bist du in Ordnung?« fragte er leise.

»Mir geht's gut. Es ist nur das Meer ...«, Jack sprang vom Pferd, »... so etwas habe ich nicht erwartet.«

Tawl ergriff Barleys Zügel und führte das Pferd in Richtung Lager. »Du hast das Meer noch nie gesehen, oder?«

»Nein. Harvell ist verdammt weit weg vom Meer.«

»Weißt du, daß Larn dort draußen in diesem Ozean liegt?«

Tawls Gesicht war ernst. Er wandte sich nach Süden und dann ein Stück nach Osten. »Es liegt ein paar hundert Meilen in diese Richtung.«

Jack folgte Tawls Finger. Der Himmel verdunkelte sich bereits, und die Farbe des Meeres hatte sich von Blau zu Schwarz verändert. Es war erst vier Stunden nach Mittag, doch die Berge im Westen hatten die Sonne schon für die Nacht aufgenommen. Jack war plötzlich kalt. Sein Blick ruhte auf dem fernen Horizont; Tawls Worte holten ihn wieder zurück ans Ufer.

»Komm schon, Jack. Du mußt dich ausruhen.«

Jack drehte sich zu ihm um. Die Augen des Ritters waren klar und blau. »Fühlst du es auch?« fragte er.

Tawl senkte den Kopf. »Seit ich dort war, ist nicht ein Tag vergangen, an dem ich es nicht gefühlt hätte.«

Die beiden Männer standen Seite an Seite und betrachteten das Meer, das wie ein Juwel funkelte. Die Seemöwen schwiegen mittlerweile.

Barley brach den Zauber, indem er an den Zügeln zog, um an ein Büschel besonders wohlriechenden Grases zu gelangen.

Tawl überraschte Jack, als er Schnapper zurief: »Geh und sammle Holz! Das ist eine gute Nacht für ein Feuer!«

Schnapper huschte davon. Jack wartete auf Tawls Erklärung. Der Ritter mied seinen Blick, und Jack vermutete, daß er nicht der einzige war, der bis auf die Knochen fror.

Eine Stunde später brannte ein fröhliches Feuer im Lager der drei Gefährten. In Ampfer eingewickelte Räucherwürstchen schmorten in der Glut, und über den Flammen hing ein Krug mit Kräuterpunsch. Neben Tawls Langbogen hatten sie in Ness auch eine Vielzahl verschiedener Speisen erworben. Sicher, alles hatte irgend etwas mit Schafen zu tun, egal ob Fleisch oder Käse, aber bisher waren sie ausschließlich von Schnappers äußerst subjektiver Vorstellung von Reiseproviant abhängig gewesen, so daß ihnen jede Nahrung als willkommene Abwechslung erschien, die nicht von einer dicken Schicht aus Zimt und Honig bedeckt wurde.

»Will einer Brombeeren?« Schnapper streckte eine mit Beeren gefüllte Hand aus. Als niemand Anstalten machte, sein Angebot anzunehmen, rieb er sich den verletzten Arm. »Das war das letzte Mal, daß ich für euch Banausen Beeren gesammelt habe. Ich habe dabei meinen Hals riskiert. Und was bekomme ich als Dank dafür?« Schnapper beantwortete seine eigene Frage. »Ich sage euch, was ich bekomme: Zwei Männer, die mich anstarren, als hätte ich ihnen Gift angeboten.«

Jack lächelte. Schnapper war sehr scharfsinnig, wenn es darum ging, Stimmungsschwankungen wahrzunehmen. Er hatte bemerkt, wie still Jack und Tawl beieinander saßen, hatte dies als inakzeptables Verhalten eingestuft und beschlossen, die Atmosphäre mit einem Anfall von Selbstmitleid aufzulockern.

»Gib mir die Beeren«, sagte Jack. »Ich esse sie.«

»Was? Etwa alle?«

»Klar. Auch die mit den Schneckenspuren.«

»Schneckenspuren! Auf diesen Schönheiten ist nicht eine einzige Schneckenspur. Schnecken hätten doch überhaupt keinen Platz darauf.«

Beim Anblick von Schnappers entrüstetem Gesicht lachte Jack lauthals auf. Einen Augenblick später fiel auch Tawl in das Lachen ein. Es war leicht, einen Beschützerinstinkt gegenüber Schnapper zu entwickeln. Trotz seiner brüsken Art und seinen ständigen Beteuerungen, selbst für sich sorgen zu können, vermochte der Junge nicht die Verletzlichkeit der Jugend zu verbergen. In der Nacht, als er angeschossen worden war, hatte er nicht ein einziges Mal geweint. Und nachdem er einmal kurze Zeit ohnmächtig geworden war, hatte er darauf bestanden, dies sei keine *weibische* Ohnmacht gewesen, sondern eine *männliche*, um Kräfte zu sparen.

Er hatte viel Blut verloren. Die Pfeilspitze war breit und weich gewesen. Schnappers Knochen hatte das Metall verbogen. Wie immer, so hatte auch diesmal die Befiederung aus roter Seide und Menschenhaar bestanden. Jack wußte nicht, was das bedeutete, aber er vermutete, daß Tawl und Schnapper den Sinn verstanden.

Jack blickte zu Tawl. Der Ritter maß gerade die Länge eines Pfeils an seiner Brust ab. Anschließend kürzte er den Schaft um einen Fingerbreit.

»Warum das Feuer, Tawl?«

Tawl legte den Pfeil beiseite und strich sich das Haar aus dem Gesicht. »Schau dich doch einmal um, Jack. Warum glaubst du, habe ich uns hierhergebracht?«

Jack tat, wie ihm geheißen. Sie hatten ihr Lager auf einer kleinen Felsenklippe aufgeschlagen. Vor ihnen fiel die Küste steil ab, und dahinter folgte das Meer. Auf der anderen Seite lagen die Hügel, die sie tagsüber überquert hatten. In alle Richtungen war die Sicht ungehindert, und der Vollmond beleuchtete jeden Busch und jedes Büschel Gras.

»Das ist eine Falle.«

»So könnte man es nennen. Falls unser mysteriöser Freund heute nacht etwas vorhaben sollte, dann gehe ich davon aus, daß ich ihn rechtzeitig entdecke.«

»Dabei ist er doch gar nicht so mysteriös, hab' ich nicht recht?«

Tawl sog zischend die Luft ein. »Ich glaube, ich weiß, wer er ist.«

»Wer?«

»Ein Mann, dessen Bruder ich ermordet habe.«

»Du hast ihn nicht ermordet, Tawl. Du hast ihn in einem fairen Kampf besiegt«, eilte Schnapper seinem Freund zu Hilfe. »Dieser Skaythe ist nur ein verrückter Teufel; das ist alles.«

»Woher willst du wissen, daß er es ist?« fragte Jack. Aus irgendeinem Grund war er verärgert.

»Die rote Seide an den Pfeilen«, antwortete Schnapper. »Den gleichen Stoff benutzten sie auf den Kampfplätzen.«

»Und das Haar?«

»Nun, ich kann es zwar nicht beschwören, aber ich würde sagen, es hat die gleiche Farbe wie Blayzes. Was meinst du, Tawl?«

»Warum sagt ihr mir das erst jetzt?« Jack blickte zu Tawl. Ein unmißverständlicher Vorwurf lag in seinen Worten.

»Weil er nicht an dir interessiert ist, Jack. Er will mich.«

»Das hat ihn allerdings nicht davon abgehalten, auf Schnapper zu schießen.«

Tawl schnellte herum. »Was willst du damit sagen?«

»Ich will damit sagen, daß du es mir hättest erzählen sollen. Diese Gefahr geht uns alle an; außerdem schuldest du mir die Wahrheit. Ich lasse mich nicht wie ein Kind behandeln, daß vor der ach so bösen Welt beschützt werden muß. Wenn es Ärger geben sollte, dann will ich wenigstens wissen, mit wem und was ich es zu tun habe.« Als er zu Ende gesprochen hatte, zitterte Jack am ganzen Leib.

Eine Minute verging. Der Wind nahm an Stärke zu und blies die Funken des Feuers in Richtung Meer.

Tawl atmete tief ein, dann sagte er: »Du hast recht, Jack.

Es tut mir leid. Ich hätte dir sofort alles erzählen sollen, als ich zum ersten Mal vermutete, wer hinter den Anschlägen steckt.« Er schaute Jack in die Augen. Keinerlei Rechtfertigung kam über seine Lippen, um die Entschuldigung abzumildern. Nach ein paar Sekunden fragte er: »Kannst du mit einem Bogen umgehen?«

Jack lächelte. Er akzeptierte Tawls Angebot, ihn in seinen Plan einzubinden. »Können wäre zuviel gesagt«, antwortete er.

Tawl war inzwischen zu den Pferden gegangen. Er nahm den Kurzbogen vom Rücken der Stute und reichte ihn Jack. »Wie wäre es, wenn ich dir ein bißchen was beibringe, während wir warten.«

»Glaubst du, wir werden lange warten müssen?«

»So lange, wie es dauert.« Tawl ließ den Blick über die Hügel schweifen. Nichts rührte sich außer dem Gras, das sich im Wind hin und her wiegte. »Vielleicht die ganze Nacht.«

Jack überprüfte die Bogensehne. »Dann hast du ja noch genug Zeit, mir das ein oder andere zu zeigen.«

Tavalisk war in seinen Gemächern und genoß eine gut durchgebratene Taube, während er mit seinem Privatsekretär diverse Einzelheiten bezüglich der Belagerung von Bren diskutierte. Nichts war besser als Imbiß bei einem lockeren Gespräch über den Krieg geeignet als ein frisch zubereiteter Friedensvogel. Natürlich waren die Vögel an sich ein wenig zu mager. Allerdings waren die Tauben auch nur der Anfang; der nächste Gang bestand aus einem schönen, saftigen Kalbsbraten.

»Gamil, du mußt das Messer an der Schulter ansetzen und dann in Richtung Schwanz schneiden. Nicht umgekehrt.« Tavalisk hatte seinem Privatsekretär die Aufgaben des Kochs übertragen. »Und schneid die Scheiben nicht so dünn, Gamil. Ich will sie noch kauen können, keine Unterwäsche aus ihnen fertigen lassen.«

»Jawohl, Euer Eminenz.«

»Haben wir eigentlich schon herausgefunden, wie Kylock von den zweitausend Söldnern erfahren hat?« Tavalisk nahm eine Taube und brach ihr das Rückgrat. So löste sich das Fleisch leichter von den Knochen.

»Nein, Euer Eminenz. Aber offensichtlich muß ihn jemand informiert haben, denn er kannte nicht nur ihre Zahl; er wußte auch, welchen Weg sie nehmen würden.«

»Das war in der Tat ein erfolgreicher Hinterhalt. Fünfzehnhundert Männer tot! Sämtliche Pferde abgeschlachtet und die gesamte Ausrüstung im See versenkt. Das war eine ausgemachte Katastrophe!« Tavalisk war so erregt, daß er das Taubenfleisch zu Boden fallen ließ. Er hatte plötzlich keinen Appetit mehr auf Geflügel. »Kylock ist uns immer einen Schritt voraus. Wenn wir eine Mine graben, dann weiß er es. Wenn wir Nachschub schicken, dann stiehlt er ihn. Und wenn wir unsere Strategie ändern, dann ändert er seine, noch bevor wir irgend etwas unternommen haben. Irgend jemand versorgt ihn mit Informationen, und ich will wissen wer!«

»Ich werde mich darum kümmern, Euer Eminenz«, erwiderte Gamil und legte drei Scheiben Kalbfleisch auf den Teller des Erzbischofs.

Der Anblick des blutigen Fleisches heiterte Tavalisk auf. »Gibt es irgend etwas Neues aus Annis?«

»Es hat sich nichts geändert, Euer Eminenz. Es ist wirklich eine merkwürdige Situation. Die Hauptstreitmacht der Königreiche lagert immer noch vor der Stadt. Doch ihre Belagerung ist nur halbherzig: Sie beobachten die Mauern rund um die Uhr, aber sie haben nicht ein einziges Mal versucht, irgendwelchen Schaden anzurichten.«

»Das ist überhaupt nicht merkwürdig, Gamil. Das ist brillant. Indem er Annis belagert, zermürbt er nicht nur die Einwohner dieser schönen Stadt, er verhindert auch, daß Annis' Armee nach Bren zieht. Kein Mann würde sein Haus verlassen, um die Schlachten eines anderen zu kämpfen, wenn seine eigene Heimat in Gefahr ist.« Tavalisk nahm

Gamil den Teller aus der Hand. »Kylock hat Annis sozusagen ›eingesperrt‹, und kosten tut ihn das nichts.«

Tavalisk spießte ein Stück Fleisch mit seinem kleinen Silberspieß auf. »Was mir mehr Sorgen bereitet, ist, daß Kylock sich jederzeit entschließen könnte, den Einsatz zu erhöhen und seinen Truppen den Befehl zu geben, die Berge zu überqueren. Wenn das geschieht, läuft Highwall Gefahr, in die Zange genommen zu werden.«

Gamil nickte bedächtig. »Ja, da hat Euer Eminenz nicht ganz unrecht.«

Natürlich hatte Tavalisk ›nicht ganz unrecht‹, und er unterstrich diese Tatsache, indem er Gamil mit seinem kleinen Silberspieß in den Arm stach. »Wenn ich herablassend behandelt werden möchte, Gamil, dann wende ich mich an Gott, aber ganz bestimmt nicht an dich.« Er zog den Spieß aus dem Fleisch seines Privatsekretärs. »Ups. Welch ein Pech, Gamil. Ich wollte eigentlich nur ein Stück Kalb.«

Gamil war nicht erfreut.

»Komm schon, Gamil. Hör auf zu schmollen. Es war ein Unfall.«

Tavalisk empfand einen Hauch von Reue und bot Gamil seine Serviette an, um das Blut abzuwischen; dann wechselte er rasch das Thema. »Wird Maybors Tochter noch immer gefangengehalten?«

Gamil rächte sich so gut er konnte, indem er übermäßig auf die Serviette blutete. »Niemand hat etwas von ihr gehört, seit Lord Maybor die Stadt verlassen hat, Euer Eminenz. Baralis und Kylock streiten ab, irgend etwas mit ihrer Entführung zu tun zu haben. Sie behaupten, Maybor sei einfach nur verrückt.«

»Aber sie haben sie doch, oder?«

»Entweder das, oder sie haben sie bereits umgebracht.«

»Uns kann es egal sein, ob sie lebt oder nicht, Gamil. Solange niemand weiß, was aus ihr geworden ist, können wir in ihrem Namen weiterkämpfen.« Tavalisk ließ einen seiner Wurstfinger über den Rand des Tellers gleiten. »Hat sie Anhänger in der Stadt?«

Gamil schüttelte den Kopf. »Jeder, der Lady Melliandra unterstützt, wird festgenommen und öffentlich gehängt.«

»Hmmm. Und was ist mit denen, die die edle Dame im geheimen unterstützen?«

»Eine bemerkenswerte Zahl von Adeligen wird seit ein paar Monaten vermißt, Euer Eminenz. Sie sind nacheinander mitten in der Nacht aus ihren Gemächern verschwunden. Ihre Freunde und Verwandten sind verzweifelt.«

»Vermißt. Aha.« Tavalisks Lächeln war beinahe melancholisch.

Gamil räusperte sich. »Ich habe mir die Freiheit genommen, unsere Spione zu beauftragen, sich der Sache anzunehmen, Euer Eminenz, und so habe ich erfahren, daß Kylock überall in der Stadt Informanten hat. Jeder Lord, der Melliandras Namen auch nur beiläufig beim Abendessen erwähnt, ist am nächsten Tag verschwunden.«

Tavalisk seufzte. »Zu schade. Wenn Kylock nicht so hart gegen Melliandras Anhänger vorgehen würde, hätte die Stadt sich schon längst ergeben.«

»Lord Maybor verursacht übrigens einen ziemlichen Aufruhr im Highwall-Lager, Euer Eminenz. Er hat viele Pläne, wie man in die Stadt eindringen und der Belagerung ein frühes Ende bereiten könnte.«

Tavalisk bedeutete Gamil mit einer Geste *ich hab's dir ja gesagt.* »Ich habe immer gewußt, daß er eines Tages meine Hilfe brauchen wird, Gamil. Sorg dafür, daß er soviel Männer und Mittel bekommt, wie er braucht. Soll er es ruhig einmal versuchen. Die Highwall-Generäle haben bis jetzt schließlich auch nicht gerade viel zustande gebracht. Ein paar Löcher in der Mauer kann man nicht gerade als Erfolg bezeichnen.«

»Wie Ihr wünscht, Euer Eminenz. Wenn Ihr nichts mehr für mich habt, dann werde ich mich jetzt zurückziehen.«

»Aber natürlich.« Tavalisk lächelte fürsorglich. »An deiner Stelle würde ich auf dem Weg hinaus dem Arzt einen Besuch abstatten, Gamil. Die Wunde sieht so aus, als müsse sie genäht werden.«

Melli zwang sich, den Rest des Brotes zu essen. Sie hatte kein Wasser mehr, also schluckte sie es trocken hinunter. Als nächstes wandte sie ihre Aufmerksamkeit der Schweinehaxe zu. Sie bestand hauptsächlich aus Haut und Fett, doch Melli biß in sie hinein, als sei es das feinste Fleisch. Sie wollte das nicht, aber sie *mußte*. Und sie würde noch viel Schlimmeres essen, wenn ihr nichts anderes übrigblieb.

Das Licht wurde immer schwächer. Ein goldener Streifen an der Schießscharte war der letzte Rest des Tages, und Melli wußte aus Erfahrung, daß auch dieser Rest bald verschwunden sein würde. Die *Erwartung* der Dunkelheit war das Schlimmste von allem – viel schlimmer als die Dunkelheit an sich. Um diese Zeit war Melli stets besonders angespannt. Sie pflegte sich ein letztes Mal in ihrem Zimmer umzuschauen und sich die Position eines jeden Gegenstandes einzuprägen. Dann brachte sie letzte Korrekturen an: Sie schob den Nachttopf in die Ecke, schüttelte ihren Strohsack auf und scheuchte die Kakerlaken von der Bank. Und zum Schluß, kurz bevor das Licht endgültig verschwand, legte sie die Hände auf den Bauch und flüsterte ihrem Kind tröstende Worte zu.

Mit richtiger Dunkelheit wird man nur schwer fertig. Natürlich hatte Melli jede Nacht ihres Lebens in Dunkelheit verbracht, aber in der Dunkelheit eines komfortablen Schlafgemachs, wo Kerzenlicht unter der Tür hindurchschimmerte und die Asche im Kamin glühte. Die Dunkelheit, die sie jetzt kannte, war Welten von der Dunkelheit ihres früheren Lebens entfernt. In manchen Nächten hatte sie das Gefühl, als läge sie in ihrem eigenen Grab. Wenn man die Hand nicht mehr vor Augen sehen konnte, war es leicht zu glauben, man würde nicht mehr existieren. Und genau das glaubte Melli, wenn kein Mond am Himmel schien – es war, als wäre plötzlich die Welt verschwunden.

Also waren die tröstenden Worte in Wirklichkeit für sie selbst bestimmt, doch es gefiel ihr zu glauben, sie seien für das Kind.

Inzwischen verfolgte Melli die Phasen des Mondes. Heute erwartete sie Vollmond. Ob sie Licht haben würde oder nicht, hing allerdings immer noch von den Wolken ab. In der Nähe des Großen Sees herrschte bei Tage meist strahlender Sonnenschein, doch in der Nacht zog sich der Himmel häufig zu. Melli hatte noch keine Methode entdeckt, wie sie die Bewölkung vorhersagen konnte; aber sie wußte stets, wann es regnen würde.

Ihre Schwangerschaft war daran schuld. Wenn ihre Knöchel schmerzten, als hätte man tausend kleine Nadeln in sie hineingestochen, und wenn ihre Beine anschwollen wie Hefeteig, dann war das ein sicheres Zeichen dafür, daß sich alsbald die Schleusen des Himmels öffnen und kleine, eisige Tropfen durch die Schießscharte fallen würden.

Da die Schießscharte auf den See hinaus ausgerichtet war, zog sie Wind und Regen geradezu magisch an. In der ersten Woche von Mellis Gefangenschaft war es warm gewesen. Fliegen waren von der Wasseroberfläche heraufgesummt, und die Strahlen der Sonne hatten die Mauern erwärmt. Nun, einen Monat später, war das Wetter wesentlich unberechenbarer geworden. Unter dem wachsenden Einfluß des Winters konnte es sich nicht so recht entscheiden, was es als nächstes tun sollte: Mal schüttete es wie aus Eimern, und dann wieder kam die Sonne heraus und warf einen Regenbogen über den See. Gestern hatte es sogar gehagelt.

Die Nächte waren immer kalt. Nach Einbruch der Dunkelheit war Bren der Gnade der Berge ausgeliefert. Die Temperatur fiel drastisch ab, und der Wind nahm an Stärke zu.

Einmal hatte Melli versucht, die Schießscharte mit ihrem Schal zu verstopfen. Es hatte nicht funktioniert. Der Wind hatte den Schal einfach wieder herausgedrückt.

Melli bemühte sich, so gut es ging, über die Zeit auf dem laufenden zu bleiben. Zu Anfang hatte sie für jeden Tag ihrer Gefangenschaft einen Strich in die Mauer geritzt; doch nach zwei Wochen hatten sich die Striche immer höher aufgetürmt, und was als simple Aufzeichnung begonnen hatte, sah nun wie ein in Stein gehauenes Testament aus. Melli stellte sich vor, wie man Jahre später ihre Leiche finden würde. Wahrscheinlich würden die Finder nur traurig den Kopf schütteln, ob der unzähligen Striche an der Wand.

Meistens jedoch versuchte Melli, derart makabre Gedanken zu verdrängen. Sie sagte sich selbst, daß wenn man sie hätte umbringen wollen, man es schon längst getan hätte.

Einmal am Tag brachte man ihr Essen und Wasser. Immer kamen zwei Wachen. Einer öffnete die Tür und ließ seinen Kameraden mit dem Tablett herein; dann hielt er Melli die Hellebarde vors Gesicht, bis das Tablett vom vorherigen Tag entfernt und ihr Nachttopf geleert worden war. Melli hatte versucht, die Männer um warme Kleider, Kerzen und um etwas Holz zu bitten, mit dem sie die Schießscharte hätte schließen können, aber die Männer hatten sie jedesmal ignoriert. Sie schauten ihr noch nicht einmal in die Augen. Offenbar hatten sie strikte Befehle, was den Umgang mit Melli betraf. Und diese Befehle mußten von irgend jemandem stammen, vor dem die Soldaten soviel Angst hatten, daß sie es noch nicht einmal wagten, in Mellis Gegenwart zu atmen, um nicht das Mißfallen ihres Auftraggebers zu erregen.

Baralis. Es konnte niemand anders sein. Niemand kam ihm gleich, wenn es darum ging, anderen Angst einzujagen. Auch bei Melli war ihm das mehr als gelungen. Wenn er nur ein einziges Mal zu ihr gekommen wäre – und sei es auch nur, um sich an ihrem schlechten Zustand zu erfreuen –, dann hätte sie ihn weniger gefürchtet. Sie konnte sich gegenüber jedem Mann behaupten. Sie wußte, daß der Mythos, den sie in Baralis' Abwesenheit aufgebaut hatte, in sich zusammenfallen würde, wenn sie nur einen einzigen Blick auf den Mann werfen könnte.

Aber er kam nicht, und so hatte sie sich im Kopf ein Monster zurechtgebastelt, und sie wurde das Gefühl nicht los, daß er genau das beabsichtigt hatte. Er *wollte*, daß sie Angst hatte. Das gefiel ihm: Furcht war das Herz seiner Macht.

Aber nicht alles lief so, wie Baralis es sich vorstellte. Melli war stark. Es bedurfte schon mehr als Einsamkeit und Mauern, um sie zu zerbrechen. Sie gaben ihr Küchenabfälle; sie aß sie. Sie verweigerten ihr Decken; sie konnte ohne leben. Sie nahmen ihr das Licht, und sie gedieh in der Dunkelheit wie ein Pilz. Sie würde sich Baralis und seinen Henkern nicht ergeben. Sie und ihr Baby hatten bisher nicht nur überlebt, sie wurden mit jedem Tag stärker.

Melli hörte ein entferntes Klopfen. Sie schenkte dem Geräusch keine Beachtung – dank der Belagerung war die Nacht voller Geräusche. Wieder ertönte das Klopfen, diesmal näher. Melli rührte sich nicht. Das war keine Kriegsmaschine. Licht so dünn wie Rauch kroch unter der Tür hindurch. Irgend jemand kam zu ihr.

Das Klopfen verwandelte sich in deutlich hörbare Schritte, und das Licht war inzwischen zu einem Band geworden, das um die Tür herumlief. Melli lehnte sich gegen die Wand. Sie zitterte. Etwas Hartes blockierte ihre Kehle. Sie legte die Hand auf den Bauch und hob den Kopf, als der Schlüssel im Schloß gedreht wurde.

Die Tür schwang auf. Melli war von dem Licht geblendet. Eine Gestalt stand auf der Schwelle. Anhand der Silhouette wußte sie, daß es Baralis war. Langsam hob er die Laterne vor sein Gesicht.

Kapitel Fünfzehn

»Was hast du wirklich gefühlt, als du das Meer gesehen hast?« Tawl hatte sich dicht neben das Feuer gehockt. Der Langbogen lag zu seiner Linken und die Pfeile zu seiner Rechten. Er schürte das Feuer, doch sein Blick wanderte über die Hügel.

Schnapper schlief. Die Schießübungen hatten ihn rasch gelangweilt. Er hatte sich in seine Decken eingewickelt und Tawl und Jack das Versprechen abgenommen, ihn zu wecken, sollte irgend etwas geschehen. Dann war er sofort eingeschlafen. Das war nun ungefähr eine Stunde her, und Schnappers rhythmisches Schnarchen übertönte sogar den Wind.

Es war sehr hell auf den Klippen. Der Vollmond schien auf den Kalkstein, und von dort wurde sein Licht zurück auf die Hügel geworfen. Es gab nicht viele Nächte wie diese im Jahr. Nächte, in denen es hell genug war, um jemandem das Bogenschießen beizubringen.

Jack war auf der anderen Seite des Feuers. Er lag auf seiner Decke und blickte hinauf zu den Sternen. Tawls Frage beantwortete er nicht.

Vielleicht hatte er sie nicht gehört. Es war spät; er war müde, oder womöglich hatte sie der Wind hinaus aufs Meer geweht. Tawl wiederholte sie nicht. Sie hatten beide einen langen Tag hinter sich.

Tawl durchsuchte sein Bündel und holte einen kleinen

Krug mit Bienenwachs hervor. Er gab etwas davon auf ein Tuch und begann, es in den Bogen zu reiben. Geist und Hand nicht ruhen zu lassen war die beste Methode, die Nacht über wach zu bleiben.

»Es war, als hätte ich einen lange verloren geglaubten Freund wiedergesehen.«

Zuerst verstand Tawl nicht, wovon Jack redete. Er hatte seine Frage beinahe schon wieder vergessen.

Jack fuhr fort: »Alles kam mir bekannt vor: der Geruch, die Geräusche, die Farben – alles war vertraut, und doch«, er machte eine hilflose Geste mit der Hand, »und doch war es fremd. Wie etwas, das ich vor langer, langer Zeit in meinen Träumen gesehen habe.«

Jacks Stimme klang dünn und verloren. Wieder einmal mußte sich Tawl ins Gedächtnis rufen, daß sein Gegenüber noch immer ein Junge war. Er hatte noch nicht einmal sein zwanzigstes Lebensjahr erreicht. Man hatte ihm einfach nie eine Wahl gelassen, und niemand hatte ihn je darauf vorbereitet, was ihm nun bevorstand. Und doch war er hier: nach außen hin ruhig, doch im Inneren kämpfte er verzweifelt darum, Ordnung in das Chaos zu bringen.

Tawl wischte sich das Wachs von den Fingern. Für *ihn* war das etwas anderes – er hatte jahrelang Zeit gehabt, sich auf das alles vorzubereiten. Bevlin hatte ihn oft genug gewarnt. Und von Anfang an war es seine Entscheidung gewesen. Er war *freiwillig* ein Ritter geworden auf der Suche nach Ehre und Wahrheit und ständig dem Risiko ausgesetzt *›keine Gnade in den Augen Gottes‹* zu finden. Jack besaß keinen derartigen Glauben, dem er folgen konnte.

Er war auf sich allein gestellt.

»Tawl, sag mir noch einmal die Prophezeiung.«

Die Bitte überraschte Tawl. Das war das Letzte, was er erwartet hatte. Er warf einen raschen Blick zu Jack und sah, daß der Junge noch immer hinauf zu den Sternen blickte.

Tawl begann, die Prophezeiung zu rezitieren:

»Wenn Männer von Ehre ihre Ziele vergessen …«

Als er die erste Zeile sprach, drohte Tawls Stimme zu versagen. Die Worte hätten für ihn allein bestimmt gewesen sein können: *Er* war derjenige, der seinen Eid und seine Loyalität vergessen hatte. Er war derjenige, der die Ritterschaft in Mißkredit gebracht hatte. Nicht Tyren, wie Schnapper ihm versucht hatte zu erklären, nein, *er* war derjenige.

Tawl schluckte. Der Schmerz würde für immer in seinem Inneren bleiben – er würde niemals kleiner werden, niemals weniger schmerzen; er würde sich nur in deutlich voneinander getrennte Schichten teilen: jede einzelne von ihnen ein eisernes Band um sein Herz. Tawl senkte den Blick und atmete zweimal tief durch, bevor er fortfuhr. Egal wie schlimm es auch immer kommen mochte, für ihn gab es kein Zurück mehr.

»Wenn das Blut von Dreien an einem Tag gerufen wird,
Werden zwei Häuser sich in Ehe und Reichtum verbinden,
Und aus dem Bund wird Verfall entstehen.
Dann wird ein Mann kommen, ohne Vater und ohne Mutter, …«

Während Tawl eine rhetorische Pause einlegte, veränderte Jack seine Lage und rückte näher ans Feuer. Das Licht der Flammen fiel auf sein Haar, und es erstrahlte von neuem in Farben, die ihm das Mondlicht zuvor geraubt hatte: in Haselnußbraun und Gold. Tawl rezitierte in Gedanken die nächste Zeile:

»Doch mit der Schwester als seiner Geliebten, …«

In diesem Augenblick klingelte eine kleine Alarmglocke in seinem Kopf. Er schenkte dem Klingeln keine Beachtung, dachte nicht darüber nach, doch als er weiterredete, stellte er fest, daß er die Zeile komplett ausgelassen hatte.

»Und er wird die Hand des Verderbens aufhalten.

Steine werden bersten, der Tempel wird fallen,
Und das Reich des Bösen wird auf sein Wort hin enden,
Und nur der Narr kennt die Wahrheit.«

Nachdem er geendet hatte, war alles still. Jack rührte sich nicht; es wehte kein Wind mehr, und selbst das Meer warf seine Wellen nicht mehr gegen das Ufer.

Tawl wußte, daß es an ihm war, das Schweigen zu beenden. Mehr um seiner selbst willen denn um Jacks. In der Stille konnte man nichts anderes tun als denken. Und Tawl wollte nicht einen einzigen Augenblick darüber nachdenken, was er soeben getan hatte und warum.

»Hat irgendwas davon für dich irgendeine Bedeutung?« fragte er.

Jack ließ sich mit der Antwort Zeit. »Ja und nein«, sagte er schließlich. »Meine Mutter ist tot, und meinen Vater habe ich nie kennengelernt. Und ich nehme an, daß die beiden Häuser, die sich verbinden, Bren und die Königreiche sind.«

Tawl nickte. Er war froh, seine Gedanken auf weniger gefährliches Territorium bewegen zu können. »Und die Männer von Ehre, die ihre Ziele vergessen haben, sind die Ritter. Der Tempel ist Larn, und das Reich des Bösen entsteht in eben diesem Augenblick.«

»Kylock.«

Etwas Ähnliches wie Sehnsucht lag in Jacks Stimme, und Tawl blickte zu ihm hinüber. Jack schaute nicht länger zu den Sternen hinauf; nun hing sein Blick an den Flammen.

»Du hast ihn gekannt, stimmt's?«

Jack nickte. Nicht eine Sekunde ließ er das Feuer aus den Augen. »Ich glaube, daß ich dazu bestimmt bin, ihn zu vernichten.«

Ein Schauer lief Tawl über den Rücken. Aus den Augenwinkeln heraus hatte er in der Ferne ein Licht entdeckt. Es bewegte sich die Hügel hinauf. Tawl war sofort auf der Hut. Sorgfältig darauf bedacht, den Blick weiter nach vorne gerichtet zu halten, flüsterte er: »Leg dich langsam wieder hin, Jack. Tu so, als würdest du dich für die Nacht bereitmachen.«

Jack täuschte ein Gähnen vor, glättete seine Decke und legte sich hin. Seine Hand lag auf dem Kurzbogen. »Wo ist er?« zischte er.

»Auf dem Hügel links von uns, etwa ein Drittel den Abhang hinunter, kurz oberhalb der Bäume.« Tawl bewegte sich kaum, während er sprach. Er starrte noch immer stur geradeaus. Es war der Schütze. Daran bestand kein Zweifel. Er war zu Fuß, und beim Gehen fing sein Bogen von Zeit zu Zeit das Licht des Mondes auf. Tawl konnte das Pferd des Mannes nicht sehen, doch er vermutete, daß es irgendwo hinter dem Hügel auf seinen Reiter wartete.

Langsam griff Tawl nach einem Pfeil. Als seine Hand sich um den Schaft legte, sagte er zu Jack: »Sobald ich es sage, wirfst du die Decke über das Feuer.«

Die Schattengestalt in der Ferne blieb stehen, und hob ihren Bogen.

Jack und Tawl würden nur Bruchteile von Sekunden haben, wenn das Licht ausging. Aber die Gelegenheit war einfach zu gut, um sie sich durch die Lappen gehen zu lassen. Im Augenblick war Skaythe ein stehendes Ziel.

Tawl hob seinen Bogen auf. Er legte den Pfeil ein und spannte die Sehne.

»Jetzt, Jack. *Jetzt!*«

Tawl zielte.

Das Licht verlosch.

Die Krümmung von Skaythes Ellbogen verriet, daß auch er den Bogen gespannt hatte. Tawl küßte die Sehne und ließ los. Der Pfeil flog auf sein Ziel zu.

Im selben Augenblick, da seine Finger die Sehne losließen, sprang Tawl in Richtung Feuer. Er hörte das Zischen eines Pfeils und spürte, wie die Spitze über sein Gesicht fuhr. Es folgte ein brennender Schmerz, dann strich die Befiederung über seine Wange.

Tawl fiel auf Jacks Decke. Sie war heiß und qualmte. Der Ritter rollte sich ab und schlug gegen Jack.

Jack hielt den Kurzbogen in der Hand und hatte bereits einen Pfeil eingelegt. Tawl packte seinen Knöchel und zog ihn wieder hinunter.

»Hab' ich ihn erwischt?« Tawl konnte kaum atmen. Sein rechtes Auge war voller Blut. Er drehte Jacks Knöchel und zwang ihn so liegenzubleiben.

»Ich weiß es nicht. Er ist eine Sekunde nach dir zu Boden gegangen.« Jack versuchte, sich aus Tawls Griff zu befreien. »Wenn du mich nicht runtergezogen hättest, dann hätte ich vielleicht auch noch einen Schuß anbringen können. Ich habe ihn im Visier gehabt, und zwar als er schon auf dem Boden lag.«

Hinter ihnen rührte sich Schnapper in seinen Decken. »Was ist denn hier los?«

»*Bleib unten!*« Tawl wischte sich über das Auge. Der Pfeil hatte sein rechtes Jochbein gestreift, und das Blut lief genau in Richtung Augenhöhle. »Wo ist er jetzt?« fragte er Jack. Er konnte noch immer nicht klar sehen.

»Er ist verschwunden. Als du mich runtergezogen hast, habe ich ihn kurzfristig aus den Augen verloren, und nun ist er entkommen.«

Tawl stieß einen Fluch aus. Skaythe hatte es bestimmt schon bis in den Schutz der Bäume geschafft. Falls er ihn wirklich getroffen haben sollte, dann war der Treffer zumindest nicht tödlich gewesen. Die Tatsache, daß er zu Boden gegangen war, bedeutete gar nichts. Sie wußten beide, welches Spiel sie hier spielten: zwei Schützen, zwei Pfeile. Es war ein Duell. Mit Sicherheit hatte Skaythe den gleichen Instinkt gehabt wie er: Sehne loslassen und dann so schnell wie möglich weg.

Tawl bewunderte den Mann beinahe. Er hatte verdammt gut geschossen.

»Kommt«, sagte er und stand auf. »Es ist Zeit, daß wir das Lager abbrechen.«

»Ich stehe nicht auf. Nein, mein Herr. Auf gar keinen Fall«, erklärte Schnapper. »Ich habe nicht die Absicht, jemandem meinen Kopf als Zielscheibe anzubieten.«

Tawl riß ein Stück aus seinem leinenen Unterhemd und preßte es auf die Wunde. »Heute nacht wird er uns nicht mehr belästigen.«

»Ach, ja? Hast du ihn erwischt?«

»Vielleicht. Ich weiß es nicht.«

»Wenn du nicht sicher bist«, warf Jack ein, »wie kommst du dann darauf, daß er nicht noch einmal auf uns schießen wird?«

»Weil es nicht das ist, was er will.«

»Und was will er dann?«

Tawl blickte in die Ferne und suchte die Stelle ab, wo er Skaythe zum letzten Mal gesehen hatte. »Er will einen Wettkampf, Jack. Er will mich im Kampf Mann gegen Mann schlagen. Deswegen ist er heute nacht hierhergekommen: ich gegen ihn, gleiche Chancen, mein Können gegen seins.«

»Warum?«

»Rache für seinen Bruder, oder vielleicht will er beweisen, daß er den Mann besiegen kann, der Blayze geschlagen hat.« Tawl zuckte die Schultern. »Ich kenne seine Motive nicht.« Er machte sich daran, Töpfe und Flaschen einzupacken.

»Und was glaubst du, macht er jetzt?« Jacks Stimme klang hart. Es gefiel ihm immer noch nicht, daß man ihn solange über den mysteriösen Schützen im unklaren gelassen hatte.

»Falls er verletzt ist, dann wird er wahrscheinlich bis morgen warten, wenn wir nicht mehr in der Nähe sind. Falls nicht, dann wird er uns vermutlich nach Süden folgen. Aber wie auch immer, auf jeden Fall wird er seinen nächsten Angriff planen.«

»Und was ist, wenn du einen wirklich guten Treffer gelandet hast?« fragte Schnapper, der endlich den Mut gefunden hatte aufzustehen.

»Dann habe ich ihn für ein paar Tage aufgehalten. Vielleicht sogar für Wochen. Wir können es einfach nicht wissen.« Tawl ging zu den Pferden und warf den Sattel auf seine Stute.

Jack war unmittelbar hinter ihm. »Dieser Mann mag ja vielleicht ein Duell mit dir wollen, aber er wird nicht davor zurückschrecken, Schnapper und mich hinterrücks zu ermorden, hab' ich nicht recht?«

Tawl warf einen raschen Blick zu Schnapper. Der Junge war eifrig damit beschäftigt, seine Decken zusammenzurollen. »Schau mal«, sagte Tawl leise, denn seine Worte waren nur für Jack allein bestimmt, »ich glaube, du hast recht. Ich glaube, er will jeden von uns töten. Also muß ich ihn aufhalten, aber er ist gut, und er jagt uns wie Tiere. Er wird sich nur zeigen, wenn er einen Schuß auf mich abfeuern kann. Dich und Schnapper würde er aus dem Hinterhalt erschießen. Deshalb muß ich mich zur Zielscheibe machen – so wie heute nacht. Wir bekommen nur Gelegenheit, ihn zu töten, wenn er darauf aus ist, *mich* zu erwischen.« Tawl zog den Sattelgurt fest. »Uns bleibt keine andere Wahl: Wir müssen ihn dazu zwingen, offen zu kämpfen.«

»Warum hast du nicht zugelassen, daß ich auf ihn schieße?«

»Du hast einen Kurzbogen. Er hat einen Langbogen. Du hättest dich ohne Grund in Gefahr begeben.«

»Das hat nicht zufällig etwas damit zu tun, daß dir sein Spiel gefällt? Mann gegen Mann und so?«

Tawl schüttelte den Kopf. »Nein. Ein Mann, der einen wehrlosen Jungen aus dem Hinterhalt erschießen würde, verdient eine solche Ehre nicht. Wenn du ihn siehst, Jack, bring ihn um. Mir soll's recht sein. Aber ich werde dich jedesmal wieder zu Boden reißen, wenn ich glaube, daß du nicht die leiseste Chance hast, ihn zu treffen.«

Jack lächelte. »Ich verstehe.« Er begann, seine Satteltaschen festzuzurren. »Also nehme ich an, daß wir in Toolay einen zweiten Langbogen kaufen.«

Tawl war müde, aber zufrieden. Auf seine eigene Art hatte ihm Jack soeben mitgeteilt, daß er bei diesem Kampf nicht außen vor bleiben würde. Es war ein gutes Gefühl zu wissen, daß er die Gefahr nicht alleine auf sich nehmen mußte.

»Du wirst noch viel üben müssen«, erklärte Tawl. »Wenn du wirklich einen Schützen in dir hast, dann habe ich zumindest noch nichts von ihm gesehen.«

Sie lachten beide. Tawl packte Jacks Arm.

Jack erwiderte den Griff. »Ich weiß es zu schätzen, daß du ehrlich zu mir bist.«

»Und ich weiß jede Hilfe zu schätzen, die ich kriegen kann.«

Die beiden Männer standen eine Weile schweigend da, schauten sich an und änderten ihre Meinung über den jeweils anderen. Zum ersten Mal seit vielen Wochen hatte Tawl das Gefühl, daß sich wieder alles zum Guten wenden würde.

Die Laterne wurde hochgehoben. Melli kniff die Augen zusammen, um Einzelheiten in der gleißenden Helligkeit erkennen zu können. Instinktiv wich sie zurück. Ihr Fuß stieß gegen Stein. Sie konnte nirgendwohin.

Auf dem Weg nach oben warf das Licht der Laterne lange Schatten auf das Gesicht des Mannes und verwandelte es in eine grausame Maske. Er trat einen Schritt vor.

»Es ist schon lange her, Melliandra.«

Melli sog zischend die Luft ein. Das war nicht Baralis; das war Kylock. Die beide waren sich in Größe und Gestalt zum Verwechseln ähnlich. Selbst ihre Hautfarbe war gleich. Melli spürte Furcht in sich aufkeimen. Bei Baralis wußte sie wenigstens, wo sie dran war: Er war berechenbar; er war ein Mann mit Methode. Aber Kylock war ein vollkommen anderer Mensch: Er war gefährlich instabil.

Um ihre Angst zu verbergen, hob Melli das Kinn und sagte: »Seid Ihr gekommen, um mich freizulassen?«

Kylock ignorierte sie und schaute sich im Raum um. Sein dunkles Haar glänzte seidig im Licht der Laterne. Er trug eine schwarze Samttunika und darunter ein schwarzes Seidenunterhemd – er sah aus, als sei er für ein Festbankett gekleidet. Nach ein paar Sekunden nickte er bedächtig.

»Sieht so aus, als würde es dir nicht allzu gut gehen, stimmt's, Melliandra?«

»Es würde mir noch viel schlechter gehen, wenn ich Euch geheiratet hätte. Eure Braut war kalt, noch bevor die Hochzeitsnacht vorüber war.«

Melli spürte, wie etwas Hartes ihr Gesicht traf. Sie taumelte zurück, stürzte und schlug mit dem Kopf gegen die Wand.

Kylock stand über ihr und wischte sich die Faust an der Tunika ab. »An deiner Stelle würde ich aufpassen, was ich sage, Melliandra. Du hast ein verdammt loses Mundwerk.«

Melli rieb sich das schmerzende Kinn. Sie wollte aufstehen, doch Kylock stieß sie wieder hinunter.

»Ich denke, im Augenblick solltest du bleiben, wo du bist.« Er sprach wie ein Maler, der ein Modell in Positur brachte. Er beugte sich vor und wischte ihr eine Haarsträhne aus dem Gesicht. »Ja, genau so.«

Melli schmeckte Blut im Mund. Sie wagte nicht, sich zu rühren. Kylocks Augen waren leer und trüb. Er sah aus, als hätte er getrunken.

Mit einer derart schnellen Bewegung, daß Melli glaubte, er würde sie schlagen, kniete sich Kylock neben sie. Er lächelte, als er sah, wie sie zusammenzuckte. »Jetzt sind wir wohl nicht mehr so selbstsicher, wie?«

Sein Atem roch zwar nicht nach Alkohol, aber ungewöhnlich süß, und in seinem Mundwinkel waren die Reste eines weißen Pulvers zu sehen.

»Weißt du, was ich denke?« fragte er.

»Nein. Warum sagt Ihr es mir nicht einfach?« Ohne es zu merken, hatte Melli beide Arme um ihren Bauch gelegt. Sie wollte nach Kylock schlagen – sowohl körperlich, als auch verbal –, aber sie hielt sich zurück. Sie mußte jetzt an ihr Baby denken.

»Ich denke, du hättest etwas Besseres verdient als das hier.« Wieder hob er die Hand, doch diesmal, um Mellis Wange zu streicheln.

Melli hätte eine Ohrfeige vorgezogen. »Seid Ihr deswegen

hierhergekommen?« fragte sie und bewegte ihren Kopf langsam von Kylocks Hand weg.

Kylock war ihr inzwischen sehr nahe. Die Haut auf seinem Gesicht war ungewöhnlich blaß, und er hatte dunkle Ringe unter den Augen. »Ich bin hierhergekommen, um zu sehen, wie sie dich behandeln.«

»Nun, wie Ihr sehen könnt, behandeln *sie* mich schlecht.« Melli war nicht sicher, von wem sie eigentlich sprach: von Baralis, den Wachen oder von beiden.

»Hmmm.« Kylocks Hand glitt von ihrer Wange hinab zum Hals. Seine Fingerspitzen waren so weich wie die eines Babys.

Melli schlang die Arme noch enger um ihren Bauch; dann stellte sie die einzige Frage, die es wert war, gestellt zu werden: »Warum seid Ihr ausgerechnet jetzt zu mir gekommen? Ich bin schon seit Wochen hier. Ihr hättet mich jederzeit sehen können.«

Kylock lächelte sanft. »Baralis will dich morgen hinrichten lassen.«

Vollkommen ruhig. Melli verhielt sich vollkommen ruhig. Nicht ein Muskel in ihrem Gesicht verriet sie. Sie blinzelte nicht; sie zitterte nicht; sie zeigte überhaupt keine Reaktion. Allerdings atmete sie noch: lange, tiefe Atemzüge.

»Ja, sie werden morgen in aller Früh zu dir kommen. Das Wasser, das sie dir geben werden, wird mit einer Droge versetzt sein, um dich ...« Kylock genoß es, das richtige Wort zu suchen, »... um dich *gefügig* zu machen. Dann werden sie dir eine Klinge durchs Herz bohren. Du mußt diesen Raum noch nicht einmal verlassen. Es wird hier geschehen.« Kylock lächelte, als hätte er ihr einen großen Gefallen erwiesen.

»Wenn die beiden Wachen mit dir fertig sind, werden sie die Tür verriegeln und die Treppe hinuntergehen; doch sie werden die letzte Stufe nicht mehr lebend erreichen. Nachdem das erledigt ist, wird auch die Dame, die sich um dein Wohlbefinden kümmert, ein tragisches Ende finden. Und damit ist niemand mehr übrig, der erzählen könnte, was hier geschehen ist.«

Kylock hatte ununterbrochen die Hand an Mellis Hals gehabt, während er gesprochen hatte. Nun tastete er sich weiter nach unten vor: erst über ihre Brust und dann über ihren Bauch. »So ist es auf jeden Fall geplant.«

Melli versuchte nicht, sich Kylocks Berührung zu entziehen. Sie versuchte den Klang von Kylocks Stimme zu deuten, als er jenen letzten Satz gesprochen hatte. Hatte sie wirklich so etwas wie Widerwillen gehört? Sie krümmte ihren Finger ein wenig, um den seinen zu berühren und sagte: »*Ist* das der Plan, oder *war* das der Plan?«

Kylock zog sich von Melli zurück. Er hob die Laterne und hielt sie vor ihr Gesicht. »Wie ich sehe, ist auf *deinen* Lippen kein Rouge.«

Mellis Herz raste. Die Laterne war so dicht an ihrem Gesicht, daß sie die Hitze auf ihrer Wange spüren konnte. Egal wie sehr sie sich auch bemühte, sie fühlte, daß sie der Panik nahe war. Sie wußte nicht, was Kylock von ihr wollte. Auch den plötzlichen Themenwechsel verstand sie nicht. »Nein«, erwiderte sie. »Mir kommt so etwas nicht aufs Gesicht.«

Kylock führte die Laterne noch näher heran. Die Flamme war nun weniger als eine Wimpernlänge von Melli entfernt. »Du hast dich nie wie eine Hure angemalt, oder?«

Mellis Haut brannte. Sie konnte es nicht länger ertragen. Sie hob die Faust und rammte sie gegen Kylocks Arm.

Kylock war gezwungen, die Laterne loszulassen. Sie flog hoch in die Luft, und Melli hörte, wie sie auf den Steinen zerschellte. Das Licht flackerte. Kylocks Faust fuhr in Mellis Gesicht. Wieder wurde sie zurückgeschleudert, und diesmal sprang Kylock auf sie und riß ihr die Kleider vom Leib.

Sie schrie.

Er packte Mellis Kinn und schlug ihren Kopf gegen die Wand.

Schmerz explodierte in ihrem Schädel; die Welt verschwamm vor ihren Augen, und doch schrie sie immer weiter.

Sie spürte, wie Kylocks Finger unter ihr Mieder glitten. Sie kämpfte gegen ihn an, aber ihre Hände gehorchten ihr nicht. Melli fühlte sich, als sei sie betrunken. Kylock packte ihr Mieder und riß es herunter.

Mit Augen, die die Welt nur noch durch einen Schleier sahen, bemerkte Melli ein helles Glühen hinter Kylocks Rücken. Die Bodenstreu hatte Feuer gefangen.

Ob er nun die Hitze gespürt oder ob er den Rauch gerochen hatte, auf jeden Fall ließ Kylock sie los. Er stand auf und trat die Bodenstreu auf die andere Seite des Raums. Die Holzbank war nicht in Gefahr, denn sie stand neben Melli. Alles andere war Stein. Als Kylock versuchte, die Flammen auszutreten, leckten die Flammen an seinen Beinen hoch. Auf der Suche nach Wasser oder anderem Löschmaterial wirbelte er herum; plötzlich hielt er mitten in der Bewegung inne.

Melli hatte sich nicht bewegt. Sie war von der Hüfte aufwärts nackt, und das Licht der Flammen betonte die Rundung ihres Bauchs.

Kylock starrte sie an. Er starrte auf ihren geschwollenen Bauch.

Melli beobachtete, wie sich sein Gesichtsausdruck langsam veränderte: Aus Zorn wurde Wahnsinn. In diesem Augenblick verspürte Melli eine derart starke Furcht, daß sie das Gefühl hatte, die Luft würde aus den Lungen gequetscht.

Kylocks Blick wanderte zu ihren Augen. Hinter ihm wurde das Feuer immer schwächer, denn es fand keine Nahrung mehr. Der Raum war voller Rauch. Das Vakuum in Mellis Lungen war beinahe unerträglich. Sie wollte atmen, doch sie fürchtete, etwas weitaus Gefährlicheres in sich aufzunehmen als Rauch. Ihr Hinterkopf blutete – sie spürte, wie das Blut ihren Nacken hinunterlief –, und ihre Augen waren voller Tränen.

Der Rauch war schwarz, und die verkohlten Überreste der Bodenstreu trieben wie dunkle Schneeflocken durch die Luft. Kylock hob die Hände und trat einen Schritt auf

Melli zu. Melli öffnete den Mund und ließ den Rauch in sich hinein. Ihr Körper reagierte mit Würgen, aber sie kämpfte dagegen an und zwang sich, mehr und mehr einzuatmen. Der Rauch schmeckte zunächst bitter. Heiß und ätzend verbrannte er ihre Lungen. Doch als Kylocks Hände sie berührten, wurde das Gift zu einem Retter.

Mellis Welt versank in Dunkelheit.

Als Skaythe sich endlich bis zu den Bäumen geschleppt hatte, war seine Tunika blutdurchtränkt. Der Pfeil hatte in die linke Schulter getroffen, und die Spitze war bis auf den Knochen eingedrungen. Er war auf dem Bauch in Sicherheit gekrochen, indem er sich mit dem rechten Arm vorwärts gezogen hatte.

Sein Pferd hatte er an eine Esche gebunden. Die Stute wieherte leise, als sie den Geruch ihres Reiters erkannte. »Schschsch, Kali«, murmelte Skaythe.

Die Bäume besaßen noch die meisten ihrer Blätter, und das Laub sperrte den größten Teil des Mondlichts aus. Das war Skaythe nur recht; er hatte es schon immer vorgezogen, im Dunkeln zu arbeiten. Er packte einen Ast und zog sich daran in die Höhe. Ein stechender Schmerz schoß ihm durch die ganze linke Seite. Ihm war übel, und er konnte nur verhindern, daß er sich übergab, indem er den Kopf zurücklegte und die Galle wieder hinunterschluckte. Dabei ballte sich die linke Hand ebenso zur Faust wie die rechte. Gut. Das bedeutete, daß keine Muskeln beschädigt worden waren.

Einen Augenblick später verschwand die Übelkeit, und nur ein bitterer Geschmack blieb in seinem Mund zurück. Skaythe lehnte sich gegen den Stamm. Er schnalzte mit der Zunge, um sein Pferd herbeizurufen. Die junge Stute kam so nahe heran, wie es ihre Zügel erlaubten, doch das reichte Skaythe, um die Satteltaschen vom Rücken des Tieres nehmen zu können.

Weiterer Schmerz und Übelkeit folgten, als das Gewicht der Taschen auf seine Schultern fiel. Skaythe fand alles, was er brauchte: Salbe, ein scharfes Messer, Verbandszeug und eine kleine Flasche mit einem recht starken Branntwein. Zuerst widmete er sich dem Branntwein; er trank die ganze Flasche bis auf einen kleinen Rest in einem Zug leer. Der Alkohol brannte sich einen Weg die Kehle hinunter und glühte im Magen wie ein Stück Kohle. Skaythe mußte sich beeilen. Denn das Problem mit Alkohol war, daß er kurz nachdem er die Sinne betäubte, auch den Verstand vernebelte. Den Rest des Branntweins schüttete er auf ein Tuch und reinigte damit die Umgebung der Wunde, den unteren Teil des Pfeilschaftes, die Klinge seines Messers und seine Finger.

Skaythe hatte den Schaft bereits in der Mitte abgebrochen, so daß nur noch eine Handbreit Holz aus seiner Schulter ragte. Er nahm das Messer, schnitt in die Wunde und zog das Fleisch zu beiden Seiten des Pfeils auseinander. Der Ritter hatte eine gewöhnliche V-förmige Spitze verwendet – die übliche Art Pfeil für einen Mann von Ehre; keine Widerhaken, kein Sägeblatt. Skaythe zuckte die Schultern. Er hatte eine mit zusätzlichen Widerhaken versehene Spitze auf den Ritter abgefeuert.

Nachdem er das Fleisch um die Wunde herum geöffnet hatte, packte Skaythe den Schaft, zwang seine Muskeln, sich zu entspannen, und zog den Pfeil mit einem Ruck heraus.

Ein heißer, brennender Schmerz war die Folge. Der Schmerz pflanzte sich über Skaythes Arm bis zum Herzen hin fort. Urin lief seine Beine hinab. Obwohl er die Spitze so weit wie möglich freigelegt hatte, war dennoch Fleisch zusammen mit dem Pfeil herausgekommen. Er schrie nicht. Er hatte noch nie geschrien – noch nicht einmal als Kind.

Nachdem das Geschoß entfernt war, ließ sich Skaythe gegen den Baum sinken und preßte das Tuch auf die Wunde. Im Mondlicht sah sein Blut schwarz aus. Rasch wurde er immer schwächer. Der Alkohol hatte inzwischen den Punkt erreicht, wo er begann, den Verstand zu vernebeln.

Während er das Tuch auf die Wunde drückte, verfluchte Skaythe Tawl mit all dem Haß eines besiegten Mannes. Der Ritter war ein Risiko eingegangen: Er hatte absichtlich zu weit nach links gezielt. Skaythe hatte geglaubt, in Sicherheit zu springen, doch statt dessen war er in die Flugbahn des Pfeils geraten. Hätte der Ritter genau auf sein Herz gezielt, dann wäre er ohne einen Kratzer davongekommen. Aber nein, Tawl hatte statt dessen die Luft anvisiert, und so einen Treffer gelandet.

Skaythe schüttelte wütend den Kopf. Die Blutung hörte nur langsam auf.

Eines jedoch tröstete ihn über die Ereignisse der Nacht hinweg: Tawl hatte einfach nur Glück gehabt. Skaythe wußte alles über Glück, und so wußte er auch, daß es früher oder später endete – und zwar ausnahmslos. Hatte ein Mann an einem Tag Glück, dann würde ihn am nächsten aller Wahrscheinlichkeit nach das Pech verfolgen. Also würde Skaythe bei einem erneuten Aufeinandertreffen die besseren Chancen haben.

Und er *würde* erneut auf Tawl treffen.

Morgen jedoch würde er sich zunächst einmal jemanden suchen, der seine Wunde nähte. Anschließend würde er sich ein paar Tage ausruhen und seinem Fleisch Zeit geben zu heilen. Kurzfristig mochte er ja vielleicht die Spur des Ritters verlieren, doch er kannte Tawls Ziel, und außerdem war da noch der Kontakt zu Baralis ...

Kapitel Sechzehn

Der Wind war frisch und roch nach Fisch. Der Morgen war klar und hell. Die weißen Häuser von Toolay warfen goldene Schatten in den Sonnenaufgang, und das Meer sang Lieder für die Klippen.

Sie waren die ganze Nacht durchgeritten und dementsprechend müde, doch der Anblick der kleinen Stadt hoch über dem Meer war eine wahre Wohltat. Jack wußte, daß er nicht der einzige war, der so empfand; Schnappers Gesicht leuchtete auf, und er murmelte einen langen Satz vor sich hin, in dem immer wieder die Worte *Nachforschungen anstellen* und *endlich* vorkamen. Selbst Tawl schien sich zu freuen. Allerdings konnte er nicht lächeln, denn es bestand die Gefahr, daß sich ansonsten die Wunde auf seiner Wange wieder öffnete.

»Ziegenmilch und Bier«, sagte er und gab seinem Pferd die Sporen.

»Ziegenmilch und Bier?« Auch Jack spornte seine Stute an. Er hatte nicht die Absicht, Tawl als ersten in die Stadt einreiten zu lassen.

Tawls Augen strahlten heller als das Meer. »Das serviert man Männern hier zum Frühstück.«

Eine freundschaftliche Rivalität hing in der Luft. Jack hatte durchaus bemerkt, daß Tawl zu einem Galopp ansetzte. »Und was geben sie ihren Frauen?«

»Ich habe die Frauen hier gesehen, Jack«, sagte Schnapper. »Und so wie sie aussehen, bekommen sie wahrscheinlich das Bier.«

Mit diesen Worten galoppierte Tawls Pferd los, was eine Flut von lautstarken Beschwerden aus Schnappers Mund zur Folge hatte. Jack jagte ihnen hinterher. Es war schön hier zu sein, genau in diesem Augenblick, mit der warmen Sonne auf dem Gesicht, dem salzigen Wind auf den Lippen und mit Staub im Mund, den die davonreitenden Freunde aufgewirbelt hatten.

Aber Freunde hin oder her: Jack würde sie schlagen. Er rammte Barley die Fersen in die Flanken und ließ die Zügel schießen. Tawls Pferd war das kräftigere, doch es mußte zwei Reiter tragen. Barley mobilisierte seine Reserven und schloß rasch zu ihnen auf. Schnapper hielt den Kopf gesenkt, während er verzweifelt schrie:

»Das ist das letzte Mal, daß ich mich mit dir auf ein Pferd setze, Tawl!«

Jack lächelte, als Barley an ihnen vorbeiflog. »Das kann man dir nicht übelnehmen, Schnapper!« rief er. »Es lohnt sich nur, mit den Besten zu reiten!« Er wagte es nicht, sich nach seinen Freunden umzudrehen: Erstens, weil er nicht wollte, daß Tawl sein Lächeln sah, und zweitens, weil er schlicht und ergreifend Angst hatte. Er war nie zuvor so schnell geritten. Unter ihm hatte sich Barley von einem sanften, gutmütigen Tier in ein Schlachtroß verwandelt, das zur Attacke ansetzte. Jack blieb nichts anderes übrig, als sich am Hals des Pferdes festzuklammern und auf Gottes Gnade zu hoffen.

Auf dem Weg zum Sieg demonstrierte Barley so manches verborgenes Talent: Er sprang über Gräben, suchte sich mit großem Geschick einen Weg über felsigen Boden, und erst im letzten Augenblick wich er im Weg stehenden Bäumen aus.

Schließlich erreichten Pferd und Reiter die Hauptstraße. Der Anblick von Wagen, Menschen und anderen Pferden hatte eine durchschlagende Wirkung auf Barley, und wie ein unartiges Kind in Gegenwart von Besuchern wurde er plötzlich zu einem Musterbeispiel an Disziplin und Gehorsam. Er verlangsamte sein Tempo zu einem leichten Trab und sprang sogar artig zur Seite, wenn jemand vorbeikam, der es besonders eilig hatte. Jack war so dankbar, daß Barley aufgehört hatte zu galoppieren, daß er es nicht über sich brachte, mit dem Pferd zu schimpfen. Statt dessen flüsterte er dem Tier ins Ohr: »Wenn du noch mehr solche Überraschungen auf Lager hast, dann spar sie dir für deinen nächsten Besitzer auf.«

»Hey! Jack!« Tawl und Schnapper ritten neben ihn. Tawl klopfte Barleys Hals. »Wenn ich gewußt hätte, daß er so gut ist, dann hätte ich ihn für mich selbst behalten.«

Jack hatte das sichere Gefühl, daß nur die frische Wunde auf der Wange verhinderte, daß Tawl lauthals auflachte. »Na, dann kommt«, sagte er. »Wir wollen doch die Ziegen nicht warten lassen.«

Toolay war eine geschäftige Stadt. Kaufleute, Bauern, Straßenhändler und Fischer drängten sich in den engen, gewunden Straßen. Sie priesen ihre Waren an, riefen Bekannten Grüße zu, stritten sich, lachten und tauschten Gerüchte aus. Jack gefiel die Stadt auf Anhieb; nur die vielen Gänse auf den Straßen störten ihn. Seitdem er vergangenes Frühjahr von einer Herde dieser bösartigen Vögel gejagt worden war, bevorzugte er seine Gans gut durchgebraten.

Da er plötzlich einen enormen Hunger entwickelte, war Jack froh, als Tawl beschloß, bei einem in der Nähe gelegenen Gasthaus haltzumachen. *›Zum Krebsbein‹* war klein, aber gemütlich. Der Wirt, ein herzlicher, rotwangiger Mann mit Namen Blaxer, begrüßte sie freundlich und schickte sofort einen Jungen hinaus, der sich um die Pferde kümmern sollte, während er persönlich die Ziegenmilch erwärmte. Sein ausgesprochen gutaussehender Sohn brachte jedem von ihnen eine Schüssel Haferbrei zum Frühstück und bot ihnen an, Zimmer für sie vorzubereiten.

Jack hoffte, daß Tawl zustimmen würde. Sie hatten die ganze Nacht nicht geschlafen, und der Gedanke war mehr als angenehm, in einem bequemen, sicheren Bett zu übernachten anstatt auf der harten Erde. Tawl blickte zu Schnapper. Nur mit Mühe konnte der Junge ein Gähnen unterdrücken.

»Also gut. Wir bleiben die Nacht über hier und ziehen erst morgen nach Rorn weiter.«

Der Sohn des Wirtes nickte höflich, schüttete Bier in die Ziegenmilch und zog sich zurück. Sein Vater, der ihn die ganze Zeit über beobachtet hatte, strahlte vor lauter väterlichem Stolz über das ganze Gesicht.

Die drei Gefährten nahmen ihr Frühstück schweigend ein. Sie waren entweder zu müde, zu hungrig oder zu sehr mit ihren eigenen Gedanken beschäftigt, um etwas zu sagen. Schließlich stand Tawl auf. »Ihr zwei legt euch jetzt am besten mal etwas hin. Ich bin in ein paar Stunden wieder zurück.«

Jack schüttelte den Kopf. »Nein. Ich glaube, ich begleite dich statt dessen lieber.«

Tawl warf ihm einen strengen Blick zu. »Ich will nur jemanden suchen, der meine Wange mit ein paar Stichen wieder flicken kann.«

»Soll mir recht sein. Danach können wir dann ja den zweiten Langbogen kaufen.« Jack würde sich auf gar keinen Fall abwimmeln lassen.

Tawl machte sich auf den Weg zur Tür. »Na, dann komm«, sagte er.

Mit dem Gefühl, einen, wenn auch kleinen, Sieg errungen zu haben, folgte ihm Jack nach draußen. Das Sonnenlicht ließ ihn blinzeln. Auf den Straßen ging es noch immer geschäftig zu; nur mittlerweile war alles geordneter, denn die Händler hatten inzwischen ihre Stände aufgebaut und der Rest der Bevölkerung war mit Einkäufen beschäftigt. Tawl hielt den erstbesten Passanten an und fragte nach dem Namen eines guten Arztes.

»Ts, ts, ts, guter Mann«, antwortete die alte Frau, »für solch eine Wunde wie die Eure reicht jeder Barbier auf der Straße der Aderlasser.« Sie lächelte freundlich, wünschte den beiden Männern einen guten Morgen, hob ihren leeren Korb wie einen Schild vor die Brust und ging davon.

Jack und Tawl tauschten ein Lächeln aus. Die Bürger von Toolay waren in der Tat einmalig.

Als sie endlich die Straße der Aderlasser gefunden hatten, war es bereits Mittag. Alles in allem konkurrierten hier etwa ein Dutzend Barbiere miteinander. Ihre Auslagen bestanden aus scharfen Messern, abgeschnittenen Haaren und eingelegten Gallensteinen. »Der hier wird wohl reichen«, sagte Tawl und deutete auf einen Laden, dessen Schild ein geschnitzter Blutegel zierte.

»Aaah, welch edle Herren! Ich sehe zwei Männer, die dringend einer neuen Frisur bedürfen.« Der Barbier stürmte im selben Augenblick auf sie zu, da sie die Schwelle überschritten. Er war ein dünner Mann, trug einen roten Gürtel und hielt ein Rasiermesser in der Hand. Sofort fiel sein Blick auf Tawls Wange. »Setzt Euch, mein Herr, setzt Euch. Das ist ohne Zweifel ein typischer Vier-Sticher.«

Tawl ließ sich auf dem angebotenen Stuhl nieder. Jack blieb, wo er war. Er hatte sich an die Länge seines Haares gewöhnt, und er hatte nicht die Absicht, einen Barbier auch nur in die Nähe davon zu lassen.

Der Barbier hatte das in seiner Heimatstadt weit verbreitete, mißbilligende *›ts, ts, ts‹* zu einer Kunstform weiterentwickelt, und während er Tawls Wange untersuchte, hörte er gar nicht mehr mit seinem *›ts, ts, ts‹* auf. »Oh, mein Herr!« rief er schließlich und schüttelte den Kopf. »Welch eine Tragödie! So ein hübsches Gesicht wie das Eure, und nun …« es folgten mehrere ›ts, ts, ts‹, »… *eine Katastrophe!* Seid Ihr bereits verheiratet?«

Tawl schüttelte den Kopf. Er zuckte unwillkürlich zusammen, als der Barbier die Wunde mit reinem Alkohol reinigte.

»Dann bedarf es in diesem Fall all meiner Kunst.« Der Barbier holte ein schwarzes Fadenknäuel hervor. »Wenn ich mit Euch fertig bin, dann wird noch nicht einmal Eure Mutter den Unterschied bemerken. Ihr könnt doch die zusätzlichen Kosten bezahlen, oder? Ich mache auch ganz kleine, unauffällige Stiche. Acht statt vier.«

»Ich nehme vier«, antwortete Tawl.

»Nein«, widersprach Jack. »Macht acht.«

Tawl warf Jack einen mißbilligenden Blick zu. »Wir müssen noch einen Langbogen kaufen.«

Jack schüttelte den Kopf. »Ich gebe mich mit dem zufrieden, was wir für den Rest bekommen.« Dann wandte er sich an den Barbier: »Macht, was Ihr für notwendig haltet.« Tawl mochte ja vielleicht nicht an seinem Aussehen interessiert sein, aber Jack tat es ja auch nicht für ihn. Er tat es für Melli.

Der Barbier nickte bedächtig. »Wie ich sehe, seid Ihr ein vernünftiger Mann.« Er musterte Jack von oben bis unten, dann stieß er wieder sein übliches *›ts, ts, ts‹* aus. »Aber Ihr könntet auch etwas Haarpflege vertragen, wenn ich so kühn sein darf.«

Jack wich zur Tür zurück. »Näht ihn erst einmal; dann sehen wir ja, ob wir noch Geld für die Haarpflege übrig haben.«

Der Barbier gab sein bisher mißbilligendstes *›ts, ts, ts‹* zum besten. Dann schnalzte er mit der Zunge, als wolle er sagen: *Borc, bewahre mich vor diesen Barbaren! Sie haben keinerlei Sinn für Eleganz.* Doch er tat seine Pflicht, kramte seine dünnste Nadel hervor und den feinsten Faden. »Branntwein, mein Herr?« fragte er, bevor er die Nadel ansetzte.

»Bedeutet das auch zusätzliche Kosten?«

»Zwei Silberstücke.«

»Dann komme ich auch ohne aus.«

Diesmal verlieh der Barbier seiner Überraschung Ausdruck, indem er sich sein *›ts, ts, ts‹* sparte. »Wie Ihr wünscht. Haltet Euch bereit.«

Jack wandte den Blick ab.

Der Barbier redete weiter, während er nähte. »Ihr seid also aus dem Norden gekommen?«

»Nein«, antwortete Jack.

»Schade. Ich hatte gehofft, etwas Neues zu erfahren.«

»Über die Belagerung?«

»Hmmm.« Der Barbier schwieg einen Augenblick. Jack schaute noch immer weg; er wollte gar nicht wissen, was der Mann da machte. »Und über die Lady Melliandra.«

Jack wirbelte herum. »Was ist mit ihr?«

»Nun, sie war diejenige, die den Herzog geheiratet hat, wißt Ihr? Nach allem, was man so hört, soll sie ja eine wahre Schönheit sein.«

Tawl packte den Arm des Barbiers. »Kommt auf den Punkt, Mann.«

Der Barbier stieß ein *›ts, ts, ts‹* aus, befreite seinen Arm und fuhr fort zu nähen. »Nun, ihr Vater ist aus der Stadt entkommen und zum Feind übergelaufen. Er erzählt jedermann, Kylock habe seine Tochter gefangengenommen. Natürlich ist das alles im Augenblick nur ein Gerücht.«

Tawl versuchte aufzustehen, doch der Barbier drückte ihn wieder auf den Stuhl zurück. »Nur noch eine Minute, mein Herr.«

»Wann ist das passiert?« fragte Jack.

Der Barbier zuckte die Schultern. »Ich weiß es nicht. Es dauert eine Weile, bis uns die Neuigkeiten hier unten erreichen.« Er beendete seine Arbeit, knotete den Faden zusammen, schnitt die überstehenden Enden ab und wischte das Blut von Tawls Gesicht. Abschließend rieb er etwas Salbe auf die Wunde. »Normalerweise dauert es aber immer so um die sieben Tage.«

Tawl stand auf. »Wieviel?«

Der Barbier schien enttäuscht darüber zu sein, daß man seine Arbeit nicht würdigte. »Zwei Goldstücke.«

Jack reichte ihm das Geld. »Gut gemacht«, sagte er.

Der Barbier verneigte sich und sagte noch etwas, doch Jack hörte es nicht mehr, denn er und Tawl waren bereits auf dem Weg hinaus.

»Wir reisen heute noch weiter«, erklärte Tawl, nachdem sich die Tür hinter ihnen geschlossen hatte. »Jetzt holen wir erst einmal Schnapper, dann wechseln wir die Pferde, und in einer Stunde sind wir wieder unterwegs.«

»Reisen wohin?« Jack war nicht sicher, ob Tawl beabsichtigte, nach Rorn weiterzuziehen, oder ob er nach Bren zurückkehren wollte.

Tawls normalerweise hellblaue Augen waren so dunkel wie der Himmel zur Mitternacht. »Wir gehen nach Larn, so wie wir es geplant haben.«

»Was zum Teufel, glaubt Ihr, macht Ihr da eigentlich? Das Mädchen muß getötet werden.«

Melli hörte nun schon seit geraumer Zeit Worte, doch dieses waren die ersten, die ihr Gehirn zu verstehen vermochte. Nach und nach wachte sie aus der Ohnmacht auf, die der Rauch verursacht hatte. Ihr erster Instinkt war zu husten – zu würgen und auszuspeien. Hier zweiter Instinkt jedoch war, Augen und Mund so gut wie möglich verschlossen zu halten. Sie atmete tief ein und versuchte, ihre Lungen zu beruhigen.

»Nein, Baralis. Das Mädchen muß nicht getötet werden, nur das Kind.«

»Die beiden sind im Augenblick aber ein und dieselbe Person.«

Melli schauderte. Sie konnte nicht anders. Sie erkannte beide Sprecher – Kylock und Baralis –, und der Klang ihrer Stimmen ließ ihr das Blut in den Adern gefrieren.

Als Baralis wieder das Wort ergriff, sprach er gedämpft. »Solange das Mädchen lebt, ist sie wie ein Schwert, das an einem seidenen Faden über unseren Köpfen hängt. Maybor läuft überall herum und erzählt, wir hätten sie entführt, und die Hälfte der Leute von Bren würde lieber ihren Sohn als Euch auf dem Thron sehen. Ganz zu schweigen davon, daß Highwall in ihrem Namen kämpft. Das Mädchen *muß* sterben.«

Die letzten Worte waren voller unterdrückter Wut gesprochen worden. Es verging noch nicht einmal eine Sekunde, bevor Kylock erwiderte: »Nein, muß sie nicht. Ich werde es nicht zulassen.«

»Wenn Ihr sie wollt, dann nehmt sie Euch, und das war's

dann. Aber verliert um Borcs willen nicht aus den Augen, was sie ist.«

»Und was ist sie, Baralis?«

»Sie ist Euer einziger Rivale.«

Melli wurde sich des Schmerzes in ihrem Kopf bewußt. Der Drang zu husten wurde immer stärker, doch sie kämpfte dagegen an.

»Nein, Baralis«, erklärte Kylock leise. »Sie ist nicht meine Rivalin; ihr Kind ist es.«

Die Spannung im Raum war deutlich spürbar. Die Luft war drückend – wie vor einem Sturm. Melli roch etwas Metallisches, das sie an Schwerter erinnerte, und sie bekam eine Gänsehaut, als eine warme Welle über sie hinweg strömte.

Einen Augenblick herrschte Schweigen, dann sagte Baralis: »Nun gut, wenn Ihr darauf besteht.«

»Ich bestehe darauf, Baralis.« Kylock trat ans Bett. Melli spürte seinen Blick auf sich ruhen. »Oh, und sie wird die nächste Zeit hier verbringen. Der Turm ist nicht der geeignete Ort für sie.«

Beinahe lautlos durchquerte Baralis den Raum. »Sie wird Tag und Nacht bewacht werden müssen.«

»Das kann die Frau besorgen.«

»Wie Ihr wünscht.« Baralis' Stimme klang hart. »Ich werde sie zu Euch schicken, damit Ihr alles weitere mit ihr besprechen könnt.« Mit diesen Worten verließ Baralis den Raum.

Melli wußte nicht, ob sie erleichtert sein oder ob sie sich fürchten sollte. Sie wußte, daß Kylock neben ihr stand und sie beobachtete. Dann spürte sie etwas an ihrer Wange, und als sie daraufhin die Augen aufschlug, blickte sie genau in die Kylocks.

Die Regenbogenhaut seiner Augen war von einem schwarzen Band umgeben. »Aaah, die zukünftige Mutter ist erwacht.« Er trug Handschuhe. Seine Finger glitten von Mellis Wange hinab und unter die Decke. Langsam tastete er sich von ihrem Busen bis zu ihrem Bauch vor. Dort hielt er einen Augenblick inne und stach in ihren Bauch, als wolle er überprüfen, ob die Frucht schon reif sei. Melli hob die

Hand, um ihn aufzuhalten, doch Kylock packte ihr Handgelenk und drückte es zurück aufs Bett. »Nein, meine Liebe, nein. So bezahlt man keine Schulden.«

Melli wollte husten. Ihre Lungen waren voller Staub. Kylock drehte ihr Handgelenk, so daß sie den Arm nicht mehr bewegen konnte. »Was wollt Ihr von mir?« schrie sie.

Kylock schüttelte langsam den Kopf. »Ich glaube nicht, daß du in der Lage bist, Fragen zu stellen«, sagte er. Ein winziger Speicheltropfen erschien in seinem Mundwinkel. Er grub seine behandschuhten Finger in ihr Handgelenk.

Ein Klopfen ertönte an der Tür.

»Wer ist da?« fauchte Kylock.

»Ich bin's, Madame Greal, Euer Majestät. Lord Baralis hat mich zu Euch befohlen.«

Madame Greal. Melli begann zu würgen. Sie hob den Kopf von den Kissen und hustete. Sie konnte sich nicht länger beherrschen.

»Komm herein.«

Die Tür öffnete sich, und eine Frau trat ein. Mellis Augen waren voller Tränen. Die Frau sah anders aus: kleiner, und der untere Teil ihres Gesichtes war seltsam entstellt. Dann sprach sie. Die dünne, beißende Stimme war unverkennbar. »Wie ich sehe, täuscht das kleine Flittchen vor, krank zu sein.« Sie trat ans Bett. Kylock machte ihr Platz. Madame Greal packte Mellis Haar, riß sie daran in die Höhe und schlug ihr mit der flachen Hand auf den Rücken. »So. Das sollte genügen.«

Melli hörte auf zu husten.

Kylock warf Madame Greal einen verächtlichen Blick zu, dann ging er durch den Raum in Richtung Tür. »Sorgt dafür, daß sie ein Bad bekommt«, befahl er.

»Aber ...«

»*Tut, was ich befehle.*«

Melli bekam die Genugtuung, Madame Greal zusammenzucken zu sehen. Die Tür fiel ins Schloß, und Madame Greal wandte sich Melli zu. »Du bist also wieder mal auf den Füßen gelandet, was?«

»Was macht Ihr hier?«

Madame Greal schnaufte verächtlich. »Ich beantworte nicht die Fragen einer billigen Hure.« Sie schaute sich in dem Raum um, als wäre sie die Herrin dieser Gemächer. »Sie hätten dich im Turm lassen sollen. Das hier ist viel zu gut für dich. Ein hübsches Bett, Teppiche ... am Ende hältst du dich womöglich sogar für eine Prinzessin und nicht mehr für die Hure, die du bist.«

Verzweifelt bemühte sich Melli, ihren Verstand zu bewahren. Sie hatte das Gefühl, als sei sie inmitten eines Alptraums erwacht. Baralis, Kylock und nun Madame Greal. Was kam als nächstes? Fiscel und Hauptmann Vanly?

Sie zwang ihren Verstand, sich auf die Gegenwart zu konzentrieren. »Was wißt Ihr über den Turm?«

»Ich habe ihn für dich ausgesucht. Schön kahl. Kein schmückendes Beiwerk. Keine Decken und keine Kerzen ... All das war meine Idee.« Madame Greal lächelte. Ihre Schneidezähne fehlten; sie sah grauenhaft aus.

Melli fiel auf, daß Madame Greal jede ihrer Fragen beantwortete, solange sie dabei ihre Autorität zur Schau stellen konnte; also beschloß Melli, sich das zunutze zu machen. »Dann hat Baralis Euch also die Sorge um mein Wohlbefinden übertragen.«

»Ja, das hat er. Er hat gesagt, ich könne alles tun, was ich für angebracht hielte. Er will nichts mir dir zu tun haben, und das kann man ihm ja wohl kaum zum Vorwurf machen.«

Melli lehnte sich gegen das Kopfstück. Das Bild wurde immer klarer: Madame Greal hatte über ihre Gefangenschaft gewacht, nicht Baralis. Der Kanzler hatte seine Hände in Unschuld gewaschen. So etwas wie Enttäuschung keimte in Melli auf, doch sie unterdrückte das Gefühl sofort. Rasch fuhr sie fort: »Baralis muß sehr viel Vertrauen zu Euch haben.«

Madame Greal schenkte sich ein Glas Wein ein. Die Knochen ihres Handgelenks waren merkwürdig verdreht. »Der gute Lord Baralis schuldet mit einiges.«

»Was schuldet er Euch denn?«

Madame Greal wirbelte herum. »Wir sind wohl ein wenig vorwitzig, wie?«

Melli versuchte es anders. »Ihr müßt ihm einen großen Dienst erwiesen haben, wenn er Euch eine derartige Verantwortung überträgt.«

»Willst du mich für dumm verkaufen, Fräulein? Ich habe schon mit jungen Mädchen zu tun gehabt, da warst du noch gar nicht geboren. Ich kenne jeden Trick, den eine wie du auf Lager hat, und Schmeicheleien sind nur einer davon.«

Während sie sprach, rutschte Madame Greal das Glas aus der Hand, und Wein spritzte auf ihr Kleid. Sie warf Melli einen haßerfüllten Blick zu. Mit wenigen Schritten war sie wieder am Bett. Ihr verunstaltetes Handgelenk war deutlich zu sehen. »Du willst also wissen, wie ich hierhergekommen bin, hmmm?« Sie beugte sich übers Bett und hielt Melli ihr Handgelenk unter die Nase. »Na, dann schau dir das mal gut an, Fräulein. Das sollte dir alles erklären.«

Melli ließ sich nicht von der Frau einschüchtern. Sie schob Madame Greals Hand beiseite. »War das vielleicht ein unzufriedener Kunde?«

Madame Greal versetzte Melli mit ihrer gesunden Hand eine kräftige Ohrfeige. Mellis Kopf flog zurück und knallte gegen das Kopfstück des Bettes. Der Aufprall war nicht hart, doch der Schmerz machte sie trotzdem leicht benommen. Langsam hob sie die Hand, um ihren Hinterkopf abzutasten. Als ihre Finger die Wunde berührten, zuckte sie unwillkürlich zusammen. Ihr Haar war blutverklebt.

»Dein Vater hat mir das angetan.« Wieder hielt Madame Greal Melli ihr Handgelenk unter die Nase. »Und auch meine Zähne gehen auf sein Konto. Er hat mich meiner guten Hand und meines guten Aussehens beraubt, und das werde ich ihm niemals vergessen.«

Melli verbarg ihre Überraschung. Irgendwie hatte ihr Vater herausgefunden, was in Duvitt geschehen war! Sie erlebte einen Augenblick voller Schadenfreude. Maybor mußte der alten Hexe einen wahrhaft mächtigen Schlag verpaßt haben.

»Findet Ihr es nicht armselig, daß Ihr Euch nun durch mich an ihm rächen wollt?«, fragte sie.

Madame Greal wedelte mit einem knochigen Finger. »Die meistgesuchte Frau von Bren zu finden, halte ich nicht gerade für ›armselig‹.«

»Ihr habt uns gefunden?«

»Dein Vater hat im Etablissement meiner Schwester herumgehurt. Er kann nicht sonderlich viel vertragen, weißt du?«

»Er ist doch entkommen, oder etwa nicht?« fragte Melli beiläufig, um Madame Greal nicht zu verraten, wie wichtig die Beantwortung dieser Frage für sie war.

»Der verdammte Bastard hat den Teufel auf seiner Seite.«

Mellis ganzer Körper entspannte sich. Bis jetzt war sie sich nicht bewußt gewesen, wie verspannt sie gewesen war. Ihre Muskeln schmerzten, in ihrem Kopf drehte sich alles, und ihr Herz klopfte wie wild; aber nun war das alles nicht mehr von Bedeutung. Ihr ging es gut; ihr Kind lebte, und Maybor war die Flucht gelungen.

»Ein schönes heißes Bad wird dir das Grinsen schon austreiben, Fräulein.«

»Dann seht zu, daß Ihr es auch wirklich schön heiß macht, Frau«, erwiderte Melli. »Es braucht schon mehr als kochendes Wasser, um Maybors Tochter umzubringen.«

»Tawl, kehre nach Bren zurück«, sagte Jack. »Ich werde allein nach Larn gehen.«

Sie waren im Stall. Die neuen Pferde waren gesattelt und beladen. Schnapper wischte sich den Schlaf aus den Augen. Der gutaussehende Sohn des Gastwirts hatte gerade erst die Vorräte gebracht, nach denen Tawl verlangt hatte, und nun, da sie alles für den Aufbruch vorbereitet hatten, kam Jack mit so etwas.

Jeden Tag lernte Tawl etwas Neues über Jack, und jeden Tag mußte er erkennen, daß er den Jungen wieder einmal unterschätzt hatte.

Tawl schüttelte den Kopf. Er traute sich noch nicht zu

sprechen. Er erkannte ein ehrliches Angebot, wenn er eins hörte, aber er erkannte auch den Klang versteckter Furcht. Jack konnte nicht wissen, worauf er sich da einließ. Oder doch? Tawl wollte ihn nicht ein weiteres Mal unterschätzen.

Er ergriff Jacks Arm und führte ihn eine dunkle Ecke in der Nähe des Heuschobers. »Jack, ich kann dich nicht allein nach Larn gehen lassen.«

»Weißt du, was ich dort tun soll?«

»Nein.«

»Dann kannst du mir auch nicht helfen.« Jack sprach mit ruhiger, fester Stimme. »Folglich kannst du genausogut nach Bren zurückkehren und versuchen, Melli zu retten.«

Seine Worte klangen vernünftig, doch Tawl bezweifelte, daß Jack auch daran glaubte. *Er* zumindest glaubte nicht daran. »So einfach ist das nicht. Larn ist kein Ort, wohin ein Mann allein gehen sollte.«

»Du bist doch auch allein dorthin gegangen.«

»Ja, und du siehst ja, was das aus mir gemacht hat. Ich habe den einzigen Mann ermordet, der uns hätte helfen können.« Tawls Stimme klang mit jedem Wort härter. »Ich kann dich nicht allein dorthin gehen lassen, Jack. Ich komme mit dir.«

Eine Kuh muhte leise in ihrem Stall. Tawl schaute Jack in die Augen. Der Junge arbeitete bereits an einer Antwort. Tawl wußte, was er sagen würde, aber er gab ihm keine Gelegenheit, das Wort zu ergreifen. »Jack, weißt du, was eines der letzten Dinge war, die Bevlin zu mir gesagt hat?«

Jack schüttelte den Kopf.

»Er hat von dir und mir gesprochen. Er sagte, ›ihr beide seid miteinander verbunden, und es ist dein Schicksal, ihm bei der Erfüllung des seinen zu helfen‹.« Starke Gefühle wallten in Tawl auf, während er Bevlins Worte wiederholte. Vor seinem geistigen Auge sah er den alten Gelehrten: Seine Augen funkelten, seine Stimme klang angespannt, und seine Brust hob und senkte sich, angetrieben von der schieren Kraft der Prophezeiung. Und genau das war es gewesen: eine Prophezeiung, ebenso bindend wie Marods

Verse. Jack war nicht der einzige, der gezwungen war, getreu dem Wort eines Toten zu leben.

»Aber was ist mit Melli, Tawl?« fragte Jack. »Was wird aus ihr werden?«

Damit hatte Jack genau das gesagt, von dem Tawl gehofft hatte, er würde es nicht sagen. Es fiel ihm soviel leichter, seine Furcht zu unterdrücken, wenn er sie in seinem Inneren begrub. Nun aber hatte Jack Tawls größte Angst beim Namen genannt, und als hätte sich eine Schleuse geöffnet, strömte sie nun an die Oberfläche.

Tawl trat gegen die Stalltür. »Ich weiß nicht, was aus Melli werden wird!« schrie er. »*Ich-weiß-es-nicht!* Kehre ich jetzt nach Bren zurück, ist sie vielleicht schon tot, wenn ich dort ankomme. Wenn ich mit dir gehe, ist das Risiko sogar noch größer, daß ihr etwas geschieht. Glaub ja nicht, daß auch nur eine Sekunde vergeht, in der ich nicht an Melli denke. Für sie bin ich heute hier. Für sie wache ich jeden Morgen auf, und für sie atme ich. Sie ist das einzige, was für mich zählt, und im Augenblick würde ich alles dafür geben, an ihrer Seite zu sein. Aber ich kann nicht. Ich muß nach Larn und die verdammte Angelegenheit bis zum Ende durchziehen. Dann, und nur dann, wird Melli wieder sicher sein.« Tawl zitterte am ganzen Körper. Seine Haut glänzte vor Schweiß.

Jack konnte ihm nicht in die Augen sehen; statt dessen starrte er auf den Boden. »Es tut mir leid, Tawl. Ich weiß, was du für Melli empfindest.«

»Warum stehen wir dann noch hier herum und verschwenden unsere Zeit? Auf die Pferde, und dann nichts wie los.« Tawl wußte, wie hart er klang, doch er mußte hier weg. Der Stall wirkte auf ihn immer mehr wie ein Gefängnis. »Komm schon, Schnapper!« rief er und ging zu seinem neuen Pferd. »Mach, daß du hier raufkommst!«

Eine halbe Stunde später hatten sie die Stadt verlassen. Die Sonne stand noch immer hoch am Himmel, doch für Tawl hatte die Tageszeit keine Bedeutung. Melli war im Norden, und er war auf dem Weg nach Süden. Angesichts dieser einen unwiderlegbaren Tatsache verblaßte alles andere zur Bedeutungslosigkeit. Er *mußte* daran glauben, daß Melli bis zu seiner Rückkehr nichts geschehen würde, *mußte* daran glauben, daß die Zeit selbst auf ihn warten würde. Nur so konnte er sich vor dem Wahnsinn schützen, und nur so konnte er sein Pferd nach vorne treiben anstatt zurück.

Kylock lauschte dem, was Lord Guthry zu sagen hatte. Der Mann war besorgt über die feindlichen Aktivitäten auf dem See. Die Belagerer hatten ein riesiges Floß für ihr größtes Katapult gebaut und deckten nun schon den ganzen Tag die Nordmauer und den Palast mit Geschossen ein. Die beiden Nordtürme waren beschädigt worden, und auch das große Kuppeldach, das die größte Schwachstelle der Palastanlage war, hatte einige Treffer abbekommen.

In Zeiten wie diesen dachte Kylock niemals nach; er reagierte nur. »Also schön, ich will heute nacht noch die Zimmerleute auf dem Dach sehen. Ich will, daß man die Kuppel mit einem Holzgerüst verkleidet und es anschließend mit Stahl verstärkt. Zwei Dutzend Bogenschützen sollen die Arbeiter sichern.

Und was das Floß betrifft …«

»Morgen wird ein Sturm erwartet, Euer Majestät. Der See wird zu rauh sein, als daß Highwall etwas unternehmen könnte.«

Kylock betrachtete Lord Guthry mit kalten Augen. »Unterbrecht mich niemals«, sagte er. Lord Guthry wollte etwas darauf erwidern, doch Kylock hob warnend die Hand. Entschuldigungen interessierten ihn nicht. »Ich will, daß das Floß noch heute nacht zerstört wird. Wenn ich recht verstanden habe, bleibt es grundsätzlich außerhalb unserer Reichweite, da ihr Katapult doppelt so weit feuern kann wie die unseren. Also werdet ihr bei Einbruch der Dunkelheit zwei Taucher hinausschicken. Sie werden das Floß mit Öl in Brand setzen. Habt Ihr das verstanden?« Kylock wußte, daß er die Taucher auf ein Selbstmordkommando schickte.

Mit seinem Blick forderte er Lord Guthry heraus, seinem Befehl zu widersprechen.

Doch dazu hatte der Mann nicht die Nerven. Statt dessen ging er hinüber zum Schreibtisch und schenkte sich einen Becher Wein ein. Kylock merkte sich, welchen Becher der Mann benutzte und was er sonst noch angefaßt hatte.

»Sonst noch etwas, Euer Majestät?« fragte Guthry, nachdem er den Becher geleert hatte.

»Ja, ich habe gehört, daß man heute Tausende von toten Fischen auf dem See entdeckt hat.«

Lord Guthry nickte. Er war ein großer Mann mit rotem Gesicht und grauem Haar, der engste militärische Berater des verstorbenen Herzogs. »Aye. Ich habe es heute morgen mit meinen eigenen Augen gesehen. Es ist recht seltsam.«

»Ich halte es ganz und gar nicht für seltsam«, erwiderte Kylock. »Ich glaube, Highwall hat den See vergiftet.«

»Da könntet Ihr recht haben, Euer Majestät.« Lord Guthry war ein Mann, der zur Vorsicht neigte. »Am besten warnen wir jedermann, die Brunnen zu benutzen – jedenfalls für die nächsten paar Tage, nur für den Fall. Bis dahin sollte sich das Gift aufgelöst haben. Highwall kann unmöglich den ganzen See vergiften. Wenn sie überhaupt etwas getan haben, dann sicher nur in der Nähe des Ufers.«

»Ja, da liegt Ihr wohl richtig«, sagte Kylock. Er dachte einen Augenblick nach, dann fügte er hinzu: »Ich will, daß nur das Militär gewarnt wird. Es besteht kein Grund, die Bevölkerung in Panik zu versetzen.«

»Aber die Frauen. Die Kinder …«

Kylocks Hand ruhte auf dem Schreibtisch. Mit einer einzigen schnellen Bewegung hatte er das schwere Möbel umgeworfen. Der Weinkrug und die Becher fielen polternd zu Boden, und Papiere segelten ihnen langsam hinterher.

Lord Guthry zog sich einen Schritt zurück. Die Farbe war aus seinem Gesicht gewichen.

Kylock atmete tief durch. Sein Blick glitt über die Becher auf dem Boden; er wußte nicht mehr, welcher von ihnen seinem Gast gehört hatte. Also mußten alle vernichtet werden. Als er erneut das Wort ergriff, klang seine Stimme wieder ruhig. »Macht einfach, was ich Euch sage. Frauen und Kinder haben noch nie einen Krieg gewonnen.«

Oh, wie sehr sich Lord Guthry wünschte, etwas darauf zu erwidern; die Worte drückten förmlich gegen seine Lippen. Aber er schwieg. Er verneigte sich und ging.

Erst nachdem sich die Tür hinter dem Mann geschlossen hatte, hielt es Kylock für angebracht, seine Handschuhe auszuziehen. Dank des umgestürzten Schreibtisches war seine Kammer vollkommen in Unordnung geraten. Das störte ihn, und er mußte dem Chaos aus Geschirr und Papier den Rücken zuwenden, um klar denken zu können. Heutzutage mußte seine Umgebung immer perfekter sein, damit er sich konzentrieren konnte; ein Aschenfleck auf dem Kaminrost, eine falsch fallende Falte in den Vorhängen, und er vermochte an nichts anderes mehr zu denken als an diesen Fehler.

Auch Menschen störten ihn immer mehr. Sie waren allesamt dreckig, einfach widerwärtig. Finger, die noch vor kurzem in der Nase gebohrt hatten, griffen nach Gläsern, und Hände, mit denen Geschlechtsorgane beim Pissen gehalten wurden, streuten nur wenige Minuten später Salz aufs Essen. Der Geruch von Sex, Schweiß und Urin war allgegenwärtig.

Kylocks Gemächer stanken nach Guthrys Atem. Sie stanken nach dem letzten Mahl des Mannes, nach seinem letzten Getränk und nach seinen langsam verfaulenden Zähnen. Kylock konnte es kaum ertragen. Nie wieder würde er den Mann in sein privates Reich hineinlassen.

Katharina hätte all dem ein Ende bereiten sollen. Wunderschöne, unschuldige Katharina. Nur daß sie nicht unschuldig gewesen war. Sie war eine Hure gewesen, genau wie jede andere Frau auch. Und sie war den Tod einer Hure gestorben und mit ihr die letzte Hoffnung auf Erlösung.

Zumindest hatte Kylock das bis vergangene Nacht geglaubt.

Er hatte Melliandra aus purer Neugier besucht. Sie hätte am nächsten Tag sterben sollen, und er hatte gedacht, es sei interessant, die Furcht in ihren Augen zu sehen – und die Begegnung war in der Tat interessant gewesen. Melliandra war noch schöner gewesen, als er sie in Erinnerung gehabt hatte: Ihre Augen waren vor Entsetzen geweitet gewesen, und ihre Unterlippe hatte gebebt, während sie Tapferkeit vorgetäuscht hatte. Doch dann, als er ihr die Kleider vom Leib gerissen hatte, hatte sich alles verändert.

Das Licht des Feuers hatte auf ihrem Leib getanzt und die sanfte Rundung ihres Bauches betont. Wie ein Heiligenbildnis hatte sie das Licht umrahmt. Ihre Brüste waren von der Schwangerschaft geschwollen, und ihr dicker Bauch kündete von dem neuen Leben, das in ihm heranwuchs – sie war ein Symbol des einzig Guten in einer Frau: ein Symbol ihrer Fähigkeit, das Leben zu erneuern.

Solange Melliandra das Kind unter dem Herzen trug, war sie frei von allen weiblichen Lastern. Sie war rein wie ein Engel, gereinigt von der Kraft der Natur. Sobald ihr Leib durch die Geburt des Kindes geläutert worden war, würde er sie nehmen und sich so erneuern. Melliandra war ihm als Heiland gesandt worden, und mit ihrer Hilfe würde er sich von den Sünden seiner Mutter reinwaschen.

Der Versuch mit Katharina war gescheitert. Der Tod seiner Mutter hatte ihn seltsam ungerührt gelassen. Nun brauchte er mehr denn je eine Frau, die sich für ihn opferte. Das Leben trieb ihn immer weiter in die Enge; das stinkende Gewimmel von Mensch und Tier drohte, ihn ins Vergessen hinabzustürzen. Er mußte wieder von neuem beginnen. Sein ganzes Wesen mußte von Grund auf neu gestaltet werden.

Melliandra würde das Gefäß sein, in dem er seine Seele reinigen würde. Das Leben ihres Kindes würde nur von kurzer Dauer sein – nicht länger als einen einzigen Schritt im Tanz des Schicksals –, aber es würde lange genug andauern, um seiner Bestimmung zu folgen: um einen heiligen Pfad für den König zu bereiten.

Kapitel Siebzehn

Wenn es irgend etwas Schlimmeres im Leben gab als Reisen, dann kannte Schnapper es zumindest nicht. Allerdings hatte er genügend Zeit, um sich etwas einfallen zu lassen. Seit nunmehr neun Wochen saß er hinter Tawl auf dem Pferd und wünschte jeden Morgen, es würde endlich Mittag, und jeden Nachmittag, es würde endlich Nacht. Nie zuvor war er einer derart unprofitablen, unbequemen und uninteressanteren Beschäftigung nachgegangen.

Tawl legte ein beachtliches Tempo vor – besonders nach ihrem Aufenthalt in Toolay. Jeden Morgen standen sie bereits vor Sonnenaufgang auf, ritten viele Stunden bis Mittag und dann weiter bis Sonnenuntergang. Das konnte einen Mann ja umbringen!

Wären sie durch eine exotische, unbekannte Gegend gereist, wäre es vielleicht gar nicht mal so schlecht gewesen; sie hätten die Landschaft bewundern, seltsame Tiere fangen oder neuartiges Essen ausprobieren können. Aber nein, statt dessen ritten sie über die kahlen Ebenen nördlich von Rorn, und hier waren Ratten und Felsen noch das Interessanteste. Es war schon wahrhaft traurig, wenn ein Mann nicht mehr in der Tasche hatte als ein großes Nagetier und ein Stück Kalkstein.

Es war höchste Zeit, daß sie endlich Rorn erreichten. Wenn sie nicht bald dort ankommen würden, dann säße Schnapper ganz schön in der Klemme. Oder hieß es ›in der

Patsche‹? Egal. So oder so sah seine Zukunft nicht sonderlich rosig aus. Laut Mauersegler waren Schuldgefühle der Tod eines Taschendiebs. Mangelnde Praxis war eine andere mögliche Todesursache. *»Ein Taschendieb, der sein Gefühl für die Arbeit verliert, kann sich genauso gut mit dem Hammer auf den Kopf hauen«*, pflegte Mauersegler stets zu sagen, *»entweder das, oder er wartet, bis ihm die Büttel die Arbeit abnehmen.«* Die Angst, sein Gefühl zu verlieren, vermochte einen Taschendieb mitten in der Nacht zu wecken und ihn bei Wind und Wetter hinaus auf die Straße zu treiben. Ohne sein Gefühl war ein Taschendieb einfach kein Taschendieb mehr.

Schnapper hatte beabsichtigt, den Aufenthalt in Toolay für ein paar Fingerübungen zu nutzen und dabei gleichzeitig seine schwindenden Rücklagen aufzufüllen; doch Tawl hatte dem allen ein vorzeitiges Ende bereitet. Allein die Erwähnung, Melli sei in Gefahr, hatte ausgereicht, um den Ritter in einen Dämon zu verwandeln. In Null Komma nix hatte er sie aus der Stadt hinaus und wieder auf die Straße gejagt, als sei der Teufel persönlich hinter ihm her. Seitdem hatte sich nichts geändert. Kamen sie an einen Fluß, überquerten sie ihn an Ort und Stelle, anstatt ein Stück flußaufwärts zu reiten und nach einer Brücke Ausschau zu halten. Sahen sie einen Graben, sprangen sie über ihn hinweg. Kamen sie an einem Gasthof vorbei, ließen sie ihn links liegen. Trafen sie auf andere Reisende, fragte Tawl sie nach Neuigkeiten über die Witwe des Herzogs, und wenn sie keine hatten, wendete er einfach sein Pferd und ritt weiter.

Er sprach kaum noch. Nichts, was sie aufhalten könnte, wurde toleriert. Er ließ seinen Gefährten weder Zeit, sich zu waschen, noch zu kochen oder sich auszuruhen. Es gab nur noch Reiten und Schlafen, Reiten und Schlafen.

Wenigstens hatten sie seit einigen Wochen nichts mehr von Skaythe gehört oder gesehen. Tawl mußte gut gezielt haben, denn der alte Hinkefuß war seit jener Nacht auf den Klippen spurlos verschwunden. Eine Tatsache, die Schnapper über alle Maßen erfreute: Sein Arm war inzwischen wieder aus der Schlinge, und er hatte nicht die Absicht, ihn in nächster Zeit wieder dort hineinzulegen. Er hatte genug Erfahrungen mit Knochensplittern, Verbänden und Schlingen gesammelt, daß sie für den Rest seines Lebens reichten. Die Verwundung hatte jedoch auch eine gute Seite gehabt: den Branntwein, doch der war ihnen zwei Tage nach Toolay ausgegangen.

Schnapper blickte hinauf in den Himmel. Keine Tageszeit dauerte länger als der Vormittag – und es war nun schon eine ganze Weile Vormittag; Schnapper war dessen vollkommen sicher.

Schnapper senkte den Kopf und schaute wieder geradeaus. Er war den blauen Himmel und den sanften Ostwind leid. Er konnte die Felsen, Hügel und den Staub nicht mehr sehen. Gerade als er seinen Blick wieder vom Horizont abwenden wollte, entdeckte er einen weißen Fleck in der Ferne: einen weißen Fleck vor dem Hintergrund des Meeres.

»*Rorn!*« rief er aufgeregt. »Tawl, das ist Rorn!«

Tawl nickte. »Heute abend werden wir dort sein.«

Schnapper konnte es kaum glauben. In den vergangenen Tagen waren sie zwar immer häufiger durch Dörfer gekommen, und auch auf der Straße hatten sie immer mehr Menschen getroffen, aber dennoch hätte Schnapper nie vermutet, daß sie Rorn bereits so nahe waren. »Die Gegend kommt mir aber überhaupt nicht bekannt vor, Tawl«, sagte er.

»Das letzte Mal sind wir die Küste entlang gereist. Dort gibt es auch jede Menge Dörfer und Kleinstädte; hier oben jedoch gibt es hauptsächlich nur Hügel.«

»Das kannst du laut sagen.« Schnapper strahlte von einem Ohr zum anderen. Nun da er die Stadt gesehen hatte, wäre er am liebsten vom Pferd gesprungen und zu Fuß bis zum Meer gerannt. Rorn war seine Heimat: Dort lauerten seine Geschäftspartner; Mauersegler hielt dort Hof, und dort kannte Schnapper jeden Winkel.

»Wir machen hier halt!« rief Tawl nach hinten in Richtung Jack.

War es etwa schon Mittag? Was war aus dem Vormittag geworden? Schnapper tippte Tawl auf die Schulter. »Ich könnte noch eine Weile länger durchhalten.«

Tawl lachte – zum ersten Mal seit langer Zeit. »Entweder höre ich allmählich schlecht, oder irgend jemand hat Schnapper letzte Nacht entführt und durch dich ersetzt. Seit wann willst du freiwillig länger im Sattel bleiben?« Während er sprach, führte Tawl sein Pferd vom Weg herunter. Er ging auf eine windgeschützte Wiese am Fuße eines Hügels zu.

»Die Kobolde haben mich auf jeden Fall nicht geholt«, erwiderte Schnapper und glitt aus dem Sattel. »Ich versuche nur, meinen Teil zu unserer Mission beizutragen. Aber eins will ich dir sagen: Das ist das letzte Mal, daß ich dir etwas Gutes tue.« Schnapper wühlte in seinem Bündel – inzwischen beinhaltete es nur noch eine erbärmliche Auswahl an Gegenständen. Schließlich holte er einen trockenen Honigkuchen hervor. »Einige Leute sollten mal lernen, dankbarer zu sein.«

Jack band sein Pferd an einem Felsen fest und gesellte sich zu Schnapper. »Hast du noch so ein Teil in deinem Bündel?« fragte er und deutete auf den Honigkuchen.

»Da du es bist, der mich das fragt, Jack, und nicht ein gewisser undankbarer Ritter, der gerade sein Pferd absattelt« – Schnapper warf einen vernichtenden Blick auf Tawl –, »werde ich mal nachschauen, ob ich dir weiterhelfen kann.« Erneut durchforstete er sein Bündel und zauberte schließlich das letzte Eßbare hervor, was er finden konnte – die Ratten nicht mitgerechnet. »Hier, Jack. Wisch einfach die Haare ab, und er ist so gut wie neu.«

Jack wischte den Kuchen an seiner Hose ab. »Du bist also wirklich noch nie hier gewesen?«

»Nein. Ich und Tawl, wir haben beim letzten Mal einen anderen Weg genommen.« Schnapper schaute zum Horizont. Rorn schien sich in Luft aufgelöst zu haben.

»Ist der Weg hier schneller?«

»Nicht viel«, antwortete Tawl, der sich nun ebenfalls zu ihnen gesellte. »So wie die Krähe fliegt, ist dieser Weg kürzer, aber man muß mit den Hügeln fertig werden. Der andere Weg ist länger …«

»… und man muß mit den Menschen fertig werden«, beendete Jack den Satz.

Tawl widersprach ihm nicht. »Ich bin nur vorsichtig; das ist alles.«

»Vorsichtig wegen was?« fragte Schnapper. Er haßte es, wenn seine Gefährten um den heißen Brei herumredeten.

Da war er wieder! Der Blick, den Tawl und Jack austauschten. Der gleiche Blick, den sie immer austauschten, wenn die Rede von Gefahr war. Aber Schnapper hatte nicht die Absicht, das Thema fallenzulassen. Seinetwegen konnten die beiden Blicke austauschen, bis ihnen die Wimpern ausfielen. Wenn sie in Gefahr schwebten, dann hatte Schnapper das Recht, alles darüber zu erfahren. »Wem genau willst du aus dem Weg gehen, Tawl? Skaythe?«

Tawl zuckte die Schultern. »Ja.«

»Aber da ist noch mehr, nicht wahr?« fragte Jack. »Skaythe ist nicht wirklich das Problem, sondern wie er uns überhaupt gefunden hat. Wer ihm *gesagt hat*, wo er uns suchen muß.«

Schnapper hatte das unbestimmte Gefühl, daß er im Augenblick genausogut hätte unsichtbar sein können. Irgendwie war er aus seinem eigenen Gespräch herausgedrängt worden. Jetzt spielte sich alles nur noch zwischen Tawl und Jack ab.

Tawl blickte in die Richtung, aus der sie gekommen waren. Hügel und noch mehr Hügel. »Falls Skaythe lebt, dann wird er uns auch wieder finden. Falls er tot ist, dann wird ein anderer geschickt werden.«

»Von Baralis?«

»Und von Larn. Wahrscheinlich arbeiten sie zusammen.« Tawls Stimme verriet, daß auch ihn die Anstrengungen der Reise nicht unberührt gelassen hatten. »Ich habe die Seher gesehen. Ich weiß, wozu sie fähig sind. Ihre Macht ist keine Legende. Sie sind real, und die Priester wissen, wie sie sie sich zunutze machen.«

»Du meinst also, sie verfolgen uns?«

»Dich Jack. Sie verfolgen dich.« Tawl drehte sich zu ihm um. »Inzwischen werden sie alles über dich wissen – Marods Prophezeiung, ihre Bedeutung und daß du auf dem Weg zu ihnen bist. Sie wissen, daß du kommst, um sie zu vernichten, und sie werden sich bestimmt nicht zurücklehnen und den Dingen ihren Lauf lassen.«

Jack erblaßte. Schnapper konnte nicht verstehen, warum Tawl so hart zu Jack war.

»Ich bin kein Dummkopf«, sagte er. »Glaub ja nicht, daß ich die Risiken nicht kenne? Oder glaubst du, ich wäre dir auf der Suche nach Abenteuern hinterhergelaufen?«

Mit jedem Wort waren die beide Männer näher zusammengerückt, und nun waren sie nur noch eine Handbreit voneinander entfernt.

»Warum sagst du mir dann nicht, warum du mir hinterhergelaufen bist?« fragte Tawl.

»Weil ich muß.« Es folgte eine scheinbar unendlich lange Pause. »Ich bin dafür geboren worden.«

Schnapper schauderte. In diesem Augenblick hätte die sanfte Meeresbrise genausogut ein Schwert sein können. Niemand bewegte sich. Tawl und Jack standen einander gegenüber. Jetzt endlich verstand Schnapper, was sich zwischen den beiden abspielte: Es war ein Test. Tawl wollte Jack auf die Probe stellen.

Schnapper wußte alles über Männer, die sich in einer derart verfahrenen Situation befanden. Beide waren zu stolz, um als erster nachzugeben. Mauersegler hatte einmal gesagt: *»Wenn du einmal einem anderen Mann gegenüber nachgibst, dann wirst du es den Rest deines Lebens bereuen.«* Nun befanden sich Tawl und Jack in genau solch einer Lage. Wenn niemand etwas unternahm, würden sie hier stehen, bis Rorn im Meer versank – und das würde Schnapper auf gar keinen Fall zulassen. Nein, mein Herr. Rorn nützte ihm unter Wasser rein gar nichts.

Er griff in sein Bündel und holte seine Stoffnadel hervor.

Dietrich, Waffe, Goldtester und Insektenkiller: Schnapper ging nirgendwo ohne sie hin. Er schlenderte zu den Pferden, lächelte Tawls Stute an und flüsterte: »Das ist für all die quälenden Stunden.« Dann stieß er dem Pferd die Nadel in die Flanke.

Das Pferd stieg und buckelte. Es quiekte wie ein Schwein. Schließlich riß es sich los.

Der tote Punkt war überwunden. Tawl lief los, und Jack folgte ihm. Das Pferd galoppierte den Hügel hinab.

Schnapper rief seinen Gefährten hinterher: »Ich paß solange hier auf alles auf!« Mit diesen Worten klopfte er Jacks Pferd den Hals; dann setzte er sich und wartete.

»Seine Hoheit war erst heute morgen hier, um sie zu besuchen, Mylord«, sagte Madame Greal.

»Wie lange war er bei ihr?« fragte Baralis.

»Weniger als eine Stunde.«

Baralis gefiel das ganz und gar nicht. Kylock suchte Maybors Tochter nun beinahe täglich auf. Das bedeutete Ärger. Nervös ging er auf und ab und dachte nach. Da die eisernen Fensterläden geschlossen waren, war es in seinen Gemächern so dunkel wie in der Nacht. Eine Handvoll Kerzen brannte auf dem Schreibtisch, doch das einzige, was sie zustande brachten, war Schatten ins Dunkel zu werfen. »Wenn er die Dame das nächste Mal besucht, würde ich es zu schätzen wissen, wenn Ihr ...«

»... das ein oder andere hören würdet«, ergänzte Madame Greal.

»Ja«, erwiderte Baralis und bemühte sich, seine Verachtung zu verbergen. »Ich bin sehr daran interessiert zu erfahren, was zwischen den beiden vor sich geht.«

»Das kann ich Euch bereits jetzt sagen, Mylord. Er geht rein und schlägt sie zusammen. Wenn er geht, hat sie immer ein blaues Augen, blaue Flecken auf den Armen oder eine blutige Lippe.« Madame Greal sprach mit einem gewissen widerwilligen Respekt in der Stimme. »Das muß man ihm wirklich lassen, Mylord: Seine Majestät läßt sich nicht durch ein hübsches Gesicht blenden.«

»Und was ist mit Euch? Wie behandelt Ihr das Mädchen?«

»Ich behandle das Mädchen, wie man ein solches Flittchen halt behandelt. Auch wenn sie jetzt in einem hübschen Zimmer wohnt, sorge ich dafür, daß sie nur das Allernötigste bekommt: Kein Feuer, keine Kerzen und nur eine kalte Mahlzeit am Tag.«

»Und wie sieht sie aus?«

»Sie ist zäh, soviel steht fest. So wie es aussieht, ist sie inzwischen im fünften Monat. Ihr Bauch ist nun schon deutlich geschwollen. Wahrscheinlich wird sie so um die Mitte des Winters ihr Kind bekommen.«

»Laßt mich jetzt allein«, sagte Baralis. Er mochte die Frau nicht. Sie wußte schon zuviel über ihn, und er traute ihr nicht. Außerdem hatte sie Kylock und Melliandra offenbar schon länger hinterherspioniert.

Madame Greal knickste, lächelte verschwörerisch und verließ den Raum. Sofort nachdem sich die Tür hinter ihr geschlossen hatte, trat Crope aus dem Schlafgemach. »Ist die zahnlose Frau weg, Meister?«

Baralis nickte. Sein Diener mochte Madame Greal ebenfalls nicht. »Ja, du kannst jetzt wieder herauskommen. Schür das Feuer, und schenk mir einen Becher warmen Kräuterpunsch ein.«

Crope hielt sein Kästchen in der Hand, doch er ließ es rasch in seiner Tunika verschwinden, um dem Befehl seines Meisters nachzukommen.

Baralis setzte sich an den Kamin. Wieder einmal kehrten seine Gedanken zu Kylock zurück. Der König wurde immer unberechenbarer. Er war besessen von Maybors Tochter. Zweimal hatte ihn Baralis bisher darauf angesprochen: zum ersten Mal, nachdem er Melliandra aus dem Turm geholt hatte, und zum zweiten Mal vor einer Woche. Beide Male hatte Kylock kurz davorgestanden, magische Energie freizusetzen. Beim ersten Mal war Baralis sogar gezwungen gewesen, selbst einen Zauber heraufzubeschwören, um eine Katastrophe zu vermeiden. Kylock war stark. Die Magie war bereits aus seinem Mund in die Luft geflossen, und nur Baralis' Reflexe hatten das Schlimmste verhindert.

Offenbar reichte die Droge nicht länger aus. Lebenslanger Gebrauch schien ihre Wirkung zu neutralisieren – entweder das, oder Kylock war mit der Zeit immer mächtiger geworden.

Baralis bezweifelte, daß Kylock wußte, was er getan hatte, als er die Magie freigesetzt hatte. Der Zauber war ein Produkt seines Zorns gewesen. Es war unabsichtlich geschehen, und allein das war schon Grund zur Sorge. Kylock konnte es sich nicht leisten, die Bürger von Bren noch mehr an ihm zweifeln zu lassen, als sie es ohnehin schon taten.

Die Stadt hatte der Belagerung bisher gut standgehalten, doch in den vergangenen sechs Wochen hatte Highwall Fortschritte gemacht. Zuerst hatte Highwall die Nordmauer und den Palast unter Beschuß genommen, dann den See vergiftet und erst gestern eine Mine zum Einsturz gebracht und dadurch ein großes Stück aus der äußeren Mauer herausgebrochen. Tavalisk sorgte dafür, daß Highwall soviel Söldner, Vorräte und Waffen bekam, wie es brauchte. Larn hatte dafür gesorgt, daß ungefähr dreiviertel des Nachschubs nicht an ihr Ziel gelangten; doch das eine Viertel, das durchkam, reichte aus, um sicherzustellen, daß die Armee der Belagerer nicht in ihre Heimat zurückkehren mußte.

Gleichzeitig wurden die guten Bürger von Bren von Tag zu Tag nervöser. Regelmäßig zog die königliche Garde auf der Suche nach Verrätern durch die Stadt, wobei sie Beweise für die Schuld eines Verdächtigen wenig kümmerte. Die Nahrungsmittel wurden langsam knapp, und das Wenige, das noch übrig war, kostete zehnmal soviel wie normal. Vergangenen Monat waren mehrere hundert Menschen gestorben, weil sie vergiftetes Seewasser getrunken hatten. Der daraufolgende Skandal hatte Lord Guthry das Leben gekostet. Offenbar hatte er Befehl gegeben, daß nur

Männer im kampffähigen Alter vor der Gefahr gewarnt werden sollten. Selbstverständlich wußte Baralis, wer in Wirklichkeit hinter dem Befehl steckte, aber er hatte dafür gesorgt, daß er der einzige blieb. Kylock mußte unter allen Umständen vor einem solchen Skandal bewahrt werden.

Baralis griff nach dem Brief, den er vor Madame Greals Ankunft gelesen hatte. Das Schreiben stammte von Tyren, dem Großmeister der Ritter von Valdis. Er verlieh darin seiner Besorgnis über die moralische Ausrichtung von Kylocks Herrschaft Ausdruck. Offensichtlich hatte Tyren Schwierigkeiten, seine Brüder davon zu überzeugen, für einen König zu kämpfen, von dem man behauptete, er hätte die Mutter des rechtmäßigen Erben von Bren entführt.

Außerhalb Brens vergaßen die Leute manchmal, daß Melliandra sowohl für den Tod des Herzogs als auch der Herzogin verantwortlich war. Baralis warf den Brief ins Feuer. Er würde Tyren wohl oder übel noch einmal die Tatsachen vor Augen führen müssen.

Nicht daß Tyren an Moral interessiert wäre. Macht und Reichtum waren die einzigen Dinge, die für ihn zählten. Deshalb hatte er auch diesen Brief geschrieben: Er war eine Art Eröffnungszug. Er wollte sich erneut mit Baralis treffen und das Abkommen neu verhandeln, daß vor drei Monaten in Bren vereinbart worden war. Nun da er Halcus und die dazugehörige Landeskirche ausgeplündert hatte, wollte er mehr. Mehr Gold, mehr Einfluß, mehr von allem, was seiner Sache dienlich sein konnte.

Für den Großmeister der Ritter war Helch nun nicht mehr als nur ein armseliges Nest von Hinterwäldlern.

Baralis rieb sich die schmerzenden Hände. Es gab soviel für ihn zu tun. Ein zweites Treffen mit Tyren mußte arrangiert werden; Kylock mußte beobachtet und Highwalls Armee mußte von der Mauer vertrieben werden. Auch die braven Bürger von Bren durfte man keine Sekunde aus den Augen lassen. Bisher war es Kylock gelungen, Melliandras Anhänger zu unterdrücken – es ging doch nichts über Hängen, um die Lippen eines Verräters zu versiegeln –, aber allein die Tatsache, daß der König noch immer auf öffentliche Exekutionen zurückgreifen mußte, sprach Bände. Kylock war in Bren nicht gerade beliebt.

Baralis seufzte. Und dann war da noch etwas anderes, worum er sich kümmern mußte: Der Bäckerjunge mußte gefunden und getötet werde. Skaythes war inzwischen schon eine Woche hinter dem Jungen her, und das bedeutete, daß Jack und seine Gefährten womöglich schon in Larn gelandet sein würden, bevor Skaythe Rorn überhaupt erreichte.

Erst letzte Nacht hatten die Priester von Larn Kontakt mit Baralis aufgenommen. Sie gerieten allmählich in Panik. Sie wußten, daß Jack auf dem Weg war, und sie suchten verzweifelt nach Hilfe. Folglich hatten sie Baralis viele Geheimnisse verraten, um sich sein Wohlwollen zu sichern. Er kannte nun das genaue Datum, wann die Winterstürme einsetzen würden; er wußte um die militärische Schwäche von Ness, und er hatte erfahren, daß beim ersten Tauwetter ein Aufstand in Helch ausbrechen würde. Außerdem hatte man ihm auch mitgeteilt, wer für Highwalls neue Strategie verantwortlich war: Maybor. In dieser einen Nacht hatte ihm Larn mehr Informationen gegeben als in all den Monaten zuvor.

Baralis lächelte, während ihm die Dämpfe des Kräuterpunschs in die Nase stiegen. Er würde sich schon etwas ausdenken, um sich bei Larn erkenntlich zu zeigen.

Die Tür öffnete sich. Noch bevor er sah, wer auf der Schwelle stand, erhob sich Baralis. Nur Kylock wagte es, in seine Gemächer einzudringen, ohne anzuklopfen.

»Aaah, Baralis. Ihr seht wie ein alter Mann aus, der sich am Feuer wärmt.« Kylock schritt mit langen Schritten durch den Raum. Schließlich stellte er sich an den Schreibtisch. Er setzte sich nur selten.

Heute trug er keine Handschuhe. Seine Lederstiefel waren feucht, und er hinterließ dunkle Fußabdrücke auf dem Teppich, was wahrscheinlich bedeutete, daß er im Kerker gewesen war. Baralis wußte, daß es sinnlos war, Kylock zu fragen, was er dort unten machte. Außerdem wollte er die Einzelheiten gar nicht wissen. »Ich nehme an, Ihr seid heute bereits bei Melliandra gewesen«, sagte er.

»Ihr seid nicht mein Kindermädchen, Baralis. Ich habe Euch keine Rechenschaft abzulegen, wen ich wann treffe.«

Kylocks Stimme besaß einen schneidenden Unterton, und so beschloß Baralis, das Thema für heute ruhen zu lassen. Nach dem nächtlichen Gespräch mit Larn fühlte er sich zu schwach, um mit Kylocks Zorn fertig zu werden. »Habt Ihr die Nachricht erhalten, die ich Euch gesandt habe?« fragte er.

»Ja. Deswegen bin ich hier.« Kylock schenkte sich ein Glas Wein ein. Baralis wußte, daß er es nicht trinken würde. »Ich habe schon Informationen über die Winterstürme erwartet.«

»Warum?«

Kylocks Blick war scharf und klar. Er lächelte leicht. »Laut unseren Freunden auf Larn wird es in zwei Wochen die ersten Stürme geben. Wenn das geschieht, werden die Pässe für viele Monate unpassierbar sein – jedenfalls für eine Armee. Ich werde noch heute eine Botschaft an meine Truppen vor Annis senden und ihnen befehlen, die Berge sofort zu überqueren. Sie warten nun schon seit mehreren Wochen auf diesen Befehl, und sie sind dementsprechend vorbereitet. Sie werden die Pässe unmittelbar vor den Stürmen überqueren.«

Wieder lächelte Kylock, dann fuhr er fort: »Ohne Zweifel wird Annis' Armee versuchen, unseren Leuten über die Berge zu folgen; aber sie erwarten unseren Rückzug nicht, und daher werden sie mindestens eine Woche brauchen, um ihre Truppen abmarschbereit zu machen. Bis dahin werden die Pässe jedoch dicht sein, und es wird ihnen nichts anderes übrigbleiben, als den Winter über zu Hause zu hocken.

In der Zwischenzeit wird die Armee der Königreiche vor Bren erscheinen, Highwall in den Rücken fallen und die Belagerer vernichten.«

Das war ein einfacher und doch brillanter Plan. Baralis hatte sich lange gefragt, warum Kylock seine Hauptstreitmacht vor den Toren von Annis stationiert hatte. Jetzt wußte er warum. Der König hatte auf eine Gelegenheit gewartet, Annis' Armee in ihrer eigenen Stadt festzusetzen. Bisher hatte stets die Gefahr bestanden, daß die Truppen der Königreiche zwischen Annis und Highwall aufgerieben werden würden. Kylock lächelte immer noch. Er war sich seiner Genialität durchaus bewußt. »An dem Tag, da die Armee der Königreiche über die Berge heranrückt, will ich, daß Bren die Belagerer mit aller Macht angreift. Highwall wird so sehr damit beschäftigt sein, sich zu verteidigen, daß sie die Ankunft unserer Truppen gar nicht bemerken werden. Und wenn sie sie dann entdecken, ist es sowieso zu spät.

Highwall wird nicht die geringste Chance haben. Bren wird vor ihnen sein, die Berge im Rücken, und während die Schwarzhelme von Osten her angreifen, rücken die Königreiche von Westen her heran. Es wird ein Massaker werden. Keine Gefangenen. Keine Gnade. Keine Gelegenheit zum Rückzug.«

Kylock stellte das Glas ab, ohne auch nur einen einzigen Schluck getrunken zu haben. »Nun, Kanzler, was haltet Ihr davon?«

»Ich denke, daß uns innerhalb eines Jahres der gesamte Norden gehören wird«, erwiderte Baralis, und er glaubte, was er sagte. Kylock war vieles – unberechenbar, wahnsinnig, über die Maßen grausam –, aber er war auch ein militärisches Genie. Niemand in der bekannten Welt konnte es mit ihm aufnehmen. Baralis fühlte sich plötzlich so zuversichtlich wie schon seit Monaten nicht mehr. »Ich werde Eure Befehle noch heute per Adler weiterleiten«, sagte er.

Jack tippte Schnapper auf die Schulter und sagte zu der Schankmaid: »Ich nehme das gleiche wie er.«

»Sehr weise, Jack. Wirklich sehr weise.« Schnapper strahlte. Die Schankmaid strahlte. Nur Tawl ließ die Fröhlichkeit unberührt. Die Aufmerksamkeit des Ritters war woanders: Aus dem Augenwinkel heraus beobachtete er zwei Männer, die im hinteren Teil des Gasthofs saßen.

»Wünscht Ihr eine Teigkruste oder Kohl auf Eure Pastete, mein Herr?«

Jack blickte zu Schnapper, der für ihn antwortete. »Er nimmt die Teigkruste, Fräulein. Schließlich will er heute nacht ja noch schlafen.«

Jack machte sich nicht die Mühe, Schnapper nach dem Zusammenhang zwischen Kohl und Schlaflosigkeit zu fragen – er musterte die Männer, die Tawls Aufmerksamkeit erregt hatten.

›Die Rose und die Krone‹ war ein großer, gut besuchter Gasthof. Die Sonne war bereits untergegangen, als sie hier eingekehrt waren, und obwohl er das Meer nicht gesehen hatte, wußte Jack, daß es ganz in der Nähe war. *›Die Rose und die Krone‹* war voller dunkelhäutiger Männer mit wettergegerbten Gesichtern. Seeleute, vermutete Jack. Die beiden Männer, die Tawl beobachtete, unterschieden sich deutlich von den restlichen Gästen: nicht wegen ihrer hellen Hautfarbe, sondern aufgrund ihrer Körpergröße und ihrer Haltung. Ebenso wie Tawl gelang es ihnen, jedermann im Raum zu mustern, ohne auch nur ein einziges Mal den Blick von ihren Getränken zu heben.

Die Schankmaid kehrte mit dem Bier zurück. Der riesige Zinnkrug war schaumbedeckt. Schnapper schenkte jedem einen Becher aus. Dabei legte er eine Geschicklichkeit an den Tag, die eines Wirtssohnes würdig gewesen wäre.

Sie waren noch nicht einmal eine Stunde in Rorn. Sofort nachdem sie das Tor durchschritten hatten, hatte Tawl sie Richtung Hafen geführt. Die Sonne war kurz darauf untergegangen, und so waren sie die meiste Zeit über im Dunkeln durch die Stadt gezogen. Jack hatte wenig Gelegenheit, sich ein Bild von der berühmtesten Stadt des Südens zu machen – außer daß sie schlecht roch und daß die Gebäude aus der Nähe betrachtet bei weitem nicht so weiß waren, wie sie aus der Ferne schienen. Viele zwielichtige

Gestalten trieben sich auf den Straßen herum, und nicht wenige von ihnen waren Frauen.

Hier, im Gasthof, waren die Männer jedoch unter sich. Die Schankmaid war die einzige Frau.

Jack schob Tawl den Becher zu und murmelte: »Soll ich mein Messer bereithalten?«

Tawl hob den Becher an die Lippen. »Du sollst dein Messer immer bereithalten, Jack«, antwortete er, bevor er trank. Dann wischte er sich den Schaum von den Lippen und sagte zu Schnapper: »Geh, und frag den Wirt nach einem Zimmer für die Nacht und nach einem Stall für die Pferde.«

Schnapper zögerte.

»*Sofort!*«

Schnapper kniff entrüstet die Lippen zusammen und gehorchte Tawls Befehl.

Der hellhäutigere der beiden Männer stand auf. Unter dem Tisch begann Jacks Hand auf dem Messer zu schwitzen. Der Mann kam auf sie zu. Er war groß und kräftig. Sein Blick war stur auf Tawl gerichtet. Seine Hände waren leer, aber eine Beule in seiner Tunika verriet, daß er darunter eine Waffe trug. Weniger als eine Handbreit vom Tisch entfernt blieb er stehen. Obwohl Jack Tawl weder berührte noch anschaute, konnte er die Anspannung des Ritters spüren. Er roch wie ein Tier, daß bereit zum Angriff war.

Der Mann schaute nach rechts und links, dann zischte er: »Hat dich Tyren geschickt, um uns zurückzuholen?«

Tawls Haltung blieb unverändert. »Warum? Seid ihr desertiert?«

»Bist du?«

Jack verstand nicht, was hier vor sich ging. Er vermutete, daß der blonde Mann und sein Begleiter Ritter waren, aber das erklärte noch immer nicht die seltsame Unterhaltung.

Weder der Mann noch Tawl hatten sich entspannt. »Was hast du in einer Stadt zu suchen, wo Ritter hingerichtet werden, nur weil sie Ritter sind?« fragte der Fremde.

»Dasselbe wie du. Ich bin auf der Durchreise.«

»Wohin gehst du?«

»Das ist meine Sache.« Tawl beugte sich ein wenig vor. »Und ich glaube nicht, daß irgendeine Notwendigkeit besteht, dich nach eurem Ziel zu befragen.«

Der Fremde schaute zu seinem Gefährten. ›Warte noch ab‹ war deutlich in dem Blick zu lesen. »Warst du in den vergangenen fünf Monaten in Helch?« fragte er Tawl.

Tawl schüttelte den Kopf.

»Dann *glaubst* du wirklich nur, meine Absichten zu kennen.« Der Fremde sprach hart und leise. »Ich lasse mich nicht von jemandem richten, der es sich hier im Süden gut ergehen läßt, während im Norden der Krieg tobt.« Er machte eine schnelle Bewegung.

Tawls Hand schoß vor. Er packte den Arm des Mannes. Trotz Gegenwehr des Fremden ließ er nicht los. »Geh zurück an deinen Tisch, Bruder«, sagte er. »Du hast recht. Ich bin nicht in der Position, über irgend jemanden zu richten, und ich habe nicht den Wunsch, heute nacht mit euch zu kämpfen.«

Es gelang dem Mann, sich loszureißen. »Tyren tötet die Seele von Valdis«, erklärte er. »Und einen Körper ohne Seele sollte man tief in der Erde vergraben, in einem Grab ohne Namen.« Er blickte Tawl einen Augenblick lang in die Augen, dann drehte er sich um und ging. Sein Gefährte stand auf, gesellte sich zu ihm, und gemeinsam verließen sie den Gasthof.

Jack zitterte. Starke Emotionen hingen in der Luft: Stolz, Bitterkeit, Scham. Er schaute zu Tawl. Der Ritter hatte den Kopf gesenkt. Sein goldenes Haar fiel ihm übers Gesicht, und langsam, sehr, sehr langsam, schüttelte er den Kopf.

»Ist es schon soweit gekommen?« fragte er mit einer Stimme so dünn wie die eines Kindes. »Müssen jetzt schon die Ritter aus Valdis fliehen wie Gefangene aus dem Kerker?«

Jack wußte, daß Tawl nicht mit ihm sprach, aber er mußte es wissen. Er mußte verstehen. »Waren die beiden Männer Ritter wie du?«

»Nicht wie ich. Nein.« Tawl blickte noch immer nach unten. Er brachte ein bitteres Lächeln zustande. »Doch andererseits … vielleicht sind sie doch wie ich. Immerhin bin ich als erster aus der Ritterschaft desertiert.«

»Dann waren es also Deserteure?«

Tawl nickte. »Ja. Sie dachten, man hätte mich geschickt, um sie wieder zurückzuholen.« Das bittere Lächeln verwandelte sich in ein ebenso bitteres Lachen. »Mich. Den einzigen Ritter, der es nicht wert ist, unter Valdis' Schatten zu stehen. Ein Verräter, um Verräter zurückzubringen.«

»Der Ritter, der eben hier war, hat sich aber gar nicht wie ein Verräter angehört«, erklärte Jack, »eher wie jemand, der keine Hoffnung mehr hat.«

Jack glaubte zunächst, seine Worte hätten keinerlei Wirkung auf Tawl gehabt, denn der Ritter antwortete nicht. Auf dem Tisch stand eine Kerze, die schon weit heruntergebrannt war. Flüssiges Wachs lief über das Holz wie ein Fluß aus funkelnden Juwelen. Die beiden Männer beobachteten schweigend, wie das Wachs sich wieder verhärtete und das Funkeln aufhörte.

Tawl wischte sich die Haare aus dem Gesicht und blickte in die Richtung, in die die beiden Männer gegangen waren. »Ohne Hoffnung, sagst du?«

Jack war nervös, doch er wußte nicht warum. Plötzlich war es von allergrößter Bedeutung, daß er die richtigen Worte wählte. »Wenn du noch immer der Ritterschaft angehören würdest, wie würdest du dich fühlen, wenn du an Kylocks Seite kämpfen solltest?«

»Ich würde alles tun, was Tyren von mir verlangt. Loyalität und Gehorsam sind die Grundpfeiler der Ritterschaft.«

Die Kerze flackerte kurz auf, dann verlöschte sie. Es gab kein Wachs mehr, das hätte brennen können. Die Flamme wechselte von gelb zu orange zu rot, bevor sie ausging, und ein dünner Rauchfaden war alles, was noch von ihr übrigblieb.

»Ich habe gefragt, wie du dich fühlen, nicht was du tun würdest.« Jack wünschte sich verzweifelt etwas zu trinken. Sein Mund war staubtrocken. Aber er wagte nicht, nach seinem Becher zu greifen, denn er fürchtete die kleinste Bewegung würde ruinieren, was sich im Augenblick zwischen ihm und Tawl abspielte.

Zum ersten Mal schaute Tawl ihn an. Seine blauen Augen glitzerten – ob von Tränen oder von Träumen vermochte Jack nicht zu sagen. »Du hast recht, mein Freund«, sagte der Ritter. »Ich würde mich wie ein Mann ohne Hoffnung fühlen.«

»Aber du bist anders als die beiden, die gerade gegangen sind. Du machst dir deine eigene Hoffnung.« Jack beugte sich vor. »Gemeinsam können wir dem allem ein Ende bereiten. Es muß nicht alles Gute zugrunde gehen. Die Ritterschaft kann wieder zu ihrer alten Herrlichkeit zurückfinden, und im Norden wird wieder Frieden herrschen.«

»Jack, du bist noch jung. Du verstehst nicht.«

»Dann hilf mir zu verstehen. Sag's mir.«

Tawl machte eine hilflose Geste mit der Hand. »Der Großmeister der Ritter, der Mann, vor dem diese beiden davonrennen, war wie ein Vater für mich. Tyren hat mich nach Valdis gebracht. Er hat mich zu dem gemacht, was ich heute bin. Als andere mich nur abgelehnt oder sich über mich lustig gemacht haben, hat er hinter mir gestanden. Als mein Leben wertlos geworden war, hat er ihm wieder einen Sinn gegeben.« Tawls Stimme drohte zu versagen. »Zu was für einem Mann würde mich das machen, wenn ich ihm jetzt den Rücken zukehren würde.«

Jacks Herz raste. Tawls Worte hatten ihn tief berührt. Ganze Welten verbargen sich zwischen den Zeilen: Tragödien, Wahrheiten und Lügen. Jack wußte besser als jeder andere, daß alle Menschen zwei Seiten hatten. Sie konnten Gutes tun, Gutes sagen, und hinter deinem Rücken konnten sie eine ganze Welt von Betrug aufbauen. Tarissa und Rovas, Stillfuchs und selbst seine Mutter – sie alle hatten ihn lächelnd angelogen.

»Es würde dich zu einem Menschen machen, Tawl«, antwortete Jack schließlich. »Der Ritter, der gerade mit dir gesprochen hat, war kein Lügner. Er war auch kein Verräter. Er war nur desillusioniert. Sicherlich hat er früher ebenso an Tyren geglaubt wie du.«

»Was willst du damit sagen, Jack?«

»Ich will damit sagen, daß, nur weil Tyren gut zu dir war, das nicht bedeutet, daß er nicht auch schlecht sein kann.«

Wieder lächelte Tawl, diesmal ohne Bitterkeit. »Du sagst das, als wüßtest du, wovon du sprichst.«

Jack schüttelte den Kopf. Er wollte nicht, daß ihr Gespräch zu intim wurde. Nicht hier und nicht jetzt. »Das einzige, was ich mit Sicherheit weiß, ist, daß wir beide auf einer anderen Seite stehen als Tyren. Er kämpft gegen Melli, und das macht ihn zu unserem Feind.« Jack fiel plötzlich wieder etwas ein, was er während des Gesprächs beinahe vergessen hätte. »Als du die beiden Ritter gesehen hast, glaubtest du zunächst, Tyren habe sie gesandt, um uns zu töten. Deshalb hast du Schnapper weggeschickt.«

Tawl leugnete es nicht. Er stand auf. »Heute morgen hast du mir gesagt, warum du zugestimmt hast, mit mir nach Larn zu gehen – du hast gesagt, du seist dafür geboren worden. Nun, dann will ich dir auch sagen, wofür ich geboren worden bin: Ich bin geboren worden, um zu dienen. Zuerst meiner Mutter, dann meinen Schwestern, Tyren und schließlich Melli. Ich bin kein Dummkopf, Jack. Ich weiß sehr wohl, daß Tyren mein Feind ist. Ich würde mich auch offen gegen ihn stellen, wenn es nicht anders geht. Aber eins will ich dir sagen: Solange ich keinen Beweis für seine Missetaten gesehen habe, werde ich nicht dulden, daß schlecht von ihm gesprochen wird.«

Tawl machte sich auf den Weg hinaus. »Man dient nicht jemandem, nur um diesen jemand achtlos beiseite zu werfen, wenn eine andere Verpflichtung daherkommt.«

Jack schaute ihm hinterher, bis er durch die Tür verschwunden war. Wahrscheinlich wollte er Schnapper suchen. Jack packte den Zinnkrug, trank das restliche Bier, dann folgte er Tawl hinaus. Der Ritter mochte ja in vielerlei Hinsicht weise sein, aber eine harte Lektion mußte er noch lernen.

Kapitel Achtzehn

Wie immer kratzte Melli den Belag vom Brot. Madame Greal gab ihr keine Butter, und so mußte sie mit dem zurechtkommen, was sie hatte: Dem Geruch nach zu urteilen, handelte es sich heute wohl um Schweineschmalz. Melli hob ihr Kleid und schmierte sich das Schmalz auf den Bauch. Ihre trockene, gespannte Haut sog das Fett gierig auf.

Währenddessen sprach sie mit dem Kind in ihrem Leib: sanfte, unsinnige Worte, doch voller Liebe. Das war ihre liebste Tageszeit. Da es noch bei weitem zu früh für einen Besuch von Madame Greal oder Kylock war, konnte sie einfach nur auf ihrem ungepolsterten Stuhl sitzen, den Schal um die Schultern geschlungen, und davon träumen, wie Tawl herbeieilen würde, um sie weit, weit weg von hier zu bringen.

Es war wirklich merkwürdig. Ihr ganzes Leben lang hatte sie Menschen, die sich Tagträumen hingaben, für dumme Schwächlinge gehalten. Nun wußte sie, daß sie sich geirrt hatte. Träume bedeuteten Stärke, viel Stärke. Wenn es im Leben nichts mehr gab außer Gewalt und die Angst davor, gaben einem Träume die Kraft weiterzuleben.

Also saß sie auf ihrem Stuhl, rieb sich den Bauch ein und träumte. Wenn sie vorsichtig genug war und nicht auf ihre Arme und Beine schaute, gelang es ihr manchmal sogar zu vergessen, wo sie sich befand.

Es war verblüffend, wieviel der menschliche Körper ertragen konnte. Ihre Schwangerschaft schien sie überdies noch widerstandsfähiger zu machen. Wenn Kylock ihre Hände fesselte – was er häufig tat –, dann heilten die Striemen innerhalb von zwei Tagen. Die Verbrennungen brauchten zwar ein wenig länger, doch die blauen Flecken waren zumeist schon nach einer einzigen Nacht verschwunden. Im Augenblick hatte sie eine große Brandblase auf der Innenseite ihrer rechten Hand, und einer der Knochen ihres Handgelenks war verdreht.

Ob ihr Gesicht mit blauen Flecken übersät war oder nicht, vermochte sie nicht zu sagen. Es gab keinen Spiegel in ihrem Gefängnis. Doch selbst *falls* ihre Haut Wunden aufweisen sollte, Kylock war nicht verantwortlich dafür. Er schlug sie niemals ins Gesicht. Nur Madame Greal tat das.

Nicht ins Gesicht und nicht auf den Bauch, das war Kylocks Art.

Der Türriegel knirschte leise. Melli legte ihr Kleid wieder zurecht und wischte sich das restliche Schmalz am Saum ab. Ihr Magen verkrampfte sich, und ihr Baby protestierte dagegen mit einem kräftigen Tritt in den Unterleib. Egal wie gesund sie sich auch fühlen mochte, egal wie stark sie Träume auch machten, das Zurückschieben des Riegels zerstörte all ihren Mut innerhalb einer Sekunde.

Kylock betrat den Raum. Melli erkannte sofort, daß er bei klarem Verstand war. Sein Blick war so scharf wie der eines Fuchses. »Guten Morgen, meine Liebe«, sagte er. Er bewegte sich wie kein anderer: elegant, vorsichtig, tödlich.

In den vergangenen Wochen hatte Melli ihn gut genug kennengelernt, um zu wissen, was sie sagen durfte und was nicht. Sie kannte seine Launen und wußte, wie man sie rechtzeitig erkennen konnte.

Sie wußte, was er wollte.

Es war noch sehr früh, und Kylock war elegant gekleidet; also würde heute kein Blut fließen. Er trug Handschuhe, Seide, kein Leder, und das bedeutete, er würde sie aller Wahrscheinlichkeit nach berühren. Melli kreuzte die Arme vor dem Bauch und verneigte sich. »Ich bin froh, daß Ihr Euch entschlossen habt, mich heute zu besuchen.«

Die Worte brannten ihr auf der Zunge wie Salz in der Wunde. Sie verletzten ihr Baby, ihren Stolz, die Erinnerung an ihren Vater, und doch sagte sie sie. Ja, sie wußte, was Kylock wollte. Und sie wußte auch, daß sie nur überleben konnte, wenn sie seinen Wünschen entgegenkam. Würde sie es nicht tun, wäre sie innerhalb einer Stunde tot.

Kylock war wahnsinnig – dessen war Melli sicher –, und dieser Wahnsinn führte ihn auf dunkle, kranke Wege. In jener Nacht im Turm, als die Laterne die Streu entzündet hatte, war sie irgendwie zu einem Licht auf Kylocks finstrem Pfad des Wahnsinns geworden. Er glaubte, sie zu brauchen. Er glaubte, sie könne ihn erretten. Zwar konnte sie seinen endgültigen Plan noch nicht einmal vermuten, aber sie wußte, daß ihre Schwangerschaft für ihn von außerordentlich großer Bedeutung war. Das einzige Mal, da er die Hand auf ihren Bauch gelegt hatte, hatte er nach dem Kind in ihrem Leib gefühlt.

Aber Kylock war nicht der einzige mit einem Plan; auch Melli hatte einen. Sie war hier gefangen, soviel stand fest, und sie hatte keine Möglichkeit zur Flucht: Highwalls Armee würde sie nicht retten, obwohl ihr Vater sicherlich darauf hinarbeiten würde; sie wurde Tag und Nacht bewacht; die Tür war stets fest verschlossen, und man gestattete ihr nie, den Raum zu verlassen. Ihre einzige Hoffnung war Tawl. Wenn er und Jack ihre Aufgabe im Süden erfüllt hatten, würde er zurückkehren und sie befreien. Burgmauern, Belagerungsarmeen, Kylock und selbst Baralis – nichts würde ihn aufhalten.

Melli mußte nur bis zu seiner Rückkehr am Leben bleiben.

Und da Kylock der einzige Mensch war, der Baralis davon abhalten konnte, sie zu töten, würde sie ihn tolerieren, ihn ermutigen, und sie würde ihn sogar respektieren. Was immer er auch verlangen mochte, sie würde es tun.

Kylock kniete sich neben sie und ergriff ihre Hand. Er betrachtete den verbrannten Handteller und fragte: »Hat der Schmerz dir geholfen, die Dinge klarer zu sehen?«

Melli wußte inzwischen, daß die Frage eine Falle war.

Antwortete sie mit Nein, dann würde er ihr an einer anderen Stelle Schmerz zufügen. Antwortete sie mit Ja, dann würde er die letzte Prozedur noch einmal wiederholen. Melli brachte ein grimmiges Lächeln zustande. Wenigstens ließ er ihr die Wahl.

Melli verfluchte ihre Hand, weil sie zitterte, und ihr Herz, weil es pochte. Sie atmete tief ein, um sich zu beruhigen, dann streckte sie den Arm aus. Zwischen ihrer Hand und ihrem Bauch war eine große Entfernung. Eine sichere Entfernung. »Der Schmerz hat meine Gedanken geläutert, Eure Majestät«, sagte sie. »Vergangene Nacht habe ich all meine Sünden vor mir gesehen, jede einzelne deutlich markiert wie Präparate in den Gläsern eines Alchemisten.« Es war faszinierend, welchen Unsinn sich ihr Gehirn ausdenken konnte. Sie schaute zu Kylock.

Er nickte kurz, dann stand er auf. Melli wußte, wonach er greifen würde: nach der Kerze auf ihrem Nachttisch. Madame Greal hatte ihr zwar die Kerze gegeben, doch nichts, womit sie sie anzünden konnte. Kylock kam nie, ohne Zunder bei sich zu haben.

Die Kerze wurde angezündet. Melli schloß die Augen. Eine kindliche Angst überkam sie: Angst vor Feuer und Angst vor Schmerz. Ihr Magen zog sich zusammen, und inzwischen zitterte sie am ganzen Körper. Kylock kam näher, die brennende Kerze in der Hand. Seine Augen waren leer. Melli spürte ein Brennen in ihrer Kehle. Sie schluckte und konzentrierte sich auf das einzige, was in dem qualvollen Wahn noch zählte, der aus ihrem Leben geworden war.

Tagträume waren nicht ihre einzige Quelle der Stärke. Das Baby in ihrem Inneren verlieh ihr ebenfalls Kraft.

Es war nur ein kurzer Marsch hinunter zum Hafen, und doch hatten sie es irgendwie geschafft, Schnapper auf dem Weg dorthin zu verlieren.

Es war noch früh am Morgen, und während im Norden bereits der Winter einzog, war der Wind hier im Süden trotz der frühen Tageszeit noch angenehm warm. Der Himmel war blau und voller Möwen, und die Sonne schien groß und golden. Im Hafen herrschte hektische Betriebsamkeit. Menschen, Schweine, Kisten und Esel konkurrierten um den Platz auf der Straße. Die Luft roch, als käme sie direkt aus den Kanälen, und Jack boten sich so viele verschiedene Eindrücke, daß er nicht mehr wußte, wohin er zuerst schauen sollte.

Wenn er allerdings zwischen einem hübschen Mädchen und einem Schiff auszuwählen hatte, stand seine Entscheidung außer Frage.

Vor weniger als einer viertel Stunde hatten sie den Gasthof zu dritt verlassen, doch jetzt, da sie sich dem Kai näherten, warfen nur Jack und Tawl ihre Schatten gen Westen.

Als Tawl bemerkt hatte, daß Schnapper verschwunden war, hatte er nur die Schulter gezuckt und erklärt: »Wenn wir ihn das nächste Mal sehen, wird er eine Schubkarre für sein Bündel brauchen.« Jack interpretierte diese Erklärung als Hinweis darauf, daß Schnapper unterwegs war, um – wie er es ausdrückte – zu *›Nachforschungen anzustellen‹*. Eine Tatsache, die Tawl nicht im geringsten zu stören schien, im Gegenteil: Er schien sich sogar darüber zu freuen.

Heute morgen war der Ritter noch mehr in sich gekehrt als üblich. Sein Gesicht drückte Anspannung aus; er redete selten, und selbst seine Bewegungen waren auf ein Mindestmaß reduziert. Die dunklen Ringe unter seinen Augen verrieten, daß der gestrige Vorfall ihn um den Schlaf gebracht hatte. Jack hätte ihn gerne gefragt, wie er sich fühle, aber er wußte, daß Tawl nicht gerne über seine Gefühle sprach. Obwohl Jack wußte, daß Tawl sich in bezug auf Tyren irrte, konnte er nicht umhin, den Ritter für seinen Glauben an den Großmeister zu bewundern. Nichts war schwerer, als allen Widrigkeiten zum Trotz an jemanden zu glauben.

Jack trat gegen das Holzgeländer des Kais. *Ihm* war dies bei Tarissa nicht gelungen. Beim ersten Anzeichen eines Fehlers hatte er sie verdammt, bestraft und verlassen. Nun bereute er das bitterlich. Er war zu hart zu ihr gewesen, zu voreingenommen; er hatte nur in Kategorien von Schwarz und Weiß gedacht. Daß es auch noch Farbtöne dazwischen gab, daran hatte er nie gedacht.

Tawl klopfte Jack auf den Arm. »Hier lang«, sagte er.

Jack war froh über die Ablenkung; an Tarissa zu denken war gefährlich. Bedauern war gefährlich. Die Vergangenheit mußte vergangen bleiben – zumindest bis sie die Reise hinter sich gebracht hatten. Im Augenblick stand einfach viel zuviel auf dem Spiel.

Tawl führte Jack über eine schmale Mole, die rechts und links von Schiffen gesäumt war. Die Planken waren feucht und glitschig und nur wenige Handbreit über der Wasseroberfläche. Auf beiden Seiten waren Seeleute damit beschäftigt, ihre Ladung zu löschen. Sie warfen sich gegenseitig riesige Kisten zu, fingen sie mit ungewöhnlichem Geschick und schleppten sie dann über die rutschige Mole davon, als sei es eine befestigte Straße.

»Da nenn mich doch einer ein geiles Walroß! Wenn das nicht unser alter Freund Tawl ist, dann eß ich eine Woche lang nur noch Fischschwänze!«

Jack hob den Blick. Am Ende der Mole hatte ein großes Schiff festgemacht, und hoch oben auf dem höheren der beiden Maste hockte ein rothaariger Mann mit einem teuflischen Grinsen im Gesicht.

Tawl winkte dem Mann zu. »Auf jeden Fall stinkst du schon wie ein geiles Walroß, Carver. Das kann man sogar hier unten riechen.«

Ein weiterer rothaariger Mann erschien auf Deck. »Ich habe gehört, daß er es gelegentlich auch mit einem treibt. Im ganzen Nordmeer fangen die Walrosse schon an zu schreien, wenn sie ihn von Ferne riechen.«

»Fyler!« Tawl rannte los. Er lief die Laufplanke hinauf aufs Schiff. Der zweite rothaarige Mann drückte ihn an seine Brust.

Der erste Mann grinste vom Mast herab. »Hattest doch wohl Sehnsucht nach mir, was, Tawl?«

»Nun, ich konnte mich nur schwer zwischen deinem hübschen Gesicht und Kapitän Quains stiller Reserve entscheiden.«

Jack ging zum Schiff. Er war erstaunt über Tawls plötzliche Verwandlung. Es war schwer zu glauben, daß dieser spitzbübische, spöttelnde Mann derselbe war wie der, mit dem er hergekommen war.

Tawl drehte sich zu Jack um und winkte ihn heran. »Komm, Jack. Du mußt meine Freunde kennenlernen: die besten Seeleute, die je in Rorn geankert haben.« Tawl war inzwischen von einer kleinen Gruppe größtenteils rothaariger Männer umgeben. Beleidigungen flogen schneller hin und her als die Möwen am Himmel, dennoch war die Warmherzigkeit unverkennbar, mit der die Seeleute Tawl begrüßten.

»*Jack!*« schrie der Mann auf dem Mast. »Das ist ja noch ein viel schlimmerer Name als Tawl! Ich würde ja noch nicht einmal die Schiffskatze Jack nennen!«

»Du würdest sie wahrscheinlich Mittagessen nennen, Carver«, mischte sich der Mann mit Namen Fyler ein. »Ich habe gesehen, wie du das arme Tier letzte Woche angestarrt hast. Wahrscheinlich hast du dir überlegt, wie sie sich wohl als Pastete machen würde.«

Carver nickte fröhlich. »Auf jeden Fall wäre dieses besondere Exemplar als Pastete nützlicher als als Rattenjäger.«

Alle lachten. Es gab viel Gerede über rohe Kohlrüben und Landratten, die nicht wußten, wie man den Ofen anmacht. Aus dem Augenwinkel heraus sah Jack, wie ein Mann von unten aufs Deck kam. Auch er hatte rote Haare, doch war er älter und rundlicher.

»Was soll das Geschrei?« rief er.

Die Seeleute hörten sofort auf zu reden. Sie traten von Tawl weg, so daß der ältere Mann einen Blick auf ihn werfen konnte.

»Heiliger Klabautermann! Wenn das nicht unser alter Schiffskamerad Tawl ist.« Der Mann ging mit ausgestreckten Armen auf Tawl zu und schüttelte dem Ritter die Hand.

»Du kannst dir gar nicht vorstellen, wie ich mich freue, dich wiederzusehen.«

Tawls Gesichtsausdruck war schwer zu deuten. Seine Knöchel traten weiß hervor, während er die Hand des Mannes umklammert hielt. »Es ist schon viel zu lange her, Kapitän«, sagte er.

Der Mann schüttelte den Kopf. »Nein, mein Junge. Zwischen Freunden gibt es kein ›viel zu lange‹. Zwischen Freunden ist der Zeitpunkt immer richtig.«

Als er die ehrliche Zuneigung in den Worten des Kapitäns hörte, fühlte sich Jack irgendwie ausgeschlossen. Er war noch nie von einem alten Freund derart warmherzig begrüßt worden. Er ging immer nur nach vorne, niemals zurück. Langsam löste er sich aus der Gruppe von Seeleuten. Seine Bewegung wurde von Carver auf dem Mast entdeckt, der prompt aus Leibeskräften schrie:

»Hey, Kapitän! Tawl hat noch so ein Grüngesicht mitgebracht! Er nennt sich Jack, auch wenn einem jemand mit so einem Namen echt leid tun kann!«

Der Kapitän drehte sich in die Richtung, in die Carver deutete. Jack hielt mitten im Schritt inne. Die scharfen, grauen Augen des Mannes richteten sich auf ihn.

»Kapitän Quain«, sagte Tawl, »das hier ist mein guter Freund Jack.«

Jack beobachtete, wie der Kapitän, ein großer Mann von offensichtlich bester Gesundheit, sich an die Brust packte und rückwärts aufs Deck fiel.

»Ich weiß nicht, was über mich gekommen ist«, sagte Kapitän Quain und hob den Becher mit Rum an die Lippen. Er trank ihn in einem Zug leer. »Aaah. Schon besser.« Er schlug den Becher auf den Tisch. »Ich fahre nun schon seit einem halben Jahrhundert zur See, aber so etwas wie heute ist mir noch nie passiert.«

Jack bemerkte, daß der Kapitän vermied, ihm in die Augen zu schauen.

Sie befanden sich unter Deck in einer kleinen, hell erleuchteten Kabine. Fyler hatte sie gerade verlassen. Obwohl der Kapitän darauf bestanden hatte »auf den eigenen Seemannsbeinen« hinunterzugehen, war Fyler an seiner Seite geblieben, bis er sicher auf seinem Stuhl Platz genommen hatte.

»Nun, Kapitän«, sagte Tawl, »Ihr seid also gerade aus Marls gekommen.«

Jack schaute zu Tawl. Der abrupte Themenwechsel so kurz nach dem Zusammenbruch des Kapitäns erschien ihm recht merkwürdig. Tawl warf ihm einen strengen Blick zu, und plötzliche verstand Jack, was sein Freund bezweckte. Kapitän Quain war ein stolzer Mann, und stolze Männer mochten es nicht, Schwäche zu zeigen. Indem Tawl nicht weiter über den Vorfall auf Deck sprach, half er dem Kapitän, seine Würde wiederzuerlangen.

»Aye. Bei Sonnenaufgang sind wir eingelaufen. Ich habe eine Ladung Isroer Seide an Bord. Sie ist ein Vermögen wert.« Quain nahm die Rumflasche und füllte alle drei Becher auf. Als er sich über Jacks Becher beugte, hob er nicht ein einziges Mal den Blick.

»Ist Seide Eure normale Fracht, Kapitän?« fragte Jack. Er war entschlossen, den Mann dazu zu bewegen, ihn anzuschauen.

Der Kapitän trank seinen zweiten Becher, bevor er es wagte, zu Jack hinüberzuschauen. Er brachte sogar ein Lächeln zustande. »Seide, Gewürze, Kriegsmaterialien – alles, was ich in die Finger bekommen kann.«

Der Kapitän machte ein erleichtertes Gesicht. Es war, als hätte er erwartet, in kaltes Wasser zu springen, und nun hatte er herausgefunden, daß es statt dessen angenehm warm war. Den Blick immer noch auf Jack gerichtet, fuhr er fort: »Im Augenblick blüht das Geschäft, Junge. Der Krieg ist daran schuld. Diejenigen, die kämpfen, können einfach alles gebrauchen; diejenigen, die daran denken zu kämpfen, stocken ihre Vorräte auf, und alle anderen sind so nervös, daß sie alles mögliche horten nur um des Hortens willen.«

»Dann würdet Ihr also nicht in Betracht ziehen, die *Fischgeruch* für eine Charter zur Verfügung zu stellen, oder?« fragte Tawl.

Kapitän Quain stand auf. Seine große Gestalt und seine Ausstrahlung füllten den größten Teil der Kabine aus, und seine donnernde Stimme füllte den Rest. »Ich brauche kein Geld, Junge. Ich will ehrlich zu dir sein. Im Augenblick ist die Route zwischen Marls und Rorn so profitabel, wie sie nur sein könnte. Ich könnte mit verbundenen Augen segeln und würde immer noch Gewinn machen.« Der Kapitän kehrte ihnen den Rücken zu und starrte auf ein gesichertes Regal voller Bücher. Nach einer Weile sagte er: »Allerdings gibt es da ein kleines Problem.«

»Was für ein Problem, Kapitän?« fragte Jack.

Quain drehte sich zu ihm um. »Die Straßen, Junge. Um diese Jahreszeit sind die Wasserstraßen zwischen Rorn und Marls so zäh wie Pudding. Kein Wind, keine Wellen – nichts, woran sich ein Mann messen kann. Die *Fischgeruch* segelt sich praktisch von selbst.« Der Kapitän schüttelte unglücklich den Kopf. »Das ist wirklich traurig.«

Diesmal mußte Jack nicht zu Tawl hinüberblicken, um zu wissen, daß der Ritter ihm wieder einen strengen Blick zuwarf. »Wie steht es mit der See im Osten, Kapitän?« fragte er. »Wie ist es dort um diese Jahreszeit?«

»Ich will nicht um den heißen Brei herumreden, Junge. Die östliche See ist um diese Jahreszeit eine gottverdammte Hure.«

»Und wie sieht es auf dem Weg nach Larn aus?« fragte Tawl.

Der Kapitän zwinkerte noch nicht einmal. »Ich dachte mir schon, daß wir darüber reden, Tawl.« Er lächelte. Seine grauen Augen glitzerten wie das Meer. »Larn ist die Charter, die du haben willst, stimmt's?«

Jack mochte den Kapitän immer mehr. Er mochte die laute, rauhe Stimme, die Gemütlichkeit seiner Kabine und das schelmische Funkeln in seinen Augen. Quain hatte von Anfang an gewußt, was sie von ihm wollten – wahrscheinlich schon von dem Augenblick an, als er Tawl zum ersten Mal gesehen hatte. Jack trank seinen zweiten Becher Rum. Brantwein war Petroleum verglichen mit dieser goldenen Flüssigkeit.

Tawl beugte sich über den Tisch. »Wir müssen so schnell wie möglich nach Larn.«

Der Kapitän rieb sich das Kinn. Er blickte zu Jack, dann zu Tawl. »Ich nehme an, es handelt sich um eine äußerst dringende Angelegenheit, hmmm?«

»Die Zukunft des Nordens hängt davon ab«, bestätigte Tawl.

Jack dachte einen Augenblick nach, dann fügte er hinzu: »Und das Leben einer wunderschönen Frau.« Tawl warf ihm einen verwirrten Blick zu, doch Jack wußte, daß er das Richtige gesagt hatte. Kapitän Quain schien kein Mann zu sein, der sich allzu große Sorgen um das Schicksal des Nordens machte.

»Eine wunderschöne Frau, hmmm?«

»Die allerschönste«, sagte Jack.

»Ihre Augen haben die Farbe des Nachthimmels; ihre Haut ist so weich wie Seide, und ihr Haar ...« Er schüttelte den Kopf. »Ihr Haar ist so dunkel und wohlriechend wie tropische Hölzer.« Während er sprach, schaute Jack stur auf den Kapitän. Aus irgendeinem Grund wollte er Tawls Blick vermeiden.

Quain hob die Rumflasche ins Licht, sah, daß sie beinahe leer war, und holte eine neue aus dem Kabinett. Die Flasche war verkorkt und mit Wachs versiegelt. Der Kapitän nahm eine Kerze vom Regal und hielt die Flamme ans Wachs. Als er Jacks verwunderten Blick bemerkte, erklärte er: »Aye, Junge, ich weiß, was du denkst. Wenn ich das Siegel einfach aufbrechen würde, käme ich schneller an den Rum. Aber wenn ich das täte, würde mir einer der größten Genüsse überhaupt entgehen.«

»Die Vorfreude?«

Der Kapitän lächelte ihn an. »Ich mag dich, Jack. Du bist ein kluger Junge.« Er musterte Jack kurz, als versuche er, einem Gesicht einen Namen zu geben. Nur daß er den Namen bereits kannte. Quain schüttelte sich und wischte den letzten Rest Wachs von der Flasche. Dann packte er den Korken und zog ihn heraus. Er bedeutete Jack und Tawl mit einer raschen Geste, ihre Becher leerzutrinken, und schließlich goß er jedem reichlich nach. Schweigend tranken sie ihren Rum.

Schließlich, nachdem er seinen Becher geleert und sich genug Zeit genommen hatte, um sich den Rum auf der Zunge zergehen zu lassen, ergriff der Kapitän wieder das Wort. »Eine Frau, deren Augen die Farbe des Nachthimmels haben, ist ein Schatz, für den es sich lohnt zu segeln. Für weniger würde die *Fischgeruch* nicht den Anker lichten; das kann ich euch sagen. Männer segeln aus vielerlei Gründen hinauf aufs Meer: Gold, Abenteuer, um ihrer Vergangenheit zu entfliehe, oder um sich eine neue Zukunft zu suchen. Ich jedoch segle nur aus einem einzigen Grund: aus Liebe zum Segeln.«

Quains Blick war nicht länger auf einen konkreten Punkt im Raum gerichtet. Sie sahen etwas, was nicht zu sehen war. »Ich segle, weil die See jeden Tag ihre Farbe wechselt, weil der Wind in der einen Minute zuschlägt wie ein Preiskämpfer, und weil er in der nächsten so zärtlich wie eine Geliebte ist. Ich segle, weil ich Salz im Blut habe, und weil meine Seele niemals an Land geht.« Langsam kehrte der Blick des Kapitäns wieder in die Wirklichkeit zurück. Er schaute auf Jack. »Ich werde nach Larn segeln, mein Freund. Ich werde segeln für eine schöne Frau und für die Liebe zum Meer, und weil ein Seemann einen Ort nicht kennt, solange er nicht dreimal dort gewesen ist.«

Jacks Herz klopfte. Kapitän Quain sprach mit solcher Leidenschaft, daß es unmöglich war, nicht von seinen Worten bewegt zu werden. Auch Jack spürte den Ruf der See – denselben Ruf, von dem der Kapitän gesprochen hatte –, und das, obwohl er noch nie in seinem Leben ein Schiff gesehen hatte. Rasch trank er seinen Rum. Das alles ergab keinen Sinn.

»Wann können wir segeln?« fragte Tawl.

»Wann wollt ihr?«

»Morgen. Bei Sonnenaufgang.«

Der Kapitän lächelte. »Morgen früh ist keine Flut, Junge. Entweder segeln wir heute nacht oder gar nicht.«

Jack und Tawl schauten sich an. Keiner von ihnen hatte auf solch eine Antwort zu hoffen gewagt. »Kapitän, ich weiß nicht, wie ich Euch danken soll«, sagte Tawl.

»Oh, da fällt mir schon das ein oder andere ein«, erwiderte Quain und zwinkerte seinen Gästen zu. »Zum einen habe ich einen ganzen Lagerraum voller Seide. Bevor die nicht gelöscht ist, kann ich nicht wieder auslaufen. Und dann brauche ich auch noch jemanden, der mir Vorräte für die Reise besorgt – und jede Menge Rum natürlich. Da ihr zu zweit seid, werde ich den Koch diesmal nicht an Land schicken müssen, aber er kann sicherlich etwas Hilfe in der Kombüse gebrauchen.«

»Was ist mit Schnapper?« fragte Jack den Ritter.

»Er bleibt hier. Larn ist kein Ort für ein Kind.« Tawl wandte sich an Quain. »Wir haben kein Geld, um Euch jetzt zu bezahlen, Kapitän, aber unser Freund wird bis zu unserer Rückkehr sicherlich genug beschafft haben. Falls nicht, dann werden wir Euch alles geben, was wir besitzen: unsere Pferde und einen Schuldschein.«

»Diesmal hilft dir der Alte Mann wohl nicht, was?«

Tawl schüttelte den Kopf.

»Gut. Mir ist es auch lieber so. Natürlich heißt das nicht, daß ich etwas gegen den Alten Mann hätte. Ich mag es halt nur, das Ruder selbst in der Hand zu halten.« Der Kapitän öffnete die Kabinentür. »Ich nehme, was ihr mir gebt, wenn wir wieder zurückkehren. Du bist ein Mann von Wort, Tawl. Ich glaube nicht, daß du meine Mannschaft mit leeren Händen zurücklassen würdest.«

»Sie würden mich kielholen, wenn ich das täte.« Tawl stand auf und ging zur Tür. Jack folgte ihm. Sie schüttelten dem Kapitän die Hand, dann stiegen sie hinauf aufs Deck. Vor ihnen lag ein langer Tag voller harter Arbeit.

Tavalisk veranstaltete ein Froschrennen. Sein Koch, Meister Bunyon, hatte die Tiere vor wenigen Minuten gebracht, um sich zu erkundigen, welches von ihnen der Erzbischof als erstes zerstückelt wünschte. Tavalisk hatte die glitschigen kleinen Amphibien sofort auf den Boden geworfen, und nun versuchte er sie zum Springen zu animieren, indem er ihnen versprach, die Schenkel des Schnelleren in einer köstlichen Knoblauchsauce zu verspeisen.

Keiner der Frösche ging auf dieses Angebot ein – eine Tatsache, die den Erzbischof derart konsternierte, daß er gerade den Lethargischeren von beiden zertreten wollte, als Gamil hereinkam.

»Was weißt du über Frösche, Gamil?«

»Ein Frosch ist eine schwanzlose Amphibie, Euer Eminenz.« Von seinem Standpunkt aus – an der Tür – hatte Gamil die betreffenden Frösche noch nicht entdeckt. »Ihr auffallendstes Merkmal sind ihre langen Hinterbeine. Sie sind limnicol*, und daher findet man sie häufig in aquatischen Habitaten.«

Platsch!

»Hmmm«, sagte der Erzbischof. »Und sie lassen sich auch gut zerquetschen.« Tavalisk winkte seinen Privatsekretär zu sich heran. Gemeinsam studierten sie die Überreste des Frosches. »Du hast recht, Gamil. Kein Schwanz.«

Die plötzliche Vernichtung seines Waffenbruders veranlaßte den zweiten Frosch, seine Haltung zum Thema Springen zu überdenken, und es gelang ihm, sich sowohl Gamils als auch Meister Bunyons Zugriff zu entziehen, indem er sich mit ein paar geschickten Hüpfern unter den Schreibtisch des Erzbischofs zurückzog.

»Steh auf, Mann!« fauchte der Erzbischof, als sein Privatsekretär unter den erwähnten Schreibtisch tauchte, um der flüchtigen Amphibie habhaft zu werden. »Also wirklich. Ich erwarte von meinen Untergebenen ein Mindestmaß an

* limnicol = schlammliebend, schlammbewohnend (Anm. des Übers.)

Würde.« Tavalisk wußte, daß Gamil den Frosch ihm zum Gefallen jagen wollte, doch es gefiel ihm, seinen Privatsekretär immer wieder zu verblüffen; das hielt ihn auf Trab.

Tavalisk wandte sich an Meister Bunyon. »Was glotzt Ihr so?« Er deutete auf den zerquetschten Frosch. »Steht nicht so dumm rum. Kratzt das Tier vom Boden und kocht es.«

»Aber die Schenkel, Euer Eminenz. Sie sind ruiniert.«

»Dann mischt sie halt unter ein Rührei. Backt sie in einen Kuchen. Mir ist vollkommen egal, was Ihr macht, solange ich das Vieh nur innerhalb der nächsten Stunde auf dem Teller habe. Und jetzt geht.«

Meister Bunyon nickte, sammelte die Überreste des Frosches auf und ging.

Sofort nachdem sich die Tür hinter dem Koch geschlossen hatte, trat Gamil vor. »Euer Eminenz, wir müssen etwas unternehmen.«

Tavalisk stöhnte. »Was denn nun, Gamil? Haben die Ritter Marls eingenommen? Oder hat sich Kylock etwa zum Gott ausrufen lassen?«

»Nein, Euer Eminenz. Der Ritter ist wieder nach Rorn zurückgekehrt, und so wie es aussieht, beabsichtigt er, nach Larn zu segeln.«

Quak, quak, sagte der Frosch unter dem Schreibtisch.

»Das ist ja interessant. Wann ist er hier angekommen?«

»Er ist letzte Nacht in einem Gasthof in der Nähe der Docks gesehen worden, Euer Eminenz. Er hat immer noch den kleinen Taschendieb im Schlepptau und noch jemand anderen: Laut den Berichten handelt es sich dabei um einen jungen Mann. Heute morgen sind sie gemeinsam zum Hafen gegangen, und wie das Schicksal es wollte, ist gerade die *Fischgeruch* aus Marls zurückgekehrt.« Gamil wirkte ein wenig nervös. Ihm stand der Schweiß auf der Stirn, und er tupfte ihn ständig mit dem Ärmel ab. »Wir müssen verhindern, daß er die Stadt verläßt, Euer Eminenz.«

»Warum zur Hölle sollten wir das, Gamil? Was geht es uns an, wenn er zu dieser gottverlassenen Insel will?«

»Aber der Ritter wird für den Mord am Herzog gesucht,

Euer Eminenz. Auch Katharina soll er auf dem Gewissen haben. Er ist ein notorischer Krimineller.«

»Nicht für mich, Gamil. Baralis ist derjenige, der den Kopf des Ritters will.« Tavalisk zog den linken Schuh aus. Die Sohle war glitschig von Froschschleim. »Ich denke, wir sollten einfach abwarten und beobachten – wie immer.«

»Aber es ist Eure Pflicht zu handeln, Euer Eminenz. Ihr seid der Auserwählte.«

Was war das denn? Schmeichelei? Gamil verhielt sich heute in der Tat seltsam. »Was würdest *du* denn an meiner Stelle tun, Gamil?«

»Einen Trupp Soldaten aussenden und den Ritter und seinen neuen Gefährten gefangennehmen. Laßt sie festnehmen, foltern und hinrichten.«

»Das scheint mir nun doch ein wenig voreilig zu sein.«

»Aber, Euer Eminenz, Ihr habt doch selbst gesagt, der Ritter spiele in dem bevorstehenden Konflikt im Norden eine große Rolle. Was ist, wenn diese Rolle sich nicht mit der Euren verträgt? Ihr würdet Eure Chance auf Ruhm verlieren.«

»Gamil, ein Mann wie ich hat viele Chancen auf Ruhm.« Tavalisk wackelte mit seinen fetten Zehen. »Ruhm ist mein Element. Er scheint auf mich herab wie das Licht der Sonne. Niemand kann mich dessen berauben – außer dem Sensenmann natürlich. Und selbst dann glaube ich, würde ich noch eine ruhmreiche Leiche abgeben.«

»Das würdet ihr in der Tat, Euer Eminenz.«

Tavalisk warf seinem Privatsekretär einen strengen Blick zu. Gamil schaute zu Boden.

Quak, quak.

»Wo sind sie abgestiegen?« fragte der Erzbischof seufzend. »Es kann ja nicht schaden, sie für eine Befragung herzubringen.«

»In einem Gasthof mit Namen *›Die Rose und die Krone‹*, Euer Eminenz.«

»Gut. Ich werde morgen jemanden dorthin schicken. Eine frühmorgendliche Razzia wird sie sicherlich überraschen.«

»Könnten wir nicht schon heute handeln, Euer Eminenz.«

Gamils Eifer erregte allmählich Tavalisks Mißtrauen. »Nein. Vor morgen früh werde ich nichts unternehmen. Wenn das Schiff gerade erst eingelaufen ist, dann wird es mit Sicherheit nicht sofort wieder ablegen.« Der Erzbischof reichte Gamil den Schuh. »Wärst du so nett und entfernst den Fleck hier, nachdem du den Frosch unter dem Schreibtisch gefangen hast, Gamil.« Er dachte einen Augenblick nach, dann fügte er hinzu: »Oh, und ich brauche dich für den Rest des Tages im Palast. Du kannst mir mit dem Papierkram seiner Heiligkeit helfen.«

»Aber, Euer Eminenz, ich habe mich um andere Dinge zu kümmern.«

Tavalisks dicke Lippen preßten sich zu einem bösartigen Grinsen zusammen. »Du wirst hier bei mir bleiben, Gamil, und jetzt will ich nichts mehr zu diesem Thema hören.«

Tawl schaute zu, wie das letzte Tau vom Kai gelöst wurde. Carver und ein weiterer Seemann hißten die Segel. Die Sonne war bereits untergegangen, und bald würde Rorn nur noch ein weißer Fleck am Horizont sein wie der aufgehende Mond. Wer vermochte zu sagen, was geschehen würde, bevor sie die Stadt wiedersahen? Vielleicht würden sie sie auch niemals wiedersehen.

Auf dieser Welt war Larn der Ort, der der Hölle am nächsten kam, und der Teufel beschützte stets die Seinen.

Auch jetzt konnte Tawl die Insel fühlen. Sie war irgendwo dort draußen im Osten und wartete auf ihn.

Tawl blickte zu Jack. Der Junge fragte gerade Fyler, warum Carver ihn als Grüngesicht bezeichnet hatte. Seekrankheit lautete die Antwort: Frischlinge waren bekannt dafür, darunter zu leiden. Lächelnd wandte sich Tawl wieder ab. Jack war in mehr als einer Hinsicht ein Grüngesicht. So war er zum Beispiel hier, auf dem Weg nach Larn, ohne die geringste Ahnung zu haben, was ihn dort erwartete. Tawl wußte, daß seine Rolle im Vergleich zu Jacks geradezu leicht war.

Er mußte nichts weiter tun, als Jack den Weg zu bahnen und die Priester im Zaum zu halten. Jacks Aufgabe war ungleich größer. Soviel größer, daß Tawl noch nicht einmal den Gedanken daran ertragen konnte. Wie sollte ein einzelner Mann den Tempel zum Einsturz bringen? Das war die Art von Verantwortung, die einen gesunden Mann in den Wahnsinn treiben konnte. Doch Jack stand hier auf Deck und schwatzte mit Carver, als gäbe es kein Problem auf der Welt.

Tawl ging zum Bug. Dann würde er sich halt für zwei Sorgen machen.

Schnapper war nicht wieder aufgetaucht, und wahrscheinlich war das auch gut so: Der Junge hätte nur mit den Füßen gestampft und verlangt, sie begleiten zu dürfen. Tawl hätte jedoch alles Betteln und Flehen ignorieren müssen. Jetzt jedoch würde er ruhiger schlafen, da er wußte, daß Schnapper in Rorn war. Sollte ihnen auf Larn etwas zustoßen, dann konnte er sich zumindest damit trösten, daß Schnapper in jener Stadt in Sicherheit war, die er Heimat nannte.

Larn war nicht Schnappers Angelegenheit. Die verfluchte Insel ging nur ihn und Jack etwas an. Tawl wünschte sich sogar, die Verantwortung würde bei ihm allein liegen. Er hatte es sich verdient, den Tempel zu vernichten. Larn hatte sein Leben und seine Träume zerstört. Die Priester hatten ihn zu einem Mörder gemacht, und es war an der Zeit, daß sie dafür bezahlten. Die Planken der *Fischgeruch* begannen zu knarren, und die Segel blähten sich im Wind. Das Schiff war auf dem Weg. Tawl ging weg vom Bug. Er wollte unter Deck, denn er hatte noch keine Lust, die Festigkeit seiner Seemannsbeine auf die Probe zu stellen. Als er den Riegel der Luke zurückzog, schaute Jack zu ihm hinüber. Ihre Blicke trafen sich, und plötzlich wußte Tawl, daß er sich wieder einmal in seinem Gefährten geirrt hatte. Jack war kein sorgloser Abenteurer: Er war ein junger Mann mit Furcht in den Augen.

Kapitel Neunzehn

Es war leicht, in die alten Gewohnheiten von Rorn zurückzufallen: Kollegen nickte er einen diskreten Gruß zu; Zuhältern ging er aus dem Weg; Straßenhändlern luchste er Pasteten ab, und stets hielt er Ausschau nach Freunden des Alten Mannes.

Das war ein Leben! Hier konnte sich ein Junge wirklich wohl fühlen. Auch gab es hier genug zu forschen. Bei genauerer Betrachtung hatte Schnapper eigentlich nichts anderes gemacht, als zu forschen, seit Tawl und Jack in den Sonnenuntergang gesegelt waren.

Nun, natürlich hieß das nicht, daß Tawl und Jack Unrecht getan hätten, als sie ohne ihn gefahren waren – ein Mann konnte tun und lassen, was er wollte, keine Frage –, aber ein paar Abschiedsworte wären trotzdem nett gewesen. Irgendwas in der Art: *›Tschüs, Schnapper, bis in ein paar Tagen. Bis in einer Woche. In einem Monat. Im nächsten Leben.‹* Irgend etwas hätten sie schon sagen können, doch so wie es aussah, mußte er sich nun alles selber zusammenreimen.

Die Tatsache, daß er gut im Zusammenreimen war, war dabei nicht von Bedeutung. Tawl hätte ihn in seinen Plan einweihen sollen. Es war wirklich unehrenhaft, sich mitten in der Nacht davonzumachen. Ein anderer Junge hätte das sicherlich als tödliche Beleidigung aufgefaßt. Ein anderer Junge hätte sicherlich die ganze Angelegenheit einfach vergessen.

Aber nicht Schnapper. Obwohl er tief verletzt war, würde er seine Pflicht gegenüber den Gefährten erfüllen – auch wenn keiner der beiden undankbaren Verräter es verdient hatte.

Er wußte, daß sie bei ihrer Rückkehr seine Beute brauchen würden. Ein so großes Schiff wie die *Fischgeruch* segelte nicht ohne Bezahlung, und soweit Schnapper wußte, hatte Tawl kein Kupferstück mehr in der Tasche, und das wiederum bedeutete, daß der Ritter dem Kapitän versprochen hatte, bei der Rückkehr zu bezahlen. Das war das erste gewesen, was Schnapper sich zusammengereimt hatte.

Als zweites war ihm aufgefallen, daß Tawl offenbar erwartete, daß er während seiner Abwesenheit das nötige Gold beschaffte – als sei Schnapper so etwas wie sein persönlicher Schatzmeister. Tawl hielt das einfach für selbstverständlich – typisch!

Wäre da nicht der dritte Punkt gewesen, den sich Schnapper zusammengereimt hatte, dann hätte er wahrscheinlich schon längst alles hingeschmissen und wieder für seinen alten Kumpel Mauersegler gearbeitet – natürlich nur, wenn er ihn hätte finden können. Aber das kam nun nicht mehr in Frage. Jack und Tawl waren in Gefahr, sobald sie wieder nach Rorn zurückkehrten. Die Henkersknechte des Erzbischofs waren hinter ihnen her. Eine Gruppe Bewaffneter war in den frühen Morgenstunden in *›Die Rose und die Krone‹* eingefallen und hatte nach ihnen gesucht. Zum Glück hatten Tawl und Jack die Stadt schon sieben Stunden zuvor verlassen, anderenfalls würden sie nun in einem finstren Kerker schmoren.

Aber wie auch immer, der frühmorgendliche Überfall war der Grund, warum Schnapper beschlossen hatte, in der Gegend zu bleiben. Irgend jemand mußte Tawl und Jack vor dem Erzbischof warnen, und zwar noch bevor sie wieder von Bord gingen. Schnapper schüttelte traurig den Kopf. Die beiden waren nicht klüger als er, wenn es darum ging, Männern mit Messern auszuweichen.

Als er eine Weggabelung erreichte, wählte Schnapper den Weg, der ihm am interessantesten erschien: eine dunkle, stinkende Gasse mit glitschig aussehendem Pflaster. Er wanderte nun schon eine ganze Weile durch die Straße. Seine erste Schicht – die Marktstunden zwischen Sonnenaufgang und zwei – war recht profitabel gewesen. Und mit der zweiten Schicht – den Hurenstunden zwischen acht und Mitternacht – hatte er einige noch mindestens ebenso profitable Stunden vor sich. Also hatte er im Augenblick nichts Besseres zu tun, als seinen alten Jagdgründen einen Besuch abzustatten.

Seltsam, doch irgendwie schien nichts so gut zu sein, wie er es in Erinnerung hatte. Sicher, die Straßen waren finster und so voller Möglichkeiten wie ein Erzbischof auf dem Weg nach oben, aber dennoch war es nicht das, was Schnapper erwartet hatte.

Ein wenig enttäuscht beschloß Schnapper, wieder ins Marktviertel zurückzukehren. Als er sich umdrehte, wurde etwas Dunkles und nach Feigen Riechendes über seinen Kopf gestülpt.

»Mörder!« schrie er aus Leibeskräften. *»Diebe! Zuhälter! Hilfe!«* Irgend jemand packte ihn, hob ihn hoch, und das Sackding wurde an seinem Hals festgezurrt. Schreiend trug man ihn davon.

Baralis war nervös. Heute nacht würde er etwas tun, was er noch nie getan hatte. Etwas so Unberechenbares und Kräftezehrendes, daß er sich selbst beachtlichen Schaden zufügen konnte.

Er befand sich in seinen Gemächern. Draußen herrschte Zwielicht, doch Crope hatte das Feuer derart geschürt und so viele Kerzen aufgestellt, daß es hier drin beinahe taghell war. Das neugeborene Kalb lag in einer Kupferwanne zu Baralis' Füßen. Obwohl es kaum noch lebte, weinte es nach seiner Mutter. Crope hatte es heute morgen noch in der Fruchtblase gekauft, und doch verlor es schon den typischen Glanz einer Kreatur, die gerade erst dem Mutterleib entsprungen war.

In einer Geburt lag Macht. Die Nomaden der Großen Steppe wußten das; seine Lehrer in Hanatta wußten das, und nun, da er nur eine Handbreit von einem Wesen entfernt saß, das erst vor neun Stunden seinen ersten Atemzug getan hatte, wußte Baralis es auch.

Der Mutterleib bestand nicht nur aus Gewebe, Muskeln und Blut. Er war eine Grenze zwischen den Welten. Auf der einen Seite war das Leben: fruchtbar, vielfältig, verrottend. Auf der anderen Seite war die Existenz und der *Beginn* der Existenz: verwundbar, rein, gut. Wenn die beiden Seiten aufeinandertrafen – wenn das Wasser hervorbrach, das Junge ausgestoßen wurde und die Muskeln sich zusammenzogen wie eine gewaltige Olivenpresse –, dann wurde Macht erzeugt. Und diese Macht wurde auf das Neugeborene übertragen. Reich durch die Geheimnisse der Ovarien, schwer vom Blut der Plazenta, war keine Magie stärker als die, die aus einem Leben gewonnen wurde, das frisch dem Mutterleib entsprungen war.

Während seines Aufenthalts in der Großen Steppe hatte Baralis gesehen, wie die Hirten die Macht eines neugeborenen Kindes genutzt hatten, um den Lacus herzustellen. Sechs ihrer Schamanen waren nötig gewesen, um die Macht zu binden. Selbst heute noch konnte sich Baralis an den schrecklichen Rückstoß erinnern; er konnte die sengende Hitze auf seiner Haut spüren, und den Geruch verbrannten Fleisches riechen, als zweien der sechs die Arme bis zum Ellbogen verbrannt waren. Baralis schauderte. Hinterher hatten die Schamanen berauscht von Schnaps und Baldrian beteuert, die Beschwörung sei ein Erfolg gewesen. Verlorene Gliedmaßen waren nichts im Vergleich zum Wert des Lacus. Die Arme eines Schamanen waren entbehrlich – die Jäger des Stammes mußten um jeden Preis geheilt werden. Baralis strich sich mit dem Finger über die Lippen. Er selbst würde sich nie an einem neugeborenen Menschenkind versuchen.

Crope traf alle Vorbereitungen. Er brachte Becher, Messer und Pulver. Baralis ließ sich auf einem Stuhl nieder und beobachtete, wie sein Diener das Tier vorbereitete.

Schulden waren gefährliche Bettgenossen – besonders wenn sie gegenüber Larn bestanden. Die Priester auf der vom Wind gepeitschten Insel führten akribisch Buch, und sie verlangten stets volle Bezahlung.

Und genau darum ging es heute nacht: volle Bezahlung. Die Priester hatten Baralis ihre Geheimnisse anvertraut, und nun mußte er zu ihren Gunsten handeln. Der Bäckerjunge mußte aufgehalten werden. Er war auf dem Weg nach Larn, um den Tempel zu zerstören, und wenn ihm das gelang, wußte Baralis, daß es nicht lange dauern würde, bis sein ehemaliger Schreiber sich wieder auf den Weg nach Bren machen würde. Oh, natürlich war Larn eine Hilfe im Krieg; es versorgte ihn mit Informationen von Gott höchstpersönlich. Aber es war nicht essentiell. Baralis konnte den Norden auch ohne die Seher beherrschen. Also würde Baralis heute nacht lediglich eine Schuld begleichen: Er würde *für sich selbst* handeln.

Jack war der einzige Mensch, der eine ernsthafte Bedrohung für Baralis' Pläne darstellte. Eingebunden in eine uralte Prophezeiung verfügte er über Kräfte, die sich dem Verstand entzogen. Zuerst hatte er die Zeit zurückgedreht, und vergangenen Sommer hatte er eine ganze Garnison zerstört und dabei Schockwellen durch die gesamte bekannte Welt gesandt. Er mußte vernichtet werden; Baralis wußte das so sicher, wie ein Kind wußte, daß der Himmel blau war.

Doch heute nacht würde der Himmel über einem kleinen Seegebiet südwestlich von Larn alles andere als blau sein. Dort würde er schwärzer sein als die tiefsten Tiefen der Hölle.

Baralis beugte sich vor und schlitzte das zitternde Kalb auf. Blut spritzte auf sein Gesicht und seine Tunika. Das Kalb schrie wie ein Baby. Crope stand neben seinem Herrn, eine angewärmte Schüssel in der Hand. Baralis biß sich auf die Zunge, und seine Zähne drangen tief ins Fleisch und zerrissen Gewebe reich an Blut. Er atmete tief durch, dann löste er sich von der stofflichen Welt. Sein Körper ließ ihn gehen. Baralis streckte den Geist und fand das Wesen des Tieres. Es traf ihn wie ein Lanzenstoß.

Baralis taumelte. Die Seele des Kalbs war noch die seiner Mutter, doch seine Macht war seine eigene. Baralis wurde von ihr emporgetragen. Zuerst war er verwirrt, desorientiert von der schieren Gewalt der Macht, die seine Klinge freigesetzt hatte. Dann erhob sich wie immer sein Wille, gestaltete die fremde Kraft um und beanspruchte sie für sich selbst. Wie ein Gott, so gestaltete Baralis seine eigene Schöpfung.

Die Kraft war atemberaubend: Der Raum vermochte sie nicht länger zu halten. Baralis trieb nicht mehr nach oben, statt dessen dehnte er sich aus. Er dehnte sich über den Palast, dann Bren, dann den Norden. Er war nicht mehr nur eine lose Ansammlung von Partikeln; er war eine Naturgewalt. Nach Süden eilte er, über die Küste hinweg, und zwang die Wellen, seinem Befehl zu gehorchen.

»So, Kapitän«, sagte Jack, »das ist also Eure dritte Fahrt nach Larn?«

Quain warf ihm einen scharfen Blick zu. Vier Tage waren sie nun schon unterwegs, und jedesmal wenn ihm der Kapitän über den Weg lief, hatte Jack das Gefühl, Quain würde ihn wie eine Schatzkarte studieren.

Dies war das erste Mal, das sie allein waren. Tawl war auf Deck: Ohne Zweifel tauschte er gerade mit Carver Beleidigungen aus. Entweder das, oder er schärfte seine Messer. Der Ritter verbrachte viel Zeit mit der Pflege seiner Waffen, und in den vergangenen zwei Tagen hatte er jede einzelne Klinge mit Fett eingerieben, um sie vor der feuchten, salzhaltigen Luft zu schützen.

Quain hatte stets eine Flasche Rum zur Hand, so auch diesmal, und er hatte gerade einen Becher bis zum Rand gefüllt, als sich das Schiff plötzlich zur Seite neigte. Bernsteinfarbene Flüssigkeit floß über den Tisch und sammelte sich an der Holzverkleidung, mit der der Tisch gesichert war.

»Der Seegang nimmt zu, Kapitän«, berichtete Fyler, der kurz seinen Kopf hereinsteckte.

»Aye, Mann. Behalt die Lage im Auge«, erwiderte der Kapitän. Fyler nickte und verschwand. Quain wandte seine Aufmerksamkeit wieder dem Rum zu.

Jack hatte schon bemerkt, daß die See immer unruhiger wurde; er spürte, wie das Schiff unter ihm hin und her geworfen wurde. Doch merkwürdigerweise berührte ihn das nicht: Ihm war weder übel, noch hatte er Angst. Ein geborener Seemann, hatte Carver gesagt. Jack griff nach seinem Becher und fragte den Kapitän erneut: »Wann seid Ihr zum ersten Mal nach Larn gesegelt?«

Der Kapitän brachte widerwillig ein Lächeln zustande. »Du bist wirklich hartnäckig, Junge. Das muß man dir lassen.«

»Dann laßt uns auf meine Hartnäckigkeit trinken.« Jack hob den Becher und lächelte verschmitzt. »Und auf Euer Wissen über die See.«

Auch der Kapitän hob seinen Becher. »Auf die See.«

Sie leerten die Becher in einem Zug, und Quain knallte den seinen auf den Tisch. »Aaah. Das versetzt einem doch jedesmal das Blut in Wallung.« Er lehnte sich auf seinem Stuhl zurück und genoß den Rum eine Weile, bevor er wieder das Wort ergriff.

»Als ich zum ersten Mal nach Larn gesegelt bin, hätte mich das beinahe meine Heuer gekostet. Das ist nun schon dreißig Jahre her. Ich fuhr auf einem großen Handelsschiff, der *Guten Brise*. Sie hatte vier Masten und eine Mannschaft von fast vierzig Mann. Es war meine erste Fahrt als Steuermann, und ich hab gezittert wie 'ne Qualle. Wenn ich jetzt so darüber nachdenke, wundert's mich, daß man mich überhaupt in die Nähe des Ruders gelassen hat. Aber Rorn hat damals eine Blütezeit erlebt, und die Kaufleute haben jeden angeheuert, der den Bug vom Heck unterscheiden konnte.

Wir sollten die Küste hinauf nach Toolay segeln. Dort sollten wir dann Seidenfäden für ihre Stickereien gegen Meeresfrüchte eintauschen. Auf jeden Fall lief vom Zeitpunkt des Auslaufens an alles schief, was schieflaufen konnte. Der Wind wehte aus Nordosten – und das an sich war schon merkwürdig, denn es war noch früh im Winter, und die Nordostwinde kommen meist erst im Frühling. Aber das war erst der Anfang. Der Schiffskompaß spielte plötzlich verrückt: In der einen Minute drehte er sich immer im Kreis herum, und in der nächsten war er so tot wie ein rostiger Anker. Dann kam der Sturm ...«

Kapitän Quain schüttelte den Kopf. Die *Fischgeruch* schaukelte hin und her. Jack hörte, wie der Wind an Stärke zunahm.

»Es war ein verdammt heftiger. Er kam aus dem Nichts. Wellen brachen über das Vordeck, und Wasser drang in den Laderaum. Die Segel wurden von den Masten gerissen, und drei Männer sind über Bord gegangen. Drei Tage hat das Unwetter angedauert. Als alles vorbei war, hatte die Schiffskatze eine ebenso gute Vorstellung davon, wo wir waren, wie ich.«

Während der Kapitän sprach, war Jack gezwungen, sich an der Tischkante festzuhalten, um nicht vom Stuhl zu fallen. Überall knarrte und knirschte es in der Kabine. Mit jeder Schaukelbewegung des Schiffes rutschten Bücher, Geschirr und Instrumente gegen die hölzernen Verkleidungen der Regale. Eine Öllampe hing von der Decke, und sie schwang hin und her wie ein Betrunkener beim Tanz.

Quain war so ruhig und gelassen wie immer. Er redete weiter mit seiner tiefen, rauhen Stimme, und bald waren seine Worte das einzige, was noch von Bedeutung war.

»Nun, ich habe mein Fernrohr rausgeholt und mich umgeschaut. Am Horizont habe ich dann diese kleine, felsige Insel entdeckt. Also habe ich in meinen Karten nachgeschaut, aber das Eiland nirgends gefunden. Daraufhin habe ich mit dem Kapitän geredet; er hat selbst nachgeschaut und erklärt, das sei Larn. ›Am besten machen wir, daß wir so schnell wie möglich hier wegkommen, Junge‹, hat er gesagt, ›sonst schnappt uns noch der Teufel‹. Ich kann dir sagen, ich habe das Schiff so schnell gewendet, als sei es ein Ruderboot – niemand ist abergläubischer als ein Seemann, der sich auf dem Meer verirrt hat.

Aber egal, als wir gewendet hatten, habe ich mich noch einmal umgeschaut. Und da habe ich sie gesehen.«

»Wen?«

»Das Mädchen von Larn. Sie trieb in einem kleinen Boot ohne Segel und ohne Ruder. Ich habe sofort gesehen, daß sie in Schwierigkeiten ist, denn sie lag einfach nur reglos da. Also habe ich die *Gute Brise* gewendet. Der Kapitän ist fluchend und schimpfend auf mich losgestürmt und hat mir befohlen, wieder umzudrehen. Wir haben uns ziemlich in die Haare gekriegt. Ich habe gesagt, es sei kein Zufall, daß die *Gute Brise* ausgerechnet jetzt hierhergetrieben worden sei und daß es unser Schicksal sei, das Mädchen zu retten. Er wiederum hat behauptet, das bedeute Pech und wir seien nun alle verflucht. Bald war die ganze Mannschaft an dem Streit beteiligt, und schließlich blieb dem Kapitän nichts anderes übrig, als mich machen zu lassen. Der Aberglaube eines Seemanns funktioniert in beide Richtungen – ich habe die Mannschaft davon überzeugt, daß es uns Pech bringen würde, wenn wir das Mädchen zum Sterben zurücklassen würden.«

Draußen nahm der Sturm an Stärke zu. Jack hörte die Männer einander zurufen; sie mußten brüllen, um das Donnern der Wellen zu übertönen.

»Das arme Ding war so gut wie tot, als wir sie endlich geborgen haben. In ihrem Boot war nichts: kein Essen, kein Wasser, keine Kleider zum Wechseln. Sie hatte so hohes Fieber, daß sie sogar im Schlaf geredet hat. Sie hat immer wieder den Namen eines Jungen geschrien, immer und immer wieder. Aye, aber sie war wunderschön. Ein schlankes Mädchen mit langen dunklen Haaren. Ich glaube, jeder an Bord hat sich in sie verliebt – selbst der Kapitän. Man konnte sie einfach nicht anschauen, ohne alles wieder gutmachen zu wollen. Wir haben ihr unsere Rationen zugesteckt; der Koch hat extra für sie Brühe gekocht, und der Kapitän hat seine eiserne Reserve für sie angebrochen. Ich habe mich Tag und Nacht um sie gekümmert.

Als wir dann endlich in Rorn anlegten, hatte sie ihr Fieber überwunden. Ich habe sie gefragt, warum sie in einem Boot vor Larn getrieben war. Weißt du, was sie gesagt hat?«

»Nein.«

»Sie sagte, ›Bitte zwing mich nicht zu lügen. Was in Larn geschehen ist, geht nur mich, die Priester und Gott an‹.«

Die Öllampe schwang weiter hin und her und warf immer wieder Schatten auf das Gesicht des Kapitäns. Alles in der Kabine bewegte sich im Takt des Sturms: der Tisch, die Stühle, der Rum. Jack schlug das Herz bis zum Hals.

»Glaubt Ihr, daß man sie ausgesetzt hat?«

»Sie ist weggerannt.« Quain blickte ihm in die Augen. Einen Augenblick lang musterte er Jacks Gesicht, dann schaute er wieder in seinen Becher. Eine Weile sprach keiner der beiden Männer.

Ein ohrenbetäubendes Krachen durchbrach die Stille, und das Schiff neigte sich abrupt nach Steuerbord. Der gesamte Besitz des Kapitäns schlug gegen die Holzverkleidungen. Eine Sammlung zusammengerollter Karten fiel zu Boden. Die Öllampe schlug gegen die Wand, und ein Blitz erhellte die Dunkelheit.

Der Kapitän sprang auf. »Langsam sollte ich mich wohl mal auf Deck sehen lassen. Mach das Licht aus, und dann komm nach.«

»Wach auf, Junge! Wach auf! Es ist respektlos, in Gegenwart des Alten Mannes zu schlafen.«

Schnapper wurde geschüttelt, gestoßen und schließlich von seinen Fesseln befreit. Sein erster Instinkt war, sich das Haar zu richten. Sein zweiter Instinkt war, nach seinem

Bündel zu tasten. Er war weg! Mit verquollenen Augen und mit einem Kopf, der sowohl von der Tortur als auch vor Entrüstung schmerzte, betrachtete Schnapper seine Umgebung. Hübsch. Sehr hübsch. Ein schönes Feuer, mit Gold verzierte Möbel und genug frische Blumen, um eine vierköpfige Familie bestatten zu können.

»Du kannst dich glücklich schätzen, junger Mann«, sagte eine Stimme hinter ihm.

Schnapper wirbelte herum. Ein alter Mann saß in der Ecke. Er war gut, doch einfach gekleidet, und er hatte kein einziges Haar auf dem Kopf. In dem Glauben, den Grund seines Hierseins erkannt zu haben, sagte Schnapper: »Eins kann ich Euch sagen, mein Herr: Ich habe ja nichts gegen Typen wie Euch, aber das ist einfach nicht mein Ding.«

Der alte Mann lachte lauthals auf, und der Mann hinter ihm fiel in das Lachen mit ein.

Da er nicht wußte, was er als nächstes tun sollte, ließ Schnapper es dabei bewenden, den Blick durch den Raum schweifen zu lassen. Als er den Mann anblickte, der ihn hergebracht hatte, rührte sich etwas in seinem Gehirn: Er kannte den Mann. Es war der kleinere der beiden Kerle, die Tawl in Bren den Brief gebracht hatten. Was hatte der Mann noch einmal gesagt, als er ihn aufgeweckt hatte? Es sei respektlos, in Gegenwart *des* Alten Mannes zu schlafen, nicht *eines* alten Mannes. Schnapper schluckte. Er war im Schlupfwinkel des Alten Mannes, und der Mann, den er gerade beleidigt hatte, war der Alte Mann höchstpersönlich.

»Moth, wärst du so gut und würdest uns jetzt allein lassen?« sagte der Alte Mann.

»Kein Problem, Alter Mann. Ich und Clem, wir warten draußen.« Der Mann mit Namen Moth verbeugte sich und ging.

Der Alte Mann wandte sich wieder Schnapper zu. »Setz dich, setz dich«, sagte er und deutete auf einen Stuhl am Kamin.

Schnapper setzte sich. In Gegenwart des mächtigsten Mannes der Unterwelt von Rorn sollte man besser tun, was einem gesagt wurde. »Nettes Arrangement«, bemerkte Schnapper und nickte in Richtung der verschiedenen Vasen. »Es muß verdammt schwer sein, um diese Jahreszeit eine solche Vielfalt zu bekommen.«

Der Alte Mann lächelte ein trockenes, kleines Lächeln. »Ich tue mein Bestes.«

Schnapper verfluchte sich selbst, weil er nicht mehr über Blumen wußte. Er konnte ja kaum eine Rose von einem Baum unterscheiden. »Sie riechen echt gut, und sie beleben auch den Raum.«

»Wir alle haben so unsere kleinen Schwächen. Meine sind frische Blumen; wie ich höre, ist die deine ein gewisser eigenwilliger Ritter.« Schnapper wollte etwas darauf erwidern, doch der Alte Mann gab ihm keine Gelegenheit dazu. »Nun, wie ich bereits gesagt habe, kannst du dich glücklich schätzen, mein Freund. Ich hätte Moth und Clem auch befehlen können, dir einen guten Schlag auf den Schädel zu geben. Statt dessen haben sie dich sanft behandelt und dir einen Sack über den Kopf gestülpt.«

»Der verdammte Sack hätte mich beinahe umgebracht!« Schnapper ließ sich von niemandem sagen – auch nicht vom Alten Mann –, er habe Glück gehabt, wo er doch um ein Haar elendig erstickt wäre. »Ich war sofort weg. Ich hab' ja keine Luft mehr bekommen.«

»Ja, ich kann mir vorstellen, daß das nicht gerade angenehm war.« Der Alte Mann lächelte erneut, diesmal recht fröhlich. »Aber jetzt glaube ich, sollten wir uns lieber dem Geschäft widmen. Dein Freund hat offenbar die Stadt verlassen. Er ist auf dem Weg nach Larn, wie ich gehört habe. Nun, soweit es *ihn* betrifft, habe ich keine andere Wahl, als ihm mein Wohlwollen zu entziehen. Er hat einen guten Freund von mir ermordet, und ich könnte mich wohl kaum einen Mann von Ehre nennen, wenn ich in diesem Fall eine Ausnahme machen und mich nicht entsprechend ehrenhaft verhalten würde, oder?«

Schnapper nickte. Da war was dran.

»Nun bleiben mir zwei Möglichkeiten: Entweder lehne

ich mich zurück und tue gar nichts – meine Verpflichtung gegenüber Bevlin hat in dem Augenblick geendet, da der Brief überbracht worden war –, oder ich tue, was ich kann, um der Sache des alten Gelehrten weiter dienlich zu sein.«

Schnapper war klug genug, um zu wissen, daß er nicht hier wäre, hätte sich der Alte Mann für die erste Möglichkeit entschieden. Nach außen hin ließ er sich jedoch nichts anmerken. Sollte der Alte Mann doch erst einmal seine Karten auf den Tisch legen.

»Ich denke, ich schulde Bevlin mehr, als nur einen Brief für ihn abzuliefern. Vor vielen Jahren hat er das Leben meiner Tochter gerettet. Nicht mit Zauberei wohlgemerkt, sondern mit seinen Tränken. Daisy hatte irgend so ein exotisches Fieber, und die Ärzte hatten sie schon aufgegeben. Bevlin war zu jener Zeit in Toolay, und ich habe ihm per Taube eine Nachricht geschickt. Der Mann war drei Tage später in Rorn – wie er das geschafft hat, weiß ich bis heute nicht –, aber er hat es geschafft, und er hat meiner geliebten Daisy das Leben gerettet. Deshalb habe ich dich heute herbringen lassen. Ich glaube, ich habe meine Schulden noch immer nicht beglichen.«

Der Alte Mann stand auf, ging zum Kamin und änderte das Blumenarrangement, indem er alle roten Blumen ins Feuer warf. »Ich werde Tawl nie wieder sehen oder mit ihm reden können; aber ich würde mich selbst belügen, würde ich behaupten, Bevlin hätte nicht gewollt, daß ich dem Ritter helfe – selbst nach alledem, was geschehen ist.« Er drehte sich wieder zu Schnapper um. »Darum bist du heute hier.«

»Weil Ihr nicht mehr mit Tawl reden könnt, wollt Ihr also statt dessen mit mir reden?« Schnapper betrachtete das Arrangement auf dem Kamin. Ohne die roten Blumen sah es recht merkwürdig aus.

»Ja. Also hör gut zu, denn ich sage das nur einmal.« Der Alte Mann trat näher an Schnapper heran. Sein scharf geschnittenes, kleines Gesicht war nur der Hintergrund für seine Augen: Sie waren dunkel und funkelten mit der

Schläue eines Fuchses. »Erstens: Erwarte keine Hilfe von mir in Form von Geld oder Gefälligkeiten. Informationen sind eine Sache, aber ich werde nicht meine Prinzipien verraten, um dem Mann zu helfen, der meinen Freund ermordet hat. Tawl wird das zwar bereits wissen, aber trotzdem sage ich es hier noch einmal klar und deutlich, damit keine Mißverständnisse aufkommen.

Zweitens: Der Erzbischof hält eine alte Bekannte von Tawl in den Kerkern unter dem Palast gefangen. Es handelt sich um eine junge Prostituierte mit Namen Megan. Sie ist nun schon über ein Jahr dort unten, und Borc allein weiß, in welchem Zustand sie jetzt ist.« Der Alte Mann hielt kurz inne und atmete tief ein. »Schließlich kommen wir zu dem Erzbischof selbst, oder besser: zu seinem Privatsekretär, Gamil. Seit nunmehr fünf Jahren wechselt der Mann regelmäßig Briefe mit Larn. Ich bin ziemlich sicher, daß der Erzbischof nichts von dieser Korrespondenz weiß, und er wäre sicherlich auch nicht darüber erfreut, sollte er davon erfahren.« Der Alte Mann warf Schnapper einen unmißverständlichen Blick zu.

Schnapper blickte ebenso unmißverständlich zurück.

»Ist dir klar, daß der Erzbischof Tawl im selben Augenblick verhaften lassen wird, da die *Fischgeruch* wieder in Rorn anlegt?«

»Das ist mir auch schon aufgefallen, Alter Mann.«

Der Alte Mann nickte zufrieden. »Nun, das war alles, was ich dir sagen wollte.« Er ging zur Tür. »Von nun an ist Tawl auf sich allein gestellt.«

Schnapper stand auf. »Nein, Alter Mann. Tawl ist nicht auf sich allein gestellt.«

»Da hast du recht. Er hat dich.« Der Alte Mann öffnete die Tür und legte eine vom Alter fleckige Hand ans Kinn. »Weißt du was, Schnapper? Ich denke, wenn das alles vorbei ist, solltest du noch einmal bei mir hereinschauen. Wir beide könnten gute Geschäfte zusammen machen.«

So sehr sich Schnapper auch bemühte, er konnte nicht anders, als von einem Ohr zum anderen zu lächeln. »Vielleicht komme ich eines Tages auf dieses Angebot zurück, Alter Mann.«

»Es wäre mir eine Freude.«

Schnapper verneigte sich als Dank für das Kompliment und machte sich auf den Weg zur Tür. Dort angekommen fiel ihm plötzlich sein Bündel ein.

»Moth wird es dir wieder zurückgeben«, sagte der Alte Mann. »Oh, und sag ihm, er soll dich auf dem Rückweg nicht mehr so grob anpacken. Wie wäre es diesmal mit einem Tuch über die Augen anstatt einem Sack über den Kopf?«

»Ein Tuch hört sich gut an.« Schnapper ging hinaus und fand sich in einer matt beleuchteten Kammer wieder. Hinter ihm schloß sich die Tür. Tja ja, dachte er, während Moth ihn nach Wertgegenständen durchsuchte, dank der Informationen des Alten Mannes hatte er nun einen Plan.

»Er kam aus dem Nichts!« Fyler mußte schreien, um das Donnern der Wellen zu übertönen. »Vor einer Stunde war der Himmel noch so klar wie ein Bergsee!«

Tawl hörte die Antwort des Kapitäns nicht, da ein mächtiger Brecher gegen die Schiffswand schlug. Schäumende Wassermassen gingen auf das Deck nieder, und das ganze Schiff neigte sich nach Steuerbord. Tawl hielt sich an der Reling fest und legte den Kopf auf die Brust, um sein Gesicht vor dem prasselnden Regen zu schützen.

Ein Blitz fuhr hernieder. Er zog eine hellblaue Bahn über den Himmel und erhellte die Nacht mit gleißendem Licht. Sekunden später folgte der Donner.

Tawl schaute zu, wie der Kapitän Befehle brüllte. Eine Gruppe von Männern war damit beschäftigt, die Segel einzuholen. Auf Deck war bereits alles gesichert, und nun wurden auch die letzten Luken verriegelt. Fyler stand am Ruder, doch das mächtige Eichenrad drehte sich gegen seinen Willen.

Drei Laternen brannten auf Deck: eine über dem Ankermast, eine über dem Ruder, und eine dritte war in Kopfhöhe an den Großmast genagelt worden. Alle drei brannten, doch ihr blasser, gelblicher Schimmer betonte nur die sie umgebende Dunkelheit. Innerhalb der letzten Stunde war die Temperatur drastisch gefallen, und der Wind hatte sich von einer angenehmen Brise in einen mächtigen Sturm verwandelt. Er peitschte die Wellen vor sich her und warf den Regen gegen das Schiff.

Aus dem Augenwinkel heraus sah Tawl, wie Jack von unten heraufkam. Nur mit Mühe gelang es dem Jungen, die Luke wieder zu schließen. Das Schiff schwankte hin und her, und die beiden Masten bewegten sich unkontrolliert von einer Seite zur anderen. Die Flagge auf dem Krähennest war losgerissen worden; ein gelber Fleck, der in Sekunden von der Dunkelheit verschluckt worden war.

Eine weitere Welle traf das Schiff. Wasser strömte über Vor- und Hauptdeck. Nachdem er die Luke geschlossen hatte, kämpfte sich Jack voran. Tawl war überrascht, wie sicher sich sein Gefährte bewegte. Das Deck war voller Salzwasser, und das Schiff schwang wie ein Pendel, doch Jack fand immer noch Halt. Der Regen war inzwischen so heftig geworden, daß Tawl Jacks Gesichtsausdruck erst erkennen konnte, als sie nur noch eine Armlänge voneinander entfernt waren.

Jack packte die Reling. Seine Augen waren dunkel, und in seinem Nacken zuckte ein Muskel.

Die Mannschaft rannte über das Deck, zog Taue an und kümmerte sich um die Takelage. Das Ruder wurde nun von zwei Paar Händen gehalten: von Fyler und dem Kapitän. Tawl wußte nicht viel über die Seefahrt, aber er wurde das Gefühl nicht los, daß nur noch der Sturm das Schiff steuerte.

Wieder ein Blitz, dann Donner.

Tawl konnte nun zum ersten Mal Jacks Gesicht deutlich erkennen, und was er sah, erschreckte ihn. Die Lippen des Jungen waren zu einer dünnen Linie zusammengepreßt, und seine Augen waren leer. Er schien den Sturm nicht anzuschauen, sondern *durch ihn hindurch*.

»Kapitän, die Wogen werden immer höher. Bevor wir uns versehen, sind sie so hoch wie das Deck.« Carver lief an ihnen vorbei Richtung Ruder.

Jack folgte ihm. Tawl zögerte, die Reling loszulassen, doch irgend etwas stimmte nicht mit Jack, und er mußte wissen was. Seine Hände waren taub vor Kälte. Mühsam löste er sie von der Reling und ging Jack hinterher. Das Deck war so glatt wie ein gefrorener Teich. Tawl rutschte mehr, als daß er ging. Der Regen peitschte ihm ins Gesicht, und von allen Seiten trafen Wellen auf das Schiff. Dann heulte der Wind plötzlich auf, und Tawl hörte etwas brechen.

»Vorsicht!«

Mehr aus Instinkt, denn aus Überlegung sprang Tawl zur Seite – genau in eine anrollende Welle. Er hatte Wasser in den Augen, der Nase, dem Mund. Er konnte kaum noch atmen. Ein lautes Knarren drang durch die Luft, und das Schiff neigte sich unvermittelt nach Backbord. Tawl war gezwungen, sich mit aller Kraft an der Reling festzuhalten, um nicht über Bord geworfen zu werden.

Krach!

Der Kreuzmast stürzte auf Deck und zerschmetterte die Backbordreling.

»Kappt die Takelage!« schrie der Kapitän.

Die Taue des Kreuzmastes waren noch immer mit dem Großmast verbunden, und auch dieser neigte sich schon gefährlich zur Seite. Tawl konnte hören, wie das Holz unter der Belastung ächzte. Carver eilte herbei, das Messer in der Hand. Tawl tastete nach seinem eigenen Messer. Bevor er sich versah, stand er wieder auf den Beinen. Schmerz schoß durch seinen Knöchel. Er ignorierte ihn. Ihm blieb keine andere Wahl. Der Sturm tobte unvermindert weiter, und der Großmast stand kurz davor zu brechen. Sollte er fallen, würde das ganze Schiff mit ihm untergehen.

Tawl kämpfte sich zum Kreuzmast durch. Die Segeltaue waren armdick. Sie standen so unter Spannung, daß sie im Wind sangen wie eine Bogensehne. Carver und zwei andere Seeleute schlugen bereits mit Äxten und Messern bewaffnet auf sie ein. Der Großmast erhob sich über ihnen. Inzwischen war deutlich zu sehen, wie weit er sich durchgebogen hatte. Das Schiff schwankte nicht länger hin und her; es wurde hin und her *geworfen*.

Eins nach dem anderen wurden die Taue durchtrennt. Der sonst so spitzzüngige Carver sagte kein Wort. Tawl stand neben ihm und sägte mit seinem Messer an den dicken Tauen. Schließlich waren nur noch vier Taue übrig: die, die die Spitze des Kreuzmastes mit der Spitze des Großmastes verbanden. Tawls Blick wanderte zur Spitze des Kreuzmastes: Sie hing zwei Pferdelängen weit über dem Wasser. Er stand auf.

Carver legte ihm die Hand auf den Arm. »Nein, Tawl. Das ist meine Aufgabe.«

Tawl öffnete den Mund, um zu protestieren.

Carver verstärkte seinen Griff. »Nein, Tawl. Du hast mir einst einen großen Gefallen getan, als du darauf bestanden hast, allein nach Larn zu rudern. Das habe ich nicht vergessen, und ich werde nicht zulassen, daß du deinen Hals riskierst, wenn ich die Arbeit schneller und besser erledigen kann.«

Tawl ergriff Carvers Hand. »Du bist ein tapferer Mann.«

»Nein. Ich liebe nur mein Schiff.«

Niemand an Bord sagte ein Wort, als Carver auf die zerschmetterte Reling zuging. Der Kreuzmast glitzerte vor Salzwasser. Wie ein junger Baum im Sturm beugte sich der Großmast zu ihm hinunter. Die vier letzten Taue verbanden die beiden Maste so sicher, wie ein Hund durch die Leine an seinen Herrn gebunden war. Carver kletterte auf den Kreuzmast und zog sich voran. Das Messer hielt er zwischen den Zähnen, denn er brauchte beide Hände, um sich festzuhalten. Tawl kroch am Mastbaum entlang bis zum Ende des Decks.

Dreizehn Männer verfolgten die Aktion mit angehaltenem Atem. Carver war nun über dem Wasser. Die Wellen hoben sich ihm entgegen. Als er die Mastspitze erreichte, nahm er das Messer in die rechte Hand und begann, das erste der vier Taue durchzusägen. Der Regen peitschte ihm ins Gesicht. Die Beine hatte er um den Mastbaum geschlungen, um nicht abzurutschen. Plötzlich schlug eine große Welle gegen die Backbordseite des Schiffes, und Carver wurde von ihr verschlungen. Eine Sekunde lang wußte niemand, was aus ihm geworden war, dann kam Carver wieder zum Vorschein. Er klammerte sich an den Mastbaum und spuckte Salzwasser.

Seine Kameraden jubelten.

Carver nickte ihnen zu.

Inzwischen hatte Tawl sich auf dem Mastbaum ausgestreckt, um Carvers Fuß oder Hose packen zu können, sollte er den Halt verlieren.

Das zweite Tau wurde durchtrennt, dann das dritte. Carver hieb auf das letzte ein. Der Großmast knarrte wie eine morsche Treppe, und dann, als auch das letzte Tau durchtrennt war, federte er wieder zurück nach Steuerbord. Gleichzeitig neigte sich der Kreuzmast weiter der Wasseroberfläche zu, da man ihn seines letzten Halts beraubt hatte, und dabei zerschmetterte er noch etwas mehr von der Reling.

Tawl wartete nicht länger. Er schob sich über den Mastbaum und packte Carvers Bein. Carver hing unmittelbar über den Wellen. Der Mastbaum war so glatt, als hätte ihn jemand mit Schmierseife eingerieben. Gemeinsam schoben sich Carver und Tawl zurück zum Schiff. Jack packte Tawls Beine, und irgend jemand packte Jacks. Carver wurde wieder an Bord geholt wie ein Fisch an der Angel.

Als Tawls Füße wieder auf Deck waren, sagte Jack zu ihm: »Wir müssen sofort vom Schiff runter, oder wir werden alle umkommen.«

Tawls Erleichterung über seine und Carvers glückliche Rückkehr war von einer Sekunde zur anderen verflogen.

»Was meinst du damit?«

Jack war naß bis auf die Haut. Sein langes Haar war offen, und der Wind wehte es ihm ins Gesicht. »Ich meine damit, daß der Sturm nicht natürlichen Ursprungs ist. Er ist durch Zauberei entstanden. Kannst du das denn nicht riechen?«

Tawl roch Salz und den typischen scharfen Geruch eines Gewitters. »Nein.«

»Ich weiß nicht, wie genau dieser Sturm erzeugt worden ist; aber ich weiß, daß er heraufbeschworen wurde, um uns zu töten. Dich und mich, Tawl, nicht die Mannschaft. Und wenn wir dieses Schiff nicht sofort verlassen, dann geht es mit Mann und Maus unter.«

Tawl hatte Jack noch nie so entschlossen gesehen. Er würde auf keinen Fall mit sich reden lassen. »Wie stark ist die Magie?«

»Noch stark genug, aber irgendwann wird sie natürlich nachlassen. Niemand kann so etwas Stunde um Stunde durchhalten, ohne schwächer zu werden.«

Tawl nickte. Er vertraute auf Jacks Urteil. »Wie weit weg sind wir von Larn?«

»Der Kapitän sagt, als der Sturm begonnen hat, wären wir sechzig Meilen südlich der Insel gewesen. Borc allein weiß, wo wir jetzt sind.«

Wieder Blitze, dicht gefolgt von Donner. Jack hatte recht: Der Sturm zog nicht über sie hinweg; er blieb genau über ihnen.

Zwei große Wellen trafen das Schiff kurz hintereinander. Die *Fischgeruch* wurde von der ersten hochgeworfen, nur um mit dem Bug voran in die zweite zu tauchen. Wasser strömte über Bug und Vordeck.

»Wenn wir jetzt ein Boot nehmen, wird es wahrscheinlich in Stücke geschlagen werden.«

Jack blickte Tawl in die Augen. »Es heißt: entweder wi, oder die Mannschaft.«

»Glaubst du, wir können den Sturm von ihnen weglocken?«

»Wir können es zumindest versuchen.«

Tawl nickte. »Dann los.«

Das Beiboot wurde bis kurz über die Wasseroberfläche hinuntergelassen. Dank der Wellen, die über es hereinbrachen, nahm es bereits jetzt Wasser.

»Das gefällt mir nicht«, sagte der Kapitän, als er beobachtete, wie das kleine Boot an den Seilen hin und her schwang. »Bei diesem Wetter ins Boot zu gehen ist der reinste Selbstmord.« Während er sprach, pfiff der Wind durch die Takelage. Der Wegfall des Kreuzmastes hatte den Großmast verwundbar gemacht, und alle hielten den Atem an, bis die Bö vorüber war.

Jack wußte nicht, was er dem Kapitän sagen sollte. Er wollte ihn nicht anlügen, doch er war nicht sicher, wie der Mann auf die Wahrheit reagieren würde. Er schaute sich nach Tawl um, aber der Ritter war unter Deck und packte alles zusammen, was sie auf ihrer Fahrt brauchen konnten. Jack atmete tief ein. »Der Sturm wird nicht aufhören, solange Tawl und ich an Bord sind.«

Der Kapitän nickte. »Ich weiß, Junge. Ich bin kein Dummkopf.« Er schaute zum Ruder. Fyler kämpfte darum, daß Schiff wieder unter Kontrolle zu bekommen. Im Licht der Laterne konnte man sehen, wie sich seine kräftigen Muskeln spannten. »Ein Sturm wie dieser tritt nicht einfach so aus heiterem Himmel auf.« Quain drehte sich wieder zu Jack um und lächelte. »Man segelt nicht vierzig Jahre auf den Weltmeeren herum, ohne das ein oder andere dabei zu lernen.«

»Das Boot ist bereit, Kapitän!« rief einer der Seeleute.

Inzwischen verstand Jack, warum Seeleute so laute Stimmen hatten: Sie brauchten sie, um das Donnern der Wellen zu übertönen. Er deutete auf den Himmel und sagte: »Es tut mir leid, Kapitän. Ich wäre niemals an Bord gekommen, wenn ich gewußt hätte, daß etwas Derartiges geschehen würde.«

»Nein, mein Junge. Es muß dir nicht leid tun. Die *Fischgeruch* wird dem Meeresgrund noch lange nicht ihren Respekt erweisen.«

»Da kommt 'ne verdammt große, Kapitän!«

Jack und der Kapitän blickten hinaus aufs Meer. Inmitten der Dunkelheit des Sturms schimmerte etwas Silbernes. Es war die Krone einer Woge, die um ein vielfaches höher war als das Deck.

Alle kauerten sich aufs Deck und packten die Reling, Trossen oder was auch immer sie finden konnten. Jack beobachtete die herankommende Woge, eine riesige, schimmernde Wand. Er atmete tief ein und klammerte sich mit aller Kraft an eine Trosse. Dann hörte er ein tiefes Grollen – wie Donner, nur sanfter und doch beunruhigender –, und die Woge traf auf das Schiff.

Der Lärm war ohrenbetäubend. Die *Fischgeruch* wurde zur Seite geworfen. Sie neigte sich so weit nach Steuerbord, daß Wasser aufs Deck drang. Jack spürte den Aufprall am ganzen Körper: Er hatte das Gefühl, als würden ihm die Glieder aus den Gelenken gerissen und als hätte ihm jemand die Tür ins Gesicht geschlagen. Noch immer drang Wasser in das Schiff ein. Holz splitterte; Laternen zerbrachen, und irgend jemand rief zu Borc, er möge sie retten. Ein Krachen ertönte vom Großmast.

Das Schiff legte sich wieder waagerecht, und der Rest der Woge wurde vom Rumpf abgefangen.

Jack umklammerte nach wie vor die Trosse. Seine Finger waren wie festgefroren. Um ihn herum sprangen die Männer auf, schöpften Wasser, überprüften die Taue und sicherten den Großmast.

Tawl torkelte aufs Deck. Auch er war durch und durch naß. Er nahm die chaotische Szene in sich auf, entdeckte den deutlichen Riß im Mast und sagte: »Kapitän, wir gehen jetzt. Wir werden versuchen, nach Norden zu kommen, und Ihr setzt genau den entgegengesetzten Kurs – und zwar so schnell wie möglich.«

Der Kapitän nickte. Sein Blick hing ebenso wie der aller anderen am Großmast. »Na, dann geht. Wenn der Sturm nachläßt, kommen wir wieder zurück, um euch aufzufischen.«

Jack hatte Mühe, wieder zu Atem zu kommen. Inzwischen kannte er den Kapitän gut genug, um zu wissen, daß es nichts nützte, ihm zu widersprechen, und so sagte er einfach: »Danke.«

Kapitän Quain öffnete den Mund, um etwas zu erwidern, zögerte kurz und sagte schließlich: »Borc möge mit dir sein, mein Junge.«

Bevor Jack sich versah, kletterte er eine Strickleiter hinunter. Knie, Knöchel und Kinn schlugen mehrmals gegen die Bordwand. Jack sah die weißen Kronen der Brecher, die der Wind unbarmherzig aufs Schiff zutrieb.

Als er endlich das Boot erreichte, hatte Jack blutige Knie, einen blutigen Ellbogen und einen verdrehten Knöchel. Tawl, der ihm folgte, sah sogar noch schlimmer aus. Als der Ritter bemerkte, daß sein Gefährte ihn anschaute, grinste er.

»Entweder ist das das Dümmste, was ich je in meinem Leben getan habe, oder das Tapferste.«

Jack erwiderte das Grinsen. Er war froh, daß Tawl an seiner Seite war.

Gemeinsam lösten sie die Haltetaue und stießen sich mit den Rudern von der *Fischgeruch* ab. Die Mannschaft stand an der Reling und winkte ihnen zum Abschied zu. Es war zu dunkel, um die Gesichter der Männer erkennen zu können, und zu windig, um ihre Worte zu verstehen. Aber das war egal. In dieser Nacht hatte Jack gelernt, daß man guten Willen weder hören noch sehen mußte, um ihn zu fühlen.

Dann waren sie auf dem Weg. Eine Welle trieb sie vom Schiff weg in Richtung Süden und füllte das Boot mit kaltem, schäumendem Wasser. Tawl schöpfte Wasser, während Jack ruderte.

In der Nähe der Wasseroberfläche war der Wind weniger stark, doch dafür kälter. Die Wellen wirkten unmöglich hoch, doch da der massige Rumpf der *Fischgeruch* ihnen viel von ihrer Kraft nahm, hüpfte das kleine Ruderboot einfach über sie hinweg.

So gelang es Jack und Tawl, mit dem stürmischen Meer

zurechtzukommen – jedenfalls für eine Weile. Bald war nur noch der Umriß der *Fischgeruch* zu sehen, und als Jack sich nach ein paar Minuten nach dem Schiff umschaute, war es verschwunden. Genau diesen Augenblick suchte sich der Sturm aus, um zum letzten Angriff anzusetzen. Jack fühlte, daß der Sturm – oder besser: die hinter ihm stehende Macht – nur auf die Gelegenheit gewartet hatte, sie alleine zu erwischen. Das *Ausmaß* des Zaubers flößte ihm Furcht ein. Er war mächtig, wild, jenseits von Jacks Vorstellungskraft. Jack war nicht in der Lage, sich ihm entgegenzustellen. Er hätte länger bei Stillfuchs bleiben sollen. Er hätte mehr lernen, besser zuhören und sich mehr Mühe geben sollen.

Die Magie, die für diesen Sturm verantwortlich war, war nicht nur mächtig: Sie war eine komplizierte, vielschichtige Konstruktion mit einem eisernen Willen in ihrem Zentrum. Jack spürte, daß der Zauber nun zum Todesstoß ansetzte. Die See war wie ein tollwütiger Hund: zornig, mit Schaum vor dem Mund und vollkommen außer Kontrolle.

Tawl hörte auf, Wasser zu schöpfen und griff statt dessen nach den Tauen, die er mitgebracht hatte. Zunächst verstand Jack nicht, was er vorhatte. Der Ritter schob eines der Taue unter der Bank her, auf der Jack saß, und zog es anschließend auf Jacks Schoß fest. Jack war der Panik nahe. Er wurde ans Boot gefesselt. Noch zweimal zog Tawl das Tau unter der Bank her und über Jacks Schenkel. Dann setzte er sich auf die gegenüberliegende Bank und unterzog sich selbst der gleichen Prozedur. Dabei sprach er nicht ein einziges Wort.

Jack fühlte sich in der Falle. Er konnte seine Beine nicht mehr bewegen. Das kleine Boot schaukelte und drehte sich. Von oben und unten drang Wasser herein. Tawl strahlte eine grimmige Entschlossenheit aus. Er hielt das zweite Paar Ruder. Die Wellen kamen schnell heran – zu schnell, um das Boot noch für den Aufprall auszurichten.

Das Salzwasser stand Jack bereits bis zu den Schienbeinen. Er versuchte, sich auf die Magie hinter dem Sturm zu konzentrieren. Ein Blitz zuckte über den Himmel, unmittelbar gefolgt von Donner. Wind und Regen begannen, um die beiden Gefährten herumzutanzen. Das Boot wurde mit dem Bug voran in die heranrollende Wellenfront geworfen. Jack wurde nach vorne geschleudert. Das Tau schnitt in seine Schenkel. Plötzlich war er unter Wasser.

Er konnte nichts sehen. Er konnte nicht atmen.

Er wurde mit dem Boot hinuntergezogen. Die See stürzte über ihm zusammen und drohte, ihn zu zermalmen. Dann ertönte ein dumpfes Krachen, und ein stechender Schmerz schoß durch seinen Kopf. Er glaubte zu hören, wie Tawl seinen Namen rief. Dann wurde alles dunkel.

Kapitel Zwanzig

Die Winter in Rorn waren nur wenig kälter als die Sommer; aber aus irgendeinem Grund wirkte die Sonne um diese Jahreszeit heller. Vielleicht verdünnte der Wind die Luft; vielleicht verstärkten Wasserkristalle die Sonnenstrahlen, vielleicht war es auch nur eine optische Täuschung. Gamil wußte es nicht. Doch während er über den Palasthof schritt, um zu einem frühmorgendlichen Treffen zu eilen, nahm er sich vor, es herauszufinden.

Gamil liebte es, Dinge zu wissen. Wissen war sein *Leben.*

Einige Männer behaupteten, Wissen sei Macht – und sie hatten natürlich recht –, aber Wissen war noch viel mehr als das. Wissen konnte einem Mann noch viel mehr verleihen als nur Macht allein. Befriedigung zum Beispiel. Wer empfand nicht jene besondere Mischung aus Selbstgefälligkeit und Triumph, wenn man mit Freunden zu Abend aß, deren schrecklichste Geheimnisse man kannte? Wer empfand keine Schadenfreude, wenn er all die kleinen Schwächen und Eitelkeiten seiner Kollegen kannte – und peinlichst genau aufzeichnete?

Neben Befriedigung verschaffte einem Wissen auch Selbstvertrauen. Es gedieh aus sich selbst heraus, schaffte sich ein Netzwerk aus Einfluß, gegenseitigem Respekt und Angst. Ein Seidenhändler, der illegalerweise Gefallen an kleinen Jungen fand, war nur allzu bereit, die neuesten

Gerüchte aus Isro preiszugeben; Schiffsbauer, die Laderäume zum Sklaventransport bauten, teilten den Profit mit Informationen mit einem kenntnisreichen, aber verschwiegenen Freund. Undurchsichtige Geschäfte, verbotene sexuelle Praktiken und dunkle Vergangenheiten: Das war Gamils Währung.

Oh, natürlich hätte er schon längst ein Vermögen machen können – ein Erpresser hätte sich mit einem derartigen Wissen wahrscheinlich bereits zur Ruhe gesetzt –, aber Gamil war nicht an Geld interessiert. Nur das Wissen selbst zählte für ihn. Warum sollte er sich in Gold bezahlen lassen, wenn er dafür auch Informationen bekommen konnte? Gold mochte ja ein sanftes Ruhekissen sein, aber es war so blutleer wie eine Leiche, während Wissen etwas Lebendiges war.

Auch heute morgen war Gamil hinausgegangen, um eine eben solche Bezahlung einzukassieren. Er war mit einem Mann verabredet, der ihn über die neueste Entwicklung im Norden informieren würde. Unter anderem hoffte Gamil, bei diesem Treffen herauszufinden, ob die berüchtigte Lady Melliandra noch am Leben war. Aber auf jeden Fall mußte das Treffen kurz sein. Gamil wurde in einer Stunde im Palast zurückerwartet – ohne Zweifel, um noch mehr Demütigungen von diesem fetten, faulen Sack zu erdulden, der sich Erzbischof von Rorn schimpfte.

Während er durch das Palasttor schritt, versuchte Gamil, nicht mehr an Tavalisks neueste Vorliebe zu denken, seinen Privatsekretär tote Tiere vom Boden aufkratzen zu lassen. Letzte Woche waren es Schnecken gewesen, gestern Frösche. Was würde sich Seine Eminenz wohl als nächstes ausdenken?

»'tschuldigung, der Herr. Wenn ich vielleicht ein Wort mit Euch wechseln dürfte?«

Entsetzt sprang Gamil einen Schritt zurück. Ein elender Landstreicher hatte ihn doch tatsächlich berührt. Er schaute sich um. Die Palastwachen waren noch immer in Rufweite. Gamil holte tief Luft.

»Das würde ich an Eurer Stelle lieber nicht tun, mein Herr. Ihr wollt doch sicher nicht, daß ich verhaftet und gefoltert werde.« Der Mensch, der zu ihm sprach, war ein Junge von ungefähr zwölf Jahren: dunkle Augen, dunkle Haare und so dünn wie ein Bohnenstange. Er grinste. »Wer weiß, was ich unter Druck so alles sage.«

Gamil erkannte eine Drohung, wenn er sie hörte, und war sie auch noch so verschleiert – Situationen wie diese waren zwar selten, aber dennoch eine unvermeidliche Nebenwirkung extensiven Wissens. Er legte dem Jungen die Hand auf den Rücken und schob ihn die Straße hinunter. Erst als sie außer Sichtweite der Wachen waren, hielt es Gamil für angebracht zu sprechen. »Was soll das alles?« fragte er an den jungen Bettler gewandt.

Der Junge raffte theatralisch seine Tunika. »Ich bin überrascht, daß Ihr mich nicht kennt, mein Freund.«

Gamil ging im Geiste die Liste der Leute durch, mit denen er im Augenblick zu tun hatte. Bei einem zwölfjährigen Jungen läutete nur eine Glocke. »Du bist ein Bekannter des Ritters mit Namen Tawl.«

Der Junge nickte. »Das bin ich. Meine Name ist Schnapper; aber ich nehme an, das wißt Ihr bereits. Immerhin seid Ihr dafür berühmt: alles über andere zu wissen.«

Während der Junge sprach, nutzte Gamil die Gelegenheit, um sich umzuschauen. Außer einem alten Orangenhändler war niemand zu sehen. Das Palastviertel war Borc sei Dank eine ausgesprochen ruhige Gegend. Doch zur Rechten gab es noch eine dunklere Ecke, und Gamil dirigierte seinen neuen Freund in diese Richtung.

»Was willst du von mir?« fragte er.

»Ich will, daß Ihr ein Treffen zwischen mir und dem Erzbischof arrangiert. Ein diskretes, wohlgemerkt. Einfach nur rein und wieder raus.«

Gamil trat einen Schritt von dem zwielichtigen Jungen zurück. Das Kind war offensichtlich wahnsinnig. Ein Treffen mit Tavalisk! Für wen hielt sich der Bengel eigentlich? »Das kommt nicht in Frage. Seine Eminenz gewährt ...« – Gamil schauderte voller Verachtung – »... *Leuten von der Straße* keine Audienz.«

Der Junge ließ sich nicht aus der Ruhe bringen. »Würde er aber, wenn Ihr sie arrangiert.«

»Und warum sollte ich das tun?«

»Weil Ihr sicher nicht wollt, daß der alte Tavalisk herausfindet, daß ihr mit Larn im Bunde seid.«

Gamil rührte sich nicht. Weder errötete er, noch zuckte er mit der Wimper. Die jahrelangen Beleidigungen und Demütigungen des Erzbischofs hatten ihn zu einem Meister der äußerlichen Gelassenheit gemacht. Sein Magen jedoch war etwas vollkommen anderes. Er fühlte sich an, als hätte er plötzlich Flügel bekommen und würde nun munter ums Herz herumflattern. Wissen bescherte einem vielerlei, doch leider gehörte Mut nicht dazu.

Gamil riß sich innerlich zusammen. Zuerst mußte er herausfinden, wieviel der Junge wußte. »Junge, du bist ein elender Lügner, und als solchen kann man dich zur Anzeige bringen.«

»Warum lauft Ihr dann nicht los und holt die Büttel?« erwiderte der Junge. »Ich habe Zeit.« Demonstrativ betrachtete er den Dreck unter seinen Fingernägeln. »Während Ihr fort seid, werde ich die Gelegenheit nutzen und mir noch einmal all die Briefe in Erinnerung rufen, die ihr von Larn erhalten habt.«

Gamils Magen flatterte nicht länger; er setzte zur Landung an. Das war seine größte Angst: Wenn der Erzbischof herausfinden würde, daß er Verbindung zu Larn hatte ...? Tavalisk würde ihn auf der Stelle entlassen und verbannen! Gamil spürte Schweiß auf seiner Stirn. Egal wie sehr er den Erzbischof auch verachten mochte, seine Stellung als Privatsekretär bedeutete ihm alles. Er akzeptierte es, im Palast wie ein Lakai behandelt zu werden, denn in der Stadt war er so etwas wie ein König. Er hatte ein Netzwerk aus Spionen und Informanten unter sich – Männer, die ihn fürchteten und respektierten. Händler boten ihm Rabatt an, und Prostituierte gewährten ihm so manche Gefälligkeit umsonst.

Wissen vermittelte auch ein gewisses Besitzdenken, und genau das empfand Gamil für Rorn: Das war *seine* Stadt. Er wußte mehr über ihre Menschen, ihre Geschichte und ihre Politik als jeder andere lebende Mann. Jeden Tag war er unterwegs, um aus Hunderten von Quellen Informationen zu sammeln. Er hatte es sich *verdient*, die Stadt zu beherrschen. Und nun drohte dieser kleine Bettler ihm das alles zu nehmen.

Und für was? Für Larn! Das war es einfach nicht wert.

Tarissa verspottete ihn. Ihre Stimme war schrill und ihr Lachen grausam.

»Jack!«

Wieder wurde das kalte Zeug über ihn geschüttet. Kalt, salzig und naß floß es über seine Seite und in den Mund. Er würgte. Ein tief verborgener Instinkt zwang ihn zu schlucken, statt zu atmen.

»Jack!«

Das kalte Zeug floß davon und ließ ihn schwerer und kälter zurück. Vage war er sich seines eigenen Unbehagens bewußt. Jack war das egal: Er wußte, daß das Zeug sowieso wiederkommen würde.

Tarissa war über ihm. Kreischend. Er wollte sich von ihr abwenden. Schmerz brannte in seinen Schenkeln. Er konnte seine Beine nicht bewegen. Wieder traf ihn das kalte Zeug. Diesmal höher, zwischen Mund und Augen. Jack wußte, daß er etwas tun mußte, aber er fühlte sich genau dort wohl, wo er lag. Worauf auch immer er liegen mochte, es war wie für ihn gemacht. Es gab nach, um Platz für seinen Ellbogen zu machen, und es hob sich, um seinen Kopf zu stützen. Tatsächlich war es sogar so bequem, daß er schon längst in einen tiefen, dunklen Schlaf gefallen wäre – wäre da nicht Tarissa gewesen.

»Jack!«

Jemand rief seinen Namen. Aber nicht Tarissa. Die Stimme war zu tief. Jack rührte sich nicht. Der Schmerz in seinen Schenkeln war zu einem dumpfen Druck abgeklungen, und so sollte es auch bleiben.

»Oh, mein Gott, Jack!«

Und dann schüttelte ihn jemand, wischte ihm das Haar aus dem Gesicht, schlug ihm auf die Wangen, drehte ihn auf den Bauch und bearbeitete seine Lungen mit den Fäusten.

»Komm schon! Komm schon!«

Wieder wurde er umgedreht. Jemand pumpte auf seiner Brust, reinigte seinen Mund und zog ihn am Arm einen Abhang hinauf.

Tarissa begann im selben Augenblick erneut zu schreien, da der Schmerz wieder einsetzte; Jack wußte nicht, was schlimmer war. Krämpfe durchzuckten seine Beine, während die Frau, die er noch immer liebte, ihn von oben herab auslachte. Das war zuviel. Er öffnete die Augen.

Seemöwen in einem blauen Himmel. Ihre Schreie klangen schrill, beinahe menschlich. Jack war enttäuscht: Es war doch nicht Tarissa gewesen.

»Jack, bist du in Ordnung?« Es war Tawl. Er hielt ein Messer in der Hand und beugte sich über ihn. »Ich werde jetzt erst einmal die Taue durchschneiden.«

Jack hob den Kopf. Er sah das Meer und den Strand. Als er an sich hinunterschaute, entdeckte er, daß seine Schenkel mit dicken Tauen gefesselt waren. Unter ihm lag ein Stück Holz: die Bank des Ruderboots. Tawl schlug auf die Taue ein.

Das Heben des Kopfes löste etwas in Jacks Magen aus, und er drehte sich zur Seite und übergab sich. Wasser, salzig und bitter, bahnte sich einen Weg aus den tiefsten Tiefen seines Bauchs hinauf in den Mund.

»Gut«, sagte Tawl und stützte den Kopf seines Freundes. »Du wirst dich viel besser fühlen, wenn du kein Salzwasser mehr im Körper hast. Versuch mal, deine Beine zu bewegen.«

Jack warf Tawl einen wütenden Blick zu. Der Vorschlag des Ritters gefiel ihm ganz und gar nicht. Angefangen bei den Zehen sandte er eine Warnung an die Nerven in seinen Beinen, dann spannte er die Muskeln in Füßen und

Knöcheln an. Schmerz überwältigte ihn. Ein Brennen schoß seine Beine hinauf. Die Welt verschwamm vor seinen Augen, und ihm wurde übel.

Wieder drehte er den Kopf zur Seite, und wieder kam Wasser tief aus seinem Bauch an die Oberfläche.

Tawl klopfte ihm auf den Rücken. »Gut. Deine Zehen haben sich bewegt.« Er packte Jack unter den Achseln und zog ihn hoch. »Komm schon. Das Gelände hier ist viel zu offen. Wir müssen uns Deckung suchen.«

Sich zu bewegen war definitiv das Letzte, was Jack jetzt wollte. Er fühlte sich hundeelend.

Tawl legte die Hände um Jacks Hüfte. »Dann werde ich dich halt tragen.«

Jack stieß ihn beiseite. »Nein. Ich werde selbst laufen.« Hundeelend hin oder her, niemand würde ihn wie ein Baby tragen.

Doch letztendlich mußte sich Jack zumindest auf Tawl stützen, ob er wollte oder nicht. Seine Beine drohten bei jedem Schritt nachzugeben; er zitterte von Kopf bis Fuß und hatte Mühe, aufrecht zu gehen. Wäre er auf sich allein gestellt gewesen, wäre er einfach kopfüber in den Sand gefallen. Und so stolperten sie gemeinsam den Strand hinauf und die Bucht entlang, bis sie eine Stelle gefunden hatten, wo die Felsen lange Schatten gen Osten warfen.

Sie setzten sich in den feuchten Sand. Die Felsen um sie herum waren grün, braun und weiß gefleckt. Wasser sickerte durch Felsspalten, und mineralische Ablagerungen glitzerten im Licht. Krabben huschten vorbei auf der Suche nach einem Versteck, und seltsam aussehende Insekten mit kurzen Beinen und flachen Körpern gruben sich in den Sand. Das Tosen der Brandung hallte von den Felsen wider und übertönte sogar das Schreien der Möwen.

Jacks Gehirn brauchte länger, um wieder zu funktionieren, als sein Körper. Er konnte sich an den Sturm erinnern und wie er inmitten der tosenden Wellen in einem Ruderboot gesessen hatte, aber danach – nichts. »Was ist passiert?«

Tawl zuckte die Schultern. Er hatte sich gegen einen der

Felsen gelehnt. »Ein paar verdammt große Wellen haben das Boot getroffen. Es wurde unter Wasser gedrückt und ist schließlich auseinandergebrochen. Wir sind zusammen mit den Trümmern abgetrieben worden.«

Jack erinnerte sich an das Tau um seine Schenkel. Er schauderte. »Hast du uns deshalb ans Boot gebunden? Damit wir mit den Trümmern an Land treiben konnten?«

»Ich weiß, daß das Risiko groß war. Wir hätten ohne weiteres kentern können; aber du hast den Sturm ja selbst gesehen, Jack. Er war fest entschlossen, das Boot in Stücke zu hauen. Ich mußte etwas tun – also habe ich darauf gehofft, daß das Boot auseinanderbricht, bevor es kentert.«

»Und daß wir mit dem Treibgut wieder an die Oberfläche getragen werden«, ergänzte Jack.

Tawl nickte. »Ich glaube schon. Eigentlich habe ich aber nicht groß darüber nachgedacht.« Er sah müde aus. Zum ersten Mal bemerkte Jack, in was für einem schlechten Zustand sich sein Freund befand. Sein Gesicht war mit blauen Flecken übersät und geschwollen. Auf seiner Stirn war eine große Platzwunde zu sehen und eine kleinere über seinen Lippen. Seine Hose war an Knien und Oberschenkeln zerrissen, und seine Tunika hing in Fetzen. Schürfwunden waren durch die Risse hindurch zu erkennen.

Als er Jacks mitleidigen Blick bemerkte, lächelte Tawl. »Du solltest dich lieber mal selbst anschauen.«

»Das werde ich mit Sicherheit nicht tun«, erwiderte Jack. »Letzten Frühling habe ich ein paar Wochen in einem Halcus-Gefängnis zugebracht. Ich war von ein paar Hunden geradezu zerfleischt worden, und dementsprechend sah ich auch aus. Damals habe ich die hohe Kunst gelernt, meinen Körper *nicht* anzuschauen.«

Tawl hob einen blutigen Arm ins Licht. »Das mußt du mir irgendwann mal beibringen.«

Die beiden Männer lachten. Der Scherz war nicht sonderlich lustig gewesen, aber das Lachen war mehr als nur ein Ausdruck der Fröhlichkeit: Jack und Tawl feierten damit ihr Überleben.

Nach einer Weile erstarb das Lachen. Seltsamerweise fühlte sich Jack nun enger mit Tawl verbunden. Die ganze Reise über hatte er den Ritter immer für unfehlbar gehalten; er wußte alles über Pferde, Waffen und Medizin, was es zu wissen gab. Er wußte so viel, daß es manchmal unheimlich war. Doch nun, da er zugegeben hatte, sie mehr aus Verzweiflung denn aus seemännischer Kenntnis ans Boot gebunden zu haben, war er irgendwie … *menschlicher* geworden.

»Die *Fischgeruch* hat letzte Nacht ziemliches Glück gehabt«, bemerkte Tawl.

»Warum?« Jack suchte inmitten des feuchten Sands und der Kiesel nach einem geeigneten Ort, um sich hinzulegen.

»Weil wir näher an Larn waren, als wir vermutet haben. Die Insel ist von Sandbänken und Klippen umgeben, und wenn man die Richtung bedenkt, in die uns der Sturm geweht hat, dann ist es ein Wunder, daß das Schiff nicht auf Grund gelaufen ist.«

»Wir sind rechtzeitig von Bord gegangen«, erwiderte Jack geistesabwesend; seine Gedanken waren bereits woanders. Sie hatten ihr Ziel also erreicht: Sie waren auf Larn. Das war eigentlich gar keine so große Überraschung. Wo sollten sie auch sonst sein? Jack hatte sich bis jetzt einfach noch keine Gedanken über seine Umgebung gemacht. Da war der Strand, ein paar Felsen und das Meer. Mehr hatte für ihn bisher nicht existiert.

Plötzlich war alles anders. Die Luft war kälter, das Licht greller, und der feuchte Sand zwischen seinen Fingern verwandelte sich in Schlamm. »Glaubst du, sie wissen, daß wir hier sind?«

Tawl blickte Jack fragend an. »Glaubst du?«

»Ich habe keinen siebten Sinn, Tawl.« Aus irgendeinem Grund war Jack verärgert. »Letzte Nacht habe ich gewußt, daß es sich um Zauberei gehandelt hat, weil ich sie gerochen habe; ich konnte sie *schmecken* – aber ich bin kein Wahrsager mit einer Kristallkugel.«

»Tut mir leid, Jack. Ich kenne mich in solchen Dingen halt nicht aus.«

»Ich auch nicht.« Jack betrachtete Tawl einen Augenblick lang. Beide brauchten sie Ruhe. »Hast du irgendwas aus dem Boot bergen können?« fragte er, um das Thema zu wechseln.

»Nein. Wir haben all unsere Vorräte verloren. Mein Messer ist das einzige, was wir noch haben.«

»Und was machen wir jetzt?«

Tawl beugte sich vor. »Wir müssen davon ausgehen, daß sie noch nicht wissen, daß wir hier sind. Wenn sie für den Sturm letzte Nacht verantwortlich waren, dann halten sie uns vermutlich für tot. Am besten verhalten wir uns bis Mitternacht so unauffällig wie möglich, um sie dann zu überraschen. Jetzt schlafen wir erst einmal eine Weile, und wenn es dunkel ist, machen wir uns auf den Weg die Klippen hinauf.«

Jack nickte. Er war überrascht, wie ruhig er nach außen hin wirkte, obwohl in seinem Magen ein schwerer Fels aus Furcht lag. Erst allmählich begann er zu verstehen, daß Larn, die Prophezeiung und die Suche keine Gute-Nacht-Geschichten waren. Sie waren real.

Schnapper erlebte ein starkes Déjà-vu, während er durch die Gänge des Palastes zu seiner Audienz beim Erzbischof schritt. Gamil ging voran. Er gab ein schnelles Tempo vor und verhielt sich wie ein nervöser Bluthund. Doch egal wie schnell er auch gehen mochte, Schnapper hatte immer noch genug Zeit, um seine Umgebung zu erfassen. Und aus eben diesem Grunde kamen ihm die Dinge im Palast seltsam … *vertraut* vor.

Goldene Urnen, Marmorstatuen, Gemälde, Wandteppiche, mit Juwelen besetzte Reliquien – Schnapper hatte das merkwürdige Gefühl, das alles schon einmal gesehen zu haben.

Verstohlen griff er nach einer goldenen Urne, die in einer Nische in der Wand stand. Das Material war nicht so warm wie Gold. Schnapper griff in seine Tunika und holte die Stopfnadel hervor. *»Ratten!«* schrie er so laut er konnte.

Während Gamil vor Schreck in die Luft sprang, kratzte Schnapper mit der Nadel über die Urne. Wie er gedacht hatte: Unter einer dünnen Goldschicht verbarg sich unedles Metall.

»Es gibt hier keine Ratten.« Gamil schlug Schnapper aufs Ohr. »Was führst du im Schilde?«

Schnapper ließ die Nadel in seinem Ärmel verschwinden. »Ich hätte schwören können, ich hätte welche gesehen, mein Freund. So richtig große, dicke, fette … und gleich zwei auf einmal.«

Gamil schnalzte wütend mit der Zunge, packte Schnapper am Kragen und zog ihn hinter sich her. »Wenn du solchen Unsinn in Gegenwart Seiner Eminenz von dir gibst, wirst du den Palast ohne Zunge verlassen.«

Schnapper gab sein Bestes, um so reumütig wie möglich zu wirken. Sie gingen durch eine hohe Galerie, eine kleine Treppe hinunter und in einen Korridor mit Wänden aus Marmor. Am Ende des Korridors befand sich eine große Doppeltür. Schnapper, der sich alle erdenkliche Mühe gegeben hatte, sich so elegant wie möglich auszustaffieren, richtete seine Tunika und versuchte, den Kloß in seinem Hals hinunterzuschlucken.

Gamil hob die Hand, um an die Tür zu klopfen. Schnapper hielt ihn zurück.

»Nur eine Frage noch, bevor wir hineingehen, mein Freund«, sagte er.

Gamil war ganz und gar nicht erfreut über die Verzögerung. »*Was?*«

»Die Schätze hier im Palast. All die Urnen, Statuen und das ganze andere Zeug. Sie sind doch echt, oder?«

»Natürlich sind sie echt. Es handelt sich um Tribute, die sich über Jahrhunderte hinweg angesammelt haben. Sie sind unbezahlbar. Nur die Schätze Seiner Heiligkeit in Silbur übertreffen die heiligen Schätze von Rorn an Wert und Pracht.«

»Hmmm. Sehr interessant. Ihr könnt jetzt klopfen.«

Gamil warf Schnapper einen vernichtenden Blick zu und klopfte, äußerst gefühlvoll, an die Tür des Erzbischofs.

»Herein!« erscholl ein gedämpfter Ruf.

Sie betraten ein prächtiges, goldenes Gemach. Das Licht fiel durch hohe, mit Glasmalereien verzierte Bogenfenster herein, und die Teppiche und der Marmorboden waren mindestens zwei Zehenbreit dick.

»Euer Eminenz, dies ist der junge Mann, über den ich mit Euch gesprochen habe. Ich habe ihm drei Minuten Eurer kostbaren Zeit versprochen.«

Schnapper trat vor. Wie jeder in Rorn, so kannte auch er den Erzbischof vom Sehen her – schließlich nahm der Mann an jeder auch noch so unbedeutenden Parade teil. Er war in feinste gelbe und cremefarbene Seide gekleidet, die jedesmal raschelte, wenn er sich bewegte.

»In der Tat eine sehr ungewöhnliche Situation, Gamil«, sagte der Erzbischof. »Und überdies wollte ich mich gerade meinen Lemmingen widmen.«

»Es tut mir außerordentlich leid, Euer Eminenz. Wenn Ihr es vorzieht, werde ich …«

Der Erzbischof winkte ab. »Nein, nein. Ich werde den Jungen sofort empfangen.« Und an Schnapper gewandt: »Wie war noch mal dein Name, Junge? Schnupper?«

»Schnapper.«

»Sehr hübsch. Du kannst jetzt gehen, Gamil.«

»Aber, Euer Eminenz …«

»Du sollst gehen, Gamil. Ich bin sicher, unser junger Freund Schnipper zieht es vor, von Mann zu Mann mit mir zu reden.« Er lächelte Schnapper wohlwollend zu.

Gamil packte Schnappers Schulter und flüsterte dem Jungen unauffällig zu: »Ein Wort über Larn, und du verlierst deine Zunge.«

»Alles klar, Gamil«, zischte Schnapper ebenso unauffällig zurück.

Gamil krallte ihm ein letztes Mal die Finger in die Schulter, dann verließ er widerwillig den Raum.

Der Erzbischof bedeutete Schnapper näherzukommen. »Komm zu mir, mein junger Schnipper. Was hältst du von Lemmingen?«

»Nie davon gehört. Und ich heiße Schnapper.«

»Gut. Willst du einen?« Der Erzbischof schwenkte ein kleines gebratenes Tier auf einem Spieß, das auffällig an ein Eichhörnchen erinnerte. »Ich lasse sie mir immer frisch aus der Tundra kommen. Jenseits des großen Nordgebirges, weißt du?«

»Leider muß ich Euer Angebot ablehnen ... obwohl sie natürlich sehr verführerisch aussehen, Euer Eminenz.«

Der Erzbischof seufzte. »Dann bleiben halt mehr für mich übrig.« Anmutig biß er in eins der ›Eichhörnchen‹. »Während ich esse, kannst du mir vielleicht verraten, wie du meinen Privatsekretär dazu gezwungen hast, dieses Treffen zu arrangieren. Ich kann mich nicht daran erinnern, daß Gamil mir jemals einen Straßenjungen zugeführt hätte. Du erpreßt ihn doch nicht zufällig, oder?«

Der fette Mann war nicht so dumm, wie er aussah. Schnapper mußte seine Meinung über ihn ändern. Um sich Zeit zum Nachdenken zu verschaffen, schaute er sich in dem Gemach um. Alles, was funkelte, war definitiv kein Gold. Schnapper lächelte. Mit neu gewonnenem Selbstvertrauen beschloß er, seinen Plan zu ändern. »Falls ich Gamil wirklich erpressen *sollte*, Euer Eminenz, dann könnte ich Euch unmöglich sagen wie.«

Inzwischen hielt der Erzbischof einen silbernen Pokal in der Hand. »Junge, wenn ich wollte, könnte ich die Antwort innerhalb einer Stunde aus dir herausquetschen lassen. Meine Foltermeister haben nicht ihresgleichen in der bekannten Welt. Und jetzt sei bitte so freundlich, und sag mir, was du gegen Gamil in der Hand hast.«

»Das kann ich leider nicht tun, Euer Eminenz. Wenn ich erst einmal ein Geschäft abgeschlossen habe, dann sind meine Lippen versiegelt.« Schnapper war in den Palast gekommen mit der Absicht, den Erzbischof dahingehend zu bluffen, daß er tat, was er verlangte. Er wußte, daß der Erzbischof ein Lagerhaus besaß, das bis unter die Decke mit Schätzen vollgestopft war, und er hatte beabsichtigt, Tavalisk zu drohen, seine Schatzhöhle niederzubrennen, sollte er nicht die Finger von dem Ritter lassen. Schnapper hatte sich sogar einen Komplizen ausgedacht, der just in diesem Augenblick vor dem Lagerhaus wartete, die Fackel in der Hand und bereit zuzuschlagen, falls er innerhalb einer Stunde nichts von seinem Gefährten hörte.

Zwar war Schnapper mit diesem Plan nicht sonderlich glücklich gewesen, doch in der kurzen Zeit war ihm nichts Besseres eingefallen. Und wie Mauersegler stets zu sagen pflegte: *›Wenn alle Stricke reißen, versuch sie zu bluffen.‹* Aber jetzt sah alles anders aus. Schnapper würde fast vollständig aufs Bluffen verzichten können.

»Junge, hast du verstanden, daß ich dich foltern lassen werde, wenn du nicht auf der Stelle redest?«

»Habt Ihr verstanden, daß die Fähigkeit zu schweigen das größte Kapital eines Erpressers ist?« Schnapper grinste. Er nahm sich die Freiheit, zum Schreibtisch des Erzbischofs zu gehen und mit der Hand über einige der darauf stehenden Kostbarkeiten zu streichen: mit Gold und Silber beschlagene Kästchen, Pokale, mit Juwelen besetzte Kerzenständer und Weihrauchgefäße. Er wählte eine besonders hübsch aussehende Goldstatuette: Borcs heilige Mutter, wenn er sich nicht irrte. Schnapper hob sie hoch und drehte sie ins Licht. »Wirklich nicht schlecht für eine Fälschung.«

Vier Spieße mit Lemmingen polterten zu Boden. Ein leises Zischen entkam dem Mund des Erzbischofs. Seine Finger tasteten nach dem großen Rubin an seiner Hand. Schnapper kannte sich mit Rubinen aus: Dieser hier war ein wenig *zu* rot, um echt zu sein.

»Wie ich sehe, ist das auch eine sehr gute Kopie«, sagte er und deutete auf den Ring. »Natürlich würde das niemandem auffallen – es sei denn, man weiß, wonach man suchen muß. Glaubt mir, auch ich hätte nicht erkannt, daß das alles hier Fälschungen sind, wenn ich die Originale nicht mit eigenen Augen gesehen hätte.«

Der Erzbischof schien nicht so recht zu wissen, was er darauf erwidern sollte; also fuhr Schnapper fort: »Ihr und ich, wir wissen beide, wo sich die heiligen Schätze von

Rorn befinden, und sie sind nicht in diesem Palast, soviel ist sicher. Sie sind in einem kleinen Haus nicht weit von der Maulbeer-Straße. Echt hübsches Haus und bis unter die Decke vollgestopft mit allem möglichen Zeug.« Schnapper wußte, daß er die Wahrheit gesagt hatte. Vor drei Jahren war er in diesem Haus gewesen, um für Mauersegler herauszufinden, ob sich ein Einbruch lohnte. Natürlich hatten sie alles abgeblasen, als sie erfahren hatten, daß das Haus dem Erzbischof gehörte; doch die Erinnerung an die Schätze war noch sehr lebendig, und im selben Augenblick, da Schnapper den Palast betreten hatte, waren sie wieder zurückgekehrt: die goldenen Engel, die emaillierten Truhen, die mit Juwelen besetzten Kästchen, die unzähligen Gemälde von Borc und seinen Schülern. Der alte Tavalisk hatte sich alles unter den Nagel gerissen.

»Junge, du bist nicht ganz bei Sinnen. Ich werde nach den Wachen läuten.« Der Erzbischof streckte die Hand nach der Klingelschnur aus.

»Foltert mich, tötet mich, und die Neuigkeit wird sich trotzdem verbreiten.« Schnapper gewann sein altes Selbstvertrauen wieder zurück. Jetzt war die Zeit reif für einen inspirierten Bluff. »Ihr glaubt doch nicht etwa, daß ich mich in die Höhle des Löwen wagen würde, ohne draußen jemanden zu haben.«

Der Erzbischof schlug mit der flachen Hand auf den Tisch. »Gibt es etwa noch andere, die von dieser abscheulichen Lüge wissen?«

»Nur ich und ein guter Freund; aber darüber müßt Ihr Euch keine Sorgen machen, Euer Eminenz. Wir sind die diskretesten Leute von ganz Rorn.«

»Was willst du?«

»Zunächst einmal will ich, daß Ihr den Ritter in Ruhe laßt. Wenn er nach Rorn zurückkehrt, laßt Ihr ihn vom Schiff und aus der Stadt – und zwar sofort.«

»Und?«

»Ich glaube, Ihr haltet eine Freundin des Ritters gefangen: eine Dame mit Namen Megan. Ich möchte, daß sie freigelassen wird. Heute noch. Sofort. Sie kann dann mit mir gehen.« Schnapper hatte zwar nicht die leiseste Ahnung, wer diese Megan war, aber sie war offensichtlich wichtig genug, daß der Alte Mann sie erwähnt hatte. Außerdem war sie eine Freundin von Tawl, und Tawls Freundin war auch Schnappers Freundin.

Während des Gesprächs hatte der Erzbischof immer wieder die Gesichtsfarbe gewechselt. Im Augenblick sah er äußerst ungesund aus: ein Farbton, der stark an Eiter erinnerte. Er zog an der Klingelschnur. »Junge, eins will ich dir nun ganz deutlich sagen: Wessen du mich beschuldigst, ist schlicht und ergreifend erstunken und erlogen. Leider kann es sich ein Mann in meiner Position nicht leisten, daß sein Ruf durch eine derart unverschämte Lüge beschädigt wird. Und das – und *nur* das – ist der Grund dafür, warum ich deinen Bitten nachkomme.«

Schnapper hielt eine Verbeugung für angebracht. »Selbstverständlich, Euer Eminenz.«

Der Erzbischof schenkte sich einen Becher Wein ein. »Es ist wohl überflüssig zu sagen, daß ich nicht ruhen werde, bis du und der Ritter in den Straßen von Rorn verrotten, sollte auch nur die leiseste Andeutung dieses häßlichen Gerüchts an die Öffentlichkeit gelangen. Ist das klar?«

Schnapper schauderte. Er konnte nicht anders. Der Erzbischof drohte ihm auf solch eine beiläufige Art, daß kein Zweifel daran bestand, wie ernst er es meinte. Mauersegler hatte recht daran getan, sich nicht mit ihm anzulegen.

Ein Klopfen ertönte an der Tür, und Gamil kam herein.

»Aaah, Gamil. Unser junger Freund hier wird uns jetzt verlassen. Bitte sorge dafür, daß die Prostituierte Megan ihn begleitet.«

»Aber ...«

»Tu, was ich dir sage, Gamil.« Der Erzbischof winkte Schnapper zum Abschied beinahe freundlich zu. »Erinnere dich daran, was ich dir gesagt habe, Schnapper. Nicht die leiseste Andeutung.«

Kapitel Einundzwanzig

»Komm schon, Jack«, sagte Tawl. »Warum bleibst du stehen?«

Ein blasses Band dunstgefilterten Mondlichts fiel auf Jacks Gesicht. »Tawl, ich kann es fühlen. Ich kann den Fels fühlen …« Er schüttelte den Kopf. »Er pocht. Wie ein Herz.«

Tawl hörte Furcht in Jacks Stimme. Furcht und noch etwas anderes: Staunen vielleicht. Vorsichtig berührte er Jacks Arm. »Laß uns weitergehen.«

Sie hatten gerade erst den Tunnel gefunden, der die Klippen hinaufführte. Mehr als zwei Stunden waren sie am Strand entlang gelaufen und hatten nach einem Weg gesucht, um nach oben zu kommen. Die Klippen waren jedoch zu steil, und überdies hatte der Nebel sie schlüpfrig gemacht.

Noch vor Sonnenuntergang war der Nebel über dem Meer aufgetaucht. Tawl war an Nebel gewöhnt, denn er war in den Sümpfen aufgewachsen, doch so etwas wie das hier hatte er noch nie gesehen. Dieser Nebel hatte sich nicht nach und nach gebildet, keine tief hängenden Wolken, kein allmähliches Ansteigen der Luftfeuchtigkeit. Er war einfach über das Meer herangerollt, so fest und so real wie die Wellen, die er überquert hatte. Der Nebel verfolgte eine Absicht. Er begleitete die Nacht nicht; er *machte* sie.

Und nun da die beiden Gefährten einen Tunnel hinaufkletterten, der durch massiven Fels getrieben worden war, folgte ihnen der Nebel. Tawl war niemand, der zur Phantasie neigte, dennoch war er sicher, daß vor ihnen kein Nebel war, nur hinter ihnen. Er und Jack führten den Nebel die Klippen hinauf.

Im Tunnel war es bitterkalt. Der Felsen unter ihren Füßen war feucht und rutschig. Wasser floß durch Vertiefungen und breitete sich aus, wenn der Boden eben wurde. Jeder Schritt mußte sorgfältig bedacht werden. Über den Köpfen der Gefährten veränderte sich der Fels ständig. Manchmal war die Decke so niedrig, daß sie sich bücken mußten, und manchmal so hoch, daß sie das Echo ihrer eigenen Schritte hören konnten, und von Zeit zu Zeit zeigte sich sogar ein Riß, durch den das Sternenlicht hereinfiel.

Die Dunkelheit des Tunnels besaß eine ganz eigene Qualität. Zunächst vermochte Tawl nicht zu erkennen, warum diese Dunkelheit anders war; doch während sie ihren Weg nach oben fortsetzten, entdeckte er schließlich den Grund für den Unterschied. Der größte Teil der Tunnelwand war entweder feucht, manchmal tropfte es sogar von ihr herunter; aber anstatt gelegentlich das Licht des meist abwesenden Mondes zu reflektieren, *glühte* das Wasser im Tunnel. Es besaß eine schwache Phosphoreszenz – nicht stark genug, um die Dunkelheit zu vertreiben, doch ausreichend, um ihre Natur zu verändern.

Tawl zitterte. Er brauchte etwas zu trinken. Er war durstig, hungrig, und sein Körper schmerzte an hundert verschiedenen Stellen. Als er sich nach Jack umschaute, sah er ein Spiegelbild seiner eigenen Gefühle: Furcht, Besorgnis, den starken Wunsch, das alles hinter sich zu bringen.

Sie gingen nun schon eine ganze Weile bergauf, und Tawl war sicher, daß der Tunnel bald enden würde. Bisher war alles gut verlaufen: Sie hatten niemanden gesehen, was wahrscheinlich bedeutete, daß die Priester nichts von ihrer Anwesenheit wußten; aber vielleicht lagen sie auch in ihrem Tempel auf der Lauer wie Spinnen in ihrem Netz – das war unmöglich zu sagen. Tawl konnte sich nicht erinnern, daß bei seinem letzten Besuch irgendeiner der Vermummten bewaffnet gewesen war. Auf jeden Fall gab es hier keine Soldaten, soviel war sicher, aber ob die Priester dazu ausgebildet waren, den Tempel zu verteidigen … Tawl zuckte die Schultern. Ausgebildet oder nicht, sie würden ihn auf jeden Fall bis zum letzten Blutstropfen verteidigen.

Plötzlich wehte ihm eine kalte Brise ins Gesicht. Die Luft war frisch und frei von Nebel. Vor ihnen schimmerte Licht. Tawl ließ sich zu Boden fallen. »Runter«, zischte er Jack zu. Sie hatten das Ende des Tunnels schon fast erreicht, und von nun an mußten sie so vorsichtig wie möglich vorgehen.

Flach auf dem Bauch liegend zogen sie sich vorwärts, indem sie sich an Vorsprüngen in der Felswand festhielten. Der Nebel war nicht länger hinter ihnen; er war über ihnen wie Rauch über einem Feuer. Das Gefühl des feuchten Felsens unter ihnen und des klammen Nebels über ihren Köpfen war derart unangenehm, daß sich ein Grinsen auf Tawls Lippen stahl. Er fühlte sich an seine Jugend erinnert, als er jeden Morgen im Nebel an seinem Angelplatz gesessen und auf den ersten Biß des Tages gewartet hatte. Seltsam, aber diese Erinnerung verlieh ihm Kraft – er war nie ohne Fang nach Hause gekommen.

Unvermittelt endete der Tunnel. Tawl hatte sich bereits so sehr an die Dunkelheit gewöhnt, daß ihm die mondbeschienene Nacht unmöglich hell erschien. Es war überwältigend. Tawl fühlte sich ungeschützt, verwundbar, als hätte sich plötzlich ein Dutzend Laternen auf ihn gerichtet. Hier oben waren von dem Nebel nur noch ein paar Wirbel übriggeblieben, die aus dem Tunnel krochen. Als er sich nach links umdrehte, sah Tawl die lange rechteckige Form des Tempels. Sein Mund war ausgetrocknet. Der Tempel war genau, wie er ihn in Erinnerung hatte: einfach gebaut und bedrückend – allein die Form zeugte von der Macht, die sich hier über Jahrhunderte hinweg erhalten hatte. Tawl hatte den Tempel immer wieder in seinen Träumen gesehen: Das war der Ort, der ihn beinahe zerstört hätte.

Jack kroch neben ihn. »Ich habe das Gefühl, als sei ich schon einmal hier gewesen«, flüsterte er. Seine Stimme klang angespannt.

Tawl konnte Jacks Nervosität geradezu spüren. Er wünschte, er wüßte, was er darauf hätte erwidern sollen. Jack brauchte eine Ermutigung, doch Tawl konnte sie ihm nicht geben. »Es ist dunkel im Tempel. Das ist ein gutes Zeichen«, war alles, was ihm einfiel.

Jack nickte, als hätte er die gute Absicht verstanden, die sich hinter den Worten verbarg. »Und was machen wir jetzt?«

Der Wind blies unmittelbar über den Boden, brach sich an den Körpern der Gefährten und kräuselte das Gras. Hier oben war es wärmer als unten am Strand. Tawl schaute in den Himmel. Der Mond war im Westen. »Es ist schon nach Mitternacht. Ich sage: Wir gehen rein.« Ursprünglich hatte er geplant, noch länger zu warten, doch seit er erfahren hatte, daß Baralis Melli gefangen genommen hatte, war jede Art von Warten für ihn unerträglich geworden. Alles mußte so schnell wie möglich erledigt werden. Nur der Wunsch, rasch wieder zurückzukehren, trieb ihn weiter voran. Er mußte zurück nach Bren, zu Melli, und jede Stunde länger als nötig war eine Ewigkeit zuviel.

Er zog das Messer aus dem Gürtel und bot es Jack an. »Hier. Nimm das.«

Jack schüttelte den Kopf. Er klopfte sich auf die Tunika, und zum ersten Mal bemerkte Tawl, daß sein Gefährte recht unförmig aussah. »Steine«, erklärte Jack. »Mit einem Bogen bin ich ja vielleicht eine Niete, aber mit einem Stein habe ich bisher noch jedes Ziel getroffen.«

Tawl lächelte. Wieder wollte er etwas sagen, und wieder fehlten ihm die Worte. »Gut gedacht«, sagte er schließlich, obwohl er eigentlich meinte: *Sollte hier heute nacht das Schlimmste geschehen, dann verspreche ich dir, werden wir gemeinsam kämpfend untergehen.*

»Na, dann komm«, sagte Jack und richtete sich auf alle viere auf. »Wollen wir doch mal sehen, ob wir es bis zum Tempel schaffen, solange der Mond noch hinter den Wolken ist.«

Tawl eilte ihm hinterher.

Atemlos, mit schmerzendem Rücken und Beinen erreichten sie wenige Minuten später den Tempel. Der Nebel hatte sie inzwischen im Stich gelassen, doch noch immer wehte ein kräftiger Wind über das Plateau, der jeden ihrer Schritte dämpfte, als sei er ihr dritter Komplize.

Beim Rennen mußte Jack seine Tunika festhalten, damit die Steine nicht herausfielen.

Schließlich standen sie am Fuß der Eingangstreppe des Tempels. Niemand war zu sehen. Kein Licht drang aus dem Inneren, und der Wind war das einzige Geräusch weit und breit.

Jack verspürte das Bedürfnis, sich zu setzen. Die Muskeln in seinen Schenkeln hatten sich noch nicht davon erholt, ans Boot gefesselt gewesen zu sein, und nun schrien sie förmlich nach einer Pause. Aber Jack ignorierte sie. Er wollte vor Tawl nicht als Schwächling erscheinen. Als Jack sich erschöpft gegen die Stufen lehnte, bemerkte er, daß der Stein nicht ganz so kühl war, wie er hätte sein sollen. Granit sollte sich kalt anfühlen, nicht lauwarm.

Auf der Insel war alles unnatürlich: das Wasser, der Nebel, der Fels. All die kleinen Unterschiede spielten auf Jacks Nerven wie auf einer Leier, nur daß die Saiten verstimmt waren. Vage war er sich bewußt, das dieser Ort ihn auch körperlich beeinflußte: Um sein Herz herum zogen sich die Muskeln zusammen, so daß sich die Haut auf seinem Gesicht spannte und er flach und schnell atmete. Zunächst hatte Jack dieses Gefühl als Nachwirkung des Schiffbruchs abgetan; nun dachte er einfach nicht mehr daran.

Nur eines konnte er nicht ignorieren: den *Rhythmus* des Ortes. Er war in allem: in den Wellen, die gegen das Ufer brandeten, im Wasser, das von den Felsen tropfte, in den Felsen selbst und sogar im Wind. Alles folgte diesem Takt. Während sie durch den Tunnel hinaufgeklettert waren, war das Gefühl immer stärker geworden, und nun, unmittelbar neben dem Tempel, überlagerte es alles. Zuerst hatte Jacks Herz sich bemüht, der Verlockung des Rhythmus' zu widerstehen, doch jetzt versuchte es, in dem fremden Takt zu schlagen.

Plötzlich empfand Jack Angst. Er sagte: »Laß uns versuchen, hineinzugelangen.« Der Klang seiner eigenen Stimme hätte ihn trösten sollen, aber auch seine Worte hatten den Rhythmus von Larn angenommen.

Die Stufen waren niedrig. Ausgetreten in Jahrhunderten umschlossen sie Jacks Füße, als seien sie extra für ihn gemacht worden. Einen Augenblick lang schien es, als hieße ihn der Ort willkommen. Entschlossen vertrieb Jack diesen Gedanken, und unwillkürlich trat er von nun an nicht mehr in die Aushöhlungen, sondern auf deren Kanten.

Tawl hatte sein Messer gezogen. Er hielt die im Mondschein schimmernde Klinge vor der Brust, die Spitze nach unten gerichtet.

Vor ihnen erhob sich die Tür des Tempels. Sie war aus Eichenholz, alt, dunkel und verwittert. Jack war sicher, daß man sie hierhergebracht haben mußte, denn auf der Insel gab es nicht einen einzigen Baum. Er drückte gegen einen der Flügel – zunächst leicht, dann kräftiger –, doch nichts rührte sich. »Sie muß von innen verriegelt sein.« Frustriert holte er aus, um mit der Faust gegen dir Tür zu hämmern.

Tawl packte Jacks Arm, bevor er zuschlagen konnte. »Wir werden schon einen anderen Weg hinein finden.«

Mit gesenkten Köpfen und stets darauf bedacht, in den Schatten zu bleiben, schlichen sie um den Tempel herum. Beide empfanden das gleiche Drängen, und mit jedem Schritt wurden sie weniger vorsichtig, aber dafür schneller. Der Tempel bestand aus einem einzigen, riesigen Granitblock. Er war uralt. Es gab weder Verzierungen noch Säulen – nichts, was das Auge hätte erfreuen können. Über den Köpfen der Gefährten war eine Reihe vergitterter Lüftungsschächte zu sehen. Jack verschwendete nicht einen Gedanken an sie; man hätte sie sowieso nur vom Dach aus erreichen können.

Zur Rückseite hin wurde der Tempel breiter. Granitplatten ragten aus der Wand und zerstörten so den harmonischen Gesamteindruck des ansonsten vollkommen glatten Gebäudes. Die Platten waren sauberer, die Kanten schärfer herausgearbeitet – offenbar waren sie wesentlich jünger als der Rest des Tempels. Kurz bevor sie die Nebengebäude erreichten, stieg Jack der Rauch von Herdfeuern in die Nase. Er schaute zu Tawl, der ihm zunickte. Rauch bedeutete Menschen.

Als sie die äußerste Ecke des Tempels erreichten, warfen sie einen ersten vorsichtigen Blick auf die Rückseite. Schuppen und andere ähnlich einfache Anbauten scharten sich um den Tempel – alte, wackelige Hütten, deren Form verdächtig an Schiffe erinnerte.

»So wie die aussehen, haben sie die aus Wrackteilen gebaut« flüsterte Tawl. »Wahrscheinlich sind es Lagerschuppen oder Unterkünfte für die Dienerschaft.«

»Dann muß es hier auch einen Weg hinein geben.« Jack suchte das Gelände ab. Er sah Feuerschein und dann eine Gestalt neben dem Feuer, die sich ständig vor und zurück bewegte. Sie schaukelte. Irgend jemand saß in einem Schaukelstuhl und schaukelte im Rhythmus der Insel. Jack lief ein Schauer über den Rücken. Es war eine alte Frau.

Sie saß mit dem Gesicht zum Tempel und schaukelte mit blindem Eifer in seine Richtung. Vor ihr befand sich in gerader Linie ein dunkles Rechteck in der Tempelwand, das nur eine Tür sein konnte.

Jack wußte, daß die Tür offen war – noch nie zuvor in seinem Leben war er sich einer Sache so sicher gewesen. Die alte Frau zeigte ihnen den Weg.

Er tippte Tawl auf die Schulter. »Im Augenblick sind wir in Sicherheit. Laß uns gehen.« Jack kannte den Ritter inzwischen gut genug, um zu wissen, daß Tawl seine Bemerkung nicht hinterfragen würde – und er hatte recht. Tawl nickte kurz, dann folgte er seinem Gefährten.

Falls die alte Frau sie sah, dann zeigte sie es zumindest nicht; sie schaukelte immer nur vor und zurück, vor und zurück.

Die Tür schwang im selben Augenblick auf, da Jack sie berührte. Kühle, abgestandene Luft schlug ihm entgegen – und er betrat den Tempel von Larn.

Hier war der Rhythmus noch stärker, zwingender, wie ein pulsierendes Herz. Jack fühlte ihn überall, bedrückend und doch seltsam vertraut. Sein eigenes Herz schlug nun schon beinahe im Takt.

Sie standen in einem matt beleuchteten, niedrigen Raum. Nackte Steinwände, nackter Steinboden und mehrere Holztische, auf denen sich Töpfe stapelten. Das Licht kam aus einem Gang, der der Tür gegenüberlag. Jack ging geradewegs darauf zu. Tawl legte ihm die Hand auf den Arm. »Laß mich zuerst«, sagte er und deutete mit dem Kopf auf sein Messer. Jack nahm zwei faustgroße Steine aus seiner Tunika und ließ den Ritter vorbei.

Die Luft war so kalt, daß ihr Atem deutlich zu sehen war; doch auch hier waren die Steine wärmer als die umgebende Luft. Sie gingen einen engen, von Fackeln beleuchteten Korridor entlang. Von Zeit zu Zeit kamen sie an Türen vorbei. Tawl ignorierte sie. Offenbar wußte er, wohin er ging.

Hinter ihnen knarrte etwas. »Wer da?«

Jack wurde von Tawl beiseite gestoßen. Er schlug mit dem Kopf gegen die Wand. Ein dumpfer Schmerz war die Folge, und seine Nackenhaare richteten sich auf. Jack blickte gerade noch rechtzeitig auf, um zu sehen, wie Tawl einem Vermummten das Messer in die Brust stieß. Mit der freien Hand hielt er dem Mann den Mund zu.

»Hilf mir, ihn ins Zimmer zurückzutragen«, zischte Tawl.

Jack reagierte nur langsam. Er war noch immer leicht benommen. Als er endlich an der Seite seines Freundes war, hatte sich bereits eine dunkle Blutlache um die Füße des Toten herum gebildet.

Tawl zitterte. Gemeinsam trugen sie den Mann in seine Zelle und setzten ihn auf eine steinerne Bank. Sie befanden sich im Wohnbereich der Priester. Tawl wischte noch sein Messer am Habit des Toten ab, dann gingen sie wieder hinaus auf den Gang.

In der Ferne waren Schritte zu hören.

Jack und Tawl tauschten einen Blick aus. Ihnen blieb nichts anderes übrig, als weiterzugehen. Jack spürte einen pochenden Schmerz im Kopf, aber er wußte nicht warum: Tawl hatte ihn doch gar nicht so hart gestoßen, und doch fühlte er sich, als hätte er einen mächtigen Schlag gegen den Schädel abbekommen.

Der Korridor bog scharf nach links ab. Vier Vermummte versperrten ihnen den Weg. Sie waren mit Krummschwertern bewaffnet. Jack nahm sich keine Zeit, um nachzudenken. Er schleuderte einen Stein gegen den vordersten Mann und traf ihn am Arm. Der zweite Stein folgte sofort, doch er verfehlte sein Ziel und schlug krachend gegen die Wand. Tawl ging auf den Mann mit dem verletzten Arm los. Jack fischte die restlichen Steine aus seiner Tunika und warf sie auf die anderen drei Gestalten, um Tawl Zeit zu verschaffen.

Der Ritter machte eine schnelle, ruckartige Bewegung, und der erste Mann sank zu Boden. Sofort war Tawl wieder kampfbereit und stellte sich den verbliebenen drei Männern.

Jack hatte keine Steine mehr, und er wußte, daß Tawl so schnell wie möglich Hilfe brauchte. Also richtete er seine Gedanken auf die Klingen der Vermummten. Er fühlte die kalte Härte des Eisens, formte die Absicht, zwang seinen Magen, sich zusammenzuziehen und … *nichts*. Kein Stoß, keine Energie, kein metallischer Geschmack auf der Zunge.

Tawl war inzwischen an die Wand zurückgedrängt worden. Verzweifelt konzentrierte sich Jack erneut. Diesmal dachte er an Tarissa, wie sie die Hand auf Rovas' Stirn legte. Das Bild war klar und deutlich: viel deutlicher, als er erwartet hatte. Die Gefühle, die es begleiteten, waren wie ein Schlag ins Gesicht. Es hatte sich nichts geändert: Er liebte Tarissa noch immer.

Wieder kein Funke. Jack hatte das Gefühl, als würde der Stein des Tempels selbst den Fluß der Magie unterbinden.

Doch ihm blieb keine Zeit, darüber nachzudenken. Er riß eine Fackel aus der Halterung und griff an. Der dritte

Mann stellte sich ihm schwertschwingend in den Weg. Auch jetzt noch, nach allem, was geschehen war, erinnerte sich Jack an Rovas' Rat: *›Tu alles, um deinen Gegner zu überrumpeln: Tanze, lache, schreie – egal was.‹ Jeder hat Angst vor Feuer,* dachte Jack und stieß mit der Fackel nach dem Gesicht des Angreifers. Obwohl noch nicht einmal die Gefahr bestand, daß er verbrannt wurde, wich der Mann instinktiv zurück.

Mehr brauchte Jack nicht. Sein Blick war auf die Klinge gerichtet. Er wechselte die Fackel von der rechten in die linke Hand und stieß erneut zu. Funken sprühten auf, als die Fackel das Handgelenk des Mannes traf. Das Schwert fiel zu Boden. Jack fing es auf und warf die Fackel dorthin, wo er die Genitalien des Mannes vermutete – die genaue Position war schwer festzustellen, da der Vermummte einen langen, weiten Habit trug.

Doch was er genau getroffen hatte, war egal: Der Angriff zeigte die erwünschte Wirkung. Der Mann sprang schreiend zurück, als sein Habit Feuer fing. Jack ließ ihn brennen; er hatte keine Zeit für einen Gnadenstoß.

Sofort wirbelte er herum, um sich dem nächsten von Tawls Gegnern zu widmen. Larns Rhythmus pochte in seinem Kopf, aber anstatt dagegen anzukämpfen, machte Jack ihn sich zu eigen; er stieß und schlug im Takt der Insel. Das Tempo paßte ihm. Er fühlte sich angeregt, mächtig – er hatte die Situation unter Kontrolle. Innerhalb einer Minute war der Vermummte nur noch eine blutüberströmte Leiche.

Tawl erledigte den letzten Mann. Entsetzt sah Jack, daß der Ritter eine tiefe Wunde an der Seite erlitten hatte.

Hinter ihnen ertönten Schreie und Schritte. Tawl drückte die Faust auf die Wunde und bückte sich nach einem der Schwerter. »Du gehst vor. Ich werde sie aufhalten, bis du die Höhle erreicht hast.« Während er sprach, sickerte Blut zwischen seinen Fingern hindurch.

»Nein. Wir werden zusammen gehen.« Die Schreie und Schritte wurden immer lauter. Jack streckte die Hand aus. »Komm schon.« Tawl ergriff die Hand seines Gefährten.

Durch das Blut des Ritters miteinander verbunden, standen sie einen Augenblick lang einfach nur schweigend da, dann rannten sie los.

Die Luft über der Großen Grenze war vollkommen ruhig. Klar und kalt wie Diamant drang sie einem Mann bis auf die Knochen. Der Weg, die Felsen, die Pflanzen: Alles war von einer dünnen Eisschicht bedeckt.

Der Mond wahrte Distanz. Er hing über den Bergen mit der Leidenschaftslosigkeit eines antiken Gottes.

Kedrac, Maybors Erstgeborener und Erbe der wertvollsten Güter der Königreiche, stand auf einer kleinen Anhöhe und blickte über seine Truppen. Sechstausend Männer warteten auf seinen Befehl. Sechstausend kampfbereite Männer, die sich nach der Schlacht sehnten. Der Sommer in Annis war lang und trostlos gewesen. Die Ruhelosigkeit seiner Männer wirkte wie eine Droge auf Kedrac. *Schlaft*, hatte er ihnen vor fünf Stunden befohlen – er hätte genauso den Toten befehlen können aufzustehen.

Niemand hatte geschlafen. Die Soldaten hatten sich um die Feuer geschart – sie tranken nicht; sie redeten nicht; sie warteten nur. Diejenigen, die Rüstungen trugen, waren gezwungen, steif wie ein Besenstiel zu sitzen, während die in Kettenhemden sich hätten vornüberbeugen können – aber sie taten es nicht.

Sie hatten bereits vor Stunden aufgehört, ihre Schwerter zu schärfen und ihre Rüstungen instand zu setzen. Nun war das leise Wiehern und Scharren der Pferde das einzige Geräusch. Die Männer wollten endlich beginnen; schließlich hatten sie lange genug gewartet. Der Marsch von den Bergen hinunter auf die Ebene südlich von Bren würde gut vier Stunden dauern. Kedrac blickte zum Mond hinauf. Gäbe er jetzt den Befehl zum Aufbruch, wären sie bei Sonnenaufgang an ihrem Ziel.

Er hob die behandschuhte Faust in die eiskalte Luft, hielt

sie für sechs Sekunden erhoben – eine für jedes Tausend –, dann ließ er den Arm fallen.

Der Berghang begann sich zu bewegen. Ein Schwarm dunkler Gestalten erhob sich über das Eis. Banner flatterten im Wind; Männer schwangen sich auf ihre Pferde, und lose Ansammlungen von Soldaten formten sich zu Marschkolonnen. Kedrac hatte sich entschlossen, nicht zu den Männern zu sprechen – jetzt waren Worte nicht mehr von Bedeutung. Sie kannten den Plan: keine Gefangenen. Highwalls Armee würde massakriert werden.

Kedrac drehte sich um und stieg von der Anhöhe hinunter. Der Sturm war hinter ihnen, Bren vor ihnen, und falls er seinem Vater auf dem Schlachtfeld begegnen sollte, dann war das auch nicht zu ändern.

Sie rannten die Gänge entlang. Blut, das von ihren Schwertern tropfte, trocknete auf dem feuchten Boden nur langsam. Jacks Lungen brannten; sie drohten jeden Augenblick zu platzen. Sein Kopf fühlte sich an, als würde jemand mit einem Hammer auf ihn einschlagen.

Immer tiefer drangen sie ins Innere des Tempels vor. Die Gänge fielen immer steiler ab. Inzwischen ähnelten sie mehr natürlichen Tunneln als künstlich angelegten Korridoren.

Die Wände waren nur noch dort geglättet, wo Vorsprünge ansonsten zu weit in den Gang hineinragen würden. Die Enge der Gänge kam ihnen zugute – die Vermummten konnten sie nur einzeln angreifen.

Indem sie einen Gang in Brand gesetzt hatten, der mit Bücherregalen gesäumt gewesen war, war es ihnen gelungen, ihre Verfolger eine Zeitlang aufzuhalten. Jedenfalls hatten sie das eine Weile geglaubt, denn in Wahrheit hatte es mehr Rauch als Flammen gegeben, und das ganze Manöver hatte ihnen nicht mehr als eine Minute eingebracht. Außerdem mußten sie noch mit den Priestern fertig werden, die *vor* ihnen waren. Jack ließ seinen Blick über den nackten Fels schweifen. Hier würde nichts brennen, soviel stand fest.

Sie liefen tiefer und tiefer und immer tiefer hinein. Männer, die sich ihnen in den Weg stellten, schlugen sie nieder; stets wählten sie die finstersten Passagen, und nicht ein einziges Mal hielten sie an, um Atem zu holen. Anstatt zu fallen, stieg die Temperatur an. Die Luft wurde immer dicker und wärmer – sie *pulsierte*. Jack spürte, wie sie ihm in Wellen übers Gesicht strömte, doch er war zu erschöpft, um Angst zu haben.

Dann hörte er das Geräusch: hoch, mißtönend, wie das Bellen von Hunden, die die Fährte des Fuchses aufgenommen haben. Jack sträubten sich die Nackenhaare. Das waren keine Hunde: Das waren die Seher, und sie warteten auf ihn. Die alte Frau in ihrem Schaukelstuhl hatte auf ihn gewartet; der Fels, gegen den sein Kopf geschlagen war, hatte auf ihn gewartet; die *Insel* hatte auf ihn gewartet. Nicht die Priester, nicht die Vermummten, aber das Land, die Erde, der Stein.

Tawl war an seiner Seite und kämpfte einen Weg für ihn frei. Blut spritzte auf Jacks Wangen und Stirn. Er ließ das Schwert fallen. Er konnte es nicht länger festhalten. Während er durch die Reihen der in Panik geratenen Priester lief, machte er keinerlei Anstalten, sich zu verteidigen. Das war Tawls Aufgabe; deswegen hatte der Ritter ihn begleitet.

Für Jack verlor die sichtbare Welt zunehmend an Bedeutung. Die Seher klagten ihm ihr Leid; der Rhythmus der Insel dröhnte in seinem Kopf, und das fremde Blut kühlte seine Haut, während es trocknete.

Dann war er am Ziel, in der Höhle, dort wo er sein sollte. Kristalle strahlten von einer Kuppel hinab auf unzählige Felsblöcke, die in ordentlichen Reihen angeordnet worden waren, und an jeden der Blöcke war ein Mann gebunden. Ihr Heulen war für Jack ohne Bedeutung; nur die Höhle zählte.

Sie war die Quelle, das Herz. Sie pulsierte vor Energie

und zwang alles in ihren Takt. Jack spürte, wie auch sein eigenes Herz versuchte, im gleichen Takt zu schlagen. Das Hämmern in seinem Kopf hatte sich bereits dem Rhythmus angepaßt.

Tawl war hinter ihm, neben ihm, vor ihm. Sein Schwert war nur noch ein verschwommener, rotsilberner Fleck, doch es war so gut wie ein Schild. Das Klirren der Schwerter und die Todesschreie der Vermummten waren nur noch bedeutungslose Hintergrundgeräusche. Jack wurde in den hinteren Teil der Höhle gezogen. Seine Augen sahen nichts mehr; es war sein Blut, das ihn immer weiter vorwärtstrieb.

Als er die rückwärtige Wand erreichte, streckte er die Arme aus und legte die Hände auf den Fels. Wieder verspürte Jack so etwas wie einen Stoß, der sein Rückgrat hinunterlief, nur diesmal stärker, verführerischer. Seine Muskeln verspannten sich, und sein Körper zuckte. Warme Luft strömte über seinen Körper. Jack fühlte das Herz der Höhle, fühlte seine uralte, schreckliche Macht.

Und dann wußte er, was er zu tun hatte.

Jack ignorierte seinen Selbsterhaltungstrieb. Er entspannte sich, so daß sein Körper offen für das Pulsieren der Insel war. Panik erfaßte ihn. Seine Beine zitterten; er schenkte ihnen keine Beachtung. Sein Herz mußte im Takt der Höhle schlagen; nur wenn sein Blut im selben Rhythmus durch die Adern gepumpt wurde wie Larns Energie durch die Insel, konnte er etwas ausrichten. Kein Zauber konnte heraufbeschworen werden. Kein Risiko konnte eingegangen werden. Nichts konnte getan werden, solange er sich nicht mit der Insel verbunden hatte. Angst drehte ihm den Magen um. Er spürte, wie sie mit Gewalt versuchte, ihn von seiner Entscheidung abzubringen. Ihm war übel, und er schwitzte. Der Welt, die seine Sinne für ihn erschaffen hatten, fehlte es an Landmarken. Jack fühlte sich, als würde er über ein endloses Meer aus blutwarmem Öl treiben. Er war unfähig, sich zu orientieren, doch gleichzeitig war er nicht willens, die Verbindung mit dem Stein abzubrechen.

Die beiden Rhythmen näherten sich immer mehr einander an. Als sie nur noch Bruchteile von Sekunden voneinander entfernt waren, rieben sie aneinander, wobei der stärkere der beiden soviel Druck ausübte wie ein ganzer Berg. Jacks Herz pumpte und pumpte, bis die Anspannung kaum noch zu ertragen war. Ein stechender Schmerz lief durch seinen linken Arm.

Sein Herz setzte aus.

Seine Lungen sogen die Luft ein, doch es gab nichts, was den Sauerstoff hätte aufnehmen können.

Es folgte ein Augenblick völliger Dunkelheit – wie der Tod. Gleichzeitig hinterließen Geheimnisse und Erinnerungen an Geheimnisse einen deutlichen Nachgeschmack in Jacks Blut. Er kannte diesen Ort. Die Macht war ihm vertraut. Er hatte das Gefühl, nach Hause gekommen zu sein.

Dann wurde Jacks Körper von einem starken Krampf geschüttelt, und sein Herz nahm wieder die Arbeit auf. Jack war der Ohnmacht nahe, und er ließ sich gegen den Fels fallen. Der Stein war warm. Eine beinahe sinnliche Freude durchfuhr seinen Körper. Es war ein Gefühl, als hätte ihn jemand zärtlich in die Arme genommen, ein beruhigendes Gefühl. Jetzt schien es ihm, als sei es das Selbstverständlichste auf der Welt, seine Macht heraufzubeschwören – sie war aus demselben Stoff wie seine Umgebung. Warum war ihm das nicht schon früher aufgefallen? Warum hatte er die Seinen nicht erkannt?

Nach und nach begann die Magie zu fließen. Weder unangenehme Erinnerungen noch Wut waren dafür notwendig. Sie floß aus ihm hinaus und in den Fels hinein, hinab zum Herzen der Insel. Es war so leicht: Die Macht floß wie von selbst. Jack hatte noch nie einen derartigen Frieden empfunden; noch nie zuvor hatte er sich so zu Hause gefühlt. Sich mit dem Fels zu vereinen war sein einziger Wunsch.

Doch quälende Kleinigkeiten schwirrten ihm durch den Kopf: Geräusche, Bilder, Instinkte. Um sie loszuwerden, drang Jack immer tiefer in den Fels ein, bis die Höhle ihn umschloß wie eine Gebärmutter.

Jack! Paß auf! Du verlierst dich!

Was hatte Stillfuchs' Stimme so tief hier unten zu suchen? Jack schob sie beiseite. Das war nur eine Erinnerung unter vielen.

Du armseliger Dummkopf! Du hattest gar nichts unter Kontrolle. Das Glas hat dich *kontrolliert, nicht umgekehrt. Du hättest dich beinahe in ihm verloren.*

Aber das hier war kein Glas. Und er *hatte* alles unter Kontrolle. Tiefer und tiefer drang er in den Fels ein, und die Macht strömte durch ihn hindurch wie ein Fluß.

Stillfuchs' Worte schienen ein Tor zu Jacks Sinnen geöffnet zu haben. Irritierende Geräusche drangen in seine Gedanken ein: das Klirren von Schwertern, Schritte, das Heulen der Seher. Es war ein Chaos verglichen mit der Ruhe des Steins.

»Tu, wofür du geboren wurdest.«

Jack brauchte einen Augenblick, um zu erkennen, daß diese Worte nicht seinen Gedanken entstammten. Er versuchte, die Stimme in den Hintergrund zu drängen. Nur daß sie nicht im Hintergrund war; sie war unmittelbar neben ihm.

»Tu es jetzt.«

Eine dünne, verzweifelte Stimme drang durch sämtliche Schichten von Jacks Gehirn. Langsam nahmen seine Sinne die Arbeit wieder auf. Er roch die Trockenheit des Steins und den scharfen Geruch von Urin. Auch sein Blick klärte sich. Seine Augen sahen seine Hände, den Fels – doch alles war verzerrt, als würde er durch ein rund geschliffenes Glas schauen.

Die Höhle lockte ihn, wieder zurückzukehren. Jack kämpfte dagegen an und riß den Kopf in Richtung der Stimme herum.

Er blickte in die Augen eines Wahnsinnigen: ein Seher – blaue Augen, hohle Wangen, Lippen so trocken wie Stroh. Die Seile, mit denen er an den Stein gefesselt worden war, hatten seinen Körper geformt wie Brot, das man zum Backen in eine Form gegeben hatte. Zwei mächtige Taue liefen über seine Brust, und Jack konnte deutlich sehen, wo der Rippenkäfig um die Taue herum gewachsen war. Das war keine normale Brust mehr. Dort wo die Taue das Wachstum der Rippen behindert hatten, waren Vertiefungen zu sehen. Ein abstoßender Anblick. Was war mit den darunterliegenden Organen? Herz und Lungen? Waren sie auch deformiert?

Kleine Jungen, hatte Stillfuchs gesagt. Die Seher wurden an den Stein gebunden, bevor sie ausgewachsen waren.

»Tu, wofür du geboren wurdest.«

Nein. Es lag kein Wahnsinn im Blick des Sehers. Verzweiflung, ja, aber kein Wahnsinn. Der Mann flehte um seine eigene Vernichtung.

Jacks Sinne schärften sich. Er sah, wo das Tau durch die Haut gedrungen war. Er sah offene Wunden, Eiter, mißgestaltete Glieder und verkümmerte Muskeln. Er roch Verfall. Daraus war Larn also gemacht. Der mächtige Rhythmus der Höhle diente nur diesem einen einzigen Zweck.

Jetzt war es an der Zeit, dem allen ein Ende zu machen.

Jack drehte sich wieder zur Wand um. Diesmal hieß sie ihn nicht willkommen; der Fels war kalt. Jack preßte die Hände auf den Stein und konzentrierte sich auf den Rhythmus. Er lächelte. Die Höhle hatte ihm die Arbeit abgenommen: Um ihn zu verlocken, war sie gezwungen gewesen, ihm den Schlüssel zu geben. Nun stimmte der Schlag seines Herzens mit dem Puls der Insel überein. Jack beschwor seine Macht herauf. Er schmeckte Metall auf der Zunge und spürte den verräterischen Schmerz im Kopf. Zur selben Zeit zog sich sein Magen zusammen, und die Magie verließ seinen Mund. Sie hatte nur ein Ziel: Rache.

Jacks Macht stieg hinauf: über die Höhle, über die Insel, weit hinauf in die Nacht. Sie stieg höher und höher, und ihre Kraft war ungeheuer groß. Jack spürte die schreckliche Sogwirkung, die seine Magie geschaffen hatte, und er kämpfte gegen die Leere an, die sie hinterlassen hatte. Alles – sein Blut, sein Atem, die Haut auf seinem Rücken –, alles strebte mit der Macht nach oben.

Als sie jenen Punkt erreichte, wo Himmel und Firmament zusammenstießen, wurde sie langsamer und schwerer. Sie brach in sich selbst zusammen, wurde dichter und gewann an Masse und Geschwindigkeit. Ohne darüber nachzudenken, wußte Jack, was er zu tun hatte; er wußte, wofür er geboren worden war. In einem einzigen Augenblick war alles klar, und Jack wurde der Herr von Larn. Mit Hilfe von Erinnerungen, die älter waren als er selbst, und mit Unterstützung der Seher formte er eine Waffe, um das Herz der Höhle zu zerstören.

Diesmal floß die Macht nicht durch den Fels: Sie *zerriß* ihn.

Jacks Magie drang tiefer und tiefer in die Insel hinein. Schwerer als Metall und schneller als der Blitz bahnte sie sich einen Weg durch die Höhle wie eine Botschaft der Götter. Jack sandte sie durch Fels, Erde und Erz, hinab zur Quelle. Hinab zu der finstren, urzeitlichen Masse, die das Herz von Larn bildete. Die beiden Kräfte trafen aufeinander: die eine alt jenseits aller Vorstellungskraft, die andere neu, unerprobt und wild. Für den Bruchteil einer Sekunde waren sie einander ebenbürtig, dann machte die alte Welt der neuen Platz.

In einem einzigen blendenden Augenblick zerstörte Jacks Magie die Macht der Höhle.

Wie aus einem Munde stießen die Seher einen schrillen Schrei aus, dann strömte eine Welle heißer Luft durch die Grotte.

Ein tiefes Grollen stieg von unten herauf. Die Höhle bebte. Wände bekamen Risse. Die Erde zitterte, und Steine fielen von der Decke. Jack war benommen. Er lehnte sich gegen einen der Sehersteine, während das Licht in der Höhle immer schwächer wurde. Tiefe Spalten bildeten sich im Boden, und Staubwolken machten das Atmen schwer. Alles fiel in sich zusammen. Die Seher würden sterben. Es konnte nicht anders sein: Sie waren nicht dazu bestimmt, gerettet zu werden.

Jack hatte keine Kraft mehr, um sich zu bewegen. Um

ihn herum krachten Felsbrocken auf den Boden. Die Seher heulten ihre Totenlieder, während die Wände allmählich nachgaben. Inzwischen bebte die ganze Höhle. Ein Felsbrocken streifte Jacks Arm, und ein anderer traf seine Brust. Und dann erschien Tawl inmitten all des Wahnsinns: blutverschmiert, hinkend, mit blutigen Augen.

Er grinste. »Ich dachte mir schon, daß du hier liegen würdest.« Er stieß den Felsbrocken von Jacks Brust und hob ihn hoch.

Tawl schleppte ihn durch das Labyrinth aus einstürzenden Gängen hinauf an die Oberfläche. Sie mußten herabstürzenden Felsbrocken ausweichen und über Trümmer hinwegspringen, während hinter ihnen die Gänge in sich zusammenbrachen. In dieser Nacht verbrauchten sie alle neun Leben einer Katze.

Kapitel Zweiundzwanzig

Maybor erwachte noch vor Sonnenaufgang. Er schlief nicht mehr sehr gut. Jede Nacht führten ihn seine Träume über den gleichen Pfad, und jeden Morgen erwachte er mit dem gleichen schrecklichen Bild vor Augen: Melli, die schreiend um sich trat, um die Aufmerksamkeit der Soldaten auf sich zu lenken, damit ihr Vater entkommen konnte. Wie konnte ein Mann auch schlafen, wenn er wußte, daß seine schöne und tapfere Tochter von einem Monster gefangengehalten wurde? Und daß er es hätte verhindern können, wäre er nur mutig genug gewesen, es zu versuchen?

Melli war nicht tot. Maybor mußte einfach daran glauben, wollte er nicht wahnsinnig werden. Seit Monaten hatte er nichts mehr von ihr gehört. Nur gelegentlich trafen Berichte von Palastdienern ein, die von einer mysteriösen Frau erzählten, die im Ostflügel des Palastes gefangengehalten wurde. Es hatte nicht lange gedauert, bis Maybor überzeugt davon war, daß es sich bei dieser Frau um seine Tochter handelte: Er *brauchte* etwas, woran er sich klammern konnte.

»Am Südtor ist ein ziemlicher Tumult, Mylord«, sagte Grift, während er ins Zelt trat. »Es sieht so aus, als wollten sie es öffnen.«

»Na dann, verdammt noch mal, Mann! Steh nicht so ’rum! Hilf mir beim Anziehen!« Seit Grift von seinen Verletzungen genesen war, war er Maybors Leibdiener. Der Mann war langsam, neigte zum Saufen und Spielen, und er war voll von den schlechtesten Ratschlägen zum Thema Frauen, die Maybor jemals gehört hatte! Hofdamen, die Tagelöhner bevorzugten, so ein Quatsch! Was für eine Frau würde schon mit einem Tagelöhner ins Bett steigen, wenn sie einen hohen und mächtigen Lord haben konnte? Das war vollkommen verrückt! Tatsächlich war der einzige Grund, warum Maybor den alten Soldaten in seiner Nähe duldete, die Tatsache, daß Grift ihn über Mellis Zustand auf dem laufenden hielt. Der Mann kannte sich mit Schwangerschaften aus, und wann immer Maybor wissen wollte, wie weit Melli inzwischen war oder wie sie sich im Augenblick fühlte, dann mußte er nur Grift fragen. Stets begann der ehemalige Wachsoldat seine Antwort mit den Worten: »Lady Melliandra ist so gesund wie ein Packesel, und ich garantiere Euch, daß es ihr gut geht.« Für Maybor waren diese Worte wertvoller als Gold, und so erduldete er die Inkompetenz des Mannes mit stoischer Ruhe.

Maybor wählte eine edle Seidentunika, um sie unter seinem Brustpanzer zu tragen. Es schien, als würden sie heute endlich Gelegenheit bekommen, Brens Armee Mann gegen Mann gegenüberzutreten. Das wurde aber auch Zeit. Diese Schwarzhelme hatten sich die vergangenen zwei Monate hinter ihren Mauern versteckt wie Nonnen in ihrem Konvent.

»Vollrüstung«, sagte Maybor zu Grift, der eifrig bemüht war, dem Brustpanzer mit Hilfe von Spucke zusätzlichen Glanz zu verleihen. Maybor würde bestimmt nicht den Tag im Zelt verbringen. Er würde dem Feind entgegenreiten. Vielleicht war dies ihre große Chance, die Verteidigung des Feindes zu durchbrechen. Oh, natürlich führten die Schwarzhelme irgend etwas im Schilde, aber was auch immer es sein mochte, es machte sie verwundbar.

Maybor schnallte seine Beinschützer um, packte seinen Helm und ging hinaus aufs Feld. Es war kalt; ein eisiger Wind aus den Bergen versprach baldigen Schneefall. Lord Besik, der Oberbefehlshaber der Highwall-Armee, stand vor dem Befehlszelt, umgeben von seinen militärischen Beratern. Er war ein Mann, den man sowohl körperlich als auch geistig nicht unterschätzen durfte. Als er Maybor entdeckte, winkte er ihn zu sich herüber.

Die beiden Männer schüttelten sich die Hände. »Seid gegrüßt, mein Freund«, sagte Besik. »Was haltet Ihr davon?« Er deutete auf das Südtor, das langsam geöffnet wurde.

Maybor mochte Besik. Der Mann redete nicht um den heißen Brei herum; er war launisch, doch gerecht, und er hörte zu, wenn man ihm einen Rat gab. »Vielleicht sind die Schwarzhelme das Warten leid. Vielleicht sind ihnen auch nur die Vorräte ausgegangen.« Maybor zuckte die Schultern. »Aber wahrscheinlich ist es eine Falle.«

Besik seufzte. »Ihr habt recht. Aber so oder so, wir müssen uns dem Problem stellen. Ich habe Armbrustschützen in den Gräben stationiert. Sie werden ein Sperrfeuer legen. Das sollte ausreichen, um die erste Welle aufzuhalten. Sollten die Schwarzhelme dann immer noch angreifen, schicke ich die leichte Reiterei und laß sie von berittenen Bogenschützen decken.«

»Wir sollten es vorsichtig angehen«, sagte Maybor. »Laßt die Flanken noch von Bogenschützen zu Fuß sichern und schickt zwei Einheiten schwerer Reiterei hinaus, eine auf die östliche Ebene, die andere an den Fuß des Gebirges.«

Besik blickte ihn prüfend an. »Unsere Aufklärung hat von keinen Truppenbewegungen berichtet.«

»Männer mit durchgeschnittenen Kehlen geben schlechte Kuriere ab.«

Besik nickte. »Nun gut, dann sind wir also vorsichtig.«

Maybor stieg auf sein Pferd. Er fühlte sich so lebendig wie schon seit Monaten nicht mehr. Endlich konnte er etwas tun, anstatt nur herumzusitzen und zu planen, kämpfen statt Strategien auszuarbeiten. Bei einer Belagerung brauchte man Geduld, und das war eine Eigenschaft, die Maybor gänzlich fehlte. Er haßte Belagerungen. Eine schöne, blutige Schlacht war schon lange überfällig. Es frustrierte ihn, daß er Melli nicht helfen konnte, obwohl sie nur wenige Meilen von ihm entfernt war. Natürlich hatten sie verschiedenes versucht: Sie hatten die Nordmauer unter Beschuß genommen, den See vergiftet und Taucher ausgesandt, die nach einem Unterwasserzugang zu den Tunneln unter dem Palast suchen sollten. Aber nichts hatte funktioniert: Der Tribock war in Brand gesetzt worden; das Gift hatte sich zu schnell verteilt, da der See einfach zu groß war, und die Taucher waren nie wieder zurückgekehrt.

Doch heute würde es endlich zu einer richtigen Schlacht kommen. Das Fallgatter des Südtors war inzwischen vollständig hochgezogen, und ein Regiment berittener Schwarzhelme stürmte aus der Stadt.

Die Erde erbebte unter dem Donnern der Hufe. Die Angreifer ritten auf schwarzen Pferden, und sie trugen Helme aus geschwärztem Stahl. Maybor betrachtete sie einen Augenblick. Kylock hatten das Beste ausgesandt, was Bren zu bieten hatte: die herzögliche Garde, ausgewählt und trainiert vom kürzlich verschiedenen Herzog persönlich. Ihre Banner flatterten; ihre Schwerter funkelten – ein wundervoller Anblick. Und dann legten Highwalls Schützen an. Ihre mächtigen vierkantigen Bolzen konnten jedes Pferd aufhalten. Sie durchschlugen Brustplatten, Helme und selbst Schilde. Maybor hörte deutlich, wie der Offizier den Befehl zum Feuern gab. Es folgte ein kurzes *Zack*, als die Schützen den Abzug betätigten, dann flogen die Bolzen zischend durch die Luft.

Die Salve traf ins Ziel. Pferde scheuten und wieherten entsetzt auf; Männer stürzten zu Boden und wurden von den Hufen ihrer in Panik geratenen Reittiere zu Tode getrampelt. Von seinem Standpunkt auf einer kleinen Anhöhe aus konnte Maybor das Geschehen genau verfolgen. Die erste Schlachtreihe der Schwarzhelme fiel wie die Fliegen; doch sie gaben nicht auf: Hunderte von ihnen strömten durch das Tor aufs Feld. Erneut legten die Armbrustschützen an, und kurz darauf flog eine neue Salve dem Feind entgegen. Die zweite Welle der Schwarzhelme fiel ebenso schnell wie die erste.

Während er dem Gemetzel zuschaute, klingelte eine Alarmglocke in Maybors Kopf. Irgend etwas stimmte nicht. Hinter der zweiten Reihe der Schwarzhelme rückten schlecht ausgerüstete und bewaffnete Söldner vor. Diese Männer trugen weder das Mitternachtsblau der Garde, noch rückten sie auf prächtigen Schlachtrössern ins Gefecht. Die Schwarzhelme waren nicht in voller Stärke ausgerückt – die beiden Wellen sollten den Gegner nur in die Irre führen. Kylock hielt seine Eliteverbände zurück – aber wozu?

Im selben Augenblick, da Maybor von seinem Aussichtspunkt hinunterreiten wollte, gab Besik den Befehl zum Angriff. Highwalls Reiterei rückte vor. Silber-braune Kolonnen ritten die Hügel hinab, um in den Kampf einzugreifen. Die Armbrustschützen in den Gräben wichen zur Flanke hin aus, während sie von berittenen Bogenschützen gedeckt wurden. Highwalls Truppen zogen in einem Halbkreis um das Südtor herum auf. Maybor gefiel das ganz und gar nicht. Irgend etwas stimmte hier nicht. Er mußte so schnell wie möglich zu Besik.

Im Osten erschien die Sonne am Horizont und sandte ihre blassen Strahlen über das Schlachtfeld bis zu den Bergen. Die Schatten von Tieren und Menschen wurden grotesk lang. Besik ritt die Reihen seiner Truppen entlang und rief dem Fußvolk Befehle zu. Die Reiterei von Bren und Highwall traf aufeinander. Die silber-braunen Reiter schlugen eine Bresche in die feindlichen Linien. Brens Söldner waren kein ebenbürtiger Gegner für Highwall. Die Hälfte der Schwarzhelme lag tot auf dem Feld, und die wenigen, die das Armbrustfeuer überlebt hatten, zogen sich wieder zum Tor zurück.

Maybor legte die Hand über die Augen, um nicht von der Sonne geblendet zu werden. Er war bereits auf halbem Weg den Hügel hinunter, um sich mit Besik zu treffen; doch als er einen flüchtigen Blick auf den hinter dem Tor liegenden Platz erhaschte, blieb er abrupt stehen. Er ritt ein paar Schritte zurück und dann ein wenig nach links. Schwarzhelme! Tausende von Schwarzhelmen warteten hinter dem Tor!

Warteten auf was? Maybor trieb sein Pferd zum Galopp an. Kylock hatte die Belagerer dazu verlockt, ihre besten Truppen gegen das Tor zu werfen, indem er ihnen vorgetäuscht hatte, sie würden gegen die herzögliche Garde kämpfen, während ihnen in Wirklichkeit nur unausgebildete und schlecht ausgerüstete Söldner gegenüberstanden. Nun jedoch schien es so, als würde Kylock die Garde doch noch zum Einsatz bringen; aber nicht bis …

Ein Fanfarenstoß erscholl im Westen. Maybor war nicht mehr weit von Besik entfernt. Gleichzeitig drehten sich die beiden Männer in Richtung des Signals um. Das Gebirge lief in eine sanfte Hügelkette aus, und über diesen Hügeln erschien im grellen Licht der Morgensonne die Armee der Königreiche. Die Soldaten marschierten in engen, wohlgeordneten Schlachtreihen, und ihre Rüstungen glänzten mit der Arroganz einer gut formulierten Drohung.

Für eine halbe Sekunde, vielleicht weniger, war Maybor von dem Anblick begeistert. Die Königreiche – seine Heimat, seine Männer, die Farben seines Landes: Blau und Gold. Dann senkte sich ein bleiernes Gewicht auf sein Herz. Sie waren nicht gekommen, um ihn zu retten. Sie waren gekommen, um ihn zu vernichten. In ihren Augen war er ein Verräter, weil er seine Tochter anstatt seines Königs unterstützte.

Anstatt seiner Söhne.

Maybor sog zischend die Luft ein und schloß die Augen. Seine Söhne. Der Schmerz in seinem alten Herz wurde beinahe unerträglich. Sicherlich war es Kedrac, der die Streitkräfte der Königreiche führte. Sohn gegen Vater, Vater gegen Sohn. Maybor schüttelte traurig den Kopf. Seine Hände tasteten nach dem warmen Hals des Pferdes. Ihm war so kalt. Wie hatte es nur soweit kommen können? Kedrac konnte er keine Vorwürfe machen; der Junge tat nur, was jeder aufstrebende junge Edelmann tun würde: an der Seite seines Königs stehen. Er hatte sein Land über die Familie gestellt, und da er mit einem Vater aufgewachsen war, der beinahe alles seinem Ehrgeiz geopfert hatte, war Kylocks Entscheidung nicht verwunderlich.

»Ruhig, meine Schöne, ruhig«, murmelte Maybor seinem Pferd zu. Seine Hände zitterten, als er die Mähne des Tieres streichelte. Er hatte einen Kloß im Hals, den er nicht herunterschlucken konnte, und er spürte einen Schmerz im Herz, der einfach nicht verschwinden wollte. Kedrac war so jung, so ehrgeizig – wer konnte ihm schon vorwerfen, daß er die Fehler seines Vaters wiederholte?

Maybor hatte ein Vierteljahrhundert benötigt, um den Wert von Familie zu erkennen. Bis zu Melliandras Verschwinden hatte er nicht gewußt, daß seine Kinder alles waren, was er hatte. Er verfluchte sich dafür, daß er kein besserer Vater gewesen war. Er hätte sich mehr um seine Kinder kümmern müssen. Er hätte sie in den Arm nehmen und ihnen sagen müssen, wie sehr er sie liebte.

Maybor wandte den Blick von den Hügeln ab. Besik schaute ihn an. Der Oberbefehlshaber der Armee von Highwall ritt langsam an Maybors Seite.

»Ich werde es verstehen, wenn Ihr jetzt zu gehen wünscht«, sagte er.

Maybor ergriff Besiks Hand. Der Highwall-Offizier war ein guter Mann. Er stammte noch aus einer Zeit, als Treue und Ehre auf dem Schlachtfeld noch etwas galten. »Nein, Mylord«, erwiderte Maybor. Bewußt sprach er sein Gegenüber als Höhergestellten an. »Mein Platz ist hier. Meine Loyalität gehört Euch und Euren Männern. Nur mein Herz ist geteilt.«

Einen Augenblick lang musterte Besik ihn sorgfältig. Dann nickte er. »Ich bin froh, daß Ihr an meiner Seite kämpfen werdet.«

Maybor verneigte sich. Das Gewicht auf seinem Herzen drohte, ihn zu erdrücken. Nur unter großen Mühen gelang es ihm, wieder den Kopf zu heben. Als er sprach, klang seine Stimme fest und entschlossen. »Bren und die Königreiche werden Hand in Hand arbeiten und versuchen, uns einzukesseln. Wir sollten ein Bataillon aussenden, das die Osttore überwacht. Die Schwadron, die wir vorhin zu den Gebirgsausläufern geschickt haben, muß sofort wieder zurückbeordert werden – ohne Unterstützung hat sie keine Chance gegen die Königreiche ...«

Baralis lag im Dunkeln. Licht war für ihn eine Qual. Die Kerzen waren schon vor vielen Stunden gelöscht worden; die Fensterläden waren geschlossen, und selbst das Kaminfeuer war abgeschirmt, damit die Flammen kein Licht in den Raum werfen konnten.

Der Tempel war gefallen.

Larn war nicht mehr. Es war zerstört, seine Macht vernichtet von der Hand des Bäckerjungen. Vergangene Nacht war die älteste Magie der bekannten Welt für alle Zeiten verschwunden.

Baralis wagte es nicht, sich zu bewegen. Krämpfe begleiteten jeden Atemzug, und Kopfschmerz folgte jedem Gedanken. Der Sturm, den er geschaffen hatte, dieser mächtige, alles verschlingende Sturm, hatte sich als nutzlos erwiesen, und nun mußte er den Preis dafür zahlen.

Wenn er doch nur damit gerechnet hätte, daß sie in ein Boot umsteigen würden! Aber wer hätte einen solchen Wahnsinn schon vorhersagen können? Hätte er es gewußt, dann hätte er weniger Energie gegen das Schiff aufgewendet und sie für das Boot aufgespart. Doch statt dessen hatte er die *Fischgeruch* soweit geschwächt, daß der nächste Schlag sie vernichtet hätte. Der Großmast hätte dem Sturm nicht mehr lange standgehalten, und ausgerechnet diesen Augenblick hatte sich der Bäckerjunge ausgesucht, um das Schiff zu verlassen; also war auch Baralis gezwungen gewesen, sich von dem Schiff abzuwenden. Seine Kräfte waren schon fast aufgebraucht gewesen, als er den Angriff gegen das Boot gestartet hatte. Er hatte gerade noch genug Energie gehabt, um die eine mächtige Welle zu erschaffen, die eigentlich für die *Fischgeruch* bestimmt gewesen war. Er hatte gesehen, wie die Woge das Boot zerschmettert hatte und wie Jack und der Ritter mit den Trümmern unter Wasser gezogen worden waren. Er hatte geglaubt, sie wären so gut wie tot gewesen!

Sie hätten tot sein *müssen*. Mit letzter Kraft war Baralis' Bewußtsein nach Larn geeilt und hatte den Priestern berichtet, daß die Gefahr beseitigt worden sei. Er war auch fest davon überzeugt gewesen. Vierundzwanzig Stunden lang hatte er fest daran geglaubt. Dann war es zu spät gewesen. Er war zu schwach gewesen, um sich zu bewegen, geschweige denn einen Zauber heraufzubeschwören. Die Priester von Larn waren vollkommen ahnungslos gewesen.

Oh, der Schmerz war unerträglich! Das Wissen um sein Versagen nagte an seiner Seele. Er hatte den größten Fehler seines Lebens begangen. Einen Fehler von solch enormer Tragweite, daß er ihn für den Rest seines Lebens verfolgen würde.

Aber er würde ihn nicht aufhalten. Nein. Das würde er nicht zulassen. Larn war nur ein Schritt in diesem Tanz, und noch spielte die Musik.

Schließlich war der Bäckerjunge nur ... ein Junge! Naiv, unerfahren, unfähig, seine Kräfte zu kontrollieren: Er war eine Macht; aber eine Macht, die man einkalkulieren konnte. Baralis beruhigte sich wieder ein wenig. Immerhin entwickelte sich im Augenblick alles zu seinen Gunsten. Während er hier im Bett lag, führte Kylock die Armeen von Bren und den Königreichen zum Sieg. Highwall hatte nicht die geringste Chance: Sie waren zahlenmäßig unterlegen, in der schlechteren Position, und sie hatten all ihr Glück aufgebraucht. Schon bald würde Annis vollkommen isoliert dastehen, und im nächsten Frühjahr würde es dem Nordreich zum Opfer fallen. Kylock war das größte militärische Genie seiner Zeit. Niemand konnte ihn aufhalten.

Sie würden die Prophezeiungen der Seher zwar vermissen, doch im Endeffekt machte das keinen Unterschied. Sie hatten bereits ihre größte Tat vollbracht, indem sie das genaue Datum der Winterstürme vorhergesagt hatten. Baralis entspannte sich. Ja, Larn war zerstört worden, aber vorher hatten die Seher die Waagschale noch zu Baralis' Gunsten geneigt.

Was Jack betraf: Nun, ohne Zweifel würde er sich so schnell wie möglich wieder auf den Weg nach Bren machen. Trotzdem hatte Baralis – nur um sicherzugehen – durchsickern lassen, Maybors Tochter sei noch am Leben. Sowohl Jack als auch der Ritter waren eng mit Melliandra verbunden; keiner von beiden würde sie je im Stich lassen. Natürlich hatte Baralis nicht die Absicht, sie bis Bren kommen zu lassen. Inzwischen sollte sich Skaythe von seiner Verletzung erholt haben und in Rorn angekommen sein: Er würde die beiden nach Norden verfolgen. Aber das war nicht genug. Skaythe hatte schon einmal versagt, und Baralis wollte sich nicht auf ihn allein verlassen.

Doch wen sonst konnte er auf Jack und den Ritter ansetzen? Baralis dachte einen Augenblick nach. Tyren. Tyren würde es tun. Der Großmeister der Ritter hatte Männer an der Ostküste, und sein Spionagenetz wurde nur noch von dem des Erzbischofs von Rorn übertroffen. Tyren konnte die beiden Flüchtlinge aufspüren und stellen. Das war perfekt. Der Ritter wurde wegen Mordes gesucht; er hatte die Ritterschaft entehrt – es war Tyrens Pflicht, ihn seiner gerechten Strafe zuzuführen. Und sollten der Ritter und sein Gefährte unterwegs einen schrecklichen Unfall haben, dann wäre das wirklich eine Tragödie.

»Crope!« rief Baralis.

»Ja, Meister.« Crope hatte in der Dunkelheit gesessen und auf ein Zeichen seines Herrn gewartet.

»Ist Tyren bei der Armee der Königreiche?«

»Ja, Meister. Er hat eine Kohorte Ritter auf das Schlachtfeld geführt.«

»Gut.« Baralis wagte es, sich ein wenig zu bewegen, um seinen Diener anzuschauen. Schmerz schoß durch seine Seite. »Sobald er in der Stadt eintrifft, schickst du ihm eine Botschaft, daß ich ihn morgen treffen will.«

»Ja, Meister.« Crope wirkte geistesabwesend. Sein geliebtes Holzkästchen lag auf seinem Schoß. »Ihr habt sehr lange geschlafen, Meister, und Ihr habt Dinge im Schlaf gesagt.«

»Was für Dinge?«

Crope drehte das Holzkästchen um. »Über Larn. Ihr habt gesagt, es sei verschwunden.«

»Ja. Ja, der Tempel ist zerstört worden. Was geht dich das an?« Baralis wurde allmählich ungeduldig. Er mußte sich vor dem Treffen mit Tyren noch ausruhen.

Crope ließ das Holzkästchen in seiner Tunika verschwinden. »Nichts, Meister. Nichts.«

»Hier, trink das.« Tawl reichte Jack einen Becher mit etwas Heißem.

Jack nahm ihn an. Er war erst vor wenigen Sekunden erwacht und somit noch leicht benommen. »Was ist das?«

»Kräuterpunsch mit Regenwasser.«

»Nun, das mit dem Regenwasser verstehe ich ja, aber woher …?«

»Ich habe da so meine Verbindungen.« Tawl lächelte. Er sah fürchterlich aus. Er hatte zwei Veilchen, eine geschwollene Lippe, einen riesigen blauen Fleck auf der linken Wange und eine blutige Wunde auf der rechten.

»Kannst du mit deinen Verbindungen auch etwas zu essen besorgen?«

Tawl reichte Jack etwas, das an einen Fisch erinnerte. »Kann ich. Hier, nimm das.«

»Nein, danke. Wenn das ein Fisch ist, dann hat er auf jeden Fall das Meer schon lange nicht mehr gesehen.«

»Da könntest du recht haben. Eine alte Frau hat ihn mir gegeben. Sie hat einen ganzen Korb voll davon.« Tawl schluckte das Ding am Stück hinunter. »Hmmm. Ich glaube, ich hole mir noch einen Nachschlag.«

»Ich komme mit«, erklärte Jack. Er erinnerte sich an die alte Frau im Schaukelstuhl, und er wollte sehen, ob es dieselbe Frau war, die Tawl den Fisch gegeben hatte. Irgendwie hatte er es im Gefühl, daß es sich um ein und dieselbe Person handelte. Wieviel alte Frauen konnte es auf einer Insel von dieser Größe auch geben?

Der Versuch aufzustehen bescherte Jack eine ganze Reihe von Problemen: Schmerz, zittrige Beine und Benommenheit. Schließlich mußte Tawl ihn hochwuchten wie einen Sack Mehl. Ein Teil von Jack wollte lachen. Sie beide gaben bestimmt einen tollen Anblick ab – wie zwei Betrunkene, die in ihrem Suff gestürzt und sich dabei etliche Wunden zugezogen hatten.

Soweit Jack es beurteilen konnte, befanden sie sich in der Ansammlung von Hütten und Verschlägen hinter dem Tempel. Sie hatten ein Dach über dem Kopf, das jedoch nur von zwei anstatt von vier Wänden getragen wurde. Vor ihnen befand sich noch ein ähnliches Gebilde, und dahinter war nichts als der Himmel. Jack erinnerte sich nicht daran, wie er hierhergekommen war; aber andererseits: Er erinnerte sich an eine ganze Menge nicht mehr, und an vieles *wollte* er sich auch nicht mehr erinnern.

Tawl hinkte, und doch lieh er Jack noch seine Kraft. Gemeinsam humpelten und schleiften sie sich zum Tempel. Priester in braunen Soutanen kreuzten ihren Weg. Männer mit irrem Blick starrten sie an, und furchtbar entstellte Frauen huschten davon wie Ratten. Niemand forderte sie heraus.

Es nieselte, und kein Wind wehte über die Insel. Während er sich immer weiter vorwärts schleppte, wurde sich Jack der Leere des Ortes bewußt. Es gab nichts mehr: kein Rhythmus, keine innere Wärme. Larn war nur noch eine leere Hülle.

Doch in ihm schlug es noch. Jack fühlte es in seinem Herzen. Er war verändert worden: Sein ganzes Wesen schlug nun im Takt mit dem Geist der Insel. Schneller und drängender als je zuvor beherrschte der Rhythmus sein Herz, sein Blut, seine Lungen. Sein Körper war nicht daran gewöhnt; er kämpfte dagegen an. Jack fühlte sich, als hätte er Fieber – er schwitzte und zitterte am ganzen Leib –, und doch war es keine Krankheit. Es war sein Körper, der versuchte, wieder zu seinem alten Takt zurückzufinden.

»Jack, bist du in Ordnung?«

»Mir geht's gut. Ich fühle mich nur ...« Die Worte erstarben ihm auf der Zunge, als sein Blick auf den Tempel von Larn fiel. Er lag in Trümmern. Die komplette Ostseite war in sich zusammengefallen. Schwere Granitbrocken lagen aufeinander wie Scheite in einem Kamin. Ganze Wände waren eingestürzt und hatten nur noch Türrahmen übriggelassen, die wie Grabsteine aus den Trümmern ragten. Jack schauderte. *Er* hatte das getan.

»Der Tempel war um die Höhle herum gebaut«, erklärte Tawl. »Als sie eingestürzt ist, ist auch der ganze Rest zusammengebrochen.«

Jack schüttelte den Kopf. Er wußte nicht, was er sagen sollte. Unter den Trümmern, unter all den Granitblöcken und dem Staub, lagen die Seher begraben. Da sie sich nicht von ihren Steinen befreien konnten, waren sie mit dem Tempel untergegangen, dem sie gedient hatten – eine abscheuliche Art zu sterben. Die Seher waren so hilflos gewesen wie neugeborene Lämmer.

»Alles hat seinen Preis«, flüsterte Jack. »Alles.«

»Ich weiß, Jack, ich weiß.« Auch Tawl sprach leise; ihm drohte die Stimme zu versagen. »Du mußt lernen, damit zu leben.«

Als er diese Worte hörte, wußte Jack, daß er nicht allein war. Er war nicht der einzige, dessen Vergangenheit von Bedauern, Unsicherheit und Schuld bestimmt war.

»Hi, hi, hi!« Eine hohe, gackernde Stimme durchbrach die Stille. »Jetzt ist es weg. Kommt nicht mehr zurück. Hi, hi, hi!«

Auf der Westseite des Tempels befanden sich die Überreste einer Treppe, und auf den unteren Stufen saß eine alte Frau. Vor ihr stand ein Korb. Sie hatte einen dünnen Schal um die Schultern geschlungen, und ihr Körper war seltsam zur Seite geneigt. Jack trat auf sie zu. Es war dieselbe Frau, die ihnen vergangene Nacht den Weg gezeigt hatte; wahrscheinlich hatte sie ihnen auch die Tür geöffnet. Als er näherkam, sah Jack, daß die rechte Hälfte ihres Gesichtes schlaff herunterhing. Sie lachte noch immer, doch nur die Hälfte ihres Mundes war offen, und nur ihr linkes Auge blinzelte. Das rechte Auge war geschlossen. Jacks Blick wanderte zum Schoß der Frau, wo gerade ihre rechte Hand unter dem Schal hervorkam. Sie war zur Faust geballt, braun und verschrumpelt wie eine Leiche. Die Fingernägel waren lang und gekrümmt und gruben sich in das ausgetrocknete Fleisch des Handgelenks.

Die alte Frau blickte Jack in die Augen. »Hast getan, was sie wollte, stimmt's?«

»Wer? Wer hat gewollt, daß ich das tue?«

Die alte Frau schaukelte vor und zurück. »Sie.«

Jack zitterte. »Wer ist ›sie‹?« Die Frau antwortete nicht. Jack lief zu ihr hinüber und legte ihr die Hände auf die Schultern. »*Wer ist ›sie‹?*«

Die Frau schaukelte nur vor und zurück und lachte.

Jack begann, sie zu schütteln. Sie wußte irgend etwas. Irgend etwas über ihn, warum er hergekommen war, und was das alles zu bedeuten hatte. Er mußte wissen, was sie wußte, und sollte es nicht anders gehen, dann würde er die Antworten aus ihr herausschütteln.

»Jack! Laß sie in Ruhe.« Das war Tawl, der Jack die Hand auf den Arm legte. »Komm weg von ihr.«

Jack hörte auf, die Frau zu schütteln. Er war außer Atem. Die alte Frau wirkte verängstigt. Er schaute in ihr gutes Auge. Es war klar und grau. »Bitte, *bitte,* sag mir, was du weißt. Warum hast du uns geholfen? Warum hast du uns den Weg gezeigt?«

Die alte Frau begann wieder zu schaukeln. Ihr Blick wanderte hinaus aufs Meer, in eine unbestimmte Ferne.

Jack erkannte, daß er keine Antwort erhalten würde, und so wandte er sich von der Alten ab. »Laß uns machen, daß wir von dieser Insel verschwinden«, sagte er zu Tawl.

Gemeinsam umrundeten sie die Überreste der Tempelmauer. Gerade als sie unter den Schatten der Westfront einhergingen, erscholl die Stimme der alten Frau zum letzten Mal:

»*Hi, hi, hi!* Die Seher wußten es. Sie wollten sterben. Darum haben sie nichts gesagt. *Hi, hi, hi!*«

Sie fanden zwei Boote am Nordstrand der Insel. Tawl wollte eines davon zum Südstrand tragen, doch Jack wollte einfach nur von der Insel herunter, auch wenn das bedeutete, daß sie eine längere Strecke rudern mußten.

Sein Verstand war ein Ameisenhaufen aus Gefühlen und Ahnungen. Irgendwo und irgendwie war alles miteinander verbunden: die alte Frau, Larn, Kapitän Quains Geschichte, die Vergangenheit, die Gegenwart, die Zukunft. Jack mußte nur das Bindeglied zwischen alledem finden – dasjenige, was ihn mit Larn und mit Marods Prophezeiung verband. Wäre er nur nicht so müde gewesen. Ihn verlangte ebenso sehr nach Schlaf wie nach Antworten.

Das Rudern half ihm auch nicht. Die See war ruhig, doch selbst bei den kleinsten Wellen drehte sich ihm der Magen um. Nur der Regen tat ihm gut. Er kühlte seine heiße Haut.

Nach einer Weile nahm Tawl ihm die Riemen aus der Hand. Der Ritter sah besorgt aus. Immer wieder verlor Jack für kurze Zeit das Bewußtsein. Dann kam ihm plötzlich ein Gedanke. »Was ist mit der *Fischgeruch*, Tawl? Was ist, wenn sie nicht auf uns gewartet hat?«

»Sie wird da sein«, antwortete Tawl. »Wenn das Schiff nicht auf dem Grund des Meeres liegt, dann wird sie da sein.«

Besik blickte zu Maybor. »Wenn wir uns jetzt nicht sofort nach Osten zurückziehen, dann haben sie uns in weniger als einer Stunde eingekesselt.«

Maybor schwitzte. Das Blut pochte in seinen Ohren. Obwohl Besik schrie, konnte er ihn kaum hören. Der Lärm der Schlacht war ohrenbetäubend. Das Klirren der Schwerter, das Donnern der Hufe, das Dröhnen der Trommeln, das Schreien der Verwundeten – das reichte aus, um einen

Mann in den Wahnsinn zu treiben. Die Sonne war nirgends zu sehen, denn von den Bergen zogen dichte schwarze Wolken heran und brachten so den Himmel der Erde näher. Maybor fühlte sich in der Falle: Er war von allen Seiten umzingelt, und der Ring wurde immer enger.

Er war gerade von einem Angriff gegen das Osttor zurückgekehrt. Die Schwarzhelme zeigten sich davon gänzlich unbeeindruckt: Sie strömten immer noch in Scharen aus der Stadt heraus. Nichts konnte sie aufhalten. Highwall war drei zu eins unterlegen. Kylocks eigene Garde rückte von Westen her vor; im Norden standen Brens Söldner, und die Schwarzhelme versuchten, den Belagerern im Osten den einzigen Fluchtweg abzuschneiden. Da sie mit dem Rücken zu den Bergen standen, würden sie bald keine Ausweichmöglichkeit mehr haben.

Maybor trank einen kräftigen Schluck Branntwein aus seiner Feldflasche. Das Silber und Braun von Highwall war leicht auf dem Schlachtfeld zu erkennen. Ein Ring aus Schwarz und Blau zog sich immer enger darum zusammen. Innerhalb weniger Minuten würden sie vollständig abgeschnitten sein. Egal was Besik auch sagte, Maybor hatte das Gefühl, das es bereits zu spät war.

»Sie erwarten doch von uns, daß wir versuchen, uns nach Südosten durchzuschlagen.«

Besik nickte. »Ich weiß; aber wir haben keine andere Wahl. Nach Süden können wir nicht, und schaut Euch die Wolken im Westen an. Die Winterstürme kommen. Wenn wir uns in die Berge zurückziehen, dann sind wir innerhalb von drei Tagen tot.«

»Wir kommen gar nicht erst nach Osten.« Maybor wurde allmählich ungeduldig. Die Zeit rannte ihnen davon. »Unsere Männer sind erschöpft. Sie haben nun vier Stunden am Stück gekämpft. Die Schwarzhelme haben gerade erst angefangen – sie sind frisch, motiviert, und sie sind die Soldaten mit der besten Ausbildung im gesamten Norden. Warum wohl glaubt Ihr, hat Kylock sie durch das Osttor geschickt und nicht durch das West- oder Südtor?« Er beantwortete seine eigene Frage. »Weil sie uns auf der Flucht niedermetzeln sollen.«

»Glaubt Ihr etwa, ich wüßte das nicht, Maybor? Glaubt Ihr etwa, ich hätte das nicht in mein Kalkül mit einbezogen? Wenn Ihr mich vor die Wahl stellt, ob ich mich lieber den Schwarzhelmen oder den Bergen stellen will, dann ziehe ich es eher vor, im Kampf zu sterben, als elendiglich zu erfrieren.« Besik zitterte am ganzen Leib. Tiefe Sorgenfalten hatten sich in seine Stirn eingegraben.

Maybor bot ihm seine Feldflasche an. »Ihr seid ein tapferer Mann, Besik.«

Besik nahm die Flasche. »Wir werden folgendermaßen vorgehen: Ich lasse Hamrin zum Rückzug blasen. Bogenschützen, die schwere Reiterei und zwei Bataillone Fußsoldaten werden für uns einen Weg nach Südosten freikämpfen. Die leichte Reiterei und der Rest des Fußvolks bilden die Nachhut. Während wir uns zurückziehen, wird sich unsere Flanke nach Süden hin bewegen. Auf diese Art vermeiden wir, daß wir sowohl vom Osten als auch von den Bergen abgeschnitten werden.«

Das war ein guter Plan. Maybor ertappte sich dabei, daß er Besik bewunderte: Der Mann hörte stets zu und plante sorgfältig, bevor er eine Entscheidung traf. Er gab immer sein Bestes. »Ich werde die südlichen Truppen übernehmen«, verkündete Maybor.

»Das ist ein gefährliches Kommando. Ihr werdet das Schlachtfeld als Letzte verlassen.«

»Glaubt Ihr etwa, ich wüßte das nicht, Besik?« erwiderte Maybor in freundschaftlichem Tonfall.

Besik lächelte. Sein einst pechkohlrabenschwarzes Haar war inzwischen von Grau durchsetzt. Er trug die gleiche Kleidung wie seine Soldaten. Nur eine Eitelkeit erlaubte er sich: einen fein ziselierten Silbergürtel. »Der Süden gehört Euch. Ich übernehme den Osten.«

Die beiden Männer schüttelten sich die Hände, und nur wenige Minuten später wurde zum Rückzug geblasen.

Maybor ritt aufs Schlachtfeld hinunter. Hier unten war

der Lärm noch überwältigender; er machte es unmöglich, sich zu konzentrieren. Der Boden war inzwischen zu einer einzigen großen Schlammpfütze geworden – zu einer *roten* Schlammpfütze. Männer und Pferde lagen tot im Dreck. Vielen fehlten Gliedmaße: Hände, Beine, manchen sogar die Köpfe. Maybor wußte, daß es nicht gut war, auf die Leichen zu blicken – schon in frühester Jugend hatte er gelernt, daß ein Soldat gegenüber solchen Dingen blind sein mußte. Nur die Lebenden zählten.

Der Rückzug hatte bereits begonnen. Das Braun und Silber versuchte, sich langsam vom Feind zu lösen. Von der einen Seite rückten die Königreiche heran, Bren von der anderen. Das Zentrum war Brens einzige Schwachstelle; es bestand lediglich aus schlecht ausgebildeten und ausgerüsteten Söldnern. Maybor mußte zugeben, daß Kylock ein brillanter Stratege war: Er hatte das Zentrum mit Absicht geschwächt, um Highwall zum Angriff zu verlocken; doch je näher sie der Stadt kommen würden, desto leichter konnte man sie auch einkesseln.

Maybor bellte Befehle an seine Männer. Das Fußvolk würde sich vor der Reiterei zurückziehen, und er wollte ihnen einen ausreichenden Vorsprung verschaffen. Besik war auf der Ostseite der Front und beanspruchte den größten Teil der Truppen für seinen Vorstoß gegen die Schwarzhelme. Das würde kein einfacher Rückzug werden: Der Oberbefehlshaber würde sich seinen Weg durch die herzögliche Garde hindurch erkämpfen müssen. Maybor wünschte ihm Glück.

Kurz nachdem das Fußvolk seinen Rückzug begonnen hatte, brach die Reiterei von Highwall auseinander. Das Blau und Gold der Königreiche hatte seinen Angriff von Westen her verstärkt. Sie versuchten Highwall nach Osten abzudrängen. Maybor war verschwitzt; er war totmüde, und er fühlte sich sehr, sehr alt. Schweigend sandte er ein Gebet an Borc und bat ihn um Schutz – aber nicht für sich, sondern für Besik: Der Mann führte zwei Drittel der Streitkräfte von Highwall mitten in ein Gemetzel.

Maybor konnte nicht länger erkennen, was im Osten vor sich ging. Seine und Besiks Truppen waren bereits voneinander getrennt, und ein Regiment berittener Schwarzhelme eilte herbei, um den Keil noch zu vergrößern.

Maybor schaute nach Süden, über die Überreste des Highwall-Lagers hinweg und zu den Ausläufern der Berge, um den Rückzug seines Fußvolks zu beobachten. Die Männer rannten um ihr Leben. Soeben hatten sie die erste Hügelkette hinter dem Lager erreicht. Gut. Jetzt war es an der Zeit, daß er der Reiterei ihre Befehle gab. Als Maybor sein Pferd wendete, sah er im Südosten blau-goldene Banner, die sich in seine Richtung bewegten. Die Königreiche rückten vor.

Maybor befahl dem Hornisten, Signal zu geben. Drei Töne erschollen: zwei hoch und kurz, einer tief und lang.

Der letzte Ton war noch nicht verhallt, als Maybor seinen Sohn entdeckte.

Mitten auf einem der westlichen Hügel saß Kedrac auf einem prächtigen braunen Hengst und dirigierte seine Truppen. Sein Pferd trug eine blau-goldene Schabracke, doch er selbst war in seine Familienfarben gekleidet. Rot und Silber. Die Farben von Maybors Wappen. Die Farben der Ostlande.

Maybor spürte einen schrecklichen Schmerz im Herzen. Stolz mischte sich mit Leid. *Sein* Sohn war der Oberbefehlshaber der Königreiche.

Kedrac sah phantastisch aus: jung, entschlossen, gebieterisch. Ein Dutzend Männer umgab ihn wie Höflinge.

Und dann hob Kedrac die Hand. Maybor lief ein Schauer über den Rücken. Sein Sohn blickte genau zu ihm herüber. Die Geste war nur für ihn allein bestimmt. Sie waren noch nicht einmal eine Meile voneinander entfernt – die einzigen Männer auf dem Schlachtfeld in Rot und Silber –, und sie starrten einander an. Maybor brach das Herz. Sein Sohn trug die Familienfarben nicht aus Stolz, sondern um seinem Vater einen Schlag ins Gesicht zu versetzen – ein grausamer Akt gegen einen Vater, den er für einen Verräter hielt.

Maybor drehte sich um. Er mußte nicht weiter auf Kedrac blicken, um zu wissen, welchen Befehl sein Sohn als nächstes erteilen würde.

Inzwischen war die letzte Phase des Rückzugs angebrochen. Überall herrschte ein blutiges Chaos. Die Reiterei von Highwall zog sich so schnell wie möglich zurück, doch Söldner und die herzögliche Garde setzten ihr hinterher. Hunderte von Männern fielen mit Pfeilen oder Klingen im Rücken. Die Luft war erfüllt von ihren Schreien. Maybor schüttelte den Kopf. Dieser Rückzug würde einen hohen Blutzoll fordern. Sie würden sehr viel mehr Männer verlieren, als sie retten konnten.

Mittlerweile hatte sich das gesamte Schlachtfeld nach Süden verlagert. Aus dem Augenwinkel heraus entdeckte Maybor eine Schwadron schwer gepanzerter Ritter, die Kedracs Feldherrnhügel hinabstürmten. Mit grimmigem Gesicht schaute er ihnen eine Weile zu. Dann wirbelte er herum, wartete, bis die erste Reihe der Highwall-Reiterei mit ihm auf gleicher Höhe war, und gab seinem Pferd die Sporen.

»*Zu den Bergen!*« schrie er erfüllt von einem verrückten Hochgefühl. Sein Sohn wollte ihn also tot sehen. Nun gut, dann sollte er auch etwas dafür tun.

Kapitel Dreiundzwanzig

Die Reise zurück nach Rorn dauerte sechs Tage. Der Großmast des Schiffes war zu schwach, um ein Toppsegel zu tragen, und so mußten sie auf das Großsegel vertrauen, sie nach Hause zu bringen.

Es war eine gemächliche Reise gewesen. Eine Zeit der Ruhe. Die Winde waren sanft und das Meer versöhnlich. Die Tage waren kurz, doch die Sonnenuntergänge waren lang, und nachts war der Himmel mit Sternen übersät. Die *Fischgeruch* knirschte und schwankte bei jeder noch so kleinen Welle, und die Mannschaft verhätschelte sie während der ganzen Fahrt.

Während fünf der sechs Tage lag Jack mit Fieber in der Koje. Fyler und überraschenderweise auch Kapitän Quain kümmerten sich Tag und Nacht um ihn. Auch Tawl hatte die ersten beiden Tage in der Koje verbracht, während die Mannschaft seine diversen Wunden und Prellungen versorgt hatte. Fyler war der inoffizielle Schiffsarzt, und Tawl war noch nie einem derart eifrigen – und somit gefährlichen – Amateur begegnet. Manchmal hatte Tawl das Gefühl, als würde Fyler ihn nur um des Nähens willen nähen. Allerdings war das Nähen bei weitem nicht so schlimm wie die Frischfischumschläge und nicht annähernd so schmerzhaft wie das Ausbrennen der Wunden. Das einzige Versöhnliche an Fylers Arztspielchen war die Tatsache, daß er auf steifen Grog als Schmerzmittel schwor.

Tatsächlich hatte Tawl es eben diesem Grog zu verdanken, daß er den größten Teil der Reise in einer Art Dämmerzustand verbracht hatte. Fylers Grog war das perfekte Gegenmittel gegen Larn.

Auf Jack jedoch hatte die Insel eine wesentlich größere Wirkung gehabt. Sie hatte ihn irgendwie verändert: In den Stunden zwischen der Zerstörung der Höhle und dem Aufwachen am folgenden Morgen war Jack um fünf Jahre gealtert. Sein Haar glänzte nicht mehr, und an seinen Schläfen zeigten sich die ersten grauen Strähnen. Aber das war nicht das Schlimmste. Tiefen Falten hatten sich in sein Gesicht gegraben; einige zogen sich sogar von der Stirn hinab über die Wangen bis hin zum Mund.

Tawl hatte ihm nichts davon gesagt. An Bord gab es keinen Spiegel, doch in weniger als einer Stunde würden sie sowieso in Rorn festmachen, und dort würde es Jack schon selbst herausfinden. Tawl lächelte und tastete über sein eigenes Gesicht. Es war eine Anhäufung von Nähten und Schwellungen. Im Augenblick waren sie beide nicht gerade ein schöner Anblick.

Dennoch hatten sie geradezu unglaubliches Glück gehabt: Daß sie überhaupt noch lebten, grenzte an ein Wunder. Tawl hatte keine Ahnung, was in der Höhle geschehen war und was Jack durchgemacht hatte; aber auch er hatte die Macht des Ortes gefühlt, auch er hatte das Pochen in seinen Knochen gespürt. Was immer auch für eine Magie über jenen Ort geherrscht haben mochte, sie war unglaublich mächtig gewesen, und so war es nicht verwunderlich, daß der Kampf gegen sie seinen Tribut gefordert hatte.

Tawl hatte erwartet, mit Erleichterung oder vielleicht sogar mit Befriedigung auf den Fall des Tempels zu reagieren. In Wahrheit jedoch fühlte er sich einfach nur leer. Die Seher waren tot, die Höhle zerstört, doch viele der Priester hatten überlebt – sie waren das Böse von Larn. Uralte Magie hatte noch nie jemanden an einen Stein gebunden.

»Von hier aus sieht Rorn wirklich schön aus.«

Tawl drehte sich um und sah, wie Jack sich ihm über das

Vordeck näherte. Wieder einmal mußte Tawl seine Überraschung über Jacks verändertes Aussehen verbergen. Er hatte sich noch immer nicht daran gewöhnt. »Wie fühlst du dich?«

»Eigentlich nicht schlecht. Ich glaube, allmählich werde ich immun gegen Rum.«

»Dann bist du stärker als ich. Vier von Fylers Grogs, und ich schrubbe das Deck mit der Zunge.«

Jack lächelte. Er sah blaß und abgehärmt aus. Das Fieber war zwar schon vor zwei Tagen abgeklungen, doch Fyler hatte ihm erst gestern erlaubt, wieder aufzustehen. »Wir haben noch einen langen Weg vor uns, hab' ich recht?«

Tawl beobachtete, wie die weißen Türme von Rorn am Horizont immer größer wurden. »Wir sind wieder in Bren, bevor du dich versiehst.«

Die *Fischgeruch* wurde von zwei großen Ruderbooten in den Hafen gezogen. Carver und Kapitän Quain traten zu Tawl und Jack an die Reling. Die vier Männer schauten zu, wie ihr Schiff an Fischkuttern und Karavellen vorbei zu seinem Liegeplatz an einem langen Kai gezogen wurde. Seemöwen kreisten am Himmel, und die sanfte Brise wehte den Geruch von Rorn heran.

Als sie nahe genug an die Stadt herangekommen waren, um Einzelheiten zu erkennen, schirmte Tawl seine Augen gegen das Sonnenlicht ab und blickte auf den Kai. Zwei Gestalten warteten auf dem Landungssteg. Tawl erkannte Schnapper sofort – die ausgebeulte Tunika, das schwere Bündel über der Schulter, die dürren Beine –, aber mit der zweiten Gestalt wußte er zunächst nichts anzufangen.

Carver schaute durch ein Fernrohr. »Da wartet ein Mädchen auf uns, Kapitän. Sieht zwar ein bißchen abgerissen aus, aber zumindest lebt sie noch.«

Quain schaute zu Tawl und sah, wohin der Ritter blickte. »Ich glaube nicht, daß sie auf uns wartet«, sagte er. »Warum gibst du Tawl nicht mal das Fernrohr?«

»Hier, Kumpel«, sagte Carver und reichte Tawl das Fernrohr. »Sie steht neben dem Jungen am Kai. Die Zuhälter werden wirklich von Tag zu Tag jünger.«

Tawl schaute durch das Fernrohr. Als er Schnapper sah, konnte er sich ein Lächeln nicht verkneifen. Der junge Taschendieb sah ganz und gar nicht glücklich aus. Das Mädchen neben ihm wischte ihm mit einem Tuch über Gesicht und Nacken. Sie selbst war mitleiderregend dünn. Ihr Haar war kurz geschoren, und hätte sie kein Kleid getragen, hätte man sie für einen Jungen halten können. Dann wandte sie ihr Gesicht dem Schiff zu. Tawl hielt den Atem an. Es war Megan. *Seine* Megan.

Er gab das Fernrohr wieder zurück. Was war mit ihr geschehen? Wo waren ihre fröhlichen Locken und die rosigen Wangen? Wo waren die vollen Lippen, die üppigen Rundungen und die funkelnden Augen? Tawl überkam eine schreckliche Ahnung. Er erinnerte sich an das letzte Mal, als er von Bord der *Fischgeruch* gegangen war. Damals war er sofort in das Hurenviertel geeilt in der Hoffnung, die Nacht mit Megan verbringen zu können. Nur daß sie nicht daheim gewesen war. Ihr Zimmer war leer gewesen, und ihr ganzer Besitz hatte verstreut auf dem Boden gelegen. Tawl war bis jetzt immer davon ausgegangen, daß sie einfach fortgegangen war, um irgendwo ein neues Leben zu beginnen, wie er ihr geraten hatte. Aber was wenn er sich geirrt hatte? Was wenn sie in Gefahr gewesen war, während er einfach weitergemacht hatte, als sei nichts geschehen?

Das Schiff näherte sich seinem Liegeplatz, und die beiden Gestalten auf dem Kai traten an den Rand des Stegs. Nun konnte Tawl sie auch ohne Fernrohr deutlich erkennen. Megan war hübsch gekleidet: Sie trug einen pinkfarbenen Rock und ein Oberteil, das derart glänzte, daß es sich dabei nur um Seide handeln konnte. Ein Wollschal bedeckte ihre Schultern, und von Zeit zu Zeit griff Schnapper danach, um ihn ihr über die Arme zu legen. Die beiden warteten Hand in Hand.

»Heia, Tawl!« rief Schnapper, als die Leinen festgemacht wurden. »Ich habe dir eine alte Freundin mitgebracht.«

Tawl blickte auf Megan. Selbst auf diese Entfernung konnte er sehen, daß er sich geirrt hatte: Ihre Augen funkelten noch immer. Sie schwieg, aber sie lächelte. Es war ein Lächeln des Willkommens, ein Lächeln der Freundschaft, und es erfüllte Tawls Herz mit schmerzlicher Freude.

Die Laufplanke hatte kaum den Boden berührt, als Tawl bereits vom Schiff und in Megans Arme rannte. Sie war so dünn, so zerbrechlich – er hatte Angst, sie zu zerquetschen. Ihre Wangen waren feucht von Tränen, und sie zitterte wie ein neugeborenes Fohlen. »Tawl, ich bin ja so froh«, flüsterte sie und legte ihren Kopf an seine Schulter. »Ich bin ja so froh, daß du hier bist.«

Die Mannschaft jubelte. Tawl hob den Kopf und sah, daß sich alle zwölf Mann an der Reling aufgestellt hatten, jeder mit einem breiten Grinsen auf dem Gesicht. Er konnte nicht anders, als lauthals aufzulachen. Sie waren gute Männer. Er hob den Arm und winkte ihnen zu. Nach ein paar Sekunden winkte auch Megan, und das machte die Seeleute wild: Sie schrien, warfen ihr Küsse zu und fragten, ob sie einen festen Freund habe.

Noch immer lächelnd schüttelte Tawl den Kopf. Er streckte den Arm nach Schnapper aus, und der Junge warf sich ihm an die Brust.

»Ich hoffe, du nimmst es mir nicht übel, Tawl, aber du siehst ein wenig mitgenommen aus.«

Wieder brach Tawl in lautes Gelächter aus. Er drückte Schnapper fest an sich. »Ich hoffe *du* nimmst es mir nicht übel, aber ich glaube, du solltest mal ein wenig Taktgefühl lernen.«

Jack verabschiedete sich von der Mannschaft. Tawl beobachtete, wie sein Gefährte ein paar Worte mit dem Kapitän wechselte, bevor auch er die Laufplanke hinunterkam. Er hatte einen seltsamen Gesichtsausdruck.

»Hey, Jack!« rief Schnapper. Er löste sich von Tawl und rannte Jack entgegen, der ihn ebenfalls an die Brust drückte.

»Bei Borcs Kniescheiben, Jack! Was ist denn mit dir passiert? Tawl sieht ja schon schlimm aus, aber du – das ist ja fürchterlich. Sind das graue Haare, oder hast du einen Eimer Farbe über den Kopf bekommen?«

Jack strich sich übers Haar. »*Graue Haare?*«

»Nur an den Ecken und nur ein ganz klein wenig.«

Jack schaute Schnapper einen Augenblick lang an, dann lachte er. »Nun, wenn ein paar graue Haare alles sind, was ich aus Larn mitgebracht habe, dann bin ich ja gar nicht mal so schlecht weggekommen.«

Tawl atmete erleichtert auf. Er winkte Jack zu sich heran, damit er Megan kennenlernte. Während er sie ihm vorstellte, fragte er sich, was sie wohl alles durchgemacht hatte. Sie hatte dunkle Ringe unter den Augen, und ihre Wangen waren eingefallen.

»Ich freue mich, dich kennenzulernen, Jack«, sagte sie. Ihre Stimme klang dünner, als Tawl sie in Erinnerung hatte.

Jack verbeugte sich und ergriff ihre Hand. Tawl lächelte ihn an; es freute ihn, daß er Megan wie eine hochwohlgeborene Dame behandelte.

Auch Schnapper gesellte sich wieder zu seinen Freunden, nachdem er kurz an Bord gewesen war. »Ich habe gerade ein paar Worte mit dem guten Kapitän gewechselt. Ich habe ihm gesagt, wir würden später wieder zurückkommen und ihn bezahlen.«

»Du hast also genug Geld aufgetrieben?« fragte Tawl.

»Natürlich habe ich das.« Schnapper war augenblicklich beleidigt. »Für was hältst du mich eigentlich? Für einen Amateur? Ihr zwei seid nicht die einzigen, die in letzter Zeit 'ne Menge zu tun hatten. Ich hab' auch nicht gerade auf der faulen Haut gelegen. Ich mußte mich mit der ein oder anderen wichtigen Persönlichkeit treffen und habe ein holde Maid gerettet, und so ganz nebenbei habe ich noch genug Nachforschungen angestellt, daß die Herren sich in nächster Zeit keine Gedanken mehr um ihren Lebensunterhalt machen müssen. Ich habe bis über beide Ohren in Arbeit gesteckt. Bis über beide Ohren.«

Tawl vermutete, daß sein heimliches Verschwinden

Schnapper verletzt hatte, und so erwiderte er: »Deswegen haben wir dich ja auch hier zurückgelassen, Schnapper. Wir wußten, daß du dich um alles kümmern würdest. Das war ja wohl kein Problem für dich, oder?«

»Kein Problem! Bei allen Heiligen der Gosse, ich war hier gestrandet! Ihr habt mich einfach meinem Schicksal überlassen, ohne auch nur ein Wort der Warnung oder des Dankes zu sagen. Ihr könnt von Glück sagen, daß ich heute überhaupt hier bin. Obwohl ihr mich tödlich beleidigt habt, zahle ich Trottel immer noch eure Rechnungen!«

Tawl packte Schnappers Arm und führte ihn vom Steg herunter. »Warum gehen wir nicht einfach in ›*Die Rose und die Krone*‹ und essen was Feines. Dann kannst du uns auch alles erzählen, was du armer Kerl so durchgemacht hast.«

Schnapper schnaufte verächtlich. »Wahrscheinlich soll ich das auch noch bezahlen.«

»Euer Eminenz, soeben ist eine Nachricht aus dem Norden eingetroffen. Highwalls Armee ist vor sechs Tagen auf den Ebenen südlich von Bren geschlagen worden.«

Tavalisk legte den Spargel wieder auf den Teller, den er bereits halb in den Mund geschoben hatte. »Wie ist das geschehen? Brens Armee allein hätte es unmöglich mit Highwall aufnehmen können.«

»Die Streitkräfte der Königreiche haben vergangene Woche die Berge überquert, Euer Eminenz. Sie sind unmittelbar vor den Winterstürmen in Bren eingetroffen.«

»Darauf hat Kylock also die ganze Zeit gewartet: auf die Winterstürme.« Tavalisk leckte sich die geschmolzene Butter von den Fingern. Das war die schlimmste Nachricht, die Gamil ihm je gebracht hatte. Das Nordreich war nicht länger bloß eine Bedrohung: Es war Realität. Baralis und Kylock hatten sich de facto den Norden unterworfen. »War es ein Gemetzel?«

»Ja, Euer Eminenz. Offenbar war Highwall von drei Seiten eingeschlossen. Sie haben versucht, sich nach Osten zurückzuziehen, aber sie haben es nicht geschafft. Brens Schwarzhelme haben sie abgeschlachtet. Nach allem, was man so hört, war es das reinste Blutbad. Es gab keine Gefangenen.«

»Maybor und Besik?«

»Lord Besik ist mit seinen Männern untergegangen. Von Lord Maybor weiß man nichts Genaues. Gerüchte besagen, er habe ein Drittel von Highwalls Armee in die Berge geführt, aber soweit ich feststellen konnte, sind die meisten von ihnen umgekommen. Sie waren die Letzten, die sich vom Schlachtfeld zurückgezogen haben.«

»Ja, das paßt.« Tavalisk war verzweifelt, doch er hatte nicht die Absicht, das gegenüber Gamil zuzugeben. Seit jenem unglücklichen Zwischenfall mit dem jungen Taschendieb traute der Erzbischof seinem Privatsekretär immer weniger. Gamil führte offenbar etwas äußerst Fragwürdiges im Schilde; andernfalls hätte er sich nicht von einem Straßenkind erpressen lassen. Und was noch wichtiger war: Nun bestand – wenn auch nur entfernt – die Möglichkeit, daß der Mann von dem geheimen Schatz seines Herrn erfahren hatte.

Tavalisk nahm einen Spargel vom Teller und bog ihn so weit durch, bis er brach. Sobald der lästige kleine Dieb Rorn verlassen hatte, würde er seine Ersparnisse an einen anderen Ort bringen lassen. Vielleicht würde er sie auch aufteilen – die Hälfte in der Stadt, die andere irgendwo auf dem Land. So wie im Augenblick die Dinge im Norden standen, konnte ein Mann gar nicht vorsichtig genug sein, wenn es um seine Vermögenswerte ging – besonders nicht, wenn diese Vermögenswerte ausschließlich aus tragbaren Gütern bestanden.

»Wie nehmen Camlee und Ness die Nachricht von Highwalls Niederlage auf?«

»Schlecht, Euer Eminenz. Ness ist nur drei Wochen Marsch von Bren entfernt. Man muß kein Genie sein, um zu wissen, was Kylock als nächstes ins Visier nimmt.«

Tavalisk wedelte seinem Sekretär mit einer Spargelstange

unter der Nase. »Hmmm. Da hast du wahrscheinlich recht. Kylock hofft wahrscheinlich, daß die Winterstürme Annis für die nächsten Monate einfrieren. Und nun, da er seine eigene Armee wieder bei sich hat, wird er wohl kaum nur rumsitzen und Däumchen drehen. Nichts ist ruheloser als ein frisch gekrönter König.«

»Er befindet sich auch in einer außergewöhnlich guten Position, Euer Eminenz.«

»Gamil, wenn ich von jemandem das Offensichtliche hören will, dann kann ich auch einen Tellerwäscher kommen lassen. Der mag zwar schlecht informiert sein, aber zumindest sieht er, was sich unmittelbar vor seinen Augen abspielt.« Der Erzbischof ließ die obere Hälfte des Spargels in seinem Mund verschwinden. Den unteren Teil aß er nie. Das war ein Gnadenakt, denn die Reste von seiner Tafel waren stets für die Armen bestimmt.

»Aber im kommenden Frühling wird Kylock Schwierigkeiten bekommen, Euer Eminenz. Er wird die Berge überqueren und Highwall erobern müssen. Außerdem muß er noch Halcus unter Kontrolle halten und Annis besiegen.«

»Im Frühling wird er noch viel stärker sein, Gamil. Im Augenblick ist nur die Hälfte der Truppen in Bren ausgebildet. Er hat alles Mögliche in seine Armee eingegliedert: Söldner, Bauern, Bürger. Wenn der Mann auch nur einen Funken Verstand hat, dann wird er den Winter über dafür sorgen, daß sie im Frühling ausgebildet und kampfbereit sind.«

»Und was ist mit der Invasion von Ness, Euer Eminenz?«

Tavalisk betrachtete den Spargel: grün, glänzend vor Butter und mit einem Duft, der entfernt an Schweiß erinnerte. Mit seinen kleinen, unauffälligen Spitzen war er die perfekte Beilage zum Intrigieren. »Offiziell sollten wir verkünden, daß der Süden nicht die Absicht hat, Ness zu unterstützen.«

»Und inoffiziell, Euer Eminenz?«

»Wir müssen Bren gegenüber den Eindruck erwecken, wir würden Ness im Stich lassen; vielleicht schickt Kylock dann weniger Truppen. Erst wenn er kurz davor steht, dieses elende Nest von Schafhirten zu erobern, wird der Süden auf den Plan treten. Ich schlage vor, wir rüsten Camlee im geheimen auf und warten bis zum letzten Augenblick, um dann unserem jungen Kylock eine um so unangenehmere Überraschung zu bereiten.«

»Euer Eminenz ist überaus weise.«

Tavalisk strahlte übers ganze Gesicht. Immerhin war er ja der Auserwählte. Marod hatte in der Tat eine gute Wahl getroffen, indem er ihn ausgesucht hatte. »Gibt es sonst noch irgendwelche Neuigkeiten, Gamil?«

»Die *Fischgeruch* ist heute morgen gesehen worden, wie sie in den Osthafen geschleppt wurde. Wahrscheinlich hat sie inzwischen festgemacht.«

»Hmmm, ich glaube, es ist das Beste, wir lassen den Ritter und seine Freunde gehen. Ich will schließlich keine kostbare Zeit verschwenden, indem ich Pöbel foltern lasse – jedenfalls nicht im Augenblick.«

Gamil verneigte sich hastig. »Euer Eminenz hat wie immer vollkommen recht. Wir sollten uns auf Wichtigeres konzentrieren.«

Gamil hatte seine Haltung zu diesem Thema recht deutlich geändert. Was hatte der kleine Dieb nur gegen ihn in der Hand? »Das ist im Augenblick alles, Gamil. Du mußt mir nur noch einen kleinen Gefallen tun, dann kannst du gehen.« Tavalisk hielt die Zeit für gekommen, seinen Privatsekretär in die Schranken zu weisen.

»Was für einen Gefallen, Euer Eminenz?«

»Ich möchte gerne, daß du mir eine vollständige Liste all deiner Informanten anfertigst.«

»Aller?«

»Ja, aller. Vom reichsten Kaufmann bis hin zum ärmsten Bettler.«

Gamil wirkte besorgt. »Aber Euer Eminenz, das könnte den ganzen Tag dauern.«

Tavalisk täuschte ein Gähnen vor. »Ich kann warten.«

»Der Privatsekretär des Erzbischofs hat für Larn gearbeitet?«

»Stimmt, Tawl. Der Alte Mann hat genau ins Schwarze getroffen.«

»Und wie heißt der Mann?«

»Gamil.«

Tawl lehnte sich zurück. Er und seine Gefährten saßen um einen kleinen runden Tisch in *›Die Rose und die Krone‹* herum. Die Überreste eines großen Schweinebratens lagen auf einem Tablett, und Schnapper widmete sich gerade der letzten Pastete. In der Schankstube war es ruhig und warm. Der Wirt hatte vor wenigen Minuten Feuerholz nachgelegt, und die Schankmaid füllte immer wieder die Becher der Gäste auf.

Gamil. Das war der Name, den man Tawl vor all den Monaten auf Larn gegeben hatte. Das war der Mann, dem er den Brief der Priester überbracht hatte. Tawl erinnerte sich deutlich an Gamils Gesicht, und er erinnerte sich auch an die Überraschung des Mannes, als er gesehen hatte, wer da vor seiner Türe stand. Gamil war nur ein weiterer selbstgerechter Feigling – er und der Erzbischof verdienten einander. Tawl rieb sich die Stirn. »Am Ende ist doch alles miteinander verbunden.«

Jack hob den Kopf. Während Schnapper und Megan ihre Geschichte erzählt hatten, hatte er geschwiegen. »Was ist miteinander verbunden?«

Eigentlich hatte Tawl die Bemerkung nur beiläufig fallen lassen, doch Jacks Reaktion verriet, daß ihm viel an der Beantwortung der Frage lag. Tawl zuckte die Schultern »Du weißt ja: Larn, Rorn, Bren. Auch du und Melli – ihr stammt beide aus den Königreichen.«

»Larn, Rorn, Bren und die Königreiche«, wiederholte Jack. Seit er das Schiff verlassen hatte, verhielt er sich merkwürdig. Er war in sich gekehrt, als sei er in Gedanken ganz woanders, und er wahrte stets eine gewisse Distanz zu seinen Gefährten. Tawl fragte sich, was wohl im Kopf seines Freundes vorgehen mochte.

»Warum legst du dich nicht etwas hin?« fragte er.

»Schnapper hat uns drei Zimmer für die Nacht besorgt.« Während er sprach, warf er Schnapper einen raschen Blick zu.

Schnapper nickte. Er stand auf, ging zu Jack und zog ihn am Ärmel. »Komm, Jack. Ich bringe dich hoch. Du kannst das Zimmer mit dem Bett haben. Das hat mich zwei Goldstücke extra gekostet.«

Jack ließ es zu, daß der Junge ihn wegführte. Tawl blickte ihm hinterher.

»Du machst dir Sorgen um deinen Freund, nicht wahr?« Megan schob ihren Stuhl näher an Tawl heran.

»Ja. Wir alle haben eine ganze Menge mitgemacht.« Tawl küßte Megans Hand. »Aber bei weitem nicht soviel wie du.« Ihr Lächeln war so bezaubernd, daß sein Herz zu zerspringen drohte.

Sie legte ihm den Finger auf die Lippen. »Mach dir keine Vorwürfe, Tawl. Du kannst nicht jeden beschützen, der dir etwas bedeutet. Das geht einfach nicht.«

Tawl schüttelte den Kopf. »Megan, ich ...«

»Du machst dir zu viele Gedanken, Tawl. Du kümmerst dich immer nur um andere, nie um dich selbst.«

»Hätte ich gewußt, daß du in Gefahr bist, wäre ich gekommen.«

Megan streichelte ihm über die Wange. Wieder lächelte sie sanft. »Glaubst du etwa, das wüßte ich nicht, Tawl?«

Sie war so wunderschön – schöner noch, als Tawl sie in Erinnerung hatte. Die Locken, die sie verloren hatte, waren nichts im Vergleich zu dem Funkeln in ihren Augen. Tawl beugte sich zu ihr hinüber und küßte sie auf den Mund. »Ich habe dir für soviel zu danken.«

»Du schuldest mir keinen Dank, Tawl. Du warst schon so lange hart zu dir selbst, daß du es auch von anderen erwartest. Dir zu sagen, daß meine Gefangenschaft nicht deine Schuld war, war keine Gefälligkeit; es war die Wahrheit. Der Erzbischof hat mich in den Kerker geworfen, nicht du.«

»Aber ...«

»Tawl, du hast dich immer um mich gesorgt. Hättest du

etwas gewußt, dann hättest du mir beigestanden.« Megans dunkelgrüne Augen blickten genau in die seinen. »Das ist mir genug.«

Es war ihr wirklich *genug*. Sie hatte nicht gelogen, um seine Gefühle zu schonen. Sie hatte die Wahrheit gesagt. Tawl fühlte sich erleichtert. Vielleicht war etwas Wahres an ihren Worten. Vielleicht reichte es manchmal ja wirklich aus, sich nur um jemanden zu sorgen.

Megan lächelte listig. »So, und jetzt erzähl mir von der Frau, die du liebst.«

Tawl machte sich nicht die Mühe, seine Überraschung zu verbergen. Er trank einen kräftigen Schluck Bier, um sich Zeit zum Nachdenken zu verschaffen. »Wie kommst du darauf?« fragte er schließlich.

»Dein Kuß. Er war eher nett als leidenschaftlich.«

Was war das nur mit dieser Frau? Woher wußte sie soviel?

Megan lachte. »Mach nicht so ein entrüstetes Gesicht. Ich wollte dich nicht beleidigen.«

Nein, das wollte sie nicht – im Gegenteil: Sie wollte es ihm leichter machen. Indem sie das Thema von sich aus zur Sprache gebracht hatte, hatte sie ihm mitgeteilt, daß sie keinerlei Anspruch auf ihn erhebe und daß er ein freier Mann sei. »Du bist wirklich eine bemerkenswerte Frau.«

»Ich bin froh, daß du jemanden gefunden hast, den du liebst.«

Tawl ergriff ihre Hände. »Warst du es nicht, die mir gesagt hat, Liebe und nicht Erfolg würde mich von meinen Dämonen befreien?

Megan legte ihm den Kopf auf die Schultern. »Aber bis dahin ist es noch ein weiter Weg.«

Jack lag im Bett, doch er konnte nicht einschlafen. Sein Kopf schien zu platzen, und seine Sinne waren derart empfindlich, daß die Vielzahl der Eindrücke drohte, ihn zu überwältigen. Er spürte, wie die rauhe Wolle der Decke an seinen Handgelenken scheuerte und wie ein Tropfen Schweiß seine Wange hinunterrann. Er sah, wie die Luft vor dem Feuer verwirbelte und wie sich Deckenbalken unter dem Druck der Menschen im Obergeschoß kaum merklich durchbogen. Er hörte alles: Motten, die mit ihren Flügeln gegen die geschlossenen Fensterläden schlugen; Holzwürmer, die sich einen Weg durch die Balken fraßen; einen Mann, der im angrenzenden Raum schnarchte, und die Flut, die allmählich gegen das Ufer drängte.

Stimmen. Er hörte auch Stimmen.

Fylers letzte Worte: *»Ich habe noch nie gesehen, daß sich der Kapitän so sehr um jemanden gekümmert hat wie um dich, während der Heimreise. Er hat dich wie einen Sohn behandelt.«*

Quains letzte Worte: *»Wenn du das nächste Mal in Rorn bist, Jack, dann mußt du mich unbedingt besuchen. Wir beide haben eine ganze Menge gemeinsam.«*

Tawl im Gasthof: *»Am Ende ist alles miteinander verbunden.«*

Stimmen, Hunderte von Stimmen, schwirrten um seinen Kopf wie Fliegen um ein Stück Fleisch. Warum ließen sie ihn nicht in Ruhe?

Jack wälzte sich hin und her. Die Decken, auf denen er lag, waren von Schweiß durchtränkt. Draußen ging jemand über die Straße, und Jacks Herz schlug im Takt der Schritte. Wie eine Katze auf der Lauer spitzte er die Ohren. Das Feuer prasselte; die Motten flatterten; der Mann nebenan schnarchte, und das Meer brandete ans Ufer – alles im Rhythmus von Larn.

Jack konnte es nicht länger ertragen. Er glaubte, verrückt zu werden. Larn drang von allen Seiten auf ihn ein.

»Hast getan, was sie wollte, stimmt's?«

Die Stimmen wurden wieder lauter. Willkürlich schlugen sie nach seiner Seele.

Stillfuchs vor dem Kamin: *»Ich habe einmal die Geschichte eines Mädchens aus Larn gehört. Ihre Mutter war eine Dienerin der Priester.«*

Falk über seine Mutter: *»Mir scheint, sie hat ihr Geheimnis bewahrt, um dich zu schützen.«*

Quain vor dem Sturm: *»Sie trieb in einem kleinen Boot ohne Segel und ohne Ruder.«*

Jack hielt sich die Ohren zu; doch die Stimmen verschwanden nicht.

Wieder Stillfuchs: *»Es war ihre Mutter – eine Frau so schrecklich mißgestaltet, daß sie weder ihre rechte Gesichtshälfte noch ihren rechten Arm bewegen konnte –, die sie gerettet hat. Mit ihrer Hilfe ließ sich das Mädchen in einem kleinen Boot auf die tückischen Gewässer hinaustreiben, die die Insel umgeben.«*

Meister Frallit: *»… und zwar eine* ausländische *Hure.«*

Seine Mutter jeden Morgen auf den Burgmauern: *»Duck dich, Jack, es könnte dich sonst noch jemand sehen.«*

Jack hatte das Gefühl, er müsse ersticken. Das Gewicht der Stimmen drohte, ihn zu erdrücken. Die Worte waren schwer, durchdringend, hartnäckig. Sie ließen ihn nicht in Frieden. Schweiß lief ihm über die Nase und in den Mund – er schmeckte nach Meersalz.

Stillfuchs: *»Kurz bevor man sie überwältigte, schwor sie einen Eid, daß sie Larn eines Tages zerstören würde.«*

Quain: *»Sie ist weggerannt.«*

Falk: *»Vielleicht hat sie mehr Angst um dich als um sich selbst gehabt.«*

»STOP!«

Jack setzte sich auf. Ihm dröhnten die Ohren, und das Herz schlug ihm bis zum Hals. Die Decken waren zu Seilen geworden, die ihn ans Bett banden. Er riß sie herunter. Er mußte hier raus.

Die Kühle des Holzfußbodens war ein Segen. Jack zog sich rasch an und spritzte sich etwas Wasser ins Gesicht; dann rannte er die Treppe hinunter. Leute versuchten, ihn aufzuhalten, doch er schüttelte sie ab. Ihre Stimmen unterschieden sich nicht von denen in seinem Kopf.

Schließlich war er draußen. Er atmete tief durch und zwang den Wahnsinn zurückzuweichen. Die Stimmen wurden zunächst zu einem Flüstern, dann zu einem sinnlosen Summen, und schlußendlich waren sie verschwunden. Jack fühlte sich ausgelaugt. Seine Füße fanden ihren Weg wie von selbst.

Huren riefen ihm ihre Angebote zu; Betrunkene musterten ihn von oben bis unten, und alte Frauen wechselten die Straßenseite, wenn er sich ihnen näherte. Jack beschleunigte seinen Schritt. Doch egal wie schnell er auch ging, Larns Rhythmus war in ihm. Egal wie sehr er sich auch bemühte, nichts würde mehr so sein wie früher.

Er ging hinunter zum Meer. Eine gute Meile wanderte er am Ufer entlang, bis er den Osthafen erreichte. Dann ging er an den Fischkuttern vorbei zum Anlegeplatz der *Fischgeruch*. Bis er dort angekommen war, wußte er nicht, wohin er eigentlich ging; doch als er das Schiff vor sich sah, war er sicher, sein Ziel erreicht zu haben.

»Wer da? Kommt näher auf eigene Gefahr?«

»Carver. Ich bin's. Jack. Ich will mit dem Kapitän reden.«

»Da hast du aber Glück. Er ist tatsächlich noch an Bord. Er ist in seiner Kabine und vervollständigt das Logbuch von unserer letzten Fahrt.« Carver winkte ihn an Bord. »Hey! Ich hoffe, du willst nicht wieder eine Passage haben. Denn wenn du das willst, werfe ich dich auf der Stelle über Bord. Ich segele nie wieder nach Larn, und ich bin bereit dafür zu morden.«

»Schon gut, Carver. Larn ist nur noch eine leblose Insel inmitten der See.« Jack konnte nicht glauben, was er gerade gesagt hatte. Wie auch? Larn war in seinem Herzen, in seiner Seele.

»Hmmm. Paß trotzdem auf, Kumpel.«

»Das werde ich, Carver. Das werde ich.«

Jack ging unter Deck. Der Gang war schmal, die Decke niedrig; alles wirkte noch viel beengender als Jack es in Erinnerung hatte. Die Tür des Kapitäns war verschlossen.

Jack klopfte nicht an. Er stieß einfach die Tür auf.

Der Kapitän saß an seinem Schreibtisch und schrieb in

sein Logbuch. Er blickte nicht auf. »Komm rein. Setz dich. Ich habe dir einen Becher eingeschenkt.«

Jack trat in den Raum. Es war warm, aber nicht zu warm. Hell, aber nicht blendend. Auf dem Tisch standen zwei Becher: Einer war randvoll, der andere etwas weniger gefüllt.

Quain drehte sich zu Jack um. »Ich dachte, du wärst schon eher hier gewesen.«

Jack setzte sich. »Ihr habt gewußt, daß ich komme?«

»Nun, sagen wir, ich hatte so eine Ahnung.«

»Und wenn ich nicht gekommen wäre?«

»Dann hätte ich den zweiten Becher selbst getrunken.« Der Kapitän lächelte. »Ich mag Situationen, bei denen ich so oder so gewinne.«

Jack griff nach dem randvollen Becher. Er fühlte sich glatt und schwer an. »Was ist aus dem Mädchen von Larn geworden?«

Der Kapitän antwortete, ohne zu zögern, als hätte er die Frage schon die ganze Nacht erwartet. »Nachdem die *Gute Brise* wieder in den Hafen eingelaufen war, habe ich sie mit zu mir nach Hause genommen. Sie war immer noch krank, und meine Mutter und ich haben uns wochenlang um sie gekümmert. Ich habe noch nie eine Frau gesehen, die so entschlossen war, wieder gesund zu werden – sie hat ihre Genesung geradezu *erzwungen*. Als sie wieder gehen konnte, hat sie die Stadt sofort verlassen. Nichts konnte sie aufhalten. Sie hatte Angst vor Larn: Angst davor, daß die Priester sie finden und töten könnten. Obwohl es mir das Herz gebrochen hat, habe ich ihr meine Ersparnisse gegeben und sie ziehen lassen.«

Jack hatte das Gefühl, als seien er und Quain die einzigen ruhenden Punkte in einer sich immer schneller drehenden Nacht. »Wo ist sie hingegangen?«

»Das wollte sie mir nicht sagen, um mich nicht unnötig in Gefahr zu bringen«, flüsterte Quain. »Aber ich glaube, sie ist nach Norden gegangen.«

»Wie hat sie ausgesehen?«

»Dunkles Haar, blaue Augen, schlank, ein herzförmiges Gesicht – einfach wunderschön.«

Es drehte sich. Alles drehte sich. Jack hörte die Luft an seinen Ohren vorbeirauschen. »Wie war ihr Name?«

»Aneska.«

Plötzlich kam alles zum Stillstand.

Quain hob den Becher an die Lippen. Er trank einen Schluck, dann schaute er Jack in die Augen. »Am Tag, als sie Rorn verlassen hat, hat sie gesagt, sie müsse einen anderen Namen annehmen. Einen Namen, mit dem sie in keiner Stadt der bekannten Welt auffallen würde. Ich habe ihr geraten, sich Lucy zu nennen. Ob sie meinen Rat angenommen hat, werde ich wohl nie erfahren.«

Jack hatte während Quains Erzählung die Luft angehalten. Erst jetzt wagte er es, wieder zu atmen. Bevor er sich versah, war er aufgestanden. Er mußte den Kapitän berühren, um sich zu vergewissern, daß der Mann und seine Worte real waren. Quain fühlte sich warm an und roch nach Rum – ein typischer alter Seebär. Jack wußte, daß er die Wahrheit gesagt hatte.

Jack hatte ein Gefühl der Beklemmung in der Brust. Eine Welt von neuen Gefühlen drang auf sein Herz ein und verursachte einen bittersüßen Schmerz. Da war Erleichterung, Verwunderung, Freude und vor allem: Traurigkeit. *Oh, wie sie gelitten haben muß*, dachte er. *Und wie gut sie ihre Vergangenheit und ihre Angst vor mir verborgen hat.*

Jack war auch dankbar – dankbar dafür, daß es der Mann vor ihm gewesen war, der ihm die Wahrheit enthüllt hatte. Jack kniete sich vor dem Kapitän nieder und sagte: »Sie hat Euren Rat angenommen. Sie hat sich Lucy genannt.«

Quain legte ihm die Hand auf die Schulter. »Aye. Du bist ihr Junge. Das habe ich vom ersten Augenblick an gewußt.« Sehnsucht schwang in seiner Stimme mit. »Sie war ein tapferes Mädchen.«

Jack schmiegte sich an ihn. Endlich hatte er Antworten. Er wußte, warum seine Mutter ihren Namen geändert hatte, warum sie jeden Morgen auf die Wehrmauern gestiegen war, um die Gesichter der Fremden zu betrachten, und warum sie in bezug auf ihre Vergangenheit gelogen hatte. Angst war die bestimmende Kraft im Leben seiner Mutter gewesen und Larn der Grund dafür.

Sie hatte *mit* der Angst gelebt, doch *für* die Rache. Der Eid, den sie geschworen hatte, war so stark gewesen, daß er sie überlebt hatte. Vielleicht hatte er sie sogar zerstört. Doch nun war ihr Werk vollbracht: Larn war vernichtet, und jetzt konnte sie endlich in Frieden ruhen.

Jack schaute zu Quain hinauf. »Warum habt Ihr es mir nicht sofort erzählt? Vielleicht hättet Ihr mich ja nie wiedergesehen.«

»Jack, ich kenne das Meer. Es kann einen Mann genauso leicht einlullen, als wäre er ein Kind in einer Wiege. Wenn deine Augen nicht mehr das Ufer sehen und deine Füße nicht mehr die Erde spüren, dann ist nur noch die Fahrt selbst von Bedeutung. Ein Mann muß wieder zurück an Land, um die Dinge wieder in der richtigen Perspektive zu sehen. Ich bin davon ausgegangen, daß es mit dir nicht anders sein würde, und ich hatte recht. Ein paar Stunden auf festem Boden, und du bist von selbst draufgekommen.«

»Aber es gibt noch so vieles, was ich nicht verstehe.«

»Ich habe dir alles gesagt, was ich weiß.« Quain klopfte Jack auf die Schulter. »Schenk uns noch was Rum ein, Junge. Es ist Zeit, daß wir auf deine Mutter trinken – Fragen ohne Antworten können auch noch bis morgen warten.«

Jack stand auf, füllte die beiden Becher bis zum Rand und reichte einen davon dem Kapitän. Quain hatte recht: Heute nacht hatten sie Grund zum Feiern.

Und so saßen in dieser Nacht zwei Männer an Bord der *Fischgeruch* beisammen, prosteten sich zu und tranken, erzählten sich Geschichten und lachten und weinten bis zum Morgengrauen.

Kapitel Vierundzwanzig

Der Morgen war gerade erst angebrochen. Das Licht, das durch die Spalten zwischen den Fensterläden hereinfiel, brachte auch Nebel vom Großen See mit. Es war bitterkalt. Melli konnte sich nicht daran erinnern, jemals in ihrem Leben so gefroren zu haben. Die Winter in Burg Harvell waren nichts im Vergleich zu dem hier. Sechs Tage lang hatte der Sturm gewütet. Heute war der Himmel zum ersten Mal wieder klar.

Auf der feuchten Nordwand von Mellis Zimmer hatte sich Eis gebildet. Das Wasser in dem Becher neben ihrem Bett war ebenfalls gefroren. Ihr Atem bildete weiße Wolken vor ihrem Gesicht, und ihr Körper wollte einfach nicht aufhören zu zittern. Von Zeit zu Zeit wehte eine eiskalte Bö durch das Zimmer. Der kalte Luftzug, der durch den Kamin hereinkam, kämpfte mit dem Wind um die Vorherrschaft, der zwischen den Fensterläden hindurchdrang, und gemeinsam hoben sie Vorhänge an und wirbelten Staub auf.

Melli hatte sich bis zur Nase unter ihren Decken verkrochen. Sie verspürte das dringende Bedürfnis, sich zu erleichtern, doch sie wußte aus Erfahrung, wie kalt es da draußen war. Außerdem war sicher nicht nur das Wasser in ihrem Becher gefroren, und der Gedanke, auf eine dünne Eisschicht zu pinkeln, gefiel ihr ganz und gar nicht. Sie würde halt warten, bis die Wachen ihr einen neuen Nachttopf brachten.

Jetzt war es sogar kälter als während des Sturms. Oh, natürlich hatte der Wind einen schrecklichen Wirbel verursacht: Er hatte Schneeflocken durch den Kamin hereingeweht und die Riegel der eisernen Fensterläden so leicht zerbrochen, als wären sie aus Holz gewesen; aber immerhin war die Luft nicht gefroren, solange sie sich bewegt hatte.

Und die Nase, die Wangen und die Augenlider … *Können Augenlider einfrieren?* fragte sich Melli. *Können sie mitten in der Bewegung zum Stillstand kommen, so daß man auf einmal mit halb geöffneten Augen dasteht?* Allein der Gedanke beunruhigte Melli so sehr, daß sie die Decken über den Kopf zog. Besser ersticken, als gefrorene Augenlider zu riskieren.

Es war wirklich verwunderlich, wieviel wärmer es unter den Decken war. Mellis kleiner Schmerbauch war so gut wie ein Ofen. Sie war nun schon im siebten Monat schwanger – jedenfalls glaubte sie das: Die Zeit im Auge zu behalten war noch nie eine ihrer Stärken gewesen. Sie hatte stets Diener gehabt, die ihr diese Arbeit abgenommen hatten.

Doch jetzt hatte sie keine Diener mehr. Statt dessen hatte sie zwei, manchmal drei Wachen um sich und die alte Madame Zahnlos höchstpersönlich, Madame Greal. Trotz ihres strengen Körpergeruchs und den stets drohend erhobenen Waffen zog Melli die Wachen Madame Greal vor. Die Soldaten waren schweigsam und höflich – wenn man einen Mann, der einem die Hellebarde an die Kehle hielt, höflich nennen konnte –, und sie waren glücklicherweise vollkommen desinteressiert an ihrer Gefangenen. Madame Greal hingegen war wie ein Hund, der einen Knochen ergattert hatte und ihn nun nicht mehr loslassen wollte. Sie beleidigte und verspottete Melli ohne Unterlaß, und ständig war sie auf der Suche nach irgendwelchem ›Luxus‹, den sie ihrer Schutzbefohlenen abnehmen konnte. Offenbar waren ihr Kerzen, Wärme, Bodenmatten und frisches Wasser noch nicht genug. Inzwischen mußte Melli wochenlang dieselben Kleider tragen, sich mit eiskaltem Seewasser waschen und an Knochen nagen, über die sich vorher offensichtlich schon eine ganze Hundemeute hergemacht hatte. Ganz zu schweigen von den Decken, die man ihr zum Schutz vor der Kälte gnädigerweise überlassen hatte: Die Dinger waren rauh genug, um einen Heiligen in Versuchung zu führen.

Melli hatte entdeckt, daß sie mit allem zurechtkommen konnte, was Madame Greal sich ausdachte. Trotz allem verlief ihre Schwangerschaft ohne Probleme, und abgesehen von einem geschwollenen Knöchel und einem schmerzenden Rücken wurde Melli sogar von Tag zu Tag stärker. Aus Wochen waren inzwischen Monate geworden und aus Herbst Winter, doch jedesmal wenn Melli eine Bewegung in ihrem Bauch spürte, gab ihr das genug Kraft, um weiterzumachen.

Melli mochte es, schwanger zu sein. Das bedeutete, sie war nicht allein. Immer wieder legte sie die Arme um den Bauch und redete mit ihrem Kind; sie versprach dem Baby zu fliehen, noch bevor es geboren werden würde. Und das war kein leeres Versprechen. Melli wußte genau, was Kylock von ihr wollte, und sie war nicht bereit, es ihm zu geben. Sie würde niemals zulassen, daß Kylock ihren Körper benutzte, um sich von seinen Sünden reinzuwaschen. Was er getan hatte, war unverzeihlich. Vor sieben Tagen hatte er befohlen, fünftausend Männer abzuschlachten. Highwalls Armee war geschlagen worden, und es wäre ein leichtes gewesen, die feindlichen Soldaten gefangenzunehmen. Aber nein, ihre Kehlen mußten durchgeschnitten und ihre Leichen in Stücke gehackt werden. Jetzt lagen Tausende menschliche Kadaver auf der gefrorenen Ebene vor den Toren von Bren.

Kylock war ein Monster. Man hätte ihn unmittelbar nach der Geburt totschlagen sollen. Melli war seine kranken Spielchen von Sünde und Reue leid; sie war es leid, der Mittelpunkt seiner abartigen Phantasie zu sein. Sie würde fliehen. Sie wußte, daß ihr Kind dem Tod geweiht war: Baralis würde niemals zulassen, daß Brens rechtmäßiger Erbe seine Geburt überlebte. Kylock war nicht an dem Kind interessiert – er wollte Melli –, aber sie wollte verdammt sein, sollte sie noch zwei Monate warten, nur um sich dann wie ein Lamm zur Schlachtbank führen zu lassen. Sie würde niemandem die Absolution geben.

Ein Geräusch ertönte vor der Tür. Melli schlug die Decken gerade rechtzeitig zurück, um zu sehen, wie Madame Greal hereintrat. Die feine Dame pflegte sich heutzutage wie eine Königin zu kleiden: Pelze, Brokat, Goldschmuck. Wahrscheinlich plünderte sie die Gemächer der Adeligen, die auf Kylocks Befehl hingerichtet worden waren. Jeder in der Stadt, der auch nur ein einziges Wort gegen Kylock sprach, wurde auf der Stelle dem Henker überantwortet.

»Gibt es irgendwelche Neuigkeiten von meinem Vater?« verlangte Melli zu wissen.

»Mylady«, erwiderte Madame Greal in scharfem Tonfall. »Gibt es irgendwelche Neuigkeiten von meinem Vater, *Mylady.*« Sie zog einen ihrer Handschuhe aus und reckte einen knochigen Finger in die Luft. »Kalt, aber noch nicht kalt genug.«

»Warum reißt Ihr nicht einfach die Wand ein und werft mich in den See? Offenbar habt Ihr sowieso die Absicht, mich erfrieren zu lassen.«

Madame Greal zuckte die Schultern. »Dann würde es dir nicht anders ergehen wie deinem Vater.«

»Hat man seine Leiche gefunden ...«, Melli biß die Zähne zusammen, »... Mylady.«

»Glaubst du wirklich, man müßte nach dem Sturm noch extra nach ihm suchen? Dein Vater mag ja vielleicht feige vom Schlachtfeld geflohen sein, aber inzwischen haben ihn die Berge mit Sicherheit erledigt. Immerhin hat er seine besten Jahre ja schon lange hinter sich gehabt.«

Melli ignorierte die Spöttelei. Sie hatten Maybors Leiche nicht gefunden, und das bedeutete, es bestand nach wie vor die Möglichkeit, daß er überlebt hatte. »Wieviel Männer hat man außerdem noch nicht gefunden?«

Madame Greal trat ans Bett. »Wir sind wohl wieder ein wenig vorwitzig, wie?«

»Damit wollt Ihr wohl sagen, daß Ihr es nicht wißt.«

»Nichts geschieht in Bren, ohne daß ich etwas davon weiß, Fräulein. Nichts.«

»Hat mein Bruder verlangt, mich zu sehen?« Melli wußte, daß ihr Bruder in der Stadt war, aber wußte er auch von ihr?

»Der König hat ihm erzählt, du seist tot. Er hat behauptet, du seist vor drei Monaten an einem Fieber gestorben. Niemand weiß, daß du hier bist, mein Fräulein, und es interessiert auch niemanden.« Madame Greal gab sich keine Mühe, ihre Schadenfreude zu verhehlen. »An deiner Stelle würde ich sowieso nicht auf diesen Bruder rechnen. Ich habe gehört, er habe seine eigene Garde ausgeschickt, um deinen Vater zu töten.«

»Ihr lügt!« Melli verspürte das Verlangen, Madame Greal in ihr zahnloses Gesicht zu schlagen. Sie wollte dem Weib die Haare vom Kopf reißen und sie im Nachttopf ersäufen. Doch Melli hatte das schon einmal probiert, und damals hatte Madame Greal sofort die Wachen gerufen.

»Frag doch den König, wenn er das nächste Mal kommt – dann wirst du ja sehen, ob ich gelogen habe.«

Melli konnte die Vorstellung einfach nicht ertragen, daß Madame Greal die Wahrheit gesagt haben könnte. Was hatte ihr Vater wohl gedacht, als Kedrac seine Männer hinter ihm her geschickt hatte? Die Tatsache, das sie sich auf dem Schlachtfeld gegenübergestanden hatten, war schon schlimm genug, aber das ... Seine Söhne waren für Maybor immer das Wichtigste im Leben gewesen.

Nein, so war das nicht ganz richtig. Maybor liebte auch seine Tochter. Es hatte nur Jahre gedauert, bis er ihr das gezeigt hatte – das war alles.

»Hat man gesehen, wie Lord Maybor vom Schlachtfeld geritten ist?« Melli hatte vor zwei Tagen zwar schon einmal die gleiche Frage gestellt, aber im Augenblick brauchte sie die Bestätigung.

Madame Greal lächelte. »Dein Vater ist die Art von Feigling, der es gefällt, wehrlose Frauen zu schlagen. Aber beim ersten Anzeichen von wirklicher Gefahr kneift er den Schwanz ein und macht sich davon.«

Melli sprang aus dem Bett. Wie immer erschreckte sie ihr eigenes Gewicht. Von Tag zu Tag wurde sie schwerer – aber nicht langsamer. Sie war an Madame Greals Kehle, bevor diese auch nur Luft holen konnte. Madame Greal rammte Melli den Ellbogen gegen die Brust.

»*Wachen!*« kreischte sie und zielte mit dem anderen Ellbogen auf Mellis Bauch. Melli packte das Handgelenk ihrer Gegnerin. Madame Greal riß den Arm zurück, und Melli hatte nur noch den Handschuh in der Hand.

Mit angelegten Hellebarden stürmten die Wachen herein. Melli wich zurück und hob eine Hand als Zeichen, daß sie sich ergab, während sie mit der anderen den Handschuh im Saum ihres Rockes verschwinden ließ. Wenigstens eine Hand würde heute nacht vor der Kälte geschützt sein.

»Du verdammte, kleine Hure!« Madame Greal verpaßte Melli eine Ohrfeige. »Sofort gehst du wieder ins Bett!« Und dann an die Wachen gewandt: »Sie bekommt heute abend nichts zu essen.«

»Aber, Mylady, der König hat befohlen, daß das Mädchen gut versorgt wird.«

Madame Greal funkelte den Soldaten an. Erfreut bemerkte Melli, daß ihre Peinigerin zwei große rote Flecken am Hals hatte. »Dann gebt ihr halt eure Reste, wenn ihr unbedingt wollt; aber nicht mehr.« Mit diesen Worten machte sie auf dem Absatz kehrt und ging hinaus.

Melli seufzte erleichtert auf. »Danke«, sagte sie zu dem Soldaten.

Der Mann nickte. Er war jung, hatte eine ungesunde Gesichtsfarbe und braunes Haar. »Keine Ursache, Fräulein.« Er und sein Kamerad verließen ebenfalls den Raum, verriegelten die Tür, und Melli war wieder allein.

Sie zog Madame Greals Handschuh aus ihrem Rock. Das war ihre Trophäe. Der Handschuh bestand aus Schweinsleder, das mit Fell abgesetzt war, und er war für eine große linke Hand gedacht. Melli zog ihn an. Ob er paßte oder nicht, war egal; nur daß sie ihn überhaupt *hatte*, war von Bedeutung. Irgendwie würde sie von hier entkommen, und dafür brauchte sie eine Waffe und warme Kleidung. Melli hob die behandschuhte Hand ins Licht. Das war doch gar kein schlechter Anfang.

»Du hast dich also endlich entschlossen, dich wieder zu uns zu gesellen«, sagte Tawl und stemmte die Arme in die Hüften. Er sah aus wie ein Kreuzung aus einer wütenden Fischersfrau und einem ungeduldigen Kaufmann. Er trug eine neue Tunika, die ein wenig heller gefärbt war als die Kleidung, die er normalerweise bevorzugte – doch andererseits: Irgendwie wirkte heute alles heller.

Jack hatte einen mörderischen Kater. Sein Mund war so trocken wie ein Sack Mehl und sein Kopf so schwer wie ein Stein. »Ich habe die Nacht mit dem Kapitän verbracht. Wir haben ein bißchen was getrunken, sind bei Sonnenaufgang eingeschlafen, und als ich aufgewacht bin, war der Tag schon halb vorbei.«

»Du kannst dich ja wohl noch daran erinnern, daß wir Rorn noch heute verlassen wollen, oder?«

Jack schaute sich um. Vor einer Minute war er praktisch in seine Gefährten hineingerannt, als er aus dem Gasthof herausgestürmt war. »Wo sind die Pferde?«

»Schnapper hat sie verkauft. In Marls besorgen wir uns neue.«

»Marls?«

»Da segeln wir heute hin. Ich will nicht wieder über die Halbinsel zurück; das Risiko ist mir zu groß. Baralis erwartet wahrscheinlich, daß wir auf dem gleichen Weg zurückkehren, den wir gekommen sind.«

Jack wünschte sich einen klaren Kopf und eine weniger helle Sonne. Da er nichts gegen Tawls Plan einzuwenden hatte, legte er Schnapper die Hand auf die Schulter und sagte: »Also dann: auf nach Marls.«

Tawl warf ihm einen seltsamen Blick zu und fragte: »Was ist letzte Nacht mit dir passiert?«

»Ich habe endlich die Wahrheit erfahren.«

Niemand erwiderte etwas darauf: Die Worte schienen einen Zauber zu besitzen, der allen die Sprache verschlug, die sie hörten. Tawl nickte nur, als hätte er die Antwort erhalten, die er erwartet hatte, und Schnapper lächelte einfach, ohne seinen Blick von den Passanten abzuwenden.

Schweigend gingen sie zum Hafen. Tawl hatte den Arm um Megan gelegt; Schnapper hatte sich ein wenig zurückfallen lassen – zweifellos um ein paar letzte Geschäfte zu tätigen –, und Jack ging ein paar Schritte voraus.

Jack versuchte, die Ereignisse der vergangenen Nacht zu verarbeiten. Sein Kater machte ihm das nicht gerade einfach. Er und Quain hatten eineinhalb Flaschen Rum getrunken. Sie hatten sich Geschichten erzählt, Lieder gesungen und waren schließlich eingeschlafen ... Zumindest war Jack eingeschlafen. Als er Stunden später aufgewacht war, hatte er unter einer warmen Decke gelegen, und Quain hatte in der Ecke gesessen und ihn beobachtet. »Du siehst ihr so ähnlich«, hatte er gesagt. »Allein dich anzusehen erfüllt mein Herz mit Freude.«

Jack blickte in den klaren Himmel hinauf. Quain war offenbar in seine Mutter verliebt gewesen. Zuerst hatte er ihr das Leben gerettet, dann hatte er ihr selbstlos geholfen, ihr all seine Ersparnisse gegeben und sie schließlich ziehen lassen. Dreißig Jahre waren seitdem vergangen, und dennoch erinnerte er sich an sie, als wäre es gestern gewesen.

Wie war sie damals wohl gewesen? fragte sich Jack. Vor allen Dingen mußte sie tapfer gewesen sein. Er hatte noch nie von einem jungen Mädchen gehört, daß es gewagt hätte, die gesamte bekannte Welt ganz auf sich allein gestellt zu durchqueren. Und das konnte man wörtlich nehmen. Sie war zu jenem Ort gewandert, der von Larn am weitesten entfernt war: in die Vier Königreiche. Jack lief ein Schauer über den Rücken. Sie mußte schier unglaubliche Angst gehabt haben, daß sie es auf sich genommen hatte, einen ganzen Kontinent zu durchqueren.

Doch ihm gegenüber hatte sie nie etwas davon gezeigt. Neun Jahre hatten sie miteinander verbracht, und nicht ein einziges Mal hatte Jack seine Mutter ängstlich gesehen.

Larn war vernichtet, aber es würde niemals vergessen werden. Es war in ihm, und während er darüber nachdachte, erkannte Jack, daß es wahrscheinlich immer schon dort gewesen war. Jack erinnerte sich an den Augenblick, als er zum ersten Mal den Fels der Höhle berührt hatte. Er erinnerte sich an den Geruch, den Anblick und an das Gefühl, das er empfunden hatte: Es war ein Gefühl gewesen, als wäre er in seine Heimat zurückgekehrt – in die Heimat seiner Mutter, an jenen Ort, der sie zu dem gemacht hatte, was sie gewesen war.

Jack blieb unvermittelt stehen. Die alte Frau in dem Schaukelstuhl war seine Großmutter gewesen. Stillfuchs hatte gesagt, die Mutter des Mädchens sei entstellt gewesen; sie hätte weder ihren rechten Arm noch die Muskeln in ihrer rechten Gesichtshälfte bewegen können. Das mußte sie gewesen sein. Jack erinnerte sich an die rechte Hand der alten Frau, deren Finger verbogen gewesen waren wie die Klauen eines toten Vogels. Irgendwie hatte sie geahnt, daß er kommen würde, und ihm geholfen.

Auch die Seher hatten ihm geholfen. An jenem letzten Tag mußten sie gewußt haben, daß er auf der Insel war, doch sie hatten geschwiegen. Sie hatten ihren eigenen Tod herbeigesehnt.

»Ist alles in Ordnung, Jack?« Das war Tawl.

»Ja, ja. Mir geht's gut. Ich bin nur ein wenig müde.«

»Du siehst blaß aus. Das Schiff liegt am Ende des Kais. Sobald wir an Bord sind, solltest du dich lieber etwas hinlegen.«

»Was für ein Schiff ist das?« Bisher hatte sich Jack wenig darum gekümmert, wohin sie gingen. Doch nun, nachdem er sich umgeschaut hatte, erkannte er, daß sie sich in einem anderen Teil des Hafens befanden als in dem, wo die *Fischgeruch* vor Anker lag.

»Die *Krabbenputzer*. Dort drüben liegt sie.« Tawl deutete

auf eine kleine, einmastige Karavelle. »Quain hat sie mir empfohlen. Man erwartet uns.«

Jack nickte und ging weiter. Die See war grau und ruhig, der Wind angenehm, und der Himmel war klar mit Ausnahme einiger Wolkenbänder im Osten. Es war ein schöner Tag. In den Königreichen war es um diese Jahreszeit dunkel und bitterkalt. Jack fragte sich, ob sich seine Mutter je an das andere Klima gewöhnt hatte. Auf jeden Fall hatte sie die Kälte gehaßt; den größten Teil des Winters hatte sie stets in ihrem Zimmer verbracht und sich so nahe vors Kaminfeuer gehockt, daß ihre Wangen von der Hitze gerötet waren. Das Exil, das sie sich selbst auferlegt hatte, war mit Sicherheit hart für sie gewesen.

Als sie das Schiff erreichten, wartete Jack, bis Tawl sich von Megan verabschiedet hatte. Plötzlich erschien Schnapper wie aus dem Nichts und begann mit Tawl eine Diskussion über den Inhalt seines Bündels.

»Alles?« beschwerte sich Schnapper entsetzt.

»Ja«, erwiderte Tawl. »In Marls können wir neues Bargeld auftreiben.«

»Du meinst wohl, *ich* kann neues Bargeld auftreiben …«

»Aufhören«, mischte sich Megan ein. »Ich will dein Geld nicht, Schnapper. Du hast mir schon diese hübschen Kleider hier geschenkt. Mehr kann ich nicht verlangen.«

Schnapper senkte den Kopf. »Ich könnte dir die Hälfte geben.«

Tawl lachte lauthals auf. »Mach drei Viertel daraus.«

»Zwei Drittel.«

»Einverstanden. Und jetzt her damit.«

Während Schnapper das Geld abzählte, ergriff Tawl Megans Hand. Jack ging die Laufplanke der *Krabbenputzer* hinauf, damit sie noch ein wenig Zeit für sich allein hatten.

Ein kleiner dunkelhäutiger Mann trat an die Reling. »Seid ihr die Freunde von Kapitän Quain?« fragte er.

Jack nickte.

Der Seemann winkte ihn an Bord. Er trug eine in leuchtenden Farben bestickte Weste und blutrote Hosen. »Ein wunderbarer Tag, um Segel zu setzen«, sagte er und streckte die Hand aus. »Ich bin Balvay aus Marls, erster Maat, Schiffsausstatter und Sohn von Nollisk.«

Jack schüttelte ihm die Hand. »Ich bin Jack aus den Vier Königreichen.« Er zögerte einen Augenblick, dann fügte er hinzu: »Und aus Larn. Die Familie meiner Mutter stammt aus Larn.«

Noch kamen ihm die Wörter zögerlich über die Lippen, aber es war die Wahrheit. Endlich hatte er die eine Hälfte seiner Abstammung aufgeklärt. Nun hatte er eine Geschichte, einen Ursprung und sogar lebende Verwandte. »Ja, meine Mutter stammt aus Larn«, wiederholte er, nur um es selbst noch einmal zu hören.

Baralis stand auf den Mauern von Bren und blickte auf ein Feld voller gefrorener Leichen. Inzwischen bedeckte Schnee die Toten, und so war eine bizarre Landschaft aus weißen Gliedmaßen und weißen Körpern entstanden. Kleine dunkle Gestalten huschten wie Ameisen zwischen den Leichenhügeln umher. Aufgrund des Sturms waren die Leichenfledderer bis jetzt nicht herausgekommen, doch nun krochen sie aus ihren Löchern, um die Gefallenen auszuplündern.

»Die Kadaver müssen beseitigt werden«, sagte Baralis zu Kylock.

»Warum? Vor dem Frühling fangen sie sowieso nicht an zu stinken.« Kylock legte eine behandschuhte Hand an die Wange. »Außerdem dienen sie meinen Zwecken hier, wo jedermann sie sehen kann, besser, als wenn wir sie auf einem Scheiterhaufen verbrennen.«

Diese Bemerkung verärgerte Baralis. Für seinen Geschmack war Kylock viel zu arrogant, und da er nun schon einmal wütend war, wandte er sich jenem Thema zu, das ihn am meisten ärgerte. »Das Mädchen sollte aus dem Palast geschafft werden, bevor Kedrac herausfindet, daß sie hier ist.«

»Ich habe mich schon gefragt, wie lange es diesmal dauern würde, bis Ihr auf Melliandra zu sprechen kommt. Heute ging's schneller als sonst.« Kylock lehnte sich gegen die Mauer und blickte auf die Ebene hinaus. »Es besteht keine Notwendigkeit, sie von hier wegzuschaffen. In zwei Tagen wird Kedrac die Stadt verlassen.«

»Wird er den Angriff gegen Ness führen?«

»Nein. Nicht gegen Ness.« Kylock drehte sich wieder zu Baralis um. »Gegen Camlee.«

»Ein Angriff auf Camlee könnte als Angriff gegen den gesamten Süden angesehen werden.«

»Ich habe mir die Karten angeschaut, Baralis. Für mich liegt es weit genug im Norden.«

Baralis atmete tief durch, um sich wieder zu beruhigen. Kylock gierte nach Siegen, aber nicht nach Macht. Das waren zwei vollkommen unterschiedliche Dinge. Kylock würde Camlee einnehmen, weil er es *konnte*, weil er das Blutvergießen liebte, das solch eine Eroberung mit sich brachte, nicht weil er die Menschen beherrschen wollte. Er kümmerte sich einen Dreck um die Städte, die er besiegt hatte – schließlich hatte er auch zugestimmt, Helch an Tyren zu übergeben! Nein, nur Tod und Zerstörung faszinierten Kylock. Die Freuden politischer Herrschaft wie die Ausbeutung der Besiegten und die totale Kontrolle der unterworfenen Gebiete – also die Ausübung *wahrer* Macht –, all das interessierte den jungen König keinen Deut. Mit der Zeit würde sich das vielleicht ändern, doch im Augenblick konnte Baralis Kylocks Ehrgeiz noch ausnutzen, um seine eigenen Pläne zu verwirklichen.

»Camlee wäre in der Tat ein Gewinn.«

»Es wird unglaublich einfach sein, die Stadt einzunehmen, Baralis. Alle gehen sie davon aus, daß wir uns als nächstes gegen Ness wenden werden, und wir werden sie in diesem Glauben auch noch bestärken – wir werden zunächst nach Osten marschieren, und erst im letzten Augenblick werden wir nach Süden schwenken.«

»Und was wird aus Ness?«

Kylock winkte ab. »Ness ist ein armseliges Nest von Schafhirten, weiter nichts. Sie haben keine Verteidigungsanlagen, die der Rede wert sind, keine Armee und keine fähigen Führer. Die Hügel, die die Stadt umgeben, sind ihre einzige Verteidigung. Bis Camlee gefallen ist, werden wir sie in Ruhe lassen.«

Kylock hatte recht, aber nicht aus den Gründen, die er vermutete. Wenn nur irgend möglich, würden die Städte des Südens Camlee zu Hilfe eilen: Camlee war eine der ihren, eine nahe Verwandte, und der Süden würde sie um jeden Preis verteidigen. Ness hingegen war lediglich eine entfernte Kusine; das Schicksal *dieser* Stadt kümmerte den Süden nur wenig. Indem er Camlee als Ziel auswählte, würde Kylock den Süden überraschen und ihm so jede Möglichkeit nehmen, im geheimen aufzurüsten.

»Der Süden wird gar nichts unternehmen, wenn Camlee schnell genug eingenommen wird«, erklärte Kylock. »Valdis im Süden, Bren im Norden, und wenn ich fertig bin, Ness im Osten. Camlee wird von Städten umgeben sein, die mir treu ergeben sind.«

»Das Wetter in Camlee ist um diese Jahreszeit besonders günstig«, murmelte Baralis. Kylocks Plan gefiel ihm immer mehr.

»Ja, das habe ich auch schon in Betracht gezogen; da unten ist es viel wärmer als in Ness. Auch mit der Versorgung sollten wir keine Probleme haben. Alles, was wir brauchen, können wir uns in den Dörfern holen, die auf dem Weg liegen. Ich werde Kedrac vollkommen freie Hand lassen.«

»Wieviel Mann wird er mitnehmen?«

»Die gesamte Armee der Königreiche – in der Schlacht letzte Woche ist kaum einer von ihnen verwundet worden –, alle kampffähigen Schwarzhelme und ein Dutzend Kohorten Ritter. Insgesamt werden es ungefähr neuntausend Mann sein – mehr als genug. Camlee ist eine alte Stadt; sie ruht sich auf den Lorbeeren alter Siege aus, und sie versteckt sich hinter alten Mauern. Die Armee des Reiches wird spielend mit ihr fertig werden.«

Das Reich. Dies war das erste Mal, daß Kylock dieses Wort in Baralis' Gegenwart gebraucht hatte. Dieses Reich war nun Realität. Die Königreiche, Bren, Halcus und bald auch Ness und Camlee. Nach dem Winter würden sie Highwall bezwingen und anschließend Annis. Damit wäre dann der gesamte Norden unter einem einzigen Herrscher vereint.

Baralis zwang seine Gedanken wieder auf den Boden der Tatsachen zurück. Jetzt war nicht die Zeit für Selbstbeweihräucherung; jetzt galt es, noch einige Einzelheiten zu klären. »Und was ist mit Brens Verteidigung? Es besteht immer die Möglichkeit, daß die Pässe plötzlich wieder frei werden, so daß Annis eine Armee übers Gebirge schicken kann.«

Kylock wußte auch darauf eine Antwort. »Ungefähr zweitausend Schwarzhelme sind verwundet, und die Hälfte von ihnen wird wohl wieder kampffähig werden. Die, die nicht mehr kämpfen können, werden als Ausbilder dienen. Ich will, daß jeder Mann in der Stadt – Söldner, Straßenhändler und Bauern – innerhalb eines Monats bewaffnet und kampfbereit ist. Ich habe bereits jedem Schmied in der Stadt befohlen, Rüstungen und Schwerter zu schmieden.«

»Befehlt ihnen auch, zuerst geschwärzte Helme zu machen.« Baralis trat näher an Kylock heran. »Die Männer des Nordens haben gelernt, die Schwarzhelme zu fürchten. Man sagt, allein der Anblick von fünftausend Männern mit schwarzen Helmen könne jede Invasionsarmee in die Flucht schlagen.«

Kylock lächelte. »Mein Kanzler, Ihr versteht es doch jedesmal, auch den raffiniertesten Plan noch zu verfeinern.«

»Auf jeden Fall sollte es den Zurückgebliebenen nicht schwerfallen, ein oder zwei Monate einer Belagerung standzuhalten. Brens Verteidigungsanlagen haben nicht ihresgleichen«, entgegnete Baralis.

»Ja, dafür können wir dem alten Herzog wirklich dankbar sein.« Kylock machte sich auf den Weg zur Tür des nahegelegenen Wachturms. »Oh, und nebenbei: Um Maybor brauchen wir uns keine Sorgen mehr zu machen. Ich habe eine Truppe ausgesandt, die am Fuß der Berge patrouilliert. Selbst wenn er noch lebt und wenn er noch Männer bei sich haben sollte, können sie nicht mehr herunterkommen.«

Die Kälte war eine Krankheit. Sie befiel die Glieder, die Zunge und sogar den Verstand. Sie befiel die Seele eines Mannes. Die Luft war endlich wieder zum Stillstand gekommen, doch die Ruhe hatte ihren Preis. Über Nacht waren die Temperaturen drastisch gefallen, und bei Tag waren sie kaum angestiegen. Der Schnee war bereits verharscht; anstelle des lockeren Pulverschnees umgab sie nun eine solide Wand. Gestern war noch Wasser von den Felsen getropft; heute hatten sich an der gleichen Stelle Eiszapfen gebildet.

Maybor wollte nicht atmen. Die eiskalte Luft schmerzte in seinen Lungen, und langsam, ganz langsam, brachte sie ihn um.

In drei Fingern der linken und zwei der rechten Hand hatte er bereits jedes Gefühl verloren. Er konnte noch immer ein Schwert halten, aber er würde nie wieder damit kämpfen. Im Augenblick war seine größte Sorge, daß die restlichen Finger gesund blieben. Er hatte beide Hände in seine Tunika versteckt, so daß sie unter mehreren Schichten Seide vor der beißenden Kälte geschützt waren.

Zweihundert Männer drängten sich gegen den harten Fels. Die meisten Pferde waren tot. Eines wurde gerade gekocht. Die Männer hatten schon lange aufgegeben, Rauch zu vermeiden.

Vor vier Tagen hatten sie eine große, aber flache Vertiefung im Fels entdeckt. Sie war nicht tief genug, um Höhle genannt zu werden, doch sie hatten sich damit zufriedengegeben. Die Männer, die noch arbeiteten konnten, hatten aus Schnee eine Art Windschutz errichtet. Inzwischen hatte die Schneemauer ihre Grenze erreicht. Sie verbaute nun etwa ein Viertel des Eingangs, und hätte man sie auch nur einen Zentimeter höher gebaut, wäre sie in sich zusammengefallen. Im Augenblick versuchten ein paar Männer, ein paar Felsen aus dem Berg zu lösen, um damit die Mauer zu verstärken. Maybor hatte diese Felsen gesehen: Sie waren viel zu schwer, um sie irgendwohin zu bewegen. Er und seine Männer würden den beißenden Wind wohl oder übel ertragen müssen.

Oder vielleicht doch nicht? Maybor nahm sich vor, Grift zu befehlen, alle Brustpanzer und Schilde einzusammeln – möglicherweise gelang es ihnen ja damit, die Mauer zu verstärken.

»Fünf Mann sind seit heute mittag gestorben, Mylord«, sagte ein junger Mann, der sich neben Maybor niederkauerte.

»Zieht sie aus, bevor die Kleider an den Leichen festfrieren.«

»Aber, Mylord, die Männer …«

»Tu, was ich dir sage!« zischte Maybor. »Willst du etwa, daß wir alle aus Respekt vor den Toten erfrieren?«

Der Mann ging mit gesenktem Kopf davon.

Maybor wußte, was seine Männer dachten: besser ehrenhaft auf dem Schlachtfeld sterben als an einem Berghang jämmerlich erfrieren. Bisher hatte niemand gewagt, das laut auszusprechen, aber er hatte es in ihren Augen gelesen. Sie wünschten, sie hätten sich niemals zurückgezogen. Maybor ballte seine halb erfrorene rechte Hand zu so etwas wie einer Faust. *Verdammt noch mal!* dachte er. *Ich werde es euch schon zeigen, ihr verfluchten Schwächlinge! Ich werde uns hier lebend wieder herausbringen, und wenn es das Letzte ist, was ich tue.*

Kapitel Fünfundzwanzig

Alles in allem betrachtet war Marls ein recht seltsamer Ort. Das hätte nicht sein dürfen – immerhin war es nur sieben Tagesreisen von Rorn entfernt –, aber es war so.

Die Gebäude hatten mehr Rundungen als Ecken, doch die Straßen waren so gerade wie Schilfhalme. Die Sonne war hinter Wolken verborgen, doch es war warm; es regnete nicht, doch die Luft war feucht. Die Frauen trugen weite, unförmige Kleider, die an den Seiten bis zu den Hüften aufgeschlitzt waren, während die Männer ihre Köpfe mit großen Hüten verziert hatten, die sie sich ständig über die Ohren zogen. Dabei lächelten sie ohne Unterlaß, und so konnte jedermann sehen, daß beinahe jeder Einwohner dieser merkwürdigen Stadt außergewöhnlich schlechte Zähne besaß. Kinder waren nur äußerst selten zu sehen. *Wahrscheinlich hält man sie in Kerkern fest, bis sie selbst für ihren Lebensunterhalt sorgen können,* dachte Schnapper verächtlich.

Schnapper mußte sich eingestehen, daß er Marls auch gar nicht mögen *wollte* – immerhin war es Rorns größter Rivale in Sachen Handel –, aber dennoch mußte er zugeben, daß die Stadt zumindest ›interessant‹ war. Und zwar nicht im üblichen Sinne: nette Häuser, nette Straßen, nette Leute … Nein. Marls war in finanzieller Hinsicht interessant – *sehr* interessant sogar.

Sie waren erst heute morgen eingelaufen, und bereits

jetzt hatte Schnapper einen beachtlichen Gewinn eingefahren. Zwar hatte er einen gewissen Überschuß an Silber, aber so mancher Edelstein tröstete ihn über das fehlende Gold hinweg.

Tawl war auf die Suche nach desertierten Rittern gegangen. Der Kapitän der *Krabbenputzer* – ein Mann mit dem ungewöhnlichen Namen Firmfang – hatte gesagt, Marls sei in letzter Zeit geradezu von Rittern überlaufen, die versuchten, eine Passage in den tiefen Süden zu bekommen. Offenbar kehrten sie Valdis in Scharen den Rücken, seit der alte Tyren sie zwang, für Kylock in den Krieg zu ziehen. Auf jeden Fall war Tawl unmittelbar nach ihrer Ankunft losgezogen, um ein gewisses Etablissement zu suchen, von dem es hieß, dort könne man Ritter finden. Schnapper hatte das ungute Gefühl, daß Tawl dort nicht nur Ritter, sondern auch Ärger finden würde.

Und aus eben diesem Grunde war nun auch er auf dem Weg zu *›Des Seemanns Phantasie‹*. Tawl mochte ja vielleicht tapfer und geschickt im Umgang mit dem Schwert sein, doch sobald die Sprache auf Tyren kam, verließ ihn der gesunde Menschenverstand. Er hatte noch immer eine unverständliche Schwäche für den Großmeister der Ritter, und er ließ es nicht zu, daß irgend jemand in seiner Nähe schlecht über Tyren sprach – und das obwohl nun wirklich jedermann wußte, daß der Mann ein hundsgemeiner Verbrecher war.

»'tschuldigung, der Herr«, sagte Schnapper, tippte einem Passanten auf die Schulter und erleichterte ihn nebenbei auch noch um seine Börse. »Könntet Ihr mir vielleicht sagen, wie ich schnellstmöglich zu *›Des Seemanns Phantasie‹* komme?«

»Nein«, erwiderte der Fremde. »Du bist noch zu jung zum Trinken. Geh nach Hause und lern deine Gebete.«

»Ah, ja. Wißt Ihr, mein Herr, meine Mutter hat leider mein Gebetbuch mit in *›Des Seemanns Phantasie‹* genommen.«

»Die einzigen Frauen in *›Des Seemanns Phantasie‹* sind Prostituierte.«

»Dann habe ich ja um so mehr Grund, für meine Mutter zu beten.«

Der Mann zupfte an seiner Hutkrempe. Er war geschlagen, und er wußte es. »Die Straße hier runter bis zum Ende, dann links in die Straße der Marinierer und wieder links in die Straße der Salzer bis zur Straße der Marmeladenkocher. Du kannst es nicht verfehlen.«

Schnapper folgte der Wegbeschreibung. Er mochte Marls noch immer nicht, aber die Einwohner waren eine Herausforderung für seine Schlagfertigkeit.

Die Reise *hierher* jedoch war eine Herausforderung für seinen Magen gewesen. Schnapper war noch nie in seinem Leben gesegelt, und wäre es nach ihm gegangen, dann hätte sich daran auch nichts geändert. Die ersten Tage waren mörderisch gewesen. Er hatte alles versucht: Er hatte mit verbundenen Augen im Krähennest gehockt und war barfuß durch den Laderaum gelaufen. Nichts hatte gegen seine Seekrankheit geholfen, bis Kapitän Firmfang vorgeschlagen hatte, daß Schnapper das Ruder übernehmen solle. Danach hieß es nur: Seekrankheit, ade. Nun da er die Kontrolle über das Schiff innehatte, war alles anders geworden. Für ihn war das genauso natürlich gewesen wie für einen Fisch das Schwimmen. Vielleicht würde er selbst auch eines Tages ein Seemann werden. Ein Pirat! Ja, genau. Er würde Pirat werden. Ein Taschendieb der hohen See.

Die Seefahrt hatte in der Tat eine Menge für sich. Zum einen war Segeln definitiv besser als Reiten. Tawl hatte gesagt, sie würden nur eine Nacht in Marls verbringen und früh am darauffolgenden Morgen nach Norden weiterreiten. Darauf freute sich Schnapper nun aber ganz und gar nicht. Reiten bedeutete Pferde, und Pferde bedeuteten unendliches Leiden. Jack war bereits in dieser Angelegenheit unterwegs: Er suchte zwei Schindmähren, die es wert waren, käuflich erworben zu werden. Später wollten sie sich alle wieder am Kai treffen, die betreffenden Klepper kaufen, Informationen über den Krieg austauschen, die sie auf ihren Streifzügen aufgeschnappt hatten, und dann einen Platz für die Nacht suchen.

»Verzeihung, Madame«, sagte Schnapper. Diesmal hielt er eine Frau an. Ihr griff er nicht in die Tasche; sie sah so aus, als hätte sie sowieso nur ein paar Kupferstücke bei sich. »Ist dies hier die Straße der Marmeladenkocher?« Schnapper konnte nicht lesen, und daher war er auf die Hilfe von Fremden angewiesen.

»Dies hier ist in der Tat die Straße der Marmeladenkocher«, antwortete die Frau, »aber ein Junge in deinem Alter sollte lieber wieder nach Hause zurückgehen und seine Gebete lernen.«

Schnapper verbeugte sich und ging weiter. Wirklich ein seltsamer Ort, dieses Marls.

›Des Seemanns Phantasie‹ war weniger ein Gebäude als vielmehr eine Tür. Schnapper wäre wahrscheinlich einfach an ihr vorbeigelaufen, wäre da nicht der Geruch von Bier und Seemannsschweiß gewesen. Das Gebäude, in das die Tür hineinführte, war vollkommen verwahrlost: Die Fensterläden waren von den Fenstern gerissen worden; der Putz kam von den Wänden; das Dach wies große Löcher auf, und das Fundament sah aus, als würde es jeden Augenblick zusammenbrechen. Die Tür war der einzige Teil des Hauses, der in einem einigermaßen annehmbaren Zustand war. Sie war blau gestrichen und rot gepunktet – offenbar handelte es sich dabei um Blut, das streitende Seeleute hinterlassen hatten. In der Mitte war ein primitives Bild zu sehen, das wohl eine nackte Frau darstellen sollte. Wahrscheinlich wollte man damit Passanten anlocken.

Klopfen schien hier nicht angebracht zu sein, und so öffnete Schnapper einfach die Tür. Eine schlecht beleuchtete Treppe führte in die Tiefe. Der beißende Geruch von Talgkerzen stieg Schnapper in die Nase. Vorsichtig begann er den Abstieg.

Schließlich kam er in einen niedrigen Keller. Der Raum war nur spärlich eingerichtet. Dreibeinige Hocker waren die einzigen Sitzgelegenheiten, und leere Bierfässer dienten als

Tische. Der Boden war feucht, und an den Wänden wuchsen Schimmelpilze. Die wenigen Gäste sahen ausnahmslos ausgesprochen gefährlich aus. Schnapper entdeckte Tawl sofort. Er sprach mit einem großen, dunkelhaarigen Mann. Keiner von beiden schien sonderlich erregt zu sein, und so setzte er sich in die Nähe der Bar und wartete.

»Ja«, sagte Gravia mit leiser und rauher Stimme. »Eine Kohorte Ritter war ebenfalls auf dem Feld. Tyren hat Kedrac nach Bren begleitet.«

Tawls Lippen waren knochentrocken. Er leckte über sie. »Waren sie auch an dem Gemetzel beteiligt?«

Gravias Blick wankte nicht. »Warum glaubst du wohl, bin ich heute hier?«

Sie waren also daran beteiligt gewesen. Tawl lehnte sich gegen die Wand und betrachtete seinen alten Freund Gravia. Er schien kaum einen Tag gealtert zu sein; sein dunkles Haar war so glänzend wie eh und je, und sein gutaussehendes, kantiges Gesicht war immer noch vollkommen faltenfrei.

Es war nun beinahe schon sieben Jahre her, daß sie sich voneinander verabschiedet hatten. In jenem Jahr war der Frühling in Valdis besonders schön gewesen. Damals war die Welt voller Hoffnung und Tawl und Gravia voller Träume gewesen. Sie hatten geplant, im Sommer gemeinsam in den tiefen Süden zu reisen, um dort nach heiligen Reliquien zu suchen oder sich einer leidenschaftlichen Sache anzuschließen. Es war nie dazu gekommen. Tawls Besuch in seiner Heimat hatte alles verändert. Ein Blick auf die verbrannte Hütte genügte, und alle edlen Versprechen waren wie weggewischt.

Und nun saß dieser Mann, den Tawl als Gleichgestellten respektierte und den er als Freund liebte, ihm gegenüber an einem Tisch und erklärte, er habe den Orden verlassen.

Tawl hatte drei Jahre an Gravias Seite verbracht. Er kannte ihn gut. Von allen Rittern, die in jenem schicksalhaften Frühling den zweiten Ring erworben hatten, war keiner hingebungsvoller gewesen als er. Ihn hier zu finden, in dieser schäbigen Taverne und mit der Absicht, möglichst schnell eine Passage nach Leiss zu finden, war ein großer Schock für Tawl. Es zerriß ihm das Herz.

Tawl blickte auf Gravias rechten Arm. Die Ringe seines Freundes waren genauso verborgen wie seine eigenen. »Wirst du je wieder zurückkehren?« fragte Tawl.

Ein bitteres Lächeln erschien auf Gravias Gesicht. »Nein. Solange Tyren Großmeister ist, zähle ich mich nicht mehr zu den Rittern. Ich war in Halcus, als Kylock die Ermordung unschuldiger Frauen und Kinder befohlen hat … Tyren hat nicht einen Finger gerührt, um ihn aufzuhalten.«

Tawl blickte Gravia tief in die dunkelbraunen Augen. »Das kann ich einfach nicht glauben.«

»Du hast die letzten sechs Jahre mit dem Kopf im Sand verbracht. Du hast ja keine Ahnung, wozu der Mann alles fähig ist.«

Gravias Worte weckten in Tawl die Erinnerung an ein ähnliches Gespräch, das er vor mehreren Wochen geführt hatte. *»Tyren ist ein böser Mann«,* hatte Schnapper in jener Nacht gesagt, da ein gut gezielter Pfeil sie in die Dunkelheit hinausgejagt hatte. Tawl mußte schlucken. Das war nicht wahr. Das *konnte* nicht wahr sein. Wütend über sich selbst, weil er auch nur eine Sekunde an Tyren gezweifelt hatte, brüllte Tawl: »Tyren war immer mein Freund.«

Gravia stieß ein undefinierbares Geräusch aus. »*Freund.* Er war nie dein Freund, Tawl.«

»Er hat mich nach Valdis gebracht und mich kostenlos unterrichtet. Er hat mein Leben gerettet.«

»Nach all den Jahren …«, Weißt du es etwa immer noch nicht?« Gravia schüttelte den Kopf. Die Luft zwischen den beiden Rittern war plötzlich von einer deutlichen Spannung erfüllt. Gravias Stimme klang klar und angespannt. »Hat dir nie jemand etwas gesagt?«

Tawl beugte sich vor. »Was gesagt?«

»Das Tyren deine Dienste an den Meistbietenden verkauft hat.« Gravia schien seine harten Worte sofort zu bereuen, denn er legte beschwichtigend die Hand auf Tawls Arm.

Tawl schüttelte ihn ab. »Was willst du damit sagen?«

»Ich will damit sagen, daß Tyren dich zu Bevlin geschickt hat, weil er verdammt gut dafür bezahlt worden ist. Bevlin hatte damals schon monatelang versucht, von Tyren einen Ritter zu bekommen. Tyren hat sich solange geweigert, bis Bevlin ihm eine beachtliche Summe geboten hat.« Gravia seufzte. Alle Kraft wich aus seinem Körper, und zurück blieb ein müder, desillusionierter Mann. »Tyren hat nie an die Sache des alten Gelehrten geglaubt – ebensowenig wie an dich. Gold war – und *ist* – das einzige, was ihn interessiert.«

»Du lügst!«

»Nein, Tawl. Was glaubst du, habe ich in jenem Frühling gemacht, als wir uns voneinander getrennt haben? Tyren hat mich zu Bevlin gesandt, um die Bezahlung abzuholen. Fünfhundert Goldstücke habe ich nach Valdis geschafft.«

Tawl schloß die Augen. Gravias Worte waren wie Messer, die in sein Herz stachen. Alles, woran er je geglaubt hatte, war eine einzige große Lüge gewesen. Sieben Jahre lang hatte er mit dem Schmerz über den Verlust seiner Familie gelebt, und in dieser Zeit hatte ihn nur eines getröstet: daß Tyren an ihn geglaubt hatte. Doch jetzt war das alles zerstört – man hatte seine Dienste verkauft wie die einer Hure.

Langsam schüttelte er den Kopf. »Nein. Das kann nicht sein.« Der Druck in Tawls Brust wurde unerträglich, und er grub seine Finger in die Tischplatte. »Mein Gott, das kann nicht sein.« Er bekam einen Kloß im Hals, und seine Stimme wurde zu einem heiseren Flüstern. Seine Welt fiel in sich zusammen. Für alles, was er seit dem Tod seiner Schwestern getan hatte, hatte jemand mit Gold bezahlt. Er fühlte sich schmutzig und vergewaltigt. Tawl ließ den Kopf hängen und versuchte, das Zittern in seinen Schultern zum Stillstand zu bringen.

»Mach, daß du weg von ihm kommst!« kreischte eine vertraute Stimme. »Laß ihn in Ruhe! Du kannst deine Lügen einem anderen erzählen!«

Tawl hob den Kopf und sah, wie Schnapper an Gravias Arm zog. »Hör auf, Schnapper«, sagte er.

Gravia stand auf. »Es tut mir leid, Tawl. So wahr Borc mein Zeuge ist, ich wollte dich nicht verletzen.«

Tawl schluckte. »Gravia, ich denke, Schnapper hat recht. Es wäre wirklich besser, wenn du jetzt gehst.«

»Aber ...«

»Du hast es gewußt. Du hast es gewußt, und du hast es mir nicht gesagt. Wir waren wie Brüder ...« Tawl bereute die Worte, sofort nachdem er sie ausgesprochen hatte. Der Schmerz stand Gravia deutlich ins Gesicht geschrieben. Eine sieben Jahre alte Tat war wie der Fluch eines Toten, der einen Menschen noch aus dem Grab heraus verfolgte. Damals war Gravia noch jung gewesen – sie beide waren jung gewesen, und sie hatten zu Tyren aufgeschaut wie zu einem Gott.

»Gravia, ich ...« Die Worte erstarben auf Tawls Lippen. Gravia war bereits auf der Treppe.

Tawl schaute ihm hinterher.

Alter Schmerz mischte sich mit neuem. Tawl würde seinen Freund niemals wiedersehen. Er seufzte müde. Er hatte etwas Schlimmes noch schlimmer gemacht. Heute hatte er nicht nur Tyren verloren, sondern auch Gravia.

Würde das Leiden denn niemals ein Ende haben?

Nach einer Weile stand er auf. »Komm, Schnapper. Laß uns gehen.« Jetzt blieb ihm nur noch eines zu tun: Er mußte nach Bren reisen und Melli retten.

Tavalisk war gerade aus seiner Schatzkammer zurückgekehrt, wo er das Verladen seiner Beute überwacht hatte. Morgen würden seine ›Ersparnisse‹ verlegt werden: Die eine Hälfte würde man in eine kleine Stadt südlich von Rorn verfrachten und die andere in ein Haus in der Kirtishstraße. Auch wenn der Erzbischof noch immer nicht zu seinem alten, gelassenen Selbst zurückgefunden hatte, so hatte er sich doch zumindest wieder ein wenig entspannt. Nach dem morgigen Tag würde niemand mehr seine gierigen kleinen Hände nach Tavalisks Schätzen ausstrecken. Niemand.

Durch Räume voller Edelsteine, wertvoller Ikonen und Gold zu wandern hatte Tavalisk sichtlich beruhigt. Sollte es zum Schlimmsten kommen – und so, wie sich die Dinge im Norden entwickelten, war das gar nicht mal so unwahrscheinlich –, dann hatte er sich zumindest einen ruhigen und angenehmen Lebensabend gesichert. Kylock und Baralis waren schon einzeln gefährlich, doch gemeinsam waren sie nicht aufzuhalten. Im Augenblick beschränkte sich ihr Reich noch auf den Norden; aber wer vermochte schon zu sagen, was im Frühling geschehen würde? Hatten sie erst einmal Ness eingenommen, dann würde es nicht mehr lange dauern, bis sie ihren Blick nach Süden in Richtung Camlee richten würden.

Oh, natürlich würde der Süden Camlee ausrüsten – unter Umständen –, doch Städte wie Marls, Toolay und Falport begriffen einfach nicht, welche Gefahr Kylocks Armeen darstellten. Der Süden verachtete den Norden schon seit Jahrhunderten. Man betrachtete ihn als rückständig, seine Einwohner als Barbaren und seine Städte als primitive Zitadellen. Folgerichtig interessierte sich der Süden auch nicht für die politischen Entwicklungen im Norden. Tavalisk rieb sich nachdenklich sein feistes Kinn. Solch eine Denkweise könnte eines Tages das Schicksal des Südens besiegeln.

Ein Dutzend gerösteter Schafsherzen auf einem Tablett wurde langsam kalt. Tavalisk schob sie beiseite. Ihm war der Appetit vergangen.

Der Erzbischof trat ans Fenster und stellte sicher, daß kein Licht hereinfiel. Als nächstes ging er zur Tür und schloß ab. Er hatte nur eine einzige Kiste aus seinem Versteck mitgebracht, und diese Kiste konnte er nur in einem vollständig geschlossenen Raum öffnen. Er hatte sie höchstpersönlich hierher getragen, denn er würde niemals zulassen, daß sie ein anderer auch nur berührte. Ihr Inhalt war wertvoller und gefährlicher als alles Gold der Welt.

Tavalisk hob den Deckel. Bücher und Schriftrollen schimmerten matt wie altes Leder. Der Geruch alten Pergaments stieg dem Erzbischof in die Nase. Erinnerungen erschienen im selben Augenblick in seinem Kopf, da der Geruch einen Namen bekam: Rapascus. Diese Papiere waren das Lebenswerk des alten Eremiten. Das Lebenswerk eines der größten Gelehrten der letzten fünfhundert Jahre.

Und all diese Werke waren fälschlicherweise einem jungen, aufstrebenen Geistlichen mit Namen Vater Tavalisk zugeschrieben worden.

Tavalisk erinnerte sich an seine Reise über die Berge. Es war in den ersten Wochen des Frühlings gewesen. Kalte Winde waren von Westen her herangeweht, und der Schnee unter den Füßen war feucht gewesen. Die Karawane, mit der er gereist war, war nur schlecht ausgerüstet gewesen, und sie mußten alle paar Minuten anhalten, um Hindernisse aus dem Weg zu räumen. Alles in allem hatte die Überquerung der Berge mehr als einen Monat in Anspruch genommen. Im Sommer hätten sie dieselbe Strecke in einer Woche hinter sich bringen können. Tavalisk, der die fahrenden Sänger gut dafür bezahlt hatte, sich ihrem Wagenzug anschließen zu dürfen, hatte die meiste Zeit in einem Planwagen verbracht und die Schriftstücke studiert, die er gestohlen hatte.

Als sie schließlich Lairston erreichten, kannte er Rapascus' Werk so gut, als wäre es sein eigenes. Der große Gelehrte war tot und sein Haus bis auf die Grundmauern niedergebrannt. Seine Schriften waren das einzige, was von ihm übriggeblieben war. Und sollte sich die Nachricht schließlich verbreiten, dann würde jedermann annehmen, die Bücher seien mit dem Mann zusammen untergegangen. Tavalisk beabsichtigte sogar, derjenige zu sein, der diese Nachricht in Umlauf brachte. Er hatte sich auch schon eine passende Geschichte ausgedacht. »Welch eine Tragödie. Rapascus hat die letzten zwanzig Jahre die Geheimnisse der Mystik studiert, und jetzt ist alles von den Flammen verschlungen worden. Nichts konnte gerettet werden.«

Sollte anschließend jemand fragen, was *er* mit dem großen Gelehrten zu tun hatte, so würde Tavalisk nur demütig mit den Schultern zucken und antworten: »Oh, eigentlich nichts. Ich studiere halt auch die religiösen Schriften, und ich wollte nur Rapascus' Meinung zu einigen Fragen einholen.«

Drei Nächte verbrachte Tavalisk in Lairston und feilte an seiner Geschichte. In der dritten Nacht traf er Baralis.

Lairston lag am Fuß des großen Nordgebirges. Es war eine kleine Bergbausiedlung, in der es nur wenige Gasthöfe und nur einen einzigen Schmied gab. Da sie unmittelbar am Fuß eines der wenigen Pässe Richtung Norden lag, herrschte hier mehr oder minder reger Durchgangsverkehr. Tavalisk aß allein im Schankraum der *›Letzten Zuflucht‹*, als ein Fremder aus der Kälte hereinkam. Der Mann war groß und gutaussehend. Er war ganz in Schwarz gekleidet, und er mußte noch nicht einmal eine Minute warten, bis er bedient wurde. Die Schankmaid, ein dummes Mädchen mit einem auffallend großen Busen und Augen, die zum Zwinkern neigten, führte den Fremden zu einem Platz in der Nähe des Feuers. Tavalisk saß auf der anderen Seite des großen Kamins, und so hörte er, wie der Mann nach etwas zu essen und nach einem Zimmer für die Nacht verlangte.

»Wollt Ihr über den Paß, Herr?« fragte die Schankmaid.

Der Mann nickte.

Das Mädchen deutete auf Tavalisk. »Der Herr dort drüben ist vor wenigen Tagen von den Bergen heruntergekommen. Er hat berichtet, die Verhältnisse auf der Paßhöhe seien im Augenblick alles andere als gut.« Sie knickste ungeschickt und versprach dem Gast, bald wieder zurückzukehren.

Der Fremde zog seine Handschuhe aus. Tavalisk bemerkte, daß die Hände des Mannes von Narben überzogen waren und die Haut an den Knöcheln gerötet und angespannt war. Schweigend saßen sie einander gegenüber. Das Feuer knisterte zwischen ihnen, und über ihnen flackerten die Kerzen in den großen Leuchtern. Während er den Fremden beobachtete, überkam Tavalisk ein ungutes Gefühl, das er sich nicht erklären konnte.

Die Stille, die zwischen ihnen herrschte, hatte etwas Unnatürliches an sich, und nach ein paar Minuten fühlte sich Tavalisk *gezwungen*, das Wort zu ergreifen.

»Der Schnee ist weich und der Wind stark. Jetzt ist nicht die richtige Zeit, um den Paß zu überqueren.«

Der Mann hob seinen Blick vom Feuer. Tavalisk hatte noch nie so harte und kalte Augen gesehen: Sie waren zugleich Eis und Granit. Der Fremde hob einen Mundwinkel. »Aber Ihr habt ihn doch überquert.«

»Ich hatte keine andere Wahl. Ich mußte so schnell wie möglich wieder zurück nach Hause.«

»Und wo ist dieses Zuhause?«

Tavalisk spürte einen leichten Schmerz in seinem Kopf. Irgendwie war es dem Fremden gelungen, die Kontrolle über das Gespräch zu übernehmen. »Zuhause ist ...« Tavalisk hielt inne und dachte nach. Silbur konnte er nicht mehr als seine Heimat bezeichnen; aber was dann? Wohin sollte er gehen? Auf jeden Fall weit, weit weg von hier. Er und Venesay waren einst in Rorn gewesen. Tavalisk erinnerte sich gut daran; Rorn war eine aufblühende, reiche Handelsstadt. In den Straßen wimmelte es von Menschen, und die Dächer der Tempel waren aus purem Gold: Es war der perfekte Ort, um ein neues Leben anzufangen. »Rorn«, sagte er. »Mein Zuhause ist Rorn.«

Der Mann machte eine kaum merkliche Geste mit dem Finger, und Tavalisk wußte, daß er ihm nicht geglaubt hatte. »Und wo kommt Ihr her?« fragte Tavalisk in dem Versuch, das seltsam beunruhigende Gefühl abzuschütteln.

»Leiss, Hanatta, Silbur.«

Den letzten Namen hatte der Fremde übertrieben betont, und Tavalisk spürte, wie ihm das Blut in den Kopf stieg. Das Erscheinen der Schankmaid rettete ihn aus seiner Verlegenheit. Das Mädchen trug ein Tablett mit Speisen unter ihrem üppigen Busen. Sie machte ein unnötiges Theater, lächelte, servierte und ging dann widerwillig davon.

Der Fremde wischte den Schaum von seinem Bier. »Was habt Ihr im Norden gemacht?«

Tavalisk war nicht daran gewöhnt, eingeschüchtert zu werden, und dieses Gefühl gefiel ihm ganz und gar nicht. Er räusperte sich. »Ich bin ein Gelehrter der Theologie. Ich habe einen großen Mystiker mit Namen Rapascus besucht.« Während er sprach, wuchs sein Selbstvertrauen merklich an. Es war an der Zeit, seine Lügen einem ersten Test zu unterziehen. »Leider ist es zu einer schrecklichen Tragödie gekommen, die den weisen Mann das Leben gekostet hat. Sein Haus und all seine Schriften sind vernichtet worden.«

»Ihr habt mir eine lange Reise erspart, mein Freund, denn auch ich wollte Rapascus besuchen.«

Tavalisk sog zischend die Luft ein. Das war der Mann, den Rapascus eingeladen hatte, um seinen Platz einzunehmen. Das war der brillante Gelehrte aus Silbur.

»Tavalisk, nehme ich an«, sagte der Fremde.

»Und Ihr seid sicherlich Baralis«, erwiderte Tavalisk.

Der Mann mit Namen Baralis wandte sich seinem Teller zu und löste beide Flügel von seinem Hähnchen. »Rapascus hat in seinen Briefen von Euch berichtet; aber er hat niemals erwähnt, daß Ihr an religiösen Studien interessiert seid. Doch wenn dem so war, dann hattet Ihr Euch sicherlich viel zu erzählen, denn schließlich galt auch Rapascus' Interesse hauptsächlich der Theologie.«

Tavalisk öffnete den Kragen seiner Tunika. Plötzlich war ihm geradezu unglaublich warm. »Oh, er dilettierte von Zeit zu Zeit in religiösen Fragen, aber seine eigentliche Liebe galt der Mystik: geheimnisvolle Rituale, unerklärliche Phänomene, Zauberei.«

»Da irrt Ihr Euch, mein Freund«, widersprach Baralis. »In einem der ersten Briefe, die Rapascus mir geschrieben hat, berichtete er, daß er kurz davorstehe, seine Neuinterpretation der heiligen Schriften zu vollenden. Borc hatte sich ihm offenbart, und er hat Jahre damit verbracht, diese Offenbarung in Worte zu fassen.«

»Nun, was auch immer er getan haben mag, jetzt ist alles in Flammen aufgegangen, und wir werden niemals die Wahrheit erfahren.« Tavalisk hielt den Zeitpunkt für gekommen, daß er sich so schnell wie möglich zurückziehen sollte. Er stand auf.

»Sagt mir, mein Freund«, sagte Baralis im selben Moment, da Tavalisk seinen Fuß auf die erste Stufe setzte. »Beabsichtigt Ihr, eines Tages die Ergebnisse Eurer Studien zu veröffentlichen?«

In diesem Augenblick wußte Tavalisk, daß es ihm nicht gelungen war, Baralis zu täuschen. Er hatte seine Lügen durchschaut. Tavalisks erster Instinkt war, die verräterischen Schriftstücke einzupacken und auf der Stelle von hier zu verschwinden. »Vielleicht«, murmelte er, während er zwei Stufen auf einmal nahm. »Das kann ich jetzt noch nicht mit Bestimmtheit sagen.«

Baralis' Stimme folgte ihm die Treppe hinauf. »Ich werde Euren Werdegang im Auge behalten, mein Freund«, sagte er. »Ich bin gespannt, wie weit Ihr gehen werdet.«

Trotz seiner inneren Unruhe verließ Tavalisk die Stadt nicht sofort, sondern erst am darauffolgenden Morgen. Die Schankmaid brachte ihm die Rechnung. »Oh, das hätte ich beinahe vergessen, mein Herr«, sagte sie, während sie das Wechselgeld abzählte. »Der gutaussehende Herr von gestern abend hat mich gebeten, Euch seine Grüße zu bestellen. Er hat gesagt, er hätte es im Gefühl, daß Ihr schon sehr früh aufbrechen würdet.«

Tavalisk schaute sich im Schankraum um. Nirgends war eine Spur von dem Mann zu sehen. Es war Zeit aufzubrechen. Tavalisk zählte ein paar Kupferstücke ab. »Hier«, sagte er und reichte sie der Schankmaid. »Gib das dem Stalljungen. Ich habe eine Kiste auf dem Zimmer, die noch heruntergeholt werden muß.«

Das Mädchen lächelte affektiert. Sie schüttelte den Kopf und hob abwehrend die Hand. »Der Stalljunge ist schon dafür bezahlt worden, mein Herr. Der nette Herr hat sich schon gedacht, daß Ihr mit schwerem Gepäck reisen würdet.«

Tavalisk konnte Lairston gar nicht schnell genug verlassen. Er bezahlte den Kutscher extra, damit er den Pferden die Peitsche gab, und er ließ nicht zu, daß sie auch nur ein einziges Mal anhielten – noch nicht einmal, um etwas zu essen.

Zwei Wochen später erreichten sie Ness. Tavalisks Hals war verkrampft, weil er dauernd über die Schulter zurückgeschaut hatte, und seine Fingernägel waren bis zum Fleisch abgekaut. Die Zeit und das warme Klima des Südens heilten ihn schließlich von seiner übertriebenen Wachsamkeit, und als er endlich Rorn erreichte, waren alle Sorgen wie weggeblasen. Baralis mochte ja vielleicht ahnen, daß er im Besitz von Rapascus' Lebenswerk war, aber der Mann hatte keine Beweise. Sollte er es auf eine Konfrontation anlegen, dann stand das Wort eines Mannes, der der Zauberei verdächtigt wurde, gegen das Wort eines Gottesmannes.

Und genau dazu machte sich Tavalisk, als er die Stadt betrat: zu einem Gottesmann. Dies war seine vierte und letzte Inkarnation: Bruder Tavalisk, Gelehrter und Visionär.

Tavalisk mietete sich in einem Keller unter dem Haus eines Fischhändlers ein. Dort verbrachte er die nächsten zwei Jahre damit, Rapascus' Werke in seine eigene Handschrift zu übertragen. In den letzten Monaten dieser Arbeit verteilte er eine Serie religiöser Pamphlete, die den Menschen von Rorn einen ersten Vorgeschmack davon gaben, was sie von ihm noch zu erwarten hatten. Noch bevor er das erste seiner Meisterwerke veröffentlichte, hatte er sich bereits einen guten Ruf als Gelehrter erworben. Rorn mit seinem blühenden Bürgertum, das einen geradezu arroganten Stolz auf seine eigene Kultiviertheit entwickelt hatte, war reif zur Übernahme. Die Bürger gierten nach neuen Ideen, neuen Führern und frischem Blut. Sie hatten sich ihren Erfolg selbst erarbeitet, und jetzt wollten sie endlich aus Silburs Schatten heraustreten, um ihren eigenen Platz an der Sonne zu finden.

Es war so einfach. Mit den Pamphleten hatte Tavalisk ein paar Schüler gewonnen, mit seinen Meisterwerken eine ganze Stadt. Er wurde überall gefeiert: Die reichen Bürger liebten seine Haltung zu Geld; die Intellektuellen mochten seine spitzzüngigen Attacken gegen den religiösen Traditionalismus, und den niederen Klassen gefiel sein Scharfsinn.

Nur die Kirche haßte ihn, und das war das Dümmste, was sie tun konnte. Zu jener Zeit betrachtete man in Rorn Kirchenmänner als Spione Silburs. Silbur selbst wurde von den guten Bürgern von Rorn mit wachsendem Groll betrachtet. Was fiel dieser alten, verfallenden Stadt ein, ihnen vorschreiben zu wollen, wie sie ihr Leben zu führen hatten? Rorn war neu, lebendig, aufblühend. Silbur hingegen war so leblos wie ein Haufen alter Knochen.

Tavalisk wurde zum Helden dieser Bewegung, und er fachte das Feuer noch weiter an. Jede Nacht durchstöberte er Rapascus' Werke, um neues Material für seine Agitation zu finden. Er veröffentliche Pamphlet auf Pamphlet. Sein Ruhm verbreitete sich rasch, und seine Gefolgschaft wuchs. Er konnte seinen Keller nicht mehr verlassen, ohne sofort von einer Menschenmenge umgeben zu sein.

Dann starb eines Tages der alte Erzbischof, und die Lage spitzte sich zu. Silbur sandte sofort einen Ersatz – das war ein schwerer Fehler. Die Kirche handelte übereilt, weil sie befürchtete, ihren Einfluß in Rorn zu verlieren. Der Mann, den sie schickte, war den guten Leuten von Rorn vollkommen unbekannt – er war ein sauertöpfischer, autoritärer Greis, der ursprünglich aus Lanholt stammte. Die Stadt reagierte mit Gewalt auf seine Einsetzung. Während der Willkommensparade wurde er vom Pferd gezogen und mit unzähligen Messerstichen zur Strecke gebracht.

Dieses Ereignis würde Tavalisk niemals vergessen. Es zeigte deutlich, wozu diese schöne Stadt fähig war: Mord bei offenem Tageslicht.

Danach wurde Silbur vorsichtig. Die Kirche fürchtete, nun auch den letzten Rest von Einfluß in Rorn zu verlieren – eine Kirchenspaltung schien kurz bevorzustehen –, und so erlaubten die kirchlichen Autoritäten der Stadt, ihren Erzbischof selbst zu wählen. Nun, genauer gesagt, erlaubten sie es nicht der *Stadt*, sondern der *heiligen Synode*; aber zu dieser Zeit war Tavalisks Beliebtheit bei den Massen bereits so groß, daß man es nicht wagte, einen anderen zu wählen. Offenbar war Tavalisk nicht der einzige, den der Anblick des ermordeten Erzbischofs nachhaltig beeindruckt hatte, und die Mitglieder des Klerus waren ja schließlich weithin als Feiglinge bekannt.

Innerhalb eines Monats wurde Tavalisk vor dem heiligen Feuer von Rorn geweiht. Er war der beliebteste Erzbischof in der Stadt seit über tausend Jahren. Silbur haßte ihn; der örtliche Klerus verachtete ihn, und Er, der der Heiligste ist, versuchte sogar, ihn zu exkommunizieren – allerdings vergeblich. Die Bürger von Rorn verehrten Tavalisk: Er hatte die allmächtige Kirche in die Knie gezwungen. Er war jung, brillant, rebellisch – ein Mann des Volkes. Er wuchs mit der Stadt; wenn sie blühte, so blühte auch er.

Monate, Jahre, Jahrzehnte vergingen. Rorn wurde zur größten Handelsstadt der bekannten Welt und Tavalisk zum einflußreichsten religiösen Führer. Seine Macht war unermeßlich, und sein Einfluß reichte aus, um Silbur auch weiterhin in die Schranken zu weisen. Niemand wagte, ihn herauszufordern, nicht Er, der der Heiligste ist, und auch nicht der alte Herzog. Er war das inoffizielle Haupt der Kirche im Osten, und in seiner Wahlheimat Rorn kam er einem König gleich.

Tavalisk legte die Hand auf Rapascus' Schriften. Die Aufgabe, sie zu bewegen, konnte er niemandem anvertrauen. Ihre Entdeckung würde ihn ruinieren. All die provokativen Theorien, all die erstaunlichen Einblicke, die geniale Reform der Kirche: Nichts davon war auf seinem Mist gewachsen, und diese Dokumente waren der einzige Beweis dafür.

Tavalisk zog die Kiste durch den Raum. Es war Zeit, etwas zu tun, was schon vor langer Zeit hätte getan werden sollen. Willkürlich wählte er eine Schriftrolle aus und warf sie ins Feuer. In wenigen Sekunden war sie verbrannt. Ein dünner Rauchfaden und ein Häuflein Asche war alles, was von ihr übrigblieb. Tavalisk warf ihr eine weitere hinterher und dann noch eine. Bald brannte ein ganzer Haufen Papier fröhlich vor sich hin – ein ausgesprochen *beruhigender* Anblick. Nun kannten nur noch er und Baralis die Wahrheit.

Kapitel Sechsundzwanzig

Melli hockte zusammengekauert in einer Ecke. Sie hatte zwei Decken, um sich warmzuhalten, doch das reichte kaum aus – auch jetzt noch nicht, da Kylock Madame Greal befohlen hatte, dicke Samtvorhänge aufzuhängen und die Fensterläden zu schließen. Feuer hatte Melli immer noch nicht. Das allein war schon vielsagend. Offenbar hatte Kylock Angst, sie könne entweder ihn oder den Palast in Brand setzen. Und er hatte recht: Hätte sie Feuer gehabt, hätte sie nicht gezögert, es zu benutzen.

Melli war noch nicht sicher, ob ihr die Veränderungen in ihrem Zimmer gefielen. Durch die geschlossenen Läden drangen nur noch schmale Lichtstreifen herein, die ein seltsames Gittermuster an die Wände warfen. Melli hatte eine Art Aberglauben entwickelt, was die sich langsam bewegenden Linien betraf: Sorgfältig achtete sie darauf, keine davon zu überqueren. Offenbar wurde sie allmählich verrückt. Die Linien nicht überqueren – so ein Schwachsinn!

Das Problem war nur, daß Kleinigkeiten den Verstand beschäftigten, wenn man nichts zu tun hatte. Die neuen Vorhänge zum Beispiel: Melli war ziemlich sicher – aber eben nur ziemlich –, daß es die gleichen Vorhänge waren, wie sie im Schlafgemach des Herzogs gehangen hatten. Sie war nur einmal dort gewesen, in ihrer Hochzeitsnacht, doch es war nichts Ungewöhnliches, daß ihr die merkwürdigsten Einzelheiten im Gedächtnis blieben. Dennoch war es seltsam, daß sie sich in diesem Fall ausgerechnet die Einrichtung eingeprägt hatte, obwohl sie ein Messer an ihrer Kehle gehabt hatte. Nun, irgendwo mußte man ja hinschauen, und die Vorhänge waren immer noch besser gewesen als das Messer. Wie dem auch sei, Melli glaubte, die Vorhänge seien genau dieselben, und nun fragte sie sich, ob das ein gutes Omen war oder ein schlechtes.

Der Herzog war vor diesen Vorhängen gestorben, aber sie, Melli, hatte überlebt. Inzwischen wußte Melli, daß sie den Herzog niemals wirklich geliebt hatte; ihr hatte die Aufmerksamkeit geschmeichelt, die er ihr entgegengebracht hatte, und sie war von seiner Macht beeindruckt gewesen. Manchmal glaubte sie sogar, daß es allein seine Willenskraft gewesen war, die sie in ihren Bann geschlagen hatte. Auch hatte Melli sich verzweifelt gewünscht, von jemandem geliebt zu werden, und im selben Augenblick, da sie geglaubt hatte, dies sei der Fall, war sie ins Schwärmen geraten wie eine liebeskranke Jungfer. Sie hatte keinerlei Erfahrung in der Liebe gehabt und somit auch keine Vergleichsmöglichkeit. Der Herzog war der erste gewesen, der ihr jemals den Hof gemacht hatte. Er hatte ihr auserlesene, exotische Geschenke gemacht und sie mit Lob geradezu überschüttet. Er hatte ihren Geist geliebt und ihre Intelligenz anerkannt, indem er ihr Gleichberechtigung in allen Fragen versprochen hatte – egal ob im Privatleben oder in der Politik. All das hatte ihr der mächtigste Mann des Nordens entgegengebracht. Mellis Eitelkeit hatte sich nicht nur geschmeichelt gefühlt; sie war geradezu überwältigt worden.

Den Herzog hatte sie nie geliebt, sondern die *Vorstellung*, die er von ihr gehabt hatte.

Ihre Gefühle für Tawl hatten alles wieder ins rechte Licht gerückt. Wenn man jemanden wirklich liebte, dann fühlte man sich in Abwesenheit dieses jemand nicht einfach nur wie erstarrt; es zerriß einem das Herz. Der Tod des Herzogs war ein Schock gewesen, nicht mehr und nicht weniger. Anschließend war Melli verängstigt und verwirrt gewesen.

Seit Monaten hatte sie kaum noch an ihn gedacht, und wären die schweren, grünen Samtvorhänge nicht gewesen, dann würde sie auch jetzt nicht an ihn denken.

Sie beschloß, die Vorhänge seien ein *gutes* Omen. Sie waren nicht rot – und das allein war schon ein Segen –, aber wichtiger noch war die Tatsache, daß es die gleichen Vorhänge waren, die geraschelt hatten, als Tawl zu Mellis Rettung in das Schlafgemach gestürmt war. Mit etwas Glück würden sie vielleicht eines Tages wieder rascheln, um die Ankunft ihres Geliebten anzukündigen.

Natürlich verließ sich Melli nicht allein auf ihr Glück. Sie stand auf. Ihre Knie knackten wie die einer alten Frau, und ihr Rücken protestierte wie der eines alten Mannes. Sie war nun hochschwanger, und jede Bewegung stellte eine ungeheure Belastung für ihre Knochen und Gelenke dar. Den Bauch nach vorne gestreckt, schlurfte Melli zu ihrem Versteck. Dabei überquerte sie aus Wut über ihren eigenen unsinnigen Aberglauben absichtlich zwei Lichtlinien. An der Tür hielt sie kurz an und lauschte, ob sich draußen etwas bewegte.

Ihre Sammlung, wie sie sie gerne nannte, war hinter dem großen Wäschekorb verborgen. Mit Madame Greals linkem Handschuh hatte alles angefangen. Inzwischen war ein weiterer linker Handschuh hinzugekommen – diesmal von Kylock – ein gläserner Pokal, eine Kerze, ein Gürtel mitsamt Schnalle und eine Handvoll alter Knochen. Melli war nicht sicher, ob sie all das jemals brauchen würde, aber trotzdem hielt sie jedes einzelne Teil in Ehren. Wenn man Kylocks Handschuh auf links drehte, paßte er auf eine rechte Hand. Mit dem Gürtel konnte man jemanden fesseln. Nur die Kerze war ein Problem – Melli brauchte Zunder, um sie zu entzünden –, den Pokal jedoch konnte man hervorragend zu einer Waffe umfunktionieren.

Es war leicht gewesen, in den Besitz dieser Dinge zu gelangen. Das Geheimnis lag darin, sie unauffällig verschwinden zu lassen, wenn die Aufmerksamkeit des Besuchers für kurze Zeit abgelenkt war. Sowohl Kyloc, als auch

Madame Greal schauten sich jedesmal sorgfältig um, bevor sie hinausgingen, damit nichts zurückgelassen wurde, was nicht hätte zurückgelassen werden dürfen. Wenn sie nichts sahen, dann waren sie zufrieden. Immerhin konnte man von einem König ja wohl kaum erwarten, sich an jede Kerze und jedes Glas zu erinnern.

Nun brauchte Melli nur noch ein Messer. Kylock trug stets eins im Gürtel, aber bisher war es auch dort geblieben: Für seine Spielchen bevorzugte er heißes Wachs und dünnes Seil. Vielleicht mußte Melli ihn soweit provozieren, bis er die Waffe gegen sie zog – entweder das, oder sie versuchte, das Messer aus seinem Gürtel zu stehlen. Aber was auch immer sie unternehmen wollte, es mußte rasch geschehen. Soweit sie das überblicken konnte, näherte sie sich dem Ende ihrer Schwangerschaft, und falls ihr Bauch noch weiter wuchs, dann würde sie bald nicht mehr fähig sein, den Raum zu durchqueren, geschweige denn, aus dem Palast zu fliehen.

Melli verstaute ihre Sammlung wieder in dem Versteck und schob den Wäschekorb wieder auf seine alte Position zurück. Madame Greal würde bald kommen, und sie hatte die Augen einer hungrigen Katze.

Melli schlurfte wieder in ihre Ecke zurück und warf sich die Decken über die Schultern. Bald, sehr bald, würde sie von hier fliehen.

Das Wetter wurde zunehmend schlechter, während sie von Marls aus zunächst nach Osten und dann nach Norden ritten. Anfangs wehte der Wind nur vereinzelte Wolkenschleier über den Himmel, doch nach und nach schlossen sich die Wolken zu dichten Formationen zusammen, bis sie schließlich zu einer Sturmfront geworden waren. Gegen Mittag war es bereits so dunkel wie in der Dämmerung, und der Regen war inzwischen kräftig genug geworden, um den Boden in Schlamm zu verwandeln, während die ersten Sturmböen den Gefährten in die Gesichter schlugen.

Die Pferde waren unglücklich; die Reiter waren unglücklich. Feuchte Kleider, feuchter Proviant, kein Feuer in der Nacht, keine Ruhepause, keine Wärme, kein Nachgeben.

Borc sei Dank war zumindest das Gelände gängig. Größtenteils handelte es sich um Weide- und Ackerland, das meist vollkommen eben war; nur von Zeit zu Zeit durchzogen sanfte Hügel die Landschaft. Der Regen hatte das Gras wieder saftig werden lassen, so daß das ganze Land von Frühling kündete.

Während die Tage vergingen, wurde es immer kälter, und Tawl erkannte, daß der Frühling doch nur eine Illusion gewesen war. Für alle war es eine harte Reise, besonders aber für Schnapper. Der junge Taschendieb hatte sich eine Erkältung eingefangen, und die meiste Zeit schlief er gegen Tawls Rücken gelehnt. Tawl wußte, daß er ein hartes Tempo vorgab, aber er konnte es einfach nicht ertragen, langsamer zu reiten.

Langsamer zu reiten bedeutete Zeit zum Nachdenken – Zeit um über Gravias Worte nachzugrübeln. Tawl wünschte, das Gespräch hätte niemals stattgefunden; er wünschte, er hätte die Wahrheit über Tyren nie erfahren. Aber es war geschehen. Also war das Beste, was er tun konnte, so schnell und wild zu reiten, wie er nur konnte, und vorzugeben, das alles läge schon weit, weit zurück.

Doch inzwischen wurde dies immer schwieriger. Jeder Schritt seines Pferdes brachte Tawl näher an Valdis heran. Mittlerweile ritten sie bereits im Schatten der Stadt. Tawl konnte ihre Nähe spüren; es war ein Gefühl, als würde er unmittelbar an einem lodernden Feuer vorbeireiten. Valdis lag vielleicht hundert Meilen südöstlich von ihnen. Morgen würden sie auf gleicher Höhe mit der Stadt sein. Das einzige, was sie jetzt noch von der Burg der Ritter trennte, war ein großer Wald, den man *den Gandt* nannte. Tawl erinnerte sich gut an diesen Wald. Bei Tag hatte er dort trainiert und gejagt, und bei Nacht war er durch ihn hindurchgewandert, indem er sich nur an den Sternen orientiert hatte. Auch war er mehr als einmal unter dem Laubdach des Gandt vollkommen betrunken eingeschlafen. Er und Gravia hatten häufig gewettet, wer von ihnen am meisten vertragen konnte. Gravia hatte stets gewonnen. Er hatte immer und überall gewonnen, mit Ausnahme beim Schwertkampf. Dabei konnte Tawl ihn sogar mit verbundenen Augen schlagen.

Das waren schöne Zeiten gewesen. Rivalität war leidenschaftlich, doch niemals bitter gewesen. Kämpfe wurden mit aller Härte ausgefochten, doch niemals im Zorn, Freundschaften hatten sich nur langsam entwickelt, doch lange angedauert. Und über all dem hatte Tyren gestanden: Vater, Mentor, Held und Gott. Er war das Idol gewesen, dem alle nachgeeifert hatten, der einzige Mensch, den zu beeindrucken für sie gezählt hatte. Tawl hätte alles für ihn getan. Er hätte sogar sein Leben für ihn geopfert.

Doch nun mußte er erkennen, daß er statt dessen seine Seele für Tyren geopfert hatte.

In all den Jahren, in denen er geglaubt hatte, Tyren habe ihn gerettet, war er in Wirklichkeit gekauft und wieder verkauft worden. Das Wertvollste, was Tawl je besessen hatte, war in jener Nacht in Marls zerstört worden, und so war eine gefährliche Leere entstanden, die sich rasch mit Zorn füllte.

Die vergangenen sechs Jahre seines Lebens waren auf eine Lüge gegründet gewesen – Tyren war ein wahrer Meister der Heuchelei.

»Tawl!« rief Jack. »Laß uns anhalten. Schnapper sieht nicht gut aus.«

Tawl blickte nach Nordwesten. So nahe an Valdis wollte er nicht anhalten. »Nur fünf Minuten!« rief er zurück und zog die Zügel an. »Dann will ich wieder weiter.«

Jack schien nicht gerade erfreut darüber zu sein. Seit Larn hatte er sich sehr verändert. Er war selbstbewußter geworden, aggressiver, und er ließ es sich immer weniger gefallen, geführt zu werden, anstatt selbst zu führen.

Sie hielten am Rand eines kleinen Wäldchens an. Im Osten lag Farmland und im Westen die dunkle Silhouette des Gandt. Es regnete nicht, doch erst vor wenigen Minuten war ein Schauer vorübergezogen, und nun war alles naß.

Jack hob Schnapper von Tawls Pferd. Er legte eine Decke auf dem Boden aus und forderte den Jungen auf, sich auszuruhen. Dann ging er zu Tawl. »Da rüber«, zischte er und deutete auf eine Stelle, wo Schnapper sie nicht mehr hören konnte.

Tawl sprang von seinem Pferd und bereitete sich auf einen Kampf vor.

»Das Tempo ist zu hoch für den Jungen«, sagte Jack.

»Du meinst wohl, es ist zu hoch für *dich*.«

Jack warf Tawl einen strengen Blick zu. »Was ist in Marls passiert?«

»Das geht dich nichts an.«

»Es geht mich sehr wohl etwas an, wenn wir deswegen jeden Morgen vor Sonnenaufgang aufbrechen und erst nach Sonnenuntergang wieder anhalten. Ich will auch so schnell wie möglich wieder zurück nach Bren, aber so geht das nicht. Schnapper muß sich ausruhen. Er braucht ein warmes Bett und eine warme Mahlzeit. Wir werden im nächsten Dorf anhalten, an dem wir vorbeikommen. Wenn Melli noch lebt, dann macht ein Tag mehr oder weniger auch nichts aus, und wenn sie tot ist, ist es sowieso egal.«

Jacks kalte Einschätzung der Lage verärgerte Tawl. »Wer bist du, daß du es wagst …?«

»Ich bin derjenige, der es mit Kylock und Baralis aufnehmen muß. Ich, Tawl. Nicht du.«

»Und wer wird dir den Weg freikämpfen?« Tawl zitterte am ganzen Körper. »Oder glaubst du etwa, die Palastwachen lassen einfach die Waffen fallen, wenn du an ihnen vorbeigehst?«

»Ich erwarte, daß du mir zur Seite stehen wirst.«

Jacks Gesichtsausdruck erstickte Tawls Zorn. Einige Dinge waren einfach zu wichtig, um darüber zu streiten. Tawl kämmte sich mit den Fingern durchs Haar und atmete tief ein. »Es tut mir leid, Jack. Du hast recht. Seit Marls war ich wohl nicht mehr so ganz bei mir. Ich habe dort mit einem alten Freund gesprochen, und der hat mir erzählt, daß jemand …« Tawl suchte nach den geeigneten Worten »… daß jemand, der mir sehr am Herzen liegt, mich belogen hat.«

»Tyren?«

Entweder besaß Jack eine äußerst rasche Auffassungsgabe, oder er hatte mit Schnapper gesprochen. »Ja, Tyren.«

»Menschen lügen die ganze Zeit, Tawl.« Ein Hauch von Bitterkeit schwang in Jacks Stimme mit. »Die ganze Zeit und aus allen möglichen Gründen.«

Tawl nickte bedächtig. Jack hatte recht.

Der Wind nahm plötzlich an Stärke zu. Er wehte von Westen heran, und einen Augenblick lang glaubte Tawl, er hätte ein Geräusch gehört – so etwas wie einen Schrei. Doch bevor er sicher sein konnte, war es auch schon wieder verschwunden. »Laß uns weiterreiten«, sagte er. »Wir werden im nächsten Dorf eine Rast einlegen.«

Jack widersprach nicht. Tawl vermutete, daß er das Geräusch nicht als einziger gehört hatte.

Trotz seiner Erkältung protestierte Schnapper lautstark, als er wieder auf Tawls Pferd gesetzt wurde. Jack sicherte anschließend noch ihr Gepäck, dann ritten sie auf einem schmalen Pfad durch das Wäldchen in Richtung Norden.

Als hätten sie sich abgesprochen, beschleunigten nun sowohl Tawl als auch Jack das Tempo, und es dauerte nicht lange, bis ihre Pferde durch den Schlamm trabten. Tawl konzentrierte sich auf jedes noch so leise Geräusch. Ein Gänsepaar flog schnatternd auf, als die drei Gefährten an ihnen vorbeiritten, und irgendwo auf den Hügeln bellte ein einsamer Hund. Dann begann es zu regnen, und das Fallen der Tropfen übertönte jedes andere Geräusch.

Tawl war nervös. Der Pfad wand sich hierhin und dorthin, so daß man nicht weit vorausschauen konnte, und je weiter sie ritten, desto näher kamen sie den dunklen Schatten des Gandt. Er schien sich auf den Pfad zuzubewegen, und Tawl trieb sein Pferd zum Galopp an.

Zunächst dachte er, Jack hinter sich zu hören, aber das Geräusch, das er vernahm, war zu komplex, um nur von einem Pferd zu stammen. Und dann entdeckte Tawl aus dem Augenwinkel heraus eine sich schnell bewegende Gestalt, die sich ihnen aus Richtung Gandt näherte.

»Halt dich fest, Schnapper!« rief er, und dann an Jack gewandt: »Brech nach Osten aus, sobald ich es dir sage!« Tawl trat dem Pferd die Fersen in die Flanken und ließ die Zügel schießen.

Inzwischen waren bereits mehrere Gestalten zu sehen, die in gestrecktem Galopp aus dem Gandt stürmten und sich in spitzem Winkel den drei Gefährten näherten. Tawl erkannte die Farben: Schwarz und Gelb. Das waren Ritter, und sie versuchten, ihm und Jack den Weg abzuschneiden.

Und mit ihren frischen und gut ausgebildeten Pferden würde ihnen das auch gelingen. Tawl wußte, daß sein eigenes Pferd nicht mehr die Kraft zur Flucht hatte. Eine Woche lang war es den ganzen Tag gelaufen und hatte zu allem Überfluß auch noch zwei Reiter zu tragen gehabt – das arme Tier würde wahrscheinlich bald zusammenbrechen.

Die Reiter ritten nun parallel zum Pfad. Tawl konnte ihre Gesichter erkennen, doch es waren ihre Waffen, die seinen Blick auf sich zogen. Sie trugen dreischneidige Stoßspeere. Tawl war an solchen Speeren ausgebildet worden, und er wußte, welchen Schaden sie anrichten konnten. Die ersten beiden Schneiden würden zuerst eindringen und dann die dritte, die wie ein Widerhaken geformt war. Wenn man dann die Waffe wieder herauszog, konnte man einen Mann auf diese Weise förmlich in Stücke reißen.

Tawl blickte nach vorne. Ein Stück voraus drehte der Pfad nach Westen ab. Sollten Jack und Tawl ihm folgen, dann würden sie den Rittern genau in die Arme laufen. Aber es war noch zu früh, um nach Osten auszubrechen – besser, sie warteten bis zum letztmöglichen Augenblick. Tawl riskierte es, ein zweites Mal zu ihren Verfolgern zu blicken. Sie trugen keine Kopfbedeckung, doch unter ihren Wappenröcken schimmerte Metall. Sie hatten Brustplatten angelegt, und ihre Schenkel waren mit Kettenpanzern geschützt. Kämpfen kam nicht in Frage – er und Jack hätten nicht den Hauch einer Chance.

Die Kurve kam rasch näher. Tawl sah, wie die Ritter langsamer wurden. Er zählte – *eins, zwei ... drei* – und schrie: »Jetzt, Jack! *Jetzt!*«

Tawl riß sein Pferd herum. Schnapper grub seine Finger in Tawls Hüfte, als das Tier mitten im Schritt die Richtung wechselte. Ein Graben säumte den Pfad, und die Stute hatte kaum ihr Gleichgewicht wiedergefunden, als sie gezwungen war, darüber hinwegzuspringen. Nur mit Mühe gelang es ihr, im Schlamm auf der anderen Seite Halt zu finden. Jacks Pferd kam besser über den Graben hinweg, und er stürmte als erster über den dahinterliegenden Acker davon. Hinter sich hörte Tawl, wie die Ritter einander Kommandos zuriefen und sich an die Verfolgung machten.

Tawl führte sein Pferd noch ein Stück an dem Graben entlang, bis er eine geeignete Stelle gefunden hatte, wo er ebenfalls auf den Acker und Jack hinterhereilen konnte. Der war ihnen bereits ein ganzes Stück voraus. Er hielt auf ein kleines Wäldchen am Ende der Feldbegrenzung zu. Der Regen hatte inzwischen wieder aufgehört, doch der Acker war so voller Wasser, daß sich große Pfützen in den Furchen gebildet hatten. Das Wasser machte die Stute nervös; sie war ein Stadtpferd, das nicht an ländliche Bedingungen gewöhnt war, und obwohl Tawl es wiederholt ermutigte, einfach durch die Pfützen hindurchzugaloppieren, zog es es vor, darüber hinwegzuspringen.

Die Ritter holten auf. Ihre Pferde trugen Scheuklappen; sie waren auf Geschwindigkeit gezüchtet und trainiert worden. Als er sich umdrehte, sah Tawl, daß ihnen nicht alle Ritter folgten: Einige waren nach Norden abgedreht, und andere waren sogar stehengeblieben. Tawl hielt den Atem an. Die Männer, die stehengeblieben waren, saßen ab. Schützen.

Sofort begann Tawl, im Zickzack zu reiten. Das machte ihn zwar langsamer, aber er wollte lieber einen Speer in die

Seite bekommen, als zu riskieren, daß Schnapper in den Rücken getroffen wurde. Jack war viel zu weit entfernt, um ihm eine Warnung zuzurufen, aber noch nicht weit genug, als daß die Schützen ihn nicht treffen konnten. Er hatte das Wäldchen schon fast erreicht – einmal dort angekommen, wäre er in Sicherheit.

Ein Pfeil zischte an Tawls Knie vorbei. Die Schützen zielten tief – zu tief, um einen Mann zu treffen. Tawl blickte gerade rechtzeitig genug nach vorne, um zu sehen, wie Jacks Pferd unter ihm zusammenbrach. Jack wurde aus dem Sattel katapultiert und landete mit dem Kopf voran in den Hecken, die das Feld begrenzten.

In diesem Augenblick erkannte Tawl, daß die Ritter nicht am Töten interessiert waren – sie wollten sie gefangennehmen. Valdis' Schützen waren die besten in der bekannten Welt, und wenn sie ein Pferd statt des Reiters erschossen, dann geschah dies mit Absicht. Gleiches galt auch für die dreischneidigen Stoßspeere: Sie waren geradezu ideal dafür, ein Pferd aufzuhalten. Für einen Menschen hätte auch eine leichtere Waffe ausgereicht.

»Schnapper!« rief Tawl. »Heb deine linke Hand!« Sie konnten den Rittern nicht entkommen. Jack war bereits gestürzt, und Tawls Stute würde die mörderische Geschwindigkeit auch nicht mehr lange durchhalten. Es war nur eine Frage von Minuten, bevor ihre Verfolger sie einholen würden. Es war besser, sich jetzt zu ergeben, da Jack der einzige war, der zu Boden gegangen war, als weiterzureiten und Schußwunden oder gebrochene Knochen zu riskieren. Es war Zeit, die Verluste zu begrenzen.

Schnapper tat, wie ihm geheißen, und Tawl wurde allmählich langsamer. Er wußte, daß die Ritter das Schießen einstellen würden, sobald sie das Handzeichen sahen: Das gebot Valdis' Ehrenkodex. Tawl drehte sich zu seinen Verfolgern um. Vier Männer ritten ihm entgegen.

»Runter vom Pferd! *Sofort!*« befahl der Mann, der den anderen voranritt.

Tawl drückte Schnappers Hand. »Es wird schon alles

wieder gut werden«, flüsterte er. Dann sprang er in den Schlamm und hob Schnapper von der Stute. Der Körper des Jungen war steif und kalt.

Die Ritter senkten die Speere. Ein Mann ritt heran und durchsuchte Tawl und Schnapper nach Waffen.

Die beiden Reiter, die nach Norden geschwenkt waren, ritten auf Jack zu. Tawl hatte keine Ahnung, ob und wenn ja, *was* Jack plante. »Jack!« rief er. »Ich habe mich ergeben! Ergib dich auch!« Tawl hatte gesehen, wozu Jack fähig war, und jetzt war nicht der richtige Zeitpunkt für ein zweites Larn. Diese Männer hatten sich ehrenhaft verhalten, und somit hatten sie es verdient, daß man auch ihnen Ehre erwies.

Tawl beobachtete die Hecke. Er sah, wie sich die Reiter ihr näherten, hörte, wie sie etwas riefen, und dann entdeckte er Jack, der langsam zwischen den Büschen hervorkam. Sein Gesicht war blutüberströmt; er humpelte, und er hatte die Hände über den Kopf gehoben. Er hatte Tawls Warnung gehört und verstanden. Keine Zauberei. Nicht bei den Rittern.

Tawl betrachtete Jack einen Augenblick, um sich zu vergewissern, daß er nur leicht verletzt war, dann wandte er sich an den Führer der Ritter. »*Es nil hesrl*«, sagte er. ›Ich bin nicht würdig‹. Dies war die traditionelle Grußformel in Valdis, und trotz allem – trotz Tyrens Verrat und trotz des Niedergangs der Ritterschaft – schien sie in diesem Augenblick angebracht zu sein. Diese Männer waren seine Brüder.

Der Anführer schien überrascht zu sein, diese Worte zu hören. Er warf seinen Kameraden einen verwirrten Blick zu, bevor er erwiderte: »Tawl aus dem Tiefland, ich bin nicht dein Richter. Dieses Recht nimmt Tyren in Bren für sich in Anspruch.«

Skaythe beobachtete, wie die Gruppe davonritt. Zehn Ritter, drei davon Bogenschützen, drei Gefangene, dreizehn Pferde, zwei Mulis und genug Vorräte, um damit bis Bren auszukommen.

Also hatte Baralis sich nicht auf ihn allein verlassen.

Skaythe steckte den Bogen in die Schutzhülle zurück. Der Regen hatte der Waffe nicht sonderlich gut getan; Skaythe würde sie einwachsen und eine neue Sehne aufspannen müssen. Mit einer nassen Sehne und in derart feuchter Luft war ein genauer Schuß auf diese Entfernung so gut wie unmöglich. Die Valdis-Schützen waren nicht besser als er – sie waren ihrem Ziel nur wesentlich näher gewesen.

Es war sehr interessant gewesen, die kleine Szene zu beobachten. Skaythe hatte dabei eine Menge über sein Ziel gelernt. Tawl war nicht dumm; er wußte, wann er aufgeben mußte. Die Ritter waren ihm zahlenmäßig überlegen gewesen, und sie hatten ihn in die Enge getrieben. Sein Freund war bereits zu Boden gegangen, und auch sein eigenes Pferd hätte nicht mehr lange durchgehalten. Der Mann war wirklich kein Dummkopf – aber er war auch kein Held. Skaythe schüttelte den Kopf. Nein, ein Held war er ganz bestimmt nicht. Helden schlagen ihren Gegnern nicht das Gehirn aus dem Schädel, wenn diese sich nicht mehr wehren können. Sie prügeln nicht mehr auf einen Mann ein, wenn der Kampf schon lange vorbei ist. Und sie töten nicht, weil sie die Kontrolle über sich selbst verlieren.

Blayze war durch Tawls Hand gestorben. Es war ein unnötiger Tod gewesen und einer, den Skaythe zu rächen gedachte.

Skaythe rieb sich die schmerzende Schulter. Aufgrund der Feuchtigkeit war der Schmerz noch schlimmer geworden. Tawl hatte sich für eine Menge zu verantworten.

Nach dem Duell auf den Klippen nördlich von Toolay hatte Skaythe zwei Wochen gebraucht, um wieder von seiner Verwundung zu genesen. In einem kleinen Dorf hatte er eine alte Frau gefunden, die sich um die Wunde gekümmert hatte. Er hatte viel Blut verloren; sein Schulterblatt war angekratzt, und ein paar Muskeln waren beschädigt worden. Die alte Krähe hatte die Wunde recht gut genäht, doch sie hatte kein sauberes Messer benutzt, und so war eine Infektion die Folge gewesen. Skaythe hatte eine Woche wegen des Fiebers verloren und eine weitere, weil er sich erst von den Strapazen erholen mußte. Als er Rorn schließlich doch noch erreicht hatte, war nichts von dem Ritter und seinen Freunden zu sehen und zu hören gewesen. Bei Erkundigungen im Hafen hatte er dann herausgefunden, daß Tawl zwei Tage zuvor nach Marls gesegelt war. Skaythe war ihm sofort gefolgt.

Die eine Woche auf dem Schiff hatte ihm gutgetan. Dort hatte er endlich Gelegenheit gehabt, wieder zu Kräften zu kommen. Auf dem Ritt nach Rorn war seine Schulter zunehmend steif geworden, und nun konnte er endlich daran arbeiten, daß sie wieder ihre alte Geschmeidigkeit bekam. Als sie schließlich Marls erreicht hatten, war seine Schulter wieder stark genug, daß er einen Bogen spannen konnte.

Während der Reise nach Norden hatte er ein paar Probeschüsse abgegeben. Er hatte einen beträchtlichen Teil seiner Zielsicherheit eingebüßt; auch vermochte er nicht mehr so weit zu schießen wie vor seiner Verwundung. Aber nach ein paar Wochen Ruhe würde er sicher wieder zu seiner alten Form zurückfinden. Von Marls aus hatte der Ritter ein mörderisches Tempo vorgegeben, und Skaythe war gezwungen gewesen, sogar noch schneller zu reiten, wollte er seine Beute einholen. Er hatte unzählige Stunden im Sattel verbracht, und das verbunden mit den ständigen Regengüssen und dem kalten Wind hatte seine Schulter wieder steif werden lassen.

Noch ein paar Wochen unter diesen Bedingungen, und seine Schulter wäre wieder da, wo sie nach der Verwundung angefangen hatte. Aber Skaythe hatte keine andere Wahl – besonders jetzt nicht –; er mußte Tawl folgen. Das Leben des Ritters gehörte ihm, und niemand würde es ihm wegnehmen.

Skaythe stieg aufs Pferd. Vielleicht war es sogar gut, daß die Ritter Tawl geschnappt hatten. Sie würden wesentlich langsamer reiten und somit leichter zu verfolgen sein. Warnschüsse kamen nun nicht mehr in Frage. Da vier ausgebildete Schützen die Gruppe begleiteten, hatte Skaythe nicht mehr die Absicht, seine Anwesenheit zu verraten.

Skaythe schnalzte mit der Zunge, und sein Pferd trabte an. Wenn er das nächste Mal auf Tawl schießen würde, dann würde es keine Vorwarnung mehr geben.

Tawl lehnte sich gegen den Baum, an den man ihn gefesselt hatte. Er drehte sich zu Jack um und zischte: »Bist du in Ordnung?«

Jack nickte. »Mein Kopf dröhnt zwar an allen Ecken und Enden, aber an dieses Gefühl habe ich mich mittlerweile schon irgendwie gewöhnt.«

Es war dunkel. Den ganzen Tag über waren sie nach Norden geritten. Den Gefangenen hatte man eine Hand auf den Rücken und die Füße an den Steigbügeln festgebunden, so daß sie ohne Mühe selbst reiten konnten. Schnapper hatte man auf einen der Mulis gesetzt, und dort schien es ihm wesentlich besser zu gehen als hinter Tawl.

Die Ritter hatten gerade ihr Lager aufgeschlagen. Sie waren sehr gut organisiert. Innerhalb weniger Minuten hatten einige ein Feuer entfacht und Kräuterpunsch und Trockenfleisch zum Kochen aufgesetzt, während andere die Pferde gefüttert und abgerieben hatten. Eine Wache umkreiste das Lager. Sie trug einen Bogen, um Eindringlinge oder zufällig vorbeikommendes Wild zur Strecke zu bringen. Wasserschläuche wurden gefüllt, Brustpanzer abgelegt, Muskeln massiert, und Branntwein wanderte von einer Hand zur anderen. Auch um die Gefangenen hatte man sich gekümmert. Jacks Wunde war versorgt worden, und Schnapper hatte man einen warmen Kräutertee gegen seine Erkältung verabreicht. Dabei hatte man ihre Fesseln ein wenig gelöst und sie anschließend an drei verschiedenen Bäumen festgebunden. Später würde man ihnen auch etwas zu essen bringen.

Tawl hatte all die Aktivitäten mit einer gewissen Bewunderung verfolgt. Dieser Männer arbeiteten hervorragend zusammen. Sie führten ihre Arbeiten aus, ohne daß ihnen die von irgend jemandem befohlen wurden. Sie arbeiteten rasch, waren dabei nicht unwirsch, und jeder von ihnen verließ sich uneingeschränkt auf seine Kameraden. Tawl hatte zwei von ihnen erkannt. Andris, er schien der stellvertretende Kommandeur zu sein; er war vor sechs Jahren einen Ring unter Tawl gewesen; und Borlin, einer der Schützen und der älteste Ritter der Gruppe, hatte Tawl den Umgang mit Pfeil und Bogen gelehrt.

Borlin war es auch, der nun auf sie zukam. Er war kräftig gebaut und besaß einen kleinen Bierbauch und hatte Arme so dick wie die Oberschenkel anderer Leute. Für einen Ritter war er ungewöhnlich klein, und er hatte das typische Lächeln eines erfahrenen Kämpen. Er wedelte mit einem schwieligen Finger. »Keine Gespräche zwischen den Gefangenen. Das solltest du doch wissen, Tawl.«

»Ich wollte nur dein Gedächtnis auf die Probe stellen, Borlin. Immerhin ist es schon über dreißig Jahre her, seit du diese Regeln gelernt hast.«

»Willst du damit etwa sagen, ich sei alt, Junge?«

»Auf jeden Fall würde ich dich nicht als Küken bezeichnen.«

Borlins Gelächter weckte gute Erinnerungen in Tawl. Das tiefe, gurgelnde Lachen galt in Valdis als so etwas wie ein Phänomen. Man sagte, es höre sich an wie ein Faß voller Steine, das man einen Hügel hinunterrollt.

»Da bist du ja in schöne Schwierigkeiten hineingeraten, Tawl«, sagte er. »Wie man so hört, sollst du Katharina von Bren ermordet haben.«

»Wie man so hört, haben die Ritter tatenlos zugesehen, wie in Halcus Frauen und Kinder abgeschlachtet wurden.«

Borlins Gesichtsausdruck verhärtete sich augenblicklich. »Du warst nicht in Halcus, Tawl.«

»Nein, aber ein Freund von mir – ein guter Mann, der es nicht länger ertragen konnte. Er ist nach Süden gegangen und hat ein Schiff nach Leiss genommen.«

»Ein Deserteur.«

»Nein.« Tawl schüttelte den Kopf. »Kein Deserteur. Ein Mann, der sich noch daran erinnert, wofür Valdis einst gestanden hat.«

Borlin drehte sich um und wollte wieder ans Feuer gehen.

»Versuchst du so, damit zurechtzukommen?« rief ihm Tawl hinterher. »Indem du dich einfach umdrehst und wegrennst?«

Tawl Brust drückte gegen die Fesseln. Er zitterte am ganzen Leib, und hinter dem Rücken hatte er die Hände zu Fäusten geballt. Eine Handvoll Ritter starrte zu ihm herüber.

»Warum hast du das gesagt?« fragte Jack flüsternd.

»Weil es gesagt werden mußte. Sie sind gute Männer, die einem schlechten Führer folgen, und in ihren Herzen wissen sie es. Aber niemand wagt, das laut auszusprechen.« Tawls Gedanken kehrten wieder zu Gravia zurück. Vielleicht hätte er nicht nach Leiss segeln sollen: Auf ihn hätten die Ritter gehört. Er war weder ein Geächteter noch ein gesuchter Mörder.

»Tyren kann nicht der einzige Schuldige sein«, erklärte Jack. »Er muß Ritter gefunden haben, die seine Befehle bedenkenlos ausführen.«

Tawl schüttelte den Kopf. »Du verstehst nicht. Die Ritter haben geschworen, Tyren zu gehorchen. Das hat nichts damit zu tun, ob ein Ritter gut oder schlecht ist. Sie haben einfach keine andere Wahl. Tyren den Befehl zu verweigern würde bedeuten, ihren Eid zu brechen. Die meisten Ritter würden eher sterben, als das zu tun.« So sehr er sich auch bemühte, Tawl konnte einen Hauch von Bitterkeit in seiner Stimme nicht vermeiden. Er hatte seinen Eid in aller Öffentlichkeit vor den versammelten Bürgern von Bren gebrochen.

Jack blickte ihn lange und prüfend an; dann sagte er: »Der Ritter, der mich vom Pferd losgebunden hat, hat erzählt, Kylocks Truppen seien wieder unterwegs. Sie marschieren nach Ness.«

Tawl atmete langsam wieder aus. Jack hatte recht: Es war besser, das Thema zu wechseln; dennoch gelang es Tawl nur mit Mühe, seine Gedanken auf Kylock auszurichten. »Er hat keine Zeit verschwendet.«

»Das können wir uns auch nicht leisten. Wir müssen fliehen und ...«

»Nein«, fiel ihm Tawl ins Wort. »Wir müssen noch nicht fliehen. Dazu besteht keine Notwendigkeit. Wir reiten doch nach Norden, und die Ritter trödeln auch nicht. Wir können es uns durchaus leisten, noch ein paar Tage abzuwarten.«

Jack warf ihm einen mißbilligenden Blick zu. »Was hast du vor, Tawl? Warum hast du nicht gewollt, daß ich etwas auf dem Feld gegen die Ritter unternehme?«

»Ich will nicht, daß du gegen diese Männer Zauberei einsetzt, Jack. Sie haben es nicht verdient.«

»Das hatten die Seher auch nicht.«

Tawl ließ sich gegen den Stamm sinken. Darauf gab es keine Antwort. Jacks Gedanken drehten sich einzig und allein um die Aufgabe, die er zu erfüllen hatte, und so mußte es auch sein. Aber hier ging es noch um etwas anderes – um etwas, das nichts mit Jack, sondern nur mit Tawl zu tun hatte. Er war Tawl, Ritter von Valdis, und egal wieviel Eide er leisten oder wieviel Schande er sich bereiten sollte, nichts konnte daran etwas ändern. Die Ringe würden ihn sein Leben lang begleiten.

Tyren stellte die Ritter vor eine schreckliche Wahl: entweder in der Ritterschaft bleiben und als Kylocks Söldner dienen oder wie Feiglinge desertieren und in Schande versinken. Für Männer, die Treue und Ehre über alles stellten, war dies eine furchtbare Entscheidung. So oder so waren sie verdammt.

Tawl schaute zu, wie sich die Ritter um das Feuer versammelten. Sie machten es sich für die Nacht bequem, tranken warmen Kräuterpunsch und erzählten sich Witze. Ein Mann summte eine Melodie vor sich hin, und ein anderer reparierte sein Lederzeug. Gute Männer, die einem schlechten Führer folgten.

»Andris!« rief Tawl dem blonden Mann zu, der gerade Äste und Zweige vom Laub befreite. »Komm herüber und lockere meine Fesseln.«

Es war an der Zeit, daß irgend jemand diesen Männern eine andere Wahl gab.

Kapitel Siebenundzwanzig

Es war früh am Morgen, etwa eine Stunde vor Sonnenaufgang, und Madame Greal war bereits auf den Beinen, um sich ein wenig als Aasgeier zu betätigen.

Die Adelsgemächer im Ostflügel des Palastes waren ihre Jagdgründe. Ein kalter, dunkler Ort. Ein Ort der verschlossenen Türen, der rauschenden Seidenvorhänge und der huschenden Ratten – ein Ort, wo man ein Vermögen machen konnte.

König Kylock – Borc mochte seine kleine dunkle Seele segnen – ließ so viele Mitglieder des alten Adels pfählen, köpfen und vergiften, daß man unmöglich im Kopf behalten konnte, wieviel er schon umgebracht hatte. Es sei denn natürlich, man führte darüber Buch. Madame Greal klopfte auf ihr Mieder, wo ein kleines, in weiches Leder gebundenes Buch dazu diente, ihrem Busen zusätzlichen Halt zu verleihen. *»Immer schön Buch führen«*, hatte ihr Vater sie immer wieder ermahnt. *»Man weiß nie, wann sich das einmal auszahlt.«*

Der Tod war der große Befreier aller Reichtümer, und ein ekelhaftes, aber gelungenes Attentat machte es stets leichter, in den Besitz eben dieser Reichtümer zu gelangen. Oftmals konnten Ehefrauen nicht sicher sein, ob ihre Gatten wirklich tot waren – ein kopfloser Leichnam, der im Großen See trieb, sah so aus wie der andere. Und wenn es keine Leiche gab, die man identifizieren konnte, zogen Kinder es vor, sich vorzustellen, ihre Väter seien in Haft und nicht tot. Fand man aber zum Beispiel blutbefleckte Bettlaken, dann fiel es leicht zu glauben, daß der untreue Ehemann mal wieder eine Jungfrau im Bett gehabt hatte.

Es gab zwar Gerüchte über die Meuchelmorde, doch niemand wußte mit Bestimmtheit, etwas zu sagen. Kylock hatte ein ausgesprochenes Talent dafür, Leichen zu verstümmeln. Finger, Muttermale, Doppelkinn, Narben und Gehänge von überdurchschnittlicher Größe – alles wurde mit der Präzision eines Chirurgen entfernt. Madame Greal hatte ihren König in Aktion gesehen: Bei solchen Gelegenheiten war Kylock wie hypnotisiert. Die Welt um sich herum nahm er nicht mehr wahr; er sah nur noch die rasiermesserscharfe Klinge in seiner Hand. Mit trübem Blick, das Messer in der Hand und ohne ein Wort zu sagen, verbrachte er Stunden in den Kerkern des Palastes.

Madame Greal lief ein Schauer über den Rücken, und sie zog ihren Schal enger um die Schultern. Die schnelle Bewegung verursachte einen Krampf in ihrem beschädigten Handgelenk, und so ließ sie den Stoff rasch los. Seit Maybor ihr vor zwei Jahren in Duvitt die Knochen gebrochen hatte, hatte sie Probleme mit bestimmten Handbewegungen. Das war bisweilen zwar unangenehm, aber kein wirkliches Problem: Glücklicherweise war ihre rechte Hand verschont geblieben, die ihr zum Einsammeln von Vermögenswerten diente.

Schon bald hatte sie die Tür zu ihrem Ziel erreicht. Vorsichtig drückte sie gegen das honigfarbene Holz und verschaffte sich so Einlaß in die Gemächer von Lord Bathroy, einem einstigen Berater des Herzogs, dessen kopflose Leiche nun in einem unscheinbaren Grab verrottete. Vor einer Woche hatte Lord Bathroy den Fehler begangen, Kylock öffentlich zu kritisieren – genauer gesagt, hatte er sich mißbilligend über die Entscheidung des Königs geäußert, Highwalls Männer sinnlos abschlachten zu lassen –, und deshalb war er auf der Stelle in Gewahrsam genommen, gefoltert und schließlich getötet worden. Heutzutage wagten es immer weniger Leute, offen gegen den gefährlich launischen König zu sprechen. Die Kerze, die Madame Greal in der Hand hielt, strahlte gerade genug Licht aus, um die seidenen Wandteppiche des verstorbenen Lords zum Glitzern zu bringen. Madame Greal lächelte zufrieden. Kylocks Wahnsinn war ihr Gewinn.

Madame Greal begann sofort, diverse Gegenstände in ihrem großen Wollsack zu verstauen. Da ging sie nicht nur schnell vor, sondern auch klug; sie nahm niemals zuviel: ein goldener Pokal hier, eine bestickte Tunika dort. Nichts von alledem würde bei einer oberflächlichen Inventur als fehlend auffallen. Lord Bathroys Familie war im Augenblick noch nicht sicher, was aus ihrem Familienoberhaupt geworden war, doch nach einem Monat würde man ihn durch die Kirche für tot erklären lassen und sich anschließend über das Erbe hermachen.

Nachdem ihr Sack ausreichend gefüllt war, ging Madame Greal wieder hinaus und machte sich auf den Weg zum nächsten Gemach auf ihrer Liste.

Ihre liebe, doch recht naive Schwester, Madame Dornenbeutel, würde die Sachen auf dem Schwarzmarkt verkaufen. Unglücklicherweise lief das Bordellgeschäft gar nicht mehr so gut, seitdem die Belagerer geschlagen worden waren. In der Nacht nach der Schlacht waren die Soldaten durch Bren gezogen, um ihren Sieg zu feiern, indem sie alles vergewaltigt hatten, was ihnen über den Weg gelaufen war; da der Feind keine Frauen in seinem Lager gehabt hatte, hatten sie sich auf die Huren von Bren gestürzt. Kein Bordell wurde ausgelassen und keine Straßenhure übersehen – und für all das hatten die Soldaten kein einziges Kupferstück lockergemacht! Kylock hatte nichts dagegen unternommen. Es war weithin bekannt, daß er Frauen nicht mochte, und so ließ er seine Männer ihr Schlimmstes tun.

Seitdem hatte sich nicht viel daran geändert. Nachdem die Männer erst einmal herausgefunden hatten, daß sie tun und lassen konnten, was sie wollten, ohne dafür bestraft zu werden, nahmen sie sich jede Frau, die sie bekommen konnten. Madame Dornenbeutel hatte darauf gehofft, daß sich die Situation wieder bessern würde, nachdem der größte Teil der Armee nach Ness abgerückt war; doch das war nun schon zwei Wochen her, und noch immer herrschte das Chaos in der Stadt. Wenn man zu Kylocks Armee gehörte, dann genoß man uneingeschränkte Narrenfreiheit.

Zu diesem Chaos trug auch mit bei, daß Gerüchte besagten, die ganze Stadt sei mit Kylocks Spionen und Informanten durchsetzt. Jeder stand grundsätzlich unter dem Verdacht, ein Dissident zu sein: Handwerker, Kaufleute, der niedere Landadel und selbst die hohen Lords. Die Männer der Stadt hatten eine derartige Angst davor, des Verrats angeklagt zu werden, daß sie lieber daheim blieben und mit ihren Frauen redeten, anstatt in die Gasthöfe und Bordelle zu gehen, um sich zu amüsieren. Langweilige Abende waren nichts im Vergleich zu einer drohenden öffentlichen Hinrichtung.

Eigentlich kümmerte es Madame Greal nur wenig, was in der Außenwelt vor sich ging. Der Palast war nun ihre Heimat. Hier kannte sie inzwischen jeden Winkel. Die Diener fürchteten sie; die Adeligen schauten mit mißtrauischer Abscheu zu ihr herüber, und König Kylock behandelte sie, als wäre sie Luft. Alles in allem betrachtet war Madame Greal mit der Situation äußerst zufrieden. Sie war die Bienenkönigin in diesem Nest.

Auch war es jetzt nicht mehr notwendig, auf ihren ursprünglichen Plan mit der Erpressung zurückzugreifen. Ihre frühmorgendlichen Exkursionen brachten ihr genug ein, und solange sie sich in irgendeiner Form nützlich machte, würde sie ungehindert weitermachen können. Außerdem war sie mittlerweile zu der Erkenntnis gekommen, daß es nicht gerade intelligent wäre, Baralis zu erpressen. Nun da Madame Greal ihn näher kennengelernt hatte, hatte sie erkannt, daß er sie auf der Stelle töten würde, sollte sie jemals versuchen, ihr Wissen um seine Verstrickung in die Ermordung des Herzogs gegen ihn zu verwenden. Der Mann hatte einfach viel zuviel zu verlieren.

Madame Greal näherte sich der zweiten Tür des heutigen Morgens; sie führte in die Gemächer des sehr reichen und nun sehr toten Lord Gantry. Warum sollte sie bei einem Erpressungsversuch ihr Leben riskieren, wenn es auch wesentlich ungefährlichere Möglichkeiten gab, an Geld zu kommen?

Gerade als sie die Klinke hinunterdrücken wollte, hörte sie ein Geräusch auf der anderen Seite. Seltsam, erst gestern hatte sie gesehen, wie Crope Gantrys Leiche zum See hinuntergeschleppt hatte. Wer also war jetzt in den Gemächern des hohen Herrn? Seine Frau wohnte in einem anderen Teil des Palastes. Madame Greal legte eins ihrer Fledermausohren an die Tür und hielt die Luft an, um besser lauschen zu können.

Sie hörte ein leises Murmeln. Irgend etwas an der Stimme kam ihr bekannt vor … Madame Greal hörte ein Geräusch, als würde ein Egel Blut saugen … das war Crope!

Sie stieß die Tür auf. »Was hast du hier drin zu suchen, du dämlicher Idiot?«

Crope saß am Schreibtisch des hohen Lords. Neben ihm stand ein Bambuskäfig, und auf seinem Handgelenk hockte ein leuchtendgrüner Vogel mit einem hakenförmigen Schnabel. Crope machte ein schuldbewußtes Gesicht. »Ich hab' das Vögelchen gefüttert, Lady. Es hat doch bestimmt Hunger, jetzt wo es so ganz allein ist.«

»Sitz nicht einfach so rum und starr mich an«, sagte Madame Greal. »Steck das häßliche grüne Ding wieder in seinen Käfig, und dann mach, daß du hier rauskommst.«

Der Vogel stieß ein lautes Kreischen aus.

Crope stand auf, wühlte zwischen den Sachen auf dem Schreibtisch herum und steckte einige davon in ein kleines, buntes Kästchen.

Madame Greal trat neben ihn und legte besitzergreifend die Hand auf das Kästchen. »Laß das Zeug hier, du armseliger Dieb. Das gehört dir nicht.«

Crope regte sich ob dieser Worte sichtlich auf. »Das ist

meins, Lady. Schwören tue ich das, jawohl.« Er löste Madame Greals Hand von dem Kästchen und drückte es an seine Brust. »Schwören, jawohl.«

Madame Greal versuchte, ihm das Kästchen wieder abzunehmen. Crope wehrte sich dagegen, und schließlich flog das Kästchen in hohem Bogen durch die Luft. Der Deckel öffnete sich, und der gesamte Inhalt verteilte sich über den Schreibtisch. Crope stieß ein leises Wimmern aus und stürzte zum Tisch.

Niemand hatte schnellere Augen als Madame Greal. Noch bevor Crope sein Kästchen erreichen konnte, hatte sie den Inhalt des selbigen bereits inventarisiert: zwei Milchzähne, ein Stück Kordel, ein Schmetterlingskokon, eine Haarlocke, die von einer blauen Schleife zusammengehalten wurde, ein paar Bernsteinbrocken, billiger Schmuck und ein sehr alt aussehender, mit Wachs versiegelter Brief.

Madame Greal griff nach dem Brief. Dabei ließ sie den Blick über den Schmuck gleiten. Drei Messingeulen an einer Messingkette. Madame Greal rutschte das Herz in den Rock. Winzige Onyxaugen, gelb bemalte Schnäbel, und die mittlere Eule war ein wenig größer als die beiden anderen: Das war die Kette, die sie ihrer Nichte vor ein paar Jahren geschenkt hatte! Dieselbe Kette, von der Madame Dornenbeutel geschworen hatte, Corsella habe sie in der Nacht ihres Verschwindens getragen. Madame Greal erinnerte sich gut an dieses Schmuckstück. Sie hatte es in Auftrag gegeben, und sie hatte auch die Bestellung von Gold zu Messing geändert, als ihr der veranschlagte Preis zu hoch erschienen war.

Crope griff nach der Kette …

… doch Madame Greal erreichte sie als erste. »Wo hast du das her?« verlangte sie zu wissen.

»Die gehört mir.«

»Nein, sie gehört dir nicht. Und jetzt sag mir, wo du sie her hast!« Madame Greal zitterte am ganzen Leib. Sie schlang die Kette um ihre Faust und hielt sie Crope unter die Nase. »Wenn du mir nicht sofort sagst, wo du sie her hast, dann erzähle ich jedermann, daß ich dich beim Stehlen erwischt habe. Dann wirst du für den Rest deines Lebens in den Kerker geworfen.«

Ihre Worte zeigten deutlich Wirkung. Crope hielt sich die Ohren zu. »Nein, nein, nein. Crope will nicht eingesperrt werden«, murmelte er und schüttelte den Kopf. »Nicht einsperren.«

Madame Greal witterte den Sieg. »Ja, man wird ihn einsperren und den Schlüssel wegwerfen. Man wird ihn so tief unter der Erde einsperren, daß er nie wieder die Sonne sehen wird. Und jetzt sag mir, verdammt noch mal, wo du die Kette her hast!«

»Ich hab' sie nicht gestohlen!« kreischte Crope und schüttelte wild den Kopf. »Der Meister hat gesagt, ich könne sie behalten! Ich habe ihn gefragt – schwören tu ich das!«

»*Hör auf!*« schrie Madame Greal. Cropes Heulen ging ihr auf die Nerven. »Du hast die Kette also von Baralis bekommen – und wo hat der sie her gehabt?«

Crope hörte im selben Augenblick auf zu jammern, da die Frage ihren Mund verlassen hatte. »Ich weiß nicht, wo er sie her hat«, war das einzige, was er sagte; dann preßte er die Lippen zusammen und blickte zu Boden.

»Hmmm.« Madame Greal betrachtete Crope einen Augenblick. Aus dem dämlichen Iditoten bekam sie kein Wort mehr heraus. Er würde seinen Meister um jeden Preis beschützen. »Los jetzt«, sagte sie. »Mach, daß du wegkommst, und nimm dein Zeug mit.«

Crope beeilte sich, die letzten Gegenstände in seinem Kästchen zu verstauen. Der grüne Vogel hangelte sich gerade an einem der seidenen Vorhänge hoch, als Crope ihn packte und wieder in den Käfig zurückbugsierte.

»Wenn du weiterhin hierherkommen willst, um dieses Ding da zu füttern«, sagte Madame Greal, »dann erwähne unsere kleine Unterhaltung nicht gegenüber deinem Meister. Hast du verstanden?«

Crope nickte und verschwand.

Sofort nachdem er gegangen war, hob Madame Greal die Kette an die Lippen und küßte sie. Winzige Tränen rannen ihre Wangen hinab. Crope hatte das Schmuckstück von seinem Meister bekommen, und dieser wiederum konnte es nur von Corsellas Hals genommen haben. Für Madame Greal konnte dies nur eines bedeuten: Baralis hatte ihre Nichte umgebracht.

»Tyren hat meine Dienste genauso verkauft, wie er die euren verkauft hat. Er hat fünfhundert Goldstücke für mich bekommen.«

»Warum sollten wir dir glauben, Tawl?« fragte Crayne, der Anführer. »Du hast deinen Eid gebrochen und Katharina von Bren ermordet.«

»Wer hat durch Katharinas Ermordung am meisten gewonnen?« mischte sich Jack zum ersten Mal in die Diskussion ein. »Kylock. Tawl hat durch den Mord keine Stadt gewonnen und auch keine Armee, und er hat Katharina auch nicht vergiftet. Gift ist die Waffe eines Feiglings, und jeder, der es wagen sollte, Tawl einen Feigling zu nennen, bekommt es mit mir zu tun.«

Schweigen folgte diesen Worten. Aus dem Augenwinkel heraus bemerkte Jack, daß Tawl etwas sagen wollte; doch mit einer unauffälligen Bewegung seiner Hand, hielt Jack den Ritter davon ab. Sollten die Ritter ruhig eine Weile über das Gesagte nachdenken.

Langsam zogen sich die Männer vom Lagerfeuer zurück. Im trüben Licht des Sonnenuntergangs waren ihre Gesichter nur schwer zu deuten. Ihre Bewegungen waren verhalten, und noch immer sagte niemand ein Wort.

Sie ritten nun schon acht Tage mit den Rittern gen Norden. Jedesmal wenn sie anhielten – um Wasser zu holen, den Pferden eine Ruhepause zu gönnen oder um zu jagen oder zu schlafen –, bearbeitete Tawl seine Brüder, um nach und nach Tyrens Führerschaft zu untergraben. Zunächst war er sehr vorsichtig vorgegangen: Er hatte gefragt, welche

Rolle jeder von ihnen bei der Eroberung von Halcus gespielt hatte, und er hatte sowohl die ansteigende Zahl von Deserteuren erwähnt als auch den immer schlechter werdenden Ruf der Ritterschaft. Anfangs hatten ihn die Ritter ignoriert, doch von Tag zu Tag hatte Tawl sie mehr und mehr provoziert. Und nun, da er ihnen berichtet hatte, wie seine Dienste an Bevlin verkauft worden waren, hatte er endlich etwas gesagt, was sie nicht mehr ignorieren *konnten.*

»Laß ihnen Zeit, Tawl«, sagte Jack, nachdem die Ritter sich entfernt hatten. »So schnell werden sie ihre Meinung nicht ändern. Sie folgen Tyren schon viel zu lange, um über Nacht bekehrt zu werden.«

Tawls blaue Augen waren ungewöhnlich dunkel. »Ich muß es weiter versuchen, Jack. Ich muß es schaffen, daß diese Männer endlich die Wahrheit erkennen.«

Tawls Stimme besaß einen verzweifelten Unterton, der Jack traurig machte. »Warum ist das so wichtig? Wir brauchen diese Männer nicht. Wir könnten noch heute nacht fliehen – du, ich und Schnapper.«

Tawl schüttelte den Kopf. »Nein, Jack. Ich will ihr Vertrauen nicht enttäuschen. Sie haben uns gut behandelt – sie lassen uns sogar ohne Fesseln reiten und binden uns nachts nicht mehr fest. Sie sind Männer von Ehre ...«, er zögerte einen Augenblick und starrte zum Feuer, »... und einst war auch ich einer von ihnen.«

Das war also der eigentliche Grund. Tawl war einer von ihnen. Er war ein Ritter, und nachdem Jack monatelang mit ihm zusammen durch die Welt gereist war, wußte er, wie tief die Macht der Ringe bei seinem Freund ging.

»Wenn ich sie doch nur dazu bringen könnte zu glauben, was ich ihnen gerade gesagt habe.« Tawl redete mehr mit sich selbst als mit Jack. »Wenn ich ihnen doch nur klarmachen könnte, daß sie noch eine *dritte* Wahl haben.«

»Und was soll das für eine Wahl sein, Tawl?« Jacks Stimme klang härter, als er beabsichtigt hatte.

Der Ritter schien es jedoch nicht bemerkt zu haben. Er

lächelte traurig und erwiderte: »Das weiß ich noch nicht genau. Ich weiß nur, daß es nicht richtig ist, Tyren zu folgen.«

Als er Tawl in die Augen blickte, sah Jack einen verwirrten und verletzten Mann. Nach einer Weile stand Jack auf. Es war eine Stunde nach Sonnenaufgang, und die Ritter brachen bereits das Lager ab. Jack überließ es Tawl, das Feuer zu löschen, und ging hinüber zu Andris, der gerade sein Pferd sattelte. Von allen Rittern in der kleinen Gruppe war Andris derjenige, der ihnen am meisten zugetan war: Tawl war in Valdis ein Jahr über ihm gewesen, und Jack hatte den Eindruck, daß Andris damals zu dem älteren aufgeschaut hatte.

»Es wird ständig kälter«, sagte Jack und streichelte Andris' Pferd. »Gestern habe ich in der Ferne schon Schnee auf den Hügeln gesehen.«

»Am Ende des Tages werden wir eben diese Hügel erreicht haben.« Andris beugte sich vor, um den Sattelgurt festzuziehen. Er besaß langes, braunes Haar und die typischen feinen Gesichtszüge der Nordländer. Eine Narbe lief von seinem linken Auge bis zum Hals. »Morgen um diese Zeit werden wir alle steif vor Kälte sein.«

»Mir machen Schnee und Eis nichts aus. Es ist der Wind, der mich bibbern läßt.«

»Aye, mit dem Wind kenne ich mich aus. Ich stamme ursprünglich aus Ost-Halcus, und dort kann der Wind einem regelrecht den Verstand aus dem Schädel blasen.«

»Ich weiß«, erwiderte Jack. Andris schaute ihn interessiert an, und so fuhr er fort: »Ich bin mitten im Winter durch Ost-Halcus gewandert, und auch wenn ich nicht gerade meinen Verstand verloren habe, so hat es mich doch ein paar Hautschichten gekostet. Der Wind in Halcus ist teuflisch.«

»Du stammst aus den Königreichen?«

»Ja, aus Harvell; aber ich habe eine Zeitlang in Halcus gelebt. Im Frühling ist es dort wunderbar.« Während er sprach, erinnerte sich Jack an den kleinen, von Nelken umgebenen Teich, wohin ihn Tarissa geführt hatte. Das schien vor einer Ewigkeit gewesen zu sein.

»Was hast du da gemacht?« Andris begann, die Mähne seines Pferdes zu kämmen. Dabei bemerkte Jack, daß die Spitze von Andris' linkem Ringfinger fehlte.

»Um ehrlich zu sein, eigentlich gar nichts. Ich war fortgelaufen, und ein paar Leute in Halcus haben mich bei sich aufgenommen – gute Leute.« Jack atmete tief durch. »Und es hat auch ein paar schlechte gegeben.«

Andris hörte mit dem Kämmen auf. »Warum bist zu mir herübergekommen, Jack? Du wolltest doch sicher nicht mit mir nur über Halcus plaudern.«

Jack respektierte die Offenheit des Mannes. Es war an der Zeit, auf den Punkt zu kommen. »Ich bin zu dir gekommen, um dir von Tawl zu erzählen.«

»Was ist mit ihm?«

»Er hat die Ritterschaft nicht verlassen – nicht wirklich zumindest. Nicht in seinem Herzen. Auch jetzt noch versucht er, den Auftrag zu erfüllen, den Bevlin ihm gegeben hat. Wir sind gerade aus Larn gekommen – wir haben den Tempel dort zerstört. Keine Steine mehr, keine Fesseln, kein Leben mehr, das Gott geopfert wird.«

Andris schüttelte den Kopf. »Larn ist ein Kindermärchen. Es gibt keinen Ort dieses Namens.«

»Ich bin auf der Insel gewesen. Ich habe die Seher mit meinen eigenen Augen gesehen. Meine Mutter ist dort geboren worden.« Jacks Stimme klang hart. »Sag du mir nicht, es gäbe diesen Ort nicht. Geh und frag Crayne und Borlin; sie werden darüber Bescheid wissen.« Jack vermutete, daß die beiden ältesten Ritter der Gruppe zumindest schon einmal von Larn gehört hatten; ihre wettergegerbten, faltigen Gesichter erzählten von unzähligen Dingen, die sie gesehen, und unzähligen finsteren Geschichten, die sie des Nachts am Lagerfeuer gehört hatten.

Andris ließ seinen Blick über das Lager schweifen. Das Feuer war gelöscht, die Decken zusammengerollt, und die meisten Ritter saßen bereits auf ihren Pferden. Dann schaute er wieder zu Jack. »Warum erzählst du mir das alles?«

»Ich erzähle dir das, weil ich weiß, daß Tawl es niemals tun würde. Er würde nie für sich selbst sprechen. Dazu ist er viel zu bescheiden. Du warst mit ihm in Valdis – du weißt, daß ich die Wahrheit sage.«

Andris stieg auf sein Pferd. »Und worauf willst du hinaus?«

»Tawl ist kein Lügner, und er ist kein Mörder; er ist der tapferste Mann, den ich jemals getroffen habe. Die Ritterschaft ist Teil seiner Seele. Ich bin nun schon monatelang mit ihm zusammen, und bis vor etwa zwölf Tagen hat er sich standhaft geweigert, auch nur ein schlechtes Wort über Tyren zu hören. Er hat den Mann geliebt wie einen Vater, und nun, da er die Wahrheit erfahren hat, fühlt er sich betrogen. Er ist tief verletzt. Ich kann nachvollziehen, wie er sich fühlt, und ich glaube, du auch. Tyren hat euch alle betrogen.«

Ein oder zwei Sekunden verstrichen, ohne daß etwas geschah. Andris schaute auf Jack hinunter; seine grauen Augen waren von der gleichen Farbe wie der Himmel. Dann setzte er sein Pferd in Bewegung und sagte: »Ich werde heute mittag mit den anderen reden.«

An diesem Morgen kamen sie gut voran. Es war kalt genug, um den Schlamm frieren zu lassen, und je kälter es wurde, desto mehr ließ der Wind nach. Die Berge waren nun nicht mehr weit entfernt. Die kleine Gruppe befand sich südwestlich von ihnen.

Je weiter sie nach Norden kamen, desto aufgeregter wurde Jack. Seit sie in Marls angelegt hatten, hatte sich stetig ein leichter Druck in seinem Magen aufgebaut. Er fühlte sich, als würde er an einer Angel hängen, die irgend jemand langsam einholte; unwiderstehlich wurde er nach Bren gezogen, zu Baralis. Zu Kylock. Viel hatte sich in letzter Zeit verändert. Die Identität seiner Mutter zu erfahren hatte Jack stärker gemacht. Allein ihren richtigen Namen zu kennen verlieh ihm ungeahnte Kraft: Aneska. Was auch immer mit ihm in den kommenden Wochen geschehen mochte, dies konnte ihm nichts und niemand mehr wegnehmen. Er wußte, wer er war, wo er herstammte und was sein Schicksal war.

Natürlich gab es noch vieles, was er nicht wußte: Beispielsweise, wer sein Vater war; warum er noch mehr zerstören mußte als nur Larn, und welche Verbindung zwischen Marods Prophezeiung und seiner Mutter bestand. Aber er konnte auch ohne die Beantwortung dieser Fragen leben – im Augenblick jedenfalls.

Bis sie Bren erreichten, mußte er sich Tag für Tag auf die unvermeidliche Konfrontation mit Kylock vorbereiten. Der König mußte sterben. Es gab keine andere Möglichkeit. Ohne einen Führer würde das Nordreich in sich zusammenfallen. Trotz all seiner Hinterlist und seiner besonderen Fähigkeiten könnte Baralis es ohne Leitfigur nicht zusammenhalten. Kylock hatte von Geburt her das Recht, über die Königreiche zu herrschen, und die Macht über Bren war ihm durch seine Ehe zugefallen. Würde er ermordet werden, dann würde das Bündnis zwischen den beiden Mächten zerreißen wie eine alte Bogensehne. Es gab keine natürliche Verbindung zwischen den beiden Staaten; sie besaßen keine gemeinsame Geschichte: Kylock war das einzige Bindeglied. Mit seinem Tod würden Bren und die Königreiche wieder zu zwei souveränen Staaten werden, und auch der Rest des Reiches, das sie um sich herum aufgebaut hatten, würde wieder in seine Einzelteile zerfallen.

Jack hatte lange und intensiv darüber nachgedacht, was er tun würde, wenn sie Bren erst einmal erreichten. Es bestand weder die Notwendigkeit, sich mit Baralis anzulegen noch einen Krieg vom Zaun zu brechen. Nur Kylocks Tod war von Bedeutung.

Und er, Jack aus den Vier Königreichen und aus Larn, ehemaliger Bäckerjunge und Schreiber, war derjenige, der dies zuwege bringen würde. Er und Kylock, sie waren miteinander verbunden, und die Zeit war nicht mehr fern, da diese Verbindung durchtrennt werden mußte.

Tawl hatte seine eigenen Probleme: die Ritterschaft, Melli und was auch immer für Geister er aus seiner Vergangenheit mit sich herumschleppte. Jack würde ihm helfen, soweit er konnte, aber es gab eine Grenze – einen Punkt, wo nur noch er und Kylock zählten –, und je näher sie Bren kamen, desto näher kam auch diese Grenze.

Jack schaute zu Tawl. Der Ritter ritt neben Schnappers Muli. Tawl bemerkte seinen Blick und nickte. Jack erwiderte das Nicken. Sie wußten beide, was sie zu tun hatten.

Es wurde Mittag. Es war wolkig und kalt, doch der Wind wehte noch immer schwach. Crayne beschloß, am Ufer eines langsam dahinfließenden Flusses haltzumachen. »Wenn es so kalt wie jetzt ist«, erklärte er mit seiner harten Soldatenstimme, »dann macht es wenig Sinn, den Schutz von Bäumen zu suchen.«

Den ganzen Morgen über waren sie immer wieder durch Wälder gekommen, die nur hier und da von grasbewachsenen Hügeln oder kleinen Tälern voneinander getrennt wurden. Egal wohin Jack auch blickte, überall war Wasser: Flüsse, Teiche, Bäche. Einige der kleineren Teiche begannen bereits zuzufrieren, und schlammbraune Eisplatten trieben an ihren Ufern entlang. Zum größten Teil floß das Wasser jedoch ungehindert, und von überall her war Tropfen, Plätschern und Rauschen zu hören.

Jack beobachtete, wie Andris zu Crayne ging. Die beiden Männer sprachen kurz miteinander; dann winkte Crayne Borlin herbei. Obwohl Jack zu weit weg war, um etwas zu verstehen, so konnte er doch sehen, wie Andris' Lippen das Wort *Larn* formten. Borlin nickte. Sie setzten ihr Gespräch fort, und bald traten zwei weitere Ritter hinzu.

Jack ritt zu Tawl und Schnapper.

»Was geht da vor, Jack?« fragte Tawl und hob Schnapper

von seinem Muli herunter. »Was hast du Andris heute morgen erzählt?«

»Die Wahrheit. Ich habe ihm erzählt, daß wir den Tempel von Larn zerstört haben.«

»Du hast den Tempel zerstört, Jack. Nicht ich.«

»Nein. Wir beide haben ihn zerstört. Du und ich.«

Tawl erwiderte nichts darauf. Er drehte sich zu Schnapper um und sagte: »Mund auf«, dann schaute er in den Hals des Jungen. Als nächstes tastete er Schnappers Zunge nach Schwellungen ab und legte ihm schließlich die Hand auf die Stirn. Er schien zufrieden zu sein. »Es geht dir schon wieder besser.«

»Und wie kommt's, daß ich mich dann nicht besser fühle?«

Tawl lächelte. »Weil ich dir heute morgen keinen Branntwein in deinen Kräuterpunsch getan habe, darum. Und jetzt geh, und leg dich eine Weile hin. Nimm meine zweite Decke, und sieh zu, daß du dich ordentlich zudeckst. Ich bringe dir nachher etwas Warmes zu essen.«

Schnapper schaute zunächst zu Tawl und dann zu Jack. »Schon gut, schon gut. Ich weiß schon, wann ich unerwünscht bin. Ich bin vielleicht krank, aber ich bin nicht dumm.« Er ging in Richtung Ufer. »Bringt mir möglichst viel Käse.«

Sobald Schnapper außer Hörweite war, sagte Tawl: »Jack, ich will nicht, daß du meine Kämpfe für mich kämpfst. Ich komme mit diesen Männern ganz gut selbst zurecht.«

»Daran zweifle ich nicht, Tawl, aber wir haben keine Zeit. Wenn sie sich nicht bald entscheiden, uns zu helfen, dann müssen wir fliehen.«

»Du glaubst also, ich halte dich auf.« Das war keine Frage.

»Deswegen habe ich nicht mit Andris gesprochen.«

Tawl brachte ein halbes Lächeln zustande und legte Jack die Hand auf die Schulter. »Ich weiß.«

Die beiden Männer blickten zu Andris hinüber. Inzwischen hatten sich alle Ritter um ihn versammelt, und dem Lärm nach zu urteilen, waren sie in eine hitzige Debatte verstrickt.

Tawl trat einen Schritt vor. »Ich gehe hinüber und rede mit ihnen.«

»Nein«, widersprach Jack. »Laß sie zu dir kommen.« Er holte seine Feldflasche aus der Satteltasche. »Komm, laß uns Wasser holen.«

Tawl folgte ihm zum Ufer des kleinen Flusses. Schnapper war ganz in der Nähe. Er hatte sich eine dicke Decke über die Schultern geworfen und beugte sich über das Wasser, um nach Glitzersteinen Ausschau zu halten. »Wo kommt dieses ganze Wasser her, Tawl?« fragte er und hob prüfend einen Stein ins Licht. »Ich habe nicht mehr soviel von dem nassen Zeug gesehen, seit wir Marls verlassen haben.«

»Es fließt von der Großen Grenze herunter«, erklärte Tawl und tauchte seine Feldflasche in den Fluß. »All diese kleinen Flüsse münden letztendlich in den Silbur.«

»Ist der große Strom in der Nähe?« fragte Jack. Jeder in der bekannten Welt hatte schon von dem mächtigen Silbur gehört.

Tawl zuckte die Schultern. »Er liegt etwa fünfzehn Meilen westlich von uns. Er läuft an den Ausläufern des Gebirges entlang. Seine Strömung ist so stark, daß er sich tatsächlich einen Weg durch die Große Grenze hindurch gebahnt hat.

»Er fließt mitten durch die Berge?«

»Ja. Etwa dreihundert Meilen südlich von Valdis.« Tawl schloß die Feldflasche wieder. »Morgen werden wir nahe am Ormonsee vorbeikommen. Das ist der tiefste See der bekannten Welt. Dort vereint sich auch der Viralay mit dem Silbur. Der Viralay kommt von Norden aus den Bergen, bis er schließlich den Ormonsee erreicht.« Während er sprach, wurde Tawls Stimme immer leiser. Sein Blick richtete sich auf einen fernen Punkt jenseits des kleinen Flusses. »In meinem ersten Jahr in Valdis bin ich den Viralay hinaufgewandert. Ich mußte den Bergschrein erreichen, um mir meinen ersten Ring zu verdienen. Ich werde niemals den Anblick der Fälle vergessen.«

»Der Fälle?«

»Die Faldara-Fälle. Der Viralay fließt nicht einfach in den Ormonsee, er stürzt in ihn hinab. Es war dort, wo Valdis …« Tawl verstummte. Er hockte am Ufer und schaukelte auf seinen Ballen hin und her. Unvermittelt stand er auf.

Eine Alarmglocke klingelte in Jacks Kopf. »Was ist bei den Faldara-Fällen geschehen?« schrie er. Plötzlich war er von einer unerklärlichen Furcht erfüllt. Etwas Gefährliches, etwas Unaussprechliches schimmerte in Tawls Augen.

Der Ritter macht sich auf den Weg zurück ins Lager. »Valdis hat sich dort den Glauben seiner ersten Gefolgsleute verdient.«

Kylock blickte auf Mellis Bauch. »Wie lange noch?« Er war so nah, daß Melli ihn riechen konnte. Ein schwacher, schwefliger Geruch strömte aus seinem Mund.

»Fünf Wochen«, log sie. Wahrscheinlich waren es nur noch drei.

Kylock schnalzte mit der Zunge und kehrte ihr den Rücken zu. Er war vor etwa fünf Minuten in ihr Zimmer gekommen. Melli war beinahe froh gewesen, ihn zu sehen. Madame Greal hatte sie heute noch nicht besucht, und sie vermißte die verbalen Gefechte mit ihr.

Melli trat auf Kylock zu. Den Blick hatte sie auf sein Messer gerichtet. Sie war fest entschlossen, es am Ende des Besuchs ihrer Sammlung einzuverleiben. »Seid Ihr mit fünf Wochen etwa nicht zufrieden, Euer Majestät?«

Wieder ertönte das Schnalzen. Kylock wirbelte herum, um sie anzuschauen. »Ihr Frauen seid doch allesamt verlogene Huren.« Er packte sie an der Kehle. »Sag mir die Wahrheit. Wie lange noch bis zur Geburt?«

Melli spürte, wie ihr Baby sie in den Bauch trat. Sie versuchte zu atmen, doch Kylocks Daumen drückte gegen ihren Kehlkopf. Obwohl sie Kylocks plötzliche Stimmungswechsel schon häufig beobachtet hatte, jagten sie ihr doch immer wieder Angst ein. Sie wußte, daß sie ihn nun irgendwie beschwichtigen mußte: Sie mußte um Verzeihung betteln und ihm ihre Sünden beichten. Er mochte es, wenn sie sich reumütig gab. Aber ihre Gedanken waren nach wie vor auf das Messer ausgerichtet. Sie spürte, wie es gegen ihre Seite drückte.

Melli bewegte ihre rechte Hand zur Hüfte und griff nach dem Heft der Waffe. Als sich ihre Finger um das Leder schlossen, hob sie das linke Bein und trat Kylock mit aller Kraft auf den Fuß. Er sprang zurück, und Melli riß das Messer aus der Scheide.

Aber bevor sie Gelegenheit hatte, die Klinge hinter ihrem Rücken verschwinden zu lassen, traf sie Kylocks Faust mitten ins Gesicht. Ihr Kiefer drohte vor Schmerz zu bersten, und die Welt verschwamm vor ihren Augen. Ohne darüber nachzudenken, stieß sie mit dem Messer zu und erwischte Kylock am Arm. Die Klinge drang durch Tuch und Fleisch. Im selben Augenblick, da Blut aus der Wunde tropfte, wußte Melli, daß sie einen schrecklichen Fehler begangen hatte.

Kylock blickte zunächst auf seinen Arm und dann auf Melli. Seine Lippen formten sich zu einem schwachen Lächeln. Er schüttelte den Kopf. »Das hättest du nicht tun sollen, Melliandra.«

Melli hatte Angst. Alles geschah so schnell. Sie hob die linke Hand, um ihren Bauch zu schützen und ließ das Messer fallen. »Es tut mir leid. Mir war nicht bewußt, was ich tue.«

»Oh, ich glaube, du hast ganz genau gewußt, was du da tust.« Kylock sprang auf das Messer zu. Instinktiv packte Melli die Waffe wieder und stieß damit nach ihrem Peiniger. Diesmal traf sie Kylocks Hand, und wieder trat Blut hervor.

»Geh weg von mir!« schrie sie.

Kylock tat, was sie verlangte. Sehr, sehr langsam wich er zurück.

Mellis Herz raste. Das Messer zitterte in ihrer Hand. Sie versuchte, sich wieder zu beruhigen: Sie hatte die Situation unter Kontrolle; sie hatte das Messer – jetzt würde Kylock tun, was *sie* wollte. Dann blickte sie ihm in die Augen.

Sie waren vollkommen leer.

Melli ließ das Messer erneut fallen. Mit beiden Armen umklammerte sie ihren Bauch. *Nein. O Borc. Nein*, formte sie mit ihren Lippen. Sie hatte diesen Blick schon einmal gesehen, und zwar als Jack sich im Wald von Harvell Baralis' Söldnern gestellt hatte.

Ein metallischer Geschmack breitete sich auf ihren Lippen aus, und eine warme Brise strich über ihre Wangen. Das Licht verlöschte. Und dann traf sie eine Welle fester Luft mit voller Wucht in den Bauch. Es war ein Gefühl, als hätte sie jemand mit einer Brechstange geschlagen. Sie wurde von den Beinen gerissen und flog gegen die Wand. Sie hörte ein Krachen in ihrem Rücken, und ihr Kopf schlug gegen den Stein. Dann strömte etwas Warmes ihre Schenkel hinab.

Melli sank zu Boden. Die Kammer drehte sich um sie herum. Ihr Gesicht brannte. Ihr Rock und ihre Beine waren feucht. Kylock stand lächelnd über ihr.

»Das soll dich lehren, nicht zu lügen.«

Melli hörte ihn kaum. Sie sah kaum, wie er das Zimmer verließ. Schmerzhafte Krämpfe peinigten ihren Magen. Eine schreckliche, kalte Furcht ergriff von ihrer Seele Besitz. Den einen Arm, den sie noch bewegen konnte, legte sie über ihren Bauch. Und dann bewegte sich das Baby in ihrem Inneren zielstrebig nach unten.

O nein. Bitte. Nein!

Die Nacht war von Schmerz erfüllt. Ihre eigenen Schreie wurden durch unzählige Schichten von Leid gefiltert. Alles war rot. Sie öffnete die Augen; sie schloß die Augen, und alles, was sie sah, war rot.

Ihr Körper gehörte ihr nicht mehr; er wurde zu einem Werkzeug des Kindes. Übelkeiterregende Krämpfe suchten ihren Unterleib heim. Das Blut pochte in ihren Schläfen, und ihre Brust war vollkommen leer: Es war, als würden Herz und Lunge nicht mehr existieren. Die Muskeln um ihren Magen waren so angespannt, daß sie sich anfühlten wie Seile, die man um ihren Körper geschlungen hatte. Doch das Zentrum des Schmerzes saß tiefer, in ihrem Becken. Fleisch, Muskeln, Bänder – alles war zum Zerreißen gespannt. Melli hatte das Gefühl, als würde sie gevierteilt.

Und dann waren da noch die anderen Schmerzen. Kleine, beinahe unscheinbare Schmerzherde, die sich in dem großen Ganzen verbargen. Ihr rechter Arm pochte, und vom Handgelenk abwärts spürte sie gar nichts mehr. Ihr Kopf schlug immer wieder auf den Stein. Sie spürte einen stechenden Schmerz im Rücken, und ihre Haut brannte trotz der kalten Luft.

Zuerst war niemand da. Melli war allein in ihrer roten Finsternis und schrie. Dann kamen Männer mit Licht. Ein Kissen wurde unter ihren Kopf gelegt, und sie hörte, wie der Stoff ihres Kleides zerschnitten wurde. Melli blickte hoch. Sie sah nur schemenhafte Gestalten, die an Geister erinnerten. Inzwischen waren es drei – die letzte ein Racheengel, der die anderen beiden beiseite stieß.

Melli spürte einen Schlag auf der Wange.

»Reiß dich zusammen, du kleines Flittchen.« Die Gestalt schüttete Melli einen Becher kalten Wassers ins Gesicht. »Und hör sofort mit diesem infernalischen Geschrei auf.«

Melli hörte auf zu schreien und begann statt dessen zu würgen. Wasser war in ihre Luftröhre eingedrungen. Sie hob den Kopf vom Kissen, um das Wasser auszuspucken – ein beißender Schmerz im Rücken war die Folge.

»Bleib ja, wo du bist, Fräulein. Du gehst jetzt nirgendwohin.«

Melli mußte doch tatsächlich lachen. Gehen? Madame Greal war wirklich sehr optimistisch.

Falls Madame Greal sie noch einmal schlug oder ihr einen weiteren Becher Wasser ins Gesicht schüttete, dann spürte Melli es zumindest nicht. Ein muskelzerreißender Krampf durchfuhr ihren ganzen Körper. Ihre Brust war ein Vakuum, das drohte, in sich zusammenzufallen. Schmerz bestimmte ihre Gedanken. Sie hatte das Gefühl, als würde ein Kampfhund ihren Unterleib zerfetzen.

Über ihr schwankte das Licht. Madame Greals zahnloses Gesicht glühte wie das eines Gespensts. Spinnenartige Finger stachen Melli immer wieder in den Bauch und kratzten an der Haut.

»Beiß hier drauf.« Ein länglicher, harter Gegenstand wurde Melli in den Mund gestopft. Er bestand aus Holz, und Splitter drangen in ihren Gaumen. Trotzdem biß Melli zu so fest sie konnte, und ihre Zähne drangen in das Holz.

Wieder wurde sie von einem Krampf heimgesucht. Diesmal befiel er besonders die Bauchregion und drehte Muskeln und Organe um. Melli schmeckte Blut. Sie roch ihr Kind. Es war unterwegs.

Melli betete zu Borc. Sie bat ihn um das Glück der Maybor-Männer.

»Was habt Ihr mit ihr getan?« Baralis zwang sich, ruhig zu bleiben. Er versuchte, sich daran zu erinnern, daß er mit seinem König sprach. »Was ist geschehen, Euer Majestät?«

Kylock lag auf einer gepolsterten Bank in seinen Gemächern. Sein Gesicht war blaß, seine Augen ungewöhnlich hell. Ein junges Mädchen kauerte auf einem Stuhl in der Ecke. Das blonde Haar fiel ihr offen auf die Schultern, und sie trug ein leinenes Nachtgewand. Baralis bemerkte, daß sie beide Arme hinter dem Rücken hatte.

Kylock hielt einen mit Juwelen besetzten Pokal voll Wein in der Hand. »Es ist nichts geschehen, worüber Ihr Euch Sorgen machen müßtet, Baralis. Ich habe unserer Lady Melliandra lediglich eine Lektion erteilt.«

Baralis blickte zu dem Mädchen. Kylock bemerkte dies. »Schaut nicht so mißtrauisch, mein lieber Kanzler. Unsere kleine Freundin hier wird schon keine Geschichten erzählen.« Kylock schenkte dem Mädchen ein väterliches Lächeln. »Nicht nach der heutigen Nacht, nicht wahr, mein Liebes?«

Baralis ging zu der Truhe an der Wand. Dort standen zwei Karaffen mit Wein. Er öffnete beide und roch daran.

»Sucht Ihr nach Gift, Baralis?«

»Ja, Euer Majestät. Ich habe eine Nase für solche Dinge«, log Baralis. In Wahrheit suchte er nach Spuren von *Ivysh*. Kylock hatte heute nacht einen Zauber heraufbeschworen, und Baralis mußte wissen, wie er das geschafft hatte. Der kaum wahrzunehmende Duft von Schwefel stieg ihm in die Nase. Also war *Ivysh* in dem Wein. Kylock trank den präparierten Wein noch immer, was nur bedeuten konnte, daß er sich abermals von den Fesseln der Droge befreit hatte. Das hätte unmöglich sein dürfen.

Baralis drehte sich wieder zu Kylock um. »Wie fühlt Ihr Euch, Majestät? Seid Ihr vielleicht ein wenig schwach oder müde?«

Kylock hob eine Augenbraue. »Seid wann seid Ihr denn auch noch mein Arzt, Baralis? Soll ich etwa als nächstes für Euch in einen Becher urinieren?« Er trank seinen Pokal leer und knallte ihn auf den Tisch. »Ich habe mich nie besser gefühlt.«

Baralis atmete tief ein. Kylock hatte soeben genug Macht freigesetzt, um den ganzen Nordflügel erbeben zu lassen, und er hatte sich noch nie besser gefühlt? Er hätte körperlich ausgelaugt sein müssen, kurz vor dem Zusammenbruch – und doch saß er hier, selbstbewußt und entspannt, und in der Ecke wartete ein Mädchen, um ihn zu unterhalten. »Wißt Ihr, was Ihr heute nacht getan habt?«

»Eine ziemliche Überraschung, nicht wahr? Die betreffende Dame hat es glatt von den Beinen gehauen.« Kylock stand auf. »Wenn Ihr mich nun entschuldigen wollt, Baralis. Meine kleine Freundin und ich haben ein paar Dinge zu erledigen.«

Baralis verneigte sich vor Kylock und nickte dem Mädchen höflich zu. Ihre hübschen Augen würden den morgigen Tag nicht mehr sehen.

Baralis marschierte geradewegs in den Nordflügel. Er war begierig zu sehen, wieviel Schaden Kylock verursacht hatte. Auf dem Weg überlegte er, ob er Kylocks Dosis noch einmal erhöhen sollte. Er nahm jetzt bereits die dreifache Dosis, und trotzdem zeigte das *Ivysh* immer weniger Wirkung. Kylock wurde allmählich immun dagegen. Zuerst die Hochzeitsnacht, und nun das.

Kylock wurde immer stärker, und die einzige Waffe, die Baralis gegen ihn einsetzen konnte, war inzwischen abgenutzt.

Es war jedoch gefährlich, die *Ivysh*-Dosis noch weiter zu erhöhen. Im schlimmsten Fall konnten Schäden an Nerven und Gehirn auftreten. Baralis hatte bereits darüber nachgedacht, wie er genau diesen Effekt erreichen konnte – er plante, das Reich durch einen debilen König zu regieren –, aber jetzt noch nicht. Dafür war es noch zu früh. Er brauchte einen starken Kylock. Er brauchte sein strategisches Genie und seine Fähigkeit, seine Soldaten zu immer neuen Höchstleistungen anzuspornen. Annis, Highwall, Camlee und Ness – sie alle mußten noch dem Reich einverleibt werden. Dann, und nur dann, war Kylock überflüssig.

Bis dahin mußte die Macht des Königs im Zaum gehalten werden. Es war zu gefährlich, Kylock damit allein zu lassen. Er war unberechenbar, und man konnte sich nicht darauf verlassen, daß er die Kraft in seinem Inneren jederzeit kontrollieren würde.

Unglücklicherweise war eine höhere Dosis *Ivysh* nicht zu vermeiden; es gab keine Alternative.

Baralis stieg die Treppe zu Melliandras Zimmer hinauf. Sie alle hatten einen langen, harten Winter vor sich.

Die beiden Wachen ließen ihn ohne ein Wort vorbei. Ihre Gesichter waren angespannt, und sie stanken nach Bier. Als Baralis das Zimmer betrat, spürte er die Nachwirkungen des Zaubers in seinem ganzen Körper. Der Zauber war stark gewesen, und im Gegensatz zur Hochzeitsnacht, als Kylocks Beschwörung kein Ziel gehabt hatte, war hier versucht worden, die Macht zu konzentrieren. Kylock lernte offenbar rasch dazu.

Aber *beherrschen* würde er seine Kraft noch lange nicht. Melliandra wäre jetzt tot, wenn er jetzt schon soweit gewesen wäre. Statt dessen lag sie hier auf dem Boden, Kopf und Rücken von Kissen gestützt, die Beine gespreizt und ein Stück Holz zwischen den Zähnen und brachte den Erben des Herzogs zur Welt. Ihr Gesicht war verbrannt; ihr rechter Arm sah aus, als sei er gebrochen, doch alles in allem betrachtet, war das Mädchen noch einmal mit einem blauen Auge davongekommen.

Baralis hatte genug gesehen und wandte sich ab. Er verspürte nicht den Wunsch, die Geburt zu sehen. So etwas ekelte ihn an. Er winkte die Greal zu sich. Kurz dachte er darüber nach, das Neugeborene für seine eigenen Zwecke zu benutzen, aber die Erinnerung an sechs Männer mit verbrannten Armen brachte ihn wieder davon ab. Baralis schätzte seinen Körper zu sehr, als daß er ihn für eine einzige Beschwörung geopfert hätte.

»Bringt das Kind weg, sobald es da ist, und erstickt es. Vernichtet den Leichnam, wenn Ihr fertig seid.«

Die Frau blinzelte noch nicht einmal. »Und das Mädchen?«

»Laßt sie. Ohne das Kind ist sie nur ein Nichts.« Baralis ging wieder in Richtung Tür. »Laßt den König mit Ihr tun, was er tun will.«

Es war Mitternacht, doch der Schnee reflektierte das Mondlicht, so daß man auch bei Nacht den Weg finden konnte. Die meisten Männer waren zu Fuß. Sie kamen gut auf dem schmalen Pfad voran. Lediglich zwölf Pferde hatten überlebt. Für die restlichen war kein Platz mehr in der Höhle gewesen, und so waren sie nach und nach gestorben. Auch die Hälfte der Männer war tot. Jetzt waren sie nur noch hundert.

Maybor ritt auf einem der letzten Pferde. Er war gut gekleidet, und die Nacht war zwar kalt, aber immer noch relativ mild. Maybor wußte, daß er in schlechtem Zustand war. Der Frost hatte ihn all seine Zehen und seine linke Hand gekostet, und eine Lungenentzündung hatte sich in seiner Brust festgesetzt. Sein ganzes Leben lang hatte er stets unverschämtes Glück gehabt; doch nun, auf der Ostseite der Großen Grenze, einen kalten Wind im Rücken und den Frost in den Knochen, hatte Maybor das unbestimmte Gefühl, daß sich sein Glück allmählich dem Ende zuneigte.

Er zitterte am ganzen Körper; seine Zähne klapperten, und er hatte die Schultern hochgezogen.

»Kommt, Jungs. Weiter«, sagte er, um noch einmal den Klang seiner eigenen Stimme zu hören, und trieb sein Pferd an.

Ihnen blieb nicht mehr viel Zeit. Ein plötzlicher Kälteeinbruch oder ein Sturm, und sie wären beim Teufel, bevor sie sich versahen. Also versuchten sie nun, so schnell wie möglich von den Bergen herunterzukommen, so lange sie noch konnten.

Sie marschierten nicht nach Norden in Richtung Bren – Kylock ließ die Gebirgsausläufer überwachen, und wenn sie auch nur in die Nähe der Ebene kamen, wurden sie bereits unter Beschuß genommen. Statt dessen wanderten sie nun nach Camlee.

Sie wanderten nach Südwesten, an den mächtigen Gipfeln vorbei und arbeiteten sich langsam zu den Hügeln um Camlee vor. Die meiste Zeit über war ihnen das Wetter in den Bergen wohlgesonnen gewesen: Die Luft war klar und kalt; Schnee fiel kaum, und nachdem sie einmal nach Süden abgedreht waren, wehte ihnen der Nordwind nicht mehr ins Gesicht. Unter ihren Füßen war der Schnee hart gefroren, und je tiefer sie kamen, desto dünner wurde die Schneedecke. Inzwischen waren alle Männer ausreichend gegen die Kälte geschützt: Sie trugen die Kleidung von Toten. Jetzt würde niemand mehr Gliedmaßen an den Frost verlieren.

Maybor hatte gelernt, die entschlossenen Männer von Highwall zu respektieren: Er hatte in ihre düsteren Trauergesänge eingestimmt und ihren Kriegsgeschichten am Lagerfeuer gelauscht. Es waren stolze Männer, die es bitter bereuten, nicht an der Seite ihres Feldherrn gefallen zu sein. Maybor hielt sie für jung und naiv, und doch liebte er jeden einzelnen von ihnen. Sie waren jetzt seine Jungs, und er würde nicht zulassen, daß ihr Rückzug umsonst gewesen war. Er war alt, und er hatte ein langes und erfülltes Leben gehabt; sie aber waren jung und würden noch in so mancher Schlacht kämpfen. Er würde sie von den Bergen hinunter und in das sichere Gebiet in der Umgebung von Camlee führen. Von dort aus konnten sie wieder Ruhm und Ehre in der Schlacht suchen.

Maybor führte sein Pferd durch eine Kurve. Nein, er hatte wirklich kein Glück mehr. Also blieb ihm nichts anderes übrig, als sich auf seinen Mut zu verlassen, um diese hundert Männer zu retten.

Kapitel Achtundzwanzig

Es war warm in der Grube. Warm und still und dunkel, mit Schichten von Decken, die jedes Geräusch, jeden Anblick und den Wind aussperrten. Die Grube war sicher. Sie paßte sich ihrem Körper an wie ein Sarg, und wie ein Sarg gab sie ihr Frieden. Sie wollte nicht aufstehen, wollte nie wieder aufwachen. Der Schlaf war ihre dunkle Grube, und Instinkte, die bis in ihre Träume vordrangen, sagte Melli, sie solle dort bleiben.

Aufzuwachen würde den Tod ihrer Seele bedeuten.

Träumen war die einzige Möglichkeit, am Leben zu bleiben. Nichts konnte ihr genommen werden, solange sie in der Grube war. Aber das Schlafen fiel ihr immer schwerer und schwerer. Kleine Unannehmlichkeiten nagten an ihrem Verstand; die Grube bekam Dornen. Schmerz stach in ihre Arme, ihren Kopf und ihren Rücken. Trockenheit kratzte in ihrem Hals. Eine schmerzhafte Weichheit herrschte zwischen ihren Beinen, und ihr Magen war ein einziges großes Loch. Melli versuchte, sich noch tiefer zu verkriechen, versuchte, nach innen und schauen anstatt nach oben; doch die Wände der Grube drangen auf sie ein, und der Boden hob sich und drückte sie hinaus.

Sie öffnete ihre Augen. Strahlend helle Lichtbänder durchschnitten den Raum. Melli blinzelte zu versuchte, Sinn in all die Schatten und Formen zu bekommen, die sie umgaben. Sie schaute an die Decke: gewölbter Stein, hölzerne Tragbalken und dunkle Flecken von dem eindringenden Wasser. Im selben Augenblick, da sie aufwachte, wußte Melli, daß sie nicht nach unten blicken sollte. Doch ihre Augen bewegten sich schneller als ihr Gehirn, und ihr Blick näherte sich dem Boden. Ihre Kleider und Beine waren mit getrocknetem Blut bedeckt. Melli hatte ein seltsam leichtes Gefühl im Kopf – wie eine kleine Welle, die sich durch ihre Gedanken bewegte. Der Schmerz war verschwunden. Der Schieferboden war sauber. Ein winziger dunkler Fleck war alles, was davon übriggeblieben war, und als sie auf ihren Bauch blickte, wurde der Fleck zu Blei in ihrem Hals.

Ihr Bauch war flach! Die Rundung war verschwunden!

Mellis Körper wurde von Krämpfen geschüttelt. Ihr Rücken krümmte sich, und ein schmerzvolles Schluchzen bahnte sich seinen Weg von den Lungen zu den Lippen. Ihr Mund öffnete und schloß sich wieder, öffnete und schloß sich, doch ein leises Würgen war alles, was sie hervorbrachte. Sie war leer. *Leer.* Man hatte ihr das Baby aus dem Leib gerissen und weggebracht.

»Du willst das doch nicht wirklich tun, Tawl, oder?« fragte Jack. »Alleine die Temperatur des Wassers könnte dich schon umbringen.«

Tawl blickte ihn auf eine Art an, von der Jack mittlerweile wußte, daß sie Dickköpfigkeit bedeutete. »Jetzt ist es zu spät, um noch einen Rückzieher zu machen.«

Sie führten die Pferde hinter sich her und wanderten einen gewundenen Bergpfad hinauf. Steine, Büschel trockenen Grases und Dornengestrüpp säumten den Weg. Der Ormonsee lag unter ihnen; seine spiegelglatte Oberfläche glitzerte wie Diamant. Der Himmel war blaßblau und wolkenlos, und die Sonne war bereits auf dem Weg nach Westen. Die vergangenen vier Stunden hatten sie damit verbracht, den See zu umrunden, und die vier Stunden davor waren sie am Ufer des Silbur entlanggeritten. Die Dunkelheit war höchstens noch zwei Stunden entfernt.

Crayne ging voraus, Schnapper und Borlin bildeten die Nachhut. Ihr Ziel war ein kleines Bergdorf, eine Siedlung von Schafhirten, die in demselben Hochtal lag wie die Faldara-Fälle. Tawl hatte die Absicht, in den Viralay zu springen und sich von ihm über die Fälle tragen zu lassen. »Valdis hat es auch getan«, hatte er erklärt, »um sich den Glauben und die Treue der Dörfler zu sichern. In den vergangenen Jahrhunderten sind eine Handvoll Männer seinem Beispiel gefolgt. Entweder wollten sie ihren Wert unter Beweis stellen oder ihren Glauben – oder beides.«

Jack hielt das Ganze für Wahnsinn. Wie jedes Kind, so hatte auch er die Geschichte gehört, wie Borc die Fälle eingefroren hatte, aber er hatte sie nie für wahr gehalten – und daß sie im Augenblick zu eben diesen Fällen emporkletterten, schien ihm ebenso unglaublich.

»Es muß doch einen einfacheren Weg geben, um die Männer dazu zu bewegen, dir zu glauben.« Jack wischte sich den Schweiß von der Stirn. Es war zwar kalt, doch der Pfad war steil. »Ich sehe auch keinen Grund, warum man einem Mann folgen sollte, der sich freiwillig in den Tod stürzt.«

Tawl zuckte die Schultern. »Die Ritter respektieren die Fälle. Wenn ich jetzt einen Rückzieher mache, dann werden sie behaupten, mein Glaube sei schwach.«

»Warum hast du es ihnen überhaupt angeboten? Es hat dich doch niemand dazu gezwungen.«

»Du hast sie doch selbst gehört, Jack. Sie glauben mir nicht. Sie halten mich immer noch für einen Mörder und für einen Lügner. Sie halten mich für einen Mann, der seinen Eid gebrochen hat.«

»Aber sie haben doch schon begonnen, uns zuzuhören. Andris und die jüngeren Ritter stehen bereits auf unserer Seite.«

Tawl schüttelte bereits den Kopf, bevor Jack zu Ende gesprochen hatte. »Crayne, Borlin und die anderen – sie werden niemals auf uns hören; doch sie verstehen Mut, Stärke und Glauben. Worte bedeuten ihnen nichts. Sie beurteilen einen Mann nur nach seinen Taten.«

»Du hast schon genug getan, Tawl«, entgegnete Jack. Aus lauter Verzweiflung über Tawls Sturheit verlor er allmählich die Geduld. »Du mußt diesen Männern nichts beweisen. *Gar nichts.*«

»Du verstehst das nicht, Jack. Du bist kein Ritter. Du trägst keine Ringe. Du hast nicht dein ganzes Leben lang für ein Ideal gelebt, nur um am Ende herauszufinden, daß es bis tief ins Innerste verrottet ist.«

»Aber Rache verstehe ich.«

Tawl schaute Jack an und fuhr sich mit den Fingern durchs Haar. Als er wieder sprach, war sämtliche Spannung aus seiner Stimme gewichen. »Ich will dich nicht anlügen, Jack. Rache spielt sicherlich dabei eine Rolle. Ich bin schließlich auch nur ein Mensch: Ich fühle mich verletzt; ich fühle mich betrogen, und vor allem fühle ich mich verloren.«

»Und was ist mit Melli?« warf Jack rasch ein, um Tawl mit diesem Argument vielleicht wieder zur Vernunft zu bringen. »Was glaubst du wohl, wie *verloren* sie sich fühlen wird, wenn du nicht überlebst?«

Tawl schloß die Augen. Als er sie einen Augenblick später wieder öffnete, waren sie unendlich viel dunkler und strahlender denn je zuvor. Ein leises Geräusch, wie das Schreien eines verwundeten Tieres, drang aus seinem Mund. Jack wünschte, er hätte Melli nie erwähnt. Sekunden verstrichen, ohne das einer von beiden etwas sagte. Tawls Gesicht fiel unter den Schatten einer in der Nähe stehenden Pinie. Er umklammerte die Zügel seines Pferdes so fest, daß seine Knöchel weiß hervortraten. Als er schließlich wieder das Wort ergriff, sprach er so leise, daß Jack ihn kaum verstehen konnte. »Wenn ich den Sprung nicht überlebe, Jack, dann mußt du meinen Platz einnehmen. Du mußt Melli für mich beschützen. Sie muß gerettet werden.«

Jack nickte knapp. Er schaute Tawl kurz in die Augen, dann wandte er sich wieder von ihm ab. Er schämte sich. Lebenslanges Leid schimmerte sanft in den blauen Augen des Ritters. »Es tut mir leid, Tawl. Ich hätte Melli nicht erwähnen sollen.«

Tawl schien ihm nicht zuzuhören; er rückte die Gebißstange seines Pferdes zurecht und streichelte ihm anschließend über die Mähne. Dann klopfte er der alten Stute den Hals und sagte: »Melli bedeutet mir alles, Jack. Aber seit wir Marls verlassen haben, scheint ihre Rettung allein nicht mehr auszureichen. Ich muß mich ihr als *würdig* erweisen. Ich kann nicht all meine Schuld mit mir bringen und von ihr verlangen, mich trotzdem zu lieben. Sie hat etwas Besseres als das verdient.« Tawl machte eine hilflose Geste mit der Hand. »Wenn ich diesen Sprung nicht wage, dann habe ich nicht nur gegenüber Melli versagt, sondern auch gegenüber mir selbst.«

Jack wußte, daß dies die Wahrheit war. Die Fälle waren Tawls ganz persönliches Gottesurteil – bei dem Sprung ging es Tawl nicht nur darum, die Ritter auf seine Seite zu ziehen, er wollte sich auch selbst etwas beweisen. »Was wird geschehen, wenn es dir nicht gelingt?«

Tawl zuckte abermals die Schultern. »Das weiß ich wirklich nicht. Ich habe noch nicht weiter darüber nachgedacht. Ich weiß nur, daß ich der Ritterschaft wieder etwas zurückgeben will, was sie nun schon lange verloren hat.« Tawl schwieg einen Augenblick, bevor er hinzufügte: »Und vielleicht will ich auch mir selbst wieder etwas zurückgeben.«

Als wäre ihm dieses Eingeständnis peinlich, fuhr Tawl rasch fort: »Da die Ritterschaft von innen her verrottet ist, gibt es nichts mehr, wozu man aufblicken könnte. Es gibt keine Ideale mehr – nur noch Männer, Händler und Söldner. Früher hat es noch etwas bedeutet, ein Ritter zu sein: Fremde vertrauten einem, und alte Damen baten einen zu sich ins Haus. Kein Mensch hatte Angst, einen Ritter um Hilfe zu bitten. Doch nun sind die Ritter im Norden als Söldner gebrandmarkt, und im Süden sind Ritter Flüchtlinge.«

Wieder hielt Tawl einen Augenblick inne und schaute auf den See hinaus. »Ich will die Ideale wiederhaben, Jack. Ich will das für all die Ritter, die desertiert sind, und auch für all die, die im Moment über Desertieren *nachdenken*. Ich will es für diese Männer hier, und ich will es für mich selbst.«

Jack hatte Tawl noch nie so lange und leidenschaftlich sprechen hören und nun begann er allmählich zu verstehen, wie tief die Gefühle des Ritters gingen. Um ihn von dem Sprung abzuhalten, hätte man ihn schon mit Drogen vollpumpen und fesseln müssen. Einige Dinge waren eben Wahnsinn – Dinge, wie einem Fremden mit goldenen Haaren, zu helfen, den Wachen zu entkommen; Dinge, wie in den Tempel von Larn einzudringen mit nichts als einer Handvoll Steine als Waffe oder mitten in einem Sturm ein Ruderboot zu Wasser zu lassen –, und vielleicht hatte es ihnen eben dieser Wahnsinn erst ermöglicht, bis hierher zu kommen.

Sie folgten schon die ganze Zeit über nur ihrem Glauben: Glauben an Marods Prophezeiung und Glauben zueinander – mit Glauben konnte man alles erreichen. Jack zog sein Pferd von dem Büschel Gras weg, an dem es während des Gesprächs genüßlich gekaut hatte, und stieg weiter den Pfad hinauf. Konnte er Tawl wirklich vorwerfen, sich ein weiteres Mal nur auf seinen Glauben zu verlassen?

Die Männer formten einen Halbkreis um das Ufer. Sie schwiegen. Ihre Gesichter waren ernst, und sie hatten die Schwerter gezogen. Die Ärmel hatten sie hochgekrempelt, so daß ihre Ringe deutlich zu sehen waren.

Tawl schaute ihnen nacheinander in die Augen und verband sich so mit jedem einzelnen von ihnen. Die Ritter betrachteten ihn mit ernstem Respekt: Die Fälle waren die größte Prüfung für einen Ritter – nicht für seinen Körper oder für seine Fähigkeiten, sondern für seinen Mut und sein Herz. Wenn man genug Glauben an etwas besaß, um sich von dem reißenden Fluß über die Fälle tragen zu lassen, dann sagte das nichts darüber aus, ob ein Mann gut oder schlecht war, aber es zeigte, daß dieser Mann wirklich hinter seinen Überzeugungen stand.

Und das bedeutete es auch für Tawl: Er wollte den Rittern, die ihm gegenüberstanden, beweisen, daß er an sich selbst glaubte.

Er trat an den Rand des Ufers. Jack hob die Hand – ob zum Gruß oder als Warnung, Tawl wußte es nicht. Während er Jack aus der Ferne betrachtete, fiel ihm wieder auf, wie sehr sein Gefährte sich in den vergangenen Monaten verändert hatte. Er war viel älter geworden.

Schnapper blickte zu Boden. Sein dunkelbraunes Haar fiel ihm über die Augen; er ließ die Schultern hängen, und seine Hände waren zu Fäusten geballt – ihm gefiel das alles ganz und gar nicht. Tawl wollte ihm etwas zurufen, wollte ihm Mut zusprechen; doch im Angesicht der Fälle war kein Platz für falsche Versprechen. Jack legte den Arm um den jungen Taschendieb. Das würde genügen müssen.

Tawl drehte sich wieder zum Fluß um. Der Viralay war ein Teil der Berge. Er floß durch tiefe Täler und Klüfte, schwoll zur Schneeschmelze an und schrumpfte im Winter beachtlich zusammen. Im Augenblick war der Wasserstand niedrig, etwa zwei Drittel unter dem normalen Pegel. Er war flach, und bis zur letzten Biegung vor den Fällen floß er nur langsam dahin. Tawl blickte den Fluß hinunter: Er floß geradeaus, bis ein hoher Felsvorsprung seinen Kurs abrupt änderte. Die dahinterliegenden Fälle waren vom Ufer aus nicht zu erkennen.

Niemand würde sehen, wie Tawl über den Rand gespült werden würde. Die Ritter und seine Gefährten würden warten, bis er außer Sicht war, und sich dann wieder auf den Weg nach unten machen. Sobald er den Felsvorsprung umrundet hatte, war er auf sich allein gestellt. Die Gruppe hatte ungefähr eine Stunde gebraucht, um hier hoch zu kommen. In weniger als der Hälfte der Zeit würden sie wieder unten sein. Bis dahin würde Tawl entweder Erlösung oder Verdammnis gefunden haben.

Tawl zog seine Ledertunika und die schweren Stiefel aus. Dann legte er sein Schwert ab. Als er nach seinem Messer griff, um es ebenfalls beiseite zu legen, zögerte er einen

Augenblick und entschied sich schließlich, es bei sich zu behalten.

Er drehte sich nicht mehr zu den Rittern um. Mit den Worten *»Es nil hesrl«* auf den Lippen sprang er in den Fluß.

Die Kälte traf ihn wie ein Schlag. Die Wassertemperatur war kurz über dem Gefrierpunkt. Tawl blieben nur Minuten, bis er jegliches Gefühl in seinem Körper verlieren würde. Er spürte, wie das Wasser durch Unterhemd und Hose bis auf die Haut drang.

Die Strömung riß ihn vom Ufer weg und zog ihn nach unten. Gischt spritzte ihm ins Gesicht, dann war auch sein Kopf unter Wasser. Tawl blickte zum Ufer. Durch das Wasser hindurch betrachtet waren die Gestalten der Ritter seltsam verzerrt; sie wirkten wie entstellte Hexen, die sich zu einem Hexensabbat aufgestellt hatten. Die Kälte des Wassers war kaum zu ertragen, und Tawl schloß die Augen. Moosgrünes Licht schimmerte durch seine Lider hindurch. Er streckte den Kopf aus dem Wasser, um nach Luft zu schnappen, doch die Strömung riß ihn sofort wieder hinunter.

Er spürte, wie er immer schneller den Fluß hinunter getrieben wurde. Zunächst kämpfte er mit Armen und Beinen gegen die Strömung an; er versuchte zu steuern und seine Geschwindigkeit zu verlangsamen. Aber es war so kalt, so furchtbar kalt. Tawl begann zu zittern. Instinktiv wollte er sich zusammenrollen, um sich zu wärmen, doch er verdrängte jeden Gedanken an Wärme und zwang sich, weiter mit Armen und Beinen zu arbeiten.

Als er den Felsvorsprung erreichte, zitterte er bereits so stark, daß er kaum noch ein Glied bewegen konnte. Auch die Strömung war inzwischen immer stärker geworden. Sie war wie ein eisiges Band, das sich um seine Hüfte geschlungen hatte und ihn immer tiefer hinabziehen wollte. Tawl schlug verzweifelt mit den Armen um sich, bis er schließlich die Wasseroberfläche durchbrach. Die Luft war warm auf seiner Stirn und heiß in seinen Lungen. Er atmete zweimal tief ein, dann riß ihn die Strömung wieder hinab.

Diesmal riskierte er es, unter Wasser die Augen offen zu lassen. Alles war grün: Über ihm trieben grüne Flecken auf der Oberfläche, und unter ihm wirbelten grüne Pflanzenteile herum.

Plötzlich wurde sein Körper herumgerissen. Sein Schienbein schlug gegen etwas Hartes. Tawl war froh über den Schmerz. Sein Geist wurde immer träger, und alles, was ihm half, gegen die alles betäubende Kälte anzukämpfen, war ihm willkommen. In Wasser, das kurz davorstand zu frieren, bestand die größte Gefahr darin, das Bewußtsein zu verlieren. Er mußte unter allen Umständen wach bleiben.

Das Ende war nicht mehr weit entfernt. Die unterschiedlichen kleinen Wirbel im Fluß wichen dem übermächtigen Sog der Fälle. Tawl hatte das Gefühl, als saugte etwas seinen Körper geradezu vorwärts. Als er kurz davorstand, in Panik zu geraten, öffnete er die Augen, um sich zu orientieren. Die grünen Flecken auf der Oberfläche waren zu Streifen geworden. Er bewegte sich nun mit hoher Geschwindigkeit. Dann erspähte er die Fallinie. Dort endete das Wasser, und dahinter war nichts als Himmel.

Tawl mußte Luft holen, doch seine Arme reagierten nur langsam. In den Fingern hatte er bereits kein Gefühl mehr. Er reckte den Hals so weit er konnte und stieß die Ellbogen mit aller Kraft nach hinten. Tawl durchbrach die Wasseroberfläche. Er atmete rasch und tief ein. Dabei drang Wasser in seinen Mund. Es schmeckte nach Gewürznelken.

Inzwischen war das Grün mit Weiß gemischt. Die Felsen versetzten die Wasseroberfläche in Raserei. Unter ihm blieb die Strömung davon unberührt; der Schaum war nichts weiter als ein unbedeutender Nebeneffekt.

Tawl hatte aufgehört, mit Armen und Beinen zu rudern: Er wollte sich nicht vorzeitig verausgaben. Die Luft in seinen Lungen mußte reichen, um ihn über die Fälle zu tragen.

Er war nun vollständig unter Wasser. Die Strömung hatte ihn auf den Rücken gedreht und mit den Füßen nach vorne ausgerichtet. Angst hatte er keine mehr. Er war vollkommen ruhig. Was auch immer nun geschehen würde, es war nicht mehr von Bedeutung. Melli würde auch ohne ihn überleben; die Ritterschaft würde weiterbestehen, und Jack war durchaus fähig, Kylock allein zu erreichen.

Tawls Ohren wurden von einem Rauschen erfüllt. Sein Körper wurde hin und her geworfen, während er immer schneller auf die Fälle zuraste. Wasser toste zwischen ihm und dem Himmel. Ein Blinzeln enthüllte eine grau-grüne Fläche ... dann wurde die Welt auf den Kopf gestellt.

Er stürzte hinab. Die Strömung war verschwunden, und an ihre Stelle war die alles mit sich reißende Schwerkraft getreten. Wind fuhr in Wellen über Tawls Körper. Der Wind wehte nach oben, doch das Wasser riß ihn unaufhaltsam hinunter.

Das Licht war wunderbar: Es strahlte in allen möglichen Grüntönen. Winzige Wassertropfen glitzerten um ihn herum.

Ihm war so kalt, so unendlich kalt.

Und dann traf er auf die Oberfläche des Sees. Der Aufprall war entsetzlich. Tawls Handgelenke wurden zurückgebogen, und seine Zähne schlugen aufeinander. Das Wasser der Fälle rammte ihn in den See.

Das Grün wurde dichter, schwerer; es wurde kälter, und das Licht wurde immer schwächer. Tiefer und tiefer drang er in den See ein, und die Welt blieb hinter ihm zurück.

Das Wasser war wie ein schwerer Umhang auf seinen Schultern und die Kälte wie eine Droge, die ihn zum Schlafen zwingen wollte. Während er immer tiefer hinabsank, ergab er sich der eisigen Dunkelheit und ließ alle Gedanken und Träume an der Oberfläche zurück. Für die Luft gab es nun nichts mehr in seinen Lungen zu tun, und die Zukunft hatte ihre Macht über sein Herz verloren.

Tawl glitt in die Tiefen des Ormonsees hinab, und Erinnerungen eilten ihm voran wie Fackeln, um ihm den Weg zu weisen. Sara und Anna waren dort unten. Sie hatten die Arme ausgebreitet, um ihn willkommen zu heißen. Belaubte Ranken hingen in ihren Haaren. Seine Mutter schwebte vorbei. Sie war nicht länger schwanger, sondern jung und schön, und ihre Lippen formten ein Lächeln nur für ihn. Auch Bevlin war hier. Ihr Willkommen war ein Übergangsritus. Endlich war es Tawl erlaubt, in die Hütte im Sumpf zurückzukehren.

Seine Freude war unermeßlich. Das war alles, was er sich je gewünscht hatte.

Als Tawl die Hand nach Sara ausstreckte, erregte ein grüner Schatten seine Aufmerksamkeit. Er schwebte hinter seiner Familie wie ein Mann, der das Schwert zum Schlag erhoben hatte. Tawl schrie eine Warnung, doch sie wurde vom Rauschen des Wassers verschluckt. Der dunkle Schatten bleckte die Zähne, und Tawls Familie stob auseinander und verschwand wie Geister in der Morgendämmerung. Die Kreatur hob ein armähnliches Glied, und noch bevor Tawl es gesehen hatte, wußte er, was in das Fleisch des Wesens gebrannt war: das Zeichen von Valdis. Drei ineinander liegende Ringe. Sie waren der Anfang und das Ende.

Tawl schaute sich den Schatten genauer an. Ein Schauer lief ihm über den Rücken, denn er erkannte, was es war. Das war nicht irgendein Monster, das zufällig aus den Tiefen aufgestiegen war: Das war *sein* Dämon.

Er hatte ihn mit hier heruntergebracht, und er würde bis zum Ende bei ihm bleiben.

Es sei denn …

Allein Kraft seines Willens begann Tawl, mit den Beinen zu strampeln. Er hob die Hände über den Kopf, und die Fingerspitzen zeigten nach oben, zur Welt des Lichts. Sein Leben war noch lange nicht zu Ende und sein Schicksal noch nicht erfüllt, und während er wieder zur Oberfläche hinaufstieg, wußte er endlich, was er zu tun hatte.

Tavalisk aß Stiefmütterchen – violette Stiefmütterchen, um genau zu sein.

Blumen, hatte sein Koch gesagt, seien gut für die Verdauung und würden bei Schluckauf helfen. Außerdem könne man hervorragend Speisen mit ihnen dekorieren. Die vorliegenden Stiefmütterchen waren hier in ihrer Eigenschaft als Dekorationsmaterial, doch aufgrund der ungenießbaren Natur des Hauptgerichts – Aale in gebackenem Schweinedarm – hatte der Erzbischof sie zum Nahrungsmittel befördert. Im Augenblick war er noch nicht ganz sicher, ob er sie schmackhaft finden sollte oder nicht – die Blütenblätter fühlten sich wie Samt auf der Zunge an, und sie schmeckten nach billigem Parfüm –, aber auf jeden Fall waren sie den Aalen vorzuziehen.

Tavalisk dachte gerade darüber nach, ob er seinen Koch bitten solle, ein paar der Blumen zu braten, als Gamil hereinplatzte. Der schuldbewußte Gesichtsausdruck, den er in letzter Zeit häufig zur Schau gestellt hatte, war heute durch einen Ausdruck blanken Entsetzens ersetzt.

»Du siehst heute wirklich hervorragend aus, Gamil. Dieser glasige Blick steht dir ausgezeichnet.« Der Erzbischof erhob sich von seinem Stuhl. »Hättest du vielleicht Lust auf ein Stiefmütterchen?«

»Kylocks Truppen sind auf dem Weg nach Camlee, Euer Eminenz.«

Das Stiefmütterchen flatterte zu Boden. Der Erzbischof streckte die Hand aus, um sich auf seinen Schreibtisch zu stützen. Sein Herz raste. »Nicht nach Ness?«

Gamil schüttelte den Kopf. »Sie sind am Herrysee nach Süden abgebogen.«

Tavalisk schloß die Augen. Natürlich waren sie nach Süden abgebogen. Warum hatte er nicht schon früher daran gedacht? Er kannte Baralis, und mittlerweile wußte er, daß man Kylock nicht unterschätzen durfte – warum also war ihm diese mögliche Strategie nicht in den Sinn gekommen? Da er nicht wußte, ob seine Beine ihn noch länger tragen würden, setzte Tavalisk sich wieder hin. Zum ersten Mal seit Jahren hatte er tatsächlich Angst. Die Ereignisse gerieten außer Kontrolle. Das Nordreich war nicht länger eine vage Möglichkeit; es stand vor der Tür und war bereit, sich mit Gewalt einen Weg herein zu bahnen.

Camlee, das Tor zum Süden. Kylock hatte seine Grenzen neu gezogen, und er würde es wieder tun.

Tavalisk spreizte die feisten Finger auf dem Tisch. »Wann wird Kylocks Armee vor Camlee eintreffen?«

»Die Nachricht ist bereits alt, Euer Eminenz. Es ist durchaus möglich, daß sie nur noch eine Woche von der Stadt entfernt ist.«

»Und wieviel Mann hat er geschickt?«

»Zurückhaltende Schätzungen sprechen von sechstausend, Euer Eminenz, aber Augenzeugen haben berichtet, es seien mindestens neuntausend Mann auf dem Marsch. Auf dem Weg sind alle Dörfer zunächst geplündert und anschließend niedergebrannt worden. Kylocks Armee ist wie eine Heuschreckenplage, die nichts als Zerstörung hinterläßt.«

Ein leises Schnaufen entkam den Lippen des Erzbischofs. »Führt sie Kylock persönlich an?«

»Nein, Euer Eminenz. Kedrac, Maybors Erstgeborener, hat das Kommando. Er hat auch die Truppen der Königreiche in Halcus geführt. Seine Vorgehensweise entspricht der seines Königs.«

»Was ist mit Tyren und seinen Kohorten? Sind sie auch unterwegs, um ihren Nachbarn in den Rücken zu fallen?«

»Eine Einheit der Ritter begleitet die Armee in der Tat, Euer Eminenz. Tyren selbst ist jedoch nach wie vor in Bren. Nachdem Highwalls Armee geschlagen worden war, hat er sein Lager vor den Toren der Stadt aufgeschlagen, und im Augenblick verhandelt er mit Kylock.«

»Wie ich Tyren kenne, will er sich wahrscheinlich Vorrechte bei der Verteilung der Beute sichern. In Helch ist ihm das ja schon gelungen, und Highwall und Camlee stehen vermutlich als nächstes auf seiner Liste.« Der Erzbischof malte mit dem Schweiß seiner Finger Kreise auf den Tisch – dann wischte er sie wieder weg. »Tyren ist nichts weiter als ein gieriger kleiner Bauer, den Baralis und Kylock in ihrem Spiel benutzen, wie es ihnen gefällt.«

»Vorrechte in Highwall wären allerdings ein beachtlicher

Gewinn für die Ritter, Euer Eminenz. Tyren scheint mehr ein Springer denn ein Bauer zu sein.«

»Springer! Bauer! Erspare mir deine Metaphern, Gamil. Du bist ein Diener, kein fahrender Sänger.« Tavalisk trommelte mit den Fingern auf den Tisch. Er fühlte erste Anzeichen von Hysterie. »Ich brauche Fakten. *Fakten.* Hat etwas von unserer Unterstützung Camlee schon erreicht? Wie ist die Stadt auf einen Kampf vorbereitet? Wie lange können sie einer Belagerung widerstehen?«

»Ein Teil unserer Zuwendungen hat die Stadt tatsächlich schon erreicht, Euer Eminenz: Nahrungsmittel, Waffen und so weiter. Aber wir haben keine Männer geschickt. Schließlich hat niemand damit gerechnet, daß ein Angriff so schnell erfolgen würde.« Gamil fingerte an den Schnüren seiner Tunika herum. »Was die Stadt selbst betrifft, so ist sie auf den Angriff vollkommen unvorbereitet. Sie hatte einfach keine Zeit dazu. Ihre Befestigungen sind in einem erbärmlichen Zustand, und ihre Armee besteht zum größten Teil aus Wehrpflichtigen. Ich schätze, daß Camlee höchstens einen Monat durchhalten kann.«

Tavalisk sank auf seinem Stuhl zurück. Kylock würde damit davonkommen. Er würde ihnen Camlee direkt unter der Nase wegschnappen. Es gab buchstäblich keinerlei Möglichkeit, ihn aufzuhalten. Der Süden würde zwar Söldner und Versorgungsgüter schicken, aber nicht seine Armeen. Die Städte des Südens waren ausgesprochen selbstsüchtig, und sie hielten ihre Truppen lieber zurück, um ihren eigenen Hals zu retten, anstatt sich zusammenzutun und sich gegenseitig zu helfen. Außerdem befand sich Camlee aufgrund seiner geographischen Lage in einer besonderen Situation: Die Südländer betrachteten es als Teil des Nordens und die Nordländer als Teil des Südens.

Kylock hatte Zeit und Ort gut gewählt.

Tavalisk hatte gehofft, daß eine Demonstration der Solidarität seitens der Städte des Südens Kylock abschrecken würde, doch nun mußte er erkennen, daß der junge König herausgefunden hatte, daß es sich dabei in Wirklichkeit nur um eine Schau gehandelt hatte. Solidaritätsbekundungen waren eine Sache, gemeinsame Aktionen eine ganz andere.

Auch Tavalisk waren die Hände gebunden. Die guten Leute von Rorn liebten ihn – heute –, aber sollte er auch nur andeuten, die Stadt in einen weit entfernten Krieg verwickeln zu wollen, dann würde man ihn aus dem Amt jagen, bevor er sagen könnte: *Wir könnten die nächsten sein.* Die anderen Führer des Südens befanden sich in einem ähnlichen Dilemma.

Gamil hustete höflich. »Welche Instruktionen hat Euer Eminenz?«

Instruktionen? Tavalisk fühlte eine ungewohnte Leere in seinem Kopf. Er *hatte* keine Instruktionen. Seit nunmehr siebzehn Jahren war er schon Erzbischof von Rorn, und in all dieser Zeit waren ihm nicht ein einziges Mal die Ideen ausgegangen. Intrigen zu schmieden war für ihn so natürlich wie für andere Menschen das Atmen. Bisher hatte er immer noch ein As im Ärmel gehabt, aber jetzt ... nichts! Er hatte nicht die leiseste Ahnung, wie er Kylock davon abhalten sollte, seine gierigen Klauen in Camlee zu schlagen.

Er, der Auserwählte, wußte nicht mehr, was er tun sollte.

Die Sonne verschwand hinter den Wolken, und ein grauer Schatten fiel in den Raum. Tavalisk schauderte. War das der Anfang vom Ende?

Etwas Spitzes stach Tawl in die Kehle.

»Steh auf.«

Wieder ein Stich, gefolgt von einem Tritt, dann landete etwas Warmes auf seiner Wange. Tawl öffnete gerade noch rechtzeitig die Augen, um zu sehen, wie sich Skaythe einen Speichelfaden vom Kinn wischte.

»Steh auf, du Bastard.«

Tawls Sinne erwachten rasch. Er lag auf dem grasbewachsenen Ufer des Sees; er war vollkommen durchnäßt, und ihm war kalt. Die Wasser des Ormonsees umspülten seine Fußgelenke, und ein blutbeflecktes Messer zielte auf seine Kehle. Er mußte bewußtlos geworden sein, nachdem er sich aus dem Wasser gezogen hatte. Aber für wie lange? Er schaute sich um. Der Himmel war nur wenig dunkler geworden, seitdem er ihn zum letzten Mal gesehen hatte. Also war er vielleicht zehn, höchstens zwanzig Minuten ohne Bewußtsein gewesen, und das wiederum bedeutete, daß Jack und die Ritter wahrscheinlich bereits auf halbem Weg nach unten waren.

Ein kaum spürbares Zucken seiner Muskeln zeigte ihm, daß eine Verzögerungstaktik angebracht war: Er brauchte Zeit, um wieder zu Kräften zu kommen und seine Körpertemperatur anzuheben. Schwach und desorientiert erinnerte sich Tawl an seine Ausbildung. Er rief sich körperliche und geistige Techniken ins Gedächtnis zurück, mit deren Hilfe er seinen Körper wieder kampfbereit machen konnte. Zunächst spannte er die Muskeln seiner unteren Körperhälfte in gleichmäßigem Rhythmus an, um den Kreislauf wieder anzuregen. Dann konzentrierte er sich auf sein Herz und zwang es, schneller zu schlagen. Währenddessen atmete er schnell und tief ein, um seine Lungen so rasch wie möglich wieder mit Luft zu füllen. Schließlich hob er seine Hüfte ein wenig an und tastete nach seinem Messer.

»Komm schon. Zieh.« Skaythe trat gegen Tawls Waffengürtel. »Steh auf, und zieh dein Messer.«

Tawl war sofort auf der Hut. Skaythe war schnell.

»Ich nehme an, jetzt sind wir gleich stark«, sagte Skaythe und trat einen Schritt zurück. »Ich mit meinem kaputten Bein und meiner Schulter und du …«, er zuckte die Achseln, »… mit deiner kleinen Unterkühlung.«

Während er sprach, war Tawl damit beschäftigt, Blut in seine blau angelaufenen Glieder zu pumpen. Sein Puls hatte sich erhöht, und doch fühlte er sich noch vollkommen erschöpft – er brauchte Zeit. Er setzte sich auf und sagte: »Es tut mir leid, was mit Blayze geschehen ist. Ich hätte aufhören sollen, als ich gewonnen hatte.«

»Ja, das hättest du.« Skaythe trat wieder näher und schlug Tawl mit der flachen Hand ins Gesicht. »Und jetzt steh auf!«

Ursprünglich war die Entschuldigung nur als Taktik gedacht gewesen, doch nachdem er die Worte ausgesprochen hatte, erkannte Tawl, daß er sie ernst gemeint hatte. Er hatte viele schreckliche Dinge in seinem Leben getan, und er hatte so manche Last mit sich herumzutragen. Manchmal hatte er eine schlechte Wahl getroffen, und manchmal hatte man ihm einfach keine Wahl gelassen. Aber heute, in den grünen Tiefen des Ormonsees, hatte er endlich die *richtige* Entscheidung getroffen. Er wußte, wie er sich von seiner Schuld befreien konnte. Sein Weg lag nun klar vor ihm; sein Schicksal teilte sich in zwei Richtungen auf. Auf der einen Seite war Melli und sein Eid, sie zu beschützen, und auf der anderen war Valdis und seine Verpflichtung gegenüber seinen Brüdern.

Melli würde er für sich selbst retten, die Ritterschaft für seine Familie.

Vor neun Jahren hatte er seine Schwestern im Stich gelassen um der Ehre willen, die hinter den Toren von Valdis wartete. Nur daß dort kein Ruhm und keine Ehre gewesen waren, und das machte den Tod seiner Schwestern sinnlos. *Er hatte seine Familie für eine einzige große Lüge verlassen* – das war sein Dämon. Das war, was er in den eisigen Tiefen des Sees gesehen hatte. Das war das Monster, dessen Fänge noch jenseits des Todes auf ihn lauerten.

Um es zu vertreiben, mußte er die Ritterschaft wieder zu ihrem alten Ruhm führen. Für Anna, für Sara, für das Baby.

Tawl stand auf. Er hatte nicht den Weg der Erlösung gewählt, nur um direkt am Anfang den Tod zu finden. Seine Zeit war noch lange nicht abgelaufen, und er würde nicht zulassen, daß sich die Rachegelüste eines einzelnen Mannes zwischen ihn und sein Schicksal stellten.

Er zog das Messer. Seine Beine waren schwach; seine Muskeln schmerzten, und er war noch leicht benommen. Doch noch während Tawl über den Zustand seines Körpers nachdachte, nahm er Kampfhaltung ein. Er stellte die Beine auseinander, beugte leicht die Knie und hielt das Messer auf Hüfthöhe, die Spitze nach vorne gerichtet.

»Skaythe«, sagte er, während er sich auf den Ballen ausbalancierte, »ich würde es vorziehen, heute keinen Mann zu töten. Ich gebe dir die Wahl: Leg deine Waffe nieder, akzeptiere meine Schande als Entschuldigung und geh unverletzt aus diesem Kampf, oder stirb hier, durch meine Hand, und ich werde deine Seele in die Hölle schicken und dein Blut in den See.«

Skaythe hob die Klinge. »Wie könnte ich einen solchen Vorschlag von jemandem akzeptieren, der meinem Bruder keine solche Wahl gelassen hat?« Er griff an.

Tawl sprang zurück. Die Wucht der Landung drohte, ihm die Beine unter dem Leib wegzureißen. Er schwang das Messer in einem Halbkreis und zwang Skaythe so, zu bleiben, wo er war, während er sein Gleichgewicht wiedererlangte. Doch nur eine Sekunde später war Skaythe wieder über ihm und drängte ihn zum See zurück. Tawl spürte Wasser an seinen Knöcheln. Er verfluchte seine schmerzenden Muskeln und versuchte, Skaythes Attacken auszuweichen. Aber der Mann war hartnäckig und konterte jede Finte.

Tawl bemerkte, daß Skaythe sein linkes Bein bevorzugte, und so sprang er nach rechts, um seinen Gegner auf diese Art aus dem Gleichgewicht zu bringen. Allerdings war es Skaythe offenbar gewohnt, seine Behinderung zu kompensieren, denn er wich sofort seitlich aus und stellte das linke Bein nach hinten, um sein Gewicht darauf zu verlagern. Tawl zog sich weiter ins Wasser zurück. In seinem gegenwärtigen Zustand konnte er Skaythe unmöglich unter normalen Bedingungen schlagen. Der Mann war stärker, schneller und konzentrierter. Jetzt waren alternative Taktiken gefragt.

Das Wasser war Tawls einziger Vorteil. Der Ormonsee half den Seinen, und nach allem, was vorhin geschehen war, wußte Tawl, daß nun auch er dazugehörte. Er war dort unten gewesen, hatte das langsam schlagende Herz des Sees gesehen und die geheimen, grünen Höhlen. Der See gehörte nun ebenso zu ihm, wie er zum See gehörte.

Tawl verlockte Skaythe, ihm zu folgen. Jeder Schritt zur Seite war auch ein Schritt zurück. Mittlerweile standen beide knietief im Wasser, und Skaythe war gezwungen, sorgfältiger auf seinen Stand zu achten; ein Ausrutscher mit dem rechten Fuß, und der See würde ihn sich holen. Tawl wich immer weiter in den See zurück, schwang das Messer nur, um sich zu verteidigen, und tastete mit den Zehen nach dem Grund.

Plötzlich fiel der Grund steil ab. Tawl streckte den Fuß aus, doch außer Wasser konnte er nichts spüren. Er stand etwa einen Fußbreit entfernt von der Stelle, wo das tiefe Wasser begann. Er trat nach rechts. Skaythe rückte vor. Absichtlich ließ Tawl die Deckung sinken und bot seinem Gegner die Brust als Ziel an. Skaythe nahm die vermeintliche Chance wahr und griff an. Tawl spürte einen stechenden Schmerz in der Brust – er ignorierte ihn. Wieder wich er nach rechts aus, so daß Skaythe sich mit dem Rücken zum See drehen mußte, wollte er dem Ritter folgen. Ihre Positionen hatten sich nun genau umgekehrt.

Tawl biß die Zähne zusammen und sprang durch das Wasser auf Skaythe zu. Er traf ihn voll gegen die Brust. Skaythe hob das Messer, doch die Wucht von Tawls Angriff warf ihn zurück. Er suchte mit seinem starken linken Fuß nach Halt und streckte den rechten nach hinten aus. Skaythe war daran gewöhnt, Entfernungen mit seinem linken Bein abzumessen, da dieses geringfügig länger war als das rechte – er benutzte das rechte so gut wie nie, um den Boden zu ertasten.

Er wich also zurück und nahm an, der Seegrund befinde sich nur wenige Zentimeter unter seinem Fuß. Der See verschlang ihn. Tawl beobachtete, wie Skaythe noch versuchte, sich nach vorne zu werfen, aber er hatte sich zu schnell bewegt, und nun war es zu spät.

Tawl wich Richtung Ufer zurück. Er hielt das Messer noch immer kampfbereit in der Hand, während Skaythe verzweifelt versuchte, Halt zu finden. Er geriet zunehmend in Panik, schluckte Wasser und schlug wild mit den Armen um sich. Wenn er schließlich wieder sein Gleichgewicht finden würde, beabsichtigte Tawl, ihn zu erledigen.

Der See würde heute doch noch sein Opfer bekommen.

Tawl schloß für einen Augenblick die Augen. Er fühlte sich sehr schwach. Am liebsten hätte er sich vor einem warmen Kaminfeuer in Decken eingerollt und bis zum Morgengrauen von seinen Schwestern geträumt. Eigentlich wollte er Skaythe gar nicht töten: nicht hier, nicht jetzt, nicht auf diese Art. Man hatte ihm heute ein großes Geschenk gemacht, und es war nur angemessen, daß auch er eines gab.

Er ließ das Messer fallen. Platschend tauchte es ins Wasser und blitzte ein letztes Mal auf, dann war es verschwunden. Tawl drehte sich um und watete ans Ufer. Skaythe würde leben und seinen Kampf an einem anderen Tag weiterkämpfen können.

Kurz bevor er das Ufer erreichte, hörte Tawl hinter sich ein Platschen. Er wirbelte herum. Skaythe stürmte auf ihn zu, das Messer in der Hand und einen stummen Fluch auf den Lippen.

Tawl hatte nur den Bruchteil einer Sekunde, um enttäuscht zu sein, dann blieb Skaythe mitten im Schritt stehen. Er wankte zurück und fiel ins Wasser. Ein Pfeil hatte ihn mitten ins Herz getroffen.

Plötzlich machte sich der Schmerz in Tawls Brust wieder bemerkbar. Er fühlte sich benommen. Er mußte ans Ufer, und zwar so schnell wie möglich. Während er vorwärts watete, verlor er allmählich das Bewußtsein: An den Rändern seines Sichtfeldes wurde die Welt bereits schwarz, und der See hob sich ihm entgegen. Und dann war Jack an seiner Seite, hob ihn hoch und zog ihn ans Ufer. Dort warteten auch die Ritter. Schnapper rannte herbei, und Borlin warf seinen Bogen wieder über den Rücken. Jetzt eilten alle herbei und lächelten. Tawl wollte etwas sagen; er wollte erklären, was geschehen war; er wollte ihnen sagen, daß es ihm gut ging, doch sein Herz war so voller Liebe und Schmerz, daß er sich nur immer wieder bedanken konnte.

Kapitel Neunundzwanzig

Tyren beugte sich vor. Sein Lederzeug war so gut gearbeitet, daß es nicht das leiseste Geräusch von sich gab. »Ich kann Euch helfen, Camlee in weniger als einem Monat einzunehmen.«

Baralis wartete darauf, daß der Mann weitersprach, doch Tyrens Lippen waren zu einem rätselhaften Strich zusammengepreßt. Der Großmeister der Ritter strich sich über den glatten Bart. Er ließ Baralis nicht eine Sekunde aus den Augen. Tyren war einer der wenigen Männer, die Baralis bisher kennengelernt hatte, die sich nicht vor einem Schweigen fürchteten. Er war bereit zu warten – egal wie angespannt oder seltsam die Situation auch werden mochte –, um seinen Gesprächspartner zum Reden zu zwingen.

Baralis atmete tief ein. »Wie wollt Ihr uns helfen, Camlee einzunehmen?«

Tyren lächelte. Seine Hand wanderte vom Bart zur Schläfe und strich eine von Pomade glänzende Haarsträhne zurück. »Laßt uns erst über das *Warum* sprechen und dann erst über das Wie.«

Die Verhandlungen hatten also begonnen. Tyren hatte sich aber auch wirklich Zeit damit gelassen. Er war nun schon seit Wochen in der Stadt und hatte vor den Toren sogar ein eigenes Lager aufgeschlagen, und doch war es bis jetzt nicht zu einer einzigen Vereinbarung gekommen. Er hatte gewartet, und nun wußte Baralis auch, worauf er gewartet hatte. Heute war die Nachricht eingetroffen, daß die Reichsarmee Camlee erreicht hatte.

Baralis ging zu einer kleinen Anrichte und schenkte zwei Becher Wein ein. Sie befanden sich im Haus eines Seidenhändlers im Süden der Stadt. Der gute Kaufmann war nicht anwesend – wahrscheinlich gab er gerade die fünfzig Goldstücke aus, die er für sein Haus und sein Schweigen bekommen hatte. Obwohl nun nicht mehr die gleiche Notwendigkeit zur Geheimhaltung bestand wie bei seinem ersten Treffen mit Tyren, so hatte Baralis dennoch einen diskreten Verhandlungsort vorgezogen. Es war nicht nötig, Kylock in diese Gespräche mit einzubeziehen.

Baralis setzte sich wieder auf seinen Stuhl und sagte: »Was genau wollt Ihr, Tyren?«

Tyrens Hand glitt zur Hüfte. Fein manikürte Fingernägel legten sich auf durchtrainierte Muskeln. »Ich will Vorrechte bei der Verteilung der Beute in Highwall.«

Baralis hatte nichts anderes erwartet. »Und?«

»Freie Hand in Camlee, wenn es eingenommen ist.« Tyrens Tonfall war sorgfältigst auf die Situation abgestimmt. Er arbeitete stets hart an seiner Stimme. »Nach leichten Anfangsschwierigkeiten läuft die Konvertierung von Helch nun sehr gut. Ich will so schnell wie möglich weitermachen, solange Valdis' Erfolge noch frisch sind. Natürlich verlange ich den gleichen Spielraum in Camlee, den Ihr mir in Helch so großzügig gewährt habt.«

Damit meinte er die Freiheit, die Einwohner von Camlee nach Belieben zu verfolgen, ohne mit Gegenmaßnahmen von Kylocks Seite aus rechnen zu müssen. Baralis hob den Becher an die Lippen, um ein Lächeln zu verbergen. Tyren wollte religiöse Macht von Silbur stehlen und sie für sich und Valdis beanspruchen. Religiöse Macht bedeutete Steuern, Eigentum, Kirchenland und Gold.

Tyren war gierig.

Baralis beschloß, es sei an der Zeit, daß der Mann seine Karten auf den Tisch legte. »Ihr verlangt eine ganze Menge, mein Freund. Was bietet Ihr mir als Gegenleistung an?«

Es folgte eine wohlkalkulierte Pause. Es gefiel Tyren, Spannung aufzubauen. Er spielte gerne Theater und liebte es, wenn die Leute auf jedes Wort von seinen Lippen warteten. »Ich habe dreitausend Ritter in Valdis. Auf mein Wort hin werden sie nach Norden in Richtung Camlee marschieren. Sie werden die Belagerung zwar nicht verstärken, aber sie werden Euch Zugang zu den Tunneln verschaffen.«

»Den Tunneln?«

»Camlee ist eine alte Stadt, erbaut von einem alten König. Geheimgänge führen unter der Mauer hindurch – Gänge, von denen noch nicht einmal Camlees Generäle etwas wissen –, und einer meiner Ritter kann Euch verraten, wo sie zu finden sind. Sein Vater war Steinmetz in Camlee. Er kennt alle Geheimnisse der Gilde.«

Baralis trank einen Schluck Wein. Er würde Tyren geben, was er verlangte. Die Reichsarmee konnte Camlee zwar auch allein einnehmen, aber bei diesem Wetter waren Belagerungen eine langwierige und unangenehme Angelegenheit. Bren war im Augenblick äußerst verwundbar: Annis könnte sich jederzeit entscheiden, trotz des Schnees die Pässe zu überqueren, und wenn sie das taten, dann würden sie auf eine Stadt treffen, die momentan nicht genug Soldaten in ihren Mauern hatte, um eine erfolgreiche Verteidigung durchzuführen. Je schneller Camlee fiel, desto besser.

Baralis drehte den Kopf und lächelte in die Schatten. Je schneller Camlee fiel, desto schneller würden Rorn und sein Erzbischof fallen. Vor zwanzig Jahren hatte Tavalisk einen Mann ermordet und dann dessen Werk als sein eigenes ausgegeben. Die Strafe dafür war schon lange überfällig.

»Ich denke, wir haben eine Abmachung, mein Freund«, sagte Baralis und hob den Becher. Highwalls Schatzkammern interessierten ihn nicht und Camlees Bürger noch viel weniger. Tyren konnte machen, was er wollte, solange er sich für nichts anderes interessierte als für Religion und Gold.

Der Großmeister der Ritter war kein Dummkopf. Er gestattete sich noch nicht einmal ein Lächeln ob der günstig verlaufenen Verhandlungen. Er stand auf und verbeugte sich. »Es freut mich sehr, das zu hören, Baralis. Ich werde noch heute einen Boten nach Valdis schicken.«

Baralis öffnete ihm die Tür. »Es ist mir stets eine Freude, Tyren.«

Der Wind wehte von den Bergen herunter, und der Himmel versprach Schnee. Jack wurde nicht warm, egal wie sehr er sich auch bemühte. Kalte Luft drang in seinen Umhang, obwohl er auf dem Saum saß, und seine Zehen waren trotz der gefütterten Stiefel inzwischen taub. Den ganzen Tag über durch eiskalten Nebel zu reiten war nicht gerade eine angenehme Erfahrung.

Aber es war eine notwendige. Jeden Morgen ritten sie schon vor Sonnenaufgang los und hielten erst nach Sonnenuntergang wieder an. Wenn Tawl die Männer nicht antrieb, dann tat es Jack. Sie mußten so schnell wie möglich nach Bren. Vor vier Tagen waren sie durch ein Bergdorf westlich von Camlee geritten, und die Dörfler hatten ihnen berichtet, daß Kylocks Truppen auf dem Weg waren, um Camlee zu belagern. Jack hatten sich die Nackenhaare gesträubt, als er das gehört hatte. Kylock handelte rasch. Er war nicht damit zufrieden, seine Erfolge den Winter über zu genießen; er wollte einen weiteren Sieg.

Die Ritter hatten die Nachricht von der bevorstehenden Belagerung schlecht aufgenommen. Camlee war Valdis' nächster Nachbar, und jeder der Männer kannte irgend jemanden in der Stadt – einige hatten dort sogar Familienangehörige. Sie waren begierig darauf zu erfahren, ob Tyren auch Ritter zu der Belagerung entsandt hatte, doch auf dem Weg, den sie im Augenblick ritten, kamen sie an keiner menschlichen Siedlung vorbei.

Sie waren dicht am Fuß des Gebirges entlanggeritten, nachdem sie erfahren hatten, daß die Truppen des Reichs in der Nähe waren. Niemand wollte ein zufälliges Zusammentreffen mit einer Einheit Schwarzhelme riskieren, also schlugen sie einen längeren und auch beschwerlicheren Weg ein. Die vergangenen vier Tage waren sehr anstrengend gewesen. In der Nacht sank die Temperatur unter den Gefrierpunkt, und tagsüber war es nur wenig wärmer. Die Ritter hielten noch immer Ausschau, doch sie hatten keine einzige Hütte mehr gesehen, seit sie Camlee-Gebiet betreten hatten.

Seit jenem Tag am See hatte sich viel verändert. Tawls Sprung hatte die ganze Gruppe verwandelt. Die Ritter gehörten nun ihm. Es gab keine Fragen mehr und keine Zweifel, sondern nur noch Respekt und etwas, das schon an Verehrung grenzte. Tawl war als ein anderer Mensch aus dem See gestiegen. Seine blauen Augen leuchteten entschlossen, und seine Stimme klang fest und klar. Er war voller Stärke und Licht; es war, als hätten die Fälle seine Seele erneuert.

Tawl hatte den Rittern eine Möglichkeit angeboten, wieder zu Ehre zu gelangen, indem er sie gebeten hatte, ihm bei der Befreiung einer gewissen hochwohlgeborenen Dame zu helfen, und sie hatten dieses Angebot dankbar angenommen. Tyren war jedoch eine ganz andere Angelegenheit. Tawl wollte die Männer nicht zu etwas zwingen, wobei sie sich nicht wohl fühlten. Er ließ ihnen genügend Zeit und Freiraum, um selbst zu einer Entscheidung zu kommen, und die ständige Neubewertung alter Ansichten, die gegenwärtig innerhalb der Gruppe stattfand, bewies, daß Tawl mit seiner Vorgehensweise richtig lag.

Jack freute sich, daß es Tawl gelungen war, die Loyalität der Ritter für sich zu gewinnen, doch gleichzeitig war er auch ein wenig traurig darüber. Er und Tawl bewegten sich auseinander: Sie hatten unterschiedliche Ziele und Motive; jeder von ihnen folgte einem anderen Schicksal. In Bren wartete das Ende ihrer Partnerschaft auf sie. Von dort aus würde jeder seinen eigenen Weg gehen.

»Rauch voraus!« rief Andris.

Jack hob den Kopf. Er war in Gedanken in der Zukunft gewesen, und nun war er froh, von Andris wieder in die Gegenwart zurückgeholt worden zu sein. In der Ferne stieg aus einem kleinen Spalt zwischen zwei Hügeln Rauch in den grauen Himmel. Als er sich konzentrierte, erkannte Jack, daß es mehr als nur eine Rauchsäule war, und das konnte nur bedeuten, daß ein Dorf vor ihnen lag.

Jeder in der kleinen Gruppe war ob des Anblicks aufgeregt, und sie trieben ihre Pferde an. Es war bereits weit nach Mittag, und Gedanken an eine warme Mahlzeit und ein warmes Bett beherrschten Jacks Denken.

Sie brauchten länger als sie gedacht hatten, um das Dorf zu erreichen. Sie mußten ein verschneites Tal durchqueren, wo hohe Schneewehen und ein zugefrorener Teich sie zwangen abzusitzen. Als sie ungefähr die Mitte des Tals erreicht hatten, setzte Schneefall ein, und der Wind von den Bergen nahm an Stärke zu, so daß man kaum noch etwas erkennen konnte. Als sie schließlich die beiden Hügel erreichten, wurde es bereits dunkel.

Crayne sandte Andris und Mafrey aus, um das Dorf zu erkunden. Obwohl sie sich weit westlich von der Marschroute der feindlichen Armee befanden, wollte Crayne kein unnötiges Risiko eingehen. Die Gruppe versammelte sich auf der windabgewandten Seite des Hügels und wartete auf die Rückkehr der beiden Männer. Der Schneefall wurde immer heftiger, und die Temperatur fiel für die Nacht. Die Männer drängten sich aneinander; ihr Atem kristallisierte in der eiskalten Luft, und ihre Umhänge waren schneebedeckt.

Tawl, Crayne und Borlin sprachen leise miteinander. Jack sah, wie sie immer wieder den Weg hinunterschauten, der zwischen den beiden Hügeln hindurchführte. Andris und Mafrey hätten schon längst zurück sein müssen. Schließlich nickte Crayne. »Ihnen nach!« rief er.

Jack ritt neben Schnapper und seinem Muli. Tawl hatte einen ähnlichen Instinkt und ließ sich zurückfallen, bis auch er neben Schnapper war. Gemeinsam ritten sie am

Fuß des Hügels entlang, bis zu dem Weg kamen, der ins Dorf führte.

»Glaubst du, Andris und Mafrey sind angegriffen worden?« Jack mußte schreien, um das Tosen des Windes zu übertönen.

»Ich weiß es nicht«, erwiderte Tawl. »Die Dörfler haben sie vielleicht entdeckt und angenommen, daß sie zu Kylocks Leuten gehören.« Er deutete auf sein Schwert.

Jack nickte. Tawl ermahnte ihn, sich kampfbereit zu halten.

Der Schnee fiel inzwischen so schnell und dicht, daß Hufabdrücke schon nach wenigen Minuten wieder verschwunden waren; nirgends war eine Spur von Andris und Mafrey zu sehen. Während sie durch den Engpaß ritten, änderte die Gruppe ihr Verhalten: Alle lehnten sich in ihren Sätteln nach vorne; die Bogenschützen zogen die Bögen aus den Schutzhüllen, und die anderen Ritter nahmen die Speere aus den Halterungen.

Steile Satteldächer tauchten hinter den Hügeln auf – erst ein paar, dann mehr. Das Dorf war größer, als sie geglaubt hatten. Fahles Licht fiel durch die geschlossenen Fenster hindurch auf die Straße, und der Wind wehte den Geruch von Herdfeuern heran.

Als sie eine schneebedeckte Felsspitze umrundeten, standen sie plötzlich einer Gruppe von Bewaffneten gegenüber. Andris und Mafrey ritten in ihrer Mitte. Borlin hatte augenblicklich den Bogen gespannt.

»*Nicht schießen!*« schrie Andris.

Crayne hob die Hand, um seinen Schützen Einhalt zu gebieten, und blickte zu den Bewaffneten, die ihm gegenüberstanden. »Laßt meine Brüder sofort frei, oder ihr werdet auf der Stelle erschossen.« Seine Stimme war hart wie Stahl.

Andris ritt heran. »Sie haben uns nicht gefangengenommen, Crayne. Sie wollten uns nur zu euch zurückgeleiten.«

»Das sind Highwalls Männer«, flüsterte Tawl zu Jack. »Silber und Braun.«

Highwall? Was hatten Highwalls Männer hundert Meilen nordwestlich von Camlee zu suchen? Jack ritt nach vorne. Crayne sprach mit einem der Bewaffneten, und Jack wollte hören, was gesprochen wurde.

»Ja«, sagte Crayne. »Tawl aus dem Tiefland und Jack aus den Vier Königreichen.«

Der Mann nickte. »Kommt mit uns.«

Jack blickte zu Tawl zurück. Der Ritter zuckte die Schultern: Er hatte auch keine Ahnung, was hier vor sich ging. Die Gruppe ritt weiter. Crayne hielt noch immer den Speer in der Hand, doch er schien es zufrieden zu sein, den Männern zu folgen. Der Weg wurde breiter, und das eigentliche Dorf kam in Sicht.

Durch seine Lage zwischen den beiden Hügeln war es vor dem eisigen Wind geschützt. Blockhütten standen an den Hängen, und im Tal drängten sich dreistöckige Häuser aneinander. Alle Gebäude besaßen die gleichen steilen Satteldächer. Es gab nur eine Straße: Sie verlief mitten durchs Tal, bis sie eine große Koppel voller Schafe erreichte. Jack hatte noch nie so viele Schafe auf einem Haufen gesehen. Es mußten Tausende sein, und jedes einzelne war mit roter und blauer Farbe markiert. Die Bewaffneten führten die Ritter zum größten Gebäude des Dorfes. Über der Tür hing ein Schild, doch aufgrund des Schneegestöbers konnte Jack nicht erkennen, was darauf geschrieben stand.

Als sie endlich anhielten, winkte Crayne Tawl und Jack zu sich heran. »Da drin ist ein Mann, der mit euch zu sprechen wünscht.«

»Wer?«

Crayne schüttelte den Kopf. »Das wollten sie mir nicht sagen. Ich denke, wir sollten alle gemeinsam hineingehen.«

»Gute Idee«, erwiderte Tawl. »Wo kommen diese Männer her?«

»Bren. Sie sind vom Schlachtfeld entkommen.«

»Dann haben sie aber verdammtes Glück gehabt, daß sie nicht Kylocks Truppen über den Weg gelaufen sind«, bemerkte Jack.

»Wahrscheinlich sind sie so nahe wie möglich bei den Bergen geblieben.« Crayne sprang vom Pferd und signalisierte seinen Männern, es ihm gleichzutun. Er betrachtete kurz den Gasthof, dann drehte er sich wieder zu Tawl und Jack um. »Ich erwarte zwar keinen Ärger da drin, aber bei dem geringsten Anzeichen von Gefahr machen wir, daß wir rauskommen. Ist das klar?«

Jack nickte. Er glaubte nicht, daß sie in Gefahr waren. Instinktiv schnüffelte er die Luft, um nach Spuren von Zauberei zu suchen – nichts. Er folgte den Bewaffneten zur Tür. Crayne und Tawl kamen hinterher.

Nach der eiskalten Dunkelheit der Nacht waren die Wärme und die Helligkeit des Schankraums geradezu ein Schock. Das Licht blendete Jack, und seine Sinne wurden von Gerüchen und Geräuschen überwältigt. Der Duft von gebratenem Fleisch und Zwiebeln erfüllte den niedrigen Raum. Der Schankraum war voller Männer in Braun und Silber. Ihre Gesichter waren verhärmt, ihre Wangen eingefallen. Sie stellten sofort jede Unterhaltung ein, als Jack zwischen sie trat.

»Hier hoch«, sagte einer derjenigen, die sie hineingeführt hatten.

Jack folgte ihm in den hinteren Teil des Schankraums und eine enge Treppe hinauf. Tawl war dicht hinter ihm. Sie kamen zu einer schweren Eichentür, die von zwei Soldaten bewacht wurde.

Der größere der beiden Männer hob den Arm. »Wartet hier.« Er ging hinein, und kurz darauf kam er mit einem anderen Mann wieder heraus.

»Jack, Tawl, bitte kommt rein.«

Es dauerte einen Augenblick, bis Jack die Gestalt vor sich erkannte. Es war Grift. Seine Stimme war wie eh und je, aber Gesicht und Körper hatten sich dramatisch verändert. Er hatte viel Gewicht verloren. Sein Doppelkinn war verschwunden; seine einst so vollen Wangen hingen schlaff herunter, und er hatte dunkle Ringe unter den Augen. »Kommt rein«, wiederholte er. »Lord Maybor wartet auf euch.«

Melli lag auf dem Bett und hielt sich ein Kissen vor den Bauch. Manchmal, wenn sie die Augen schloß und das Kissen nur fest genug an den Bauch drückte, konnte sie sich vorstellen, ihr Baby sei noch immer da. Und von Zeit zu Zeit schlief sie mit dem Kissen unter sich ein, und wenn sie erwachte, war sie für kurze Zeit voller Freude. Diese Augenblicke waren alles, wofür sie noch lebte; diese Bruchteile von Sekunden, wenn die Erinnerung an die vergangenen acht Tage verschwunden war.

Heute nacht jedoch gab es kein Vergessen. Das Kissen war nur ein Kissen, ihr Bauch nur ein Bauch, und die Zeit war zu starr, als daß sie sie hätte rückgängig machen können. Heute nacht gab es nur Leere in ihrem Bauch und Schmerz in ihren geschwollenen Brüsten.

Milch sickerte durch ihr Mieder. Die klebrige Flüssigkeit trocknete nur langsam. Sie lief aus ihrem Busen und den Brustkorb hinunter, bis sie schließlich dunkle Flecken auf dem Stoff ihres Kleides bildete. Melli konnte es kaum ertragen. Sie stank wie eine alte Amme.

In einer einzigen schnellen Bewegung ballte sie die Faust und schlug aufs Kissen. Sie spürte den Schlag in ihrem Bauch, doch das kümmerte sie nicht. Wieder und wieder schlug sie mit aller Kraft auf den weichen Stoff ein. Nichts kümmerte sie noch. Nichts.

Dann hob sie auch die zweite Faust und schlug damit auf das Kissen. *Krach!* Ein stechender Schmerz schoß ihren Arm hinauf. Melli verzog das Gesicht. Ihr standen die Tränen in den Augen. Sie ließ sich zurücksinken und legte ihren gebrochenen Arm vor die Brust. Sie hatte vergessen, wie zerbrechlich er noch immer war. Nun hatte sie ihn erneut gebrochen, bevor er wieder vollständig verheilt war.

Als der Schmerz zu einem dumpfen Pochen abgeklungen war, strich Melli mit den Fingern über den Knochen. Etwas drückte in unregelmäßigen Abständen gegen die Haut ihres Unterarms. Es war zu dunkel, um mehr als nur die Umrisse der Erhebungen zu sehen. Sie würde bis Sonnenaufgang warten müssen, bevor sie etwas dagegen unternehmen konnte. Vor ein paar Tagen hatte Melli schon einmal einen halbherzigen Versuch unternommen, ihre Knochen zu richten. Der Schmerz, den sie dabei gespürt hatte, war so entsetzlich gewesen, daß sie aufgegeben hatte. Morgen würde sie versuchen, sich eine Schiene zu basteln.

Melli wußte, daß sie von Madame Greal und Kylock keine Hilfe zu erwarten hatte – sie hatte die beiden seit der Nacht der Geburt nicht mehr zu Gesicht bekommen –, aber die Wachen würden sich vielleicht überreden lassen, ihr ein Stück Holz zu besorgen. Sie würde sie fragen, wenn sie ihr morgen das Frühstück brachten.

Melli hielt inmitten des Pläneschmiedens inne. Wie konnte sie einfach hier herumsitzen und darüber nachgrübeln, wie sie ihren Arm mit so wenig Unannehmlichkeiten wie möglich wieder richten konnte, wo man doch ihr Baby getötet hatte? Man hatte es ihr genommen, noch bevor es seinen ersten Atemzug getan hatte. Sie hatte noch nicht einmal sein Gesicht gesehen, und sie wußte auch nicht, ob es ein Junge oder ein Mädchen gewesen war. Plötzlich kam ihr jeder Gedanke an das eigene Überleben wie ein Betrug an dem Kind vor. *Ihr* Leben ging nach wie vor weiter, und sie versuchte sogar, es sich zu bewahren.

Ein dunkler Schleier fiel auf Mellis Gedanken, gewoben aus Schuld und Scham. War es falsch, daß sie überleben wollte? War sie gefühllos und selbstsüchtig, weil sie an ihr Überleben dachte?

Schlüssel klapperten auf der anderen Seite der Tür. Ein einzelner Lichtstrahl stahl sich hinein. Dann wurde die Tür geöffnet und der ganze Raum von Licht überflutet. Kylock trat herein. Er hielt eine Öllampe in der Hand.

Melli setzte sich auf, und ihr rechter Arm fiel mit einem stechenden Schmerz in ihren Schoß. Der Anblick von Kylocks Gesicht vertrieb alle Zweifel. Sie *mußte* überleben. Gab sie jetzt auf, dann würde sie Kylock benutzen, um all seine Sünden bei ihr abzuladen. Aber sie würde nicht zulassen, daß er sich durch die Vereinigung mit ihr reinwusch. Er hatte zuviel getan, hatte zu viele Tode zu verantworten, hatte ihren Bruder gegen ihren Vater gehetzt, und er hatte Baralis gestattet, ihr Kind zu ermorden.

Melli atmete tief ein und beugte sich vor. »Geht weg«, sagte sie. »Ihr seid zu früh, Euer Majestät.«

Überraschung zeichnete sich auf Kylocks Gesicht ab. Er stellte die Lampe auf den Tisch und ging zum Bett.

Melli hob die Hand, um ihn aufzuhalten. »Kommt nicht näher. Ich bin noch nicht bereit für Euch.«

»Oh, aber das bist du.« Kylocks Stimme klang verführerisch, und seine Bewegungen waren so sanft wie die eines Liebhabers. Sein Blick blieb an den Milchflecken auf Mellis Mieder haften. »Ich habe dir eine Woche gegeben. Mehr Zeit ist nicht nötig.«

Melli legte die Hände auf die Brust, um die Flecken zu verbergen. Ein dumpfer, Übelkeit erregender Schmerz hatte sich in ihren Brüsten ausgebreitet. »Ich brauche noch mehr Zeit«, sagte sie und suchte verzweifelt nach einem plausibel klingenden Grund. Sie wollte Kylock schockieren. »Ihr könnt Euch mir noch nicht nähern. Mein Inneres ist noch nicht verheilt. Ihr wolltet mich rein und sauber, doch im Augenblick bin ich noch voller altem Blut und Wunden. Ihr müßt warten, bis ich wieder vollständig geheilt bin; anderenfalls riskiert ihr ein Scheitern Eures Vorhabens oder gar eine Infektion.« Melli genoß jedes einzelne Wort. Zum ersten Mal seit Monaten fühlte sie wieder ihre alte Kraft. Sie war Lord Maybors Tochter, die selbstbewußt die Lage unter Kontrolle hatte.

Auch Kylock bemerkte das – Melli sah es in seinen Augen. Er glaubte ihr.

»Ich gebe dir noch eine weitere Woche.«

»Nein. Ich brauche zehn Tage.« Melli hob ihr Kinn und begegnete seinem Blick mit Entschlossenheit.

»Also, gut. Zehn.« Kylock schien sich nicht darüber zu ärgern, im Gegenteil: Er schien sich sogar ausgesprochen zu freuen.

Melli fühlte sich angewidert. »Bitte geht jetzt. Ich muß mich ausruhen.«

Kylock stand über dem Bett und starrte sie mit seinen schwarzen Augen an. Der Hauch eines Lächelns erschien auf seinen Lippen. Schließlich drehte er sich um und ging hinaus.

Sofort nachdem sich die Tür hinter ihm geschlossen hatte, ließ sich Melli wieder aufs Bett zurückfallen. Sie war körperlich und geistig vollkommen erschöpft. Sie zitterte am ganzen Leib, und Schmerz kroch ihren Arm hinunter. Melli verkroch sich unter ihrer Decke und schlief sofort ein. Kurz bevor sie in glückseliger Dunkelheit versank, schoß ihr ein Gedanke durch den Kopf: Sie hatte Kylock überhaupt nicht gefragt, was mit ihrem Baby geschehen war – es war ihr erst gar nicht in den Sinn gekommen.

Grift führte sie in einen kleinen, beheizten Raum. Im Kamin loderte ein großes Feuer, und die Fenster waren mit Wolldecken verhangen. In der Ecke stand eine niedrige Pritsche, und darauf lag ein Mann. Ein leises Krächzen drang aus seinem Mund, und seine Brust hob und senkte sich sehr schnell.

»Jack, Tawl«, murmelte der Mann. »Kommt näher, damit ich euch sehen kann.«

Jack durchquerte den Raum und kniete sich neben die Pritsche. Blaue Augen, die ihn an Melli erinnerten, schauten ihn aus einem mit Schweiß bedeckten Gesicht an.

»Du bist es wirklich«, sagte Maybor und schloß für einen Augenblick die Augen. »Sie haben mir gesagt, du seist hier.«

Jack suchte in dem Gesicht des Mannes nach Spuren des alten Maybor. Seine einst vollen Lippen waren zu einer dünnen Linie zusammengeschrumpft, und seine einst roten Wangen waren nun kreideweiß. Es war nur noch so wenig von dem Mann übrig, daß Jack es kaum ertragen konnte, ihn anzuschauen. Grift trat heran und tupfte Maybor die Stirn ab, und als er das Tuch wieder wegnahm, legte er dem alten Lord die Haare zurecht. Diese kleine Geste veranlaßte Jack, noch einmal genauer hinzuschauen –

diesmal nicht bloß auf Maybors Gesicht, sondern auf den ganzen Mann.

Sein Haar glänzte und war gut frisiert. Sein Kinn war glatt rasiert, und er trug ein Gewand aus feinster Seide. Alles roch nach teuren Duftölen. Jack lächelte. Offenbar war doch noch mehr von dem alten Maybor übrig, als er ursprünglich gedacht hatte.

»Ihr seid Kylocks Truppen vor Bren entkommen?« fragte Tawl und kniete sich neben Jack.

Maybor nickte. »Wir haben ein paar Wochen in den Bergen verbracht, bevor wir wieder runtergekommen sind.« Er sprach so leise, daß Tawl und Jack sich vorbeugen mußten, um ihn zu verstehen.

»Wieviel Männer habt Ihr bei Euch?«

»Achtzig haben überlebt. Ich habe mehr als doppelt soviel in den Bergen verloren.« Maybor begann zu husten. Sein ganzer Körper erbebte mit jedem Rasseln seiner Lungen. Eine Hand kam unter den Decken hervor; die Haut war schwarz und glänzend und die Finger zu einer unförmigen Faust geballt.

Jack mußte sich abwenden, und sein Blick traf den seines Freundes, Tawl. Sie wußten beide, daß Maybor im Sterben lag.

Grift eilte mit einem Tuch herbei, in das Maybor hineinspucken konnte. Der alte Soldat faltete es sorgfältig, bevor er es wieder beiseite legte.

Nach einer Weile ließ das Husten allmählich nach. Als Maybor wieder zu sprechen begann, wurde jedes einzelne Wort von einem Keuchen begleitet. »Wir haben auch zehn Pferde retten können. Die Dörfler werden uns sicherlich ihre Tiere verkaufen. Ich habe sie von meinen Männern zählen lassen – es gibt hier insgesamt achtzehn Pferde und das Doppelte an Ponys.«

Jack begann zu verstehen, was Maybor im Sinn hatte. »In was für einem Zustand sind die Männer?« fragte er.

Maybor machte eine kleine Geste mit seiner zerstörten Hand und räusperte sich. »Sie sind jung. Einige haben ein paar Zehen oder Finger verloren, aber die meisten sind in Ordnung.« Er hob ein wenig den Kopf. »Nimm sie mit dir, Jack. Es sind gute Jungs, und irgend jemand muß ihnen Gelegenheit zum Kämpfen geben. Ich dachte, ich hätte richtig gehandelt, als ich sie vom Feld geführt habe; aber ich habe mich geirrt. Ich habe sie davon abgehalten, Soldaten zu sein, und sie statt dessen zu einfachen Männern gemacht.«

Jack zögerte keine Sekunde. »Wenn sie bereit und dazu in der Lage sind, dann können sie uns gerne begleiten. Wir können alle Hilfe brauchen, die wir kriegen können.«

»Sie kennen auch ein paar wirklich hübsche Lieder, Jack«, sagte Maybor und schluckte. »Und sie schrecken nicht vor einem langen Marsch zurück.«

Nachdem Maybor zu Ende gesprochen hatte, entspannte sich seine Gesichtsmuskulatur, und seine Augen begannen, sich zu schließen. Tawl legte ihm zärtlich die Hand auf die Brust. »Was war das Letzte, was Ihr von Melliandra gehört habt?«

»Sie lebt. Das schwöre ich.« Maybors Augen öffneten sich sofort wieder, und er sprach klar und deutlich. Zuerst blickte er Tawl in die Augen, dann Jack. »Ihr müßt sie retten. Versprecht mir, daß ihr sie retten werdet.«

Tawl ergriff Maybors Hand. Seine Finger berührten Fleisch, das bereits tot war. »Ich verspreche Euch, ich werde es versuchen.« Seine Worte waren so zärtlich wie ein Kuß.

Jack legte seine Hand auf Tawls und blickte Maybor tief in die strahlendblauen Augen. »Ich verspreche Euch, ich werde nicht ruhen, bis sie in Sicherheit ist.«

Maybor nickte bedächtig. Sein Körper schien in sich zusammenzufallen. Er wurde kleiner und verlor an Substanz. Der alte Lord legte sich in die Kissen zurück und sagte mit einer Stimme, die bei jedem Wort schwächer wurde: »Du hättest sie sehen sollen, als die Soldaten in den Keller eingedrungen sind, Jack. Sie war so schön. Sie hat wie eine Furie um sich getreten – nur für mich. Nur für mich.«

Wieder trat Grift heran und strich Maybor das Haar aus dem Gesicht. Die Hand des alten Soldaten zitterte, während er die glänzenden, grauen Locken glättete.

Jack nahm Maybors Hand und legte sie ihm an die Seite. »Melli liebt Euch wirklich sehr.«

»Wirklich?« Trotz seiner Schwäche sprach Maybor plötzlich mit fester, hoffnungsvoller Stimme. »Sag ihr, daß ich sie mehr geliebt habe, als sie je geahnt hat. Sag ihr, es tut mir leid, daß ich versagt habe.«

Jack schüttelte den Kopf. Er hatte einen Kloß im Hals. »Ihr habt nicht versagt.«

»Ich habe bei all meinen Kindern versagt. Bei allen.« Maybors Stimme wurde wieder schwächer. »Ich war zu selbstsüchtig, zu ehrgeizig, um sie als das zu sehen …« Die letzten Worte gingen in einem erneuten Hustenanfall unter.

Grift ergriff Jacks Arm. »Geht jetzt. Ich komme später zu euch hinaus.«

Jack und Tawl gingen zur Tür. Das Geräusch von Maybors Husten folgte ihnen aus dem Raum hinaus.

Draußen warteten sie schweigend, bis das Husten verklungen war. Nach ein paar Minuten erschien Grift. Er sah blaß und müde aus. »Lord Maybor schläft jetzt«, sagte er. »Kommt. Suchen wir uns was zu trinken.«

Grift führte sie in den Schankraum hinunter. Wieder fielen die Männer in Schweigen, doch diesmal waren alle Augen auf Grift gerichtet.

»Er schläft«, verkündete er den Männern und machte eine beruhigende Geste mit der Hand.

Die Männer nickten und nahmen ihre Gespräche wieder auf. Einige bestellten mehr Bier.

Grift führte Jack und Tawl zu einem Tisch in der Nähe der Tür. Crayne und die anderen Ritter saßen einen Tisch weiter. Vor jedem stand eine Schüssel mit warmem Essen, und sie hielten Becher mit Bier in den Händen.

Als Schnapper sah, daß seine Freunde es sich bequem machten, verließ er den Tisch der Ritter und setzte sich neben Tawl. Grift war überrascht, den jungen Taschendieb zu sehen, und er zerzauste ihm liebevoll das Haar. »Ich hätte niemals geglaubt, dich hier in den Bergen zu treffen, Schnapper«, sagte er.

»Ich habe auch nicht damit gerechnet, dich hier zu finden, Grift – besonders nicht, nachdem du mir erzählt hast, Bergfrauen seien stets schlecht gelaunt und neigten dazu, sich den Tripper einzufangen.«

Jack erwartete nicht, daß Grift lachte, aber er tat es. Es war ein warmes, herzhaftes Lachen, das soviel Erinnerungen in Jack wachrief, daß er am liebsten geweint hätte. All die Winternächte, die er im Speisesaal der Dienerschaft in Burg Harvell verbracht hatte ... Jeden Abend hatte er Grift zugeschaut, wie dieser hofgehalten hatte, und sich jedesmal darüber gewundert, wie es dem alten Soldaten gelang, all das Bier bei sich zu behalten. Doch seit jenen Tagen der Unschuld hatte sich alles verändert: Grift hatte sich verändert; Tawl hatte sich verändert; Maybor lag im Sterben, und Melli war in Bren in Gefangenschaft. Wut verdrängte Jacks Erinnerungen an eine lange vergessene Vergangenheit. Baralis hatte sich für eine Menge zu verantworten.

»Lord Maybor hat mir das Leben gerettet«, berichtete Grift. Er beugte sich über den Tisch und legte den Kopf in die Hände. »Er hat mich aus Bren herausgeschleppt, als ich selbst zum Stehen zu krank war. Er hätte mich genausogut in dem Weinkeller zurücklassen und sich allein aus der Stadt davonmachen können; aber das hat er nicht.«

Jack legte den Arm um Grifts Schultern. Warum sah nur jeder, der einst so stark gewesen war, plötzlich so zerbrechlich aus? »Was ist mit Bodger passiert?«

»Ich weiß es nicht. Sie haben ihn zusammen mit der Lady Melliandra weggeschleppt.« Grift schüttelte den Kopf. »Eigentlich ist er noch ein kleiner Junge. Er weiß nicht, was er tun soll, wenn ich nicht in der Nähe bin, um es ihm zu sagen.«

»Menschen können schier unglaubliche Kräfte mobilisieren, wenn sie dazu gezwungen werden«, tröstete ihn Jack.

»Aye, Junge, da hast du wohl recht. Nimm zum Beispiel Lord Maybor: Der Mann hat nun schon tagelang hohes Fieber, und doch konnte ihn nichts davon abhalten, uns von den Bergen hinunterzuführen. Nur sein Wille hat ihn auf dem Pferd gehalten. Die Männer haben ihn zunächst abgelehnt, aber nachdem sie erst einmal erkannt hatten, aus was für einem Holz er geschnitzt ist, hat sich alles geändert. Jetzt würden sie alles für ihn tun.«

»Maybor will, daß wir sie mit nach Bren nehmen«, sagte Tawl.

»Er glaubt, ihnen unrecht getan zu haben, indem er ihnen den Rückzug in die Berge befohlen hat. Er will ihnen Gelegenheit geben zu kämpfen.«

»Was ist während der Schlacht geschehen?« fragte Jack. Irgend jemand hatte ihnen einen Krug Bier gebracht, und nun füllte Jack vier Becher.

»Highwall wurde umzingelt und dann abgeschlachtet. Besik hat zwei Drittel der Männer nach Osten geführt und Maybor ein Drittel nach Süden. Es war das reinste Chaos. Sterbende Männer, die Luft voller Pfeile, überall Blut – ich werde das bis ans Ende meiner Tage nicht vergessen.« Grift trank sein Bier in einem Zug. »Aber das Blutbad war noch nicht das Schlimmste.«

»Warum? Was ist geschehen?«

»Kedrac hat Männer geschickt, um seinen eigenen Vater zu töten. Er hat die Armee der Königreiche kommandiert, und als er Lord Maybor auf dem Feld entdeckt hatte, hat er der königlichen Garde befohlen, ihn zu erschlagen.«

Wieder Baralis. Vater gegen Sohn. So viele Tragödien – nicht nur von Städten und Armeen, sondern auch intimere: zerstörte Ideale, verlorene Liebe, zerrissene Familien. Jack konnte sich noch nicht einmal ansatzweise vorstellen, wie Maybor sich gefühlt haben mußte, als sein Sohn ihm Soldaten auf den Hals gehetzt hatte. Wie hatte er nur all diese Wochen überlebt, wo doch eine derartige Enttäuschung auf seinem Herzen lastete? Jacks Erinnerung an Maybor war die eines rauhen, lebhaften Mannes, der immer nur das

Beste für seine Kinder wollte – auch wenn sie selbst bisweilen etwas ganz anderes wollten. Er war ein Vater, der seine Liebe durch Stolz zeigte. Wie wurde solch ein Mann mit dem Verrat seines Erstgeborenen fertig?

Eine Weile sagte niemand auch nur ein Wort. Tawl, Grift, Schnapper und Jack tranken schweigend ihr Bier. Es war unmöglich, all die Tragödien des Lebens in Worte zu fassen.

Maybor war warm, und seine Knochen schmerzten kaum noch. Seltsam, aber er spürte noch immer die Finger, die ihm der Frost genommen hatte. Auf eine gewisse Art spürte er sie sogar mehr als die anderen.

Melli, Kedrac, seine beiden jüngeren Söhne: Wenn er sich nur hart genug konzentrierte, konnte er ihre Gesichter vor seinem geistigen Auge sehen. Und wenn er sich noch ein wenig mehr anstrengte, konnte er sich ihre Vergebung vorstellen.

Doch der Schlaf drohte, ihn zu überwältigen, und er wußte, daß es Zeit war zu gehen. Mit letzter Kraft drehte er den Kopf, so daß er gerade auf dem Kissen lag – niemand würde je sehen, daß *er* wie ein Krüppel sabberte –, dann legte er die Arme neben seinen Körper. *Majestätisch*, sagte er sich selbst. *Wie ein König.*

Später, sehr viel später, als Jack mit dem Rücken gegen den Herd in der Küche des Gasthofs schlief, wurde er von einem merkwürdigen Geräusch geweckt. Zunächst dachte er an Wolfsgeheul, dann an den Wind. Doch als seine Sinne allmählich wieder erwachten, erkannte er, daß es das Singen von Männern war. Tiefen, kehligen Tönen folgten lange Pausen und rauhe Schreie. Irgend jemand schlug einen einfachen Rhythmus, und über allem erklang eine einzige hohe Stimme.

Jack lief ein Schauer über den Rücken. Das war eine Totenklage. Die Männer von Highwall sangen für Lord Maybor.

Jack öffnete die Augen, und im dämmrigen Licht des langsam verlöschenden Herdfeuers traf sich sein Blick mit Tawls. Der Gesichtsausdruck des Ritters war ernst, seine Augen so dunkel wie die Nacht.

»Jack«, flüsterte er, »du und ich, wir beide haben noch einen harten Kampf vor uns.«

Jack nickte. Er wußte, wie Tawl sich fühlte, denn er fühlte sich genauso: Baralis' Bosheit hatte nun erstmals einem der Ihren das Leben gekostet.

Kapitel Dreißig

Jack erwachte mit einem flauen Gefühl im Magen. Die Ereignisse der Nacht brachen wieder über ihn herein. Er erinnerte sich daran, während des Totengesangs der Highwall-Männer eingeschlafen zu sein. Sie hatten bis zum Morgengrauen gesungen; Jack wußte das, denn er hatte es in seinen Träumen gehört.

Geweckt hatten ihn allerdings andere Geräusche – Geräusche, die ihn lebhaft an seine Vergangenheit erinnerten: Küchengeräusche. Töpfe klapperten; der Boden wurde geschrubbt; Gemüse wurde geputzt; Fett brutzelte in der Pfanne, und Hühner gackerten. Es war genau wie damals in Burg Harvell. Jack öffnete die Augen. Ein große, weiß gekleidete Frau ragte über ihm auf.

»Das wird aber auch Zeit«, sagte sie. »Weck deine Freunde auf und macht, daß ihr rauskommt. An meinem Ofen schlafen, also wirklich! Was hat Meister Schildstab sich nur dabei gedacht? Habe ich nicht schon genug zu tun? Es schlafen so viele Männer in der Schenke, daß ich schwöre, ich habe den Boden schon seit einer Woche nicht mehr gesehen. Und ich weiß, daß es Ginty ähnlich geht. Aber das Mädchen ist ja sowieso so sehr mit Flirten beschäftigt, daß sie wahrscheinlich eh vergessen hat, wie der Boden hier aussieht.«

Jack lächelte die Frau an. »Es tut mir leid. Kann ich Euch vielleicht irgendwie helfen?«

»Schaff mir diese Kerle aus den Füßen, und du hast eine Freundin fürs Leben gefunden. Vielleicht bringe ich dir dann sogar einen Krug von meinem besten Bier.«

»Wir sind im Geschäft.« Er stand auf und weckte Tawl, Schnapper und Andris. Die anderen Ritter schliefen in den Ställen.

Die weiß gekleidete Frau hielt ihr Wort. Als sich alle den Schlaf aus den Augen gerieben und ihre Sachen gepackt hatten, hatte sie bereits ein Frühstück aufgetischt, das man nur als Festmahl bezeichnen konnte: warmes Brot, kaltes Hühnchen, Weichkäse und das versprochene Bier. Die Frau stellte nur eine Bedingung: Das Festmahl sollte in der Schankstube eingenommen werden. Jack nahm seinen Teller und wollte den anderen gerade hinaus folgen, als ihm die Frau die Hand auf den Arm legte.

»Wenn du mir jetzt nur noch den Gefallen tun würdest, die braun-silbernen Kerle aus dem Haus zu schaffen?«

Jack lachte. Die Gutmütigkeit der Köchin erfüllte ihn mit ehrlicher Freude. Es gab so viele gute Menschen auf der Welt; Rache war nicht das einzige, wofür es sich zu kämpfen lohnte.

Die Köchin küßte Jack auf die Wange. »Warte eine Minute. Vielleicht finde ich noch eine Extraportion Hühnchen für dich.« Sie eilte in die Speisekammer und kehrte nur Sekunden später mit zwei Hähnchenkeulen zurück, die sie Jack auf den Teller legte. »Hier. Das sollte reichen, um dich den Tag über auf den Beinen zu halten.«

Jack stellte den Teller ab und umarmte die Frau. »Ich werde Euch diese silber-braunen Kerle aus dem Weg schaffen.«

»Aye, mein Junge. Aber ein paar kannst du mir ruhig hierlassen. Eine Frau braucht jemanden, den sie bekochen kann.«

Im Schankraum war es kalt. Die Highwall-Männer hatten getrauert, bis das Kaminfeuer ausgegangen war, und niemand wollte derjenige sein, der es wieder anzündete.

Jack und Tawl aßen schweigend. Die Stimmung im Raum war gedämpft; die Männer waren müde. Die restlichen Ritter kamen von den Ställen herein, und Crayne setzte sich neben Jack.

»Was ist geschehen?« fragte er flüsternd.

»Maybor ist tot. Er hat uns gebeten, seine Männer wieder in den Kampf zu führen.«

Crayne ließ seinen Blick durch den Raum schweifen. »Diese Männer sind nicht in der Lage, heute noch aufzubrechen. Sie sind vollkommen erschöpft.«

Jack nickte. »Sie werden uns folgen müssen. Sie brauchen mindestens einen Tag, um genug Reittiere zusammenzubekommen, und so lange können wir nicht warten.«

Tawl blickte von seinem Frühstück auf. »Sie können uns nach Bren hinterherreiten. Wenn sie dann dort sind, können sie sich auf der östlichen Ebene verstecken, bis wir sie brauchen.«

»Tyren hat vor der Stadt sein Lager aufgeschlagen«, sagte Crayne.

»Im Osten oder im Süden?«

»Im Süden, fast drei Meilen von den Toren entfernt.« Ohne zu blinzeln, blickte Crayne Tawl in die Augen.

Die beiden Ritter schauten einander einen Augenblick an; dann legte Tawl seinem Gegenüber die Hand auf die Schulter. Als er sprach, klang seine Stimme seltsam angespannt. »Wieviel Männer hat er bei sich?«

Crayne schüttelte den Kopf. »Das kann ich nicht mit Sicherheit sagen. Vielleicht dreihundert, vielleicht aber auch mehr.«

Plötzlich erkannte Jack, was zwischen den beiden vor sich ging: Indem er Tawl über Tyrens Lager informiert hatte, hatte Crayne sich von seinem Großmeister losgesagt. Nun endlich hatte er Tawl voll und ganz akzeptiert.

Die beiden Männer sprachen weiter, als sei nichts geschehen. Als Jack das nächste Mal zu Tawl blickte, musterte der Ritter die Highwall-Männer mit neu erwachtem Interesse. Jack hatte das Gefühl, als würde sein Freund sie durchzählen.

Crayne und Tawl waren nun wieder zu Kämpfern geworden. Sie diskutierten Strategien, Waffen und Truppenstärken und suchten nach einer Möglichkeit, um Tyrens Lager einzunehmen.

»Es ist immer noch unser oberstes Ziel, in den Palast zu gelangen«, erinnerte Jack seinen Freund. Tawl hatte schon immer persönliche Pläne in bezug auf die Ritterschaft gehabt, doch seit dem Sprung über die Fälle war daraus eine Leidenschaft geworden. Aber wie dem auch sei: Jack würde auf keinen Fall zulassen, daß irgendein Plan des Ritters ihm bei der Erfüllung seines Auftrags in die Quere kam. Melli *mußte* gerettet und Kylock *mußte* getötet werden.

Tawl warf ihm einen vielsagenden Blick zu. »Mach dir keine Sorgen«, sagte er. »Ich weiß genau, wo meine Prioritäten liegen.«

Crayne und Andris schauten sich an.

Schnapper, dessen Verschwinden bisher niemand bemerkt hatte, tauchte plötzlich wieder auf. »Grift ist oben, Tawl. Er will mit dir und Jack reden.«

Jack stand auf, und einen Augenblick später folgte ihm Tawl. Gemeinsam gingen sie die Treppe hinauf. Als sie die oberste Stufe erreichten, nahm Tawl Jack beiseite. »Schau mal«, sagte er. »Ich weiß, was wir zu tun haben. Ich weiß, was *du* zu tun hast, und ich weiß, was *ich* zu tun habe. Marods Prophezeiung und mein Eid gegenüber dem Herzog kommen immer an erster Stelle – daran darfst du nicht eine Sekunde zweifeln –, aber ich will auch, daß du weißt, daß ich die Ritterschaft von Tyren befreien werde. Ich habe keine andere Wahl. Solange noch Blut in meinen Adern fließt, werde ich es versuchen.«

»Was ist am Ormonsee geschehen, Tawl?« Jack sprach leise. Er respektierte Tawls Entschlossenheit, aber trotzdem mußte er den Grund wissen, der dahintersteckte.

Tawl blickte zu Boden. Seine Brust hob und senkte sich mehrere Male, bevor er antwortete. »Ich habe gefunden, wonach ich die letzten sechs Jahre gesucht habe: eine Möglichkeit, die Fehler meiner Vergangenheit wiedergutzumachen. Ich habe den Tod meiner Familie verursacht, Jack. Zwei Schwestern, zwei wunderschöne goldhaarige Schwester und ein kleines pummeliges Baby, das beim Klang meiner Stimme immer aufgeblickt hat.« Tawls Stimme drohte zu versagen. »Ich habe sie im Stich gelassen … Ich bin einfach davongerannt und habe sie im Stich gelassen.«

Er wischte sich mit der Hand übers Gesicht. Es dauerte eine Minute, bevor er seine Gefühle wieder unter Kontrolle hatte, und als er erneut das Wort ergriff, hatte sich seine Stimme merklich verändert. »Ohne mich waren sie hilflos, Jack. Vollkommen hilflos. Ich hätte es besser wissen müssen. Ich war alt genug, um es besser zu wissen. Ich wußte, daß sie nicht in guten Händen waren.«

Hinter Tawls Worten verbarg sich ein Meer von Selbstvorwürfen. Jack wußte, daß er damit überfordert war. Tawls Schmerz war etwas, was sein Geist noch nicht einmal teilweise erfassen konnte. Er legte Tawl die Hand auf den Arm und sagte: »Ich werde dich nicht davon abhalten zu tun, was du tun mußt.«

Tawls Augen leuchteten. In seiner Wange zuckte ein Muskel. »Das ist alles, was ich je von dir verlangen werde, Jack.«

Jack lächelte. Er wünschte, er hätte mehr zu geben. »Komm«, sagte er. »Laß uns Maybor ein letztes Mal besuchen.«

Grift wartete auf sie vor der Tür. Als Jack ihn nun erneut im grellen Licht des Morgens sah, war er abermals entsetzt, wie sehr sich der alte Soldat verändert hatte. Der einst so füllige Mann war nun so dünn wie eine Bohnenstange. Heute war ein Tag, um berührt zu werden und um zu berühren, und so warf Jack seinem alten Freund die Arme um den Hals.

»Er ist schmerzlos gestorben, wißt ihr? Er ist einfach eingeschlafen.« Eine große Träne kullerte Grifts Wange hinab. »Er war ein tapferer Mann. Einige werden euch sagen, er sei eitel gewesen; andere werden ihn einen Teufel nennen, aber ihr dürft nicht auf sie hören. Sagt der Lady Melliandra, daß ihr Vater ein Held gewesen ist. Das ist die Wahrheit, und jeder Mann unter diesem Dach wird euch das gleiche sagen.«

»Ich weiß, Grift. Ich weiß.«

Grift öffnete die Tür zu Maybors Zimmer und ließ sie hinein. Die Laken auf der Pritsche waren gewechselt worden, und Maybor lag nun auf statt unter ihnen. Er hatte die Arme vor der Brust gekreuzt und trug eine rote Seidenrobe. Sein Gesicht hatte alle Farbe verloren, doch sein Haar glänzte noch immer, und die Haut auf seinen Wangen war frisch rasiert.

»Hier.« Grift reichte Jack ein kleines Leinenbündel. »Da drin sind seine Ringe und der Halsreif, den er in der Schlacht getragen hat. Er will, daß damit die Dorfbewohner für die Unterkunft und die Pferde bezahlt werden. Er hat ihnen auch noch einen Schuldschein ausgestellt. Darin verspricht er ihnen, daß sein Sohn Kedrac für alle Unkosten aufkommen wird.«

Jack steckte das Bündel in seine Tunika. »Glaubst du, daß Kedrac den Schuldschein einlösen wird?«

»Ich bezweifele es, aber das ist nicht wichtig. Maybor ist in dem Glauben gestorben, daß er ihn einlösen wird, und das ist alles, was zählt.«

»Aber nach allem, was in der Schlacht geschehen ist ...«

»Nein. Maybor war fest davon überzeugt, daß Kedrac sein Andenken in Ehren halten wird – indem er ihm diesen Schuldschein hinterlassen hat, bietet er seinem Sohn die Gelegenheit, seine Sünden zu bereuen. Er wollte nicht, daß sein Sohn in dem Glauben durchs Leben geht, sein Vater hätte ihn noch bis aufs Sterbebett gehaßt.« Es lag mehr als nur Stolz in Grifts Stimme, und Jack erkannte, daß der alte Wachsoldat Maybor sehr nahe gestanden haben mußte. »Ich kenne Kedrac«, fuhr Grift fort, »und er mag im Augenblick ja vielleicht ein wenig dickköpfig und unnachgiebig sein, aber eines Tages wird es ihm leid tun, was er getan hat.

Und indem Maybor ihm Gelegenheit gibt, die Dorfbewohner und den Wirt zu bezahlen, gibt er ihm auch eine Gelegenheit zur Sühne, wenn der Tag kommt.«

Jack suchte nach einer angemessenen Erwiderung – ohne Erfolg. Zum Thema Väter konnte er nur wenig beitragen.

Merkwürdigerweise war es Tawl, der etwas darauf erwiderte. Seine Stimme hatte sich noch nicht von der Beichte auf der Treppe erholt; sie klang rauh und tief. »Maybor hat gut daran getan, an seinen Sohn zu denken. Nicht alle Väter kümmert es, ob ihre Söhne sich schuldig fühlen oder nicht.«

Tawls Gesichtsausdruck war sehr ernst. Jack fragte sich, was genau sich hinter dem Tod seiner Schwestern verbarg. Warum hatten sein Vater und seine Mutter ihm nicht geholfen? Warum war jede Familie so voller Leid und Qual?

Grift geleitete sie aus dem Raum. »Ihr reist heute noch ab?«

»Ja«, antwortete Jack. »Wir werden uns aber in Bren wieder treffen.«

Grift nickte. Er wirkte plötzlich unendlich alt. Alt und klein. »Möge Borc euch auf dem Weg beschützen«, sagte er.

»Und möge er auch dich beschützen, Grift.«

Als sie die Tür erreicht hatten, drehte sich Tawl noch einmal um. »Ich möchte Melli gerne etwas von ihrem Vater geben können.«

Ohne ein Wort zu sagen, ging Grift zu Maybors Leichnam und schnitt ihm eine Locke seines Haares ab. Diese band er dann mit einem Seidenstreifen aus Maybors Tunika zusammen und reichte sie Tawl. Silbernes Haar, rote Seide – das war Maybor durch und durch.

Baralis machte sich Sorgen um Skaythe. Der Mann hatte nicht auf seine Nachricht geantwortet. Ihr letzter Kontakt war nun schon über eine Woche her, und Baralis befürchtete allmählich, daß Skaythe etwas zugestoßen sein könnte.

Immerhin konnte ihn niemand so lange ignorieren – zumindest kein Mann wie Skaythe.

Baralis gab eine daumennagelgroße Dosis der geistbefreienden Droge auf seine Hand und schluckte sie trocken hinunter. Erst als der bittere Geschmack der Droge von seiner Zunge verschwunden war, hielt er es für angebracht, einen Schluck Wein zu trinken. Diese kleinen Prüfungen seiner Willenskraft hatten ihn zu dem gemacht, was er war.

Baralis hob die Hand, und Crope, der gerade die Fensterläden mit Wollfetzen versiegelt hatte, eilte herbei und schaute nach dem Feuer. Als die Flammen endlich loderten, war Baralis bereits mit seiner Mixtur fertig. Blut, ein Blatt und die Droge vermischten sich in der Kupferschüssel miteinander und drehten sich durch die Bewegung seiner Hand. Baralis saß auf einem gut gepolsterten Stuhl und atmete die giftigen Dämpfe ein. Wie immer, so kämpfte auch diesmal sein Körper mit allen Mitteln gegen den Zauber an. Die körperliche Welt verabscheute es, ihre Herrschaft an die Finsternis abzugeben.

Baralis' Gedanken machten sich selbständig. Sein Bewußtsein löste sich von seinem Körper und stieg schwerelos nach oben. Höher und höher stieg er hinauf, drang durch Stein, als sei er Wasser und durch Wasser, als sei es Luft. Er umrundete den Großen See, um Schwung zu holen, und kreiste über der Stadt, um die Witterung aufzunehmen. Die Nachrichten, die Skaythe gesendet hatte, hatten eine Spur hinterlassen, eine magische Spur, der man wie einem Faden durch ein Labyrinth folgen konnte. Baralis würde ihn aufspüren: Heute nacht würde ihn Skaythe nicht wieder ignorieren.

Er zog nach Süden, hoch über den Bergen hinweg, hoch über den Wolken. Der Mond beleuchtete seinen Rücken, doch er wärmte ihn nicht, und die Sterne glühten wie Signalfeuer für seine Seele. Sie würden ihn zu sich holen, wenn sie könnten. Aber nicht heute nacht, und ginge es nach Baralis, dann würden sie es niemals schaffen.

Skaythe hatte eine dürftige Spur hinterlassen. Sie war

von Anfang an schwach gewesen, und in den vergangenen zehn Tagen war sie sogar noch schwächer geworden. Baralis war Bluthund und Gelehrter zugleich, der versuchte, eine begründete Vermutung aufzustellen. Das Letzte, was er von Skaythe gehört hatte, war, daß Valdis den Bäckerjungen und den abtrünnigen Ritter gefaßt hatte. Skaythe hatte beabsichtigt, ihnen nach Norden zu folgen, und die beiden Flüchtlinge bei der ersten sich bietenden Gelegenheit umzubringen. Jedenfalls hatte das der Mann gesagt. Baralis glaubte allmählich, daß Skaythe sein eigenes Spiel spielte.

Aber was auch immer mit Skaythe geschehen sein mochte, Baralis konnte darauf vertrauen, daß die Ritter die beiden Flüchtlinge nach Bren bringen würden. Auf Tyren war Verlaß.

Baralis setzte seine Reise nach Süden über die Große Grenze fort. Nach und nach stieg er immer tiefer hinunter. Die Gipfel der Berge ragten ihm wie Speere von unten entgegen, und über ihm leuchteten die Sterne wie Stecknadelköpfe. Inzwischen war die Spur wieder stärker geworden, und er folgte ihr nun in niedriger Höhe. Der kalte Bergnebel berührte seinen Geist. Schließlich erreichte Baralis das Gebiet, wo Skaythe zum letzten Mal mit ihm Kontakt aufgenommen hatte. Es war eine hügelige Grasebene vor den Ausläufern der Großen Grenze. Nichts deutete darauf hin, daß Skaythe jemals hier gewesen war. Nirgends waren Anzeichen zu entdecken, daß irgend etwas nicht in Ordnung war.

Baralis sammelte seine Gedanken, strengte seinen Verstand an und *sog* die Luft aus dem Norden ein. Er suchte nun nach einer physischen Spur. Magische Rudimente allein würden nun nicht mehr ausreichen. Langsam machte sich Baralis auf den Weg nach Norden. Diesmal benutzte er seine Sinne. Er suchte nach Überresten von Lagerfeuern, nach möglichen Wegen, doch am wahrscheinlichsten war, daß er den Geruch getrockneten Pferdemists auffangen würde.

Als er den Ormonsee erreichte, spürte Baralis wieder einen Überrest von Skaythes Magie, wenn auch nur leicht. Ein schaler, alter Geruch. Er sank auf die dunkelgrüne Oberfläche des Sees hinab und versuchte, dem Geruch zu folgen. Es war, als hätte sich der Zauber in den See selbst entladen. Verwirrt weitete Baralis seine Suche zum Ufer hin aus.

Er spürte, wie er allmählich schwächer wurde. Er war nun schon sehr lange unterwegs, und sein Körper rief ihn zurück. Er ignorierte die Warnung, tauchte immer wieder in den See ein, durchkämmte Schilffelder und blattlose Sträucher und eilte am Ufer entlang. Die Spur war auf den See beschränkt, und so mußte sich hier auch etwas finden lassen.

Schließlich erreichte Baralis eine dicht mit Gras bewachsene Stelle am Ufer. Hier war der Geruch ein wenig stärker als anderswo. Und dort, unter einer alten Bergesche, lag der teilweise gefrorene Körper von Skaythe bis zu den Knien im Wasser. Tot. Ein Pfeil steckte in seiner Brust.

Offenbar hatte Skaythe im Augenblick des Todes seine Macht heraufbeschworen, und da er keine Kraft mehr besessen hatte, sie auszusenden, hatten die eisigen Wasser des Ormonsees sie für sich beansprucht. Todeszauber besaßen die Eigenart, noch lange wirksam zu sein, nachdem der Körper bereits kalt war. Sie bauten sich erst nach und nach und sehr langsam ab. Dieser Zauber hier war zwar schwächer, aber nicht anders als die anderen auch.

Baralis' Seele wurde von einem Krampf geschüttelt. Ihm blieb nicht mehr viel Zeit. Sein Fleisch war kalt und seelenlos, und es konnte nicht mehr lange ohne einen Geist leben, der ihm den Sinn seines Daseins vermittelte.

Baralis wollte gerade gehen, als er einen raschen Blick auf den Pfeil warf. Er schauderte. Das war nicht irgendein Pfeil: Die schwarz-gelbe Befiederung war das Zeichen von Valdis. Die Ritter, die man Jack und Tawl hinterhergeschickt hatte, hatten Skaythe erschossen.

Vielleicht handelte es sich dabei nur um einen zufälligen

Schuß gegen einen Eindringling; aber warum lag die Leiche dann halb im See und nicht in der Nähe eines ehemaligen Lagers? Baralis gab dem Ruf des Blutes nach und eilte zurück nach Bren. Er würdigte Mond und Sterne keines Blickes; er sah nur die schwarz-gelbe Befiederung von Valdis vor seinem geistigen Auge. Was könnte die Ritterschaft dazu bewegt haben, Tawl und Jack zu helfen?

Tavalisk studierte. Das machte ihn hungrig, reizbar, und außerdem taten ihm die Knochen weh. Er hockte nun schon so lange über den Büchern, daß sein Hals bei jeder Bewegung knirschte. Das klang, als hätte er eine gottverdammte Grille im Kragen!

Wütend schlug Tavalisk das Buch zu, in dem er gerade geblättert hatte, und zog an der Klingelschnur. Es war Zeit für ein starkes, süßes Getränk, etwas Ordentliches zu essen und für seine tägliche Dosis Gamil. Studieren war nur etwas für Normalsterbliche. Ein Erzbischof hatte die heilige Pflicht, seinen Geist für Wichtigeres freizuhalten, und das bedeutete, daß er Gamil auftragen würde, die Studien für ihn zu erledigen.

Nach löblich kurzer Zeit erschien der Privatsekretär in der Tür. Er war nicht nur schnell gewesen, sondern auch einfallsreich, denn er trug ein Tablett mit Speisen in der Hand.

»Aaah, Gamil. Komm rein, komm rein. Du bist genau der Mann, den ich sehen wollte. Aber jetzt stell das Tablett erst einmal hier ab.« Tavalisk klopfte auf den Schreibtisch. »Du hast nicht zufällig auch etwas Wein bei dir, oder?«

»Leider nein, Euer Eminenz. Unglücklicherweise habe ich nur zwei Hände.«

»Hmmm, das solltest du schleunigst ändern.« Tavalisk nahm ein Entenei vom Tablett. »Gibt es etwas Neues von Kylocks Armee?«

»Sie haben Camlee vor vier Tagen erreicht, Euer Eminenz. Man hat sofort eine Taube gesandt, als die ersten Soldaten vor der Stadt erschienen sind.«

»Camlee kann einer derartigen Armee nicht lange widerstehen. Ich gebe ihnen höchstens sechs Wochen.«

»Vielleicht sogar weniger, wenn Valdis Truppen aus dem Süden schickt.«

Auf der Zunge des Erzbischofs verwandelte sich das Entenei in Sägemehl. Natürlich würde Tyren Truppen aus Valdis schicken. Warum hatte er nicht schon früher daran gedacht? Er spuckte das Ei in ein Tuch. »Das sind schlechte Nachrichten.«

»Es gibt noch mehr davon, Euer Eminenz«, sagte Gamil nicht ohne eine gewisse Befriedigung. »Alle Städte und Dörfer zwischen Bren und Camlee sind geplündert worden. Kylocks Truppen haben alles Vieh und Getreide als Verpflegung mitgenommen. Berichte sprechen von Tausenden von Toten, von gebrandschatzten Dörfern und von unzähligen vergewaltigten und verstümmelten Frauen. Es scheint, als hätte Kylock seinem Feldherrn freie Hand gelassen.«

»Nein. Keine freie Hand. Kylock wird Kedrac ermutigt haben, den Süden zu schänden. Der junge König weiß den Wert von Furcht zu schätzen.« Tavalisk hielt nach einem Getränk Ausschau; doch auf dem Tisch stand lediglich ein Krug Wasser. Das mußte reichen.

»Furcht, Euer Eminenz?«

»Ja. Es wird sich rasch herumsprechen, wie brutal und gnadenlos Kylocks Männer vorgehen. Die Leute werden sich ihm eher ergeben, als seinen Zorn zu erregen. Eine eroberte Stadt ist immer noch besser als gar keine Stadt.« Tavalisk trank sein Wasser. So ganz ohne Wein schmeckte es recht seltsam. »Natürlich hilft Furcht nicht nur dabei, eine Stadt einzunehmen; man kann sie anschließend auch hervorragend damit regieren. Ein Mann überlegt es sich dreimal, ob er rebellieren soll, wenn er dadurch das Leben seiner Familie riskiert.«

»Euer Eminenz ist äußerst weise.«

»Du kennst doch Marods Prophezeiung – die, die mit den Männern von Ehre beginnt?«

»Selbstverständlich, Euer Eminenz. Das ist der Vers, der Euch als den Auserwählten bezeichnet.«

Tavalisk wedelte mit der Hand. »Ja, ja, ja. Genau der. Letztlich habe ich mich nach der Authentizität dieses Verses gefragt. Nach seinem Ursprung, seinem genauen Wortlaut und so weiter und so fort.« Der Erzbischof hielt einen Augenblick inne. Das hier war nicht gerade leicht für ihn. »Ich glaube allmählich, daß ich mich geirrt haben könnte. Wohlgemerkt, ich denke nur darüber nach!«

»Warum, Euer Eminenz?«

»Die Sache mit Kylock gerät langsam außer Kontrolle. Er wird zu stark, zu mächtig. Außer einem Messer in der Brust wüßte ich nicht, was ihn aufhalten könnte. Die anderen Städte des Südens werden sich nie mit Rorn zusammentun, um ihn zu besiegen – sie sind zu sehr mit ihren eigenen Interessen beschäftigt. Sie werden erst etwas unternehmen, wenn er an ihre Türen klopft; nur dann fürchte ich, ist es bereits zu spät.« Tavalisks fette Wangen bebten. »Unsere einzige Hoffnung ist, daß Kylock es mit Camlee bewenden läßt.«

»Ich glaube, das wird er auch eine Zeitlang, Euer Eminenz. Immerhin muß er sich im Frühling erst einmal um Highwall und Annis kümmern.

»Eine Zeitlang! Eine Zeitlang! Und was ist dann? Was geschieht in den nächsten Jahren? Was geschieht in den nächsten zehn, zwanzig, dreißig Frühlingen? Kylock ist jung – er hat noch sein ganzes Leben vor sich. Er könnte den ganzen Kontinent erobern, bevor er endlich im Grab liegt.«

Gamil machte ein besorgtes Gesicht. Normalerweise regte sich Tavalisk nicht derartig auf. »Und was können wir tun, Euer Eminenz?«

Der Erzbischof stieß einen lauten Seufzer aus. »Wir müssen tun, was auch immer angebracht ist. Rorn muß auf jeden Fall von diesem Krieg unberührt bleiben, soviel ist sicher; aber wie wir das anstellen sollen, ist alles andere als klar. Bis jetzt habe ich dazu geneigt, Kylock zu bekämpfen –

schließlich hat mir auch Marod diese Pflicht auferlegt –; aber allmählich beginne ich zu glauben, daß eine derartige Vorgehensweise nicht im besten Interesse von Rorn ist.«

»Eine eroberte Stadt ist besser als gar keine Stadt?«

»Genau. Wenn ich meinen Kopf zu weit hinausstrecke und mich offen gegen Kylock stelle, wer weiß dann schon, was er mit Rorn machen wird?« Tavalisk dachte im Augenblick zwar mehr an sich selbst als an Rorn, aber er wußte, daß es klug war, beides miteinander zu verbinden. »Nun, wenn ich *wirklich* der Auserwählte aus Marods Prophezeiung bin, dann kann ich des Siegs sicher sein. Aber wenn ich es nicht bin, dann riskiere ich Rorns Wohlstand aufgrund eines falschen Traums.«

»Aaah«, sagte Gamil gedehnt. »Ich verstehe das Dilemma Eurer Eminenz.«

»Es ist auch Rorns Dilemma«, korrigierte ihn Tavalisk. Er würde sein Schicksal nicht von dem der Stadt trennen lassen. Es war ein und dasselbe. »Ich muß also herausfinden, ob ich wirklich der Auserwählte bin. Und genau da kommst du ins Spiel, Gamil. Ich möchte, daß du alles über Marod und seine Prophezeiungen herausfindest, was du nur herausfinden kannst – besonders was die Genauigkeit seiner Vorhersagen betrifft. Ich muß wissen, ob ich alles richtig interpretiere.«

Gamil verneigte sich. »Diese Aufgabe ist eine große Ehre für mich, Euer Eminenz.«

»Gut. Du kannst heute noch anfangen.« Tavalisk schob die diversen Bücher und Schriftrollen auf dem Schreibtisch in Richtung Gamil. »Hier. Das sollte für den Anfang genügen.«

Den ganzen Tag über und den größten Teil der Nacht hindurch ritten sie gen Norden. Maybors Tod hatte ihnen neue Kraft verliehen. Ihnen war dadurch bewußt geworden, daß sie kein Spiel spielten. Hierbei konnten *wirkliche* Menschen *wirklich* sterben. Das kleine Dorf zwischen den beiden Hügeln war voller Männer, Frauen und Kinder, deren Leben schon bald zerstört werden würde. Kylocks Männer würden sich nehmen, was sie brauchten, und den Rest vernichten. Nichts war jetzt noch vor ihnen sicher.

Jacks Blut drängte ihn. Er spürte es in seinem Herzen und auch in den dünnen Adern seinen Wangen. Sein Verlangen, zu Kylock zu gelangen, war zu einem körperlichen Bedürfnis geworden; er wollte ihm Auge in Auge gegenüberstehen und ihn mit bloßen Händen töten.

Jack ritt an der Spitze der kleinen Gruppe – weiter hinten konnte er es nicht ertragen. Maybor war gestorben, und das bedeutete, daß auch Melli sterben konnte. Sie waren nicht mehr unsterblich. Keiner von ihnen.

Sie mußten Bren erreichen, bevor es zu spät war.

Ihr Weg führte sie die Ausläufer des Gebirges hinunter auf die dahinterliegenden großen Ebenen. Sie ritten über eisbedeckte Felder und Weiden. Sie passierten gefrorene Straßen und überquerten Wildwechsel voller Tierdung. Das Land war still und leer, und der Geruch von Rauch hing in der Luft. Gelegentlich sahen sie in der Ferne die verkohlten Überreste menschlicher Siedlungen aus der eisigen Landschaft aufragen. Sie folgten der Spur der Verwüstung, die Kedrac durchs Land gezogen hatte.

Schließlich erreichten sie die eigentliche Marschroute der Armee. Tausende und Abertausende von Fußabdrücken waren auf der dünnen Schneedecke zu sehen, und zu beiden Seiten des Wegs lagen weggeworfene Gegenstände: Töpfe, Pfannen, Stoffetzen, Sandalen, Kisten, Schmuck – Dinge, die einst zum Leben eines Menschen gehört hatten, zuerst geplündert, dann achtlos beiseite geworfen.

Nach zwei Stunden auf dem Marschweg stießen sie auf ein verlassenes Lager. Ein beißender Geruch kündigte seine Gegenwart bereits an, bevor sie es gesehen hatten. Tawl wollte um es herumreiten, aber Crayne bestand auf einer Untersuchung. Was sie vorfanden, war die typische Hinterlassenschaft einer Armee – verbrannte Erde, gefällte

Bäume, verrottende Nahrungsmittel und menschliche Fäkalien –, aber im hinteren Teil des Lagers, verborgen in einer Mulde am Rande einer Reihe von Büschen, lagen die Leichen von dreißig Frauen. Ihre nackten, gefrorenen Glieder waren mit Schlamm und Blut beschmiert. Man hatte ihnen die Haare geschoren, die Brüste aufgeschlitzt, und ihre Geschlechtsorgane waren blutverklebt.

Die Männer schlugen Borcs heiliges Zeichen. Borlin nahm seinen Schild vom Pferd und begann, damit ein Loch in den Boden zu graben. Crayne tat es ihm nach, dann Andris und schließlich der ganze Rest.

Sie unterbrachen ihre Reise für eine Stunde, um die Leichen zu begraben. Obwohl keiner der Ritter während dieser Zeit sprach, standen ihnen ihre Gefühle ins Gesicht geschrieben. An den Ufern des Ormonsees hatten sie Tawl in ihr Herz geschlossen, und nun hatten sie sich ein für allemal von Tyren losgesagt. Niemand wagte, es auszusprechen, doch alle wußten es: In diesem Lager waren auch Ritter gewesen.

Danach ritten sie schneller. Sie wollten so schnell wie möglich von dem Lager weg.

Nur gelegentlich drang das Licht des Mondes durch die dichte Wolkendecke. Der Wind wehte kaum, und von Zeit zu Zeit fielen ein paar Schneeflocken. Nach dem Frost und den stürmischen Winden am Fuß des Gebirges wirkte das Wetter auf den Ebenen beinahe mild. Auch für die Pferde war die Belastung nun nicht mehr so hoch, und so konnten sie längere Strecken am Stück reiten. Jack gab ein hohes Tempo vor, doch die Ritter blieben immer dicht hinter ihm.

Mal ritten sie nach Süden, mal nach Westen, je nachdem wie es das Land gestattete. Die Berge der Großen Grenze verbargen sich hinter einer dichten grauen Nebelwand, und als die Sonne unterging, kroch dieser Nebel hinab in die Ebene. Er machte die Pferde nervös, und die Kleidung aller wurde feucht. Jack verlangsamte seine Geschwindigkeit und hielt nach einem geeigneten Lagerplatz für die Nacht Ausschau.

In der von Nebel und Wolken verstärkten Dunkelheit fiel es schwer, das Zeitgefühl zu bewahren. Jack hatte keine Ahnung, wie lange sie nun bereits nach einem Platz zum Übernachten suchten. Futter für die Pferde war kein Problem, denn sie hatten Hafer aus dem Dorf mitgenommen; doch Bäume als Schutz waren wichtig und frisches Wasser ein Muß. Schließlich erreichten sie eine Ansammlung knorriger Eichen. Sie war zu klein, um sie Wald zu nennen, und zu groß für einen Hain; Borlin bezeichnete sie als eine *Waldung.*

Ein kleiner Fluß bahnte sich seinen Weg zwischen den Bäumen hindurch. Jack hielt am Ufer an und ließ sein Pferd trinken. Als er schließlich sein Tier absattelte, waren die Ritter bereits damit beschäftigt, Feuer zu machen. Jack mochte es, den Rittern zuzusehen, wie sie ein Lager aufschlugen: Sie zerlegten Holz mit blitzartiger Geschwindigkeit, und innerhalb von Minuten hatten sie etwas zu essen gekocht.

Nachdem alle gegessen hatten, versammelten sie sich ums Feuer, warfen sich Decken über die Schultern, um sich vor dem feuchten Nebel zu schützen, und ließen eine Feldflasche mit Branntwein kreisen.

»Wie weit sind wir noch von Bren entfernt?« fragte Jack und reichte Schnapper die Flasche.

»Acht Tage, wenn wir uns beeilen. Sieben, wenn wir die Pferde zu Tode hetzen.« Crayne stocherte mit einem Zweig im Feuer. Er war ein stattlicher Mann mit einem grauen Streifen in seinem dunkelbraunen Haar und einem leichten Grünstich in seinen dunklen Augen. Nach Borlin war er der älteste der Ritter. »Wenn wir uns der Stadt nähern, müssen wir langsamer reiten. Wir müssen nach Kundschaftern Ausschau halten. Werden wir angehalten, sagen wir, wir seien in Tyrens Auftrag unterwegs.«

»Und was ist, wenn wir von Rittern angehalten werden?«

Crayne blickte zu Borlin und dann zu Tawl, bevor er antwortete. »Dann werden wir sie töten müssen. Wir dürfen nicht riskieren, daß Tyren uns in die Quere kommt, bevor wir in der Stadt sind. Wenn sich erst einmal herumgesprochen hat, daß ihr bei uns seid, wird Tyren sich sofort an unsere Fersen heften, Baralis wird Lady Melliandra verlegen, und Kylock wird die Stadt mit allen ihm zur Verfügung stehenden Kräften abriegeln. Heimlichkeit ist von allergrößter Bedeutung, wenn es uns gelingen soll, in den Palast einzudringen.«

Während Crayne sprach, gewann Jack den Eindruck, daß der Anführer der Ritter irgendwann im Laufe des Tages mit Tawl gesprochen haben mußte. Der Palast hatte nun für ihn Vorrang und nicht mehr die Ritterschaft. Jack nahm sich vor, Tawl später dafür zu danken. Es war ein gutes Gefühl, Freunde um sich zu haben, auf die man sich verlassen konnte.

»Wie können wir erfahren, wo man die Lady Melliandra gefangenhält?« fragte Andris.

Tawl zuckte die Schultern. Er war gerade damit beschäftigt, Schnapper die Flasche mit Branntwein zu entreißen. »Wenn wir in der Stadt sind, werden wir uns aufteilen müssen. Jede Gruppe muß dann versuchen, soviel wie möglich herauszufinden. Irgend jemand wird schon wissen, wo man sie versteckt hält.«

»Und wenn sie wirklich im Palast ist, wie kommen wir dann zu ihr?«

Schnapper eroberte die Branntweinflasche zurück. »Das ist meine Aufgabe, Andris. Ich kenne den Palast wie meine Westentasche. Du wirst schon drin sein, bevor du auch nur deinen Brustpanzer anlegen kannst.« Das Wort ›Brustpanzer‹ kam als ›Bwustpfanzer‹ heraus. Schnapper hatte wesentlich mehr getrunken, als gut für ihn war.

Tawl reichte ihm einen Wasserschlauch. »Trink das … *Sofort!*« brüllte er, als Schnapper zögerte.

Borlin griff in seine Satteltasche. »Hier«, sagte er und gab Tawl ein Stück Brot. »Stopf ihm das auch noch rein.«

»Nun«, sagte Crayne und ignorierte den betrunkenen Taschendieb. »Wir wissen jetzt also, wie wir in den Palast gelangen. Auch in die Stadt kommen wir wahrscheinlich ohne Probleme hinein – obwohl einige von uns zu Fuß gehen müssen, um keine unnötige Aufmerksamkeit zu erregen. Aber was machen wir, wenn wir die Lady Melliandra erst einmal gefunden und befreit haben?«

»Wir warten bis Sonnenuntergang«, antwortete Tawl, »und schleichen unter der Mauer hindurch wieder aus der Stadt hinaus. Dann reiten wir nach Osten, treffen uns mit Maybors Männern und übernehmen mit ihrer Hilfe Tyrens Lager.« Seine Worte wurden mit zustimmendem Nicken von den Männern quittiert. Tawl wirkte erleichtert.

Jack hustete, um die Aufmerksamkeit auf sich zu lenken. »Wenn wir Melli rausgeholt haben, werde ich mich um Kylock kümmern. Ich verlange von niemandem, mich zu begleiten, und« – er blickte Tawl in die Augen – »ich will nicht, daß irgend jemand mir hinterherkommt und versucht, mich zu retten, falls ich nicht rechtzeitig wieder draußen bin. Ich erwarte von euch, daß ihr Tyren den Garaus macht.«

Der Nebel tanzte ums Feuer, und es zischte jedesmal, wenn winzige Wassertropfen den Flammen zu nahe kamen. Die Ritter schwiegen; sie warteten auf Tawls Antwort.

Tawl wich Jacks Blick nicht eine Sekunde aus. Sie wußten beide, was Jack seinem Freund gerade angeboten hatte. Schließlich sagte der Ritter: »Du bist ein guter Freund, Jack. Ich verspreche dir zu tun, was du verlangst; aber vielleicht wird mein Herz mich auf einen anderen Weg führen.«

In dieser Nacht wollte der Schlaf einfach nicht kommen. Jack wälzte sich bis zum Morgengrauen hin und her. Immer wieder erschienen Bilder von Maybor auf seinem Totenbett und von dreißig ermordeten Frauen in seinen Träumen. Auch die Ritter waren unruhig. Jack vermutete, daß sie an Tyren dachten und daß sie ihn bald verraten würden. Sollten sie versagen, würde es kein Zurück mehr für sie geben.

Die Nacht war lang, der Nebel eiskalt, und die Erde unter den Decken war hart wie Stein. Als der Morgen endlich im Osten dämmerte, war die gesamte Gruppe bereits auf den Beinen. Mit vor Kälte knirschenden Gelenken traten sie das Feuer aus, packten ihre Sachen und machten sich auf den Weg nach Norden, nach Bren.

Kapitel Einunddreißig

Baralis hielt die Zeit für gekommen, der holden Melliandra einen Besuch abzustatten. Er war gerade von einem Treffen mit Kylock zurückgekehrt, und soweit er festgestellt hatte, führte das Mädchen den König an der Nase herum. Der König wurde in Camlee gebraucht. Kedrac war zwar ein guter Feldherr, aber er kam auch nicht annähernd an Kylock heran. Damit der Sieg schnell und sicher errungen werden konnte, mußte Kylock vor Ort sein. Aber Maybors Tochter hatte den König um den kleinen Finger gewickelt, und nun schob er seine Abreise immer weiter hinaus, weil er darauf wartete, daß sie *bereit* war.

Baralis wußte nicht, was das zu bedeuten hatte, und es war ihm auch vollkommen egal; aber er erkannte eine Verzögerungstaktik, wenn er eine sah, und das Mädchen log, daß sich die Balken bogen. Dies war auch der Hauptgrund, warum er Melliandra sehen wollte: Niemand würde sich seinen Plänen in den Weg stellen.

Der andere Grund war weniger konkret, aber dennoch wichtig.

Baralis entzündete eine Öllampe, und nachdem er sich vergewissert hatte, daß sein Messer nach wie vor unter seinem Gewand verborgen war, verließ er seine Gemächer. Er wanderte durch Gänge, die nie ein Mensch betrat, und Treppen hinauf, die jahrelang nicht mehr gefegt worden waren, und dabei machte er nicht ein einziges Geräusch.

Hinter einer Ecke stieß er auf Madame Greal. In diesem Augenblick fiel Baralis auf, daß er sie seit der Geburt von Melliandras Kind nicht mehr gesehen hatte. Das war nun schon zwei Wochen her.

Auch Madame Greal schien überrascht zu sein, ihn zu sehen. In der einen Hand hielt sie eine Schüssel mit heißem Wasser und in der anderen eine Schafswolldecke. »Ich will mich gerade fürs Bett zurechtmachen, Mylord«, sagte sie und hob demonstrativ die Wasserschüssel.

»Ist es nicht noch etwas früh für einen Nachtmenschen wie Euch?« Baralis gefiel der Gesichtsausdruck der Frau nicht.

Madame Greal versuchte sich an einem affektierten Kichern. »Bisweilen muß auch ich meinen Schönheitsschlaf haben, Mylord.« Sie knickste ungeschickt und eilte davon.

Baralis öffnete den Mund, um ihr zu befehlen anzuhalten, aber als er sich umdrehte, drückte das Messer gegen seine Hüfte und erinnerte ihn daran, daß er Wichtigeres zu erledigen hatte. Die zahnlose alte Schachtel führte wahrscheinlich nichts Gutes im Schilde, aber sie rannte nun schon fünf Monate unbeaufsichtigt im Palast herum, und sie ausgerechnet jetzt aufzuhalten und zur Rede zu stellen, ergab wenig Sinn. Also wandte sich Baralis wieder seinen eigenen Angelegenheiten zu.

Ein paar Minuten später stieg er die Treppe zu Melliandras Zimmer hinauf. Da es in einem ungenutzten Anbau des Adelsflügels lag, kam niemand auf die Idee hierherzukommen. Die beiden Wachen vor der Tür standen auf, als Baralis sich ihnen näherte. Baralis erkannte sofort, daß sie getrunken hatten. Normalerweise hätte ihn eine so kleine Regelübertretung nicht gestört, aber seit etwa einer Woche machte er sich fortwährend Sorgen – obwohl er nicht genau wußte warum –, und deshalb beschloß er, die beiden Männer zur Räson zu bringen.

»Du«, sagte er und deutete mit dem Finger auf den Soldaten, der ihm am nächsten stand. »Wenn du noch einmal während des Dienstes trinkst, dann laß ich dir jeden Finger einzeln abhacken.« Und dann an den anderen gewandt: »Du bist offenbar der ältere und daher nicht nur für dein Verhalten verantwortlich, sondern auch für das deines Kameraden. Deshalb werde ich dir die Arme bis zu den Ellbogen abhacken lassen.« Die beiden Männer starrten ihn mit vor Entsetzten geweiteten Augen an. »Ist das klar?«

Der ältere der beiden nickte und öffnete den Mund, um etwas darauf zu erwidern.

Baralis hob abwehrend die Hand. »Keine Entschuldigungen. Keine Versprechen. Tut einfach, was ich euch sage.« Die Männer nickte eifrig. Baralis war zufrieden. »Gut, und jetzt will ich, daß ihr am Fuß der Treppe wartet, bis ich euch rufe.« Die Wachen zögerten. »*Geht!*«

Baralis blickte ihnen hinterher. Als ihre Schritte in der Ferne verhalt waren, zog er das Messer. Mit seinem kupfernen Heft und seiner kupfernen Klinge war es zu wenig mehr als zu Schmuckzwecken geeignet. Es diente weder dazu, Fleisch zu schneiden, noch einen Feind aufzuspießen. Es war dazu gedacht, Sigel in Holz zu ritzen.

Sigel waren Schutzzeichen, die im allgemeinen auf Türen angebracht wurden. Wenn man korrekt arbeitete, die richtige Klinge verwendete und die Linien im richtigen Winkel zog, dann dienten diese Zeichen als eine Art Torwächter. Ein dünner, kaum wahrnehmbarer magischer Faden verband das Sigel mit seinem Schöpfer, und wurde diese Verbindung gestört, war dies eine unmißverständliche Warnung, daß jemand das Sigel durchbrochen und den dahinterliegenden Raum betreten hatte. Auf seiner Tür in Burg Harvell hatte Baralis eine Vielzahl solcher Zeichen angebracht, und so wußte er jedesmal, wenn jemand seine Schwelle übertrat, auch wenn er selbst nicht anwesend war. Nun wollte er hier ähnliche Vorsichtsmaßnahmen treffen, nachdem er in den vergangenen Tagen lange und hart über Valdis' Pfeil in Skaythes Leiche nachgedacht hatte.

Baralis stellte die Öllampe auf den Boden und erwärmte die Klinge in der Flamme. Der Vorfall am Ormonsee beunruhigte ihn nun schon über eine Woche. Er hatte noch immer nicht herausgefunden, was wirklich dahintersteckte: Vielleicht war Skaythes Tod nur das Ergebnis eines zufälligen Kampfes gewesen; aber vielleicht bedeutete es auch, daß sich die Ritter mit Jack und Tawl verbündet hatten. In Zeiten wie diesen neigte Baralis instinktiv zur Vorsicht. Nach seiner Einschätzung würden die Ritter und die beiden Flüchtlinge in den nächsten Tagen in Bren eintreffen, und falls Jack und Tawl tatsächlich frei sein sollten, etwas zu unternehmen, dann wollte er sicherstellen, daß sie scheiterten.

Der Bäckerjunge mußte getötet werden. Er hatte bereits Larn zerstört. Auf keinen Fall durfte er die Gelegenheit bekommen, auch noch das Reich zu vernichten.

Und was den Ritter betraf – nun, er würde bei seiner Ankunft sofort für die Ermordung Katharinas gehängt werden. Seine Strafe war so und so schon lange überfällig.

Baralis nahm das Messer aus der Flamme. Die Klinge war bereits rußgeschwärzt, und das Heft lag heiß in seiner Hand. Während er die Spitze in das Holz drückte, murmelte Baralis die Formel für den Schutzzauber. Magie sammelte sich in seinem Mund, und die erhitzte Klinge schnitt das Zeichen drei Haarbreit tief in das Holz hinein.

Das Zeichen selbst war nicht so wichtig wie der Winkel, in dem die Klinge während der Arbeit gehalten wurde. Die Schräge der Einkerbung verlieh dem Sigel seine Macht. Runen, Sterne und andere Formen dienten eher der Abschreckung denn magischen Zwecken. Oftmals war es allein der Aberglaube, der einen Menschen davon abhielt, eine solcherart geschützte Tür zu durchschreiten. Baralis achtete darauf, daß das Sigel den natürlichen Linien des Holzes folgte; nur wenn absolut notwendig wich er davon ab. Auf den ersten Blick sah die Tür vollkommen normal aus, und das war es auch, was Baralis beabsichtigte.

»Wir treffen uns um Mitternacht vor dem *›Randvollen Eimer‹*«, sagte Crayne. Demonstrativ blickte er jedem von ihnen in die Augen. »Wenn eine Gruppe sich verspätet, gefangengenommen wird oder aus irgendeinem anderen Grund nicht erscheint, dann macht die andere alleine weiter. Verstanden?«

Jack nickte genau wie die anderen. Sie standen an einer dunklen Straßenecke im Ostteil von Bren: Zu ihrer Linken befand sich eine Schusterei und zu ihrer Rechten ein schwach beleuchteter Gasthof mit safrangelben Fensterläden. Es war noch früh am Abend. Vor weniger als einer Viertelstunde waren sie durch die Tore gekommen.

Obwohl sie wie der Teufel geritten waren, hatte es insgesamt sieben Tage gedauert, bis sie die Stadt erreicht hatten. Sieben Tage Schneeregen, sieben Tage stürmischer Wind und sieben Tage Morgennebel. Sie hatten nur angehalten, wenn die Pferde eine Ruhepause brauchten, was meist nicht vor fünf Stunden nach Sonnenuntergang der Fall gewesen war. In der Ferne hatten sie unzählige verbrannte Dörfer und Bauernhöfe gesehen, und an den Straßenrändern hatten sich die Leichen gestapelt. Sie waren Kedracs Marschroute gefolgt: Das war der schnellste Weg nach Bren.

Als sie sich an diesem Morgen endlich der Stadt genähert hatten, hatten sie einen kleinen Umweg durch ein Dorf mit Namen Schöneichen gemacht, das etwas nördlich der Stadt lag. Dort hatten sie sich mit Maybors Männern verabredet. Die Highwall-Männer würden wahrscheinlich in zwei oder drei Tagen eintreffen; Crayne hatte Follis und Mafrey in dem Dorf zurückgelassen, um sie zu empfangen. Die übrigen Männer hatten sich in zwei Gruppen aufgeteilt. Jack, Tawl, Schnapper, Crayne und Borlin bildeten die erste Gruppe. Andris führte die andere. Die erste Gruppe hatte den Auftrag, sich in der Stadt nach Mellis Aufenthaltsort und nach den Sicherheitsmaßnahmen im Palast zu erkundigen. Später würden sie sich dann wieder treffen und über ihr weiteres Vorgehen entscheiden.

Bisher hatte sich ihnen niemand in den Weg gestellt. Sie waren ohne Zwischenfälle in die Nähe der Stadt gekommen, und auch an den Stadttoren hatte es keinerlei Probleme gegeben. Sie hatten die Hälfte ihrer Pferde in Schöneichen gelassen; nur Borlin und Schnapper waren beritten gewesen, als sie sich den Toren genähert hatten. Beide Ritter hatten einen Großteil ihrer Rüstung und Waffen abgelegt und ihre Ringe bedeckt. Dennoch war Jack noch immer davon überzeugt, man könne Crayne und Borlin noch auf Meilen entfernt als Ritter erkennen. Allerdings waren Valdis' Männer im Augenblick gern gesehene Gäste in der Stadt, und so hatte die Torwache noch nicht einmal mit der Wimper gezuckt.

Tawl war das einzig wirkliche Problem gewesen. Eine Menge Leute in der Stadt wußte, wie er aussah, und es gab nur wenige Männer in Bren, die ähnlich groß waren und noch dazu goldfarbenes Haar besaßen. Er hatte sich als Schnappers Vater ausgegeben, einen Filzhut aufgesetzt, sich Asche in seinen Siebentagebart gerieben und ein Hinken vorgetäuscht. Jack hätte am liebsten lauthals gelacht, als er ihn so gesehen hatte – bisher hatte er Tawl immer nur als äußerst würdevolle Gestalt erlebt. Doch nun, mit seinem Filzhut und seinem Hinken, sah er einfach nur wie ein übergroßer Dorftrottel aus.

Aber der Trick hatte funktioniert. Die Torwache hatte sich mit ihren Fragen an den intelligent aussehenden ›Sohn‹ gewandt und den reichlich beschränkt wirkenden ›Vater‹ nahezu völlig ignoriert. Da sie nichts Verdächtiges feststellen konnten, hatten sie die ›Familie‹ passieren lassen.

Das Tor war schwer bewacht. Ein Dutzend Schwarzhelme stand auf beiden Seiten, und weitere zwei Dutzend bemannten die Mauern. In der Stadt war das Bild ähnlich: An jeder zweiten Straßenecke standen Schwarzhelme, und Schwarzhelme patrouillierten auch die Mauern. Tawl hatte erklärt – und Crayne hatte ihm zugestimmt – daß nicht alle Männer voll ausgebildete Schwarzhelme sein könnten, da Kylock seine besten Truppen mit Sicherheit gegen Camlee geschickt habe. Dennoch befanden sich noch bei weitem genug in der Stadt, um jeden Eindringling einzuschüchtern, und während sie durch die Straßen wanderten, schlug Jacks Herz immer schneller.

Er, Tawl und Schnapper hatten sich von Crayne und Borlin getrennt; vier erwachsene Männer, die gemeinsam durch die Stadt zogen, könnten unnötige Aufmerksamkeit seitens der Schwarzhelme erregen. Sie wollten sich in viereinhalb Stunden wieder in einem Gasthof treffen, den Schnapper ausgesucht hatte. Andris und die zweite Gruppe planten, die Stadt zwei Stunden vor Toresschluß zu betreten. Ihre Aufgabe bestand darin, eine Unterkunft für die Nacht zu besorgen.

»Wo sollen wir anfangen?« fragte Tawl. Seine Augen waren im Schatten der breiten Krempe des Filzhuts verborgen. Und das war gar nicht mal schlecht, dachte Jack, denn der Ritter schaute ständig von einer Seite zur anderen, um sicherzugehen, daß keine Schwarzhelme in der Nähe waren.

»Vielleicht sollten wir mal als erstes versuchen herauszufinden, was aus Lord Cravin geworden ist.« Jack hatte die Hände in die Tunika gesteckt, damit sie nicht taub wurden. Bren war ein ganzes Stück kälter als das letzte Mal, da er die Stadt besucht hatte. »Ich schlage vor, wir fangen in der Umgebung seines Stadthauses an. Wir könnten ein paar Straßenhändler befragen oder in einem Gasthof Erkundigungen einziehen.«

Jack und Tawl blickten auf Schnapper. Als anerkannter Meister des Stadtlebens war jeder Einwand, den er erheben könnte, von großer Bedeutung für die Gefährten. Wie jeder große Experte, so kannte auch Schnapper seinen Wert. Er atmete tief durch. »Jacks Plan ist gut. Ich laß mich ein wenig zurückfallen und halte nach Schwierigkeiten Ausschau. Niemand wird sich um einen Jungen wie mich kümmern. Für die meisten Leute bin ich so gut wie unsichtbar.«

»Hört sich gut an, Schnapper«, erwiderte Jack. »Also los.«

Sie mußten nicht weit gehen. Lord Cravins Stadthaus befand sich nur eine knappe Meile von der Ostmauer entfernt. Auf Schnappers Empfehlung hin gingen sie nicht zum Haus selbst, sondern hielten sich stets ein paar Straßen südlich davon. Als sie einen kleinen Platz erreichten, wo gerade Straßenhändler die übriggebliebenen Waren für die Nacht einpackten, drehte Jack in Richtung der Stände ab. Vor wenigen Minuten hatte ein leichter Nieselregen eingesetzt, und die Händler beeilten sich nun, ihre Waren zu verstauen, damit sie nicht naß wurden.

Jack erspähte einen Bäcker und eilte an mehreren Obst- und Weinhändlern vorbei auf den kleinen Stand zu. Ein kleiner, kahlköpfiger Mann war eifrig damit beschäftigt, Blätterteigpasteten auf ein Blech zu laden. Ohne von seiner Arbeit aufzuschauen, sagte der Mann: »Hier gibt's nichts zu betteln, mein Freund. Das alte Zeug ist für die Schweine meiner Frau.«

»Das müssen aber glückliche Schweine sein.«

»Aye. Meine Frau sorgt für die Schweine, als wären es ihre Kinder. Sie würde mir die Haut vom Leib reißen, sollte ich ihr nicht die übriggebliebenen Pasteten geben.«

»Wie läuft das Geschäft in letzter Zeit?« Als Jack sah, daß Tawl sich näherte, bedeutete er ihm mit einer unauffälligen Geste, sich fernzuhalten.

Der Bäcker blickte noch immer nicht auf. Er begann, ein zweites Blech zu beladen. »Seit man die Tore wieder für den Handel geöffnet hat, läuft es schon wieder besser. Allerdings haben nur die wenigsten Geld. Auch das Getreide wird langsam knapp. Wenn das so weiter geht, kann ich meine Pasteten bald nur noch mit frischer Luft backen.«

»Manche sagen, unter dem alten Herzog sei alles besser gewesen.«

Die Hand des Bäckers schwebte einen Augenblick über dem Blech. Er zitterte. »Ich bin aber keiner von denen«, sagte er.

Jack nickte bedächtig. Der Mann hielt ihn für einen Provokateur. Nun, dann konnte es wohl auch nicht schaden, wenn er sich wie einer benahm. »Wenn man bedenkt, was so alles im Palast los ist, dann hat der König ja auch wenig Zeit, sich um die Stadt zu kümmern.«

»Ich weiß nicht, was im Palast los ist. Natürlich höre ich Gerüchte wie jeder andere auch, aber ich schenke ihnen kein Gehör.« Der Bäcker legte seine Pasteten nun nicht mehr auf das Blech – er warf sie. Schließlich lud er die Bleche auf seinen Wagen und nahm das Joch. »Ich muß jetzt gehen. Ich darf meine Frau nicht warten lassen.«

Jack packte den Arm des Mannes und drückte zu. »Was für Gerüchte hast du gehört?« Der Bäcker war so klein wie ein Kind, und seine Knochen waren so dünn wie Reisig. Jack empfand Mitleid mit ihm, doch er hatte keine andere Wahl: Ihnen lief die Zeit davon.

»Ich habe gehört, daß Kylock die ganzen Lords umbringt, die sich ihm widersetzen. Ich habe gehört, Lord Baralis sei ein Dämon, der kleine Kinder frißt, und daß ein verrücktes, zahnloses Weib im Palast regiert.« Trotz seiner Angst hatte der Mann die letzten Worte mit einer gewissen Befriedigung gesprochen. Er zog an seinem Arm, und Jack ließ ihn los.

»Ist Lord Cravin einer derjenigen, die Kylock umgebracht hat?«

Der Bäcker legte sich das Joch auf die Schultern. »Er ist schon vor Monaten gehängt worden. Man hat ihn gehängt, gevierteilt und die Reste auf der Mauer verrotten lassen.« Er ging davon.

Jack wollte den Mann ziehen lassen, doch dann fiel ihm noch etwas ein. »Wie heißt die Frau, die im Palast regiert?« rief er dem Bäcker hinterher.

»Madame Greal«, antwortete der Bäcker. »Ihre Schwester hat ein Bordell im Süden der Stadt.«

»Und wie heißt die Schwester?«

»Kann mich nicht erinnern.« Einen Augenblick lang übertönte das Knirschen der Räder die Stimme des Bäckers. »Dornenirgendwas, oder so.«

Jack drehte sich um. Er war enttäuscht. Der Mann hatte ihm nichts Nützliches verraten. Lord Cravin war tot, also hatten sie auch von dieser Seite keine Hilfe zu erwarten. Nun blieb ihnen nichts anderes übrig, als nach einer Puffmutter zu suchen, von der sie nur den halben Namen kannten – und das in einer Stadt, die geradezu vor Bordellen überquoll.

Schweren Schrittes kehrte Jack zu Tawl zurück. Das Nieseln hatte sich in Schnee verwandelt. Die weichen Flocken blieben in Jacks Haaren kleben, und Schmelzwasser tropfte ihm in den Kragen. Tawl schwieg, während Jack ihm berichtete, was der Bäcker erzählt hatte. Am Ende jedoch, als Jack den halben Namen der Puffmutter erwähnte, wurden Tawls Augen schmal.

»Dornenirgendwas, sagst du?«

Jack nickte.

»Dornenbeutel.« Tawl sprach den Namen aus, als sei er ein Fluch. Trotz seines lächerlichen Huts wirkte er plötzlich wie ein Mann, mit dem man sich besser nicht anlegte.

»Du kennst die Frau?«

»Sie hätte mich beinahe umgebracht.«

Tawl drehte sich um, und als er Schnapper auf der anderen Seite des Platzes erblickte, winkte er ihn heran.

Schnapper rutschte über den Schneematsch mit der Eleganz eines Tänzers. »Was ist?« fragte er und kam auf dramatische Art zum Stillstand.

»Wir werden einer alten Freundin einen Besuch abstatten, und ich glaube, du wärst gerne dabei.«

Das kratzende Geräusch vor der Tür dauerte nun schon mehrere Minuten. Es klang wie Ratten, nur höher.

Melli kratzte sich den Arm. Sie hatte gerade die Schiene abgelegt, weil die darunterliegende Haut zu jucken begonnen hatte. Im trüben Licht, das unter der Tür hereinfiel, konnte sie die unregelmäßige Silhouette ihres Unterarms erkennen. Ein Knochen drückte gegen die Haut. Der Bruch heilte bereits wieder, aber die Knochen waren vorher nicht gerichtet worden. Melli wußte, daß ihr linker Arm nie wieder so sein würde wie früher. Ein Arzt könnte den Schaden vielleicht noch begrenzen, doch mit jedem weiteren Tag, der verstrich, wurden die Chancen dafür immer geringer.

Melli zählte in Gedanken die Tage, die vergangen waren, seit sie Kylock zum letzten Mal vertröstet hatte. Acht. Sie hatte sich bereits einen Plan zurechtgelegt, wie sie ihn weiter hinhalten konnte, wenn er sie in zwei Tagen erneut aufsuchen würde. Seit einer Woche hatte sie Essensreste gesammelt. Es war nicht viel – ein Apfel hier, ein Stück Fett da –, aber es reichte aus, um unter ihrem Bett zu verrotten. Kurz bevor Kylock wieder erscheinen würde, wollte sie sich die verfaulte Masse in die Kleider und auf die Schenkel reiben. Sollte ihn der Gestank nicht abschrecken, hatte sich Melli vorgenommen, Tripper oder noch etwas Schlimmeres vorzutäuschen.

Das war zwar nicht gerade damenhaft, aber andererseits war Kylock auch nicht gerade ein feiner Herr.

Melli war mit ihrem Plan äußerst zufrieden, und da dieser Tage außer den Wachen niemand ihr Zimmer betrat, war es sehr unwahrscheinlich, daß die faulenden Lebensmittel entdeckt wurden.

Unvermittelt hörte das Kratzen an der Tür auf. Mellis Unterleib verkrampfte sich. Seit der Geburt ihres Babys spürte sie Angst immer zuerst in ihrem Bauch. Ein paar Sekunden lang war alles vollkommen still; doch Schatten tanzten im Licht, das unter der Tür hindurch schien, und so wußte Melli, daß sich jemand auf der anderen Seite bewegte. War es Kylock? Oder Madame Greal? Melli griff mit ihrem gesunden Arm nach der Schiene, und begann mit dem langwierigen und seltsam anmutenden Prozeß, sich selbst zu verbinden. Sie fühlte sich verwundbar, wenn ihr gebrochener Knochen für jedermann zu sehen war.

Mit den Zähnen hielt sie das eine Ende der Bandage fest, während sie das andere Ende mit ihrer rechten Hand um den verletzten Arm schlang. Sie mußte langsam arbeiten, denn selbst bei der geringsten falschen Bewegung könnte ihr Arm erneut brechen.

»Wie ich sehe, spielst du Arzt.«

Melli hob den Blick. Baralis stand in der Tür. Sie hatte nicht gehört, wie er hereingekommen war.

Er hob die Lampe. »Hat sich noch niemand um deinen Arm gekümmert?«

»Hat noch niemand Eure Kehle durchgeschnitten?«

Baralis' Lachen klang überraschend warm. »Was für ein stolzes kleines Mädchen. Ich habe eigentlich gedacht, fünf Monate Gefangenschaft hätten deine scharfe Zunge ein wenig abgestumpft.«

Der Klang seiner vollen, kultivierten Stimme beschwor Erinnerungen an die Vergangenheit in Melli herauf: Finger, die über ihren Rücken glitten, ein geteilter Atemzug, ein berauschender Duft. Dies war das erste Mal seit langer Zeit, daß sie wieder allein waren. Das letzte Mal waren sie in Burg Harvell allein gewesen, als er sie in den kleinen Lagerraum verlegt hatte, damit sie niemand finden konnte. Das war nun schon Jahre her – Warum erinnerte sie sich daran, als sei es gestern gewesen? Ihr Magen verkrampfte sich warnend, doch das Blut rauschte in ihrem Kopf, als sei sie betrunken.

Melli zwang sich, ruhig zu bleiben, und fuhr fort, ihren Arm zu schienen.

»Komm.« Ehe sie sich versah, saß Baralis neben ihr. »Laß mich mal sehen.«

Sie wich seiner Berührung aus. Eine andere Erinnerung, älter, undeutlicher, stieg ihr zusammen mit Baralis' Duft in den Kopf. Eine Hand auf einem Seidenkleid – einem Kinderkleid. Der steife Stoff war schon seit zehn Jahren aus der Mode.

»Du hast doch wohl keine Angst, angefaßt zu werden, oder?« Baralis' Stimme klang spöttisch. »Keine Sorge, ich bin nicht Kylock. Ich habe nicht die Absicht, mich mit irgendwelchen Folterspielchen zu amüsieren.«

»Nein. Eure Vorlieben sind noch viel schlimmer.« Melli zitterte. Noch immer wurde ihr Unterleib von Krämpfen heimgesucht. »Was habt Ihr mit meinem Baby gemacht?«

Baralis ergriff ihren Arm. Der Verband löste sich, und die Schiene fiel aufs Bett. »Du weißt, was ich mit ihm gemacht habe. Er ist tot.«

Er. Sie hatte einen Sohn. Allein diese Tatsache zu erfahren war ein Gefühl, als würde sie ihr Kind ein zweites Mal verlieren. Der Schmerz kehrte wieder zurück, den sie an jenem ersten Morgen nach der Geburt gefühlt hatte; ihr Hals war wie zugeschnürt, und ihr Magen fiel in sich zusammen. Ihre Brüste – die in den vergangenen zwei Tagen ohne Milch gewesen waren – wurden von einem beißenden, Übelkeit erregenden Schmerz heimgesucht. Sie kämpfte gegen das Verlangen an, sich zu übergeben. Baralis hielt noch immer ihren Arm, und eine einzige Bewegung von ihm, konnte ihn erneut brechen.

Baralis' Daumen glitt über den Knochen, der gegen die Haut drückte. Seine Fingernägel waren elegant manikürt, und doch hatten sie etwas Abstoßendes an sich: Sie waren zu groß für die dünnen, blutlosen Fingern deren Spitze sie bildeten. Dieser Mangel an normalen menschlichen Proportionen beunruhigte Melli. In ihren Augen machte das Baralis zu einem Monster.

Seine Berührung wurde zu einem Streicheln. »Welch ein böser, böser Bruch. Welch furchtbare Schwellung – sie ruiniert die perfekte Linie deines Arms.«

Mellis Brust hob und senkte sich in rascher Folge. Ihr Hals war immer enger geworden, so daß sie kaum noch atmen konnte. Tränen rannen ihre Wangen hinab. »Wie ist mein Baby gestorben?«

Baralis tippte auf den Knochen. *Ts, ts, ts.* »Ich glaube nicht, daß du in der Lage bist, Fragen zu stellen, meine liebe Melli.« Baralis' graue Augen blickten in die ihren. Er drückte mit dem Daumen auf die Schwellung. »Oder was meinst du?«

»Was wollt Ihr von mir?« Melli empfand den Klang ihrer eigenen Stimme als ungewöhnlich hoch, beinahe hysterisch.

»Aaah.« Baralis lockerte seinen Griff. Seine Finger schmiegten sich an die Unterseite ihres Arms. »Damen, die Spielchen spielen, sollten damit rechnen, daß man mit ihnen das gleiche macht.« Seine Finger glitten ihren Arm hinauf und über ihr Mieder. Schließlich lag seine Hand auf ihrem Bauch. »Und Spiele haben es nun einmal an sich, daß es immer einen Verlierer gibt.«

Wie eine Droge schärfte Baralis' Duft ihre Sinne. Selbst

durch den Stoff ihres Kleides hindurch konnte sie die rauhe Haut seiner Hand spüren. Seine Berührung war fest und kalt. Langsam entspannte sich Mellis Körper; ihr Hals weitete sich wieder, und ihr Magen kam unter seiner Hand wieder zur Ruhe.

»Gut, gut«, sagte Baralis. »Und jetzt hör gut zu. Ich weiß nicht, was du Kylock gesagt oder was du mit ihm gemacht hast, aber ich weiß, daß du ihn zum Narren hältst. Wenn er das nächste Mal zu dir kommt, dann erwarte ich, daß du etwas entgegenkommender bist.«

Melli hatte das vage Gefühl, daß sie schon einmal etwas Ähnliches mit Baralis erlebt hatte: Erst seine Berührung, und dann hatte er ihr gesagt, was sie zu tun hatte. Auch die Gefühle waren ähnlich: Reiz, Verwirrung, eine ... Verdichtung ihrer Gedanken. Was machte er mit ihr?

Seine Hand war nicht länger auf ihrem Arm, und so zog sich Melli ein Stück von ihm zurück. Dabei fing sie einen Hauch von seinem Atem auf. Sie hielt einen Augenblick lang inne und wartete darauf, daß seine Finger ihren Rücken hinabglitten, bevor sie erkannte, daß alles nur eine Erinnerung war. Warum fühlte sie sich so sehr von ihm angezogen? Sie verstand es einfach nicht.

Melli biß die Zähne zusammen, spannte die Nackenmuskeln an und versuchte, klar zu denken. Aber das war schwer: Ihre Gedanken waren schwerfällig, und ihr Körper wollte sich nur langsam bewegen. Sie drückte den Daumennagel ihrer gesunden Hand in den Zeigefinger. Der Schmerz sandte eine Schockwelle durch ihren Kopf, und in dem darauffolgenden kurzen Augenblick vollkommener Klarheit gelang es ihr, vom Bett aufzustehen.

Baralis tat es ihr nach, und als sie versuchte, sich von ihm wegzubewegen, folgte er ihr Schritt für Schritt. Schließlich konnte sie nicht mehr weiter gehen. Ihre Waden berührten die Truhe an der Wand.

»Du enttäuschst mich, Melli«, sagte er. »Ich hatte mir so sehr gewünscht, daß wir es auf angenehme Art hätten regeln können.«

Verschwunden. Der Wirrwarr der Gefühle in ihrem Kopf hatte sich von einem Augenblick zum anderen aufgelöst, und das Pochen des Blutes in ihren Schläfen hatte genauso schnell aufgehört, wie es begonnen hatte. In der kalten, schmerzerfüllten Welt, die daraufhin entstand, wirkte Baralis wie ein Dämon. Er war kein mysteriöser Liebhaber, der ihr den Hof machte: Er war ein Mann, der all seine Macht einsetzte, um zu bekommen, was er wollte. Sie hatte sich zu ihm hingezogen gefühlt, weil er es so *gewollt* hatte – genau wie vor Jahren in dem Lagerraum, nur daß sie es damals nicht gemerkt hatte. Törichterweise hatte sie sich eingebildet, er würde etwas für sie empfinden; aber wenn sie ihn nun ansah – sein Gesicht in dem Schatten der Lampe in seinem Rücken –, erkannte sie, daß Baralis für niemanden etwas empfand außer für sich selbst.

Er besaß nicht einen Hauch von Gefühl. Sein einziges Vergnügen war es, andere Menschen zu kontrollieren.

Der Mythos des mächtigen Mannes, der ihren Reizen erlag, starb. Melli kam sich unendlich naiv vor. Sie war wütend. Baralis hatte sie mit seiner Willenskraft nicht einmal, sondern zweimal manipuliert – vielleicht sogar dreimal, wenn sie die vage Kindheitserinnerung mitrechnete. Er hatte sich einen Weg in ihr Gehirn erzwungen und sich zum Herrn ihrer Gedanken gemacht. Das war eine Art Vergewaltigung, ein Eindringen in die intimste Privatsphäre, und er hatte es getan, ohne auch nur mit der Wimper zu zucken.

Baralis griff nach ihrem Arm. Melli wich zurück. Ihre Knie gaben nach, und sie landete auf der Truhe. Noch während sie versuchte, ihr Gleichgewicht wiederzuerlangen, packte Baralis ihr Handgelenk. Sofort glitten seine Finger zu dem Bruch.

»Was für ein dummes, dickköpfiges Mädchen du doch bist«, sagte er und streichelte über den verletzten Knochen. »Du solltest besser lernen, dich zu benehmen.«

Mellis rechte Hand wanderte über die Truhe. Sehr, sehr langsam glitt sie hinter den Deckel. Zwischen der Truhe und der Wand hatte Melli ihre Sammlung von Gegenständen verborgen, die sie für die Flucht eingeplant hatte. Sie versuchte, Baralis zum Reden zu bewegen, um ihn abzulenken. »Was wollt Ihr denn tun, wenn ich Kylock noch einmal abweise?«

Ein Druck auf den Knochen. »Oh, du wirst ihn nicht noch einmal abweisen, meine Liebe. Das wirst du mit Sicherheit nicht.«

Melli ließ ihre Hand die Rückseite der Truhe hinuntergleiten. Um ihre Reichweite zu vergrößern, beugte sie sich ein wenig nach hinten. »Warum sollte ich?«

»Weil ich dich sonst bestrafen müßte.«

Mellis Hand schloß sich um den kalten Stiel des Glases. »Ach, wirklich. Und was für eine Bestrafung soll das sein?«

»Eine Mischung aus Warnung *und* Strafe.« Baralis packte ihren Unterarm unmittelbar unter dem Ellbogen, und mit der anderen Hand ergriff er ihr Handgelenk. Er wollte ihren Knochen brechen.

In plötzlicher Panik hob Melli das Glas. Sie schlug es gegen die Wand, und Splitter flogen durch die Luft. Eine Scherbe blieb in ihrer Hand zurück, und damit stach sie nach Baralis' Gesicht. Baralis ließ ihren Arm sofort los und sprang zurück. Die Glasscherbe traf ihn am Kinn; Blut trat hervor. Melli sah, wie sich seine Lippen bewegten.

Der Geruch von geschmolzenem Metall erfüllte den Raum.

»*Nein!*« kreischte Melli. »Wenn Ihr mir jetzt etwas antut, dann wird Kylock Euch vernichten.«

Baralis schloß den Mund.

Melli hielt das Glas vor sich wie ein Schild. »Er glaubt, ich sei seine einzige Hoffnung auf Erlösung. Wenn Ihr ihm das nehmt, dann wird er Euch das niemals verzeihen. *Niemals.*«

Baralis wischte sich mit der Faust das Blut vom Kinn. Seine Augen waren so dunkel wie Schiefer. »Du hast gerade einen tödlichen Fehler gemacht, Melliandra. Glaubst du wirklich, du könntest mich erpressen? Ich habe die Schicksale von

Menschen und Ländern gelenkt. Ich habe Königslinien verändert und Todesurteile für Herzöge unterschrieben, und ein dummes Mädchen aus einer Familie von Dummköpfen wird sich mir mit Sicherheit nicht in den Weg stellen.«

Baralis zitterte. Seine schöne Stimme war so scharf wie ein Messer, und jedes Wort war wie ein Schlag. »Glaub ja nicht, daß du mich besiegen kannst. Denk noch nicht einmal im Traum daran. Du kannst mich so oft angreifen, wie du willst, ich werde trotzdem immer gewinnen. Ich kenne nichts anderes als den Sieg – ich *lebe* für nichts anderes. Und du, liebe Melliandra, mit deiner stolzen, überheblichen Art und deiner scharfen Zunge, du bist mir nun wirklich nicht gewachsen.«

Er trat einen Schritt auf sie zu. Melli hob das Glas. Baralis lächelte, und Melli fühlte sich plötzlich wie ein Kind, das ein Spielzeug in der Hand hielt.

»Du glaubst also, ich könnte dir nichts tun, wie? Ich könnte dich auf hundert verschiedene Arten umbringen, und Kylock würde niemals erfahren, wer der Täter war. Ich könnte dein Herz zum Stillstand bringen, deine Leber verhärten oder das Blut in deinem Gehirn gerinnen lassen. Ich könnte dir die Luft abschnüren, deine Magensäfte versiegen lassen oder das Gift in deinen Nieren davon abhalten hinauszufließen. Es gibt nichts, was ich nicht mit deinem Körper tun könnte.« Baralis deutete verächtlich auf das Glas. »Das da, meine liebe Melliandra, hat dich das Leben gekostet. Wenn du Kylock ein weiteres Mal zurückweist, dann werde ich dich so langsam und qualvoll sterben lassen, daß du um den Tod bettelst. Aber wenn du seinen Wünschen entgegenkommst, dann werde ich dich kurz und schmerzlos aus dieser Welt befördern. Die Entscheidung liegt bei dir.«

Baralis schaute Melli noch ein paar Sekunden lang an, dann drehte er sich um und ging hinaus.

Im gleichen Augenblick, da sich die Tür hinter ihm schloß, ließ Melli das Glas fallen. Der Splitter hatte sich tief in ihren Handteller gebohrt, und sie hatte es noch nicht einmal gemerkt. Vorsichtig legte sie den linken Arm vor die Brust, stand von der Truhe auf und ging zum Bett. Dort angekommen, kroch sie unter ihre Decken und erlag der Spannung, die sich in den letzten Minuten in ihr aufgebaut hatte. Sie ließ ihren Tränen freien Lauf.

Sie hatte es satt, stark zu sein; sie hatte es satt, auf sich allein gestellt zu sein. Das Warten zehrte an ihren Nerven. Warum war Tawl nicht da, wenn sie ihn am meisten brauchte? Warum hatte er sie nicht gerettet?

Madame Dornenbeutel schloß ihr Geschäft stets früh, wenn in den Gruben nicht gekämpft wurde. Keine Kämpfe bedeuteten keine Zuschauer, und keine Zuschauer bedeuteten keinen Profit. Regen, Schnee, Eis: Das alles war kein Grund, einen Kampf abzusagen – ein verzweifelter Mann kämpfte unter allen Bedingungen –, aber es machte es äußerst schwierig, die Fackeln anzuzünden, die zur Beleuchtung der Grube notwendig waren. Ein Kampf im Dunkeln war für die blutrünstigen Männer von Bren so gut wie gar kein Kampf.

Doch obwohl das Wetter heute eigentlich zu schlecht für einen Kampf war, lief das Geschäft für Madame Dornenbeutel ausgesprochen gut. Morgen würde ein Großteil der neuen Rekruten zu einem viertägigen Manöver nördlich der Stadt aufbrechen, und die Männer suchten vorher noch etwas weiblichen Trost. Natürlich bezahlten sie nicht gut – das tat heutzutage niemand –, aber ein Eimer voll Kupferstücke war besser als nichts. Verglichen mit der Situation unmittelbar nach dem Sieg über Highwall hatte sich die Lage wieder ein wenig beruhigt. Dennoch konnte man augenblicklich im Bordellgeschäft keine großen Gewinne erzielen. Und das bedeutete, daß Madame Dornenbeutel jede geschäftliche Gelegenheit wahrnehmen mußte, die sich ihr bot.

Ein lautes Klopfen ertönte an der Tür. Madame Dornenbeutel war gerade dabei, sich Rattenöl in den faltigen Nacken zu schmieren, und so schickte sie Fanny, um zu sehen, wer draußen stand. Eine halbe Minute später kehrte

Fanny wieder zurück. »Da sind zwei Herren, die Euch zu sprechen wünschen«, sagte sie.

Sorgfältig verkorkte Madame Dornenbeutel die Flasche mit Rattenöl – in kalten Nächten wie dieser konnte es verklumpen, wenn es nicht ausreichend geschützt wurde. »Wie sehen sie aus?«

»Der eine scheint mir ein wenig beschränkt zu sein, aber der andere ist recht hübsch. Sie sind beide ziemlich groß.«

Madame Dornenbeutel steckte ihren gepuderten Kopf in den Schankraum. Etwa ein halbes Dutzend Schwarzhelme lungerte im Augenblick neben ihren Mädchen herum. Mit ihrem geschulten Blick erkannte Madame Dornenbeutel sofort, daß die Männer inzwischen ein Stadium erreicht hatten, in dem sie kein weiteres Geld mehr ausgeben würden: Sie waren zu betrunken zum Essen, zum Trinken und zum Huren. Ein paar neue Gäste könnten nicht schaden. Madame Dornenbeutel legte ihren zweitbesten Schal an und ging zur Tür.

»Meine Herren, bitte tretet ein. Draußen ist es kalt.« Sie bot den Männern ihre Hand zum Kuß an, doch keiner von beiden ging auf das Angebot ein. »Ich habe ein warmes Feuer, starkes Bier und die hübschesten Mädchen der Stadt.«

Der dumm dreinschauende Mann mit dem Filzhut sprang auf sie zu. Er hielt ihr den Mund zu und riß sie hinaus auf die Straße. Madame Dornenbeutel wollte schreien, doch die Hand des Mannes verschloß ihre Lippen. Der zweite Mann schlug die Tür zu, und dann wurde Madame Dornenbeutel in die kleine Gasse neben ihrem Bordell geschleift.

Ihr erster Gedanke galt ihren Schuhen: Seide – der Schneematsch würde sie ruinieren. Ihr zweiter Gedanke galt ihrem Teint: Die Eiseskälte würde ihre Haut austrocknen. Erst dann geriet sie in Panik. Vielleicht würde man sie ausrauben, vergewaltigen, töten oder gar verstümmeln!

Der Mann mit dem Filzhut zog ein Messer. Er preßte die Spitze gegen Madame Dornenbeutels frisch mit Rattenöl eingeriebene Kehle und sagte: »Versuch zu schreien, und du bist tot.«

Madame Dornenbeutel nickte eifrig. Ihr Blick huschte zur Vorderseite des Bordells. Fanny hatte doch sicherlich gesehen, wie man sie weggeschleppt hatte, oder?

»Und jetzt«, sagte der Mann mit dem Hut und lockerte seinen Griff um ihren Mund, »sag mir alles, was du über Melliandra weißt.«

Madame Dornenbeutels Gehör war bei weitem nicht so gut wie das ihrer Schwester, aber sie war sicher, daß sie Schreien aus dem Inneren des Gebäudes hörte. Schreien und das Poltern umgeworfener Möbelstücke. »Was macht ihr da?« schrie sie.

Der Messer kam näher. »Du hast meine Frage nicht beantwortet.«

Eins nach dem anderen verlöschten die Lichter in dem Bordell. Rauch drang durch die Ritzen zwischen den Fensterläden hinaus auf die Straße – *Unmengen* von Rauch! Madame Dornenbeutel wurden die Knie weich. Ihr Geschäft wurde angegriffen! Der starke Arm des Mannes bewahrte sie davor, zu Boden zu fallen. Selbst in ihrem verstörten Zustand wußte Madame Dornenbeutel die Stärke des Mannes zu schätzen. Sie brachte ihre weiblichen Reize zum Einsatz. »Edler Herr, wenn Ihr mir genau sagen könntet, was Ihr von mir zu wissen wünscht, dann würde ich mich glücklich schätzen, Euch zu helfen.« Sie beendete ihre Erklärung mit einem – wie sie hoffte – verführerischen Lächeln.

»Hör gut zu, Frau. Ich will wissen, wo Baralis die Lady Melliandra gefangenhält. Ich weiß aus zuverlässiger Quelle, daß deine Schwester im Palast das Regiment führt, und wenn du mir nicht innerhalb der nächsten dreißig Sekunden alles sagst, was du weißt, dann wird mein Junge in deinem Puff aufhören, die Kunden auszuräuchern und statt dessen das ganze Haus abfackeln. Hast du das verstanden?«

Während er sprach, fiel Licht aus dem Haus auf der gegenüberliegenden Straßenseite auf das Gesicht des Mannes. Madame Dornenbeutel erkannte ihn sofort: Das war Tawl, der Champion des Herzogs. Seltsam, seine Stimme war vollkommen anders, als sie sie in Erinnerung hatte. Er klang viel gefährlicher.

Der zweite Mann hatte sich an der Ecke des Bordells postiert und hielt den Eingang im Auge. Menschen rannten über die Straße und schrien irgend etwas von wegen Geistern und Rauch. Soviel zu den Schwarzhelmen!

Madame Dornenbeutel war vor allem eine praktische Frau. Sie hatte nicht die Absicht, sich die Kehle in dem heroischen Versuch durchschneiden zu lassen, die Geheimnisse ihrer Schwester zu bewahren. Wenn der Mann Informationen wollte, dann sollte er sie auch bekommen. »Wenn ich so darüber nachdenke, dann habe ich *in der Tat* das ein oder andere gehört«, sagte sie mit einem verführerischen Beben ihrer Lippen. Madame Dornenbeutel war stolz darauf, mit jedem flirten zu können – selbst mit gesuchten Mördern. »Du weißt schon, man schnappt so allerhand auf.«

»*Was* schnappt man auf?«

»Nun, Lord Baralis hat meine Schwester damit beauftragt, sich um das kleine Flittchen zu kümmern. Zuerst hat er sie in einem der Nordtürme gefangengehalten; dann hat es einen kleinen Zwischenfall mit Feuer gegeben, und man hat die kleine Schlampe in einen Anbau des Adelsflügels verlegt. Eine viel zu gute Umgebung für so ein Weib, wenn du mich fragst.«

Tawl entspannte sich und senkte das Messer. Er atmete mehrmals tief durch. »Hat man sie seitdem noch einmal verlegt?«

»Keine Ahnung. Ich habe meine Schwester schon seit zwei Wochen nicht mehr gesehen. Eigentlich ist das recht merkwürdig; normalerweise taucht sie einmal in der Woche auf, um …« Madame Dornenbeutel hielt inne. Beinahe hätte sie Tawl von der Vorliebe ihrer Schwester erzählt, die Wertgegenstände toter Adeliger zu stehlen und sie für wenig Geld in der Stadt zu verkaufen. »… um Küchenabfälle für die Hühner vorbeizubringen.«

»Ist in den vergangenen zwei Wochen irgend etwas im

Palast geschehen, was sie davon abgehalten haben könnte, dich zu besuchen?«

Madame Dornenbeutel richtete sich das Haar im Nacken. »Weiß ich nicht. Aber als ich meine Schwester zum letzten Mal gesehen habe, hat sie erwähnt, das kleine Flittchen sei bald soweit.«

Unter der Krempe des lächerlichen Filzhutes verhärtete sich Tawls Gesicht. »Geh«, sagte er. »Geh wieder zu deinem ›Geschäft‹. Wenn du irgend jemandem erzählst, was heute nacht geschehen ist, komme ich zurück und zünde den Laden persönlich an – und ich werde vorher bestimmt nicht anklopfen. Und jetzt hau ab; ich will dich nicht mehr sehen.«

Madame Dornenbeutel hatte sich noch nie in ihrem Leben so schnell bewegt. Ihr zweitbester Schal flog in den Schlamm, und ihr Rock flatterte an ihren Knien. Sie rannte an dem zweiten Mann vorbei und stürmte die Stufen zu ihrer Tür hinauf. Eine dichte Rauchwolke schlug ihr entgegen. Madame Dornenbeutel biß die Zähne zusammen, versuchte, die rauchabweisenden Eigenschaften von Rattenöl abzuschätzen und rannte mitten in die Wolke hinein.

Sie rannte zu den Fensterläden und stand plötzlich einem kleinen, maskierten Dämon gegenüber. Er war von Kopf bis Fuß in Schwarz gehüllt, und er reichte Madame Dornenbeutel nur bis zur Schulter. Der Dämon trug in der einen Hand einen prall gefüllten Sack und in der anderen ein Bündel rauchender Zweige. Als er Madame Dornenbeutel erblickte, hob er die Zweige zum Gruß. Madame Dornenbeutel atmete erschrocken ein, bekam Rauch in die Lunge und fiel um.

»Du hättest sie rennen sehen sollen, Borlin. Die furchtlosen Schwarzhelme sind wie die Hasen davongestürmt, nachdem sie nur einen Blick auf mich geworfen hatten. Sie haben mich wohl für den Tod höchstpersönlich gehalten.« Schnapper beugte sich vor, um sein Bier zu trinken, und eine kleine Rußlawine rutschte zu Boden. »Natürlich war das Verstopfen des Kamins das Schlimmste. Das verdammte Dach war so glatt wie die Zunge eines Kesselflickers – ich wäre beinahe zu Tode gestürzt, jawohl. Aber es war es wert. Als ich mich durch eines der Fenster hineingequetscht habe, war der ganze Raum schon voller Rauch. Ich konnte die Hand nicht mehr vor Augen sehen. Die Zweige waren eigentlich gar nicht mehr nötig.«

»Du hättest dich nicht blicken lassen sollen«, sagte Tawl. Er lehnte an einem alten Färberkessel, und er sah ganz und gar nicht glücklich aus. »Ich habe dir doch gesagt, du solltest dich von dem Schankraum fernhalten.«

»Ich wollte aber was bei der Sache verdienen, Tawl. Das war nur fair: Als ich das Rattenweib das letzte Mal getroffen habe, hat sie mich meine sämtlichen Rücklagen gekostet.« Schnapper lächelte, um Tawl zu ermutigen, ihm zu verzeihen.

Tawl erwiderte das Lächeln nicht. Seit er Madame Dornenbeutel nach Melli ausgefragt hatte, hatte er überhaupt nicht mehr gelächelt.

Sie saßen um eine alte Druckplatte in einem heruntergekommenen Färberladen. Wie geplant hatten sie sich mit den anderen vorm *›Randvollen Eimer‹* getroffen. Andris und seine Männer waren ebenfalls ohne Probleme in die Stadt gekommen, und sie hatten ihre Zeit genutzt, um nach einem geeigneten Versteck zu suchen. Außerdem war es ihnen gelungen, Bier, frisches Essen, Heu und Kerzen aufzutreiben, und so hatten sie gerade ihre beste Mahlzeit seit Tagen genossen. Niemand wollte es riskieren, Feuer zu machen, und deshalb war es bitterkalt. Doch die beiden Kerzen auf der Granitplatte verliehen dem Raum eine gemütliche Atmosphäre, und der Branntwein in ihren Bäuchen wärmte ebensogut wie ein Herd.

Der Färberladen befand sich zusammen mit anderen leerstehenden, verfallenen Geschäften in einer stockfinsteren Straße im Südosten von Bren. Das Dach war undicht, und alle Holzoberflächen waren feucht; es gab keine Türen, keine Fensterläden und nur wenige Bodenbretter, und der

Wind pfiff durch jede Ritze. Der einzige Raum, der kaum Fenster hatte, war das alte Lager. Es lag halb über, halb unter der Erde, und hier hatte Andris sein Lager aufgeschlagen.

»Ich schlage vor, wir gehen noch heute nacht rein«, sagte Tawl und wechselte so zu dem Thema, das jeden hier beschäftigte. »Wir wissen nun, wo man Melli gefangenhält, und nichts hält uns davon ab, zum Angriff überzugehen. Die Schwarzhelme rechnen nicht mit Schwierigkeiten – sie glauben, den Feind vor acht Wochen ein für allemal besiegt zu haben. Sie werden wohl kaum noch sonderlich wachsam sein.«

Während er sprach, fiel Jack auf, daß Tawl der einzige im Raum war, der sich nicht hingesetzt hatte. Er hatte auch nichts gegessen. Sein Essen lag unberührt auf einem Tuch auf dem Boden.

Crayne schüttelte den Kopf. »Nein, Tawl. Ich sage, wir warten noch. Wir sind vollkommen erschöpft; schließlich haben wir sieben harte Tage im Sattel hinter uns, und wir haben kaum geschlafen. Wir müssen uns ausruhen.«

»Crayne hat recht, Tawl«, sagte Borlin, der mit einem Hühnerknochen zwischen seinen Zähnen herumstocherte. »Wir sind schon vor dem Morgengrauen aufgestanden. Wenn wir heute nacht in den Palast eindringen, dann sind wir nicht gerade in Höchstform – das weißt du.« Borlin wartete darauf, daß Tawl seine Aussage irgendwie bestätigte. Ein verbissener Gesichtsausdruck war die einzige Antwort, die er bekam; doch Borlin ließ sich dadurch nicht beirren. »Außerdem ist es wahrscheinlich, daß morgen nacht weniger ausgebildete Kämpfer im Palast sind.«

»Warum? Was hast du gehört?«

Borlin überließ es Crayne, die Frage zu beantworten. »Du hast recht gehabt, was die Schwarzhelme betrifft, Tawl. Sie sind alle mit Kedrac nach Camlee gezogen. Was noch in der Stadt ist, ist eine Mischung aus Söldnern, neuen Rekruten, Bauern und Glücksrittern. Kylock hat für sie ein viertägiges Manöver außerhalb der Stadt angeordnet. Sie marschieren morgen früh ab.«

»Ein solches Manöver hat doch nichts mit der Palastwache zu tun.«

»Das glaube ich allerdings schon.« Craynes Stimme klang ernst. Das Kerzenlicht betonte die grauen Strähnen in seinem Haar und warf Schatten auf sein Gesicht. Jack fiel plötzlich auf, daß er Crayne niemals lachen oder scherzen gesehen hatte: Der Anführer der Ritter war ein ernsthafter Mann.

Ohne den Blick von Tawl abzuwenden, fuhr Crayne fort: »Wer sind die Männer mit der besten Ausbildung in Bren, nachdem die Schwarzhelme mit Kedrac abgezogen sind?« Er beantwortete seine eigene Frage. »Die Palastwache. Kylock braucht fähige Leute, um seine Möchtegern-Schwarzhelme auszubilden. Also wird er einige seiner besten Leute aus dem Palast mit auf das Manöver schicken.«

Hinter Crayne schnaufte eines der Pferde. Sie hatten insgesamt sechs Tiere mit in die Stadt gebracht, und Andris hatte eine kleine Rampe gebaut, um sie in dem alten Lagerraum verstecken zu können.

Bevor Tawl etwas sagen konnte, ergriff Borlin wieder das Wort. »Wir müssen morgen noch ein paar Dinge einkaufen«, erklärte er. »Wir brauchen neue Reithalfter, Schabracken und Sättel. So können wir mit den Pferden nichts anfangen. Alles an ihnen ist schwarz und gelb. Wenn einer von uns sie vor dem Palast bereithalten soll, dann darf nichts mehr darauf hindeuten, daß es Tiere aus Valdis sind.«

Ein zustimmendes Raunen ging durch den Raum. »Für uns selbst gilt das gleiche«, fuhr Borlin fort. »Wir sind ein großes Risiko eingegangen, als wir die Stadt in unseren Farben betreten haben. Wir brauchen unauffällige Kleidung, und Jack und Tawl brauchen Kettenhemden, die sie unter ihren Tuniken tragen können.«

Tawl blickte zu Jack. »Was denkst du? Sollen wir bis morgen nacht warten?«

Bis jetzt war Jack nur ein Zuschauer bei diesem Treffen gewesen. Die Ritter waren eine geschlossene Bruderschaft, und er war nur ein unerfahrener Außenseiter. Er wußte nichts über Taktik. Er war kein Kämpfer – obwohl er sich seiner Haut zu wehren wußte –; er war jemand, der eine ganz besondere Aufgabe zu erfüllen hatte. Er mußte Kylock töten. Bisher hatte Jack jeden Gedanken an die Einzelheiten seiner Aufgabe verdrängt: Einzelheiten flößten ihm Angst ein, denn sie ließen die Situation viel realer erscheinen – und hoffnungsloser.

Was Crayne und Borlin gesagt hatten, ergab Sinn, und Jack stimmte ihnen zu; aber sie hatten nicht den wahren Grund genannt, warum sie noch nicht heute nacht in den Palast eindringen konnten. Nur *er* kannte diesen Grund.

Er war noch nicht bereit.

Die Reise hierher war eine verrückte Hatz gewesen, und Jack hatte nicht eine Sekunde Zeit zum Nachdenken gehabt. Er war geritten, hatte geschlafen und war wieder geritten. Natürlich hatte er gewußt, daß sie Bren immer näherkamen, aber er hatte nicht ein einziges Mal angehalten und darüber nachgedacht, was er tun würde, wenn sie erst einmal dort angekommen waren. Er brauchte die heutige Nacht, um sich auf seine Aufgabe vorzubereiten. Nicht für die Einzelheiten – das Unerwartete konnte man sowieso nicht vorausplanen –, aber er brauchte Zeit, um sich der *Realität* der Situation bewußt zu werden. Es war Zeit, sich mit dem auseinanderzusetzen, was ihm bevorstand. Die Verantwortung lag einzig und allein bei ihm.

»Ich sage, wir warten bis morgen nacht«, erklärte er.

Tawl senkte enttäuscht den Blick, doch die Gesichter der anderen entspannten sich merklich, und Jack erkannte, daß er sie falsch eingeschätzt hatte. Sie hielten ihn doch nicht für einen unerfahrenen Außenseiter: Auf sein Wort hin wären sie auch heute nacht losgezogen. Das war ein ernüchternder Gedanke, und während die Nacht fortschritt und Pläne geschmiedet wurden, folgten noch viele weitere.

Kapitel Zweiunddreißig

Sie verließen die alte Färberei um Mitternacht: Jack, Tawl, Crayne, Schnapper und Hervo, der neben Borlin der beste Schütze in der Gruppe war. Den ganzen Tag über hatte es abwechselnd geregnet und geschneit, und nun waren alle Straßen mit einer Schlammschicht bedeckt. Wie auch schon bei ihrer Ankunft in der Stadt so hatten sie sich auch diesmal in mehrere Gruppen aufgeteilt, um keine unnötige Aufmerksamkeit zu erregen. Andris führte die zweite Gruppe, Borlin die dritte.

Vor einer halben Stunde hatte Jack zum ersten Mal in seinem Leben ein Kettenhemd angelegt. Es war schwer, beengend, und es juckte teuflisch. Es war ein Gefühl, als würde man ein komplettes Tafelbesteck auf der Haut tragen. Tawl hatte ihm erklärt, bei einem maßgeschneiderten Kettenhemd wäre das Gefühl weniger schlimm, doch Jack konnte sich das nicht vorstellen: Sein einziger Trost war, daß das Hemd an seinem Bauch aufhörte und nicht auch noch seine edleren Teile bedeckte.

Auch Schnapper war gezwungen worden, ein Kettenhemd anzulegen, und nun wankte er beim Gehen übertrieben von einer Seite zur anderen. »In den Kanälen wird es verdammt naß sein«, sagte er und streckte die Hand aus, um die Stärke des Regens zu überprüfen. »Alles Wasser, was nicht um den Palast *herum*fließen kann, endet schließlich unter ihm.«

»Das ist gut«, murmelte Tawl. »Wenn alles unter Wasser steht, wird sich keine Wache hinunterwagen.«

Hervo grunzte. Wie Borlin, so war auch er ungewöhnlich groß, doch im Gegensatz zu dem alten Ritter waren seine Arme so dick wie ein Schlachtblock und seine Augen so scharf wie ein Hackbeil. Er hatte seinen Bogen mit einem Öltuch geschützt und trug ihn unter dem Arm. Die Pfeile hatte er in seiner Tunika verborgen. Jack hatte Hervo beobachtet, als dieser sich vorbereitet hatte: Er hatte jeden einzelnen Pfeil geküßt, bevor er ihn in den Köcher gesteckt hatte. Crayne hatte Hervo ausgewählt, weil er nicht nur ein hervorragender Schütze, sondern auch ein Experte im Umgang mit dem Kampfmesser war.

Crayne selbst war ein Musterbeispiel für die hohe Kunst, Waffen zu verbergen. Unscheinbare, aber tödliche Wölbungen zierten seine Tunika, seine Hose, seine Ärmel und seine Stiefel. Messer, Wurfsterne, ein Schwert, ein kleines Brecheisen und ein dicker Metalldraht – um nur die Gegenstände zu nennen, die Jack gesehen hatte. Der Anführer der kleinen Gruppe schwieg, während sie durch die Straßen wanderten. Er hatte die Stirn in Falten gelegt, und sein Blick verharrte niemals lange an einer Stelle. Falls er doch einmal etwas sagte, dann flüsterte er kurze, einsilbige Befehle.

Tawl schien zufrieden damit zu sein, daß Crayne die Führung übernommen hatte. Ob das allerdings auch noch im Palast so sein würde, stand auf einem anderen Stück Papier. Jack konnte sich nicht vorstellen, daß Tawl irgendwelchen Befehlen gehorchen würde, wenn er erst einmal Melli erspäht hatte.

»Kennst du wirklich den Weg in den Adelsflügel?« fragte Tawl nun schon zum vierten Mal.

»Natürlich kenne ich ihn«, erwiderte Schnapper beleidigt. »Ich glaube sogar, ich kenne den Anbau, den die alte Dornenbeutel erwähnt hat. Der Adelsflügel hat eine Menge Anbauten, aber wenn ich mich recht erinnere, gibt es nur einen, der abgelegen genug ist, um dort jemanden unbemerkt zu verstecken.«

Danach schwieg Tawl. Madame Dornenbeutels Bemerkung von wegen *Mellis Zeit stünde kurz bevor* hatte ihn tief bewegt. Jack hatte ihm das vergangene Nacht angesehen, und nun sah er es wieder. Das Gesicht des Ritters war zu einer Maske erstarrt, und er hatte beide Hände zu Fäusten geballt.

Wie Tawl, so hatte auch Jack beschlossen, sich nicht mit Waffen zu überladen. Ein Schwert und zwei Messer, eins davon im Stiefel versteckt. Er konnte es spüren: Die mit Stoff umhüllte Klinge drückte bei jedem Schritt gegen sein Bein.

»Andris wird sich jede Minute auf den Weg machen«, sagte Crayne. »Er dürfte weniger als eine Stunde hinter uns sein.«

»Aye, er wird uns schnell hinterherkommen«, bemerkte Hervo in seinem typischen gedehnten Tonfall. »Wahrscheinlich stürmt Borlin den anderen voran. Er haßt es, warten zu müssen.« Hervo lachte leise, und selbst Crayne lächelte verstohlen. Offenbar gab es die ein oder andere Geschichte zu diesem Thema zu erzählen.

Borlin und die beiden anderen Männer in seiner Gruppe würden die Pferde durch die Stadt führen. Zwei Schützen und ein Schwertkämpfer: Sie sollten am Tunnelausgang warten – der Schwertkämpfer bei den Pferden und die Schützen in den Schatten verborgen –, und den Rückzug der anderen sichern. Andris, Gervhay und der letzte der Schützen würden in einer Seitenstraße auf Schnappers Erscheinen warten, um anschließend mit seiner Hilfe ebenfalls in den Palast einzudringen. Dort sollten sie dann den anderen den Rücken freihalten und notfalls den Fluchtweg freikämpfen.

Das war zumindest der Plan. Jeder kannte ihn. Den größten Teil der vergangenen Nacht hatten sie noch an ihm herumgefeilt, um auf jede noch so unwahrscheinliche Möglichkeit vorbereitet zu sein, und nun würden sie ihn in die Tat umsetzen.

Sie kamen gut durch die Stadt. Heute mußten sie wesentlich weniger Schwarzhelmen ausweichen als noch in der Nacht zuvor, und aufgrund des schlechten Wetters und der fortgeschrittenen Tageszeit waren die Straßen beinahe menschenleer. Schnapper war für ihre Route verantwortlich, und Jack mußte zugeben, daß er sie gut ausgewählt hatte: dunkle Gassen, finstre Seitenstraßen, verlassene Hinterhöfe. Der junge Taschendieb kannte sich wirklich aus. Bevor sie aufgebrochen waren, hatte Jack Schnapper beiseite genommen und ihn gefragt, wo sich Baralis' und Kylocks Gemächer befanden. Schnapper, der wie immer äußerst erfreut darüber gewesen war, mit seinem Wissen angeben zu können, hatte Jack die genaue Lage von Baralis' Gemächern erklärt. Was Kylock betraf, so konnte er nur vermuten, wo er sich befand – in den ehemaligen Gemächern des Herzogs. Jack hatte Schnapper gebeten, nichts davon gegenüber den anderen zu erwähnen, und der junge Dieb hatte in die Hände gespuckt und geschworen, zu schweigen wie ein Grab, andernfalls solle ihn Borc mit dem Tripper niederstrecken.

Eigentlich war es Jack egal, ob die anderen von seinem Gespräch mit Schnapper erfuhren oder nicht; er wollte sie nur nicht von ihrer Mission ablenken. Sie hatten auch so schon genug Sorgen. Jack plante jedoch, sich nach Mellis Befreiung heimlich davonzustehlen.

»Wir sind fast da«, flüsterte Schnapper unnötig theatralisch. »Erinnert euch daran, daß es verdammt naß da unten ist. Also haltet alles über den Kopf, was unbedingt trocken bleiben muß.«

Am Ende einer kleinen Gasse hielten sie an. Wasser lief über die Wände zu beiden Seiten, und Wasser tropfte auch von den Giebeln herab. Es war sehr dunkel, und die gewölbte Straße war über und über mit Schlamm bedeckt.

»Bist du sicher, daß Andris hierherfinden wird?« Die dunkle Form, die Craynes Kopf war, bewegte sich hin und her. »Es ist abgelegener, als ich gedacht habe.«

»Kein Problem«, erwiderte Schnapper. »Er weiß, wo die Seilmacherstraße ist, und wenn er es bis dahin schafft, dann finde ich ihn auch.« Noch während er sprach, reichte Schnapper Tawl sein Bündel. Es enthielt zwei Öllampen, die Tawl sofort entzündete. Schnapper hockte sich nieder und wischte in der Nähe der einen Wand den Schlamm beiseite. »Der Abfluß ist hier. Ich weiß es ganz genau«, murmelte er. »Wahrscheinlich ist er vollkommen verstopft und zugedeckt. Komm, Jack. Hilf mir mal.«

Jack kniete sich neben ihn und steckte die Hände in den Schlamm. Nur einen Augenblick später stießen seine Finger auf Metall. Inzwischen halfen alle, den Abfluß freizulegen. »Wie weit ist es von hier bis in den Palast?« fragte Jack, während er versuchte, das Abflußgitter herauszuziehen.

»Nicht weit. Weniger als eine Meile nach Osten.« Mit dem kleinen Finger legte Schnapper den Rand des Gitters frei. »Hol mal dein Brecheisen raus, Crayne«, sagte er. »Ohne Gewalt geht hier gar nichts. Als ich das letzte Mal hier war, war der ganze Dreck noch auf der anderen Seite der Gasse. Offenbar ist er genau wie die Vögel nach Süden gezogen.«

Crayne holte das Brecheisen aus seiner Tunika und machte sich an die Arbeit. Jack und Tawl halfen ihm; Schnapper führte die Aufsicht, und Hervo stand am Ausgang der Gasse Wache. Schließlich löste sich das Gitter an einer Ecke, und Crayne stemmte es hoch. Allesamt waren sie durch und durch naß und mit Schlamm bedeckt. Ein scharfer Fäulnisgeruch wehte von unten herauf. Jack spürte einen kalten Luftzug an seinen Knöcheln. Er hielt sich zu beiden Seiten des Lochs fest und ließ sich langsam hinunter. Plötzlich tauchten seine Füße in eiskaltes Wasser, und ihm lief ein Schauer über den Rücken. Füße, Knöchel, Waden, Knie, Oberschenkel: Alles wurde von eisigem Wasser umspült. Jack hielt sich nach wie vor fest; er spürte noch immer keinen Grund unter den Füßen.

»Mach voran, Jack«, rief Schnapper. »Soviel tiefer kann's gar nicht sein.«

Jack atmete tief ein und ließ los. Er fiel weniger als eine Handbreit, bevor er den Grund berührte. Seine Füße landeten in einer dicken Schlammschicht. Er griff hinauf und nahm Tawl die Lampe aus der Hand; dann trat er beiseite, damit Schnapper hinuntergelassen werden konnte. Das Licht der

Lampe erleuchtete einen fast kreisrunden Tunnel. Die Wände bestanden aus Ziegelsteinen; Wurzeln und Erde hatten sich einen Weg durch das Mauerwerk gebahnt, so daß noch zusätzliches Wasser und Schlamm eindringen konnten.

Das Wasser reichte Jack bis zur Hüfte, und er spürte bereits, wie seine Füße allmählich taub wurden. Das Wasser selbst war dunkelbraun und voller Schlamm und Abfälle. Bei jedem Schritt, den er sich von dem Abflußgitter entfernte, mußte Jack darum kämpfen, sein Gleichgewicht zu behalten, denn seine Füße blieben ständig im Schlamm stecken. Bewegte er sich zu langsam, konnte er die Füße nicht mehr aus der zähen Masse ziehen; bewegte er sich zu schnell, bestand die Gefahr, daß er kopfüber ins Wasser stürzte – und so wie es hier roch, wollte er letzteres auf jeden Fall vermeiden.

Als sich endlich auch der letzte der kleinen Gruppe hinabgelassen hatte, zitterte Jack von Kopf bis Fuß. Es war bitterkalt. Schnappers Zähne klapperten – der Junge stand bis zur Brust im Wasser –, und selbst Tawl ließ die Kälte nicht unberührt: Er hatte die Arme um die Brust geschlungen, um ein Zittern zu vermeiden. Hervo hielt Bogen und Köcher über den Kopf, und die Wölbungen in Craynes Tunika hatten sich nach oben in Richtung Kragen verlagert.

»Laßt uns gehen«, sagte Crayne.

»Gut. Hör zu«, flüsterte Schnapper Jack ins Ohr. »Wir waten hier runter bis zur ersten Abbiegung nach links.«

Jack nickte und machte sich auf den Weg. Jeder Schritt war ein Kampf gegen den Schlamm und gegen die Taubheit in seinen Gliedern. Die Wasseroberfläche war von einer Art Schleim bedeckt, und mit jeder noch so kleinen Welle tauchten Klumpen von Tierfett auf und wieder unter. Jack kam sich seltsam vor; sein Gang glich dem eines Betrunkenen. Während seine Beine und sein Unterleib unter Wasser beinahe schwerelos waren, hatte sein Oberkörper dank des Kettenhemdes ein ungewöhnlich hohes Gewicht.

Das Geräusch tropfenden Wassers war überall. Die Echos schienen lauter zu sein als die Geräusche selbst, und der Wind heulte durch den Tunnel.

Das Licht der Lampen tanzte über die moosbedeckten Wände und nahm so selbst eine grüne Farbe an. Jacks Hand zitterte, und die Lampe zitterte mit ihr; rasch wechselnde Schatten und Licht, das in Sekundenabständen auf der Wasseroberfläche reflektiert wurde, waren die Folge.

»Hier!« rief Schnapper. »Nach links hab' ich gesagt!«

Jack war von dem Licht wie hypnotisiert gewesen und in seine eigenen Gedanken versunken. Ohne anzuhalten, war er einfach an der Abzweigung vorbeigestapft. Als er sich wieder auf den Weg zurück machte, wurde er sich bewußt, daß das taube Gefühl allmählich in seinem Körper hinaufwanderte. Für Schnapper mußte die Reise sogar noch viel schlimmer sein: Er stand bis zur Brust in eiskaltem Wasser. Außerdem würde der Taschendieb wieder durch die Kanäle zurückkehren und Andris holen müssen, nachdem er die erste Gruppe im Palast abgeliefert hatte.

Jack beschleunigte sein Tempo. Er hatte herausgefunden, daß ein leichter Laufschritt seine Füße davon abhielt, allzu tief im Schlamm zu versinken. Auch regte das Laufen den Kreislauf an, so daß die Taubheit sich nicht mehr so rasch in seinen Gliedern ausbreiten konnte. Im zweiten Tunnel stand das Wasser ein wenig niedriger, und je weiter sie kamen, desto tiefer fiel der Pegel.

Plötzlich stieß Jack mit dem Fuß gegen Stein. Er blieb sofort stehen und hob die Hand, um auch die anderen zum Anhalten zu bewegen. »Da blockiert uns was den Weg.«

»Das ist schon in Ordnung, Jack«, erscholl Schnappers atemlose Stimme. »Das sind nur die Stufen, die hinauf in den Kerker führen.«

Jack hielt die Lampe vor sich. Unter der trüben Wasseroberfläche konnte er unmöglich etwas erkennen. Er tastete sich mit dem Fuß den Stein hinauf, bis er einen Vorsprung fand. Schnapper hatte recht: Das war wirklich eine Stufe – eine Stufe für einen Giganten. Jack hievte seinen erschöpften Körper aus dem Wasser und drehte sich nach jeder Stufe um, um Schnapper hinaufzuziehen.

»Wir sind da«, sagte Schnapper, während Jack ihn die letzte Stufe hinaufzog. »Wir sind im Palast.«

Bei diesen Worten erkannte Jack, daß er viel zu wenig Zeit zur Vorbereitung gehabt hatte. Eine einzige Nacht reichte einfach nicht aus. Irgendwo über ihm lagen Baralis und Kylock in ihren Betten, und irgendwie mußte er sie in dieser Nacht vernichten. Die Erkenntnis des tatsächlichen Ausmaßes der vor ihm liegenden Aufgabe traf ihn wie ein Schlag. Er hatte das Gefühl, als hätte ihm jemand mit voller Wucht in den Magen geschlagen. Wie sollte er jemals zu Kylock gelangen? Und selbst wenn er es bis dorthin schaffte, wie sollte er ihn töten? Er wußte keine Antwort darauf. Er wußte nur, daß er es versuchen mußte.

Melli hatte die Vorhänge zurückgezogen und die Fensterläden geöffnet. Sie schätzte, daß das Fenster groß genug war, daß sie sich hindurchzwängen konnte. Es befand sich allerdings sehr hoch in der Wand, und so zog sie die Truhe durch den Raum, damit sie etwas hatte, wo sie sich draufstellen konnte. Sie hatte die Schiene wieder angelegt, und während sie die schwere Truhe hinter sich herzog, baumelte ihr linker Arm leblos an ihrer Seite. Schweiß lief ihr über die Stirn und tropfte von der Nase hinab auf den Kragen ihres Kleides.

Die Truhe bestand aus dicken Eichenbohlen, und sie war groß genug, um ein Schaf darin verstauen zu können. Melli benötigte mehrere Minuten und viele Pausen, bis sie die Truhe endlich unter dem Fenster hatte.

Schneeregen wurde durch das Fenster hereingeweht und landete auf Mellis Gesicht, als sie sich am Sims hochzog. Die Wand war nur bis auf Mannshöhe geglättet worden; die Steine um das Fenster herum waren noch rauh und unbearbeitet. Melli packte den Fensterrand. Ihre Haut scheuerte über den rauhen Stein, und sie spürte ein Brennen in ihrem Handgelenk. »Verdammt«, zischte sie. Es war zu dunkel, um zu sehen, ob die Schürfwunde blutete.

Melli hatte gelernt, größere Schmerzen zu ignorieren als ein aufgeschürftes Handgelenk, und so kümmerte sie sich nicht weiter darum. Statt dessen stellte sie sich auf die Zehenspitzen, beugte sich aus dem Fenster und blickte hinab auf die Welt unter ihr. Die kalte Luft stach ihr in die Augen; zunächst sah sie lediglich ein großes schwarzes Loch. Doch während sie allmählich die Tränen wegblinzelte, konnte sie erste Einzelheiten ausmachen: beleuchtete Fenster, Schnee auf den Giebeln, das feuchte Schimmern des unter ihr liegenden Hofes. Melli beugte sich noch ein wenig mehr hinaus, um zu sehen, was unmittelbar unter ihr lag – nichts: keine Vorsprünge, keine Absätze, keine Dächer, nichts.

Eine Welle der Enttäuschung flutete über sie hinweg. Ihr Zimmer lag sehr weit oben, höher noch, als sie gedacht hatte, und von hier aus gab es keine Fluchtmöglichkeit. Natürlich hätte sie springen können, doch selbst jetzt, da Baralis' Drohungen noch immer in ihren Ohren widerhallten, war Selbstmord keine Alternative für sie. Maybors Tochter war kein Feigling.

Allerdings hatte sie auf ein wenig Glück gehofft – ein winziges Stückchen vom berühmten Glück ihres Vaters. Aber es hatte nicht sollen sein. Melli warf einen letzten Blick in die Tiefe, dann kletterte sie wieder von der Truhe herunter. Vielleicht war es sogar ganz gut so: Falls ihr Vater wirklich noch am Leben war und nun irgendwo in den Bergen fror, dann brauchte er alles Glück für sich selbst. Das konnte sie ihm ja wohl kaum übelnehmen.

Melli machte sich nicht mehr die Mühe, die Truhe wieder an ihren alten Platz zurückzustellen. Solche Kleinigkeiten waren nun nicht mehr von Bedeutung. Morgen wollte Kylock zu ihr kommen, und dann war sowieso alles egal.

Die Dunkelheit unter dem Palast war voller Geräusche. Wasser tropfte; Ratten huschten über den Boden; Holz knarrte, und der Wind pfiff um Ecken und an Wänden entlang. Ohne das Licht der Öllampen konnten sie nichts mehr sehen außer dem leuchtenden Weiß in den Augen der Gefährten.

Zeit war nur schwer abzuschätzen, Entfernungen überhaupt nicht mehr. Das einzige, was Jack mit Sicherheit wußte, war, daß sie bis auf die Knochen durchnäßt waren und hundserbärmlich froren. Obwohl er bereits seit einiger Zeit das Laufen aufgegeben hatte, raste sein Herz noch immer, und sein Magen hatte sich verkrampft.

»Paßt auf den Balken vor euch auf«, zischte Schnapper. Er hatte inzwischen die Führung übernommen, und Jack fragte sich schon die ganze Zeit, wie der Taschendieb sich in dieser Dunkelheit zurechtfinden konnte. Nachdem sie sich alle unter dem Balken hindurchgeduckt hatten und ein paar Schritte aus dem knietiefen Wasser herausgegangen waren, befahl ihnen Schnapper anzuhalten. »Es ist jetzt nicht mehr weit«, sagte er. »Wenn wir erst einmal den Gang hier links hinter uns gebracht haben, dann sind wir da, wo sie Essen und so'n Zeug aufbewahren. Wahrscheinlich ist um diese Zeit zwar niemand da, aber man weiß ja nie.«

»Hervo, halt deinen Bogen bereit«, sagte Crayne. »Beim kleinsten Lichtschimmer verstecken wir uns in den Schatten.«

»Wie kommen wir von hier aus in den Adelsflügel?« fragte Tawl mit leiser, drängender Stimme.

»Ich wird's euch zeigen«, antwortete Schnapper.

»Nein. Du gehst keinen Schritt weiter. Ich möchte, daß du zurückgehst und Andris holst.«

»Aber…«

»Kein Aber, Schnapper. Diesmal nicht. Und wenn du Andris hierhergebracht hast, dann möchte ich, daß du so schnell wie möglich von hier verschwindest. Ich erwarte, daß du in unserem Versteck auf mich wartest, wenn ich zurückkehre. Hast du das verstanden?«

Ein leises, beleidigtes Geräusch ging von dem Schatten aus, der Schnapper war.

»Und jetzt beschreib mir den Weg.«

Es folgte eine lange Pause, dann spulte Schnapper widerwillig die Wegbeschreibung herunter. Jack hörte nicht zu: Er war sowieso zu aufgeregt, um sich irgend etwas davon zu merken. Er konnte an nichts anderes mehr denken als an Kylock. Er konnte ihn inzwischen *fühlen* – er war dessen vollkommen sicher. Kylocks Gegenwart zog an seinem Blut und zwang es in einem heißen, schwindelerregenden Strom an die Hautoberfläche. Sein Herz sagte ihm, daß Baralis nicht zählte; sein Blut rief nur nach Kylock.

Jack bemerkte noch nicht einmal, daß Schnapper mit seiner Beschreibung fertig war. Eine Hand auf seinem Arm ließ ihn zusammenzucken.

»Jack? Bist du in Ordnung?« Das war Tawl. »Komm. Wir müssen los.«

»Schnapper…«

»Tschüs, Jack. Viel Glück und so. Bis später im Versteck.« Schnappers Stimme verlor sich in der Ferne.

Jack wollte ihm etwas hinterherrufen – wollte ihm danken, ihn warnen, irgendwas –, aber er fand nicht die richtigen Worte.

»Alle Mann Waffen raus«, befahl Crayne, nachdem Schnapper außer Hörweite war. Hervo, du übernimmst die Führung. Jack, du gehst hinter ihm.«

Jack zog das Schwert. Er war froh, daß Hervo sie anführte. So würde niemand bemerken, daß er Schnappers Ausführungen nicht zugehört hatte.

Am Ende des Ganges war ein schwacher Lichtschimmer zu erkennen, der immer heller wurde, je näher sie ihm kamen. Nach und nach schälte sich eine Welt aus der Dunkelheit: gewölbte Decken, gestapelte Fässer, aufwendig gearbeitete Torbögen, die in die Dunkelheit führten, und Treppen führten hinauf ins Licht.

Ein leises Geräusch war zu ihrer Linken zu hören. Ein Schatten, der sich bisher nicht gerührt hatte, bewegte sich nun an der Wand entlang. Hervo legte einen Pfeil ein und schoß in die dunkle Ecke. Einem zischenden Atemzug folgte ein dumpfer Aufprall. Hervo hatte bereits einen zweiten Pfeil eingelegt. Er zielte, schoß aber nicht.

Tawl sprang mit kampfbereitem Schwert vor. Einen Augenblick später flüsterte er aus den Schatten: »Er ist tot. Scheint wohl ein Diener gewesen zu sein.«

Crayne schaute zu Hervo. »Es muß doch schon zwei Stunden nach Mitternacht sein.«

Hervo nickte. »Wenn das ein Diener war, dann war er auch ein Gauner. Kein anständiger Mann treibt sich um diese Zeit noch in der Gegend herum.«

»Jack, komm, und hilf mir mit der Leiche«, sagte Tawl.

Mittlerweile hatten sich Jacks Augen an das trübe Licht gewöhnt. Er fand Tawl in der Ecke neben einem auf dem Boden liegenden Mann, in dessen Bauch ein Pfeil steckte. Gemeinsam schleppten sie die Leiche hinter eine Reihe von Bierfässern. Blut tropfte an den Beinen des Mannes hinunter und auf den Boden, aber daran konnten sie im Augenblick auch nichts ändern.

Während sie die Bierfässer verschoben, um die Leiche besser zu verbergen, spürte Jack, wie Tawl seine Wange berührte. »Hab ich's mir doch gedacht«, sagte der Ritter. »Du glühst ja. Was ist los?«

Jack schüttelte den Kopf. Wie sollte er Tawl erklären, daß Kylocks Gegenwart sein Blut zum Kochen brachte? »Ist schon in Ordnung. Ich bin nicht krank«, erwiderte er. »Ich bin nur ein wenig aufgeregt.«

Tawl packte ihn an den Schultern und musterte eine Minute lang Jacks Gesicht. Schließlich sagte er: »Sei vorsichtig.«

»Beeilt euch, ihr zwei«, zischte Crayne. Jack war froh über die Ablenkung: Tawl wirkte besorgt, und das machte auch ihn nervös.

Es dauerte eine Weile, bis sie die gut verborgene Tür gefunden hatten, die in die Geheimgänge führte. Sie befand sich in einer dunklen Ecke und ähnelte mehr einer hölzernen Wandverkleidung denn einer Tür. Der Eingang war extrem eng – nicht breiter als eine Elle –, und Jack, der als erster hineinging, mußte sich seitwärts hindurchquetschen. Der dahinterliegende Gang war kaum breiter. Crayne reichte eine Lampe nach vorne durch. In dem beengten Raum war der Ölrauch so beißend, daß Jack die Lampe am ausgestreckten Arm halten mußte, um ein Husten zu vermeiden.

»Derjenige, der diese Gänge gebaut hat, wollte nicht, daß man sie von außen erkennen kann«, sagte Crayne und schaute sich um. »Sie sind so eng, daß jeder, der sie von außen anschaut, sie einfach nur für eine besonders dicke Wand hält, weiter nichts.« Er wartete, bis Tawl die Tür hinter sich geschlossen hatte. »Also gut, dann weiter.«

Jack sah eine Ratte über den Boden huschen. Vor lauter Schreck hätte er beinahe die Lampe fallenlassen.

»Ruhig, Junge«, sagte Crayne.

Jack tastete sich an der Wand entlang und bog ab, wann immer Crayne es ihm sagte. Seine Fingerspitzen berührten Moos, Spinnweben und gelegentlich Wasser, das die Wände heruntertropfte. Die Luft im Gang war dünn, und so mußten sie schnell und flach atmen. Schließlich erreichten sie eine Treppe, und Jacks Herz begann erneut schneller zu schlagen. Wie immer in diesen Tagen schlug es im Rhythmus von Larn. Was vor zwei Monaten als Schrecken begonnen hatte, war nun ein Trost für ihn geworden. Er hatte beinahe das Gefühl, als versuche der Rhythmus, ihn zu beschützen.

»Oben geht's scharf nach rechts«, warnte Crayne. Auf dem Weg hierher hatte der Anführer der kleinen Gruppe herausgefunden, daß Jack den Weg nicht kannte.

Jack bog nach rechts ab und stieg eine weitere Treppe hinauf, die vor einer Holzwand endete. Ein sanfter Druck gegen die Wand ließ sie nach außen aufschwingen. Ein schwerer Vorhang schlug Jack ins Gesicht. Auf der anderen Seite hatte man eine dünne Ziegelschicht auf das Holz aufgetragen, damit man die Tür nicht von der übrigen Wand unterscheiden konnte.

Jack schob den Vorhang beiseite ... und stand einer Wache gegenüber. Ohne darüber nachzudenken, stieß er mit der Öllampe nach den Augen des Mannes. Als der

Mann die Hände hob, um sich vor der Flamme zu schützen, rammte ihm Jack das Schwert in den Bauch. Jack trat zur Seite, riß die Waffe wieder heraus, und der Mann fiel zu Boden. Blut sprudelte aus der Wunde.

Crayne schob sich an Jack vorbei und überprüfte den Korridor in beide Richtungen. »Wachen sind normalerweise immer zu zweit«, erklärte er. »Hervo, gib uns Deckung, während wir die Leiche im Geheimgang verstecken.«

Jack beugte sich vor und wischte die Klinge an der Schulter des toten Soldaten ab. Als er aufstand, um für Tawl den Weg freizumachen, fühlte er sich kurzzeitig benommen: Kylock war nun sehr, sehr nahe.

Tawl und Crayne trugen den Toten in den Geheimgang, während Hervo den Korridor überwachte. Es erschien keine zweite Wache. Jack bemerkte, wie Crayne und Hervo einen nervösen Blick austauschten.

Sofort nachdem die Leiche beseitigt worden war, gingen sie Richtung Osten den Korridor entlang. Auf längeren Stücken übernahm Hervo die Führung – mit seinem Bogen konnte er jeden Mann bereits auf einige Entfernung erledigen –, und sobald sie sich einer Ecke näherten, ließ sich Hervo zurückfallen, und Tawl und Crayne traten vor. Ein Schwertkämpfer, der hinter einer Ecke lauerte, konnte einen Schützen mit einem einzigen Streich niederhauen.

Auf dem Weg töteten sie noch zwei weitere Wachen und einen sabbernden alten Lord im Nachthemd. Hervo erschoß die beiden Wachen, und Crayne erledigte den alten Mann mit einer Drahtschlinge, als dieser plötzlich hinter Tawl aus der Tür getreten war. Sie befanden sich nun im Zentrum des Adelsflügels, und Jack spürte, wie ihm das Blut in den Kopf stieg. Kurz darauf kamen sie an einem gut beleuchteten Korridor vorbei, der mit prächtigen Wandteppichen geschmückt war, und Jack wußte, er *wußte* es einfach, daß Kylocks Gemächer am Ende dieses Ganges lagen. Sein Blut dehnte sich aus wie Quecksilber, und er hatte das Gefühl, als müsse sein Kopf jeden Augenblick platzen.

Später, ermahnte er sich selbst. *Später*. Melli kam zuerst.

Schließlich erreichten sie den Punkt, wo Schnappers Wegbeschreibung endete. Eine Galerie aus Stein führte nach links, eine hinter einem Vorhang verborgene Treppe geradeaus, und zu ihrer Rechten befand sich ein unbeleuchteter Gang. Ihre Nerven waren bis zum Zerreißen gespannt; beim leisesten Geräusch wurden die Schwerter gehoben, und beim geringsten Flackern einer Kerze legte Hervo den Bogen an.

Tawl beschloß, jeden der drei Wege ein Stück weit zu erkunden. Niemand sagte ein Wort, während er fort war. Rücken an Rücken bildeten sie ein Dreieck und warteten auf die Rückkehr ihres Freundes. Sekunden wurden zu Minuten und Minuten zu Stunden.

»Ich glaube, sie ist da oben«, zischte Tawl, als er hinter dem Vorhang auftauchte. »Das Mauerwerk ist nicht geschmückt, und die Farbe des verwendeten Steins ändert sich nach der ersten Stufe. Mir scheint, die Treppe wurde erst viel später als der ganze Rest gebaut.«

Crayne nickte. »Dann ist es wirklich wahrscheinlich, daß die Treppe zu unserem Anbau führt.« Er drehte sich zu Jack um. »Du gehst mit Tawl. Hervo und ich bleiben hier und decken euch den Rücken.«

Das hatte Jack nicht erwartet. Er hatte damit gerechnet, daß sie alle zusammen hinaufgehen würden.

Seine Überraschung mußte ihm deutlich anzusehen sein, denn Crayne fügte rasch hinzu: »Wenn ihr mit irgendwas da oben nicht fertig werdet, dann ruft einfach, und ich komme.«

Jack atmete tief ein, bevor er erwiderte: »Ich habe mir nicht um mich Sorgen gemacht.«

Crayne blickte ihn streng an. »Mir geht es ähnlich, Jack. Ich zähle darauf, dich und Tawl so schnell wie möglich wieder hier unten zu sehen.« Seine Stimme klang gelassen, doch während er sprach, überprüfte er die Gänge in alle vier Richtungen. »Außerdem muß jemand hier bleiben und auf Andris warten. Sonst wird er nie wissen, wohin wir gegangen sind.«

Tawl trat neben Jack. Er schaute zunächst zu Crayne, dann zu Hervo und schüttelte ihnen die Hand. »Paßt auf euch auf. Wir werden uns beeilen.«

»Bis später, mein Bruder«, sagte Crayne. Dies war das erste Mal, daß Jack gehört hatte, wie Crayne Tawl mit dem formellen Gruß der Ritter ansprach.

Tawl blickte Crayne einen Augenblick lang in die Augen. In seinem Gesicht stand viel geschrieben, aber vor allem Respekt. Crayne nickte kaum merklich, und Tawl drehte sich um und ging auf den Vorhang zu.

Nun schüttelte auch Jack den beiden Rittern die Hände. Er hatte bereits Schnapper ohne ein Wort des Dankes ziehen lassen, und ein derartiger Fehler würde ihm nicht ein zweites Mal unterlaufen. »Ich möchte euch danken ...«

Crayne fiel ihm ins Wort. »Warte, bis wir alle wieder in Sicherheit sind, Jack; dann kannst du uns danken.«

»Aye, Junge«, bestätigte Hervo in seiner gedehnten Sprechweise, »bis wir alle wieder in Sicherheit sind.«

Die Treppe wand sich hinauf. Sie wurde nur von einem kleinen Absatz unterbrochen. Gelegentlich zweigten Gänge von ihr ab; doch dicke Staubschichten zeugten davon, daß sie schon lange nicht mehr benutzt worden waren, und so eilten die beiden Gefährten schweigend an ihnen vorbei. Die Treppe selbst war sauber. Tawl nahm die Stufen inzwischen mit äußerster Vorsicht, und Jack folgte seinem Beispiel. Außer dem leisen Tappen ihrer Ledersohlen verursachten sie kein Geräusch.

Je weiter sie sich vom Adelsflügel entfernten, desto kühler wurde Jacks Gesicht. Sein Blut drängte nicht mehr aus ihm heraus, doch sein Herz raste noch immer, und sein Magen fühlte sich an, als hätte er eine Morgensternkugel verschluckt.

»Ha, ha, ha!«

Gelächter ließ Jack zusammenzucken. Er blickte zu Tawl. Der Ritter hatte es auch gehört. Sie stiegen weitere Stufen hinauf, dann erscholl das Lachen erneut. Diesmal war es näher. Tawl hob das Schwert und winkte Jack an seine Seite. Die letzten Stufen nahmen sie im Gleichschritt.

Das Licht wurde heller, die Geräusche lauter, und plötzlich endete die Treppe in einem großen, rechteckigen Raum. Zwei Wachen saßen auf dem Boden. Zwischen ihnen standen zwei Teller mit Essen, ein paar Kerzen und ein Brettspiel. Für den Bruchteil einer Sekunde starrten die Männer die Eindringlinge erstaunt an, dann rissen sie die Schwerter aus den Scheiden.

Spielsteine rollten über den Boden, als sie aufsprangen. Tawl stürmte vor und erwischte den kleineren der beiden an der Hüfte. Sein Kamerad schwang das Schwert, und Tawl war gezwungen zurückzuweichen. Jack drang in den freigewordenen Raum ein und griff die Flanke des verwundeten Soldaten an. Als er jedoch einen Stich in seiner eigenen Flanke spürte, stolperte er zurück. Tawl hatte inzwischen mit dem größeren der beiden die Schwerter gekreuzt, und beide kämpften darum, als erster die Waffe wieder freizubekommen. Irgendwie gelang es Tawl, mit der linken Hand seinen Dolch zu ziehen, und indem er damit nach dem Bauch seines Gegners stach, löste er sich von ihm. Als Reaktion auf den Angriff zog der Soldat sein Schwert zurück. Tawl ließ ihm jedoch keine Gelegenheit zu einem geordneten Rückzug. Er sprang hinterher und rammte dem Mann die Klinge in die Brust.

Jack wehrte gerade einen Angriff von dem verwundeten Soldaten ab, als Tawl hinter den Mann trat und ihn in den Rücken stach. Der Mann schrie auf und fiel zu Boden. Tawl rammte jedem der Männer noch einmal das Schwert ins Herz. Schweiß lief ihm über die Stirn, und er atmete flach und abgehackt.

»Bist du in Ordnung?« fragte er und wischte sich einen Blutfleck aus dem Gesicht.

Jack nickte. »Das Kettenhemd hat den Stoß abgefangen. Außer ein paar blauen Flecken habe ich wohl nicht viel abbekommen.« Jack litt höllische Schmerzen, aber jetzt war nicht der richtige Zeitpunkt, dies zu erwähnen.

»Wer ist da?« fragte eine leise Stimme.

Jack und Tawl schauten sich an.

Tawl rannte zu der Tür gegenüber der Treppe. »Melli, bist du das?«

»Ja, ich bin's!«

Tawl schloß die Augen. Sein Gesicht nahm einen Ausdruck an, den Jack nur als Hunger bezeichnen konnte, und seine Lippen formten ein Wort, von dem Jack vermutete, es solle ›Danke‹ heißen. Tawl drückte gegen die Tür. Sie gab nicht nach. »Geh aus dem Weg!« rief er, nahm Anlauf und rannte mit der Schulter voran gegen das Holz. Das Schloß gab nach, und die Tür schwang auf.

Jack fühlte vage, wie etwas in ihm zerriß. Es war ein Gefühl, als ginge eine Art Geist durch ihn. Aber dann stand Melli in der Tür, und bei ihrem Anblick vergaß Jack alles andere – einschließlich des seltsamen Gefühls.

Sie war so dünn – wie ein Kind –; ihre blauen Augen wirkten riesig in einem Gesicht, das Jack viel größer in Erinnerung hatte.

Tawl trat vor, nahm sie in die Arme und drückte sie an seine Brust. Jack fühlte sich durch den Anblick an Verwundete erinnert, die ihre Faust auf die Wunde drückten, um die Blutung zu stoppen. Tawl war genau so – ein verwundeter Mann. Seine Schultern bebten, und seine Hände glitten hierhin und dorthin: strichen über Mellis Haar, ihren Rücken, ihre Wangen, ihren Nacken. Er konnte nicht aufhören, sie zu berühren. Als sie versuchte, sich von ihm zu lösen, um Jack zu begrüßen, wollte Tawl sie nicht gehen lassen. Er klammerte sich an ihr Kleid, als könnte das allein sie für immer an ihn binden.

Schließlich gelang es Melli doch, sich zärtlich aus seiner Umarmung zu lösen, und sie drehte sich zu Jack um.

Nun, da er sie zum ersten Mal von vorne sah, wußte Jack, daß sie nicht länger schwanger war. »Was ist geschehen?« fragte er.

Melli blickte ihn aus trüben Augen an. »Baralis hat mein Baby ermordet.«

Baralis' Augen öffneten sich im selben Augenblick, da das Sigel zu tanzen begann. Eine Welle winziger Stachel bahnte sich einen Weg durch sein Gehirn. Die Tür war offen, das Sigel gebrochen.

Egal ob Tag oder Nacht, Baralis wußte immer, was die Stunde geschlagen hatte, und so wußte er auch, daß es bereits viel zu spät war, als daß die Wachen oder Madame Greal Melli einen Besuch abgestattet hätten. Er sprang aus dem Bett, zog sich an und entzündete eine Laterne. Zwar brauchte er kein Licht, aber er fühlte sich irgendwie nackt, wenn ihm keine Schatten folgten. Während er den Raum durchquerte, rief er nach Crope, doch er war zu ungeduldig, um auf seinen Diener zu warten, und so machte er sich allein auf den Weg durch den Palast.

Tawl weigerte sich aufzubrechen, bevor Mellis Schiene nicht korrekt angelegt worden war. »Ich will nicht riskieren, daß dein Arm auf der Flucht noch einmal bricht«, erklärte er. Zärtlich löste er die Bandage und legte die Schiene beiseite.

Jack sog zischend die Luft ein. Mellis Unterarm war stark deformiert; die Knochen trafen in einem flachen Winkel aufeinander, und an der Verbindungsstelle hatte sich eine Art Beule gebildet.

»Wer hat dir das angetan?« fragte Tawl.

Melli senkte den Blick. »Kylock. In der Nacht, als ich mein Baby zur Welt gebracht habe. Es ist zu früh gekommen – zwei Wochen vor der Zeit.« Melli sprach so leise, daß Tawl sich anstrengen mußte, um sie zu verstehen.

Für einen Augenblick huschte ein Ausdruck blinder Wut über Tawls Gesicht; doch er war ebenso schnell wieder verschwunden, wie er gekommen war.

Jack beugte sich vor und küßte Mellis Hand: Mit Worten vermochte er sie nicht über den Verlust ihres Kindes hinwegzutrösten. Als er sich wieder aufrichtete, krampfte sich sein Magen unvermittelt zusammen, und ein stechender Schmerz schoß durch seine Schläfen. *Das sind nur die*

Nebenwirkungen des Schwerthiebs, sagte er sich selbst und versuchte, seinen Schmerz zu verbergen.

»Gut«, sagte Tawl und band die beiden Enden von Mellis Bandage zusammen. »Das sollte genügen, bis wir wieder im Versteck sind. Borlin kann es sich dann ja mal ansehen.« Er zwang sich zu einem Lächeln. »Er ist ein wahres Genie, wenn es um gebrochene Knochen geht – er hat in seinem Leben schon genug davon zerschlagen.«

Melli erwiderte das Lächeln – wahrscheinlich nur Tawl zum Gefallen.

»Fühlst du dich in der Lage zu laufen?« fragte Jack. Sein eigener Schmerz war mittlerweile verschwunden; ein leises Summen in seinem Kopf war alles, was davon übriggeblieben war.

Melli nickte. »Ich fühle mich gut.«

»Na, dann los.« Jack war in Gedanken bereits weiter. Er würde Tawl und Melli bis zu jenem Korridor begleiten, an dessen Ende er Kylock vermutete; dann würde er sich von ihnen verabschieden und den Rest alleine erledigen.

Tawl ergriff Mellis Hand, und gemeinsam gingen sie zur Treppe. Sie gingen schnell; sie wollten so schnell wie möglich wieder zurück zu Crayne, so schnell wie möglich raus aus dem Palast. Mit jedem Schritt wurden sie schneller. Zuerst nahmen sie zwei Stufen auf einmal, dann drei, und als sie schließlich den Fuß der Treppe erreichten, waren sie außer Atem.

Jack sah Craynes Leiche, noch bevor er die Zauberei roch. Er schob den Vorhang beiseite und sah Crayne mit dem Gesicht nach oben in einer Blutlache liegen. Er hatte keine Augen mehr, nur noch leere Höhlen voller Blut. Hervo saß zusammengesunken an der Wand. Sein Kopf war nach vorne geneigt, so daß Jack sein Gesicht nicht sehen konnte; aber roter Schleim tropfte ihm aus der Nase. Mit der rechten Hand umklammerte er noch immer einen Pfeil, und sein Bogen lag links von ihm auf dem Boden; die Sehne zitterte noch.

Jack verfluchte seine eigene Dummheit. Das hatte er

gefühlt, als er vorhin Mellis Hand geküßt hatte. Er hätte es wissen müssen!

In der Viertelsekunde, die er brauchte, um sich dessen bewußt zu werden, erschienen Tawl und Melli auf der Treppe hinter ihm, und Baralis tauchte vor ihm aus den Schatten auf.

Zu spät! Jack konnte den Zauber auf Baralis' Lippen schmecken. Er fühlte, wie sich die Macht aufbaute.

Die Zeit verlangsamte sich.

Er hörte jemanden schreien *»Lauft!«* und erkannte kaum seine eigene Stimme. Er stieß mit aller Kraft etwas Weiches beiseite – Tawl, Melli, er wußte es nicht –, und sprang selbst in die entgegengesetzte Richtung. Noch während er in der Luft war, arbeiteten sein Geist und sein Magen an einer eigenen Beschwörung. Er konnte Baralis' Macht nun sehen. Er sah, wie sie auf ihn zukam – brennend, knisternd, glatt und scharf wie ein Dolch –, und wie sie die Luft zum Kochen brachte.

Zu spät! Er hatte keine Zeit, nur Bruchteile von Sekunden. Baralis hatte seine Beschwörung bereits begonnen, bevor Jack die letzte Stufe erreicht hatte. Ein Übelkeit erregendes Pochen schwoll in Jacks Körper zu einem Dröhnen an. Er fühlte, wie er fiel, und er hob die Hände, um seinen Sturz abzufangen.

Und dann traf ihn Baralis' Zauber mit voller Wucht. Ein brennender Schmerz fuhr durch Jacks Körper. Seine Glieder, sein Bauch, sein Gesicht, alles wurde von unzähligen glühenden Klingen zugleich getroffen. Seine Haut wurde von tausend Nadeln aufgerissen, und Feuer raste auf sein Herz zu. Jacks Körper wurde von Krämpfen geschüttelt, deren mächtigster seine Brust zerriß, und dann … nichts mehr.

Zu spät!

Kapitel Dreiunddreißig

Tawl stürzte auf Baralis zu, als Jack zu Boden ging. Melli an der einen Hand, das Schwert in der anderen versuchte er, die Entfernung zwischen sich und dem Kanzler zu überbrücken. Da er sich noch immer nicht vollständig von Jacks kräftigem Stoß erholt hatte, konnte Tawl nur drei Schritte machen, bevor ihn der Zauber traf.

Die Luft begann sich zu drehen; alles wurde weiß, und dann schlug der Zauber mit voller Wucht gegen Jack. Hitzewellen jagten über Tawls Körper hinweg, verbrannten ihm die Haut, sogen die Luft aus seinen Lungen und blendeten ihn, als hätte er direkt in die Sonne geschaut. Irgendwie gelang es ihm, sich noch vor Melli zu stellen, doch sie hatte die Magie bereits zu spüren bekommen, und ihr Schrei zerriß Tawl Herz und Seele.

Jack war eine Fackel aus blendend weißem Licht. Sein Körper wand sich in Krämpfen auf dem Boden, und seine Glieder waren in Flammen gehüllt. Dann hörte alles auf.

Es folgte ein Augenblick vollkommener Ruhe. Jacks Körper sank auf den Boden. Baralis war ein dunkler Schatten über ihm. Mellis Kopf fiel auf Tawls Schulter. Und Tawl, der plötzlich bemerkte, daß das Heft des Schwertes in seiner Hand glühte, ließ die Waffe fallen. Das Schwert fiel auf den Boden, und sein Scheppern durchbrach die Stille wie Kirchenglocken im Morgengrauen.

Baralis brach zusammen. Sein Körper schien zu

schrumpfen, und er landete zusammengerollt auf dem Boden. Der schwarze Umhang legte sich um ihn wie ein Fächer. Ein riesiger Mann rannte herbei; er weinte, murmelte irgend etwas vor sich hin und schüttelte wild den Kopf. Er ignorierte Tawl und Melli und eilte an Baralis' Seite.

»Komm, Tawl. Laß uns machen, daß wir hier wegkommen!« schrie Melli.

Tawl griff nach seinem Schwert. Er wollte Baralis ein für allemal erledigen.

»*Nein!*« kreischte Melli. »Komm ihm nicht zu nahe. Du weißt nicht, zu was er fähig ist – auch jetzt noch.« Sie zog ihn am Ärmel, und Tawl drehte sich zu ihr um. Die Haut auf ihrem Gesicht war rot und feucht, ein Ergebnis des Zaubers. Die Furcht in ihren Augen war unübersehbar. »Bitte, Tawl. Laß uns von hier verschwinden, solange wir noch können.«

In der Ferne ertönten Schreie. Zwei Wachen eilten durch die Galerie herbei, die Schwerter kampfbereit in der Hand. Tawl packte seine Klinge. Sie war noch immer warm, aber sie glühte nicht mehr. Dann blickte er auf Jacks Körper – kein Lebenszeichen. Melli hatte recht: Sie mußten von hier verschwinden, bevor die Palastwachen eine Verfolgung organisieren konnten. Jack konnten sie sowieso nicht mehr helfen.

Aber es war so schwer, sich einfach umzudrehen. Tawl überlegte kurz, Jack mitzuschleppen. Vielleicht war er ja gar nicht tot, sondern nur bewußtlos.

»Tawl! Die Wachen!« Melli war inzwischen außer sich vor Angst. Blut und Tränen mischten sich auf ihren Wangen. Sie zitterte am ganzen Körper. Die Vorderseite ihres Kleides war verkohlt, und als sie ihn hinter sich herzog, sah Tawl, daß der Zauber die Haare auf ihrem Arm versengt hatte.

Tawl wußte, daß er Melli in Sicherheit bringen mußte. Nicht nur sein Eid verpflichtete ihn dazu; sie war auch Teil des Handels, den er in den kalten, grünen Tiefen des Ormonsees mit sich selbst abgeschlossen hatte. Ihre Rettung war der Anfang seiner eigenen Erlösung.

Sie hatten keine Zeit, Jacks Körper von hier wegzuschaffen. Es würde sie nur unnötig aufhalten. Die beiden Wachen waren nicht mehr weit entfernt, und so wie es sich anhörte, würden bald noch mehr auftauchen. Tawl packte Mellis Hand, und gemeinsam rannten sie den Gang hinunter, die beiden Soldaten dicht auf den Fersen.

Tränen brannten auf der rauhen Haut von Tawls Wangen. Hervo, Crayne, Jack: Baralis hatte sie alle getötet. Freunde, Brüder, gute Männer waren ihm in die Gefahr gefolgt, ohne auch nur einen Augenblick lang an sich selbst zu denken. Hervo und Crayne waren auf keiner Suche gewesen; keine alte Prophezeiung hatte ihre Handlungen bestimmt: Sie hatten einfach nur an ihn *geglaubt*. Das Bild von Craynes augenlosem Gesicht erschien in Tawls Gedanken. Er spürte einen stechenden Schmerz in der Brust. Was hatte Baralis ihm angetan?

Trauer verwandelte sich in Zorn, und während Tawl mit Melli an der Hand den Gang hinunterlief, wußte er, daß Baralis, Kylock und Tyren zerstört werden mußten.

Die Soldaten holten auf. Nur noch Sekunden bis Tawl sich umdrehen und ihnen stellen mußte. Mit zwei Männern konnte er ohne weiteres fertig werden, doch er hatte Angst, daß Melli während des Kampfs zu Schaden kommen könnte. Tawl wollte ihr gerade befehlen vorauszueilen, als wie ein Geschenk Gottes plötzlich Andris vor ihm erschien. Der große blonde Ritter wurde von zwei weiteren Männern begleitet. Sie hatten ihre Waffen gezückt, und sofort stellten sie sich den Soldaten in den Weg.

Die Ritter schlugen die Wachen mit all der Schnelligkeit und dem Enthusiasmus nieder, wie sie für Soldaten typisch sind, die frisch in die Schlacht kommen. Tawl nutzte die Gelegenheit, um wieder zu Atem zu kommen. Melli war an seiner Seite, und obwohl er noch immer ihre Hand hielt, hob er den Schwertarm und streichelte ihr über die Wange. Er konnte sie einfach nicht genug berühren.

Melli lächelte zu ihm hinauf und sagte: »Ich hatte beinahe schon die Hoffnung aufgegeben.«

Er küßte sie. Verbrannte Lippen auf verbrannte Lippen, tränenfeuchte Nase an tränenfeuchte Nase, die Augen weit geöffnet aus Angst, der andere könne sonst wieder verschwinden. Tawl erkannte, daß dies nicht nur mit seiner Erlösung zu tun hatte; auch Liebe spielte eine Rolle bei Mellis Rettung. Melli war mehr als nur Teil eines Handels: Sie war die Frau, die er liebte. Und vielleicht, so Borc wollte, würde es am Ende eine gemeinsame Zukunft für sie geben – vielleicht.

»Wo sind Crayne und die anderen?« Das war Andris. Er wischte seine Klinge an der Hose ab. Die beiden Wachen lagen tot auf dem Boden. Einer der anderen Ritter, Gervhay, der jüngste, hatte seinen Bogen gespannt, um jeden niederzustrecken, der es wagen sollte, sich in dem Gang zu zeigen.

Tawl senkte den Blick. Das Ende war noch sehr, sehr weit entfernt: zu weit, um auch nur daran zu denken. »Sie sind tot. Baralis hat sie getötet.«

Andris nickte. Tawl wußte, daß sein Freund diese Antwort erwartet hatte. »*Thes ve hesrl*«, sagte er.

Tawl, Gervhay und Corvis wiederholten die Worte. Sie *waren* würdig gewesen.

Sie hatten keine Zeit, um zu trauern. Andris bellte einen Befehl, und sie rannten den Gang hinunter in Richtung des Tunneleingangs. Ihre Gesichter waren ernst; sie hielten die Schwerter fest umklammert, und wenn irgend jemand ihren Weg kreuzte, wurde er kurzerhand niedergehauen. Gervhays Pfeile verfehlten niemals ihr Ziel; Andris' Klinge teilte nur tödliche Schläge aus, und Corvis' Kampfmesser traf jedes Herz. Inzwischen waren sie von Kopf bis Fuß mit Blut besudelt, und sein lebensraubender Geruch stieg ihnen in die Nase. Alles war rot: die Wände, die Schatten, die Wachen. Nichts blieb unberührt.

Schließlich erreichten sie den Geheimgang. Ihre Verfolger waren entweder tot oder lagen im Sterben. Andris hob den Vorhang, der den Eingang verbarg.

Und in diesem Augenblick hörte Tawl es.

Er hatte sich gerade ein wenig zurückfallen lassen und rammte den Sterbenden das Schwert in die Brust, damit sie niemandem verraten konnten, wohin die Flüchtenden gegangen waren, als er in der Ferne ein unverkennbares Geräusch hörte.

Sofort schaute er zu Melli. Andris hatte sie zu sich herangewunken und half ihr nun, sich in den schmalen Gang zu quetschen. Sie schien das Geräusch nicht gehört zu haben – ebensowenig wie die anderen.

Tawl traf eine Entscheidung. Er wartete, bis seine vier Gefährten im Tunnel waren, bevor er selbst zum Eingang ging. »Ich will, daß ihr vorgeht. Verschwindet von hier. Geht zum Versteck und wartet dort auf mich.«

Andris schüttelte den Kopf. »Nein, Tawl. Wir gehen zusammen.«

»Ich muß vorher noch etwas nachsehen; das ist alles. Es wird nur ein paar Minuten dauern.«

»Tawl, verlaß mich nicht. Nicht jetzt.« Das war Melli, die bereits in den Schatten des Tunnels verschwunden war. Sie klang verängstigt.

Tawl streckte die Hand aus, bis er Melli hinter Andris fühlen konnte. »So wahr Borc mein Zeuge ist, schwöre ich, daß ich nichts Törichtes tun werde. Noch vor Sonnenaufgang werde ich wieder an deiner Seite sein.«

Melli umklammerte seine Hand. »Ich liebe dich«, sagte sie.

Trotz allem, was in dieser Nacht geschehen war – trotz des Blutbads und trotz des Verlusts seiner Freunde –, empfand Tawl bei diesen Worten eine derartige Freude, daß sein Herz zu brechen drohte. Er zog Mellis Hand aus der Dunkelheit und küßte sie. »Ich liebe dich«, flüsterte er in die Schatten hinein. »Ich verspreche dir, ich werde zurückkehren.«

Mellis Hand loszulassen war das Schwierigste, was er je in seinem Leben getan hatte. Seine Seele, sein Herz und sein Geist wollten sie nicht gehen lassen, doch er hatte das Schreien eines Babys gehört, und er mußte seinen Eid erfüllen.

»Schschsch, mein Kleiner. Schschsch. Tu Oma Greal den Gefallen.« Madame Greal hielt das Baby vor ihrer knochigen Brust und wiegte es hin und her. Von Zeit zu Zeit gurrte sie beruhigend und bot dem Kind den Finger zum Saugen an.

Klein Herbert – benannt nach Madame Greals Vater, Herbert Skinflynt Greal – hatte bisher noch nie geschrien. Er war so schwach, daß er die meiste Zeit über schlief, und in den wenigen Stunden, in denen er wach war, war er so sanft wie ein Lamm. Er war das winzigste Baby, das Madame Greal je gesehen hatte. Selbst jetzt noch, drei Wochen nach seiner Geburt, war sein Gewicht nicht der Rede wert. Seine Fäuste waren so leicht wie eine Pusteblume, und sein kleines Köpfchen war nicht größer als ein Nadelkissen. Er war ein Frühchen, und das war das Problem. Sein Flittchen von Mutter, Melli, hatte nicht das Rückgrat besessen, ihn bis zum Schluß auszutragen.

Herbert bewegte sich in Madame Greals Armen, öffnete die blauen Augen und begann, lauthals zu schreien.

»Schschsch, mein Kleiner. Schschsch.« Madame Greal wiegte, gurrte, kitzelte, und als nichts davon half, geriet sie in Panik. Es war noch sehr früh, und jedes noch so kleine Geräusch hallte in den vor Sonnenaufgang menschenleeren Fluren wider. Madame Greal trug das Baby durch den Raum, öffnete ihren Kleiderschrank, kletterte hinein und schloß die Tür wieder.

Das Baby reagierte auf die Dunkelheit und die kältere Umgebung mit noch lauterem Schreien.

Madame Greal wiegte Klein Herbert zärtlich in den Armen. »Schschsch, Oma Greal tut dir nichts. Nein, nicht Oma Greal. Oma Greal liebt ihren kleinen Herbi. Ja, das tut sie. Jawohl.« Ihre Worte beruhigten das Baby, und so redete sie weiter, bis es in ihren Armen eingeschlafen war.

Mitten im dunklen Schrank, den Rücken gegen ihre Wintergarderobe gepreßt und mit schmerzenden Beinen vom vielen Stehen fühlte Madame Greal, wie eine Welle mütterlicher Gefühle über sie hinwegbrandete. Klein Herbert gehörte nun ihr, und niemand würde ihn ihr wegnehmen.

Sie hatte nicht die Absicht gehabt, sich in ihn zu verlieben. Sie hatte ihn nur aus Wut an sich genommen. Baralis hatte ihre geliebte Nichte Corsella ermordet, und dafür sollte er bezahlen. Madame Greal hatte das Kind nur genommen, um es später als Waffe gegen den Kanzler zu benutzen. Klein Herbert war gefährlicher als jede Armee: Er war der wahre Thronerbe von Bren – das Zeichen des Falken auf seinem Knöchel war Beweis genug dafür. Nun mußte Madame Greal nur noch das Gerücht in Umlauf bringen, das Kind sei gesund und am Leben, und die guten Leute von Bren würden sich gegen Kylock erheben. Sie würden den Sohn des Herzogs jederzeit einem fremden Tyrannen vorziehen. Baralis würde aus der Stadt gejagt werden, und – wenn alles gut lief – würde man ihn vor den Toren wie einen räudigen Hund erschlagen.

Das zumindest war ihr ursprüngliches Motiv gewesen: Rache. Aber irgend etwas war mit Madame Greal geschehen, seit sie das Baby zum ersten Mal in den Armen gehalten hatte, und nun waren Baralis und seine Intrigen gar nicht mehr so wichtig.

Das Kind war so zerbrechlich: Damit hatte alles angefangen. Tag und Nacht mußte man sich um ihn kümmern. In Ermangelung von Muttermilch mußte er mit einem Tuch gefüttert werden, das zuvor in Milch getaucht worden war, und um seine zarte Haut zu schützen, mußte er jeden Tag mit warmem Öl eingerieben werden. Er war vollkommen hilflos. Er konnte nur auf seiner Decke liegen und mit seinen winzigen Beinchen strampeln. Madame Greal war niemals verheiratet gewesen; sie hatte auch keine eigenen Kinder, und somit war noch nie jemand völlig abhängig von ihr gewesen. Das Baby liebte sie; es vertraute ihr – sie war der einzige Mensch, der in seinem kurzen und unschuldigen Leben von Bedeutung war. Das Kind war keine diebische, undankbare Natter, die versuchte, Madame Greal das wohlverdiente Geld aus der Tasche zu ziehen. Es wollte nichts anderes, als in ihren Armen zu liegen und an ihrem Daumen zu nuckeln.

Nach ein paar Tagen hatte sich Madame Greal in der ungewohnten Situation wiedergefunden, etwas *geben* zu wollen: ihre Zeit, ihre Liebe, ihr Geld, ihren Schutz. Nichts war zuviel, wenn es darum ging, Klein Herberts Sicherheit zu garantieren. Baralis war ein Mörder: Er hatte den Vater des Babys getötet und seine Halbschwester. Zu versuchen, sich mit ihm anzulegen, war mehr als nur dumm: Es war Selbstmord. Mit einem solchen Versuch würde Madame Greal nur sich und das Baby einem unnötigen Risiko aussetzen. Es wäre wohl am besten, wenn sie sich heimlich aus dem Palast schleichen und die Stadt verlassen würde. Sie könnte wieder in die Königreiche zurückkehren und sich dort irgendwo verstecken – dann würde nie jemand die wahre Identität des Babys erfahren. Madame Greal streichelte über Klein Herberts Babylocken. Morgen würde sie zu ihrer Schwester gehen und sie bitten, ihren Besitz in der Stadt zu liquidieren. Die heutige Nacht hatte bewiesen, daß es viel zu gefährlich war, das Kind im Palast zu behalten. Natürlich konnte man ihm sein Schreien nicht vorwerfen, aber man konnte es ihm auch nicht verbieten. Es war Zeit, Klein Herbert in Sicherheit zu bringen.

Madame Greal öffnete die Schranktür mit ihrem Ellbogen und kletterte wieder hinaus in ihre helle, warme Kammer. Es war schon sehr spät, und sie wollte vor Sonnenaufgang noch ein paar Stunden schlafen.

Gerade als sie Klein Herbert in die kleine Truhe legen wollte, die ihm als Bettchen diente, schoß ein Krampf durch Madame Greals verkrüppeltes Handgelenk. Vor lauter Schmerz ließ sie Herberts Beine los, und der Hintern des Kindes fiel auf den mit Decken gepolsterten Boden der Truhe. Der Aufprall war nicht hart gewesen, doch er reichte aus, um das Kind zu wecken und zu einem entrüsteten Schreien anzuregen.

Madame Greal war außer sich. »Schschsch. Schschsch«, zischte sie, hob ihn wieder hoch und wiegte ihn in den Armen. »Komm schon, Klein Herbert. Mach Schschsch für Oma Greal.«

Tawl wollte seine Suche gerade aufgeben, als er erneut das Schreien eines Babys hörte. Es war nun sehr nah. Er blieb stehen und versuchte herauszufinden, aus welcher Richtung das Geräusch kam. Links und ein Stockwerk unter ihm. Er schaute sich nach Wachen um, und als er niemanden sah, machte er sich auf den Weg.

Soweit er feststellen konnte, befand er sich nicht mehr im Zentrum des Adelsflügels: An den Wänden brannten nun weniger Fackeln, und es gab hier weder Wandteppiche noch Wachen. Gelegentlich hörte er Schritte in der Ferne, doch niemand kam in seine Richtung. Tawl war froh über die Ruhe; dennoch blieb er von Zeit zu Zeit stehen und schaute sich aufmerksam um. Das dämmrige Licht war ein Vorteil für ihn, und indem er noch zusätzlich die ein oder andere Wandfackel löschte, verstärkte er die Dunkelheit noch.

Als er eine kleine Treppe erreichte, machte er sich auf den Weg nach unten. Das Schreien hatte inzwischen aufgehört, aber Tawl vermutete, daß er der Quelle nun sehr nahe sein mußte, und als die Treppe in einer kleinen Galerie endete, ging er sofort zur ersten Tür auf der linken Seite.

Er legte das Ohr ans Holz und hörte auf der anderen Seite die Stimme einer Frau. Sie sprach in dem typischen Singsang, den Mütter benutzen, um ihre Kinder zu beruhigen. Tawl atmete tief durch. Natürlich wußte er, daß es durchaus möglich war, daß das Baby hinter dieser Tür nicht Mellis Kind war, aber er mußte Gewißheit haben. Er hatte einen Eid geschworen, die Frau des Herzogs *und* seine Erben zu beschützen, und wenn auch nur im entferntesten die Möglichkeit bestand, daß sein Sohn noch am Leben war, dann war Tawl dazu verpflichtet, sich um ihn zu kümmern.

Vorsichtig überprüfte Tawl die Tür. Sie war von der anderen Seite verriegelt. Eigentlich hatte er nicht beabsichtigt, sich mit Gewalt Zutritt zu verschaffen, aber nun blieb ihm nichts anderes übrig. Er trat mit aller Kraft zu.

Die Tür schwang auf. Die Frau kreischte. Das Baby schrie.

Tawl hob den Schwertarm, um anzuzeigen, daß er nichts Böses im Schilde führe, und trat ein. Sofort griff die Frau an. Sie hielt ein Messer in der Hand und zielte auf Tawls Brust. Tawl versuchte, den Angriff abzuwehren, doch die Klinge traf ihn in die Schulter. Schmerz schoß seinen Arm hinunter und trieb ihm die Tränen in die Augen. Wütend schlug er mit der Faust zu, und er erwischte die Frau am Unterkiefer. Sie taumelte zurück und wedelte wild mit den Armen, um ihren Fall abzubremsen. Krachend landete sie in der Ecke neben dem Baby.

Tawl eilte ihr sofort zu Hilfe. Die Frau hielt noch immer das Messer in der Hand und stocherte damit in der Luft zwischen sich und Tawl herum. »Bleibt ja weg von mir und meinem Baby«, keifte sie.

Tawl wich zurück. Seine Schulter blutete heftig, und er preßte die Hand auf die Wunde. »Euer Baby?« Die Frau war viel zu alt, als daß sie die Mutter des Kindes sein konnte.

»Das ist das Kind meiner Tochter«, erwiderte sie. »Und jetzt macht, daß Ihr hier rauskommt, bevor ich die Wachen rufe.«

Tawl ignorierte die Drohung und schaute in die kleine Truhe. Das Kind war winzig, ein Neugeborenes. Es hatte die kleinen Händchen zu Fäusten geballt und schrie mit einer Leidenschaft, als sei es selbst darüber überrascht, wieviel Lärm es machen konnte. Tawl richtete die Schwertspitze auf die Frau. »Sorg dafür, daß es aufhört zu schreien.«

Während die Frau sich aufrappelte, schloß Tawl die Tür. Dann riß er sich einen Streifen Stoff aus der Tunika und verband damit seine Wunde. Das war nicht leicht: Die Wunde blutete sehr stark, und er mußte den provisorischen Verband mit der linken Hand verknoten. Er zog den Verband so fest an, wie er es ertragen konnte, bevor er die Faust mit aller Kraft auf die Wunde preßte. Der Schmerz war so stark, daß Tawl für einen Augenblick die Augen schließen mußte, bevor er wieder nachließ.

Während er weiterhin die Faust auf der Wunde hielt, drehte er sich zu der Frau um. Sie hielt das Baby im Arm und beruhigte es mit einer Flut mütterlicher Worte. Tawl empfand ihre krächzende Stimme als unangenehm, doch das Kind schien positiv darauf zu reagieren, denn schon nach kurzer Zeit hörte das Schreien auf und wich einem zufriedenen Glucksen.

»Bring es hier rüber, damit ich es mir ansehen kann«, forderte Tawl.

Die Frau drückte das Kind an die Brust.

Tawl fühlte sich plötzlich sehr, sehr müde. Er hatte einen langen und harten Tag hinter sich, und er wollte ihn endlich zu Ende bringen. »Lady, ich will weder Euch noch dem Kind ein Leid zufügen, aber ich muß mir das Baby ansehen.« Während er sprach, steckte er das Schwert in die Scheide – sein rechter Arm war zu schwach, um es zu führen, und sein linker Arm war nicht an schwere Waffen gewöhnt. Statt dessen zog er sein Kampfmesser. »Und jetzt bringt es her.«

Die Frau starrte auf das Messer. »Wer seid Ihr?«

Allmählich verlor Tawl die Geduld. Er durchquerte den Raum. »Gebt mir das Kind.«

»Ich werde schreien.«

»Das glaube ich nicht.«

Die Frau blickte ihn wütend an und reichte ihm das Kind.

Tawl ließ sie keine Sekunde aus den Augen. Er hatte gesehen, wie schnell sie mit dem Messer war, und er wollte keine unnötigen Risiken eingehen. »Legt es aufs Bett und zieht es aus.«

Die Frau tat, wie ihr geheißen; nur die Windel und die wollenen Bettsocken zog sie nicht aus. »Stellt Euch in die Ecke, während ich es mir anschaue«, sagte Tawl und deutete mit der Messerspitze auf die Brust der Frau. Sie zögerte. »*Bewegt Euch!*«

Tawl ging auf die andere Seite des Bettes, so daß er die Frau im Auge behalten konnte. Er berührte das Baby. Es war noch immer wach, und es schaute Tawl mit seinen blauen Augen neugierig an – Augen von der gleichen Farbe und Form wie Mellis. »Wie alt ist« – Tawl wußte nicht, ob es ein Mädchen oder ein Junge war – »es?«

»Meine Tochter hat ihn vor neun Wochen zur Welt gebracht. Sie ist im Augenblick krank, deshalb kümmere ich mich um ihn.«

Die Frau hatte den falschen Mann angelogen. Tawl wußte alles über Babys; er selbst hatte ein Neugeborenes nach dem Tod seiner Mutter aufgezogen. Das Kind, das hier vor ihm lag, war nicht groß genug für neun Wochen. Sanft drehte er das Baby auf den Bauch und suchte nach Muttermalen. Vor langer Zeit hatte er einmal gehört, daß die Kinder des Hauses Bren alle an dem Zeichen des Falken zu erkennen seien. Der Rücken des Kindes war vollkommen makellos.

»Zieht ihm die Windel und die Socken aus.«

Aus dem Augenwinkel heraus sah Tawl, wie die Frau ihr Messer hob. Jetzt hatte er endgültig die Nase voll. Das Kind gehörte weder ihr noch ihrer Tochter. Es hatte Mellis Augen und ihre Haarfarbe, und es war klein genug für ein Neugeborenes. Tawl beugte sich vor und legte das Baby in seinen verwundeten Arm. Schmerz breitete sich in seiner Schulter aus. Er ignorierte ihn.

»Bitte nehmt ihn mir nicht weg«, schrie die Frau. Sie kam mit dem Messer in der Hand heran, doch Tawls Messerarm war frei, und so hielt er sie auf Distanz.

»Gebt mir die Decke.«

Die Frau riß die Decke vom Bett. »Bitte, nehmt ihn mir nicht weg. *Bitte.*«

»Lady, das ist nicht Euer Baby, und das wissen wir beide.« Tawl mochte die Frau nicht, und er traute ihr nicht über den Weg; aber er konnte deutlich sehen, daß sie sich um das Kind sorgte. »Warum sagt Ihr mir nicht einfach die Wahrheit? Ich werde Euch schon nichts tun.«

»Aber das Baby wollt Ihr trotzdem mitnehmen?«

»Ja. Egal was Ihr sagt, ich nehme es mit.« Tawl nahm der Frau die Decke aus der Hand. Sie griff nicht an. Er bemühte sich, die Decke um das Kind zu wickeln, aber mit einer Hand war das äußerst schwer. Zudem schaukelte er ständig vor und zurück, um das Baby ruhig zu halten.

»Kennt Ihr Euch mit Babys aus?« fragte die Frau.

»Ja. Ich habe selbst mal eins großgezogen. Das ist aber schon lange her.« Tawl spürte, daß die Frau sich entspannte, und so entspannte auch er sich. »Helft mir, die Decke um ihn zu wickeln. Er friert sonst noch.«

Tawl sah im Gesicht der Frau, daß sie noch immer unschlüssig war, ob sie das Messer beiseite legen sollte oder nicht. »Wer seid Ihr?«

Zunächst wollte Tawl die Frage auch diesmal ignorieren, doch dann entschied er sich aus irgendeinem Grund, ein Risiko einzugehen. Er mußte die Wahrheit herausfinden. Nach kurzem Schweigen blickte er der Frau in die Augen und sagte: »Ich bin Tawl, Champion des Herzogs. Vor der ganzen Stadt habe ich geschworen, ihn und seine Erben zu schützen.«

Die Frau schaute auf das Baby. Sie zog die Decke ein wenig enger um seinen Körper, und dabei achtete sie darauf, daß auch seine Ärmchen gut geschützt waren. »Ihr glaubt also, daß das Baby ihr Sohn ist?«

»Ja, das glaube ich, aber nur Ihr könnt mir Gewißheit verschaffen.« Tawls Stimme klang sanft. »Ich werde Euch nicht verdammen, weil Ihr ihn an Euch genommen habt. Wie könnte ich auch? Ihr habt ihm das Leben gerettet. Was ich Euch schulde, kann niemals beglichen werden, und ich bin Euch für alle Ewigkeit zu Dank verpflichtet, aber bitte, bitte, bitte, sagt mir die Wahrheit.«

Es folgten ein paar Augenblicke des Schweigens. Die Frau streichelte den Kopf des Babys, dann blickte sie plötzlich auf. »Wenn ich Euch alles erzähle, werdet Ihr mich dann mit Euch nehmen? Das Kind liebt mich, wißt Ihr? Ich bin das einzige, was er kennt. Ich bin für ihn wie eine Mutter – ohne mich hat er bestimmt Angst.«

Tawl ließ sein Messer aufs Bett fallen und ergriff die Hand der Frau. »Ich verspreche Euch, ich werde Euch mitnehmen. Ich weiß, daß Ihr ihn liebt – das sieht man. Und jetzt, bitte, sagt mir, was geschehen ist.«

Als Geste des Vertrauens gab Tawl ihr das Kind zurück.

Die Frau zitterte. Die Tränen standen ihr in den Augen.

»Komm zu Oma Greal«, gurrte sie. »Ja, du bist ein braver Junge.« Sie setzte sich auf die Bettkante und zog dem Jungen die linke Socke aus. Ein rosafarbenes Mal, kleiner als ein Daumennagel, schimmerte kurz oberhalb des Knöchels. Das Zeichen des Falken.

»Baralis hat mir befohlen, das Baby wegzuschaffen und zu töten«, flüsterte die Frau. »Ich hätte es auch getan, wenn da nicht Corsella gewesen wäre.«

»Corsella? Die Tochter der alten Dornenbeutel?«

Die Frau schaute ihn verwundert an. »Ja, sie war meine Nichte. Habt Ihr sie gekannt?«

»Als ich zum ersten Mal nach Bren gekommen bin, hat sie mich bei sich aufgenommen.«

»Sie war ein gutes Mädchen mit einem Herz aus Gold, und sie war so wunderschön ...«

Tawl hatte zwar nicht ganz dieselbe Meinung von dem Mädchen, aber nun war nicht die Zeit zum Streiten. »Was hat Baralis ihr angetan?«

»Er hat sie ermordet. Crope hatte ihre Halskette in einem kleinen Kästchen. Er hat gesagt, sein Meister hätte ihm erlaubt, sie zu behalten.«

Tawl setzte sich neben die Frau aufs Bett. Gemeinsam streichelten sie das Kind. »Das tut mir leid«, sagte er. Plötzlich hatte er ein schlechtes Gewissen, weil er Madame Dornenbeutel so schlecht behandelt hatte. »Das habe ich nicht gewußt.«

»Es gibt nichts, was Euch leid tun müßte. Baralis hat Euch genauso übel mitgespielt.«

»Was meint Ihr damit?«

»Er war derjenige, der die Ermordung des Herzogs geplant hat. Ich habe gelauscht, als er einen Mann namens Traff mit dem Mord beauftragt hat. Ich habe alles gehört.«

In Tawls Kopf drehte sich alles. »Wo war das?«

»Im Haus meiner Schwester, natürlich. Traff hat dort gewohnt, und Baralis hat ihn besucht. Er hat ihm von den Geheimgängen und so erzählt. Als Belohnung hat er ihm Melliandra versprochen.«

»Und all das habt Ihr gehört?«

Die Frau nickte. »Wort für Wort.«

»Was wißt Ihr sonst noch über Baralis?«

»Viel. Ich habe ein Notizbuch, wo alle Adeligen drinstehen, die er und Kylock ermordet haben. Kylock verstümmelt die Leichen und läßt sie dann in den See werfen. Offiziell heißt es dann, sie seien vermißt.«

»Habt Ihr das Buch bei Euch?«

Die Frau klopfte sich auf die Seite. »Ich habe es immer dabei. Einige der reichsten und ehrenwertesten Lords von Bren stehen darin.«

Tawl erkannte allmählich, als wie wertvoll sich Oma Greal erweisen könnte. Was sie über Kylock und Baralis wußte, konnte die ganze Stadt in Aufruhr versetzen. »Ich glaube, wir sollten jetzt besser gehen«, sagte er. »Ich passe auf das Baby auf, während Ihr Eure Sachen zusammensucht. Nehmt aber nur soviel mit, wie Ihr ohne Mühe auf dem Rücken tragen könnt. Ihr werdet beide Hände für das Baby brauchen.«

Während die Frau ihren Schrank durchforstete, nahm Tawl das Kind in den Arm. Mellis Baby. Es war perfekt: ein winziges, zähes Ding mit Augen so groß wie Pfannkuchen. Tawl drückte es an die Brust und genoß das Gefühl des warmen kleinen Körpers. »Was hattet Ihr mit ihm vor?« fragte er die Frau.

»Ihn weit wegzubringen. Irgendwohin, wo niemand weiß, wer er ist.« Sie lächelte Tawl an – ein unangenehmer Anblick, denn ihr fehlten beide Schneidezähne. »Ihr kommt gut mit ihm zurecht, wie ich sehe.«

»Er ist wunderschön.« Tawl schaute der Frau in die Augen. »Ihr habt Euch richtig entschieden. Baralis hätte früher oder später herausgefunden, daß der Junge noch lebt, und dann hätte er Euch gejagt und getötet.«

»Aye. Da habt Ihr wahrscheinlich recht.« Die Frau warf sich einen Umhang über die Schultern und griff nach dem Kind. »Wo werdet Ihr uns hinbringen?«

»Raus aus der Stadt – jedenfalls bis es wieder sicher ist

zurückzukehren.« Er reichte ihr das Baby. Die Wunde blutete nicht mehr, dennoch schoß ein stechender Schmerz durch seine Schulter, als er den Arm mit dem Kind ausstreckte.

»Ich glaube nicht, daß es jemals sicher genug sein wird, um wieder zurückzukehren.«

»O doch«, sagte Tawl. »Das wird es.«

Madame Greal – oder Oma Greal, wie sie sich nun gerne nannte – zeigte Tawl den Weg hinunter in die Kapelle der Dienerschaft. Die Palastwache war inzwischen in Alarm versetzt worden, aber sie konzentrierte ihre Suche auf den Adelsflügel. Außer einem einzelnen Soldaten, den Tawl mit dem Messer erledigte, lief ihnen nur noch ein Spülmädchen über den Weg, das bei Oma Greals Anblick derart in Panik geriet, daß Tawl sie verschonte.

Oma Greal drückte Klein Herbert fest an die Brust, während sie Tawl durch den Palast folgte. Der goldhaarige Ritter gefiel ihr: Er war hübsch, ehrenhaft, sanft, und sie glaubte ihm, wenn er sagte, er würde sie und Klein Herbert mit seinem Leben beschützen. Ursprünglich hatte sie nicht beabsichtigt, mit ihm zu gehen; aber nachdem sie gesehen hatte, wie er mit dem Baby umging – riesige Hände, die sich sanft um Klein Herberts weichen, verwundbaren Kopf legten –, wußte sie, daß sie ihm vertrauen konnte. Er hatte ein gutes Herz, und das war etwas, was Madame Greal schon lange nicht mehr bei einem Menschen gesehen hatte.

Auch was Baralis betraf, hatte er recht: Der Mann *hätte* herausgefunden, daß das Kind noch lebt – es gab nichts, was er nicht tun konnte, und nichts hielt ihn davon ab, seine Ziele zu erreichen.

Ja, dachte Madame Greal, *so ist es am besten. Jetzt zählt nur noch Klein Herbert.*

Sie betraten die Kapelle, und Tawl machte sich daran, das mittlere Paneel hinter dem Altar zu entfernen. Man hatte den Eingang zugenagelt. Tawl mußte ihn mit dem Schwert aufbrechen.

Doch schon nach kurzer Zeit wanderten sie durch den stockfinsteren Gang und wateten durch knietiefes Wasser. Als das Wasser Madame Greals Brust erreichte, nahm Tawl das Baby und hielt es sich über den Kopf. Wann immer sie an eine besonders gefährliche Stelle kamen, hielt er an und half Madame Greal darüber hinweg. Je weiter sie gingen, desto kälter wurde es, und doch wurde es Madame Greal zunehmend warm ums Herz. Klein Herbert war in sicheren, freundlichen Händen – in Händen, die ihm niemals ein Leid zufügen würden. Befriedigt lächelte Oma Greal ein zahnloses Lächeln. Zum ersten Mal in ihrem fünfzigjährigen Leben war ihr eigenes Wohl völlig gleichgültig.

»Hier, Mylady. Trinkt das. Er wird Euch helfen, Euch zu entspannen.« Melli nahm Borlin den Becher mit warmem Kräuterpunsch aus der Hand, nippte sogar daran; doch entspannen wollte sie sich nicht. Wie hätte sie sich auch ausruhen können, solange sie nicht wußte, was aus Tawl geworden war?

Melli zog die Decke enger um den Körper und schloß für ein paar Minuten die Augen. Sie konnte noch gar nicht glauben, daß sie frei war. Baralis' Drohungen konnten ihr nun nichts mehr anhaben; Madame Greal konnte sie nicht mehr terrorisieren, und Kylock konnte sie nicht mehr benutzen, um sich von seinen Sünden reinzuwaschen. Endlich war sie in Sicherheit. Das Glück hatte bis zur letzten Minute gewartet – wie es das Glück immer tut –, dann jedoch hatte es sie in Begleitung von sechs galanten Rittern aus dem Palast gezaubert.

Warum also war sie nicht glücklich? Warum fühlte sie sich so leer und verspürte das Bedürfnis zu weinen?

Von der Zeit, seit Tawl sie verlassen hatte, hatte sie nur bruchstückhafte Erinnerungen: eiskaltes Wasser, angespannte Gesichter, gespannte Bögen und galoppierende Pferde. Die Flucht war reibungslos verlaufen. Sie hatten die Kanäle schließlich in einer kleinen dunklen Gasse verlassen, wo ein Mann Pferde für sie bereitgehalten hatte. Der Mann hatte sich als Borlin vorgestellt, Melli auf ein Pferd gesetzt, und gemeinsam waren sie durch die verregnete Stadt geritten. Die anderen hatten sie später im Versteck getroffen.

Schnapper war auch dort gewesen. Er hatte Melli mit einem breiten Lächeln begrüßt; dann hatte er über ihre Schulter geschaut und nach Tawl gesucht. Das Lächeln war sofort aus seinem Gesicht verschwunden, als Borlin erklärt hatte: »Tawl ist noch ein wenig auf eigene Faust losgezogen, mein Junge. Er wird später zurückkommen. Warte nur ab.«

Und das taten alle: warten. Sie saßen herum, eine einzelne Kerze zwischen sich, und lauschten, ob vielleicht Schritte Tawls Ankunft ankündigten.

Die Freundlichkeit der Ritter berührte Melli sehr. Mit gedämpften Stimmen fragten sie, wie sie sich fühle, legten ihr sanft die Hand auf die Stirn, rieben Salbe auf ihre Brandwunden und betrachteten besorgt ihren Arm. Borlin wollte den Knochen sofort wieder richten, doch Melli weigerte sich, eine schmerzstillende Droge einzunehmen, um nicht ihren Geist zu betäuben oder gar einzuschlafen. Also wurde die Operation auf morgen verschoben. Melli wollte Tawls Rückkehr bei vollem Bewußtsein erleben.

Weder Schnapper noch die Ritter fragten sie danach, was im Palast geschehen war, und dafür war Melli dankbar. Sie wollte nicht daran denken, wie sie Jack zuletzt gesehen hatte. Er hatte sie und Tawl gerettet – soviel war sicher –, aber wie genau er dies zustande gebracht hatte, wußte sie nicht. Alles war so schnell geschehen. Ein Lichtblitz, eine Welle glühendheißer Luft, und dann …

Melli hob die Hand vors Gesicht. Tränen rannen ihre Wangen hinab. Jack war tot. Er war gestorben, als er *sie* gerettet hatte. Sie erinnerte sich an ihr erstes Zusammentreffen, als sie auf Harvells Oststraße überfallen worden war – damals war er ihr auch zu Hilfe geeilt. Und auch danach hatte er sie noch viele Male gerettet: Baralis' Kerker, der Wald, Cravins Stadthaus. Er war immer da gewesen, um sie zu beschützen. Nun würde er nie mehr wiederkommen.

»Hier, Mylady.« Borlin saß neben ihr, strich ihr übers Haar und sprach mit seiner rauhen Stimme so sanft wie nur möglich. »Macht Euch keine Sorgen. Tawl wird bald wieder zurück sein.«

Aber Jack nicht, wollte Melli erwidern. *Und auch nicht eure beiden Brüder. Baralis hat sie alle umgebracht.* Doch statt dessen schwieg sie und ließ sich von Borlin trösten, bis die Tränen versiegt waren.

Ein lautes Geräusch weckte sie. Melli war überrascht darüber, daß sie eingeschlafen war, und noch mehr überraschte sie die Tatsache, daß sie mit dem Kopf gegen Borlins Brust gelehnt geschlafen hatte. Sie sprang auf. Zwei der Ritter waren hinausgegangen, um die Ursache des Geräuschs festzustellen; die anderen schauten zur Treppe. Schnapper stand an der untersten Stufe und trat unruhig von einem Fuß auf den anderen. Melli stellte sich neben ihn und legte ihm ihren gesunden Arm um die Schultern.

Die beiden Ritter kehrten zurück. Melli seufzte enttäuscht, doch dann erschien Tawl auf der obersten Stufe – blutbesudelt, völlig durchnäßt, einen behelfsmäßigen Verband um die Schulter. Melli drängte sich an den beiden Rittern vorbei, um zu ihrem Geliebten zu gelangen ... und blieb mitten im Schritt stehen.

Madame Greal ging in Tawls Schatten, und in ihren Armen hielt sie eine Art Bündel.

Melli drehte sich der Magen um. Sie blickte zu Tawl; er lächelte. Sie blickte zu den beiden Rittern; auch sie lächelten. Wußten sie denn nicht, wer die Frau war? Wußten sie nicht, daß das eine Falle war?

Tawl flüsterte Madame Greal etwas zu, und die Frau trat vor. Melli bereitete sich auf einen Angriff vor. Die Männer mochten ja vielleicht nicht wissen, wer die Frau war, aber *sie* wußte es, und sie würde sie mit bloßen Händen erwürgen. Madame Greal hielt ihr das Bündel entgegen – wahrscheinlich wollte sie es ihr an den Kopf schleudern. Melli machte sich zur Abwehr bereit.

Madame Greal wirkte verwirrt. »Willst du ihn denn nicht nehmen?« fragte sie.

Melli blickte wieder zu Tawl. Er nickte ermutigend. Melli glaubte, verrückt zu werden. Madame Greal hatte ihn verhext.

Und dann kam ein Geräusch aus dem Bündel: ein leises Glucksen.

Mellis Herz hörte auf zu schlagen. Die Haare auf ihren Armen richteten sich auf. Ihr ganzer Körper neigte sich nach vorne. Sie wagte nicht zu hoffen, wagte nicht zu denken.

Alle schauten sie nun an. »Nimm ihn, Melli«, murmelte Tawl.

Der Raum verschwamm. Wände und Ecken verschwanden in den Schatten, und nur das Bündel in Madame Greals Armen blieb übrig. Melli trat einen Schritt darauf zu. Die Decke bewegte sich. Eine Ecke des Stoffs fiel beiseite, und eine winzige Faust kam darunter zum Vorschein. Melli sog zischend die Luft ein. Ihr Herz raste. Sie sprang mit ausgestreckten Armen auf das Bündel zu, und Tränen rannen ihr übers Gesicht. Madame Greal gab ihr das warme, sich bewegende Bündel. Langsam und vorsichtig nahm Melli es in den Arm. Es war leichter, als sie erwartet hatte – so leicht, daß es ihr Herz zu zerreißen drohte. Sie drückte es an die Brust und schaute in die ruhigen blauen Augen ihres Kindes. *Ihres* Babys.

Die schmerzhafte Leere in Mellis Bauch verschwand. Nun war sie wieder vollständig.

Durch einen Tränenschleier hindurch suchte sie Tawls Gesicht. Deswegen war er noch einmal zurückgegangen; er hatte nach ihrem Baby gesucht. »Danke«, flüsterte sie. »Ich danke dir aus tiefstem Herzen. Danke.«

Kapitel Vierunddreißig

»Hört auf, ihn Herbert zu nennen. Er heißt nicht Herbert.«

»Und wie heißt er dann?« Oma Greal flüsterte dem Baby beruhigende Worte zu, und sehr zu Mellis Verärgerung hörte das Kind tatsächlich auf zu schreien und gluckste zufrieden.

»Er heißt …« Mellis Wut vergrößerte sich noch, denn ihr fiel kein angemessener Name ein. Garon, nach seinem Vater? Nein, das klang zu herausfordernd; sie wollte, daß ihr Sohn einen sanften Namen bekam. Sie drängte sich an Oma Greal vorbei und betrachtete das Gesicht ihres Babys. Tatsächlich paßte Herbert sehr gut zu ihm – auch wenn Melli es haßte, das zugeben zu müssen –, und das verärgerte sie noch mehr. »Ich werde ihm einen Namen geben, wenn die Zeit dafür reif ist, und damit Schluß.«

Melli stieß Oma Greal beiseite, hob das Baby hoch und ging auf die andere Seite des Zimmers.

»Sei nicht so hart zu ihr, Melli.« Das war Tawl. Wo war er so plötzlich hergekommen? »Sie hat das Leben deines Kindes gerettet. Sie hat ihn vor Baralis versteckt und sich um ihn gekümmert, als wäre es ihr eigener Sohn. Du schuldest ihr Dank, nicht Verachtung.«

»Hat man dich letztens vielleicht heiliggesprochen?« Melli bedauerte ihre Worte, sofort nachdem sie ihr über die Lippen gekommen waren; aber sie hatte sie nun einmal gesagt, und sie würde sie auch nicht zurücknehmen. Zu ihrer Überraschung lächelte Tawl.

»Sie werden mich an dem Tag heiligsprechen, an dem du lernst zu denken, bevor du redest.« Er strich ihr eine Locke aus dem Gesicht. »Aber jetzt mal ernsthaft: Wenn du schon nicht freundlich zu Oma Greal sein kannst, dann sei wenigstens auch nicht gemein. Es hat sie viel Überwindung gekostet zuzugeben, wer das Baby ist und es mir dann auch noch auszuhändigen.«

Oma Greal! So sehr sich Melli auch bemühte, sie konnte ein verächtliches Schnaufen nicht unterdrücken. »Nun, auf jeden Fall hast du wohl einen ziemlichen Stein bei ihr im Brett, soviel steht fest. Seit letzter Nacht geht es nur noch: Tawl hier, Tawl da. Falls die Frau wirklich irgendwo eine weiche Stelle in ihrem verknöcherten Herz hat, dann hast du sie offenbar gefunden.«

Tawl lachte lauthals auf. Er schlang die Arme um Melli und das Baby und drückte sie an seine Brust. »Ich bin so froh, daß du dich nicht verändert hast«, sagte er.

Sie hatten die Stadt am frühen Vormittag verlassen. Melli hatte nur ein paar Stunden geschlafen. Sie hatte sich um ihr Baby zusammengerollt und den Kopf auf Tawls Brust gelegt. Als sie aufwachte, entdeckte sie, daß Tawl nicht länger neben ihr lag; er war auf der anderen Seite des Raums und sprach mit den Rittern. Er sprach mit gedämpfter Stimme, doch ein Blick auf sein Gesicht reichte aus, und Melli wußte, worüber er sprach: Er berichtete den Männern, was vergangene Nacht geschehen war. Die Gesichter der Ritter waren ernst; sie hatten ihre Köpfe gesenkt, und ihre Nacken- und Handmuskeln zeigten deutliche Anzeichen von Anspannung. Gelegentlich bewegten sich die Lippen des ein oder anderen, und obwohl Melli nichts hören konnte, war sie fest davon überzeugt, daß mehr als einmal Baralis' Name fiel.

Danach ging alles sehr schnell. Borlin kam zu Melli und legte ihr eine neue und wesentlich größere Schiene an. Er sagte, sie hätten jetzt keine Zeit mehr, den Knochen noch vor dem Aufbruch zu richten. Es folgte ein beachtlicher Tumult, als alle sich auf die Reise vorbereiteten: Pferde wurden gesattelt, und Verkleidungen wurden angelegt. Das Frühstück wurde in großer Hatz vertilgt; Pläne wurden geschmiedet, Proviant organisiert, Kundschafter ausgesandt und mögliche Fluchtrouten auf die Präsenz von Soldaten hin überprüft.

Und inmitten all diesen Chaos' versuchte Melli, sich um ihr Baby zu kümmern. Sie kam sich so dumm vor: Sie wußte nichts über den Umgang mit Neugeborenen. Ihre Milch war vor vier Tagen versiegt, und nun hatte sie keine Ahnung, wie sie das Kind füttern sollte. Jeden Versuch, es zu beruhigen, quittierte es mit lautem Geschrei. Hielt man ihm einen Finger zum Saugen hin, begann es zu sabbern, und allein der Anblick von Schafsmilch ließ es wild um sich schlagen. Die selbsternannte Oma Greal bot ihre Hilfe an. Melli schlug nach ihr. Daraufhin schlug Oma Greal aus sicherer Entfernung vor, das Kind mit einem Tuch zu füttern, das vorher mit gewässerter Milch getränkt worden war. Melli wiederum schlug vor, Oma Greal solle das Maul halten. Fünf Minuten später, als das Baby sich in einen entrüsteten Wutanfall hineingesteigert hatte, war Melli gezwungen, ihre Niederlage einzugestehen.

Oma Greal ging sanft und sicher mit dem Kind um. Sie beruhigte das Baby, fütterte es und wiegte es in den Schlaf. Melli war so aufgebracht über Oma Greals Erfolg, daß sie sie am liebsten auf der Stelle hinausgeworfen hätte. Das war nicht Oma Greals Baby; das war *ihres*.

Tawl trat dazwischen und befahl Melli förmlich, sich zu beruhigen. Melli sah, daß er sich Sorgen um die bevorstehende Flucht machte, und so ließ sie die Sache auf sich beruhen.

Nur Minuten später waren sie auf dem Weg. Tawl teilte alle in kleine Gruppen auf: Einige sollten das Osttor als Kaufleute getarnt passieren; andere sollten als Söldner und Bauern verkleidet durch das Südtor gehen, und Melli, Tawl und das Baby würden unter der Mauer hindurchkriechen.

Es war wie eine Wiederholung der Flucht aus dem Palast: eiskaltes Wasser, ekelerregende Gerüche und vollkommene Dunkelheit. Melli genoß jeden einzelnen Schritt. Sie war frei. Frei von Baralis und Kylock, und frei von ihrer kleinen, beengenden Kammer. Es war ein Vergnügen, Hand in Hand mit Tawl zu gehen und das Baby auf dem Rücken zu spüren, das in einer von Schnapper entworfenen Schlinge hing.

Für eine Weile gelang es Melli, das Geschehene zu vergessen; doch als Tawl fragte, wie sie in der Dunkelheit zurechtkäme, begann sie ihre Antwort mit den Worten: »Oh, das ist gar nichts im Vergleich zu den Tunneln, durch die ich und Jack …«

Melli konnte den Satz nicht beenden. Es gab kein *ich und Jack* mehr. Jack war tot, von Baralis auf der Flucht ermordet. Melli schloß die Augen und zwang sich, nicht zu weinen. Tawl tastete nach ihrer Hand, und obwohl sie wußte, daß er sie nur trösten wollte, fühlte sie sich durch seine Fürsorge nur noch schlechter. Sie und Tawl waren in Sicherheit; ihr Baby war in Sicherheit – es schien irgendwie nicht fair, daß sie ohne einen Kratzer aus dem Palast herausgekommen waren, während Jacks Körper leblos zurückgeblieben war.

Plötzlich begann das Baby zu schreien, und trotz Tawls Warnung, daß sie beide Hände brauchen würde, um wieder an die Oberfläche zu klettern, nahm Melli das Kind aus der Schlinge und drückte es an die Brust. Sie mußte einfach seine Wärme an ihrem Herz spüren.

Andris wartete auf sie auf der anderen Seite der Mauer. Er führte ein zweites Pferd mit sich, und er reichte Tawl die Zügel, bevor er alleine davonritt. Melli saß auf dem Pferd, während Tawl es zu Fuß an den Zügeln führte wie der gute Ehemann, der er vorgab zu sein.

Die Reise nach Schöneichen dauerte drei Stunden. Wenn sie gelegentlich eine Hügelkuppe überquerten, konnte Melli Borlin in der Ferne erkennen. Der kräftige Schütze marschierte auf einem Weg parallel zu dem ihren, um jederzeit mit seinem Bogen eingreifen zu können, falls es notwendig sein sollte. Nichts geschah. Die einzigen Menschen, die sie auf der Straße trafen, waren todmüde Wanderer, dürre Bauern oder Söldner, die in Kylocks Armee anheuern wollten. Niemand kümmerte sich um einen in Lumpen gehüllten Tagelöhner und seine wild dreinschauende Frau.

Schließlich erreichten sie ein kleines Dorf, daß sich eines Gasthofs rühmen konnte, einer Schmiede und einer Schneiderei. Schöneichen. Zwei Ritter, die Melli noch nie gesehen hatte, begrüßten die Neuankömmlinge. Die Männer wollten sie direkt zu dem Gasthof führen. Tawl weigerte sich zunächst, aber nach einer kurzen Diskussion, an der Melli nicht teilnahm, stimmte er widerwillig zu.

Melli würde den Empfang, der ihr in dem Gasthof bereitet wurde, niemals vergessen. Der Wirt, seine Frau, seine drei hübschen Töchter, der Koch, der Stallbursche und ein alter Mann, der der Großvater aller anderen gewesen sein könnte, alle verneigten sich, als sie durch die Tür schritt. Melli war verwirrt. Was hatte man den Leuten gesagt?

»Trinkt! Essen für die Dame! Schnell, schnell!« Der Wirt klatschte in die Hände, und seine hübscheste Tochter eilte davon. Dann schob er einen Stuhl neben den Kamin und befreite ihn mit dem Ärmel vom Staub. »Bitte, setzt Euch, Mylady.« Er schaute sie nicht an. Niemand schaute sie an. Alle blickten nur auf das, was sie in den Armen hielt.

Das Baby begann zu schreien. Jeder im Raum beugte sich vor. Tawl zupfte an Mellis Ärmel. »Andris ist vor uns hier angekommen«, flüsterte er. »Er hat es für das Beste gehalten, den Leuten zu sagen, wer das Kind ist.«

Melli wußte nicht, was sie tun sollte. Alle Augen waren auf sie gerichtet.

Die jüngste Wirtstochter trat vor. »Darf ich mir das Baby einmal ansehen, Mylady?«

Melli blickte zu Tawl. Er nickte kaum merklich, und Melli hielt dem Mädchen das Kind entgegen. Bald waren alle um sie herum versammelt. Zuerst waren die Leute derart von

Ehrfurcht ergriffen, daß sie nur flüsterten und höfliche Distanz zwischen sich und dem Kind wahrten. Doch nach und nach wurden sie wieder selbstbewußter, und die Atmosphäre änderte sich. Sie streichelten das Haar des Kindes, kicherten beim Anblick der winzigen Fäuste, gaben Ratschläge, wie man das Baby am besten füttern solle, und erzählten Babygeschichten aus ihrem eigenen Leben. Alle waren sich darin einig, irgend etwas für das Baby tun zu wollen: Der Koch holte warme Milch; die Frau des Wirts brachte ihre weichste Lammwolldecke herunter; der Stallbursche suchte nach einem passenden Gegenstand, um das Baby hineinzulegen; der alte Mann summte ein Wiegenlied, und die Wirtstöchter rannten zu dritt die Treppe hinauf, um dafür zu sorgen, daß das Zimmer des Kindes so warm und trocken wie möglich war.

Melli traten die Tränen in die Augen. Sie hatte schon so lange keine Freundlichkeit mehr gekannt, daß es ein Geschenk der wertvollsten Sorte war, sie ausgerechnet hier inmitten von Fremden zu erleben. Sie wußte, daß diese Menschen ein großes Risiko eingingen, indem sie den Sohn des Herzogs bei sich aufnahmen, und sie vergalt ihnen ihren Mut mit Vertrauen: Sie gab das Baby der Wirtsfrau, während sie selbst ein paar Stunden am Kamin schlief.

Als sie wieder aufwachte, waren alle Ritter, Schnapper und Oma Greal eingetroffen. Von der Zahl der brennenden Kerzen ausgehend, mußte es ein oder zwei Stunden nach Sonnenuntergang sein. Das Baby schrie aus Leibeskräften nach seinem Abendessen, und alle Frauen waren eifrig bemüht, es wieder zu beruhigen. Wieder einmal war es Oma Greal, der das Unmögliche gelang: ein Krächzen ihrer furchtbaren Stimme, und das Baby war friedlich wie ein Lamm.

Klein Herbert war ruhig, und sein Köpfchen ruhte an Mellis Schulter, als Tawl sie beide umarmte. Melli fühlte sich sicher und glücklich. Ihr Kind lebte und war gesund, und solange Tawl an seiner Seite war, würde ihm nichts geschehen.

»Tawl!« rief jemand von draußen. »Sie sind da! Maybors Männer sind hier!«

Alle Gedanken an Glück und Sicherheit verschwanden, als Melli den Namen ihres Vater hörte. Sie blickte zu Tawl. »Kommt mein Vater?« Vor ihrem geistigen Auge sah sie Maybor, wie er seinen Enkel in den Armen hielt. Ohne Zweifel würde er darauf bestehen, daß das Kind ihm wie aus dem Gesicht geschnitten war.

Tawls Gesicht verdunkelte sich. »Melli, ich ...«

Melli schüttelte den Kopf. »Nein«, sagte sie leise. »*Nein!*« Der Ausdruck in Tawls Augen jagte ihr Angst ein. Ein tiefer, beschützender Instinkt sagte ihr, daß sie nichts mehr hören wollte. Sie versuchte sich von Tawl zu lösen, doch er hielt sie fest.

»Maybor ist vor zwei Wochen gestorben. Er hat einen Monat oben in den Bergen verbracht und sich dort vor Kylock versteckt. Schließlich hat er sich eine Lungenentzündung eingefangen.« Tawls Stimme klang zärtlich, und seine Finger glitten über Mellis Wange. »Als er wieder heruntergekommen ist, war es bereits zu spät.«

Mellis Knie wurden weich. Das einzige, was sie vor einem Sturz bewahrte, war Tawl. Ihr Vater war tot – sie konnte es sich einfach nicht vorstellen. Er war immer so voller Leben gewesen ...

Irgend jemand kam und nahm das Baby – Melli wußte nicht wer. Tawl hob sie hoch und trug sie zum Feuer. Dann wurde ein Becher Wein gegen ihre Lippen gepreßt, und sie trank widerwillig. Der Wein schmeckte wie Blut. »Woher weißt du, was mit ihm geschehen ist?« fragte sie Tawl.

»Jack und ich haben ihn in der Nacht gesehen, in der er gestorben ist. Er hat gesagt, er habe dich sehr geliebt.« Inzwischen kniete Tawl neben ihr. Seine Augen waren voller Liebe und Verständnis. »Ich hätte es dir schon früher sagen sollen, aber alles ist so schnell geschehen, und ich wollte auf den richtigen Augenblick warten.«

Zwei Wochen. Er war schon zwei Wochen tot, und Melli hatte es nicht gewußt. Sie fühlte sich wie eine Verräterin. Ihr Geist verhielt sich merkwürdig: Er sprang von Gedanke zu Gedanke, ohne daß eine Verbindung zwischen ihnen bestanden hätte. »Wer sind diese Männer, die da kommen?« fragte sie.

»Es sind Highwall-Männer, die dein Vater vom Schlachtfeld in die Berge geführt hat. Er hat ihnen das Leben gerettet.«

»Und warum kommen sie hierher?«

»Sie werden uns helfen, Tyrens Lager zu übernehmen.« Tawl ergriff ihre Hand. »Maybor hat sie von den Bergen heruntergeführt, um ihnen Gelegenheit zum Kämpfen zu geben.«

Melli nickte. Sie war in Gedanken bereits weiter. »Hat er sehr gelitten?«

»Falls ja, dann hat er es zumindest nicht gezeigt. Als ich ihn das letzte Mal gesehen habe, war er bei klarem Verstand, beinahe wie immer.«

»Wie hat er ausgesehen?«

»Wie immer. Sein Haar war gut gekämmt. Er war glatt rasiert. Ja, er hatte sogar Parfüm aufgetragen.«

Melli lächelte. Sie konnte ihren Vater deutlich vor sich sehen, wie er in seinem Bett lag, umgeben von Töpfen mit Haaröl und Duftsalben, und wie er nach seinem Spiegel rief, um das Ergebnis der Rasur zu begutachten. In ihrem Unterbewußtsein wußte sie, daß Tawl einige Dinge in seinem Bericht ausgelassen hatte – eine Lungenentzündung war keine schmerzlose Krankheit –, und sie wußte auch, daß er ihr alles erzählen würde, sollte sie danach fragen. Aber derselbe Instinkt, der ihr vorhin geraten hatte, sie solle Tawl unterbrechen, sagte ihr nun, sie solle sich mit dem zufriedengeben, was sie bereits wußte. Halbwahrheiten waren immer noch besser, als nach Einzelheiten zu bohren, die sie ihr ganzes Leben lang verfolgen würden. Sie wußte, daß sie das Wissen um das Leiden ihres Vaters nicht ertragen könnte.

»Ich denke, du solltest jetzt besser hochgehen und dich ein wenig hinlegen«, sagte Tawl. »Ich bitte die Wirtin, das Baby zu dir hochzuschicken, und dann könnt ihr beide euch erst einmal ausruhen.«

Melli stand auf. Seltsam, aber ihr war nicht nach Weinen zumute: nicht jetzt, noch nicht. Weinen bedeutete immer ein Ende, und sie alle hatten noch einen weiten Weg vor sich. »Nein«, sagte sie leise. »Ich will mich noch nicht ausruhen. Ich will die Männer meines Vaters sehen und ihnen das Baby zeigen.«

Und das tat sie auch. Sie stellte sich jedem einzelnen der Männer vor, redete mit ihnen, küßte sie auf die abgehärmten Wangen, scherzte mit ihnen über die Sturheit ihres Vaters und zeigte ihnen Maybors Enkel. Dann sorgte sie dafür, daß sie gut versorgt wurden, befahl, ihnen heißes Wasser zum Waschen zu bringen und starken Branntwein, um ihnen beim Einschlafen zu helfen. Sie befahl dem Koch zu kochen, den Wirtstöchtern zu flicken und Tawl und Borlin zu verarzten. Oma Greal beauftragte sie mit all den unangenehmen Dingen wie, den Schlamm von den Stiefeln zu kratzen.

Melli hörte erst auf, als sie zu müde zum Denken war. Kurz vor Mitternacht ergriff Tawl ihre Hand und forderte sie auf zu schlafen. Sie wollte protestieren – Grift war mit den Männern angekommen, und sie hatte noch keinen Gelegenheit gehabt, mit ihm zu sprechen –, aber irgend etwas in Tawls Gesicht hielt sie davon ab. Sie blickte zur anderen Seite des Raums und sah, wie Andris und Borlin mit einigen der Highwall-Männer sprachen.

»Ich werde schlafen, wenn du mir sagst, was hier vor sich geht«, wandte sie sich wieder an Tawl.

»Wir wollen Tyrens Lager noch vor Sonnenaufgang überfallen.«

Melli war entsetzt. »So bald schon? Die Männer sind doch gerade erst angekommen.«

»Ich weiß. Ich hätte es auch vorgezogen, wenn sie noch eine Nacht hätten durchschlafen können, aber wir haben keine andere Wahl. Nun da Kylock und Tyren wissen, daß wir hier sind, müssen wir rasch handeln. Wir haben ihnen schon einen Tag Zeit gelassen, sich vorzubereiten.« Tawl setzte sich neben sie. Melli fiel zum ersten Mal auf, wie müde er aussah. »Wenn wir deinen Sohn zu seinem Recht verhelfen wollen, dann müssen wir die Ritter auf unsere Seite bringen. Wir brauchen ihre Stärke – ohne sie haben wir nicht den Hauch einer Chance. Mit weniger als hundert Mann können wir nicht in die Stadt eindringen: Das wäre Selbstmord.«

»Du mußt doch gar nicht in die Stadt.« Melli wollte nicht, daß Tawl sie schon so bald wieder verließ. »Wir könnten einfach weglaufen. Nach Süden und ...«

»Nein.« Tawls Stimme klang hart. »Das werde ich mit Sicherheit nicht tun. Es sind schon zu viele Menschen gestorben, und das Leben von viel zu vielen ist in den letzten Monaten zerstört worden. Ich kann nicht einfach so davonlaufen.«

»Und was ist, wenn du getötet wirst? Du bist nicht in der Verfassung zum Kämpfen – dein Schwertarm ist verletzt. Er hängt schon den ganzen Tag schlaff herunter.«

Tawl schien überrascht, daß ihr das aufgefallen war. Er ließ die Schulter kreisen. »Ich bin schon in Ordnung.«

»Und was ist mit mir und dem Baby?« Wie immer wenn sie besorgt war, so wurde Melli auch diesmal wütend. »Werden wir auch noch in Ordnung sein, wenn du wieder zurückkommst? Oder glaubst du vielleicht, du hättest deine Verpflichtung schon erfüllt, indem du uns einmal gerettet hast?«

Als sie sah, wie Tawl bei ihren Worten zusammenzuckte, wollte Melli sich entschuldigen, doch er kam ihr zuvor. »Borlin und ein paar ausgesuchte Männer werden hier bei dir bleiben, und wenn irgend etwas bei unserem Plan schiefgeht, werden sie dich nach Ness bringen und von dort aus weiter in den Süden.« Tawl beugte sich vor. »Aber ich werde das ändern, wenn du dir solche Sorgen machst. Ich werde hier bleiben. Du und das Baby, ihr seid nach wie vor meine oberste Pflicht. Das mußt du mir glauben.«

Melli geriet plötzlich ins Schwimmen. Da war etwas in Tawls Stimme, was sie nicht verstand, etwas Verzweifeltes. Sie wußte, daß sie ihn gehen lassen mußte, sie wußte nur nicht warum. Schließlich atmete sie tief durch und sagte: »Dem Baby und mir wird schon nichts passieren. Borlin ist ein guter Mann. Wenn er bei mir ist, während du weg bist, fühle ich mich sicher.«

Tawl warf ihr ein wissendes Lächeln zu. »Du bist wirklich die bemerkenswerteste Frau, die ich je kennengelernt habe.«

Melli erwiderte das Lächeln. »Wenn du wieder zurückkommst, erwarte ich, daß du mir den wahren Grund verrätst, warum du gehen mußtest.«

»Wenn ich wieder zurück bin, werde ich dir alles erklären.« Er küßte sie auf die Wange und führte sie zum Bett. Als sie wieder aufwachte, war er verschwunden.

Tawl zählte die Zelte und Feuer. Es war die letzte Stunde vor Sonnenaufgang, und die Welt nahm langsam wieder Gestalt an. Zehn Mannschaftszelte, ein Zelt für die Verletzten, das Kommandozelt und Tyrens persönliches Zelt waren inmitten des Feuerscheins zu erkennen.

»Ich schätze, daß es ungefähr dreihundert Mann sind«, zischte Andris.

Tawl nickte. Er und Andris befanden sich südöstlich des Lagers, verborgen in einem kleinen Wäldchen. Bren war eine dunkle Masse am Horizont, und die Berge der Großen Grenze waren weit entfernte Schatten in der Nacht. Es schneite: träge, schwerelose Flocken, die vom Wind zur Seite geweht wurden. Es war sehr kalt.

Tawl blickte zum westlichen Horizont. »Wie lange, glaubst du, wird es dauern, bis die Männer in Position sind?«

»Vierzig Minuten«, antwortete Andris. »Mafrey und Corvis werden signalisieren, wenn sie bereit sind.«

»Laß uns nur hoffen, daß sie beide zur gleichen Zeit

bereit sind. Sobald einer von ihnen eine Fackel anzündet, werden die Ritter wissen, daß etwas nicht stimmt.« Tawl war nervös. Er wünschte, sie hätten mehr Zeit gehabt, um den Angriff zu planen. Er wußte nicht genug über das Lager, die Stärke der Ritter und ihre Zusammensetzung. Er hatte das Gefühl, als führe er Maybors Männer blind gegen den Feind.

»Follis und die beiden Highwall-Schützen werden auch bald in Position sein. Sie sollten die Wachen ausschalten können, sobald das Signal gegeben wird.«

»Werden drei Schützen denn reichen? Wieviel Ritter bewachen normalerweise ein Lager von dieser Größe?« Tawl war mit der Ritterschaft nie in den Krieg gezogen, und so wußte er nur wenig über ihre Feldlager.

»Das ist schwer zu sagen. Vielleicht zwanzig. Manchmal nimmt man Junker oder Novizen, manchmal Ritter. Das hängt von den Gefahren ab, mit denen sie rechnen.« Andris' Stimme verriet, daß auch er nervös war. Seit Craynes Tod war er der Führer der Gruppe, und seine erste Mission war nicht nur unbesonnen, sie war Verrat. Er führte seine Männer gegen Tyren.

Das Heulen einer Eule erschreckte sie beide. Tawl blickte zu Andris. »Komm, laß uns zu den anderen zurückgehen. Es dauert nur noch knapp eine halbe Stunde, bis das Signal gegeben wird, und ich möchte bis dahin schon so weit wie möglich vorgedrungen sein.«

Insgesamt hatten sie neunzig Männer. Mafrey und Corvis hatten jeweils dreißig nach Westen geführt: Corvis nach Nordwesten, Mafrey nach Südwesten. Einmal in Position würden sie ausschwärmen und den Norden, Westen und Süden des Lagers abriegeln. Andris Männer würden auf ihr Signal hin von Osten her vorrücken. Tawl würde nur eine Handvoll Männer mitnehmen: Gervhay und vier Highwall-Schwertkämpfer. Er würde sie noch vor dem eigentlichen Angriff ins Lager führen und versuchen, Tyrens Zelt einzunehmen.

Zwanzig Männer warteten in der Dunkelheit hinter dem

Wäldchen. Tawl kannte die Namen der meisten nicht. Nach sieben Tagen Gewaltritt waren sie abgemagert und mitgenommen vom Leben in den Bergen. Nach menschlichem Ermessen hätten sie todmüde sein müssen – die meisten von ihnen hatten nur zwei oder drei Stunden geschlafen –, aber ein Blick in ihre dunklen, wettergegerbten Gesichter genügte, um zu wissen, daß Schlaf das Letzte war, woran sie im Augenblick dachten. Sie wollten Rache.

Die Reise auf die große Ebene südlich von Bren hatte weniger als drei Stunden gedauert, und die letzte Stunde waren die Highwall-Männer an den verrottenden Leichen ihrer Kameraden vorbeigeritten. Kylock hatte sich noch nicht einmal die Mühe gemacht, die Erschlagenen zu begraben. Fünftausend Männer waren den Geiern zum Fraß vorgeworfen wurden. Tawl drehte der Anblick den Magen um, doch auf Maybors Männer hatte er einen gänzlich anderen Effekt: Er versetzte sie in Wut. Ihre Freunde, ihre Brüder, ihre Kameraden und ihre Führer – ihnen allen hatte man ein würdevolles Ende verweigert.

Als Tawl sich den Männern nun näherte, wußte er tief in seinem Herzen, daß sie bis zum Tod kämpfen würden. Ihre Augen funkelten vor gerechtem Zorn.

»Gervhay«, zischte Tawl und stieg vom Pferd. »Bist du bereit?«

Gervhay nickte enthusiastisch. »Aye, Tawl. Alles bereit.«

Tawl lächelte ihn an. Der junge Ritter war noch nicht lange mit dem zweiten Ring ausgezeichnet: Die Haut um das Zeichen war noch immer geschwollen. »Ich hoffe, du hast deinen Bogen der Kälte entsprechend vorbereitet.«

Gervhay grinste. »Borlin hat mich schon gewarnt, daß du das Offensichtliche noch einmal wiederholen würdest.«

Beide Männer lachten. Tawl hockte sich nieder und nahm eine Handvoll Erde. Aufgrund der Kälte war sie nicht klebrig genug, um im Gesicht haften zu bleiben, und so spie er ein paar Mal hinein, um sie in Schlamm zu verwandeln. Erfreut stellte er fest, daß die Highwall-Männer die gleiche Idee gehabt hatten. Gervhay folgte ihrem Beispiel und beschmierte auch noch zusätzlich Nacken und Hände.

Tawl wandte sich an Andris. »Paß gut auf dich auf, mein Freund. Ich vertraue darauf, daß du mir nachher die Haut rettest.«

Andris schüttelte ihm die Hand. Noch vor zwei Tagen hätte er über eine solche Bemerkung gelächelt. Heute jedoch war er todernst. »Ihr habt noch eine halbe Stunde Dunkelheit. Nutzt sie gut.«

Während er Andris' schönes Gesicht betrachtete, erkannte Tawl zum ersten Mal, was er von ihm und seinen Männern verlangte. Sie waren dabei, einen der Grundsätze der Ritterschaft zu brechen: unbedingte Treue gegenüber dem Großmeister. Zweifel vernebelte Tawls Gedanken: Verlangte er etwa zuviel? War es fair, andere Ritter in seinen persönlichen Krieg zu verwickeln? Er öffnete den Mund, um Andris eine letzte Gelegenheit zum Rückzug zu geben, doch der Ritter kam ihm mit einem Segen zuvor.

»Möge Borc mit dir sein«, sagte er.

Etwas an der Art, wie er sprach, ließ Tawl vermuten, daß Andris seine Gedanken gelesen hatte. Ein schneller Blick in Andris' graue Augen verriet Tawl, daß er mit dieser Vermutung recht gehabt hatte. »Geh«, sagte Andris. »Die Zeit für Zweifel ist schon lange vorbei.«

Tawl verneigte sich. Erst Melli, dann Andris – womit nur hatte er sich derart selbstlose Freundschaft verdient? Kurz erinnerte er sich an den Dämon im See: Vielleicht würde er sich eines Tages ihrer Liebe als würdig erweisen.

Gervhay rief etwas von hinten. Tawl winkte Andris zum Abschied zu, drehte sich um und ging nach Westen.

Seltsame Träume hetzten ihn wie eine Meute zähnefletschender Hunde. Sie bellten und schnappten nach seinen Beinen, doch nicht ein einziges Mal gelang es ihnen, ihn zu beißen.

Baralis erkannte eine Warnung, wenn er eine sah – auch

jetzt noch, da sein Körper über die Maßen erschöpft war, war sein Verstand so scharf wie eine Rasierklinge. Träume enthielten Botschaften, und hartnäckige Träume enthielten die wichtigsten Botschaften. Was war falsch? Was hatte er übersehen? Was hatte er noch nicht getan? Normalerweise hätte er sich den Hunden des Zufalls gestellt und von ihnen verlangt zu wissen, was das alles zu bedeuten habe. Aber so etwas verlangte sowohl geistige als auch körperliche Kraft, und er konnte es sich nicht leisten, auch nur den geringsten Funken Energie zu vergeuden.

Die Beschwörung gegen Jack hatte ihn an den Rand des Todes gebracht. Als er gesehen hatte, wie Jack hinter dem Vorhang erschienen war, hatte er gewußt, daß er den Jungen vernichten mußte. Egal wie sehr ihn die Ermordung der beiden Ritter auch angestrengt haben mochte; er mußte die Kraft für einen zweiten Zauber finden.

Und was für ein Zauber das gewesen war! Scharf wie die Klinge eines Assassinen und fest wie die Mauern von Bren. Bruchteile von Sekunden waren seine Komplizen gewesen, Erwartung sein Freund. Er hatte den Feind entdeckt, bevor der Feind ihn gesehen hatte. Das war kein Messen von Stärke oder Fähigkeiten gewesen, nur eine Frage der *Zeit.* Er hatte Jack keine Gelegenheit gegeben, sich zu verteidigen – sein Pfeil hatte die Sehne bereits verlassen.

Doch solch ein Schuß hatte seinen Preis, und diesen Preis mußte er nun zahlen. Unfähig, auch nur einen Muskel zu bewegen, lag er im Bett wie ein sabbernder Krüppel, während Crope sich um ihn kümmerte. In ein paar Tagen würde er wieder zu seiner alten Kraft zurückfinden, und falls in der Zwischenzeit etwas Unerwartetes geschehen sollte, gab es immer noch Tränke, um die Lücke zu schließen. Bis dahin jedoch nahm er seine übliche Medizin: mineralreiche Tränke und magisch verstärkte Drogen. Crope träufelte sie ihm zwischen die Lippen, während er schlief.

Baralis' Sinne waren schwach, aber sie waren noch immer wach. Er erwartete, etwas von Kylock zu fühlen: einen Zauber, beschworen aus Verzweiflung oder Wut. Der

König würde die Nachricht von Melliandras Rettung außerordentlich schlecht aufnehmen. Er hatte seine eigenen geheimen Pläne mit Maybors Tochter gehabt – Pläne, deren Motive Baralis nur vermuten konnte –, und daß man ihm das Mädchen einfach so gestohlen hatte, könnte ihn noch tiefer in den Wahnsinn treiben. Bis jetzt war jedoch nichts geschehen. Kein mächtiger Schlag, kein den Palast erschütterndes Beben, nicht das kleinste Aufflackern unkontrollierter Emotionen.

Baralis war sich vage bewußt, daß Crope durch den Raum ging. Er versuchte, sich selbst zu wecken: Er mußte herausfinden, ob sein Diener vielleicht etwas über Kylocks Gemütszustand wußte.

Er arbeitete sich durch sein Unterbewußtsein vora, und zerbrach dabei Schicht um dünne Schicht, als wandere er über einen gerade erst zugefrorenen Teich. Die Hunde waren noch immer hinter ihm und bellten ihre Warnung; sie hatten Schaum vor dem Mund. Nur noch eine hauchdünne Schicht zwischen Schlaf und realer Welt. Als Baralis' Geist mit voller Wucht gegen sie stieß, zersprang sie in tausend Stücke. Das erste, was Baralis sah, war sein Gemach und Crope, dann erspähte er sein eigenes Spiegelbild in einem Glas. Das Spiegelbild seiner Träume. Die Hunde im Angriff.

Ein einzelnes Bild blitzte auf wie Sonnenlicht auf einem See. Und genau das war es: ein See, ein toter Körper, ein Zauber, der jenseits der Zeit Bestand hatte. Es war Skaythe.

Baralis blinzelte, und das Bild löste sich auf.

»Meister, Meister. Könnt Ihr mich hören?« Crope ragte über dem Bett auf und stopfte eilig sein Kästchen in die Tunika.

Baralis war nicht sicher, aber er glaubte, Tränen in Cropes Augen zu sehen. Er hatte weder die Zeit noch die Kraft, um darüber nachzudenken: Der Traum war das einzige, was im Augenblick zählte. Selbst Kylock konnte warten. »Crope«, flüsterte Baralis. Die Worte lagen wie Blei auf seiner Zunge. »Wo ist Jacks Leiche?«

»Unten, Meister, im Kerker. Gut verschlossen.«

Baralis seufzte erleichtert auf. »Jetzt hör mir gut zu. Ich will, daß du sie zerstörst. Heiz den Kessel an, mit dem normalerweise das Wasser warm gemacht wird. Stopf soviel Holz rein wie nur möglich. Schüre das Feuer, bis die Flammen hoch lodern, und dann wirf die Leiche hinein. Du darfst nicht weggehen, bevor die Knochen nicht zu Asche verbrannt sind. Hast du das verstanden?«

Crope nickte bedächtig. Er öffnete den Mund, um etwas zu sagen, aber dann nickte er statt dessen noch einmal. »Ja, Meister«, murmelte er schließlich. »Bis die Knochen zu Asche verbrannt sind.«

»Gut. Und jetzt bring mir meine Medizin und mach etwas Kräuterpunsch warm. Dann geh in den Keller und mach dich an die Arbeit.« Baralis wartete, bis Crope verschwunden war, bevor er wieder die Augen schloß.

Das Bild von Skaythes Leiche kehrte wieder zurück. Die Hunde waren ihm als Warnung geschickt worden, kein unnötiges Risiko mit Jack einzugehen. Skaythe war schwach gewesen, unerfahren, und doch hatte sein letzter Zauber seinen Tod überlebt und war von seinem Körper in den See geflossen. Wenn er dazu fähig gewesen war, zu wieviel mehr war dann Jack imstande? Natürlich bestand die Möglichkeit, daß Jack keine letzte Beschwörung mehr zustande gebracht hatte – er hatte ja auch nur sehr wenig Zeit gehabt –; dennoch konnte man nie vorsichtig genug sein.

Baralis wußte, daß Träume keine Schäume waren.

Tawl entdeckte die ersten beiden Wachen: zwei Männer, keiner von beiden sah wie ein Ritter aus. »Gervhay, kannst du sie von hier aus ausschalten?«

Gervhay schüttelte den Kopf. »Wenn ich sie in diesem Winkel verfehle, besteht die Gefahr, daß einer der Pfeile genau in ein Zelt fliegt. Ich gehe ein Stück nach Norden, zu den Büschen da oben auf dem Hügel. Von dort aus werde ich ein paar Schüsse versuchen. Auf jeden Fall treffen die Pfeile dann nichts, was sie nicht treffen sollen.«

Tawl nickte. »Halt den Kopf unten. Wir rücken schon mal vor und warten am Graben auf dich.« Als Tawl sich umdrehte, um zu sehen, ob Gervhay ihn auch verstanden hatte, kroch dieser bereits mit über dem Rücken baumelnden Bogen davon.

Ein rascher Blick zum östlichen Horizont enthüllte das erste Grau des Morgens. Zwar hinderten Schneewolken das Licht noch am Durchkommen, aber trotzdem blieben höchstens noch zwanzig Minuten Dunkelheit.

»Folgt mir«, zischte Tawl den Schwertkämpfern hinter sich zu. Er hatte das Gelb und Schwarz von Tyrens Zelt entdeckt, und aus der Ferne betrachtet schien es gar nicht mal so schwierig zu sein, dorthin zu gelangen. Tawl kroch über die gefrorene Erde und ignorierte den Schmerz in seinem Arm und die zunehmende Taubheit in seinen Fingern und Zehen. Tyren war nun sehr nahe, nahe genug, um Tawl das Blut in den Adern gefrieren zu lassen. Die Dämonen sammelten sich zum tödlichen Angriff.

Vor ihnen tauchte der Graben als schwarze Linie auf – dem Geruch nach zu urteilen, handelte es sich um die Latrine. Im selben Augenblick, da Tawl ihn durchquert hatte und auf der anderen Seite wieder hochkroch, hörte er ein leises Surren. Dann noch eins. Die beiden Wachen stürzten zu Boden. Gervhay hatte gut gezielt.

»Keffin, Baird, ihr beide geht vor. Ich muß wissen, wieviel Wachen noch zwischen uns und Tyrens Zelt sind.« Tawl wollte den beiden Highwall-Männern noch sagen, sie sollten keine unnötigen Risiken eingehen, doch dann entschied er sich anders: Risiken waren das einzige, was sie noch hatten. Statt dessen ließ er es bei einer Ermahnung bewenden, sie sollten auf sich aufpassen; dann gab er ihnen ein Zeichen zu gehen. Er wünschte, er könnte mit ihnen gehen. Warten, auch wenn es sich nur um Minuten handelte, war für Tawl unerträglich geworden.

Die beiden verbliebenen Highwall-Männer kauerten sich

neben ihn. Sie hatten blonde Haare und steinerne Gesichter, und sie zückten die Schwerter und warteten.

Gervhay überraschte sie alle, als er plötzlich aus der Dunkelheit sprang. Er grinste triumphierend. »Zwei weniger. Nur noch zweihundertachtundneunzig.«

»Wenn alles glattgeht, dann werden wir nicht so viele töten müssen«, erwiderte Tawl. Er versuchte, streng zu klingen, doch Gervhays Enthusiasmus war etwas, was er nicht zerstören wollte. »Das hast du gut gemacht. Halte dich bereit, noch ein paar mehr zu erledigen.«

»Zielen und schießen. Das bin ich.« Irgendwie war es dem jungen Ritter gelungen, daß sich ein paar Zweige in seinen Haaren verfangen hatten, was ihm das Aussehen eines verrückten Waldläufers verlieh. »Wenn ihr Herren euch jetzt genug ausgeruht habt, schlage ich vor, wir gehen rein und suchen uns etwas Ärger.«

Tawl mußte Gervhay zurückhalten: Ein Schütze hatte vorne nichts zu suchen. »Du deckst uns den Rücken, mein Freund«, sagte er. »Und halte dich in den Schatten, wann immer du kannst.« Mit diesen Worten sprang Tawl aus dem Graben und rannte so schnell er konnte und mit gekrümmtem Rücken zum nächstgelegenen Zelt.

Zum gegenwärtigen Zeitpunkt stellte offenes Feld die größte Gefahr dar. Ein scharfes Auge konnte auch in diesem Licht eine sich schnell bewegende Gestalt entdecken. Die Entfernung zwischen dem Graben und dem Zelt erschien Tawl unendlich weit, und mit jedem Schritt fürchtete er, den Alarm zu hören. Die beiden Highwall-Männer rannten vollkommen geräuschlos. Sie waren schneller als Tawl. Noch bevor er das Lager erreichte, hatten sie ihn bereits überholt, und als er endlich an dem Zelt ankam, sprachen sie bereits mit Keffin und Baird.

Sofort bemerkte Tawl Blut auf Bairds Kampfmesser. »Was ist passiert?«

»Ich habe nur ein paar Wachen zum Schweigen gebracht; das ist alles.« Baird sprach ruhig, aber er zitterte. »Sie standen vor dem Kommandozelt, und sie haben Keffin entdeckt. Als sie in seine Richtung gingen, habe ich ihnen die Kehlen durchgeschnitten.«

Einen nach dem anderen und ohne dabei ein Geräusch zu machen? Tawl war beeindruckt. Er hätte den Highwall-Mann gerne gefragt, wie er das zustande gebracht hatte, aber dafür war keine Zeit. Das Lager würde jede Minute erwachen. Er nickte in Richtung Zentrum. »Wie sieht es aus?«

Baird zuckte die Schultern. »Zwei Wachen stehen vor Tyrens Zelt – genau wie vor den anderen. Das Problem ist nur, daß die Eingänge zu drei Mannschaftszelten dem von Tyrens Zelt genau gegenüberliegen – das bedeutet, wir müßten insgesamt acht Wachen gleichzeitig ausschalten.«

»Plus die zwei Paare auf dem Weg dorthin«, fügte Keffin hinzu.

»Dann werden wir wohl durch die Hintertür gehen müssen«, sagte Tawl. Von ihrem Standpunkt aus konnte er die Rückwand von Tyrens Zelt sehen. Um dorthin zu gelangen, mußten sie nur an den Eingängen des Kommandozelts und des Lazaretts vorbei. Baird hatte die Wachen vor dem Kommandozelt bereits getötet, also waren nur noch zwei Mann übrig. Tawl schaute zu Baird. »Wie schnell kannst du mir einen Weg durch die Zeltwand schneiden?«

Baird lächelte. »Schneller als einem Mann die Kehle durch.«

»Gut.« Tawl blickte nach Osten zum Horizont. Weniger als zehn Minuten bis Sonnenaufgang und weniger als fünf Minuten bis Mafrey und Corvis das Signal zum Angriff geben würden. Sie mußten genau zum richtigen Zeitpunkt in Tyrens Zelt eindringen; andernfalls würde Alarm ausgelöst, und sie wären tot, noch bevor ihre Gefährten das Lager stürmen könnten. »Gervhay«, rief Tawl leise.

»Aye«, antwortete eine Stimme aus den Schatten.

»Ich will, daß du zurückbleibst und uns Deckung gibst. Halt dich östlich; schieß alles nieder, was sich in Richtung von Tyrens Zelt bewegt, und um Himmels willen halt den Kopf unten. Ich will nicht, daß du entdeckt wirst, solange du allein bist.«

»Das ist so gut wie erledigt.«

Tawl beobachtete, wie Gervhay salutierte und anschließend in der Dunkelheit verschwand. Dann wandte sich Tawl wieder den Schwertkämpfern zu. »Also dann. Baird, du weißt, was du zu tun hast. Keffin, du kommst mit mir. Murris, Sevri, ich will, daß ihr um das Zelt herumschleicht. Deckt die Westseite und den Eingang ab, und erledigt die Wachen falls nötig; ansonsten wartet ihr auf das Angriffssignal. Wenn ihr plötzlich einer Übermacht gegenüberstehen solltet, dann kommt zu uns ins Zelt. Verstanden?«

»Verstanden.«

Tawl nickte den Männern zu. »Na, dann mal los.«

Er lief nicht in gerader Linie auf die Rückwand von Tyrens Zelt zu, sondern suchte die Deckung der Schatten, wo immer er sie fand. Er war bis aufs Äußerste angespannt; es mußte ihm gelingen, Tyren in die Gewalt zu bekommen, bevor Andris und die Highwall-Männer angriffen. Wurde der Alarm erst einmal ausgelöst, würden sich die Ritter um ihren Großmeister sammeln. Tawl wußte, daß dann seine einzige Chance darin bestand, zu diesem Zeitpunkt bereits ein Messer an Tyrens Kehle zu haben.

Während er sich ins Zentrum des Lagers vorarbeitete, spürte Tawl eine seltsame Leichtigkeit in seiner Brust. Er war aufgeregt, doch zugleich fühlte er sich frei, beinahe glücklich – er war nun hier, und jetzt gab es kein Zurück mehr. Wenn das Morgengrauen dem Tag weichen würde, dann würden sie alle ihr Schicksal gefunden haben.

Irgendeine Bewegung im Süden erregte seine Aufmerksamkeit. Eine der äußeren Wachen ging zu Boden. Tawl grinste. Follis und die beiden Highwall-Schützen dünnten die Reihen ihrer Gegner vor dem Angriff ein wenig aus.

Das Gelb und Schwarz von Tyrens Zelt war nun nur noch wenige Schritte entfernt. Tawl winkte Baird voran. Gerade als der kräftige Kämpfer mit dem schweren Messer vorstürmte, ertönte ein Schrei zu ihrer Linken. Er erstarb, noch bevor er zu Ende gebracht worden war.

»Vorwärts!« zischte Tawl Baird zu. Tawl folgte ihm zur

Rückwand von Tyrens Zelt. Keffin war ihnen dicht auf den Fersen.

Ein weiterer Schrei ertönte. In einem der Mannschaftszelte bewegte sich etwas. Ein Pfeil flog von Westen heran.

Bairds Hände zitterten nicht, als er die Zeltbahn aufschlitzte. Der Stoff war geölt und etwa einen halben Finger dick, aber die Klinge schnitt hindurch, als wäre es Seide. Der Streich des Messers wurden von einem lauten Reißen begleitet, und im selben Augenblick, da Tawl das Schwert durch die Öffnung schob, hörte er einen Schrei aus dem Zelt:

»*Wachen!*«

Tawl drängte sich an Baird vorbei und zwängte sich durch den Schlitz. Sein Schwert traf auf eine andere Klinge, und noch bevor er wußte, gegen wen er kämpfte, war er bereits gezwungen, sich zu verteidigen. Sofort trat er von dem Schlitz weg. Er mußte Baird und Keffin Platz machen, damit auch sie hereinkommen konnten: Schließlich wollte er nicht allein zu der Feier gehen.

Als Baird in das Zelt drängte, fiel ein Lichtstrahl auf das Gesicht des Mannes, mit dem Tawl kämpfte: dunkle Augen, dunkle Haare, dunkelolivfarbene Haut.

Tyren lächelte. »Es ist lange her, Tawl.«

Tawl sog zischend die Luft ein. Tyren sah noch genauso aus wie das letzte Mal, als er ihn gesehen hatte. Das Verlangen, sich vor dem Großmeister zu verneigen und sich seiner Gnade zu unterwerfen, war stark, doch nur von kurzer Dauer. Dennoch war Tawl davon überrascht. Tyren hatte ihn betrogen: Das durfte er niemals vergessen.

Tawl preßte die Lippen aufeinander, um nicht unbeabsichtigt zu sprechen. Während er Tyrens Angriffe abwehrte, versuchte er, sich im Zelt zu orientieren. Mehrere Truhen, ein schmaler Tisch, eine Bank und ein Feldbett standen an der Wand.

Vor dem Zelt schrien und rannten Männer, und unter all dem Lärm konnte man in der Ferne ein sich rasch näherndes Donnern hören: Andris und seine Männer waren auf dem Weg.

Tawl blickte zum Eingang – bisher war niemand hereingekommen. Murris und Sevri mußten die beiden Wachen erledigt haben. Tawl zwang Tyren mit einem mächtigen Hieb in die Defensive und trieb ihn zurück. Ein stechender Schmerz schoß durch seinen verletzten Arm, doch er zwang sich, die Schwertspitze weiterhin auf seinen Gegner zu richten. Baird und Keffin nutzten den so freigewordenen Raum, um zum Eingang zu eilen.

Tyren testete Tawls Schwertarm, indem er seine Waffe hob und von oben herab zuschlug. Tawl blieb keine andere Wahl, als seine Waffe zu heben, um den Hieb abzublocken. Stahl traf auf Stahl. Tawls Arm gab nach; seine Schulter verkrampfte sich vor Schmerz, und er sank auf die Knie. Tyren zog sein Schwert zurück, um zuzustoßen.

Dann erschien Baird hinter Tyren und schlug dem Großmeister mit der flachen Seite seines Schwertes auf den Rücken. Tyren stolperte vorwärts. Schmerz stand ihm ins Gesicht geschrieben, dann Verwirrung und schließlich Wut. Rasch rappelte er sich wieder auf und rief zu Tawl: »Und du wagst es, dich einen Ritter zu nennen? Kämpfe entweder Auge in Auge mit mir, oder gar nicht!«

Auch Tawl stand wieder auf. Er ließ Tyren nicht einen Augenblick lang aus den Augen. »Diesmal falle ich nicht auf dein Gerede von Ehre herein, Tyren. Ich habe viel gelernt, und jetzt sehe ich dich als das, was du bist.« Mit der linken Hand gab er Baird ein Zeichen. Die beiden Highwall-Männer drückten ihre Schwerter in Tyrens Seite. »Ich kämpfe nur Auge in Auge mit Männern, die ich respektiere.«

Tawl kehrte dem Großmeister der Ritter den Rücken zu. »Bindet ihn, Männer. Wir machen einen kleinen Spaziergang.«

Kapitel Fünfunddreißig

Langsam, Zelle für Zelle, Partikel für Partikel, Schicht für Schicht, kehrte sich die Zeit um.

Gefangen zwischen Fleisch und Metall verfolgte die Magie ihre Absicht nur einen Schritt neben dem Grab. Während das Blut dunkel wurde und sich verdickte, wurde es auch wieder in Bewegung versetzt, und als das Metall gerann, wurde wieder von ihm Besitz ergriffen. Feuchtigkeit stieg hinauf zu den ausgetrockneten Schleimhäuten von Nase und Hals, und die Darmmuskeln begannen zu pressen.

Die Magie besaß nicht die Kraft eines Zaubers. Sie wurde nicht wie eine Waffe benutzt oder wie ein Schild erhoben. Sie war das Ergebnis eines letzten Atemzugs: unausgesprochen, ungerichtet, nur halb vollendet.

Eine undeutliche Absicht war alles, was von ihr übrig war. Die Magie war dem Willen zu überleben entsprungen; vor ihrer Vollendung unterbrochen war sie aus dem Körper geflossen, hatte sich an den Körper gelegt und von dort aus begonnen, die Zeit zu verbiegen.

Das Kettenhemd drückte noch immer gegen die Haut. Es wurde immer wärmer und bewegte sich zurück zu vergangenen Augenblicken: Es baute neu auf und reanimierte zugleich. Die Zeit war zäh um den Körper herum. Die Zeit war dünn am Rand. Mit der einen Hand hielt die Magie die Zukunft an und streckte die Gegenwart mit der anderen.

Zunächst hundert, dann tausend und schließlich eine Million winziger Veränderungen. Und dann war das Herz bereit zu schlagen.

Nun, in eben diesem Augenblick, erklang sein Rhythmus zum ersten Mal. Starke, dumpfe Schläge bildeten den Rahmen für neue Kraft. Energien sammelten sich ums Herz, heilten das Gewebe, öffneten Klappen und reinigten die Arterien – sie ebneten den Weg für den mächtigen Puls.

Inmitten eines Flusses langsam zurückfließender Zeit begann das Herz zu vibrieren. Alte Magie traf neue Magie. Die Macht von Larn traf die Macht des Menschen. Im Herz lief alles zusammen, und der erste Schlag markierte den Augenblick ihrer Vereinigung.

Ein schrecklicher Sog, dann ein einziger lustvoller Schlag. Der Körper kam zurück ins Leben. Muskeln spannten sich an; Blut rauschte; Nervenzellen schlugen Funken, und Schweiß trat an die Oberfläche.

Rot und Schwarz. Schwarz und Weiß. Licht flammte auf, nur um wieder in der Ferne zu verschwinden. Aus einem einzigen Augenblick wurden zwei, als die Zeit zerrissen wurde, und dann öffnete Jack die Augen.

Alles hielt an, als Tyren aus dem Zelt trat. Männer blieben stehen; zum Schlag erhobene Waffen schwebten in der Luft, und Schmerzensschreie erstarben auf den Lippen. Alle Augen schauten auf Tyren, und alle Blicke richteten sich auf seinen Hals. Der Dolch fing die ersten Strahlen der Morgensonne ein und reflektierte das Licht in die Gesichter der Umstehenden.

Tawl preßte die Spitze der Klinge in Tyrens Fleisch. Ein einzelner Blutstropfen trat hervor. »Bleibt, wo ihr seid!« rief Tawl Tyrens Rittern zu. »Wenn sich auch nur einer von euch rührt, dann schwöre ich, werde ich ihm die Kehle durchschneiden, so wahr mir Borc helfe.«

Tawl umklammerte mit einer Hand Tyrens Fesseln. Er stieß den Großmeister vor sich her, und gemeinsam entfernten sie sich vom Zelteingang. Tawl nahm die Szenerie mit einem einzigen Blick in sich auf. Zu beiden Seiten des Eingangs stapelten sich Leichen. Diejenigen, die keinen Pfeil in Brust oder Hals hatten, wiesen tiefe Schnittwunden an Armen und Beinen auf. Gervhay und die beiden Schwertkämpfer hatten sich gut geschlagen. Murris lag reglos in einer Lache seines eigenen Blutes, und Sevri stand nicht weit von Tawl entfernt. Sein Breitschwert war voller Blut und Fleischfetzen, und er hatte unzählige Wunden davongetragen. Gervhay war nirgends zu sehen.

Überall waren Ritter. Da sie von dem Angriff überrascht worden waren, trugen einige die Rüstungen über ihren Nachtgewändern und andere waren sogar halbnackt. Tawl ließ seinen Blick über ihre Reihen schweifen.

»Laß Tyren gehen, oder ich schieße dir in den Rücken.«

Tawl drehte sich nicht um, um zu sehen, wer da hinter ihm stand. »Dann tu's doch!« rief er in den Halbkreis der Ritter vor ihm hinein. »Aber ich warne dich. Ich trage ein Kettenhemd, und wenn du nicht wie Valdis höchstpersönlich schießt, dann werde ich immer noch genug Zeit haben, Tyren die Kehle durchzuschneiden.«

Es folgte ein Augenblick des Schweigens. Der Schütze in Tawls Rücken riskierte keinen Schuß.

»Was willst du?« verlangte einer der Ritter zu wissen und trat vor. Tawl kannte ihn nicht, aber die bleiche Farbe seiner drei Ringe verriet, daß er schon vor langer Zeit in den obersten Rang erhoben worden war.

»Er will Macht für sich«, sagte Tyren. »Er will meinen Platz einnehmen.«

Das war nahe genug an der Wahrheit, um Tawl zusammenzucken zu lassen. Er hörte das Blut in seinen Adern rauschen und das dumpfe Flattern von Dämonenflügeln. Wieviel von dem, was er hier tat, tat er für seine Familie? Und wieviel davon tat er, um sich seinen lebenslangen Traum von Ruhm und Ehre zu erfüllen? Beim Klang von Tyrens glatter, überzeugender Stimme war er sich seiner Motive plötzlich gar nicht mehr sicher.

Tawl bemerkte kaum, wie sich Baird und Keffin hinter ihn bewegten, um seinen Rücken zu decken.

Tawl ließ erneut den Blick über das Lager schweifen. Die Ritter starrten ihn aus wilden, entschlossenen Augen an. Wollte er wirklich Tyrens Platz einnehmen? Er konnte die Frage nicht mit Nein beantworten – ein Teil von ihm sehnte sich noch immer nach der Erfüllung jener alten Träume. Aber nun gab es neue Träume, die mit den alten im Wettstreit befanden – Träume, die sich eine ganz eigene Macht besaßen. Tawls Gedanken wanderten zu Melli, und als vor seinem geistigen Auge das Bild ihres geliebten Gesichts erschien, hallten Megans Worte in seinen Ohren wider: *»Es ist die Liebe, nicht der Erfolg, die dich von deinen Dämonen befreien wird.«* Tawls Herz verkrampfte sich. Würde er Melli und dem Baby zuliebe alles aufgeben? Ja. Nach dem heutigen Tag, ja.

Nun wußte er, daß er hier nicht aus falschem Ehrgeiz stand. Er wollte Tyrens Platz nicht, und auch nicht den Ruhm. Er wollte einfach nur glauben, daß in all der Schlechtigkeit noch ein letzter Rest von Gutem steckte. Mit neugewonnenem Selbstvertrauen drückte er die Klinge noch fester gegen Tyrens Kehle und sagte: »Ich will, daß die Ritterschaft wieder zu dem wird, was sie einst war. Ich will, daß Männer für Ehre kämpfen und nicht für Gold.«

»Ehre?« Tyrens Stimme klang spöttisch. »Was weiß schon ein Mann von Ehre, der durch kaltblütigen Mord Schande über seine Ringe gebracht hat? Wage es ja nicht, mir zu predigen, Tawl, denn deine Zunge ist genauso falsch wie deine Seele.«

Die Ritter reagierten auf Tyrens Worte mit ermunternden Zurufen. Langsam rückten sie näher.

»Er hat niemanden ermordet.«

Alle drehten sich zu dem Mann um, der in ihre Mitte ritt. Er kam aus dem Osten und hatte das Licht im Rücken, so daß zunächst niemand sein Gesicht sehen konnte. Tawl jedoch hatte ihn sofort an der Stimme erkannt: Es war Andris. Er zog die Zügel an und stieg vom Pferd. »Tawl ist ein

Mann von Ehre«, sagte er und trat in den Halbkreis der Ritter. »Das schwöre ich bei meinem Leben.«

Ein Raunen ging durch die Menge.

»Und woher willst du das so genau wissen?« Das war der ältere Ritter. Er sprach laut und mit strenger Stimme, um die anderen zum Schweigen zu bringen.

»Ich weiß es, weil ich nun schon seit vielen Wochen mit ihm zusammen bin. Ich habe ihn kämpfen sehen: hart, fair und tapfer. Und nun nenne ich ihn meinen Freund.«

Tawl schaute Andris kurz in die Augen, dann wandte er sich wieder ab. Der junge Ritter war ein großes Risiko eingegangen, indem er alleine durch die feindlichen Reihen geritten war. Sollte es schiefgehen, dann würden sie alle, die sie im Lager waren, innerhalb weniger Minuten tot sein. Die Ritter würden ihren Kreis schließen und sie niedermachen, bevor die Highwall-Männer zu ihnen durchbrechen könnten.

Tyren beendete das Schweigen. »Andris, er hat dich zum Narren gehalten. Er ist kein wahrer Ritter; er hat seine Ringe vor den versammelten Bürgern von Bren verleugnet. Komm, und nimm ihm den Dolch aus der Hand – dir wird er ihn geben.«

Andris zögerte keine Sekunde. »Tawl hat nicht die Abschlachtung von Frauen und Kindern in Helch gebilligt. Er hat sich nicht für Gold an Kylock verkauft.« Er drehte sich zu den versammelten Rittern um. Als er wieder sprach, klang seine Stimme weich und freundlich. »Mit meinen eigenen Augen habe ich gesehen, wozu Kylocks Männer fähig sind. Nördlich von Camlee sind wir auf eines ihrer Lager gestoßen. Dort lagen die Leichen von dreißig Frauen, vergewaltigt, verstümmelt und dann zum Verrotten in einen Graben geworfen.«

»Das ist nicht unsere Angelegenheit«, bemerkte der alte Ritter.

»O doch, es *ist* unsere Angelegenheit, denn Ritter waren in diesem Lager.« Tawls Stimme hallte weit in der kalten Morgenluft. Ein nervöses Murmeln stieg aus dem Lager auf.

Die Menge war inzwischen noch größer geworden. Ritter, die in ihre Zelte gegangen waren, um Waffen und Rüstungen anzulegen, kehrten nun wieder zurück.

»Andris«, sagte Tyren mit strenger Stimme, »dieser Mann ist ein Lügner. Nimm ihm den Dolch ab, oder ich werde dich aus der Ritterschaft ausstoßen.«

Niemand bewegte sich. Andris blickte zu Boden. Die Narbe auf seiner Wange war beinahe so weiß wie das Morgenlicht. Tawl lockerte seinen Griff um den Dolch. Er war bereit, ihn Andris zu geben: Er wollte dem jungen Ritter die Entscheidung nicht noch schwerer machen, als sie ohnehin schon war.

Tawl kannte sich mit schwierigen Entscheidungen aus.

Mittlerweile hatten die Kämpfe gänzlich aufgehört, und das einzige Geräusch war das Atmen von dreihundert Männern.

Andris trat vor und blickte Tyren fest in die Augen. »Würde ein Lügner die Faldara-Fälle überleben?«

Ein erstauntes Raunen ging durch die Menge.

»Er lügt auch!« rief Tyren seinen Männern zu. »Sie sind beide Lügner. Kein armseliger Verbrecher kann die Fälle überleben.«

»Ich habe gesehen, wie er sie überwunden hat«, sagte Mafrey und bahnte sich einen Weg durch die Menge.

»Ich auch«, erklärte Corvis, der nur einen Schritt hinter ihm war.

»Und ich.« Die letzte Stimme gehörte Gervhay. Der junge Schütze stand am äußersten Rand des Halbkreises. Bei seinem Anblick empfand Tawl tiefe Freude: Er hatte schon befürchtet, Gervhay wäre tot.

»Sind wir alle Lügner, Tyren?« fragte Andris.

Die Ritter bewegten sich unruhig. Alle blickten auf Tyren.

Die Muskeln in Tyrens Schultern und Rücken begannen nervös zu zucken. »Diese Männer sind eine Schande für die Ritterschaft«, erklärte er an seine Männer gewandt. »Schaut euch doch nur mal an, wie sie hierhergekommen sind: Im Schutze der Nacht haben sie uns hinterhältig überfallen. Sie waren zu feige, sich uns im Kampf auf offenem Feld zu stellen. Und seht euch doch an, wer sie führt« – Tyrens Lippen verzogen sich zu einem verächtlichen Grinsen – »Ein Mann, der wie ein Dieb in mein Zelt eingedrungen ist. Während er mir gegenübergestanden hat, haben sich seine Henker von hinten an mich herangeschlichen. Ein Mann, der von Ehre redet, obwohl er selbst keine hat.«

Tyrens tiefe, kraftvolle Stimme schwoll zu einem Crescendo an. »Fragt diesen Mann, fragt diesen machthungrigen Tawl aus dem Tiefland, was er seiner Familie angetan hat. Fragt ihn, warum er drei jüngere Schwestern im Stich gelassen hat. Fragt ihn, was mit ihnen geschehen ist, während er wie ein Pfau in Valdis umherstolziert ist. Fragt ihn, wer für ihren Tod verantwortlich ist. Dann, und *nur* dann, fragt ihn nach seiner Ehre ...«

Tawl verlor die Kontrolle. Eine kalte, wilde Wut erfüllte ihn. Tyrens Worte brannten wie Salz in der Wunde. Er mußte ihnen ein Ende bereiten. Tränen brannten ihm in den Augen, während er den Dolch auf Tyrens Brust senkte. Er spürte, wie Tyren versuchte, sich loszureißen, doch Tawl hielt ihn fest. Die Ritter waren nur noch Geister am Rand seines Sichtfeldes – sie zählten nun nicht mehr. Schmerz war das einzige, was Tawl jetzt noch kannte, und dieser Schmerz *mußte* aufhören. Er winkelte das Messer an und preßte es gegen Tyrens Fleisch.

Im selben Augenblick, da die Klinge die Haut auf der Brust anritzte, ließ sich Tyren nach hinten fallen. Tawl war wahnsinnig vor Wut. Er wußte nicht mehr, was er tat, und stieß Tyren nach vorne, genau in die Klinge hinein. Tyrens eigenes Körpergewicht trieb den Dolch viel tiefer hinein, als Tawl beabsichtigt hatte. Die Klinge hätte nur eine Fleischwunde verursachen sollen – nicht mehr –, doch Tyren fiel in sie hinein, und die Klinge drang zwischen den Rippen hindurch genau ins Herz.

Die Ritter schnappten erschrocken nach Luft.

Tawl trat zurück. Er ließ Tyrens Hände los, und der Großmeister der Ritter stolperte nach vorne und fiel auf die Seite.

Blut strömte aus der Wunde. Seine Brust hob und senkte sich, während er nach Atem rang, und sein Körper wurde von Krämpfen geschüttelt.

Tyren schaute zu Tawl hinauf, und langsam formten sich seine Lippen zu einem Lächeln. »Du bist genauso wertlos wie dein Vater.«

Zitternd, desorientiert und gefangen in einem Strom von Gefühlen dauerte es einen Augenblick, bis Tawl Tyrens Worte verstanden hatte. *Sein Vater?* Wie konnte Tyren etwas über seinen Vater wissen? Das ergab keinen Sinn. »Was weißt du über meinen Vater?« fragte er.

»Ich weiß, daß man ihn für fünfzig Goldstücke kaufen kann.«

Nein, formten Tawls Lippen. *NEIN!*

Er hatte das Gefühl, als würde sein eigener Körper ihn verstoßen. Die Welt wurde weiß und begann, sich zu drehen. Eine Art Fieber trug seinen Geist in die Höhe und dann zurück in die Vergangenheit. Er erinnerte sich an die Hitze der Sonne auf seinem Rücken, die er an jenem Tag gespürt hatte, da er Tyren zum ersten Mal begegnet war. Er erinnerte sich an Tyrens Frage: *»Was ist mit deinem Vater? Ist er auch tot?«*

»Nein. Wir sehen ihn nicht sehr oft. Er verbringt seine Tage in Lanholt und trinkt.«

Tawl sah die Szene so klar und deutlich vor seinem geistigen Auge, als wäre er dort. Und dieses Mal sah er Dinge, die ihm damals nicht aufgefallen waren: der grüblerische Ausdruck in Tyrens Augen und wie seine Lippen sich bewegt und lautlos das Wort *Lanholt* wiederholt hatten.

Das Bild zersprang in Tausende blendendweißer Splitter, jedoch nur damit darunter eine zweite Szene zum Vorschein kommen konnte. Die Hütte im Sumpf vier Tage später; das Feuer heruntergebrannt, Anna, Sara und das Baby zu Füßen ihres Vaters. Bei jedem neuen Geschenk, das er aus seinem Sack zog, stießen sie Freudenschreie aus.

»Glücksspiele, Kartenspiele, nenn es, wie du willst. Das Glück hat mich geküßt und mich zu seinem Liebhaber gemacht.«

»Wie?«

»Ich bin nach Hause gekommen, um bei euch zu bleiben. Du mußt dich nicht mehr um alles kümmern, Tawl. Von jetzt an bin ich wieder das Familienoberhaupt.«

Die Geschehnisse spielten sich nun einen Herzschlag langsamer ab als in Wirklichkeit. Tawl war Zuschauer und Akteur in einem. Einzelheiten erregten seine Aufmerksamkeit wie leuchtende Juwelen in einem Haufen Dreck: sein Vater, der ihm nicht in die Augen blicken wollte, die Zeit – es war noch Morgen, und der Vater pflegte nie vor Mittag aufzustehen – und Gold. Gold in den Händen seines Vaters. In Lanholt wurde höchstens um Silber gespielt.

Genauso schnell wie die Szene erschienen war, verschwand sie wieder und wurde durch eine dritte ersetzt. Ein Gasthof in Greyving. Ein Stunde nach Mitternacht wurde Tyren vom Wirt geweckt und über das Erscheinen eines unerwarteten Gastes informiert. Tawl betrachtete ihn, als er die Treppe hinunterkam. Er war nicht überrascht.

»Ich bin frei, um mit Euch nach Valdis zu gehen«, erklärte Tawl. *»Meine Verpflichtungen hat ein anderer übernommen.«*

Tyren nickte und lächelte, bestellte Essen und Trinken, aber nicht ein einziges Mal fragte er, warum Tawl seine Meinung so plötzlich geändert hatte.

Tawl hatte das Gefühl, als sei seine ganze Vergangenheit auf einen Schlag ausgelöscht und durch etwas Neues, etwas Monströses ersetzt worden. Nichts war mehr, was es zu sein schien. Der Schock war so groß, daß er auf die Knie sank. Eine Welle der Übelkeit stieg aus seinem Magen auf und verseuchte seinen ganzen Körper mit einem brennenden Gift. Er biß sich auf die Zunge, um sich nicht übergeben zu müssen.

Anna und Sara und das Baby: alle tot, aber sie ruhten nicht länger in Frieden. Ihr Tod – Tawls ganz persönliche

Qual, der Dorn in seinem Herzen, die Dämonen auf seinem Rücken –, plötzlich war das Unterste zuoberst gekehrt. Alles war nun mit einem Makel behaftet. Von Anfang an – seit jenem Tag, da er Tyren zum ersten Mal getroffen hatte – war eine widerliche Lüge der Mittelpunkt seines Lebens gewesen.

Tyren hatte ihn zu einem Monster gemacht.

Tawl war sich kaum bewußt, was er tat, als er gepeinigt von unerträglichem Schmerz den Sterbenden in den Arm nahm und ihn schüttelte. »Du hast meinen Vater bezahlt, damit er sich um meine Schwestern kümmert. Du hast gewußt, daß ich dich niemals nach Valdis begleiten würde, wenn sich nicht jemand um meine Schwestern kümmert, und du hast meinen Vater bezahlt, um meinen Platz einzunehmen.«

Tyren war schwach. Er atmete kaum noch, und ein Schleier lag auf seinen Augen; dennoch formten sich seine blutigen Lippen zu einem Lächeln. »Er hat wohl keine gute Arbeit geleistet, wie mir scheint.«

Die Luft war erfüllt vom Geräusch schlagender Flügel, und jeder Schlag der ledrigen Schwingen brachte Tawl dem Wahnsinn näher. Die Dämonen waren wieder hinter ihm. Tawl hob das Messer und stach auf Tyren ein. Wieder und wieder stach er zu, durch Rippen, Herz und Lungen. Er konnte nicht aufhören. Nur so konnte er sich retten. Nur so konnte er den schrecklichen, alles vernichtenden Schmerz wieder loswerden.

Und dann, als Tyrens Körper nur noch eine blutige Masse war, spürte Tawl, wie etwas von hinten in ihn eindrang und ihn nach vorne hinaus wieder verließ. Es war ein Gefühl, als hätte hinter ihm jemand geatmet, und der Atem dieses jemand ging durch Tawl hindurch wie Luft durch Gaze. Der fremde Atem sammelte sich um Tyren, verdichtete sich und verformte die blutigen Gesichtszüge des Großmeisters zu einer schrecklichen Fratze.

Tawl ließ das Messer fallen.

Der Dämon hockte nicht länger auf seinem Rücken; er

hatte sich mit Tyren vereint. Tyren *war* der Dämon, und er war es immer gewesen; das war es also, was ihm die grünen Wasser des Ormonsees hatten zeigen wollen.

Tawl hob den Blick. Dreihundert Augenpaare waren auf ihn gerichtet. Niemand sprach.

Tawl fühlte sich unendlich müde. Außer der Trauer um seine Schwestern waren alle Gefühle verschwunden. Es war, als wären sie heute ein zweites Mal gestorben – getötet von Tyrens Hand. Als er begann, das Messer an seiner Tunika abzuwischen, erhob sich ein Schrei aus der Menge:

»*Tawl zum Großmeister!*« Das war Andris. Er rief ein zweites Mal, und diesmal stimmten Gervhay, Mafrey und Corvis in den Ruf mit ein.

Tawl schüttelte den Kopf. Er konnte nicht sprechen. Nicht jetzt.

»*Tawl zum Großmeister!*« Weitere Stimmen hatten sich nun hinzugesellt, und ihre Zahl verdoppelte sich noch beim vierten Mal.

Tawl konnte es nicht mehr ertragen. Er wollte mit seiner Trauer allein sein. Kopfschüttelnd stand er auf. Er fühlte sich schwach. Seine Beine drohten, unter ihm nachzugeben. Baird trat neben ihn und griff ihm unter die Arme; Tawl war froh über die Hilfe. Schweigend führte ihn Baird zu Tyrens Zelt.

»*Tawl zum Großmeister!*« Inzwischen hatte ein Drittel der Ritter in den Ruf eingestimmt.

Baird hob die Zeltklappe, und Tawl trat in den warmen Schatten des Zelts. Er fiel auf Tyrens Bett und schloß die Augen, noch bevor sein Kopf das Kissen berührte.

»*Tawl zum Großmeister!*«

Er wollte es nicht hören; er wollte noch nicht einmal daran denken. Er sah nur seine Schwestern: Sara, deren goldene Locken fröhlich im Wind tanzten, während sie ihm zu seinem Wasserloch folgte; Anna, die schelmisch grinste und versuchte, ihn zu einem Kampf zu verleiten; und das Baby, das aus Leibeskräften schrie, weil man es zu lange in seinem Bettchen allein gelassen hatte. Tawl lächelte. Es war, als sei es erst gestern gewesen.

Jack öffnete die Augen. Ein weißer Kokon umhüllte ihn. Das Weiß war überall und drückte sanft gegen Wimpern und Nase. Jack glaubte beinahe, im Himmel zu sein, wäre da nicht der Geruch gewesen. Irgendwie hatte er nicht erwartet, daß es nach dem Tod nach feuchter Wäsche riechen würde. Aber natürlich konnte er sich auch irren. Als er versuchte, die Hand zu heben, spannte sich das weiße Etwas auf seinem Gesicht. Billiges, rauhes Leinentuch berührte seine Lippen. Jack streckte die Zunge heraus und leckte über den Stoff; er schmeckte nach Lauge und Schimmel. Nein, das war nicht das Leben nach dem Tode; das war nur ein schlecht gewaschenes Bettlaken.

Er riß sich das Laken vom Gesicht. Es war kalt; das Licht war trüb, und der Geruch von Rauch stieg ihm in die Nase. Er hörte auch ein Geräusch: ein metallisches Kratzen, als schabe jemand mit einer Schaufel über Stein. Dann hörte er das Knistern eines gut geschürten Feuers. Merkwürdig, daß ihm diese Geräusche bisher nicht aufgefallen waren.

Die Decke des Raums kam ihm seltsam bekannt vor: Sie war niedrig und leicht gewölbt. Jack war sicher, daß er erst vor kurzem schon einmal hier gewesen war.

Eine Bewegung zu seiner Linken erregte seine Aufmerksamkeit. Eine schattenhafte Gestalt ging vor einer glühenden, orangefarbenen Lichtquelle hin und her. Jack hob den Kopf, um besser sehen zu können. Das kostete ihn mehr Kraft, als er erwartet hatte; sein Kopf war doch sonst nicht so schwer. Für einen kurzen Augenblick wurde ihm schwarz vor Augen, und als er wieder sehen konnte, hatte sich die Gestalt seitlich vor das Licht bewegt.

Jack hielt den Atem an. Er konnte das Profil des Mannes nun deutlich erkennen: groß, unförmig, hängende Schultern, das Kinn auf die Brust gesenkt – das war Crope!

Jack schwang die Beine zur Seite und versuchte aufzustehen. Diesmal rechnete er damit, kurzzeitig das Bewußtsein zu verlieren, und so biß er die Zähne zusammen und drückte die Knöchel in die hölzerne Unterlage, auf der er lag. Er verlor Sekunden, bevor seine Füße den Steinboden berührten.

Jack sammelte all seine Kräfte und verlagerte langsam sein Gewicht auf die Füße. Genau wie sein Kopf, so schien auch sein Körper schwerer zu sein, als er ihn in Erinnerung hatte. Er klammerte sich an der Tischkante fest und wagte einen ersten Schritt. Gar nicht mal schlecht für den Anfang. Wieder setzte er einen Fuß vor den anderen, dann ließ er den Tisch los.

Crope hatte ihm den Rücken zugekehrt, und so bemerkte er nicht, wie Jack sich ihm näherte. Die Entfernung zwischen ihnen war größer, als Jack zunächst geglaubt hatte. Er schaute sich um. Inzwischen wußte er, daß er sich irgendwo im Palast befand. Die niedrigen Decken, das entfernte Geräusch tropfenden Wassers und der Schimmelgeruch verrieten ihm das. Wieviel Zeit war vergangen, seit er zum letzten Mal hier gewesen war? Eine Nacht? Ein Tag? Viele Tage? Er wußte es nicht. Das letzte, woran er sich erinnern konnte, war, wie er den Vorhang gehoben und plötzlich Baralis gegenübergestanden hatte.

Aber er lebte noch, und das wiederum bedeutete, daß Tawl und Melli vielleicht auch noch lebten.

»*Hmpf.*«

Jacks Gedanken kehrten wieder zu Crope zurück. Er war dem riesigen Diener nun nahe genug, um zu sehen, wie dessen Schultern zitterten.

»*Hmpf.*«

Wieder ertönte das Geräusch, und Jack erkannte, daß Crope weinte. Vorsichtig schlich Jack zu einem Pfosten, der nur wenige Schritte von dem Diener und der Lichtquelle entfernt war.

Jetzt sah Jack auch, woher das Licht kam: aus einem Steinofen, dessen Metalltür weit geöffnet war, um dem Feuer genug Luft zu geben. Ein Schaufel lag daneben und dahinter ein Stapel Holz und ein Haufen Sägespäne. Crope stand auf der anderen Seite des Ofen. Seine Schultern zuckten, und er schüttelte langsam den Kopf. Jack beobachtete, wie der Riese ein kleines Kästchen aus seiner Tunika zog. Beinahe zärtlich durchsuchte Crope den Inhalt des Kästchens. Einen Augenblick später nahm er etwas heraus. Von seiner Position aus konnte Jack nicht erkennen, um was es sich dabei handelte. Er sah, wie Crope das Kästchen wieder in die Tunika steckte und zur Ofentür ging.

Jetzt sah Jack, was Crope in der Hand hielt. Es war ein Brief – das war deutlich an dem blutroten Sigel auf dem weißen Papier zu erkennen.

»*Hmpf.*« Crope streckte die Hand mit dem Brief nach dem Ofen aus.

»Crope.« Jack war sich kaum bewußt, sein Versteck verlassen zu haben, und der Klang seiner eigenen Stimme überraschte ihn zutiefst.

Crope drehte sich um. Er hielt den Brief noch immer in der Hand, obwohl die Flammen aus dem Ofen bereits an den Ecken leckten. Crope schaute Jack an und schrie. Seine Hand flog vom Ofen zu seinem Gesicht, und der Brief landete vor seinen Augen. »Geh weg. Laß Crope allein. Crope tut es leid.«

»Crope, ich bin's, *Jack.*« Jack trat einen weiteren Schritt vor, so daß er nun vollends im Licht stand.

Wieder schrie Crope und hielt sich die Ohren zu. »Crope tut es leid. Crope wollte Jack den Brief geben. Crope hat nicht gewußt, daß Jack sterben würde.«

Da er vermutete, Crope halte ihn für einen Geist, beugte sich Jack vor und berührte den Arm des Dieners. »Ich lebe, Crope. Ich bin kein Geist.«

Crope zog sich von ihm zurück. »Meister sagt, ich soll die Leiche verbrennen – Leichen verbrennt man nur, wenn sie tot sind.«

Baralis glaubte also, er sei tot. Jack schob den Gedanken für einen Augenblick beiseite; damit konnte er sich auch noch später beschäftigen. Jetzt mußte er erst einmal herausfinden, was für ein Brief das war. Er hielt noch immer den Arm ausgestreckt. »Hier, Crope. Berühr mich. Ich schwöre dir, ich bin nicht tot.«

Crope blickte ihn mißtrauisch an. »Geist versucht, Crope auf den Arm zu nehmen.«

»Nein, Crope. Sieh her.« Jack spie in die Hand und streckte sie Crope entgegen. »Geister spucken nicht – das weiß jeder.«

Vorsichtig trat Crope näher. Er hielt sich noch immer die Ohren zu, während er den Speichel sorgfältig untersuchte. Schließlich schaute er Jack wieder an. »Dann war Jack also gar nicht tot?«

»Nein, Jack war am Leben. Er war nur sehr ruhig.«

»Und kalt. Jack war sehr kalt.«

Jack schauderte. Er wollte niemals wissen, was geschehen war, nachdem Baralis' Zauber ihn getroffen hatte. *Niemals*. Er deutete auf den Brief und sagte: »Ist der für mich?«

Crope nahm die Hände von den Ohren und reichte Jack den Brief. »Das ist Jacks Brief. Lucy hat gesagt, Crope soll ihn ihm geben, wenn Larn zerstört ist.«

Lucy? Wieder lief Jack ein Schauer über den Rücken. Sein Herz schlug im Takt von Larn. »Hat dir meine Mutter den Brief gegeben?«

Crope nickte. Er streckte Jack den Brief noch immer entgegen. »Lucy war sehr krank. Sie hat Crope versprechen lassen, den Brief für Jack aufzubewahren.« Cropes Lippen formten ein zärtliches Lächeln. »Lucy hat Crope das Kästchen gegeben, siehst du?« Er holte das Kästchen aus der Tunika. Möwen und Muscheln waren auf dem Deckel eingraviert. »Sie hat gesagt, die Vögel erinnern sie an zu Hause. Crope mag Vögel.«

Jack hörte kaum, was Crope sagte. Sein Herz dröhnte wie eine Kriegstrommel. »Hast du diesen Brief zehn Jahre lang aufbewahrt?«

Crope strahlte vor Stolz. »Crope hat ihn so gut aufbewahrt wie Omis Zähne. Nur einmal hat Crope ihn verloren – mußte ihn aus dem Schnee ausgraben.«

»Und jetzt wolltest du ihn verbrennen, weil du gedacht hast, ich sei tot?«

Crope ließ den Kopf hängen. »Crope tut es leid. Crope hat es nicht gewußt.«

Jack nahm den Brief. »Es muß dir nicht leid tun, Crope. Du hast getan, worum Lucy dich gebeten hat. Sie würde sich freuen, wenn sie wüßte, daß du ihn so lange aufbewahrt hast. Und sie würde dir auch danken – so wie ich es jetzt tue.«

»Lucy war freundlich zu Crope. Sie hat ihm niemals böse Wörter hinterhergerufen.«

Jack nickte geistesabwesend. Während seine Finger über das Pergament glitten, glitt sein Geist zurück in die Vergangenheit. Zehn Jahre. Crope war der letzte gewesen, der seine Mutter lebend gesehen hatte. Jack erinnerte sich daran, wie er aus ihrem Zimmer gekommen war, die Hand in der Tunika verborgen. Hatte sie ihm damals den Brief gegeben? fragte er sich. In jener letzten Stunde ihres Lebens?

Mit zitternden Händen brach er das Sigel. Das Wachs war spröde und zerbrach in ein Dutzend Teile, die zu Boden fielen. Jack entfaltete das Papier und las.

Lieber Jack,

wenn Du dies hier liest, dann ist Larn zerstört. Wenn Du es gewesen bist, der seinen Fall verursacht hat – und davon bin ich fest überzeugt –, dann schulde ich Dir die Wahrheit und noch viel, viel mehr.

Ich bin auf Larn geboren worden. Als Tochter einer Dienerin und eines Priesters bin ich auf dieser Insel zur Frau herangewachsen. Soweit ich zurückdenken kann, habe ich mich um die Seher gekümmert. Ich habe sie gefüttert, gewaschen und Salbe auf ihre Wunden gerieben. Jahrelang habe ich keinen Gedanken an sie verschwendet; für mich waren die Seher nur stammelnde Wahnsinnige, die nichts Menschliches mehr an sich hatten. Schließlich haben mir die Priester genug vertraut, um mir zu gestatten, mich um die neuen Seher zu kümmern. Das waren junge Männer, denen der Stein noch nicht den Verstand geraubt hatte und deren Körper noch gesund und kräftig waren. Es war für mich ein großer Schock, als ich gesehen habe, daß diese Seher genau wie ich waren; sie konnten reden, lachen und weinen – und sie konnten sich fürchten.

Ich lernte diese jungen Männer kennen, und einen von ihnen lernte ich zu lieben. Er war genauso alt wie ich, und wir haben unsere Tage damit verbracht, Händchen zu halten und von Flucht zu träumen. Wir haben uns mit der wilden, verzweifelten Leidenschaft der Jugend geliebt. Wir waren fest davon überzeugt, daß nichts sich je zwischen uns stellen könnte. Dann bin ich eines Tages krank geworden und mußte vierzehn Tage im Bett verbringen. Als ich meinen Geliebten schließlich wiedersah, hatte ihn sein Geist verlassen. Der Seherstein hatte ihm den Verstand geraubt, und die Fesseln hatten sein Fleisch gefressen. Er hat mich nicht mehr erkannt. Ich war verzweifelt. Ich begann zu schreien, an den Seilen zu reißen und Larn zu verfluchen. Als ich schließlich eines der Seile gelöst hatte, stellte ich zu meinem Entsetzen fest, daß ich meinem Geliebten dadurch ein Stück Haut vom Körper gerissen und das darunterliegende rohe Fleisch entblößt hatte. Ich wurde hysterisch. Die Priester versuchten, mich von ihm wegzuziehen. Ich habe sie verflucht und einen schrecklichen Eid geschworen, Larn eines Tages zu vernichten. Während ich sprach, begann die Höhle zu beben. Irgend jemand steckte mir einen Knebel in den Mund, und dann hat man mich geschlagen, bis ich das Bewußtsein verloren habe.

Als ich wieder aufgewacht bin, war ich in einem Kerker und war zum Tode verurteilt. Ich glaube, die Priester hatten Angst vor mir – Angst vor meiner Macht und Angst vor meinem Fluch. Meine Mutter hat mir geholfen zu fliehen, und ich ließ mich in einem kleinen Boot aufs Meer hinaustreiben.

Ein paar Tage später hat mich ein vorbeifahrendes Schiff

aufgefischt, das auf dem Weg nach Rorn war. Einer der Seemänner, ein Mann mit einem guten Herzen, hat mich mit zu sich nach Hause genommen und für mich gesorgt. Als für mich die Zeit gekommen war, ihn zu verlassen, hat er mir all seine Ersparnisse gegeben und mir Glück gewünscht. Auch heute noch wird mir in kalten Nächten bei der Erinnerung an seine Freundlichkeit warm ums Herz.

Nachdem ich Rorn verlassen hatte, bin ich soweit wie möglich weg von Larn gezogen. Ich bin zuerst nach Norden, dann nach Westen gewandert und habe meinen Namen und mein Aussehen geändert. Schließlich habe ich die Vier Königreiche erreicht und wurde eine Kammerzofe auf Burg Harvell. Königin Arinalda hat mich bevorzugt, und so wurde ich bald ihre Leibzofe.

Dann habe ich den König getroffen. In jenen Tagen war Lesketh ein gequälter Mann. Er und seine Frau waren wie Fremde zueinander; ihre Unfähigkeit, Kinder zu zeugen, hatte sie auseinandergebracht. Ich war einsam, ohne Freunde und ohne Familie, und als König Lesketh mich eines Tages im Garten angesprochen hat, fühlte ich mich mehr als geschmeichelt; ich war dankbar. Natürlich hatte auch ich die Gerüchte über die Affären des Königs gehört, aber Lesketh war so freundlich und zuvorkommend, daß ich mir nichts dabei gedacht habe. Im Laufe mehrerer Monate sind wir uns immer näher gekommen. Lesketh sprach zu mir über die Königin und über seine Probleme bei Hofe, und ich hörte ihm einfach nur zu. Gelegentlich fragte ich ihn nach weit entfernten Ländern – ich dachte immer noch ständig an Larn –, und es freute ihn, wenn er mir etwas über Politik erzählen konnte. Manchmal brachte er sogar Schriftstücke und Karten mit, um sie mir zu zeigen.

Nach und nach entwickelte sich mehr zwischen uns. Wir trafen uns immer in einer alten Jagdhütte in den Wäldern. Und dort hat Lesketh mir auch an einem stürmischen Herbstabend zum ersten Mal Marods Buch der Worte *gezeigt. Es war unglaublich alt. Die Bindung hatte sich bereits stellenweise aufgelöst, und die Seiten drohten, bei der geringsten Berührung zu zerfallen. Lesketh hat mir erklärt, es sei eine der letzten Originalkopien der Werke des großen Gelehrten.*

Als ich das Buch in die Hand nahm, fühlte ich, wie sich etwas in mir veränderte. Ich zitterte am ganzen Leib, und ich hatte das Gefühl, als hätte jemand meinen Kopf in einen Schraubstock gesteckt. Das Buch schien sich wie von selbst zu öffnen, und mein Blick fiel sofort auf jene Zeile, die mein Leben für immer verändern sollte:

Steine werden bersten, der Tempel wird fallen.

Ich wußte sofort, was das zu bedeuten hatte, und noch bevor ich den kompletten Vers gelesen hatte, wußte ich, was ich tun mußte. Indem er den Untergang von Larn vorausgesagt hatte, hatte Marod mir die Möglichkeit gegeben, meinen Eid zu erfüllen. Ich mußte nur ein Kind zur Welt bringen, dessen Schicksal es sein würde, Marods Prophezeiung in die Tat umzusetzen.

Wenn Männer von Ehre ihre Ziele vergessen,
Wenn das Blut von Dreien an einem Tag gerufen wird,
Werden zwei Häuser sich in Ehe und Reichtum verbinden,
Und aus dem Bund wird Verfall entstehen.
Dann wird ein Mann kommen, ohne Vater und ohne Mutter,
Doch mit der Schwester als seiner Geliebten,
Und der wird die Hand des Verderbens aufhalten.

Steine werden bersten, der Tempel wird fallen,
Und das Reich des Bösen wird auf sein Wort hin enden,
Und nur der Narr kennt die Wahrheit.

Von diesem Tag an habe ich es darauf angelegt, ein Kind mit dem König zu zeugen. Ich wußte, daß er den Bastard einer Kammerzofe niemals anerkennen würde, so daß das Kind ohne Vater aufwachsen würde – genau wie in dem Vers beschrieben.

Seine Mutter würde es erst später verlieren.

In der Nacht, da Du gezeugt wurdest – denn der Junge aus dem Vers bist Du, Jack –, hat sich der König in die Küche geschlichen, um sich mit mir zu treffen. Wir haben uns in einer dunklen Ecke geliebt, und als wir fertig waren, habe ich die Fenster geöffnet, um etwas frische Luft zu schnappen. Dann habe ich das Zeichen am Himmel gesehen. Ein Stern zerbrach in zwei Teile und stürzte zur Erde. Nun wußte ich, daß die Erfüllung der Prophezeiung begonnen hatte.

Gerade als der König sich aus der Küche schleichen wollte, kam Crope herunter. Baralis hatte ihn nach Essen und Trinken geschickt, und er begegnete Lesketh auf der Treppe. Ich nahm Crope beiseite und habe ihn gebeten, seinem Herrn nicht zu erzählen, was er soeben gesehen hatte. Widerwillig stimmte er zu, und von diesem Tag an waren Crope und ich Freunde.

Nach jener Nacht habe ich den König nie wiedergesehen. Sobald ich mir sicher war, schwanger zu sein, habe ich meine Stellung als Kammerzofe aufgegeben und die niedrigste Arbeit im Palast angenommen. Als Aschenmädchen mußte ich die Küche nicht mehr verlassen, und somit bestand auch nicht mehr die Gefahr, daß ich zufällig dem König über den Weg laufen könnte. Ich wollte nicht, daß er wußte, daß ich sein Kind unter dem Herzen trug.

Wie es sich herausstellte, hatte ich mir unnötig Gedanken gemacht. Zwei Monate später wurde bekanntgegeben, daß die Königin schwanger sei, und der König verliebte sich aufs neue in seine Gemahlin. Er hat nie wieder versucht, mit mir Kontakt aufzunehmen. Eine Weile war ich darüber sehr traurig, doch die Prophezeiung hielt mich nun fest in ihrem Griff, und fortan war ich nicht mehr Herr über mein Schicksal.

Die Königin und ich, wir bekamen unsere Kinder am selben Tag. Als ich erfuhr, daß sie einem Sohn das Leben geschenkt hatte, kehrten meine Gedanken sofort zu dem Zeichen am Himmel zurück: zwei Bruchstücke, zwei Geburten.

Die Jahre vergingen, und Du bist von einem Baby zu einem Jungen herangewachsen. Ich habe Dich mehr geliebt, als ich es mir je hätte vorstellen können. Mit der Zeit verlor die Prophezeiung an Bedeutung für mich, und bisweilen vergingen Monate, ohne daß ich auch nur ein einziges Mal an sie gedacht habe. Dann bin ich eines Tages krank geworden. Es war, als hätte mir Marod persönlich auf die Schulter geklopft und mich ermahnt zu beenden, was ich begonnen hatte. Von Anfang an habe ich die Medizin der Ärzte verweigert, denn damit die Prophezeiung sich erfüllen konnte, mußte ich aus Deinem Leben verschwinden. Das war die schwierigste Entscheidung meines Lebens; aber die Prophezeiung hatte sich inzwischen verselbständigt, und hätte ich mich ihr nun widersetzt, dann hätte sie mich später ohne Warnung dahingerafft.

Als meine Kräfte schwanden, begann ich zu glauben, einen schrecklichen Fehler gemacht zu haben: Ich hatte Dich in die Welt gesetzt und Dir dadurch eine schier unerträgliche Last auferlegt. Ich hatte Dich benutzt; die Prophezeiung hatte Dich benutzt – Du warst nichts weiter als ein Werkzeug des Schicksals. Als mir dies bewußt wurde, habe ich mich entschlossen, Dir vor meinem Tod nichts von der Prophezeiung zu erzählen. Ich wollte nicht, daß Marods Worte Dein Leben bestimmten. Ich wollte Dir die Chance geben, Dein eigenes Schicksal zu finden.

Also habe ich statt dessen diesen Brief geschrieben und ihn Crope anvertraut. Ich habe ihn gebeten, ihn Dir erst zu geben, wenn Larn zerstört ist: Er soll eine Erklärung sein, falls Du eine brauchen solltest, und falls nicht, dann sollst Du Dein Leben in seliger Unwissenheit verbringen.

Ich bitte dich um Vergebung, Jack, denn ich weiß, daß die Prophezeiung noch mehr von Dir verlangt als nur die

Zerstörung von Larn, und bitte glaub mir: Wenn ich es könnte, würde ich es ändern.

Ich werde Dich immer lieben.

Aneska

Jack lehnte sich gegen einen Stützpfeiler und sank langsam zu Boden. Er ließ den Brief auf seinen Schoß fallen und schloß die Augen. Die Dunkelheit hieß ihn willkommen; sie war weich und angenehm wie ein Samthandschuh. Da war so vieles, was er nicht gewußt hatte.

Die Jagdhütte – er und Melli waren dort gewesen. Er hatte Marods *Buch der Worte* in Händen gehalten, und er hatte den Brief gelesen, der zwischen den Seiten herausgefallen war. Den Brief, den seine Mutter nie erhalten hatte; das Lebewohl, von dem sie glaubte, es hätte nie existiert. Jack schüttelte den Kopf. Er hatte soviel übersehen.

Und er hatte so vieles mißverstanden. Die Krankheit seiner Mutter – er hatte geglaubt, sie hätte die Medizin verweigert, weil sie nicht mehr leben wollte. Nun kannte er die Wahrheit. Doch im selben Augenblick, da der alte Schmerz verschwand, wurde er durch einen neuen ersetzt. Sie war gestorben, weil sie geglaubt hatte, die Prophezeiung hätte sie dazu getrieben. Voller Angst und ohne sich jemandem anvertrauen zu können, hatte sie sich den Ärzten widersetzt und sich in ihr Schicksal ergeben.

Jack hatte einen Kloß im Hals. Er hatte so vieles falsch eingeschätzt.

Soweit er sich zurückerinnern konnte, hatte er immer geglaubt, sein Vater habe ihn im Stich gelassen. Er hatte geglaubt, sein Vater habe ihn nicht gewollt, und deswegen sei er weggelaufen. Doch jetzt hatte er erfahren, daß sein Vater gar nicht gewußt hatte, daß er überhaupt existierte – ja, er hatte noch nicht einmal gewußt, daß seine Mutter schwanger gewesen war. Er hatte *von nichts* etwas gewußt.

Jack zog die Knie an und legte den Kopf darauf. Wie konnte er einem Mann vorwerfen, daß er nichts von seinem Sohn *gewußt* hatte? Er hatte den Brief seines Vaters an seine

Mutter gelesen: Lesketh schien nicht die Art Mann gewesen zu sein, die eine Frau so einfach beiseite schob. *Sie* hatte *ihn* beiseite geschoben.

Lebenslang aufgestaute Wut begann, sich aufzulösen. Der Haß, den Jack schon so lange mit sich herumgetragen hatte, wie er denken konnte, nahm mit jedem Atemzug ab. Er erinnerte sich daran, was Falk über seinen eigenen Vater gesagt hatte: *»Er war nur ein Mann – nicht böse, nicht verschlagen, er verdiente keine Bestrafung.«* Damals hatte Jack sich gewünscht, diesen Worten glauben zu können; nun konnte er es.

Sein Vater war kein bösartiges Monster, das ihn im Stich gelassen hatte. Er war einfach nur ein Mann, der von nichts gewußt hatte.

Jack stand auf. Alle Wut war von ihm gewichen, und sein Leben hatte einen Sinn bekommen. Er fühlte sich stark, und sein Kopf war klar. Nun wußte er alles: woher er kam, wer seine Eltern waren, was er tun mußte und warum. Daß er der Bastard eines Königs war, war ohne Bedeutung: Das einzige, was zählte, war, daß er nun endlich die Wahrheit erfahren hatte.

Er hob den Kopf, um Crope erneut zu danken, doch der riesige Diener war nirgends zu sehen. Jack war nicht überrascht: Cropes Treue galt noch immer in erster Linie Baralis.

Jack griff in seinen Stiefel und tastete nach dem zweiten Messer. Es war nach wie vor dort, eingewickelt in Leinentuch, und drückte gegen sein Schienbein. Jack zog es heraus und entfernte das Tuch. Aller Wahrscheinlichkeit zum Trotz war die Klinge noch immer scharf. Jack lächelte. Es war Zeit, Marods Prophezeiung zu Ende zu bringen.

Kapitel Sechsunddreißig

Die Dunkelheit war das einzige, was ihm noch geblieben war. Die Welt des Lichts war für ihn nun nicht mehr erreichbar.

Er saß inmitten der Schatten und hatte sich die Hände blutig geschrubbt. Sie einfach nur zu säubern reichte nun nicht mehr aus. Der Makel war nicht mehr auf der Haut, er war *in* ihr. In der Haut, im Fleisch, im Blut. Melliandra war geflohen und mit ihr seine letzte Hoffnung auf Erlösung. Zurückgeblieben war nur eine Welt ekelerregender Alpträume.

Seit Melliandras Flucht hatte er weder gegessen noch getrunken. Selbst sein *Ivysh* lag unbeachtet auf dem Tisch. Er konnte sich nicht dazu überwinden, irgend etwas zu sich zu nehmen, das auch nur von einer unbedeckten Hand angefaßt worden sein *könnte*.

Seltsam, nun da sein Kopf klar war, hatte er ein Gefühl unbestimmter Erwartung. Es war beinahe, als würde er auf jemanden warten, der ihn wie ein Gott auf die Probe stellen würde. *Laß sie nur kommen,* dachte er gelassen. Kein Mann konnte ihm etwas anhaben. Frauen waren das tödliche Geschlecht.

Kylock veränderte seine Position auf dem Seidenumhang, den er wie einen Fächer ausgebreitet hatte, und hob eine hautlose Fingerspitze an die Lippen. Sie roch und schmeckte nach seiner Mutter. Obwohl sie nun schon lange tot war, war sie noch immer Teil des langsamen Verfalls seines Fleischs. Alles ließ sich im Endeffekt auf sie zurückführen. Vom ersten Augenblick seines Lebens an war er verdammt gewesen: Nachdem er aus einem Leib geboren worden war, der wie ein Bordell gestunken hatte, war er an eine Amme weitergereicht worden, weil die Milch der Hure nicht fließen wollte. Nie hatte er eine Wahl gehabt. Der Charakter übertrug sich von der Mutter auf den Sohn, und er war, was sie gewesen war, und ihre Sünden waren nun die seinen.

Die Menschen würden dafür zahlen müssen – so, wie sie es immer taten –, und wenn er schon kein König von Geburt her war, dann würde er sich mit Blut zu einem machen.

Das Reich war noch jung; ein eiserner Wille mußte es zusammenhalten und seine Grenzen immer weiter ausdehnen, bis es den ganzen Kontinent bedeckte. Kylock sah bereits Strategien vor seinem geistigen Auge wie Gemälde: Städte, Dörfer, Flüsse, Straßen, Festungen und Männer. Die einzelnen Bilder verschmolzen zu einem Muster – einem Muster der absoluten Macht. Heute morgen war die Nachricht vom Fall Camlees eingetroffen. Mittlerweile hatte Kylock auch erkannt, daß es ein Fehler wäre, als nächstes Ness anzugreifen: Falport war reif zur Übernahme. Jeder erwartete, daß seine Truppen nun nach Norden marschieren würden – Überraschung würde auch diesmal sein wichtigster Verbündeter sein. Die Eroberung von Falport würde ihm nicht nur eine Flotte einbringen; mit Übernahme dieser Stadt hätte er auch endlich einen Stützpunkt gegen den Süden.

Plötzlich spürte Kylock, wie ihm das Blut in den Kopf stieg. Eine warme Welle strich über ihn hinweg, und ihn überkam ein Gefühl unmittelbar drohender Gefahr. Er war weder verärgert darüber, noch hatte er Angst.

Im Dunkeln sitzend und mit einem leichten Lächeln auf den Lippen plante Kylock seinen nächsten Feldzug: Neue Einheiten mußten aufgestellt und Söldner mußten angeworben werden. Alte Allianzen mußten aufgekündigt und neue begründet werden. In Gedanken legte er bereits fest, welche Städte und Dörfer zerstört werden mußten, um Angst und Schrecken im Lager des Gegners zu verbreiten. Gleichzeitig nahm er sich auch vor, seinen Männern zu befehlen, sämtliche Frauen im gebärfähigen Alter abzuschlachten. Zu seinen Lebzeiten würde keine Armee potentieller Rebellen geboren werden.

Die Stunden verstrichen, und schließlich ergab sich Kylock seinem Schicksal. Nun, da ihm die Erlösung für immer verwehrt war, würde er zumindest mit wehenden Fahnen der Verdammnis entgegeneilen.

So sehr sich Jack auch bemühte, er konnte sich nicht mehr daran erinnern, welchen Weg er beim letzten Mal durch den geheimen Tunnel genommen hatte. Den Eingang hatte er zwar rasch gefunden, und er hatte auch daran gedacht, eine Fackel mitzunehmen; aber nachdem er erst einmal den engen Gang betreten hatte, hatte er jegliche Orientierung verloren. Jede Wand sah gleich aus, und jede Abzweigung schien nach oben zu führen.

Die Zeit war gegen ihn. Mit Sicherheit war Crope stehenden Fußes zu seinem Meister geeilt und hatte ihm erzählt, daß Jack noch lebte, und natürlich würde Baralis sich daraufhin sofort auf den Weg zu Kylocks Gemächern machen. Jacks Gedanken eilten zurück zu dem Vorfall an der Treppe: Er wollte unbedingt vermeiden, daß Baralis ihm noch einmal auflauerte.

Als er schließlich am Ende einer Abzweigung vor einer undurchdringlichen Steinwand stand, war Jack gezwungen, stehenzubleiben und nachzudenken. Wie sollte er nur je den Weg zu Kylocks Gemächern finden? Er hatte keine Wahl: Er mußte die Tunnel benutzen. Am hellichten Tag durch den Palast zu laufen war Selbstmord, denn inzwischen wimmelte es überall von Soldaten. Jack atmete einige Male tief durch, um sich zu beruhigen, und ging in seinen eigenen Fußspuren wieder zurück. Nichts. Bei seinem ersten Besuch im Adelsflügel hatten sich all seine Gedanken nur um Kylock gedreht; das Gefühl der Nähe des Königs war geradezu überwältigend gewesen …

Das war's. Er mußte sich auf Kylock konzentrieren – auf das schmale Band, das sie miteinander verband. Daran konnte er sich entlanghangeln, und so würde er sein Ziel dann schließlich auch erreichen.

Es fiel ihm schwer, sich zu konzentrieren, denn ständig mahnte ihn seine innere Uhr, daß die Zeit unaufhaltsam verstrich. Alles lenkte ihn ab: die Enge des Gangs, der schwarze Rauch der Fackel und die sich bewegenden Schatten, die alle irgendwie wie Baralis aussahen. Sekunden wurden zu Minuten, und aus Besorgnis wurde Verzweiflung. Jack warf die Fackel auf den Boden und trat sie aus.

Die Dunkelheit war eine Erleichterung. Keine Schatten, keine endlosen Gänge und keine falschen Abzweigungen mehr. Nun waren andere Sinne gefordert, um sich zu orientieren: Hände, Nase und Ohren. Als Jack Kylocks Gegenwart zum ersten Mal gespürt hatte, war es auch vollkommen dunkel gewesen. Diesmal war es genauso. Zuerst spürte Jack Wärme an seinen Schläfen. Dann breitete sich die Wärme über die Wangen aus, und schließlich floß sie hinab zum Hals. Als er sich in die Richtung drehte, aus der die Wärme kam, hörte er plötzlich ein Rauschen in seinen Ohren. Das Geräusch wurde immer lauter, während er durch den Gang eilte.

Es dauerte nicht lange, und Jack vergaß, daß um ihn herum alles finster war. Er *sah* alles mit seiner Haut. Sein Blut drängte an die Oberfläche und zeigte ihm den Weg wie eine Kompaßnadel. Er sah die Abzweigungen nicht; er nahm sie einfach – er vertraute einzig und allein auf die Wärme, die ihm ins Gesicht wehte.

Als er schließlich die zweite Treppe erreichte, lief er bereits mit schlafwandlerischer Sicherheit durch den stockfinsteren Geheimgang. Höher und höher stieg er hinauf, ohne Angst vor einem Fehltritt und ohne sich den Weg zu merken. Nun würde es nicht mehr lange dauern. Nicht mehr lange, bis die Spur aus warmem Blut und Instinkt ihn vor die Tür von Kylocks Gemächern führen würde.

»Wie war seine körperliche Verfassung?« Baralis zog sein Gewand an. Die Droge wirkte bereits: Sie stärkte seinen Körper, klärte seinen Verstand und erschuf ein Bild der Welt, das so scharf war, daß es nur aus Ecken und Kanten zu bestehen schien.

»Er sah ziemlich blaß aus, Meister; aber er war bei Verstand, und ich habe ihn nicht humpeln sehen.«

Crope war ein Musterbeispiel kaum verhüllter Schuldgefühle. Baralis vermutete, daß sein Diener ihm nicht die ganze Geschichte von Jacks wundersamer Auferstehung erzählt hatte, aber egal: Später war immer noch genug Zeit für Fragen. Im Augenblick gab es Wichtigeres, dem man sich widmen mußte. »Ist er bewaffnet?«

»Nein, Meister. Ich habe den Dolch und das Schwert aus seinem Gürtel genommen – genau wie Ihr es mir gesagt habt.« Crope wrang sich die riesigen Hände. »Aber er trägt noch sein Kettenhemd. Ich wollte es ihm ausziehen, ich hab's aber vergessen.«

Alle Gedanken verschwanden, als die Droge ihre Stacheln in seinen Geist bohrte. Sein Herz raste; die Welt verschwamm vor seinen Augen, und er war gezwungen, nach Cropes mächtigem Körper zu greifen, um sich festzuhalten. Sekunden später war alles wieder vorbei. Baralis hatte nur einen Fingerhutvoll der Droge genommen, aber sie war so stark, daß auch die geringste Dosis schon gefährlich werden konnte. Als Ausgleich für die Gefahren verlieh sie demjenigen, der sie eingenommen hatte, außergewöhnliche Kraft – wenn auch nur für kurze Zeit. Normalerweise hätte Baralis nie eine derartige Substanz eingenommen, doch als er erfahren hatte, daß Jack noch am Leben war, hatte er keine andere Wahl gehabt. Die Beschwörung von vor zwei Nächten hatte ihn sowohl körperlich als auch geistig stark geschwächt, und im Augenblick brauchte er alles, *alles*, was ihm die nötige Kraft verleihen konnte. Eine vollständige, risikolose Heilung brauchte ihre Zeit, und nun da Jack sich im Palast herumtrieb, war Zeit etwas, was Baralis nicht mehr hatte.

Ganz im Gegensatz zu Jack: Der Junge *hatte* Zeit, und das war das wirklich Erstaunliche. Nicht ein-, nein *zweimal* hatte er sie zu seinen Gunsten zurückgedreht. Zuerst die Brote und nun er selbst. Der Bäckerjunge war tot gewesen – oder zumindest so gut wie –, und doch lebte er, und sein Körper war frei von Wunden. Im Augenblick seines Todes mußte er eine Beschwörung auf den Lippen gehabt haben, die er mit seinem letzten Atemzug hinausgehaucht hatte.

Baralis verfluchte seine eigene Schwäche. Wäre er stärker gewesen, dann hätte er die Veränderung der Zeit gespürt – egal wie unauffällig sie auch gewesen sein mochte. Er hatte nach dem Falschen Ausschau gehalten: nach einem furchtbaren Schlag, nach einem Zauber, der den Palast in seinen Grundfesten erschütterte. Doch Jacks Zauber war ein feines Gewebe gewesen, das seine Kraft erst im Laufe eines Tages und zweier Nächte entfaltet hatte. Es war Baralis' Aufmerksamkeit entgangen wie ein Schatten in der Abenddämmerung.

Baralis richtete sich zu seiner vollen Größe auf und überprüfte die Wirkung der Droge. Neue Kraft strömte durch seinen Körper, und nun konnte er auch die feinen Linien der Macht wahrnehmen, die die Zeit verändert hatten. All seine Sinne waren geschärft, und seine Gedanken waren so scharf, klar und tödlich wie ein Glassplitter.

Er drehte sich zu Crope um. »Bist du sicher, daß du sofort aus dem Keller hierhergekommen bist? Oder hast du im Hof herumgetrödelt und dir die Vögel angeschaut?« Er mußte wissen, wie lange Jack nun schon allein war.

»Nein, Meister. Ich habe Jack den Brief gegeben, und ...«

»Den Brief?«

Cropes schuldbewußter Gesichtsausdruck verwandelte

sich in den eines Mannes, der dazu verurteilt worden war, für alle Ewigkeit in der Hölle zu schmoren. »Der Brief, den ich ihm von seiner Mutter geben sollte, nachdem Larn zerstört worden ist.«

»*Was?*«

»Lucy, das Aschenmädchen. Sie hat mich gebeten, den Brief für Jack aufzubewahren, bis …«

»Was stand in dem Brief?«

»Weiß nicht, Meister. Ich habe nie reingeschaut.«

Baralis' Augen verengten sich zu Schlitzen. Es war sinnlos, über den Inhalt des Briefes zu spekulieren, aber vielleicht konnte er sich dessen *Existenz* zunutze machen. »Wie hat der Brief ausgesehen?«

»Wie ein Brief, Meister.«

»War er versiegelt? War er zusammengerollt, gefaltet oder mit einem Band zusammengebunden?«

»Gefaltet und mit einem dunkelroten Sigel.«

Baralis ging zu seinem Schreibtisch. Er nahm einen Bogen vergilbten Pergaments und faltete ihn. Anschließend hielt er seinen Sigelblock über eine Kerzenflamme, bis blutrotes Wachs auf das Pergament tropfte. Das Ergebnis zeigte er Crope und fragte: »Hat er so ausgesehen?«

Crope nickte eifrig. »Ja, Meister. Ja.«

»Gut. Komm mit mir.«

Jack hatte das Ende der geheimen Tunnel erreicht. Licht schimmerte durch Risse in der Wand und verriet das Vorhandensein von Fackeln auf der anderen Seite. Jack wußte nicht, ob er den Weg gegangen war, den Schnapper beschrieben hatte, und so sandte er ein stilles Gebet zu Borc, als er die Hände auf die Geheimtür legte: *Keine Wachen. Bitte.*

Ein sanfter Stoß setzte den Stein in Bewegung. Wärme, Licht und frische Luft strömten in den Tunnel. Jack war einen Augenblick lang benommen. Der Sog seines Blutes hatte ihn auf dem Weg durch die finstren Tunnel in eine Art Halbschlaf versetzt, und nun hatte er das Gefühl, als hätte ihn irgend jemand mitten in der Nacht aus dem Bett geworfen.

Sofort erkannte er, daß dies nicht derselbe Ausgang war wie beim letzten Mal: Hier verbarg kein Vorhang die Geheimtür. Jack trat in den Gang. Sein Fuß berührte etwas Weiches: einen Seidenteppich.

»*Aaargh!*«

Jack wirbelte herum, um zu sehen, woher der Schrei gekommen war. Er stand einer Frau in einem grünen Seidengewand gegenüber. Einen Augenblick lang starrten sie sich nur gegenseitig an, dann holte die Frau Luft, um erneut zu schreien.

»*Wach …!*«

Jack preßte ihr die Hand auf den Mund. Seine Sinne waren überlastet: Die ganze vergangene Stunde war er nur einem absoluten Minimum an Sinneseindrücken ausgesetzt gewesen, und nun erschien ihm die wirkliche Welt so grell, daß er es kaum ertragen konnte. Zitternd und unsicher, was er tun sollte, schleppte Jack die um sich tretende Frau in den Geheimgang. Als er das Messer an ihre Kehle drückte, wußte er bereits, daß er sie nicht töten würde. Statt dessen riß er ein Stück Stoff aus ihrem Kleid, um es als Knebel zu verwenden. Die grauen Augen der Frau waren vor Entsetzen weit aufgerissen. Etwas an der Form ihrer Wangenknochen erinnerte Jack an Tarissa.

»Ich werde Euch nichts tun«, sagte er sanft. »Ich will nur, daß Ihr eine Weile still seid.« Er hatte das Stück Stoff bereits zu einem Knebel zusammengeballt, aber nun reduzierte er das Knäuel um die Hälfte – schließlich wollte er die Frau nicht ersticken.

Während er an dem Knebel arbeitete, war Jack sich der verstreichenden Minuten durchaus bewußt. Nachdem er den Knebel angelegt hatte, band er der Frau mit einem ihrer Haarbänder die Hände auf den Rücken. »Das tut mir wirklich sehr leid«, sagte er und zog den Knoten fest. »Aber ich habe leider keine Zeit, um es angenehmer für Euch zu gestalten.« Die Frau starrte ihn nur an.

Wieder trat Jack hinaus in den hell erleuchteten Gang und zog die Geheimtür hinter sich zu. Ein rascher Blick nach links und rechts verriet ihm, daß der Gang weniger als dreißig Schritte lang war und daß nur zwei Türen auf der rechten Seite aus ihm herausführten. Auf der einen Seite endete der Teppich unmittelbar hinter der zweiten Tür, und auf der anderen mündete er in einen zweiten, noch exquisiteren Teppich, der den ersten im rechten Winkel kreuzte. Jack konzentrierte sich wieder auf den Sog in seinem Blut. Er war wieder schwächer geworden: Der Zwischenfall mit der Frau und das helle Licht des Korridors hatten die empfindliche Balance von Jacks Sinnen gestört.

Doch das, was von dem Sog noch übrig war, reichte aus, um Jacks Vermutung zu bestätigen, daß Kylocks Gemächer in Richtung des exquisiten Teppichs lagen.

Jacks Herz schlug immer schneller, während er den Gang hinunterrannte. Kylock war nun sehr nahe.

Kurz bevor er die Ecke erreichte, verlangsamte er seinen Schritt und drückte sich an die Wand. Er atmete schwer, und das Messer zitterte in seiner Hand, als er den Kopf um die Ecke streckte. Vor ihm lag ein weiterer Gang, der nur wenig länger als der erste war und von dem nur eine einzige Tür abzweigte. Dabei handelte es sich um eine prächtige Doppeltür mit Fackeln auf beiden Seiten, neben denen Soldaten standen. Das war ein Eingang, der eines Königs würdig war.

Jack musterte die Wachen. Beide trugen Schwerter an den Hüften und hielten Hellebarden in den Händen. Das würde kein einfacher Kampf werden.

Oder vielleicht doch?

Jack schloß die Augen und versuchte, sich auf das Metall der Waffen zu konzentrieren. Seine Gedanken trieben durch die Luft zur Tür. Er spürte das leise Brummen aufgeladener Partikel und nahm die unverkennbaren Schwingungen von Stahl wahr. Er hatte das Gefühl, wieder in Stillfuchs' Hütte zu sein: Erst die Substanz fühlen, dann in sie eindringen und schließlich ihre Natur von innen heraus verändern. Jacks Gedanken paßten sich den Schwingungen des Metalls an, und langsam glitt er in den Stahl hinein. Er versuchte, seine Macht heraufzubeschwören, um das Metall zu erhitzen, aber er empfand keine Wut. Er fühlte nicht genug Zorn in sich, um den Zauber auszulösen. Ohne starke Emotionen wußte er nicht, wie er die Flamme entfachen sollte.

Jack suchte in seinen Gedanken nach dem alten Bild von Rovas, der Tarissa berührte. Wie immer dauerte es nicht lange, bis er es gefunden hatte – die Hand des Schmugglers glitt über Tarissas Hüfte –, aber diesmal war es irgendwie nicht … *real.* Zum ersten Mal sah Jack das Bild als das, was es in Wirklichkeit war: ein Phantasieprodukt seines eigenen Hasses. Tarissa würde niemals freiwillig Rovas' Zärtlichkeiten ertragen – das wußte er jetzt. Zeit und Entfernung hatten es ihm ermöglicht, die Dinge nun klarer zu sehen. Es war niemals Tarissas Absicht gewesen, ihn in die Falle zu locken: Ihre Liebe war echt gewesen. Jack hätte das schon an jenem Tag wissen müssen, da er sie verlassen hatte, und da sie vor ihm auf die Knie gefallen war und ihn angefleht hatte, sie mitzunehmen …

Jack schüttelte den Kopf. Was war er doch für ein Idiot gewesen!

Er schämte sich für seinen eigenen Stolz. Er konnte nicht mehr wütend auf Tarissa sein, und er würde ihr Bild auch nicht noch einmal benutzen, um einen Zauber heraufzubeschwören.

Es gab andere Dinge, über die er wütend sein konnte.

Baralis, der ihm auflauerte, um ihn zu töten.

Kylocks Truppen, die dreißig Frauen abschlachteten und anschließend die Leichen achtlos in einen Graben warfen.

Melli, die ein halbes Jahr gefangen in einer kleinen Kammer verbrachte, und der man das Kind unmittelbar nach der Geburt entriß.

Magische Energie begann, durch Jack hindurchzufließen. Sein Magen verkrampfte sich, und ein stählernes Band legte sich um sein Gehirn und zog sich zusammen.

Auf seiner Zunge verwandelte sich der Speichel in geschmolzenes Metall, und Jack richtete all seine Gedanken auf die Waffen der Wachen.

Die Luft um die Waffen herum begann zu flimmern; dann wurde das kalte Silber der Klingen glühendrot. Diesmal gab es keinen Übergang und keine langsame Veränderung; alles geschah in einem einzigen Augenblick. Verbrannte Hände packten Gürtelschnallen, als sich glühende Schwerter in Schenkel brannten.

Jack unterbrach den Fluß der Macht. Der Gestank von heißem Metall, verbranntem Fleisch und versengtem Stoff stieg ihm in die Nase. Einen Augenblick lang war er benommen, und er mußte sich an der Wand abstützen. Eine der Wachen rannte den Korridor hinunter in Jacks Richtung. Jack zwang seinen widerspenstigen Körper zu handeln und stellte sich dem Mann in den Weg.

Der Soldat war ein leichtes Ziel: Wehrlos, verletzt und unvorbereitet blieb ihm nur der Bruchteil einer Sekunde, um Jacks Klinge zu bemerken, bevor sie sich ihm ins Herz bohrte. Jack zog sein Messer wieder heraus, und der Mann fiel zu Boden. Der zweite Soldat hatte die Szene beobachtet und machte sich in die entgegengesetzte Richtung davon. Jack rannte ihm hinterher. Sekunden später riß er den Mann zu Boden. Ein schneller Stich in den Rücken setzte seinem Leben ein Ende.

Jack stand auf. Er schwitzte, und sein Atem ging wie der eines Wahnsinnigen. Und er fühlte sich auch wie ein Wahnsinniger: verrückt vor Angst und überschwenglich zugleich.

Jack schaute den Korridor hinunter und beschloß, keine weitere Zeit zu verschwenden, indem er die Leichen versteckte. Jeden Augenblick konnte jemand vorbeikommen, und er mußte zu Kylock gelangen, bevor dieser jemand Alarm schlug.

Während er die wenigen Stufen zu der prächtigen Doppeltür emporstieg, wischte Jack das Messer an seiner Tunika ab. Er versuchte, das Zittern in seiner Hand abzustellen, doch obwohl ihm sein Körper in den meisten Belangen gehorchte, so verweigerte er ihm in diesem Fall den Gehorsam. Also blieb ihm nichts anderes übrig, als mit zitternder Hand nach der Klinke zu greifen.

»Folg mir. Wir müssen sofort in den Adelsflügel.« Baralis spürte eine Welle der Zauberei über sich hinwegrollen, die ihm eine Gänsehaut über den Rücken jagte und seinen Mund austrocknen ließ.

»Aber Jack war im Keller.«

»Nun, jetzt ist er auf jeden Fall nicht mehr dort.« Und er war auch nicht auf der Flucht. Er war über ihnen. Seine Magie war unverkennbar. Er war hinter Kylock her. Jede einzelne Zelle in Baralis' Körper war fest davon überzeugt.

Marods Prophezeiung wurde vor seinen Augen Wirklichkeit.

Herr und Diener folgten ihren eigenen Spuren wieder hinauf in den Adelsflügel. Sie hatten bereits die Hälfte der Strecke zur Küche zurückgelegt und dadurch wertvolle Zeit verloren. Baralis verfluchte seine eigene Dummheit: Er hätte wissen müssen, daß Jack zu Kylocks Gemächern gehen würde. Er hatte einfach nicht nachgedacht. Er hatte angenommen, daß Jack versuchen würde zu fliehen, und deshalb hatte er geplant, ihn hier festzuhalten, indem er Crope und ein gewisses Etwas als Ablenkung vorausschickte.

Baralis griff in sein Gewand und holte den gefälschten Brief hervor. Er wollte ihn gerade zerreißen, doch dann hielt er inne. Vielleicht würde sich dieses eilig improvisierte Täuschungsmanöver doch noch als nützlich erweisen. Wenn es ihm auch nur gelang, Jacks Aufmerksamkeit für den Bruchteil einer Sekunde abzulenken, dann wäre das der Mühe wert.

Jack fand sich in einem schmalen Flur wieder, an dessen Ende eine kleine Treppe weiter hinaufführte. Es war ruhig hier und kalt – die wenigen Fackeln waren schon weit heruntergebrannt. Jack wartete einen Augenblick, um wieder zu Atem zu kommen.

Seltsam, aber er hatte nun nicht mehr das Gefühl, geführt zu werden; sein Blut zog ihn nicht mehr voran, und seine Haut hing schlaff von den Knochen. Es war, als hätten sie ihre Arbeit getan und sich nun wieder zur Ruhe begeben.

Obwohl er sich hier nicht auskannte, stieg Jack zielstrebig die Treppe hoch, öffnete die zweite Tür, an der er vorüberkam, und betrat Kylocks Gemächer. Er stand in einem nur schwach beleuchteten Empfangsraum. Alles wirkte perfekt, als hätte noch nie jemand den Fuß auf die Seidenteppiche gesetzt oder sich auf die gut gepolsterten Stühle gesetzt. Jeder Gegenstand war mit äußerster Sorgfalt plaziert worden. Der Raum hatte etwas an sich, das Jack irgendwie störte. Aber erst als er die Tür auf der anderen Seite erreicht hatte, erkannte er, was es war.

Alle Möbel – die Truhen, die Stühle, die Bänke und die Tische – waren in Form eines Gitters angeordnet. Jede Stuhllehne war absolut perfekt auf die Lehne eines Stuhls auf der anderen Seite des Raums ausgerichtet. Tischkanten spiegelten einander, und die Truhen standen alle in dieselbe Richtung und vollkommen parallel zueinander. Jack hatte das unbestimmte Gefühl, wenn er ein Maßband bei sich hätte, würde er herausfinden, daß sämtliche Winkel und Abstände auf den Millimeter genau bemessen waren. Er schauderte.

Auf der ihm gegenüberliegenden Seite des Raums befanden sich zwei Türen; Jack wählte willkürlich eine aus. Die Klinke war kalt, als er sie herunterdrückte, so kalt, daß sie ihm eine Gänsehaut verursachte.

Dunkelheit umhüllte ihn, als er den dahinterliegenden Raum betrat. Sie klebte an allem, sickerte überall hinein und verhüllte alles. Mit einem Klicken schloß sich die Tür wieder.

»Wer wagt es, mich unangemeldet zu stören?«

Für einen kurzen Augenblick glaubte Jack, die Stimme

gehöre Baralis: der volle, kultivierte Klang, das machtvolle Timbre ... Doch es gab einen feinen Unterschied: Diese Stimme besaß einen wilden Unterton, wie Jack ihn noch nie zuvor gehört hatte.

»Nennt Euren Namen.« Da war keine Furcht in dieser Stimme; es war die Stimme eines Mannes, der es gewohnt war, daß man ihm gehorchte.

Jack versuchte festzustellen, woher die Stimme kam. Die Dunkelheit schien nicht nur durch die Abwesenheit einer Lichtquelle entstanden zu sein; sie besaß eine ganz eigene Qualität. Er stellte sich vor, wie er sie einatmete: schwarzer Rauch, der in seine Lungen hinabglitt.

»Bist du ein Dämon, der mich auf die Probe stellen will? Tritt vor, und versuche dein Glück.«

Kylocks Ruhe machte Jack nervös. Er hatte alles mögliche erwartet, aber keine entspannte Ermutigung. Seine Messerhand war schweißnaß; sie zitterte. Jack wußte, daß er Kylock gegenüber im Nachteil war, und so suchte er in der Dunkelheit nach Formen, die ihm einen Anhaltspunkt über den Aufenthaltsort seines Gegners geben könnten. Lichtflecken tanzten vor seinen Augen, und als sie wieder verschwanden, glaubte er einen Halbkreis aus schwachem Licht vor sich zu sehen.

»Komm. Ich habe keine Angst.«

Jack *hatte* Angst. Macht war in diesem Raum: rohe, schreckliche Macht. Er rückte langsam vor und formte dabei eine Beschwörung auf seinen Lippen. Es war schwer zu sagen, auf was er sich konzentrieren und wieviel Energie er aufwenden sollte – ganz zu schweigen davon, daß er kein konkretes Ziel hatte. Vielleicht zielte er soweit daneben, daß er Kylock die Möglichkeit für einen Gegenangriff eröffnete.

Es war besser, auf das Messer zu vertrauen. Sein Instinkt warnte Jack, seine Macht wenn möglich in Reserve zu halten, um notfalls reagieren zu können, falls Kylock seinerseits zu einem magischen Schlag ausholen sollte.

Der blasse Fächer aus Licht war nun deutlicher zu

erkennen. Jack *wollte*, daß Kylock wieder sprach, damit er sich auf seinen möglichen Standort konzentrieren konnte. Nichts. Das einzige Geräusch im Raum war das Schlagen von Jacks Herz. Und dann, mitten aus dem blassen Licht, kam das Rascheln von Seide.

Jack sprang vor. Er spürte, wie sein Messer weiches Fleisch streifte, bevor er selbst hart auf der Schulter landete. Sofort war er wieder auf den Beinen und nahm eine Verteidigungshaltung ein. Links von ihm ertönte ein Geräusch: ein rasselnder Atem oder ein spöttisches Lachen, er vermochte es nicht zu sagen. Jack verfluchte die Dunkelheit.

Wie eine Antwort auf seine Gebete fiel plötzlich Licht in den Raum. Zunächst war es nur ein dünner Strich, dann wurde es breiter. Kylock war nirgends zu sehen – er hatte sich in den neuen Schatten verborgen, die durch das Licht entstanden waren. Jack spürte, wie warme Luft über seinen Körper hinwegstrich. Er wirbelte herum und sah eine schattenhafte Gestalt in der Tür.

Ein metallischer Geschmack glitt über seine Zunge. Alle Gedanken an Vorsicht wurden vom Druck der Macht in ihm verbannt.

»Jack. Crope hat was für dich. Crope hat vergessen, dir den zweiten Brief zu geben.« Die Gestalt streckte die Hand aus. Etwas Weißes leuchtete zwischen ihren Fingern.

Jack schluckte und zwang die Macht wieder zurück in den Bauch. Sein Kopf drohte zu platzen. Schmerz breitete sich in seiner Stirn aus und wanderte zu den Augen hinunter, und Blut tropfte aus seiner Nase.

»Noch ein Brief von Lucy, Jack.« Crope wedelte mit dem gefalteten Stück Pergament.

Jack konnte ein Wachssiegel erkennen. Der Brief sah genauso aus wie der, den der riesige Diener ihm vor mehr als einer Stunde im Keller gegeben hatte. Zwei Briefe von seiner Mutter? Ein Summen ertönte in Jacks Kopf. Er ignorierte es. Hinter sich hörte er das Rascheln von Seide. Er schenkte ihm keine Beachtung.

Das Summen wurde lauter, als er sich der Tür näherte.

Es war nichts – wahrscheinlich nur eine Nebenwirkung, weil er seine Macht wieder heruntergeschluckt hatte.

Jack trat auf Cropes Schatten zu und hob die Hand, um den Brief in Empfang zu nehmen. Der Schatten von Cropes Arm erregte seine Aufmerksamkeit; er bewegte sich parallel zu Cropes Bewegungen, aber ein kleiner Teil davon schien hinter den Diener zu führen. Eine Rüschenmanschette vielleicht? Jacks Blick wanderte nach oben. Crope hatte die Ärmel aufgekrempelt.

Jack spürte, wie ihm der Schweiß den Nacken hinunterlief.

Da war eine Hand hinter der Hand.

Baralis.

Jack wirbelte herum und sprang mit einem Satz weg von der Tür und aus dem Licht. Er ließ sich zu Boden fallen und kroch in die Schatten nahe der Wand. Noch während er sich bewegte, begann er eine Beschwörung – er war langsam; die Macht ließ sich Zeit. Mit zusammengebissenen Zähnen und geballten Fäusten zwang Jack seine Macht zurückzukehren. Er dachte nicht mehr über seine Handlungen nach; er mußte sich voll und ganz auf seine Reflexe verlassen.

In der Tür bewegte sich etwas. Cropes Schatten trat zur Seite und wurde sofort durch einen anderen ersetzt.

»Komm, Baralis. Schön, daß du es noch rechtzeitig zu unserer kleinen Feier geschafft hast.«

Kylocks Worte waren das letzte, was Jack hörte, bevor er den Zauber hinausließ.

Baralis war auf Jacks Angriff vorbereitet. Während Crope den Jungen abgelenkt hatte, hatte Baralis die Situation abgeschätzt und einen Zauber vorbereitet.

Er trat in den Raum.

Die Luft knisterte und verdichtete sich. Baralis sah und fühlte die Entstehung von Jacks Zauber. Nur Bruchteile von Sekunden später erhob sich sein eigener Zauber wie ein Spiegelbild des ersten.

Ein einzelner Augenblick dehnte sich bis an die Grenzen aus. Unmittelbar vor sich sah Baralis, wie Kylock aus den Schatten trat. Rechts von ihm kauerte Jack an der Wand. Baralis bewegte sich auf ihn zu. Er präsentierte sich selbst als Ziel, während er gleichzeitig seine Energie auf Jack richtete. Und er war schneller, besser und fähiger, als der Bäckerjunge es je sein würde.

Baralis entfesselte seine Macht. Dann sah er zu seinem Entsetzen, wie Jacks Zauber sich ausdehnte. Baralis wurde übel. Jack zielte auf ihn, doch *er* hatte kein Ziel mehr. Der Zauber des Jungen drohte, den ganzen Raum zu zerstören.

Kylock!

Baralis konzentrierte sich auf seinen eigenen Zauber, um ihn in eine Schutzmauer für Kylock zu verwandeln. Die Natur eines Zaubers in diesem Stadium zu verändern war über alle Maßen gefährlich, aber ihm blieb keine andere Wahl. Ohne Kylock hatte er nichts mehr. Baralis formte den Schild und schob ihn mit all seiner Kraft so schnell wie möglich vor Kylock, um den König vor Jack zu erreichen. Ein stechender Schmerz fuhr durch seine Brust.

Baralis verfluchte Jack. Er war ein Idiot! Nur ein unausgebildeter Einfaltspinsel würde einen derart groben und ziellosen Zauber heraufbeschwören. Er hätte zunächst zielen müssen. Er hätte auf *ihn* zielen müssen, und *nur* auf ihn!

Dann schlug die erste Welle von Jacks Zauber ein. Baralis wurde von Licht und Luft getroffen. Er wurde zurückgeworfen, und sein Kopf schlug gegen den Türrahmen. Welle um Welle brach die Macht über ihn herein. Sie war unerbittlich. Baralis hatte nicht mehr genug Kraft, um nicht nur Kylock, sondern auch sich selbst abzuschirmen. Was vor zwei Nächten geschehen war, hatte ihn zu sehr geschwächt. Auch Drogen hatten ihre Grenzen, und nun hatte er noch nicht einmal mehr einen Funken Energie in Reserve.

Mit der letzten Kraft, die ihm noch geblieben war, sicherte Baralis den Schild um Kylock. Er schützte seine Kreatur, während er selbst die volle Wucht des Angriffs auf sich nahm.

Jack war sich kaum bewußt, was geschah. In weniger als zwei Sekunden hatte sich die Welt vollkommen verändert. Der Zauber floß durch ihn hindurch, schnell, schrecklich und von Licht erfüllt. Kylock stand in der Mitte des Raums, im Zentrum der magischen Welle. Baralis wurde gegen die Tür gedrückt. Jack fühlte, wie der Kanzler versuchte, den König abzuschirmen. Er nahm die feinen Linien der Macht wahr, die sich wie ineinander verwobene Bänder durch den Raum schlängelten. Irgendwie war Kylock noch immer durch Baralis' Macht geschützt – das Netz war nach wie vor intakt.

In diesem Augenblick erkannte Jack, daß er sich in einer wichtigen Frage geirrt hatte. Er würde Kylock niemals zerstören können, ohne zuerst Baralis zu vernichten. Der Mann würde seine einzige Chance auf Ruhm und Macht nicht so einfach aufgeben. Es war an der Zeit, den Herrn des Biests zu töten. Jack richtete alle Kraft, die ihm noch verblieben war, auf Baralis.

Sein Rückgrat spannte sich wie ein Bogen, als er versuchte, den Zauber nach seinem Willen umzuformen. Er kämpfte gegen den Druck der Macht an und ballte sie zu einer Pfeilspitze aus Licht – dann sandte er sie gegen Baralis.

Die Luft zerriß. Baralis' Körper wurde in die Luft gewirbelt und gegen die Wand geschleudert. Knochen brachen, und Blut schoß aus Mund und Nase. Ein schrecklicher Schrei erfüllte den Raum. Jack sah, wie sich die Fäden der Macht langsam auflösten und mit der Dunkelheit verschmolzen. Das Netz, das Kylock geschützt hatte, war weniger als eine Armlänge von Baralis' Brust entfernt, bevor es ebenfalls verschwand.

Ein Wind wehte durch den Raum. Jack konnte nicht mehr atmen. Sein Magen wurde von Krämpfen geschüttelt und drohte, in sich zusammenzufallen. Über alle Maßen geschwächt sammelte er die Reste der Macht ein. Das Licht und die Luft verschmolzen miteinander und wurden immer schwächer, bis nichts mehr von ihnen übrig geblieben war. Ein leises Zischen zeigte das endgültige Ende des Zaubers an.

Baralis sank auf den Boden. Seine Gliedmaßen lagen in unmöglichen Winkeln. Er hatte sämtliche Knochen im Leib gebrochen.

Jack hatte das Gefühl, als würde auch er fallen, nur daß er bereits auf dem Boden lag. Tiefer und tiefer sank er hinab, und sein Körper fiel in sich zusammen, um die Leere in seinem Bauch zu füllen. Eine Welle von Schmerz strömte über ihn hinweg. Ihm wurde schwarz vor Augen. Das letzte, was er sah, war Baralis, der Kylock eine zitternde Hand entgegenstreckte. Der Mund des Kanzlers bewegte sich einen Augenblick, dann sprach er zwei Worte:

»Mein Sohn.«

Die Hand fiel zu Boden, als Jack in Dunkelheit versank.

Kapitel Siebenunddreißig

Jack erwachte. Diesmal nahm er sich nicht die Zeit, die Ereignisse noch einmal Revue passieren zu lassen und sich zu orientieren, bevor er die Augen öffnete.

Kylock stand über ihm und hielt einen Brief in der Hand. »Aaah, endlich wach, wie ich sehe. Sag mir: Waren deine Träume, wie du sie dir erwartet hast?« Er wirkte gelassen, doch ein Hauch von Wahnsinn schwang in seiner Stimme mit, und ein künstliches Funkeln lag in seinen Augen.

Jack versuchte, seine Gedanken zu ordnen. Er versuchte, sich daran zu erinnern, was ihn hierhergeführt hatte. *Baralis.* Sein Blick flog zur Wand bei der Tür: Baralis' Leiche war nirgends zu sehen. Wieviel Zeit war vergangen? Wie lange schon war er Kylocks prüfendem Blick ausgesetzt gewesen?

Kylock schnalzte mit der Zunge. »Du bist also Lesketh' Bastard, wie?«

Jack griff in seine Tunika. Schmerz schoß von seiner Schulter in den Magen.

»Suchst du das hier?« Kylock zerknüllte den Brief in der Faust. »Was für ein herzzerreißender Brief von der liebenden Mutter an ihren Sohn.« Während er sprach, wurde seine Stimme immer lauter. Unvermittelt drehte er sich auf dem Absatz um.

Jack setzte sich auf und suchte in seinem Inneren nach Resten der Macht – nichts. Der Zauber, mit dem er Baralis vernichtet hatte, hatte ihn all seine Kraft gekostet. Vorsichtig tastete er nach seinem Messer.

Zwei Geräusche lenkten ihn zur selben Zeit ab. Das erste war ein Schlurfen, als würde irgend jemand einen schweren Gegenstand über den Boden schleifen. Es kam aus dem angrenzenden Raum, und Jack wußte ohne Zweifel, daß es Crope war, der Baralis' Leichnam wegschaffte. Das zweite Geräusch kam von Kylock: ein tiefes, abgehacktes Lachen, beinahe ein Husten.

Kylocks Schultern zitterten. An den Fingern, mit denen er den Brief umklammerte, traten die Knöchel weiß hervor, und seine Fingerspitzen waren nur noch rohes Fleisch. »Und ich ... ich bin Baralis' Bastard. Während der König sich vergnügte, wo immer es ihm gefiel, hat meine Mutter mit seinem Kanzler gehurt.« Kylock wirbelte zu Jack herum. Seine Augen strahlten. »Baralis. Wer hätte das gedacht?«

Jack spürte ein Kribbeln auf der Haut. Langsam baute sich Macht in Kylock auf.

»Du hast, was mir gehört!« schrie er. »Dein Vater hätte mein Vater sein sollen. Dein Gesicht hätte meins sein sollen.« Speichel spritzte von seinen Lippen. Die beiden Sehnen in seinem Nacken wirkten wie ein paar dicke Segeltaue. »Meine Hände, meine Lippen, meine Zähne – *alles dir!*«

Jack zuckte zusammen. Er wich zur Wand zurück. Sein Mund war so trocken wie Pergament. Kylock verlor die Kontrolle. Verzweifelt suchte Jack nun verstärkt nach seinem Messer. Nichts. Er riskierte einen Blick zur Seite – das Messer lag rechts von ihm, gerade außerhalb seiner Reichweite.

Kylock trat kopfschüttelnd auf ihn zu. »Du glaubst wohl, du könntest einfach so hier rausgehen und deine Beweise der Welt zeigen. Du willst mich als den entlarven, der ich wirklich bin. Nun, ich schwöre dir, das wird nie geschehen. Nicht heute. Nicht morgen. Niemals.«

Während Kylock sprach, spürte Jack eine immer stärker werdende Wärme auf seinen Wangen. Zunächst glaubte er, es handele sich um ein ähnliches Phänomen wie das, das ihn zu Kylock geführt hatte, aber es blieb nicht bei einer einfachen Erwärmung. Es begann zu brennen. Jack bekam panische Angst. All seine Instinkte forderten ihn auf wegzulaufen, doch er hatte viel zu viel Angst, um sich auch nur zu bewegen.

»Des Königs Sohn.« Kylock war nur noch eine Fingerlänge von Jacks Gesicht entfernt. »Die Mutter eine einfache Dienerin, die sich mit Hurerei ein paar Kupferstücke nebenbei verdient hat.«

Jetzt war das Maß voll. Seine Mutter war keine Hure – das wußte er inzwischen –, und das Monster vor ihm hatte nicht das Recht, so etwas zu behaupten. Jack sprang auf und ging Kylock an die Kehle. Eine glühendheiße Wand warf ihn wieder zurück. Seine Nase und Stirn waren versengt; er roch verbranntes Haar. Und seine Hände! Als er versuchte, sich mit ihnen abzufangen, schienen sie förmlich vor Schmerz zu explodieren. Er hob sie vors Gesicht. Seine Augen schmerzten so sehr, daß er die Verbrennungen auf den Handtellern kaum sehen konnte.

»Das hätten meine Hände sein sollen!« kreischte Kylock.

Wut stieg in Jack auf. Er war es leid, dem schwachsinnigen Gerede eines Wahnsinnigen zuzuhören. »Das ist mir scheißegal!« schrie er. »Ich will nichts von dem, was du hast. Ich gebe einen Scheiß darauf, König zu sein.«

Noch während er sprach, spürte Jack, wie seine Nase und Hals zunehmend austrockneten. Luft verbrannte seine Lungen. Die Wärme, die er wenige Augenblicke zuvor noch gespürt hatte, war einer stetig ansteigenden Hitze gewichen. Alles war heiß: der Boden, die Wand, Jacks Kleider. Das Kettenhemd begann zu glühen und versengte das darunterliegende Wams.

Kylocks Augen wurden leer. Die Luft, die ihn umgab, begann zu flimmern. In seiner Hand entzündete sich etwas: der Brief. Eine Flamme leckte an seinem Arm hinauf. Er zuckte noch nicht einmal.

Jack spürte, wie sich ein schrecklicher Druck aufbaute. Die Hitze war unerträglich – die Haut auf seinem Gesicht wurde gebraten wie ein Stück Fleisch. Er mußte Kylock aufhalten. Verzweifelt hob er die Hände, reckte sie Kylock entgegen und schrie: »Schau her! Das sind die Hände eines Bäckers und nicht eines Königs!«

Die schreckliche Leere verschwand für einen Augenblick aus Kylocks Augen, und die Wand aus Hitze geriet ins Wanken.

Jack rutschte zur Seite. Sein Blick ruhte auf dem Messer.

Kylock schüttelte den Kopf. »Nein, Königssohn«, flüsterte er. »Du wirst nie bekommen, was mir gehört.«

Jack stürzte sich auf das Messer. Eine Hitzewelle schlug ihm entgegen. Seine Haut brannte, und die Luft wurde aus seinen Lungen gerissen. Und doch kroch er weiter. Seine Finger berührten das Heft. Gegen jeden Instinkt packte er das glühendheiße Metall. Der Schmerz war so groß, daß er Angst hatte, den Verstand zu verlieren. Eine Sekunde lang, oder vielleicht zwei, verlor er das Bewußtsein, als er in einer sich immer schneller drehenden Feuerhölle versank. Der Gestank seines eigenen verbrannten Fleisches brachte ihn wieder zu sich.

Flammen. Er war umgeben von Flammen. Der Seidenteppich auf dem Boden brannte lichterloh. Wandbehänge und Möbelstücke fingen ebenfalls Feuer. Voller Angst und Entsetzen und mit Rauch in den Lungen kämpfte Jack darum, bei Verstand zu bleiben. Seltsamerweise war es der Schmerz in seinem Kopf, der ihn vor dem Wahnsinn bewahrte. Der Schmerz pochte im Takt mit seinem Herzen, im Takt von Larn. Es war ein Gefühl, als würde Larn ihn ständig ins Gesicht schlagen, damit er nicht das Bewußtsein verlor.

Jack spürte, wie er immer stärker wurde. Er wußte, daß sein Vater ihn nicht im Stich gelassen hatte. Er wußte, wer seine Mutter war, woher sie stammte, und was sie vor mehr als einem Jahrzehnt geplant hatte. Nach einem Leben voller Lügen und Ausflüchte hatte er endlich die Wahrheit gefunden – und darin *mußte* doch Kraft liegen.

Er zwang sich aufzustehen und rannte durch die Flammen auf Kylock zu. Das Feuer blendete ihn; der Rauch drohte, ihn zu ersticken, und die Flammen verzehrten sein Fleisch. Ein letzter heißer Luftstoß traf seinen Körper, dann stand er Kylock unmittelbar gegenüber. Ein Ausdruck der Überraschung huschte über Kylocks Gesicht. In seinen Augen funkelte etwas, das vielleicht Angst gewesen war, aber noch bevor Jack genauer hinsehen konnte, war es bereits wieder verschwunden.

Die Zeit dehnte sich wie Öl auf dem Wasser. Die Flammen bildeten einen zischenden, knisternden Ring um die beiden Männer. Jack spürte die Hitze des Feuers auf seinem Rücken. Kylock war von einer goldenen Aura umgeben. Licht fiel über seine Schultern und den Oberkörper und flackerte wie Kerzenlicht auf seinem Gesicht. Nie zuvor hatte er Baralis so ähnlich gesehen.

Während er den jungen König anschaute, kam Jack erneut der Panik nahe. Ohne Zweifel war Kylock Baralis' Sohn.

Baralis. Selbst jetzt, nachdem er den Mann getötet hatte, konnte er nur Vermutungen über das volle Ausmaß von Baralis' Macht anstellen. Jack fragte sich, ob der Sohn wohl noch zu viel größerem fähig war. Kylocks Augen waren die Augen eines Wahnsinnigen; er hatte zwar Baralis' Genialität geerbt, doch war bei dem Sohn etwas Neues hinzugekommen, was ihn zu einem Monster gemacht hatte. Während Jack ihn betrachtete, formten sich Kylocks Lippen zu einem Lächeln. O ja, er war noch zu *sehr* viel Größerem und Schlimmerem fähig.

Jack schauderte.

Seine Hände pochten – schon wieder Larn, das ihn an seine Aufgabe erinnerte. Als Reaktion auf den Schmerz hob Jack die Hand und damit auch das Messer.

Kylocks Blick fiel auf die Klinge, und er hob den Arm, um sich zu verteidigen. Jack war schneller. Der Schmerz der Verbrennungen hatte ihn an den Rand des Wahnsinns getrieben, und so besaß er nun auch die Reflexe eines Wahnsinnigen. Im selben Augenblick, da Kylocks Arm sein

Herz erreichte, hob Jack das Messer in Höhe der Kehle. Panik zeichnete sich in Kylocks Gesicht ab, und für den Bruchteil einer Sekunde wirkte er wie ein Kind, das man ohne Grund geschlagen hatte.

Und dann drang das Messer ein. Kylocks Mund öffnete sich. Jack zuckte in Erwartung eines magischen Angriffs zusammen. Rasch drehte er die Klinge in Kylocks Hals und suchte nach der Luftröhre. Kylock wehrte sich die ganze Zeit über.

Jack roch den metallischen Duft von Zauberei. Kylock bewegte die Lippen, und die Zunge in seinem blutigen Mund begann zu vibrieren.

Der Schmerz in Jacks Arm und Hand war unerträglich. Seine Augen brannten vor Rauch und Schweiß. Kylock spannte all seine Muskeln an. Voller Angst stocherte Jack mit dem Messer herum; es kam ihm wie eine Ewigkeit vor. Dann sprudelte Blut über Jacks Hand und über Kylocks Brust. Jacks Messer wollte einfach nicht aufhören zu zittern. Schließlich fand die Klinge die elastische Wand der Luftröhre.

In diesem Augenblick riß Kylock den Mund so weit auf, wie es ihm möglich war. Die Luft verdichtete sich auf seinen Lippen, und der metallische Geruch wurde zu einem alles durchdringenden Gestank.

Mit einer einzigen blitzschnellen Bewegung durchtrennte Jack Kylocks Luftröhre.

Ein leises Zischen entkam Kylocks Lippen. Er blinzelte, und ein tierisches Entsetzen flackerte kurz in seinen Augen auf; dann verschwand das Licht aus seinem Gesicht.

Jack konnte nicht aufhören zu zittern. Er hielt das Messer so fest umklammert, daß seine Knöchel weiß hervortraten. Schließlich holte er tief Luft, und dabei atmete er einen Hauch von Kylocks letztem Atemzug ein.

Dieser Atemzug war das letzte Bindeglied zwischen ihnen. Jack spürte, wie Kylocks Atem sich in seinen Lungen einnistete und Botschaften in sein Blut hinaussandte – Botschaften voll mit dem Versprechen auf Zauberei und den Überresten des einst so mächtigen Mannes. Nun erst erkannte Jack, welch ein Haß hinter Kylocks letzter Beschwörung gestanden hatte, und wieviel sie hätte zerstören können. Niemand auf diesem Stockwerk hätte überlebt. Die Macht war so zäh und schwarz wie Teer. Doch in dem von Zauberei befleckten Atem Kylocks verbarg sich noch mehr als nur der Wunsch nach Zerstörung. Jack fühlte die Stärke von Kylocks Willen, erkannte das wahre Ausmaß seiner Genialität und blickte hinab in die finstren Tiefen seines Wahnsinns. Er sah die Tragödie eines genialen Geistes, den Drogen, Lügen und Manipulationen ruiniert hatten. Kylock war durch und durch Baralis' Kreatur gewesen. Man hatte ihn in einen Zustand versetzt, in dem sein Wahnsinn gefördert und sein Sadismus übersehen worden war.

All das erfuhr Jack in einem einzigen Augenblick und noch viel, viel mehr. Dieser Sieg war kein Triumph; er markierte nur das Ende eines Lebens, das von Anfang an zum Scheitern verurteilt war.

Jack atmete aus. Er war über alle Maßen erschöpft, und er wollte Kylocks Atem nicht länger in den Lungen haben. Die Wahrheiten, die er dadurch erfahren hatte, waren viel zu beunruhigend; sie hinterließen einen üblen Nachgeschmack.

Baralis hatte seinen eigenen Sohn in ein Monster verwandelt.

Jack riß das Messer heraus, und Blut sprudelte aus der Wunde. Kylocks Augen waren geschlossen. Seine Muskeln zuckten ein letztes Mal, dann entspannten sie sich. Der verkohlte Brief fiel in die Flammen zu seinen Füßen. Jack versuchte noch nicht einmal, ihn vor der endgültigen Vernichtung zu retten.

Kylock fiel, und die Flammen eilten herbei, um ihn zu verschlingen.

Jack drehte sich um. Er konnte nirgendwo hin. Überall prasselten schulterhohe Flammen. Es gab keine Wand und keine Tür mehr: Alles war rot und weiß. Dichter Rauch quoll zwischen den Flammen hervor; Jack wollte ihn nicht einatmen, aber ihm blieb keine andere Wahl. Er mußte atmen.

Der Schmerz hatte ihm den Verstand geraubt, und nun nahm ihm der Rauch sein Bewußtsein. Immer wieder wurde ihm kurzzeitig schwarz vor Augen, und jedesmal wenn er die Augen wieder öffnete, schlugen die Flammen ein wenig höher. Er wankte; bald würde er fallen. Die Hitze war überwältigend; er kam nicht mehr dagegen an. Jack wünschte sich nur noch, an Kylocks Seite zu Boden zu sinken.

Er trieb in die Dunkelheit … immer weiter und weiter. Vor ihm lag Frieden. Frieden, Erleichterung und Wahrheit …

»Jack!«

Ein dunkler Schatten bahnte sich einen Weg durch die Flammen. Für einen kurzen Augenblick wurde Jacks Herz von unbändiger Freude erfüllt: Das war Tawl, der gekommen war, um ihn aus dem Tempel zu retten. Aber nein, das war nicht Larn. Und als die Gestalt sich näherte, erkannte Jack, daß es sich nicht um Tawl handeln konnte. Schwarz und Gelb, die Farben von Valdis – Tawl würde nie die Farben der Ritter tragen.

»Jack!«

Die Gestalt stand unmittelbar außerhalb des Flammenrings. Andere Gestalten gesellten sich zu ihr, und alle trugen sie Schwarz und Gelb. Ein Ruf erscholl; die Gestalten bewegten sich, und dann war ein Klatschen zu hören, als würde irgend jemand mit seinem Umhang um sich schlagen.

Jack sank zu Boden, und die Flammen züngelten ihm entgegen.

Doch er berührte den Boden nicht. Hände fingen seinen Fall ab: sanfte Hände, die ihn hochhoben wie ein Baby und ihn aus dem Feuer trugen. Aus Augen, die kaum sehen konnten, blickte Jack in das Gesicht des Mannes, der ihn auf den Armen trug. Es *war* Tawl. Tawl in den Farben der

Ritter, umgeben von anderen Rittern; Tawl, der Befehle rief und dessen Augen entschlossener leuchteten, als Jack sie je gesehen hatte. Tawl. Gemeinsam durchquerten sie die Feuerwand, und gemeinsam betraten sie eine Welt voller Hoffnung und Licht, weit, weit hinter den alles verschlingenden Flammen.

»Du …« Jack kämpfte gegen die Trockenheit in seiner Kehle an. »Du hättest mir doch nicht nachkommen sollen.«

Tawl lächelte sanft. »Ich habe dich doch gewarnt, Jack, daß mein Herz mich vielleicht auf einen anderen Weg führen würde.«

Das Feuer folgte ihnen aus dem Palast. Die Flammen rollten durch die Korridore und leckten an den Fersen der Flüchtenden. Treppen und Gänge waren voller Rauch und Ascheflocken. Überall waren Menschen, die um ihr Leben rannten. Niemand beachtete die kleine Gruppe. Niemand kümmerte sich um das Dutzend Ritter in vollem Ornat, das mit den Flammen im Rücken durch die Gänge stürmte. Wenn überhaupt jemand zu ihnen hinüberschaute, dann zu dem großen Ritter mit den goldenen Haaren, der einen leblosen Körper auf den Armen trug. Etwas in seinem Gesicht vermittelte denjenigen Hoffnung, die ihn anschauten, und etwas in seinen Augen rührte die Seele der Menschen.

Melli stand im Lager der Ritter und blickte auf den brennenden Palast in der Ferne. Ungebändigt und befreiend erhellten die Flammen den gesamten nördlichen Horizont. Seltsam, aber sie war nicht mehr im geringsten besorgt. Es lag noch etwas anderes in der Luft außer Rauch: ein Gefühl der Erwartung, ein Gefühl, das alles wieder gut werden würde.

»Sie kommen zurück, Mylady«, sagte Borlin. »Ich kann sie jetzt sehen, unmittelbar nördlich der Ebene.«

Melli fragte nicht, ob Tawl bei den Männern war; das mußte

sie auch nicht. Sie wußte es. »Halt Branntwein und Decken bereit«, sagte sie zu Grift, der neben dem Feuer stand.

»Aye, Mylady.«

Als Melli zum Ausgang des Lagers ging, hörte sie Gesang. Ein volle und weiche Stimme formte Worte, die sie tief berührten. Angezogen von der schönen Stimme änderte Melli ihre Richtung. Während sie der Quelle des Gesangs immer näherkam, fielen andere Stimmen in das Lied mit ein, und als sie schließlich das Kommandozelt umrundet hatte, sah sie etwas, was ein glückliches Lächeln auf ihre Lippen zauberte.

Ungefähr zwanzig Ritter hatten sich um eine improvisierte Krippe versammelt und sangen Klein Herbert in den Schlaf.

Andris, der heute morgen nach Schöneichen geritten war, um sie zu holen, erblickte Melli und winkte sie heran. Sie wurde mitten in den Kreis der Ritter neben ihr Baby gezogen, und nun sangen die Männer auch für sie. Melli hatte das Gefühl, als würde ihr das Herz brechen. Jeder, der diesen Gesang hörte, würde nie wieder daran zweifeln, daß die Ritterschaft gut war. Als sie in die edlen Gesichter der Männer blickte, wußte Melli plötzlich, warum Tawl alles riskiert hatte, um sie zu retten. Einige Dinge waren mehr wert als ein einziges Menschenleben.

Und als das Lied endete und Tawl ins Lager ritt, hatte Melli beschlossen, ihm nicht länger im Weg zu stehen. Sie würde ihn von seinem Eid entbinden und ihm so die Freiheit geben, Großmeister der Ritter zu werden. Nach allem, was er für sie getan hatte, war das das mindeste, was sie ihm schuldete.

»Holt den Arzt! Schnell!« rief Tawl vom Pferd herunter. Melli sah, daß hinter ihm jemand saß. Sie hielt den Atem an. *Nein.* Das konnte nicht sein …

… aber es war so. Es war Jack, der nichts auf dem Leib trug außer einem verrußten Kettenhemd und der nicht einen einzigen Fleck am Körper hatte, der nicht verbrannt war. Melli stürmte voran. Die Tränen standen ihr in den Augen, und sie hatte einen Kloß im Hals. Die Welt war plötzlich ein Ort, wo noch Wunder geschehen konnten. Und der goldhaarige Ritter, der ins Lager ritt, hatte nun endlich Gnade in den Augen Gottes gefunden. Melli liebte ihn mehr denn je.

In dieser Nacht, da der brennende Palast noch meilenweit entfernt zu sehen war, kämpfte der Arzt um Jacks Leben. Melli hielt Jack die Hand während der langen qualvollen Stunden, flößte ihm Wasser ein und rieb Salbe auf seine Wunden. Seine Hände und seine Stirn waren besonders schlimm verbrannt, und unzählige kleinere Verbrennungen waren überall auf seinem Körper verteilt. Ein oder zwei Ritter kamen vorbei und boten ihre Hilfe und ihren Rat an, und Borlin brachte ein Schlafmittel für Jack. Erst als Jacks Atem wieder normal ging, schlief auch Melli ein.

Tawl weckte sie im Morgengrauen. »Komm, Melli. Wir müssen in die Stadt.«

»Aber …« Melli blickte auf ihren Schoß. Jacks bandagierter Kopf lag auf ihrem Kleid.

»Jack muß jetzt vor allem schlafen. Du hast getan, was du konntest. Schnapper kann auf ihn aufpassen, während wir weg sind.« Tawls Stimme war sanft und doch fest. »Du und das Baby, ihr müßt mit mir kommen.«

Sie widersprach nicht. Sie hatte nun viele unterschiedliche Verpflichtungen.

Melli richtete sich sorgfältig her. Sie kämmte ihr Haar, bis es glänzte, und verbarg ihre Verbrennungen unter einer dicken Schicht Puder. Die älteste Tochter des Wirts in Schöneichen hatte ihr ihr bestes Winterkleid gegeben, und Melli zog es in Tyrens Zelt an. Den gebrochenen Arm durch den Ärmel zu stecken gestaltete sich äußerst schwierig, doch sie war zu stolz, um um Hilfe zu bitten. Als sie schließlich wieder hinaus ins Lager ging, wartete Tawl mit einer wunderbaren braunen Stute auf sie. Er hatte ihr gerade aufs Pferd geholfen, als sehr zu Mellis Mißfallen Oma Greal heranritt.

»Was hat die denn bei uns zu suchen?« zischte Melli.

»Sie ist der einzige Mensch in Bren, der weiß, daß es Baralis gewesen ist, der die Ermordung des Herzogs befohlen hat.«

Melli fiel kein stichhaltiges Argument dagegen ein, und so ließ sie es einfach bei einem verächtlichen Schnauben bewenden. »Sie reitet aber nicht mit dem Baby. Ich nehme ihn.«

Tawl lachte lauthals auf. Melli war erstaunt, wie jung und glücklich er auf einmal wirkte: beinahe wie ein Kind. »Nun, wenn du das wirklich willst, dann werden wir Klein Herbert wohl oder übel auf deinem Rücken festbinden müssen.«

»Schön.« Melli versuchte, so entschlossen wie möglich zu klingen, aber Tawls Lächeln war ansteckend, und nur Augenblicke später gab sie nach. »Na gut, na gut. Oma Greal kann ihn haben.«

Oma Greal strahlte Tawl an.

Tawl strahlte Oma Greal an.

Melli funkelte sie beide an. Und dann lächelte sie, als sie ihr den Rücken zukehrten. Sie war wahnsinnig glücklich.

Der Ritt in die Stadt dauerte weniger als eine Stunde. Melli ritt an der Spitze einer Kolonne von zweihundertfünfzig Rittern und siebzig Highwall-Männern. Inzwischen hatte sich herumgesprochen, daß Baralis und Kylock tot waren, und da niemand mehr die Befehlsgewalt in der Stadt hatte, herrschte dort ein heilloses Durcheinander. Eine Kompanie Schwarzhelme griff sie vor dem Tor an, doch Valdis-Schützen erledigten ein paar von ihnen, und so nahm ihr Kampfeswille rapide ab.

Melli war nervös, als sie die Stadt betraten. Sie ritt durch die Straßen, und überall standen Menschen und starrten sie an; viele warfen ihr offen feindselige Blicke zu, und einige verfluchten sie sogar, als sie vorüberritt. Das Glücksgefühl von vorhin war mit einem Schlag verschwunden. Der Gedanke an die Bedeutung der Ereignisse der vergangenen Nacht hatte sie ernüchtert: Die Zukunft einer großen und alten Stadt hing in der Schwebe, und ihr Schicksal lag in den Händen von Melli und ihrem Sohn.

Mellis Nervosität zeigte sich nach außen hin als Stolz. Sie streckte das Kinn vor und funkelte diejenigen böse an, die es wagten, sie zu verfluchen. Sie war mit ihrem Herzog verheiratet gewesen, und sie hatte seinem Erben das Leben geschenkt – sie hatte das *Recht*, hier zu sein.

Als die Kolonne auf einen großen öffentlichen Platz einbog, konnte Melli zum ersten Mal einen Blick auf das verbrannte Skelett werfen, das einst der herzögliche Palast gewesen war. Die Mauern waren noch intakt, doch dazwischen herrschte gähnende Leere: Alles Holz – die Dachbalken, Bodenbretter, Möbel und Türrahmen –, waren verschwunden, und Melli konnte noch nicht einmal behaupten, daß ihr das sonderlich leid tat.

Sie war eine Zeitlang so von dem Anblick fasziniert, daß sie nicht bemerkte, wie sich eine große Menschenmenge auf dem Platz versammelte. Schließlich blickte sie zu Tawl.

»Das ist schon in Ordnung«, sagte er. »Je mehr, desto besser.«

Melli betrachtete die vielen Menschen, die die Straßen und Gassen blockierten, sich um die Fontänen versammelten und rasch jedes freie Fleckchen Erde füllten. Sie hatte Angst, war aber fest entschlossen, es nicht zu zeigen.

Die Ritter waren prachtvoll anzuschauen in ihren schweren Plattenrüstungen und mit den Lanzen an der Seite. Sie bildeten einen schützenden Halbkreis um Melli, Tawl und Oma Greal. Aus dem Augenwinkel heraus sah Melli einen schwarz-gelben Fleck über die Dächer huschen. Valdis' Schützen überließen nichts dem Zufall.

Als der Platz voller Menschen war, ritt Tawl zu einem Podest am oberen Ende des Platzes. Als die Menge den Champion des Herzogs erkannte, begann sie wütend zu zischen.

Tawl hob die Hände. »Ruhe!« befahl er. »Hört mich erst an, bevor ihr mich verdammt.« Seine Stimme hallte bis in die hinterste Ecke des Platzes, und sofort herrschte Schweigen. »Baralis und Kylock sind tot. Beide wurden letzte Nacht von dem Feuer getötet. Eure Stadt und eure Armee werden nicht länger von einem fremden König geführt ...«

»Warum sollten wir dir zuhören?« fiel ihm einer der Männer aus der Menge ins Wort. »Du hast unseren Herzog ermordet.«

»Aye«, murmelten Hunderte von Stimmen.

Tawls Gesicht verfinsterte sich. Er preßte die Lippen zusammen, als müsse er gewaltsam eine Erwiderung unterdrücken. Mit einer raschen Geste winkte er Oma Greal heran. Melli nahm ihr das Baby ab.

Oma Greal ritt neben Tawl, und nachdem sie ihren knochigen Leib in eine angemessene Position gebracht hatte, erzählte sie der Menge ihre Geschichte. Zunächst berichtete sie, daß sie gehört hatte, wie Baralis die Ermordung des Herzogs geplant hatte, wieviel Geld er dafür bezahlt hatte, und schließlich nannte sie den Namen des wahren Mörders.

Dann erzählte sie der noch immer mißtrauischen Menge, daß Kylock Dutzende von Adeligen habe ermorden lassen, deren verstümmelte Leichen anschließend in den Großen See geworfen worden seien. Als jemand sie einen Lügner schimpfte, zog sie ein kleines Buch aus ihrem Kleid und begann, die Namen der Adeligen zu rezitieren. Als der Name ›Lord Bathroy‹ fiel, ertönte ein Schrei aus der Menge:

»Die Frau sagt die Wahrheit!« Die Stimme gehörte einem alten Mann, der sich nun nach vorne drängte. Er war elend dünn; er trug nur Lumpen am Leib, und ihm fehlte die linke Hand. Langsam kletterte er die Stufen des Podiums empor. »Bathroy ist tot.«

Tawl schaute zu Melli.

Irgend jemand in der Menge rief. »Und woher willst du das wissen?«

Der alte Mann drehte sich zu der Menge um und hielt den Stumpf empor, der einst sein linkes Handgelenk gewesen war. »Ich weiß es, weil auch ich eines von Kylocks Opfern gewesen bin.« Er ließ den Blick über die Menge schweifen und forderte die Menschen heraus, ihm zu widersprechen. Niemand konnte ihm in die Augen sehen. »Ich habe mit Bathroy die Zelle geteilt. Ich war auch dort, als sie ihn geholt haben, und ich habe die ganze Nacht über wach gelegen, während seine Schreie den Kerker erfüllt haben.« Die Stimme des Mannes klang dünn und durchdringend. »Und eins will ich euch sagen: Er war nicht der einzige. Nacht für Nacht habe ich Männer schreien hören, und Nacht für Nacht habe ich Gott gedankt, daß Kylock nicht nach mir geschickt hat.«

Die Menge schwieg. Viele traten unruhig von einem Fuß auf den anderen.

»Nur eines Nachts hat er doch nach mir geschickt«, fuhr der Mann fort. »Eines Nachts hat unser König, unser Herzog, unser oberster Kriegsherr nach mir geschickt.«

Bei den Worten des alten Mannes lief Melli ein Schauer über den Rücken. Ihr Mund war knochentrocken.

»Man hat mich gefesselt und geknebelt und in einen Raum gebracht, der so hell erleuchtet war wie das Lazarettzelt. In der Mitte des Raums stand ein Schlachtblock. Nachdem die Wachen gegangen waren, hat Kylock meinen Arm auf den Block gelegt und mir die Hand mit dem Hackbeil eines Metzgers abgehackt.«

Ein entsetztes Raunen ging durch die Menge.

Tawl ergriff Mellis Hand. Sie hatte das Gefühl, ohnmächtig werden zu müssen.

Der Mann senkte den Arm wieder. »Kylock hätte es nicht damit bewenden lassen, wenn ihm nicht jemand die Nachricht gebracht hätte, daß man dringend seiner Anwesenheit in den oberen Stockwerken bedürfe. So hat man mich wieder in meine Zelle zurückgeführt. Nach jener Nacht hat er nie wieder nach mir geschickt. Ob er mich einfach vergessen hat oder ob er nur mein Leiden verlängern wollte, das werde ich wohl nie erfahren.« Der Mann schüttelte den Kopf, und als er wieder das Wort ergriff, hatte seine Stimme all ihre Kraft verloren. Er klang müde und unendlich alt. »Also was auch immer ihr heute tut, erinnert euch an dies: Kylock mag uns ja zum Sieg geführt haben, aber er hätte uns auch in die Verdammnis geführt.«

Eine einzelne Träne rann Mellis Wange hinab. Sie wischte sie rasch weg. Von allen, die heute hier versammelt waren, wußte sie allein, wie recht der alte Mann hatte.

Die Augen der Menge waren auf den Boden gerichtet. Niemand sagte ein Wort.

Melli wollte zu dem Mann eilen und ihn trösten, und sie war nicht die einzige: Ein junges Mädchen mit dunklem Haar und rosa Wangen trat vor und nahm den Arm des Mannes. Ohne noch einmal zurückzublicken, ließ er sich wegführen. Die Menschen schwiegen noch immer, während der alte Mann und das Mädchen zwischen ihnen hindurchgingen. Ihr Anblick hatte etwas unendlich Trauriges an sich – die Arme ineinander gehakt, die Schultern berührten sich, und der alte Mann stützte sich auf das Mädchen.

Melli schluckte. Wie viele Menschen in der Stadt waren von Kylocks Wahnsinn getroffen worden? Wie viele Jahre würden vergehen müssen, bis sie all das Leid und den Schmerz vergessen hatten?

Nach ein paar Minuten des Schweigens beschloß Madame Greal zu sprechen. Sie hustete laut, um sicherzustellen, daß sich alle Augen auf sie richteten, und dann erzählte sie der Menge, wie Melli fünf Monate lang im Palast gefangen gewesen war – schwanger mit dem Kind des Herzogs und ständig Kylocks Grausamkeiten ausgesetzt. Die Menschen hörten zu. Oma Greal berichtete von der Nacht, da Melli ihr Kind geboren hatte, und sie wiederholte den Befehl, der ihr von Baralis gegeben worden war: *»Bringt das Kind weg, sobald es da ist, und erstickt es. Vernichtet den Leichnam, wenn Ihr fertig seid.«*

Ein dunkles Murmeln einte die Menge.

Melli schauderte. Sie hörte die Worte, als kämen sie direkt aus Baralis' Mund. Zum ersten Mal erkannte sie, was für ein Risiko Oma Greal eingegangen war, als sie sich Baralis' Befehl widersetzt hatte. Später, wenn das alles hier vorbei war, würde sie ihr danken – ehrlich und aus tiefstem Herzen.

Doch nun war es ihre Aufgabe, ihren Sohn den Bürgern von Bren zu zeigen. Sie ritt neben Tawl und Oma Greal. Tawl nahm die Zügel, und Melli hielt das Kind hoch, so daß jeder es sehen konnte.

»Seht!« rief sie. »Seht das Gesicht eures künftigen Herzogs! Seht den Sohn des Falken!«

Viele jubelten; andere zischten; einige fluchten.

»Ausländische Hure! Das Kind könnte jedermanns Bastard sein!«

Tawl versteifte sich. Er holte tief Luft, um etwas Angemessenes zu erwidern, doch Melli legte ihm die Hand auf den Arm. »Nein«, flüsterte sie. »Laß mich das erledigen.«

Sie wandte sich wieder der Menge zu und zog dem Baby die linke Socke aus. Als Oma Greal sich vorbeugte, um ihr zu helfen, stieß Melli sie diesmal nicht beiseite.

»Hier!« rief sie mit lauter Stimme und präsentierte erneut das inzwischen entrüstet schreiende Kind der Menge. »Seht das Zeichen des Falken!«

Nun jubelten die meisten Leute; doch das reichte Melli noch nicht. Sie schaute den Mann an, der sie soeben beleidigt hatte und winkte ihn zu sich heran. »Kommt, mein Herr, schaut Euch das Kind einmal aus nächster Nähe an. Streicht mit dem Finger über das Zeichen. Seht selbst, daß es sich nicht abreiben läßt.« Die Menge lachte. »Kommt«, wiederholte Melli, als der Mann zögerte. »Bei Eurer schnellen Zunge habe ich eigentlich auch schnelle Füße erwartet.«

Der Mann, der nun vortrat, wurde zum berühmtesten Mann von Bren. Tarvold Schnellzunge wurde er von nun an genannt, und er ging in die Geschichte ein, als der Mann, der zuerst zweifelte und anschließend Melliandras Baby vor aller Welt als den wahren Erben von Bren proklamierte. »Aye, meine Freunde, die Dame hat recht mit dem Zeichen – es läßt sich nicht abreiben.« Diese Worte lösten den am längsten anhaltenden Jubel in der tausendjährigen Geschichte von Bren aus.

Später hieß es, der Jubel sei erst verklungen, als die Lady Melliandra die Hand gehoben und der Menge geschworen habe, sie werde Bren den Frieden bringen. Danach, so heißt es, habe jedermann geschwiegen. Es gab nichts mehr zu sagen.

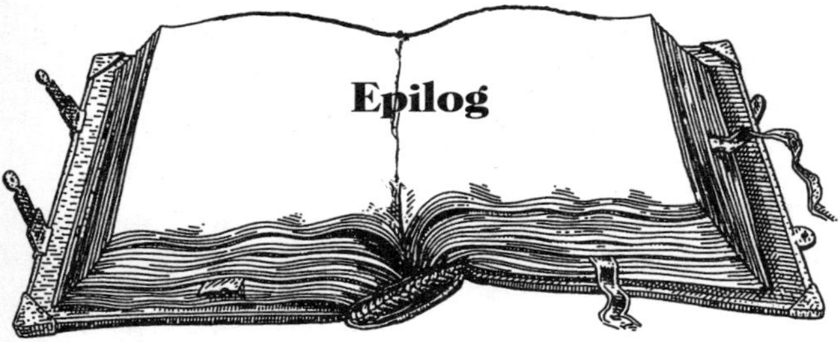

Epilog

»Ah, ja. Willst du damit sagen, daß ich definitiv nicht der Auserwählte bin?« Tavalisk fischte ein paar Kaulquappen mit seinem kleinen Silbersieb aus der Schüssel. Endlich war die richtige Jahreszeit gekommen, und der Erzbischof freute sich auf seine Lieblingsspeise: Froschbrut.

»Nun, wie Euer Eminenz ja selbst seht, besteht ein großer Unterschied zwischen den beiden Versen.« Gamil deutete auf die beiden Kopien von Marods Prophezeiung, die auf dem Tisch lagen. »Die Version, die Euch in die Hände gefallen ist, ist wesentlich jünger als die andere, Euer Eminenz. Die Schreiber haben nicht nur einzelne Wörter geändert, sondern sogar ganze Sätze und deren Bedeutung.«

»Hmmm.« Tavalisk inspizierte das Sieb voller zappelnder Kaulquappen. Er suchte nach solchen, wo sich bereits erste Anzeichen von Gliedmaßen zeigten. »Nun, ich habe keine Schwester, also kann ich wohl kaum gemeint sein. Und selbst wenn ich eine hätte, dann wäre es mir als Mann der Kirche verboten, sie zu meiner Geliebten zu machen.«

»Exakt, Euer Eminenz.« Gamil nahm sich die Freiheit, die Kopien beiseite zu schieben. Ein paar Kaulquappen waren bereits auf dem Pergament gelandet.

»Nun, ich kann nicht behaupten, daß mich das sonderlich überrascht, Gamil. Auch bin ich nicht enttäuscht. Immerhin ist zum Schluß doch alles gut ausgegangen: Die liebliche Lady Melliandra ist Regentin in Bren; die Vier

Königreiche haben irgendwo einen Vetter von König Lesketh ausgegraben; der Norden ist endlich Kylocks Armeen los, und der Süden wird nicht länger bedroht. Ich selbst hätte es gar nicht besser planen können. Außerdem glaube ich immer noch, daß auch ich eine wichtige Rolle dabei gespielt habe.«

»Wie das, Euer Eminenz?«

»Nach allem, was man so hört, hat der Ritter mit goldenem Haar das alles zuwege gebracht, und du allein weißt, wie sehr ich ihn immer in seinen Taten ermutigt habe.«

»Ich bete darum, daß Euer Eminenz es niemals für angebracht halten möge, mich zu ermutigen.«

»Unsinn, Gamil. Ich habe dem Ritter gegenüber meine Pflicht erfüllt: Ich habe ihn ein Jahr lang sicher in meinen Kerkern verwahrt, habe jede seiner Bewegungen verfolgt – ja, ich habe sogar seine Freundin vor einem Leben auf der Straße bewahrt.« Tavalisk füllte seinen Silberlöffel mit Kaulquappen und fügte etwas frisch gepreßten Zitronensaft sowie Salz und Pfeffer hinzu; dann schluckte er alles auf einmal hinunter. Die schleimigen kleinen Teufel. Eigentlich waren sie ja recht geschmacklos. »Tatsächlich war ich in vielerlei Hinsicht *wirklich* auserwählt. Wer sagt denn, daß eine neue Version einer alten Prophezeiung nicht ebenso viel Gültigkeit besitzt wie die alte? Wörter ändern sich nicht ohne Grund, Gamil. Das Schicksal *wollte* mich in alles mit hineinziehen.«

»Und dann seid Ihr ihm im letzten Augenblick vom Haken gesprungen.«

»Gamil, du vergißt, wie unermüdlich ich die vergangenen zwei Jahre daran gearbeitet habe, Baralis und Kylock die Macht zu entreißen.« Tavalisk brachte ein beleidigtes Schnaufen zustande. »Aber wie auch immer: Lady Melliandra ist nun schon seit zwei Monaten Regentin, und es ist höchste Zeit, ihr offiziell unseren Gruß zu entbieten. Setz ein entsprechendes Schreiben auf. Mach die üblichen Angebote von Freundschaft und so weiter, und dann bring es mir zur Unterschrift.«

»Selbstverständlich, Euer Eminenz. Obwohl die Dame womöglich nicht bereit sein könnte, Eure Avancen zu erwidern.«

»Also wirklich, Gamil, wie ein kurzsichtiger Schütze, so schießt auch du immer meilenweit daneben. Jetzt haben wir es mit Staatsoberhäuptern zu tun; Staatsoberhäupter verschwenden nicht ihre Zeit mit irgendwelchen kleinlichen Streitereien. Rorn ist mächtig, Bren ist mächtig – die beide Städte sollten zusammenarbeiten. Menschen und Politik ändern sich ständig, aber der Tanz der Macht geht immer weiter.«

»Ohne Zweifel ist Euer Eminenz der leichtfüßigste Tänzer auf dem Parkett.«

»Danke sehr, Gamil. Raffinierte Tänzer wie ich überleben immer, um auch noch am nächsten Tag zu tanzen.« Tavalisk reichte seinem Privatsekretär die Schüssel mit den Kaulquappen. »Du kannst jetzt gehen, Gamil. Nimm die Kaulquappen mit – sie sehen mir ein wenig zu glitschig aus.«

Gerade als sein Privatsekretär den Fuß über die Schwelle gesetzt hatte, kam Tavalisk ein Gedanke. »Oh, Gamil! Hat man eigentlich Baralis' Leiche in den Trümmern des Palastes gefunden?«

»Ich glaube nicht, daß das jemand mit Sicherheit weiß, Euer Eminenz. Immerhin sieht ein Häuflein Asche so aus wie das andere.«

Tavalisk schauderte. »Hinaus, Gamil«, sagte er. »Mach die Tür zu. Es zieht.«

Die Sonne schien durch die offenen Fenster in die Küche der alten Jagdhütte des Herzogs. Mit dem Licht kam auch eine leichte Brise von den Bergen herein, und mit der Brise der Duft von Frühlingsblumen. Jack wußte, wie es nur ein Bäcker wissen konnte, daß das Licht, der Duft, die Brise – daß alles irgendwie seinen Weg in den Teig finden würde.

Zum ersten Mal seit vielen Monaten backte Jack wieder Brot. Als er aufgewacht war, hatte er das starke Bedürfnis verspürt, Mehl und Hefe zwischen den Fingern zu fühlen und Teig zu kneten. Er arbeitete schnell; seine Hände erinnerten sich an Bewegungen, die sein Kopf schon längst vergessen hatte. Die Verbrennungen bereiteten ihm nur noch selten Probleme. An den Narben spannte die Haut noch etwas, und er hatte das Gefühl in den Fingerspitzen verloren; doch die Brandblasen waren allesamt verheilt und neue Haut war über das einstmals rohe Fleisch gewachsen. Er hatte in vielerlei Hinsicht Glück gehabt, und die schnelle Heilung seiner Wunden war nur ein Aspekt davon.

Jack legte den Teig in eine Schüssel und deckte ihn mit einem feuchten Tuch zu. Es war das zweite Mal, daß er den Teig aufgehen ließ. In weniger als einer Stunde wäre er bereit für den Ofen.

Nachdem das erledigt war, schritt Jack um den Tisch herum und wischte sich das Mehl von den Fingern. Die äußerste Ecke der Arbeitsplatte war zum Schreiben hergerichtet und nicht zum Backen. Jack setzte sich auf die Bank; vor ihm lagen Pergament, die Schreibunterlage aus Leinen, Tinte und die Feder. Die Feder fühlte sich seltsam in seiner Hand an: klein und leicht. Es war schon lange her, seit er zum letzten Mal geschrieben hatte. Während er die Feder zwischen seinen Fingern drehte, konnte er nicht umhin, sich an das erste Mal zu erinnern, da er versucht hatte zu schreiben: vor all den vielen Jahren in Baralis' Arbeitszimmer am Tag, als König Lesketh niedergeschossen wurde.

Jack war selbst überrascht, daß er bei der Erinnerung lächelte. Damals hatte er es natürlich noch nicht gewußt; aber an jenem hellen, kalten Nachmittag hatte alles angefangen. All die Furcht, der Wahnsinn und der Triumph konnten bis zu jenem Tag zurückverfolgt werden.

Und auch all der Herzschmerz.

Jack tauchte die Feder in die Tinte und überprüfte die Schreibtauglichkeit am Rande des Pergaments. *Tarissa.* Die Spitze war scharf und ebenmäßig. Jack wischte den Namen wieder weg und wiederholte ihn am Kopf des Pergaments in Schönschrift.

Liebe Tarissa,

Er hielt inne, um sich das Haar aus dem Gesicht zu streichen; dann atmete er tief durch. Das würde schwieriger werden, als er gedacht hatte. Irgendwann mitten in der Nacht hatte er sich selbst davon überzeugt, daß wenn er nur früh genug aufstehen und hart genug arbeiten würde, daß dann die Worte wie von selbst aus der Feder fließen würden.

Natürlich hatte er sich geirrt. Er hatte sich schon in so vielen Dingen geirrt, daß er sich mittlerweile fragte, wie es ihm gelungen war, sich durchs Leben zu mogeln. Fehler, Mißverständnisse und falsche Einschätzungen hatten ihn ständig auf seinem Weg begleitet.

Seit nunmehr sieben Wochen lebte Jack in der alten Jagdhütte des Herzogs. Außer einem alten Verwalter, der gelegentlich die Zimmer lüftete und die Feuer schürte, war er hier allein. Das hatte ihm Zeit zum Nachdenken gegeben. Marods Prophezeiung, der Brief seiner Mutter und Tarissas Zurückhaltung, wenn es um ihre Abstammung ging – in all das mußte ein Sinn gebracht werden. In Zukunft wollte er Fehler nach Möglichkeit vermeiden.

Nun da er diesen Ort bald verlassen würde, glaubte Jack endlich die Antwort auf das Rätsel gefunden zu haben, was ihn nun schon so lange beschäftigte: Er und Tarissa hatten denselben Vater.

Doch mit der Schwester als seiner Geliebten. Diese Zeile hatte ihn seit jener Nacht im Palast nicht mehr in Ruhe gelassen. Zunächst hatte er sie beiseite geschoben, aber sie hatte so lange an seinen Gedanken genagt, bis er sie nicht mehr ignorieren konnte. Tarissa war seine Halbschwester, eine illegitimes Kind des Königs – genau wie er selbst. Das erklärte so vieles: Magras hohe Geburt, ihre Bitterkeit, ihr Exil. Auch im Brief seiner Mutter war ein Hinweis auf die Wahrheit zu finden gewesen: *»Natürlich hatte auch ich die Gerüchte über die Affären des Königs gehört …«*

Jack fühlte sich plötzlich unendlich müde und schloß

die Augen. Sofort drang eine ungebetene Vision in die Dunkelheit ein. Da war die kleine Lichtung, wo Tarissa ihm ihre Liebe gestanden hatte. Jack sah die Äste der Weidenbäume, die über dem Wasser hingen, und er roch den Duft der Narzissen in der sanften Brise. Er sah sich selbst, wie er in das glasklare Wasser blickte und Tarissas Spiegelbild für sein eigenes hielt.

Jack blinzelte, und das Bild verschwand. Ein sanfter Schmerz, größtenteils Trauer, breitete sich in seiner Brust aus. Sie hatten sich so ähnlich gesehen, doch keiner von ihnen hatte etwas geahnt.

Jack ergriff erneut die Feder und fragte sich, womit er beginnen sollte. Wie sollte er nur in Worte fassen, was er ihr sagen wollte? Gab es irgendeine Möglichkeit, die Wahrheit zu sagen, ohne Tarissa weiteren Schmerz zuzufügen? Jack gingen verschiedene Anfänge durch den Kopf, aber nichts erschien ihm geeignet. Nachdem sie so lange nichts mehr von ihm gehört hatte, und nach seinem unrühmlichen und plötzlichen Abgang … was würde sie von ihm *erwarten*?

Jack lehnte sich zurück und dachte nach. Staubflocken und Mehl tanzten in dem dünnen Band Sonnenlicht, das die Küche in zwei Hälften teilte. Nachdem Jack dem Tanz eine Weile zugeschaut hatte, beugte er sich vor und begann zu schreiben.

Ich schreibe dir diesen Brief aus vielerlei Gründen, aber vor allem, weil ich Dir sagen will, daß es mir leid tut. An jenem Tag, als ich mit Rovas gekämpft habe, hätte ich Dich nicht so einfach verlassen sollen. Inzwischen weiß ich, daß Du nicht gelogen hast, als Du mir sagtest, Du würdest mich lieben …

Die Worte flossen nur so aus Jack heraus. Die Tinte war ein glänzendes schwarzes Band, daß sich von der Feder auf das Papier legte. Er wußte, *was* er sagen wollte und *wie* er es sagen wollte. Hübsche Worte und hochgestochene Gefühle waren nicht notwendig; er mußte ihr einfach nur die Wahrheit sagen. Das zumindest hätte er gewollt, wenn er an Tarissas Stelle gewesen wäre. Danach hatte er ein Leben lang gesucht.

Jack saß und schrieb eine Stunde lang. Er sprach von Vergebung, Liebe und Freundschaft. Er erzählte Tarissa alles, was er über ihre Abstammung vermutete, und alles, was er über die seine wußte. Aber egal wie schlüssig sich die Beweise auch anhörten, ein Teil von Jack wünschte, er würde sich irren, und so fügte er am Ende des Briefes hinzu, Tarissa könne jederzeit durch einen gewissen Stillfuchs in Annis Kontakt zu ihm aufnehmen, falls er falsch liegen sollte. Dann unterschrieb er so rasch wie möglich; er wollte sich nicht allzu lange bei dieser einen einzigen Hoffnung aufhalten. Sie beide mußten nun ihre eigenen Wege gehen.

Während er geschrieben hatte, war der Teig aufgegangen. Jack faltete den Brief und steckte ihn in seine Tunika, bevor er den Teig in Laibe schnitt. Nun, nachdem er den Brief beendet hatte, war sein Kopf endlich wieder klar. Er würde die Hütte noch heute verlassen, all seine Freunde und sein bisheriges Leben hier zurücklassen und versuchen, sich eine neue Existenz aufzubauen. Den Brief zu schreiben war richtig gewesen: Er war eine Erklärung, eine Entschuldigung und ein Lebewohl.

Jack brachte die Laibe in die richtige Form, legte sie auf ein mit Mehl bestreutes Blech und schob sie in den Ofen. Gerade als er die Ofentür geschlossen hatte, hörte er draußen das Klappern von Pferdehufen. Ein paar Sekunden später platzte Schnapper in die Küche.

»Hey, Jack! Wie geht's, alter Freund?«

»Schnapper!« Jack war ehrlich überrascht. Es war schon Wochen her, seit er den jungen Taschendieb zum letzten Mal gesehen hatte. »Ich hab' nicht erwartet, dich so weit hier draußen zu sehen. Sind Tawl und Melli bei dir?«

»Tawl ja.« Schnapper schlenderte zu dem Tisch, worauf Jack das Brot vorbereitet hatte, und inspizierte die verschiedenen Gerätschaften. »Wir sind auf dem Weg nach Süden.

Wir gehen wieder nach Rorn. Aber vorher wollten wir noch mal kurz vorbeischauen und dir auf Wiedersehen sagen.«

Es war also wirklich ein Tag des Abschieds. Jack blickte zur Tür, wo bereits sein Bündel lag, fertig gepackt und bereit zum Aufbruch. »Und was habt ihr in Rorn vor?«

Schnapper zog den Finger durch das Mehl auf dem Tisch. »Nun, für Tawl kann ich natürlich nicht sprechen, aber ich gedenke, einen mächtigen Schritt auf der Karriereleiter zu tun. Als wir das letzte Mal in Rorn waren, habe ich ein sehr interessantes Angebot bekommen. Wirklich *sehr* interessant. Der Alte Mann hat gesagt, er hätte vielleicht einen Platz für mich in seiner Organisation. Du weißt schon: Ich soll ihm mit seinen Finanzen helfen und so.« Schnapper wartete einen Augenblick, um Jack Gelegenheit zu geben, angemessen beeindruckt zu sein. »Natürlich würde ich es begrüßen, wenn du das für dich behalten würdest.«

»Natürlich.«

»Jack!« Tawl trat durch die Tür. Mit zwei mächtigen Schritten hatte er den Raum durchquert und drückte Jack an die Brust. »Es ist schön, dich zu sehen, mein Freund.«

Jack betrachtete das Gesicht des Ritters. All die Härte und Anspannung von einst waren nun vollkommen verschwunden. Er war ein neuer Mensch geworden. »Es ist auch schön, dich zu sehen«, erwiderte Jack, und er meinte es ehrlicher, als er es jemals in Worten würde ausdrücken können.

Die beiden Männer standen einander gegenüber und schauten sich einen Augenblick lang schweigend an. Jack hatte das Gefühl, als mustere Tawl ihn und als suche er nach irgendwelchen Verletzungen … oder Anzeichen von Heilung. Schließlich nickte der Ritter. Offenbar war er mit dem zufrieden, was er sah. »Hat Schnapper dir schon gesagt, wo wir hingehen?«

»Wohin, ja, aber nicht warum!«

Tawl grinste wie ein unartiger Chorknabe. »Ich denke, es ist höchste Zeit, daß jemand den guten Erzbischof von Rorn an seinen richtigen Platz verweist.«

Jack lächelte ebenfalls. Tawls gute Laune war ansteckend. »Und was für ein Platz ist das?«

»Da bin ich nicht so wählerisch – der Kanal oder die Straße, beides geht schon in Ordnung.« Tawl nahm sich ein Stück Käse vom Tisch und begann, daran zu knabbern. Jack bemerkte, daß sein Freund einen neuen Ring auf dem Unterarm hatte: Nun hatte er drei. Der dritte war am Rand noch rot; er war frisch gebrannt. Die weiße Narbe, die die Ringe einst in der Mitte durchtrennte hatte, war kaum noch zu sehen. »Jetzt mal ernsthaft: Ich führe eine Gruppe Ritter runter nach Rorn. Schnapper weiß ein oder zwei Dinge über den Erzbischof, die – wie soll ich mich ausdrücken? – die die Abdankung Seiner Eminenz erheblich beschleunigen werden.«

Schnapper war bereits auf dem Weg durch die Hintertür. »Es wäre besser, wenn du niemandem erzählst, wer dir den Tip gegeben hat, Tawl. Ich würde sonst ja meinen guten Ruf verlieren.« Mit diesen Worten schlenderte Schnapper hinaus auf den Hof und zu den dahinterliegenden Feldern.

Jack schaute ihm hinterher? »Was wird aus Melli werden, während du weg bist?« fragte er nach ein paar Minuten und drehte sich wieder zu Tawl um.

Tawl fuhr sich mit den Fingern durchs Haar. »Du weißt, wie dickköpfig sie ist, Jack. Sie hat mich praktisch gezwungen, das Amt des Großmeisters anzunehmen – sie hat mich sogar offiziell von meinem Eid entbunden.« Tawl schüttelte den Kopf und lächelte. »Aber sie hat natürlich recht: Tyren loszuwerden war nur die halbe Arbeit. Es gibt in Valdis noch viel zu tun, und bei vielem kann ich helfen. Außerdem wären da auch noch ein paar Veränderungen, die ich gerne einführen würde. Früher einmal war ein Mann stolz, sich Ritter nennen zu dürfen: Ich will, daß diese Zeiten wiederkommen.«

»Ich glaube, das wird dir gelingen.«

»Ich hoffe doch.« Tawls Stimme klang sanft. »Das hoffe ich wirklich.«

»Also werden du und Melli ...?« Jack unterbrach sich

selbst, als er erkannte, daß er nicht wußte, wie er seine Frage höflich formulieren sollte.

»… werden du und Melli nicht heiraten?« Das schelmische Grinsen kehrte wieder auf Tawls Gesicht zurück. »Nun, das würde ich nicht so endgültig behaupten wollen, Jack. Ich habe dir ja gerade gesagt, ich würde gerne ein paar Veränderungen in Valdis einführen.« Seine blauen Augen funkelten heller, als Jack sie jemals gesehen hatte.

»Du meinst …?«

»Ja. Ich habe es schon immer für Unsinn gehalten, daß Ritter nicht heiraten dürfen. Gib mir ein paar Jahre, und ich bin sicher, daß ich ein paar andere von meiner Meinung überzeugen kann.«

»O ja. Das wirst du bestimmt.« Beide Männer lachten.

»Und du willst auch fort?« Tawl deutete mit dem Kopf auf Jacks Bündel.

»Ja. Ich gehe nach Annis. Dort kenne ich einen Mann mit Namen Stillfuchs. Er hat begonnen, mich das ein oder andere zu lehren, nur bin ich weggelaufen, bevor meine Ausbildung beendet war. Jetzt ist es, glaube ich, Zeit, daß ich wieder zurückkehre und fleißig lerne.«

»Wirst du wieder hierher zurückkehren, wenn du fertig bist?«

Jack schüttelte den Kopf. »Ich weiß es nicht. Ich glaube, ich werde zuerst ein wenig herumreisen, andere Länder und Menschen kennenlernen, Silbur, Isro …«

Tawl drehte sich zum Fenster um. Als er wieder sprach, klang seine Stimme tief und rauh. »Wir werden eine lange Zeit voneinander getrennt sein.«

Jack spürte einen stechenden Schmerz in seinem Herzen. Er und Tawl, sie waren auf vielerlei Art miteinander verbunden: durch Prophezeiungen, Träume und gemeinsam bestandene Abenteuer. Und durch Blut. Jack erinnerte sich daran, wie sie sich in Cravins Weinkeller zum ersten Mal begegnet waren. Sie waren auch durch Blut verbunden.

Es fiel schwer zu glauben, daß nun die Zeit für sie gekommen war, sich voneinander zu trennen. Jack verdankte Tawl so viel. Der Ritter hatte ihm das Leben gerettet – nicht ein-, sondern zweimal –, und letzten Endes war er es gewesen, der ihn zur Wahrheit geführt hatte. Er war immer da gewesen, wenn Jack ihn gebraucht hatte.

Jack atmete tief ein und fragte Tawl, was er ihn nun schon seit Wochen fragen wollte: »Warum bist du eigentlich in jener Nacht in den Palast gekommen und hast nach mir gesucht?«

Tawl schaute weiterhin aus dem Fenster hinaus. Seine Antwort kam schnell, als wären seine Gedanken demselben Weg gefolgt wie Jacks. »Ich bin nicht ganz sicher, Jack. Nachdem ich Tyren getötet hatte, habe ich stundenlang in seinem Zelt gelegen, geschlafen, geträumt und an meine Familie gedacht. Irgendwie mußte ich dann an dich denken, und da war etwas ...« Tawl zuckte die Schultern. »Ich habe keine Trauer gefühlt, nur eine Art innerer Leere. Bevor ich mich versah, bin ich durchs Lager gerannt und habe eine Gruppe für einen Überfall auf den Palast zusammengestellt. Es ist alles so schnell gegangen: Meine Kleider waren mit Tyrens Blut besudelt, und deshalb hat mir irgend jemand das Gewand eines Ritters gegeben. Viele von Maybors Männern waren verwundet, also haben sich ein paar Ritter freiwillig gemeldet, mich zu begleiten. Eine Stunde später war ich dann schon mitten im Palast.

Ich war natürlich nicht sicher, ob du noch am Leben warst – jedenfalls nicht, bis wir ein Mädchen in einem grünen Kleid getroffen haben, das durch die Geheimgänge gewandert ist. Wir haben ihr den Knebel abgenommen, und sie hat uns gesagt, ein großer Mann mit braunem Haar hätte sie gefesselt. Danach konnte uns nichts mehr aufhalten.«

»Du bist gerade noch rechtzeitig gekommen.« Jacks Erinnerungen an jene Nacht waren bruchstückhaft, aber das Bild von Tawl, der durch die Flammen rannte, um ihn zu retten, hatte sich ihm für den Rest seines Lebens ins Gedächtnis eingebrannt. Soviel Feuer und Schmerz, und Tawl war einfach mitten hindurchgelaufen.

Tawls blaue Augen trafen sich mit Jacks. »In dieser Nacht war ich gesegnet, Jack. Das waren wir alle.«

Die Wahrheit in den Worten des Ritters beendete das Gespräch für eine Weile, und Jack kehrte wieder zu seinen Broten zurück, während Tawl weiterhin aus dem Fenster auf die dahinterliegende Wiese starrte. Als er schließlich wieder sprach, war das Thema zwar ein anderes, doch im Prinzip drehte sich noch immer alles um ein und dasselbe. »Grift hat Bodger vor ein paar Wochen gefunden. Bodger ist einfach nur ziellos durch die Straßen gerannt. Er war für Borc weiß wie lange im Kerker, und als das Feuer ausgebrochen ist, war dem Wärter nichts anderes übriggeblieben, als alle Gefangenen freizulassen. In all der Verwirrung ist es Bodger dann gelungen zu entkommen.«

So viele waren in jener Nacht gesegnet gewesen. Es hatte so viele unterschiedliche Wunder gegeben, große und kleine. Überwältigt schloß Jack für einen Augenblick die Augen. Obwohl er eher Ehrfurcht als Freude empfand, lächelte er und sagte: »Dann sind Bodger und Grift also wieder zusammen, hmmm.«

»Sehr zum Entsetzen der weiblichen Bevölkerung von Bren«, sagte Tawl und lachte freundlich. Während er sprach, bedeutete er Schnapper, wieder hereinzukommen. Dann drehte er sich wieder zu Jack um. »Wir müssen jetzt los. Wir haben heute noch einen langen Ritt vor uns.« Wieder musterte Tawl ihn, nur diesmal mischte sich Traurigkeit in den Blick. »Wenn du jemals ich Schwierigkeiten bist, dann schick mir eine Nachricht, und ich komme. Und wenn du dich jemals allein fühlen solltest, dann komm einfach vorbei, und wir beide ziehen eine Weile wieder gemeinsam durch die Lande.«

Jack konnte nichts darauf erwidern. Er traute seiner eigenen Stimme nicht über den Weg.

Eine Minute später erschien Schnapper am Fenster. Seine scharfen jungen Augen erkannten sofort die Natur des Schweigens, und er machte sich augenblicklich daran, dem ein Ende zu bereiten, und zwar so, wie nur er es konnte. »Wenn diese Reise vorbei ist«, sagte er, »dann schwöre ich beim Grab von Mauerseglers Mutter, ich werde nie wieder auf ein Pferd steigen. Warum jemand überhaupt reiten will, wenn er doch auch auf dem Meer fahren kann, werde ich nie verstehen.«

Jack und Tawl blickten sich noch einen Augenblick lang schweigend in die Augen, dann brachen sie beide gleichzeitig in fröhliches Gelächter aus.

»Nun denn«, sagte Tawl und legte Schnapper die Hand auf die Schulter. »Es ist Zeit, daß wir uns auf den Weg machen. Paß auf dich auf, mein Freund. In Gedanken werde ich immer bei dir sein.«

»Und ich bei dir.« Jack wollte noch mehr sagen, wollte dem Ritter für alles danken, doch irgend etwas in Tawls Gesicht hielt ihn davon ab. Zwischen ihnen würde es niemals notwendig sein, sich zu bedanken.

Jack ging zur Vorderseite der Hütte, um ihnen hinterherzuschauen. Tawl sah genauso aus, wie Jack sich einen Ritter immer vorgestellt hatte: schön, machtvoll, selbstsicher. Tawl hob den Arm zum Abschied, dann wendete er sein Pferd und ritt davon.

Jack schluckte. Er war zwischen Trauer und Freude hin und hergerissen. Er blickte den beiden hinterher, bis sie in den tiefgrünen Schatten des nahen Pinienwaldes verschwunden waren. Er schaute so genau hin wie nur irgend möglich; Jack wollte alle Einzelheiten in sich aufnehmen, um sie als schöne Erinnerung in seinem Gedächtnis aufzubewahren. Als schließlich nichts mehr von seinen Freunden zu sehen war, machte sich Jack wieder auf den Weg zurück zur Hütte.

Der Geruch frisch gebackenen Brotes erfüllte die Küche. Jack holte die Brote aus dem Ofen und stellte sie zum Auskühlen auf den Tisch. Er setzte sich hin und betrachtete ein paar Augenblicke lang den Qualm, der von der heißen Kruste aufstieg, und dann, plötzlich, hatte er das Gefühl, sofort aufbrechen zu müssen. Er ging zur Tür. Die Brote ließ er für den Verwalter zurück.

Jack warf sich sein Bündel über die Schulter und ging hinaus in die warme Nachmittagssonne. Ihm war nicht nach Reiten zumute, und so führte er sein Pferd an den Zügeln über den Pfad hinunter ins Grasland. Die sanfte Brise aus den Bergen war frisch und wohlriechend. Bienen summten; Vögel zwitscherten in den Büschen, und ein einsamer Falke kreiste hoch oben am Himmel. Die Sonne wärmte Jacks Gesicht, und das Gras raschelte unter seinen Füßen. Der Brief an Tarissa drückte zärtlich gegen seine Brust, während er Tawls Spuren zu dem Pinienwald folgte. Als er die Bäume endlich erreicht hatte, waren die Schatten bereits von West nach Ost gewandert, und obwohl sein Pferd lieber Tawls und Schnappers Spur nach Osten gefolgt wäre, führte Jack die Stute nach Süden. Er wollte eine Zeitlang alleine reisen.

J.V. Jones wurde 1963 in Liverpool/England geboren. Als Tochter eines Pub-Besitzers stand sie seit ihrem elften Lebensjahr hinter der Theke. Im Alter von zwanzig Jahren begann sie für eine Plattenfirma zu arbeiten und war aktives Mitglied der Liverpooler Musikszene in den frühen Achtzigern. Später zog sie nach San Diego/Kalifornien, wo sie für einige Jahre ein Exportgeschäft betrieb. Heute arbeitet sie als Marketing-Direktor für eine kalifornische Software-Firma. Ihre Interessen sind unter anderem: Musik, Geschichte, Kochen und Computerspiele.